俳句　短歌

ことばの花

表現辞典

西方　草志　編

三省堂

装丁　和久井　昌幸

はしがき

神田神保町の古書店街を歩くと、俳句や短歌・詩などの短詩型の文学作品がひっそりと並んでいます。高価な希少本もありますが、かつて出版された全集ものなどの中には、百円玉数個で購えるものもあります。ありがたいことに千年にわたる、うたびとの〝表現の宝庫〟を手にすることができるのです。

とはいえ、せっかくの宝庫に目を通す時間はなかなか持てないのが現実です。

編者は数人の仲間と連句を楽しむかたわら、十年ほど前から短詩型の表現の収集を続けてきました。時には一日十時間近く読み耽って採集をしたこともあります。念頭にはいつも連句仲間を思い浮かべながら、実作者にとって、どのような表現が参考になるかと考えてきました。そして刊行した本が三冊の五七語辞典です（一冊目は佛渕健悟さんとの共編。本書の巻末広告参照）。

五七語辞典は文字通り、5音7音のしらべを基調に、採集した表現例を漢字一文字で分類した辞典です。一種の言葉の混沌（カオス）から読者が新しい発想を広げられるようにと考えました。ことば探しをしていた実作者の方々はすぐ趣旨を理解してくださり、活用されているようです。

御存じのように短詩型の文学には、独特の言葉づかいがあります。日常使われる散文の言葉とは一味ちがう、いわゆる「雅語」とか「うたことば」といわれるものですが、それら一つ一つの言葉に光をあてて見出しにたて、類語引きの辞書に仕立てたのが本書です。これは五七語辞典の編集担当である三省堂出版部の阿部正子さんの強い希望でもありました。

収録した表現数は約四万。見出し数は一万四千になりました。辞典といっても表現集なので、「初めに表現ありき」です。引用した作品は、時代も万葉から昭和前期まで千年にわたります。それらを一堂にまとめるのにはかなり無理があります。普通の辞典のような整合性は望めません。臨機応変に、用例がもっとも生きてくるようにまとめたつもりです。

とくに主眼としたのは、「語彙を広げること」です。どのように分類したら、読者が語彙を広げるのに参考になるかと考えて、類語引き仕立てにしました。うたのイメージがわいたものの、どんな言葉で表現したらいいだろうかと考えたときに参考になるでしょう。そして、まずは読めなくては始まりませんから、ふりがなを多くつけました。この本を一冊読んでおくと俳句や短歌などがすらすら読めるようになるはずです。

また本書は実作者でなくても、言葉を味わえる辞典です。用例はごく短いものですが、その短い言葉の中に、それぞれの時代のうたびとたちの表現の模索（苦闘）の跡が垣間見られます。ぜひ、短詩型ならではの凝縮された美しい表現（＝ことばの花）の世界にひたってみてください。

本書の出版にあたってはいろいろな方にお世話になりました。校正は山口英則さん、索引作りは三省堂出版部の石塚直子さん、市原佳子さん、ＤＴＰ作成は株式会社エディットの三本杉朋子さん、データの整理は阿部路衣さん、カバー印刷はあかね印刷工芸社さんにお世話になりました。

そして、本書に収録した句を遺してくれた多くのうたびとたちに感謝したいと思います。また、それらを本として遺してくれた関係者・出版社にも心からお礼申し上げます。

編者

引用作者名（主な作者・五十音順）

會津八一　明石海人　芥川龍之介　飯尾宗祇　飯田蛇笏　五十嵐浜藻　石川啄木
石原純　泉鏡花　伊藤佐千夫　伊藤静雄　井上井月　今井邦子　伊良子清白　巌谷小波
岩谷莫哀　上田敏　臼田亜浪　宇津野研　江見水蔭　太田水穂　岡麓　岡本かの子　岡本綺堂
小川芋銭　荻原井泉水　小熊秀雄　尾崎放哉　小名木綱夫　尾上柴舟　柿本人麻呂　片山敏彦
片山廣子　金子薫園　金子せん女　金子みすゞ　川端茅舎　河東碧梧桐　蒲原有明　菊舎尼
岸上大作　北原白秋　紀貫之　木下杢太郎　久保より江　久保田万太郎　久米正雄　古泉千樫
幸田露伴　小林一茶　西行　西東三鬼　齋藤茂吉　相良宏　佐佐木信綱　佐藤惣之助
篠原鳳作　芝不器男　島木赤彦　島崎藤村　釋迢空　秋色　諸九尼　菅原道真　杉浦翠子
杉田久女　杉原一司　杉村楚人冠　捨女　星布　園女　高濱虚子　高村光太郎　宝井其角
竹下しづの女　竹下夢二　武山英子　立原道造　種田山頭火　多代女　智月　千代女　坪内逍遙
寺田寅彦　土井晩翠　富澤赤黄男　中川富女　中城ふみ子　長塚節　中原中也　夏目漱石
野口雨情　萩原恭次郎　萩原朔太郎　橋本多佳子　長谷川素逝　服部躬治　原石鼎　半田良平
樋口一葉　日野草城　平戸廉吉　二葉亭四迷　本田あふひ　前田普羅　前田夕暮　正岡子規
松尾芭蕉　松本たかし　三ヶ島葭子　源実朝　宮沢賢治　向井去来　村上鬼城　村山槐多
室生犀星　籾山梓雪　百田楓花　森鷗外　八木重吉　矢澤孝子　矢代東村　山川登美子
山之口貘　山村暮鳥　与謝蕪村　與謝野晶子　與謝野鉄幹　吉井勇　若山牧水　渡辺水巴　他

五十音索引

・すべての大見出し・小見出しと該当頁を示した。
・同音同表記の見出しには／の後に区別を示した。
・→(矢印)の先に関連語を示したところもある。

【あ】

あ 吾 497
アーク灯 406
アーチ→弧 154
あい 愛 2
あい 間 2
あい 逢 68
あい 藍 519
あいあいがさ 相合傘 97
あいあう 相会う 270
あいいだく 相抱く 237
あいいろ 藍色 2
あいえむ 相笑む 66
あいおい 相生 67
あいおもう 相思う 2
あいおん 哀音 76
あいか 哀歌 350
あいかよう 相通う 309
あいきゃく 相客 457
あいくち 匕首 342
あいこう 相恋う 2
あいさ 間 2
あいしあう 愛し合う 2
あいしゅう 愛執 432
あいしゅう 哀愁 448
あいしょう 哀傷 107
アイス 99
あいずみ 相住 219
あいずり 藍摺 230
あいする 愛する 443
あいそ 愛想 392
あいぞう 愛憎 432
あいそめる 逢い初める 157
あいだ 間 2
あいたい 逢いたい 3
あいたいす 相対す 433
あいだよ 間夜 387
あいだる 愛垂る 22
あいづち 相槌 337
あいなげく 相嘆く 295
あいにる 相似る 309
アイヌ 140
あいねずみ 藍鼠 315
あいのて 合の手 369
あいのり 相乗 323
あいびき 逢引 198
あいぶ 愛撫 299
あいふれる 相触れる 384
あいぼ 愛慕 196
あいみじん 藍微塵 542
あいみず 相見ず 3
あいみる 相見る 2
あいむかう 相向う 434
あいやど 相宿 457
あいやむ 相病む 462
あいゆかた 藍浴衣 468
あいよく 愛欲 2
あいよる 相寄る 482
あいらしき 愛らしき 117
あいろもわかず 文色も分かず 491
あいわかる 相別る 492
あう 逢う 3
あうよ 逢う夜 3
あえか 55
あえぐ 喘ぐ 32
あえて 敢えて 189
あえない 逢えない 3
あえぬ 敢えぬ 103
あえもの 和えもの 486
あおあお 青青 3
あおあらし 青嵐 298
あおい 葵 519
あおインク 青インク 49
あおうなばら 青海原 3
あおうみ 青海 3
あおうめ 青梅 418
あおがい 青貝 498
あおがいろ→青貝 498
あおがえる 青蛙 501
あおがき 青垣 462
あおがや 青蚊帳 113
あおがや 青萱 522
あおき 青き/色 3
あおき 青き/未熟 418
あおき 青木 491
あおきうお 青き魚 50
あおきか 青き果 418
あおきか 青き香 418
あおきち 青き血 249
あおきはな 青き花 338
あおきふむ 青き踏む 319
あおきみ 青き実 415
あおきめ 青き目 444
あおぎり 梧桐 519
あおぎる 青ぎる 4
あおぐ 仰ぐ/向く 3
あおぐ 仰ぐ/尊敬 6
あおくさ 青草 134
あおくさき 青臭き 418
あおくさはら 青草原 226
あおぐも 青雲 141
あおぐろき 青黒き 148
あおごけ 青苔 163
あおごち 青東風 166
あおごま 青駒 59
あおさぎ 青鷺 509
あおざめる 青ざめる 4
あおじ 蒿雀 506
あおじお 青潮 189
あおしば 青芝 199
あおじろき 青白き 4
あおすすき 青芒 529
あおすだれ 青簾 216
あおぞら 青空 4
あおた 青田 231
あおたかぜ 青田風 101
あおだけ 青竹 530
あおだたみ 青畳 239
あおづた 青蔦 261
あおと 足音 15
あおとうがらし 青唐辛子 532
あおとかげ 青蜥蜴 502
あおな 青菜 290
あおなみ 青波 301
あおなんばん 青南蛮 519
あおにびいろ 青鈍色 2
あおぬり 青塗 313
あおね 青嶺 299
あおの 青野 298
あおば 青葉 491
あおばずく 青葉木莵 511
あおはら 青原 298
あおび 青火 24
あおひとくさ 青人草 246
あおぶち 青淵 479
あおほおずき 青鬼灯 538
あおみ 青み 3
あおみなづき 青水無月 489
あおむ 青む 4
あおむぎ 青麦 433
あおむく 仰向く 4
あおめ 青芽 211
あおものいち 青物市 40
あおやか 青やか 3
あおやぎ 青柳/柳 541
あおやぎ 青柳/貝 498
あおやぎのいと 青柳の糸 541
あおよど 青淀 479
あおりんご 青林檎 542
あか 赤馬 59
あか 閼伽 181
あか 垢 332

15
あしかび 葦牙 440
あじがも あじ鴨 507
あしかり 葦刈 115
あじきなき 味気なき 127
あしげ 葦毛 597
あしげ 足蹴 153
あじさい 紫陽花 519
あしずり 足摺り 143
あした 朝 12
あしたず 葦鶴 510
あしたゆうべ 朝夕 14
あしどり 足取り 15
あしのほ 葦の穂 519
あしのめ 葦の芽 440
あしばや 足早 15
あしはら 蘆原 343
あしび 葦火 352
あしび 馬酔木 519
あしびょうし 足拍子 369
あしぶえ 芦笛 136
あしま 葦間 401
あじむら→群鳥 439
あしもと 足元 14
あじゃり 阿闍梨 225
あしよわ 足弱 114
あじろ 網代 15
あじろぎ 網代木 15
あじわい 味わい 82
あじわう 味わう 15
あす 明日 15
あず 崩岸 138
あずき 小豆 411
あずきがゆ 小豆粥 166
あずきめし 小豆飯 442
あずさゆみ 梓弓 473
アスパラガス 519
あずま 東 15
あずまくだり 東下り 16
あずまじ 東路 16
あずまびと 東人 16
あずまや 東屋 340
あせ 汗 16
あぜ 畦 16
あせあゆ 汗あゆ 16
あせいろ 褪色 47
あぜぬり 畦塗 16
あせばむ 汗ばむ 16
あぜみち 畦道 16
あそさん 阿蘇山 459
あそび 遊び 16
あそぶ 遊ぶ 18
あた 敵 103
あだ 徒 39
あたえる 与える 18
あたかも 恰も 309
あだしね 仇し寝 365
あだしの 仇野 327
あだすがた 艶姿 301
あたたか 暖か 18
あたたかい 暖かい 18
あたたかみ 暖かみ 18
あたたまる 温まる 312
あだなる 徒なる 57
あだにちる 徒に散る 257
あたま 頭 18
あたまがち 頭がち 18
あたら 74
あたらしき 新しき 18
あたらよ 惜夜 482
あたり 辺り 397
あたり 中り 460
あたる 当たる 19
あちこち 19
あちら向き 229
あつおしろい 厚白粉 151
あつかん 熱燗 117
あつき 厚き 19
あつき 暑き 19
あつき 熱き 20
あつき 熱き/血潮 252
あつぎ 厚着 130
あつくして 厚くして 19
あつくちびる 厚唇 139
あつごおり 厚氷 161
あつさ 暑さ 19
あつは 厚葉 324
あつもの 羹 208
あつら 厚ら 374
あつらえ 誂え 260
あて 貴 197
あてどなく 当て所なく 247
あてなき 当てなき 247
あてに 貴に 197
あでびと 艶人 358
あてやか 貴やか 55
あと 跡 20
あとおう 後追う 68
あとかたもない 跡形もない 20
あどけなき 20
あとさき 後先 178
あととめて 跡とめて 20
あとなし人 182
あとにする 跡にする 187
アドバルン 159
あどもう 率う 182
アトリエ 63
あな 穴 20
あない 案内 29
あなうら 足裏 15
あなた 20
あなた /彼方 107
あなどる 侮る 21
あなや 24
あなやむ 足悩む 296
あに 兄 344
あね 姉 344
あねさんかぶり 姉さん被り 392
アネモネ 519
あのと 足音 15
あのよ あの世 475
アパート 438
あばく 26
あばらぼね 肋骨 397
あびき 網引 23
あひる 家鴨 506
あびる 浴びる 21
あぶ 虻 513
アブサン 茴香酒 180
あぶみ 鐙 328
あふよう 阿芙蓉 525
あぶら 油 21
あぶらざら 油皿 21
あぶらしめぎ 油搾木 21
あぶらぜみ 油蟬 516
あぶらなぎ 油凪 293
あぶらなみ 油波 301
あぶらび 油火 21
あぶらむし 油虫 513
あぶる 焙る 310
あふれる 溢れる 21
あへん 阿片 137
あほうどり 阿呆鳥 506
あま 海女 21
あま 尼 21
あまあし 雨脚 22
あまえる 甘える 22
あまおとめ 海人少女 77
あまおぶね 海士小舟 169
あまがえる 雨蛙 501
あまがける 天翔る 22
あまがさ 雨傘 97
あまき 甘き/味 22
あまき 甘き/美し 55
あまぎらう 天霧らう 129
あまくも 天雲 141
あまぐも 雨雲 141
あまけ 雨気 24
あまごい 雨乞 22
あまごいどり 雨乞鳥 512
あまごもり 雨隠り 22
あまごろも 蜑衣 21
あまざかる 天離る 280
あまざけ 甘酒 180
あましだり 雨滴 22
あます 余す 320
あますゆき 甘酸ゆき 217

あまそそぎ 雨注ぎ 22
あまそそる 天聳る 229
あまた 数多 69
あまたたび 数多度 244
あまだれ 雨垂 22
あまちゃ 甘茶 339
あまちゃぶつ 甘茶仏 339
あまつつみ 雨障 22
あまつひ 天つ日 351
あまでら 尼寺 22
あまど 雨戸 276
あまねき 遍き 300
あまのがわ 天の川 22
あまのかわら 天の川原 22
あまのこ 海人の子 128
あまのじゃく 天邪鬼 218
あまのつりふね 海人の釣舟 21
あまぶね 海人舟 169
あまま 雨間 349
あまみず 雨水 421
あまみず→天水 421
あまもり 雨漏り 23
あまやかす 甘やかす 22
あまやどり 雨宿り 24
あまよ 雨夜 483
アマリリス 519
あみ 網 23
あみうち 網打ち 23
あみだ 阿弥陀 377
あみほす 網干す 23
あむ 編む 23
あめ 雨 23
あめ 飴 99
あめあがり 雨あがり 23
あめいろ 飴色 47
あめうり 飴売 7
あめかぜ 雨風 23
あめけぶる 雨けぶる 24
あめこぼす 雨こぼす 24
あめそそぐ 雨注ぐ 228
あめつち 天地 23
あめのうお 江鮭 501
あめのおと 雨の音 24
あめのか 雨の香 306
あめのたま 雨の玉 22
あめのふえ 飴の笛 373
あめのやま 雨の山 461
あめはる 雨晴る 350
あめふり 雨降り 24
あめふりばな 雨降花 537
あめもよい 雨催い 24
あめやむ 雨止む 24
あめをきく 雨を聞く 24
あめんぼ 513
あもる 天降る 22
あや 彩 47
あや 綾/布 84
あやうき 危き 24
あやうく 危く 24
あやかし 475
あやぐも 彩雲 141
あやしき 怪しき 375
あやしさ 妖しさ 55
あやしび 怪火 24
あやしむ 怪しむ 54
あやす 170
あやつりにんぎょう 操り人形 422
あやとり 綾取り 17
あやどり 彩鳥 289
あやどる 彩る 48
あやなく 300
あやなし 文無し 400
あやなす 綾なす 55
あやに 192
あやにく 生憎 83
あやは 彩羽 341
あやまち 過ち 265
あやまつ 過つ 402
あやめ 文目 451
あやめ 菖蒲 519
あやめふく 菖蒲葺く 248
あゆ 鮎 499
あゆく 474
あゆこ 鮎子 499
あゆのかぜ 鮎の風 166
あゆみ 歩み 25
あゆむ 歩む 24
あらあらしき 荒荒しき 25
あらいがみ 洗髪 25
あらいよね 洗米 170
あらう 洗う 25
あらうま 荒馬 25
あらうみ 荒海 25
あらお 荒男 25
あらがう 抗う 25
あらがね 荒金 132
あらかべ 荒壁 109
あらき 荒き 25
あらきだ 新墾田 345
あらくさ 荒草 183
あらし 嵐 26
あらしお 荒潮 189
あらせ 荒瀬 221
あらそう 争う 26
あらそう 争う/競う 123
あらぞの 荒園 229
あらた 荒田 231
あらた 新田 345
あらたか 新鷹 509
あらたしき 新たしき 18
あらためる 改める 18
あらなくに 有らなくに 296
あらなみ 荒波 25
あらなわ 荒縄 305
あらなん 314
あらぬ /思わず 83
あらぬ 296
あらぬよ あらぬ世 475
あらねこ 荒猫 505
あらば 有らば 314
あらはか 荒墓 326
あらぶ 荒ぶ 28
あらまし 有らまし 314
あらましごと あらまし事 149
あらみ 荒み 25
あらみ 粗み 410
あらゆ 新湯 464
あらゆる 27
あららか 荒らか 25
あららぎ 塔 277
あられ 霰 26
あられうつ 霰打つ 26
あられふる 霰降る 26
あらわ 顕 26
あらわす 顕す 26
あらわれる 現れる 26
あらんにゃ 阿蘭若 273
あらんを 27
あり 蟻 513
ありあけ 有明 11
ありあけつくよ 有明月夜 321
ありあけのつき 有明の月 321
ありがよう あり通う 113
ありく 歩く 25
ありし 在りし 213
ありじごく 蟻地獄 513
ありしひ 在りし日 213
ありしよ 在りし世 213
ありそ 荒磯 38
ありそいわ 荒磯岩 48
ありそみ 荒磯海 25
ありたけ 27
ありど 在処 42
ありどころ 在処 42
ありとしもなき 有りとしも無き 27
ありなし 有り無し 27
ありなしかぜ 有り無し風 100
ありのすさび 在りの遊び 27
ありのとう 蟻の塔 513
ありのみ 有実 533
ありふ 在り経 285
ある 生る 59

いけ 池 34
いけす 生簀 50
いげた 井桁 30
いけにえ 生贄 34
いけのおもて 池の面 34
いけのかがみ 池の鏡 34
いけのつつみ 池の堤 34
いけばな 活け花 34
いけべ 池辺 34
いけみず 池水 34
いけるもの 生ける者 32
いこう 遺稿 104
いこう 衣桁 126
いこう 憩う 455
いこう/行→往なん 471
いこく 異国 35
いこくびと 異国人 35
いさお 勲 398
いさかい 諍い 26
いさかう 諍う 26
いざかや 居酒屋 177
いさぎよく 潔く 206
いざけのみ 居酒飲み 177
いさご 砂子 218
いさごじ 砂路 218
いささか 些か 286
いささみず いささ水 71
いささむらたけ 些群竹 530
いさな 鯨魚 499
いざなう 誘う 182
いさなとり 鯨取り 35
いさなぶね 鯨船 35
いさましく 勇ましく 36
いさむ 勇む 35
いさめる 諫める 191
いさよい 十六夜 259
いざよう 239
いざよう/ためらう 247
いさよう月 259
いさら川 71
いさり 漁り 36
いさりび 漁火 36
いさりぶね 漁舟 36
いし 医師 36
いし 石 37
いじ 遺児 320
いしうま 石馬 255
いしがき 石垣 91
いしがけ 石崖 95
いしきだ 石階 37
いしきる 石切る 37
いしく 石工 37
いしくも 美しくも 62
いしくれ 石塊 37
いしけり 石蹴 17
いしころ 石ころ 37
いしずえ 礎 376
いしずみ 石炭 222
いしたたき 石叩 509
いしだたみ 石畳 37
いしだん 石段 37
いしどうろう 石灯籠 279
いしのしし 石の獅子 255
いしばい 石灰 325
いしばし 石橋 329
いしばしる 石走る 292
いしぶみ 石碑 351
いしぼとけ 石仏 377
いしぼり 石彫 255
いしま 石間 401
いしみち 石道 37
いしや 石屋 37
いしやま 石山 459
いしょ 遺書 44
いしょう 衣装 479
いじん 異人 35
いじんやしき 異人屋敷 35
いす 椅子 37
いずく 何処 38
いずこ 何処 38
いずち 何方 38
いずみ 泉 38
いずみわく 泉湧く 38
いずら 何ら 38
いずるひ 出ずる日 13
いずれ 38
いせき 井堰 222
いそ 磯 38
いそいそ 62
いそがい 磯貝 498
いそがしき 忙しき 38
いそぎ 急ぎ/支度 196
いそぐ 急ぐ 38
いそくさ 磯草 444
いそじ 五十 284
いそしむ 勤しむ 38
いそな 磯菜 445
いそなつみ 磯菜摘 323
いそぶえ 磯笛 21
いそべ 磯辺 38
いそま 磯間 38
いそみ 磯回 442
いそみち 磯路 38
いそやま 磯山 38
いそわ 磯回 38
いたいけ 幼気 73
いたいたし 痛痛し 39
いたく 192
いだく 抱く 237
いたくな～そ /禁止 132
いたじき 板敷 66
いたずらに 徒らに 39
いたずらぶし 徒臥 365
いただき 頂/頭 18
いただき 頂 78
いたち 鼬 502
いたつき 労き 460
いたつく 労く 258
いたで 痛手 123
いたどり 虎杖 529
いたのま 板の間 401
いたばし 板橋 330
いたびさし 板庇 357
いたぶる 472
いたべい 板塀 386
いたま 板間 213
いたましき 痛ましき 39
いたみ 痛み 39
いたむ 悼む 107
いたも 192
いたや 板屋 136
いたわし 痛わし 39
いたわる 労る 41
いち 市 39
いちう 一宇 363
いちがつ 一月 40
いちぐん 一群 363
いちご 一語 168
いちご 一期 364
いちご 苺 520
いちごつむ 苺摘む 266
いちざん 一山 224
いちじ 市路 406
いちじく 無花果 520
いちじょう 一条 362
いちじるく 著く 209
いちず 一途 359
いちだ 一朶 361
いちなか 市中 406
いちば 市場 39
いちび 一尾 41
いちび 520
いちびと 市人 39
いちべつ 一瞥 364
いちべん 一鞭 437
いちぼく 一木 361
いちまつ 一抹 494
いちめがさ 市女笠 97
いちめんに 一面に 40
いちもんじ 一文字 407
いちょう 銀杏 520
いちよう 一様 78
いちよう 一葉/舟 363
いちよう 一葉 363
いちょうおちば 銀杏落葉 76
いちようき 一葉忌 122
いちり 一里 425
いちりづか 一里塚 425
いちりん 一輪 40
いちりんざし 一輪挿 337
いちる 一縷 494
いちれつ 一列 363

いちれん 一聯 363
いちろ 一路 362
いちわ 一羽 41
いちわ 一把 242
いちわん 一椀 497
いっか 一荷 305
いっかい 一塊 361
いっかく 一角 219
いっかん 一管 373
いっき 一騎 125
いっき 一基 326
いつきご 斎児 43
いつくしき 厳しき 31
いつくしき 美しき 51
いつくしむ 慈しむ 40
いっけい 一径 362
いっけんや 一軒家 363
いっこ 一壺 264
いっこん 一痕 362
いっさん 一盞 362
いっし 一歯 112
いっし 一枝 361
いつしか 476
いっしゅ 一首 53
いっしゅん 一瞬 246
いっしょう 一升 327
いっしょう 一生 364
いっしょに 一緒に 288
いっしんに 一心に 359
いっすい 一穂 362
いっそん 一村 363
いつたり 五人 33
いっちょう 一蝶 41
いっちょう 一鳥 41
いっちょう 一町 425
いっちょくせん 一直線 407
いつつ 五歳 283
いづつ 井筒 30
いってき 一滴 194
いつでも→時じく 263
いってん 一天 274
いってん 一点 363
いっと 一斗 327
いっとう 一灯 288
いつとせ 五年 34
いっぱい 一杯 426
いっぴき 一匹 41
いっぷく 一服 243
いっぺき 一碧 40
いっぺん 一片 363
いっぽ 一歩 361
いっぽん→一本 362
いっぽんみち 一本道 362
いつも→常 263
いつらく 逸楽 153
いつわり 偽り 41
いつわる 偽る 14
いて 凍 41
いで 井堤 222
いであう 出で逢う 270
いてがみ 凍髪 41
いてぐも 凍雲 41
いでくる 出で来る 26
いてごい 凍鯉 41
いてぞら 凍空 381
いでたつ 出で立つ 240
いてちょう 凍蝶 41
いてつち 凍土 42
いてづる 凍鶴 41
いてどけ 凍解 41
いでましどころ 出座処 432
いでましのみや 行幸の宮 432
いてみち 凍道 42
いでゆ 出湯 463
いでゆく 出でゆく 471
いてる 凍てる 41
いてろう 凍廊 42
いてん 移転 360
いと 糸 42
いと 紘 204
いど 異土 35
いど 緯度 251
いど→井 29
いとあめ 糸雨 165
いとう 厭う 42
いとおし 愛おし 42
いとおしむ 愛おしむ 42
いとぐるま 糸車 333
いとけなき 幼けなき 20
いどころ 居所 42
いとざくら 糸桜 526
いとし 愛し 42
いとしきひと 愛しき人 158
いとしご 愛子 42
いとしむ 愛しむ 41
いとすぎ 糸杉 529
いとすすき 糸芒 529
いとど 45
いとど 竈馬 513
いととる 糸取る 413
いとはぎ 糸萩 534
いどばた 井戸端 29
いとま 暇 43
いとま 暇/奉公 390
いとまごい 暇乞 43
いとまなき 暇なき 38
いどむ 挑む 123
いとゆう 糸遊/陽炎 96
いとゆう 糸遊/雪迎 470
いとわし 厭わし 42
いない 居ない 361
いなか 田舎 365
いなぎ 稲城 329
いなご 蝗 513
いなさ /台風 233
いなす 往なす 187
いなすずめ 稲雀 43
いなずま 稲妻 43
いなだ 稲田 43
いなつるび 稲つるび 43
いななく 嘶く 43
いなのめ 寝目 11
いなば 稲葉 43
いなびかり 稲光 43
いなほ 稲穂 43
いなむ 否む 169
いなむしろ 稲莚 428
いならぶ 居並ぶ 303
いなん 往なん 471
いにし 往にし 187
いにしえ 古 437
いにしえびと 古人 251
いにしよ 往し世 475
いぬ 去ぬ 187
いぬ 寝ぬ 317
いぬ 犬 503
いぬい 乾 308
いぬたで 犬蓼 520
いぬふぐり 520
いね 稲 43
いねがて 寝がて 317
いねかる 稲刈る 44
いねこき 稲扱 44
いねず 寝ねず 317
いねのとの 稲の殿 43
いねむり 居眠り 54
いのこもち 亥子餅 446
いのしし 猪 503
いのち 命 44
いのちおし 命惜し 74
いのちがけ 命がけ 44
いのちきわまる 命極まる 486
いのちしぬべく 命死ぬべく 198
いのちたつ 命絶つ 44
いのちづな 命綱 305
いのちの 生命の 44
いのちひろう 命拾う 371
いのちまさきく 命真幸く 262
いのる 祈る 44
いはい 位牌 378
いばえる 嘶える 43
いはつ 遺髪 104
いばら 茨 45
いばらのみ 茨の実 45
いばり 尿 45
いびき 鼾 314
いびつ 歪 468
いぶかしむ 訝む 54

いぶき 息吹／活気 31
いぶき 息吹／風 101
いぶくろ 胃袋 227
いぶしぎん 燻銀 131
いぶす 燻す 152
いぶせき／憂き 51
いま 居間 401
いまいまし 忌忌し 143
いまさず 居まさず 45
いまさば 居まさば 45
いまし 汝 20
いましめる 戒める 45
いましめる 縛める 100
います 在す 45
いまだ 未だ 405
いまも 今も 56
いまわ 今際 486
いまわのきわ 今際の際 486
いまわり 居回 42
いみじき 352
いみず 井水 29
いむ 忌む 42
いむかう 居向う 433
いむしろ 藺筵 436
いも 妹 265
いも 芋 520
いもうと 妹 344
いもがゆ 芋粥 113
いもがり 妹許 42
いもせ 妹背 441
いものつゆ 芋の露 267
いもほり 芋掘り 398
いもり 井守 501
いや 礼 65
いやす 癒やす 30
いやはて／終 85
いやはて／死 486
いゆくい行く 471
いゆしし 射ゆ鹿 114
いよいよ 愈愈 45
いらえ 答え 388
いらか 甍 117
いらだつ 苛立つ 46
いらつ 苛つ 46
いらっしゃる→在す 45
いりあい 入相 465
いりあいのかね 入相の鐘 108
いりうみ 入海 46
いりえ 入江 46
いりがた 入り方 465
いりぐち→入り 276
いりつひ 入つ陽 46
いりひ 入日 46
いりひかげ 入日影 464
いりふね 入船 427
いりまめ 炒豆 411
いる 鋳る 9
いる 煎る 310
いるか 海豚 503
いるかた 入る方 46
いるさ 入るさ 471
いるつき 入る月 46
いるひ 入る日 46
いれずみ 刺青 46
いろ 色 47
いろあさき 色浅き 47
いろあせる 色褪せる 47
いろあや 色彩 47
いろいろ 色色 450
いろうしなう 色失う 47
いろえ 彩絵 453
いろえんぴつ 色鉛筆 385
いろか 色香 56
いろガラス 色硝子 114
いろかわる 色変わる 47
いろくず 魚くず 62
いろこ 鱗 62
いろざと 色里 47
いろさびる 色さびる 48
いろそう 色添う 48
いろづく 色付く 48
いろどり 色鳥 289
いろどる 彩る 48
いろなき 色無き 386
いろね 色音 47
いろふかむ 色深む 48
いろまさる 色増さる 48
いろめく 色めく 301
いろり 囲炉裏 487
いろりび 囲炉裏火 487
いろりべ 囲炉裏辺 487
いわ 岩 48
いわい 岩井 493
いわいざけ 祝酒 48
いわう 斎う 408
いわお 巌 48
いわかげ 岩陰 48
いわくえ 岩崩え 138
いわけなき 稚けなき 20
いわし 鰯 499
いわしぐも 鰯雲 141
いわしひく 鰯引く 36
いわしみず 石清水 201
いわつつじ 岩躑躅 531
いわつばめ 岩燕 506
いわとこ 岩床 233
いわな 岩魚 499
いわね 岩根 48
いわのり 岩海苔 323
いわはし 岩橋 310
いわま 岩間 48
いわまくら 石枕 245
いわむろ 岩室 278
いわや 石室 278
いわやま 岩山 459
いわれ 謂われ 467
いわん 言わん 307
いんが 因果 183
いんき 陰気 48
インク 49
インクの匂 49
インク色 47
インク壜 49
いんげんまめ 隠元豆 411
インコ 506
いんしょう 印象 118
いんせき 隕石 485
いんとう 淫蕩 423
いんりょく 引力 251

【う】

う 鵜 506
うい 雨意 24
うい 初 334
ういういしき 初初しき 334
ウイスキー 180
うう 植う 49
うえ 上 49
うえきいち 植木市 40
うえなき 上無き 144
うえめ 植女 184
うえる 飢える 49
うえる 植える 49
うお 魚 49
うおいち 魚市 39
ウォーターヒヤシンス 533
うおに 魚荷 305
うかい 鵜飼 50
うがい 嗽 50
うがいぐすり 嗽い薬 50
うかうかと 13
うかがう 窺う 50
うかがり 鵜篝 50
うがつ 穿つ 20
うから 親族 50
うかれごころ 浮かれ心 51
うかれゆく 浮かれ行く 51
うかれる 浮かれる 51
うかわ 鵜川 50
うき 憂き 51
うき 雨期 123
うき 268
うき 泥 290
うきうき 浮き浮き 62
うきくさ 浮草 51
うきぐも 浮雲 141
うきな 浮名 62
うきね 浮寝 317
うきは 浮葉 51
うきひと 憂き人 51
うきみどう 浮御堂 274
うきよ 浮世／此の世 169

うきよ 浮世/世間 480
うぐいす 鶯 506
うぐいすだんご 鶯団子 248
うぐいすぶえ 鶯笛 373
うけくち 受け口 138
うけなわ うけ縄 305
うご 雨後 23
うこぎ 五加木 520
うごく 動く 418
うごめく 蠢く 418
うこんいろ 鬱金色 120
うこんこう 鬱金香 531
うさ 憂さ 51
うさぎ 兎 503
うし 大人 73
うし 牛 503
うしお 潮 189
うしおかぜ 潮風 59
うしかい 牛飼 403
うしぐるま 牛車 146
うしなう 失う 51
うしなう 喪う 293
うしのこ 牛の子 503
うしはなつ 牛放つ 337
うしひき 牛曳 403
うしひく 牛牽く 235
うしぼえ 牛吼 392
うしろ 後ろ 51
うしろかげ 後影 52
うしろがみ 後ろ髪 111
うしろすがた 後ろ姿 522
うしろで 後ろ手 52
うしろめたき 後ろめたき 29
うす 臼 52
うず 渦 52
うず 髻華 111
うず 珍 443
うすあい 薄藍 2
うすあお 薄青 3
うすあかき 薄赤き 450
うすあかね 薄茜 6
うすあかり 薄明り 6
うすあさぎ 薄浅黄 2
うすあまき うす甘き 22
うすいろ 薄色 439
うすがき 薄柿 254
うすがすみ 薄霞 100
うすがみ 薄紙 110
うすき 薄黄 119
うすぎ 薄着 130
うすきいのち 薄き命 328
うすきえにし 薄き縁 65
うすぎぬ 薄絹 53
うすきみわるい 薄気味悪い 75
うすぎり 薄霧 128
うずく 疼く 39
うすくちびる 薄唇 139
うずくまる 蹲る 90
うすぐも 薄雲 141
うすぐもる 薄曇る 142
うすくれない 薄紅 450
うすけわい 薄化粧 151
うすこうばい 薄紅梅 450
うすごおり 薄氷り 53
うすごろも 薄衣 172
うずしお 渦潮 52
うすずみ 薄墨 52
うずたかし 堆し 235
うずたから 珍宝 443
うずたま 珍玉 443
うすづき 薄月 258
うすづきよ 薄月夜 260
うすづく 舂く 46
うすで 薄手 476
うすなさけ 薄情け 270
うすのおと 臼の音 52
うすば 薄刃 392
うすばかげろう 薄翅蜉蝣 513
うすひ 薄氷 53
うすび 薄陽 367
うすひかる 薄光る 355
うすべに 薄紅 450
うすべり 薄縁 436
うずまき 渦巻 52
うずまく 渦巻く 52
うすみどり 薄緑 427
うずみび 埋火 52
うすむらさき 薄紫 439
うすめ 薄目 440
うずめゆき 埋め雪 53
うずめる 埋める 52
うすもの 羅 53
うすもみじ 薄紅葉 449
うすももいろ 薄桃色 450
うずもれる 埋もれる 52
うすやくそく 薄約束 252
うすやみ 薄闇 143
うすゆき 薄雪 29
うすよう 薄様 110
うずら 鶉 507
うすらあかり 薄ら明り 6
うすらい 薄氷 53
うすらび 薄ら陽 367
うすわらい 薄笑い 270
うせる 失せる 51
うせる 失せる/去る 187
うそ 嘘 41
うそさむき 薄寒き 186
うそぶく 嘯く 132
うた 歌 53
うた 唄 53
うた 詩 194
うたあわせ 歌合 447
うたいまう 歌い舞う 402
うたう 歌う 53
うたうたい 歌うたい 53
うたかい 歌会 55
うたがい 疑い 54
うたがう 疑う 54
うたかた 泡沫 28
うたがたり 歌語 447
うたガルタ 歌骨牌 17
うたくず 歌屑 387
うだくみ 鵜匠 50
うたげ 宴 54
うたげのあと 宴のあと 54
うたこう 歌乞う 315
うたごえ 歌声 53
うたごころ 歌心 53
うたさち 歌幸 53
うたしょうぐん 歌将軍 54
うたた 転た 45
うたたね 転寝 54
うたつくる 歌作る 55
うたて 51
うたなき 歌無き 55
うたのせん 歌の撰 66
うたひじり 歌聖 54
うたびと 歌人 54
うたびと 詩人 194
うたひめ 歌姫 54
うたぶくろ 歌袋 399
うたふで 歌筆 378
うたぶみ 歌碑 351
うたほご 歌反古 393
うたよみ 歌詠み 54
うたよむ 歌詠む 54
うち 内 312
うちかけ 打掛 125
うちつけに 打ち付けに 373
うちと 内外 228
うちとけて 打ち解けて 196
うちな→沖縄 201
うちなびく 打ち靡く 300
うちならす 打ち鳴らす 304
うちぼり 内濠 398
うちみず 打水 55
うちみだる 打ち乱る 424
うちむれる 打ち群る 439
うちもだす 打ち黙す 446
うちゅう 宇宙 24
うちわ 団扇 55
うつ 撃つ 204

うつうつ 鬱鬱 51
うつうつ 54
うつぎ 卯木 520
うづき 卯月 190
うつくしき 美しき 55
うつくしむ 慈しむ 444
うつけ 痴け 84
うつしえ 写し絵/灯 95
うつしえ 写し絵 306
うつしごころ 移し心 57
うつしみ 現身 32
うつしよ 現世 169
うつす 映す 57
うつせがい 空虚貝 86
うつせみ 空蝉 56
うつそみ 現身 169
うったえる 訴える 268
うつつ 現 56
うつつなき 現無き 437
うつつ心 125
うっとり 56
うつばり 梁 331
うつぶす 俯伏す 57
うつむく 俯向く 57
うつゆう 鬱憂 51
うつらうつら 54
うつりが 移り香 236
うつりぎ 移り気 57
うつりすむ 移り住む 360
うつる 映る 57
うつる 移る/引越 360
うつろ 空洞 57
うつろう 映ろう 57
うつろう 移ろう/褪 47
うつろう 移ろう/過 213
うつろぎ 空洞木 57
うつろごころ 空ろ心 438
うつろぶね 独木舟 413
うつわ 器 476
うてき 雨滴 195
うでくむ 腕組む 57
うてな 台/花 339
うてな 台/高殿 488
うでわ 腕輪 226
うど 独活 520
うとうと 54
うとまし 疎まし 42
うとむ 疎む 42
うどん 饂飩 444
うない 髫 155
うないこ 童女 77
うなかぶす 項傾す 58
うなぎ 鰻 499
うなぎや 鰻屋 208
うなさか 海境 175
うなじ 項 140
うなずく 頷く 57
うなぞこ 海底 87
うなだれる 項垂れる 57
うなづら 海面 58
うなばら 海原 58
うなる 唸る 58
うなわ 鵜縄 50
うに 海胆 498
うね 畝 231
うねめ 采女 431
うねり /波 302
うのはな 卯の花 520
うのはなくたし 卯の花腐し 298
うば 姥 488
うばう 奪う 58
うばぐるま 乳母車 170
うばら 536
うぶ 初心 334
うぶぎ 産衣 74
うぶげ 生毛 149
うぶごえ 初声 73
うぶすながみ 産土神 110
うぶね 鵜舟 50
うぶや 産屋 74
うぶゆ 産湯 73
うべなう 肯う 57
うま 馬 503
うまあぶ 馬虻 513
うまあらう 馬洗う 25
うまい 熟睡 58
うまいち 馬市 40
うまおい 馬追/人 58
うまおい 馬追/虫 513
うまかた 馬方 58
うまき 美き 15
うまぐるま 馬車 331
うまご 孫 404
うまごやし 馬肥 525
うまざけ 美酒 179
うまし 美し/美 56
うまし 美し/楽 242
うましね 美稲 43
うましね 美音 76
うまぞり 馬橇 231
うまつなぐ 馬繋ぐ 263
うまなめて 馬並めて 304
うまにのる 馬に乗る 58
うまのけいろ 馬の毛色 59
うまのこ 馬の子 503
うまのこく 午の刻 207
うまのはえ 馬の蝿 517
うまはなつ 馬放つ 338
うまみ 旨味 15
うまや 馬屋 59
うまれかわる 生れ変る 59
うまれご 生子 5
うまれづき 生月 248
うまれる 生れる 59
うみ 海 58
うみ 湖 419
うみあかり 海明り 6
うみあれる 海荒れる 25
うみお 績麻 42
うみかぜ 海風 59
うみがめ→亀 502
うみぎし 海岸 59
うみぎり 海霧 128
うみぐさ 海草 445
うみぐに 海国 140
うみこいし 海恋し 157
うみしす 海死す 293
うみすずめ 海雀 507
うみぞい 海沿い 60
うみつかぜ 海つ風 59
うみつじ 海つ路 378
うみつばめ 海燕 507
うみて 海手 471
うみどり 海鳥 289
うみなり 海鳴 302
うみなる 海鳴る 304
うみのあお 海の青 3
うみのおと 海の音 302
うみのか 海の香 306
うみのかぜ 海の風 59
うみのこえ 海の声 302
うみのさち 海の幸 36
うみのたび 海の旅 378
うみべ 海辺 59
うみほおずき 海酸漿 498
うみやま 海山 58
うみわたる 海渡る 495
うみをきく 海を聴く 302
うむ 倦む 102
うむ 産む 73
うめ 梅 520
うめがえ 梅が枝 520
うめく 呻く 58
うめしゅ 梅酒 180
うめづけ 梅漬 60
うめのか 梅の香 339
うめのはつはな 梅の初花 336
うめのはな 梅の花 521
うめのみ 梅の実 415
うめばやし 梅林 521
うめびより 梅日和 370
うめぼし 梅干 60
うめほす 梅干す 60
うめみ 梅見 449
うめもどき 梅擬 521
うもう 羽毛 341
うもれぎ 埋木 53
うもれみず 埋水 171
うら 浦 60

うら 裏/裏面 60
うら 裏/裏手 60
うらうら 麗麗 61
うらおもて 裏表 60
うらかぜ 浦風 59
うらがなし 心悲し 107
うらがれ 末枯 115
うらぐわし 心麗し 55
うらさびし 心寂し 185
うらさぶ 心寂ぶ 185
うらじ 浦路 60
うらしまのはこ 浦島の箱 485
うらだな 裏店 60
うらて 裏手 60
うらど 裏戸 60
うらどおり 裏通り 60
うらなう 占う 60
うらなつかし 心懐かし 297
うらなみ 浦波 607
うらにわ 裏庭 310
うらのはる 浦の春 347
うらは 末葉 324
うらば 裏葉 324
うらびと 浦人 128
うらぶれる 60
うらぶれる /悲 107
うらぼん 盂蘭盆 400
うらまち 裏街 60
うらみがお 恨み顔 61
うらみち 裏道 60
うらみわぶ 恨み侘ぶ 496
うらむ 恨む 61
うらめしき 恨めしき 143
うらもん 裏門 106
うらやすき 心安き 165
うらやま 裏山 459
うらやまし 羨まし 61
うらやむ 羨む 61
うらら 麗ら 61
うららか 麗らか 75
うらわ 浦回 60
うらわかき うら若き 491
うらわかみ 末若み 166
うらわかみ うら若み 491
うり 瓜 521
うる 売る 8
うるおう 潤う 61
うるし 漆 313
うるむ 潤む 61
うるわしき 麗しき 62
うれ 梢 166
うれい 愁い 447
うれいがお 愁い顔 107
うれえる 憂える 29
うれしがお 嬉し顔 62
うれしき 嬉しき 62
うれたき 慨き 268
うれみ 熟実 62
うれむぎ 熟麦 62
うれる 熟れる 62
うれわしき 愁わしき 268
うろくず /鱗 62
うろこ 鱗 62
うろこぐも 鱗雲 141
うろつく 186
うわかぜ 上風 101
うわぎ 上着 476
うわぎ 薺蒿 542
うわぐすり 釉 454
うわさ 噂 62
うわのそら うわの空 389
うわめ 上目 409
うん 運 63
うんか 浮塵子 513
うんが 運河 398
うんが→掘割 398
うんかん 雲漢 22
うんすい 雲水 186
うんめい 運命 62

【え】

え 江 46
え 絵 636
え 餌 64
え/穢→穢れる 478
え～ぬ /できない 103
えあわせ 絵合 447
えいえん 永遠 282
えいが 映画 63
えいが 栄華 175
えいがかん 映画館 63
えいかく 鋭角 93
えいごう 永劫 282
えいじ 嬰児 5
えいしゃ 映写 63
えいち 叡知 250
えいなき 酔泣 475
えいゆう 英雄 360
えうちわ 絵団扇 55
えがお 笑顔 63
えがく 描く 63
えき 駅 64
えきてい 駅逓 64
えぎぬ 絵絹 64
えきひょう 駅標 210
えきふ 駅夫 64
えきれい 駅鈴 64
えくぼ 笑窪 63
えぐる 20
えさ 餌 64
えし 絵師 64
えしゃく 会釈 64
えず 絵図 212
えすだれ 絵簾 216
えせもの 似非者 84
えぞ 蝦夷 140
えぞうし 絵草紙 390
えぞぎく 蝦夷菊 521
えだ 枝 65
えだうつり 枝移り 286
えだかわす 枝交す 65
えだくみ 絵匠 64
えだは 枝葉 324
えだまめ 枝豆 411
えたり 得たり 165
えど 江戸 430
えどむらさき 江戸紫 438
エナメル 266
えにし 縁 65
えにしだ 金雀枝 521
えのき 榎木 521
えのぐ 絵具 64
えはがき 絵葉書 467
えび 海老 499
えびいろ 葡萄色 439
えひがさ 絵日傘 353
えびな 絵雛 365
えふで 絵筆 64
えぶみ→踏絵 129
エプロン 402
えほう 恵方 471
えぼし 烏帽子 390
えほん 絵本 399
えま 絵馬 65
えまい 笑まい 63
えまう 笑まう 65
えまき 絵巻 399
えまし 絵馬師 65
えまし 笑まし 65
えまどう 絵馬堂 65
えまゆ 笑眉 63
えまるる 笑まるる 66
えみ 笑み 66
えみかたまく 笑み傾く 66
えみかわす 笑み交す 66
えむ 笑む 65
えむ 笑む/咲く 179
えむし 沙蚕 514
エメラルド 391
えやみ 疫病 460
えよう 栄耀 175
えらぐ 笑らぐ 496
えらぶ 選ぶ 66
えらむ 選む 66
えり 襟 66
えりあし 襟足 66
えりくび→襟足 66
えりたてて 襟立てて 66
えりどめ 襟止 66
えりまき 襟巻 103
えりもと 襟元 66

おおみそか 大晦日 71
おおみやびと 大宮人 431
おおむぎ 大麦 433
おおもん 大門 106
おおゆうだち 大夕立 466
おおゆうやけ 大夕焼 467
おおゆき 大雪 468
おおらか 大らか 71
おおるり 大瑠璃 513
オーロラ→極光 354
おおわだ 大洋 68
おおわらい 大笑い 497
おか 丘 71
おがい 小峡 87
おがくず 大鋸屑 232
おがさ 小傘 97
おがさ 小笠 97
おかし 82
おかし 可笑し 82
おかし お菓子 98
おかじょうき 陸蒸汽 122
おかす 犯す 265
おがひき 大鋸挽 121
おかべ 岡辺 71
おかぼ 陸稲 44
おがむ 拝む 45
おがら 苧殻 432
おがわ 小川 71
おき 沖 71
おき 燠 219
おきい 起居 72
おきえ 招餌 235
おきおき 起起 72
おきごたつ 置炬燵 249
おきつ 沖つ 72
おきつかぜ 沖つ風 72
おきつなみ 沖つ波 72
おきて 掟 45
おきどころ 置所 72
おきな 翁 489
おきなか 沖中 72
おきなぐさ 翁草 523
おきなさぶ 翁さぶ 185
おきなわ 沖縄 201
おきふし 起臥 72
おきべ 沖辺 72
おきょう お経 126
おきる 起きる 72
おぎろなき 372
おく 奥 72
おく 置く 72
おく 招く 410
おくが 奥処 72
おぐき 小岫 278
おぐさ 小草 134
おぐし 小櫛 137
おくしも 置く霜 202
おくじょう 屋上 457
おくつき 奥津城 326
おくて 晩稲 44
おくど 奥処 72
おくなる 奥なる 72
おくびょう 臆病 165
おくやま 奥山 459
おぐらき 小暗き 143
おくりび 送り火 432
おくる 贈る 72
おくる 送る 416
おぐるま 小車 146
おくれげ 後毛 111
おくれさきだつ 後先立つ 178
おくれる 後れる 72
おけ 桶 73
おごころ 雄心 36
おごころ 男心 362
おこしえ 起し絵 95
おごそか 厳か 31
おこたる 怠る/治る 30
おこたる 怠る/怠 151
おごと 小琴 167
おこり 瘧 460
おごり 驕り 73
おごる 驕る 73
おさ 長 73
おさ 筬 333
おさがり 御降 383
おざかり 男盛り 175
おざさ 小笹 527
おざさはら 小笹原 343
おさない→あどけなき 20
おさなき 幼き 73
おさなきこい 幼き恋 73
おさなきとき 幼き時 73
おさなきひと 幼き人 155
おさなご 幼子 155
おさなごえ 幼な声 73
おさなごころ 幼心 362
おさなづま 幼妻 265
おさなどち 幼どち 285
おさなびる 幼びる 73
おさのね 筬の音 333
おさまる 治まる 75
おさん お産 73
おし 惜し 74
おし 鴛鴦 507
おしえご 教え子 272
おじか 牡鹿 504
おしき 折敷 80
おしっこ→尿 45
おしてる 押し照る 40
おしどり 鴛鴦 507
おしなべて 押し並べて 301
おしのび お忍び 198
おしばな 押花 17
おしみなく 惜しみなく 74
おしむ 惜しむ 74
おしもの 飲食 191
おしょう 和尚 225
おしよせる 押し寄せる 482
おじる 怖じる 74
おしろい 白粉 74
おしろいなれ 白粉馴 74
おしろいのか 白粉の香 74
おしろいばな 白粉花 521
おしろいやけ 白粉焼 74
おす 小簾 216
おす 食す 245
おずおず 75
おぜん お膳 74
おそあき 晩秋 9
おそう 襲う 74
おぞけだつ 75
おそざくら 遅桜 526
おそづき 遅月 72
おそなつ 晩夏 299
おそはる 晩春 349
おぞまし 悍し 75
おそりんご 晩林檎 542
おそるべき 畏るべき 75
おそれ 恐れ 75
おそれる 恐れる 74
おそろし 恐ろし 75
おだ 小田 231
おたけび 雄叫び 180
おだし 穏し 75
おだまき 苧環 521
おたまじゃくし お玉杓子 501
おだやか 穏やか 75
おち 遠 279
おちあう 落ち合う 271
おちあゆ 落鮎 499
おちいる 落ち居る 195
おちうど 落人 448
おちうめ 落梅 521
おちかえり 復ち返り 234
おちかえる 復ち返る 89
おちかえる 若返る 490
おちかた 遠方 279
おちかたびと 遠方人 279
おちがみ 落髪 111
おちぐり 落栗 524
おちこち 遠近 19
おちぜみ 落蝉 516
おちたぎつ 落激つ 236
おちつく 落ち着く 195
おちつばき 落椿 531
おちば 落葉 75
おちばかき 落葉掻き 76
おちばたき 落葉焚き 76

おちばどき 落葉時 200
おちばはき 落葉掃き 760
おちぼし 落星 485
おちぼひろい 落穂拾い 43
おちみず 変若水 490
おちむしゃ 落武者 448
おちめ 落ち目 61
おちる 堕ちる 61
おちる 落ちる 76
おつ 変若つ 490
おつかい お使い 257
おつきさま お月様 258
おっと 夫 76
オットセイ 503
おでん 486
おてんとさま お天と様 352
おと 音 76
おどう お堂 277
おとうと 弟 344
おとがい 12
おとき お斎 192
おとぎのくに お伽の国 484
おどける 248
おとこ 男 76
おとご 末子 84
おどこ 小床 316
おとこおみな 男女 360
おとこさぶ 男さぶ 185
おとこどち 男どち 285
おとさむき 音寒き 77
おとしずか 音静か 77
おとしみず 落し水 247
おとす 音す 77
おどす 脅す 223
おとずれ 音信 272
おとずれる 訪れる 277
おとせぬ 音せぬ 193
おとたえる 音絶える 234
おとたかし 音高し 77
おとたてる 音立てる 77
おととし 一昨年 166
おとない 音ない 77
おとない 訪い 77
おとなう 訪う 277
おとなきあめ 音無き雨 224
おとなし 大人し 75
おとめ 処女 77
おとめ 少女 77
おとめご 少女子 77
おとめごころ 少女心 362
おとめさぶ 少女さぶ 185
おとらず 劣らず 78
おとり 囮 496
おどり 踊 78
おどりこ 踊り子 401
おどりば 踊場 87
おどる 踊る 77
おどる 躍る 341
おどろ 荊棘 458
おとろえ 衰え 78
おとろえる 衰える 78
おどろおどろ 75
おどろかす 驚かす 315
おどろく 驚く 78
おどろなす髪 423
おどろみち 荊棘路 458
おながどり→垂尾 67
おなご 女 85
おなごどし 女子同士 285
おなじ 同じ 78
おなみ 男波 301
おなんどいろ 御納戸色 2
おに 鬼 78
おにあざみ 鬼薊 519
おにがわら 鬼瓦 117
おにごと 鬼ごと 16
おにび 鬼火 24
おにやらい 鬼遣 223
おにやんま 鬼やんま 517
おぬ 小沼 313
おね 尾根 78
おねこ 男猫 505
おの 斧 79
おの 小野 318
おの 己 497
おのえ 尾上 78
おのおの 各各 79
おのがじし 己がじし 79
おのこ 男子/男性 77
おのこ 男子/男の子 79
おののおと 斧の音 79
おののき 戦慄 384
おののく 慄く 75
おのもおのも 己も己も 79
おのれ 己 497
おば 尾羽 341
オパール→蛋白石 391
オパール色 209
おはぎ 御萩 446
おはぐろ お歯黒 324
おばしま 484
おばすてやま 姨捨山 459
おばな 雄花 339
おばな 尾花 529
おはなばたけ お花畑 283
おはらめ 大原女 86
おび 帯 79
おびあげ 帯上 79
おびえる 怯える 75
おひさま お日様 352
おびただし 夥し 69
おひつ 飯櫃 359
おびとく 帯解く 79
おびむすび 帯結び 79
おびる 帯びる 409
おぶえ 小笛 373
おぶね 小舟 169
オペラ 53
オペラグラス 280
おぼえる 覚える 79
オホーツク 232
おぼおぼし 402
おぼしき 79
おぼす 80
おほたき 御火焚 205
おぼつかな 覚束な 400
おぼぼし 51
おぼほしき 400
おぼめく 400
おぼれる 溺れる/体 80
おぼれる 溺れる/心 423
おぼろ 朧 80
おぼろおぼろ 朧朧 80
おぼろか 80
おぼろごこち 朧心地 51
おぼろづき 朧月 80
おぼろづきよ 朧月夜 80
おぼろめく 朧めく 80
おぼろよ 朧夜 80
おぼん お盆 80
おまし 御座 401
おみな 女 85
おみなえし 女郎花 521
おみなご 女子 77
オムレツ 246
おむろ 御室 274
おめく 180
おも 面/顔 80
おも 面/表面 82
おもい 思い 81
おもいあかす 思い明かす 5
おもいあまり 思い余り 303
おもいおく 思い置く 80
おもいおもい 思い思い 79
おもいおもう 思い思う 2
おもいがけない 思いがけない 83
おもいがわ 思い川 81
おもいきる 思い切る 421
おもいきわめる 思いきわめる 80
おもいぐさ 思種 447
おもいぐさ 思い草 521
おもいご 思子 43
おもいさだめる 思い定める 80
おもいしぬ 思い死ぬ 157
おもいしる 思い知る 164
おもいすぐ 思い過ぐ 494
おもいすてる 思い捨てる 421

おもいだす 思い出す 81
おもいたつ 思い立つ 80
おもいで 思い出 81
おもいでぐさ 思出種 104
おもいなしか 思いなしか 83
おもいね 思い寝 447
おもいはつ 思い果つ 107
おもいびと 思人 158
おもいみだる 思い乱る 303
おもいもの 思者 158
おもいやせる 思い痩せる 158
おもいやる 思い遣る 81
おもう 思う 81
おもうこと 思うこと 81
おもうどち 思うどち 285
おもうひと 思う人 158
おもえらく 思えらく 118
おもおえず 思おえず 83
おもおも 重重 81
おもおもしき 重重しき 82
おもおゆ 思おゆ 80
おもかくす 面隠す 331
おもかげ 面影 81
おもかげにたつ 面影に立つ 81
おもかた 面形 80
おもがわり 面変り 81
おもき 重き 81
おもげ 重げ 82
おもざし 面差 429
おもしろき 面白き 82
おもそめて 面染めて 389
おもちち 父母 83
おもちゃ 玩具 18
おもて ／外 228
おもて 面／顔 80
おもて 面／表面 82
おもて 面／能面 319
おもてどおり 表通り 406
おもと 万年青 521
おもなが 面長 429
おもなみ 面無み 331
おもなる 面馴る 304
おもに 重荷 146
おもはゆし 面映し 331
おもみ 重み 82
おもみ 重み／重さ 82
おもむき 趣 82
おもむく 赴く 471
おもむろに 472
おもや 母屋 30
おもやせる 面痩せる 81
おもやつれ 面やつれ 81
おもりか 重りか 82
おもる 重る 82
おもわ 面輪 80
おもわず 思わず 83
おもわすれ 面忘れ 81
おや 親 83
おやぐに 母国 393
おやこ 親子 83
おやこ 父子 83
おやこ 母娘 83
おやこいし 親恋し 157
おやごころ 親心 362
おやすずめ 親雀 509
おやま 女形 454
おやみなき 小止み無き 234
おやゆび 親指 473
おゆび 472
おゆび 小指 473
およぎて 泳ぎ手 84
およぐ 泳ぐ 84
および 472
おらぶ 叫ぶ 180
おり 織 84
おり 檻 179
おり 澱 479
オリーブ 521
オリーブ色 120
おりおり 折折 84
オリオン 394
おりがみ 折り紙 17
おりのこす 折残す 235
おりひめ 織姫 241
おりもの 織物 84
おりる 降りる 84
オルガン 106
オルゴール 128
オレンジ 522
おろおろ 28
おろか 愚か 84
おろがむ 拝む 45
おろし 颪 85
おろち 大蛇 502
おわす 在す 45
おわり 終り 85
おわる 終る 85
おわる 終る／死 198
おわれる 追われる 68
おわれる 逐われる 85
おん 恩 442
おんがく 音楽 93
おんこ 522
おんごく 遠国 280
おんじき 飲食 192
おんじゃく 温石 249
おんじょう 音声 160
おんせん→温泉(ゆ) 463
おんぞ 御衣 172
おんてん 遠天 280
おんどり 雄鶏 510
おんな 女 85
おんなきゃく 女客 126
おんなぐるま 女車 146
おんなごころ 女心 362
おんなざか 女坂 175
おんなづれ 女連れ 269
おんなで 女手 420
おんなのて 女の手 270
おんなはらから 女同胞 344
おんぶ 170
おんやしろ 御社 455
おんようじ 陰陽師 60

【か】

か 香 86
か 蚊 514
が 画 63
が 蛾 514
カーキ 254
ガーゼ 271
カーテン 409
ガード 290
カーネーション 520
かい 貝 86
かい 峡 87
かい 階 87
かい 櫂 99
かい 匙 182
かいか 階下 87
がいか 凱歌 105
かいがら 貝殻 86
かいがん→海岸 59
かいき 甲斐絹 124
かいき 海気 133
かいぎ 会議 490
かいきゃく 海客 378
かいぎょ 海魚 50
かいきょう 海峡 87
かいこ 懐古 81
かいこ 蚕 514
かいご 卵子 89
かいこ→蚕(こ) 154
かいこう 海光 58
かいこう 海溝 87
がいこう 外光 228
がいこく→異国 35
がいこくじん→異国人 35
がいこつ 骸骨 191
かいこん 悔恨 133
かいし 懐紙 110
かいし 海市 210
かいしょう 海嘯 302
がいじょう 街上 406
かいじん 灰燼 325
がいじんぼち 外人墓地 327

かいず 海図 212
かいすり 貝磨 174
がいせん 凱旋 105
かいせんとう 回旋塔 17
かいそう→藻 444
かいぞく 海賊 312
かいたく 開拓 345
かいだるし 腕弛し 151
かいたん 塊炭 222
かいだん 階段 87
かいちょう 怪鳥 154
かいちょうおん 海潮音 303
かいつぶり 507
かいてん 回転 414
かいてんいす 回転椅子 37
かいてんもくば 回転木馬 464
かいどう 海道 16
かいどう 街道 424
かいどう 海棠 522
がいとう 外套 87
がいとう 街頭 406
がいとう 街灯 406
かいな 腕 88
かいなき 甲斐なき 39
かいのうた 櫂の歌 99
かいのそこ 峡の底 87
かいは 海波 301
かいば 飼葉 403
かいひ 海彼 35
かいひろう 貝拾う 86
かいぼう 解剖 206
かいほる 貝掘る 398
かいまみる 垣間見る 321
かいみょう 戒名 378
かいめい 晦瞑 143
かいやぐら 貝櫓 210
かいらいし 傀儡師 106
かいらん 解纜 379
かいろ 懐炉 249
がいろじゅ 街路樹 406
かいわ 会話 337
かいわりな 貝割り菜 522
かう 飼う 88
かう 買う 88
かう 購う 88
かえさ 帰さ 88
かえし 返し 388
かえしうた 返し歌 156
かえす 翻す 371
かえす 帰す 416
かえで 楓 522
かえりごと 返事 388
かえりざき 返り咲き 88
かえりじ 帰り路 88
かえりばな 返り花 88
かえりみる 顧みる 88
かえりゆく 帰り行く 89
かえる 還る 33
かえる 帰る 89
かえる 孵る 89
かえる 蛙 501
かえるご 蛙子 501
かえるさ 帰るさ 88
かえるで 鶏冠木 522
かえるのこ 蛙の子 501
かえん 火炎 397
かお 顔 89
かおあらう 顔洗う 25
かおどり 顔鳥 289
かおのはれ 顔の腫れ 350
かおみせ 顔見世 199
かおよき 顔よき 429
かおよせる 顔寄せる 251
かおり 薫り 86
かおる 薫る 89
かか 嬶 264
がか 画家 64
ががく 雅楽 90
かかし 案山子 90
かかと 踵 146
かがふり 冠 112
かがまる 屈まる 91
かがみ 鏡 90
かがみとぎ 鏡磨 416
かがみもち 鏡餅 446
かがむ 屈む 90
かがやかす 輝かす 91
かがやき 輝き 91
かがやく 輝く 91
かがよう 耀う 91
かがり 篝 91
かがりび 篝火 91
かかりぶね 懸り舟 451
かかわり 関わり 65
かき 垣 91
かき 柿 522
かき 牡蠣 498
かぎ 鍵 92
がき 餓鬼/男子 79
がき 餓鬼 92
かき合す 66
かぎあな 鍵穴 92
かきいだく 掻き抱く 237
かきうむ 書き倦む 92
かきおき 書置 272
かきくもる 掻き曇る 142
かきくらし 掻き暗し 142
かきごおり→氷水 161
かきごし 垣越 92
かきさす 書きさす 92
かきすさぶ 書き遊ぶ 92
かきぞめ 書初 92
かきちらす 書き散らす 92
かきつ 垣内 91
かきつくろう 垣繕う 260
かきつばた 杜若 522
がきどう 餓鬼道 92
かきなでる 掻き撫でる 299
かきならす 掻き平す 303
かきならす 掻き鳴らす 356
かきねみち 垣根道 92
かきは 片葉 363
かきぶね 牡蠣船 453
かきほ 垣穂 91
かきもみじ 柿紅葉 522
がきゃく 賀客 318
かきゆう 垣結う 91
かきょう 家郷 162
かぎり 限り/極まる 130
かぎり 限り/死 486
かぎりなき 限りなき 335
かぎろい 陽炎 96
かぎろう 陽炎う 96
かきわかば 柿若葉 522
かきわける 掻き分ける
かく 斯く 493
かく 書く 92
かく 角 93
かく 閣 488
かぐ 嗅ぐ 336
がく 楽 93
がくあじさい 額紫陽花 519
かくいどり 蚊食鳥 504
がくいん 学院 106
かくおび 角帯 79
がくおん 楽音 93
かくざとう 角砂糖 184
かくし 隠袋 93
がくし 楽師 90
かくしづま 隠し妻 264
かくす 隠す 93
がくぜん 愕然 78
がくそう 学窓 106
がくたい 楽隊 93
かくちゅう 角柱 331
かぐつち 迦具土 110
かくとう 角灯 485
がくどう 楽堂 277
がくにん 楽人 90
かくのこのみ 香菓 531
がくのね 楽の音 93
かぐのみ 香の実 138
かぐのもの 香の物 158
かくばかり 斯くばかり 92
がくふ 楽譜 372
かくまき 角巻 103
かくめい 革命 239
がくや 楽屋 150

かくやくと 赫奕と 91
かぐら 神楽 931
かくらん 霍乱 460
かくりよ 隠世 475
がくりょう 学寮 106
かくれが 隠家 93
かくれざと 隠れ里 93
かくれすむ 隠れ住む 93
かくれぬ 隠沼 313
かくれぼし 隠れ星 94
かくれる 隠れる 93
かくれんぼ 隠れんぼ 17
かくろう 隠ろう 93
かくろえごと 隠ろえ事 368
かぐろき か黒き 148
かぐわしき 芳しき 89
かけ 欠け 96
かけ 鶏 510
かげ 鹿毛 59
かげ 陰 94
かげ 陰影 94
かげ 光 354
がけ 崖 95
かけあんどん 掛行灯 29
かけい 懸樋 95
かけい 筧 95
かけい 花茎 134
かけいね 掛け稲 329
かげえ 影絵 95
かけがね 掛金 92
かけがま 欠釜 96
かけぎぬ 掛衣 360
かげくさ 影草 134
かけごう 掛香 158
かげさす 影さす 94
かげして 影して 94
かけぢゃわん 欠茶碗 96
かげつ 花月 431
がけつらら 崖氷柱 268
かけはし 懸橋 330
かげふじ 影富士 375
かげふみ 影踏 17
かげふむ 影踏む 380
かげぼうし 影法師 94
がけみち 崖道 95
かけめぐる 駈け巡る 332
かけら 破片 96
かげりなき 翳りなき 9
かける 欠ける/割 96
かける 欠ける/無 361
かける 翔る 22
かける 賭ける 165
かける 駈ける 332
かげる 陰る 143
かけろ 鶏 510
かげろう 陽炎 96
かげろう 影ろう 96
かげろう 蜉蝣 514
かこ 水手 96
かこ 過去 213
かご 駕籠 96
かご 籠 96
かこう 火口 98
かこちょう 過去帳 256
かこつ 託つ 61
かごと 託言 61
かごぬち 籠内 289
かごのむし 籠の虫 435
かこむ 囲む 97
かさ 傘 97
かさ 笠 97
かさ 嵩 327
かざ 香 86
かざおと 風音 102
かざぐも 風雲 141
かざぐるま 風車 17
かざごえ 風邪声 101
かささぎ 鵲 507
かざさき 風先 101
かささぎのはし 鵲の橋 23
かざし 挿頭 111
かざしも→風先 101
かざす 挿頭す 111
かさなる 重なる 97
かさねぎ 重ね着 130
かさねる 重ねる 97
かざはな 風花 468
かざまつり 風祭 408
かざまもり 風守り 50
かざみち 風道 98
かざり→装身具 226
かざりまど 飾り窓 42
かざる 飾る 98
かざん 火山 98
かざんばい 火山灰 98
かし 菓子 98
かし 河岸 121
かし 樫 522
かじ 火事 99
かじ 鍛冶 99
かじ 舵 99
がし 餓死 49
かじかがえる 河鹿蛙 502
かしがまし 喧し 187
かじかむ 悴む 353
かしぎ 炊ぎ 420
かしぐ 傾ぐ 104
かしぐ 炊ぐ 421
かしこ 彼処 107
かしこき 賢き 100
かじつ 果実 138
がしつ 画室 63
かしどり 樫鳥 507
かじとり 楫取 225
かじのと 楫の音 99
かじのは 梶の葉 240
かしまし 姦し 187
かしまだつ 鹿島立つ 244
かしゃ 貨車 122
かしゃ 華奢 159
かじゃ 冠者 492
かしゅ 火酒 180
かしゅう 歌集 399
かじゅえん 果樹園 229
ガジュマル 522
かしら 頭/体 18
かしら 頭/ボス 73
かしらのゆき 頭の雪 208
かじる 齧る 112
かしわ 柏 522
かしわで 拍手 274
かしわで 膳夫 485
かすか 幽か 100
かすかなおと 幽かな音 230
かすかなかぜ 幽かな風 100
かずき 被衣 109
かずきめ 潜女 445
かずく 被く 109
かずく 潜く 445
かすけさ 幽けさ 100
カステラ 99
カステラ色 120
ガスとう 瓦斯灯 406
かすみ 霞 100
かすみたつ 霞立つ 100
かすみのころも 霞の衣 449
かすむ 霞む 100
かすめる 掠める 286
かずら 鬘 121
かすり 絣 125
かせ 枷 100
かぜ 風 101
かぜ 風邪 101
かぜあおき 風青き 101
かせい 火星 394
かぜかおる 風薫る 298
かせき 化石 37
かせぎ 504
かぜごこち 風邪心地 101
かぜごもり 風邪籠 102
かぜさそう 風誘う 182
かぜさむみ 風寒み 186
かぜしす 風死す 293
かぜしろき 風白き 101
かぜすさぶ 風すさぶ 101
かぜそよぐ 風そよぐ 230
かぜそら 風空 230
かぜたつ 風立つ 101
かぜつよき 風強き 102
かぜなき 風無き 293
かぜなる 風鳴る 304

かぜにたぐう 風に副う 102
かぜにのる 風に乗る 101
かぜのいろ 風の色 152
かぜのおと 風の音 102
かぜのか 風の香 86
かぜのすじ 風の筋 98
かぜのたより 風の便り 62
かぜのまにまに 風のまにまに 102
かぜのむた 風の共 102
かぜのやどり 風の宿り 101
かぜはしる 風走る 101
かぜはやく 風疾く 102
かぜはやみ 風疾み 102
かぜひかる 風光る 101
かぜひょうひょう 風飄飄 374
かぜまぜ 風交 102
かぜわたる 風渡る 101
かぜをいたみ 風をいたみ 102
かぜをきく 風を聞く 102
かせん 歌仙 325
かぞいろ 父母 83
かそう 禾草 44
かぞう 数う 102
かそうば 火葬場 287
かぞえび 数え日 285
かぞえる 数える 102
かぞく→家人 30
かそけき 幽けき 100
かた 肩 102
かた 型 103
かた 像 226
かた 潟 354
かたあかり 片明り 6
かたあげ 肩上 311
かたい 乞食 167
かたい 花体 339
がたうみ 潟海 354
かたえ 片枝 65
かたえ 片方 103
かたえ 105
かたえみ 片笑 63
かたおい 片生 418
かたおか 片岡 71
かたおもい→片思 104
かたがい 片貝 86
かたかき 香高き 89
かたかけ 肩掛 103
かたかげ 片陰 94
かたかげ 片影 95
かたかご 堅香子 522
かたかな 片仮名 446
かたき 堅き 103
かたき 敵 103
かたき 難き 103
かたぎぬ 肩衣 172
かたく 火宅 480
かたぐ 104
かたくな 頑な 175
かたくり 片栗 522
かたこい 片恋 104
かたごころ 片心 479
かたこと 片言 337
かたこり 肩凝 102
かたさる 片去る 201
かたしがい 片し貝 86
かたしく 片敷く 365
かたしぐれ 片時雨 192
かたしろ 形代 103
かたすみ 片隅 219
かたそで 片袖 173
かただ 堅田 103
かただすき 片襷 238
かたたたく 肩叩く 102
かたち 形 103
かたちびと 容人 358
かたちよき 形よき 429
かたつかた 片つ方 103
かたづける 片付ける 201
かたつむり 蝸牛 514
かたて 片手 270
かたとき 片時 363
かたどる 象る/化粧 150
かたどる 象る 377
かたな 刀 452
かたなびき 片靡き 300
かたなり 片生り 418
かたに 片荷 305
かたびさし 片庇 357
かたびら 帷子 125
かたびらゆき 帷子雪 29
かたぶく /傾 104
かたほ 片帆 389
かたほ 片頬 392
かたほう→片方 103
かたほとり 片辺 219
かたまく 片設く 407
かたまち 片町 405
かたまつ 片待つ 359
かたまり 塊 104
かたまる 固まる 439
かたみ 籠 97
かたみ 形見 104
かたみに 互みに 104
かたむく 傾く 104
かたむすび 片結び 437
かため 片目 440
かためがね 片眼鏡 441
かたも 片面 103
かたもい 片思 104
かたもい 片碗 497
かたもみじ 片紅葉 449
かたやま 片山 104
かたやまかげ 片山陰 104
かたやまざと 片山里 104
かたゆき 堅雪 468
かたよせる 片寄せる 201
かたよる 片寄る 482
かたらい 語らい 105
かたらう 語らう/愛欲 3
かたらう 語らう 105
かたらず 語らず 105
かたりがお 語り顔 105
かたりぐさ 語種 105
かたる 語る 104
かたわら 105
かたわれづき 片割月 473
かだん 花壇 337
かち 徒歩 25
かちいろ 褐色 2
かちき 勝気 175
かちく 家畜 319
かちどき 勝鬨 105
がちゃがちゃ 515
かちゅう 家中 30
がちょう 鵞鳥 507
がちりん 月輪 414
かつお 鰹 494
かつおぶね 鰹船 36
かつかつ 戞戞 76
かつがつ 494
かつがつも 477
がっき 楽器 105
かつぐ 担ぐ 329
かっこう 郭公 507
がっこう 学校 106
かつじ 活字 445
がっしょう 合掌 44
がっしょう 合唱 53
かっしょく 褐色 254
かつぜん 豁然 373
がっそう 合奏 138
かっそうろ 滑走路 133
かっと 赫と 4
かつどう 活動 63
かっぱ 合羽 87
かっぱ 河童 106
かて 糧 192
かてい 花堤 262
かと 蝌蚪 501
かど 門 106
かどう 409
かどさす 門閉す 106
かどすずみ 門涼み 215
かどた 門田 231
かどづけ 門付 106
かどで 首途 244
かどのゆき 門の雪 469
かどび 門火 352
かどべ 門辺 106
かどま 肩馬 170

かどまつ 門松 107
かとんぼ 蚊蜻蛉 514
かな 仮名 446
かないろ 鉄色 52
かなえ 鼎 476
かなかな 516
かなけみず 金気水 418
かなさび 金錆 185
かなし 悲し 107
かなし 哀し 107
かなし 哀し/感動 119
かなし 愛し 119
かなしび 悲しび 107
かなしみ 悲しみ 107
かなしむ 悲しむ 107
かなた 彼方 107
かなたこなた 彼方此方 107
かなでる 奏でる 107
かなぶみ 仮名文 446
かなぶん 515
かなめ 要 522
カナリヤ 507
かに 蟹 499
かにく 果肉 138
かにたつ 香に立つ 89
カヌー 169
かね 金 108
かね 鐘 108
かね 鉄漿 324
かね 鉦/漏路 388
かね 鉦 445
かねごと 予言 252
かねたたき 鉦叩 514
かねつき 鐘撞 108
かねのこえ 鐘の声 108
かねのね 鐘の音 108
かのこ 鹿の子 504
かのこえ 蚊の声 514
かのこまだら 鹿の子斑 405
かば 樺 522
かばいろ 蒲色 120
かばう 庇う 412
かばかり 斯ばかり 92
かばしら 蚊柱 514
かばね 屍 191
かばん 鞄 108
かひ 蚊火 113
かび 黴 109
かびのやど 黴の宿 109
かひや 鹿火屋 352
かびん→花瓶 337
かふ 火夫 122
がふ 画布 64
カフェ/店 186
カフェ 322
かふかき 香深き 89
かぶき 歌舞伎 199
かふく 禍福 183
かぶと 甲 109
かぶとむし 甲虫 514
かぶら 蕪 522
かぶらな 蕪菜 522
かぶる 被る 109
かふん 花粉 109
かべ 壁 109
かべん 花弁 339
がぺん 鵞ペン 385
かぼそき か細き 395
かぼちゃ 南瓜 522
かま 釜 109
かま 鎌 109
がま 蝦蟇 502
かまきり 蟷螂 514
かまつか 534
かまど 竈 110
かまなり 釜鳴り 109
かまび 竈火 110
かまめ 鷗 508
かまをとぐ 鎌を研ぐ 281
かみ 紙 110
かみ 神 110
かみ 髪 110
かみあぶら 髪油 111
かみがき 神垣 455
かみかざり 髪飾り 111
かみがた 髪型 112
かみがみ 神神 110
かみきりむし 髪切虫 514
かみくず 紙屑 393
かみけずる 髪梳る 137
かみこ 紙子 172
かみさぶ 神さぶ 185
かみしばい 紙芝居 63
かみしも 裃 172
かみすき 紙漉 112
かみすきめ 紙漉女 112
かみそり 剃刀 342
かみだくみ 紙匠 112
かみつぶて 紙礫 110
かみなが 髪長 111
かみなり 雷 484
かみにんぎょう 紙人形 311
かみのか 髪の香 86
かみのぼり 紙幟 157
かみびな 紙雛 365
かみふすま 紙衾 378
かみまく 髪巻く 403
かみゆう 髪結う 112
かみよ 神代 433
かみら 534
かみをすく 髪を梳く 137
かむ 噛む 112
かむ 醸む 112
かむり 冠 112
かむりげ 冠毛 149
かめ 瓶 337
かめ 亀 502
カメラ 203
かめん 仮面 444
かも 氈 205
かも 鴨 507
かもい 鴨居 331
かもく 寡黙 446
かもしか 羚羊 503
かもす 醸す 12
かものまつり 賀茂の祭 407
かもめ 鷗 508
かや 蚊帳 113
かや 萱 522
かやく 火薬 113
かやごし 蚊帳越 113
かやつりぐさ 蚊帳釣草 523
かやり 蚊遣 113
かやりび 蚊遣火 113
かゆ 粥 113
かゆきかくゆき か行きかく行き 19
かゆすする 粥すする 113
かよいじ 通い路 113
かよう 通う 113
かよわき か弱き 113
から 韓 315
から 骸 191
から 体 194
からあい 韓藍 525
からかさ 唐傘 97
からかみ 唐紙 376
からき 辛き 114
からき 辛き/塩 190
からくさ 唐草 451
からくり 絡繰 121
からぐるま 空車 146
からくれない 唐紅 147
からさけ 乾鮭 500
からす 烏 508
ガラス 硝子 114
からすがい 烏貝 498
ガラスど 硝子戸 276
ガラスまど 硝子窓 408
からだ 体 194
からたち 枳殻 523
からだに 空谷 241
からだのなか→身内 312
からっかぜ 空風 101
からっぽ 空っぽ 57
からつゆ 空梅雨 237
からでら 唐寺 273
からびる 乾びる 116
からまつ 落葉松 523
からみ 辛味 114

からむ 絡む 409
からめて 搦手 106
からやま 空山 459
からろ 空艪 100
からろ 唐艪 100
がらん 伽藍 273
かり 狩 174
かり 雁 508
かりうど 狩人 114
かりかえる 雁帰る 508
かりがね 雁音 508
かりぎぬ 狩衣 172
かりくら 狩倉 114
かりずまい 仮住い 115
かりそめ 仮初 115
かりそめごと 115
かりた 刈田 231
かりね 仮寝 54
かりのみ 仮の身 32
かりば 狩場 114
かりばね 刈株 129
かりや 仮屋 115
かりゅう 火龍 154
かりん 火輪 352
かりん 榠 523
かる 刈る 115
かる 離る 387
カルタ 骨牌 17
かるはずみ→軽率 13
かるわざ 軽業 422
かれあし 枯葦 519
かれい 鰈 499
かれいい 乾飯 442
かれいろ 枯色 254
かれえ 枯枝 115
カレー 209
かれかわ 涸川 115
かれき 枯木 115
がれき 瓦礫 138
かれぎく 枯菊 523
かれきなか 枯木中 115
かれくさ 枯草 134
かれこだち 枯木立 381
かれしば 枯芝 199
かれすすき 枯芒 529
かれそうげん 枯草原 226
かれたき 涸滝 116
かれぬま 涸沼 116
かれの 枯野 115
かれは 枯葉 115
かればしょう 枯芭蕉 535
かれはす 枯蓮 535
かれはら 枯原 115
かれふ 枯生 115
かれやま 枯山 115
かれる 枯れる 115
かれる 涸れる 115
かれる→朽ちる 139
かれん 可憐 117
がろう 画廊 63
かろうじて 辛うじて 477
かろがろ 軽軽 116
かろき 軽き 116
かろげ 軽げ 116
かろらかに 軽らかに 116
かわ 川 116
かわ 革 150
かわ→清流 292
かわ→流れ 292
かわうそ 獺 503
かわおさ 河長 225
かわおと 川音 116
かわかぜ 川風 101
かわかみ 川上 116
かわがり 川狩 36
かわき 渇き 321
かわぎり 川霧 128
かわく 乾く 116
かわくま 川隈 116
かわご 皮籠 108
かわごろも 皮衣 150
かわす 交す 104
かわず 蛙 501
かわせ 川瀬 221
かわせみ 翡翠 508
かわたび 革足袋 243
かわたれどき 彼誰時 200
かわたろう 河太郎 106
かわちどり 川千鳥 253
かわちょうず 川手水 271
かわつつみ 川堤 262
かわづら 川面 116
かわと 川門 495
かわどうじ 河童子 106
かわなみ 川波 116
かわばた 川端 116
かわび 川傍 116
かわふね 川舟 379
かわべ 川辺 116
かわほり 蝙蝠/扇子 68
かわほり /蝙蝠 504
かわみず 川水 116
かわも 川面 116
かわや 厠 117
かわやしろ 川社 455
かわやなぎ 川柳 541
かわゆか 川床 251
かわゆき 可愛き 117
かわら 河原 117
かわら 瓦 117
かわらけ 土器 453
かわらしばい 河原芝居 199
かわらぬ 変わらぬ 264
かをうつす 香を移す 237
かをとむ 香を尋む 176
かをなつかしみ 香を懐かしみ 297
かをはく 香を吐く 89
かをはなつ 香を放つ 90
かん 閑 43
かん 燗 117
かん 寒 117
かん 艦 148
かん 棺 359
かん 缶 476
がん 癌 460
かんあい 寒靄 450
かんあけ 寒明け 117
かんおけ 棺桶 359
かんが 閑雅 82
がんか 眼窩 440
かんがえる 考える 118
かんかく 感覚 118
かんかつ 寛闊 71
かんがらす 寒烏 508
かんかん 感官 118
かんがん 寒雁 508
かんき 寒気 186
かんき 歓喜 483
かんぎく 寒菊 523
かんきょ 閑居 171
かんぎょう 寒行 127
かんきん 看経 126
かんきん 寒禽 382
かんげつ 寒月 382
かんげん 管絃 107
かんこ 寒湖 419
かんご 看護 118
がんこう 雁行 508
かんごえ 寒声 126
かんごえ 寒肥 160
かんこくかん 函谷関 222
かんこどり 閑古鳥 507
かんごふ 看護婦 118
かんざし 簪 137
かんざん 寒山 383
かんじき 469
かんじつ 寒日 186
がんじつ 元日 118
かんしゃ 官舎 30
かんしょ 甘蔗 523
かんしょう 感傷 128
かんしょく 感触 272
かんじる 感じる 118
かんすい 寒水 118
かんすずめ 寒雀 509
かんせい 寒星 383
かんせい 歓声 483
がんぜなき 頑是なき 73
かんぜみ 寒蟬 516
かんそう 寒竈 405
かんぞう 萱草 523
かんそん 寒村 361
かんたく 寒柝 369

ギター 105
きたかぜ 北風 123
きたぐに 北国 123
きだち 木太刀 452
きたなき 477
きたのうみ 北の海 68
きたまど 北窓 408
きちこう 桔梗 523
きちにち 吉日 371
ぎちゅうじ 義仲寺 274
きちょう 几帳 286
きづかう 気遣う 124
きっこう 亀甲 452
きっしょはじめ 吉書初 92
きつつき 啄木鳥 508
きつね 狐 504
きつねいろ 狐色 254
きつねつき 狐憑 476
きつねのかみそり 狐剃刀 540
きつねばな 狐花 540
きつねび 狐火 24
きてき 汽笛/汽車 122
きてき 汽笛 124
きとう 祈禱 44
きどう 軌道 225
きなく 来鳴く 294
きなる 黄なる 119
きにち→忌日 22
きにごる 黄に濁る 125
きぬ 絹 124
きぬ 衣 172
きぬいと 絹糸 124
きぬがさ 絹傘 97
きぬかつぎ 衣被き 520
きぬぎぬ 後朝 68
きぬずれ 衣擦 216
きぬた 砧 124
きぬたうつ 砧打つ 124
きぬたのおと 砧の音 124
きぬでまり 絹手鞠 413
きね 杵 52
きねずみ 木鼠 506
きのう 昨日 124
きのか 木の香 174
きのこ 茸 124
きのこがり 茸狩 125
きのひかり 黄の光 354
きのまた 木の股 119
きば 騎馬 125
きば 牙 152
きはく 気魄 125
きばさみ 木鋏 311
きはだ 木肌 82
きはちじょう 黄八丈 125
きばな 黄花 338
きばむ 黄ばむ 125
きび 黍 532
きびす 146
きぶくれ 着ぶくれ 130
ぎふちょうちん 岐阜提灯 255
きへい 騎兵 125
きへん 机辺 260
きぼう 希望 314
ぎぼし 擬宝珠 524
きぼり 木彫 255
きまくら 木枕 403
きまぐれ 気まぐれ 193
きまぐれ→遊び 214
きまさぬ 来まさぬ 145
きます 来ます 145
きませ 来ませ 145
きみ 君 20
きみがり 君許 42
きみじか 気短 175
きむかう 来向う 145
きもの 着物 125
きゃく 客 126
きゃくおくる 客送る 126
きゃくざ 客座 126
ぎゃくしゅう 逆襲 74
きゃくなき 客なき 126
きゃくま 客間 401
きゃしゃ 華奢 395
キャビン 119
キャベツ 524
ギヤマン 114
きやみ 気病 460
きゃら 伽羅 524
きゃらのあぶら 伽羅の油 111
きゃらのか 伽羅の香 158
キャンプ 319
きゅう 灸 126
きゅうかんちょう 九官鳥 508
きゅうしゃ 柩車 287
きゅうでん→王宮 68
ぎゅうにゅう→牛乳 252
きゅうはん 急阪 175
ぎゅうらく 牛酪 333
きゅうり 胡瓜 524
きゅうりゅう 穹窿 154
きゅうりゅう 急流 236
きゅうりょう 丘陵 71
きょう 興 82
きょう 経 126
きょう 今日 126
きょう 京 430
ぎょう 行 126
ぎょうあん 暁闇 462
きょうえん 興宴 54
きょうえん 饗宴 54
きょうがい 境涯 428
きょうかいせん 境界線 175
きょうがる 興がる 127
きょうき 狂気 145
ぎょうぎょうし 行行子 512
ぎょうげつ 暁月 321
きょうさく 凶作 493
きょうざめ 興ざめ 127
ぎょうし 凝視 426
ぎょうじゃ 行者 227
きょうしゅう 郷愁 127
ぎょうずい 行水 21
きょうずる 興ずる 127
きょうそく 脇息 260
きょうだい→同胞 344
きょうちくとう 夾竹桃 524
きょうづと 京苞 263
きょうな 京菜 524
きょうにんすい 杏仁水 137
きょうひょう 境標 175
きょうふ 恐怖 75
きょうよむ 経読む 126
きょうらん 狂乱 145
きょうるい 郷涙 127
ぎょえん 御苑 229
ぎょか→漁火 36
きよがき 清書 92
きょき 歔欷 216
きよき 清き 127
きょぎ 虚偽 41
きょく 曲 128
きよく 清く 127
ぎょく 玉 391
ぎょくざ 玉座 174
きょくすい 曲水 82
きょくせん 曲線 402
きょくち 極地 70
きょくば 曲馬 422
ぎょくろ 玉露 253
ぎょぐん 魚群 50
きよげ 清げ 56
ぎょけい 御慶 318
ぎょしゃ 馭者 331
ぎょしゅう 御舟 379
きょしょく 虚飾 41
きょじん 巨人 68
きょだい 巨大 69
きょっこう 極光 354
ぎょばん 魚板 274
ぎょふ 漁夫 128
きよみ 清み 128
きょむ 虚無 438
きよら 清ら 56
きよらか 清らか 127
きょり 距離 425
ぎょるい 魚類 50
きよわ 気弱 165

きら 綺羅 172
きらう 霧らう 129
きらう→厭う 42
きらきら 91
きらきらし 56
きらびやか 91
きらめく 燦めく 91
きらら 煌ら 91
きらら 雲母 160
きららか 91
きり 霧 128
きり 桐 524
きりがくれ 霧隠れ 94
きりかぶ 切株 129
きりぎし 切崖 95
きりぎりす 514
きりこどうろう 切子灯籠 279
きりさめ 霧雨 166
きりざんしょ 切山椒 528
きりしたん 切支丹 129
キリスト 基督 129
キリスト教 129
きりたちわたる 霧立ち渡る 129
きりたつ 霧立つ 129
きりづきよ 霧月夜 260
きりどおし 切通 424
きりのはな 桐の花 524
きりび 切火 353
きりひとは 桐一葉 78
きりま 霧間 128
きりょ 羇旅 244
きりょう 帰漁 36
きりん 麒麟 154
きる 剪る 35
きる 伐る 130
きる 着る 130
きる 斬る 172
きれ 布 130
きれぎれ 切れ切れ 96
きれつ 亀裂 180
きろ 帰路 88
ぎろん 議論 490
きわ 際 330
きわまる 極まる 130
きわみ 極み 131
きわみなき 極みなき 335
きわやか 際やか 209
きをひく 木を挽く 121
きん 黄金 131
きん 巾 273
ぎん 銀 131
きんいろ 金色 131
ぎんいろ 銀色 131
ぎんか 銀貨 108
ぎんが 銀河 22
きんがいせん 菫外線 190
きんかく 金閣 274
ぎんがみ 銀紙 110
きんかん 金環 355
ぎんかん 銀漢 22
きんぎょ 金魚 131
ぎんぎょ 銀魚 50
きんぎょだま 金魚玉 131
ぎんこう 銀光 354
きんこつ 筋骨 194
ぎんざ 銀座 406
ぎんざいく 銀細工 174
きんし 金糸 42
きんし 禁止 131
きんし 近視 441
ぎんしのあめ 銀糸の雨 222
ぎんしょく 銀燭 275
ぎんじる 吟じる 132
きんせい 金星 132
ぎんせかい 銀世界 470
きんせんか 金盞花 524
きんぞく 金属 132
きんちゃ 金茶 254
きんでい 金泥 132
ぎんでい 銀泥 132
ぎんてき 銀笛 132
きんどけい 金時計 282
ぎんどけい 銀時計 282
ぎんなん 銀杏 520
ぎんねず 銀鼠 315
ぎんのさじ 銀の匙 182
きんばえ 金蝿 517
ぎんばえ 銀蝿 517
きんぱつ 金髪 132
ぎんばん 銀盤 187
きんびょうぶ 金屏風 370
ぎんびょうぶ 銀屏風 370
きんぷう 金風 131
きんぷん 金粉 132
きんぽうげ 毛茛 524
きんむく 金無垢 131
きんもじ 金文字 445
ぎんりょく 銀緑 426
きんれい 金鈴 215

【く】

く 苦 146
く 句 325
ぐ 愚 84
ぐあん 愚庵 492
くい 悔 132
くい 杭 376
くいあらためる 悔い改める 133
くいいる 食い入る 436
くいな 水鶏 508
くいる 悔いる 133
クイン／女王 67
くう 食う 245
くうかん 空間 133
くうき 空気 133
くうきょ 空虚 438
くうこう 空港 133
くうしゅう 空襲 224
ぐうぜん 偶然 246
くうそう 空想 118
くうはく 空白 438
くえ／柵 179
くえあと 壊跡 138
くえる 崩える 138
くおん 久遠 283
くが 陸 133
くかい 句会 325
くがじ 陸路 133
くがつ 九月 133
くがつじん 九月尽 134
くがついたち 九月一日 134
くがねがみ 金髪 132
くき 茎 134
くぎ 釘 232
くきだち 茎立 134
くきやか 14
くぎょう 苦行 127
くぎん 苦吟 132
くぐい 511
くぐつまわし 傀儡回 422
くくみら 茎韮 534
くくむ 含む 374
くぐもり声 374
くくる 括る 243
くこ 枸杞 524
くさ 草 134
くさいきれ 草熱れ 316
くさいち 草市 39
くさいちご 草苺 520
くさおか 草丘 134
くさかう 草飼う 88
くさがくれ 草隠れ 94
くさかげ 草陰 134
くさかげろう 草蜉蝣 515
くさかり 草刈／人 135
くさかりめ 草刈女 135
くさかる 草刈る 135
くさがれ 草枯れ 115
くさき 草木 134
くさき 臭き 135
くさぎる 草切る 135
くさぐさ 種種 450
くさこうじ 草小路 424
くさずもう 草相撲 220
くさせんり 草千里 226
くさち 草地 249
くさどこ 草床 136
くさどて 草土手 262
くさとり 草取り 135
くさにねる 草に寝る 136

くさぬく 草抜く 135
くさのいえ 草の家 135
くさのいおり 草の庵 135
くさのか 草の香 306
くさのたけ 草の丈 238
くさのと 草の戸 135
くさのとぼそ 草の枢 135
くさのな 草の名 134
くさのは 草の葉 134
くさのはな 草の花 135
くさのみ 草の実 415
くさば 草場 135
くさば 草葉 135
くさはむ 草食む 88
くさはら 草原 226
くさび 楔 376
くさひく 草引く 135
くさひばり 草雲雀 515
くさびら 草片 125
くさふ 草生 226
くさぶえ 草笛 136
くさふかき 草深き 136
くさぶし 草臥 136
くさぼけ 草木瓜 524
くさま 草間 401
くさまくら 草枕 136
くさむしり 草むしり 135
くさむす 草生す 135
くさむすぶ 草結ぶ 136
くさむら 叢 136
くさめ 嚔 136
くさもえ 草萌 445
くさもち 草餅 447
くさもみじ 草紅葉 449
くさや 草矢 17
くさや 草家 136
くさやま 草山 135
くさり 鎖 100
くさる 腐る 136
くさわかし 草若し 491
くさをしく 草を籍く 221
くし 髪 110
くし 櫛 137
くし 串 330
くじ 公事 184
くしき 奇しき 375
くしげ 櫛笥 137
くしけずる 梳る 137
くしまき 櫛巻 112
くじゃく 孔雀 509
くじゃくいし 孔雀石 37
くじゃくそう 孔雀草 524
くしゃみ→嚔 136
くじゅう 九十 284
くじら 鯨 499
くじらおう 鯨追う 35
くじらじる 鯨汁 209
くしろ 釧 226
くず 葛 524
ぐす 具す 269
くずおれる 頽おれる 165
くすし 医師 36
くすのき 楠 524
くずのはな 葛の花 524
くすぶる 燻る 152
くすゆ 霊湯 463
くすり 薬 137
くすりぐい 薬食 307
くすりぐさ 薬草 454
くすりし 医師 36
くすりなべ 薬鍋 137
くすりびん 薬壜 137
くすりゆび→紅差指 473
くずれ 壊れ 138
くずれやな 崩れ簗 457
くずれる 崩れる 138
くせがみ 癖髪 111
くせもの 曲者 138
くだ 小角 373
くだかけ 鶏 510
くだく 砕く 497
くだつよ 降つ夜 481
くたびれる 258
くだもの 果実 138
くだりあゆ 下り鮎 499
くだりぶね 下り舟 138
くだる 下る 138
くち 口 138
くち 唇 139
ぐち 愚痴 61
くちうつし 口移し 138
くちえん 朽縁 66
くちおしき 口惜しき 143
くちき 朽木 139
くちきり 口切 255
くちすう 口吸う 139
くちずさむ 口吟む 132
くちづけ 口付 139
くちど 口疾 337
くちなし 梔子 524
くちなしいろ 梔子色 120
くちなわ 蛇 502
くちにがき 口苦き 307
くちば 朽葉 139
くちばいろ 朽葉色 120
くちばし 嘴 139
くちびる 唇 139
くちぶえ 口笛 373
くちべに 口紅 387
くちもと 口元 138
くちょう 句帳 256
くちる 朽ちる 139
くちをむすぶ 口を結ぶ 138
くつ 靴 139
くつ 窟 278
くつおと 靴音 139
くつした 靴下 140
クッション 185
くつたび 靴足袋 140
くつみがき 靴磨 416
くつろぐ→端居 330
くつわ 轡 328
くつわ虫 515
くど/かまど 110
くに 国 140
くにうち 国内 312
くにおもう 国思う 127
くにざかい 国境 140
くにたみ 国民 246
くにつたから 国つ宝 140
くにつち 国土 140
くにのほ 国の秀 140
くにのまほら 国の真洞 140
くにはら 国原 140
くにびと 国人 140
くにぶり 国風 303
くにべ 国辺 162
くにほろぶ 国亡ぶ 399
くにみ 国見 140
くぬが 陸 133
くぬぎ 橡 524
くぬち 国中 312
くねる 402
くび 首 140
くびかざり 首飾り 226
くひじり 句聖 325
くびすじ 首筋 141
くびづか 首塚 326
くびまき 首巻 103
くびる 縊る 172
ぐふう 颶風 233
ぐふうがん 颶風眼 233
くべつ→分く 493
くべる 焼べる 451
くぼ 窪 141
くぼみ 窪み 141
くぼむ 窪む 141
くま 熊 504
くまぐま 隈隈 219
くまで 熊手 389
くまどる 隈どる 377
くまなき 隈無き 274
くまばち 熊蜂 518
くまみ 隈回 402
ぐみ 茱萸 524
くみかわす 酌み交す 179
くみす 乳酒 180
くみず 汲水場 420
くみみず 汲み水 420
くも 雲 141
くも 蜘蛛 515

くもい 雲居 69
くもがくれ 雲隠れ 94
くもかげ 雲影 94
くもさく 雲裂く 180
くもじ 雲路 113
くもで 蜘手 253
くもにまがう 雲に紛う 402
くものい 蜘蛛の囲 515
くものいと 蜘蛛の糸 515
くものうえ 雲の上 49
くものうみ 雲の海 141
くものこ 蜘蛛の子 515
くものす 蜘蛛の巣 515
くものなみ 雲の波 142
くものはたて 雲のはたて 335
くものみね 雲の峰 142
くもま 雲間 349
くもり 曇り 142
くもりガラス 曇硝子 114
くもりぞら 曇り空 142
くもりなき 曇りなき 10
くもりび 曇り日 142
くもる 曇る 142
くもわく 雲湧く 142
くもん 苦悶 146
くやしき 悔しき 143
くゆ→崩れる 138
くゆらす 燻らす 243
くゆる 薫る 90
くゆる 燻る 152
くら 倉 143
くら 鞍 328
くらう 食らう 245
くらがり 暗がり 143
くらき 暗き 143
くらげ 海月 499
くらし 暮し 144
くらす 暗す 48
くらす 暮らす 144
グラス 167
くらつぼ 鞍壺 328
くらべうま 競馬 123
くらべる 比べる 144
くらみ 暗み/所 143
くらみ 暗み/理由 143
くらむ 暗む 143
くらやみ 暗闇 143
クラリネット 105
グランド 144
くり 庫裏 145
くり 栗 524
くりいろ 褐色 254
くりげ 栗毛 59
クリスマス 144
くりぶね 刳舟 413
くりや 厨 145
くりやがめ 厨甕 145
くりやぎ 厨着 402
くりやごと 厨事 145
くりやど 厨戸 145
くりやのすみ 厨の隅 145
くりやべ 厨辺 145
くりやめ 厨女 145
くりやもの 厨物 145
くる 来る 145
くるう 狂う 145
くるおしき 狂おしき 145
くるしき 苦しき 146
くるしきこい 苦しき恋 158
くるしみ 苦しみ 146
クルス 205
くるぶし /踝 146
くるま 車 146
くるまいど 車井戸 29
くるまじ 車路 424
くるまひき 車曳 147
くるみ 胡桃 525
くるめく 444
くるる 枢 92
くるわ 廓 147
くれ 塊 104
くれ 暮 465
くれいろ 暮色 147
くれおそき 暮れ遅き 348
くれがた 暮方 465
くれくれ 51
くれそめる 暮れ初める 147
くれない 紅 147
くれなずむ 暮れなずむ 147
くれのこる 暮れ残る 147
くれはてて 暮れ果てて 147
くれゆく 暮れ行く 147
クレヨン 64
くれる 暮れる 147
ぐれん 紅蓮 5
くろ 畔 16
くろあり 黒蟻 513
くろうし 黒牛 503
くろうま 黒馬 59
クローバ 525
くろがね 黒金 327
くろかみ 黒髪 148
くろき 黒き 148
くろぎ 黒木 174
くろきはな 黒き花 338
くろきめ 黒き目 444
くろくも 黒雲 493
くろぐろ 黒黒 148
くろこま 黒駒 59
くろごめ 黒米 170
くろしお 黒潮 189
くろずむ 黒ずむ 148
くろつち 黒土 261
くろぬり 黒塗 313
くろねこ 黒猫 505
くろはえ 黒南風 427
くろばら 黒薔薇 536
くろび 黒檜 537
くろびかり 黒光り 354
くろひょう 黒豹 505
くろふ 黒斑 405
くろぼこ 黒ぼこ 261
くろむ 黒む 148
くろめがち 黒眼がち 444
くろめがね 黒眼鏡 441
くわ 鍬 235
くわ 桑 525
くわえる 咥える 112
くわこ 桑子 154
くわし 美し 55
くわしめ 細女 358
くわつむ 桑摘む 266
くわのみ 桑の実 415
くわはじめ 鍬始 235
くわばたけ 桑畑 334
くんえこう 薫衣香 237
くんおう 君王 67
ぐんか 軍靴 224
ぐんかく 群鶴 439
ぐんがく 軍楽 108
ぐんかん 軍艦 148
くんこう 薫香 158
ぐんしゅう 群衆 148
ぐんじょう 群青 2
くんじる 薫じる 90
ぐんば 軍馬 224
くんぷう 薫風 298
ぐんよう 群羊 505
ぐんらく 群落 439

【け】

け 消 120
け 毛 149
け 笥 452
げ 夏 126
けあがり 気上り 395
けい 刑 149
けい 景 150
げい 芸 149
けいえん 閨怨 365
けいかく 計画 149
けいこ 稽古 149
けいこう 蛍光 354
けいこうとう 蛍光灯 275
けいこく 渓谷 241
けいしゃ 傾斜 149
けいせい 傾城 465
けいそつ 軽率 13

【こ】

156
こいし 小石 156
こいし 恋し 156
こいじ 恋路 155
ごいし 碁石 155
こいしきひと 恋しき人 158
こいじに 恋死 157
こいしのぶ 恋い忍ぶ 199
こいしみち 礫石 37
こいする 恋する 157
こいそ 小磯 38
こいたき 恋痛き 158
こいちにち 小一日 33
こいづか 恋塚 157
こいなく 恋泣く 162
こいにうむ 恋に倦む 10
こいにくちる 恋に朽ちる 157
こいにしぬ 恋に死ぬ 157
こいぬ 小犬 503
こいねがう 冀う 314
こいねこ 恋猫 505
こいのあじ 恋の味 155
こいのいろ 恋の色 155
こいのおわり 恋の終り 156
こいのしかばね 恋の屍 157
こいのせき 恋の堰 222
こいのひ 恋の火 162
こいのふみがら 恋の文殻 158
こいのぼり 鯉幟 157
こいのみち 恋の道 156
こいのむ 乞い祈む 44
こいのやっこ 恋の奴 355
こいびと 恋人 157
こいぶみ 恋文 158
こいまさる 恋増さる 162
こいまろぶ 展転ぶ 172
こいも 子芋 520
こいものがたり 恋物語 156
こいやせ 恋痩 456
こいやつれ 恋やつれ 158
こいやみ 恋闇 158
こいやみ 恋病 158
こいわすれがい 恋忘貝 494
こいわすれぐさ 恋忘草 494
こいわたる 恋い渡る 156
こいわぶ 恋侘ぶ 496
こいをしる 恋を知る 157
こいをすてる 恋を捨てる 156
こう 恍 56
こう 恋う 157
こう 香 158
こう 乞う 315
こう 鵠 511
こう 国府 140
ごう 業/罪 265
こういん 光陰/年月 284
こういん 光陰/光 354
ごうう 豪雨 70
こうえん 公園 195
こうお 小魚 159
ごうおん 轟音 76
こうか 後架 117
こうか 高架 275
こうか 光華 354
ごうか 業火 193
ごうか 豪華 340
ごうか 劫火 397
こうかい 航海 378
こうがい 郊外 159
こうがい 慷慨 252
ごうがい 号外 390
こうかはい 紅花盃 176
こうがん 紅顔 389
こうき 香気 86
こうき 高貴 197
こうきょう 交響 108
こうぎょく 紅玉 391
こうくうろ 航空路 133
こうげ 香花 396
こうけい 紅閨 317
こうげん 高原 344
こうこう 煌煌 91
こうごう 香合 447
こうごうし 神々し 278
こうこうや 好好爺 489
こうこくとう 広告塔 159
こうこくとう 広告灯 159
こうこつ 恍惚 56
こうこん 黄昏 465
こうさ 黄砂 393
こうざ 高座 479
こうさぎ 小兎 503
こうさてん 交差点 261
こうざん 後山 280
こうし 格子 276
こうし 皓歯 324
こうじ 糀 113
こうじ 工事 159
こうじ 小路 170
こうじ 柑子 540
こうじつ 好日 370
ごうしゃ 豪奢 159
ごうしょ 劫初 433
こうしょう 哄笑 497
こうじん 耕人 320
こうじん 黄塵 393
こうすい 香水 159
こうずい→大水 70
こうせい 好晴 350
こうせん 光線 354
こうせん 香煎 434
こうた 小唄 53
こうたんさい 降誕祭 144
こうちゃ 紅茶 322
こうちゃのわん 紅茶の碗 497
こうてい 校庭 106
こうてつ 鋼鉄 327
こうとう 紅灯/色里 48
こうとう 紅灯 351
こうとう 岬頭 418
こうどく 鉱毒 282
こうのとり 鵠の鳥 509
こうのもの 香の物 260
こうばい 紅梅/色 147
こうばい 紅梅 521
こうばい 勾配 149
こうばし 香ばし 90
こうふ 工夫 159
こうふく 幸福 183
こうぶつ 鉱物 159
こうふん 興奮 160
こうべたれ 頭垂れ 58
こうべをあげる 頭を上げる 12
こうぼう 光芒 354
こうぼく 香木 158
こうほね 河骨 525
こうま 耕馬 235
こうま 小馬 503
こうみょう 光明 396
こうめ 小梅 521
こうもり 蝙蝠 504
こうもりがさ 蝙蝠傘 97
こうゆ 香油 158
こうらいべり 高麗縁 239
こうらく 黄落 449
こうらん 勾欄 485
こうり 行李 108
ごうりき 剛力 309
こうりゅう(蛟龍)→蛟 154
こうれん 紅蓮 535
こうろ 香炉 237
こうろう 高楼 488
こえ 声 160
こえ 肥 160
こえおけ 肥桶 160
こえがとおる 声が透る 160
こえき 古駅 64
こえぐるま 肥車 161
こえごえ 声声 160
こえじり 声尻 160
こえすむ 声澄む 220
こえする 声する 160

こえだ 小枝 161
こえぶね 肥舟 161
こえふむ 声含む 374
こえる 越える 161
こえる 肥える 161
こえをつつむ 声を包む 93
こえん 小縁 66
こえん 故園 162
こおけ 小桶 73
こおし 恋し 156
コート 87
コーヒー 珈琲 323
こおり 氷 161
こおり 氷/食 161
こおりうり 氷売 161
こおりざとう 氷砂糖 184
こおりひく 氷挽く 368
こおりまくら 氷枕 271
こおりみず 氷水 161
こおりみせ 氷店 162
コーリャン 高粱 525
こおる 凍る 41
こおろぎ 蟋蟀 515
こが 古雅 431
こがい 小貝 86
こがい 蚕飼 154
こがい 籠飼 289
こかいもの 小買物 88
こがくれ 木隠れ 94
こかげ 木陰 162
こかご 小籠 97
ごがたき 碁敵 155
こがたな 小刀 342
ごがつ 五月 162
こがに 小蟹 499
こがね 黄金 131
こがねいろ 黄金色 131
こがねなす 黄金なす 131
こがねほる 黄金掘る 398
こがねむし 黄金虫 515
こがめ 小瓶 337
こがらし 凩 382
こがらめ 小雀 509
こがれる 焦がれる/憧 12
こがれる 焦がれる 162
こき 濃き 162
ごき 五器 497
こきいろ 濃き色 162
こきうすき 濃き淡き 162
こぎく 小菊 523
こきくれない 濃き紅 147
こぎたむ 漕ぎ廻む 163
こぎつね 小狐 504
こきゅう 呼吸 31
こきゅう 胡弓 105
こきゅうかん 呼吸管 206
こきょう 故郷 162
こぎり 濃霧 129
こぎれ 小切 130
こく 穀 428
こぐ 漕ぐ 163
こくい 黒衣 172
こくう 虚空 70
こくう 虚空/空間 133
こくうすく 濃く薄く 162
こくぐら 穀倉 143
ごくげつ 極月 205
ごくさいしき 極彩色 47
こくし 国師 36
こくしつ 黒漆 313
こくしゅ 国手 37
こくぞう 穀象 515
こくてん 黒点 352
こくてん 黒甜 371
ごくねつ 極熱 20
こくび 小首 141
こくふ 黒布 130
こくようせき 黒曜石 391
こくらがり 小暗がり 143
ごくらく 極楽 163
ごくらくちょう 極楽鳥 509
こぐれ 木暗 168
こけ 苔 163
こけいせい 小傾城 465
こけじ 苔路 163
こけしみず 苔清水 201
こげちゃ 焦茶 254
こけにわ 苔庭 163
こけのした 苔の下 163
こけのむしろ 苔の蓆 163
こけむす 苔生す 163
こける 転ける 172
こげる 焦げる 20
ここ 呱呱 5
ごご 午後 163
ココア 322
ここう 糊口 304
ここう 孤高 364
ごこう 後光 355
こごえ 小声 182
こごえる 凍える 353
こごしきみち 凝しき道 164
こごしきやま 凝しき山 164
ここだ 幾許 69
ここだく 幾許 69
ここち 心地 163
ここちよく 心地よく 163
ここつ 枯骨 397
ここな 168
ここのか 九日 134
ここのたび 九度 33
ここのたり 九人 33
ここのつ 九歳 283
ここのとせ 九年 34
こごめばな 小米花 525
ここら 幾許 192
こごる 凝る 164
こころ 心 164
こころあさき 心浅き 13
こころいそぎ 心急ぎ 38
こころいたむ 心痛む 107
こころえる 心得る 164
こころおどる 心躍る 119
こころおもく 心重く 51
こころぐき 心ぐき 223
こころくだく 心砕く 165
こころぐるし 心苦し 29
こころけわし 心険し 153
こころざし 志 164
こころさびる 心錆びる 153
こころさやぐ 心さやぐ 195
こころしずか 心静か 195
こころして 心して 124
こころすがし 心清し 164
こころすさむ 心荒む 28
こころすすむ 心進む 28
こころそそる 心そそる 355
こころたいらぐ 心平ぐ 165
こころだのみ 心頼み 242
こころたる 心足る 165
こころづもり 心積り 149
こころど 心神 125
こころとがる 心尖る 46
こころなき 心無き 270
こころなぐ 心和ぐ 295
こころなぐさ→慰 295
こころにのる 124
こころのうら 心の裏 164
こころのおくか 心の奥処 164
こころのとげ 心の刺 46
こころのはて 心の果て 164
こころのやみ 心の闇 51
こころへだつ 心隔つ 270
こころぼそき 心細き 164
こころまどい 心惑い 409
こころもしのに 情もしのに 295
こころもそらに 心も空に 389
こころもとなき 心許無き 447
こころやすき 心安き 165
こころやましき 心やましき 146

こころやむ 心病む 460
こころゆく 心行く 165
こころゆるぶ 心緩ぶ 474
こころよき 快き 165
こころよせる 心寄せる 165
こころよわき 心弱き 165
こころよわる 心弱る 165
こざ 胡座 10
ござ 御座 174
ござ 茣蓙 436
ごさい 五彩 47
こさか 小坂 175
こざかし 小賢し 85
こさかずき 小盃 176
こざかな 小魚 159
こさかもり 小酒盛 177
こざしき 小座敷 401
ござぶね 御座船 453
こさめ 小雨 165
こざる 小猿 504
こざん 故山 162
こし 古址 20
こし 腰 166
こじ 孤児 155
ごし 越し 161
こしおれ 腰折れ 387
こじか 子鹿 504
こしかけ 腰掛 37
こしかた 来し方 213
ごしき 五色 47
こしじ 越路 424
こした 木下 162
こしたかぜ 木下風 101
こしたみち 木下道 424
こしたやみ 木下闇 168
こじま 小島 200
こじゃり 小砂利 218
こしゅう 湖舟 419
ごじゅうのとう 五重塔 277
こじゅけい 小綬鶏 507
こしょ 古書 399
こじょう 古城 209
こじょう 湖上 419
こしょうがつ 小正月 166
こじょうき 小蒸汽 207
こしん 湖心 419
こじん 故人 251
ごしんとう 御神灯 279
こすい 湖水 419
ごすい 午睡 371
こずえ 梢 166
こすげ 小菅 529
こすず 小鈴 215
こすみ 小隅 219
こずみ 粉炭 219
コスモス 525
ごせ 後世 475
ごぜん 午前 350
こぞ 去年 166
こぞう 小僧 225
ごぞう 五臓 226
こぞことし 去年今年 166
こそで 小袖 495
こぞめ 濃染 230
こぞる 挙る 358
こだい 古代 433
こだい 小鯛 500
ごたい 五体 227
こたえる 答える 388
こだかき 木高き 69
こだから 子宝 43
こだくみ 木匠 232
こだち 木立 343
こたつ 火燵 249
こだな 蚕棚 155
こだな 小店 422
こだま 反響 166
こだま 谺 166
こだま 木霊 487
こだる 木垂る 193
こだわる 拘る 124
こだんす 小箪笥 256
こち 東風 166
こちごち 遠近 19
こちたき 言痛き 187
こちょう 胡蝶 516
こちょう 小蝶 516
こぢょうちん 小提灯 255
こちら 此方 168
こつ 骨 167
こつあげ 骨上 167
ごっかん 極寒 186
こっき 国旗 332
こっきょう 国境 140
こつごもり 小晦日 71
こつじき 乞食 167
こつぜん 忽然 373
こづたう 木伝う 261
こづち 小鎚 232
こつつぼ 骨壺 167
こつづみ 小鼓 232
こづつみ 小包 467
こつばめ 子燕 510
こつぶ 小粒 264
コップ 167
こっぺん 骨片 167
こつぼ 小壺 264
こづま 小褄 265
こて 小手 270
こでまり 525
こでら 小寺 273
こてをかざす 小手を翳す 89
こてん 古典 399
こと 琴 167
こと 言 168
こと 古都 430
ことあげ 言挙 168
ことうし 特牛 503
ことう 古塔 277
こどう 鼓動 167
こどき 蚕時 154
ことぎれる 息切れる 198
こどく 孤独 185
ことぐさ 言草 30
ことくに 異国 35
ことごと 27
ことごとく 悉く 27
ことさら 殊更 45
ことし 今年 167
ことじ 琴柱 167
ことしうまれ 今年生れ 168
ことしごめ 今年米 170
ことしだけ 今年竹 168
ことしの 今年の 168
ことしも 今年も 168
ことだま 言霊 246
ことづて 伝言 168
ことづめ 琴爪 167
こととう 言問う 277
ことなき 事無き 262
ことなき 言無き 435
ことに 殊に 237
ことのお 琴の緒 167
ことのね 琴の音 167
ことのは 言の葉 168
ことば 言葉 168
ことばすくな 言葉少な 168
ことばのはな 言葉の花 168
ことほぎ 言祝ぎ 168
ことほぐ 言祝ぐ 168
こども→子 155
こどもなき 事も無き 262
ことよき 言好き 41
ことり 76
ことり 小鳥 289
ことりがり 小鳥狩 496
ことわり 理 410
こな 小菜 290
こなおしろい 粉白粉 74
こながれ 小流 71
こなた 此方 168
こなべ 小鍋 308
こにもる 籠に盛る 452
コニャック 181
こにわ 小庭 310
こぬかあめ 小糠雨 166
こぬれ 木末 166
こねこ 子猫 505
こねずみ 子鼠 505

このくれ 木の暗 143
このごろ 此頃 281
このした 木の下 168
このは 木の葉 169
このはがみ 木の葉髪 111
このはちる 木の葉散る 169
このはぶね 木の葉舟 169
このま 木の間 401
このまし 好まし 169
このみ 木の実 415
このむ 好む 169
このめ 木の芽 440
このもかのも 此面彼面 19
このもと 木のもと 168
このよ 此世 169
こはぎ 小萩 534
こはく 琥珀 391
こはくいろ 琥珀色 120
こばこ 小箱 329
こばし 小橋 330
こばしり 小走り 332
こばむ 拒む 169
こばやく 小早く 38
こばら 小薔薇 536
こはる 小春 169
こはるえん→縁 66
コバルト 419
こはるなぎ 小春凪 169
こはるび 小春日 169
こはるびより 小春日和 370
こはん 湖畔 419
こはんとき 小半時 191
こはんにち 小半日 350
こひつじ 小羊 505
こびょう 古廟 455
こびょうぶ 小屏風 370
こひる 小昼 192
こびる 媚びる 22
こぶ 瘤 120
こぶかき 木深き 343
こぶし 拳 307
こぶし 辛夷 526
こぶた 子豚 505
こぶね 小舟 169
こぶら 腟 218
こぶろ 小風呂 464
こぶろしき 小風呂敷 385
こへび 小蛇 502
こべや 蚕部屋 154
こべり 小縁 379
こほう 孤峰 229
ごほう 午砲 207
ごぼう 御坊 273
ごぼう 牛蒡 526
こぼうず 小坊主 225
こぼす 零す 21
こぼつ 毀つ 173
こぼれづき 零れ月 259
こぼれび 零れ日 171
こぼれる 零れる 21
こぼれる 毀れる 173
こぼれ咲く 178
ごほんのゆび 五本の指 473
こま 独楽 16
こま 駒 503
ごま 胡麻 526
こまい 氷下魚 500
こまいぬ 狛犬 455
こまかさ 濃かさ 162
こまくら 小枕 185
こまげた 駒下駄 151
ごまだん 護摩壇 352
こまち 小町 86
こまつ 小松 539
こまつひき 小松引 40
こまど 小窓 408
こまどめ 駒止 263
こまどり 駒鳥 509
こまながら 駒ながら 59
こまぶえ 高麗笛 90
こまぶね 高麗舟 379
こまむかえ 駒迎え 432
こまやか 濃やか 162
こまやる 駒やる 59
こみち 径 170
こみち 小道 170
こみどり 濃緑 427
ゴム 護謨 526
ゴムぐつ ゴム靴 139
こむそう 虚無僧 225
こむね 小胸 438
ゴムまり ゴム鞠 413
こむら 木群 120
こむら 小村 438
こむらさき 濃紫 439
こめ 米 170
こめかみ 359
こめだわら 米俵 248
こめつく 米搗く 170
こめとぐ 米とぐ 170
こめびつ 米櫃 359
ごもくならべ 五目並べ 17
こもごも 交交 104
こもち 子持ち 83
こもみじ 濃紅葉 449
こもらう 籠らう 171
こもり 子守 170
こもり→籠る 171
こもりい 籠り居 171
こもりうた 子守唄 170
こもりど 籠り人 127
こもりぬ 隠沼 313
こもりみず 隠り水 171
こもる 籠る 171
こもれび 木洩日 171
こもん 小紋 451
こや 小屋 171
こや 小屋/農場 319
こやしろ 小社 455
こやす 肥やす 160
こやすがい 子安貝 498
ごやのかね 後夜の鐘 108
こやぶ 小藪 458
こやまぶし 小山伏 225
こやる 臥る 314
こゆうだち 小夕立 466
こゆき 濃ゆき 162
こゆき 小雪 468
こゆき 粉雪 468
こゆび 小指 473
こゆるぎ 小動ぎ 418
こよい 今宵 126
ごよう 五葉 539
こよなき 144
こよみ 暦 171
こより 紙縒 110
ゴリラ 504
ごりんとう 五輪塔 277
こる 樵る 121
ころあい 頃合 190
ころう 嘖う 191
ころくがつ 小六月 205
ころす 殺す 172
ころぶ 転ぶ 172
ころぶす 転伏す 172
ころも 衣 172
ころもうつ 衣打つ 124
ころもがえ 更衣 190
ころもで 衣手 173
ころもでさむし 衣手寒し 173
ころろぐ 294
こわいい 強飯 442
こわかれ 子別れ 492
こわだか 声高 173
こわれる 壊れる 173
こをえがく 弧を描く 154
こをこう 子を恋う 157
こん 紺 173
こんがすり 紺絣 264
こんごう(金剛)→ダイヤ 391
こんごうこう 金剛光 354
こんこん 滾滾 493
こんごん 金銀 131
こんじき 金色 131
こんじきこう 金色光 355
こんじょう 紺青 173
こんすい 昏睡 317
こんちゅう 昆虫 435
ゴンドラ 283
こんとん 混沌 424

こんにゃく 蒟蒻 526
コンパス 385
こんぺき 紺碧 173
こんや 紺屋 230
こんよ 来ん世 475
こんるり 紺瑠璃 173
こんろ 焜炉 488
こんろう 軒廊 488

【さ】

ざ 座 174
ざ 座/俳諧 325
さあお さ青 3
サーカス 422
さい 才 250
さい 賽 328
ざい 財 287
さいえん 菜園 229
さいかい 再会 321
さいかち 皂莢 526
さいく 細工 174
さいげつ 歳月 284
さいご 最後 85
さいし 妻子 265
さいしき 彩色 47
ざいしょ 在所 366
さいすいとねり 小魚漉 159
さいせい 再生 481
さいせん 賽銭 181
サイダー 322
さいだん 祭壇 181
さいつつき 先つ月 351
さいなむ 苛む 223
サイネリア 526
さいのかわら 賽の河原 481
さいはて 335
さいばん 歳晩 285
ざいもく 材木 174
サイレン 150
さいわい 幸い 183
ざう 座右 105
さえ 冴え 175
さえかえる 冴え返る 353
さえぎる 遮る 222
さえざえ 冴え冴え 175
さえずり 囀り 294
さえだ 小枝 161
さえる 冴える 174
さえる 冴える/冷 353
さえわたる 冴え渡る 175
さお 青 3
さお 竿 448
さおさす 棹さす 163
さおしか 小牡鹿 504
さおとめ 早乙女 184
さおひめ 佐保姫 441
さか 坂 175
さが 性 175
さかい 境 175
さかう 境う 175
さかえる 栄える 175
さかがめ 酒甕 476
さかきば 榊葉 526
さかぐら 酒蔵 143
さかげ 逆毛 149
さかさ 逆さ 176
さかじ 坂路 175
さかしお 逆潮 189
さかしき 賢しき 100
さがしきやま 険しき山 153
さかしま 逆しま 176
さがしみ 険しみ 153
さかしら 賢しら 85
さがす 探す 176
さかずき 盃 176
さかだつ 逆立つ 176
さかな 魚 50
さかな 肴 176
さかなみ 逆波 302
さがの 嵯峨野 319
さかば 酒場 177
さかはぎ 逆剝 434
さかばた 酒旗 177
さかほがい 酒祝い 177
さかまく 逆巻く 302
さかみずき 酒宴 177
さかみずく 酒水漬く 177
さかみせ 酒肆 177
さがみの 相模野 319
さかもり 酒盛 177
さかや 酒屋 177
さからう 逆らう 25
さかる 盛る 175
さかる 交る 257
さかる 離る/疎遠 280
さかる 離る 387
さかん 盛ん 176
さぎ 鷺 509
さきあふれる 咲き溢れる 178
さきいず 咲き出ず 178
さきうむ 咲き倦む 178
さきおおる 咲き撓る 178
さきがけ 魁け 178
さきく 幸く 262
さきぐさ 福草 537
さきすさぶ 咲き荒ぶ 178
さぎそう 鷺草 526
さきそめる 咲き初める 178
さきだつ 先立つ 177
さきちる 咲き散る 178
さきつぐ 咲き継ぐ 178
さきにおう 咲き匂う 178
さきのこる 咲き残る 178
さきのよ 前世 475
さきほこる 咲き誇る 178
さきみだれる 咲き乱れる 178
さきみつ 咲き満つ 178
さきもり 防人 412
さきゅう 砂丘 178
さぎり 狭霧 129
さきん 砂金 131
さく 咲く 178
さく 柵 179
さく 朔 351
さくさく 76
さくどう 索道 283
さくみ 380
さくや→昨夜 124
さくら 桜 526
さくらいろ 桜色 450
さくらおちば 桜落葉 76
さくらがい 桜貝 498
さくらがり 桜狩 340
さくらご 526
さくらそう 桜草 526
さくらだい 桜鯛 500
さくらづきよ 桜月夜 260
さくらばな 桜花 526
さくらびと 桜人 340
さくらふぶき 桜吹雪 484
さくらもち 桜餅 446
さくらんぼ 桜実 526
さぐる 探る 176
ざくろ 柘榴 527
さけ 酒 179
さけ 鮭 507
さけ→御酒 417
さけうる 酒売る 177
さけかっせん 酒合戦 179
さげがみ 下髪 112
さけからき 酒辛き 179
さけくむ 酒酌む 179
さけこいし 酒恋し 157
さけにがき 酒苦き 307
さけにる 酒煮る 107
さけのか 酒の香 179
さけび 叫び 180
さけびごえ 叫び声 368
さけぶ 叫ぶ 180
さける 割ける 180
さける 裂ける 180
さげる 提げる 272
さけるい 酒類 180
ざこ 雑魚 159
ささ/酒 179
ささ 笹 527
さざえ 栄螺 498

サモワル 沸茶器 323
さや 莢 411
さやか 187
さやぎ 181
さやぐ /風の音 102
さやぐ /騒ぐ 181
さやけき 清けき 187
さやけき 清けき/月 259
さやさや 76
さやに 188
さゆ 白湯 323
さゆう 左右 417
さゆらぐ さ揺らぐ 474
さゆり 早百合 541
さよ 小夜 482
さよあらし 小夜嵐 26
さようなら 43
さよかぜ 小夜風 477
さよきぬた 小夜砧 124
さよごろも 小夜衣 316
さよしぐれ 小夜時雨 483
さよどこ 小夜床 363
さよなか 小夜中 483
さよふけて 小夜更けて 481
さより 鱵 501
さら 皿 187
さら 娑羅 527
さらこばち 皿小鉢 187
さらさ 更紗 130
さらさら 76
さらし 晒 130
さらす 晒す 344
さらそうじゅ 沙羅双樹 527
サラダ 290
さらぬだに 45
さらぬ別れ 198
さらば 43
さらばう 456
サラファン 527
さりがたき 去り難き 187
さりげなく 307
さる 去る 187
さる 猿 504
ざる 笊 97
さるおがせ 松蘿 527
さるすべり 百日紅 527
サルビア 527
さるひき 猿曳 422
さるまわし 猿回し 422
ざれうた 戯歌 248
ざれこうべ 髑髏 282
ざれごと 戯言 248
ざれる 戯れる 248
さわ 沢 187
さわがしい 騒がしい 187
さわがに 沢蟹 497
さわぐ 騒ぐ 181
さわだつ 騒立つ 181
さわな /多く 69
さわに 多に 69
さわべ 沢辺 187
さわみず 沢水 187
ざわめく 182
さわやか 爽やか 187
さわらび 早蕨 542
さわる 触る 384
さん 惨 39
さんえき 山駅 64
さんか 讃歌 53
さんが 山河 188
さんが 蚕蛾 514
ざんか 残花 336
さんかい 山塊 461
さんかく 三角 93
さんがつ 三月 188
さんき 山気 461
ざんぎく 残菊 523
さんげ 散華 256
ざんげ 懺悔 133
さんけい 参詣 188
ざんげつ 残月 321
さんご 珊瑚 188
さんごいろ 珊瑚色 204
ざんごう 塹壕 224
さんごじゅ 珊瑚珠 188
さんごじゅ 珊瑚樹 527
さんごしょう 珊瑚礁 188
さんごや 三五夜 414
さんざし 山査子 527
さんさん 燦燦 91
さんさんくど 三三九度 48
さんしゅゆ 山茱萸 527
ざんしょ 残暑 19
さんしょう 山椒 528
さんじょう 山上 49
ざんしょう 残照 467
さんしょううお 山椒魚 502
さんじょうこ 山上湖 419
さんしょくすみれ 三色菫 530
さんすい 山水 271
さんずのかわ→三瀬河 475
ざんせい 残生 211
ざんせつ 残雪 321
さんそう 山荘 188
さんぞく 山賊 312
サンダル 227
さんどう 参道 187
さんとうしゃ 三等車 275
さんのいと 三の糸 204
さんばし 桟橋 336
さんびか 讃美歌 188
さんぷく 山腹 459
さんぽ 散歩 188
さんま 秋刀魚 508
ざんまい 三昧 375
さんみ→酸味 217
さんみゃく 山脈 461
ざんむ 残夢 473
さんめんきょう 三面鏡 490
さんもん 山門 273
ざんや 残夜 11
さんらん 燦爛 91
さんらん 散乱 256
さんりんしゃ 三輪車 197

【し】

し 師 73
し 死 198
し 己 497
じあい 慈愛 2
じあい 自愛 2
しあわせ 幸せ 183
しあん 思案 118
しい 思惟 118
しい 椎 528
しいかのしゅ 詩歌の趣 83
しいじ 四時 123
シーソー 17
しいたけ 椎茸 528
しいたげる 虐げる 74
シーツ 211
しいる 強いる 189
じいん 寺院 273
しお 潮 189
しお 塩 190
しお 機会 478
しおあい 潮合 425
しおあそび 潮遊び 189
しおあび 潮浴び 189
しおかぜ 潮風 59
しおから 塩辛 176
しおからき 塩辛き 190
しおぐもり 潮曇り 142
しおさい 潮騒 303
しおざかな 塩魚 177
しおさす 潮さす 189
しおじ 潮路 378
しおじり 塩尻 190
しおたる 潮垂る 302
しおどき 潮時 190
しおなり 潮鳴り 303
しおなわ 潮泡 28
しおのか 潮の香 306
しおのね 潮の音 303
しおはゆき 塩映き 190
しおひ 潮干 356
しおひがり 潮干狩 189
しおびき 塩引 177
しおみつ 潮満つ 425

しおもの 塩物 177
しおや 塩屋 190
しおやき 塩焼 190
しおらし 117
しおり 栞/本 399
しおり 栞/道標 425
しおりせず 枝折せず 478
しおりど 枝折戸 276
しおる 枝折る 235
しおれる 萎れる/心 165
しおれる 萎れる 190
しおん 紫苑 528
しか 鹿 504
しかい 死灰 325
しがい 死骸 191
しがい 市街 405
しがいせん 紫外線 190
しかがり→照射 114
しかく 四角 93
しかざん 死火山 98
じがぞう 自画像 306
しがつ 四月 190
しかのこえ 鹿の声 504
しかばね 屍 191
しがらみ 柵 179
しかられる 叱られる 191
しかる 叱る 191
じかん 時間 191
じがん 慈眼 396
しぎ 鴫 509
じき 磁器 191
じき 自棄 191
じき 磁気 251
しき/四季→四時 123
しきい 敷居 467
しきいしみち 敷石路 37
しきし 色紙 110
ジギタリス 528
じきどう 食堂 273
しきなみ 重波 301
しきね 敷寝 316
しきふ 敷布 211
しきみ 閾 467
しきみ 樒 528
じきもつ 食物 191
しきょう 詩興 83
しきりに 頻りに 192
しきん 紫金 4
しぐさ 仕草 448
ジグザグ 214
しくしく 192
シグナル 210
しくものなき 如くものなき 237
シクラメン 528
しぐる 時雨る 192
しぐれ 時雨 192
しぐれ 時雨/涙 302
しぐれぐも 時雨雲 192
しぐれぞら 時雨空 192
しぐれづき 時雨月 205
しけ 暴風 233
しけあと 時化後 233
しけい 死刑 149
しげき 繁き 69
しげみ 繁み 193
しげり 繁り 193
しげる 繁る 193
しごき /帯 79
じごく 地獄 193
しこぐさ 醜草 428
しこくめぐり 四国巡り 388
しごせん 子午線 193
しごと 仕事 304
しこん 紫紺 173
じざい 自在/釜 109
じざい 自在 193
しざん 四山 462
しし 肉 194
しし 四肢 227
しし 獅子 506
しじ 繁 69
しじ 死児 293
ししおき 肉置 161
ししおきぐせ 尿起癖 45
ししがしら 獅子頭 194
ししくつ 獅子窟 48
ししざ 獅子座 394
ししだ 鹿猪田 231
ししつ 屍室 194
ししぶえ 鹿笛 496
ししぶと 肉太 161
しじま 沈黙 193
しじま 435
ししまい 獅子舞 193
しじみ 蜆 498
しじむ 縮む 253
ししむら 肉 194
ししゃ 死者 194
ししゃ 使者 257
じしゃく 磁石 194
ししゅう 詩集 399
ししょ 詩書 399
しじょ 紫女 86
ししょう 師匠 73
しじん 詩人 194
じしん 自信 164
じす 辞す 187
しずえ 下枝 65
しずか 静か 194
しずがや 賤が家 136
しずく 雫 194
しずく 沈着く 195
しずけき 静けき 194
しずけみ 静けみ 194
しずごころ 静心 195
しずごころなき 静心なき 195
しずはたおび 倭文機帯 333
しずまる 静まる 193
しずむ 沈む 195
しずめる 鎮める 195
しずもり 静もり 195
しずもる 静もる 195
しずもる 沈もる 195
しずやかに 静やかに 194
しずよ 静夜 482
しせつ 施設 195
しせん 視線 409
じぜんなべ 慈善鍋 300
しそ 紫蘇 528
しそう 詩僧 194
じぞう 地蔵 377
じぞうぼん 地蔵盆 407
しそく 紙燭 208
しそのみ 紫蘇の実 415
した 舌 138
した 下 196
しだ 時 281
しだ 羊歯 528
じだ 耳朶 428
したい 肢体 227
じだい→時世 281
したう 慕う 196
したがう 従う 57
したかげ 下陰 162
したく 支度 196
したくさ 下草 183
したごころ 下心 404
したしく 親しく 196
したしむ 親しむ 196
したすずみ 下涼み 215
したたか 強か 268
したたり 滴り 196
したたる 滴る 196
したつゆ 下露 267
したてもの 仕立物 260
したてる 下照る 326
したば 下葉 324
したひ 449
したび 下辺 196
したひも 下紐 79
したまち 下町 405
したみ 滴 197
したみち 下道 424
しため 下目 410
したもい 下思 164
したもえ 下萌 445
したもみじ 下紅葉 449
したやみ 下闇 169
したゆくみず 下行く水 471
じだらく 自堕落 197

しだり 65
しだりお 垂尾 67
しだりは 垂り葉 247
しだれざくら 枝垂桜 526
しだれやなぎ 枝垂柳 541
しだれる 垂れる 247
したん 紫檀 528
しち 死地 224
しちがつ 七月 197
しちがつなのか 七月七日 241
しちさい 七彩 47
しちせい 七星 392
しちどうがらん 七堂伽藍 273
しちめんちょう 七面鳥 509
しちや 質屋 422
しちょう 紙帳 113
じちょう 自嘲 191
しちりん 七輪 110
しっこく 漆黒 148
じっし 十指 473
しっそう 疾走 343
しった 叱咤 191
しっち 湿地 250
しっと 嫉妬 315
じっと 358
しっとり 61
しっぷう→疾風 343
しっぽ 尻尾 66
しっぽう 七宝 454
じっぽう 十方 19
しつめい 失明 444
しつらえる 98
しつれん 失恋 156
しで 死出 198
しでのやまじ 死出の山路 198
じてんしゃ 自転車 197
しと 使徒 129
じどうしゃ 自動車 146
しどけなき 197
しどこ 死床 486
しとしと 24
しとする 尿する 45
しとど 192
しとね 褥 378
しとみ 蔀 276
しとやか 淑やか 197
シトリン 212
しとる 湿る 202
しどろ 197
しどろもどろ 197
しな 品 197
しなう 撓う 248
しなえる 萎える 190
しなさだめ 品定め 197
しなす 死なす 198
しなのじ 信濃路 424
しなびる 萎びる 190
しなやか 197
しなよき 品よき 197
しにおくれる 死に遅れる 198
しにがお 死顔 197
しにがみ 死神 198
しにぎわ 死に際 486
しにげしょう 死化粧 197
しにしこ 死にし子 293
しにじたく 死支度 198
しにたえる 死に絶える 234
しにたもう 死にたもう 198
しにちかき 死に近き 486
しにづら 死面 197
しにどころ 死所 198
しぬ 死ぬ 198
しぬぶ /忍ぶ 199
じねつ 地熱 98
シネマ 63
しのぐ 凌ぐ 234
しのだけ 篠竹 527
しのに 頻に 192
しののに /濡れる 313
しののめ 東雲 11
しののめどき 東明時 201
しのはい 死の灰 154
しのはゆ 偲はゆ 297
しのはら 篠原 343
しのびあう 忍び逢う 198
しのびあし 忍足 15
しのびがえし 忍返 91
しのびなく 忍び泣く 199
しのびね 忍び音 335
しのびやかに 忍びやかに 199
しのぶ 忍ぶ 199
しのぶ 偲ぶ 297
しのぶぐさ 忍ぶ草 528
しば 芝 199
しば 柴 236
しばい 芝居 199
しばいごや 芝居小屋 199
しばがき 柴垣 92
しばし 暫し 199
しばなく しば鳴く 294
しばのと 柴の戸 135
しばび 芝火 323
しばふ 芝生 199
しばぶえ 柴笛 136
しばる 縛る 437
しび 鮪 501
じびきあみ 地曳網 23
じひしんちょう 慈悲心鳥 509
しひつ 試筆 92
しびとばな 死人花 540
じひびき 地響き 368
しびょう 死病 460
しびれる 痺れる 384
しびん 尿瓶 45
しぶいろ 渋色 254
しぶうちわ 渋団扇 55
しぶがき 渋柿 200
しぶき 飛沫 200
しぶき 渋き 200
しぶく /飛沫 200
しぶちゃ 渋茶 200
しぶつ 持仏 378
じぶん 時分 200
しべ 蘂 339
しへい 紙幣 108
じべた 地面 200
しほ 試歩 25
しぼ 思慕 196
しぼむ 萎む 190
しぼる 絞る 197
しぼる 絞る/涙 302
しま 死魔 198
しま 縞 200
しま 島 200
しま 山斎 270
しまい→女同胞 344
しまいぶね 仕舞船 495
しまう 仕舞う 201
しまか 縞蚊 504
しまかげ 島影 230
しまき 風巻 233
しまし 199
しまだ 島田 112
しまづたい 島伝い 261
しまのむすめ 島の娘 201
しまびと 島人 201
しまべ 島辺 201
しまもり 島守 402
しまやま 島山 200
しまらく 199
しみ 綵 230
しみ 紙魚 436
しみ 染 478
しみじみ 201
しみず 清水 201
しみみ 192
しみら 192
しみる 凍みる 41
しみる 沁みる 201
じむし 地虫 515
しめ 注連 202
しめい 詩盟 194
じめいしょう 自鳴鐘 282
しめかざり 注連飾 207
しめじめ /潤む 61
しめす 示す 202

しめなわ 標縄 202
しめやか /潤む 62
しめやか /寂 185
しめやぐ /陰気 48
しめゆう 標結う 202
しめらう 湿らう 202
しめり 湿り 202
しめる 湿る 202
しも 霜 202
しも 霜/白髪 208
しもあかり 霜明り 6
しもがれ 霜枯れ 202
しもく 示黙 202
しもつき 霜月 205
しもと 笞/刑 149
しもと 楚/小枝 161
しもどけ 霜解 202
じもの /のような 152
しもばしら 霜柱 202
しもばれ 霜腫 203
しもばれ 霜晴 350
しもびえ 下冷え 353
しもびより 霜日和 370
しもやけ 霜焼 203
しもよ 霜夜 202
しもよけ 霜除 203
しもん 指紋 473
しゃ 紗 53
しや 視野 443
しゃか 釈迦 203
じゃかご 蛇籠 97
しゃがれごえ 嗄れ声 160
じゃが芋 528
しゃきょう 写経 126
しゃく 酌 180
じゃく 寂 203
しゃくどう 赤銅 4
しゃくなげ 石楠 528
しゃくねつ 灼熱 20
じゃくねん 寂然 193
しゃくはち 尺八 373
じゃくまく 寂寞 203
しゃくやく 芍薬 528
じゃこう 麝香 158
しゃしつ 車室 275
しゃじつ 斜日 465
じゃしゅう 邪宗 32
しゃしん 写真 203
じゃしん 邪心 10
しゃしんや 写真屋 203
ジャズ 128
しゃせい 写生 63
しゃそう 車窓 275
シャツ 476
しゃっこう 赤光 355
じゃっこう 寂光 250
シャッポ 390
じゃのめがさ 蛇目傘 97
しゃば 娑婆 480
しゃばく 娑婆苦 146
じゃぴせん 蛇皮線 203
シャベル 159
しゃべる 喋る 337
シャボン 203
しゃぼんだま 石鹸玉 16
しゃみせん 三味線 203
しゃみせんぐさ 三味線草 533
しゃも 軍鶏 511
じゃもん 蛇紋 451
しゃよう 斜陽 466
しゃり 舎利 167
じゃり 砂利 218
しゃりょう 車輛 275
しゃりん 車輪 204
じゃんけん 17
しゅ 趣 82
しゅ 朱 204
しゅいん 朱印 443
じゅう 銃 204
じゆう 自由 193
じゅういちがつ 十一月 205
しゅうう 驟雨 439
しゅうえ 集会 263
しゅうえき 終駅 64
しゅうえん 秋燕 510
じゅうか 銃火 205
しゅうかいどう 秋海棠 528
じゅうがつ 十月 205
しゅうき 秋気 8
じゅうく 十九 283
じゅうご 十五 283
しゅうこう 秋光 9
しゅうこう 秋耕 235
じゅうこう 銃口 204
じゅうごや 十五夜 414
しゅうさい 秀才 250
じゅうさんげん 十三弦 167
じゅうさんや 十三夜 259
じゅうじ 十字 104
じゅうじか 十字架 205
じゅうしち 十七 283
じゅうじろ 十字路 261
しゅうじん 衆人 148
しゅうじん 愁人 158
しゅうじん 囚人 205
しゅうすい 秋水 9
じゅうせい 銃声 204
しゅうせん 終戦 224
しゅうせん 鞦韆 383
じゅうせん 絨氈 205
じゅうたん 絨毯 205
しゅうち 羞恥 332
しゅうちゃく 執着 432
しゅうちょう 酋長 73
しゅうてん 秋天 7
しゅうでん 終電 275
しゅうどういん 修道院 205
しゅうどうし 修道士 205
しゅうどうじょ 修道女 205
しゅうとめ 姑 341
じゅうにがつ 十二月 205
じゅうはち 十八 283
じゅうや 十夜 318
じゅうやく 十薬 532
じゅうやみち 十夜道 318
しゅうれい 秋冷 9
しゅうれっしゃ 終列車 275
じゅうろく 十六 283
じゅえい 樹影 162
じゅえき 樹液 206
しゅか 首夏 191
じゅか 樹下 168
じゅかい 樹海 452
しゅぎょう→行 126
しゅきん 手巾 273
しゅく 宿 456
じゅくし 熟柿 62
じゅくすい→熟睡 58
しゅくめい 宿命 63
しゅくろ 宿鷺 509
しゅくろう 宿老 489
じゅし 樹脂 206
しゅじゅつ 手術 206
しゅじょう 衆生 446
じゅじょう 樹上 49
しゅしん 朱唇 139
しゅじん→主 27
しゅす 繻子 130
じゅず 数珠 206
しゅせい 酒精 179
しゅせき 手跡 420
じゅそ 呪詛 323
しゅっきん 出勤 39
しゅっけ 出家 478
しゅっせい 出征 224
しゅったつ 出立 240
しゅっぱん 出帆 379
しゅにえ 修二会 307
しゅぬり 朱塗 313
じゅひょう 樹氷 161
しゅふ 首府 430
シュプレヒコール 239
しゅもく 撞木 445
じゅもん 呪文 324
しゅら 修羅 78
しゅり 首里 430
しゅろ 棕櫚 528
じゅわき 受話器 276

しゅんいん 春陰 345
しゅんぎょう 春暁 346
しゅんげつ 春月 347
じゅんけつ 純潔 206
しゅんこう 春光 347
じゅんさい 蓴菜 528
しゅんざん 春山 348
しゅんしゅう 春愁 448
しゅんじゅん 逡巡 409
しゅんしょう 春宵 349
じゅんじょう 純情 206
しゅんすい 春睡 347
しゅんすい 春水 348
しゅんせい 春星 393
しゅんせつ 春雪 349
しゅんそく 駿足 343
しゅんちゅう 春昼 348
しゅんちょう 春潮 347
しゅんでい 春泥 311
しゅんとう 春灯 347
しゅんみん 春眠 347
しゅんめ 駿馬 206
しゅんや 春夜 349
しゅんらい 春雷 349
しゅんらん 春蘭 528
じゅんれい 巡礼 388
しょ 暑 19
しょ 書 399
しょいご 背負籠 97
しょう 笙 90
じょう 錠 92
じょう 情 295
しょうえん 硝煙 113
しょうか 唱歌 53
しょうか 娼家 147
しょうが 生姜 529
じょうか 城下 209
じょうか 情火 423
しょうがい 生涯 211
しょうがつ 正月 206
しょうがつかざり 正月飾り 206
しょうがつびより 正月日和 370
じょうかまち 城下町 405
しょうき 瘴気 282
しょうぎ 将棋 18
しょうぎ 床几 37
じょうき 蒸気 472
じょうぎ 定規 385
じょうきせん 蒸汽船 207
しょうぎょく 晶玉 212
しょうけいもじ 象形文字 445
しょうご 正午 207
じょうご 上戸 179
しょうこ→証 238
しょうこう 将校 386
しょうこうき 昇降機 121
しょうこうねつ 猩紅熱 460
しょうごん 荘厳 98
しょうじ 生死 32
しょうじ 障子 207
じょうし 情死 44
しょうじはる 障子張る 207
しょうじぼね 障子骨 207
しょうしゃ 瀟洒 83
しょうじゃ 生者 32
しょうじゃ 精舎 273
じょうしゅう 情愁 448
しょうじょ 少女 77
しょうしょう 蕭蕭 203
しょうじょう 蕭条 193
じょうじょうきち 上上吉 478
しょうしん 小心 165
しょうじん 小人 79
しょうじん 精進 127
しょうじんおち 精進落 485
しょうずる 招ずる 410
しょうせつ 小説 399
しょうせん 省線 275
しょうぜん 悄然 49
しょうぞう 肖像 306
しょうぞく 装束 479
しょうそこ 消息/手紙 272
しょうちゅう 焼酎 181
じょうちょ 情緒 448
じょうてんかい 上天界 275
しょうど 焦土 454
じょうど 浄土 207
じょうとうば 尉と姥 489
じょうとうみょう 常灯明 279
しょうなきもの 生なき者 194
じょうねつ 情熱 252
しょうねん 少年 79
しょうねんへい 少年兵 386
しょうのう 樟脳 436
しょうばん 相伴 245
じょうひん→貴に 197
しょうぶ 菖蒲 519
しょうぶゆ 菖蒲湯 248
じょうみゃく 静脈 430
しょうめん 正面 207
しょうもう 焼亡 97
じょうもん 定紋 452
しょうやく 硝薬 113
じょうやとう 常夜灯 288
しょうゆ 醤油 190
しょうよう 逍遥 189
じょうよく 情欲 3
しょうらい 松籟 407
しょうりょうとんぼ 精霊蜻蛉 517
しょうりょうぶね 精霊舟 279
しょうれんげ 青蓮華 535
しょうろ 松露 529
しょうろう 鐘楼 108
じょうろく 丈六 377
じょおう 女王 67
ショーウインドー 422
ショール 103
しょか 書架 240
しょか 初夏 335
しょく 燭 207
しょく 職 304
しょく 蝕 309
しょくじ→食物 191
しょくしゅ 触手 385
しょくだい 燭台 208
しょくどう 食堂 208
しょこ 書庫 208
しょさい 書斎 401
しょし 書肆 422
じょしん 女身 194
じょせつしゃ 除雪車 469
じょたん 助炭 367
しょっかく 触角 435
しょて 初手 334
しょとう 初冬 381
しょなのか 初七日 122
しょや 初夜 475
じょや 除夜 71
じょやのかね 除夜の鐘 71
しょんぼり 107
しらいき 白息 31
しらいと 白糸 42
しらうお 白魚 502
しらうめ 白梅 521
しらうめづきよ 白梅月夜 260
しらが 白髪 208
しらかば 白樺 529
しらかべ 白壁 109
しらかみ 白髪 208
しらかゆ 白粥 113
しらぎく 白菊 523
しらくも 白雲 210
しらげる 精げる 170
しらさぎ 白鷺 509
しらじら 白白 11
しらず 知らず 208
しらすな 白砂 218
しらたま 白玉/汗 16
しらたま 白玉/真珠 211
しらたま 白玉/波 301

しらたま 白玉/餅 447
しらつゆ 白露 267
しらとり 白鳥 511
しらなみ 白波 301
しらぬい 不知火 24
しらね 白根 314
しらは 白歯 324
しらは 白刃 452
しらはえ 白南風 428
しらはに 白埴 261
しらびつ 白櫃 359
しらびょうし 白拍子 466
しらふ 白斑 405
しらぶ 調ぶ 108
しらべ 調べ 208
しらほ 白帆 388
しらみず 白水 170
しらむ 白む/明ける 11
しらむ 白む 210
しらもも 白桃 415
しらゆうはな 白木綿花 529
しらゆき 白雪 468
しらゆり 白百合 541
しらよね 白米 170
しらん 紫蘭 529
しらんぷり→つれなき 270
しり 尻 166
シリウス 394
しりえ 後方 52
しりごえ 尻声 160
しりぞく 退く 187
しりなが 尻長 126
しる 汁 208
しるき 著き 209
シルクハット 390
しるのみ 汁の実 208
しるひと 知る人 251
しるべ 標 425
しれもの 痴者 85
しろ 代 108
しろ 城 209
しろ 白 209
しろあと 城址 20
しろうさぎ 白兎 503
しろがね 銀 131
しろがねいろ 銀色 131
しろがねのふえ 白銀の笛 132
しろき 白き 209
しろききぬ 白き衣 369
しろきくも 白き雲 210
しろきはな 白き花 338
しろきもの 白き物 209
しろきもの 白き物/雪 468
しろく→白き 209
しろざけ 白酒 366
しろじろと 白白と 209
しろた 代田 305
しろたえ 白妙 210
しろたえごろも 白栲衣 369
しろたび 白足袋 243
しろてぬぐい 白手拭 272
しろねこ 白猫 505
しろむく 白無垢 369
しろめし 白飯 442
しわ 皺 210
しわす 師走 205
しわで 皺手 210
しわぶ 皺ぶ 210
しわぶき 222
しわぶく 222
しん 真 238
じん 陣 224
しんえん 神苑 229
しんえん 深淵 479
しんおん 心音 167
じんか 人家 30
しんかい 深海 210
しんかいち 新開地 345
しんかん 森閑 193
しんがん 心眼 125
じんかん 人間 480
しんき 晨気 133
しんきょ 新居 306
しんきろう 蜃気楼 210
しんく 真紅 147
しんくう 真空 133
しんけい 神経 227
しんげつ 新月 258
じんけん 人絹 124
しんご 震後 291
じんご 人語 362
しんこう 深更 481
しんごう 信号 210
しんさいき 震災忌 122
しんさつ 診察 369
しんざん 新参 19
じんじゃ→社 455
しんしゅ→新酒 112
しんじゅ 真珠 210
しんじゅ 新樹 491
しんじゅいろ 真珠色 47
しんじる 信じる 164
しんしん 沈沈 201
じんせい 人生 211
しんせつ 新雪 468
しんせん 新鮮 211
しんぞう 心臓 227
じんぞう 腎臓 227
しんぞく→親族 50
しんそば 新蕎麦 229
しんだい 寝台 211
しんちゃ 新茶 254
しんちゅう 真鍮 132
しんちょう 新調 19
じんちょうげ 沈丁花 529
しんでん 神殿 453
しんてんおう 信天翁 506
しんでんず 心電図 369
しんと 193
しんないながし 新内流し 106
しんねん 信念 164
しんねん 新年 284
じんのか 沈の香 158
シンバル 105
しんぴ 神秘 375
しんぷ 神父 129
シンフォニー 108
しんぶん 新聞 391
しんぶんし 新聞紙 391
しんぶんはいたつ 新聞配達 391
しんぺい 新兵 386
しんまい 新米 170
しんみり 194
しんめ 新芽 211
しんや 深夜 483
しんりょう 新涼 215
しんりょく 新緑 426
しんりん 森林 452

【す】

す 洲 117
す 巣 211
す 酢 217
ず 頭 18
ず 図 212
すあし 素足 212
スイートピー 529
すいえん 炊煙 152
すいか 西瓜 529
すいかずら 忍冬 529
すいがら 吸殻 243
すいき 水気 202
すいぎん 水銀 159
すいげつ 水月 420
すいご 酔語 475
すいごう 水郷 366
すいじ→厨事 145
すいじ→水仕 420
すいしゃ 水車 212
すいじゃく 衰弱 78
すいしゃもり 水車守 212
すいしょう 水晶 212
すいしょういろ 水晶色 47
すいしょうれん 水晶簾 216
すいしょく 翠色 426
すいじんまつり 水神祭 106

すいせい 彗星 485
すいせん 水仙 529
すいぞくかん 水族館 195
すいちゅうか 水中花 226
すいっちょ 513
すいづつ 吸筒 420
すいてき 水滴 195
すいどう 水道 322
ずいどう 隧道 290
すいとりがみ 吸取紙 49
すいのみ 吸呑 212
すいば 水馬 513
すいばく 水爆 154
すいはん 水飯 254
すいばん 水盤 337
すいび 翠微 461
すいふ 水夫 96
すいふろ 水風呂 464
すいへい 水兵 386
すいへいせん 水平線 253
すいほ 酔歩 475
すいみんやく 睡眠薬 137
すいもの 吸物 209
すいやく 水薬 137
すいよく 水浴 21
すいりゅう 翠柳 541
すいれん 睡蓮 535
すいろ 水路 416
すいろう 水楼 488
すう 吸う 212
スーツケース 109
スープ 209
すえ 裔 50
すえのこ 末の子 84
すえのよ 末の世 475
すえば 末葉 324
すえひと 陶人 453
すえふろ 据風呂 472
すえもの 陶器 453
すえる 据える 72
すおういろ 蘇芳色 147
スカート 476
ずがい 頭蓋 18
すがお 素顔 218
すががき 清掻 356
すがく 巣掻く 515
すがし 清し 127
すかしみる 透かし見る 213
すがしむ 清しむ 128
すがしめ 清女 358
すかす 賺す 170
すかす 透かす 214
すがすがし 清清し 128
すがた 姿 212
すがた 象 212
すがた→陰影 94
すがたみ 姿見 90
すかへ 砂丘辺 178
すがめ 陶瓶 337
すガラス 素硝子 114
すがる 末枯る 115
すがる 縋る 242
すがる/腰 395
すがる/蜂 517
すがる/鹿 504
すかんぽ 酸模 529
すき 好き 169
すき 酸き 217
すき 鋤 235
すき 数寄 431
すぎ 杉 529
すきありき 好歩き 25
スキー 469
すぎう 杉生 67
すきかげ 透影/身 214
すぎがて 過ぎがて 355
すきくわ 鋤鍬 236
すぎこだち 杉木立 343
すぎしひ 過ぎし日 213
すきとおる 透き通る 214
すぎな 杉菜 531
すぎなえ 杉苗 291
すぎにしひと 過ぎにし人 293
すきはら 空腹 369
すきま 隙間 213
すきまかぜ 隙間風 213
すきみ 隙見 321
すきもの 数寄者 431
すぎやま 杉山 529
すぎゆく 過ぎ行く 281
すぎる 過ぎる/時 213
すぎる 過ぎる 281
ずきん 頭巾 109
すく 透く 213
すく 鋤く 235
すぐ 直ぐ 407
ずく 木菟 512
すくいなき 救いなき 214
すくう 巣食う 211
すくう 救う 214
すくう 掬う 214
すくせ 宿世 63
すぐだつ 直立つ 407
すくなき 少なき 286
すくなみ 少なみ 286
すぐろ 末黒 454
すぐろの 末黒野 454
すげ 菅 529
スケート 469
すごき 凄き 75
すごし 簾越し 216
すごす 過ごす 213
すごもる 巣籠る 211
すこやか 健やか 214
すこやけき 健やけき 214
すごろく 双六 18
すさき 洲崎 418
すさび 遊び 214
すさぶ 荒ぶ 28
すさまじき 凄まじき 75
すさまじき 凄まじき/寒 186
すさまじく 凄まじく 329
すさみ 遊み 214
すさめず 好さめず 42
すし 鮨 486
すじ 筋 214
ずし 厨子 256
すじかい 筋違 300
ずじょう 頭上 49
すす 煤 214
すず 錫 160
すず 鈴 215
すず 鈴/遍路 388
すず 篠 527
ずず 誦す(歌) 132
すすいろ 煤色 52
すずかけ 鈴懸 538
すずかぜ 涼風 215
すすき 芒 529
すずき 鱸 500
すすきの 薄野 319
すすぐ 濯ぐ 25
すすけた 煤けた 214
すずし 生絹 124
すずし 涼し 215
すずな 菘 522
すずなり 鈴生り 138
すずのね 鈴の音 215
すすはらい 煤払 214
すすぶ 煤ぶ 215
すずみ 涼み 215
すずみだい 涼み台 215
すずみぶね 涼み舟 215
すずむ 涼む 215
すずむし 鈴虫 515
すずめ 雀 509
すずめこ 雀子 509
すずらん 鈴蘭 530
すずり 硯 216
すすりなく 啜り泣く 216
すずりのうみ 硯の海 226
すする 啜る 212
すする 216
ずする 誦する(経) 126
すずろ 漫ろ 228
すそ 裾 216
すそご 裾濃 230
すその 裾野 380
すそもよう 裾模様 216
すそわ 裾廻 380
すだく 439

すだち 酢橘 530
すだつ 巣立つ 212
すだま 魑魅 487
すだれ 簾 216
すだれすく 簾透く 216
すだれまく 簾捲く 216
すたれる 廃れる 216
スタンド 275
スチーム 249
すっく 239
すっぱい 酸っぱい 217
すっぽん 500
すていえ 捨家 217
すていかり 捨錨 31
すていし 捨石 123
すていす 捨椅子 37
すていぬ 捨て犬 217
すておぶね 捨小舟 217
すてかねる 捨てかねる 217
すてご 捨蚕 155
すてご 捨子 217
ステッキ 257
すててがみ 捨手紙 272
すてどころ 捨てどころ 217
すでに 既に 217
すてねこ 捨て猫 217
すてぶね 捨舟 217
すてる 捨てる 217
ステンドグラス 408
スト 239
ストーブ 249
すどり 洲鳥 289
ストロー 212
すな 砂 218
すなあそび 砂遊び 177
すなあらし 砂嵐 184
すなえ 砂絵 189
すなお 素直/心 175
すなお 素直 407
すなおか 砂丘 178
すなこし 砂漉 218
すなじ 砂地 218
すなどり 漁り 36
すなのぬくみ 砂の温み 178
すなはま 砂浜 218
すなはまぶね 砂浜舟 218
すなはら 砂原 218
すなひがさ 砂日傘 353
すなぼこり 砂埃 393
すなまみれ 砂まみれ 478
すなみち 砂道 218
すなもじ→砂絵 189
すなやま 砂山 178
すなゆ 砂湯 218
すなる 296
すなわち 即ち 246
すね 脛 218
すねる 拗る 218
ずのう 頭脳 250
すのすき 簾の隙 213
すばこ 巣箱 212
すはだ 素肌 218
すばらしい 素晴らしい 56
すばる 昴 394
すびつ 炭櫃 487
スフィンクス 226
ずぶとき 図太き 268
すべ 術 219
すべなき 術無き 219
すべなみ 術無み 219
すべる 滑る 303
すぼめる 253
ズボン 476
すます 澄ます 220
すみ 墨 216
すみ 酸味 217
すみ 隅 219
すみ 炭 219
すみうき 住み憂き 220
すみえ 墨絵 63
すみか 住家 219
すみがま 炭竈 110
すみきる 炭切る 219
すみきる 澄み切る 220
すみすつ 住み捨つ 220
すみずみ 隅隅 219
すみぞめ 墨染め 230
すみぞめごろも 墨染衣 449
すみだがわ 隅田川 220
すみだわら 炭俵 248
すみとおる 澄み透る 220
すみなわ 墨縄 232
すみのか 炭の香 306
すみはつ 住み果つ 220
すみび 炭火 219
すみふる 住み古る 220
すみまさる 澄みまさる 220
すみやか 速やか 343
すみやき 炭焼 121
すみれ 菫 530
すみわたる 澄み渡る 220
すむ 住む 220
すむ 澄む 220
すめがみ 皇神 110
すめろぎ 67
すもう 相撲 220
すもうとり 相撲取 220
すもも 李/実 415
すもも 李/花 530
すもり 巣守/番人 212
すもり 巣守/卵 212
すやき 素焼 454
すゆき 酸ゆき 217
すゆる 饐ゆる 137
すりガラス 磨硝子 114
すりこぎ 擂粉木 221
すりごろも 摺衣 230
スリッパ 227
すりばち 擂鉢 221
する 摺る 220
するどき 鋭き 221
するな→な～そ 131
すれちがう すれ違う 281
ずわえ 楚 161
すわる 座る 221

【せ】

せ 瀬 221
せ 背/夫 76
せ 背/背中 221
せ 背/本 391
せい 生 211
せい 精 487
せいうけい 晴雨計 327
せいうん 青雲 141
せいうん 星雲 393
せいか 聖歌 188
せいかたい 聖歌隊 188
せいき 世紀 281
せいぎょく 青玉 391
せいこう 清光 259
せいざ 星座 394
せいざん 青山 299
せいし 誓紙 250
せいじ 青磁 191
せいしき 清拭 374
せいじゃ 聖者 129
せいしゅん 青春 491
せいしょ 聖書 129
せいじょ 清女 86
せいじん 聖人 358
せいせき 聖蹟 20
せいそう 西窓 309
せいそう 盛装 479
せいぞう 聖像 246
せいてん 青天 4
せいてん 晴天 350
せいと 星斗 392
せいどう 青銅 4
せいどう 聖堂 129
せいねん 青年 492
せいば 征馬 224
せいひつ 静謐 193
せいぼ 歳暮 72
せいぼ 聖母 129
せいほう 西方 308
せいや 聖夜 145
せいや 晴夜 350
せいよう 西洋 221

せいりゅう 清流 292
せいれい 精霊 487
せいれい 蜻蛉 517
せいろう 青楼 48
せいろう 西楼 488
セーター 23
せおう 背負う 329
せおと 瀬音 221
せかい 世界 480
せがき 施餓鬼 92
セカンド 191
せき 咳 222
せき 関 222
せきいる 咳入る 222
せきうん 積雲 142
せきじ 関路 222
せきしょう 石菖 530
せきせつけい 積雪計 328
せきぞう 石像 226
せきたん 石炭 222
せきちく 石竹 530
せきちゅう 石柱 331
せきどうせん 赤道線 193
せきばらい 咳払い 222
せきもり 関守 222
せきや 関屋 222
せきやま 関山 222
せきゆ 石油 222
せきゆのか 石油の香 222
せきよう 夕陽 466
せきらんうん 積乱雲 142
せきりゅうか 石榴花 527
せきりょう 寂寥 203
せきれい 鶺鴒 509
せく 急く 28
せく 咳く 222
せく 堰く 222
せこ 背子 76
せすじ 背筋 221
せぜ 瀬瀬 221
せせらぎ 細流 71
せたけ 背丈 238
せち 節 223
せちえ 節会 223
せちに 切に 192
ぜっかい 絶海 279
せっかい→石灰 325
せっく 節句 222
せっけい 雪渓 471
せつげつか 雪月花 431
せっけん 石鹼 203
せつげん 雪原 470
せつご 雪後 470
せっこう 斥候 50
せっしょう 殺生 172
せった 雪駄 151
ぜったいあんせい 絶対安静 271
せっちゅう 雪中 469
せっちゅうあん 雪中庵 469
せっちん 雪隠 117
せつどう 雪洞 283
せつな 刹那 246
せつなき 切なき 223
せっぱく 雪白 210
せっぷく 切腹 44
せつぶん 節分 223
せっぷん 接吻 139
ぜっぺき 絶壁 95
ぜっぺき→切崖 95
せっぺん 雪片 468
ぜつぼう 絶望 154
せつや 雪夜 470
せつれい 雪嶺 471
せと 瀬戸 454
せど 背戸 60
せどはた 背戸畑 60
せな 背 221
せなか 背中 221
せなかあわせ 背中合せ 230
ぜに 銭 108
せにして 背にして 52
せのび 背伸び 223
せばしら 背柱 221
せばみ 狭み 223
せぼね 背骨 221
せまき 狭き 223
せまる 迫る 251
せみ 蟬 515
せみしぐれ 蟬時雨 436
せみなく 蟬鳴く 435
せみのから 蟬の殻 56
せみのは 蟬の羽 341
せめる 責める 223
セメント 153
せり 芹 530
せりつむ 芹摘む 266
せる 競る 88
セル 130
セロリ 530
せわしき 忙しき 38
せをむけて 背を向けて 230
せん 千 223
せんいん→水手 96
せんか 泉下 481
せんかい 旋回 414
せんかたなし 詮方なし 219
せんきん 千金 223
せんけつ 鮮血 249
せんげつ 繊月 416
せんけん 嬋娟 358
せんこ 千古 432
せんこう 線香 378
せんこはなび 線香花火 339
せんざい 前栽 319
せんさき 膳先 74
ぜんざん 全山 224
せんし 戦死 224
せんししゃ 戦死者 224
せんしつ→キャビン 119
せんしほう 戦死報 224
せんしゅ 繊手 395
せんしゅう 千秋 284
せんじょう 戦場 224
せんじる 煎じる 254
ぜんしん→総身 227
せんす 扇子 68
せんすい 泉水 34
せんそう 戦争 224
せんたん 尖端 281
せんだん 栴檀 530
せんち 戦地 224
せんちょう 船長 225
ぜんでら 禅寺 273
せんとう 尖塔 277
せんどう 船頭 224
せんとうき 戦闘機 357
せんなき 詮無き 219
せんねん→千秋 284
せんび 船尾 379
せんぷう 旋風 266
せんべ 煎餅 99
ぜんまい 発条 249
せんまん 千万 414
せんめんき 洗面器 247
せんやく 煎薬 137
せんゆう 戦友 386
せんり 千里 425
せんりつ 戦慄 75
せんりつ 旋律 208
せんりのうま 千里の馬 206
せんりょく 鮮緑 427
せんろ 線路 225

【そ】

そいね 添寝 376
そいふす 添い臥す 376
そう 僧 225
そう 添う 269
そう 葬 287
そう 左右 417
ぞう 像 226
ぞう 象 504
そうあん 草庵 135
そういん 僧院 273
そうえん 僧園 229
そうえん 蒼鉛 419
ぞうお 憎悪 307
そうか 窓下 196

ぞうか 造花 226
そうかい 蒼海 3
そうがん 双眼 227
そうがんきょう 双眼鏡 280
そうき 霜気 133
ぞうき 雑木 120
そうきゅう 蒼穹 4
ぞうげ 象牙 174
そうげん 草原 226
そうこ 蒼古 384
そうし 草紙 399
そうしじゅ 想思樹 538
そうじゅつ 蒼朮 530
そうしゅん 早春 345
そうしょ 草書 446
そうじょう 僧正 225
そうしん 喪心 400
そうしん 痩身 456
そうしんぐ 装身具 226
そうず 僧都 225
そうず 添水 289
ぞうすい 雑炊 442
ぞうすい→高水 416
そうぞく 僧俗 225
そうたい 掃苔 327
そうてい 草堤 262
そうてん 蒼天 4
ぞうに 雑煮 446
そうのて 双の掌 452
そうのめ 双の眼 227
そうばい 早梅 521
そうはく 蒼白 4
そうび 双眉 452
そうび 薔薇 536
ぞうひょう 雑兵 386
ぞうふ 臓腑 226
そうふく 僧服 227
そうぼう 蒼茫 3
そうぼう 双眸 227
そうぼう 僧房 273
ぞうぼくりん 雑木林 343
そうまとう 走馬灯 95
そうみ 総身 227
そうめん 素麺 444
そうもう 草莽 136
そうもく 草木 135
そうもんか 相聞歌 156
ぞうり 草履 227
そうれつ 葬列 287
そうろう 蹌踉 483
そえぢ 添乳 252
そえる 添える 404
そえん→夜離れ 387
ソーダすい ソーダ水 322
そが /あなた 21
そがい 背向/後ろ 52
そがい 背向 230
そがいね 背向寝 230
そきえ 335
ぞく 賊 312
ぞく 粟 520
そくさい 息災 214
そけん 素絹 124
そこ 底 227
そこあかり 底明り 6
そこい 底方 227
そこいもしらぬ 底いも知らぬ 373
そこく 祖国 393
そここ 19
そこなる 底なる 227
そこばく 許多 494
そこびえ 底冷 353
そこびえ→花冷 338
そこびかり 底光 355
そこり 潮涸 356
そさい 蔬菜 290
そしゅう 楚囚 205
そしる 誹る 13
そぞう 塑像 226
そそぐ 注ぐ 228
そぞろ 漫ろ 228
そぞろありき 漫ろ歩き 189
そぞろがお 漫顔 228
そぞろごころ 漫心 195
そぞろさむ 漫寒 228
そだ 粗朶 236
そだつ 育つ 228
そっと 228
ぞっとする 75
そで/袖→衣手 173
そでがい 袖貝 498
そでぎちょう 袖几帳 286
そでぐち 袖口 173
そでだたみ 袖畳み 126
そてつ 蘇鉄 530
そでふる 袖振る 295
そと 外 228
そとおる 衣通る 56
そとで 外出 228
そとば 卒塔婆 326
そとも 外面 228
そなた 20
そなれまつ 磯馴松 539
その 園 229
そのう 園生 229
そのかみ 其の上 213
そのぬち 園内 312
そのもり 園守 412
そば 蕎麦 229
そばえ 日照雨 360
そばえる 戯える 248
そばかす 雀斑 333
そばこ 蕎麦粉 229
そばのはな 蕎麦の花 229
そばみち 岨道 96
そばゆ 蕎麦湯 229
そびえる 聳える 229
そびゆるたけ 聳ゆる嶽 229
そびら /背 221
そふ 祖父 83
ソファ 37
ソフト 390
ソプラノ 54
そぼ→祖母 83
そぼつ /濡 313
そぼぬれる そぼ濡れる 313
そぼふる そぼ降る 383
そま 杣 121
そまひと 杣人 121
そまやま 杣山 236
そまる 染まる 201
そむく 背く/抗う 26
そむく 背く/後向 229
そむける 背ける 229
ぞめき 182
そめもの 染物 230
そめる 染める 48
そめる 初める 331
そや 征矢 473
そよかぜ 微風 230
そよぎ 戦ぎ 230
そよふく そよ吹く 230
そよりともせぬ 358
そよろ 230
そら 空 230
そら 宙 230
そら 天 274
そらあい 空間 133
そらあい 空合 274
そらあおむ 空青む 4
そらいろ 空色 419
そらごと 空言 41
そらだき 空薫 236
そらだれる 空爛れる 467
そらどけ 空解 437
そらとぶ→天翔る 22
そらなみだ 空涙 41
そらなり 空鳴 231
そらに 空似 309
そらね 空音 231
そらね 空寝 317
そらのあお 空の青 4
そらのかがみ 空の鏡 258
そらのした 空の下 196
そらまめ 空豆 411
そらみみ 空耳 231
そらゆく 空行く 230
そり 橇 231

【た】

たくじょうとう 卓上灯 485
たくだ 橐駝 311
たくなわ 栲縄 305
たくはつ 托鉢 334
たくふ 卓布 237
たくましき 逞しき 268
たくみ 巧み 237
たくみ 匠 237
たくむ 巧む 149
たくらみ 企み 149
だくりゅう 濁流 308
たぐる 手繰る 356
たけ 丈 238
たけ 岳 459
たけ 竹 530
たけうま 竹馬 17
たけえん 竹縁 66
たけがき 竹垣 92
たけがみ 丈髪 111
たけがり 茸狩 125
たけき 猛き 36
たけざお 竹竿 448
たけたかき 丈高き 238
たけなわ 闌 238
たけのこ 筍 530
たけのこほる 筍掘る 398
たけのはやし 竹の林 238
たけやぶ 竹藪 238
たける 猛る 25
たこ 凧 17
たこ 蛸 500
たこつぼ 蛸壺 500
たごと 田毎 232
たごとのつき 田毎の月
だし 山車 232
たしか 確か 417
たしかめる 確かめる 238
たしなむ 嗜む/酒 179
たず 田鶴 510
たすき 襷 238
たずき 生計 144
たずきなし 219
たずたずし 164
たずねる 尋ねる/訪 277
たずねる 尋ねる/問 277
たずむら 鶴群 439
たそ 誰ぞ 247
たそがれ 黄昏 465
たそがれどき 黄昏時 238
たそがれる 黄昏れる 147
たたえる 讃える 398
たたえる 湛える 426
ただか 正香 86
たたかい 戦い 224
たたかう 戦う 224
たたかう 闘う 239
たたく /鳴く 294
たたさ 縦様 240
ただじ 直道 362
たたす 立たす 239
たたずまい 佇まい 448
たたずむ 佇む 239
ただなか ただ中 414
たたなわる 畳なわる 98
ただに 直に 239
ただにあう 直に逢う 239
たたみ 畳 239
たたみがえ 畳替 239
たたみのうえ 畳の上 239
たたむ 畳む 201
ただむき 腕 88
ただよう 漂う 239
ただれる 爛れる 240
たち 太刀 453
たち 館 453
たちい 起居 72
たちいつ 立ち居つ 239
たちいでて 立ち出でて 240
たちかくす 立ち隠す 93
たぢから 手力 251
たちがれ 立枯 115
たちき 立木 120
たちぐも 立雲 142
たちすくむ 立ち竦む 239
たちつくす 立ち尽す 239
たちど 立所 239
たちぬれる 立ち濡れる 313
たちのぼる 立ち上る 322
たちばな 橘 531
たちばなし 立話 183
たちまよう 立ち迷う 240
だちょう 駝鳥 510
たちわかれる 立ち別れる 492
たつ 佇つ 239
たつ 発つ 240
たつ 裁つ 311
たつかづえ 手束杖 257
だっこくき 脱穀機 121
たっしゃ 達者 214
たつたひめ 龍田姫 441
だったん 韃靼 35
だったんかいきょう 韃靼海峡 87
たっちゅう 塔頭 273
たづな 手綱 328
たっぺ 竹瓮 15
たつまき 竜巻 266
たつみ 巽 353
たづら 田面 232
たて 楯 109
たで 蓼 531
たてがみ 鬣 149
たてぬき 経緯 42
たてばんこ 立版古 95
だてまき 伊達巻 79
たてまつる 奉る 181
たてよこ 縦横 240
たとえる 譬える 144
たとしえなき 237
たどたど 418
たどる 辿る 176
たどん 炭団 219
たな 棚 240
たなぎょう 棚経 400
たなご 500
たなごころ 掌 240
たなそこ 掌 240
たなだ 棚田 231
たなつもの 穀 428
たななしおぶね 棚無小舟 170
たなばた 七夕 240
たなばた 織女 241
たなびく 棚引く 300
たなまた 手股 270
たなれ 手馴れ 304
たに 谷 241
たに/谷→峡 87
たにあい 谷間 241
たにかぜ 谷風 101
たにがわ 谷川 241
たにぎる 手握る 307
たにぐく 谷蟆 502
たにし 田螺 498
たにじ 谷路 241
たにぞこ 谷底 241
たにふところ 谷懐 241
たにま 谷間 241
たにみず 谷水 241
たにもみじ 谷紅葉 449
たぬ 504
たぬき 狸 504
たぬし 楽し 242
たね 種 241
たねい 種井 242
たねおろし 種おろし 242
たねまきびと 種蒔人 242
たのし 楽し 242
たのしみ 楽しみ 242
たのしむ 楽しむ 242
たのみ 頼み 242
たのむ 頼む 242
たのめなき 頼めなき 483
たのも 田面 232
たのもしき 頼もしき 242
たば 束 242
たばかる 謀る 14
たばこ 煙草 242

たばこ 煙草/植 531
たばこのけむり 煙草の煙 243
たばこび 煙草火 243
たばこぼん 煙草盆 243
たばこや 煙草屋 243
たばこをすう 243
たばしる た走る 396
たばねる 束ねる 243
たひ 手火 91
たび 足袋 243
たび 旅 243
たびあきうど 旅商人 7
たびがらす 旅烏 245
たびごころ 旅心 244
たびごろも 旅衣 244
たびじ 旅路 244
たびすがた 旅姿 244
たびそう 旅僧 245
たびだつ 旅立つ 244
たびたび 度度 244
たびだより 旅便り 247
たびづかれ 旅疲れ 243
たびづと 旅苞 263
たびで 旅出 244
たびと 旅人 245
たびにしぬ 旅に死ぬ 243
たびにっき 旅日記 309
たびにやむ 旅に病む 244
たびね 旅寝 244
たびのおんな 旅の女 245
たびのそら 旅の空 244
たびばしゃ 旅馬車 331
たびばなし 旅話 244
たびびと 旅人 245
たびまくら 旅枕 245
たびやかた 旅宿 456
たびやせ 旅痩 456
たびやど 旅宿 456
たびゆく 旅行く 244
だびらゆき だびら雪 29
たぶ 食ぶ 245
たぶ 賜ぶ 246
たぶさ 髻 112
たぶらかす 誑かす 14
たふり 手触り 272
たべる 食べる 245
たま 弾丸 245
たま 魂 246
たま 珠 391
たまあえる 魂合える 2
たまあられ 玉霰 26
たまう 給う 18
たまえ 玉江 46
たまおくり 霊送り 432
たまがき 玉垣 92
たまぎぬ 玉衣 172
たまぐし 玉櫛 137
たまぐし 玉串 181
たまくしげ 玉櫛笥 137
たまくしろ→釧 226
たまぐつ 玉沓 139
たまくら 手枕 288
たまご 玉子 245
たまごと 玉琴 167
たまさか 偶さか 246
たまざさ 玉笹 527
たましい 魂 246
たましく 玉敷く 55
だます 騙す 14
たまずさ 玉梓 272
たますだれ 玉簾 216
たまだな 魂棚 400
たまつき 玉突 17
たまつばき 玉椿 531
たまで 玉手 270
たまどり 珠鶏 510
たまな 玉菜 524
たまにぬく 玉に貫く 268
たまねぎ 玉葱 531
たまの 玉の 55
たまのい 玉の井 29
たまのお 玉の緒 42
たまのお 霊の緒 44
たまのきざはし 玉の階 87
たまのこえ 玉の声 160
たまのはこ 玉の箱 329
たまのり 玉乗 422
たまば 球葉 324
たまはし 玉橋 330
たまはす 玉蓮 535
たまはだ 玉肌 332
たまぼうき 玉箒 389
たままくばしょう 玉巻く芭蕉 535
たままつり 魂祭 400
たまみず 霊水 246
たまむし 玉虫 516
たまむしいろ 玉虫色 131
たまも 玉藻 445
たまもい 玉碗 497
たまもの 賜物 246
たまゆら 玉響 246
たまり 溜り 426
たまりみず 溜り水 421
だまる 黙る 446
たまわる 賜る 446
たみ 民 246
たみぐさ 民草 246
だみごえ 濁声 160
たみず 田水 247
たみち 田道 16
ダム 222
たむく 手向く 181
たむけ 手向 340
たむけばな 手向花 181
たむだく 手抱く 57
たむろ 屯 439
ためいき 嘆息 276
ためらう 247
たもと 袂 173
たもとおる た徘徊る 442
たもとぐさ 袂草 173
たもり 田守 412
たゆき 懈き 151
たゆげに 弛げに 152
たゆたう 240
たゆたう /ためらう 247
たゆむ /懈怠 151
たより 頼り 242
たより 便り 247
たよりない 頼りない 247
たよる 頼る 242
たら 鱈 500
たらい 盥 247
だらく 堕落 61
たらちね 垂乳根 342
タラップ 357
だらりの帯 79
ダリア 531
たりお 垂尾 67
たりち 垂乳 253
たりはな 垂花 247
だりん 舵輪 163
たる 樽 476
たるひ 垂氷 268
たるひ 足日 352
たるみ 垂水 236
たるむ 474
たれ 誰 247
たれかしる 誰か知る 247
たれかみ 垂髪 112
たれる 垂れる 247
だろう 舵楼 379
たわぶれごと 戯れ言 248
たわぶれる 戯れる 248
たわむ 撓む 248
たわむれる 戯れる 248
たわやぐ 234
たわら 俵 248
たわれお 戯男 57
たわれめ 戯女 57
たわれる 戯れる 248
たわわ 撓わ 248
たわわざ 戯事 85
たわわ髪 111
たん 痰 328
だんがい 断崖 95
たんげつ 淡月 80
タンゴ 128
たんご 端午 248
だんご 団子 248
だんこん 弾痕 245
たんざ 端坐 221
たんざく 短冊 110

たんじつ 短日 382
だんじょ 男女 361
たんじょう 誕生 248
たんしょうとう 探照灯 276
たんじょうび 誕生日 248
たんじょうぶつ 誕生仏 339
たんす 箪笥 256
ダンス 78
だんそうめん 断層面 82
だんだら 200
たんたん 淡淡 28
だんだんばたけ 段段畠 334
たんちょう 単調 104
たんちょう 丹頂 510
だんちょう 断腸 107
たんでん 炭田 222
だんどう 弾道 245
たんばい 探梅 449
たんぱくせき 蛋白石 391
だんぺん 断片 96
たんぼ 旦暮 14
たんぼ 田圃 231
だんぼう 暖房 249
たんぽぽ 蒲公英 531
たんぽぽいろ 蒲公英色 120
たんめい 短命 328
だんりょく 弾力 249
たんりょくしょく 淡緑色 427
だんろ 暖炉 249

【ち】

ち 血 249
ち 地 249
ちいさき 小さき 250
チーズ 250
ちえ 知恵 250
チェロ 105
ちか 地下 250
ちかい 誓い 250
ちかう 誓う 250
ちかがい 地下街 250
ちかし 近し 250
ちかしつ 地下室 250
ちかづく 近づく 251
ちかてつ 地下鉄 275
ちかどう 地下道 250
ちかび 近火 99
ちかまさる 近勝る 251
ちかみ 近み 251
ちかみち 近道 251
ちがや 茅萱 523
ちから 力 251
ちからなく 力無く 114
ちき 知己 251
ちぎ 千木 174
ちきゅう 地球 251
ちきゅうぎ 地球儀 251
ちぎりおく 契り置く 252
ちぎる 千切る 130
ちぎる 契る/愛欲 3
ちぎる 契る/約束 251
ちぎれ /片 96
ちぎれ雲 141
ちくえい 竹影 95
ちぐさ 千種 252
ちくび 乳首 253
ちくふじん 竹婦人 403
ちくよう 竹葉 530
ちくりん 竹林 238
ちご 乳児 5
ちご 稚児 155
ちござくら 稚児桜 526
ちごまげ 稚児髷 112
ちごめく 稚児めく 73
ちさ 萵苣 531
ちさき 小さき 250
ちさきいえ 小さき家 250
ちさきて 小さき手 250
ちさきひつぎ 小さき柩 360
ちさと 千里 184
ちさん 遅参 72
ちしお 血潮 252
ちじく 地軸 193
ちじつ 遅日 348
ちじょう 地上 49
ちしん 池心 34
ちず 地図 212
ちすじ 血筋 50
ちすじ 千筋 223
ちそう 馳走 447
ちそく 遅速 72
ちぞめ 血染 253
ちたび 千度 244
ちたり 千人 223
ちち 遅遅 73
ちち 牛乳 252
ちち 乳/母乳 252
ちち 父 252
ちぢ 千千 223
ちちいろ 乳色 209
ちちうえ 父上 252
ちちうし 乳牛 503
ちちしぼり 搾乳 252
ちちのか 乳の香 252
ちちはは 父母 83
ちぢむ 縮む 252
ちちゅうかい 地中海 232
ちぢれげ 縮れ毛 403
ちちろ虫 515
ちとう 池塘 34
ちとせ 千年 284
ちどり 千鳥 253
ちぬのうみ 茅渟の海 232
ちのいろ 血の色 204
ちのか 血の香 306
ちのくだ 血の管 249
ちのそこ 地の底 250
ちのみご 乳飲子 5
ちのも 地面 200
ちのわ 茅の輪 188
ちばしる 血走る 253
ちひょう 地表 200
ちひろ 千尋 292
ちぶさ 乳房 253
ちぶさうしなう 乳房失う 253
ちぶりのかみ 道触の神 278
ちへい 地平 253
ちへいせん 地平線 253
ちへど 血反吐 249
ちまき 粽 248
ちまた 巷 253
ちまちだ 千町田 231
ちまみれ 血塗れ 253
ちみ 魑魅 476
ちみどろ 血塗 253
ちゃ 茶 253
ちゃいろ 茶色 254
ちゃいろのめ 茶色の目 444
ちゃしつ 茶室 254
ちゃせん 茶筅 255
ちゃづけ 茶漬 254
ちゃつみ 茶摘 254
ちゃのこ 茶の子 255
ちゃのしたく 茶の支度 254
ちゃのはな 茶の花 254
ちゃのひじり 茶の聖 255
ちゃのま 茶の間 401
ちゃのみ 茶の実 254
ちゃのゆ 茶の湯 255
ちゃのゆしゃ 茶の湯者 255
ちゃばたけ 茶畑 255
ちゃぼ 矮鶏 511
ちゃみせ 茶店 186
ちゃめし 茶飯 254
ちゃや 茶屋 186
チャルメラ 484
ちゃわん 茶碗 497
ちゅう 宙 133
ちゅうがえり 宙返り 422
ちゅうしゃ 注射 369
ちゅうしょう 中宵 483
ちゅうてん 中天 292
ちゅうねん 中年 283
ちゅうや 中夜 483

チューリップ 531
ちゅうをとぶ 宙を飛ぶ 133
ちよ 千代 224
ちよ 千夜 224
ちょう 寵 443
ちょう 蝶 516
ちょうかん 朝刊 391
ちょうぎょ 釣魚 268
ちょうこく 彫刻 255
ちょうし 調子 208
ちょうじ 丁子 529
ちょうじゃ 長者 287
ちょうじょう 頂上 78
ちょうじん 長人 291
ちょうしんき 聴診器 167
ちょうずばち 手水鉢 271
ちょうちょう 蝶蝶 516
ちょうちん 提灯 255
ちょうど 調度 256
ちょうぼ 朝暮 14
ちょうめん 帳面 256
ちょうや 長夜 480
ちょうよう→九日 134
ちょうらく 凋落 61
ちょうろ 長路 292
チョーク→白墨 385
ちょき 猪牙 147
ちょくせん 直線 407
ちょこ 猪口 176
チョコレート 99
ちょっか 直下 196
チョッキ 476
ちよろず 千万 414
ちらう 散らう 257
ちらばる 散らばる 256
ちらまくおしみ 散らまく惜しみ 257
ちり 塵 256
ちり 塵/わずか 494
ちりあくた 塵埃 256
ちりがた 散りがた 257
ちりがて 散りがて 257
ちりこぼれる 散り零れる 257
ちりしく 散り敷く 257
ちりそめる 散り初める 257
ちりづか 塵塚 256
ちりなき 塵なき 256
ちりのよ 塵の世 480
ちりばめる 鏤める 174
ちりぼう 散りぼう 256
ちりまがう 散り紛う 256
ちりめん 縮緬 125
ちりもみじ 散紅葉 450
ちりゆく 散り行く 257
ちりれんげ 散蓮華 182
ちる 散る 256
ちるはな 散る花 484
ちれい 地霊 487
ちろちろと 418
ちろり/酒器 117
ちをはく 血を吐く 249
ちんこんか 鎮魂歌 128
ちんじゅ 鎮守 455
チンドン屋 372
ちんもく 沈黙 446

【つ】

つ 津 335
つい 終 85
つい 対 376
ついえる 潰える 138
ついおく 追憶 81
ついじ 築土 386
ついたち 朔日 351
ついと 373
ついな 追儺 223
ついのいのち 終の命 486
ついばむ 啄む 64
ついひじ 築泥 386
つえ 杖 257
つか 塚 326
つかい 使 257
つがい 番い 257
つがいどり 番い鳥 257
つかねがみ 束ね髪 243
つかねる 束ねる 243
つかのま 束の間 199
つかむ 摑む 307
つかれ 疲れ 258
つかれう 疲鵜 506
つかれる 疲れる 258
つき 月 258
つき 槻 525
つぎ 継 262
つきあかき 月明き 258
つきあかり 月明り 6
つきかげ 月影/姿 94
つきかげ 月影/月 258
つきかげ 月影/光 259
つきかける 月欠ける 96
つきがた 月形 104
つきかたぶく 月傾く 46
つききよみ 月清み 128
つきくさ 月草 532
つきげ 月毛 59
つきこおる 月氷る 382
つきさえる 月冴える 382
つきさす 月射す 259
つきさむく 月寒く 382
つきしろ 月代 258
つきず 尽きず 260
つきすむ 月澄む 220
つきてらす 月照らす 258
つきてる 月照る 258
つきなき 月無き 434
つきななめ 月斜め 300
つきなみ 月波 420
つきにあそぶ 月に遊ぶ 259
つきのいろ 月の色 258
つきのおも 月の面 258
つきのかがみ 月の鏡 414
つきのかさ 月の暈 355
つきのかつら 月の桂 259
つきのしずく 月の雫 267
つきのしも 月の霜 259
つきのな 月の名 259
つきのひかり 月の光 259
つきのふね 月の舟 259
つぎのま 次の間 400
つきのみやこ 月の都 259
つきのわ 月の輪 414
つきはな 月花 431
つきひ 月日 284
つきひがい 月日貝 498
つきひめ 月姫 441
つきほし 月星 258
つきほそし 月細し 416
つきまつ 月待つ 259
つきみ 月見 259
つきみぐさ 月見草 531
つきみそう 月見草 531
つきみぶね 月見舟 259
つきもる 月洩る 259
つきやどる 月宿る 419
つきやま 築山 271
つきよ 月夜 260
つきよがらす 月夜鴉 475
つきよみ 月読 259
つきる 尽きる 260
つきをとも 月を友 259
つくえ 机 260
つくし 土筆 531
つくす 尽くす 260
つくづく 119
つくつくし 土筆 531
つくつく法師 516
つくばい 手水 271
つくばう 蹲う 172
つくばえ 月映 326
つぐむ→声含む 374
つくりにわ 作庭 271
つくりばな 造り花 226
つくる 作る/化粧 150
つくる 作る 260
つくろう 繕う/化粧 151
つくろう 繕う 260
つけぎ 付木 353
つけな 漬菜 290
つげのおぐし 黄楊の小櫛 137
つけもの 漬物 261

つり 釣り 268
つりいと 釣糸 268
つりがねそう 釣鐘草 532
つりかわ 吊革 275
つりざお 釣竿 268
つりしのぶ 釣忍 320
つりどこ 釣床 211
つりばし 吊橋 301
つりびと 釣人 268
つりふね 釣舟 269
つりぼり 釣堀 269
つりランプ 釣ランプ 485
つる 蔓 269
つる 鶴 510
つるおと 弦音 473
つるぎ 剣 269
つるくさ 蔓草 269
つるはし 鶴嘴 159
つるばみ 橡 533
つるべ 釣瓶 269
つるべのおと 釣瓶の音 269
つるむ 交る 257
つれ 連れ 269
つれそう 連れ沿う 269
つれだつ 連れ立つ 269
つれづれ 徒然 269
つれなき 270
つれなき人 270
つれびき 連弾 108
つわのはな 石蕗の花 532
つわぶき 石蕗 532
つわもの 兵 448
ツンドラ 70

【て】

て 掌 240
て 手 270
て(手)→冷たき手 266
て(手)→小さき手 250
であう 出会う 270
てあし 手足 15
てあて 手当 271
てあらい 手洗い 271
ていえん 庭園 271
でいがん 泥岩 290
ていけつ 啼血 512
ていしゃば 停車場 64
ていしゅ 亭主 76
ていしょう 低唱 53
ていちごう 手一合 327
ていてつ 蹄鉄 328
ていと 帝都 430
でいねい 泥濘 311
デート→逢瀬 68
テーブル 237
ておい 手負 123
ておいじし 手負猪 123
ておけ 手桶 73
ておの 手斧 79
ており 手織 84
てかがみ 手鏡 90
てかご 手籠 97
てかざす 手翳す 411
てがみ 手紙 271
てがら 手絡 111
でがわり 出替り 389
てき 敵 103
てきい 敵意 103
できごころ 出来心 193
できし 溺死 80
てぎわ 手際 237
てくび 手首 270
てごと 手毎 79
てごな 手児奈 77
てさぐる 手探る 176
てさげ 手提 109
てざわり 手触り 272
でし 弟子 272
でしお 出潮 225
てじな 手品 423
てじなし 手品師 423
てじゃく 手酌 180
てじょう 手錠 101
てしょく 手燭 208
てずから 手ずから 420
てすさび 手遊び 269
てずつ 手ずつ 387
デスマスク 197
てすり 手摺 485
てずれ 手ずれ 272
でたち 出立 479
てだま 手玉 226
てだれ 手練 237
てちょう 手帳 256
てつ 鉄 327
てつかぶと 鉄甲 109
てつき 手つき 448
デッキ 119
てっきょう 鉄橋 330
てつくね 手捏 454
てづくり 手作り 260
てつごうし 鉄格子 364
てっこつ 鉄骨 153
てっさ 鉄鎖 101
てっさん 鉄傘 413
デッサン 63
てっせん 鉄線 532
てっつい 鉄槌 261
てっとう 鉄塔 277
てっぱつ 鉄鉢 334
てっぱん 鉄板 153
てっぴ 鉄扉 276
てつびん 鉄瓶 453
てつぶね 鉄船 379
てっぺん 天辺 49
てつぼう 鉄棒 17
てっぽう 鉄砲 204
てづま 手品 423
てつろ 鉄路 225
ででむし でで虫 514
てならい 手習い 149
てならす 手馴らす 305
テニス 144
てにとる 手に取る 272
てぬぐい 手拭 272
てのうえ 掌の上 49
てのこう 手の甲 270
てのひら 掌 240
てばこ 手箱 329
てふき 手巾 272
てぶくろ 手袋 270
てふてふ(蝶蝶) 516
でふね 出舟 379
てぶら→空手 272
てぶり 手振 303
でまど 出窓 408
てまね 手真似 410
てまねく 手招く 410
てまめ 手まめ 237
てまり 手鞠 413
てまりうた 手鞠唄 413
てまりばな 手鞠花 519
でみず 出水 71
でみずがわ 出水川 71
デモ 239
てもすまに 手もすまに 38
てもちぶさた 手もちぶさた 269
てもと 手元 251
でゆ 出湯 463
てら 寺 273
てらす 照らす 274
テラス 490
てらまいり 寺参り 188
てらまち 寺町 405
てり 照り 267
てりかえし 照り返し 351
てりそう 照り添う 274
てりは 照葉 450
てりわたる 照り渡る 40
てる 照る 274
てるつき 照る月 259
てるひ 照る日 274
てわざ 手技 304
てをあわせる 手を合せる 44
てをうつ 手を打つ 274
てをたずさえ 手を携え 425
てをとる 手を取る 183
てをひく 手を引く 425
てをふる 手を振る 295
てん 天 274

てん 点 274
てん 貂 504
でん 殿 68
てんか 天下 480
てんか 天火 484
でんか 田家 320
でんがく 田楽 486
てんかふん 天瓜粉 16
てんがんきょう 天眼鏡 441
てんき 天気 274
てんき 天気/晴 350
でんき 電気 275
でんき→電灯 275
でんきゅう 電球 275
てんぐ 天狗 476
てんくう 天空 274
てんぐかぜ 天狗風 266
てんけい 天景 233
でんこう 電光 43
てんごく 天国 275
てんさい 天際 274
てんし 天使 275
てんじく 天竺 35
てんじつ 天日 352
でんしゃ 電車 275
てんしゅかく 天守閣 209
てんじょう 天井 457
でんしょばと 伝書鳩 511
てんしん 点心 255
てんしん 天心 292
てんすい 天水 421
てんすいおけ 天水桶 73
でんせん 電線 275
てんち 天地 24
でんちゅう 電柱 275
てんてき 点滴 271
てんてつ 点綴 263
てんてん 点点 274
テント 403
でんとう 電灯 275
てんとうむし 天道虫 517
てんにょ 天女 276
てんにん 天人 276
てんびん 天秤 327
でんぷ 田夫 320
でんぽう 電報 467
てんま 天馬 154
てんまく 天幕 403
てんまつせん 天末線 193
てんまど 天窓 408
でんわ 電話 276

【と】

と 門 87
と 外 228
と 扉 276
ドア 276
とあみ 投網 23
とい(樋)→筧 95
といき 吐息 276
トイレ→廁 117
とう 塔 277
とう 訪う 277
とう 問う 277
どう 堂 277
どう→銅 4
とういす 籐椅子 37
とうか 灯花 21
とうか 灯下 196
とうか 棹歌 225
とうか 灯火 392
とうかい 東海 354
とうがらし 唐辛子 114
とうがらし 唐辛子 532
とうがん 冬瓜 532
とうき 陶器 453
どうき 動悸 430
とうきび 唐黍 532
とうきょう 東京 430
どうぎょう 同行 269
どうぎょうのかみ 童形の神 275
どうくつ 洞窟 277
とうげ 峠 278
どうけ 道化 278
とうけい 闘鶏 289
どうけし 道化師 278
とうげみち 峠路 278
どうけやくしゃ 道化役者 278
とうげんきょう 桃源境 484
とうこう 冬耕 235
どうごもり 堂籠 277
とうさぎ 333
とうじ 冬至 278
とうじ 湯治 278
どうじ 童子 155
どうじどうじょ 童子童女 77
どうしゃ 同車 323
どうじょ 童女 77
とうしょう 凍傷 203
どうしょく 銅色 4
とうす 東司 117
とうすい 陶酔 577
とうせい 踏青 319
どうぞう 銅像 226
どうそじん 道祖神 278
とうだい 灯台 278
どうたい 胴体 415
どうづき 胴突 376
とうてん 冬天 381
とうてん 凍天 381
とうど 凍土 70
どうどう 同道 269
とうとき 尊き 278
とうとさ 貴さ 278
とうなす 唐茄子 522
とうひと 訪う人 277
どうひょう 道標 425
とうふ 豆腐 279
とうぶ 飲ぶ/酒 180
とうぶ 食ぶ 245
どうぶつえん 動物園 196
とうふやのふえ 豆腐屋の笛 484
とうほう 東方 353
とうみょう 灯明 279
とうみん 冬眠 153
とうめい 透明 214
どうもう 艟艨 148
どうもり 堂守 412
とうもろこし 532
どうもん 洞門 278
とうや 冬夜 383
とうらい 到来 72
とうり 東籬 92
とうり 桃李 541
とうりゅう 逗留 457
とうろう 灯籠 279
とうろう 蟷螂 514
とうろうながし 灯籠流し 279
どうろくじん 道陸神 278
とお 十歳 283
とおあさ 遠浅 342
とおありき 遠歩行 189
とおいかずち 遠雷 484
とおいなずま 遠稲妻 43
とおいる 遠居る 280
とおうなばら 遠海原 279
とおうみ 遠海 279
とおおに 撓に 248
とおおや 遠祖 51
とおかじ 遠火事 99
とおかみなり 遠雷 484
とおからず 遠からず 251
とおかわず 遠蛙 502
とおきぬた 遠砧 124
とおきね 遠き音 280
とおきひ 遠き灯 351
とおきよ 遠き世 433
とおく 遠く 279
とおざかる 遠ざかる 280
とおざと 遠里 279
トースト 350
とおぞく 遠離く 280
とおぞら 遠空 280
とおつ 遠つ 279
とおつうみ 遠つ海 279
とおづま 遠妻 264

とおつよ 遠つ代 433
とおと 遠音 280
とおどおし 遠遠し 279
とおなぎさ 遠渚 293
とおなく 遠鳴く 294
とおなだ 遠灘 279
とおなり 遠鳴り 280
とおね 遠音 280
とおね 遠嶺 280
とおの 遠野 279
とおのく 遠退く 280
とおのゆび 十の指 473
とおはなび 遠花火 339
とおひがた 遠干潟 354
とおびと 遠人 158
とおひとごえ 遠人声 362
とおふじ 遠富士 375
とおぼえ 遠吠 392
とおほととぎす 遠時鳥 512
とおまつかぜ 遠松風 407
とおみ 遠み 279
とおみ 遠見 280
とおみち 遠道 292
とおみる 遠見る 280
ドーム 413
とおめがね 遠眼鏡 280
とおや 遠夜 482
とおやま 遠山 280
とおゆうだち 遠夕立 466
とおよ 遠世 433
とおりあめ 通り雨 439
とおりぬけ 通り抜け 281
とおる 通る 280
とが 咎 265
とかい 都会 430
とかい 渡海 495
とかげ 常陰 94
とかげ 蜥蜴 502
とかす 融かす 282
とがま 利鎌 109
とがむ 咎む 223
とがり 鷹狩 235
とがり 尖り 281
とがりごえ 尖り声 160
とがりは 尖り葉 324
とがる 尖る 281
とき 鋭き 221
とき 時 281
とき 疾き 343
とぎ 伽/話相手 337
ときあかり 時明り 6
ときいろ 鴇色 450
ときおしむ 時惜しむ 74
ときがま→利鎌 109
ときがみ とき髪 137
ときぎぬ 解衣 347
ときじく 時じく 263
ときしもあれ 時しもあれ 190
ときなく 時無く 234
ときならぬ 時ならぬ 83
ときのこえ 鬨の声 105
ときのま 時の間 363
ときひかり 鋭き光 355
ときめき 62
ときもり 時守 488
ときよ 時世 281
とぎょ 渡御 417
ときわ 常磐 281
ときわかず 時分かず 234
ときわぎ 常磐木 281
ときをへて 時を経て 363
とく 疾く 38
とく 溶く 282
とぐ 研ぐ 281
どく 毒 281
どくご 独語 365
とくさ 木賊 532
どくしん 独身 364
どくそう 毒草 282
どくだみ 532
どくだん 独断 490
とぐち 戸口 276
とくとく 292
どくばな 毒花 282
どくもる 毒盛る 282
とぐら 鳥栖 212
とくり→徳利 285
どくろ 髑髏 282
とげ 刺 45
とけい 時計 282
とけいだい 時計台 282
とける 解ける 282
とけん 杜鵑 512
とこ 常 263
とこ 床 316
とこ(床)→冷たき床 266
どこ→何処 38
とごえ 鋭声 221
とこおとめ 常少女 77
とごころ 利心 125
とこしえ 永久 282
とこしく 床敷く 316
とこなつ 常夏/季 296
とこなつ 常夏/花 533
とこなめ 常滑 303
とこぬち 床ぬち 316
とこのえ 床の上 49
とこは 常葉 281
とこはな 常花 283
とこはる 常春 345
とこぶし 常臥 460
とこべ 床辺 316
とこや 床屋 112
とこやみ 常闇 462
とこよ 常世 283
ところてん 心太 118
とこわかき 常若き 491
とさか 鶏冠 510
とざし 鎖し 92
とざす 閉す 283
とざん 登山 283
とし 年齢 283
とじ 刀自 27
としあけ 年明け 284
としあらた 年新た 284
としうえ 年上 283
としおくる 年送る 71
としおとこ 年男 492
としぎこり 年木樵 121
としごろ 年頃 283
としたけて 年長けて 284
としたつ 年立つ 284
としだま 年玉 318
としつき 年月 284
としどし 年年 318
としとる 年取る 284
としなみ 年波 285
としのいち 年の市 40
としのおわり 年の終り 285
としのくれ 年の暮 285
としのは 毎年 318
としのはじめ 年の始め 284
としふる 年経る/齢 285
としふる 年経る 285
としほぐ 年祝ぐ 318
としま 年増 85
とじめ 閉目 85
としゅう 渡舟 495
どじょう 泥鰌 500
としようい 年用意 196
どじょうじる 鰌汁 209
としょかん 図書館 196
としよる 年寄る 285
とじる 閉じる 283
とじる 閉じる/目 440
としわすれ 年忘れ 285
としん 妬心 315
とせん 渡船 495
とぜん 徒然 270
とせんば 渡船場 495
とそ 屠蘇 48
とだえる 途絶える 234
とだち 鳥立ち 235
とたり 十人 33
トタン 亜鉛 153
どち/仲間 285
とちょうし 徒長枝 65
とつ 突 373
とつぐ 嫁ぐ 285
とつくに 外つ国 35

とつくにびと 外国人 35
とっくり 徳利 285
とってい 突堤 262
とっぱな 突端 330
とつみや 離宮 429
どて 土手 262
どてら 褞袍 495
とと 父 252
どどう 怒濤 70
とどこおる 滞る 222
ととせ 十年 34
とどまつ 椴松 539
とどまる 留まる 287
とどろき 轟き 368
とどろく 轟く 368
とどろに 368
となえる 唱える 318
となり 隣 286
となりきゃく 隣客 457
となりすむ 隣り住む 286
となりびと 隣人 286
となりま 隣り間 286
となりや 隣家 286
となる 隣る 303
とにでる 外に出る 229
とによる 戸に倚る 446
との 殿 77
とのい 宿直 412
とのぐもる との曇る 143
とのづくり 殿作 376
とのばら 殿原 77
とのも 外面 228
とのもり 殿守 412
とばり 帳 286
とばりかかげて 帳かかげて 286
とばりたれる 帳垂れる 286
とび 鳶 510
とびいし 飛石 310
とびいろ 鳶色 254
とびうお 飛魚 500
とびくら 飛び競 17
とびたつ 飛び立つ 286
とびのふえ 鳶の笛 373
とびひ 飛火 367
とびら 扉 276
どびろく ／酒 180
どびん 土瓶 453
とぶ 飛ぶ 286
どぶがわ 溝川 423
とぶさ 鳥総 120
とぶひの 飛火野 324
とぶひののもり 飛火の野守 324
どべい 土塀 386
とぼしき 乏しき 286
とぼしみ 乏しみ 286
とぼす ／灯 289
とぼそ 扉 276
どま 土間 401
トマト 532
とまぶね 苫船 379
とまや 苫屋 136
とまり 泊り／宿 456
とまりぶね 泊り舟 451
とまる 止まる 286
とまる 泊る 457
とみこうみ 19
とみに 頓に 310
とむ 富む 287
とむらい 弔い 287
とむらう 弔う 287
とめゆく 尋め行く 176
とめる 止める 287
とも 供 269
とも 友 287
とも 友／一緒 288
とも→月を友 259
とも 艫 379
ともあくび 共欠伸 10
ともえ 巴 451
ともがら 輩 288
ともし 照射 114
ともし 灯し 288
ともしき 羨しき 61
ともしき 乏しき／羨 286
ともしき 乏しき 404
ともしび 灯 288
ともしらが 共白髪 292
ともす 灯す 289
ともづな 纜 451
ともづなをとく 纜を解く 379
ともとして 友として 288
ともなき 友無き 288
ともに 共に 288
ともにしぬ 共に死ぬ 198
ともね 共寝 288
ともよぶ 友呼ぶ 480
ともる 灯る 288
とや 鳥屋 289
とやま 外山 459
どよう 土用 19
どようぞら 土用空 297
どようなみ 土用波 70
どようぼし 土用干 436
とよのあかり 豊の明り 54
とよはたぐも 豊旗雲 141
とよみき 豊御酒 417
どよむ 368
どよめき 368
どよもす 368
とら 虎 505
どら 銅鑼 124
とらい 渡来 496
とらす 18
トラック 146
とらつぐみ 虎鶫 511
ドラム 232
とらわれ 囚われ 205
トランプ 17
トランペット 105
とり 鳥 289
とりい 鳥居 455
とりいち 鶏市 40
とりいれ 収穫 428
とりおどし 鳥威し 289
とりかえる 鳥帰る 495
とりかげ 鳥影 95
とりかご 鳥籠 289
とりかぶと 鳥兜 282
とりくもに 鳥雲に 289
とりこ 虜 409
とりごや 鳥小屋 289
とりたて 取立て 211
とりちらす 取り散らす 256
とりで 砦 140
とりどころ 取り所 299
とりどり 取り取り 79
とりのいち 酉の市 39
とりのこ 鳥の子 370
とりのす 鳥の巣 212
とりべやま 鳥辺山 287
とりまく 取り巻く 97
とりよろう 405
とりわたる 鳥渡る 495
とる 撮る 203
とろ 瀞 58
どろ 泥 289
とろう 徒労 146
とろかす ／鍛冶 99
とろける 蕩ける 290
どろた 泥田 231
トロッコ 308
どろぶね 泥船 379
どろぼう 泥棒 312
どろぼうねこ 泥棒猫 505
どろまみれ 泥塗れ 290
とろむ 蕩む 290
とろろぐ 蕩ろぐ 290
トロンボーン 105
とわ 永久 282
とわたる 門渡る 87
どんが 嫩芽 211
とんがりぼうし 尖帽子 390
どんぐり 団栗 530
とんそう 遁走 308
どんぞこ どん底 227
どんてん 曇天 142
とんど 166
トンネル 290

どんびき 502
ドンファン 57
とんぼ 蜻蛉 517
とんぼう 蜻蛉 517
とんぼがえり 蜻蛉返り 341
どんよく 貪欲 477

【な】

な 汝 20
な 魚 49
な 菜 290
な 名 290
な〜そ /禁止 131
なあらう 菜洗う 290
ない 地震 291
ナイチンゲール 510
ナイフ 342
なえ 苗 291
なえた 苗田 305
なえどこ 苗床 291
なえる 萎える 190
なおく 直く 404
なおざり 291
なおも 尚も 45
なおり 波折 301
なおる 治る 30
なか 仲 291
ながあめ 長雨 23
ながいき 長生き 291
ながき 長き 292
ながきひ 永き日 348
ながきよ 長き夜 480
ながぐつ 長靴 140
ながさ 長さ 238
ながされびと 流され人 487
ながじ 長路 292
ながしめ 流し目 410
ながしもと 流し元 145
なかす 泣かす 293
なかぞら 中空 292
ながつき 長月 134
ながて 長道 292
なかど 中処 312
なかなか 中中 291
ながなき 長鳴き 294
ながなきどり 長鳴鶏 510
なかば 半ば 396
ながびつ 長櫃 359
なかま 仲間 344
なかまほし 泣かまほし 314
ながみ 長み 292
ながみじか 長短 418
なかみち 中道 424
ながめ 眺望 150
ながめ 眺め 292
ながめいる 眺め入る 292
ながめがお 眺め顔 292
ながめる 眺める 292
ながや 長屋 438
ながやみ 長病み 462
なかよし→睦ぶ 437
ながら 27
なからい 仲らい 291
ながらう 流らう 292
ながらえて 長らえて 292
ながらび 菜殻火 352
ながれ 流れ 292
ながれぎ 流れ木 485
ながれくる 流れ来る 292
ながれでる 流れ出る 292
ながれぼし 流れ星 485
ながれも 流れ藻 445
ながれる 流れる 292
ながれるくも 流れる雲 142
ながろうか 長廊下 488
なぎ 凪 292
なぎ 水葱 533
なきがら 亡骸 191
なきかわす 鳴き交す 294
なきこ 亡き子 293
なきごえ 泣声 5
なぎさ 渚 293
なぎさじ 渚路 293
なぎさべ 渚辺 293
なきそめる 鳴き初める 294
なきたま 亡き魂 293
なきちち 亡き父 252
なきつかれ 泣き疲れる 293
なきつま 亡き夫 76
なきつま 亡き妻 265
なきとも 亡き友 288
なきどよむ 鳴きどよむ 368
なぎなた 長刀 453
なきね 泣き寝 294
なきはは 亡き母 342
なきひと 亡き人 293
なきぼくろ 泣き黒子 333
なきやむ 泣き止む 294
なきわたる 鳴き渡る 294
なきわらい 泣き笑い 294
なく 泣く 293
なく 鳴く 294
なぐ 薙ぐ 130
なぐ 凪ぐ 293
なくこ 泣く子 294
なぐさ 慰 295
なぐさまず 慰まず 51
なぐさみ 慰み 214
なぐさむ 慰む 294
なぐさめる 慰める 295
なぐさもる 慰もる 295
なくす 失くす 51
なくず 菜屑 290
なくなく 泣く泣く 294
なくね 鳴く音 294
なくむし 鳴く虫 435
なぐれて 477
なぐわしき 名美しき 291
なげいれる 投げ入れる 360
なげうつ 擲つ 217
なげかい 嘆かい 295
なげかう 嘆かう 295
なげき 嘆き 295
なげく 嘆く 295
なげこむ 投げ込む 295
なげざし 投挿 35
なげだす 投げ出す 295
なげまり 投げ鞠 413
なげる 投げる 295
なごしのはらえ 夏越の祓 188
なごむ 和む/穏 75
なごむ 和む 295
なごり 名残 295
なごろ 余波 301
なさけ 情 295
なさぬなか 生さぬ仲 83
なし 無し 296
なし 梨 533
なじむ 馴染む 305
なす 為す 296
なす 茄子 533
なずさう 305
なずな 薺 533
なずなうち 薺打 40
なすのうま 茄子の馬 400
なすび 茄子 530
なずみく なずみ来 296
なずむ /滞る 296
なずむ 355
なぜ 何故 296
なぞ 謎 375
なぞえ 149
なた 鉈 130
なだ 洋 58
なだかき 名高き 291
なたね 菜種 533
なだら 474
なだらか 474
なだらざか なだら坂 175
なだり 斜 149
なだりじ なだり路 149
なだれ 雪崩 296
なだれる 296

なつ 夏 296
なつあけ 夏暁 298
なつうぐいす 夏鶯 506
なつおいる 夏老いる 299
なつかし 懐かし 297
なつかしみ 懐かしみ 297
なつかしむ 懐かしむ 297
なつがすみ 夏霞 100
なつかわ 夏河 296
なつぎく 夏菊 523
なつきたる 夏来たる 297
なつく 懐く 305
なつくさ 夏草 296
なつげしき 夏景色 150
なづける 名づける 291
なつご 夏蚕 155
なつごおり 夏氷 161
なつこだち 夏木立 296
なつごろも 夏衣 299
なつしお 夏潮 298
なつすぎる 夏過ぎる 299
なつぞら 夏空 297
なつたける 夏闌ける 297
なつたつ 夏立つ 297
なつちかし 夏近し 297
なっとう 納豆 411
なつな 夏菜 290
なつの 夏野 297
なつのあさ 夏の朝 298
なつのあめ 夏の雨 298
なつのうみ 夏の海 298
なつのおわり 夏の終り 299
なつのか 夏の香 86
なつのかぜ 夏の風 298
なつのくも 夏の雲 297
なつのちょう 夏の蝶 516
なつのつき 夏の月 297
なつのにじ 夏の虹 309
なつのはな 夏の花 298
なつのはま 夏の浜 298
なつのひ 夏の日 298
なつのひかり 夏の光 297
なつのみね 夏の峰 299
なつのゆうべ 夏の夕 297
なつのよ 夏の夜 299
なつのれん 夏暖簾 323
なつばおり 夏羽織 299
なつはてる 夏果てる 299
なつはな 夏花 298
なつび 夏陽 299
なつひめ 夏姫 441
なつふかし 夏深し 299
なつふく 夏服 299
なつぼうし 夏帽子 390
なつまけて 夏設けて 297
なつまつり 夏祭 408
なつまひる 夏真昼 371
なつむ 菜摘む 266
なつむし 夏虫 435
なつめ 棗 533
なつやかた 夏館 453
なつやせ 夏痩 456
なつやま 夏山 299
なつゆく 夏逝く 299
なつろ 夏炉 488
なでがた 撫肩 102
なでしこ 撫子 533
なでぼとけ 撫で仏 377
なでもの 撫物 103
なでる 撫でる 299
などころ 名所 299
なないろ 七色 47
ななかまど 七竈 533
ななくさがゆ 七草粥 40
ななし 名無し 300
ななしぐさ 名無草 300
ななそじ 七十 284
ななたび 七度 33
ななたり 七人 33
ななつ 七歳 283
ななつぼし 七つ星 393
ななとせ 七年 34
ななめ 斜め 300
なにおう 名に負う 291
なにげなく 何気無く 300
なにごともなき 何事も無き 262
なにたつ 名に立つ 291
なにゆえ 何故 296
なぬか 七日 33
なのはな 菜の花 533
なのはな→花菜 290
なのりそ 莫告藻 323
なのる 名告る 290
なばた 菜畑 334
なびく 靡く 300
なぶる 273
ナプキン 300
なべ 鍋 300
なべて 300
なべに 84
なべまつり 鍋祭 408
なべもの 鍋物 486
なまあたたかき 生暖き 313
なまかべ 生壁 109
なまき 生木 174
なまぐさき 生臭き 135
なまこ 海鼠 500
なまこかべ 海鼠壁 109
なまごめ 生米 170
なまじ 291
なまじろき 生白き 210
なます 膾 486
なまず 鯰 501
なまなか 生半 291
なまなまし 生生し 311
なまぬるき 生温き 313
なまみ 生身 32
なまめかし 艶めかし 301
なまめかし 艶めかし/華やか 340
なまめく 艶めく 301
なまめく 艶めく/優雅 431
なまり 鉛 159
なまりいろ 鉛色 315
なみ 無み 296
なみ 波 301
なみうちぎわ 波打際 417
なみがしら 波頭 301
なみき 並木 120
なみす 蔑す 21
なみだ 涙 301
なみだあめ 涙雨 302
なみたかき 波高き 302
なみだがわ 涙川 302
なみだぐむ 涙ぐむ 302
なみたつ 並み立つ 304
なみだつ 波立つ 302
なみだのいろ 涙の色 302
なみだめ 涙目 302
なみのおと 波の音 302
なみのはな 波の花 301
なみのほ 波の穂 301
なみのり 波乗り 190
なみま 波間 401
なみまくら 波枕 245
なみよけ 波除 262
なみよる 波寄る 482
なむあみだぶつ 南無阿弥陀仏 126
なめいし 大理石 391
なめくじ 蛞蝓 517
なめし 菜飯 442
なめて 並めて 304
なめらか 滑らか 303
なめる 舐める 303
なもしらぬ 名も知らぬ 300
なもなき→名無し 300
なや 納屋 171
なやましき 悩ましき 223
なやみ 悩み 303
なやむ 悩む 303
なやらう 追儺う 223
なよかぜ 軟風 230
なよびか 463
なよらか 463
なよる 馴寄る 305
なら 奈良 430
なら 楢 533

にら 韮 534
にらみくら 睨競 17
にらむ 睨む 309
にる 似る 309
にる 煮る 310
ニルバナ 涅槃那 207
にれ 楡 534
にれかむ 反芻む 374
にわ 海面 58
にわ 場 308
にわ 庭 310
にわあるき 庭歩き 189
にわいし 庭石 310
にわかあめ 驟か雨 439
にわかに 俄かに 309
にわき 庭木 311
にわくさ 庭草 135
にわくま 庭隈 310
にわげた 庭下駄 151
にわさき 庭先 310
にわし 庭師 311
にわたずみ 庭潦 421
にわつどり 庭つ鳥 510
にわとこのはな 接骨木の花 534
にわとり 鶏 510
にわび 庭火 93
にわべ 庭べ 310
にわも 庭面 310
にわもせ 庭も狭 223
にわやま 庭山 271
にんぎょ 人魚 154
にんぎょう 人形 311
にんぎょうしばい 人形芝居 311
にんげん 人間 360
にんずう 人数 33
にんにく 忍辱 234
にんにく→蒜(ひる) 537
ニンフ 487

【ぬ】

ぬい 縫 263
ぬいもの 縫物 311
ぬう 縫う 311
ぬえ 鵺 511
ぬか 額 359
ぬかあめ 糠雨 166
ぬかがみ 額髪 111
ぬかしろ 額白 359
ぬかずく 額ずく 45
ぬかぼし 糠星 394
ぬかり道 311
ぬきえもん 抜衣紋 66
ぬぎすてる 脱ぎ捨てる 312
ぬきて 抜手 84
ぬきんでる 抜きんでる 27
ぬく 抜く 356
ぬぐ 脱ぐ 312
ぬぐう 拭う 374
ぬくき 温き 312
ぬくとし 温とし 312
ぬくみ 温み 312
ぬくみ 温み/理由 312
ぬくむ 温む 312
ぬくもり 温もり 312
ぬけがら 抜け殻 56
ぬけぼし 抜星 485
ぬけみち 抜け道 251
ぬさ 幣 181
ぬし 21
ぬし 主 27
ぬしなき 主なき 361
ぬじり 沼尻 313
ぬすびと 盗人 312
ぬすみきく 盗み聞く 429
ぬすみみる 盗み見る 321
ぬすむ 盗む 58
ぬち 内 312
ぬなわ 蓴 528
ぬのこ 布子 495
ぬのめ 布目 130
ぬま 沼 312
ぬまあかり 沼明り 6
ぬませがき 沼施餓鬼 92
ぬまたろう 沼太郎 511
ぬまみず 沼水 313
ぬめりづま 滑り妻 301
ぬめる 滑る 303
ぬらす 濡らす/涙 302
ぬらす 濡らす 314
ぬりげた 塗下駄 151
ぬりもの 塗物 313
ぬるき 温き 313
ぬるむ 温む 313
ぬれいろ 濡色 47
ぬれえん 濡縁 66
ぬれがみ 濡れ髪 25
ぬれごろも 濡れ衣 314
ぬれつち 濡れ土 314
ぬれてくる 濡れて来る 313
ぬれてゆく 濡れて行く 313
ぬれとみち 濡跡道 314
ぬれば 濡羽 341
ぬれぼとけ 濡れ仏 377
ぬれる 濡れる 313

【ね】

ね 音 76
ね 根 314
ねあせ 寝汗 16
ねあまる 寝あまる 317
ねいき 寝息 314
ねいす 寝椅子 37
ねいる 寝入る 317
ねいろ 音色 76
ねおう 根生う 314
ねおしろい 寝白粉 74
ネオン 159
ねがい 願い 314
ねがいのいと 願の糸 240
ねがう 願う 314
ねがえり 寝返り 317
ねがお 寝顔 89
ねかぶ 根株 129
ねぎ 禰宜 417
ねぎ 葱 534
ねぎごと 願ぎ事 188
ねぎばた 葱畑 534
ねぎぼうず 葱坊主 534
ネクタイ 476
ねぐら 塒/巣 212
ねぐら 塒/寝床 316
ねこ 猫 505
ねこぎ 根扱ぎ 314
ねごころ 寝心 164
ねこじ 根掘じ 398
ねこぜ 猫背 221
ねこそぎ→根扱ぎ 314
ねごと 寝言 365
ねこのこ 猫の子 505
ねこのこい 猫の恋 505
ねこのつま 猫の妻 505
ねころぶ 寝転ぶ 314
ねざけ 寝酒 179
ねざめ 寝覚 315
ねざめのとこ 寝覚の床 315
ねじけ心 218
ねしずまる 寝静まる 195
ねしな 寝しな 317
ねしゃか 寝釈迦 377
ねしょうがつ 寝正月 206
ねすがた 寝姿 317
ねずみ 鼠 505
ねずみいろ 鼠色 315
ねずみはなび 鼠花火 339
ねせつける 寝せつける 170
ねぜり 根芹 530
ねぞう→寝姿 317
ねだい 寝台 211
ねたふり→空寝 317
ねたましき 妬ましき 315
ねたむ 妬む 315
ねだる 315
ねつ 熱 315
ねっき 熱気 316
ねっさ 熱砂 20
ねつさがる 熱下がる 315
ねったい 熱帯 305
ねったいぎょ 熱帯魚 131

ねつのこ 熱の子 315
ねつびょう 熱病 315
ねっぷう 熱風 298
ねつるい 熱涙 119
ねどこ 寝床 316
ねどころ 寝所 316
ねなしぐさ 根無草 51
ねになく 音に泣く 294
ねね 峰峰 461
ねのひ 子の日 40
ねはん 涅槃 163
ねはんえ 涅槃会 203
ねはんぞう 涅槃像 203
ねびえ 寝冷 317
ねぶ 228
ねぶか 根深 534
ねぶそく 寝不足 316
ねぶる 舐る 303
ねぶる 317
ねぼう→朝寝 13
ねぼける 寝惚ける 316
ねまき 寝巻 316
ねまる 315
ねむ 合歓 534
ねむたげ 眠たげ 316
ねむり 眠り 317
ねむりぐさ 眠り草 534
ねむりぐすり 眠り薬 137
ねむる 眠る/死ぬ 198
ねむる 眠る 317
ねもごろ 懇ろ 359
ねものがたり 寝物語 105
ねや 閨 317
ねゆき 根雪 321
ねらう 狙う 496
ねられず 寝られず 317
ねりいろ 練色 120
ねる 練る 25
ネル 130
ねる 寝る 317
ねわけ 根分 49
ねんが 年賀 317
ねんがじょう 年賀状 318
ねんじゅ 念珠 206
ねんど 粘土 261
ねんねこ 170
ねんねん 年年 318
ねんぶつ 念仏 318
ねんりき 念力 125
ねんりん 年輪 120

【の】

の 野 318
のあそび 野遊 319
のいちご 野苺 520
のいばら 野茨 536
のう 能 319
のう 農 319
のうえん 濃艶 301
のうぐいち 農具市 40
のうさぎ 野兎 503
のうし 野牛 320
のうじょう 農場 319
のうずい 脳髄 227
のうぜん 凌霄花 534
のうにん 農人 320
のうはじめ 能始 319
のうふ 農夫 319
のうふ 農婦 320
のうぶたい 能舞台 319
のうま 野馬 320
のうむ 濃霧 129
のうやくしゃ 能役者 319
のうれん→暖簾 323
のおい 野生 320
ノート 256
のおとめ 野少女 77
のがい 野飼 403
のがえり 野帰り 287
のがけ 野がけ 319
のがすみ 野霞 100
のかぜ 野風 101
のがた 野方 334
のがれる 逃れる 308
のがわ 野川 71
のき 軒 320
のぎ 野木 320
のぎく 野菊 523
のきのたまみず 軒の玉水 22
のきば 軒端 320
のぐさ 野草 320
のこ 鋸 232
のごころ 野心 319
のこす 遺す 320
のこす 残す 320
のこりが 残り香 86
のこりび 残り火 219
のこる 残る 320
のこるきく 残る菊 523
のこるつき 残る月 320
のこるゆき 残る雪 321
のこるよ 残る夜 11
のこんの 残んの 320
のざらし 野晒し 282
のじ 野路 322
のしばい 野芝居 192
のじめ 野締 496
のずえ 野末 322
ノスタルジア 127
のぞく 覗く 321
のぞみ 望み 314
のちせ 後瀬 321
のちのこころ 後の心 68
のちのつき 後の月 259
のちのよ 後の世 475
のっと 71
のづかさ 野阜 373
のつどり 野つ鳥 508
のづら 野面 318
のでら 野寺 273
のど 喉 321
のどか 長閑 322
のどけき 195
のどぶえ 喉笛 321
のどぶと 喉太 160
のどぼとけ 喉仏 322
のどやか 長閑やか 322
のどをうるおす 喉を潤す 322
のなか 野中 318
のねずみ 野鼠 505
ののさま 396
ののしる 罵る 13
ののはて 野の果て 322
ののはな 野の花 336
ののみや 野宮 429
ののみやびと 野の宮人 431
のばか 野墓 326
のばかま 野袴 327
のばくち 野博打 328
のばと 野鳩 511
のはら 野原 318
のばら 野薔薇 536
のび 野火 323
のびる 伸びる 67
のびる 野蒜 534
のぶろ 野風呂 463
のべ 野辺 318
のべおくり 野辺送り 287
のぼせる 395
のぼり 幟 157
のぼり 幟/鯉幟 403
のぼる 上る 322
のみ 鑿 255
のみ 蚤 517
のみち 野道 322
のみど 喉 321
のみみず 飲水 322
のみもの 飲物 322
のもせ 野も狭 223
のもり 野守 412
のもりのかがみ 野守の鏡 419
のやき 野焼 323
のやしろ 野社 455
のやま 野山 318
のような→じもの 152
のら 野良 334
のらいぬ 野良犬 503
のらねこ 野良猫 505
のらみち 野良道 322
のり 血糊 253
のり 糊 344

のり 海苔 442
のりあい 乗合 323
のりあいぶね 乗合舟 323
のりそだ 海苔粗朶 323
のりとり 海苔採 323
のりのむしろ 法の筵 390
のりぶね 海苔舟 170
のれん 暖簾 323
のろい 呪い 323
のろいうた 呪い歌 324
のろう 呪う 323
のろし 烽火 324
のわき 野分 233
のわきだつ 野分立つ 233
のをやく 野を焼く 323

【は】

は 歯 324
は 葉 324
は 端 330
は 刃 453
バー 177
ハート型 104
ハープ 105
はあり 羽蟻 513
はい 灰/骨 167
はい 灰 325
はい 盃 176
はい→藁灰 496
はいいろ 灰色 315
はいえき 廃駅 217
はいえん 廃園 217
ばいえん 煤煙 215
はいかい 俳諧 325
はいきょ 廃墟 217
はいしょ 俳書 399
はいしょ 配所 487
はいじん 俳人 326
はいせん 盃洗 180
はいせん 廃船 217
はいせん 敗戦 224
はいぜん 沛然 70
はいぞう 肺臓 227
はいた 歯痛 39
ばいたらよう 貝多羅葉 534
はいでる 這い出る 326
はいでん 拝殿 455
はいどう 廃道 217
はいのう 背嚢 97
はいのぼる 這い上る 322
はいばむ 灰ばむ 325
パイプ 243
パイプオルガン 106
はいへい 廃兵 386
はいり 入り 276
はいをやむ 肺を病む 460
はう 這う 326
はうこ 這子 5
はうら 葉裏 324
はえ 破壊 138
はえ 映 326
はえ 南風 427
はえ 蠅 517
はえぎわ 生際 111
はえる 映える 326
はえる→生う 67
はおと 葉音 324
はおと 羽音 342
はおと 翅音 342
はおり 羽織 125
はか 墓 326
はがい 葉交 324
はがい 羽交 341
はがい 葉間 401
はかいし 墓石 326
はがき 羽掻き 341
はがき 葉書 467
はがくれ 葉隠れ 93
はかげ 葉陰 94
はかげ 葉影 95
はかじるし 墓印 398
はかぜ 羽風 342
はがた 歯型 324
はがため 歯固め 112
はがち 葉がち 324
はかなき 438
はかなごこち 果無心地 164
はかなむ 165
はがね 鋼 327
はかば 墓場 327
はかはら 墓原 327
はかべ 墓辺 327
はかま 袴 327
はかまいり 墓参り 327
はがみ 歯噛 328
はかみち 墓道 424
はかもり 墓守 412
はがゆき 歯がゆき 447
はかり 秤 327
はかる 計る 327
はぎ 脛 218
はぎ 萩 534
はぎしり 歯軋り 328
はぎのはな 萩の花 534
はぎのめ 萩の芽 534
はぎはら 萩原 343
はきよせる 掃き寄せる 328
はく 穿く/着る 130
はく 穿く 139
はく 箔 174
はく 掃く 328
はぐ 剝ぐ 434
ばく 貘 154
ばぐ 馬具 328
はく 吐く 328
はくあ 白亜 209
ばくう 麦雨 23
はくうん 白雲 210
ばくおん 爆音 357
ばくかん→麦藁 437
はぐき 歯茎 324
はぐくむ 育む 228
はくさい 白菜 534
はくし 白紙 110
はくじ 白磁 191
はくじつ 白日/太陽 352
はくじつ 白日/昼 371
はくしゅ 拍手 274
ばくしゅ 麦酒 180
ばくしゅう 麦秋 335
はくしょ 薄暑 19
ばくしょ 曝書 436
はくぜん 白髯 356
はくだく 白濁 308
ばくだん 爆弾 328
ばくち 博打 328
はくちょう 白鳥 511
はくとう 白頭 208
はくば 白馬 59
はくひん 白蘋 51
はくひん 白浜 218
ばくふ 瀑布 236
はくぼ 薄暮 465
はくぼく 白墨 385
はくぼたん 白牡丹 539
はくめい 薄明 11
はくめい 薄命 328
はくもくれん 白木蓮 540
はぐれる 逸れる 308
ばくろう 博労 58
はげあたま 禿頭 18
はげいとう 葉鶏頭 534
はげしき 激しき 329
ばけもの 化物 476
はげやま 禿山 459
ばける 化ける 476
はこ 箱 329
はこ 糞 329
はご 羽子 16
はごいた 羽子板 16
はごと 葉毎 325
はこにわ 箱庭 17
はこねじ 箱根路 424
はこぶ 運ぶ 329
はこぶね 方舟 379
はこべ 534
はこべら 534
はごろも 羽衣 276
はさ 稲架 329
ばさ 婆娑 76
はざくら 葉桜 526

はざま 狭間 401
はさみ 鋏 342
はし 愛し 117
はし 嘴 139
はし 橋 329
はし 端 330
はし 箸 330
はじ 恥 332
はじ 櫨 535
はしあかき 嘴赤き 139
はしい 端居 330
はしがかり 橋懸り 319
はじかみ 椒 528
はしきやし 愛しきやし 117
はじく 弾く 347
はしけ 艀 169
はしご 梯子 87
はしすずみ 橋涼み 216
はしたか 鷂 509
はしだて 橋立 330
はしたなき 85
はしぢか 端近 330
はしどい 542
はしのうえ 橋の上 49
はしばしら 橋柱 330
はしひめ 橋姫 441
はしぶしん 橋普請 376
はしぶと 嘴太 139
はじめ 初め 330
はじめて 初めて 334
はしもり 橋守 412
ばしゃ 馬車 331
ばしょ→場 310
ばしょう 芭蕉 535
ばじょう 馬上 58
ばしょうき 芭蕉忌 122
ばしょうのみ 芭蕉の実 535
はしら 柱 331
はじらう 羞らう 331
はしらどけい 柱時計 282
はしりい 走井 201
はしりび 走り火 367
はしる 走る 331
はじる 恥じる 332
はす 斜 300
はす 蓮 535
バス 146
はすいけ 蓮池 34
はずえ 葉末 324
ばすえ 場末 159
はずかしき 恥ずかしき 331
はずかしめる 辱める 131
はすだ 蓮田 535
はすのか 蓮の香 339
はすのは 蓮の葉 535
はすのはな 蓮の花 535
はずむ 弾む 341
はずれ 葉擦れ 324
はぜ 櫨 535
はぜ 沙魚 501
パセリ 535
はせる 馳せる 332
はぜる 爆ぜる 328
はせん 破船 332
はぞり 端反 231
はた 旗 332
はた 機 333
はだ 肌 332
バター 333
はだあれ 肌荒 240
はたうち 畑打 235
はたえ 二十重 98
はだえ 肌／表面 82
はだえ 肌／体 332
はたおと 機音 333
はたおり 機織 333
はたおりむし 機織虫 515
はだか 裸 333
はだかぎ 裸木 115
はだかご 裸子 333
はだかび 裸火 352
はだかみ 裸身 333
はだぎ 肌着 333
はたぐも 旗雲 141
はたけ 畑 334
はたご 旅籠 456
はたごや 旅籠屋 456
はだざむ 肌寒 186
はだざわり 肌触り 272
はだし 跣足 212
はたち 二十 283
はたつもの 畑つ物 428
はたて 旗手 332
はたて 335
はたと 310
はだぬぎ 肌脱 333
はだのか 肌の香 306
はたのひろもの 鰭の広物 70
はたば 機場 333
はたはた 518
はたばり 端張 342
はたび 旗日 171
はたびと 畑人 320
はたみち 畑道 424
はためく 368
はたやく 畑焼く 334
はだら 斑 405
はだら 斑雪 468
ばだらい 馬盥 247
はたらきびと 働き人 304
はたらく 働く 39
はだらはだら 405
はたんきょう 巴旦杏 530
はち 蜂 517
ばち 撥 204
はちうえ 鉢植 334
はちがつ 八月 334
はちす 蓮 535
はちたたき 鉢叩 318
はちのこ 鉢の子 334
はちのす 蜂の巣 517
はちみつ 蜂蜜 426
はちみついろ 蜂蜜色 120
はつ 初 334
はつ 泊つ／舟 451
はつ 泊つ／宿 457
はつあかり 初明り 118
はつあき 初秋 334
はつあらし 初嵐 7
はつあわせ 初袷 125
はつうぐいす 初鶯 506
はつうま 初午 307
はっか 薄荷 535
はつか 494
はつが 発芽 442
はつかがみ 初鏡 151
はっかしゅ 薄荷酒 180
はつがすみ 初霞 100
はつがつお 初鰹 490
はつがま 初釜 255
はつがらす 初烏 508
はつかり 初雁 508
はづき 葉月 334
はっきんこう 白金光 355
はづくろい 羽づくろい 341
はっけん 発見 426
はつこい 初恋 156
はっこう 発光 355
はつこえ 初声 334
はつごおり 初氷 161
はつごち 初東風 166
はっこつ 白骨 397
はつざくら 初桜 526
はっし 発止 316
はつしお 初潮 189
はつしぐれ 初時雨 192
はつしばい 初芝居 199
はつしも 初霜 203
はつずり 初刷 391
はつぜみ 初蟬 515
はつぞら 初空 118
ばった 飛蝗 518
はったい 434
はつだより 初便 318
はつちょう 初蝶 516
はつつづみ 初鼓 232
はつなぎ 初凪 293
はつなすび 初茄子 533
はつなつ 初夏 335
はつに 初荷 306

はつにっき 初日記 309
はつね 初音 335
はっぱ 葉っぱ 325
はつはつ 494
はつはな 初花 178
はつはる 初春 284
はつひ 初日 335
はつひかげ 初日影 335
はつひので 初日出 335
はっぷ 髪膚 227
はつふじ 初富士 375
はっぽう 八方 19
はつまくわ 初真桑 521
はつもうで 初詣 188
はつもの 初物 334
はつもみじ 初紅葉 449
はつゆ 初湯 464
はつゆき 初雪 468
はつゆめ 初夢 206
はて 果て 335
はてだいこ 果太鼓 232
はてなき 果てなき 335
はてる 果てる 260
バテレン 伴天連 129
はと 鳩 511
はとう 波濤 70
はとどけい 鳩時計 282
はとば 波止場 335
はとぶえ 鳩笛 373
はな 花 336
はな 鼻 336
はな 洟 336
はな 桜花 526
はなあかり 花明り 6
はなあかり 桜花明り 6
はなあやめ 花菖蒲 520
はなあわせ 花合 447
はないかだ 花筏 336
はないけ 花生 336
はないち 花市 40
はなうばら 花うばら 536
はなうり 花売 337
はなうりむすめ 花売娘 337
はなお 鼻緒 151
はなおけ 花桶 337
はなおしむ 花惜しむ 74
はなおとめ 花少女 77
はなかがり 花篝 340
はなかげ 花影 94
はなかご 花籠 336
はながさ 花笠 97
はながしら 鼻頭 336
はながたみ 花筐 337
はなかつお 花鰹 177
はながめ 花瓶 337
はなかんざし 花簪 111
はなかんむり 花冠 111
はなくさ 花草 135
はなくさ 花種 336
はなぐし 花櫛 111
はなくず 花屑 34
はなぐもり 花曇り 338
はなくり 花栗 525
はなこ 花粉 109
はなごおり 花氷 161
はなごころ 花心 338
はなごもり 花籠り 171
はなごろも 花衣 173
はなざかり 花盛り 337
はなさき 鼻先 336
はなさそう 花誘う 257
はなし 話 337
はなしあいて↓伽 337
はなしか 噺家 479
はなしごえ 話し声 362
はなしょうぶ 花菖蒲 535
はなす 話す 337
はなす 放す 338
はなすぎ 花過ぎ 338
はなすすき 花薄 529
はなすり 花摺り 230
はなぞの 花園 337
はなだ 縹 2
はなだいこ 花大根 530
はなたちばな 花橘 531
はなたば 花束 242
はなたまき 花環 341
はなだより 花便り 247
はなちうま 放ち馬 403
はなちどり 放ち鳥 338
はなちる 花散る 484
はなつ 放つ 337
はなづかれ 花疲れ 338
はなづきよ 花月夜 260
はなづた 花蔦 261
はなづま 花嫣 534
はなつむ 花摘む 266
はなでんしゃ 花電車 275
はなどき 花時 338
はなどけい 花時計 282
はなどころ 花所 300
はなな 花菜 290
バナナ 535
はななき 花無き 336
はなにあそぶ 花に遊ぶ 338
はなにおう 花匂う 338
はなにくらす 花に暮らす 338
はなにくるう 花に狂う 146
はなにねる 花に寝る 338
はなにまがう 花に紛う 402
はなによう 花に酔う 338
はなぬすびと 花盗人 312
はなの 花の 56
はなの 花野 319
はなのあめ 花の雨 346
はなのあるじ 花の主 336
はなのいろ 花の色 338
はなのえみ 花の笑 179
はなのか 花の香 338
はなのかお 花の顔 429
はなのかげ 花の陰 338
はなのくも 花の雲 336
はなのさかり 花の盛り 337
はなのちり 花の塵 336
はなのつゆ 花の露 267
はなのはる 花の春 347
はなのまく 花の幕 340
はなのみつ 花の蜜 426
はなのみやこ 花の都 430
はなのもと 花の下 338
はなのやま 花の山 340
はなばしょう 花芭蕉 535
はなばたけ 花畑 337
はなばな 花花 336
はなばなしく 華華しく 340
はなはら 花原 347
はなび 花火 339
はなびえ 花冷 338
はなびと 花人 340
はなひとき 花一木 361
はなびら 花弁 339
はなひる 嚏る 136
はなぶさ 花房 339
はなぶね 花舟 17
はなふぶき 花吹雪 179
はなま 花間 401
パナマ 390
はなまだき 花まだき 405
はなまつり 花祭 339
はなみ 花見 340
はなみがえり 花見帰り 340
はなみがお 花見顔 340
はなみぐるま 花見車 340
はなみざけ 花見酒 340
はなみどう 花御堂 340
はなみぶね 花見舟 340
はなむけ 餞 340
はなむしろ 花筵 436
はなむら 花群 336
はなめ 花芽 440
はなめがね 鼻眼鏡 441
はなも 花藻 444
はなもよう 花模様 451
はなもり 花守 412
はなや 花屋 337
はなやか 華やか 340

はなやかに 華やかに 340
はなやぐ 花やぐ 176
はなよめ 花嫁 285
はならび 歯列 324
はなれ 離 340
はなれおじま 離れ小島 200
はなれて 離れて 387
はなれや 離亭 341
はなれる 離れる 387
はなわ 花環 341
はなをたずねる 花を尋ねる 176
はなをはむ 花を食む 336
はなをまつ 花を待つ 336
はに 埴 261
はにかみそう 含羞草 535
はにかむ 331
はにゅうのおや 埴生の小屋 136
はにわ 埴輪 311
はぬけ 歯抜け 324
はぬけどり 羽抜鳥 289
はね 羽根 341
はね 翼 341
はね 翅 341
ばね 249
はねかずら 羽根蘰 111
はねずいろ 朱華色 204
はねつるべ 撥釣瓶 269
はねる 跳ねる 341
パノラマ 150
はは 母 341
はば 幅 342
ばば 婆 488
パパイヤ 535
ははうえ 母上 342
はばかり 117
ははきぎ 箒木 535
ははこいし 母恋し 157
ははこぐさ 母子草 536
ははそ 柞 536
はばたき 羽ばたき 342
はばたく 羽ばたく 342
ははとこ 母と子 84
ははとじ 母刀自 342
ははなき 母なき 342
ははのあい 母の愛 342
ははのひ 母の日 162
はばひろき 幅広き 342
ははをよぶ 母を呼ぶ 480
はびこる 67
はびろ 葉広 325
はふ 破風 457
はぶ 倩蛇 502
はぶく 羽振く 342
はぶたえ 羽二重 84
はふり 葬 287
はふり 祝 417
はふりこ 巫女 417
はふりど 葬所 287
はふりのりょう 葬の料 287
はふりび 葬火 267
はふる 葬る 287
ばふん 馬糞 329
はべり 葉縁 325
はぼたん 葉牡丹 536
はま 浜 342
はまき 葉巻 243
はまぐり 蛤 498
はまちどり 浜千鳥 253
はまづと 浜苞 263
はまなす 浜茄子 536
はまび 浜び 342
はまべ 浜辺 342
はまや 破魔矢 188
はまゆう 浜木綿 536
はみ 蝮 502
はむ 食む 245
ハム 307
はむし 羽虫 518
はめつ 破滅 61
ハモニカ 105
はもの 刃物 342
はもりのかみ 葉守の神 110
はもれび 葉洩れ日 171
はもん 波紋 422
はや 早 217
はやおき→朝起 12
はやがね 早鐘 150
はやき 速き 343
はやくち→口疾 337
はやくも→早 217
はやし 林 343
はやせ 早瀬 221
はやち 疾風 343
はやて 疾風 343
はやね 早寝 317
はやふね 早船 379
はやま 端山 459
はやみ 速み 343
はやり 流行 343
はやりうた 流行歌 343
はゆらぎ 葉揺 474
はら 原 343
はら 腹 344
ばら 茨／薔薇 536
ばら 薔薇 536
パライソ／天国 275
ばらいろ 薔薇色 450
はらう 払う 344
ばらえん 薔薇苑 337
はらがけ 腹掛 402
はらから 同胞 344
はらぐろ 腹黒 10
はらげ 腹毛 149
パラシュート 356
パラソル 353
はらだたし 腹立たし 46
バラック 171
はらなか 原中 343
ばらにおう 薔薇匂う 536
ばらのか 薔薇の香 339
ばらのめ 薔薇の芽 536
はらばう 腹這う 326
はらむ 孕む 457
はらら／散 256
はららく／散 256
はらり／散 257
はらわた 腸 226
はり 玻璃 114
はり 鍼 271
はり 針 311
はり 梁 331
はりいろ 玻璃色 47
はりき 礫 205
はりくよう 針供養 311
はりごし 玻璃越し 409
はりしごと 針仕事 319
はりど 玻璃戸 276
はりはい 玻璃盃 176
はりばこ 針箱 311
はりはら 榛原 344
はりまど 玻璃窓 408
はりみち 墾道 345
はりもの 張物 344
はりやま 針山 311
はる 墾る 344
はる 春 345
はるあさき 春浅き 345
はるあさみ 春浅み 345
はるいろ 春色 347
はるおいる 春老いる 349
はるおしむ 春惜しむ 74
はるおわる 春終わる 349
はるか 遙か 345
はるがきた 春が来た 346
はるがすみ 春霞 100
はるかぜ 春風 346
はるかたまく 春片設く 346
はるかみなり 春神鳴 349
はるぎ 春着 349
はるくさ 春草 491
はるくれがた 春暮れ方 348
はるくれる 春暮れる 349
はるけき 遙けき 345
はるげしき 春景色 150
はるご 春蚕 155
はるこだち 春木立 343
はるこま 春駒 403

はるごもり 春籠り 171
バルコン 490
はるさむ 春寒 186
はるさめ 春雨 346
はるさる 春さる 346
はるさる 春去る 349
はるしぐれ 春時雨 192
はるじめり 春湿り 202
はるぜみ 春蟬 516
はるたけなわ 春闌 346
はるたける 春闌ける 346
はるたつ 春立つ 346
はるちかき 春近き 346
はるつきる 春尽きる 349
はるどなり 春隣 346
はるとり 春鳥 289
はるなかば 春半ば 346
はるならい 春北風 346
はるの 春野 347
はるのあけぼの 春の曙 346
はるのあした 春の朝 346
はるのあめ 春の雨 346
はるのあらし 春の嵐 346
はるのいろ 春の色 346
はるのうみ 春の海 347
はるのえ 春の江 347
はるのか 春の香 86
はるのかわ 春の川 345
はるのくさ 春の草 347
はるのくも 春の雲 345
はるのくれ 春の暮 348
はるのこおり 春の氷 53
はるのしお 春の潮 347
はるのしも 春の霜 492
はるのしょく 春の燭 347
はるのそら 春の空 345
はるのた 春の田 345
はるのちょう 春の蝶 516
はるのつき 春の月 347
はるのつれづれ 春の徒然 270
はるのなぎさ 春の渚 347
はるのなみ 春の波 347
はるのにじ 春の虹 309
はるのねむり 春の眠り 347
はるのの 春の野 347
はるのはな 春の花 347
はるのひ 春の灯 347
はるのひ 春の日 347
はるのひ 春の陽 348
はるのひえ 春の冷え 348
はるのひる 春の昼 348
はるのほし 春の星 345
はるのみず 春の水 348
はるのみね 春の峰 348
はるのめがみ 春の女神 441
はるのやま 春の山 348
はるのやまべ 春の山辺 348
はるのゆうべ 春の夕 348
はるのゆき 春の雪 348
はるのよ 春の夜 349
はるのらい 春の雷 349
はるひ 春日 348
はるひおけ 春火桶 367
はるひめ 春姫 441
はるふかき 春深き 349
はるべ 春辺 345
はるまだき 春まだき 345
はるまつ 春待つ 346
はるまひる 春真昼 348
はるめく 春めく 347
はるやま 春山 348
はるゆく 春行く 349
はれ 晴れ 340
ばれいしょ 馬鈴薯 528
はれぎ 晴着 349
パレット 64
はれま 晴間 349
はれやか 晴れやか 340
はれる 腫れる 349
はれる 晴れる 350
はろう 波浪 301
はろばろ 遥遥 345
はわけ 葉分 325
はをたてる 歯を立てる 112
パン 350
パン 牧神 350
はんか 半跏 10
ばんか 晩夏 299
ばんか 挽歌 350
ハンカチ 273
はんがん 半眼 441
はんぎゃく 反逆 26
はんきゅう 半球 251
パンくず パン屑 350
はんげつ 半月 473
ばんけん 番犬 503
はんごう 飯盒 388
ばんさん 晩餐 465
パンジー 530
はんじつ 半日 350
はんしゃ 反射 350
はんしゅう 半秋 8
ばんしゅう 晩秋 9
ばんしゅん 晩春 349
はんしょう 半鐘 367
ばんしょう 万象 449
ばんじょう 番匠 232
はんしん 半身 415
はんじんはんば 半人半馬 350
ばんする 番する 412
はんせい 半生 211
ばんそう 伴奏 108
ばんだ 万朶 65
ばんちゃ 番茶 254
はんてん 半纏 125
はんとう 半島 418
はんとき 半時 191
はんのき 榛の木 536
はんみょう 斑猫 518
はんや 半夜 483
はんらん 反乱 26
ばんりょう 晩涼 215
ばんりょく 万緑 426
はんりん 半輪 473

【ひ】

ひ 氷 161
ひ 灯 351
ひ 日/暦 351
ひ 日/太陽 351
ひ 碑 351
ひ 火 352
び 美 55
ひ→灯 288
ひあい 悲哀 108
ひあかき 灯あかき 351
ひあし 日脚 358
ひあたり 日当り 366
ピアノ 106
ひあわい 庇間 357
ひい 緋衣 172
ひいでる 秀でる 352
ビードロ /硝子 314
ひいな 雛 365
ひいなのとの 雛の殿 365
ビール 180
ひいれ 火入 243
ひいろ 火色 47
ひいろ 緋色 204
ひうお 干魚 170
ひうちいし 火打石 353
ひえ 冷え 353
ひえおろし 比叡颪 85
ひえがね 比叡が嶺 459
ひえちゃ 冷茶 254
ひえびえ 冷え冷え 353
ひえる 冷える 353
ピエロ 278
ひお 氷魚 499
ひおい 日覆 370
ひおうぎ 檜扇 68
ひおうぎ 檜扇/植 536
ひおけ 火桶 367
ひおもて 日面 366
ビオロン 106
ひか 悲歌 350
ひか 飛花 484
ひが 火蛾 514

ひがくれる 日が暮れる 148
ひかげ 日陰 94
ひかげ 日影/光 367
ひかげぐさ 日陰草 536
ひがさ 日傘 353
ひがさす 日が射す 358
ひがし 干菓子 98
ひがし 東 353
ひがしかぜ→東風 166
ひがしのうみ 東の海 354
ひかず 日数 354
ひかた 日方 298
ひがた 干潟 354
ひがな 日がな 366
ひがのぼる 日が昇る 367
ひがもる 灯が洩る 351
ひからびる 干からびる 116
ひかり 光 354
ひかりのわ 光の輪 355
ひかりはなつ 光放つ 355
ひかる 光る 355
ひかれる 惹かれる 355
ひがん 彼岸/岸 122
ひがん 彼岸 356
ひがんばな 彼岸花 540
ひがんもうで 彼岸詣 356
ひかんやど 避寒宿 278
ひきうた 挽歌 350
ひきうま 曳馬 58
ひきがえる 蟇 502
ひきしお 引潮 356
ひきずる 引きずる 356
ひきぞめ 弾初 356
ひきまど 引窓 408
ひきゃくぶね 飛脚船 398
ひく 曳く 356
ひく 引く 356
ひく 弾く 356
びく 魚籠 97
ひくき 低き 356
ひぐせあめ 日癖雨 274
ひくぞら 低空 356
びくに 比丘尼 21
ひくみ 低み 356
ひくやま 低山 356
ひぐらし 蜩 516
ひくらす 日暮らす 144
ひぐるま 日車 537
ひぐれ 日暮 465
ひげ 髭 356
ひごい 緋鯉 500
ひこう 飛行 356
びこう 微光 354
ひこうき 飛行機 356
ひこうぐも 飛行雲 356
ひこうせん 飛行船 356
ひごとに 日毎に 357
ひこばえ /新芽 44
ひこぼし 彦星 241
ひごろ 日頃 354
ひさ 久 357
ひざ 膝 357
ひざがしら 膝頭 357
ひさかた 久方 357
ひざかり 日盛り 19
ひさき 楸 536
ひさぐ /商う 58
ひさぐ 提ぐ 272
ひさご 瓢 357
ひさし 庇 357
ひざし 日射 357
ひさしく 久しく 357
ひさびさ 久久 357
ひざまくら 膝枕 357
ひさめ 氷雨 382
ひし 菱 536
ひじ 肘 88
ひじ 泥 290
ひしお 423
ひしと 359
ひじまくら 肘枕 88
ひしめく 358
ひしゃく 柄杓 214
ひしょ 避暑 216
びじょ 美女 358
ひしょう 飛翔 22
びしょう 微笑 66
びしょうねん 美少年 79
ひじり 聖 358
びじん 美人 358
ひず 漬ず 420
ひすい 翡翠/髪 148
ひすい 翡翠/宝石 391
ひすい 翡翠/鳥 508
ひすいいろ 翡翠色 427
ひすじ 日筋 358
ピストル 拳銃 204
ひずむ 歪む 468
ひせつ 飛雪 470
ひそ 秘所 368
ひそかごころ 密か心 358
ひそかに 密に 358
ひそけさ 360
ひそと 360
ひそに 密に 358
ひそまる 360
ひそみね 潜み音 358
ひそむ 潜む 358
ひそめく 360
ひそめる 潜める 359
ひそやか 358
ひぞる 乾反る 231
ひた 引板 289
ひだ 襞 173
ひたあか 直赤 5
ひたい 額 359
ひたいがみ 額髪 111
ひたかき 日高き 161
ひたき 鶲 511
ひたくれない 直紅 147
ひだける 日闌ける 163
ひたごころ 直心 359
ひたさお 直青 3
ひたすい 直吸い 212
ひたすら 359
ひだたくみ 飛騨匠 232
ひたつち 直土 200
ひたてり 直照り 274
ひたと 239
ひたなく ひた泣く 437
ひたに 359
ひだね 火種 352
ひたはしる ひた走る 332
ひたはだ 直肌 218
ひたひた 420
ひたぶるに 359
ひたまつ ひた待つ 407
ひだまり 日溜り 366
ひたみち 直路 362
ひたむき 359
ひだりて 左手 417
ひたる 浸る 420
ひだるき 369
ひつ 櫃 359
ひつき 日月 284
ひつぎ 柩 359
ひつぎうつ 柩打つ 360
ひつぎぐるま 柩車 287
ひっけん 筆硯 216
ひっこし 引越 360
ひつじ /新芽 44
ひつじ 羊 505
ひつじかい 羊飼 403
ひっそり 360
ひづめ 蹄 328
ひつら 純裏 125
ひでり 日照り 360
ひでりあめ 日照雨 360
ひでりぐも 日照雲 360
ひと 人 360
ひと 他人 361
ひとあし 一足 361
ひとあめ 一雨 24
ひとあらなくに 人あらなくに 361
ひといきれ 人熱れ 316
ひといろ 一色 47
ひとえ 単衣 125
ひとえ 一枝 361
ひとえ 一重 494
ひとえごころ 一重心 359
ひとえだ 一枝 361
ひとおと 人音 362

ひのうみ 火の海 99
ひのうみ 氷の湖 419
ひのかさ 日の暈 355
ひのかみ 火の神 110
ひのき 檜 537
ひのけ 火の気 397
ひのこ 火の粉 367
ひのたま 日の玉 352
ひので 日の出 367
ひのなん 火の難 97
ひのひかり 日の光 367
ひのみやぐら 火の見櫓 367
ひのもと 日の下 196
ひのもと 日の本 460
ひのやま 火の山 98
ひのようじん 火の用心 367
ひばくしゃ 被爆者 154
ひばし 火箸 367
ひばしら 火柱 397
ひばち 火鉢 367
ひばな 火花 367
ひばら 檜原 344
ひばり 雲雀 511
ひひ 霏霏 470
ひび 罅 96
ひび 胼 240
ひび 日日 284
ひび 海朶 323
ひびあれ 皹荒 240
ひびき 響き 367
ひびく 響く 368
びびしき 美美しき 62
ひひとひ 日一日 366
ひひょう 批評 197
ひふ 皮膚 332
びふう 微風 230
ひふきだけ 火吹竹 451
ひぶくれ 火脹 454
びふじん 美婦人 358
ひぶつ 秘仏 377
ひへぬ 日経ぬ 354
ひま 暇/いとま 43
ひま 401
ひまだら 日斑 405
ひまつり 火祭 408
ひまなき 隙なき 38
ひまもる 隙もる 213
ひまもるかぜ 隙もる風 213
ヒマラヤ 459
ひまわり 向日葵 537
ひみず 氷水 161
ひみつ 秘密 368
ひむろ 氷室 368
ひむろもり 氷室守 368
ひめ 姫 441
ひめい 悲鳴 368
ひめうた 秘め歌 53
ひめおく 秘めおく 93
ひめくり 日めくり 171
ひめごと 秘事 368
ひめる 秘める 368
ひもうせん 緋毛氈 205
ひもじ 369
ひもすがら 日もすがら 366
ひもとく 481
ひもも 緋桃 541
ひや 火矢 473
ひやき 冷やき 266
ひゃく 百/歳 284
びやく 媚薬 137
びゃくえ 白衣 369
びゃくごう 白毫 396
ひゃくじつこう 百日紅 527
ひゃくしょう 百姓 320
ひゃくしょく 百燭 208
びゃくぞう 白象 504
びゃくだん 白檀 537
びゃくや 白夜 482
ひゃくり 百里 425
びゃくれん 白蓮 535
びゃくろう 白蠟 489
ひやけ 日焼 454
ひやざけ 冷酒 179
ひやじる 冷汁 209
ヒヤシンス 537
ひやす 冷やす 266
ひやつく 冷やつく 353
びゃっこう 白光 355
びゃっこう 白鵠 511
ひやびやと 369
ひやめし 冷飯 192
ひややか 冷やか 270
ひややか 冷ややか 369
ひややっこ 冷奴 279
ひょう 雹 26
ひょう 飄 370
ひょう 豹 505
びょう 秒 191
びょういん 病院 369
びょういんせん 病院船 369
ひょうか 氷菓 99
ひょうが 氷河 233
ひょうかい 氷塊 161
びょうかん 病間 462
ひょうげん 氷原 233
びょうご 病後 462
ひょうざん 氷山 233
ひょうし 拍子 369
ひょうし 表紙 399
ひょうしぎ 拍子木 369
びょうしつ 病室 369
びょうしゃ 病舎 370
びょうしゃ 病者 462
ひょうじょう 氷上 161
びょうしょう 病床 460
ひょうせつ 氷雪 161
ひょうてき 標的 473
びょうとう 病棟 370
ひょうのう 氷嚢 271
ひょうはく 漂泊 182
ひょうひょう 飄飄 370
ひょうびょう 縹渺 372
びょうぶ 屏風 370
びょうぶえ 屏風絵 370
ひょうへん 氷片 161
ひょうむ 氷霧 161
ひょうめん↓面 82
ひょうもん 氷紋 161
ひょうりゅうしゃ 漂流者 182
びょうろう 病廊 370
ひよけ 日除 370
ひよこ 370
ひよどり 鵯 511
ひより 日和 370
ひより 日和/暦 371
ひよりつづき 日和続き 370
ひらいしん 避雷針 371
ひらたき 平たき 233
ひらめく 閃く 91
ひりょう 肥料 160
ひる 干る 116
ひる 昼 371
ひる 蒜 537
ビル 438
ひるがえる 翻る 371
ひるがお 昼顔 537
ひるがすみ 昼霞 107
ひるがね 午鐘 207
ひるげ 昼餉 371
ひるさがり 昼下り 163
ひるすぎ 昼過 163
ひるたける 昼闌ける 163
ひるどき 昼時 207
ひるともし 昼灯 288
ひるね 昼寝 371
ひるのうみ 昼の海 371
ひるのつき 昼の月 371
ひるのほし 昼の星 371
ひるはなび 昼花火 339
ひるま 昼間 371
ひるめし 昼飯 371
ひれ 鰭 50
ひれふる 領布振る 295
ひろう 拾う 371
ビロード 天鵞絨 130
ひろがる 広がる 372
ひろき 広き 372

ひろげる 広げる 372
ひろこうじ 広小路 70
ひろごる 広ごる 372
ひろの 広野 372
ひろは 広葉 325
ひろば 広場 406
ひろはら 広原 372
ひろびろ 広広 372
ひろみ 広み 372
ひろめや 広目屋 372
ひろら 広ら 372
ひわ 鶸 511
びわ 琵琶 105
びわ 枇杷 537
びわこ 琵琶湖 372
ひをいれる 灯を入れる 351
ひをけす 灯を消す 351
ひをふく 火を噴く 98
ひをよぶ 灯を呼ぶ 480
ひん 貧 404
びん 鬢 111
びん 壜 476
ピン 435
ひんがし 東 353
ひんがしゅ 東ゆ 354
びんかん 敏感 118
ひんく 貧苦 404
ピンク 450
ひんけつ 貧血 249
ひんし 瀕死 486
ひんじゃ 貧者 405
びんしょう 憫笑 29
ひんちゅう 貧厨 145
びんのか 鬢の香 111
びんのしろさ 鬢の白さ 208
びんぼう 貧乏 404
びんろうじゅ 檳榔樹 537

【ふ】

ふ 譜 372
ふ 訃 372
ふ 斑 405
ふあん 不安 437
ふい 不意 372
ふいご 鞴 99
フィルム 203
ふういん 風韻 102
ふううんじ 風雲児 182
ふうか 風化 217
ふうが 風雅 431
ふうきん 風琴 106
ふうしゃ 風車 373
ふうしゃごや 風車小屋 373
ふうしょく 風色 150
ふうせん 風船 16
ふうそう 風騒 431
ふうちょう 風鳥 509
ふうふ 夫婦 441
ふうりゅう 風流 431
ふうりょくけい 風力計 328
ふうりん 風鈴 320
プール 84
ふうわり 385
ふうん 不運 183
ふえ 汽笛 124
ふえ 笛 373
フェアリー 487
ふえのね 笛の音 373
ふえる 殖える 404
ふえをふく 笛を吹く 373
フォーク 330
ふか 鱶 501
ふかうみ 深海 210
ふかき 深き 373
ふがく 富嶽 375
ぶがく 舞楽 90
ふかくさ 深草 136
ふかぐつ 深靴 140
ふかしぎ 不可思議 375
ふかで 深手 123
ふかど 深処 72
ふかびさし 深庇 357
ふかぶか 深深 373
ふかみ 深み/理由 373
ふかみ 深み/所 373
ふかみぐさ 深見草 539
ふかみどり 深緑 427
ふかよ 深夜 481
ふかれて 吹かれて 374
ふき 蕗 537
ふきあげ 吹上 385
ふきい 噴井 385
ふきげん 不機嫌 374
ふきしく 吹き頻く 374
ふきすさむ 吹き荒む 374
ふきつ 不吉 494
ふきのとう 蕗の薹 537
ふきぶり 吹降り 24
ふきまく 吹きまく 374
ふきょう 不興 374
ぶきよう 不器用 387
ふきわたる 吹き渡る 374
ふく 拭く 374
ふく 吹く 374
ふぐ 河豚 501
ふくいく 馥郁 90
ふくさ 袱紗 385
ふくじゅそう 福寿草 537
ふくだむ 375
ふくとじる 鰒汁 209
ふくべ 瓢 357
ふくみごえ 含み声 374
ふくむ 含む 374
ふくよか 膨よか 374
ふくらみ 375
ふくらむ 膨らむ 374
ふくれる 膨れる 374
ふくろう 梟 511
ふくろづの 袋角 504
ふくわかし 福沸し 492
ふけぬま 深沼 313
ふけの 深野 319
ふける 更ける 213
ふける 耽る 375
ふこう 不幸 183
ふさう 相応う 306
ふさぐ 塞ぐ 222
ふさわず 相応わず 306
ふし 不死 376
ふじ 富士 375
ふじ 藤 537
ぶし 武士 448
ふじいろ 藤色 439
ふじがね 富士が根 375
ふしぎ 不思議 375
ふじこう 富士講 375
ふじごろも 藤衣 449
ふしだか 節高 270
ふじだな 藤棚 240
ふしづけ 柴漬 15
ふしど 臥所 316
ふじなみ 藤波 537
ふじふさ 藤房 537
ふしまわし 節回し 208
ふじみ 不死身 375
ふしめ 伏目 57
ぶしゅかん 仏手柑 540
ふしょく 腐蝕 436
ふしょくど 腐食土 261
ふじん 夫人 85
ふしん 普請 376
ふしんば 普請場 376
ふす 伏す 172
ふす 臥す 376
ぶす 附子 282
ふすぶる 燻る 152
ふすま 襖 376
ふすま 衾 378
ふせ 布施 181
ふぜい 風情 83
ふせいお 伏庵 136
ふせご 伏籠 289
ふせぜい 伏勢 50
ふせや 伏屋 136
ぶそう 武装 224
ぶた 豚 505
ふたあい 二藍 230
ぶたい 舞台 150
ふたいろ 二色 376
ふたえ 二重 166
ふたえあご 二重顎 12

ふたえまぶた 二重瞼 411
ふたお 二尾 376
ふたおもて 二面 60
ふたおや 二親 83
ふたかた 二方 377
ふたかわ 二側 268
ふたごころ 二心 57
ふたすじ 二条 376
ふたたび 二度 33
ふたたびあう 再び会う 321
ふたつ 二つ 376
ふたつみつ 二つ三つ 376
ふたて 二手 377
ふたとき 二時 191
ふたとせ 二年 341
ふたば 二葉 491
ふたひ 二日 33
ふたぼし 二星 241
ふたみこえ 二三声 376
ふたみち 二道 57
ふためく 28
ふたもと 二本 376
ふたよ 二夜 33
ふたよみよ 二夜三夜 376
ふだらく 補陀落 459
ふたり 二人 33
ふたりづれ 二人連 269
ふたりみたり 二人三人 376
ふたわけ 二分け 377
ふだん 不断 264
ふだんぎ→常着 264
ふち 淵 479
ぶち 斑 405
ふちせ 淵瀬 221
ふちどる 縁どる 377
ふちのいろ 淵の色 479
ふっかつさい 復活祭 191
ぶつかる 19
ふづくえ 文机 260
ふっくら→つぶつぶと 264
ぶっし 仏師 377
ぶっしゃり 仏舎利 203
ぶつぞう 仏像 377
ぶっだ 仏陀 203
ぶつだん 仏壇 378
ふつつか 不束 387
ぶっぱん 仏飯 378
ふつふつ 沸沸 493
ぶっぽうそう 仏法僧 511
ぶつま 仏間 378
ふで 筆 378
ふでづか 筆柄 378
ふでのすさび 筆の遊び 214
ぶと 蚋子 518
ふとう 埠頭 336
ぶどう 葡萄 537
ぶどういろ 葡萄色 439
ぶとうぐつ 舞踏靴 78
ぶどうだな 葡萄棚 240
ぶどうのさけ 葡萄の酒 180
ふとき 太樹 69
ふところ 懐 438
ふところで 懐手 57
ふとばしら 太柱 331
ふとばら 太腹 161
ふとまゆ 太眉 412
ふとる 肥る 161
ふとん 布団 378
ふな 鮒 501
ぶな 橅 537
ふなあし 船足 378
ふなうた 船歌 225
ふなおとこ 船夫 96
ふながかり 船繋り 451
ふなき 船木 378
ふなきおい 舟競い 123
ふなこ 舟子 96
ふなごころ 舟心 379
ふなじ 船路 378
ふなずまい 船住居 220
ふなぞこ 船底 119
ふなたび 船旅 378
ふなだより 舟便り 247
ふなつきば 船着場 335
ふなつきば→渡し 495
ふなで 船出 379
ふなばし 船橋 330
ふなばた 舷 379
ふなばら 船腹 379
ふなびと 舟人 225
ふなぶえ 船笛 124
ふなべり 船縁 379
ふなまど 船窓 119
ふなむし 舟虫 518
ふなやど 舟宿 198
ふなゆさん 舟遊山 379
ふなよい 船酔 379
ふなよそおい 船装い 379
ふね 舟 379
ふねうけて 船浮けて 379
ふねくだる 船下る 138
ふねつくる 船造る 378
ふねつなぐ 船繋ぐ 451
ふねなめて 舟並めて 379
ふねやる 船やる 163
ふねよぶ 舟呼ぶ 480
ふばこ 文箱 329
ふびん 不便 29
ふぶき 吹雪 380
ふふむ 含む 264
ふぼ→父母 83
ふほう 訃報 372
ふみ 文 272
ふみ 書 399
ふみえ 踏絵 129
ふみかく 文書く 272
ふみがら 文殻 272
ふみきり 踏切 210
ふみしだく 踏み拉く 380
ふみづか 文塚 351
ふみづかい 文使 257
ふみづき 文月 197
ふみつぶす 踏み潰す 380
ふみど 踏み処 380
ふみならす 踏み平す 303
ふみにじる 踏みにじる 478
ふみよむ 書読む 481
ふみわける 踏み分ける 493
ふみん 不眠 317
ふむ 踏む 380
ふもう 不毛 28
ふもと 麓 380
ふゆ 冬 380
ふゆいちご 冬苺 520
ふゆうめ 冬梅 521
ふゆかたまけて 冬片設けて 381
ふゆがまえ 冬構 196
ふゆがれ 冬枯 115
ふゆかわ 冬川 380
ふゆき 冬木 380
ふゆぎく 冬菊 523
ふゆくさ 冬草 135
ふゆぐも 冬雲 380
ふゆげ 冬毛 149
ふゆげしき 冬景色 381
ふゆこだち 冬木立 381
ふゆごもり 冬籠り 381
ふゆごもる 冬籠る 381
ふゆざくら 冬桜 526
ふゆざしき 冬座敷 380
ふゆさぶ 冬さぶ 381
ふゆさりぬ 冬去りぬ 383
ふゆさる 冬さる 381
ふゆざれ 冬ざれ 381
ふゆしぐれ 冬時雨 382
ふゆぞら 冬空 381
ふゆた 冬田 231
ふゆたつ 冬立つ 381
ふゆちかき 冬近し 381
ふゆちょう 冬蝶 517
ふゆどなり 冬隣 381
ふゆな 冬菜 290
ふゆなぎ 冬凪 382
ふゆにいる 冬に入る 381
ふゆのあさ 冬の朝 382
ふゆのあめ 冬の雨 381
ふゆのうみ 冬の海 382

ふゆのかぜ 冬の風 382
ふゆのつき 冬の月 382
ふゆのとり 冬の鳥 382
ふゆのなみ 冬の波 382
ふゆのにじ 冬の虹 309
ふゆのはえ 冬の蠅 517
ふゆのはち 冬の蜂 518
ふゆのはな 冬の花 380
ふゆのはなび 冬の花火 339
ふゆのはやし 冬の林 381
ふゆのひ 冬の灯 382
ふゆのひ 冬の日 382
ふゆのひ 冬の日/陽 383
ふゆのほし 冬の星 383
ふゆのよ 冬の夜 383
ふゆはま 冬浜 342
ふゆばら 冬薔薇 536
ふゆばれ 冬晴 350
ふゆび 冬日 383
ふゆひかげ 冬日影 383
ふゆびより 冬日和 370
ふゆふかき 冬深き 383
ふゆふかみ 冬深み 383
ふゆふかみぐさ 冬深見草 539
ふゆぼう 冬帽 390
ふゆみず 冬水 380
ふゆめ 冬芽 440
ふゆめく 冬めく 381
ふゆもみじ 冬紅葉 381
ふゆやま 冬山 383
ふゆゆく 冬行く 383
ふよう 芙蓉 537
ふようのまなじり 芙蓉の眦 429
ぶらい 無頼 182
ブラウス 476
ふらここ 383
フラスコ 420
プラタナス 538
プラチナ 白金 131
プラットホーム 64
ブランケット 445
ブランコ 383
ふらんど 383
ぶり 鰤 501
フリージア 538
ふりおもる 降り重る 384
ふりかえる→顧みる 88
ふりかくす 降り隠す 384
ブリキ 鉄葉 153
ブリキざいく 鉄葉細工 174
ふりこめる 降り込める 384
ふりさけみる 振り放け見る 432
ふりしく 降り敷く 40
プリズム 90
ふりそで 振袖 125
ふりつむ 降り積む 470
ふりにし 古りにし 384
ふりみふらずみ 降りみ降らずみ 24
ふりょ 俘虜 386
ふりわけがみ 振分髪 112
ふる 経る 213
ふる 古る 384
ふる 古る/年取る 285
ふる 降る 383
ふるあわせ→袷 125
ふるい 古井 29
ふるいかり 古錨 31
ふるいけ 古池 34
ふるいど 古井戸 29
ふるうた 古歌 384
ふるうちわ 古団扇 55
フルート 吹笛 132
ふるえ 古家 30
ふるえ 古江 46
ふるえ 震え 384
ふるえごえ 顫え声 160
ふるえる 震える 384
ふるかがみ 古鏡 90
ふるがき 古垣 92
ふるがね 古鐘 108
ふるかばん 古鞄 109
ふるがや 古蚊帳 113
ふるき 古木 120
ふるき 古貉 505
ふるぎいち 古着市 40
ふるぐつ 古靴 139
ふること 古事 433
ふるごと 古事 213
ふるごと 古言 384
ふるごよみ 古暦 171
ふるさと 古里 163
ふるさとびと 古里人 251
ふるす 古巣 212
ふるだたみ 古畳 239
ふるつわもの 古強者 448
ふるでら 古寺 273
ふるどけい 古時計 282
ふるとし 旧年 285
ふるなじみ 古馴染み 251
ふるぬま 古沼 313
ふるは 古葉 325
ふるひいな 古雛 365
ふるひと 古人 251
ふるびょうぶ 古屏風 370
ふるびる 古びる 384
ふるぶみ 古書 399
ふるぼうし 古帽子 390
ふるぼとけ 古仏 377
ふるまい 振舞い 448
ふるみち 古道 424
ふるものだな 古物店 422
ふるやかた 古館 453
ふるゆき 古雪 321
ふるゆき 降る雪 470
ふるよ 古代 430
ふるわす 震わす 384
ふれず 触れず 385
ふれる 触れる 384
ふろ 風呂 464
ふろしき 風呂敷 385
ふろふき 風呂吹 486
プロペラ 357
ふわけ 腑分け 206
ふわと 385
ふわふわ 385
ふわり 385
ふん 墳 326
ふん 糞 329
ふんえん 噴煙 98
ふんか 噴火 98
ぶんぐ 文具 385
ぶんぐん 蚊軍 514
ぶんこ 文庫 208
ふんすい 噴水 385
ぶんすいれい 分水嶺 428
ふんせん 噴泉 385
ふんたい 粉黛 151
ふんどし 褌 333
ふんぬ 憤怒 31
ぶんらく 文楽 199

【へ】

へ 辺/浜辺 342
へ 辺/ほとり 397
へ 舳 386
ヘアピン 11
へい 瓶 285
へい 兵 385
へい 塀 386
へいし 瓶子 286
へいたい 兵隊 385
へいぼん 平凡 386
へいわ 平和 386
べえこ 503
ページ 頁 399
ベール 392
へきが 壁画 63
へきぎょく 碧玉 391
へきてん 碧天 4
へきらく 碧落 345
へきるり 碧瑠璃 173
ベゴニア 538
へさき 舳先 386
へそ 臍 344
べそ 294
へた 蔕 339
へた 下手 387

へだたり 隔たり 387
へだたる 隔たる 387
へだち 障 387
へだてて 隔てて 387
へだてる 隔てる 387
ペダル 197
へちま 糸瓜 538
べっこう 鼈甲 391
へっつい 110
ベッド 211
べつり 別離 492
へど 辺土 366
へなみ 辺波 301
へなみ 舳波 386
へなる 隔る 387
べに 紅 387
べにいろ 紅色 147
べにかね 紅鉄漿 387
べにぐも 紅雲 467
べにこ 紅粉 387
べにさしゆび 紅差指 473
べにさす 紅さす 387
べにざら 紅皿 388
べにぢょうちん 紅提灯 256
べにつばき 紅椿 531
べにとうし 紅唐紙 110
べにのはな 紅の花 538
べにばら 紅薔薇 536
べにふで 紅筆 388
べにふよう 紅芙蓉 538
べにりんご 紅林檎 542
へび 蛇 502
へや 部屋 440
へや 部屋→間 400
へやぬち 部屋ぬち 312
ベランダ 490
へり 縁 330
ペリカン 511
ベル 鈴 215
ベレー帽 390
へろへろ 114
べん 弁 339
ペン 385
ペンキ 154
ペンギン 511
へんげ 変化 476
へんさい 辺塞 140
へんじ 返事 388
へんそう 変装 456
ベンチ 38
へんど→辺土 366
べんとう 弁当 388
へんぺん 片片 96
ぺんぺん草 533
へんぽん 翩翻 371
へんろ 遍路 388
へんろがさ 遍路笠 388
へんろごころ 遍路心 388
へんろやど 遍路宿 388

【ほ】

ほ 秀 281
ほ 帆 388
ほ 穂 389
ほ 頬 392
ほ 炎 397
ボア 103
ぼあい 暮靄 450
ほあか 頬赤 389
ほあかり 火明り 6
ほいなし 本意なし 127
ぼう 坊 273
ぼう 暮雨 466
ほうい 法衣 227
ぼうえんきょう 望遠鏡 280
ほうおん 砲音 233
ほうき 箒 389
ほうきぼし 箒星 485
ほうきめ 箒 389
ぼうきゃく 忘却 494
ほうきゅう 俸給 389
ぼうきょう 望郷 127
ほうぎょく 宝玉 391
ほうけごころ 呆け心 389
ほうける 呆ける 389
ほうける 395
ほうこう 奉公 389
ほうし 法師 225
ほうじ 法事 390
ぼうし 帽子 390
ほうしぜみ 法師蟬 516
ほうしゃ 砲車 233
ほうしゃせん 放射線 369
ほうしゃのう 放射能 154
ほうじょう 方丈 273
ほうじる 焙じる 254
ほうしん 放心 389
ほうずる 報ずる 390
ほうすん 方寸 164
ほうせき 宝石 391
ぼうぜん 茫然 78
ほうせんか 鳳仙花 538
ほうそう 芳草 347
ほうそう 放送 390
ぼうだい 望台 490
ほうだん 砲弾 233
ぼうたん 539
ほうちょう 庖丁 392
ほうちょう 蜂蝶 517
ほうとう 放蕩 197
ぼうばな 棒鼻 159
ぼうふう 暴風 233
ぼうふう 防風 538
ほうふつ 彷彿 81
ほうぶつせん 抛物線 214
ぼうぶら 南瓜 522
ぼうふり 孑孑 518
ぼうぼう 茫茫 372
ほうむる 葬る 287
ぼうめいきゃく 亡命客 285
ほうもん→訪う 277
ほうらいかざり 蓬萊飾 207
ほうらん 抱卵 89
ほうる 放る 295
ぼうれい 亡霊 487
ほうれん草 538
ほうろう 放浪 182
ほうろく 焙烙 254
ほえる 吠える 392
ほお 朴 538
ほお 頬 392
ほおかむり 頬かむり 392
ほおじろ 頬白 511
ホース 421
ポーズ 448
ほおずき 鬼灯 538
ほおづえ 頬杖 392
ボート 169
ほおのは 朴の葉 538
ほおぼね 頬骨 392
ボール 144
ほがい 408
ほかげ 火影 392
ほかげ 灯影 392
ほかけぶね 帆掛舟 398
ほかほか 312
ほがら 朗ら 392
ほがらか 朗らか 392
ほがらほがら 朗ら朗ら 392
ほき 崖 95
ほきざけ 祝酒 48
ほきじ 崖路 96
ほきどり 法吉鳥 507
ぼきんばこ 募金箱 329
ほぐ 寿ぐ 168
ぼく 僕 497
ほぐし 火串 114
ぼくしゃ 卜者 60
ほくず 火屑 367
ぼくせき 木石 386
ぼくそう 牧草 394
ぼくてい 墨堤 220
ほくてん 北天 274
ほくと 北斗 392
ぼくどう 牧童 403
ぼくり 木履 151
ほくろ 黒子 333
ほけ 火気 472
ぼけ 木瓜 538
ほげい→鯨取り 35
ほげた 帆桁 388

ポケット 93
ほこ 鉾 121
ほご 反古 393
ぼこく 母国 393
ほこら 祠 455
ほこらか 誇らか 393
ほこり 埃 393
ほこりがお 誇り顔 393
ほこりみち 埃路 393
ほこる 誇る 393
ほころび 綻び 458
ほころぶ 綻ぶ 179
ほさき 秀先 281
ほさき 穂先 389
ぼさつ 菩薩 377
ほざら 火皿 21
ぼさん 墓参 327
ぼさん 暮山 459
ほし 星 393
ほしあい 星合 241
ほしあみ 干網 394
ほしいまま 恣 193
ほしいも 干甘藷 527
ほしか 干鰯 160、395
ほしがき 干柿 415
ほしかげ 星影 394
ほしきらめく 星きらめく 91
ほしくさ 干草 394
ほしくず 星屑 394
ほしこおる 星凍る 383
ぼしぞう 母子像 226
ほしぞら 星空 393
ほしだいこ 干大根 395
ぼじつ 暮日 465
ほしづくよ 星月夜 394
ほしとぶ 星飛ぶ 485
ほしな 干菜 290
ほしのざ 星の座 394
ほしのした 星の下 196
ほしのはやし 星の林 393
ほしのひかり 星の光 394
ほしのやどり 星の宿り 394
ほしのよ 星の夜 394
ほしのわかれ 星の別 241
ほしふる 星降る 394
ほしぼし 星星 393
ほしまつり 星祭 241
ほしみせ 露店 490
ほしむかえ 星迎 241
ほしもの 干物 344
ぼしゅん 暮春 349
ぼしょ 墓所 327
ぼしょく 暮色 147
ほす 干す 394
ほす 乾す 448
ほずえ 穂末 389
ほすすき 穂薄 530
ポスト 467
ぼせき 墓石 326
ぼせつ 暮雪 470
ぼぜん 墓前 327
ほそあかり 細明り 6
ほそあし 細脚 395
ほそあめ 細雨 166
ほそかいな 細腕 395
ほそき 細き 395
ほそきて 細き手 395
ほそぐも 細雲 142
ほそごえ 細声 182
ほそごし 細腰 395
ほそじ 細路 170
ほそどの 細殿 488
ほぞのお 臍の緒 344
ほそは 細葉 325
ほそはぎ 細脛 218
ほそぼそ 細細 395
ほそまゆ 細眉 412
ほそみ 細身 395
ほそみち 細道 170
ほそめ 細目 395
ほそめる 細める 395
ほそり 細り 395
ほそる 細る 395
ほだ 穂田 43
ほだ 榾 236
ぼだい 菩提 396
ぼだいし 菩提子 538
ぼだいじゅ 菩提樹 538
ほだし 絆し 101
ほだち 穂立 43
ほだち 火立 397
ほだび 榾火 236
ぼたやま 硬山 222
ほたる 蛍 518
ほたるかご 蛍籠 435
ほたるがり 蛍狩 448
ほたるぐさ 蛍草 532
ほたるび 蛍火 518
ボタン 釦 311
ぼたん 牡丹 538
ぼたんゆき 牡丹雪 29
ぼち 墓地 327
ほつえ 秀枝 65
ほっかい 北海 123
ほっきょくせい 北極星 394
ほっく 発句 325
ほっこく 北国 123
ぽっちり 494
ほっと 165
ほづな 帆綱 388
ぽつねん 364
ほっぽう 北方 123
ほつほつ 410
ほつみね 秀嶺 428
ほつれがみ ほつれ髪 395
ほつれる 395
ほてり 火照り 396
ほてる 火照る 395
ホテル 456
ほと 陰 166
ほど 程 396
ほといき ほと息 277
ほどう 舗道 37
ほとけ 仏/死者 194
ほとけ 仏 396
ほとけのはな 仏の花 396
ほとけまぶり 仏守り 267
ほとけをきざむ 仏を刻む 377
ほととぎす 時鳥 512
ほどなく 程無く 396
ほとばしる 迸る 396
ほとびる 375
ほとり 辺 397
ほなか 火中 352
ほなみ 穂波 389
ほにいず 穂に出ず 364
ほね 骨 397
ほねみ 骨身 397
ほのあおき 仄青き 3
ほのあか 仄赤 450
ほのお 炎 397
ほのか 仄か 397
ほのき ほの黄 119
ほのぐらき 仄暗き 143
ほのじろき 仄白き 210
ほのに 仄に 397
ほのぼの 仄仄 397
ほのみる 仄見える 397
ほのめく 仄めく 397
ほばしら 帆柱 388
ほばらみ 穂孕み 389
ぼひ 墓碑 398
ぼひょう 墓標 397
ほぶね 帆舟 398
ポプラ 539
ほふる 葬る 287
ボヘミヤン 182
ほほえみ 微笑 66
ほほえむ 微笑む 66
ほむぎ 穂麦 433
ほむら 炎 397
ほめうた 頌歌 398
ほめき 316
ほめく 396
ほめる 誉める 398
ぼもん 墓門 327
ほや 寄生 119
ぼやける 420
ほやせ 頬痩せ 392
ほら 洞 278
ほらがい 法螺貝 498

ほり 彫り 255
ほり 堀 398
ほりえ 堀江 398
ほりし 彫師 255
ほりばた 濠端 398
ほりもの 刺青 47
ほりょ 捕虜 386
ほりわり 掘割 398
ほる 彫る 255
ほる 欲る 315
ほる 掘る 398
ほれる 惚れる 355
ほろ 幌 328
ぼろ 襤褸 398
ぼろいち ぼろ市 40
ほろう 歩廊 64
ほろがや 母衣蚊帳 113
ほろぐるま 幌車 146
ほろばしゃ 幌馬車 331
ほろぶ 滅ぶ 391
ぼろぶね ぼろ船 217
ほろほろ 257
ほわた 穂絮 389
ほん 本 399
ぼん 盆 409
ぼんおどり 盆踊 78
ぼんおん 梵音 76
ぼんぐ 盆供 400
ぼんごち 盆東風 166
ぼんじ 梵字 446
ぼんしょう 梵鐘 108
ほんしん 本心 404
ぼんすぎ 盆過ぎ 400
ぼんだな 盆棚 400
ほんどう 本堂 277
ほんのう 本能 400
ぼんのくぼ 盆の窪 141
ぼんばい 盆梅 334
ぼんばな 盆花 523
ポンプ 421
ぼんぼり 雪洞 29
ボンボン時計 282
ポンポン蒸汽 207
ぼんやり 400

【ま】

ま 魔 10
ま 間/部屋 400
ま 間/あいだ 401
まあかき 真赤き 5
マーチ 128
マーブル 391
まい 舞 402
まいあさ→朝な朝な 13
まいおうぎ 舞扇 68
まいおとめ 舞少女 401
まいおりる 舞い下りる 84
まいこ 舞子 401
まいご 迷子 425
まいごろも 舞衣 402
まいそう 昧爽 11
まいたつ 舞い立つ 286
まいちもんじ 真一文字 407
まいのぼる 舞い上る 322
まいひめ 舞姫 401
まいまい 舞舞/水馬 513
まいまい 舞舞/蝸牛 514
まいらす 参らす 18
まう 舞う/風に 101
まう 舞う/飛ぶ 286
まう 舞う/踊る 402
まう 舞う/虫 435
まう 舞う/雪 470
まえあし 前脚 153
まえかけ 前掛 402
まえがみ 前髪 111
まえだれ 前垂 402
まえば 前歯 324
まえやま 前山 435
まおう 魔王 10
まおも 真面 207
まおもて 真表 207
まが 凶 493
まがう 紛う 402
まがき 籬 92
まかげ 目陰 411
まかじ 真楫 9
まがたま 勾玉 391
まがつみ 禍罪 494
まがなしき 真愛しき 42
まがね 真金 327
まがまがし 禍禍し 493
まかみ 真神 503
まがみ 魔神 10
まがも 真鴨 507
まがりかど 曲り角 402
まがりみち 曲り道 402
まかる 471
まがる 曲る 402
まき 真木 174
まき 薪 236
まき 牧 403
まき 槙 539
まきえ 蒔絵 174
まきげ 巻毛 402
まきたばこ 巻煙草 243
まきのうし 牧の牛 403
まきのうま 牧の馬 403
まきのこ 牧の子 403
まきば 巻葉 325
まきば 牧場 403
まきはしら 真木柱 331
まきばみち 牧場道 403
まきびと 牧人 403
まきぶえ 牧笛 403
まぎらす 紛らす 214
まぎれる 紛れる 402
まく 蒔く 242
まく 枕く 288
まく 幕 403
まく 巻く 409
まくあい 幕間 150
まぐさ 秣 403
まぐさおけ 秣槽 403
まぐさかり 秣刈 403
まくなぎ 518
まくら 枕 403
まくらがみ 枕上 404
まくらがみ 枕紙 404
まくらぎ 枕木 225
まくらぎょう 枕経 126
まくらさだむ 枕定む 288
まくらならべる 枕並べる 288
まくらび 枕灯 267
まくらべ 枕辺 404
まくらもと 枕元 403
まくろ 真黒 148
まぐろ 鮪 501
まぐわい 3
まくわうり 真桑瓜 521
まぐわし ま麗し 525
まげ 髷 112
まけて 設けて 196
まご 馬子 58
まご 孫 404
まごころ 真心 404
まこと 真 404
まことがお 誠顔 404
まこも 真菰 539
まさお 真青 3
まさか 現在 56
まさき 正木 539
まさきく 真幸く 262
まさきのかずら 柾の葛 539
まさご 真砂 218
まさしき 正しき 404
まさぬ /居ない 45
まさびしき /寂 185
まざまざ 14
まさめ 正眼 443
まさやか 10
まさる 勝る 352
まさる 増さる 404
まじ 蠱/呪 324
ましかく 真四角 93
ましぐら 407
まじこる 呪こる 494
ました 真下 196
ましみず 真清水 201
まじめ 真面目 175
まじょ 魔女 411
ましら 猿 504

まじらう 交らう 404
まじる 交る 404
ましろ 真白 210
まじろぐ 410
ます 升 327
ます 鱒 501
ますい 麻酔 206
ますい 魔睡 317
ますおのこがい ますおの小貝 86
ますかがみ 真澄鏡 90
マスク 271
ますぐ 真直ぐ 407
まずしき 貧しき 404
まずしきひと 貧しき人 405
マスト 388
ますはだ 真素肌 218
ますむ 真澄む 220
ますらお 益荒男 77
ませ 馬柵 179
またあう また逢う 321
またき 全き 405
まだき 405
またたき 410
またたく 瞬く 394
またひばち 股火鉢 367
またま 真玉/美 55
またま 真玉/宝 391
まだら 斑 405
またれる 待たれる 406
まち 街 405
まちあえず 待ち敢えず 406
まちえて 待ち得て 406
まぢか 間近 251
まちがお 待ち顔 406
まちがて 待ちがて 406
まちかねる 待ち兼ねる 406
まちこう 待ち恋う 406
まちざけ 待酒 113
まちぞら 町空 406
まちつかれる 待ち疲れる 407
まちつじ 街辻 261
まちどお 待ち遠 406
まちともし 街灯 406
まちなか 街中 406
まちのひ 街の灯 406
まちはずれ 町外れ 159
まちびと 待人 158
まちびと 町人 407
まちや 町家 407
まちゆ 町湯 464
まちわびる 待ち侘びる 407
まつ 待つ 407
まつ 松 539
まつおさめ 松納 107
まっか 真赤 5
まづかい 間使 257
まつがえ 松が枝 539
まつかさ 松笠 539
まつかざり 松飾り 107
まつかぜ 松風 407
まっき 真黄 119
まっくら 真暗 143
まっくろ 真っ黒 148
まつげ 睫毛 411
まっこう 真っ向 207
まつすぎ 松過ぎ 40
まっすぐ 407
まつぜみ 松蝉 516
まつたけ 松茸 539
まっただなか 真っただ中 238
まつたてる 松立てる 107
マッチ 燐寸 451
まつのうち 松の内 40
まつのは 松の葉 539
まつのはな 松の花 539
まつのみどり 松の緑 539
まつば 松葉 539
まつばづえ 松葉杖 257
まつばぼたん 松葉牡丹 539
まつひと 待つ人 407
まつむし 松虫 515
まつむしそう 松虫草 539
まつめ 松雀 512
まつよい 待宵 259
まつよいぐさ 待宵草 531
まつり 祭 407
まつりか 茉莉花 539
まつりだいこ 祭太鼓 408
まつりばやし 祭囃子 408
まつりぶえ 祭笛 408
まつりみ 祭見 448
まつる 祀る 408
まつわる 纏る 409
まて 真手 452
まど 窓 408
まどあかり 窓明り 6
まどい 円居 263
まどい 惑い 409
まとう 纏う 409
まどう 惑う 409
まどお 間遠 387
まどか 413
まどかけ 窓掛 409
まどガラス 窓硝子 408
まどごし 窓越し 408
まどさき 窓先 408
まどのと 窓の外 228
まどべ 窓辺 408
まとも 正面 207
まとり 真鳥 513
マドロス 96
まどろむ 微睡む 54
まどわしき 惑わしき 409
まどわす 惑わす 409
まないた 俎 392
まなか 真中 414
まなかい 眼界 443
まなく 間無く 234
まなくも 間なくも 396
まなこ 眼 440
まなさき 眼前 443
まなざし 眼差 409
まなした 眼下 416
まなじり 眦 410
まなぢか 眼近 443
まなつ 真夏 297
まなつび 真夏陽 299
まなばし 魚箸 330
まなびや 学舎 106
まなぶ 学ぶ 410
まなぶた 411
まに 摩尼 391
マニキュア→爪紅 266
まにまに 27
まね 真似 407
まねく 招く 410
まねぶ 410
まのあたり 目の当たり 443
まはだか 真裸 333
まばたく 410
まばゆき 眩き 410
まばら 疎ら 410
まひ 真陽 352
まひ 麻痺 462
まびきな 間引菜 290
まひたえ 真額 359
まひる 真昼 371
まひるどき 真昼時 200
まひるの 真昼野 371
まひるま 真昼間 371
まぶか 目深 109
まぶしき 眩しき 410
まぶしみ 眩しみ 410
まぶた 瞼 411
まふゆ 真冬 380
まほ 真帆 389
まほう 魔法 411
まほうつかい 魔法使 411
まほら 真洞 140
まぼろし 幻/面影 81
まぼろし 幻 411
まま 崖 95
まま 飯 192
まま /自在 193
ままごと 飯事 17
ままならず 127

ままに 27
まみ 目見 407
まみえる 見える 440
まみず 真水 440
まみれる 478
まむかう 真向う 207
まむき 真向き 207
まむし 蝮 502
まめ 15
まめ 豆 411
まめまき 豆撒 223
まめめいげつ 豆名月 416
まもる 守る 411
まや 真屋 301
まや 馬屋 59
まやく 麻薬 137
まやみ 真闇 462
まゆ 眉 412
まゆ 繭 412
まゆかく 眉描く 412
まゆぐら 繭倉 412
まゆこき 眉濃き 412
まゆごもり 繭籠り 412
まゆしろき 眉白き 412
まゆずみ 眉墨 412
まゆだま 繭玉 166
まゆにる 繭煮る 413
まゆね 眉根 412
まゆはき 眉掃 412
まゆひきづき 眉引き月 416
まゆみ 真弓 473
まゆみ 檀 539
まゆみのつき 真弓の月 416
まよ 真夜 483
まよいの 迷野 372
まよう 迷う 409
まよなか 真夜中 483
まよびき 眉引 412
マラソン 144
まり 鞠 413
まりつき 鞠突 413
マリヤ 129
まるき 丸き 413
まるきばし 丸木橋 330
まるきぶね 丸木舟 413
まるばしら 円柱 331
まるまげ 丸髷 112
まるまど 丸窓 408
まるまる 丸まる 414
マルメロ 540
まるやね 円屋根 413
まれ 稀 414
まれびと 稀人 126
まろいし 円石 37
まろうど 客人 126
まろがた 円肩 103
まろき 丸き 413
まろきかげ 丸き影 94
まろちち 円乳房 253
マロニエ 540
まろね 丸寝 414
まろば 円葉 325
まろぶ 転ぶ 172
まろみ 413
まろや 丸屋 136
まろやか 413
まろらかに 374
まわた 真綿 495
まわりどうろう 回り灯籠 95
まわる 回る 414
まん 万 414
まんかい 満開 178
まんげきょう 万華鏡 441
まんげつ 満月 414
マンゴー 540
マンゴスチン 540
まんざ 満座 427
まんざい 万歳 106
まんざん 満山 224
まんじ 卍 104
まんじゅう 饅頭 99
まんじゅう 饅頭/塚 326
まんじゅしゃげ 曼珠沙華 540
まんだら 曼陀羅 207
まんち 満地 200
まんちょう→満潮 424
まんてん 満天 274
マント 88
まんと 満都 430
まんとうえ 万灯会 390
マンドリン 105
まんなか 真ん中 414
まんまく 幔幕 403
まんまひる→真昼間 371
まんまろ 413
まんまん 満満 426
まんもつ 万物 449
まんりょう 万両 540

【み】

み 箕 44
み 身 415
み 実 415
みあかし 御灯明 279
みあかし 御灯明/仏壇 378
みあかず 見飽かず 8
みあきる 見飽きる 108
みあし 御足 15
みあれ 御生 408
みい 御井 29
みいのち み命 44
ミイラ 木乃伊 415
みいる 見入る 426
みうめ 実梅 415
みえいく 御影供 390
みえそめる 見え初める 331
みお 水脈 416
みおくる 見送る 416
みおつくし 澪標 416
みおびき 澪引き 416
みおぼえ 見覚え 416
みおや 御親 83
みおろす 見下ろす 416
みかえす 見返す 309
みかえる 見返る 89
みかお 御顔 89
みかぎる 見限る 421
みがく 磨く 416
みがくる 水隠る 94
みかげ 御影 306
みかげ 水陰 421
みかげいし 花崗石 37
みかさ 水嵩 416
みかた 御肩 102
みがち 実がち 415
みかづき 三日月 416
みかのつき 三日の月 417
みかり 御狩 114
みがわり 身代わり 103
みかん 蜜柑 540
みかんぶね 蜜柑船 379
みき 幹 120
みき 御酒 417
みぎ 右 417
みぎひだり 右左 417
みきょう 御経 126
みぎり 砌/庭 310
みぎり 砌/軒端 320
みぎわ 水際 417
みくさ 水草 135
みぐし 御髪 110
みくず 水屑 418
みくに 御国 140
みくら 御座 174
みくるま 御車 146
みけ 三毛 505
みけし 御衣 172
みけん 眉間 412
みこ 巫女 417
みこうし 御格子 276
みこえ 御声 160
みこころ 御心 164
みこし 神輿 417
みこしべや 神輿部屋 417
みごと 見事 353
みごもり 水隠り 94
みごもる 身籠る 73
ミサ 188
みさお 操 404

みさき 岬 417
みさく 見放く 432
みざくら 実桜 527
みさご 鶚 512
みささぎ 陵 326
みさび 水錆 418
みさびだ 水錆田 418
みじかうた 短歌 53
みじかき 短き 418
みじかび 短か日 382
みじかみ 短み 418
みじかよ 短夜 299
みじまい 身仕舞 479
みじゅく 未熟 418
みしらぬ 見知らぬ 208
みしり 見知り 416
みじろがず 身動がず 358
みじろぐ 身動ぐ 418
みしわ 水皺 422
ミシン 311
みじん 微塵 494
みす 御簾 216
みず 水 419
みず 瑞 421
みず(水)→閼伽 181
みず→冷たき水 266
みずあい 水藍 519
みずあか 水垢 418
みずあかり 水明り 6
みずあさぎ 水浅黄 2
みずあび→水浴 21
みずいろ 水色 419
みずうみ 湖 419
みずえ 瑞枝 421
みずおけ 水桶 73
みずおと 水音 419
みずかう 水飼う 88
みずかがみ 水鏡 419
みずかがみ→池の鏡 34
みずがき 瑞垣 455
みずかげろう 水陽炎 419
みずかさ→水嵩 416
みずがし 水菓子 138
みずがた 仏像 396
みずがね→水銀 159
みずがねいろ 水銀色 47
みずがめ 水瓶 420
みずから 自ら 420
みずからくり 水機関 422
みずがれ 水涸れ 116
みずき 水城 398
みずぎ 水着 84
みずききん 水飢饉 360
みずぎわ 水際 417
みずく 水浸く 420
みずくかばね 水漬く屍 420
みずぐき 水茎 420
みずくさ 水草 135
みずくみ 水汲み 420
みずぐるま 水車 212
みずけむり 水煙 200
みずこいし 水恋し 157
みずこいどり 水恋鳥 512
みすごす 見過す 281
みずごり 水垢離 127
みずさきあんない 水先案内 29
みずさく 水裂く 180
みずさし 水差 420
みずし 御厨子 256
みずし 水仕 420
みずしも 水霜 267
みずすまし 水澄 513
みずすむ 水澄む 220
みずそそぐ 水注ぐ 228
みずた 水田 231
みずたま 水玉 195
みずたまり 水溜り 421
みずち 蛟 154
みずちょうし 水調子 204
みずでっぽう 水鉄砲 16
みすてる 見捨てる/過 281
みすてる 見捨てる 421
みずどけい 水時計 488
みずどり 水鳥 289
みずにうつる 水に映る 420
みずぬるむ 水温む 313
みずのあや 水の綾 422
みずのえ 水の上 49
みずのおと 水の音 419
みずのおも 水の面 428
みずのおもて 水の面 428
みずのか 水の香 306
みずのからす 水の烏 506
みずのつき 水の月 420
みずのほとり 水の辺 421
みずは 瑞葉 421
みずばしょう 水芭蕉 540
みずばしら 水柱 200
みずはな 瑞花 422
みずばな 水洟 336
みずひかる 水光る 419
みずひき 水引/紙 110
みずひき 水引/植物 540
みずひきそう 水引草 540
みずぶき 水蕗 540
みずべ 水辺 421
みずほのくに 瑞穂の国 460
みずまき 水撒き/打ち水 55
みずまき 水撒き 421
みずまさる 水増さる 416
みずみず 瑞瑞 421
みずめがね 水眼鏡 441
みずやま 瑞山 422
みずわ 水輪 422
みずをうつ 水を打つ 55
みずをのむ 水を飲む 322
みずをわたる 水を渉る 496
みせ 店 422
みせさき 店先 422
みせもの 見世物 422
みそ 味噌 423
みぞ 溝 423
みぞう 御像 377
みそか 晦日 351
みそかおとこ 密男 199
みそかごと 密事 199
みぞかわ 溝川 423
みそぎ 禊 408
みそさざい 鷦鷯 512
みそじ 三十 284
みそしる 味噌汁 209
みそする 味噌する 423
みその 御園 229
みそのう 御園生 229
みそはぎ 禊萩 540
みそめる 見初める 331
みそら 御空 231
みぞれ 霙 423
みぞれる 霙れる 423
みだす 乱す 424
みたち 御館 453
みたび 三度 33
みたま 御霊 246
みだら 淫ら 423
みたらし 御手洗 271
みたり 三人 33
みだれがみ 乱れ髪 423
みだれごころ 乱れ心 424
みだればこ 乱れ箱 126
みだれる 乱れる 424
みち 道 424
みち 未知 491
みちおしえ 道教 518
みちぐさ 道草 244
みちしお 満潮 424
みちしば 道芝 183
みちしるべ 道標 425
みちすがら 道すがら 244
みちつきる 道尽きる 424
みちづれ 道連 269
みちとう 道問う 425
みちとせ 三千年 284
みちなか 道中 244
みちのく 陸奥 16
みちのべ 道の辺 425
みちのり 道のり 425
みちばた 道端 425

みちびく 導く 425
みちぶしん 道普請 376
みちべ 道辺 425
みちまどう 道惑う 425
みちまよう 道迷う 425
みちみち 道道 244
みちゆきびと 道行人 245
みちる 満ちる 426
みつ 蜜 426
みつあみ 三つ編み 112
みっかい 密会 199
みつける 見つける 426
みつせがわ 三瀬川 475
みづたう 水伝う 292
みつばち 蜜蜂 518
みつみつ 密密 368
みつめる 見つめる 426
みつりん 密林 452
みて 御手 270
みて 御手/仏 396
みてら 御寺 273
みでり 水照 351
みと 水門 87
みどう 御堂 277
みとせ 三年 34
みとり 看護 118
みどり 緑 426
みどり 緑色 426
みどりご 緑児 5
みどりなす 緑なす 426
みどりのくろかみ 緑の黒髪 148
みどりば 緑葉 426
みどろ 水泥 445
みな 御名 290
みな 皆 427
みなかみ 水上 116
みながら 皆がら 427
みなぎらう 水霧らう 200
みなぎる 漲る 426
みなげ 身投げ 44
みなしご みなし児 155
みなそこ 水底 228
みなづき 水無月 489
みなと 港 427
みなといり 港入り 427
みなとえ 湊江 46
みなとかぜ 湊風 59
みなとのみち 港の道 427
みなとまち 港町 427
みなみ 南 427
みなみ 南風 427
みなみうけ 南受 427
みなみえん 南縁 66
みなみおもて 南面 427
みなみかいきせん 南回帰線 193
みなみかぜ 南風 427
みなみじゅうじ 南十字 394
みなみのくに 南の国 305
みなる 水馴る 420
みなれざお 水馴棹 420
みなわ 水泡 28
みにくき 醜き 428
みにしみる 身に染みる 201
みにまとう 身に纏う 409
みぬち 身内 312
みぬま 水沼 313
みぬよ 見ぬ世 213
みね 峰 428
みねいり 峰入 127
みねごし 峰越し 161
みねのゆき 峰の雪 428
みの 蓑 88
みのうえ 身の上 428
みのこす 見残す 355
みのと 水音 419
みのむし 蓑虫 518
みのも 水面 428
みのり 実り 428
みのりだ 実り田 428
みのる 実る 428
みはか 御墓 326
みはる 瞠る 441
みはるかす 見はるかす 432
みひざ 御膝 357
みひつぎ 御柩 360
みひとつ 身一つ 415
みひとみ 御瞳 440
みふゆ み冬 380
みふゆ 三冬 380
みぶるい 身震い 384
みほ 御頬 392
みほとけ 御仏 396
みほれる 見惚れる 57
みまい 見舞 428
みまえ 御前 378
みまかる 身罷る 198
みまき 御牧 403
みまや 御厩 59
みみ 耳 428
みみうとし 耳疎し 429
みみかざり→耳輪 226
みみざとき 耳敏き 429
みみず 蚯蚓 518
みみずく 木菟 512
みみたぶ 耳朶 428
みみょう 美妙 56
みみょう 微妙 83
みみわ 耳輪 226
みみをすます 耳を澄ます 428
みむね 御胸 438
みめ 眉目 429
みめい 未明 11
みめぐり 三週 33
みめよき 眉目良き 429
ミモザ 540
みもだえ 身悶え 75
みや 宮/神社 429
みや 宮/宮中 429
みやい 宮居/神社 429
みやぎ 宮木 174
みやぎの 宮城野 319
みゃく 脈 429
みゃくうつ 脈搏つ 430
みゃくなり 脈鳴 430
みゃくはく 脈搏 430
みやげ 土産 263
みやこ 都 430
みやこおおじ 都大路 431
みやこどり 都鳥 512
みやこのつと 都の苞 263
みやこのはる 都の春 430
みやこのひ 都の灯 430
みやこはずれ 都外れ 159
みやこびと 都人 140
みやこべ 都辺 430
みやしろ 御社 450
みやだち 宮建 429
みやづかえ 宮仕え 431
みやばしら 宮柱 174
みやび 雅び 431
みやびお 雅び男 431
みやびと 宮人 431
みやま 深山 431
みやまいり 宮参り 188
みやまがくれ 深山隠れ 431
みやまぎ 深山木 431
みやまじ 深山路 431
みやまどり 深山鳥 431
みやもり 宮守 412
みゆき 行幸 432
みゆき 深雪 468
みゆるかぎり 見ゆる限り 443
みょうおん 妙音 76
みょうこう 妙香 86
みょうごう 名香 158
みょうじゅう 命終 486
みょうじょう 明星 132
みよげ 見よげ 478
みよし 水押 386
みより 身寄り 483
みらい 未来 432
ミルク 252
みるめ 海松布 323
みれん 未練 432
みろう 御廊 488
みわた 水曲 480
みわたし 見渡し 432

みわたす 見渡す 432
みをすてる 身を捨てる 478
みんしゅう 民衆 246
みんなみ 南 427
みんみん蟬 516

【む】

むい 無為 296
むえん 無縁 65
むえんばか 無縁墓 326
むが 無我 375
むが 無雅 386
むかいい 向居 433
むかう 向う 434
むかえがね 迎鐘 400
むかえび 迎え火 432
むかえる 迎える 432
むかご 零余子 540
むかし 昔 432
むかしおとこ 昔男 77
むかしがたり 昔語り 437
むかしこいし 昔恋し 157
むかしのこい 昔の恋 433
むかつお 向つ峰 435
むかつや 向つ家 435
むかつやま 向つ山 435
むかで 百足虫 518
むかんしん→無関心 479
むき 向き 434
むぎ 麦 433
むきあう 向き合う 433
むぎあき 麦秋 335
むぎうち 麦打 434
むぎかり 麦刈り 433
むぎこがし 麦焦 434
むぎこき 麦扱き 434
むぎのか 麦の香 306
むぎのめ 麦の芽 433
むぎばたけ 麦畑 433
むぎふ 麦生 67
むぎぶえ 麦笛 136
むぎふみ 麦踏 433
むぎぼこり 麦埃 434
むぎまき 麦蒔 242
むきみ 177
むきむき 向き向き 437
むぎめし 麦飯 442
むぎゆ 麦湯 254
むぎょう 無形 415
むぎわら 麦藁 434
むぎわらぼうし 麦藁帽子 434
むく 無垢 206
むく 向く 434
むく 剝く 434
むくい 報い 434
むくいる 報いる 434
むくげ 木槿 540
むくち 無口 435
むくと 373
むくどり 椋鳥 512
むぐら 葎 183
むぐらしずく 葎雫 267
むぐらのやど 葎の宿 28
むくろ ／屍 191
むげつ 無月 434
むげん 無限 335
むげん 夢幻 411
むこう 向う 434
むこうぎし 向岸 122
むごき 惨き 39
むごん 無言 435
むごんげき 無言劇 423
むささび 鼯鼠 505
むさしの 武蔵野 319
むざと 291
むさぼる 477
むざん 無惨 39
むし 虫 435
むしあつき 蒸し暑き 436
むしうり 虫売 435
むしかご 虫籠 435
むしこ 虫籠 435
むししぐれ 虫時雨 436
むじつ 無実 266
むじな 狢 506
むしなく 虫鳴く 435
むしのこえ 虫の声 436
むしのね 虫の音 436
むしば 虫歯 39
むしばむ 蝕む 436
むじひ 無慈悲 270
むしぼし 虫干 436
むしめがね 虫眼鏡 441
むしゃ 武者 448
むじゃき 無邪気 436
むしゃにんぎょう 武者人形 248
むじゅう 無住 273
むじょう 無常 436
むしる 毟る 434
むしろ 筵 436
むしん 無心 436
むじん 無人 361
むじんとう 無人島 201
むす 蒸す 436
むすう 無数 69
むずかる 170
むすばれる 結ばれる 3
むすぶ 掬ぶ 214
むすぶ 結ぶ 437
むすぶのかみ 結ぶの神 3
むすめ 娘/少女 77
むすめ 娘/子 84
むせびなく 咽び泣く 437
むせびね 咽び音 335
むせぶ 咽ぶ 437
むせる 咽る 437
むそじ 六十 284
むだ→徒 39
むたり 六人 33
むち 鞭 437
むちうつ 鞭打つ 437
むつがたり 睦語 437
むつき 睦月 40
むつき 襁褓 74
むつごと 睦言 437
むつぶ 睦ぶ 437
むつまじき 睦まじき 437
むつる 睦る 437
むてき 霧笛 124
むとせ 六年 34
むなげ 胸毛 438
むなさわぎ 胸騒ぎ 437
むなしき 空しき 437
むなしきそら 空しき空 70
むなしくなる 空しくなる 198
むなじし 胸肉 438
むなだか 胸高 79
むなぢ 胸乳 253
むなで 空手 272
むなで 空手/無為 296
むなど 胸門 438
むなぬち 胸内 164
むなもと 胸元 438
むね 胸/心 438
むね 棟 438
むねいたし 胸痛し 223
むねつく 胸突く 75
むねのつづみ 胸の鼓 438
むねのひ 胸の火 252
むほん 謀叛 26
むま 夢魔 10
むら 村 438
むらがる 群がる 439
むらぎえ 斑消え 321
むらぎも 群肝 227
むらくも 村雲 142
むらさき 紫 438
むらさき 紫草 540
むらさきの 紫野 319
むらさめ 村雨 439
むらじゅう 村中 363
むらすずめ 群雀 439
むらだち 群立 439
むらどり 群鳥 439
むらはずれ 村外れ 159
むらむら 311
むらむら 群群 410
むらやま 群山 461
むりょく 無力 247
むれ 群 440

むれさく 群咲く 179
むれる 蒸れる 437
むれる 群れる 439
むろ 温室 440
むろ 室 440
むろざき 室咲き 440

【め】

め 芽 440
め 目 440
めあるじ 女主 27
めいおわる 命終る 486
めいきょく 名曲 128
めいげつ 名月 414
めいげつ 明月 414
めいしょ→名所 299
めいせん 鳴蟬 516
めいそう 瞑想 118
めいそう 名草 291
めいど 冥土 481
めいぼう 明眸 429
めいめつ 明滅 355
めうど 芽独活 520
めお 雌雄 258
めおと 夫婦 441
めかくし 目隠し 271
めがくらむ 目がくらむ 444
めがね 眼鏡 444
めがひかる 目が光る 441
めがみ 女神 441
めかる 目離る 387
めく /らしくなる 185
めぐし 愛し 117
めぐつ 女靴 139
めくばせ 目配せ 441
めぐみ 恵み 441
めぐむ 恵む 442
めぐむ 芽ぐむ 442
めぐらす 巡らす 97
めぐり 遶/周辺 397
めぐり 巡り 442
めぐりあう 巡り会う 271
めぐる 廻る/回る 414
めぐる 巡る 442
めこ 妻子 265
めざし 目刺 177
めざし→眼差 410
めざましき 目覚しき 62
めざましどけい 目覚時計 282
めざめ 目覚め 315
めざめる 目覚める/心 187
めざめる 目覚める/眠 315
めされる 召される 224
めし 飯 442
めじ 目路 443
めしいる 盲いる 444
めしうど 囚人 205
めしじぶん 飯時分 200
めしたき 飯焚 421
めしや 飯屋 208
めじるし 目印 443
めじろ 目白 512
メス 206
めずらか 珍らか 443
めずらしき 珍しき 443
めずらしみ 珍しみ 443
めだか 目高 501
めだち 芽立ち 442
めつき 目付 410
めつぼう 滅亡 399
めて 右手/右方 417
めて 右手/手 417
めでしる 愛で痴る 443
めでたき 目出度き 62
めでたき 443
めでたさ 443
めでる 賞でる 398
めでる 愛でる 443
めどり 妻鳥 258
めにしみる 目に染みる 411
めのう 瑪瑙 391
めのういろ 瑪瑙色 47
めのかぎり 目の限り 443
めのいろ 目の色 444
めのこ 女子 86
めのした 目の下 416
めのまえ→眼界 443
めばえ 芽生 442
めびな 女雛 365
めぶく 芽吹く 442
めまい 444
めもと 目許 440
めもはるに 目も遙に 346
メランコリー 51
メルヘン 447
メロディー 208
メロン 540
めわらわ 女童 77
めをうるおす 目を潤す 294
めをはなつ 目を放つ 441
めをやむ 眼を病む 444
めん 面 82
めん 面/芝居 199
めん 麺 444
めん→面 444
めんかい 面会 444
めんこ 面子 17
めんじょう 面上 49
めんどり 雌鳥 258
めんよう 緬羊 505

【も】

も 裳 172
も 藻 447
も 喪 444
もい 碗 497
もいちど も一度 33
もう 思う 81
もうこ 蒙古 35
もうじゃ 亡者 194
もうせん 毛氈 205
もうそう 孟宗 530
もうでる 詣でる 188
もうふ 毛布 445
もうまく 網膜 440
もうもう 濛濛 192
もえ 萌 445
もえぎ 萌黄 119
もえの 萌野 445
もえる 燃える/火事 99
もえる 燃える/心 162
もえる 燃える/火 445
もえる 萌える 445
モーター 121
もがく 418
もがな 314
もかり 藻刈 115
もがり 殯 326
もがりぶえ 虎落笛 102
もかりぶね 藻刈舟 190
もぎたて 211
もぐ 266
もくぎょ 木魚 445
もぐさ 藻草 445
もぐさ 艾 542
もくじ 黙示 202
もくじき 木食 225
もくせい 木星 394
もくせい 木犀 540
もくたん 木炭 219
もくねん 黙然 446
もくば 木馬 18
もぐら 土龍 506
もぐり 潜水夫 445
もぐる 潜る 445
もくれん 木蓮 540
もさ 猛者 36
モザイク 104
もじ 文字 405
もしお 藻塩 190
もしょう 喪章 440
もず 鵙 512
もすそ 裳裾 216
もずのくさぐき 鵙の草潜 512
もずのたかね 鵙の高音 512
もずのはやにえ 鵙の速贄 512

【や】

やきいん 焼印 443
やきざかな 焼き魚 177
やきどうふ 焼豆腐 279
やきば 焼場 287
やきはた 焼畑 334
やきみそ 焼味噌 423
やきもの 焼物 453
やきゅう 野球 144
やきりんご 焼林檎 99
やく 役 454
やく 厄 494
やくえん 薬園 454
やくしつ 薬室 137
やくしにょらい 薬師如来 377
やくしゃ 役者 457
やくす 約す 252
やくそう 薬草 454
やくそうえん 薬草園 454
やくとう 薬湯 464
やぐるま 矢車 157
やぐるまそう 矢車草 541
やくろ 薬炉 137
やけあと 焼跡 457
やけいしはら 焼石原 454
やけぐい 焼杭 454
やけすな 焼砂 218
やけただれる 焼け爛れる 445
やけつち 焼土 454
やけど 火傷 454
やけの 焼野 454
やけのこり 焼け残り 454
やけはら 焼原 454
やける 灼ける 20
やこ 野狐 504
やこう 夜行 475
やこうちゅう 夜光虫 518
やさい→菜 290
やさか 八尺 292
やさごころ 優心 455
やさしき 優しき 455
やさしき 優しき/美 466
やさしみ 優しみ 331
やさほ 優頬 466
やし 山師 423
やし 椰子 541
やしき 屋敷 453
やしなう 養う 462
やしのみ 椰子の実 415
やしょく 夜食 192
やしょく 夜色 483
やじり 家尻 60
やじり 473
やしろ 社 455
やしん 野心 477
やじん 野人 361
やすい 安寝 58
やすき 安き 455
やすくねる 安く寝る 58
やすけき 安けき 455
やすげなし 安気なし 437
やすみ 八隅 219
やすみなく 休みなく 234
やすみび 休み日 171
やすむ 休む 455
やすめる 休める 455
やすらい 休らい 455
やすらう 休らう 455
やすらか 安らか 455
やすらぎ 安らぎ 455
やすらに 安らに 456
やすり 鑢 416
やせ 痩せ 456
やせい→野生 320
やせい 野性 400
やせうま 痩馬 456
やせかた 痩肩 102
やせずね 痩脛 218
やせつち 痩土 28
やせぼね 痩骨 456
やせる 痩せる 456
やそ 耶蘇 129
やそう 野僧 225
やそじ 八十 284
やそのちまた 八十の衢 253
やたい 屋台 417
やたい 屋台/露店 490
やたがらす 八咫烏 154
やたけ心 36
やたに 八谷 241
やたび 八度 33
やたり 八人 33
やち 谷地 241
やち 野雉 508
やちぐさ 八千種 252
やちまた 八衢 253
やちょう 野鳥 320
やつお 八峰 462
やっこう 薬香 158
やつす 456
やつで 八つ手 541
やつれる 456
やてん 夜天 479
やと 谷 241
やど 宿 456
やとう 雇う 39
やどかす 宿貸す 457
やどかる 宿借る 457
やどげた 宿下駄 151
やどこう 宿乞う 457
やどす 宿す 457
やとせ 八年 34
やとせ 八歳 283
やどもる 宿守る 487
やどや(宿屋)→宿 456
やどり 宿り 456
やどりぎ 宿木 119
やどる 宿る 457
やな 簗 457
やなぎ 柳 541
やなみ 家並 457
やに 脂 206
やぬち 家内 312
やね 屋根 457
やねうら 屋根裏 457
やねがえ 屋根替 458
やねぐさ 屋根草 458
やのごとし 矢の如し 343
やば 野馬/陽炎 96
やば 野馬 320
やはく 夜泊 457
やばん→夜番 412
やひびき 矢響き 473
やぶ 藪 458
やぶいり 藪入 390
やぶか 藪蚊 514
やぶからし 藪からし 541
やぶこうじ 藪柑子 541
やぶつばき 藪椿 532
やぶでら 藪寺 273
やぶみ 矢文 272
やぶる 破る 458
やぶれいえ 破れ家 458
やぶれがさ 破れ傘 458
やぶれふすま 破れ襖 458
やぶれみす 破れ御簾 458
やぶれる 破れる 458
やま 山 459
やま 山脈 461
やまあい 山間 87
やまあおむ 山青む 4
やまあぶ 山虻 513
やまあやどる 山彩る 9
やまあららぎ 山蘭 526
やまい 病 460
やまい 山居 460
やまいぬ 病犬 462
やまいのつれづれ 病の徒然 270
やまいのとこ 病の床 460
やまうど 病人 463
やまおろし 山颪 85
やまが 山家 460
やまかい 山峡 87
やまかがし 山楝蛇 502
やまがき 山柿 415
やまがき 山垣 462
やまかげ 山影 95
やまかげ 山陰 380
やまかぜ 山風 85
やまがつ 山賤 121

やまがら 山雀 512
やまがらす 山烏 508
やまがわ 山川/山河 188
やまがわ 山川/川 116
やまぎり 山霧 128
やまぎわ 山際 78
やまぐに 山国 459
やまぐわ 山桑 525
やまこ 山蚕 413
やまこいし 山恋し 157
やまごえ 山越え 161
やまごぼう 山牛蒡 541
やまごもる 山籠る 171
やまごや 山小屋 188
やまざくら 山桜 526
やまざけ 山酒 180
やまさち→幸(さち) 114
やまざと 山里 184
やまじ 山路 461
やましみず 山清水 201
やましろ 山城 209
やますげ 山菅 529
やますそ 山裾 380
やまずみ 山住 460
やまぜみ 山蟬 516
やまそば 山岨 96
やまだ 山田 231
やまだのおじ 山田の爺 320
やまだのそおず 山田の僧都 90
やまづと 山苞 263
やまつばき 山椿 532
やまつみ 山祇 487
やまでら 山寺 273
やまと 大和 460
やまとしまね 大和島根 460
やまどり 山鳥 508
やまなみ 山脈 461
やまなり 山鳴 304
やまにいる 山に入る 478
やまにすむ 山に住む 460
やまぬま 山沼 313
やまねこ 山猫 506
やまねむる 山眠る 383
やまのあなた→あなた 107
やまのあめ 山の雨 461
やまのい 山の井 493
やまのうみ 山の湖 419
やまのき 山の気 461
やまのしずく 山の雫 267
やまのて 山の手 405
やまのは 山の端 78
やまのはる 山の春 348
やまのひ 山の日 358
やまのほ 山の秀 79
やまのま 山の際 461
やまのやど 山の宿 457
やまのゆ 山の湯 463
やまはだ 山膚 459
やまばた 山畑 334
やまばち 山蜂 518
やまばと 山鳩 511
やまび 山火 461
やまび 山傍 461
やまびえ 山冷 461
やまびこ 山彦 166
やまひだ 山襞 461
やまびと 山人 121
やまびより 山日和 371
やまぶき 山吹 541
やまぶどう 山葡萄 537
やまふところ 山懐 461
やまべ 山辺 461
やまほととぎす 山時鳥 512
やままゆ 山繭 413
やまみず 山水 419
やまみち 山道 461
やまめ 山女 501
やまもり 山守 412
やまやき 山焼 461
やまやま 山山 461
やまゆり 山百合 542
やまわらう 山笑う 348
やみ 闇 462
やみあがり 病み上り 30
やみいち 闇市 39
やみおもる 病み重る 462
やみこやる 病み臥る 460
やみじ 闇路 462
やみじる 闇汁 209
やみびと 病人 463
やみふす 病み臥す 460
やみやせる 病み瘦せる 462
やみよ 闇夜 462
やむ 止む 287
やむ 病む 462
やむかり 病雁 508
やむこ 病む児 463
やむちち 病む父 463
やむつま 病む妻 463
やむとも 病む友 463
やむはは 病む母 463
やむひと 病む人 462
やもり 守宮 502
やや 5
やよい 弥生 188
やよいじん 弥生尽 188
やり 槍 453
やりみず 遣水 271
やる 遣る/与 181
やる 遣る/行く 471
やるせなき 223
やれうちわ 破れ団扇 458
やれがき 破れ垣 458
やれがね 破れ鐘 458
やれかべ 破れ壁 458
やれくつ 破れ靴 458
やれくつたび 破韈 458
やれぐるま 破れ車 458
やれごろも 破れ衣 458
やれしょうじ 破れ障子 458
やれたび 破れ足袋 458
やれど 破れ扉 458
やればかま 破れ袴 458
やれはす 破れ蓮 458
やれふ 破れ譜 458
やれま 破れ間 459
やれまど 破れ窓 459
やれむしろ 破れ筵 459
やれる 破れる 458
やわき 柔き 463
やわげ 柔毛 491
やわちち 柔乳 253
やわはだ 柔肌 332
やわら 228
やわらか 柔らか 463
やわらかき 柔らかき 463
やわらかに 柔らかに 463
やわらぎ 和らぎ 386
やんばるせん 山原船 398
やんま 517

【ゆ】

ゆ /～から 280
ゆ 温泉 463
ゆあがり 湯上り 463
ゆあみ 湯浴 464
ゆあむ 湯浴む 214
ゆう 結う 437
ゆうあかね 夕茜 6
ゆうあかり 夕明り 6
ゆうあらし 夕嵐 465
ゆうあるき 夕歩き 189
ゆうあん 幽暗 144
ゆうい 夕居 330
ゆううつ 憂鬱 51
ゆうえんち 遊園地 464
ゆうがお 夕顔 541
ゆうかがみ 夕鏡 151
ゆうかげ 夕陰 94
ゆうかげ 夕影 367
ゆうかげ 夕光 464
ゆうかげる 夕陰る 143
ゆうがし 夕河岸 39
ゆうがすみ 夕霞 100
ゆうかぜ 夕風 465
ゆうがた 夕方 465
ゆうかたまけて 夕片設けて

466
ゆうがとう 誘蛾灯 288
ゆうがらす 夕烏 508
ゆうかり 夕狩 114
ゆうがれい 夕餉 465
ゆうかわ 夕川 116
ゆうかん 夕刊 391
ゆうきょ 幽居 171
ゆうぎょ 遊魚 50
ゆうきょう 遊侠 36
ゆうぎらう 夕霧らう 129
ゆうぎり 夕霧 129
ゆうぐも 夕雲 142
ゆうぐもる 夕曇る 143
ゆうぐれ 夕暮 465
ゆうぐれる 夕暮れる 148
ゆうくん 遊君 466
ゆうけ 夕占 60
ゆうげ 夕餉 465
ゆうげしき 夕景色 150
ゆうげどき 夕餉時 200
ゆうけぶり 夕煙 152
ゆうけわい 夕化粧 151
ゆうこく 幽谷 241
ゆうごころ 夕心 147
ゆうごち 夕東風 167
ゆうこり 夕凝 164
ゆうざくら 夕桜 526
ゆうさめ 夕雨 466
ゆうさらず 夕去らず 477
ゆうさり 夕さり 465
ゆうされば 夕されば 466
ゆうし 遊子 245
ゆうし 遊糸 470
ゆうしお 夕潮 425
ゆうしぐれ 夕時雨 466
ゆうしつ 幽室 401
ゆうしま 夕島 201
ゆうしめり 夕湿り 202
ゆうしゅう 憂愁 107
ゆうじょ 遊女 465
ゆうじょや 遊女屋 48
ゆうすず 夕涼 215
ゆうすずみ 夕涼み 216
ゆうずつ 夕星 132
ゆうせい 遊星 393
ゆうぜみ 夕蟬 516
ゆうせん 遊船 379
ゆうせん 遊船/屋形船 453
ゆうぜん 友禅 230
ゆうぞら 夕空 465
ゆうだち 夕立 466
ゆうだつ 夕立つ 466
ゆうちゃづけ 夕茶漬 254
ゆうづき 夕月 258
ゆうづく 夕付く 466
ゆうづくひ 夕付く日 466
ゆうづくよ 夕月夜 260
ゆうつつみ 夕堤 262
ゆうつゆ 夕露 267
ゆうてり 夕照り 467
ゆうとで 夕戸出 229
ゆうとどろき 夕轟き 368
ゆうともし 夕灯 288
ゆうながめ 夕眺 292
ゆうなぎ 夕凪 293
ゆうなぎさ 夕渚 293
ゆうなみ 夕波 466
ゆうにじ 夕虹 309
ゆうにわ 夕庭 310
ゆうばえ 夕映 326
ゆうはしい 夕端居 330
ゆうはな 夕花 336
ゆうはふる 夕羽振る 466
ゆうひ 夕日 466
ゆうび 優美 466
ゆうひえ 夕冷え 353
ゆうひかげ 夕日影 465
ゆうひかり 夕光 464
ゆうひばり 夕雲雀 511
ゆうびん 郵便 466
ゆうびんうけ 郵便受 467
ゆうびんばしゃ 郵便馬車 466
ゆうびんふ 郵便夫 467
ゆうふじ 夕富士 375
ゆうぶね 夕船 380
ゆうべ 夕べ 465
ゆうべのいち 夕の市 39
ゆうべのいろ 夕の色 147
ゆうべのかね 夕の鐘 108
ゆうべのまち 夕の街 405
ゆうほ 遊歩 189
ゆうぼし 夕星 132
ゆうまぐれ 夕間暮 465
ゆうまけて→夕まけて 466
ゆうまど 夕窓 408
ゆうめい 幽冥 481
ゆうめい→名高き 291
ゆうめし 夕飯 465
ゆうもうけ 夕もうけ 465
ゆうもみじ 夕紅葉 449
ゆうもや 夕靄 451
ゆうやけ 夕焼 467
ゆうやけぐも 夕焼雲 467
ゆうやけこやけ 夕焼小焼 467
ゆうやけぞら 夕焼空 467
ゆうやま 夕山 459
ゆうやみ 夕闇 467
ゆうやみどき 夕闇時 239
ゆうれい 幽霊 487
ゆうわく 誘惑 409
ゆえ 故/理由 467
ゆえなく 故無く 296
ゆえわかず 故わかず 296
ゆえん 油煙 21
ゆおびか 472
ゆか 床 467
ゆがえり 湯帰り 464
ゆかし 355
ゆかた 浴衣 467
ゆがむ 歪む 468
ゆかり 縁 65
ゆかん 行かん 471
ゆき 行き 244
ゆき 雪 468
ゆきあい 行合 123
ゆきあい 行き会い 271
ゆきあう 行き会う 271
ゆきあかり 雪明り 6
ゆきあそび 雪遊び 468
ゆきあたる 行当たる 19
ゆきうさぎ 雪兎 468
ゆきおとこ 雪男 469
ゆきおれ 雪折 469
ゆきおんな 雪女 469
ゆきかい 行交 469
ゆきかう 行き交う 469
ゆきかえりじ 行帰路 469
ゆきかえる 行き帰る 469
ゆきかき 雪掻き 469
ゆきがた 行き方 471
ゆきき 行来 469
ゆきぐつ 雪沓 469
ゆきぐに 雪国 469
ゆきぐも 雪雲 470
ゆきぐもり 雪曇り 470
ゆきくれて 行き暮れて 244
ゆきげ 雪解 469
ゆきげ 雪気 471
ゆきげかぜ 雪解風 470
ゆきげがわ 雪解川 470
ゆきげしき 雪景色 470
ゆきげのしずく 雪解の雫 470
ゆきげみず 雪解水 470
ゆきけむり 雪煙 468
ゆきしずり 雪垂 469
ゆきしま 雪島 271
ゆきしまき 雪しまき 380
ゆきじょろう 雪女郎 469

【よ】

ようかい 妖怪 475
ようかん 羊羹 99
ようかん 洋館 453
ようがん 熔岩 98
ようがん 容顔 429
ようき 陽気 61
ようき 楊妃 86
ようき 容器 476
ようきひざくら 楊貴妃桜 526
ようじゅ 榕樹 522
ようしょ 洋書 399
ようす→気色 152
ようすいおけ 用水桶 73
ようせい→ニンフ 487
ようち 夜討 74
ようとう 洋刀 343
ようとして 杳として 144
ようにょ 妖女 409
ようばな 洋花 336
ようふく 洋服 476
ようみゃく 葉脈 325
ようやく 漸く 476
ようらく 瓔珞 98
ようりゅう 楊柳 541
よか 余花 526
よかぐら 夜神楽 93
よかぜ 夜風 477
よがたり 世語り 183
よがたり 夜語り 183
よがふける 夜が更ける 481
よがらす 夜烏 508
よがれ 夜離れ 387
よがれなく 夜離なく 477
よかわ 夜川 116
よかん 予感 118
よかん 余寒 186
よき ／斧 79
よき 美き 478
よぎ 夜着 378
よききぬ 美き衣 478
よぎしゃ 夜汽車 122
よきひ 佳き日 371
よきひと 良き人 358
よぎり 夜霧 129
よぎる 過る 281
よく 欲 477
よくあさ 翌朝 15
よくご 浴後 464
よくじつ 翌日 15
よくしん 浴身 464
よぐだち 夜降 481
よくや 沃野 319
よける 避ける 344
よこ 横 474
よこあめ 横雨 24
よこう 余光 354
よごえ 夜声 160
よこおりふす 横伏す 477
よこがお 横顔 89
よこぎる 横切る 281
よこぐも 横雲 142
よこさま 横様 477
よこしま 邪 10
よこしま 横しま 477
よごす 汚す 478
よこたう 横たう 477
よこたわる 横たわる 477
よこちょう 横町 60
よごと 夜毎 477
よこひき 夜興引 114
よこぶえ 横笛 373
よこむく 横むく 477
よごもり 夜籠り 481
よごれ 汚れ 477
よごれる 汚れる 477
よごろ 夜頃 477
よざくら 夜桜 340
よさむ 夜寒 186
よさむび 夜寒灯 382
よさめ 夜雨 483
よさり 夜さり 482
よし 由／言い訳 30
よし 由／えにし 65
よし 良し 478
よしあし 良し悪し 478
よしえやし 27
よしきり 葦切 512
よしごと 夜仕事 304
よしず 葦簀 370
よしなし 由無し 219
よしや 27
よじょうはん 四畳半 401
よじる 攀じる 283
よしん 余震 291
よすが 65
よすがら 夜すがら 482
よすすぎ 夜濯 25
よすて 世捨て 478
よすてざけ 世捨酒 478
よすてびと 世捨人 478
よせ 寄席 479
よせぎざいく 寄木細工 174
よせまゆ 寄せ眉 412
よせる 寄せる 482
よそ 余所 479
よそおい 装い／化粧 151
よそおい 装い 479
よそおう 装う／化粧 151
よそおう 装う 479
よそぐに 35
よそじ 四十 284
よそに 479
よそびと 361
よそめ 余所目 479
よそよそし 479
よぞら 夜空 479
よたきび 夜焚火 236
よただ 夜ただ 482
よたり 四人 33
よだれ 涎 328
よつつじ 四辻 261
よつであみ 四手網 23
ヨット 398
よつばぐさ 四葉草 525
よつゆ 夜露 267
よど 淀 479
よどこ 夜床 316
よとさかる 世と離る 478
よとせ 四年 34
よとで 夜戸出 229
よどの 夜殿 317
よどみ 淀み 479
よどむ 淀む 480
よとり 夜鳥 289
よな 霾 98
よなが 夜長 480
よながぼし 夜長星 394
よなべ 夜業 304
よなよな 夜な夜な 477
よにふ 世に経 292
よね 米 170
よのう 夜能 319
よのなか 世の中 480
よのほどろ 夜のほどろ 11
よばいぼし 夜這星 485
よばう 呼ばう 480
よばなし 夜咄 183
よばん 夜番 412
よびかわす 呼び交す 480
よびこ 呼子 150
よひと 世人 480
よひとよ 夜一夜 364
よひら 四葩 519
よぶ 呼ぶ 480
よぶかき 夜深き 481
よふけ 夜更 481
よぶこえ 呼ぶ声 481
よぶこどり 呼子鳥 507
よふね 夜舟 380
よぶり 夜振 36
よべ 昨夜 124
よみ 良み 478
よみ 黄泉 481
よみ 冥府 481
よみがえる 蘇る 481
よみさす 読みさす 482
よみじ 黄泉路 481
よみず 夜水 247
よみせ 夜店 490
よみぞめ 読初 482
よみち 夜道 424

よみつぐ 読み継ぐ 482
よむ 数む 102
よむ 読む 481
よめ 嫁 265
よめ 夜目 482
よめがきみ 嫁が君 505
よめな 嫁菜 542
よも 四方 19
よもぎ 蓬 542
よもぎう 蓬生 67
よもぎうのやど 蓬生の宿 28
よもすがら 夜もすがら 482
よよ 世世 475
よよ 夜夜 477
よりあい 寄合 263
よりそう 寄り添う 446
よる 集る 263
よる 凭る 446
よる 寄る 482
よる 夜 482
よるのあめ 夜の雨 483
よるのいろ 夜の色 483
よるのころも 夜の衣 316
よるのそこ 夜の底 482
よるのそら 夜の空 479
よるのまち 夜の街 405
よるべなき 寄辺なき 483
よれる 縒れる 395
よろい 鎧 109
よろう 鎧う 409
よろける 483
よろこび 喜び 483
よろこぶ 喜ぶ 483
よろしき 宜しき/似 306
よろしき 宜しき/良 478
よろしみ 宜しみ 478
よろず 万/物皆 449
よろずよ 万代 283
よろぼう 483
よろぼし 弱法師 167
よろめく 483
よわ 夜半 483
よわい 齢 283
よわがた 弱肩 102
よわのあき 夜半の秋 9
よわのつき 夜半の月 258
よをあかす→明かす 5
よをいとう 世を厭う 478
よをこめて 夜をこめて 481
よをそむく 世を背く 478
よをふかみ 夜を深み 481
よをふる 世を経る 285

【ら】

ら 羅 53
らい 雷 484
らいう 雷雨 484
らいうん 雷雲 484
ライオン 506
らいか 雷火 484
らいちょう 雷鳥 513
ライト 276
らいなる 雷鳴る 484
らいはい 礼拝 45
らいめい 雷鳴 484
らいよけ 雷除 371
ライラック 542
らうや 羅宇屋 243
らかん 羅漢 225
らかんがお 羅漢顔 374
らぎょう 裸形 333
らく 洛 430
らくいん 烙印 443
らくえん 楽園 484
らくがん 落雁 508
らくじつ 落日 46
らくだ 駱駝 506
らくのう 酪農 319
らくはく 落魄 61
らくばく 落莫 61
ラグビー 144
らくやき 楽焼 453
らくやきし 楽焼師 454
らくらい 落雷 484
らくるい 落涙 302
ラジオ 391
らしくなる→さびる 185
らしゃ 羅紗 130
らしんばん 羅針盤 194
らせん 螺旋 214
らせんかいだん 螺旋階段 87
らぞう 裸像 226
らたい 裸体 333
らっか 落下 76
らっか 落花 484
らっかせい 落花生 41
らっき 落暉 46
らっきょう 辣韮 542
らっこ 猟虎 506
ラッパ 484
らでん 螺鈿 174
ラバ/熔岩 98
らふ 裸婦 63
ラブレター→恋文 158
らぼく 裸木 115
ラムネ 322
らん 乱 26
らん 蘭/美 56
らん 蘭/植物 542
らん 欄/橋 485
らんえ 爛壊 240
らんおう 卵黄 246
らんかん 欄干 484
らんき 嵐気 461
らんじゃ 蘭麝 158
らんしょう 乱礁 87
らんじょう 乱声 105
らんだ 懶惰 151
らんによる 欄に倚る 485
らんのか 蘭の香 339
ランプ 洋灯 485
らんまん 爛漫 179
らんらん 爛爛 355
らんる 襤褸 398

【り】

り 痢 460
りえん 離縁 65
りか 梨花 533
りきし 力士 220
りきゅうねずみ 利休鼠 315
リキュール 181
りし 律師 225
りす 栗鼠 506
リズム 369
りそう 理想 490
りち 理智 250
りちぎ 律儀 175
りっきょう 陸橋 330
りっしゅん 立春 346
りつぜん 慄然 75
リボン 11
リヤカー 308
りゅうおう 流鶯 507
りゅうか 琉歌 53
りゅうき 硫気 133
りゅうきゅう 琉球 201
りゅうぐう 龍宮 485
りゅうけい 流蛍 518
りゅうさ 流沙 184
りゅうじょ 柳絮 389
りゅうすい 流水 471
りゅうせい 流星 485
りゅうぜつらん 龍舌蘭 542
りゅうてい 流涕 437
りゅうとう 流灯 279
りゅうのこま 龍の駒 206
りゅうのひげ 龍の髯 542
りゅうひょう 流氷 233
りゅうぼく 流木 485
りゅうり 流離 182
りょう 漁 36
りょうがわ→二側 268
りょうき 涼気 215
りょうぎし 両岸 122
りょうし 漁師 128
りょうしょう 料峭 348
りょうて 両手 452

りょうひざ 両脚 452
りょうぶね 漁舟 36
りょうぶね 猟舟 114
りょうめ↓双眼 227
りょうめん↓二面 60
りょうや 良夜 482
りょうらん 繚乱 424
りょうり 料理 485
りょうる 料る 485
りょくいん 緑陰 162
りょくたい 緑苔 163
りょしゅう 旅愁 244
りょしゅう 虜囚 386
りょじょう 旅情 244
りょっきん 緑金 131
リラ 542
りりしき 凛凛しき 486
りん 鈴 215
りんう 霖雨 23
りんか 燐火 24
りんかく 輪郭 377
りんかん 林間 343
りんご 林檎 542
りんこう 燐光 355
りんごえん 林檎園 542
りんじゅう 臨終 486
りんせん 林泉 271
りんちゅう 林中 343
リンデン 538
りんどう 林道 343
りんどう 竜胆 542
りんとして 凛として 486
りんね 輪廻 486
りんぷん 鱗粉 517
りんらく 淪落 61
りんり 淋漓 21
りんりん 凛凛 486

【る・れ・ろ】

る 縷 42
るいせん 涙腺 302
るいるい 累累 98
ルーペ 拡大鏡 441
るす 留守 487
るすい 留守居 487
るすもる 留守もる 487
るてん 流転 487
ルナーパーク 464
るにん 流人 487
ルビー 391
ルビー色 204
るり 瑠璃/硝子 114
るり 瑠璃 173
るりぞら 瑠璃空 4
るりちょう 瑠璃鳥 513
るろう 流浪 182
ルンペン 167
れい 幽 487
れいう 冷雨 382
れいけつ 冷血 270
れいご 冷語 270
れいじつ 麗日 61
れいじゃ 礼者 318
れいしょう 冷笑 270
れいじん 伶人 90
れいじん 麗人 358
れいたん 冷淡 270
れいめい 黎明 11
れいやく 霊薬 137
れいらく 零落 61
れいろう 玲瓏 214
レール 225
れきし 轢死 198
レコード 128
レストラント 208
れつ 列 268
れっしゃ 列車 275
れっぱく 裂帛 369
れっぷう 烈風 102
レモン 542
レモンき レモン黄 120
れんが 連歌 53
れんが 煉瓦 153
れんがべい 煉瓦塀 386
れんぎょう 連翹 542
れんく 連句 325
れんげ 蓮華 535
れんげそう 蓮華草 525
れんざん 連山 461
れんじ 櫺子 408
れんじゃく 連雀 513
レンズ 203
れんたん 練炭 219
れんぼ 恋慕 196
れんぽ 蓮歩 358
れんらくせん 連絡船 380
れんれん 恋恋 432
ろ 炉 487
ろう 牢 364
ろう 廊 488
ろう 蠟 489
ろういろ 蠟色 47
ろうえん 老猿 504
ろうおう 老鶯 507
ろうか 廊下 488
ろうがい 労咳 460
ろうかく 楼閣 480
ろうがわし 乱がわし 424
ろうかん 琅玕 56
ろうがんきょう 老眼鏡 441
ろうきょう 老境 489
ろうぎん 朧銀 131
ろうげつ 臘月 206
ろうこく 漏刻 488
ろうこつ 老骨 489
ろうざん 老残 67
ろうじゅ 老樹 120
ろうじょ 老女 488
ろうしん 老身 488
ろうじん 老人 489
ろうしんし 老紳士 489
ろうする 弄する 237
ろうぜき 狼藉 74
ろうせん 楼船 453
ろうそう 老僧 225
ろうそく 蠟燭 489
ろうたし ろうたし 117
ろうに 老尼 21
ろうにんぎょう 蠟人形 311
ろうねん 老年 489
ろうば 老婆 488
ろうばい 蠟梅 542
ろうふうふ 老夫婦 441
ろうもん 楼門 106
ろうるい 蠟涙 489
ロープウェー↓索道 283
ろかまち 炉框 488
ろがや 絽蚊帳 113
ろぎん 路銀 108
ろくがつ 六月 489
ろくやおん 鹿野苑 203
ろくろ 轆轤 454
ろごえ 櫓声 490
ろざけ 炉酒 179
ろじ 露地/茶道 255
ろじ 路地 489
ろじうら 路地裏 489
ろじん 路人 469
ろだい 露台 409
ろっかせん 六歌仙 54
ろてん 露店 490
ロトス 535
ろのおと 櫓の音 490
ろのきしり 櫓の軋り 490
ろのへ 炉の辺 490
ろば 驢馬 506
ろばい 炉灰 325
ろばた 炉端 490
ろばん 露盤 385
ろび 炉火 487
ろびょうし 櫓拍子 490
ろびらき 炉開 255
ろふさぎ 炉塞ぎ 255
ろべ 炉辺 490
ろへん 炉辺 490
ろぼう 路傍 425
ろん 論 490
ろんずる 論ずる 490
ろんり 論理 490

【わ】

わかあま 若尼 21
わかかえで 若楓 522

わかがえる　若返る　490
わがかげ　我が影　94
わがかど　我が門　492
わかき　若き　491
わかぎ　若木　491
わかきひ　若き日　213
わかくさ　若草　491
わかくさいろ　若草色　427
わがこ　我が子　155
わがこい　我が恋　156
わかこま　若駒　503
わかさ　若さ　491
わかさぎ　公魚　501
わかざり　輪飾　207
わかず　分かず　491
わがせ　吾背　20
わがたま　我が魂　246
わかつ　分かつ　493
わかづま　若妻　265
わかな　若菜　290
わかなつ　若夏　335
わかなつむ　若菜摘む　266
わかば　若葉　491
わかばあめ　若葉雨　298
わかばかぜ　若葉風　298
わかばのか　若葉の香　339
わがまま　我儘　193
わがみ　我身　415
わかみず　若水　491
わかむらさき　若紫　439
わかめ　若芽　211
わかめ　若布　323
わかめぶね　若布舟　323
わかもの　若者　492
わがや　我家　492
わかやか　若やか　491
わかやぐ　若やぐ　491
わがやど　我が宿　492
わがよ　我世　211
わかれ　別れ　492
わかれか　別れ蚊　514
わかれがや　別蚊帳　113
わかれぎわ　別れ際　492
わかれじ　別れ路　492
わかれしひと　別れし人　493
わかれじも　別れ霜　492
わかれのことば　別れの言葉　43
わかれみち　分かれ道　492
わかれる　別れる　492
わかれわかれ　別れ別れ　492
わぎえ　吾家　492
わきたつ　沸き立つ　493
わきて　237
わきまえる　弁える　164
わきみず　湧水　493
わぎも　吾妹　265
わく　分く　493
わく　湧く　493
わくらば　病葉　325
わくらばに　246
わけゆく　分け行く　493
わける　分ける　493
わこうど　若人　492
わごん　和琴　90
わざ　業/技術　237
わざ　業　304
わざおぎ　俳優　454
わさだ　早稲田　494
わざと　192
わさび　山葵　542
わさびだ　山葵田　542
わさほ　早稲穂　494
わざわい　災い　493
わし　鷲　513
わしのやま　鷲の山　203
わしる　走る　332
わす　和す　437
わずか　494
わずらう　煩う/苦　146
わずらう　患う/病　462
わずらわし　煩し　146
わすれがい　忘貝　494
わすれがたみ　忘れ形見　320
わすれじも　忘れ霜　492
わすれなぐさ　勿忘草　542
わすれぬ　忘れぬ　494
わすればな　忘れ花　88
わすれみず　忘れ水　171
わすれる　忘れる　494
わせ　早稲　494
わせのか　早稲の香　494
わた　洋/海原　58
わた　絮　389
わた　棉　495
わた　綿　495
わたいれ　綿入　495
わたうち　綿打　495
わたがし　綿菓子　99
わたくしあめ　私雨　439
わたくしす　私す　368
わたくず　綿屑　495
わたぐも　綿雲　210
わたし　渡し　495
わたし　私　497
わたしぶね　渡舟　495
わたしもり　渡し守　495
わだち　轍　204
わたつみ　海神/海　58
わたつみ　海神/龍宮　485
わたどの　渡殿　488
わたとり　棉取　495
わたなか　海中　58
わたのはら　わたの原　58
わたぼうし　綿帽子　470
わたまし　渡座　360
わたむし　綿虫　518
わたりぜ　渡瀬　495
わたりどり　渡り鳥　495
わたる　渡る　495
わな　罠　496
わななき　384
わななく　384
わに　鰐　502
わびい　侘居　220
わびしき　侘しき　496
わびしらに　侘びしらに　496
わびすけ　侘助　532
わびずみ　侘び住み　496
わびなき　侘び鳴き　496
わびね　侘び寝　496
わびびと　侘人　496
わびる　詫びる　474
わめく　喚く　173
わら　藁　496
わらいごえ　笑い声　496
わらいぼとけ　笑い仏　377
わらう　笑う　497
わらぐつ　藁沓　139
わらじ　草鞋　139
わらづか　藁塚　496
わらづと　藁苞　263
わらばい　藁灰　496
わらび　藁火　496
わらび　蕨　542
わらびがり　蕨狩　136
わらぶき　藁葺　496
わらぶとん　藁布団　496
わらぼうし　藁法師　136
わらや　藁家　136
わらやね　藁屋根　155
わらわ　童　18
わらわあそび　童遊び　73
わらわごえ　童声　388
わりご　破籠　303
わりなき　理無き　497
わる　割る　128
ワルツ　497
われ　我　497
われのみ　我のみ　393
われぼめ　我褒め　542
われもこう　吾亦紅　497
われる　割れる　399
わわく　46
わん　湾　497
わん　椀

凡例

全体構成　**大見出しの五十音順で並べた。動植物名は以下のように最後に並べた。**
貝類（498頁）、魚類（499頁）、両生類（501頁）、爬虫類（502頁）、哺乳類（502頁）、鳥類（506頁）、虫類（513頁）、植物（519頁）。

見出し　**太字で【　】のある語が大見出し。太字で【　】のない語が小見出し。**
見出しは現代語も古語も全て現代仮名遣いで示した。表記は複数ある場合も一つだけ示した。

グループ　**大見出しのあとに小見出しがいくつか並んで一つのグループになっている。**
例えば、「あまだれ」（22頁）と引くと、**【雨垂（あまだれ）】**の後に、**雨滴（あましだり）**、**雨注（あまそそ）ぎ**、**雨（あめ）の玉（たま）**、**軒（のき）の玉水（たまみず）**と小見出しが並ぶ。このように大見出しと意味が同じで別の言い回しを並べたところ、使われる場面が同じ語を並べたところと、グループのまとめ方はいろいろある。

注　見出しの下の注は一つでも多くの用例を入れるために最小限とした（見出し語の意味は『大辞林』などの辞書を参照してほしい）。また、用例中の言葉の多くは本書で見出しに立っているので、巻頭の五十音索引で引いて参考にしてほしい。

用例　原則として引用文献（543頁）通りに引用し、旧漢字は現行のものに改めた。歴史的仮名遣いには、ふりがなを付けた。用例の読みは、引用文献にあるものはそのまま踏襲し（従って一般的ではない、その作者独特の読みも含む）、その他、読みにくそうなものにもふりがなを付けた。見出しと同じ表記で同じ読みの場合は、用例中のふりがなを原則として省略した。

索引　すべての見出し（約1万4千）と関連語句から引ける五十音索引を付けた。

あ

【愛】(あい)　あがなひし命の愛の　君がまことの愛な変りそ　二人の愛のくづれ行くさま　確証もなき愛に生き　森に愛埋めに行きし日の

慈愛(じあい)　母の慈愛に育ちゆく　落陽は慈愛の色の

自愛(じあい)　自愛の心かなしくもわく　あきらめと自愛心とが　つづまりは己れを愛し　己を愛でて黒髪を梳く

【藍色】(あいいろ)　藍色の風あらはるる　藍色の海の上なり　陸をふちどる海の藍　雪の富士に藍いくすぢや

褐色(かちいろ) 濃い藍色　野は褐色と淡い紫　褐いろの巌を噛んで　褐いろのすずかけの実　饐ゆる褐色

御納戸色(おなんどいろ)　お納戸いろの湯の街の雨　うすお納戸の袷

群青(ぐんじょう)　ひかりの群青や　群青のうぐいすが　あぢさゐは移る群青の色に　群青の濃い松葉を　群青だ水は

濃藍(こあい)　濃藍の海に　上にはろけき濃藍の空　濃藍なす夕富士が嶺を　朝顔は藍など濃くて　濃き藍の竜胆ぞ

縹(はなだ) 薄い藍色　水縹の絹の帯を　縹のいろの風の満ち　月めく空のうすはなだ　紫陽花やはなだにかはる

青鈍色(あおにびいろ)　青鈍色のなつかしき　青鈍の綾　濃き青鈍の

浅黄(あさぎ)　浅黄ににごったうつろの奥に　浅葱いろしたもやのなかから　浅黄は春を惜むいろ　浅黄に暮るちゝぶ山

薄浅黄(うすあさぎ)　みあかぬ色のうす浅黄　帷子時の薄浅黄

水浅黄(みずあさぎ)　山脈や水あさぎなる　水あさぎなる桔梗さえ　広重の絵の水浅葱　みくまの川の水浅葱かな

薄藍(うすあい)　うすあゐ色の墨のせて　うす藍の富士は大きく

【相思う】(あいおもう)　魂合ひて相思ふ心　相おもふ人とゆきけむ

相恋う(あいこう)　四とせ空く相恋ひて　相恋ひし悲しき情

愛し合う(あいあう)　かつてみな愛し合ひにき　愛し合ふ人らが

思い思う(おもいおもう)　おもひおもふ今のこころに　思ひし思はば

魂合える(たまあえる)　魂合はば相寝むものを　魂合へる友をたづねて　魂合へる男をみなの

【間】(あいだ)　山松の間〳〵や　麦のあいだの街道を

間(あい)　雪のあひよりみる空の　水仙かをる風の間　傘と傘との間ぬふ蛍　鹿と鹿との間に雪降る

間(あいさ)　波のあひさに　石のあひさにゐる鴨の

間(あわい)　松の林のあはひ畑　六月の夜と昼のあはひに　山のあはひを行くここちしぬ　間に見ゆる高架線の

【愛欲】(あいよく)　愛欲に胸こそ跳れ　せつながる愛欲おぼゆ　愛欲の深き傷痕　愛欲の火の昇るひなげし　終の愛欲

相見る(あいみる) 男女が肉体関係をもつ　相見ては見ぬ日を思ふ　まれに逢ひ見る七夕に　とはにあひみん　君と相見し時ふりて

相見ず　相見ねば見む日をおもひ　また相見ずばいかがすべけむ　相見ずて日長くなりぬ

語らう　水兵も語らふ恋や　君と初めて語らいし

情欲　情慾の嵐に　肉慾をめざましめて　性欲に似し情の甘美を　今日一日性欲の書読む

まぐわい　遘合をせし　神のごとくにまぐはひもせむ

契る　約束。男女が肉体関係をもつ　夜の契も　契り明かして　契りし中は

結ばれる　親しい関係になる　結ばるる日のなき夢か

結ぶの神　結ぶの神は旅立ちぬ　結ぶの神の便遠さに

【逢う】　命あらば逢ふこともあらむ　君に逢ふ道うつくしきかな　こよひ逢ふ人みな美くしき

逢う夜　逢ふ夜は雪の暖かき　一夜妹に逢ふ　逢ふよもあらば　恋ひ恋ひて逢ふ夜は　あはぬ夜をへだつる中の

逢いたい　君にあはまくたゞ思ふかな　会はまくほしも野の明けくれに　君が目を欲り　逢はばや見ばや

逢えない　またも逢ぬかも　夢にだに遭ふこと難く

【青海】　女をおもひ青海を見る　涙ながるる青海の中に　あを海にむかひて語る　蒼海遠く展けくる見ゆ

青海原　青海原は醒めゐたり　涯もなき青海原に　青海原夕さり来れば　青海原外光強し

海の青　空の青海のあをにも　雛の眼に海の碧さの　照りみつる海の深蒼に　まひる日の海の青燃ゆ

蒼海　蒼海に白雲飛ぶ　蒼海に去る白鷗　蒼海の波騒ぐ

【青き】　色青き蜻蛉の瞳　麦の青はげしき　青の夜の落方の月の青さよ　ときは樹の青きがなかに

青青　月の雪あを〱闇を　行年や葱青々と

青み　青みにうつる薄氷　青みに浮ぶ薄荷の香

青やか　青やかな焚火のけむり　青やかに霞める水の

さ青　草はさあをにむせびたり　日は狭青なり　さ青に芽吹く　胸毛純碧の垂尾鳥　海阪のさ青

青　澄みとほる青の真竹に　鮮やけし雑草の青

蒼茫　天の川蒼茫として　蒼茫として夏の風

濃青　濃い青　濃青の山の肩に　海の濃青をふくみけり　七月の濃青の空の　華奢な指さき濃青に染めて

直青　純青に凪ぎたる海を　蓮の葉のひたすら青き

真青　苔まさをなり　真青なる五百重しき波　真青なる芒の中に　胸羽根真青　真青な魚が　浪真蒼に

薄青　うす青の一月のそらに　薄青きセルの単衣を

仄青き　ほの青き銀色の空気に

【仰ぐ】　生きて仰ぐ空の高さよ　仰げば銀河影冴えて

狭霧に仰ぐ　星を仰いで眠るかな　仰ぎ見る樹齢いくばくぞ　あおぎ飲む牛乳スタンド

仰向く　仰向きしづむおちつばき　蟹死にて仰向く

【青ざめる】　蒼ざめてゆく夕月　青ざめし頬を染めて　藻に弄ぶ指蒼ざめぬ　僕の狂気は蒼ざめて

青白き　皮膚青白き　青白き墳墓　顔蒼白き若者に　青白い春　蒼白う鱗かがやく　あほじろきはだえに

蒼白　野に蒼白のこの小児　蒼白の人

【青空】　蒼空の澄みきはまれる　青空を追ひてゆきしに　青空に入る　青空のあをきをば眺め

空の青　空の青に眼を凝らす　遠にひろがる空の蒼

青天　青天やなほ舞ふ雪の　紫雲英打つ木曾の青天

蒼穹　うららかな蒼穹のはて　月は蒼穹のランプであり

蒼天　蒼天のふかみにしづむ　蒼天に雨のなごりや

碧天　碧天に舞ふ木の葉かな　碧瑠璃の天に沈みて

瑠璃空　わか葉につづくるりの朝空　瑠璃空つゞる雀かな　るりのみそらに　瑠璃色の空へ消えてく

浅黄空　上々吉の浅黄空　浅黄の空に富士を見せ

【青む】　青みたる春の木の芽に　硝子の窓の青むまで　紙障子ほの青みつつ　猫の寝る程草青む

青ぎる　一面に青む　青ぎる光ふみてかへるも　すきとほり青ぎるみ湯に　寒さゆり青ぎる月夜の　青ぎるみづに

空青む　あをめる空に　空青み　星の失せては空の青み来　暮れあをむ空に　ひとしきり青む夜空に

山青む　みんなみの山青みゆけば　あほみわたりぬよものやま　心もとなさ山青むころ　青だめる山に向ひて

【銅】　銅の銭かぞへけるかも　緑青の食んだ銅の門　銅の湯は漲らひ　銅の鳥井に　銅の鳥居を見やしやんせ

赤銅　銅合金　赤銅の小屋の屋根にて　赤銅の半月刀を

青銅　銅合金　青銅のさむき色して　青銅の病室で　青銅重き紙ナイフ　青銅の擬宝珠の錆に　青銅の怪魚の像

【銅色】　赤黒く光沢のある色　あかがね色の雲のむれ　わが顔もあかがねいろに　あかがねいろに熟して　鶴の舌赤銅の日に

銅色　銅色の逞しい裸体　銅色の片破れ月の

紫金　かな〳〵や紫金ちらして　紫金まどかや金亀子　黒蜻蛉の紫金かや　夕川近く紫金をめでぬ

【赤き】　すがれて赤き曼珠沙華の花　色赤き三日月

赤赤　赫々と火を焚く夜なれ　ゆふ日赤赤と酒に射し入る　あかあかと海に落ちゆく　ポストは終日赫々と

赫と　夕日赫っと　竈火赫と　一天くわっと日に焼けて

紅蓮 紅蓮の春の宵心地　紅蓮の岸辺　紅蓮や多き
直赤 ひたあかく陽のかたち浮き　ひたあかき煉瓦の
真赤き この山国のまあかき紅葉　陽のいろ真あかし
だりあいよよ真赤し　赤し真赤しと見しは
真赤 鶏頭真赤なる　男が流す真赤な血　玻璃に真赤
な酒の色　真赤になつて仁王尊　小犬は眼を真赤にして
【赤子】 あくびする赤子　ぎく〱と乳のむあかごや
木枯の真下に赤子　嬰児病みて乳も飲まねば
嬰児 炉辺の嬰児を抱きて出ぬ
緑児 緑児の乳乞ふがごとく　みどり児が力こめたる
若子の這ひたもとほり　緑児の眼あけて居るや
生子 うまれ児の千人は死なむ　産れ子の尻に痣
やや 月が嬰子生む子守唄
呱呱 （赤ん坊の泣き声） あぐるに似たり呱々の声
泣声 赤子火の泣声　吾子が泣きごゑ　稚児の泣声な
ほ残る　蹠まつかに泣きじやくる
乳児 乳児に嚙まれし乳の創　乳児を寝せつゝ　乳児の
息　乳児は口に砂を入れる
乳飲子 乳ぜり泣く児を須可捨焉乎　乳呑子を背に
くゝりつけ　乳呑子の耳の早さや　嬰児拳を立てて泣く

這子 月今宵這ふ子も塵を　ひたすらに這ふ子おもふや
【明かす】 もろともにおどりあかしぬ　居明かして君
をば待たむ　むかし語にあかさばや
思い明かす （思い悩んで夜をあかす） おもひあかしの夜な〱の月　思
ひ明かさむ　恋ひや明かさむ
【赤茶】 赤ちゃけた麦　赤茶けし帽子ひとつに
赤土色 海暗き赭土やまの　赭土色の横顔を
錆紅 錆び紅の草に胡坐をなせり　錆び赤らめる
錆色 火山灰飛ばす錆いろの風　赤錆びし夕陽の色や
【暁】 夜から暁へのリレー　暁は紫の色に　暁の霧しづ
か也　暁の花にものいふ　真白き床のあかつきのころ
暁 あかときの暴風雨のなかに　暁露にわが立ち濡
れし　あかときの夢おどろかし
暁 ねられぬ夜のあけにのみきく　夏暁の子供よ　秋風
めぐる暁の島　海鳴空や暁の雁　明けの峰　明けの白鶴
暁方 榾の火やあかつき方の　あかつきがたの鹿の音に
あかつきがたぞすみまさりける
【茜】 （赤黄色） あかねそめし海の真光り　茜めく葉の冴ゆる
かな　あかつきの茜のなかを
茜さす （赤く照り映える） 竹の芽も茜したる　茜さしつつ夕焼早

し　あかねさす夕日をうけて　浮べる雲にあかねさし
薄茜　うす茜さしぬ雪の山脈　うす茜ワインゼリーは
茜雲　茜色に照りはえた雲　細み引く茜の雲　茜さしたる峯の雲
茜空　西のお空はあかね色　夕富士立てりあかねの空に
夕茜　おのづと消ゆる夕茜　夕茜終らむとして
【崇む】　尊敬　医師吾れをあがむる人あり
仰ぐ　片よりに聖人仰がむ　かしこしと常にあふぎし
【赤らむ】　東は赤らみ初めぬ　青木の実熟れ赤らみて
麦あからみて　うす赤らみし梅の実に
赤む　いろなき頬のあかむまで　面赤みて　高声につら
をあかむる　仄に紅める君が頬を吸ふ
【明り】　夜明くる雨戸明りかな　戸口明りやみぞれふる
薄明り　雪つむ野路のうすあかり　山は吹雪のうす明り
薄ら明り　たそがれの薄ら明りに　沈丁の薄らあかりに
細明り　ほそあかりほのににほひ　わらやの窓の細あか
り　大寒の沖細明り
片明り　一方だけ明るくなる　月の出しほの片あかり　夕照さむく片
明りせり　鵜舟の片明り　時雨れ来る田の片明り
底明り　空の下の方の　無月の空の底明り
海明り　海明り天にえ行かず

霜明り　霜より飛散する冷たい明り　わづかに見うる霜明り
月明り　道ひとすぢの月明りかも　縁にあまねき月明
り　流るゝ水葱の月明り　草履になごむ月明り
時明り　雨天の日に空がときどき明るくなること　梅雨の海の時明り　霖雨の時明り
沼明り　水面がほんのり　月夜に似たる沼明り　林間に沼あかりして
火明り　火明りにわれらかたまり　庫裡の大炉の火明
りに
窓明り　薪をくづす窓あかり　わが湯浸く窓の明り
水明り　暮れてなほある水明り　水の明りになく蛙
春もふけゆく水あかり　入日の後の水明り
夕明り　残照　夕明り空にいざよへ　山も空なる夕明り
夕明りしてうす雲を置く　銀屛の夕べ明りに
雪明り　雪あかりさびしき町に　障子にうつる雪明り
夜明り　浅草の雨夜明りや　月夜あかりの草山傾斜
花明り　紫に花明りして　流るるものに花明り　窓ひ
くし菜の花明り　菜の花明り片頬に
桜花明り　桜が満開で夜でも明るく感じられる　桜花あかり厨にさせば　桜花あ
かりさす弥生こそ
【明るき】　柚落ちて明るき土や　初夏のあかるき街を
あかるくそそぐ夕陽の汁を　明るい海のにほひ

明し　夕光あかし　百日紅の幹明し
明明　停車場の灯のみあか〱　あかあかと灯させば
あか〱と昼はたけたり　日はあかあかと石ころの庭
【明るむ】　南の空が明るんで　夕やみのややに明るみ
明るむことも母との世界　海の光いたも明るみ
明る　薄い日ざしに明るは　夕あかる室の空しさ
明るみ（明るい所）　あきぜみの明るみ向いて　明るみしるく群る野薔薇　山際のほのあかるみに
【秋】　瓜の花秋を蓄みて　秋ぢや鳴かうが鳴くまいが
秋はしづかに手をあげ　秋に添て行ばや
秋の海　光りかがやく秋の海　秋海のみどりを吐ける
秋の夜の海　海辺の秋の砂の丘
秋の川　秋の河満ちてつめたき　はるかに光る秋の川
秋の野川のさてうつくしき　歌声さむし刀根川の秋
秋の雲　秋の雲しろじろとして　雲ちぎれとぶ北陸奥の秋　噴く秋雲は　秋雲は月山のうへに
【商人】　あきうどはひたぶるごころ　繭買ひの商人
商人　会津商人なつかしき　春を待つ商人
商人　死をば語りき若き商人　あきびとのむれにまじりて　商びとに隣りて宿り　市女商人

小商い　日傘のもとに小商ひ　和泉河内へ小商
小商人　小さき棚つる小商人　物さしさした小商人
旅商人　道づれの旅商人も　旅語る商人ふたり　旅商人も日からかさ　泊り合す旅商人の
飴売　飴うりを子等は追ひ行く　飴売りも花かざりけり
物売　物売りの老爺の車　物売にわれもならまし
【秋風】　秋風の一人をふくや　長谷は秋風ばかりなり
秋風やみだれてうすき　正座犬猫秋の風
秋の初風　あふ夜の秋の初風に　夢路にすずし秋の初風　初秋風に誘はれつつ　心して吹け秋の初風
初嵐（強い風）　谷の底より初嵐　をちよ〱と初嵐
【秋雨】　秋雨は別れに倚りし　秋雨なれば地は色づきぬ　秋雨にダリヤはぬれて　秋雨の土間より見えて
秋梅雨入　秋黴雨の松の雫と
秋の雨　しめやかに秋の雨ふる　秋の雨こゝろもそらに
立場さびしき秋の雨かな　土三尺の秋の雨
【秋空】　秋空を二つに断てり　秋空と熔岩野涯なし
秋の空とほくなりけり　新刊と秋の空あり
秋天　秋天の下に浪あり　秋天の下に野菊の　秋天をゆきにし鳥の　大秋天を鏡とし　秋天の高き夕まぐれ

【秋闌ける】秋半ば　雁がね鳴つ秋たけぬらし　秋老ける秋たけぬらし月たけのぼる　高西風に秋闌けぬれば

半秋　半秋に至れば風露も清く　今宵ぞ秋の最中なり

秋更けて　秋ふけて野もさびゆけば　秋ふけてこころ渇けば　秋ふけて色さびぬれば

【秋立つ】秋になる　秋立つと人は告げねど　秋立てば黄葉かざせり　秋たつときけばきかるる

秋方設けて　秋になるのを待って　またもあひ見む秋かたまけて

秋来ぬ　あきはきぬらし　秋来ぬと目にはさやかに

秋さる　秋になる　秋されば水底きよみ　秋さればみだるゝ野辺の　秋されば心は澄みぬ　秋さり来なば落葉も掃かむ

秋づく　草みな硬く秋づきにけり　朝明涼しく秋づきにけり　秋づきて寂けき山の　今よりは秋づきぬらし

秋を知る　秋の訪れを知る　風に秋知るみ山辺の里　星際の空に秋を知り　梢ふく風に秋知る

今朝の秋　立秋の日の朝　妹が素足や今朝の秋　今朝秋の湯けむり流れ　猫もしる也今朝の秋　今朝たつ秋の庭にこぼるゝ

【飽き足らず】十分に満足しない　一人して心あきたらず　なほ飽き足らず永久に思はむ　やゝあきたらじ

飽かず　あきない　花にあかぬ嘆や　月影は飽かず見るとも

飽かで　十分満足しないうちに　紅葉にもまだ飽かなくに　梅の花飽かで散りぬる　木の葉ののちも住みあかで

見飽かず　見飽かぬ妹に　見れども飽かぬ花のにほひを　瀧の都は見れど飽かぬかも　い往き還らひ見れど飽かぬかも

【秋近き】　秋近き日ざし辷りけり　日のさして来て秋近し　あきちかみかも　来む秋ちかき夕風のそら

秋隣　蔓に花なき秋どなり　紅提灯も秋どなり

秋待つ　待たるる秋のあはれ知られて　秋待ちえても

【商う】　金魚あきなふ夏は来にけり

売る　文を売つて薬に代ふる　身を売りてそのしろの銭　血を売りて得し札なりき　銭に身を売る夜寒かな

ひさぐ　売る　あきなう　若布をひさぐ少女一人　色うつくしき　酒は鬻がむ　章魚の足を煮てひさぎをる　糸ひさぐ

【秋の色】秋の気配　秋の色いまか極まる　いつより秋の色ならむ　人はひとりの秋のいろ　山河幾とせ秋の色

秋の声　秋の情趣を感じる音　一つふすまに聞きし秋の声　黙示無限のそれか秋の声　蕉葉の秋声を滴らせ　秋の声有り

秋の心　ふるさるゝ身の秋のこゝろを　秋の心を突いて

秋気　秋の気を飲むと興じて　秋の気のかなけ水汲み

秋光 秋光は目に満ちて　秋光に背く

【秋の暮】 夕暮 秋の暮ぢつとみる手の　船みな消ゆる秋の暮　桑くぐりゆく秋の暮

秋暮れる 軒をめぐつて秋暮ぬ　乾く間もなく秋くれぬ

秋の夕暮 心乱るる秋の夕暮　おもしろき物秋の夕ぐれ

【秋の灯】 秋の夜の灯を呼ぶ　秋の灯のほつりほつりと　秋の灯をくらめて寝入る　灯にそがひ泣く秋の夜のひと

秋の灯 月にけちぬるあきのともし火

【秋の水】 夜の厨に秋の水のむ　隅田の河の秋の水

秋水 冷やかで澄んだ秋の水 秋水に流れる森の　秋水の藪の中ゆく　秋水叩く刈藻竿　睡鷗は秋水の渚に

【秋の山】 秋山に騒ぐ生徒や　皆ほむる秋の山あり

秋の峰 眉毛に秋の峰寒し　照れば遠退く秋の嶺呂

山彩る 彩草の山　しろく彩れる山の脈みゆ

【秋の夜】 秋の夜のほがら〳〵と　秋の夜は暁 寒し　秋の夜を打崩したる　身の秋や今宵をしのぶ

夜半の秋 ちちよと哭くや夜半の秋　闇より吼て夜半の秋　音手荒さよ夜半の秋　泣くは誰が子ぞ夜半の秋

【秋日】 秋の日ざし かくも淋しき秋日かな　全円海の秋日　秋日に透いて耳血色　秋日あかるき陽炎や

秋の日 秋の一日。秋の太陽 秋の日はうらゝに照りて　秋の日は枝々洩りて　初秋の日の女ごころに　疾の床の秋の日ながし

【秋冷】 秋の冷たさ 秋冷えいたる信濃かな　秋冷まじき影を見て　秋の夜の卓の冷たさ　つちもひえびえ秋ふかみたる

秋冷 紫陽花に秋冷いたる　秋冷の仏の顔を

【秋深き】 いつか黄ばんで深い秋です　秋ふかき葎の宿に　むかしの秋のふかきかな

秋深み 秋が深まったので 秋深み恋する人の　秋深みよわるは虫の

秋深む 秋深くなる朝なあさな　いずこに秋を深むらん　水青くして秋ふかみけり　肌によろしく秋ふかみけり

晩秋 晩秋の静かなる　晩秋の入日の赤さ

晩秋 晩秋の乳色空に　晩秋曇る野路を往き

【秋行く】 寂寞として秋の行く　秋ゆくと照りこぞりけり　行秋を踏張てゐる　行秋やひとり身をもむ

秋果てる 夏くより秋はつるまで　秋果てがたに

【明らか】 底明らかに渦まく青淀　花あきらかに月照りわたる　冬に入る月あきらかや

あからさま 春のぬく陽はあからさまなり　山蟻のあからさま也　古ぶ景色のあからさま

翳りなき 翳りなき明るさ　新入生等は翳りなき顔

曇りなき　くもりなき身ぞ　くもりなき世に

まさやか　まさやかにはれたる海の　光の面まさやけし

【諦める】　あきらめのつきたる午後に　名も恋もあきらめはて、　吾児は諦めてこのごろ泣かず

思い果つ（あきらめる）　おもひ果てて古巣に帰る

【飽きる】　接吻も飽いた　野菊や、飽きて　花の中目に飽くやとて　水すまし平らに飽きて

倦怠　倦怠は地面一面に　倦怠にうつりてなほも　ともなひ来たる倦怠の　倦怠のうちに死を夢む

見飽きる　松の根っ子も見あきたり　見あいた花に日が暮る、　日日に見飽きし壁の秋　見飽きし壁の夜長かな

倦む　皺くちゃな頭にかんがへあぐむ　思ひあぐねて丘をひとめぐり　思ひあぐみよれば

倦む　長き日の光に倦みて　熱さに倦める　倦みごころ　モツアルトにも倦果てた　そのころを語りて倦まず

恋に倦む　恋ひうみそめし　われすでに恋にうみけり

単調　その単調なとどろきにも　少年の靴音単調に鳴る

【悪】　からだ吹き飛ぶ悪切り捨て　悪の海いま弱き子を　悪に隣れる恋なりしかな　胸すでに悪の塒の

邪心　まひるの邪心しばしたじろぐ

邪　よこしまの恋する母と　よこしまの恋する我を

悪心　悪心おこり口びるを吸ふ　悪心のごと黒かりし

腹黒（根性が悪い）　六波羅殿は腹黒にして

【欠伸】　薔薇色のあくびを一つ　花らみなあくびする

夜半　農家の庭が欠伸をし　欠伸のあとのまた暗く

大欠伸　大欠伸して猫の恋　大欠伸する美人哉

共欠伸　欠伸うつして別れ行く　欠伸をうつる門の犬

【悪魔】　悪魔の手より得し薬　悪魔木暗にひそみつ、　悪魔と君をあざけりし　悪魔のをどる日は来た

サタン　美しいサタンよ　サタン離れぬ曼珠沙華

魔　魔性のものの　神より魔に愛され　海の魔の歌高鳴りて　魔のゑまひうつる硯に　人たぶらかす魔も住みぬ

魔王　魔王死に絶えし森の辺　魔王をば捕虜としたる

魔神　めでたからずや魔神の翼　魔神の叫ものすごや　飢えし魔神の贄とせん　アラビヤ魔神

夢魔（夢に見る悪魔）　なにかの夢魔におびやかされ

【胡座】　あぐら居さむく秋風を聴く　縁先に大あぐらゐて　あぐらゐて酒を酌みしも

胡座　先生胡坐す水泳所　網つくろう胡座どつかと

半跏　半跏して虫を聴きゐぬ　半跏してものを思へば

【明方】(あけがた)　舟さす音もしるきあけがた　明方の蚊の　明けがた近き子守唄　ましろき閨の春のあけがた

明暗(あけぐれ)　明け暮れの道　あけぐれの夢　明け闇の朝霧隠り

曙(あけぼの)　曙はまだむらさきに　扉をつらぬく曙の光　あけぼの、露　空さだめなき花の明ぼの　曙の精　月の曙

朝明(あさあけ)　浄き朝あけ　朝あけの光ひらめけり　あさあけのをのへをいでし　寂しき朝明　真下にかなし朝あけの海

朝明(あさけ)　この朝け障子ばりする　雲雀あがる春の朝けに

朝朗(あさぼらけ)　山立ちならぶ朝ぼらけ　雲はにほへる朝ぼらけ

有明(ありあけ)　小野の路有明行けば　雲の香沈む有明の

寝目(いなのめ)　いなのめに茅蜩啼けり　いなのめの朝戸あくれば

東雲(しののめ)　五月の朝のしののめ　しののめの別れを惜しみ　しの、めや雲見えなくに　月しののめに青いばかり

薄明(はくめい)　薄明のその絃に　紅葉よ山はいまだ薄明　薄明をともなひて　薄明ににじみて　薄明に死をおもふ

味爽(まいそう)　味爽の風の　味爽の胡瓜をもいでくれ

未明(みめい)　未明近き静けさに　未明の北斗冴え返り

夜明(よあけ)　段々に夏の夜明や　こほろぎ達の夜明けの歌を

夜のほどろ(よのほどろ)　太鼓とどろく夜のほどろ

黎明(れいめい)　黎明のあしおと　ふゆの黎明を　たましひの黎明　黎明のにほひ　黎明の一尖にちる　黎明の水明り

残夜(ざんや)〔夜明け方〕　道人の残夜の夢を

残る夜(のこるよ)　あしたの空に夜は残りけり　人も別れて残る夜に　残る夜をしばしとてらす　夜を残す寝覚に聞くぞ

【開ける】(あける)　戸を開てあれど留守なり　がたぴし戸をあけて　くぐり戸あけて　最後の扉をも開きしや

開け閉て(あけたて)　唐紙のあけたて　開け閉てしげき一つの扉

開け放つ(あけはなつ)　春浅し障子明け放ち　開けはなつ家を吹きとほす　屋内あけ放ち　窓あけ放ち蘭をおきぬ

【明ける】(あける)　夜の明け離れぬ　明くる夜のほのかにうれし　蚕飼して夜明くる家や　明けづきぬらし雨衰へぬ

明け初む(あけそむ)　みじか夜の明けそむるころ　明け初むるあしたの空の　南にほがら富士明け初めぬ

明け行く(あけゆく)　花に明行神の顔　かしは手の音にあけゆく　あけゆく雲にうらみあり　あさあけに明行空を

白白(しらじら)　しらしらと静かに雨の　しらしらに障子白みて

白む(しらむ)　夜ぎりのこりてしらむ野の　東しらみけり　霧にしらめる　絶壁の凍て暁けしらむ

【上げる】(あげる)　春雨や土押し上げて　露ゆりあぐる陸稲かな　波が若者さし上げる

頭を上げる　わが悲しみよかうべを昂げよ　かうべあぐれば夜は深し　かうべをあげぬ空のまばゆき

もたげる　埋めし顔を擡げたり　焼野の土をもたげゐる　おもきかしらをもたげぬる

【顎】　緋鹿子にあご埋めよむ　顎引いて写す細字や　あごひきて瞬きながら　可憐な顎を

あぎと　あご　ゆく春の頤にしみる　青き女の顎かと

おとがい　あご　頤にうすき刃の　夏痩のおとがひうすく　おとがひほそき雛かな　おとがひ細き火影かな

二重顎　二重顎のごと　二重くゝれし顎の辺の

【憧れる】　心はなほもあこがるる　ただ一條のあこがれの　後悔も憧憬も　よろこびは星にあこがる　あくがれ心われ草を刈る　あくがれあかす秋のよな〳〵

焦がれる　海のとどろく音に焦れ　こがれ飛たましひ

夢見る　病んで夢む　うつくしき夢は見かねて　夢みしころの身にもあらぬを　蝶々や何を夢見て

【朝】　寒い朝です　朝の室　朝のとばりにつつまれて　鈴鳴らし朝の禱りに　薔薇色の朝

朝　朝の原はもみぢしぬらむ　ながめつるあしたの雨の　朝より二月の春の　あしたのどけき鶯のこゑ

朝の間　朝のうち　朝の間のひそめる町を　朝の間涼し夏念仏

朝嵐　朝吹く強い風　むくの羽音や朝あらし　草の戸を越す朝嵐　霰吹き飛ぶ朝嵐　葦生をわたる朝あらし

朝風　田面涼しき朝風ぞ吹く　朝風を隈なく入れて　花ふりこぼす朝風に　日かげほのめく雨のあさかぜ

朝雲　朝雲に鶴は乱れ　朝雲は雨ともならで　白光はしる朝の雲　朝ゐる雲の　朝雲は彩なせり

朝空　若葉の上にはるる朝空　朝空のいたも寒けく

朝戸　朝起きて開ける戸　起臥の朝戸夕戸に　朝戸くる君がすがたしけはひをへて朝戸くぐれば　朝戸開くれば見ゆる霧

【朝起】　早起き　温泉びたりな朝起は　舎利となる身の朝起や　日のみじかきと冬の朝起　朝起きしなの懈さ

暁起き　早起き　あかつきおきを君にせさせじ　あかつきおきになるゝ夜な〳〵　暁起きは月も見ず

【浅き】　襟浅き　交らひ浅き若うどの群れ

浅み　浅いので　浅みこそ袖はひつらめ　水を浅み隠るとすれど

浅水　わずかな深さの水　小野の浅水　浅水と柔沙と

【朝餉】　朝餉の麵麭の味のよさ　朝餉たく煙やねはふ　朝餉夕餉に吾子しおもほゆ　遅き朝餉や梅日和

朝餉　うれしき旅の朝餉ひ　漬物に汁に事足るあさがれひ

朝飯(あさめし)　懈さこらへて朝の飯はむ　とのより先へ朝御飯

【嘲る】(あざける)　真赤な舌にあざけられ　我身あざける木がらしの風　診療着干せば嘲る　あざけりの詞つらねし

嘲む(あざむ)　世のひとは嘲みて　あざみし人の逝きて久しも

誹る(そしる)　人々のそしる女を　人をそしる心をすて

罵る(ののしる)　罵つて焼酎ふくむ　われを罵るすなはち妻　独り罵る寒の空　わが軟弱をわれと罵る　父を罵る

辱める(はずかしめる)　辱かしめられしひと言に　君命をはずかしめ

【朝心】(あさごころ)　朝のすがしい気分　朝ごころ澄む　露知りそめし朝ごころ　酒をふくみし朝ごころ　白粥によき朝ごゝろして

朝機嫌(あさきげん)　朝きげん也かへる雁　髪結直す朝きげん

朝目よく(あさめよく)　朝目よき春の思ひは　朝目よく木芽にやして

【朝な朝な】(あさなさな)　毎朝　朝なさな露の寒きに　花にもがもな朝朝見む　朝な朝なわが見る柳

朝朝(あさあさ)　朝々の薄明りより　朝々のひえこむ露の　朝々の光すがしも　寒し此ごろ朝々の霜

朝去らず(あささらず)　朝ごとに　朝去らず来鳴きとよもす　朝さらず雲ゐたなびき　朝去らず霧立ち渡り

朝に日に(あさにけに)　朝に昼に。いつも　朝に日に常に見れども

【朝寝】(あさね)　寝坊　朝寝とがむる人もなし　秋の朝寝や亭主ぶり　朝寝を叱る　旅の朝寝や　床離れうき朝の雨かな

朝寝(あさい)　五月雨を朝寝し居れば　朝寝の君に御湯まゐる　朝寝し居れば花を売る声　朝寝の人の黒かみに

朝床(あさどこ)　朝、まだ寝ている床　朝床に聞けば　朝床のわが眼わが手の　朝床の痴夢の名残は　朝床の枕のうへに

【浅はか】(あさはか)　風の日はいと浅はかに　浅はかな海

心浅き(こころあさき)　断たむとしたる浅き心に　山の井の浅き心も

うかうかと　うかうかと年よる人や　うかつにも

軽卒(けいそつ)　かの軽卒このかるはづみ　軽はずみせむと思へども

大軽率鳥(おおおそどり)　あわて者の鳥　烏とふ大軽率鳥の

【朝日】(あさひ)　四月の朝日が虹を生む　窓いつぱいの旭日さしこむ　山吹に朝日のあたる　弱い光線の朝陽　金の朝日

朝付日(あさづくひ)　麦の草きる朝づく日　朝づく日とほるを見れば

朝日子(あさひこ)　朝日子のうらゝに照らす　朝日子は居る沖の狭霧に　落花は照らふ朝日子に　朝日子のかがよふ見れば

出ずる日(いずるひ)　ひむがしの野を出づる日の　出る日の色

【朝日影】(あさひかげ)　朝日の光　朝日光うららさしそう　雨は夜の間のあさ日影　朝日影そふ浅みどり　児が部屋に射す朝日かげ

朝光(あさかげ)　朝光に近づく山を　朝光よ雲居立ち立ち

朝の光(あさのひかり)　朝の光は鈍く曳き　しみらなる朝の光りに

【朝まだき】 早朝　井戸のけむりよ朝まだき　闇に籠りて朝まだき　朝まだき入江に　朝まだき小野の露霜

朝間 夜明け 早朝　初冬の朝間　朝間はさびし

夙に 早朝に 早くから　学校つとに始りぬ　夙に起きつつ　朝に行く雁の鳴く音は　園丁つとに夏帽子

つとめて 夜明け 早朝　冬はつとめて

【欺く】 夏をあざむくゆふべあり

偽る　偽りて笑ふ友を哀れむ日　詐偽られゐしを忿り

訴ふ　この男偽ることなく　妻をいつはる

謀る　欺瞞に描ける夢か　まのあたりなる花を誑る

誑かす　青空にたぶらかさるる

騙す　騙されやすき形して　日蝕下だましだまされわれに近よる死を騙したり　だまされし星の光や

【鮮やか】 氷河あざやかに白く　春のかなしさをあざやかにみる　あざやかに漣うごく　黒白の斑あざやかに

鮮やけし　心鮮けき光といはむ　あざやけき死のちらちらと　鮮けき頭上の菊に　鮮やけし雑草の青

くきやか　黄菊白菊秋をくきやか　朝あけ寒しくきやかに　黄をくきやかに洩る夕日あり

けざやか　けざやけき芦のとがり芽　けざやかに見ゆ

まざまざ　まざ〳〵とさしてくる日や　皺のたるびのまざまざと見ゆ　まざまざと父似の子らの

【朝焼】 地球の春の朝紅となつて　朝焼けにすき透り朝焼けのごと輝ける　朝焼小焼だ大漁だ

朝焼雲　朝焼の雲消えはてにけり　朝やけ雲の朱を湛へたり　桃色の朝あけ雲に

【朝夕】 朝夕瓜もみ食ふ　朝夕に雫のふとる

明暮　会はまくほしも野の明けくれに　明暮なげく

朝な夕な　あひびきの朝な夕なに　朝な夕なに母をいたはり　朝な夕な寄る白浪を　朝な夕なにかづくてふ

朝宵　朝宵に待したよりを　朝宵に人の来たりて

朝夕　あした夕べの炉火の紅　あしたゆふべの逍遥にあしたゆふべの白駒と　あした夕べに長息たり

旦暮　若葦の旦暮水を慕ふごと　病人にさむき旦暮や

朝暮　朝暮の霧の身にも　昼夜朝暮に　朝暮に念じ

一日も落ちず　一日もおかず人の訪ひ来る　一日もおちず焼く塩の　一夜もおちず夢にし見ゆる

【足】 脚ちぢめ蝿死す　かげろふを海女の太脚　長き脚もて余すがに　女の稚足の光り動きし

足元　毛糸の玉は足もとに　足もとに大阪眠る　足下

にヒヨコ来鳴くや　足もとほそしみそさゞい
爪先　爪先ぬらす海棠の雨　爪先冷えをおぼえけり
手足　かな釘のやうな手足を　手足ただしく眠らんと
病み枯れの手足に焚火　すんなり伸びし手足かな
御足（足の美称）御足のあとに貝よせて　仏足に一本の曼珠沙華を　空海が大きみ足の　み足病みて　仏の御足
【足裏】　廊下の板に足うらのさはる　白い足のうらである　野分に吹かす足のうら
足裏　乾きゆく足裏やさし　あかごの蹠に接吻しつつ
まめ　足裏の肉刺をあはれみつつ
【足音】　炎天に足音きえて　我ドアを過ぐ足音や　昼は遠のく足音ばかり　雀の足音を知つて居る
足音　魂の足音も聞ゆらし　足音のまだ耳退かず　足音つつましく
足音無き　足音も立てず　猫の足音無し　足音のない夜　足音の絶えし巷に
足音　すぎゆく時の足音とや　露のみちゆく足音あり
足音をぬすみて　誰が乗れる馬の足音ぞ
忍足　忍び足に君を追ひゆく　足音忍ばむ
【足取り】　春の日の足取りを　吾子が幼き足どりの
平和への愛の足どりを　もの倦い足どりで
足早　花摘んで遍路足早な　脚絆して足早に
大股　人参かかへ大股にゆく　田を植える大股びらき
【網代】（川に仕掛ける）あじろうつ浪のと聞ゆ　網代の雨に濡れてこし　網代の氷魚に事問はむ　網代の氷魚を煮て出さん
網代木（網代の杭）氷魚運ぶとて網代木に　瀬々の網代木
竹瓮（川や湖沼に沈める漁具）小舟して竹瓮沈むる
柴漬（柴を束ねて岸近くに沈めておく漁法）ふしづけし淀の渡を
【味わう】　恋の血汐を味はん　味はむとす　立食ひの鮨の味ひ　その酒の濃きあぢはひを
美き　夕げうましも　葡萄うまきかいとし子よ　蒸し芋もうましうましと　粥をうまらに食ふ時は
旨味　小松菜の旨味を知らぬ
甘露（美味）ゆくてに甘き真清水の音　まるい甘露の日がのぼる　あけびをもぎつて甘露をすする
【明日】　明日たのむこころはたぎり　あすは粽　明日登山　翌は手折む　あす咲く花の色ぞたのしき
翌朝　明星の明くる朝は　翌の朝に
翌日　その翌の日を別れ来にけり
【東】　こころ妻あづまに置きて　あづまよりはろばろ

来り　吾妻のかたへ春の暮行　吾妻の国に

東人（東国の人）　東びとめくさびしさに居り　あづまをとめの

東下り（京都から関東地方へ行くこと）　東へ下る白拍子　おもしろの海道下りや

東路　雲流れ行く東路に　東路は衣手さむし　あづま路にすさぶ木枯　東路に春立にけり

海道（東海道）　海道の夜明けを蟹が　東海の駅五十三

陸奥　みちのくの農の子にして　みちのくに病みさらぼひて　みちのくは風の順礼　みちのくの出水のあとに

【汗】　夜なか夜明を汗に染みつつ　背中の汗を冷めたく思ふ　汗の肌にすず吹けば　汗を干す馬や　汗しとど

汗あゆ（汗が流れる）　線路工夫の汗あゆる　身より汗のあゆれば　汗あゆる夏のゆふべは

汗ばむ　夏うぐひすに汗ばみぬ　熱のきざしに汗ばめる

白玉　珊瑚と白玉の汗

寝汗　眼覚むれば寝汗しどろに　起き出でて寝汗を拭ふ

天瓜粉　子を大事がるや天瓜粉　老い子育つる天瓜粉

【畦】　夏田の畦の昼あがり　高畦のすかんぽが　畔ぬくし　畦草の穂尖明るむ

畦塗（田の水もれを防ぐ）　夕日に追はれ畦をぬる　畦塗るを鴉感心して　小山田の畔塗りしかば

畔　山田の畔の虫の音に　くろの桜は　畔の子牛がはたけのくろにまめううと　山田の畦の幾段に

【畦道】　畦道たゞ春の風　畦道をくすしにいそぐ　畦道に花嫁送る　となりへつたふ畦の細道

田道　雪の田みちを来し吾子の　向ひの田道牛ひきて　冬田道火を焚いてゐて

畷　菜の花の畷の末に　なが月や虫なくなはて　松の畷の夕景色　畷路三里駒おそし

【遊び】羽子板　羽子板のばれんみだるゝ　羽子突く音のなまめかしけれ　冴え渡り来る羽根の音　羽根日和

羽子（羽子板）　羽子の音つよし　羽子を天より掌に享くる

独楽　独楽舐る鉄輪の匂ひ　山の子が独楽をつくるよ　木の実独楽ひとつおろかに　ひとりの独楽をうつにうつ

石鹸玉　かぎりなく出てしやぼん玉　寂滅を知るシャボン玉　かゞやき入りぬ石鹸玉　吹きいづる珠の石鹸よ

風船　糸にゆるむごむ風船　ゴム風船の美しさかな　魚の腸に似し風船がとぶ　風船玉がをどる　風船玉に穴

水鉄砲　水鉄砲を吾子とはじかす

鬼ごと（鬼ごっこ）　子どもらが鬼ごとをして　鬼ごっこ

隠れんぼ　かくれんぼさびしくなりし　見えて居るなり隠れんぼ　かくれんぼする笑ひ声きこゆ

影踏　月夜に影踏みしていると

石蹴　石けりのちようくのあとや

風車　つく〴〵赤い風車　喜び見つる風車

じゃんけん　息つめてぢやんけんけんぽんを

砂遊び　やわらかき子の砂遊び　山くずししょう

竹馬　竹馬乗ったらおてんばで　竹馬の影近づきし

玉突　ビリヤード　とめどなく撞球台を　ゲーム取

綱引　ざれあひてつな引するや

鉄棒　地を蹴つて摑む鉄棒　鉄棒に逆立つ裸　鉄棒にさかしま激つ　腕は鉄棒より重し　鉄棒がわらびめきゐて

飛び競　飛び比べ　蒲公英に飛くらしたる

縄跳　縄とびをするところだけ　流星も縄飛びすなる

睨競　にらめつこ　化物と睨みくらする　にらめ競

箱庭　わたしはすなで箱庭つくる　箱庭で一日つぶす

飯事　ままごとの子等が忘れし　縁先に飯事遊ぶ

面子　面子うち子らはたはぶれ

歌骨牌　百人一首　恋ほのめくや歌かるた　歌かるたよみつぎてゆく　歌留多賑へり　歌留多とる皆美しく

骨牌　骨牌の裏面のさみしい絵　かるた帰りの春の夜の雪　春のうたげのかるたの小筐

トランプ　トランプに或る夜はむつぶ　母と子のトランプ　トランプや病院更けて　皆して骨牌をひく

綾取り　綾取りの戻り綾憂し　もえぎの紐であやを取

折り紙　鶴を折る間に眠る児や　折鶴千羽寒夜飛び去る　赤やみどりの色紙を　あかい四角な色紙よ　大小の紙の鶴

押花　押花にして送る露草　その紫の押花は

草矢　大空に草矢はなちて　草矢射る山の子　日を射よと草矢もつ子を　日を射つて草矢つぎつぎ

笹舟　ながしつる四つの笹舟　小ざゝのをぶね

花舟　花びらの船　花舟一つ歌のせて　映ゆき花船うかべしか

凧　凧くるわの空に　凧百間の糸を　かぶりふりけり几巾　几巾青葉を出つ　いかのぼりうつりて川の

凧　凧の影走り現る　凧も遠き空　松のはろかに狂ひ凧　きさらぎのめんくらひ凧　海に頭向けて凧落ちゆく

回旋塔　華麗な廻旋塔へ乗せて

シーソー　この子下ゆくシーソーに

五目並べ　五目ならべをすると告げ

将棋　将棋の流行る社務所哉　抽斗にふるき象棋の

双六　双六の賽に雪の気　双六の賽の禍福の　妓と対す

双六盤や　子供等に双六まけて　双六をひろげて淋し

木馬　耳長き木馬を揺する　校庭の木馬をひとり

【遊ぶ】　幼などち遊び足らずて　野路を馳せ犬と遊ぶ　まばゆき虫と地に遊ぶ　遊ぶ子が声絶えつ聞えつ

玩具　兎の玩具かなしからずや　座敷のすみに玩具ならす児　鉛の汽車の玩具は　ですくの下の壊れし玩具

独り遊び　人形ならべひとり遊ぶ　ひとりあそびぞわれはまされる　遊ぶ子ひとりごと

童遊び（子供の遊び）　童遊びをなつかしみ　あそびほくる童なして　うなゐ遊びの古雛の　幼な遊びの土の鳩吹きて

【与える】　ほほゑむいとま与へられたる　ある限り与ふる恋の　母は子に乳房与ふと

給う　栗たまひけり　金の水をたれかたまはむ

とらす　紅の玉をとらしき　君が手に銃とらす世の

参らす　まゐらせむいへづともなし　あね君にまゐらす栗を　よき紅君へまゐらせむ　君追ひて傘まゐらする

遣る　遣るあてもなき雛買ひぬ　籠の鳥に餌をやる頃や　水やる音す茄子畠

【暖か】　あたたかに海は笑ひぬ　さすがに紅のあたゝかげなり　ただ暖かな日がいつぱいに

暖かい　昼あたゝけし草堂の秋　あたゝかき涙もつ人　雨暖し傘の　あたたかき闇充満す　吹く風の暖くして

暖かみ　陽をもつあたたかさ　冬陽あたたかみ

【頭】　三人三色の天窓付　天窓うつなよほととぎす

頭がち（頭でっかち）　頭がちの雀眼をつむる

頂　頂の髪　その絶頂を光らしめ　これ頂の飾なり

頭　頭をつかむ羅生門　頭をば垂れたれば　机の上にかしらうづめぬ　頭包み　かしらにはしらかみおひて

頭　黄昏色の頭ののこれる　頭の上に花を挿したる　頭に刺さり　頭に載せて水運ぶなり　恋雀頭に円光を

頭蓋　午夜をしづかに頭蓋のきしむ　頭蓋のくらやみ

禿頭　農の禿頭ゆらゆら行く　なめらかに禿げたる額

つむじ　つむじ二つを子が戴く

【新しき】　あたらしき蕾一つあり　麦あたらし　あたらしき足袋のこはぜは　莟につける泥の鮮し

新たしき　あらたしき歌大いに起る　物皆は新しき良し　新なる丹の皿に　年月はあらたあらたに

改める　色あらたむる葦の穂の　色あらたむる草木にも

新参 新入り　新参の湯をつかい居る　火虫に新参青蛾加ふ
新調　新調の久留米は着よし

【当たる】

海鳥　玻璃にあたる時　額にあたるはる雨のもり　朝晴れながら風あたる　山風の障子にあたる
ぶつかる　岩山に風ぶつかれり　月光にぶつかつて行く
行当たる　松の子どもに行あたり　幾度馬に行あたり

【あちこち】

なつかしや梅あちこちに　馬や駱駝のあちこちする　琴を抱いてあちこちす
遠近　瓦を鳥の遠近す　梅遠近そぞろあるきす　をちこちに松かぜ落つる　山をちこち　去年の稲づか遠近に
か行きかく行き　夕星のか行きかく行き　かぎろひのか行きかく行き　かゆきかくゆき立ちくらしつも
遠近　こちごちの畑に人は火を焚けり　こちごちの木の
此面彼面　桜花の屑のこのもかのもに　このもかのもの稲城かげ　筑波嶺のこのもかのもに
十方 至る所　十方にとどく筧や　十方に雪の光は
そこここ　そこここに接吻の音　陰影のそこここに
とみこうみ あちらこちらと見る　うれしと思ひと見かう見する
八方　八方に山のしかゝる　八方を睨める軍鶏や
四方 東西南北　桜咲く四方の山辺を　夕やみは四方をつつみて光の如く四方に葉の散る　四方に四色の雲の峰

【厚き】

壁の厚きに囲まれて　ハム食へば一片厚き　厚さ増しつつ雪軽し　オムレツ厚き朝な〳〵
厚くして　尾花の渓の霧厚くして　山荘の下森厚くして

【暑き】

暑き日を海にいれたり　暑き舌犬と垂らして　百合に風あつし　あつし〳〵と門〳〵の声
暑さ　海の底より暑かな　舟に寝てゐる暑かな　よばれてつらき暑さ哉　牛の跡行く暑さ哉
炎暑 真夏の暑さ　炎暑のなかの山ほととぎす　炎暑の街を蒼き顔して　膚をこがす炎暑をや　炎暑を避くる
炎天　炎天の石光る　炎天の空美しや　炎天に跫音きえて　焔を降らす炎天に　炎天をいただいて
残暑　下駄に日の照る残暑かな　蚊の声闇き残暑哉　西瓜につどふ残暑かな　残暑の汗ののつと出る
暑　極暑の息を唸り吐く　秋いまだ暑のおとろへず
日盛り　日盛の玄関に　日盛りにかゞよふ野草　日ざかりをあゆみ帰れば　日ざかりの街いっぱいに
土用　土用の日下枝に落ちて　掃くや土用の青畳
薄暑 初夏の頃のうっすら汗ばむ暑さ　光る薄暑の走り水　虫みつけたる薄暑　薄暑拭きあへぬ　薄暑の汗と

【熱き】 野草は熱きあくがれに　涙ぞ熱き秋の霜をとこの熱き手の掌の

極熱 その極熱のさかひにあらず　極熱の日に火ゆる　ごくねつの真昼の街を　極熱の土　日は真昼時は極熱

焦げる 焦げて図太い向日葵が　焦げんばかりの菊日和

灼熱 灼熱された鉄材は　灼熱の地のかぎろいに

熱砂 熱砂来て沖も左右も　熱砂に背を擦る犬　踏めば沙は熱かりき　沙は焼けぬ　道の熱砂を吹く旋風

灼ける 憩ふ翼灼けて　日はじりじりと襟を灼く

【跡】 こゝらに寺の跡もあり　二の字二の字の下駄のあと　梅の際まで下駄の跡　ひく波の跡美しや

足跡 空海のおん足あとを　偉大なる君が足跡　雁の足跡　わが残しゆく足跡を　ヒマラヤに足跡を追ひ

跡とめて 跡を訪ねて 島の宮ゐのあとゝめて

古址 古址の詩を恋ひ人を恋ひ

城址 かの城址に寝にゆきしかな　かの城址にさまよへる　城あとの山にひと懐ふ　城跡や大根花咲く

聖蹟 聖蹟の丘たゝなはる　聖蹟はすなはち廃墟

跡形もない あれ程の中洲跡なし　夜霧のにごりあとかたもなく　あとはかもなき恋もするかな

【あどけなき】 幼い あどけない子が日曜日　声あどけなき鶯を　あどけなく歌ふ　牡牛のごともあどけなく

幼けなき うまいの顔はいとけなき　いとけなき葉は抱き合ふ　啼きあうて鵯いとけなき

稚けなき いはけなき心にだにも　いはけなき曲馬の児　幼けなき日記　いはけなき日のいもうとの

【穴】 針の穴の青空に　呼吸の孔を二つ開け　もの音絶ゆる窖ぬちに　人こもる土窖のあり

穿つ 穴をあける 歯をうがつ　雲を穿ちて　喉穿りて冬を疎めば

えぐる 崖の赤土えぐる仕事　手鑿もて刳れる人よ

【あなた】 雷鳴をあなたは聴くか　あなたの幻がまた微笑んでくれる　あなた任せのとしの暮

君 つれなきは君のみならで　神のごと君来と呼びていつしか石と君なりぬ　蝎の君やくちなはの君

吾背 吾背のゆくへ人に問るゝ　とらはれし吾背は　吾背子と呼ばれ　わがせこがやまひを得つる

汝 ひとむきにいましを想う　誰をばうらむ汝ぞ

そなた そなたの胸は海のやう　そなた待つとて

汝 汝を思ふこころ悲しく　相酔うて知る汝が雄志

汝 汝が黒髪おもほゆる　情に燃ゆる汝ならば

そが　そがうつろなる眼の　そが指に香のくれなゐを

ぬし　ぬしや誰　ぬしは海辺で貝ひろふ

【侮る】　あなづられ世に生きむよは　あなづりはせず

蔑す（ないがしろにする）　世を蔑す酔歌作ると　われを非するしりう言にも　君の自由をなみするものよ

【浴びる】　金の油を身にあびて　夕月を浴びて舞子の

行水　昼行水や病みほうけ　行水の子の肩さめし　十字架もぬぎて行水　行水の提灯の輪うつれる

水浴　水浴に緑光さしぬ　春の小鳥水浴び散らし　女子の小峡の水浴　孤独者の潔き水浴に

湯浴む　浴む人渓に衣解く　共に湯を浴めり山川の

【油火】（油に灯心を浸してともす火）　油火のうつくしき夜や　油火をともしつらねて　万灯を継ぐ油火を

油　聖燭に金油つきたる　うつくしく油の氷る　油うかゞふ鼠かな　油吸ふ秋の灯の

大殿油（宮中の）　おほとなぶらもまたたきて

油皿　雪の降こむあぶら皿　余震に灯る油皿

火皿　あかき灯皿や胸に抱き　消えぬ火盞の火の息に

油搾木（油をしぼる）　油搾木のしめり香　油しめ木のよはる音

灯花（灯心の先の燃えかす）　死滅した都の幽かな灯花　一粲の灯花

油煙　ふすぶれる油煙の底の　雪に手燭の油煙たつ　油煙たつランプともして　油煙が浮いて　磯町の露店の油煙

【溢れる】　濁り水あふれながるる　うつろの光ひたあふれつつ　溢れあふるゝ甘酒や　あさかげあふれたる

零す　滅びの砂岩砂こぼす　小ひさき鳥の花ふみこぼす　箒目に莟をこぼす　カステーラなどくひこぼし

零れる　満樹の露こぼる　月をこぼるゝちどりかな　白髪こぼるゝ斗也　こぼれたるまゝ芥子萌えぬ

淋漓（あふれるさま）　八重ざくら淋漓と　鮮血淋漓たる兵が

【海女】　春の潮より海女うかぶ　海女が黒髪縒れなびきつつ　一舟に昼寝の海女と　若布の底に海女ゐる光り

蜑衣　海女の着物に石を置く　雄島の海人の濡れ衣

海人の釣舟　霞にまがふ海人の釣舟　画にもかゝまし　海士の釣舟　月待つ波の海人の釣舟　磯ごとに海人の釣船

磯笛（水上で海女の吐く息の音）　磯笛はげし海中暗し

【尼】　音なくあゆめる尼の一群　あはれさまけじ尼仲間　南へいそぐ尼のむれ　阿仏尼の家あと訪ひし

比丘尼　数珠繰る比丘尼らが

老尼　老いたる尼の障子はる見ゆ　老尼はなげく

若尼　若尼のまゆのあと青き　すみ染の衣ふさはぬ若

尼の　若き尼君閼伽くむと　うら若き尼の三人が

尼寺　ふるき尼でらの庭　尼寺の経のさびしき

【雨脚】　下界に注ぐ雨の脚　雨あし見えて歯朶あかり　杉をみあげて雨の脚ながし　走る雨脚

銀糸の雨　銀糸の雨に暮るゝ街　銀糸の雨に灯が流れ

【甘える】　あまえたきこころしみみに　いささかの甘えも持たず　あまえ泣き居るどこかの子

愛垂る　甘える　愛垂るる子を離れきて

甘やかす　顔あまやかす牡丹刷毛　沙弥あまやかす

媚びる　媚ぶる鸚鵡の舌なくも　媚びしなだるるその姿

【天翔る】　空高く飛ぶ　天翔るハタハタの音を　天馳る術もなき　煩悩の天を翔れば　蛇体をなして空翔けるなれ

天降る　天より降る　あもりの露にそぼぬれて

翔る　空高く飛ぶ　黍畠　翔る蝶くろし　青空翔ケリ黒光ル

飛翔　鵲の飛翔の道は　暗室内を飛翔する針

【甘き】　葡萄あまし　芝栗の青きはあまし　苺ジャム

甘し　甘き風ましぐらに　甘いにほひと光とに満ち

うす甘き　うす甘い花の咲けり　うす甘き煙草の毒に　うす甘き風のなか　ほろ甘きびわのつぶら実

【雨乞】　雨乞の小町が果や　雨乞ひや国主の母も　雨乞踊見に行かん　雨乞いの隣り村

喜雨　恵みの雨　天よりの喜雨のひとつぶ　喜雨の顔々かがやけり　しばらく喜雨の音の中

【雨隠り】　雨に降り込められる　雨隠り物思ふ時に　雨隠り情いぶせみ　秋雨の昼をこもりて　長雨にこもりいぶせみ

雨障　雨障み留りし君が　雨障出でて行かねば

【雨垂】　山門の大雨だれや　雨垂れはさみし　雨だれきき居れば　雨だりの音高まりにけり

雨滴　雨滴しみみにぎはし　紙縒の如し雨雫

雨注ぎ　真屋の軒ばの雨そそき　雨うちそゝぎ

雨の玉　花に蕾に雨の玉　葉縁にむすぶ雨の玉の

軒の玉水　静かなる軒のたま水　しのぶに伝ふ軒のたま水　小萱が軒の糸水に

【天の川】　天の河漕ぐ舟人を　しやうじの穴の天の川　露になるげな天の川　天の川白し竹藪の上に

天の川原　天の河原に櫛梳り　天のかはらの渡守

銀河　奈落に見たる銀河かな　銀河も流るるこの夜さ　一夜　銀河流るる涙流るる　銀河見てゐる病婦かな

銀漢　銀漢清く星高く　銀漢の瀬音　銀漢の波咽ぶ

雲漢　雲漢の初夜すぎにけり

鵲の橋　けふ七夕にかささぎの橋
紅葉の橋　紅葉の橋をわたる秋風
【網】　ふるひ落しぬ網の魚　網提げて越す川の幅
網引　人むれて網曳きどよむ　網小屋に網をばすくと　陽炎の洲崎に網を　網曳の鯛を　海人の子が網引く浦わに　大網をひつぱりあつてゐる
網打ち　月に打ちけり鱸網　網打ち見入る郵便夫
網干す　野を遠く網干す人に　網干す炎天
小網（四手網）　下つ瀬に小網さし渡す　小網さし上る
四手網　雫も切らず四手網　五月雨や四つ手繕ふ　三日はや四手か丶れり　四つ手網家裏の沼に
地曳網　鰯曳く地曳のあみの　地曳網ひく群をみにけり
投網　水摩つて行く投網かな　打網の竜頭に跳る　重々と濡れし投網を　並んで打てる投網打ち
夜網　颯と打つ夜網の音や　ひかりうち込夜網かな　夜あみうたせて遊ばゞや　夜網打つ人に驚く
【編む】　編みさしの赤き毛糸に　毛糸編むや夫のこゑ　幼かりし　毛糸編む手の疾くして
毛糸　毛糸の上衣の真赤さ　毛糸の玉をころがして　毛糸の青い手袋で　毛糸巻く子と睦じく

あ

セーター　白きトツクリセーター
【雨】　雨折〳〵思ふ事なき　ぬるともをらん雨の花　ばらつく雨に月の形　牡丹の芽の雨低し
雨漏り　雨洩りたゆく聞え来て　蜂の巣つたふ屋ねの漏　もる雨のもるやいづこと　宿もる雨に
雨風　雨風にます〳〵赤し　雨風に追はれてもどる　雨かぜのみだるるを見て　雨風は花の父母
長雨　長雨のしほたれ心　霖雨のはじめて晴れし　霖雨しける夜ながき雨に　腐す霖雨の
麦雨（麦の熟す頃に降る雨）　炉辺なつかしむ麦の雨
霖雨（長雨）　霊の霖雨　春霖に幸もありけり　秋霖の音の　秋霖や捨て猫をけふも
梅雨　身に沁みて吹くつゆの風かな　大みだれかも梅雨に果なき　梅雨あがる淡き光に
空梅雨　空梅雨の草木しづかに
【雨あがり】　雨あがりの黄金のかがやきに　また椿おつ雨あがり　雨あがり揺るる靄の　雨あがる夕べの寒さ
雨後　雨後の若葉の　星を探しに雷後雨後　雨後の雫す　光りの増した雨後の月　雨後の新緑
【天地】　にひあめつちの　おほあめつちに春の陽みちて

大天地にせなむけて　あめつちの秋深くなる
天地　天地崩ゆ　壺中の天地　この六尺のわが天地
宇宙　宇宙の蝶々よ　画布は宛ら一大宇宙だ
乾坤　天と地　乾坤の闇ゆるぎなく　乾坤愛の路通ふ
【雨の音】　芭蕉をたゝく雨の音　雨の音きけばさびし
や　なかぞらに音する雨は　障子しめて雨音しげし
雨を聞く　盥に雨を聞夜哉　窓にかくれて雨きゝし人
　秋立つ雨の聞き心　病ひのとこに雨をききをり
音無き雨　音なき春の雨を知るかな　宵々の雨に音な
し　よもすがら音なき雨や　ふるに音せぬ
【雨降り】　水色の夏の雨降り　息が白く消える雨降り
だ　雨降る日の市女笠　ひたすらに雨降り
雨けぶる　雨にけぶれる山を見る　春雨けぶる
雨こぼす　朝雨こぼす土用哉　雨こぼすひとひら雲や
しとしと　静寂しとしと降る窓に　無言や毒の雨しと
しと　しとしとゝ雨しとしとゝ
一雨　一雨ごとに時はとび　一雨降てあたゝかな風
吹降り　吹降や家陰たよりて　吹き降りの淵
降りみ降らずみ　降ったりやんだり　ふりみふらずみ今朝のはつ雪
横雨　みづうみに入る白き横雨　武蔵野を横に降る也

枯草に雨横ばしる　横しぶく雨のしげきに
雨宿り　花に恩ある雨やどり
雨止む　冬近き雨やむまじく　おだまきの雨止むまじく
【雨催い】　雨もよう　雨を催す夕暮の　淀の河原の雨催ひ
雨気　雨がふりそうな気配　ふく風の雨気にまけし　雨げ風ひた吹く
湖の　雨気の月の　雨気に巻きあふ蕨かな
雨意　雨意やがて新樹にひそと　高々と雨意の木蓮
【危き】　月もまた危き中を　危き中のよろこびに似て
　若き日の危きこゝろ　あやふきはわが乗る船に
あなや　危く　あなやすべり落ちたり　あなや腸断たる
るごとし
危く　危く心ひるがへり　これの片岨危くもあるか
【怪火】　化け物がもたらす火　隠沼の夜の怪火
青火　霹靂の青火をくだし　月の青火はぼろぼろ落ちる
鬼火　見えぬものに鬼火もやして
狐火　狐火やはだしでかへる　狐火もみえ月もでゝ　狐
火の火を飛び越ゆる　狐火の次第に消えて
燐火　男の恋の燐の火は　異邦人的な燐火の眼
不知火　不知火に似たり　不知火の海蝗とび
【歩む】　こつ〳〵と歩す堂の秋　日を追うて歩む月あ

り　暮れゆく人はしづかにあゆむ

歩く　夜の芝生ありけば　川添の畠をありく　小さき月に歩りきけり　よそありきしつゝ帰れば

練る（練り歩く）　都大路を練る子らに　大葬ひの町を練る

歩み　歩の限りただ歩む　老の歩みにそむくまじ

徒歩　徒足脛そろひ　父と手をとりまた徒歩ゆかむ　われと吾が児と徒歩行かむとす　かち渡る人流れんとす

試歩（足慣らし）　試歩たのし厨の妻に　試歩をとどむる雪柳

好歩き　銀座通りの好ありき　好ありき女もすなる

【荒荒しき】　海鳥のこゑあらあらし　雄鹿の前吾もあらあらしき息す　都辺は風あらあらし

荒馬　荒馬の師走の牧の　美豆の御牧の荒駒を

荒男　太刀抜きてせまる荒雄の　荒らくれの山の男が

荒き　まだ北風荒き　山荒く海きほへども

荒み（荒いので）　風あらみ梢の花の

荒らか　あらゝかに扉を推せしに　荒らかに香を放つ

猛る　海のたけりの夜もすがら　あかつきに嵐猛りて　君が目の猛火の海に　海の怒の猛き日に

【洗髪】　洗髪乾きて軽し　洗ひ髪同じ日向に　洗ひ髪かわく間　風に乾きし洗ひ髪　眼を病む妻が洗髪

濡れ髪　濡髪重げ経畳む人　入日のもとの君がぬれ髪　濡れ惜しまぬ海女の長髪　髪ぬれしまま人に逢ふ

【洗う】　ざぶざぶ海には入つて洗ふ　しらじらと雨に洗はれ　風に瞳を洗ひつつ澄む　菜を洗ふ衣洗ふごと

足洗う　提灯で泥足洗ふ　麗々と足を洗へば　猫の足洗うてやらん　夜ふけてかへりわが足洗ふ

馬洗う　山吹に大馬洗ふ　夕陽に馬洗ひけり

顔洗う　凹凸おなじ顔洗う　氷砕きて顔洗ふ　我がおもあらふながし場に　顔も洗はず書に対す

濯ぐ　かさねてすゝぐ水の秋　濯ぎ場のほとりの菱や

夜濯（肌着などを夜洗うこと）　夜濯の音絶えて

【荒海】　見はるかす佐渡の荒海　いきどほろしく荒海を見つ　荒海へ脚投げだして　荒海に漕ぎ出で

荒波　荒波に這へる島なり　八千重荒波わたる君かも

荒磯海（波の荒い海）　荒磯海の浜の真砂は　荒磯波寄せて引くとに

海荒れる　荒るゝ海みえ二月かな　荒らぶる海の暴らしに　海こそ荒るれ　海まつくらに荒れつのる

【抗う】　権力に抗ひ死にしを　筆をもてあらがひかくす　風にあらがふ日のひかり　大北風にあらがふ鷹の

逆らう　さからへる手に春水の　さからひて物は言は

ねど　疾風に逆ひとべる　我に逆ふ看護婦憎し

背く　君にそむきしわがこころ　酒にそむきて歌思ふらむ　背かるる日の来むとも母は

反逆　かつて反逆のうたありき　反逆歌にも潜む優しさ

反乱　叛乱罪死刑宣告十五名　三日経て反乱部隊と

謀叛　あるひは古き謀叛をおもふ　謀叛人なき世を思ふ　叛を謀る密議半ばを

乱　落日のまへの擾乱の　蟷螂の乱を好むに

【嵐】　暴風の夜半のあら海に　あらしに月のみがかれて　窓の嵐の　募る暴風雨に　外の面には暴風雄叫び

小夜嵐　桜みだるゝ小夜あらしかな　髪ふりみだす小夜あらしかな　遠くなりゆく小夜嵐

夜嵐　此夜あらしをいかにしのぶか　荒るゝ夜あらし

【争う】　あらそふものは月の影のみ　わが妻と争ふもとは　争ひ安くなれる夫婦や　朝からのいひあらそひや

諍い　口論　いさかひしたるその日より　いさかひやせむけふの月　かかる日は喧嘩もしき

諍う　口論　いさかへる夫婦に　我と心のいさかふ夜なり　またしてもなど争はん　茶屋どもの夫婦いさかふ

喧嘩　馬方の喧嘩も果てゝ　居酒屋の喧嘩押し出す　唐黍を焚く子の喧嘩

喧嘩買　花見の果のけん花かひ　桜かざして喧嘩買

【霰】　雪あられ　霰ののちの初春のあめ　はやりかにいろめく霰　霰みだれて霜こほり　枯野のゆふべ霰たばしる

玉霰　霰の美称　不破の関屋の玉霰

霰打つ　霰が降る　雄牛と我を霰打つ　故郷の霰額打つ

霰降る　日は照りながら霰ふるなり　霰降り夜も降り　霰ふりきてころがりあへり　霰ふる冬とはなりぬ

雹　雷雨に伴って降る氷塊　地球一めんはげしい雹を　春のいかづち雹飛ばし来る　雹はのこれりつぶら〳〵に

【顕】　胸乳も露は　梢みなあらはになりし　雪とけて遠あらはなる　掻きさぐる子らの尻あらはなり

明かす　この秘密あかさず別る　母に明かせぬ傷口も

打ち出でて　秘めしこゝろを打ち出でゝ

あばく　あばかれる恥部に　なさけあらば罪はあばくな

顕す　あらはすも　家をあらはす　寄特顕す

【現れる】　底こと〴〵くあらはれて　釣舟の漕ぎ現はれし　花の坂船現はれて　白き手がつとあらはれて

出で来る　萌ゆる林を出で来たる　火出で来ぬ　ゆふべ渚に君も出で来ぬ　出でこし人に従へる鶏

抜きんでる　葉をぬきん出て大蓮華　天景をさへぬきんでて　亭々として水を抽でて

【ありたけ】　ありたけ余所へ送る　ありたけを筆にや言ん　あるたけの藁かへ出ぬ　あるだけの米をとぐ

あらゆる　ありとあらゆるその呪詛　あらゆる種子をつつみはぐくみ　あらゆる色彩の混濁

ある限り　あるかぎり菓子をやらうぞ　ある限り与ふる恋の　有る程の衣かけたり

ことごと　樹々のことごと芽ぐみたり　うれしかなしきことごとを　海原の底のことごと　ことごとに傷つきし

悉く　こと〴〵く硝子戸閉てし　ナインも打者も悉く消え　鱗雲ことごとく紅

【有り無し】 あるかなきか　ありなしの客に火桶や　ありなしの水仙の香の

有りとしも無き　ありとしもなき朝風に　有りとしも無しこのうつしみは　ありとしもなきに落つる葉のあり

【在るがまま】　あるがままにありたき希ひ　あるが儘なる身を横たへぬ

在りの遊び　ありのすさびに詩もよまず　ありのすさびの恋もしき　ありのすさびに君を恨めば

然ながら そのまま　のきのしらゆきさながらに　夜はさながらに明けにけり　さながら冷ゆる　花はさながら

ながら そのまま まで　鳥屋ながら鶏うたふ　枝ながら背きてさけり　あをぞらながら暮れはてゝ

まにまに　照りかげる日は明日のまにまに　さへずりの声のまにまに　死も生も君がまにまに

ままに　眼鏡のままに死にしかと　老いづくままに楽しくて　君のキス濡れたるままに　こゝろのまゝに遊びてむ

よしえやし よしや　よしゑやしあばら屋なれど

よしや そのままでよい　よしや君つれなしとても

あらんを それでよい　痩す痩すも生けらばあらむを

【主】 主人　玩具など好きな主や　花こそやどのあるじなり　月に向いたる客あるじ　小さきあるじの

あろじ　犬耄けてあろじに吠ゆる　今日の主人は

刀自 主婦　恋もわすれし家刀自　美しき老刀自なりし

主 持ち主　主しれぬ扇手に取　笠の中なるこゑの主　ぬしのない膳あけて行く　主いかに風わたるとて

女主　女あるじの黒髪めで、　女あるじの皮褥　艶なる女主人かな　女あるじは柴折り燻べ　女主に女客

【荒地】　荒地すすむ朝焼雀　雨の中荒地野菊も

荒野 月光と霜の荒野を　荒野をわれは横ぎりぬ　荒野の石も芽ぐみけり
原野（未開拓の荒地） 原野の陽追ひ求めゆきし
不毛 不毛の郷に攻め入れば　しべりやの不毛のくにを
痩土 痩土の虐　見する　ふるさとの痩せたる土の
【荒屋】 水づく荒屋に居残りて　荒れたる宿ぞ月はさびしき　荒れたる家にひとり寝ば
葎の宿 葎の宿の露もてる　葎の宿ににごり酒　鶉鳴く葎の宿の　葎の宿の白拍子　八重葎しげれるやどの
蓬生の宿 松風寒きよもぎふの宿　蓬生の小庭の隅に
【荒れる】 荒れたる京見れば悲しも　留守のまにあれたる神の　荒れたる址を
荒ぶ いたくあらぶるみづうみの　あらびたる人の心も
荒れ 佐渡の冬荒れ　沖の荒こゝまでとゞく
心荒む すさみしまゝのわがこゝろかな　酒荒く心すさみぬ　荒みゆくこころを　荒き心を隠さざる
荒ぶ 木の葉舞ふすさびし空の　嵐の花に風すさぶらし
【泡】 たゞたゞ漂ふ泡となり　水の泡消ゆるごとくに　白花のごと泡ながる　泡ひいてながるゝ水葱や
泡沫（あわ。はかなさ） よに消えやすきうたかたの　水泡をいだいて蟹は　うたかたの跡も残らぬ
水泡 かゝりて消ゆる水泡かな　冬も凍らぬ水泡なりけり　水泡なす　毒の水泡の　繁に澄む青水沫
潮泡（潮の泡） 潮泡のつぶやきを聴く　潮沫のはかなくあらば　若きが膚も潮沫の触るゝに
【淡き】 生活といふには淡き　淡い夕陽を浴びながら　春のうた人夢まだ淡き　うつり香は夢より淡く
淡淡 淡々とみどりにうるむ　夜ふかき水にあはあはし　星影は淡々しかも　山ざくら淡淡と咲きて
淡淡 淡々と詩人が言へば　ありさまは淡淡として　淡淡として水の如し
【慌しき】 夜の風のあわたゞしさに　あわただしき心をもてり　あはたゞしく小鳥たてる
おろおろ サムサノナツハオロオロアルキ　おろおろに涙流れて　親心おろおろするも　寒雀おろおろ
心進む（あせる） こころ進むな風守り
急く（あせる） 何くれと心せきつゝ　こころ急き草は刈らずも　こころ急く泉のごとく　さなせきそ
ふためく（あわてる） 打たるゝ蝶のふためき来　ふためきて君が跡追ひ　かはほりのふためき飛や

【淡雪】 泡のように消えやすい雪　まだ消えやらず野辺の淡雪　あはゆきのつもるつもりや　匂ひやかなる沫雪の

薄雪　ふるうす雪のめづらしきかな　うす雪のかゝる牡丹の　うす雪す　ところ〴〵のうす雪の庭

帷子雪　霰まじる帷子雪は　かたびら雪やだてうすぎ

だびら雪 春近くに降る薄くて大片の雪　鶯の音にだびら雪降る

牡丹雪　牡丹雪さわりしものに　紺々とふる牡丹雪

【憐む】 あはれぶ人のなきにつけても　哀憐びければ女をおくる憐れむ瞳　民をあはれむ真心はなし

哀れ　哀れなる臨終の声は　いと哀れなる小町草かな　牡蠣の殻よりあはれなる　憐れや秋の　あはれさひとつ

憫笑　憫笑をただ招くのみ

不便　よわければ不便に思ひ

【案ずる】 心配する　夜すがらを案じあぐめる　子を案じ就職試験案じつつ　愚案ずるに冥途もかくや

後ろめたき 心配なこと　我なき後のうしろめたさに

憂える　ものごころよくうれへおぼゆる　蜂は愁へ

心苦し　留むれば苦し　情苦しも

【行灯】 藪の小家の丸行灯　行灯のもとに山家集をよむ　行灯消えて水の音　晦日に近き軒行灯

掛行灯　丹塗りの懸行灯をともして　夜宮のかけ行灯

小行灯　小行灯の菜種油の　俵のうへの小行灯

雪洞　雪洞に桜ちりくる　雪洞の灯も　ボンボリにはつしとあたる　ぼんぼりの消ゆるは消えて

【案内】 **水先案内**　神秘な凪の水先案内

案内　案内の声もかれはてゝ　わらべ案内にはるの山道　案内の僧にしたがひて行く　案内もこはぬひなたや

物申 頼もう　たのもと響く内玄関　秋の夜番の物もうの声　叩もてよび覚ます

【井】 井戸　きよらかな井のふかぐ〴〵と　閼伽井にうかぶ木蓮の花

い

玉の井 井戸の美称　なみだの袖の玉の井の水

御井 井戸の美称　御井の清水　山の辺の御井を

浅井　涌水の浅井くみあげ　浅井に柿の

井水　飲慣れし井水の恋し　隠井の井水は

車井戸　電灯ともる車井戸　車井きしる垣の内

古井　花にうもれし古井かな　野辺の古井は黄昏れぬ　古井の底に水は光れり　古井のかげの

古井戸　古井戸の盥の水に　古井戸のくらきに落る

井戸端　井戸端に紅梅の雨　井戸端に蚊柱が立つてゐ

る　井戸ばたの桜あぶなし　狭き井戸辺の
井桁（井戸の囲い）　花影ゆらく古井桁　井桁に汲める
井筒（井戸の地上部分）　古き井筒のゆすら梅　井筒は朽ちて
【言訳】　われは愛する言ひ訳をせず
言草　山里に訪ひ来る人のことぐさは
由　雨も降らぬか其を因にせむ
【言う】言い出す　ひたといひ出すお袋のこと　言い出
でし語に長くこだはる　いかなる事をか言ひ出でむ
言わん（言うべきなのか）　秋とやいはむ　小春とやいはむ
物言う　物いへば唇寒し　厚みたるくちにもの言ひ　馬
に物言ふ蓑の人　臨終のきはのもの言ひに　壁に物いふ
【家】　家半分はまだ月夜　かなしみの家と扉に
家居　花かげに家居も見えて　丘の家居に立つけぶり
川の家ゐに　家居ゆゝしき梺かな
官舎　梅莟む官舎もありて　官舎訪ふ
小家（庶民の家）　小家は秋の柳陰　柿赤き小家に遊ぶ　咲き伏
す菊の小家かな　障子のみ真白な小家
人家　人家の絶えし畝の跡　遙かに人家を
田居（田畑の中の家）　春霞たなびく田居に　田居の伏屋に
古家　古家や累々として　落書も古りし我家に

母屋　飼屋の灯母屋の闇と　母屋から運ぶ夕餉や
真屋（母屋の美称）　まやの栖は　真屋の軒ばの
軒　何に世わたる家五軒　大河を前に家二軒
【家人】（家族）　家人は早苗に出でゝ　桑児を守る家人が
家人は皆いねにけり　吾友垣の家人が
家中（家じゅう）　家中を浄む西日の　家中ゆゝしき更衣
【癒える】　病む子全く癒えにけり　我癒えて今春草
を　肺癒えよ　身の病癒ゆがに
癒やす　舐め癒やす傷や　病を癒す医師の
怠る（病気がよくなる）　いたづきのやゝにおこたれば　おこたりぎは
の乾きの故かも　病む友の病おこたる
治る　はやくなほれと拝む母なり　なほりなば嬉しか
らむと
癒えがて（治りにくい）　癒がての病になやみ　癒えがての病に
臥して　癒えがてぬ病を守りて
癒えず　わが病癒えずと知らば　今も猶やまひ癒えずと
病み上り　やみあがりの目にこころよき　手の泥まみれ
病み上り　白粥うまき病みあがり　癒えぎはの乾きの
【筏】　木切り来て筏に作り　筏つなぎし槻の幹　また
下りくる大筏　満ち潮に筏は入り来　漣や筏を洗ふ

筏士 筏乗り　早瀬を下す筏士も　筏士の蓑や

【厳めしき】 いかめしき冠木門あり　父のごと秋はいかめし　いかめしき音や霰の　夕立雲のいかめしさ

威 獅子王の威とぞたたへん　威も猛き氷河の投槍　夜の猫族も威をふるふ　霜毫威あり

厳き 門櫓いかしく高く　厳しき神の　雪のいかしさ

厳しき 厳しき光のなかに　をみなの道ぞいつくしき

厳か おごそかに雪は残れど　鐘鳴りぬいと荘厳に　おごそかに裳裾遠ひく　厳かに松明振り行くや

物物し 蟷螂やものものしげに　凧ものものし

【錨】 何おもひ錨に凭るや　錨の鎖鳴らすひびきか　暗澹として錨をおろし　海人が門辺の大碇

捨錨 砂に錆びたる捨錨　いは間にくつる捨錨

古錨 古錨赤く錆びたり　船の碇のくさり綱

【怒る】 怒ることありて恚れり　しづかに友の死をいかる　わが心ひたに怒れば　ふつふつにもゆる怒りを

怒り 小さきいかりをうつされて　わかき怒をおさへかねつも　危険なる一無産者の怒り

憤り その憤り今も忘れず　いきどほり胸つく時も　いきどほりに眼くらみ来　あるひは狂ひ憤り

憤ろし いきどほろしく荒海を見つ　何となく憤ろしや

憤怒 眼光らし憤怒する　わが憤怒阿修羅のごとく

【息】 果は思はず吸ふ息の　なんぞ男の息荒き　まともなる息はかよはぬ　わが吐く息は尾を曳きてあれ

息差 処女子は息ざしかをり　冬は今終の息差

息する 母はいま呼吸したまふや　凧の呼息

息遣い ひそやかに呼吸づかひして　深き睡りの息づかひ

息衝く 息をする。生きている。　幽けき息づき　ほたるの光と息づきあひて　息づき深く　ひそやかに息づきにつつ

呼吸 春の光を呼吸する　胸の呼吸へ寒怒濤　響く呼吸の音よ　しずかな鱗の呼吸をきく　つちが呼吸し

白息 おのが白息踏み越えて　白息を交互に吐きて　船の奥にて白息吐く　しづかに静かに白息吐く

【生き生き】 いきいきと秋のにほひ　いきいきとインキ匂へり　手品師の指いきいきと　俎の魚いきいきと

息吹 活気　火のいぶき　息吹通ひて　息吹の襞を

颯爽 颯爽となびかふかたに　藤颯爽となびきける

生生し 生生しきゴオホのタッチ　生ま生まと切株にほふ　生々しく青じろみたる

【生甲斐】 いけるかひあれとしのくれ　いけるかひあ

い

りて　冬暗き日の生甲斐とする
生き方　不遜なるわが生き方に　曖昧に暈かす生き方を知らず　個性まげて生くる道わかず
【息切】　息切れるまで駆け出して　息切のする身をいたはりて　息きれてのぼりける天守閣
喘ぐ　喘ぎ上る汽車に　別れゐて喘ぐこころの　横伏し喘ぎ　深夜の金魚喘ぎをる　幾夜を喘ぎあかして
息杖　息杖つきし異人下り来る　重荷に息き杖
息衝く　九段坂息つぎのぼり　見放けつゝ我は息づく
息詰る　呼吸塞るあたりのけはひ　息づまる喉鳴らし君とあるをば息づまるとて　呼吸つまるごときおもひに
【生死】　生死のことを思へば　生死の道をしへませ
生死の境　生死の危き境　生死の境を離れ　生死のさかひにありて　生死のあひだの旅を　生と死のあひだを辿り
生死　添へぬ生死の絵巻かこれは　生死の中の雪ふりしきる　うと〳〵と生死の外や　我肌にほのと生死や
【生き身】（生きている体）　やみやせし君が生き身の　生き身のいのちかなしく　生身素肌は神を凌げり
現身　うつし身は注射の針に　混乱の世に現身を置き現し身の愛しみ心　うつそみはみな老ゆるなり

仮の身　仮の身も水また雲の　つひのかりの身
生身　雨着に生まの身を包み　木になれぬ生身は歩く
【生物】　生きものを飼へば煩なり　小さき生物香を放つ　沸き立つ生物
生ける者（生命ある者）　生きとし生けるもの、冬　わがかたはらに生けるもの見ず　生けるものみな死にはてよ
生者　死者生者共にかじかみ
【異教】（他の宗教）　異教の旅を　異教の民の訴を
邪宗　暮れのこる邪宗の御寺　邪宗の僧ぞ　末世の邪宗
【生きる】　生きよどむ今日のこころに　さはあれ難し生くちふことは　生くにつかれぬ　我生きてものを思へり
生きた（生きている）　生きたる記憶　生きたる骨を動かさず時計はひとり生きてゐる　ただ生きてゐるといふだけ
生きの　きはまれる生きの力を　池の魚の生きのにほひの　生の伊勢蝦飛びはねにたり
生きん　耐へてまた一とせ生きむ　生ける日に生きむかくて死ぬとも　今宵はしきりに生きたく思ふ
生き残る　この夜半に生き残りたる　生残るわれ恥かしや　生きて帰りし落葉焚　半世紀生き堪へにけり
生き延びる　生きのびて旅などしたし　また更に生き

つがむとす　生きのびし人の息づかひ　とにかく生きたい

還る　幾人の遂に還らず　ふたゝびを還ることなき

【幾日】何日　たびにあきてけふ幾日やら　秋の空幾日仰いで　秋去ていく日になりぬ　幾日経ぬらむ

ひと日　脈細くなる冬一日　今日の一日を暮れなづみつつ　わが生きの日の一日ぞ　秋燕となりて一日

二日　春さめのふた日ふりしき　春寒のふた日を京の

二夜　加賀越前の月ふた夜　湯どころに二夜ねむりて　二た夜さの　この二夜　雨二夜桜　空しき

七日　鶴の七日をふりくらす　七日は墓の三日の月

百日　百日余り　百日百夜を山にこもり　百日夜も

小一日　一日　軒去らぬ事小一日

【幾筋】何本　雪の富士に藍いくすぢや

幾条　氷柱は幾条ぞ　幾条の傷あと胸にもつ

【幾度】何度　今いくたびか春にあふべき　幾度春は返るとも　幾度馬に行あたり　てふの羽の幾度越る

一返　一かへり舞ひ

一度　ひとたび逢はむ　一度つまるゝ菜づなかな

二度　ふたゝびえたるいのちかな　眼にもふたゝび

も一度　汽笛がも一度鳴る　最一度聴かば

三度　同じ橋三たび渡りぬ　紙燭して三度か庭を

三週　三週のはや秋なれや

七度　七たび涅槃に浸りて　くちづけを七度すれば

八度　八遍袖振る　霜八度おけど枯れせぬ

九度　九たび起ても

【幾人】　順礼のいく人のごと　いくたりの人を行かしめ　いくたりも来て窓に並びぬ　友いくたりが今残りたる

人数　人数まばゆき春の灯の街　数人の父となりし友

二人　罪もうれし二人にかかる　世の中に只二人　二人のうへに夜は迫りきぬ　ふたりある夜は物もおもはず

三人　みたり遊びぬゆめの園生に　三人よりあひ

四人　をみな子の四たりの子らは　四人子の母の

五人　舞ごろも五たり　みたり五人つどひつつ　家内五人

六人　駅の人六人程ありと

七人　七人の男のことを　七人ききぬ少女子まじり　七人の美なる人あり　三間打抜きて七人の児等が

八人　七八人　八人のことも

九人　物云ひ入るる九人かな

十人　人の十人も並べるは　舟に十人の桜人

【幾年】　幾年をはなれ棲みつつ　盲ひては幾年ならむ

一年(ひととせ)　ひととせの春をくはふる　また一歳もくはゝりにけり　一冬過ぎし手袋ぬぐ

二年(ふたとせ)　二年われは青海を見ず　二冬を越す　二夏のあいだ　秋二つ　二春三春

三年(みとせ)　男と三とせそひぶして　雀の鳴くを三年聴かざり　三とせの冬の　はやみとせ　三年の春ゆくと

四年(よとせ)　よとせの春の　四とせつもれりし恋ひもひを

五年(いつとせ)　五年のむかしに似たる　五年経れど　鄙に五年

六年(むとせ)　六年経ぬ　六年のえにし無みすべしやは

七年(ななとせ)　かへりわづらふ七とせの旅　七年の京のわび居の　七とせのむかしの誓　訪はず七とせ　七八とせ京大阪を

八年(やとせ)　八年になりぬ　鼓打ちて八とせはすぎぬ

九年(ここのとせ)　常臥に九とせ臥し　九年面壁

十年(ととせ)　寺に十とせを鐘つき瘠せぬ　十とせ昔の春のゆめ　戦ひの十年の後に　海に十年のうつろひはなし

【池】(いけ)　不忍の池をめぐりて　雨すこし池澄みにけり　池の朝がはぢまる　池は闇也けふの月　池の玉藻の

池の堤(いけのつつみ)　池の堤に刺す楊　垣内田の池の堤の

池塘(ちとう)　池の堤　秋は池塘に入りて　夏山にたたふる池塘

池の面(いけのおもて)　仄暗い池の面で　緋鯉浮く池のおもてに

池の鏡(いけのかがみ)　物の影をうつす池の水　池の鏡にうつしてぞ見る

池辺(いけべ)　池のほとり　池の汀を南せし人　池の辺のあぢさゐに　弁財天の池ほとり　池辺に立てる

池水(いけみず)　苔古れる池水の上　池水に独り宿守る　遠山うつす池の水　池水を囲む木立や　潜く池水

泉水(せんすい)　泉水増えし一滴音　泉水に移りし月を　泉水に藻の花入れて　古き水甕に泉水おつるなり

池心(ちしん)　池の中心　池心にねむる白華一輪　池心の魚隊は

蓮池(はすいけ)　蓮の池に入れよとぞ思ふ　蓮池の田風にしらむ　蓮いけにはすの痕なき　蓮池に鷺の子遊ぶ

古池(ふるいけ)　古池や翡翠去つて　古池に水草の花　古池に草履沈て　古池の淀みに映れる　古池や蛙飛こむ

【生贄】(いけにえ)　み魂の牲と真玉ささぐる　牲の身を淵に沈めて

贄(にえ)　神や朝廷に献奉する産物　飢えし魔神の贄とせん　葛飾早稲を饗すとも　贄殿に　犠卓に蒼火ささげて

犠牲(ぎせい)　犠牲の動物を焚く　犠と死たる人のために泣く　このうらわかき犠を見よ　恋の犠牲とも

【活け花】(いけばな)　活け終へて百合影すめる　活けておくれし夕餉かな　薔薇剪つて手づから活けし

花屑(はなくず)　生け花に使つた残り　萩活けし花屑掃くや　さくら活けた花屑の

剪る　薔薇を剪り刺をののしる　菊剪るや　蘭切にいで
きりたての泰山木は　剪りたての花のつめたき
投挿（投入）　投げ挿せる撫子や　大枝を投挿にせる
【異国】　異国の寺めきぬ　ふりつもる異国の雪は　異国
のおとめ　遠き異国のヴエネチアの香よ
異境　さびしき異境の　異郷の暗に魂泣く
異土（異国の土地）　異土の乞食となるとても
海彼　わかきらが海彼に死ぬ日　わが父が海彼に住みし
異国　異国ゆゑにあはれとおもふ　あかき花さくこと国
のくさ　異国の街に宿もとむる日　異くにの街の停車場
外つ国　外つ国のゆきふる小夜を　この外つ国の金鎖花
南蛮　南蛮の灯ろう　南蛮のたばこ　南蛮の酒のつめた
き　白檀もてこ南蛮の船　小棚なる南蛮壺も
よそぐに　よそぐにのこととき丶てやみつる　古きよそ
ぐにのこと　あだつ国蒙古の使
韓（中国または朝鮮の古称）　から国ゆ帰りし船の　韓の空の　韓人の
韓招ぎせむや　韓国へ遣る　ころもゆたけき韓人が
唐土（昔、日本で中国を呼んだ名）　もろこしの虎ふす野辺に　唐土までもた
づねてしがな　唐土船の　唐土の楽　唐土の后
韃靼（タタール 蒙古）　韃靼の方は青空　韃靼のこと夢みしもわれ
韃靼の寒空　韃靼の日の没るなべに
天竺（インドの古称）　天竺国のなつかしき　天竺の都に近き　天竺
の摩訶陀の国よ　天竺みちと思ひてのぼり来
蒙古（モンゴル）　蒙古はや春くれがたに　蒙古に立ちて　蒙古
野のきらへる涯に　蒙古犬吼ゆ　霾らす茫漠たる内蒙古
【異国人】　異国人のやうな眼眸をして
異人　異人に吠える村の犬　異人のからあ眼にたち白し
異人屋敷　異人屋敷の棕櫚の花　絵にして暮れる異人
館　異人住む赤い煉瓦や
外国人　相思ふとつくに人の　外つ国の少女にあへり
西人　西洋婦人濡れてくぐるも　花めづるにしひと淑女
【鯨取り】（捕鯨）　鯨魚取り海道に出でて　大海の鯨魚取り
とも　勇魚取り海辺を指して　鯨魚取海を恐み
鯨船（捕鯨船）　鯨船われは舵とる　いさな船秋ともなれば
女のまじるいさな船　繋つてゐるや鯨船
鯨追う　鯨追ふをたけびききて　銛とる子らが鯨追ふ
【勇む】　かごかきいさむ白はちまきに　峡行く足も勇
みてぞ行く　を草もゆらし駒いさむ也　いさむもの丶ふ
競い立つ（勇み立つ）　市のちまたにきほひたつ　きほひ立つ船の
帆は照る　東猛夫如何にきほひけむ

勇ましく　ひとりぼっちで勇ましく　すなどりの歌いさましく　水くぐる鵜のいさましさ

雄雄しき　雄雄しき魂の　秋の蟬をしけれ　ちひさなる花雄々しけれ　畝火雄々しと　雄々しき影も

雄心　やりどころなき雄ごころの　業平のその雄ごころを　男ごころ満たすかなしさを

猛き　猛き兵　猛き姿もなにかせむ

猛者（勇者）　競泳の猛者にあひけり　凧揚げの猛者

やたけ心（勇みはやる心）　やたけごゝろや親雀　やたけ心をゆるむるなゆめ　若き日のたけりごゝろを

遊侠（強きをくじき弱きを助ける）　遊侠の徒と　遊侠のともがら

【漁り】（魚や貝をとること）　海人の縄たきいさりせむとは　命したしみいさりするかも　雪もいとはでいさりする

漁り　夕凪に漁する鶴　波動かしてあさり居るかな　沼漁りすと　海辺に漁し　あさりすとこぎたみゆけば

漁り　大海のすなどりは　君が為すなどりせむと　漁りあそぶけふはつきせじ　わが漁れる

鰯引く　鰯引見て居るわれや

海の幸　海の幸曳くえんやえんやと

川狩　川狩のうしろ明りの　川狩の頭目が持つ　川狩や脇指さして　川狩にいつもの顔の

帰漁　帰漁の唄のはずみ来よ

大漁　大羽鰮の大漁だ　さんま大漁その一ぴきの

漁　門川に得てし小漁や　初漁を待つや

銛　投ぐべき銛をしばし忘れぬ　雪と飛び交う銛の縄

【漁火】（漁船の火）　漁りたく火のおぼぼしく　海のいさり火きらめき初めぬ　漁火借りよ沖津鯛　玄海に連なる漁火や

鯖火（さば釣の舟でたく篝火）　都ありとぞ鯖火もゆ

夜振（松明で漁をする）　夜振の火うつりて　夜振の人と立話　誰や夜ぶりの脛白き　月の雲れる夜振かな

【漁舟】　いさりぶね真帆かけかへる　漁り舟の艫の音は　漁船ちらばり　漁りの舟は

漁舟　早瀬落ち舞ふ漁舟の　漁舟ひとつ　漁舟の一葉

鰹船　鰹釣り舟並び浮きて　竹大束や鰹船

【医師】　人死なせ来し医師寒し　医師を今はうたがはず　医師の眼をにくみつつ　いなびかり医師の背より

医師　あさ〳〵かよふ医師許　医師わびしき頭巾かな　くすし来て我にむかへば　薬師なるつとめつくすと

医師　医師の文豪の　病を癒す医師の

国師　国師の沓もにしき革

国手 名医 国手夫妻の待ちたまふ　国手しづかに匙を投げ

【石】 冬の石乗れば動きぬ　水底の石も紅葉や　解る日は石をも流す　石の面にむらがる羽蟻

石塊 石塊ののりし鳥居や　秋の石塊個々光る　石塊よみな風に鳴れ　石塊は石塊のまま　その石くれの冷たさが

石ころ うつむいて石ころばかり　石ころを蹴り蹴りありく　石ころ畑の鍬の音　ころがりて鳴る石ころの音

円石 円石が波に身じろぐ　凸凹なせるまろ石ふめば

孔雀石 青き孔雀石光り　孔雀石の小箱を

花崗石 花崗岩の古い五輪の塔だ　船より揚げし花崗石

化石 化石個々白し　マンモスの化石の牙は　化石せんとの願あり　尖って長いくるみの化石　すてきな化石

【石工】 石工若し　若き石工の汗舐めに　石工の鑿冷したる　石工の指傷たる　石切の裸男の

石切る 冴え冴えと石切る音の　石切る音の耐へがたき午後　巨大なる影も石切る　老工石を切る火花

石屋 石屋は石でお墓をつくる　石切場の火花

【石畳】 ひそかに月の石だゝみ　石だたみ静かにふみて靴くくとなる石だたみかな

石道 夜はふけつつ磴道に　棕梠の花散る石の道

敷石路 日の焼くる敷石道を　敷石道になみだをおとす　敷石に光りしたしき　ペエブメントの朝流れ来る

礫道 馬車の轍みてゆく礫道

舗道 舗道破れて地を見せん　秋の舗道に影を落す

【石段】 石段の氷を登る　小刻みの石段のぼる　春の石段折れ曲る　石段を叩いてのぼる　大石段の片かげり

石階 寒き石段　石のきだはしのぼりつつ　きよらけき石のきだはし　石階に花散る宵を

【椅子】 孤独の椅子に眠るとき　君去って椅子のさびしき　木椅子の如きわが膝を　夫の古椅子ゆるる椅子

回転椅子 回転椅子回し　回転椅子くるりくるりと

腰掛 萩ひざまづく石に腰　白塗の木の腰掛を　腰掛にびろうど張れるを　船待の木の腰かけに　腰かけ所

床几 折りたたみの腰掛 園の床几に添乳かな　大火鉢ありし床几や　停車場の床几によりて　床几つらねて客見えず

捨椅子 とある木陰の捨椅子に

ソファ 酔へばソファに眠るてふ　ソファーのくぼみ

籐椅子 縁の籐椅子にひねもす語る　籐椅子に猫が待つなる　月の籐椅子に　籐椅子に看とり疲れや

寝椅子 寝椅子はこべば吹く青嵐　寝椅子を置きつ

い

ベンチ　公園の長椅子にもたれ　広告のベンチも枯れし

【何処】どこ　いづこよりわく水やらむ　犬はいづこにゆきぬらむ　いづこか花火して　花野の果をいづこととふな

何処　魂よいづくへ行くや　いづくを春のくれてゆくらむ　何処にか真紅の花々は　何処にか船泊てすらむ

何ら　玉だれの小瓶やいづら　人いづら　いづら行かん

何方　いづち去にけむ　都を出でて何地ゆく　南はいづち春のくれ　心をいづちやらば忘れむ　何処にかへる

いずれ　どれ　花はいづれの枝よりかちる　何れ明きぞ　何れか先に　音はいづれぞ　いづれの花を草まくら

【泉】　秋の雲場の冷泉の中　牛馬の飲む泉ありて　泉にゆらぐ花ましろなり　木の実照り泉はわらひ

泉湧く　湧きあがる地中の泉　泉ゆらゆら湧きのぼり

オアシス　椰子の葉かげの緑のオアシス　オアシスに急ぐ

【磯】波打ち際　磯白々とつづきけり　磯を染めたる夕づく日　母とつれだち磯をゆく　梅をたづねて磯に出にけり

荒磯　波の荒い磯　秋の潮荒磯の牛に　秋の荒磯の砂白く　荒磯の渚鳥　荒磯の洞に寄る波の　牛あそぶ秋の荒磯の

磯辺　磯辺の雨や風や嵐が　すみすてし磯辺のすまゐ

磯回　磯辺　波に漬きて磯回にいます　磯回の潮とならむ

小磯　小磯の小貝ぬるゝほど　波も聞け小磯も語れ

磯間　磯辺　いそまよりそがひに見ゆる

磯路　磯の路　磯道づたひさまよへば　磯越路なる

磯山　磯辺の山　磯山あらし　いそやまのあをばがくりに

【忙しき】　忙がしき蜘蛛や　いそがはしく吾を育てて

忙しき　終夜せはしき声ありて　花にせはしき胡蝶哉　団扇づかひのせはしなき　忙はしく動く器械の中に

暇なき　いとまなき年のをはりに　恋ふる心のいとまなさ　め刈り塩焼きいとまなみ

心急ぎ　何事の心いそぎぞ　心いそがし　いそぐ心を

小早く　うら口は小ばやく暮て

手もすまに　休まずに　手もすまにうゑてそだてし

隙なき　時の往きひまなきものか　織りて隙なき藤浪の　ひまもなくかもめ飛ぶなり

【急ぐ】　濡れいそぐひと呼びとめし　小幅の水がいそぎゆく　命を見むと我は急ぐに　花の散る拍子に急ぐ

急ぎ　花よしばしとものいそぎする　縫ひいそぎする

疾く　大急ぎで　疾くたち帰れ年にたぐへて　とく来てなけや山ほとゝぎす

【勤しむ】　なりはひの道にいそしむ　うつそみに堪へて

いそしむ　家事にいそしめる　そが職業にいそしむからに
出勤　出勤の足は地を飛び　脱兎のごとく出勤す
働く　友はパン焼夜に働く　ともどもに妻も働く　稼ぎてもかせぎても喰へぬ　月に出て人働けり
雇う　芋掘りに雇はれにけり　身を折り曲げて雇われて　殖女雇ひ　日雇の焚火ぼうぼう

【徒らに】無駄　いたづらに行きては来ぬる　いたづらに菊咲きつらん　身のいたづらに　いたづらに反古はみちらし
徒　十年はあだに過ぎゆきて　あだにうつろふ　あだにもなびく　命をあだに　浪一つあだには打たぬ
甲斐なき　君よ効なき涙すてなむ　裏切りの甲斐なく

【痛ましき】　惨ましき街のつづけば　痛ましきかな君を抱きて　痛ましき恋は糧にも
惨　驟雨に合歓の紅の惨　火の粉とぶ惨たる空を
無惨　生きて己れの無惨を見むか　恋の無残なる手に
痛痛し　あないたいたし妹が手の胼胝
痛わし　熱ほてるそのおもいたはし　げに傷はしき
惨き　惨き過去ありて垂れたる　かばかり惨く裂かるべき　むごきこと問ふと思ひて

【痛み】　灰色の痛み隙なし　痛み嘆かふ人の世　うすきいたみのをりをりに　眼の玉に潜む痛みは
疼く　うづく歯を　しくしくと疼けば　昼も夜も疼きつくして　けさまだ退かぬ歯の疼き　刺疼き
歯痛　歯いたくていたくてならず　また襲ひきし歯のいたみ　歯の腫れて来て冴返る　歯の浮きとまる朝なさな
虫歯　片隅に虫歯かゝえて　虫歯のすこしうずくさへ

【市】　濁り初めたる市の空　市の遠音か　心さびしく市をさまよふ　青葉ちらばる市の跡　紫を市にうる人
朝市　朝の市見る旅のうた人　朝々に立つ市ありて
市場　霜曇る市場の屋根を　魚市場落日あかきに
市人商人・町人　市人のつめたき笑みに　風にふかれて帰る市人　市人の物うちかたる　押さるゝや年の市人
酉の市　房の円髷や酉の市　くもり来て二の酉の夜の　三の酉つぶるゝ雨と　三の酉夜はほのぼのと
闇市　闇市の皿にもられし　闇市に牛馬の屍肉
夕の市　夕栄の市に立ち　夕暮れの寒き市場に
夜市　年の夜市は更けにけらしな　寒夜市餅臼買いて
魚市　魚市にあまのをみなの　夜ごとに立つ魚市に
夕河岸　夕河岸の鯵売る声や　鯨売市に刀を
草市　草市たちし灯かな　草の市人おほどかにして

青物市（あおものいち）　春雨の青物市に　青物車いくつ

植木市（うえきいち）　植木市見つゝし来れば　市の植木の木垂るまで

馬市（うまいち）　馬市によき馬かひて　しら〳〵明けて馬の市　はれ〴〵と馬市たちし

年の市（としのいち）　新年の飾りや食品などを売る年末の市　土器買はむ年の市　年の市何しに出たと　年の市線香買に　師走の市にゆくからす

鶏市（とりいち）　鶏市や鶏くゝられて

農具市（のうぐいち）　農閑期に作った農具を売る　農具市深雪を踏みて

花市（はないち）　花市のある広場より　セエヌの河岸の花市の　市に艶なる花売が　市に入る花売憩ふ

雛市（ひないち）　雛人形の市　京のひな市雛買ひて　雛市に見とれて

古着市（ふるぎいち）　榕樹のもとの古着市

ぼろ市（ぼろいち）　ぼろ市に新しきもの　正月も襤褸市たちて

【一月】（いちがつ）　一月の朝の美を背負ふ　一月の菫を黒く　草木も枯れて黄なる一月

睦月（むつき）　人皆の遊ぶ睦月を　うす青の一月のそらに　うすぐもる睦月のそらの　睦月の朝を湯のたぎり来る

薺打（なずなうち）　老の打ち出す薺かな　薺打ちし俎板に据ゑん　七草をたゝきたがりて　七種粥の青薺もが

七草粥（ななくさがゆ）　一月七日を祝う粥　七草の雨あたゝかや　天暗く七草粥の　七種や跡にうかるゝ

松過ぎ（まつすぎ）　松過ぎの玉露に癒えし

松の内（まつのうち）　松の内皆出払って　松の内を淋しく籠る　松の内海日日荒れて

小松引（こまつひき）　野辺の小松をひく人は　こまつむすびて

子の日（ねのひ）　子日して立てたる松に　門松引て子の日せん　子の日しに都へ行ん　千世の始の子日には

【一面に】（いちめんに）　いちめんに唐辛子　稲いちめんに這いかかり　たゞ一めんの日本海　いちめんのなのはな

一碧（いっぺき）　一面に青々　一碧の空に横たふ　一碧の水平線へ

押し照る（おしてる）　くまなく照る　大き海に月おし照れり　ガラス戸におし照る月の　酉近き星おし照りて　草深野月押し照れり

照り渡る（てりわたる）　くまなく照る　高野の山に月てりわたる

降り敷く（ふりしく）　くまなく降る　春と思へど雪降り敷きぬ　燃え燃えぬ黄葉ふりしきる　千重に降り敷け

【一輪】（いちりん）　一輪の牡丹の秘めし　朝がほや一輪深き　月一輪凍湖一輪　薔薇一輪　花一りんの明るさも

一花（ひとはな）　葉がくれに一花咲きし　蓮の一花ちりつくしけり

【慈しむ】（いつくしむ）　大切にする　わが蒔いていつくしみ見る　いつくしむ雛とも別れ　もとないつくし只かきいだく

労る 妻をいたはらむ　いたはりたくて意地悪になる　艶もなき髪をいたわり　病妻をいたわりながら

愛しむ うつしみの命いとしみ　生きの身の吾が身いとしみ　青き団扇の風愛しむ

大事 露の身に大事の御子を　蝶も聞かよ一大事　中のむすこを大事がり　大事がる金魚死にたり

大切 見ゆる一眼大切に　大切の猫も留守なり　死まで黒髪大切に　クレヨン画大切に

【一匹】 一匹の魚天を搏ち　屋根に生き身の猫一匹

一羽 一羽来て寝る鳥は何　一羽のひばりまひさだまらぬ　一羽遅れしままの列　朝光に一羽出てゐる

一鳥 一鳥啼かず　一鳥飛ばず　一翳も無き白鳥湖

一尾 秋刀魚一尾を分けて喰ふ　秋の航一尾の魚も

一蝶 一蝶の舞ひ現れて　一蝶に雪嶺の瑠璃

【偽り】 いつはりいひて面ほてりかも　いつはりの口　愛も嘘偽もない日

嘘 うすもののみえすく嘘を　つくつもりなき嘘をつき　ある日の微笑ある夕の嘘

虚偽 美しければ虚偽多きかな　虚偽のむくいに

虚飾 不遜なるもの虚飾なるもの　浮世の虚飾や

言好き ことよきはまことすくなき　いで人は言のみぞよき　ことよくみえてつらき君かな

空言 まれにありつる空言も　洩るゝそらごと

空涙 女らの空涙　いつはりの涙のひびき　空うちにらみから泣をする　泣真似の上手なりける

【凍てる】 笹の凍てつく石の水　頬凍てし児を　うちてしやまむ心凍つ　凍てし鴉　竹ひゞらぐや夕凍てて

結氷 氷期の巨きな吹雪の裔は　底ひはやがて結氷し

凍る 雲氷るべく山高し　足の光りも氷らんとする　土は凍りて霜ふりにけり　滝落ちながら氷りけり

凍 元日のきびしき凍と　冱てのゆるまぬ芽麦かな

凍みる 朝凍とけて　凍みこごる　凍み雪の　凍み氷る夜を　冬菜凍みつき　門松に夕凍いたり

凍髪 凍髪を解きほぐしゆく　凍て死にし髪吾と同じ

凍雲 凍雲闇にひそむ夜を　凍雲のしづかに移る

凍鯉 氷魚かも真鯉生きて凍て

凍蝶 凍蝶の眉高々と　凍てたる蝶のうごきけり　凍蝶翅を立て直す　蝶凍てぬ　凍蝶に指ふるるまで

凍鶴 園長の来て凍鶴に　凍鶴の首を伸して

凍解 大地が解けゆるむ　いてどけをみせて桐の木　凍解の道

凍土 日かげ土かたく凍れる　土凍て、踏むにおとある
凍道 凍雪道の長かりしよ　道路みな霜に凍りて
凍廊 跫音ひくく凍てたる廊下　凍廊をおぶはれゆき
【糸】白糸 生糸 白糸手繰り機織りて
緒 糸や紐 小さき赤緒も氷りたる　朱の緒のなほ艶めくや
玉の緒 玉を貫く緒。短いことのたとえ 白玉の緒の　ゆらぐ玉の緒
績麻 麻を糸にすること 績麻なす長柄の宮に
金糸 金糸の縫を捌くかな　くれなゐに金糸の襟の
経緯 たての糸と、横の糸と しぐれの雨をたてぬきにして　誰か織りけむ経緯無しに
縷 糸・糸すじ 肉親の愛縷のごとし　霜に人生縷の如し
紡ぐ しづかに黙す手の紡ぎ　手紡ぎの衣にも　糸つむぐ媼の歌も　糸紡ぎの女が子守の唄を
【厭う】 あきかぜをいとひて閉めし　いたくいとはじ　春の山風　ふりまよふ雪もいとはで
厭わし 飯の匂ひもいとはしく　爽竹桃の赤きいとはし
疎まし 老は疎まし　うとみつる涙になづむ
疎む うとまれて仏いぢりや　人疎む門には市も
気疎き たそがれどきはけうとやな　鼠けうとく寒き明がた　気疎き響　往き交ふ船のけうとき無言

好さめず 好かない 人もすさめぬもみぢ葉は　人もすさめぬ音をや鳴らん　枇杷の花鳥もすさめず　駒もすさめぬ
忌む 霰ふる日に相会ふを忌む　水上げぬ紫陽花忌むや　忌む日もあれど　忌むごとき
【愛おし】 やせし我が手のいとほしさかな　虫はいとほし人はけうとし　離々たる草のいとほしきかな
愛おしむ 莟いとほしむ幼な子や　夏痩のわれいとほしむ　わかき命をいとほしみつつ　耳をいとほしむ
愛し 恋いとし　いのちの芽のいとし　いとし仔犬は
真愛しき 非常にいとしい まがなしき血の体を走るも　野をまがなしみ歩きつつ　まがなしきいのちにはあれ
【居所】 千鳥鳴くらし居む処無み
在処 霧たちかくす日の在処　有明の月のありどは　木星の常のありどの　日の在処ただ明るのみ
在処 夜なよな月のありどころ　きのふの空のありどころ
妹許 恋人の元へ 妹がりいそぐ　妹がりに鰒引さげて
君許 君の元へ 君がりに通ふに馴れし　君許はしる道すがらかな　ある夜かづきて君がり通ふ
【愛子】 最愛の子 葡萄うまきかいとし子よ　かなし児の柩いだきて　愛子を遠に置く身は

斎児 大切に育てた子　錦綾の中につつめる斎児も
思子 思ひ子は初遠旅の　父と母との思ひ児の我
子宝 宝のように大切な子　子宝の多い在所や
【暇】 ひま　名さへきくいとまもあらず　いとまあらば
物思ふいとまなき身は　病の床にいとまあり
閑 雪中の閑　われに閑ある　師走閑に羽つくろへる
暇 わが病めるひまに　炭焼く暇の作り畑
【暇乞】 別れの言葉を告げる　姫竜胆に暇乞ひ　よべの笑ひがいとまごひ　いとま給る白拍子　琵琶法師いとま申して　隣人らに暇告げて
さようなら 誰にともなくさやうなら　東京よさようなら
さらば この海よさらば　さらば〳〵をする子哉　さらば二十を　さらば〳〵とちる花か
別れの言葉 わかれの言葉まだいはず　わかれの言葉短かくも　まなうらながら別れは言えり
【嘶く】 木枯に駒いなゝきて　馬の遠嘶　嘶く春の
嘶える 月にいばゆる駒のこゑ　牧場の驢馬の颪に嘶ゆる　葦毛の馬の嘶え声　駒ぞいばゆる
【稲光】 野にあるごときいなびかり　いなびかり北よりすれば　首にからまる稲光　ぴかりと揺るる遠稲光
稲妻 稲妻のあおき翼ぞ　穂の上をてらす稲妻の　しづけき水に稲妻ひかる　野上を光す電の
遠稲妻 遠稲妻そらのいづこぞ　遠空のいなづま見れば
稲つるび 稲妻　雷火飛び交ふ宵を　雷火飛ぶ
稲の殿 留守ものすごし稲の殿
電光 瑠璃いろの電光が　電光きたり　電光一閃
【稲穂】 稲の穂　稲田の稲穂みな重く垂れ　稲ほをはかるむねの内　稲穂たれ敷く　みのりたる稲穂の波に
落穂拾い 落穂拾ふ顔を地に伏せ　落穂拾ひ日あたる方へ　落穂拾いの横鬢に　落穂拾ひの鶴の群
穂立 穂が出る　早稲田の穂立ち　夏草の穂立ちのひまを
穂田 裏の田の穂田に　穂田を雁が音
【稲】 去らぬ雲影稲を刈る　住まぬ一棟稲の秋　稲孕みつつあり　稲の露
稲雀 稲に群がる雀　稲雀笑いさざめく　稲雀降りんとするや
稲田 稲田の畦に　稲田の上に青海せまれる
稲葉 稲葉にかかる朝日子の玉　稲葉かき分け　稲葉のそよといふ人のなき　いつのまに稲葉そよぎて
美稲 みごとな稲　美稲の種子にこそあれ

陸稲 畑でつくる稲　黄ばみたる陸稲畑を　陸稲畑のあかるきひかり　はろか平に陸稲刈

晩稲 遅く実る稲　朝露の晩稲の山田　岩に干しある晩稲かな

禾草 イネ科植物の総称　風も燃え禾草も燃える　すがれの禾草を

ひこばえ 切株から萌え出る新芽　稲のひこばえほのあをく　ひこばえもなき切株や　今は春べとひこばえにけり

ひつじ 稲の刈り株から萌え出る新芽　鶉ふす刈田のひつぢ

【稲刈る】 痩稲を刈る老ばかり　深き水田の稲を刈る　よの中は稲かる頃か　女痩田の稲を刈る

秋女 秋の農繁期に雇われる女性　まなじり上げて秋女

籾殻 田と暮れて籾がらを焼く　敷きおける籾がら

籾摺 籾する石臼の音　籾摺競ふ谷向　籾すり馬に日静か　摺り溜る籾搔くことや　籾磨や

稲扱 稲からもみをとる作業　稲扱くとすてたる藁に　稲扱機高鳴る方へ　いね摺かけて月をみる

箕 穀物をふるう道具　箕にあまりたるむかご哉　夏菊に唐箕の塵の

【命】 限りある命のひまや　この寂しさが命けづるや　朝に生れ夕べに死ぬる命　けふのいのちを愛しけり

生の命 生きのいのちのかなしかりけり

息の緒 息の緒のよりて甲斐ある　息の緒の冷えゆく夜

命がけ 命がけのたはむれごとも　命をかけし歌書を

生命の 生命の香こそ　生命の不思議　生命の掟　いのちの花は　命の夜を　いのちのはてのうすあかり

霊の緒 汝が玉の緒をつく〴〵と思ふ　わがたまのをのをしからぬ古玉の緒ぞ　我が霊の緒は

人の命 人のいのちのしるきともし火

み命 みいのちにひたすら添ひて　み命に添ひ光らずば

【命絶つ】 魚の命の断たるれば　己れを悔いて命断ちつる　かそけきいのち自がつひに絶つ

遺書 ふところに遺書もなし　優しき遺書を残すとも

情死 情死の天の寒き晴れ　夏草や情死ありたる

切腹 腹割つ切りしをとこかな

身投げ 郷里にゐて身投げせしこと　人馳せて身投げを告げぬ　わぎもこが身を捨てしより

【祈る】 神仏に祈願する　がつくりと祈る向日葵　地は今し祈りに凪ぎて

祈禱 祈禱の室神は知らねど　火の祈禱

乞い祈む 頓死を乞ひのむ　乞ひのむわれを嘲みつゝ

合掌 阿修羅合掌の他の掌に

手を合せる 十夜の稚児の手を合せ　もろ手あはせて

百合の花　おもはず合はす掌
拝む　梅こひて卯花拝む　念頃に拝む地蔵の　足駄を拝む首途哉
拝む　岩にふし初日をろがむ　一斉に礼拝終る
額ずく　ひじりの墓にぬかづきて　ぬかづけば我も善女や　神の御まへにすゑて額づく　おん陵にぬかづきて
礼拝　日輪に礼拝したり　礼拝堂頂根突きぬき
【茨】　茨の刺にひとつゞゝ　棘をつかむ蛍哉　茨の垣
茨の葉に面寄する馬の　われをのろひぬ荊棘の少女
刺　刺ことごとくぬけさる朝　あざみの棘がちく〱と　薔薇を剪り刺をののしる　白い花びら刺のなか
茨の実　茨の実を食うて遊ぶ子
【尿】　いばりする子の後姿も　尿する茶壺も寒し
尿する　蚤虱馬の尿する　尿して去る　稚児のしゝ犬の欠尿むらしぐれ
尿　子をつれて尿にいでし　月に泣きつゝ長尿り　わがゆまる音のしづかに　器に屎す寒に打たれつつ
尿瓶　起き出でて探る尿瓶の　尿瓶の声に命ををしむ
尿起癖　頻尿。おしっこが近い　つき初めし尿起癖と
【戒める】　戒めの鈴を振る　いましむる声のきこえて

いばら――いよいよ

菫摘む子をいましめぬ　夜をいましめて門にあふげば
掟　律に服せずに　又あらたむる掟事　無常の掟
【在す】　いらっしゃる　祖母在ますごと　寒き国に父はいませり
昔より仏いまししを　いづくにかいますと問へば
在す　伎芸天在しまさねども　いきておはせど　母はさびしくおはさむと
居まさば　いらっしゃれば　ほとけいまさばをろがまむ
居まさず　いらっしゃらない　君はゐまさず　ほとけいまさぬ　父はいまさず　いまさぬ跡もめでたかり
まさぬ　いらっしゃらない　まさぬ世を思ふに堪へず　君まさぬ端居や
【愈愈】　だありあはいよいよ赤し　今宵月はいよよ愁しく　足るを知りつついよよ貧しく
いとど　椿たちばないとゞゆかしも　いとゞ永き日　いとどしく青み静もる　いとどしく椿の花
転た　命をもちて転たさびしき　うたゝこひしも
異に　蛍よりけに燃ゆれども　鳥が音異に鳴く
殊更　ことさらに冴ゆる星
さらぬだに　そうでなくても　さらぬだに寂しき秋を
尚も　心はなほもあこがるる　ビオロンなほも啜泣き
ひとしお　木曾の朝寒ひとしほに　寒さひとしほ

【苛立つ】 堪ふる暗さに心苛立つ　苛立ちやすき風の夜となる　焼けあとに来ていらだたしもよ

苛つ　いらちつつ身ぬちの力　心いらちて鳴く蛙

心尖る　心とがれりいかにせましな　気のいらち心の尖り　心するどく尖り来て　心とがれりいかにかはせむ

心の刺　みづからの心の刺に　言葉のなかにある刺は

腹立たし　妻に腹立たし　はらだたしわが満足は　はらだゝしかる折にしも　いらだたしさは和みけり

【入江】 山かひに入江は照れり　霜白き月夜入江を　入江に添へる陰影おほき町　朝まだき入江に

入海　怒れる波のつづく入海　入海をかこむ岬と　いりうみのひろきおもてに　言葉すくなき入海の

江　水鳥も見えぬ江わたる　夕日江に入垣のひま　夜はながれて江の尻ゆ　江の月うすき　江の月見

玉江（江の美称）玉江の真薦　玉江の芦を刈ぬ先

古江　蘆芽ぐむ古江の橋を　日のかげまよふ古入江　廃船のうへ古き入江に　鴛鴦の古江のさみだるゝ

湊江（港になっている入り江）みなと江の昼あたゝかき

湾　傘さして湾内漕ぐや　魚の血流す冬の湾　夕陽赤き湾内　黒くかこめる湾をみる　二月の湾に

【入る月】 入る月早き寄席戻り　入月の跡は

入る方　照月の入かたみれば

月傾く　山の端に月かたぶけば　西へかたぶく月影を　木の間に月はかたぶきて　かたぶく月にしぎのたつこゑ

【入る日】（陽が沈む）ふじのうしろに入日哉　入る日を洗ふ沖つ白波　霧らひつつ入る日の　黍の向ふに入る日かな

舂く（陽が沈む）舂く日の照りかへし　妙義が嶽にうすづく日　舂や老木の柿を

日の入る　日の入り果て後帰る　石に日の入　紫の富士へ日の入る　日の入る国に　日の入りぬれば

入つ陽　落つ日の照りきはまれば　没りつ陽が目に沁みるとも　額に淡し秋の入つ陽

入日　入日のなかを帰り来にけり　後ろに寒き入日かな　入り残る窓の落日を　にほふ入日に寺の鐘なる

落日　落日の坂を登りて　冬の落日吹きよせられ　河光るなり落日の国　落つる日のあかき田のもに

落暉　落暉北風身にひびく　寒き落暉群羊一つだに　落暉ふちどるみな冬鹿　落暉を送る

【刺青】 刺青のごと立てる杉かな　刺青めける斑のある　せなかの龍の披露哉　入墨なきメノコの唇が

刺青　浮名立ちたる刺青師　刺青に通ふ女や

【色】一色　野はいま一色に　唯だ一いろの悲しみに　一いろならぬ心の人を　ふりつみて雪ひといろの　墨一色の

暗色（暗い感じの色）　深き暗色　あぶらづいた土の暗紫色

色浅き（薄い色）　色まだあさき海棠の　色浅き桶の樒の

濡色（艶やかな色）　ぬれいろも濃き眼差よ　濡いろ見する庭石の艶　臼の濡色　濡れたる色の新しみこそ

飴色　夜に日にくだるあめいろの液　飴色の火が

インク色　インク色にひたして　インキいろの青い雨

真珠色　潤みもつ真珠の色と　半輪の真珠いろの月

水晶色　水晶の月ベランダの　水晶色のかまいたち

玻璃色　玻璃の海ゆく　玻璃の空　玻璃色の月

火色（火が燃える色）　火色ぞ動く野焼かな

水銀色　葉に満る陽の水銀のいろ

瑪瑙色　瑪瑙のいろの春の灯籠　瑪瑙色なる桃のやに

蠟色　蠟色に秋は冷たし　木の下の雪蠟のいろして

【色褪せる】　岸の木立もあせ果てて　野山も果ては褪せかはりけり　褪せつつのこる夕焼の雲

褪色　凋みゆく花の褪せいろ　風景は褪色し

色失う　椿落ちて色うしなひぬ

移ろう　うつろひて花なほあるや　色みえでうつろふものは　白菊のうつろひ行けば　うつろひし菊の香寒き

褪める　褪めはてし飾硝子の　あぢさゐのいろの褪めしは　行春やむらさきさむる

色変わる　色変えてゆく紫陽花の　色変へぬ竹の古根のしぐるゝ頃は色変りけり

常なき色（変わりやすい色）　常なき色にそむる心を

【色彩】　いろ彩ととのふ　青と赤の彩わかれ　濃き彩にしてとどまれず　色彩なき石も花と見き

彩　彩なすかげは　紅林檎あまり濃彩と　彩なす衣の

色音（色と声）　鳴りひびく沈黙の色音　色ねをこめて

原色　原色べたと病者の画　原色のかなしみを

極彩色（派手な色彩）　極彩色の羽衣を　極彩色の本を恋い

五彩（五色）　蜥蜴の膚の日の五彩　夜の花火五彩の点の

五色（青黄赤白黒）　五色の糸の糸まきに　五色の糸の縷糸に　五色の雲は　五色のテープ　五色の波こそ

彩色　彩色のこす案山子かな

七彩（七色）　甘美な七彩の霧の外套に　七彩に貫かれ

七色　晩秋の雲七色に　七色の虹彩に輝き　七色の山

【色里】（色町）　色里のあめにぬれけり　傾城町の昼の月

い

紅灯　紅灯の巷にゆきて　灯あかき街の少女らは

獅子窟　猛然として獅子窟に入る

青楼　青楼の午後花朱き　青楼や欄のひまより

遊女屋　遊女屋の使はぬ部屋の　旧いむかしの遊女屋　人も住はぬ遊女屋　遊びの家の灯のうつる水

【彩る】　頬も色どらず束ね髪　色どれど淋しき頬やな　いろどる風の　衣色どり　諒闇を彩どるものは

彩る　夕ばえの富士彩ると　しろく彩れる山の脈みゆ

色付く　露霜に諸木いろづく　田葛葉日にけに色づきぬ

染める　秋の木の葉をちぢに染むらむ

【色増さる】（色が濃くなる）　雨の後こそ色まさりけれ　野辺の緑ぞ色まさりける　色まさるまがきの菊も

色さびる　みどり寂びたる松が枝に　色さびぬれば飽かなくおもほゆ

色添う　ぬれて色そふ若かへで　ふけば色そふ柳かな　みぬ色そふる秋草の花　千代の色そふ庭のまつが枝

色深む　岩が根に色深みたる　色ふかみゆくあぢさゐや　冬とおもふ空のいろ深し　黒きまでに紫深き

【岩】　岩にあづけし杖と笠　巌やしたたり絞りだし　岩の畳みの雪あかり　大岩の陰のさむさよ

荒磯岩　荒磯岩とよもす波の　荒磯岩黒ぐろと

巌（高く大きな岩）　巌にも咲く花とこそ見れ　あら磯にたてるいはほや　巌のうへに家一つあり　青き巌に流れ落ち

岩陰　つつじ咲く山の岩かげ　岩かげの水のよどみに　岩かげに生ふる　岩かげ草のしげる山路を

岩根（大きな岩）　岩根とどろかし鳴る波のおと　極楽の島つ岩根や　岩根に憩ふ旅人の　岩が根のこごしき山に

岩間　岩間の真菰刈りかねて　はるかなる岩のはざまに　岩間を垂るるいは水の

頁岩　白亜系の頁岩の　青じろい頁岩の

【祝酒】　祝ひ酒なり

三三九度　みじか夜の三々九度に

祝酒　年祝ぎ酒の冷たきもよし　にひむろのほぎさけに　祝ぎ酒にをのこは酔ひぬ

屠蘇　屠蘇の香に思ひ出うれし　屠蘇に酔うて人楽しげ

【陰気】　陰気な黴臭い雨　蛾の飛んで陰気な茶屋や　陰気に閉す　山蟬は陰気をこのむ

暗す　愚に耐よと窓を暗す　暗すまの壁にむかひて

しめやぐ　しめやげる精舎のさかひ　しめやぐ秋にまつはりて　にほひしめやぐ物のけはひ

悄然 別れこし子は悄然と居る　悄然として前を行く

懶げ 老ひたる蜥蜴もの憂げに眠る　繋がれて駒もの憂げに　池の蛙が懶げに鳴く　惰うげに夏の雲見る

【インク】 いんきや尽きむ　紙と鉱質インクをつらね　魔法インク持ち医師は入りくる　新しいインクの香

青インク 霜にこぼれし青インクかな

赤インク 赤きインクの染みもなつかし

インクの匂 いと淡きインクのにほひ　新しいインクの香から　新しきインクのにほひ　インクの匂い部屋に満つ

インク壜 こほりたるインクの壜を　赤き硝子のいんき壜

吸取紙 手に平む吸取紙の骸色

う

【上】 卓の上なる食器らに　城の上に立ちて梢の上の空の

雲の上（雲の彼方） 雲の上なる日を探す　雲の上なる手毬唄

山上 山上の一基の墓に　山上の寂寞に居ぬ

樹上 燐光は樹上にかすか　木の上に拡がる三月の空

頭上 頭上に桜重きかな　天の川さやかなり頭上

地上 地上にするどく竹が生え　地上の秋へ一歩一歩

天辺 硬山のてつぺんに　てつぺんのはうから虹はうすれた　有明のすてつぺんから

掌の上 あたたかき湯浸きの掌の上　掌上に白桃

床の上（寝床） 命きはまる床の上に　床のうへにわれは嗟嘆す　床上に尿する

橋の上 橋の上に猫ゐて淋し　君恋ひわたる橋の上にすずしくわたる橋の上に　雉子の下りゐる橋の上

水の上 水の上に錦織り出で　まが事はみな水の上の水の上にほしいままなる　声横たふや水の上

面上（顔面） 面上にしてあらき嵐　面上に汗のあまねき

【飢える】 飢ゑてさまよふ獣かと　朝の飢　飢えてみな親しや　飢えた腹の底で短気な悲哀が

餓死 明日は餓死と絞首台と　餓死せぬ法を

飢餓 飢餓の夜を　飢餓から来る脅迫　都会の飢餓と

【植える】 わが二人植ゑし松の木　芋植ゑて土きせにけり

植う（植える） 君とわが植う海棠の苗　植る事子のごとくせよ　梅うゝと春の長日を　打ち黙し木を植う

挿木 青々と挿木の屑の　さし木つきたる月の朧夜

根分 菊の根分けも足ならし

【魚】 ふくかぜの中をうを飛　漁りたる魚は生きてあり

魚 魚をとりて食む　魚とり葦刈り　魚釣らすと

鰭（ひれ）　鰭生ふる痛み　鰭の赤い小魚は　魚あざやかに鰭振りて　蘭鋳の尾鰭ひらきゆるがず

遊魚（ゆうぎょ）泳いでいる魚　水底の遊漁は　遊魚も鉤を受けずやあらん　水ゆるやかに魚あそぶみゆ　淵にあそぶ魚

海魚（かいぎょ）　海魚あつめし市たちて　海魚の肌の変色は見ぬ

魚群（ぎょぐん）　遙かなる湖に魚群死にゆく

魚類（ぎょるい）　青い魚類の　魚類のごとくふかく黙すれど

銀魚（ぎんぎょ）　銀魚はつらつ　銀魚をはなち

魚（さかな）　お魚みたいに時間が流れる　落花魚になりにけり

鰓（あぎと）魚のえら　鰓吹るゝや鉤の魚　鰓にとほす冬芒

あぎとう　水面で口をぱくぱくする　小水葱被てあぎとふ鯰

青き魚（あおきうお）　あをき魚のかたちせる　青き魚揺れ　青い魚がどこともなく泳いで　ばいかるのうみの青魚を

赤き魚（あかきうお）　赤き魚しつぽりと提げ　腹あかき魚の泣くこゑ

生簀（いけす）　いけすは暗し　深きいけすを　岬のいけす　ゆるゝあはれや生簀籠　生簀籠春かぜうけて

【鵜飼】（うかい）篝火をたき、鵜を操って鮎などをとる漁　うにかせがせて茶碗酒　突つ立つ鵜匠はたらく鵜　腰簑に風折烏帽子

鵜匠（うしょう）　鵜匠や鵜を遊ずる　身しぼる叱咤の鵜の匠

鵜舟（うぶね）　かがりさしゆく鵜飼舟　やがてかなしき鵜舟かな　友鵜舟焔危し　友鵜舟離るれば　紅焔靡く二鵜舟

鵜篝（うかがり）　鵜篝の火心まぶしく　鵜篝の火華やすでに闇に現れ　鵜篝並めて　篝のくらき鵜川哉

鵜川（うかわ）　鵜飼の火川底見えて　ひえびえと鵜川の月の

鵜縄（うなわ）　うたゝ鵜縄の稽古哉　鵜縄の張ればひかれたる

【嗽】（うがい）　朝川にうがひに立ちて　朝は嗽ひの水すてにけり　嗽ひしてすなはちみれば

嗽い薬（うがいぐすり）　うがひの料の水薬の　うがひ薬のふらすこの

【窺う】（うかがう）　河童は愛し眼のみうかがふ　夜をうかがふ古鼠　白鷺の魚を窺ひて　わが部屋内をうかがふとかげ

風守り（かざまもり）風をよく見て頃合を待つ　波かしこみと風守り

斥候（せっこう）偵察の兵　気弱なる斥候のごと　斥候の銃火絶えたる斥候を放つて

伏勢（ふせぜい）　風の音に伏勢を覚り　伏勢見ゆる夏野哉

【親族】（うから）　友もなくうからも思はず　うからがあつまりかこむ　我が族　早や滅ぶべし　女多きうからの中に

血族（けつぞく）　血族のことをおもへば　血族のかたきえにしに

血筋（ちすじ）　血すぢを語りあふぞさびしき

族（やから）　少女子は魚の族か　箱車やからを載せて

裔（すえ）子孫　海部の裔よ　川上は平氏の裔の　裔びと減りて

遠祖（先祖）　遠祖の祖の時より　おち葉が下の先祖達　遠き御祖の住みたまひ　遠祖らの功名をゆめむ

【浮かれる】　京の春にうかるゝ人の　よの人は花にうかるゝ　春を浮かるゝ浮れ女や蝶　うかれ猫奇妙に焦て

浮かれ心　はるの野のうかれ心は　月を見て心うかれし

浮かれ行く　足どり軽く浮かれゆく　行くへなく流離れありけば　国々を流離れも行かず

【憂き】　暁ばかり憂きものはなし　うかりし年もけふくれんとす　うき我をさびしがらせよ

いぶせき　雲もこごれるいぶせさに　梅の花白しそのいぶせきに　柳散りしきていぶせき　いぶせき鬱憂の夜に

憂き人（つれない恋人）　うき人に手をうたれたる

憂さ　来し道のうさも忘れて　憂さのみまさる

うたて　うたてつゆけき　さえかへるそらをうたてと

鬱鬱　うつうつとして春くるゝ　うつうつと障子も閉め

鬱憂　鬱憂の唸　重げに　鬱憂の雪　鬱憂の心の海に

憂鬱　うち皺みたる憂鬱の　憂鬱をもて今日終る　憂鬱を皆吸ひ込むやうな晩だ

おぼぼし（気がめいる）　おぼぼしく待ちか恋ふらむ

朧心地（晴れ晴れしない心）　おぼろごゝちの春の夜の人

くれくれ（心も暗く）　道の長手をくれくれと　くれくれ参るくれくれと独りそわが来る

心重く　鉛なすおもきこころに　こころおもく庭をあるきて　飽満のこころ重たし　足軽くなり心重れり　手にのせて重りごころも

心の闇　心の闇にまどひにき　かきくらす心の闇の

慰まず　慰まざりき　慰さまぬ目にかんなを見いる

メランコリー　メランコリーな風の音　黒いメランコリアの　ほの青き鬱憂よ　暮春の鬱憂よ　鬱憂の薄闇に

【浮草】　池の萍　みなうごく　根ざしとどめぬ浮き草の　うき草を吹あつめてや　うきくさの水際はなるゝ

浮葉　うきはをわけてこぎいでむ　浮葉にけぶる

根無草　起き上がりたる根無草　裾吹蚊屋も根なし草

白蘋（白い花の浮き草）　巻き尽さんとせり白蘋の花を

【失う】　春風に失はるべき　うしなひしさまざまのゆめ　愛書きて何失いしわれ

失せる　光も失せぬ　匂ひ失せしをとめ

失くす　朝を失くして鳴かぬ玄鳥　夫を亡くする

【後ろ】　うしろから秋風吹や　白い幹そのうしろには　背後より夕日の照らす　帯する妻のうしろをばみる

後方 後ろの方 摘み終へてしりへを見れば

背にして 三菱倉庫月を背に 砧うつ母を背にして 海を背に 羊ならぶよ入日を背に

背向 後ろの方 そがひの山は 窓をそがひに司書老ひたり 澄む月をそがひに見つつ そがひには祭太鼓のどよみ聞き

【後ろ姿】 うしろ姿やゆふかすみ 背きしうしろ姿こそ 君のうしろを見おくれば うしろ見せてや衣更

後影 さ霧にきゆるそのうしろ影 かへり行く汝がうしろ影 わかき日のわがうしろ影

後ろ手 かへり行くうしろでさむし 縁にもの縫へる妻がうしろで 少年の後姿見れば

【臼】 立臼のぐるりは暗し 柳の下の洗ひ臼 臼只ひけり土間の冬 臼引き合へる妹背かな

臼の音 朝 夕べのうすのねに 隣の臼のやみにけり から臼踏みの臼の音 籾する石臼の音

餅搗 餅搗に祝儀とらする 餅搗の水呑みこぼす 夜一夜餅を搗く音よ 空ッ風餅搗く音の

杵 杵肩に餅つきにゆく 明星光る杵の先

【渦】 滝尻の渦しづかにて 渦に入り渦を出られず 渦に吸はる、木葉哉 星の渦

渦潮 たぎつ渦潮汝とへだつ 渦潮はやく衰へよ 渦潮を過ぎ来て南風に 名に負ふ鳴門の渦潮に

渦巻 渦巻きの渦を巻き巻き 湯気のうづまき かたつむり背の渦巻の 解氷の渦巻きすごき

渦巻く うづまきのぼる枯葉の渦は 渦まきとほる木枯の風 水の煙にうづまかれつゝ 沙丘に風の渦巻けば

【薄墨】 薄墨に降るたそがれの雨 桜花の山は淡墨いろに うす墨をふくみてさみし 雨ふくむ淡墨桜

鉄色 緑を帯びた黒 籠に飼ふ鉄色の蟬 ふりし鉄色あかねさび 鉄色に戻る寒夜の 鉄いろの石のはだ

煤色 煤いろの水晶張りて 煤色の仮漆こそ

鈍む 薄ずみ色になる 鈍ばむさびしさ 薄鈍み曇る侘しさ 鈍びくゆる紫ごろも 鈍びまさりゆく浮雲は

鈍色 秋空は鈍色にして 春の夜の鈍色なるも 鈍色の雲おし上げて 心をばにび色に染め 鈍色の紙

【埋める】 夫うづむ真白き菊を うづむるばかり落葉吹くなり 蝶を埋めし桃の根に 歩廊埋めて無数の人ら

埋もれる 野路も山路もうづもれて 霧の下にもうづもれて 青葉若葉にうづもれて 埋もれし殻に

埋火 炉のいけ火 夜半はことさら埋火の うづみ火のにほふあ

たりは　うづみ火や終には煮る　埋火や何を願ひの
埋め雪　うづむる雪に機はじめ　降りうづむ雪を友にて
埋木　地層中に埋まった樹木　杉の埋木板にして　三千年の埋木に　瀬々の埋れ木　谷のむもれ木　身はむもれ木の
【羅】　紗や絽など薄い絹　羅をゆるやかに著て　綺の桜のきぬも　うすものに文字織出さん
薄絹　うす絹被く　早や初秋の薄絹に
軽羅　軽羅のころも花ごろも　軽羅を干して軽羅の少女
紗　紗の帳 撓めきかかげ　黒き紗に　雲の紗のひろごり
羅　羅を裁つや　羅の大きな紋で　羅をかづきたる君
【薄氷】　こゝろかなしく薄氷をふむ　道の薄氷踏みつつおもふ　梅が香のかよふ薄氷　薄氷をかがとに踏みて
薄氷り　手にうつくしき薄氷　湖べにむすぶ薄氷　青みにうつる薄氷　月に蓋する薄氷　水に皮あり薄氷
薄氷　春薄氷ちらら揺り越す　水の田に薄氷ただよふ
春の氷　春の薄氷　春風に氷ながる丶　春雷の下に氷塊
【歌】　和歌・短歌　子をおもふ憶良の歌や　歌たまへ　歌の二人に月ものぼりぬ　無精卵の如き歌いくつ
歌心　文字も知らずに歌心　和歌に痩せ俳句に痩せぬ
歌幸　歌幸を得ん　詩幸おもひ

秘め歌　舅の知らぬ秘め歌かかむ　我ひめ歌の限りきかせむ　神の秘歌きく夜の興や
短歌　短歌　みじかき歌はうたひかねたり
連歌　春の月夜の連歌道　連歌してもどる夜
一首　和歌や詩の一つ　血の一滴か涙の一首か
【歌う】　さゆらぎ歌ふ　山裾に乙女ら歌ふ
オペラ　舞台に展くローエングリン　オペラの前の
合唱　壁透る男声合唱　天使らがごとしウィーンの少年
合唱　女声コーラス吸ふ空の　窓もるる二部唱の声
唄　雲雀の唄死なず　初蟬の唄絶えしまま
歌声　行進の歌ごゑきこゆ　わがうたごゑの消えゆけば　河なみにうたごゑ起こり
低唱　低い声で歌う　人低唱の闇の戸や
小唄　恋の小唄をくちずさみ　落穂ひろひの小唄か
讃歌　讃歌者が輩に　広大の讃歌を
唱歌　妹の唱歌きゝつゝ　廊下にたてば唱歌さびしや
琉歌　沖縄・奄美の叙情歌　かなし琉歌よ　真白日の琉歌の曲を
一節　恋の一曲奏でむと　看護婦がうたふ唄のひとふし
【歌うたい】　浜辺の石は唄うたひ　手とりゑ笑ひ歌うたひ　アルト歌者のなげかひを　古き波照間のふしうたひ

歌姫 時めきしうたひめ　歌姫のごとくかはれる　うたひめとわざをぎ人の恋ならば

ソプラノ 厨に母のソプラノ聞こゆ　最高音の入り雑り

ソロ ソロのピアノの咽ぶ時　にほやかに女の独唱の

【疑う】 うたがひながら待つ契かな　倖せを疑はざりし　疑はぬ人の心にむくゆべく　うたがふな潮の花も

疑い 妻の疑惑を釈かずに措く　疑問に悲しみ乱れうたがひは剣となりて　疑ひの野火しめじめと

怪しむ 光る白帆をあやしみて　日のくれおそき空を異しむ　あやしみしより思ひこがるる

訝む 父来ましぬといぶかしみ　いぶかしみ世は我を見る　ひとりいぶかる昼の月かげ

【宴】 夏のうたげにはべる身の　宴はいともまどかにて　恋のうたげも　美し宴の　宴のきぬに　この夕宴あり

宴のあと 宴のあとを秋の風ふく　宴のあとにちらばれる　宴はて丶膳あらふ灯や　わかき日の宴のあとを

興宴 趣深い宴　興宴のみぎりには

饗宴 饗宴のただなかにして　饗宴のをはりしあとの

豊の明り 宮中の宴会　豊のあかりの夜の宴　豊のあかりの舞の袖

【転寝】 うたたねに恋しき人を　うたゝ寝の夢美しや

居眠り 赤電車に居眠るをんな　通夜寒し居眠りて泣き　蝿打を持て居眠る　行服の少女居眠りするも

仮寝 舞姫のかりね姿よ　かり寝さめたる欠びかな　肘白き僧のかり寝や　すみれの床にかりねせん

微睡む 交睫も得ぬ夜の底の　まどろめば夢の扉を打つ　ひとをさびしむまどろみしのち　三伏や昼をまどろむ

うつうつ うつうつと眠りつ醒めつ　うつうつ通る青鴉

うつらうつら うつら〳〵と夜が明ける

うとうと 元日といふにうとうとと

【歌人】 ひとはうたびと　牛飼の歌人　われこそは森の歌人　人麿は大き歌びと　こゝに果てたる歌びとの

歌詠み 歌よみの先達多し　歌よみの大方は貧しく　万葉の歌よみ居れば　歌よむ人の

歌将軍 実朝　歌将軍のおもかげを　右府の歌の威

歌聖 すぐれた歌人　歌のひじりの跡し偲ばゆ　心うたひし歌ひじり　この歌法師何もかも祈る

六歌仙 六歌仙の誰に似たらむ　子の日に出たり六歌仙

【歌詠む】 よき香こもらせ歌をよまばや　よき歌を詠まむと　西行ならば歌よまん　歌をよみにつどひし人のこころ凪ぎ来ぬいざ歌詠まむ

歌作る　歌つくることを幸とし　歌をつくりて飯に代ふ　ゆふばえの海の歌かく　歌思ひ

歌無き　とのゐの宵のひとり歌なき　歌の無き日は悲し　歌なき人に月もをぐらき　風の使のうたもなき夜や

歌会　歌会せしはわかきひとびと　観潮楼の歌会おもほゆ　歌の会開かんと　花のあそびにくたびれて

【打水】　打水の又振る空や　打水落ちつく　打水に木陰湿れる　打水の竹のしづくや　打水や提灯しらむ

水撒き　客あつて水撒く妻を　水を撒きたる日永かな

水を打つ　水打ちて濡れたる色の　水打つてけふ紅梅に　水打つて石涼しさや　水を打つ夕空に月　水打つやとべる子がへる

【団扇】　筆筒に団扇さしたる　尻を向けたる団扇かな　たそがれがほの団かな　帯のうしろに団扇をさして

秋団扇　秋の団扇や昼寝起き　身にそふ秋の団扇かな

絵団扇　絵扇とりて立ちまよふ

渋団扇　柿渋を表面に塗った　惜げなき渋団扇

古団扇　古団扇涙の跡を

【美しき】　母美し　童女うつくしともし火のもと　雨にうつくし傘のうちの人　わが死せむ美しき日のために　美しうねむれる人に　物のかくれてうつくしき

美　美の恍惚にひたること　美に埋もれ

心麗し　夕日なすうらぐはしも　うらぐはし山ぞ

美し　青柳の糸の細しさ　くはし若芽は　花種のくはし芽の　空晴れて鐘の音美し　桃美し

ま麗し　まぐはし新葉たちそひて　ま麗し児ろは誰が笥か持たむ　朝日なすまぐはしも

綾なす　彩なす雲に　彩なすかげは　彩なす衣の　胸に文なす　むら鳥のあやなすすだき

玉敷く　玉しく宮のむかしおもほゆ　玉敷ける　宿にも珠敷かましを

玉の　玉の台の欄干に　玉の螺鈿の枕をするも　玉のひつぎもあつらへん　玉の如き小春日和を　冠の人玉の如き

真玉　真玉なす汗拭ひつつ　真玉なす桜花のしづくに

あえか　山なみ雪にただあえかなる　あえかに立てる玻璃の少女　あえかにきたる河風のため

貴やか　あてやかに華奢に　あてやかなれど寒き明がた

甘き　美しく甘き　うす甘き　もの甘き

妖しさ　昼月の照る妖しさよ　髪のあやしさ

美しき　玉キャベツいつくしきかも　いつくしく虹たち

にけり　海神のいつくしき辺に

色香（色艶）　梅の花あかぬ色香は　だい〳〵の花香にいでしたをりこしはなのいろかは　色香に染まば

美し　のぼりくる美し君　静かに更くるうまし夜は

甘美　甘美な夢の　性欲に似し情の甘美を

清げ　清げの尼の　庭いと清げ　清げなる人　車清げに

清ら　はだへきよらに人病めり　清らなるしろき椿と　秋ぞらは青くきよらに　日もきよらなる

きらきらし　花きらきらし秋海棠の花　その姿の端正しきに　端正し自れ照り出で

清ら　けうらのをとこ　いとけうらにて

素晴らしい　月夜の海がすばらしく　すばらしい乳房だ

衣通る（美しさが衣を通して輝く）　羅に衣通る月の

匂う　ひかりも匂ふ春日哉　匂へ藤いくかといはん　にほひいでたる山ざくら花　花も奇しく匂ひいで

匂やか　にほやかにものは言へども　匂ひやかなるわらひ顔　三日月のにほやかにして　にほやかな月をあげけり

花の　花のやうなる人ありて　花のやうなる旅の僧　花の巴里の旅がたり　花の曙　花のしら浪　花のたもとに

美妙　美妙の御相けふ身にしみぬ　仏具磨く美妙音

蘭　蘭室に屛風徒らに張りて　曲を奏しつつ蘭舟を泛べたり　香をのこす蘭帳

琅玕（美しい宝石。美しいもののたとえ）　琅玕の洞　琅玕の宮　琅玕はあらい倒る　水ちかき琅玕の家

【空蟬】　空蟬指にすがりつく　空蟬のからは木ごとにうつせみの羽におく露の　岩に爪たてて空蟬　森の空蟬

蟬の殻　いくつ色づく蟬のから　軽さくらべん蟬の空殻をぬぐ蟬の目色が　蟬のなきがら踏みしかな

抜け殻　はた〳〵と蛇のぬけがら

もぬけ　身はもぬけなり　もぬけの骸をひややかにみる

【現】（現実。正気。）　闇の現はさだかなる　現にだにも飽かぬ心を　現をも現とさらに　うつゝに見む日

今も　冬菜をつりて今も吊るなり

現在　吾が恋は現在も悲し　何時のまさかも

夢現（夢と現実）　夢かうつつか朝露の　寝てか覚めてか

【うっとり】　花過ぎの雲うつとりと　うつとりしながら恋ひしたふ　うつとりと野糞をたれながら

恍　こゝろ恍たり真昼野を見る　恍として夢ならず

恍惚　恍惚とまどろむイヴの　恍惚と万灯照りあひ

恍惚として雲を見るかな
陶酔 光る繭の陶酔を　孤独な陶酔が　陶酔の妙音
見惚れる あなうつけ見恍れ聞き恍れ　我も見ほけて見ほけつつ停てり

【俯向く】 夜の馬俯向き眠る　梅はうつむく花多き　うつむひてきく渓の鶯　うつむくひまに変る紫陽花
俯伏す うつぶしに歩み来につつ　散りての花もうつぶしにけり　俯伏して閨に物書く
伏目 旅人は伏目にすぐる　伏目に読む睫毛幼し　すこし伏目にべにさして　伏目して君は海見る

【移り気】 誰が移り気と責め給ふらむ
徒なる あだなるものといふべかりけり　あだなる風を
移し心 うつし心は色ことにして
二心 浮気心。裏切り心　二心かくす眼し　今日ぞ見る二重心よ　二心ゆめもたじとて　二心あらじと
二道 二途かくる人心　吾が心二行くなもと
戯男 たはれ男の口笛過ぎぬ　無頼ともたはれをとしも
戯女 あらそひはたはれ女ゆゑか　よき淫れ女が
ドンファン 少女をたたふドンファンも　ドンファンの指にて石化　なほドン・ファンになりきれず

うつむく――うなだれる

【映る】 瞳にうつる青空は　海の碧さの映りゐる　炎天の映る鏡に　我が黒き眼にかろく映りぬ
映す 凧ひとつうつして暮れぬ　うつる空よりうつす水　空を映して水は動かず　わが愛を映す鏡
映ろう 色や影が映る　もりのこのはにうつろひぬ　うつろふ影や

【空洞】 空洞なる声　空虚に病みぬ　空ろな街が
空洞木 空洞木に生かしおく火や　熊の住む空木ながら
空っぽ 籠はまた空つぽ　青梅や空しき籠に

【腕組む】 漁夫の墓みな腕組める　拱きて稲を負ひくる
手抱く 泣く児たむだき吾二人泣く
懐手 ひとりながむる懐手　こころ痴れたるふところ手　マスクしてふところ手して

【頷く】 頬すりつけてうなづけば　鳶とわが相見うなづく　蟻と蟻うなづきあひて
肯う このしづけさを肯はむとす　友もうべなふ　うべなひ難きこころ昂ぶる　診断をうべなひがたく
従う しのびかにしたがふ日々よ　運命にしたがふ如く　親鶴に従ふ雛の　ひとに従ひゆくはよき

【項垂れる】 うなだれし秋海棠に　うなだれて歩く巷の　頸垂れ辿りゆく影の　向日葵の垂れしうなじは

項傾す おのれ耀き頸かぶす　頸かぶす女わらべの
頭垂れ 鶏頭の首を垂れて　やや自ら吾が頭垂れけり
【海面】 汐さだまらぬ外の海づら　堅くかわける海面を見る　紺青の海つら近く　幽暗に海づら鈍み
海面 あへて漕ぎ出むにはも静けし　には清み
海光（海面の輝き） 風吹きて海光いたし　海光荒き穂麦原
【海原】 哀しみのうなばらかけり　うなばらをこえゆく
海 いくら鳴つても海は海　雲に鳥人間海に　海もあ眠に入るか。　海あをくひかれるをみる
海山 移りもかはる海山のいろ　海山千里　世をうみ山に　海山越えて　海山のはたてにありて
瀞 さゞ波の絶えざる瀞や　瀞の渦巻蝶　溺れ
洋（潮流の強い海洋） 俄に変る洋の色　ひたすらに洋をこそ漕げ　洋覆ふ幕に
洋 ものもなき洋のみ中に　洋の波青く澄みたり
海神 青わたつみを　霞噴くらんわたつみの上　潮に吸はれてわだつみをゆく　わたつみの底かき濁し
海中 海中の雁木ひとつを　海なかに沈まむとする
わたの原 わだの原青きうへゆき　わたの原遙かに波を
【唸る】 ダイナモの重き唸りの　電柱唸り立つ　大空に唸れる虻を　極暑の息を唸り吐く
呻く 遠方の家畜の呻き　夏草にうめく鉄路の　鈍重な氷のうめきは　人の骸の夜のうめき
【奪う】 唇はくちびるに奪え　奪はれし君をなげきて　われは隈なく奪はれてゐる
盗む 昨日や鶴を盗れし　海のひかりを盗みたり　盗みて食めと　飾りの蜜柑盗まれて　香炉盗む　飯盗む
【熟睡】 熟睡の吾子とならび寝る　うまいの顔はいとけなき　甘寝に耽る　うつくしきうまいの顔や
安寝 えも安寝せで思ひ煩ふ　ひたぶるに安寝しなさね
安く寝る こよひも酔ひて安く眠らむ　閑居の膝にやすういぬるよ　昼はもの書き夜は安く寝
【馬方】（馬を引く人） 馬士の謂次第なり　馬かたはしらじ
馬追 馬追ひが唄ふ小唄の　馬追に馬の事きく
曳馬 ほのぼのと白馬曳かれて　曳馬の歩き眠りや
馬子 馬子ひとり入日背にして　女馬士はらから通る
博労（馬の仲買人） 伯楽ゆきて百年経たり　小春の博労が
【馬に乗る】 馬に乗って千里の情や　黒馬に乗りて　横乗の馬のつゞくや
馬上 夜明の月に馬上かな　春の風なり馬の上　馬上

に氷る影法師　馬上の寛闊に　馬上に歌ふ　馬上に仰ぐ

駒ながら（馬に乗ったままで）　駒ながら妹がり通ふ　駒ながらうたを手むけて　駒にして落人よぎる

駒やる　そぞろ駒やる初夏の森　わが御せし馬

【馬の毛色】栗毛　たくましき栗毛野馬の　わが駒の栗毛のいろは　黒栗毛なる

葦毛　葦毛の馬の嘶え声　芦毛の馬の　しらあしげなる

黒馬　虚空を黒き馬をどる　黒馬に映るけしきの

黒駒　薄なびきて黒駒あそぶ　黒毛の駒の太腹に

赤馬　路のべの赤馬の尻毛に　赤馬に追たてられて

赤駒　赤駒の足掻く激に　女手に赤駒つかひ

青駒　青駒の足掻きを早み　みやびとはあをうまひけり

鹿毛　毛なみ優れし栗鹿毛の　馬は黒鹿毛

月毛　君が乗る月毛の駒に　月毛なり連銭なり

白馬　白馬に騎りて我は行く　白き馬行く夏草の中を

【馬屋】　刈草の馬屋に光る　厩なる縄絶つ駒　大き厩に干草の　青葉照る昼の厩の

馬屋　厩内ゆなだれ出でては

御厩　天の御厩のおん馬は　御馬屋の隅なる

【生れる】　生まれたり輝くいのち　やゝちいさうて生れけり　桜よりうまれしひとに

生る（生まれる）　蛍の生れむにほひこそすれ　生れしばかりの露の泡　海の中より生るる陽を見る　書魔生るゝ春

生れつぐ　日々うまれつぐ莟かな　何に生れつぐ白水泡

生れ坐す（お生まれになった）　生れましし神のことごと

生れ変る　聖人の生れ代りか　生れかはらば　死にかはり生れかはりて　地に人は生れまた人を生む

【海風】（海岸を吹く風）　こよひまた海風はげし　島の海風　マッチの棒を消し海風に話す　海風に尾羽を全開

潮風　うしほ風岩にあたりて　うしほ風いたくはげしき

海つ風　湖つ風あたる障子の　海つかぜ西吹きあげて

海の風　海のかぜ葡萄のにほひ　海の風寛に渡るを　海の風いつぱい　海の風ここにあつまる

浦風　うら風は夕涼しく　浦風のあはれに強し

潮風　花を揺すぶる潮風の　薄い光と汐風に

湊風　湊風いたくな吹きそ　水門風和ぐる日も無く

【海辺】　海辺のどかに春立つらしも　海のべの光をうけて　無限の闇の海辺に　海辺の春　海辺の宿に

海岸　海岸のちひさき町の　風に耐へゐる海岸の　湖岸の家　海の岸なる老樹の椿

海沿い　海ぞひまちの　海ぞひの道ながながと

【梅干】　梅干と皺くらべせん　梅干の塩噴く笊や　梅干にすでに日陰や　病めば梅ぼしのあかさ

梅漬　梅漬の夜通し干すに　信濃なる梅漬うまし　なまのままなるまろき梅漬　梅漬迄の日数かな

梅干す　梅むらさきに干上りぬ　梅したゝかに干しにけり　干梅の皺たのもしく

【浦】 入江　うら漕舟の　浦のをとめの紅つけしより　浦の名をうなゐに問へば　岩屋の浦のともし灯の

浦路 海岸の道　浦路はれゆく　まてしばし浦路もふけぬ

浦波 海岸に打ち寄せる波　声うちそふる須磨の浦波　浦波に足ぬらし来つ　月影清し志賀の浦なみ

浦回 入り組んだ海岸　日のくれてうらわ急げば　みんなみにひらく浦曲に　浦わの千鳥月に鳴くなり

【裏表】　焚火にうらおもてあぶる　日に干す傘の裏おもて　うらみの瀧のうらおもて

裏　うら見せて涼しき瀧の　銅像の裏には　手のひらあぶれば手のうらさむし

二面 両面　二おもて世の為になれぬれど

【裏手】　裏手の路次の門弾は　堂の裏手は墓場なり

裏　晩夏の工場裏　裏を流るゝ春の水　裏の田の穂田に頭を　裏丘の　苺つみとる裏畑

裏戸　裏戸覗くは　灰汁桶に水さす裏戸　裏戸明け来る

背戸　子供出てこよ背戸の月夜に　背戸垣に朝日にほひて　あけくれ通ふ背戸の納屋　背戸ごとに小舟纜へる

背戸畑　背戸畑のねぎの青鉾　背戸の畑なすび黄ばみて

家尻　深川の家尻も見えて　家尻の不二も

【裏通り】　裏通り堀の水こそ　水鶏に近き裏通り

裏街　裏街の部屋に臥やりて　暗いさみしいうら町を　彼の夜別れし裏街の角　裏街のぽすとに来る人

裏道　別れてもどる裏みちで　藪から村へぬけるうら道

横町　とある横町まがりけり　鶯横町塀に梅なく

裏店 裏通りの家　裏店の洗流の日かげ　うら住や五尺の空も

【占う】　あすの月雨占なはん　占なひ人よ我を占なへ　路行占にうらなへば　四辻の易者に行き

辻占 占い　辻占の灯かげ小さき　遠き辻占過ぎゆけど

卜者 易者　老の卜者の　卜者の家居　売卜者

夕占 夕方の辻占　道ゆき夕占問ふほどに　石占もちて夕占問ひ

陰陽師　天火取りたる陰陽師　庭を掃き居る陰陽師

【うらぶれる】　うらぶれ迷ふ旅の憂さ　世にうらぶれ

しはらからと　うらぶれて聞く蕭の音かな
落ち目　人のおちめや年の暮　人は落ちめが大事かな
堕ちる　地獄にも堕ちなば堕ちね　地に墜つも草にすがりて　烈しき鳥は海へ墜つ　堕ちゆきし果てに待つと
堕落　それが私の堕落かどうか　堕落の道を
凋落　物皆の凋落の　いま凋落の黄を浴びむとす
成の果　これも美人のなれの果　旅芸人のなれのはて
破滅　破滅の酒　滅の香ぞ　吹きて滅し　燃ゆる死滅の
落魄　落魄こゝに二十年　落魄のうちに死にたる友のこと　落魄の夫の噂も　落魄の歌つくるべく
落莫　落莫の身は生きてせんなし　身の落莫を
淪落（堕落）　淪落のクレオパトラが　淪落の底の安堵や
零落　零落をかこちながらも　身の零落に
【恨む】　ものを恨める十月の風　花にうらみ　秋もうらみじ　この日恨の野に捨てにける
恨み顔　葛の葉のうらみ顔なる　菜の花のかこち顔なる
怨じる　怨じていねし美しき君　凪ぎはてし海を怨ずる
託つ　貧かこつ隣同士の　ひとりかこつる恋ごゝろ
託言　女のかごとおもしろし　かはたれのかなしき怨言　枕にいひしわがかごと

愚痴　愚痴のしぶき雨　愚痴多き祖父が飼いおく
【羨む】　隣羨む簾越し　ゆきくれてうらやむ空や　天なる蝶の羽ぞ羨みし　長者の子をば羨みぬ
羨まし　うらやましきは池の鴛鴦鳥　雲を超えゆく雲が羨しも　羨 しかも
羨しき　桑おほき羨しき山国　病みてあればともしきものか　今やこぐらんともしきをぶね
【麗ら】　春日うらゝに駒むれ遊ぶ　秋の日はうらゝに照りて　梅うらら　穢土のうらゝの　師走の旅うらら
麗麗　日もうらうらと奈良の町　春日うらうら遠山ざくら　日かげうらうら芍薬ひらく
陽気　すこし蒸す陽気のさくら　陽気やゝゆるみし雪と
麗日　麗日や殊に華萌ゆ　今日の麗日
【潤む】（しっとり）　巷の灯の遠きうるみや　通夜の灯うるむ　君はうるめる眼をあげぬ　野はうるみつつ
潤う　うるほひ澄める日の光　露にうるほふ茄子の花　朝夕となくうるほへり　玻璃窓のうるほふみれば
しっとり　しっとりと藍いろの闇は　しっとりと夜霧下りて　しっとりと五月朝風　しっとりと朝が来ている
しめじめ（しっとり）　庭しめじめと　しめじめと落葉の積める

しめ〳〵と雨のおときく　野火しめじめと
しめやか　やよひの雨はしめやかに　しめやかに雨過ぎしかば　しめやかに降りつもりたる　音のしめやかに
【麗しき】　みめうるはしき　うるはしき汝が頰の涙　隈篠の広葉うるはし　秋の来てこそ美しく
哀れ　立派　色あはれなる秋草の　あはれなるかもこの夜ごろ　いかさまにてもあはれなるかな
美しくも　いしくも濡れし露の蓼　いしくも在りぬ
美美しき　美々しき花弁　行きて美々しや赤毛布
目覚しき　目ざましきもの花辛夷　めざましき若葉の色
目出度き　めでたき雛の顔　しだり柳のめでたく成ぬ
ゆゆしき　一箱の林檎ゆゝしや　ゆゝしき冬の夜を
【嬉しき】　七夕は逢ふをうれしと　さびしさのうれしくも有　さやけき月を見るぞうれしき　嬉しさの朝々を
いそいそ　そなた待つとていそいそと　いそいそと女房
浮き浮き　足裏にうきうき踏めど　うきうきしたる
嬉し顔　うれし顔にも鳴くかはづかな
ときめき　開く初めのときめきを　ときめきを覚ゆる度に　ときめきの香に顫へつつ　闇くる風に春ときめきぬ
【熟れる】　熟れ熟れて　杏熟れ　熟れきつて裂け落つ　桑のみのか黒く熟るる　豆柿の熟れる北窓
熟実　地におちたる熟れし実の　高き木に熟れし木の実を　熟実を受けつ　果は熟えて落ち来る
熟麦　野の麦熟れは極まりし　熟れつぐ麦に口笛鳴らす
熟柿　熟柿を啜る心の喪　熟柿仲間の坐につきぬ
【鱗】　しずかな鱗の呼吸をきく　蒼白う鱗かがやく　絹のうろこをまとひたる魚　銀鱗の鮭のあぶらは
鱗　膚の鱗に　瑠璃なす鱗　鱗なしつつ
うろくず　汝が描きしうろくづの絵に　やまめうぐひのうろくづの　遊ぶなる魚族の箱
魚くず　鵜縄に逃ぐるいろくづを　魚くづのごと人のうつくし　魚くづの光る長靴
【噂】　ひろがりしうはさの寒き　うはさきくだけ花ぐもり　噂や残る　しろき噂も　後の噂を　春の噂か
浮名　情事の　浮名も立たず秋が来る　憂き名流さむ　少し名の立つもうれしき
風の便り　そなたの風の便り過ぐすな　風のたよりに
人言繁み　多くて　人言繁み妹の訪ひ来ぬ　わが思ふ人に言のしげけむ　人言を繁み言痛み
【運命】　運命ののがれがたきを　運命は自分の意志で

運命の坑こそ待てれ　運命の絃　運命をくばるはりがね

運　運不運人のうへにぞ　また逃げし運を追ふ目や　衰運の卦の手袋を　ことしの運を

さだめ　花のさだめに　さむるさだめの夢を永久に落たる蝶に運命おもひぬ　よせし運命の大波ぞ世か

宿命　石を積む宿命　宿命のごとくする偽瞞に

宿世　宿世のよそに血を召しませな　親と子の宿世かなしき　おなじ宿世の友なしと　一夜宿世の

え

【絵】　すゞしさを絵にうつしけり　富士にむかはゞ故郷の絵　ドガが絵の女の肉の

写生　菊の花絵にし写して　村の子の写生にたかる

デッサン　どのデッサンもきみの死顔

画　狸毛でかいた密画の葉も　池の端に書画の会あり

墨絵　墨絵の梅の秀枝すがしも　墨絵の雲や糸ざくら　墨絵の雁の　曙の墨絵の雲や　かきなぐる墨絵をかしく

紙芝居　紙芝居の絵のコバルトの

壁画　物ふりし壁画の如く　壁画にとほき日のひかり　壁画天女まいあそぶ

【映画】　わくらばに見し映画　風の映画を見たり

映画館　映画館の灯を隔てて　映画館の孤独にたえず

映写　映写機なおす　わたしの生涯の映画幕から

活動　活動写真の色は透かせど　いそがしき活動写真　活動館のぼんぼん時計　活動館の青旗赤旗

シネマ　シネマ観て出て来てひとり　薄青きシネマのまたたき　キネマはてたる大通り　浅草のきねまを抜けて

【笑顔】　父の笑顔を距離おきて見る　吾子の笑顔のよごれたる　つくる笑顔に妻を泣かしむ　笑顔を抱いて

笑窪　小指もてつく頰のゑくぼかな　指えくぼ　ほほえめばえくぼこぼるる　妻のゑくぼの　新じやがのえくぼ

笑まい（笑顔）　向けしゑまひの冷えゆく暫し　花やかの笑の底に　若きゑまひの花かげに　妹が笑ひを夢に見て

笑眉（笑う）　妹が笑眉のうら若み　月の眉開く

片笑（片頰に笑みを浮かべる）　夕片笑みの二十びと　ひく袖に片笑もらす　片笑める酋長の面　そと片笑みし

【描く】　仏画く殿司の窓や　少年魚をのみゑがく

アトリエ　がらんどうなアトリエの　アトリエの隅

画室　赤き画室の暮れ残るかな　画室で風を引き

画廊　王の画廊に立つごとし　余業に画廊開きたる

モデル　かりそめに衣たるモデルの　裸体のモデル女が

裸婦　画布にひつそりと横むく裸婦よ　みつめられ汚る

裸婦像　金銭の一片と裸婦　裸婦の図を見てをり

絵絹　絵絹おさへてほゝゑむ君や　夕ばえの富士の絵絹に　画絹の半われにかしませ　絵ぎぬ蚊帳の

絵具　絵の具とく夜を春の雨ふる　とけ合はぬ絵具のごときしろきゑのぐの滲みいでて　絵の具取り出で

絵筆　絵筆うちふる吾指は　なづさひし画筆やいかに冴えてくる神の絵筆に　画家の絵筆はとつとつと

画布　画布にむかひ　ながき時は画布のうへにも　画布にうつす緑燃えさかるなり

カンバス（画布）　南風の岩にカンバス据ゑて　木炭画のカンバス　汚れたるかんばすに　カンバス走る刷毛の音に

クレヨン　クレヨン画大切に　クレオン画の飛行船に

パレット　パレットの上の朱が　パレツト面の様な混濁と

【駅】　乗りかへ名のる駅の春　夜行汽車着く海の駅

プラットホーム　水色のプラットホームと　プラットホームに只独り　佇ちて濡れいるプラットホーム

歩廊（プラットホーム）　長き歩廊をわが踏みわたる　全身うつる歩廊の鏡　歩廊のみづのみ場に

駅逓　朱の色の駅逓馬車　駅逓所より馬も橇もいづ

駅夫　年老ひし駅夫の頬に　伊賀の駅夫は鍬を振る　駅の名呼びてとほる沓音　駅長の歩み聞こゆる

駅鈴（発車のベル）　一時晦冥の駅鈴

古駅　古駅に秋風をきく　蕭条たる古駅に入るや

山駅　山駅のあかき夕に　山駅の夜のひびきを

終駅　終駅の街のひろ場に　この汽車の終駅に降りて

停車場　停車場の涙かわかず　停車場の夏草の香の　停車場に往き人をながめる　野に新しき停車場は

【餌】　口あけ餌待ち雀の子　いま餌を獲しはどの口ぞ　餌をひろふ姿をながめ　とりのゑのすりゑするらし

漁る（餌を探す）　真白き鶏は餌をあさり　地を嗅ぎてもの漁る犬　あさる雉の　あさる枯原　貝をせゝるよ五十雀

餌　尼が餌を養ふ　籠の鳥に餌をやる頃や

啄む　蓑虫の鳥啄まぬ　嘴にあまる餌をついばみ　石を踏み苔をついばむ　地に書く文字鳩ついばむ　菜屑啄む

【絵師】　梅に立ちけり絵師の妻　都の絵師と水に別れぬ　京の絵師より絵はがきつきぬ　ゑしの目暗き

絵匠　都より絵匠つどふ　絵だくみを友にえしより　いにしへのくしきゑだくみ　画だくみの筆も及ばぬ

画家　画家の絵筆はとつとつと　裏切者の画家こそは

【会釈】　学童の会釈優しく　星澄みて春の会釈す

礼(いや)　われに愛らかに礼なせりけり　礼ふかきこころもて　朝の礼交しけり

【枝】(えだ)　青空と枝触れながら　枝つづきて青空に入る

枝交す(えだかわす)　胡桃の樹枝さしかはし　枝さしかはす茂りかな

片枝(かたえ)　片枝芽ぶきて春の風ふく　片枝さしおほひ

下枝(しずえ)　波に下枝の色染めて　樹々の下枝の葉の尖に　うき旅や萩の枝末の　下枝のゆらぎ　下枝にひそむ雀かな

しだり　枝のしだりへ飛ぶ禽の

徒長枝(とちょうし)　伸びた枝　いま弱々と徒長して　曇りにしなふ徒長枝に

万朶(ばんだ)　多くの枝　熟るる万朶の山葡萄　露万朶幼きピアノの音が　花万朶皮膚のごとくに　照りて万朶の花霞

秀枝(ほつえ)　上の枝　梅のほつえに鶯の　松の秀つ枝におりむとし　ほつ枝下枝の雪落つる音　秀つ枝にぬれて艶ふ葉のあり

【縁】(えにし)　縁の糸ぞつながるる　十とせへて相見るゑにし

縁(えん)　はやくも夢で逢ひし縁　縁ありてたづさはる間は　蝶と休むも他生の縁　縁さまたげの恨みのこりし

縁(ゆかり)　由緒もふかき産土の　遠きゆかりの許に来て　ゆかりに結べ袖と袖　花にゆかりの桜炭

無縁(むえん)　無縁なるものの優しさ　無縁鴉の今日も啼く

薄き縁(うすきえにし)　世に薄きえにし悲しみ　縁少なみ相さかり居り　ゆかりなきわが身かなしも　うすきゆかりの

離縁(りえん)　別れし夫と夢に会ふ原　言葉少く別れし夫婦　別ればなしもまじる夜の　妻去りし隣淋しや

関わり(かかわり)　かかわりあらず聴けば明るきに　いささかもわれにかかはりはなし　父なる我にかかはりもなく

絆(きずな)　血族のきづなのもとに　絆離れて　情のきづな

由(よし)　由ある人にはぐれけり　由ありげなる謎の花

よすが　夏の花風のよすがに　なにをよすがに　訓読の経をよすがや　おひのよすがを　露のよすがを

【絵馬】(えま)　絵の消えた絵馬が　ぬけ出でし絵馬の白きが　金比羅に大絵馬あげる　絵馬は剝げ　絵馬へ散る桜

絵馬師(えまし)　絵馬師が描ける愛し馬　絵馬師心あれや馬放ち遊ぶ

絵馬堂(えまどう)　白鳩むれく絵馬堂のやねに　絵馬堂に献ぐる絵馬

【笑む】(えむ)　花の如咲みて立てれば　笑む淋しさを誰か知る　ゑめるが如き秋の日に　星ゑめり　笑みみいかりみ

笑まう(えまう)　ことなげにゑまひて　幼子の足り頰笑まひて　妹が笑まひし面影に見ゆ　笑ふ女童

笑まし(えまし)　思わずほほえんでしまう　羅の乙女は笑まし　雛の口笑まし　見るに笑ましく　下咲ましけむ家近づけば

え

笑まるる　われもゑまるゝ　きけばゑまるゝ鶯のこゑ

笑み　朝日のもとに笑をひろげ　笑み解けて　匂へる笑を　甘い笑み

笑み傾く（得意気ににこにこして）　ゑみかたまけてものがたりゆく

相笑む　川をへだてて相笑める　火をかこみ見て相ゑみぬ　相見て笑みし束の間に　相し笑みてば

笑み交す　美少年と笑みかはす　かはしたるゑみ

微笑　柔弱にする微笑　君が微笑は氷りたるまま

微笑　ほほゑみが淡く描いた　かの不思議なる微笑に

微笑む　皆なつかしく微笑めり　ほほゑまる男のなかの人の名呼びてひとりほゝ笑む　吾もほほゑみぬ

【選ぶ】選る　凪の日を選る　叔母達と小豆を選りし　あれこれと猫の子を選る

歌の撰　定家が撰りし歌の御代　撰者をうらむ歌の主　いのち嬉しき撰集のさた

選む　花の色色をゑらむ　人撰して一人也

【襟】　日はじりじりと襟を灼く　春の襟かへて着そめし　春夜人衿絎け了へて

襟立てて　外套の襟を立て　オーバーの襟たてて

襟止　わすれ行きし女の貝の襟止の

かき合す　末枯や襟かき合す　衣かき合せ

【襟元】　嫁衿元をくつろがせ　襟くびのみだらな曲線

襟足（襟首）　えりあしのましろき妻と　襟脚の灯影に浮ぶ　襟あしの黒子あやふし　遠ざかりゆく襟あしの

抜衣紋（首筋が出るような着方）　衣紋ぬくくせまだぬけず

【縁】（縁側）　椽の小春を追歩き　うすくらがりの縁に居ぬ　縁に人　山寺の縁に

板敷　板じきに夕餉の両ひざを　板敷に居て水の音きく

縁側　縁側の日にゑひにけり　縁がわに足垂らしつつ

縁先　椽先にまくら出させて　立琴ならす椽先の露

縁端　長き夜をしる椽はなの露　縁端や月に向いたる

朽縁　朽縁に吹く風さむみ　春日あかるき朽縁にして

小縁　小縁の春のつれづれ　小縁にのぼるあぢさゐの影

竹縁　竹縁をどんぐり走る　竹縁に半跏を組みて

濡縁　観音堂のぬれ縁に　濡縁や薺こぼるゝ

南縁（南側の縁）　菊かんばしく南縁　幾鉢置いて南縁

お

【尾】　猫の尾の一すぢ白き　牛の尾のおのれ鞭打ち　炎天の犬尾をはさみ　きれしとかげの尾がおどる　おたまじやくし短尾ふりて

尻尾　蝶々を尻尾でなぶる　鳩は尻尾を高くあげ

垂尾（しだりお）　ゆきかふ鶏のしだり尾に　連翹のしだり尾ながし

垂尾（たりお）　垂尾の雉子　尾長鳥垂り尾のおごり

【老いる】　しぐれ聞き〳〵老いにけり　母老いて小さくなりし　この春は何か老めく　年老いて家郷なく

老（おい）　老を山へ捨し世も有に　母刀自の老をおもへば　かゞめたる背にすがる老　しづかに老を楽しまむ

老いさらぼえる（痩せこける）　老いさらぼへる古き恋人

老いづく　老いづくままに楽しくて　老いづくわれをやうやくに老いづきにけり　老いづきて妻を愛しと

老の心　心の老いをおぼゆる日　おほはゝの老いの心を　老いそめし心ぞいたむ

老の波　寄するも憂しや老の波　老いの波の皺

老い行く　女ひとり老いゆく家は　散たびに老ゆく梅の　世ばなれて老いゆく父を

老残（老いぼれる）　老残の藁塚いそぐ　老残のおでんの酒に

【王】　王者にかざす覆蓋の　蘇鉄は庭の王者かな　鵜匠は闇の王者かな

君王　君王の夢まだ覚めず　君王の閨金色の

すめろぎ（天皇）　皇に奉るなる　すめろぎが国見しますと

クイン　西の女王の手にもてる　わかい女王の手にもてる　骨牌の女王の眼

女王（じょおう）　女王の冠さながらに　棺に眠る女王の木乃伊　古代の女王　女王の船を　女王の肉体　女王の屍

【生う】（生える）　生ひとし生ふる　名なし草さへおひいでにけり　子はすく〳〵と生ひのびしかな

相生（あいおい）　友鶴のあひおひになく　早稲も晩稲も相生に出る　あひをひを思へば久し

生い初む（生え始める）　茅草生ひ初めて　生ひそめし水草の波　今生ひ初むる若布海苔　池の真中に生ひ初る

生い立つ　梅の園生におひ立ちて　平野ながめて生ひたちし我　生ひ立つうまし信濃は

伸びる　羊歯の葉の伸びゆく朝を　確かに雲と麦伸びる　ひまはりのしどろに伸びし　下つ枝はおどろに伸びて

はびこる　仙人掌は今日もはびこる

浅茅生（あさじう）　浅茅生の小野の篠原　浅茅生の一本ざくら

粟生（あわふ）　畑の粟生にうづらなくなり　粟畑のあたり明るし

笹生（ささふ）　夕日てる笹生がなかゆ　玉置く露の小笹生に

杉生（すぎう）　杉生洩る昼の光は　杉生の底ゆ聞えつゝ

麦生（むぎふ）（麦が生えている所）　麦生はかぜを截りて青めり　雪残る麦生

蓬生（よもぎう）（よもぎの野原）　蓬生となりぬる世にも　蓬生にゐて春日お

お

ろがむ　蓬生ふかき古里のあき　よもぎふの月

【追う】 記憶を死まで追ひつめる　牛を追ひ越し　男追ふ女うつくし　蟬は鳥を夜は蟬を追ひ　子鹿追ひ来て

後追う 春暁の夢のあと追ふ　若き女のあとおひて　あとを追ひ騒ぐ子おきて　後追ふは其子の親か

追いかける アキレスは亀にまだ追ひつけぬ　追いかけあえる環状電車　たつ鴨を犬追かくる

追われる 空豆の花に追れて　大地震に追はれては来つれ　雨風に追はれてもどる　鳥に追はれて落つる蟬

【扇】 ひら〳〵とあぐる扇や　わが扇風ひそかに分け遣る　清盛が金扇光る　扇をのする白ぼたん

秋扇 舟虫を打つ秋扇　帯にさされぬ秋扇　膝にしづかや秋扇　秋扇たしかに帯に　秋の扇に句をしるす

蝙蝠 母が手にかすむかはほり　そよがする白きかわほり　わが見しは白き蝙蝠　夜べのかはほり

扇子 塗骨の扇子冷たき　骨うすき秋草の扇子　扇子つかつてゐる　持ちそめの扇子のかたき

檜扇 まばゆしと檜扇かざす　檜扇もるる容顔よ

舞扇 金のこぼるる舞扇　骨ぼその舞扇

【王宮】 希臘王宮の舞姫か　王宮の壁に逢ひたりきよけき王宮や　王の宮殿もぬれにけり

王城 古い王城がうかんでゐる　秋の日かなし王城や

殿 御殿の戸ぼそそとあけて　夕殿に蛍飛んで　宵の殿　金殿のともし火細し　大極殿の柱めでたし

【逢瀬】 あふ瀬をさそふ夢のかよひ路　ただひとときの逢瀬だに

逢 風つよき日の逢いにして　逢とは浪速の一夜舟　昴ぶりて逢い重ねしことも　偶然の逢ひも願ひて

後朝（翌朝の別れ） きぬ〴〵つらし時鳥　きぬ〴〵の心やすさよ　後朝の涙の雨が　きぬぎぬの化粧くづれに

後の心（逢瀬のあとの心） 後の心にくらぶれば　後の心のさびしくありけり　後の心を知りかてぬかも

【大海】 大洋に向く神のみやしろ　大洋は秋日まぶしく　うしろに大き海光り見ゆ

大海原 大海原真二ツ　おほ海原に声はなつとも

大洋 大洋におのれ浮沈す

北の海 蜃気楼する北の海の　北氷洋の氷にいねよ

【大男】 ひぐまの如き大男　大男花に吹かれて　大きなる男寝て居る　大の男の　みちのくの大男ども

巨人 眠りたる巨人ならずや　眠りたる巨人は知らず

大兵 大男　大兵の廿あまりや

【大き】 大きい風には銀の鈴　みな大き袋を負へり
大き小さき盛りあげて　大き言魂　大き鳶

大いなる 大いなる暮春の落花　小金井の大いなる桜
大いなる幹うちめぐり　大いなる手に火のはねて

巨大 巨大なる蜂の巣割られ　巨大な眼　巨大な支壁
巨大な星座　巨大な機械の傍に　巨大な嵐の群が

【大木】 古寺の大木のいてふ　萌えいづる銀杏の大木
くらき大木の　大木に月なゝめなり

大樹 大樹おのづと打倒れ　大樹をわたる霜の杣　鴉に暗緑大樹あり　動かぬ星と森の大樹と　夕日の大樹

木高き 柿の木の木高くおほふ　冬枯銀杏ひとり木高き　木高き峰の　いつか木高き　森を木高み

大木 大木の揉まれ疲れし　大木みな雫しづるゝ

高木 群雀ぽぷら高樹に　高木々々と百舌鳥移り

太樹 太樹の桂　柏の太樹かたむきて　橡の太樹を

【多し】 萩寺は萩のみ多し　御慶もいはで雪多し

数多 数多立つ岬の奥に　あまたの恋を持つ君を　薔薇あまた散りぬ　星あまた　人あまた死ぬる日に

多み 多いので　煙突の煙をおほみ　なすべきを多み

夥し 朴の落葉の夥し　花はおびただしき言葉を持てり　落椿おびたゞしくて　銀杏の落葉黄におびただし

幾許 水の音ここださわげり　こゝだ馬酔木の花の壺
食用百合ぞこゝだ花を　こゝだも散れる山茶花のはな

幾許 ぼたん桜ここだく樹てり　憤りここだくあれど

五月蝿なす 五月蝿なす騒く児どもを

さわな そんなには～するな　さはなとがめそ　小鳥等よさはな寄り来そ

多に 野も多に鳥多集けりと　秋海棠さはに咲きたる
人さはに立ちて　花多に　大和恋しく鶴さはに鳴く

繁き 頻繁　人しげき銀座に二人　あめつちのしげきが中の　露しげき花野の虫は　ゆききもかげにしげき青柳

繁 数量が多い　女郎花しゞ咲野辺を　湧きし涙の繁に流るる

無数 無数の星無数にまたたく　無数の星斗光濃し
こんじきの無数のしづくに　白きうさぎ無数に光りつつ

諸諸 もろもろを想ひ浮べつ　もろ〳〵のまよひもさめて

八百 なみてよろへる八百船に　白波高く八百潮の

【大空】 大空を横にぼかして　大空のあくなく晴れし
おほに音あり風吹く大空　大空に大いなる字を

雲居 雲居に鶴の声すなり　かぎりなき雲居のよそに

お

明け雲雀雲居のはてに　雲井のはてのわすられぬ君

虚空　虚空を翔け行く鳥の如く　蝶ただよへる虚空かな　虚空を家と　まろき虚空を抱き上ぐる

太虚　太虚より蝶落ちにおつ　秋の雲太虚の風に　無言に充てる太虚かな　風太虚に息みぬれば

空しき空　むなしき空に満ちぬらし

【大地】　大地の人離野　陰気に閉す大地の私語

大地　大地の静かさふせる　しづかにゆれる大地かな　大地鎮めて　大地はまろぶ　大地を怒り這ふ

大陸　大陸の黄塵を歯に　白い森林を大陸に見む

極地　極地の海に堅く封じて

凍土　凍土をゆく下駄の音　凍土に花の咲かずと

ツンドラ（凍土）　あたりは海のやうな苔土帯

【大通り】　ひとすぢ貫ける大通り　キネマはてたる大通り　大通りまだしの、めの

大道　大道に人かげ絶えて　森に入る白き大道

広小路　広小路に人ちらかつて　薬の売る広小路　灯点る頃の広小路　広小路花見がへりに

【大魚】　海岸に大魚かなしや　大魚の長尾　大魚つる波の穂に大魚浮きつ、　大魚よし

大魚　大魚の行き来かな　大魚の骨を海が引く　明易き水に大魚の　秋浜に描きし大魚へ

鰭の広物（鰭の広い魚・大きい魚）　鰭の広もの狭もののごと　市にあきなふはたのひろもの

【大波】　鰤網を越す大浪の　大波のうねりもやみぬ　大波のうねりも去りぬ　そゝり立つ波の大鋸

怒濤　怒濤あびしか梧桐林　十五夜の怒濤へ　春月を濡らす怒濤や　怒濤を前に籾ならす

波濤　波濤の花を咲かせたり　遠どほし千里の波濤

土用波（土用の頃の大波）　わきたちかへる土用浪　土用波はるかに高し　土用波地ひびき　ゆがみゆく顔土用波

【大降り】　青葉の大降りとなる　花じやがいもの大ぶりの雨　暁ごうごうの雨被る刻

豪雨　豪雨底なく湛へけり　十五夜の豪雨しぶくや　夜半の豪雨に鳴きすめり　よべの豪雨に焚かれぬ竈や

大雨　夏野くつがへる大雨かな　大雨のなかを啼くがわびしき　大雨に追はれ走るなり　大雨来らず

沛然　沛然と雨ふれば地に　沛然たる大気と

【大水】（洪水）　高き光の洪水に　我がたましひは洪水に浮く　洪水引きし師の家の道に

秋出水 あけてくる夜や秋出水　ふりくる雨や秋出水　蟹の碧秋の出水の　門前の秋の出水や　秋出水高く残り

出水 蕨萌え出水落つる　森の中に出水押し行く　出水を渉る鼠かな　ノアの世の出水もかくや

出水川 うねり流るゝ出水川　出水川とゞろく雲の春雨の出水の川に　洪水川

【大晦日】 届く鯛あり大晦日　大三十日愚なり

大晦日 闇のしづまる大晦日　大晦日も独り

大年 棚に火ともす大年の夜　大年は念仏となふる

小晦日（大晦日の前日） 年や行けん小晦日

年送る 年送る鐘なりいでぬ　年送る大焚火とは

除夜 除夜の御明し春に入り　除夜眠れぬ　除夜の畳拭くや　蠟涙の冷えゆく除夜の

除夜の鐘 除夜の鐘鳴りはじめ　百八つの鐘のひゞきに鐘数へつゝいつか寝て　北のはたての除夜の鐘

【大らか】 またおほらかにわかき芽をふく

大どか 降り舞ふ雪のおほどかに　おほどかに睡り入るとき　おほどかにひびき　おほどかに杯　取れば

寛闊（おおらか。はで） 馬上の寛闊に　長羽織着て寛闊の　南天から来る寛闊な風が

【丘】 あを草の丘の一尾に　秋はきいろい丘　空をかぎり丘なす畑　青き丘浮べるごとく　夕照る岡に

岡辺 霧はれし丘べをゆきて　ここの丘辺を過ぐる葬列をかのへの　をかべの萩に

片岡（片方が傾斜している丘） 片岡の槐にあかり　片岡の萩や

丘陵 丘陵の芒見ゆるに　丘陵の冬の林を

野阜（野中の丘） 野つかさの一本榎　野づかさに今は鳴くらむ

【小川】 小川飛こす　小川に映る　小川のさやぎ　日のぬくき小川のふちの　小川に流す笹舟の

いささ水 萩のしたゆくいささ水　垣根を繞るいささ水

細水 細水のぼる目高かな　谷の細水洩りぞくる　垂るほそ水に瓶をおき　細水になくや痩蛙

いさら川 ふもとゆくいさら川水　いさら川流るゝ道に

小流 小流や微風もありて　小流をうねりうねりて田の小流に芹洗ふ　水銀いろの小流れは　小さき流に

細流 色をも流せせゝら小川に　せせらぎの耳に立つ夜や　雨のふる日はせせらぎなしぬ

野川（野原を流れる小川） 春の海近しと野川　ふたすぢの野川の水は野川の氷こゑたつるなり

【沖】 灘の深沖に　沖の火のみえずなりたる　沖ゆく

船も吾に親し　きのふの猫と沖をみる

沖つ 沖の　沖つ潮騒　沖つ楫　沖つ白玉　沖つ島

沖つ風 沖の風　沖つ風ひた吹きあつる　沖つ風吹く崖の上の道　沖つ風夜はに吹くらし　沖つ潮風

沖つ波 沖の波　氷をやぶる沖つ波　沖つ波さわくを聞けば　沖波の高きうねりに　沖つ浪崩れつ湧きつ

沖中 海洋の中　沖中に漂ふ島は

沖辺 沖の方　沖つ辺は波の穂白し　沖べより吹きとほし来る　沖辺はるかにゆく蒸汽のあり　沖辺なる

【起臥】 日常生活　起臥もやすからなくに　今はやすけしひとりのおきふし　かかる淋しき起き臥しに

起居 日常の動作　眼を病めば起居をぐらし　老の身のたちゐもの憂し　荒ましき立居なりしも　涼しき立居かな

【起きる】 影もおきあがる　起たかと針を数えて　起直り　起きるつらさを　我破と起き出で紙にい向ふ

起居 起きて座っている　夜の起居の春ごころ　禰宜の起居や軒紅葉　真夜起きゐし吾を　妻と起きゐて茶を飲む

起起 朝起きたばかり　起々の心うごかす　おき〱のきげんは

【奥】 奥ありて水鳴る庭や　この奥に暮るゝ峡ある　奥にゐる女ほのかや　林の奥のひとつ家に

奥処 奥深い所　空の奥処に舞ひ入る如く　わたつみの奥処も知らず　山の奥処に桜花

奥処 奥深い所　心の奥処友は知らずも　部屋の奥処の紅薔薇　谷の奥処に　森の奥処へ自動車疾く

奥なる 奥の　片陰の家の奥なる　奥なる御座に

深処 奥深い所　あふぐ深処に星あらはれぬ

【置く】 ただ置いて霜に打たせよ　地に置し梅の落花や　撥が置かれた畳　煩ふ母をひとり置く

置所 おきどころなき暑哉　置きどなく身を竦めゐる　冬たく薪の置所　露の置所　胝かくす手の置どころ

据える 小窓に据ゑて　庭隅にすゑたる甕の　鳥屋こめ鷹手にすゑて　けづりひをすゑて

【贈る】 わがもいで贈る初枇杷　贈る五日のかしはもち

歳暮 やさしや鄙の歳暮物

到来 贈答　到来の亥の子を見れば　到来の鮓に蓼摘む

【後れる】 花に後るる暇かな　麦車馬におくれて　槌におくれて響きつつあり　春におくれてひとり咲くらむ

遅月 遅月ののぼれば

遅参 遅刻　遅参のマスクはづしけり

遅速 緩急　一つづつ春遅速して　梅の遅速を独り占む　春

遅速して連山の
遅遅　群衆遅々とうごくかな
【桶】　稲妻やどる桶の水　大桶をころがす音し　桶の
輪切る夜の声　二つの桶を肩にかけ
小桶　小桶の水に浸すは若菜　三日月を小桶に汲て
手桶　かざり手桶の初時雨　一手桶
天水桶　天水桶のかきつばた　鼠巣を食う張り手桶
水桶　水桶に蟹のひそみて　桶やあつさをわすれ水
用水桶　用水桶の物のかげ
【驕る】　いよ〱驕る我がこゝろ　寒紅梅の紅驕る　驕
りたるひとのこころを
驕り　恋は驕りに添ひて燃えし火　おごりの春のうつく
しきかな　驕の景色　奢名を君に着せつつ
【長】　ボス　聖とめたる長がもと　島をさによき人嫁ぐ
大人　おとな・師匠などの尊称　本居の大人　大人と吾を呼ぶ　大人が
めでゝし　うしとて昼寝　童顔の大人
頭　鵜匠頭の指ついばみ　鳶の頭のはんてんの
師　師の前に野分来し髪　月のぼるとき師と立てる　面
暗く師は言いたまう　兄としも師としもなりて
師匠　清元の女師匠かな　貧乏も師匠ゆづりや

酋長　酋長の窪める眼　炉辺に坐れる酋長と対す
【幼き】　目にのこる影はをさなし　わが胴衣稚く紅く
ボーイスカウトの稚き可愛ゆ　面わ稚けど
幼気　幼げ　いたいけの片手かざして　こは可憐の少人ぞ
頑是なき　頑是ない歌　供物をねだる頑是なさ
幼き恋　そのかみの幼き恋に似て　恋稚く
幼き時　瓜むくと幼き時ゆ　幼き時の疱瘡の痕　幼き
夏の記憶のひとこま　いとけなき記憶のなかに
幼びる　子供っぽい　うき人もをさな寂びたり　幼なぶり
稚児めく　子供っぽい　美くしう稚児めくひとと
【幼な声】　幼き声もとはに亡びき　幼き声々大仏殿に
こもる　遠き蛙の幼なごゑ　声のをさなに
童声　家をあふるる童声　童の声も憎からなくに
【お産】産む　われ産みし後の母のうつしゑ　産みし子
と肌密着し　手紙「癒えたし子産みたし」
初声　うらめづらしき初声に　うぶごゑたかき星の御
子かな　うぶごゑあげし君がいとし子
産湯　祝ふ産湯はたふとかり　土間に産湯を焚く夜哉
身籠る　身ごもりしうれひの髪は　花より懈くみごも
りぬ　死にし児をみごもりてあるわが妻の

お

産衣　産衣着てはやも家族や　産衣に夜の目もあはぬ
襁褓　おむつ・産着　太陽に襁褓かかげて　襁褓はためき　襁褓かふる妻はあかごの　むつき干したる賤が軒
産屋　産屋に生れし声を聞き　産屋戸に迎へ起ち笑む　うぶやかざれと春の風ふく　産屋の七夜
【惜し】　かくるべき月ををしとや　咲る藤なみちらまくもをし　惜しき霜菊　惜しと微笑む　春は惜し
あたら　あたら春を死にぞこなうて　あたら桜のとがにはありける　あたら清し女　あたら墨縄
命惜し　我が命惜しと悲しと　命をしけれやまざくら　春惜む命惜むに　命をし真幸くもがも
惜しみなく　惜しみなくつぶてと散らし
【惜しむ】時惜しむ　時惜しみ事急く折も　時惜む夕ひぐらし　年を経て待つも惜しむも　時を惜めり
花惜しむ　散る花を惜しむ心や　花を惜しまで風をいとはん　散る花をしみし人の　春惜しむ落花の門に
秋惜しむ　秋をしむか鶴の首　高原の秋惜しむ火や
春惜しむ　風吹く春を惜みけり　春惜しむ宿やあふみの　春惜む文字つらねけり　春惜め惜めと波の
【白粉】　寒き頰に白粉浮けり　白粉もうすめに溶きて　凄い白粉　おどけ役者のおしろひの
白粉馴　おしろいなれし君が顔
白粉の香　つかれたる白粉の香　溶きさせる白粉の香に
白粉焼　おしろいやけの素顔吹く　おしろいやけの薄鉛いろ
粉白粉　髪際の粉おしろひに　粉おしろいのにほひは
寝白粉　すこしのこれる寝おしろい　ひとりねの妻寝白粉
【お膳】　膳残暑皿かずばかり　冷たきひとりの膳に向いぬ　膳にさす初日家うちに
膳先　膳先は葎雫や　膳先に雀なく也
【襲う】　夜の疾風やがて襲はむ　物見高いバルコンを襲ふ　孤独な陶酔が襲つてくる　提灯を蛍が襲ふ
逆襲　あの北風に逆襲しよう　逆襲ノ女兵士ヲ
虐げる　青草を虐げて吹く風の　生をうとみて虐げしい往くさきざき虐げをうく　しいたげられて美しかりき
夜討　馬も夜討の支度かな　あくる日は夜討としらず
狼藉　狼藉たりき春風　落花狼藉
【恐れる】　澄みたる空を恐るるやうに　怖れかなしむ魔の恐るゝや　猫を怖るる　ものに恐るゝ女の童
怖じる　いさゝか怖気をもちて　酒屋のおぢる　このひ

そか家の怖ぢごころ　裳裾に触る怖ぢしをんなら

おずおず　みどり児は怖々と　おず〳〵すえる蓮の食

恐れ　奇しき畏の満ちわたる　恐怖に沈む　恐怖を抱くものゝごと　うたがひも恐も知らに

慄く　心をのゝく幼児の　寝ものがたりにをののきぬ　悪相の魚に戦く　その目のをののける見て

怯える　おびえつゝ吾れ見る面は　おびえ声にひとこゑ鳴ける　雷に怯えて長き　おびえこころをひとりかかへつ

恐怖　恐怖に変色せし魂　恐怖の智恵の

戦慄　戦慄する動脈　総身の戦慄と

身悶え　機関車が身もだへ過ぐる　身悶へし君や悶えの

胸突く　胸つく草いきれ　いきどほり胸つく時も

悶え　もだえのはての歌ききたまへ　ああもだえの子

慄然　慄然として仏の手　慄然として歩を停めぬ

【恐ろし】　いとおそろしき夜の館に　月孕む雲恐ろしき　人と生れてそらおそろしき　あな恐ろし

薄気味悪い　薄気味わるくほてる此ごろ

おぞけだつ　おぞけだちたり夜半にめざめて

悍し　あはれなりおぞましごころ　頼むおぞまし　その言葉さへおぞましき　春の蚊がゐておぞましや

畏るべき　おそるべき君等の乳房

おどろおどろ　おどろおどろに群れさわぎ

凄き　すごく聞ゆる山鳩の声　伊勢の墓原猶すごし　星影凄し　おのおのすごき塚の夕暮

凄まじき　秋冷まじき影を見て　風凄まじき

ぞっとする　ぞっとする冬　見て戦慄とした

もの凄き　夜はもの凄き　物凄き平家の墓や

【穏やか】　あをうみのいつもおだやか　霧おだやかに晴れて　二百十日の月穏やかに　おだやかな雨

安穏　後世安穏におはせとて　国土安穏

麗らか　うららかなれや人の心の　うららかに猫にものいふ　催馬楽諷ふ麗に　うらゝかや女つれだつ

治まる　花をさまりて　をさまる波に　風ををさめし

穏し　をだやむいたみに　医師の眼の穏しきを

大人し　姉ゐねばおとなしき子や　おとなしく炬燵に

平けく　天のまにまにと平らけく

和む　街の声うしろに和む　風なごみ　ひたさ青に和みわたりて　春の陽の和みの照らひ　潮の和みぞ

【落葉】　寺を落葉寺と呼ばん　雨疎かに落葉かな　落葉ころがる日暮れの坂に　降りつもる落葉のこゑに

お

銀杏落葉　銀杏踏て静に児のいてふのおちば地を埋め
銀杏の落葉黄におびただし　足につめたき落銀杏かな
落葉掻き　捨鶏の落葉かきさかす　落葉かく
落葉焚き　焔恋ふなり落葉焚き　落葉の火
落葉掃き　落葉掃く音山にあり　落葉道掃きしめりたる
桜落葉　桜落葉を浴びつつ遊ぶ　墨堤の桜の落葉
【落ちる】　枝を離れて落つまじく　ちるはさくら落る
は花の　青柿は落つる外なし　額に青き雨落つる
奈落　奈落の底に燃ゆる火も　悲哀の奈落の底の底　木
曾谷の奈落に見たる　奈落と云へるやはらかき闇
落下　落下する滝の花火を
【夫】　旅を思ふ夫の心
夫　夫の手のほか知らず死す　わが夫の身のいたみをば
夫の古椅子ゆるる椅子　最初より夫など無かりしご
とく　われはロマン夫はリアルに
背　旅なる遠き夫を思ひ　わが背の君は独りか寝らむ
宮のわが夫は　夜訪へわが背　旅行く夫ながら
背子　猪うちてかへれる背子の　わが背子に恋ふれば苦
し　せこが着し　吾背子が
亭主　秋の朝ねや亭主ぶり　留守といふ亭主の声や

亡き夫　亡き夫の遺志を継がせる　亡き夫といく月真澄
【音】音　音に融けて　衣ずれの音のこひしき夕　苔の
下なる岩の音に　弾きいでし琴の寒き音に
哀音　蜩の哀音を　遠き日の哀音聴こえ
轟音　超低空のゴウ音響く　起重機の豪音蒼穹を
寂び音　海神のさび音もたらす　山の隠者の寂び音して
音色　石に凍む音いろ　笛の音いろをうとみつつ
梵音　梵音妙に深くして　梵音うるむ夕間暮
物音　ものの音水に入夜や　物の音の冴える夜だ
余韻　余韻湖水へうなり込み
美音　婚あふ楽の美音を　うまし調を
妙音　朝の妙音　妙音に魂をねむらせる
【音色々】戛戛　戛々と征くばかり　冬木影戛々ふんで
ことり　ことりと音す　ことりと動き　ことりともせぬ
さくさく　さくさくわれの踏みてゆく　林檎さくさく
さやさや　衣ずれの音のさやさや　月見草蘂さや〱と
さらさら　さらさらと冷い音　さらさらと雪にまぎるる
婆娑　花影婆娑と　白日の影婆娑として　竹影婆娑たり
【男】　葦刈の去年来し漢　彼の漢　男立ち女かがめる
足断つた男の　男に雪が殺到す

男子（おのこ） 死ぬをいとはぬをのこわれ　男の子に惜しき
殿（との） 鳥羽殿へ五六騎いそぐ　殿守のそこらを行や
殿原（とのばら） 殿原の年をかさねて　行かせ殿ばら
美男（びなん） 釈迦牟尼は美男におはす　鍛冶やの美男見付たり
益荒男（ますらお） 裸なる印度ますらを　ますら雄の伴　益荒夫のおくつき多き　ますらを眠る谷陰に
昔男（むかしおとこ） 昔男の恋しのばるゝ　春すゞろ昔男が夢こめて

【音す】（おとす） 庭杉に音してゐるは　羽子突く音す　空気の音す　木擦れの音す　水やる音す茄子畠
音寒き（おとさむき） こほろぎの忍び音さむし　鵙が音寒き
音静か（おとしずか） 春雨はおとしづけしも　昼の音静もりぬれば
音高し（おとたかし） 楫の音高し水脈早みかも　音高う射て
音立てる（おとたてる） 木がくり水よ音たつるなり　せせらぎの音立てつゝも　氷解くる音たててより
音ない（おとない）（音や響き） 足音をぬすむおとなひ　衣のおとなひ　聞き知らぬものゝおとなひ

【少女】（おとめ） 水の少女の　走り出て湖汲む少女　少女の胸にわれ沈む　少女みな情を知らず
少女（しょうじょ） うばひ去られし少女なれども　ウインドーに写る少女　二十の少女世をわびて

海人少女（あまおとめ） きさらぎの海の海人少女たち　海処女らが
処女（おとめ） 処女なるわが妻とゐて　処女と居る真夜の　西日が処女さし透す　処女の胸にさき　玉の使の真少女を
手児奈（てごな）（美少女） 葛飾の真間の手児奈が　志賀のてこらが
常少女（とこおとめ）（永久に若々しい） 常にもがもな常処女にて
野少女（のおとめ） 野少女稲を刈る　奈良少女遊びし野辺の　かえりみ走る枯野乙女
花少女（はなおとめ） 雲井にちかき花少女　花の少女は野に行けど　あやもわかぬはな少女　花妻少女
娘（むすめ） 水車屋の粉娘　春の娘は　縫針の娘が　菜洗ふ娘らの　山家の娘　町娘にてありし日の

【少女子】（おとめご） 少女子は御胸に入りて　をとめ子は愛しきものか　少女子は日傘畳みて　処女子の清き指ゆ
女子（おみなご） をみな子が負へる菜に　女子の才は
童女（うないこ） うなゐ子の手折りし小萩　うなゐごがふりわけ髪
童子童女（どうじどうじょ） 童子童女の砂の城　童男童女ひざまづき
童女（どうじょ） 童女うつくしともし火のもと　椿赤し島の童女が
女童（めわらわ） 女の童　朱の蠟とぼし　女の童なにか頬に笑む　女童のをさな髪ぎは　女童ひとり葡萄食む見ゆ

【踊る】（おどる） 疲れも知らに踊る子ども　踊りををどる外

は雪　夜長踊りて　童と躍る波斯猫　見て居れば踊たうなる　蛾の舞ふ如く踊りてかへる　踊らせて見て居る

ダンス　朝が小鳥とダンスしてます

舞踏靴　舞踏靴の尖は　フロア辷る舞踏靴軽し　わがモノロオグとも白き舞踏靴

踊　くらきをくぐる踊の輪　踊果てゝ月の渚や

盆踊　手あげ爪立ち盆踊　盆の踊のはなやぎ寂し

【衰える】　病み衰ふる友のまへに　牡丹百花衰ふる　牡丹切て気のおとろひし　衰や歯に喰あてし

衰え　年ごとのおとろへはあり　わがこのごろの衰へを知る　衰に夜寒逼るや　風の衰へ

桐一葉 衰亡の兆し　桐一葉日当りながら　行灯きえて桐一葉　桐一葉空みれば空　桐一葉落ちたり

衰弱　衰弱せる理性を　神経は弱りて　空は悲しい衰弱

【驚く】　風のおとにぞおどろかれぬる　鳥もおどろく　琴の塵　寒蟬のこゑに秋をおどろく

愕然　愕然としてひる寝さめたる

茫然　身は茫然と落葉を見る　野木の梢を茫然とみる

【同じ】　いづくもおなじ秋かぜぞふく　よそなれどおなじ心ぞ　同じ心に

一様　一様に筍さげし　首いちように垂れて過ぎ　いちやうにそろひて動く　若杉の穂のいちやうに

劣らず　劣らじを　雨に劣らず　雲に劣らぬ

【鬼】　秋の鬼ゐて火を焚けり　鬼住む森に行きて捨てばや　病起て鬼をむちうつ　丹波の鬼のすだく夜に

修羅　修羅の渚にわが立てる　修羅のなみだはつちにふる　あるいは修羅の十億年

鬼神　四方の夜の鬼神をまねき　鬼神の鉾にたる夕立　鬼神も哭かむ秋の風

【尾根】　痩尾根に　一尾根はしぐるゝ雲か

頂　頂に湖水ありといふ　遠いただきの雪ひかり　低くし見ゆる浅間の山頂　山頂にあそべる馬の

頂上　竜胆咲いてお頂上　頂上の風に吹かるゝ

尾上　をのへの月にみるぞさびしき　おのへにひゞくさをしかのこゑ　尾の上に早く初雪のふる　尾上の鹿の

高嶺 高い峰　高嶺の桜咲き初めば　高嶺の雲の花ならば　神座の高嶺しぐれそむ　高嶺より路の落ち来る

山際　妙義なる山ぎは　寺のひけたる山際の春

山の端　山の端ごとにかかる白雲　山の端の霞むけしきに　春の余波を山の端にみて　山のはの梢ほのかに

山の秀 富士が嶺の秀の上に　群山の秀並みを亙り

【斧】 斧入て香におどろくや　石伐る斧の光かな

斧の音 斧のおと船を造るか　斧うつ音を一時断ち

手斧 飛騨の匠の手斧音　一挺の銀の手斧が

よき 小さい斧 鎌を持ち斧を提げ

【各各】 おのおのすごき塚の夕暮　御遠慮を各々凝らす

己がじし おのがじし病苦と棲めり　各自歌ふにも似たり　おのがじしあはれなる巣に

己も己も おのも〳〵桜かざして　おのもおのもおのが雛に　おのもおのもにあきしづかなり

思い思い おもひおもひの端居かな

手毎 秋すゞし手毎にむけや　手ごとに折りて

取り取り とりどりに色あはれなる　とりどりに木々の芽ぐめる　楽器とりどりかき抱き

【男子】 男子生れしクリスマスの朝　男子やもいとけなけれど　赤裸の男子むれゐて　をのこ童は

少年 秘密おほき少年の　少年の春　少年めまいしてこの少年にくちづけをする　少年を枝にとまらせ

美少年 翼ある美少年　金髪の美少年

餓鬼 餓鬼大将が肌ぬいで　男餓鬼女餓鬼の蹠　のこゑ

小人 玉をあざむく少人も　小人凜々しき眼眸は

【帯】 夏の帯砂のうへに　はる風に帯ゆるみたる　摘草や帯引きまはす　形見に帯をもらひけり

帯解く 誰に解かそと帯締めた　どかと解く夏帯に　妻の部屋帯やとくらし　夜の帯を解く　帯売の戻り連立

帯結び 湯あがりの帯前結び　きしきしと帯を纏きをり　帯する妻のうしろをばみる　帯つよく結ふ

だらりの帯 だらり結びにした帯 だらりの帯の動く時　だらりの帯のうしろつき　だらりの帯のあはれなるかも

胸高 赤き帯高く結びて

帯上 帯揚の水いろさむき　帯あげの紅　帯上赤し厨事

しごき 腰帯 緋扱帯で　緋のしごき

伊達巻 伊達巻の胴のすらりと

下紐 下袴や下裳の紐 結ふ手もたゆく解くる下紐

赤き帯 目をかき乱す赤き帯かな　小屋に縫ひゐる赤き帯　緋の帯はかなしげに言ふ

角帯 なつかしい角帯をしめ　ひさ〴〵に角帯しめ

【覚える】 痛みおぼゆる膝を伸すも　恋をおぼゆる　春を覚ゆる　月におぼゆる人の面影

おぼしき ～と思われる おいらくはおぼしきことを　せきれいと

お

おぼしきかげや　おぼしきことを　湯女とおぼしき

おぼす（お思いになる）　中宮ひとりものおぼす　にくしとおぼすな　死を厭ふゆゑとおぼほすな君

思おゆ（思うまいとしても自然に思われる）　亡き人思ほゆ　大和し思ほゆ　朝餉夕餉に吾子しおもほゆ

【溺れる】　溺れたる夜の海より　こほろぎの溺れて行きし　溺るゝばかり初湯かな　パンパス草の潮に溺れ

溺死　荒磯にうちあげられし溺死者に　溺れ死ぬ

【朧】　松は花より朧にて　逢うてわかれしおぼろかな　猫呼ぶ声の朧かな　夏朧　身はおぼろなる　雪朧なり

朧朧　海面の明りもおぼろおぼろに

おぼろか　おぼろかに黒き影ひき　さ霧の庭におぼろかに　おぼろかに三月は過ぎぬ

朧めく　はやくもおぼろめく夜かな　山鳥の夢おぼろめく　ひとりすむおぼろの清水

【朧月】（春の夜のにじんだような月）　絹地ぬけくる朧月　花の間に朧月　心に似たりおぼろ月　朧月の氷るに似る

朧月夜　春の夜の朧月夜に　朧月夜のなさけなり　うかれてみたき朧月夜に　おもしろき朧月夜に　微雲澹月

朧夜　中空までや春のおぼろ夜　朧夜の梅の花園　その夜また朧なりけり　月と花とのおぼろよに

淡月　淡月の見えがくれする　夢のこなたに淡き月

【お盆】　摂待蕎麦の盆取れば　朱の盆に盛り

折敷　折敷に乗て持廻り　樒おく閼伽の折敷の

【面】　冬は日向に面寄せて　面そむけ見たまふなかれ　面黒の眼のみ大きな娘　面あらふ　面銹びて　面まだ若き　面うつくしき　その面は氷の泡だちて

面形（顔つき）　面形の忘れむ時は

おもて　君が面のまばゆさに　面ひそむる美しき子よ　恋人におもて見らるる

面輪（顔）　幼なおもわをうすら火のへに　母は少女の面輪して　牡丹によせし面輪かな　友の面輪にうかぶとき

つら　窓に面出し　鵜のつらに　蛙のつらにかゝる陽炎

【思い定める】　共に行かんとおもひさだめき　おもひさだめて幸祝せむ　ひたぶるに心さだめ

思い置く（嘆きを残す）　おもひをくべき露の上かは

思いきわめる（覚悟する）　思ひきはめて陸をすてしや　思ひきはめし男の眼

思い立つ　文書ことを思ひたち　思ひ立つ日も

期する　死を期する鉄騎三百　心ひそかに期する

決意 また確かめているその決意　証しゆく決意

定める 憂き春でとも定め得ず　秋落栗の座を定めるや

【思い出】 おもひでの杳きに触るる　思ひ出の秋のしづくに　思ひ出の中の一行を消す　思い出の秋

懐古 わたしの中の懐古の壺に

記憶 記憶一つだに貯めざる耳よ　記憶の蝶も翅を欠き　薄れゆく記憶の底に　青梅の犇く記憶に

追憶 獣の死の追憶を　追憶の魚たちは　追憶の岸辺に　追想の糸を断ちきれ　追憶の色　追憶の森

思い出す 丸顔の少女を思ひ出し　ほのかに人を思ひ出づ　思ひ出づる人もあらじ　ゆくりなくこそ思ひいづれ

彷彿 吾子亡き夫に彷彿す　彷彿として物の味

【思う】 死にし子を思へば　人思ひ居れば　つきつめてひと想ひゐし　海を想ふ　思はれし子は妻となり

思う いくさに死にし人思ふゆふべ　寂しと思ふか子どもは眠る　わが思ふ妹に　わが思ふ人の

家思う わが馬つまづく家思ふらしも　住みふりし家思ほゆるかも　家は思はず君をこそ思へ　家おもふと

思い 思慕　おもひの雫　想ひはまたもくりかへす　思は胸に溢れたり　消えぬおもひは　越ゆる思ひの

思い川 思いが川のように絶えない　おもひ川思ふことなく渡るとも

思い遣る 遠く離れている人を心にうかべる　思ひやる八重の汐々

思うこと 思ふことといはず別れて　思ふこと皆打出でて

【面影】 面影あはし　蝶の舞白きおもかげ　おもかげはながれに映り　海のおもかげ　おもかげを児にみる

面影に立つ ちりて後おもかげにたつ　おもかげに立ちくる君や　俤の眼にちらつくや

幻 消えゆかむわがまぼろしよ　かくかくに淡きまぼろし　またあり得ざる幻を描く　風の音は山のまぼろし

【面変り】 またも逢ひ見ん面変りすな　面変りして昔を語る　見るままに面変りすな　面がはりせず死ぬ毒と

面痩せる 面痩せの清々しきに　トマトつくりに面痩せず　愛欲せちに面痩せて　面ほそりしはぶく人を

面やつれ 面やつれいたくも妻の　やつれた顔の船頭は

面忘れ おも忘れせし人ならなくに　君が面忘れてあらむ　終にや子らが面忘れなむ　その俤薄れ

【重き】 持つものみな重し　おもたからずや長き髪　海は重く　重き鎖を　霧いと重し　なみだは重き

重重 おもおもと雲せまりつつ　重もおもと幾日の灰のおも重と輝く広葉　重重と停つ

重重しき　重もおもしき木の屋根並び　重々しい鉄輪の重げにも

重げ（重そう）　重げにそよぐ萩の上風　病院の重げの扉　重げにも　おもたげなるぞ　重げに垂るゝ

重み　粟におもみや村すゞめ　空のおもみのおしさがり来ぬ　疲れたる生命のおもみ

重み（重いので）　白露おもみかたむくもよし　降りつむ雪の末を重み　身を浮き舟の荷を重み　あまぐもる空を重み

重りか（重々しい）　山の風物重りかにして　おもりかに額に

重る（重量が増す）　花は重りて枝折なしつ　赤綿の花咲きおもり　末重る　露重る　ふりおもる　雪重るなり

持ち重り（重たく感じる）　持ちおもり来る根葱のたば　今宵わが児の抱き重りする　持ち重りするが嬉しさ

【面白き】　かなしきは後おもしろし　月おもしろき野路の萩原　おもしろうてやがてかなしき　面白の身や

可笑し　とにかくに坊主をかしや　身振をかしき鈴振よ　蝿の両手を揉むが可笑しさ

【面】　風疾く吹く冬田の面　玻璃のおもても揺るがむに

面　門田の面の　砥石の面を　凪の面みつつ

断層面　断層の夜明けを蝶が　断層面をあふぐ冬の朝

面　四角四面に水を蒔く　苔石面に

木肌（木の皮）　てのひらを枯木の膚に　寒き木肌に　春が来るてふ木肌の香　みどり芽ごもる樹肌さむし

肌　石壁は肌あらあらし　陶器の膚　琺瑯の肌に染みて　貝殻の青き肌に　はんぺんの肌かぐはしき

【趣】　おもむきを解せずして　ひそかに知りぬ死の趣を　趣のある城の物語り　筆の趣き　秋草の此おもむきを

趣　野の趣うれしむ秋の小灯　趣のある城の物語り

閑雅（静か）　あの朝夕の閑雅な心　閑雅なる微熱　さても閑雅な竹林である

寂びる　出雲さび　雨にさび立つみどり木の

さぶる　白銀さぶるみ空を仰ぐ　千町田の蒼さぶる稲の

曲水（曲水の宴）　曲水やどたり寝ころぶ　おもふところへ届く曲水　曲水や盃の舟　曲水の詩や盃に遅れたる

味わい　味はひもなきうすらかなしみ　灯のあぢはひのいと甘し　味殊なれども　その酒の濃きあぢはひを

おかし　雪に映えてをかし　唐めきをかし　紅しだれざくらをかしや　かをりをかしき　時雨をかしき

気韻（気品）　雪の気韻は澄みのぼる　日永の気韻

興　衣のうら這ふ蛍も興や　旅は興ある頭陀袋　夏の興かな　花の興　雑煮半ばの春の興　行くや我興

お

詩歌の趣　虫の譜に詩歌の趣聴く　詩歌の愁ひに我が身は痩せて　詩歌の栄を呼ぶ雲雀

詩興 詩情　歌に興ある檜木笠　詩の興ゆらぐ千草野の

瀟洒　夏帽子瀟洒につけて　杉木立瀟洒に細し

風情　伏す萩の風情に　風情の膝を揺られけり

微妙 趣深く繊細　響く微妙の楽の声　あはれ微妙のうしろ影　海に微妙の蜃気楼　文花の微妙

【思わず】 思いがけず　おもはず合はす掌　思はずも櫛踏み折りぬ

生憎　あやにくにこもれるやどを　あやにく立つる浪の音かな　あやにくに君かへり来ぬ　あやにくの花の心や

あらぬ　あらぬ所に麦畠　あらぬところに生る若竹

思いがけない　春立つと思ひもあへぬ　思ひがけなき茸狩の連　思ひがけなき花を見る

思いなしか　おもひなし木の葉ちる夜や

思おえず　人の誠におもほえず泣く

時ならぬ　時ならぬ雪の尾花や　時ならねども霹靂神

【親】　つはものの親は悲し　われは病みたる親を泣かせて

御親　鳥辺野は御親の御墓　みおやのいのりしげからむ

二親 両親　ふた親のなみだに死ぬ子　ふた親にたちまちわかれ　両親の四つの腕に　二親有つて　二親持し

父母　父母のしきりに恋し　ちちははの位牌ぞ　鐘氷る夜やちちははの　父と母とのふたはしら

父母　父母に手をとられつつ　母父に妻に子等に

父母　父母と海にうち出で　父母のせてかつをぶね

子持ち　初子をば持ちし頃より　子持ちなるをばまたも孕みし　子持ち痩すらむ

祖父　祖父の葬りの列に　祖父の顔おぼろ見えつつ　祖父の頬の白き髭　はるばる来つる祖父に

祖父　祖父が咳する部屋隣りあい　めじろの瞳祖父に飼われて　愚痴多き祖父が飼いおく

祖母　おほははの老いのこころを　祖ははのいのち終れる　祖母も母も灯かげに　祖母の乳房にすがりて

【親子】　親子二人の冬ごもり　親子引きあふ　路次の闇親子除け合ふ　助舟に親子をちあふて

父子　父子ふたり水をながめつ　世の常の父子なりせば　父子ふざけて叱られる　父と子の形同じく

母娘　雛買うて疲れし母娘　貧しき母娘が石炭殻拾う　車窓涼風母子の髪の

生さぬ仲 血のつながりのない親子　生さぬ仲の親子涼みて

母と子　その日暮しの母と子が　鉄あさる母と子　母と子のトランプ　いなづまの夜ぞ母子の夜

末子　末子は父のひざに　末の子の歩み手打ちはやせり

末の子　季の子いまぞ世に出づる　季の子にしあれば甘へてみたき　末子の利発　末の這ふ子をあそばせて

一人子（一人っ子）　ただ独子にあるが苦しき　一人の息子ひとりの娘　独り子が通る　老の一子の杖柱

娘　娘ばかりの雛の宿　橋番の娘なりけり　娘のあゆみもどかしく　ポニーテールの髪のわが娘と

【泳ぐ】　野を泳ぐ　顔を浮べて魚泳ぐ　吉野青し泳ぐとぬぎし　淵に泳ぎ処女の髪　人流れじと泳ぎけり

遠泳　遠泳にめぐり疲れし　遠泳の子らにつきそひ

泳ぎ手　一列にゆく泳手の　泳ぎ人去りたるあとの泳ぎ子や獣の如く　泳ぎ子のひとり淋しや　泳ぎ子に雲影走る

抜手　泳法　海に抜手を切る男　水さつと抜手ついつい

プール　五月のプール乾燥し　梅雨のプールに伸び進む

水着　水着に暫し沿ひゆく　光る水着に肉つまり

【折折】　をり〱梅雨の風かよふ　折折にしづくしたたる　風折々　をりをり春の

期　地ほろぶるこの期にいたり　過ぎ去りて帰る期もなく　醒むる期も知らぬ眠りに　飽く期なし

なべに　～するちょうどその時に　夕汐の満ちくるなべに　風吹くなべに　足のべて休らふなべに　夕闇の這ひ寄るなべに

【織物】　朽葉の織物　豪奢な織物に染めたりする

綾　あやにしき織る小波の　舞ひし夜の衣の綾さへ　縫へる仙女の綾ごろも　唐綾の柳の御衣　氈の紋織

織　風は紋羅の浮織に　赤織の桟留縞よ

綴れ錦　つづれ錦の　鳳凰のつづれの帯を

手織　冬も手織の麻を着て

羽二重　黒羽二重の五紋

【降りる】　降りる足なほ地に着かず　降りて沈んで停車場のなかに降り佇ちぬ　汀の闇に車おりぬ

舞い下りる　鶴の影舞ひ下りる　一群の田鶴舞ひ下りる

【愚か】　思ひは知るをおろかなる身に　愚かしいちつぽけな僕の　砂を数ふる愚かさに　愚は人に多かりき

痴け　性萎え痴けたつ

似非者　似非ものの世に　えせ者のときめく時と　似非聖のみ多きこの世に　えせ人あまたながらへて

愚　痴愚にひとしき疑ひながら　月花の愚に針たてん

小賢し（こざかし）　小ざかしく可愛ゆく蜥蜴　小ざかしき児の

賢しら（さかしら）　黙然をりて賢しらするは　世の似非ものはさかしらを云ふ　国守るちふさかしらを説く

痴者（しれもの）　情熱の痴人！　しれものありて情をうばふ　お銭と申すしれものに

戯事（たわわざ）　空しかる影の戯わざ　仇に見し夢の戯わざ　まよはしのこれ戯わざか　たはわざな爲そ

はしたなき　みっともない　据風呂の中はしたなや　君あまりにもはしたなきかな　はしたなき昼寝の様を

人屑（ひとくず）　人屑の身は死もせで　人間の屑がむらがり

【颪】（おろし）山から吹き降ろす風　十国おろし渡る日の梅　寒の嶽颪　伊那颪いたく吹く日は　おろしはげしき西の京

山颪（やまおろし）　花の夕の山おろし　山颪早苗を撫　深山おろしに

山風（やまかぜ）山中を吹く風　山風に雨沿ふて来ぬ　月ふき返せ秋の山風　桜吹くなり京の山風　桑畑を山風通ふ

比叡颪（ひえおろし）　比叡颪聴きつつ酌めば　比叡颪の音はたと絶え

【終り】（おわり）　終りを始めにくりかへし　とりいれのをはりの豆を　はじめをはりやはつかほど

いやはて　さびしさのいやはてに　最終の夏の曲

終る（おわる）　憂鬱をもて今日終る　終る暦の表紙かな

最後（さいご）　あきらめた最後の媚をさいなみ　最後の書をかきをへて　いまこの恋の最後をば　最後の扉をも開きしや

終（つい）　友よ歌あれ終の十字架　つひの栖か雪五尺　秋蟬の終の敷寝の　つひの理想の花に刺あらじ

閉目（とじめ）　春のとぢめの玉章をよむ　まじりのとぢめ

【逐われる】（おわれる）　わが眷族みな逐はれて走る　迫はるるがごと歌につづりぬ　石をもて追はるるごとく

追い詰める（おいつめる）　もの言ふ人を追ひつめて

亡命客（ぼうめいきゃく）　亡命客のわかき波蘭土人　追放の客の姿見ゆ

【女】（おんな）　女は馬に女騎り　女の香わづかにのこり　花による女所と　女ゆがみけり　をんなの泪地に滲みよ

女（おなご）　浴みする女子のにほひ　若きをなごの声のよろしも　女子の肌の見ゆる時

女（おみな）　をみなこぞりて幸をばいのる　紙雛のをみな　をみなもまじる土ならし　われはをみなぞ道知らず　をみなとはかゝるものかも

年増（としま）　折るとかゞめるとしまぶり　目のふちの青き年増

女性（にょしょう）　女性の声もまじらひて　人間の女性と生れ

女人（にょにん）　女人高邁芝青きゆえ　糸満の女人の城へ

夫人（ふじん）　常乙女めく夫人去り　夫人私室の白きドア

女子 メノコの唇が芹匂ふ　山羊ひきて立てるメノコは

大原女 大原女の足の早さよ　大原女のものうるこゑや　大原女の恋をきかばや

小町 小町の墳で拾ふまつ笠　浮世の果は皆小町なり

紫女（紫式部） 紫女年若く　紫女が筆

清女（清少納言） 女郎花たゞ清女に似たり

楊妃（楊貴妃） 涙ぐむ楊妃か　御宴の楊妃

か

【香】 雲の香沈む有明の　朝の香深き岡なれば　香を奪はれて百合おとろふ

薫り かほりさへ床しみ深き　人が憩ふ樹かげの薫り　皺手にかこつ薫かな　かをり寒き

香（におい。かおり） 生温き香をし嗅げば

風の香 風の香も南に近し　風の薫の相拍子　茶に糸遊をそむる風の香　国国に吹く風の香も

髪の香 髪に菖蒲の匂かな　黒髪の香にも倦きぬと　夕日の髪の翡翠の香　君が髪の香満ちわたる見ゆ

香気 香気のたゞよふ　香気ある風に湿り　香気は浮び

正香（その人自身、またその様子） 愛しけやし君が正香を

残り香（その人が去った後の香り） まくらに残る鬢の香に　女の香わづかにのこり　のこる移り香

妙香 白はすや妙香かをる　夏雲めぐる朝の妙香

本つ香（本来備えているよい香り） もとつかをりのなつかしきかも

夏の香 新らしき夏のかをりの　夏草のたかきにほひに

春の香 春ちかき香の　女湯に春の香の立つ

物の香 大杉林の青きもの、香　ものの香けさはわきて親しき　しらじらと物の香かなし

【貝】 砂深く春待つ貝を　海女岩かげに何の貝とる　巻貝の無為のあゆみは　貝より脆し恋を得ざりき

小貝 岩かげにちさき貝あり　衣着て小貝拾はん　敷わたす岩や小貝の　小貝をいれし籠一つ

ますおの小貝（赤い小貝） 潮染むるますほの小貝　ますほの小貝拾はせて　ますほの貝の秋の色

空虚貝（からの貝がら） 浜に寄るとふうつせ貝　むなしとすつるうつせ貝　荒磯陰のうつせ貝

貝殻 貝殻みたいな朝だな　貝殻のみちなり　貝殻をふむ音あゆむ　陽炎の中へ貝殻を　貝殻の青き肌に

貝拾う 荒海のほとり貝をひろへる　小貝を群れて拾ふなり　白洲の崎の小貝拾ひに　貝拾ふわれを濡らすな

片貝（一枚貝） いそのかた貝拾ふ人なき

片し貝（二枚貝の一片） 清き恋とや片し貝

【峡】（山と山の間） 行きとどこほる峡の冬　下駄の音する飛驒の

峡　峡出でて汽車海に添ふ　紅葉の峡に

小峡（小さな谷） 小峡の空は　小峡を狭み

峡の底　峡の底家も沈みて　峡底の春は

山間　山間の町のともしびの色　時雨ふりきぬ山あひの

川　山間の霧にうもれて　草枯いろの山あひに

山峡　歩みゆく山かひの霜　虹あらはれぬ山の峡より

山の峡より見ゆる白雲　山のかひなる一つ家の

【海峡】　海峡の雨来て蜜柑　夕映うつる海峡の島　海

峡の灯台の灯は　宗谷海峡を越える晩は

門　燃ゆる迫門より　明石の門より大和島見ゆ

門渡る　門渡る船の楫間にも　夕なぎに門渡る千鳥

とわたる舟のかいのしづくか　門渡る橋を　門渡る光

水門　みとの川風寒けれど　浪穂にたてる神のみとかも

韃靼海峡（タタール海峡） 韃靼の海阪黒し　韃靼の海　韃靼海の

ただなかだ　韃靼海西風吹きあげて

【海溝】　海溝の魚に手触れて　海溝に沈む赤粘土を

海石（暗礁） 海石にそ深海松生ふる　奥つ海石に

海底　海底に眼をばひらきつ　海底の砂に横たふ魚の如

海底に眼のなき魚の　海の底めく夏の月夜に

乱礁　乱礁の巣に鳥入りし　白雲は乱礁の浪や

【階段】　時の階段をのぼつて　階段の高きをのぼり

階　夕陽さす階のぼりゆく　階なづみます師の君と

鉄階を雪の地に降ろし　寂としてのこる土階や

階　朱のきざはし　真昼のきざはし　てらのきざはし

君が手により降るきざはし　天の階ふむ天津女が

段　石の幾段降りなづみ　踏む階のいたき摩耗にも

玉の階（階段の美称） 高殿の玉の階

梯子　階子をのぼるあゆみ寒けく　夜寒の梯子段　鳥

屋のはしごにい寝る鳥　林檎の樹にかけし梯子が

螺旋階段　いま降りし寒き螺旋階の　螺旋階段登りつめ

踊場　踊場の窓を展くや　巴里なる踊場の夜の

階下　階下に手斧の音　階下より告ぐる早春降る雪を

二階　畠に灯流す二階かな　二階の欄も干大根　二階

には赤くたぎるストーヴ　西日に曝るゝ二階かな

【外套】　なほ纏ふ冬外套や　外套がおほへる空の　春

暁の外套黒き　外套の襟を立て　外套おもく著て勤め

己が着ていた夏外套を

合羽　合羽買たり皐月雨　棺桶に合羽かけたる

コート　色褪せしコートなれども　古コート　吾妻コー

か

トの　紅きレインコートの少女近づく

マント　芝居茶屋を出てマントを正す　マントの中のふところ手　マントの緋裏　冬のマントをひきまはし

蓑　蓑見ても旅したく成る　海より冷る田蓑かな　夜寒の蓑を裾に引きせ　猿も小蓑をほしげ也

【腕】　冷えびえとある腕かな　君が腕に馴らされしひと　月の腕を相搦み　水夫の腕の入墨の

腕　わが腕もまろらかに肥ゆ　真裸のわが腕に

二の腕　青の絵の具で二の腕に

肘　肘のせて窓に人ある　肘白き僧のかり寝や　老が肘

肘枕　我は落花に肘枕　心のまゝのひじ枕

【飼う】　小鳥飼はまし　黒い金魚を飼うて秋　吹き送る風に飼はれて　雲雀飼ふ隣のありて

草飼う　今やとまたむ駒に草かへ　羊ひとむれ草飼へる

草食む　草食む牛とわれとの日昏れ　わが馬に草食ませつつ　草食む駒の口やまず　駒は食めども　麦食む駒の

水飼う（馬に水を飲ませる）　麒麟が常の水かひ場　水かふ岸の葦蘆を　馬駐め馬に水飲へ　馬が番して呑す

【買う】　葱買て枯木の中を　本を君と買ひたる　買ひえたるよきネクタイや　蓑買ふ人のまことより

購う　もはやレモンも購いたくなし　未来に購ふ車のゆめ　露西亜毛布を購ひにけり　吾子に購ふ鉢鬼灯の

小買物（日用品の）　宿とるまでの小買物　僧も二条へ小買物

競る　鮪競る興奮もつて　秋刀魚競る渦に女声の

雛買う　初雛買ふとゑりわぶる　雛買うて疲れし母娘

【帰り路】　口重げなるかへり路を吹く　帰り路を転び給ふな　帰り路の夜寒くなれる　帰路いそぐ枯野道

帰路　帰路への階は重く昇るのみ

家路　家路をいそぐ人々や　終に夜を家路に帰る　家路に遠き人ばかり　帰るべき家路はあれど

帰さ　かへさも楽しわがやどに　かへさわすれて　かへさの船は　帰さは暮れぬ　祭のかへさ

帰るさ　かへるさをおくりくるまに　かへるさ送れ秋のよの月　かへるさに宵の雨しる　帰さにくし白拍子

【返り花】（時期外れに咲く花）　元より開く帰り花　あかつき梨のかへり花　みつけしものや返り花　山中の返り花

返り咲き　かへりざきの桜なまめく　かへり咲く桃の畑の　帰花咲いて虫飛ぶ　いろあかく木瓜かへり咲く

忘れ花（忘れ咲きの花）　たんぽゝのわすれ花あり

【顧みる】（ふりかえる）　君と行くに人かへりみる　かへり見も

せぬ傘の主　かへり見すれば月傾きぬ　かへりみすれば秋の情　かへりみすれど人影もなし

小手を翳す　馬上に小手をかざしけり

見返る　鄙のむすめは見かへりもせず

【帰る】　雲こめて帰る鵜遠し　枯野の道を父帰る　家ある人はとくかへる　つばくらもおほかた帰る

帰り行く　闇にかへりゆくきみも　かへり行くうしろでさむし　かへりゆく人の背をみて

帰去来（さあ帰ろう）　帰去来といふ声す　我すむ京に帰去来帰らなんいざ草の庵は　いざ帰りなむ老の臥処に

帰省　帰省の肩に絵具箱　帰省の靴はハイヒール　帰省子と歩むも久し　帰省子の琴のしらべを

復ち返る（元へ帰る）　花の山べををちかへりすも　肩こす蝶のをちかへる空　みどり子とをちやかへれる

【孵る】　雲雀のたまご孵りけむかも　水上に子魚孵りて　鵙の子は孵りてちさし　石油の箱にひよこ孵化れり孵卵器の卵くるしげに

卵子　たまご　鶯の生卵の中に　鶴の卵の巣とも見るべくかひの見ゆるは巣守なりけり

抱卵　抱卵の鷺冷々と　鶏は卵を抱きをり

【顔】　己が顔ふと見わすれし　わが顔ぶらさげて

顔（顔の美称）　繭玉を見しかんばせの　古雛のかんばせわかくかんばせかたきをとめかな

御顔（顔の美称）　仏の御顔　弥陀の御顔は　姫星の御顔をかくす

寝顔　ねがほらうたし春の灯影に　友が寝顔はおとろへにけり　罪消る子の寝顔　吾子が寝顔のかがやくは

横顔　やがて向けたる父が横顔　秀でし横顔を　かるたの王の横顔をして　横顔や暖炉明りに

【薫る】（よい匂いがする）　宿ごとにしめりてかほる　薫るコーヒー雨かをる　潮かをる　墨薫る　ひかりも薫る

芳しき　かぐはしい初夏の野原で　かぐはしき愁ひの玉を　かぐはしきみはだのにほひ　風芳はしき

香高き　百合の香高し　星かげまばら草の香高き　朝露に高き香ゆらぎ　凋れゆく高き花の香

香に立つ　しめり幽けき香にたちて　花の香に去りかねて立つ　菊の香の冷やかに立つ　香に立ちぬ

香深き　蓮の香深き池に寝しかな　香も深う睡蓮ゆらぐ　雪の香ふかき林檎かな　朝の香深き　森の香深き

香を吐く　蜜柑の皮の香を吐くゆふべ　空にいみじき香を吐きて　みづからを滅すばかり高き香を吐く

香を放つ　荒らかに香を放つさへ　闇ノ弾道香ヲ放ツ　未来の香を放つ　清き香を放つ

芳しき　おのづから草芳ばしや　風かむばし、秋の山寺　露は香しく　百花香し　墨芳しき　空かんばしく

薫る　薫濃き葡萄の酒は　夢の燻香　強き薫のなやましさ　薫るかやの実　ほのかに薫る沈の香　一室を薫す

薫じる　花は香炉に打薫じ　葡萄の酒は薫じ　帳薫ずる

香ばし　沈の香ばし　香ばしきかも秋の炎天　初霜の花もかうばし　香ばしく　雲かうばしき

馥郁　馥郁とした五彩の薔薇が　童女の眉馥郁として

【雅楽】　にぶきひかりは楽に垂れ　楽澄めり　たけなはなりや秋風の楽　現実の楽は少し遅れぬ

高麗笛 竹製の横笛　高麗笛取り　高麗笛そへて

笙 管楽器　神女の戯れ笙を吹いて　朧に笙を吹く別れ　林の籟の　吹き棄てし笙の笛かと　秋の笙の音

舞楽 舞を伴う雅楽　舞楽の庭に　舞楽のあやか七色の虹

和琴　和ごんの師　和琴弾き　よく鳴る和琴を

楽師 奏者　老いし楽師は　女楽師の胸にさしたる

楽人 奏者　楽人のぼる天壇や　楽人が胡弓のゆみに

伶人 奏者　伶人のならびぬ　幕吹いて伶人見ゆる

【案山子】　骨ばかりになりて案山子の　たのまれ顔のかゞし哉　笠に雲おく案山子哉　案山子の身の終

山田の僧都　山田のそほづかれ顔なる

【鏡】　春や鏡のうらの梅　かがみにうつる春の顔　鏡の裏に何がある　暮れのこる化粧鏡の

合せ鏡　合せ鏡に走る虹　友鏡をも

大鏡　大鏡こそ淋しかりけり　春水の大鏡ある

三面鏡　三面のかがみに灯す　三面鏡は姉のもの

姿見 鏡台　姿見に笑みし　姿見のかゞみもしめる　すがた見の息のくもりに　錆びし姿見鏡てりかへし

真澄鏡 よく澄んだかがみ　ます鏡そこなる影に　真十鏡手にはとらせど　真澄鏡清き月夜の　真澄鏡面影去らず

プリズム　三稜玻璃の中の光線　プリズム色にひかつて

古鏡　古鏡霜に裂けたる　秘密の古鏡　面影遮ふ古鏡　水仙や古鏡の如く　夜光虫 古鏡の如く

手鏡　手かゞみのみの知るなげき　手鏡に紅梅うつる　手鏡に夕月がふと　手鏡のちりうち払ふ

【屈む】　かがみゐてさびし　かがみて寒き貝を掘る

蹲る　うづくまりゐて蒼海を見る　猫うづくまる膝の上　ランプの下にうづくまり　首のべて駱駝うづくまる

屈まる　虫等のなかでかゞまつて寝る　かがまりて
少女水汲めり　電車の隅にかゞまりし
【輝く】　日はかがやかに照りいでつ　旗ふりのかがやけ
る眼を　背にせまりて海のかがやく　雨にかがやく
燦めく　囀りのこゑ花にきらめく　きらめくは氷のゑみ
か　羽根煌めかし　ほの暗きかげに燦めく
輝かす　万法の根を耀かす　行灯脇にかゝやかせ
輝き　胸を纏へる光耀と　杉にかがやき輝きやまず
耀う　八百うづ潮に茜かがよふ　けさの海みちかがよへ
り　さくら一むら昼をかがよふ
閃く　金魚の影もそこに閃きつ　閃く春は　ひらめく
灯影　複眼の閃き　日ざしのゑみの閃きも
星きらめく　息づきてきらめく星は　星きららかに
星きら〳〵と千鳥かな　古の星きらめくと
きらきら　白山の雪きら〳〵と　翅きらきらと　自転
車の輪はきらきらとして　穂絮きらきら宙にあり
煌ら　流れ散り敷くきらら雲　潮のひきたる煌砂
きららか　風きららかに吹ききたり　海きららかに
赫奕と　君がひとみの赫奕に　かくやくと射る夏の日や
きらびやか　きらびやかなる悪はねがはず　きらびや
かなる手に巻かれ　星空きらびやか
煌煌　煌々と照るのぼり坂　真白きもの煌々として
燦燦　凍ったしずくが燦々と降り　月燦々樹を伐られたる
燦爛　燦爛と波荒るゝなり　燦爛と花の如くに　燦爛
ト魚飛ビユケリ　日ハ燦爛ト
【篝火】　かゞり火の所さだめず　歌舞練場のかがり火
の　潮を照らす篝火の
篝　かがり燃え蛾の集りて　美くしき夕月篝火　篝は
海に漂ひぬ　清き瀬ごとに篝さし　篝籠雨にぬれつつ
松明　松明の長きけむりや　松明消えて鳴くほとゝぎ
す　氷室の馬の松明ゆくも　厳かに松明振り行くや
手火　手火の光ぞここだ照りたる
【垣】　垣根もたわに咲ける卯花　白き花見ゆ垣のひま
石垣　石垣に鴨吹きよせる　石垣のあひまに　引潮の
石垣　石垣歯朶に春の月　十薬や石垣つゞく
垣内　家の垣内の小百合花　垣辺のわらび闌けにけり
垣穂　古寺のかきほの杉に　かきほの松　垣ほ荒るとも
垣結う　蚕笊もて猪垣結へる　芦垣を結ひまはしたる
朝顔の垣根結ひ居り　籬結ひて
忍返　忍びがへしにふりしきる　飛すます忍びがへしや

竹垣 垣結ふと青竹を編む　竹垣の大夕立や
柴垣 柴垣に煙草干しけり　柴のかこひは　柴の籬を
玉垣 社殿の垣　玉垣は朱も緑も　朱の玉垣神さびて
東籬 東側の垣　東籬の菊も摘みそへて
古垣 古垣の縄ほろと落つ　古き垣内の桜花
籬 竹や柴の垣　雨すぎし籬の芙蓉を　人のまがきの琴をきく　籬のうちに夜置く露や　ませ垣に遠き灯のさす
垣越 夜寒かたるや垣越に　垣ごしに菊の根わけて
垣根道 思想にたどる垣根みち　我垣根みち
【鍵】 鍵一つわれは拾ひぬ　ふところに暮冬の鍵の　ひとりの部屋の鍵もちて　簞笥鍵　黄金の鍵を
空錠 かぎがあけてある　空錠と人には告げよ
鍵穴 さざめきは鍵穴へ逸れ　かぎ穴暮れて居る
掛金 窓の掛け金さびつけば　障子の懸金　遣戸の懸金
閂 大門に閂落す　子は家の閂き
錠 鎖あけて月さし入よ　この木戸や鎖のさゝれて　昼は錠おろす門の垣
鎖し 錠　草の戸ざしに　黒鉄の鎖はあはれ
枢 伽藍の枢　枢に釘刺し　くるる戸のきしるにほひも
【餓鬼】 餓鬼等ものくふ馬の上　餓鬼となりしか

か

餓鬼道 地獄に次ぐ苦しい所　餓鬼道のやうに喰ふ　餓鬼道に
施餓鬼 餓鬼の供養　山の施餓鬼の日ざかりに　青沁むべしや施餓鬼幡　施餓鬼のもの青赤　磯ぎはに施餓鬼の僧の　門もてありく施餓鬼棚
沼施餓鬼 沼施餓鬼蟹はひそかに　一輪の日や沼施餓鬼
【書き遊ぶ】 興に任せて書く　書すさびたる雲の日記　かきすさびたるざれがきを
書き散らす 古扇物書き散らし　濡せる筆の書きちらすこと　ちらしの文字の淡もゝの色
【書初】 書初の拙きをはぢ　書きぞめや今更に句を
吉書初 書初め　みかんみい〳〵吉書哉　吉書の墨をすりにけり　緋毛氈布きて吉書かな
試筆 正月の書初め　試筆の余勢残りたる　禿筆を嚙む試筆かな
【斯く】 このように　かくのごとあらし吹く夜は
斯くばかり これほど　かくばかり荒べる街に
斯ばかり これほど　かばかり美しき波ならば
【書く】 つゞきもの書きはじめたる　書きそびれ
書き倦む 書きつかれる　ふみかくに倦みており立つ
書きさす 書きさして心を散らす　書きさしし原稿紙
清書 送り来し吾子が清書は　清書の赤い直しや

物書く　春雨やもの書ぬ身の　昼はもの書き夜は安く
寝　埋火や物書閨の　日ねもす物を書きくらしをり
四角　四角な影を窓の月　菜の花の四角に咲きぬ　四
【角】　肩の圭角をといて　多角形の空いちめん
角の家には　晴れし日も四角な部屋に
真四角　帷を真四角にぞ　真四角の煙草工場の
鋭角　地下街の壁の白き鋭角　鋭角なすビルこえて燕
三角　梅雨富士の黒い三角　金色の三角畑に　三角の空
【隠袋】　かくしどに筆さし入れて　かくしに手など
ポケット　ポケットに手を春うれひ
【隠す】　大石の馬をもかくす　かくさぬぞ宿は菜汁に
顔なかばかくすがごとき　聖顔をかくし
声を包む　雪につつめるうぐひすの声
立ち隠す　春霞立ちかくすらむ
包む　隠す　月に名を包みかねてや　言の葉をつつめる胸を
秋をば月につつませて　ねたましき思ひをつゝむ　面
体をつつめど
秘めおく　胸にして秘めてあるべき　絹につつみて胸に
秘めおかん　はこにひめおき
【楽の音】　消ゆる時なき楽の音よ　楽の音をこめし部
屋　流転の楽の音に融けて　遠き昔の楽の音
楽　仙女の楽は響かねど　西洋の楽或はゆかしく
音楽　我をながれし音楽に　音楽家が　音楽きすます
楽音　楽音と秋風と聞き　くちつけのあとのとれもろ
管弦楽　幾億年のオーケストラ　この歴史のオーケストラ
を　管弦楽部のうめきより　オオケストラは足並早く
楽隊　楽隊の過ぎ行けり　楽隊の遠き響に　楽隊の後ろ
【神楽】　何の伝授か夏神楽　秋の神楽に
里神楽　村神楽　縁組すんでさと神楽　里神楽懐の子も
庭火　神楽の篝火　梅散かゝる庭火哉　庭火をたきてうたふ榊葉
夜神楽　夜神楽や鼻息白し　夜神楽や焚火の中へ
【隠家】　かくれ家の庭も夏めく　身の憂さの隠家にせ
ん　夏は来れども寒き隠家　黍はえてよき隠家や
隠れ里　野山をわかつかくれざと　里わに隠れ
隠れ住む　琴柱古りたるかくれ住み　隠れ住む身の
【隠れる】　鍬提し人のかくるる　春のくるまでかくれ
てる　五月雨にかくれぬものや　霧中にみな隠れゆく
隠ろう　丘にかくろふ天の川の　白鳥のい行きかくろふ
葉隠れ　葉の間に　蕗の葉隠れに　ちさき童子の葉がくれに
黍の葉がくれ行水す　葉がくれの月　葉がくれに一花

咲きし

隠れ星　笹の葉かげの隠れ星　木隠の星　星かくろひて

霧隠れ　朝霧がくれ鳴く鹿の　朝霧隠り棹さす　霧島は霧にかくれて　暁の朝霧隠り

草隠れ　高草隠り北斗星　牧場のはての草がくれ　露けき庭の草がくれ

雲隠れ　倭道は雲隠りたり　いや遠さかる雲隠りつつ　雲がくれゆくなる月を　雲がくれにし夜はの月影

木隠れ　木かくれて窃にさけり　蔦の花ちる木がくれの宿　木隠の星見ゆるなり　うぐひすの子は木がくれて

水隠る　水隠る蛍飛びにけり　沼の真菰は水隠れにけり

水隠り　水隠りに息衝きあまり　隠れ沼の水ごもりに

【陰】　陰につどへる人の子は　楊柳の陰　千ひろある陰に

片陰　（濃い日陰）　かたかげに日を見ぬ小草　かたかげの草に濡れつつ　かたかげの闇をちやるめらのゆく

常陰　（いつも日陰）　山の常陰に鹿ぞ鳴くなる

葉陰　朝顔は葉陰にひそみ　草葉の陰の七ケ村

日陰　山下日陰　日陰とぼしき　日陰の麦を

物陰　ものかげにそひて生きつぐ　物かげに息をひそめ

家陰　家陰の赤椿　吹降や家陰たよりて

夕陰　きりぎりす鳴く夕かげの　夕陰や片がは町のゆふかげのみち　夕かげとなりゆく空を

【陰影】　ザボンちる薄き陰影より　陰影が重なりあつて　陰影くらき　陰影おほき町　見えぬ影追ふ青嵐かな

人影　ふけ行く窓の人の影　堤ゆく人かげ一人　夕日の坐敷十の影　浮び来る影　一人の影を追ひかける

我が影　つくづく淋しい我が影よ　墓にわがかげうつり　西日に長きわが影踏みて　はかなきかなやわが影の

影法師　西日に沈む影法師　故郷遠き影法師　ひよろりと猫の影法師　影法のあかつきさむく

花影　（花の落とす影）　朝々氷る花の影　障子に動く花の影　流に泛ぶ花の影　花かげの路　花より艶に花の影

月影　（月光に映しだされた物や人）　月影も佇むや花　てる月の影の散来る

雲影　（雲の姿）　地に浮びては雲の影　水も夏なる雲の影　山一ぱいの雲の影　繊雲の影

影さす　物の影さす胸のとぼそに　雪に影さす宵クリスマス　藤波の影さす背戸の川水に　蝶の影さす

影して　影して飛べる山鴉　柔かに陰影してぞゆく　粗壁に影して　影する雲の藍ねずみにも

丸き影　頭の丸き影二つ　丸きは僧の影法師

か

朝影（あさかげ） 朝日による細長い影　暁闇の朝影に　朝影清き花草に

片影（かたかげ） わずかな影。わずかに見えた姿　その片影を見ずもあらば　片影冷し

竹影（ちくえい） 竹の影　障子をかする竹の影

鳥影（とりかげ） 鳥かげのしきりにさすや　閉せし障子に小鳥かげ　枝に透いて鳥かげ迅き　あの影は渡り鳥

葉影（はかげ） 葉影に猫の眼玉かな　プラタナスの葉影が覆う　えにしだの葉影にかくれ　雨後の散歩の若葉かげ

山影（やまかげ） 山の姿　山影門に入日哉　見えそめぬ山影青に

【崖】（がけ） 下萌えの崖を仰げば　垂直に崖下る猫　崖下へ帰る夕焼　崖の下みち無月かな

崖（ほき） 巌が懸崖の　岩のかど踏むほきの桟道

崖（まま） 崖に生ひたる顔花の　崖の小菅の

岨（そわ） 絶壁　岨に向く片町古りぬ　トンネルを出れば岨の

切崖（きりぎし） 絶壁　枯れ崖　長き行途に　切崖の朱をうつしつつ　きりぎしの椿の花の　蒼白いきりぎしをゆく

懸崖（けんがい） きりぎし　赤ただれたる懸崖に

険阻（けんそ） 険しい地形　険阻を君と歩む日も　越えて来た険阻を

絶壁（ぜっぺき） 絶壁に木枯あたる　絶壁の氷柱　絶壁寒い海その底　絶壁のわん〳〵と鳴るとき　絶壁へ冬の落日

石崖（いしがけ） 炎天に燃ゆる石崖　石崖に噛みつく蝮

断崖（だんがい） 日は断崖の上に登り　断崖を漂泊ひ行けど　断崖へ来てひたのぼる　断崖を攀じるロープに

【筧】（かけい） 樋　筧の音の夜長かな　筧は水を吐きやめず　筧も濁り花の雨　かはせみの筧に来たり　石菖に筧の清水

懸樋（かけい） 懸樋なるつららの紐も　かけひの音夜更けてひゞく　懸樋つたふ若水の音を　ふるきかけひは水もつたはず

【影絵】（かげえ） 影絵に雨の光げはしる　影絵みる老人が手の　影絵をうつす褥かな　影絵さやけき王宮よ

起し絵（おこしえ） 切抜細工絵　起し絵の御殿葺けたる　起し絵淋し　おこし絵に灯をともしけり

立版古（たてばんこ） さくらの山や立版古　足の細さよ立版古

走馬灯（そうまとう） 油足さうよ走馬灯　走馬灯火をつがん　走馬灯に木の間の月や　語るも久し走馬灯

回り灯籠（まわりどうろう） 影絵が映って回る灯籠　軍絵の回り灯籠　回り灯籠に灯を入れぬ　めぐりつづける回灯籠

写し絵（うつしえ） 幻灯　うつし絵のかひなきかげも

幻灯（げんとう） スライド　月の幻灯会の入口　色青き幻灯を見て　微かなる幻灯のゆめの　黄金の幻灯草の青　幻灯機械

【崖道】（がけみち） 険しい道　波あがる崖そひの道　沖つ風吹く崖の上の道　潮騒光る崖の上の道　崖みちで

岨道(そばみち)　岨の細道　海を見おろす南岨　岨道に出あひたる

崖路(ほきじ)　ほきぢ伝ひにたづね入りて　ほきぢもうまく

山岨(やまそば)　山岨の石畳道に　山岨道尽くれば橋あり

【破片】(かけら)　魂の小さいカケラを　氷の破片　日の破片　瓶の破片は　冬の破片のするどさや　陶器の破片

欠け(か)　一かけの氷に似たる　青磁色の器のかけも

断片(だんぺん)　断片を溺愛し　断片風に流れては　兎の脳の切片染めつ　いまだうつくしき虹の断片

ちぎれ　夢のちぎれの　ちぎれの草をついばみぬ

片片(へんぺん)（切れ切れに）　落花片々　片片として波に泛んで

切れ切れ(きれぎれ)　きれぎれの記憶をつなぎ　切れ切れの雪野の虹を　きれぎれに在りていづれも

【欠ける】(かける)　欠けし香炉に沈焚きて　角の欠けたる古瓦　道欠けて淵を見せゐる

欠釜(かけがま)　欠釜一ツひとりずみ

欠茶碗(かけぢゃわん)　どなたが来ても欠茶碗　罅入りし珈琲碗に

月欠ける(つきかける)　空にかけゆく月をみて　欠けそめし月のあはれも　松の木の間に月欠けて低し　望月の欠くることなく

罅(ひび)　冬の夜の鏡に罅を　罅走る雪渓　硝子器のひびを愛すと　煉瓦の罅を　ひびのある大き卵に

【陽炎】(かげろう)（空気がゆらゆらと立ち上る）　舞ひのぼる陽炎のやうに　陽炎のずんずと伸る　ゆくほどにかげろふ深き

陽炎(かぎろい)（明け方の空の明るみ）　かぎろひのあしたゆふべに　野辺のかぎろひ　東の野に炎の　かぎろひの日も暮れたらば

陽炎う(かぎろう)（空を赤く染めて光る。光や影がゆらゆらする）　青麦の穂はかぎろへど　うす桃いろにかぎろへば　日こそかぎろへ

野馬(やば)　野馬しづか吹きくる霧に　野馬に子供あそばす

糸遊(いとゆう)　彼方こなたや糸遊のかげ　嬉しきものや宿の糸遊

影ろう(かげろう)（かげになる）　みだうのゆかにかげろひて　野もせの草のかげろひて

【水手】(かこ)　朝凪ぎに水手の声しつつ　夕凪に水手の声呼び　逞ましき水夫をおもひぬ　老いたる水夫の恋がたり

水夫(すいふ)　水夫綱を降り駆けて去る　春を惜める水夫かな

船夫(ふなおとこ)　竿さし上る船夫　山山を船夫指ざせど

舟子(ふなこ)　ふなこかぢとり　船子だちの若きはねむり

マドロス　異国のまどろすよ　まどろすが丹の海焼けや

【駕籠】(かご)　ゑびす駕腰を落して　宝恵駕の妓のまなざしの　駕の寝覚の夏ながら　駕も過けり麦の秋

辻駕籠(つじかご)（流しの客用）　辻駕によき人のせつ

【籠】(かご)　籠は満たずや　草刈の籠の目を洩る　一籠の鯵

を抱へて　梅もどき籠に挿しつつ
背負籠　背負う　初雪を背に背負籠負ふ
背嚢　背負う　背嚢をおひ山攀づる
籠　目の細かいかご　籠なる木の実撰りつつ　摘めどかたみに
籠　籠の蛍みな　籠に飼ひて　葉つき橘　籠にみてり
菊明るさよ籠にあふれ　籠雲雀に
小籠　山雀の小籠つるし、稚児ひとり小籠に坐り
蛇籠　砕石を詰める籠　蛇籠あむ　蛇籠にふるふえびのひげ
葛籠　阿仏の旅やつゞら馬　けふ立尼の古葛籠
手籠　採る茄子の手籠にきゆァと　無花果を手籠に湖を
魚籠　魚をいれるかご　古桑に掛けある魚籠や　尚蟹生くる魚籠の
音　魚籠のにほひも　口あく魚籠の
笊　水汲みて笊にまけたる　厨なる笊の菜　笊もちよ
りて芹そろふ　笊に水盛って　米あげざるとしめしかご
【囲む】　朝の卓ともに囲みて　吾をかこめり　火を囲
み　灯を囲む　澄める瞳を囲むもの
取り巻く　笛ふく人をとりまきぬ　乙女あまたがとり
まきて　とりまく風の孤独なる声　落葉とりまく
巡らす　橋なかば傘めぐらせば　箸廻らし
【傘】　かへす傘又かりてかへる　傘いつも前風ふせぎ

やぶけた絹張の洋傘は　黒い洋傘の中にみつけた
小傘　小傘に紅き揚羽蝶　小傘とる手は冷え〳〵て
小傘にそゝぐ春の雨ほそき　小傘を斜に君は来ぬ
蝙蝠傘　晩夏の浜の黒洋傘　黒き雫を垂れゐる蝙蝠
相合傘　相合傘の桜　二町　久方ぶりに相会ひの傘　雨
傘さして君と歩めば　小傘してふたり可愛き
雨傘　雨傘一つ行きなやんでる　わが雨傘もみどりなす
唐傘　五月雨にからかさ借りて　傘に押わけみたる
蛇目傘　蛇の目の傘にふる雪は　蛇の目傘目ふかくさして
絹傘　後ろからさしかける絹の傘　碧々しかも蓋のごと　あぢさゐ色の絹
傘は　絹傘の緋いろに栄えて　青き蓋
【笠】　旅やぬり笠檜木笠　山路を出る笠おもし　笠と
れば六十顔の　わか草に笠投げやりて
市女笠　女性用　市女笠手にもちかへて　市女笠着たる
小笠　菅の小笠の露にすれたり　小笠はづれて
花笠　花笠を船にもかけし　朱の花笠ひるがへす　踊
り花笠もてあます　梅の花笠　象を曳くうの花笠の
【重なる】　藻の花の重なりあうて　かさなりあふて雪
の傘　かさなりひびく二寺の鐘　牡丹散て打かさなりぬ
重ねる　重きほど蒲団かさねて　白妙のころもかさぬ

る　おく霜やたびかさぬとも　月を重ぬるはや三月

畳なわる　たたなはる青垣山の　雲たたなはる比叡の夕空　たたなはる憂ひのひまゆ　たたなはる山むらさきに

二十重　春霞 十重に二十重に　古りし御堂を二十重にまきぬ

累累　寒卵 累々たりや　計算の零るいるいと

【風道】（風の通り道）　風道にひかりてしろき

風の筋　藪のしげりや風のすぢ　水をわけゆく風の筋　乙女駆けりし風一筋　折れ曲り来る風筋や

【飾る】　飾らざる水中花と　飾り乏き身を恥ぢて　飾らぬ人は　飾らぬも美なり

しつらえる（こしらえる）　磨きしつらひ　炉を設へ

荘厳（飾り付け）　元旦の荘厳すみし　蜘蛛の巣で荘厳された美の荘厳を　死の荘厳の　荘厳の山と大樹に

華鬘（仏殿の梁(はり)などにかける飾り）　水仙を華鬘にしたる

瓔珞（貴金属などの装身具）　星の瓔珞玉ゆれて　月を飾るに瓔珞の雲　かすけき雛の瓔珞や　瓔珞重き大広間

【火山】　明日の火山へ船すすむ　旧火山鈍なるものは火山は眠つてゐた

火口　暗き暗き火口をのぞき　火口湖は日のぽつねんと

死火山　雪に掩はるゝ死火山か　死火山の美貌あきらか　死火山脈の吹きおろし　死火山の裾野の冬の

地熱（マグマ）　地熱を吸ふ獅子の恍惚　地熱燃え怒り

火の山　火の山のとどろく霞　火の山ゆひろごる野火ぞ　火の山の裾に旅寝し　火の山のけむりのすゑに

火を噴く　一つ嶺火噴きはばからず　火を噴きし山の火を噴く山を見なれては　火を噴く山へ頭をむけて

噴煙　噴煙折れてたなびける空　噴煙の熱風に身を

噴火　水のま青き噴火口沼　噴火湾

熔岩　熔岩道の堅くもあるか

ラバ　ラバ落ちて欠けたる湖水　地底よりなる熔岩の隙　熔岩に埋るるポンペイを　ラバの上樹海曇れば　熔岩の砂熱きを掬び　朝凪ぎし熔岩の瀧津瀬

火山灰　火山灰おほへる痩畑　火山灰飛ばす錆いろの風

霾（火山灰）　藍むらさきす新らしき霾　渓の風よなをまじへて　よなふる山の麓辺に

【菓子】　地の菓子の味　膝に菓子の粉こぼれ　小麦のこのパンケーキ　ドーナツトのやや脂こき

お菓子　弟のお菓子　お菓子の塔をつくらせて

干菓子　干菓子をひとつわりていただく

氷菓 アイス　友や氷菓をしたたらし　氷菓舐め取る舌の先　氷菓すくふ匙ひらひらと　朧夜の宴の氷菓

アイス　アイスキャンデー嚙み嘗めて

飴　飴の中から桃太郎　飴の匂へる宮の内　水飴壜の縁を這い　厳瓮には飴を練りて　もてなすに金平糖や

カステラ　カステラ甘き露台かな　カステラの縁の渋さ

煎餅　南京茶碗塩煎餅　母は食べ落とせしせんべ

チョコレート　もはらチヨコレート嚙む　楂古聿嗅ぎて君待つ　メルヘンとチヨコレートが一ぱいです

饅頭　饅頭をうれしさ袖に　饅頭を一つほゝばりしとき

焼林檎　焼りんご熱きを買ひぬ　火もほのめけや焼林檎　春灯下焼林檎あり

羊羹　羊羹や金象嵌の　赤羊羹皿に重たし

綿菓子　漁夫の手に綿菓子の棒　雲の綿菓子秋祭

【火事】　映画出て火事のポスター　むかし大火のおぼろかな　ああなまぬるき昼の火事　春暁の大火事

焼亡　焼亡を待つ　家のただちに焼亡す

近火 近所の火事　上人や近火見舞うて　しはがれ声に近火かな　子を抱きしめている近火

遠火事　遠火事の閑けさにゐて　ひつそりと遠火事

幻めきて遠き火事見ゆ　屋根にのぼりぬ遠き火事

火の海　わが都火の海となり　火の海原の　火の海の真只中に身を焼きし　山一面に火の海だ　猛火の海に

燃える　この都三日三夜燃えて　一本の焼けし樹の遠さ　いくたびか燃えたるのちに

火の難 火事　火難後の拠りどころなき

【鍛冶】　夜寒の鍛冶の音　野鍛冶が散火走る哉　鍛冶の音きく菜の花の路　まちに鍛冶のおとを聞く

鋳る　ほぎ鋳たるかも　鋳たる大鐘　名にとどろけるよき鋳師　まっ白な鋳物の盤の

刃　眼を血に染て焼刃見澄す　刀師の刃ためすや

とろかす　鑠くれば灰とわかれて　吹鑠かせば

鞴　鞴いみじき火色かな　破れ鞴凍てたる灰に　鞴火のころげあるきて　ふいごの火を吹く光りに　中踏鞴

【舵】 舟の櫂　南へ南へと舵をとり　ひきにくき心の舵や

真楫 左右そろった艪　まかぢぬき鳴門を行けば

櫂　櫂のうれひの音の刻み　少女の櫂に乗りこえぬ　躊躇はぬ櫂音ひびく　すずろに夢の櫂やうつ

櫂の歌　波間に響く櫂の歌　静なる櫂の歌

楫の音　朝凪に楫の音聞ゆ　楫の音そほのかにすなる

か

空艪（浅くこぐ）　空艪の音がころりからりと　からろとる大河のべの

唐艪（唐風の長い上品な艣）　からろの音の月にきこゆる

【賢き】　花は心ぞかしこかりける　かしこき人を訪ふ夜哉　用意かしこき傘弐本　賢きひとの額潤く

賢しき　賢い少女の黒髪と　さかしく黙す君しおもほゆ　賢しびと　人と云ふさかしきものの

聡き　きゝ分けさときひよわの子　さときまみして

【幽か】　そのかなしみいまは微かに　いとかすかなる痛み　微かなる陽のいろ　おもひ出は今かそかなり

幽けさ　泣き疲れたる耳にかすけし　かすけき地震は

幽けき　この朝のかそけき落葉　音も命もかそけし秋　かそけくも立つくろき聖像　夜烏の声のかそけさを

有り無し風　夜の湖のありなし風に　墓の秋風ありやなし　ありとなき風のそよぎにさそはれて

幽かな風　かそかなる風に　かそけくそよぐ湖の上の風

【霞】　霞の谷にかげかくし　霞の中をなほいでず

霞立つ　霞立つ長き春日を　たちわたすかすみのなかゆ

霞む　燕が飛んでかすむなり　蠟白にかすむ横顔　しの字を引て一霞　山家さみしくかすみけり

薄霞　めぐりはまとふ薄霞　うすがすみほそう丹をひく　あしたのやまのうすがすみ　火の山はうす霞せり

煙霞　谷谷の煙霞の端に　幾烟霞　煙霞跡無し

初霞（新年の野山にかかるかすみ）　唐人屋敷初霞

春霞　煙立ちそふ春霞かな　春霞かをれる野辺にけふ初めての春がすみ立ち　春霞たなびく野辺の

夏霞　朝たなびく夏霞　今日けぶらひて夏霞せり　夏がすみ切れる野ゆかば

秋霞　そびゆる嶽や秋霞

野霞　野霞のこぼす小雨や　母招じたき野の彩霞

朝霞　朝霞春や山より　道のしめりや朝霞　四方にゝほへる朝がすみかな　名もなき山の朝がすみ

昼霞　洞然として昼がすみ　呆け話や昼がすみ　かすみうごかぬ昼のねむたさ

夕霞　夕霞かたよりなびく　ゆふがすみうすくつつめる

【枷】　すでに枷となす　許されがたき足枷に　枷はきし恋と思へば

縛める　縛めはいまだ解かれず　いましめられしこの小犬　切なきものに縛められつ

鎖　鎖のむせび帆のうなり　ほそき鎖をひきて灯を消す

手錠　一列に手錠はめられ　不可思議国の手枷をば

鉄鎖　鉄鎖ある身は　重き鎖を　自由を縛る鉄の

絆し（人の自由をうばうもの）　羈絆は重き恩愛や　花こそ老のほだしなりけれ　罪のほだしの解くるとき　この世のほだし

【風】　梢ふく風に秋知る　雪とけて風に踊りて　空にうるめる風の眼よ　ごうとして風落ちきたり　風落ちて

息吹　風の息吹を　北洋の息吹　春の呼吸の

風先（風下）　伊吹颪のかざさきに　かざさきの道行きにくき　黒南風の風さき見れば

風青き　風青き越の峠に　風青し古うぐいすの　北風青し目白捕り

風白き　風の光りの白き冬来る　戸の面の木立風真白なり　石より白し秋の風　水こえてくる風しろき

風すさぶ　風すさぶ夜は孤島と　嵐の花に風すさぶらし

風立つ（風が吹く）　風立ちてくるわりなさや　火かければ大野風たち　風ゆふたちて　風立ちて星消え失せし

風に乗る　風にのるをなごのこゑや　風に乗行火けし馬

風の宿り（風が泊まる所）　花ちらす風のやどりは

風走る　畑を風走るなり　鴉吹き飛ばし風はしる　風はしる目ざめし如く　椿飛び越え風はしるなり

風光る　風風車に光る午前午後　馬の機嫌や風光る

風渡る　穂麦の畑かぜ渡り　夕日あかるく風わたる　空の涯より風つぎわたる　磧わたるや春の風

空風　空ッ風餅搗く音の　晩秋の乾風光り

木下風　リユクサンブルの木下風　木の下風は寒からで

野風（野を吹く風）　吹きまよふ野風をあらみ　野風たつなり

舞う（風に飛ぶ）　笛のひびきは空に舞ふ

青田風（青田の上を吹く風）　青田ふく風に吹かれて　青田に風の見えて行く　青田の風の吹通る

上風（草木の上を吹く風）　うは風に音なき麦を　うは風に蚊の流れゆく　絵蚊帳をゆする萩の上の風

追風　追風に薄刈とる　木々の梢の追風に　諸手のかをり追風ながき　さふらんは追風にして

川風　河風に千鳥ふかれて　あえかにきたる河風のため　天つ河かぜ涼しくあるらし

谷風　まき起る谷の旋風　谷風は戸を吹きあけて

【風邪】　色あらば黄や春の風邪　風邪の神覗く障子の　花は見つつも風邪ひき籠る

風邪声　おちあひし風邪声同士　風声の下り居の君や

風邪心地　感冒のここちにほの青し　感冒のここちに身

も熱る　風邪気の妹に濃甘酒

風邪籠　生姜湯かぶる風邪籠　風邪ひき籠る

【風の音】　ゆくへもしれぬ風の音　しめきりてきく風の音　風のおとにぞ　風のとすごきあきのゆふぐれ

風音　谷のうつろにこもる風音

風を聞く　風をきくかな枯木の風を　見えぬ彼方の秋風をきく　ゆく春の風をききながら　終夜秋風きくや

さやぐ（風にそよぐ）　さやさやにさやぐ青葉の　葦さやぐなり　うちさやぐ時雨の竹の　ゆふ日に浮きてさやぐなり

風韻　風韻は頻にして

虎落笛（竹垣・電線などに風が吹きつけた音）　一と群れ過ぎぬ虎落笛

【風の共】（風と共に）　風のむた寄せ来る波に　風のむた青葉ゆらげば　かぜのむたそらにみだるる

風に副う（風と一緒に）　朝東風の風に副ひて　風にたぐへん

風のまにまに　木の下かげの風のまにまに　吹かば散りなむ風のまにまに　こがらしの吹きのまにまに

風交　風まぜに雪は降りつつ　雨と風交ぜて夜あけぬ

【風疾く】　風疾く吹く冬田の面　デッキは夜の風疾くなる　暖き風疾く吹きて

風疾み（風がはげしいので）　風はやみ庭火のかげも

風をいたみ（風がはげしいので）　塩やく煙風をいたみ

風強き　いらか乾きて風強き街　まゆ玉に浜風強く　浦風のあはれに強し　翼の風の疾く強く

烈風　烈風は砂を巻けども　皆烈風の孤児となる　烈風園を打つ　春の烈風鶏よろめく　烈風釘を打つ音す

【数える】　こごえた手で数へてくれた　わたり来し橋をかぞへて　桃の花かずかぞへてぞ見る

数う（数える）　雪のこる山をかぞふれば　めだかかぞふる姉とおとうと

指折る　幾夜経ぬると指折れば　および折り船のつく日を

数む　君がよはひをよみてみむ　月数めばいまだ冬なり

【肩】　三日月と肩を並べて　肩こす蝶のおちかへる空　見るや手を措く妻の肩　肩をかくさぬをとめらと

肩叩く　やせし母の肩たたきつつ

御肩　み肩にかゝる花の白雲　ほそき御肩に

痩肩　僕の尖つた肩の辺に　貧しきひとの肩薄く

弱肩　九月の薄き弱肩に　弱肩に波うつ髪の　弱肩白き

肩凝　肩凝りぬれば頸根をまはす　厚衣過ぎたる肩の凝

撫肩　撫肩のすらりと　少女のまろき撫肩　撫肩のさ

びしかりけり　別れ言うとも撫肩に
円肩（まろがた）　まろやかな肩　円き肩銀河を渡る　水を截る円肩に　匂ひなまめく円肩の　まろ肩をかいなでゐつゝ
【片方】（かたえ）　片方　かたへあかるき菜の花畑　かたへすずしく　紐の片方ぞ　暗きかたへに　かたへしぐるゝ
片つ方（かたかた）　一方　片つ方水のさとにて　墨の片つ方
片面（かたも）　臥てをれば片面にあかる　湖の片面は時雨降りつつ　片面赤し夕紅葉
【肩掛】（かたかけ）　肩掛におとがひ埋めて　肩かけの裡に息して　編んではほごす青い肩掛　わが肩かけのくろく照るかな
襟巻（えりまき）　襟巻や猪首うづめて　襟巻に首引入て　襟巻の狐の顔は　襟巻に唇を埋めて　襟巻に花風寒き
角巻（かくまき）　大型の肩掛毛布　角巻きの女ら
首巻（くびまき）　むらさきのくび巻まきて　首巻を取り帽をとり
ショール　ショール真白　春ショール春をうれひて　黒きショール畳みて　ものの香を秘めてショールや
ボア　ふくらなる羽毛襟巻のにほひを
【堅き】（かた）　雫も堅き思あり　硬き角あはせて男鹿
堅田（かただ）　乾いた田　水は止むると堅田畔塗る　堅田に群れし
【敵】（かたき）　情を盗むかたきとも　せちに敵をおもひつつあり　別れては仇のごとく　もろの敵
敵（あた）　あたのふねこゝだ沈めて　並み伏す敵の屍　むかつ岡の仇の砦に　敵なれど　あたの血に　あたとなるらん
敵（てき）　君とぼくの敵のため　敵の大ふね沈みたる　海洋の果に敵の国　一人ヅツ敵前の橋
敵意（てきい）　夜の敵意はいつかな熄まず　きれいな敵意で
【難き】（かた）　むずかしい　泉は汲むにかたくとも　逢ふことのいとかく難き　また見んことの難からば
敢えぬ（あ）　できない　しきれない　流れもあへぬもみぢなりけり　春立つと思ひもあへぬ　語らひもあへずひたにのみくふ
え〜ぬ　できない　声もえたてぬ奇しさは　小うたひだにもえ謡はぬわれ　戦ぎえたてぬ　声もえたてぬ
【形代】（かたしろ）　災いをうつして水に流す人形　かたしろのながれもやらぬ　形代ならば　形代に虱おぶせて
撫物（なでもの）　体をなぜて災いをうつす形代　撫で物を　撫で物にせむ
人形（ひとがた）　人の形をした　人形の樹立見る
身代わり（みがわり）　身がはりの石くれ一つ　身代は寒苦鳥
【形】（かたち）　外形　ものの象のせつなさは　形象を落す雲も無し　形あたかも陰画の如く　夏の雲いろんな形を
型（かた）　星がたの花ねむらしむ　菱形なせる

十字　ちひさなる十字を追へば　金十字にも　鮮紅十字横顔に　真昼の闇に白十字　遅れ来りて十字切る
月形　挿櫛の月形なせば　硫黄に染みぬ櫛形の月
ハート型　ゆらぎゐる心臓型の　ハート形なる紅の一ひら
卍　雪霙いよ卍とふるなかに　芹もまた巴まんじを
モザイク　鑲工の壁　もざいくめきて菊咲にけり

【塊】　かたまりなりと　朱の塊が　塊の如く圧し来たる
塊　この焼豚の塊の美しさ　石塊ののりし鳥居や
土塊　雨土くれの上に降る　蜂土塊を　一塊の土に涙し　土くれつかみ鳴く雲雀　土塊に似る色のかなしさ

【形見】　壁にかたみの水彩画　秋の形見にしばし見ん　古い遺物の盃に　露を形見に　かたみこそ今はあだなれ
思出種　思出ぐさに咲く花　思ひ出ぐさもわすれな草も
遺愛　母が遺愛の筑紫琴　遺愛の猫痩せて
遺稿　君が遺稿は編みしかど
遺髪　なまなまと白紙の遺髪

【互みに】　かたみにしのび共に老いゆく　われら互みに　魚はかたみに青き眼をあげ　かたみに祈る恋幸よ
互いに　籠りゐてたがひに寂し　たがひにかはる顔の形
交す　〜しあう　市人のよべ問かはす　二つ三つ言ひ交しては　指そめ交はし　キスを交して
交交　こもごもに燕とびゆき　風が交々叫んでいる　雨と日影のこもごもに降り　こもごもに啼く

【傾く】　うち傾けてなげく夕ぐれ　家ひとつありて傾けり　天の川かたむきかけて　冬の海傾きて鳴る
傾ぐ　漁師らの足みな傾ぎ　ふりかけ雨に傘かしげ　草家草家のかしぎざま　鉄瓶に傾ぐくせあり　傾ぐ月
かたぐ　梅かたげ行く小山伏　首かたげ鳩はなくなり　鍬かたげゆく　首かたげ行　杉の木末に月かたぐ也
かたぶく　夕づく日かたぶきそめて　音かたぶきて昼花火　かげかたぶかぬ

【片思】　片思い　恋ひや渡らむ片思にして　ねもころわれは片思そする
鮑の片思い　鮑の貝の片思ひなる　鰒の貝の片思にして
片恋　片恋や夕冷え冷えと　忘れがたきは片恋にして　わが片恋も寂しからむ　片恋ゆゑにいや恋まさる

【片山】　辺鄙な所　鰯焼片山畠や　みちは岩ふむかた山の寺
片山陰　片山かげの友なれや　片山陰の梅林
片山里　住みなれぬ片山里の　月遅き片山里や

【語る】　今日ひと日語りくらせり　雛殿も語らせ給へ

語りなば淋しからまし　語りあはせむ人もがな　ひとりなれば語るすべなし　語るも旅のひとつ哉

語らい 会話　交らひ浅き若うどの群れ　かたらひの岡

語らう 語りつづける　遠来つる友とかたらひ　兄と語らふ朝なぎを　い行かたらひこの日くらさむ　語らはん友しなければ

語らず　をとめのことは暫し語らず　瓶をへだてて二人かたらず　夫語らず妻言わず

語り顔　月はむかしを語り顔なる

寝物語　寝ものがたりの折り折りに　そひぶしの寝物語　童心は寝ものがたりにをののきぬ

語種 話のたね　ゆるせ旅人かたり草なき　万代の語ひ草と

【かたわら】　かたはらに黙して　かたはらに笑む桜草

かたえ そば　君がかたへに春をことほぐ　靴下つくろう母のかたえで　われなどがかたへに寄らば

座右　一鉢置けば座右の春　座右に竹山　座右にひらくつばき哉　雲を呼ぶ座右の梅や　河鹿涼しき座右かな

【勝鬨】　あざけりの勝どきあげて　天空の勝鬨をきいた　勝どきあげて魔は去りぬ　勝鬨あげるしゃもの

凱歌　光なす凱歌なれば　魂の凱歌

凱旋　凱旋の兵士むかふる　凱旋の日の音響に

鬨の声　木霊があげるときのこゑ　鬨あげぬ

乱声　乱声をあげて　艪拍子のなど乱声

【楽器】オーボエ　オボイ鳴る　長笛の銀の一矢が

クラリネット　クラリネットの槍尖よ　クラリネットの鳴りやまぬ　クラリネットをふく

トランペット　トランペットだけは高い調子　轟きわたるトラムペットは　トラムペットの名残の響

トロンボーン　トロムボオン狂ほしき

ハモニカ　ハモニカへ幼女の肺活量　銀のハーモニカ　こころもとなきハモニカも

ギター　ぎたあの絃のひびきのこり　ぎたる弾く

胡弓　咽ぶ胡弓の音は引きて　李花のもと胡弓をならす　かすかにも胡弓まさぐり　鼓弓の糸の恨かな

チェロ　ふるぼけしチェロ一丁の　セロ弾けば月の光の

琵琶　隣はけふも琵琶を弾く　琵琶になぐさむ竹のおく　おもたき琵琶の抱心

マンドリン　マンドリンやさしき膝に　マンドリン音をひそめ　マンドリン奏でわづらふ　すぎし日のまんどりん

シンバル　サムバルがうつ果断な一撃

ハープ　枯木が抱いてゐる竪琴　立琴を人に忍びて

オルガン　オルガンの東雲ぶしや　風琴を子らは弾け

パイプオルガン　けいれんするぱいぷおるがん　光でできたパイプオルガンを　大風琴の音の吐息

風琴（オルガン）　わが風琴は鳴らむともせず　風琴に似し音

ビオロン（バイオリン）　ビオロンぞ狂ひ泣く　ビオロンなほも啜泣きつつ　朽ちはてし秋のヴィオロン

鍵盤　鍵盤強く強く打つ　掻いさぐるピアノの鍵の　鍵盤に走る指は　ピアノのキイをはねあるく

ピアノ　ピアノに映り添ふ人よ　さみし身にピアノ鳴り出よ　ものの怪のごとくぴあのは光る

【学校】　学校の帰りに聴きぬ　学校の行く道寒し

校庭　母校のにはの芝あたたかく　校庭のポプラ黄変る

学院　わが学院の焼跡の灰　女学院灯ともり

学窓（勉強部屋・学校）　学窓の灯や露の中

学寮　学寮の灯のともしきを　学寮にひとら集ひあへり

学舎　学びやに行かじといひて　雪の遠道を学び舎に

夜学　海鳴のさみしき夜学　夜学修めし水温む

【河童】　河童遊ぶや夏の川　河童のかづく秋の草　河童は愛し　とうふなめにばけるかつぱや

河太郎（河童）　河童の恋する宿や　河郎の夜床にすらん

河童子（河童）　ほたる火をふくみてきたる河童子

水神祭　水神をまつる日欠けて

【門】　かどをいでゝ月のありかを　あわ雪とくる朝のかど　自動車を門に待たせて　遅き子に立つ門の母

大門（大きな山門）　大門に門　落す　大門のおもき扉や

門閉す　門強くさせ　門閉さず　門させりとも

門辺（門のそば）　病院の門辺の樹樹の　門辺しづかに風わたる夜半　門のべのぬしまち車

門　むねうちあはす門のくれ　くゞりゆく高き石門

門前　落日の門前　門前より傾く丘の　唐招提寺門前に

楼門（二階造りの門）　楼門をわが出で来れば

裏門　裏門明て夕涼み　裏門入れば牡丹哉

搦手（裏門）　搦手の木曾川へ落つ　搦手の岩山つつじ

門鈴　客去りて門鈴揺るゝ　館の門の呼鈴

【門付】（門前で行なう芸）　門づけの身の果ぞ　門づけを門に弾かせて　ひとり弾くやかどづけ　裏手の路次の門弾は

傀儡師　浄瑠璃寺の傀儡師　傀儡師鬼も出さずに

新内流し　新内ヲ門ニ呼ビケリ　新内ながし過ぎゆきぬ

万歳（新年の門付）　山里は万歳おそし　万歳のまかり出でたよ　きのふ見し万歳に逢ふや　富士遠く万歳行くや

【門松】(かどまつ) 門松のたちそめし町や　松立てる門

松納(まつおさめ) 正月の門松を取り払うこと　松納めたる家々を

松飾り(まつかざり) 根岸の里や松飾り　雪の中なる松飾　青々と松飾りせり　冬のさくらに松飾　心ばせをの松飾り

松立てる(まつたてる) 松立てて空ほのぼのと　松立つもよしなくもよし　松立ててこち向く家や　松立てゝゆゝしき門と

【悲し】(かなし) 悲しげに雨ふり来り　睡るがやうな悲しさに　つもり〳〵て哀しさよ　根の知れぬかなしさありて

心悲し(うらがなし) 夜の汽笛のうら悲しさに　秋の夕の風うらがなし　うらがなしかる夕暮の　うら悲しさにあかしわび

哀し(かなし) 海哀し山またかなし　白鳥は哀しからずや　続きつゝ断えつゝ哀し　春哀しその微笑は

心痛む(こころいたむ) こころ傷みてたへがたき日に　寂しければこころ痛みぬ　老いそめし心ぞいたむ

うらぶれる 心がしおれる　こゑうらぶれて虫の啼かも　秋萩にうらびれをれば　君に恋ひうらぶれをれば

しょんぼり 飾り人形がしょんぼりと　馬しょんぼりと

【悲しみ】(かなしみ) 汚れつちまつた悲しみに　かなしみを棄てに行くとて　かなしみのいろ　かなしみのほのごとく

悲しび(かなしび) かなしびの香の　花散る際のあはき悲しび

哀傷(あいしょう) 哀悼　みなそこに魚の哀傷　わが哀傷のはげしき日

断腸(だんちょう) 断腸の哀しび　あなや腸断たるるごとし

悲哀(ひあい) 放たれし悲哀のごとく　悲哀に灯をいれ

憂愁(ゆうしゅう) しつとりとした憂愁の　縺れる昼の憂愁

【悲しむ】(かなしむ) 地上に来りかなしめる雪　日をば数へて悲しみしかな　悲しみぬたそがれ近く

悼む(いたむ) 口々に死を悼むとも　君をいたみなく〳〵かきし

愁い顔(うれいがお) 悲しい顔　汝が愁ひ顔よし　うれへ顔なる

【彼方】(かなた) かなたに青き小筑波の山　北斗星海の彼方に　燃ゆる日の彼方に睡る　夕影に蟬鳴くかなた

彼処(かしこ) かしこに百合の園あり　昼の月かしこにねむり

彼方此方(かなたこなた) かなたこなたに別れぬるかな　星の座をかなたこなたに置きならべ　彼処に此処に戯るゝ

あなた 蛍は遠く水のあなたに　松のあなたにつゞく梅ぞの　見やるあなたに　山のあなたの青き花　山のあなたへ朝焼けて

【奏でる】(かなでる) 演奏する　秋風の奏楽もよし　絶えず奏でる　君がためかなでし調　奏で遊ばむ

管絃(かんげん) 管絃の雲間にきこゆ　枕にかよふ管絃のこゑ　管絃の御遊午すぎにけり

軍楽　鄙びたる軍楽の憶ひ　軍楽の黒き不安の

調ぶ（演奏する）　その離亭にしらぶれば　調ぶる琴は六段なり　琴を弾き調めつつ　風の調ぶる　琴にしらぶる

合奏　合奏の吾らがバンドに　芽の合奏の

交響　修羅は樹林に交響し　夢幻と現実との交響音

シンフォニー　シンホニー聴きつつ眠れば　ふたつなき諧楽を生み　わが身は感覚のシンフオニー

連弾　つまし心の連弾よ　常磐津の連弾の撥

伴奏　油蟬を伴奏にして　おのづからなる伴奏　伴奏くピアノ　夜の舞踏の伴奏者

【金】紙幣　紙幣を数へゐる　幾枚の紙幣のための　皺のばし送られし紙幣　獲て来し紙幣は

銀貨　銀貨と換ふる青林檎　銀貨一つ炉辺におくに

代（代金）　飲食の料　茶の料と　化粧の料は

銭　抽斗なるむかしの銭も　懐に銭の乏しき

路銀（旅の費用）　路銀にかへる小短冊

【鐘】　鐘とほく　鐘はしづみて海の底

大鐘　大鐘つくや痩法師　鋳たる大鐘　大鐘の声

鐘撞　春の宵をちひさく撞きて　奈良の小寺の鐘を撞く　やたらに鐘を撞出し　撞き終へし鐘に雨降る

鐘楼　寺の鐘楼の弓形窓に　鐘楼の雨もつめたき

古鐘　木の間の塔に青し古鐘　古鐘の銘よむ僧の　ああ古い鐘の音よ　草山の古りたる鐘に　喉太の古鐘きけば

梵鐘（寺院の釣り鐘）　最終の霊の梵鐘

暁の鐘（夜明けの鐘）　夢にとけこむ暁の鐘　岡にのぼればあけの鐘鳴る　暁告ぐる遠の鐘のね　暁寺の鐘

入相の鐘（夕方の鐘）　入相のかねに桜ちる　入相の鐘に秋ぞ暮れぬる　入逢の鐘もきこえず　晩鐘を空におさゆる

後夜の鐘（夜半以後）　骨にひゞくや後夜の鐘　居風呂に後夜きく　後夜きく花のもどりかな

夕の鐘（夕方の鐘）　末路を忍ぶ夕暮の鐘　夕の鐘つき切つたぞ　夕告の鐘が鳴り亘る

【鐘の声】（鐘の音）　里近げなる鐘の声　鐘をはなるゝかねの声　雪の底なる鐘の声　日は午に迫る鐘の声

鐘の音　鐘の音は空に銀の渦を巻き　鐘の音の輪をなして来る　鐘は上野か浅草か

【鞄】　古びたる鞄をさげて　書きし文鞄に入れて　鞄の底に秘めおりぬ　子らの着物に鞄のそへり

皮籠（皮張りの行李）　古き革籠に反故おし込　皮子の底に

行李　行李負うて渡る樵夫や　柳行李の青みかな

スーツケース　夜の駅にスーツケース下げて
手提　黒き薔薇ぬひし手提を　手荷鞄を傍に挟みて
古鞄　棚に上げたる古かばん　机代りに古鞄置く
【黴】　まだかびのこる正月の餅　黴の中一間青蚊帳　黴の花　黴の香もゝのなつかしき　帯の黴より過去けぶる
黴の宿（かびの生えた家）　黴の家跳びだし　瓢箪光る黴の家
【甲】　緋縅しの甲著て　兜にかゝる月よ哉
鉄甲　雨ふれば地に鉄甲　露の流るゝ鉄兜
鎧　武士の晴の鎧に　鎧ながらの火にあたる也　鎧つくろふかゞり火のまへ
楯　楯を持つ男と楯を持つ女　霜降れば霜を楯とす
【被る】　白き帽子をかぶらしめたり　筑紫の土筆被着て折　黒い帽子を被つて　箕をかぶる市の崩れの
被く　藻の花をかづける蜑の　霜かづく枯野の草のましろききぬをかづきて泣きぬ　雪マント被けばすぐに
目深　みどり子の頭巾眉深き　芋の葉を目深に
被衣（頭にかぶる衣）　船路間近き藻の被衣　鈍色被衣纏ひて
頭巾　冬頭巾あつく被れる　雪頭巾して寝るをとめ　耳をいとほしむ頭巾かな　みどり子を頭巾でだかん
【花粉】　金色に落つる花粉は　渦巻く花粉
花粉　黄の花粉廊の萌葱の　花粉こぼして黄の蝶すぎぬ　松の花粉はあてに散る　柳の花粉のうすあかり
【壁】　壁の厚きにかこまれて　色紙へぎたる壁の跡　壁に動く秋日みつめて　冬の壁となる
白壁　白壁洗ふわか葉哉　あたゝかに白壁ならぶ　白壁しろし夕ぐれを　虫なきしみる倉の白壁
荒壁（壁）　あら壁に西日のほてる　荒壁を押し塗る男　まだ荒壁の　荒壁の小家一村　まだ荒壁のはしら組
生壁　生かべの色めぐしもよ　うすずみ色の生壁に
海鼠壁（漆喰をなまこ形に塗った外壁）　雨の中より海鼠壁
【釜】　南部の釜の湯のくもり　雪を湯に焚釜の下　釜たぎる音に悲しみ　友のごとくに釜を愛づ
大釜　大釜に春水落す　大釜の湯鳴りたのしみ
釜鳴り　炉の釜鳴りのただならなくに　炉の釜の鳴れば
自在（釜をつるす自在鉤）　自在に釜のきしる音　自在かぎ煤にまみれて　自在鍵低くすべらし　静かなる自在の揺れや
【鎌】　鎌の刃をくゞり功者の　たてゝしづくす藻刈鎌　鎌にかけたる葛の蔓　屋根崩す鎌のしり手や
利鎌（よく切れるかま）　右手に利鎌を握る時　利鎌もて刈らるるともよし　利鎌鳴らす真菰刈　利鎌もてる翁かな

【竈】（かまど） 物かしぐかまども　薪濡れて燃えぬ竈や　竈にひとり火を焚きて　かまどは焔をしみなく

竈火（かまび） 夕されば戸々の竈火や　竈火のどろ〳〵燃えて

くど（かまど） 竈には焚かず庭にして焚く　松葉を竈に焚くけぶり　冬の夜の暗きくどより　竈焚く我に

七輪（しちりん）（土製のこんろ） 燃す七輪の屑炭赤し

炭竈（すみがま） 炭竈に塗込めし火や　焼く人もなき炭竈の　炭竈の煙もさびし　炭竈の煙らで淋し

へっつい 曲突にとまる雪の鷺　へつつひの灰かき出して

【紙】（かみ） ひとひらの薄かる紙の　繊く裂きし紙を

色紙（しきし） 雛の間や色紙張りまぜ　色紙はげたる古屏風

短冊（たんざく） 金短冊におぼつかな　銀短冊に何書かむ　炬燵の上の朱短冊　赤短冊や

薄紙（うすがみ） うす箋に愁ひもつゞり　鳥の子紙のうすぐもり

薄様（うすよう）（上質の和紙） 清気なる薄様を敷き　薄様を漉ばかり也　薄様につゝみてみたり　青き薄様

懐紙（かいし） 懐紙ふきまく大あらしの風　懐紙をえらぶ市の中

紅唐紙（べにとうし）（紅色の唐紙） 紅唐紙墨のにじみを　紅唐紙ちさくきざみて　唐紙の紅の　緋唐紙やぶる秋の風

紙礫（かみつぶて） 誰やら打し紙礫

銀紙（ぎんがみ） 銀紙買ひに行くときも　銀紙を透かせば黒し

紙縒（こより） 小よりよって居る　鼻の孔へ紙撚をさしぬ

白紙（はくし） 白紙爪折りて　淡々し白き紙片

水引（みずひき） 水引かけて山の芋　水引のうまくむすべて

【神】（かみ） つどひをはりてまゐる神あり　心くみませわれをまもる神　灯のなかに居ぬ春の夜の神

迦具土（かぐつち）（火の神） 迦具土の実身燃ゆるか　火の伽具土の

火の神（ひのかみ） 火の神は斎かれいます　火の神やうけ給ふらし　火の神に向ひ居にけり　火のはたた神

産土神（うぶすながみ）（土地の神） うぶすなに幟立てたり　産土神に灯あがれる　うぶすなの森の椎の実

皇神（すめがみ）（土地の神） すめ神の　皇神のかざしにせよと

神神（かみがみ） 神々雲を白うしぬ　たはぶれますよ恋の神々　神々の敵意ここに泡だつ　空の杳きに神々を彫る

鬼子母（きしぼ） 鬼子母のこころに　鬼子母のごとくかなしみて

葉守の神（はもりのかみ）（樹木に宿って葉を守る神） 葉守の神のみ手の中に　葉守の神のけざやかに　葉守りの神を見し夜かな

【髪】（かみ） 君が髪毛は　髪毛に触れて

髪（くし） 山守る神は髪豊か

御髪（みぐし）（髪の美称） み髪梳けば　御髪すべりしかざしかや

後ろ髪（うしろがみ）　後髪涼しき子かな　春の夕べのうしろ髪解く

後毛（おくれげ）　後れ毛を咬へても見つ　後れ毛の去年より増せし

額髪（ぬかがみ）　額髪を撫でつつ　額髪のかげなる瞳

額髪（ひたいがみ）　眉にのび来しひたひ髪　額髪晴れらかに掻きやり

前髪（まえがみ）　前髪の桃のつぼみに　まだあげ初めし前髪の

赤髪（あかがみ）　毛の紅き産子抱き来て　たとふれば赤髪の獅子

癖髪（くせがみ）　やうやうに癖づきし髪を　黒髪へりて枕ぐせ

生際（はえぎわ）　生際もなつかし　生へ際のすこし薄きも

鬢（びん）（耳ぎわの髪）　鬢に手あて、水鏡　鬢の一すぢ切れし音を　隠者が白き鬢の毛に　鬢髪白み　鬢のほつれよ

鬢の香（びんのか）　鬢の香しみし夜着の襟　まくらに残る鬢の香に

髪長（かみなが）　髪ながき少女とうまれ　おもたからずや長き髪　くろ髪のあえかに長き　わが髪長く生ひいでて

丈髪（たけがみ）（長い髪）　ひめが丈髪　丈長の髪なつかしく　吾子の黒髪たけのびて　丈なす髪を梳りけり　たけなる髪に

たわわ髪　たわやぐ髪に身を捲かれ　たわわ髪身を起す

落髪（おちがみ）　わがおち髪を巣にあみて　一すぢの我が落ち髪を　落髪をかなしむ人の　秋のおち髪の日毎にまさる

木の葉髪（このはがみ）（木の葉が落ちるように髪が抜ける）　櫛に嵩増す木の葉髪　木の葉髪白きをまじゆ

【髪油】（かみあぶら）　よべの髪の香油の香　髪油にほふ雨月の

伽羅の油（きゃらのあぶら）　伽羅の油がにほふ髪　髪に塗る伽羅を買ふ

【髪飾り】（かみかざり）　これ頂の飾なり

羽根蘰（はねかずら）（少女がつける髪飾り）　はね蘰　今する妹が

髻華（うず）（草木や造花の髪飾り）　髻華の花　照れる橘　髻華に挿し

挿頭（かざし）（草木や造花の髪飾り）　児たちのかざしうつくし　かざしにせんと摘む花も　かざしにもとて木槿ひと枝

挿頭す（かざす）　藤挿頭す　千花かざして　たんぽぽを髪にかざして　挿頭せれど　梅を挿頭してここに集へる

鬘（かずら）　豊明のかづらとなりぬ　かづらに鏡す

手絡（てがら）（丸髷の根もとに掛ける布）　濃むらさき　おのおの花の手絡かな　姉君の髷の手絡の

花簪（はなかんざし）　花かんざしもいいなあ　花かんざしのにほはしきをとめ　花簪がちらちらと　松葉かんざしおとしざし

花冠（はなかんむり）　愛らしい花冠や　花冠のやうな日ざしを

花櫛（はなぐし）（造花で飾った櫛）　しろがねの舞の花櫛　前にさしたる花櫛の

リボン　風はリボンを空に送り　吾妹子はリボンをとき　ひとりは町の子、紅リボン　あかいリボンを付けられて

ヘアピン　湖畔亭にヘヤピンこぼれ　ヘヤピンを前歯でひらく　ヘヤピンを主張せよ　つめたきピンをいくつも

【髪型】三つ編み　髪の先まで三つに編む
櫛巻　櫛巻にかもじ乾ける　つつましき櫛巻なども
下髪　妹の下げ髪あむる　髪さげしむかしの君よ
島田　島田に結へる人と我れ　つぶし島田に汐風のふく
島田にゆらぐしら藤の花　島田見られぬ我髪の
髷　髷の中より出る霰
丸髷　わが好きは妹が丸髷　丸髷に結ふや咲く梅
垂髪　垂れ髪に雪をちりばめ　島の子の長き垂り髪
稚児髷　君稚児髷の黒眼がち　稚児髷ゆひて
振分髪　振分髪の少女子ぞ　振分髪も肩過ぎぬ
【紙漉】　紙すきの小屋　紙漉老ゆ　紙漉く家の　紙漉
のぬれ胸乳張る　紙漉きどころ山を恋はしむ
紙漉女　紙漉女と語る水音　竹簀うごかす紙漉女
紙匠 職人　紙匠紙はかたらず　卯の花村の紙匠
【髪結う】　看護婦の一人髪結ふ　ひひなのごとき髪ゆひ
て　堅気めく髪に結はせて　黒髪結ひぬ富士を背にして
髻 髪を頂に束ねたところ　たぶさ恥けり奥の院　たぶさ見送る朝月夜
髻 髪を頂に束ねたところ　湯上りのもとゞり高く　髻を女房に結はせ
元結 もとどりを結ぶ糸　元結も冴え春さりにけり
床屋　床屋のかがみも空つぽで　理髪店の欄も　床屋に
入りつ　床屋の鏡　床屋の弟子を
【噛む】　時計ぞ夜の冷たさを噛む　野良犬草を噛む
高度千米の天に噛む　あたらしき筆を噛む歯の
一齧　一齧あつれば　一齧二齧りんごの酸さに
齧る　炭かじる子のさむしろに　手の甲をかじる也
鼠のかじるもの音も　玻璃の戸をがりりとかじる
咥える　つく羽を犬が咥へて　となりの小猫くはへてい
にし　逃げ出す小鳥も銜える猫も　凧の尾を咥て引や
歯固め 固いものをかんで正月に長寿を願う　歯固に梅の花かむ
歯を立てる　青き林檎に立つる歯の音　歯に噛みあて
し貝の珠　衰や歯に喰あてし
【冠】　高麗人の冠を吹くや　荊棘もて冠を編まむ
王冠　船の煙突に王冠三つ　王冠に花ふりかゝる　王冠
の宝石と　王の冠を剝ぎとられ
冠　かかふりのかけ緒の末に　五位の冠
【醸す】 酒をつくる　かもさるゝ酒の如くに　新酒醸す瓶のへに
葡萄熟れたりかもせうま酒　稲豊に酒を醸して
新酒　新酒の中の貧に処す　甕にな醸みそ新醸　新し
ぼりしたたる袋　澱未だ成らぬ新造酒の
醸む　かみたるさけものこりありやと　山にくろ酒を醸

か

む　醸みにたる酒は　醸める酒　味飯を水に醸み成し

糀（こうじ）　糀が生きる息ぬくし　麹干しつつ口にも運ぶ　厚きぬりごめ糀室　糀室出てすぐ髪に　かうぢのむろや

待酒（まちざけ）［待ち設けの酒］　背子に飲ませむ待酒醸みつ　君待ち酒やあたためむ　君がため醸みし待酒

【蚊帳】（かや）　蚊帳の外に蚊の声きかず　蚊帳の浪かほにぬるゝや　小さなる蚊帳こそよけれ　蚊屋を出て内に居ぬ身の

青蚊帳（あおがや）　青蚊帳に染まりてねまる　母が釣りたる青蚊帳を　青き蚊帳熟睡の吾子と　うしろに青き蚊帳吊られ

蚊帳越（かやごし）　蚊帳ごしの灯に　秋の蚊帳越しかたればや

紙帳（しちょう）　月のさし入る紙帳哉　紙の蚊やでもおれが家

新蚊帳（にいがや）　釣りし新蚊帳　初蚊帳のしみじみ青き

古蚊帳（ふるがや）　古蚊帳を吊る　月さして古蚊帳さむし

母衣蚊帳（ほろがや）［子ども用の小さな蚊屋］　ねたる子をそとほろがやに　光青透く母衣蚊帳の

絽蚊帳（ろがや）　絽蚊帳はづせば昼ほととぎす　絽蚊帳の裾の紅

別蚊帳（わかれがや）　からくれなゐの別蚊屋　蚊帳に別れて冬近し

【火薬】（かやく）　ムセ返る火薬の匂ひは　丁字の匂ひ火薬の匂ひ

硝煙（しょうえん）　眼は硝煙に血走りて　硝煙のこもる夜の靄　硝煙古ク地ニ積ル　硝煙の日のかなしみを持つ

硝薬（しょうやく）　硝薬のにほひくすぶる　いと強き硝薬の

【蚊遣】（かやり）　蚊遣して馬を愛する　蚊遣や風の吹かはり　白き煙や蚊遣香　かやりの煙うちしめり

蚊火（かひ）［蚊遣火］　山田もる庵に置く蚊火の　蚊火の宿

蚊遣火（かやりび）　母の肩さする蚊遣火の下　蚊遣火の行末なびく

【粥】（かゆ）　掌に熱き粥の清しさ　粥を待つ小さき口に　かゆ煮たる鉢のこ寒し　夕粥や　けさもやめるや薺粥

粥すする（かゆ）　薄粥をすするもよしや　稗粥をすゝり

白粥（しらかゆ）　夏寒き白粥煮るや　白粥のうす塩味や

朝粥（あさがゆ）　朝粥のうすきにほひに　朝な〳〵粥くふ冬と

芋粥（いもがゆ）　ありがたく芋粥すすり　芋粥に眼鏡曇らせ

【通う】（かよ）　波越えて通はましとは　落葉の通ふみちとなり　木より木に通へる風の　伊予路がよひの船の煙を

あり通う（がよ）［常に通う］　あり通ふ難波の宮は

通い路（かよいじ）　通ひ路の一礼し行く　小草がくれのかよひ路を　かぼそきかなや杣人がかよふ道

雲路（くもじ）［鳥や月などの通る道］　雲路をよぎし月影は　雲路にもちかみちあるや　雲路に消ゆる天つかりがね　孤雲の路に

【か弱き】（よわ）　か弱に見ゆる野菊には　きゝ分けさときひよわの子　繊弱き草に　かよわなるくはし草花

足弱（あしよわ） かよわい者　足よはのわたりて濁る　足弱車の

力無く（ちからな）　蝿の一つが力なく　力ない歩行のピエローの
力なや痩せたるわれに　君がひとみの力なくして

へろへろ 弱い　末の世のへろへろびとは　へろへろ薄

脆き（もろ）　もろくくだくる荻の葉を　もろき虹の七いろ恋
ふる　脆い夏は響き去り　いともろき白百合の花

【辛き】（から）　あな鼻ひびき辛きことかも　山椒の辛きめだ
ちの　身にしみて大根からし

辛味（からみ）　鹹味おぼゆる　戻りに辛味さげて来る

唐辛子（とうがらし）　豆腐驚く唐辛子　宿は菜汁に唐がらし　唐辛
子紅　古りて　夜深く唐辛子煮る　腐敗せぬ蕃椒

【硝子】（ガラス）　雪渓二重ガラスの外　ガラスに映つた僕の顔

素硝子（すガラス）　書棚の素硝子に　素硝子の窓にはららぐ

色硝子（いろガラス）　藍ことに濃き色硝子　色硝子暮れてなまめく
彩色硝子の　色硝子をば寺へ見に行く

曇硝子（くもりガラス）　温室のくもり硝子に　小春日の曇硝子に

磨硝子（すりガラス）　濁れる河岸の磨硝子　夏の日くれの磨硝子

玻璃（はり） 水晶。ガラス　玻璃の牢屋に　玻璃の衣装を　玻璃の愁と
玻璃の水さし　玻璃を透て　青める玻璃の

ギヤマン ガラスの古称　ギヤマンの如く豪華に　夢見るやうなギ
ヤマンで　ぎやまんの壷に盛られて　ぎやまんの大杯を

ビードロ ガラス　硝子の魚おどろきぬ　びいどろ簾懸けわ
たす　びいどろの壜を　色赤きびいどろを　青びいどろの

瑠璃（るり） ガラス　瑠璃座ににほふ　瑠璃の杯　一碧の瑠璃

【狩】（かり）　今日狩猟解禁の空　猟路の小野に

朝狩（あさかり）　朝狩に五百つ鳥立て　朝狩に君は立たしぬ　朝猟
に今立たすらし　朝御狩夕御狩しけむ

夕狩（ゆうかり）　暮猟に今立たすらし　夕狩に千鳥踏み立て

射ゆ鹿（いしし） 射られた鹿　所射鹿をつなぐ川辺の

狩倉（かりくら） 狩をする所　かりくらや孟春隣る　狩倉の露に

狩場（かりば） 狩をする所　狩場の雪の朝ぼらけ　猪を狩場の外へ

御狩（みかり） 天皇や皇子などのする狩　富士の裾野に御猟すらしも

夜興引（よこひき） 冬の夜の狩　夜興引や犬のとがむる　夜興引の袂わびし
き　はたと逢ふ夜興引ならん

猟舟（りょうぶね）　猟舟に瀕死の鷺が　猟舟に鴨置くすぐに

照射（ともし） 鹿狩りで使う　くらき夜毎に照射する　照射の影にたつ鹿や

火串（ほぐし） 照射（ともし）を固定する木　火串さす道も通ふや　火を焔串に懸けて

幸（さち） 獲物　幸の獲物に心足らふ　夕かげふみて猟の幸　山
幸を得させたまへと

【狩人】（かりうど）　きそひがりする狩人の　かり人ののるこれは

くろこま　初狩人の矢に負て　狩人越ゆる
猟夫（さつお）　猟人の毛帽雪つきやすし　さつ男の胸毛ぬるゝほど　猟夫の咳殺生界に　猟夫が眉につもる雪
【仮初】（かりそめ）　かりそめの病に臥せば　ふる雪のかりそめならず　かりそめに灯籠おくや　かりそめの素足の傷に
かりそめごと（ちょっとした言葉）　かりそめ言も打出かねつも
仮屋（かりや）　仮家のうちに住みつきて　湯沼のへりの仮屋より　まきの仮屋のあだ臥に　仮家引たり枯尾花
仮住い（かりずまい）　仮り住みの暗き障子の　ともがかりすむ宿の
【刈る】（かる）　刈る程に山風のたつ　穂屋の薄の刈のこし　粟刈る里や夕焼けす　鴨跖草は刈る人なしに
葦刈（あしかり）　夏河のあしかり小舟　葦刈の去年来し漢　枯葦のなかの葦刈りの唄　葦刈の去んで
藻刈（もかり）　藻刈すみたる水の上　沖つ藻刈りに舟出すらしも
麻刈る（あさかる）　麻刈るあとの通り雨　麻刈あとの秋の風
【枯木】（かれき）　山では枯木も息を吐く　枯木の踊一つ星　枯木が天を叩きけり　枯木ノ葬列
枯枝（かれえ）　枯枝あつめて火を焚けば　枯枝のさきそろひゐて
枯木中（かれきなか）　枯木中居りたる雲の　雲二つ三つ枯木中
裸木（はだかぎ）　黒き裸木の　裸樹の梢の月の　裸木深くナイフ刺したり　諸立ちのはだか木に
裸木（らぼく）　雪に曳く裸木のかげの　鳥のむれの去りし裸木の
立枯（たちがれ）　立枯の木に蟬なきて　畠のつくしのはるの立枯
【枯れる】（かれる）　若木のまま枯れてゆく　枯るるものみな枯れはてし　野山の枯るゝ閑けさに
草枯れ（くさがれ）　草枯れの国のはたての　灰いろの草がれ道を
枯葉（かれは）　相抱く枯葉二片や　枯葉を雪にまろばしぬ　空を枯葉が流れたり　蘆の枯れ葉に風わたるなり
枯山（かれやま）　枯山に路あり　草枯山の遠薄くあり
枯野（かれの）　枯野を通る寒哉　霜かづく枯野の草　夢は枯野をかけ廻る　空低れかかる枯野哉　風船の笛枯野に鳴る
枯原（かれはら）　枯原の風が電車に　むきむきにしてあさる枯原　枯木原落葉うごかず　枯木原もやにそまりて
枯生（かれふ）（冬枯れの草原）　雨の枯生と　枯生のすゝき春風ぞふく
末枯（うらがれ）　うらがるる浅茅が原の　眼をあけて末枯の野の　うら枯れ初めし花野なれども
末枯る（すがる）（枝や葉の先が枯れる）　冬木素枯れて　すがるる草とみだれあひ
冬枯（ふゆがれ）　冬枯の野に向く窓や　冬枯の黄なる草山
【涸れる】（かれる）　涙も涸れて　城の濠涸れつつ　声涸れて
涸川（かれかわ）　涸川の底乾反り　夏涸れの河へ　涸れきつた川

冬川原日にけに涸るる　鹹涸川堰の下の

涸滝（かれたき）　涸れ滝へ人を誘ふ　冬涸るる華厳の滝の

涸沼（かれぬま）　水涸れし沼へ　沼涸れて狼渡る

水涸れ（みずがれ）　水かれて池のひづみや　草隠れかれにし水は水涸れし沼へ

【軽き】（かろき）　岩が根に湧音かろき　かろき疲れ　かろきしびれを　軽きに泣きて　厚さ増しつつ雪軽し　かろい翼で

軽軽（かろがろ）　身のかろ〴〵と蝶の　かろがろと帰る葬具の

軽げ（かろげ）　心かろげにゆく蛍かな　赤あきつ軽げにとべり

軽らかに（かろらかに）　胸かろらかに　かろらかに女の息の　頭かろらかに　かろらかに鳴る

【川】大河（かわ・たいが）　大河を前に家二軒　遠つあふみ大河流るゝ　銀のごと冬の大河は　大河流るゝ国なかば

山川（やまがわ）（山中の川）　くれなゐあらふ山川の水　山川の瀬々のたぎちに　山川の瀬の響るなべに

川辺（かわべ）（川のそば）　川辺あゆめば　河辺涼しき　星か川辺の

川端（かわばた）　筵もてくる川の端　川ばたの淀みにとまる

川隈（かわくま）　川隈の椎の木かげの　河隈の巌に根はふ

川傍（かわび）（川の曲り角）　たづたづ来れば川びに出でぬ

川面（かわづら）　青き和みの河面に　漲りわたる河の面　薄明りさす川面に　あけはなちたる川づらの宿

川面（かわも）　川面になびく霜の白さよ　河の面に黄金の波ぞ　いつか夕ばむ川面かな　川面の里

川音（かわおと）　山川のどよみの音の　ゆく水の川音さやけみ

川波（かわなみ）　川波の手がひらひらと　天の川波　井手の河浪

朝川（あさかわ）　朝川を渉る人あり　朝河渡る人は誰

夕川（ゆうかわ）（夕方の川）　夕川は凪帆づゞきて　夕川をわたりて涼し

夜川（よかわ）　夜川の底は　柳洩る夜の河白く

川水（かわみず）　川水軽くかがやきて　吸ふ河水の柔らかきかな

浅川（あさかわ）　夕ぐれの浅川わたる

【川上】（かわかみ）　川上の水静かなる　川上や桃煙り居る　川上の夜が明ける

水上（みなかみ）　滝爪立ち寒きみなかみ　みなかみとほく飛ぶほたるかな　水上へうつす歩みや　遠雷は川のみなかみ

【乾く】（かわく）　一樹生れよわが街は渇く　されば無音の地の乾き　風はあまりに乾きていたり　乾きのはやき洗船

乾びる（からびる）（乾く）　夏ふくかぜは乾びゐぬ　翅は乾びぬ　からびてのこる木の葉鱗よ　乾びたる翁姿の

干る（ひる）　衣の袖の干る時もなし　乾あへぬ花を

干からびる（ひからびる）　ひからびたおれの心は　色も干乾び　お

か

たまじやくし乾からびし　笑いの底のひからびて

【厠】 トイレ　厠出し眉のゆるみや　夜々白く厠の月の　書もてはひる厠かな　楽しきかもよ朝の厠も

化粧室　汀はなやぐ化粧屋に　粧飾室の櫛笥の塵は

後架　夜の後架に紙燭とりて　花めで給へ後架神

雪隠　雪隠も雉の啼所　雪隠の中も春のてふ

東司 禅寺で便所のこと　東司の裏の苔ふかき庭

はばかり　はばかりですがる十字架や

【可愛き】　林檎かはゆく　かはゆき人をかき抱かまし　ほころびの肱がかはゆき　土の子犬のかはゆさよ

愛らしき　愛らしきこの少年に　愛らしき男よ　土ひそやかに愛らしき　愛らしや女座の星星

可憐　過去から可憐に飛んできた　可憐な顎を

しおらし　紫の色しほらしく　しほらしき名の江戸菊に

愛し　をみな子は愛し　もずの子のくちばしは愛し　鷗愛し　待ちか恋ふらむ愛しき妻らは

愛しきやし　はちのこはしきやし　はしきやし少女に似たる　はしきやし円葉の柳　醒むる命のはしけやし

愛し　めぐし思ひでを　愛し鳥の音　めぐし若芽よ　色めぐしもよ　塊の美さに　母を呼ぶ愛し児のため

ろうたし 上品で美しい　ひと木立臈たくしろき　臈たく老ひし雛かな

【河原】　小春日ぬくき河原路　星は河原の灯に続き　磧づたひの並樹の陰に　石は磧で光つてる

洲　春の洲に　洲に光る虫あり　デルタのうへに

【瓦】　瓦のいろの小鳥来て　瓦瓦のはだら雪

甍　甍が翼を張りひろげて　いらか乾きて風強き街　甍の海や鯉幟　唐寺の甍にふる寒き雨

鬼瓦　にらみ合たり鬼瓦　喰つきさうな鬼瓦

【燗】　直しに立ちし燗ざまし　燗ぬるくあるひはあつく　ころあひにつきたる燗も　妻に阿る第五燗

熱燗　熱燗に胸広きかな　熱燗にうそもかくしも　熱燗のまづ一杯を　熱燗や状書きさして

酒煮る　赤きゆふべをひとり酒煮る　蟹の甲に酒煮る

ちろり 燗鍋　ちろり酒湯葉このわたの　銀のちろりの

【寒】　寒に耐ふ魚のごとくに　とある日寒のゆるびけり　寒のビール　寒の家爪とぐ猫に　寒の夜顔を動かさず　老が火を吹く寒の闇

寒明け　寒明けの雪どつと来し　寒明けの樹々の合掌

寒に入る　寒に入る夜や　うしろから寒が入る　ずんず

と寒が入にけり　紅梅寒に入る　月もろともに寒が入
大寒　大寒の猫蹴つて出づ　大寒の土日あたりて
寒水　寒水に水仙きりし　寒水に幾年といふ
寒の水　光りて寒の水流る　寒の水地より噴き出で
寒の水あをあをとして　病者養う寒の水
【考える】　考えては走り出す蟻　生活のことばかり考へてをり　考ふる瞼の裡も　地球を考へ
思えらく（思ったことには）　我が思へらく秋来る　或る夜はひとり思へらく
空想　華やかな空想で　よもやまの空想して　空気のやうな空想に　空想の水平線の　この空想児をば
思案　紆余曲折蒲団思案を　何を思案の百合の花　赤眼むきだし思案顔　一思案して
思惟　思惟の果　朝はひとりの思惟鮮しく　思惟の蛍光
瞑想　瞑想をもいきいきとさせ　僧院に夕の瞑想
【看護】看護　看とり疲れや濃紫陽花　みとりの妻として生きぬ　みとり続くる夜昼の　みとりづかれにまろねする
看護婦　看護婦に抱かれながら　看護婦の手のあかき見て　泣きながら看護婦駈けて　看護婦胸せまり来ぬ

【元日】　元日のきびしき凍と　元日きよく掃かれたる
元日は又翌の事　元日の夜を雪冷えに
元朝（元日の朝）　元朝の上野静かに　元朝つぐる鐘めでたけれ
元朝の日がさす縁を　初あけの岩や神代の
初明り（元旦のあけぼの）　荒磯の岩や初あかり
初空（元日の空）　初空を映す磧や　壁の穴や我初空も　初空は顔洗ふ間の　初空を鳴きひろげたる
【感じる】　墨田の河心を感ず　あはい余震を感じてる
ことさら夜気の冷たき感じ　身ぬちの飢ゑを感じつつ
哀れがる（感動する）　あはれがりつつ身は今は
印象　緑の印象よ　心象スケッチ　そら踏む感を
感覚　匂ふかき感覚のゆめ　翅にひらく感覚を践む
感覚の鈍うなりしを　感覚も麻痺せし如く
感官（感覚器官）　わたくしの感官の外で　感官をかんじ
感傷　感傷をたきつけるのだ　理知の夫感傷のわれ
敏感　ナイーブな髪のさやりが　敏感に嗅ぎわけてゐる　空腹で敏感になつた
予感　死にちかき予感おぼえて　無気味な予感を醸す
【寒天】　寒天煮る　水槽に寒天浮いて
心太　心太に月上りたる　滝も涼しや心太　山に腰か

か

けて心太　ところてんの叩かれてゐる

【感動】あわれ　あはれ片寄る花薄 哉　春のあはれは入あひの鐘　あはれ知らする風よりも

哀し　すゞしけれども哀しき灯

愛し　若駒の瞳のうるめる愛し　わが生きの身の恋の愛しさ　掌にのせ愛しとぞ見る　首に捲く銀狐は愛し

心躍る　春の灯に心をどりて　小胸は躍れ　胸おどる洋

さめざめと　月光ははやもさめざめ　鶯 のはるさめざめと　さめざめと繁にそそぎぬ　さめざめ蒼く

つくづく　湯浸きつつ熟熟見やる　つくづく猫を眺め居し　猫の子のつくづく視られ　赤かり空よつくづく寂し

熱涙（感動の涙）　熱涙拭ふ　熱涙せきあへず

【甲板】　ぬれわたる甲板の上の　甲板の帆布に寝ねて　夜どおし甲板に立ち　その甲板の椰子の実も泣く

デッキ　甲板短艇を支へ航く　デッキの上の空は青しも　どどと越ゆる甲板の大なみ　デッキは夜の風疾くなる

キャビン（船室）　船室も霧　船室にこもり

船底　船底を牡蠣は妖しく　船底の饐えし臭ひも　船底に星照る朽舟の

船窓　船窓によりそひみれば　船窓に水平線の

き

き

【黄】　山吹の黄流す雨に　黄せきれい濃き黄を投ぐる　黄な月を屋根にのせたる

黄色　黄いろな電車がすべってくる　寒の空半分黄色　秋の日のひかり黄色に　春を黄色い日が当り

黄なる　地平に黄なる月　朝顔の黄なるが咲くと　葱の芽黄なる籠の中　黄なる灯のいろ　黄なる夕日に

真黄　胸底は真黄色に　空にまつ黄なる花々尖る　真黄な音楽が　沢庵のまつ黄な色を

薄黄　落日いま薄黄にけぶり　墓地は薄黄の石だたみ　薄黄なる水薬の瓶　夏柑子まだうす黄にて

ほの黄　裏ほのかなる黄　ほの黄なる無言のかげを

萌黄　萌黄さす桑の家居に　春ふかき萌黄の雨の　萌黄の芽林にもえて　群萌黄椎の若葉の　萌黄の月が

【木】　木も節瘤は折れ易し　鉢の木を大木にして

遠樹（遠くにある木）　夕づけばしづむ遠樹の　遠樹の暮れて

灌木（低木）　灌木の梢のやうに　灌木のかげ路に落ち

木木　五月の樹々は瞳に痛ければ　木々はきほひて

木の股　木の股の月は歪んで　木の股くゞる花の山

宿木　やどりぎの黄金のゴールが　寄生木の影もはつきり

寄生（やどりぎ）　山の木末の寄生取りて

木群 樹木の群がり　しみゝにも木群を流る　あきつのくゞる樹むらかな　霧たちあがるひくき木叢ゆ

雑木　雑木の新緑見おろして　うぐひすむせぶ雑木原　茜さしたる雑木山　雑木の震へやうやと

倒れ木　椴松の太き仆れ木　寒木を伐り倒し

立木　檜と楡の立木へ　立木の若芽　立木の骸骨が

鳥総 梢や枝葉の茂った先　鳥総立て船木伐るといふ

並木　往還の並木に　並樹まぶかき夜のみち　暗みゆく並木の影の　あさ風の若葉の並木

年輪　年輪は脂をふきつつ　年輪は樹に美しきもの

幹　空あかり幹にうつれる　幹ひえびえと桜咲く　幹白し　蟬一つ幹にすがりて　幹の青きに涙なす

瘤　蹠に老樹のよき瘤　梟の影冬木の瘤と

老木　老木の枝や盆の月　老木の花もほのめきぬ

古木　時ふりにけり梅の古木に　古樹に野禽宿り

老樹 年を経た木　一老樹日にむかひ立つ　赤花を散らす一老樹　傷つける老樹の肌を　紅梅老樹花咲ける

【黄色】鬱金色　あはれ鬱金の陽射かな　鬱金の色の花の面　鬱金を篩ふ蕊の花　鬱金のひと葉　うこんの帯し

オリーブ色　あのオリーブのせびろなどは

カステラ色　カステラ色の棕櫚の花　カステラいろの雛

蒲色 オレンジ色　かば色になれる胡瓜を　褐色の渋さよな

梔子色 赤黄色　くちなしいろの封筒　梔花色の明りこそ

朽葉色 赤みを帯びた黄色　黄朽葉いろの紙を漉かずや

琥珀色　琥珀の色の冬の日の　琥珀のいろの明星の　椿油のこはく色　青き琥珀の空　琥珀の酒酌むに盃あり

サフラン色　蕃紅花色に湧きいづる

蒲公英色 黄色　たんぽぽいろのカナリヤよ

練色 淡黄色　練色の衣　練衣に

蜂蜜色 淡黄色　蜂蜜いろの夕陽のなかを　蜂蜜いろだ

レモン黄　灯の色のレモン黄が　レモン黄としろがねと金

【消える】　船みな消ゆる秋の暮　地に消ゆるまで　ひろがり消えるむなしさに澄む

消えがて　消えがての火ぞ　いづみうつ声消えがてに

消えみ消えずみ 消えたり消えなかったり　都の雪は消えみ消えずみ

消 消える　露と答えて消なましものを　とよみしこころいつか消につつ　雲かくせども光消なくに

消なば 消えてしまったら　淡雪や消なば消ぬがに　白玉は消なば消ぬべし　露霜の消なば消ぬべく

消ぬ　浮きながら消ぬる泡とも　白露の消ぬべき恋も

【祇園会】（京都市八坂神社の祭礼）　ぎをん会や僧の訪よる　祇園会の月
鉾を　祇園会に見る　祇園会や万灯たて丶
祇園囃子　ゆきてまぎれん祇園囃子の中
祇園鉾　眼前を祇園鉾過ぐ　祇園鉾来る笛きこゑ
鉾　鉾の後姿ゴブラン皇妃　眼に漲りて鉾の紅　仰げば
鉾のゆらゆらする　鉾の車の軋るひびきを　鉾町めぐり
【機械】　機械の鉄輪まはし出す　動く機械のこゝろよさ
研磨機に跪く母その指　一息に圧し潰しローラー回る
絡繰（機械仕掛け）　機関をみる眼差も　碓のからくり
起重機　起重機にもの食ませゐる　起重機鷲の嘴の如
し　起重機の音たからかに　クレーン濡れつつ動きつつ
昇降機　昇降機吸はれゆきたる　昇降機に老いし兄弟
ダイナモ（発電機）　凩の天ダイナモも　口火つけられしダ
イナモの　ダイナモの重き唸りの　ああ発電機
脱穀機　脱穀ベルト張り　籾摺機
モーター　モートルとどろにひびき　大音震ふ電動機や
機械油　機械油のたちこめて　黄金の差油　マシン油し
み母の手匂う
【樵】　木樵また鮮しき株　酒肆に詩うたふ漁者樵者
年木樵（正月に供える年木を伐る）　年木樵木の香に染みて　小枝も捨ぬ年
木樵　樵りすつる年木の枝に
樵る（木を切り出す）　朝な夕なに樵りつめて　薪樵りしを
木を挽く　裏山に木を挽くひびき　挽きこぼしたる
大鋸挽　大鋸そのまゝや午寝衆　大鋸を引く緩きひび
きは　大鋸の長柄を対ひ揺り挽く　大鋸挽は大鋸をた
たきて　大鋸をきたふるおとこそ聞け
山人（山里で働く人）　山人の谷の入り深く　山人は蕨を折りて
黙してくだる山人も　雪の山人
山賤（きこりや炭焼き）　山かつが手斧ふりあげ　山賤のおとがひ閉
る　時うしなへる山がつにして
杣　つつみ余れる杣の頬　籾臼つくる杣がはやわざ
杣人　杣人の鋸結び行く　しがらきの真木の杣人
炭焼　奥山に炭焼く翁　寒さを乞ふる小野の炭焼き
【岸】　蓼の岸　しきりに岸へいどむ波　岸さえ朱に染む
といふ　岸は星祭り　焰樹の岸へ　片山岸に霞たなびく
河岸　鎌倉河岸のなつの夕日に　河岸の白楊を縫ひて
濁れる河岸の磨硝子　河岸なみは赤き煉瓦家
岸壁　岸壁と船とを　岸壁を離れし巨船
岸辺　緑織りなす岸のべの　いまぞ岸辺に魚を釣る　澱
みたる時の岸辺に　追憶の岸辺に　岸辺目に見ゆ

両岸 月照るや両岸氷る　両岸にかぶさるごとく

対岸 対岸の古き家並に　行々子はいま対岸に啼く　対岸の空うち爛れ　夕立奔る河向ひ　対岸の虫の音

彼岸 対岸　さゞ波ひろき彼岸かな

向岸 対岸　遊女屋並ぶ向ふ河岸　隅田川の向岸遠く

【忌日】 なにがしの忌日ぞけふは　忌日の入日とどまらず　かなし忌日に　亡き父が三めぐりの日の

忌 母の忌のゝちも雨ふる　あか桶に遠忌の菜種　父十周忌にわが家貧しき

初七日 母の初七日いゝ天気　名月のけふ初七日の　無常迅速七日なり　七日は墓の三日の月

一葉忌 障子立てかけ一葉忌　子に道きくや一葉忌

原爆忌 はつのつぼみや原爆忌　原爆忌人は孤ならず　原爆の日の拡声器　「原爆許すまじ」の唱われて

実朝忌 実朝忌春動かむとして　空は蘇芳や実朝忌

震災忌 関東大震災の供養　月のひかりや震災忌　震災忌向きあうて蕎麦

芭蕉忌 陰暦十月十二日　芭蕉忌や茶の花折つて　寺の一間の桃青忌

【汽車】 汽車濡れて碓氷の霧を　山また山の闇を汽車行く　林檎をのせて青森の汽車　汽車あへぎのぼる国ざかひ

陸蒸汽 汽車　陸蒸汽通つた跡や

貨車 貨車を押す　枯野つらぬく貨車一本　体がくんと貨車止る　貨車過ぐる音に伴う　長い長い貨車

夜汽車 夜汽車のひゞき遠くなりて　燈火小暗き夜の汽車の　寝台車真夜雪ふかき　夜汽車の窓に別れたる

火夫 火をたく人　この暑さ火夫や狂はん　火夫は火の色貨車通る

機関車 機関車湯を垂らす　汽缶車のよこがほ寒暮　顔過ぐる機関車の灼け　玩具の機関車

汽笛 乗りすてし汽車の汽笛を　始発車の汽笛近々と

汽車道 汽車道の一すぢ長し　汽車道にならんでありく

【軋る】 山の手線軋る　遠き路面に車輪きしりつ　感情の軋りつつ来る　歯に軋る　櫓の軋る音鈍い音

軋む 寝返りすれば骨きしむなり　義足のきしみのありて遠のく　定斎の軋みせはしく　遠のく軋

軋り つれない光のきしり　太刀の軋りの消えぬひま　電車のきしり　栗鼠の軋りは水車の夜明け

【傷】 あるかなきかの青き傷　青い疵さへその身さへ　いまは花野決壊の傷　傷の血しほの

傷付ける 来しかた君を傷けし　君をあやまち傷けし　氷質を傷つけ止まぬ　そのひとり傷つけて

刺す（さす） 草童のちんぼこ螫せる　ぐさと刺す蚊や　刺しつれば禍の矢と　するどに青き虫を刺す

痛手（いたで） つまづきし心のいたで　小男鹿の痛手ぞ我に

手負（ておい）〔傷を負う〕 手負ひのけもの身もだえて　ておひたる獣の如く　負傷の兵の息絶ゆる

手負猪（ておいじし）〔深手を負ったイノシシ〕 手負猪萩に息つく　炭竈に手負の猪の

深手（ふかで）〔傷が深い〕 深傷に悩む巨人が　二度めの疵が深手也

傷痕（きずあと） 女の鬢の古き痍あと　傷痕の失せし胸よ　幾条の傷あと胸にもつ　身に被りし擦り痕を

【犠牲】（ぎせい） 犠牲死と言いうるほどに　内部触れざるまま犠牲死いくにん　一人の犠牲に

捨石（すていし）〔犠牲・捨てられた石〕 路傍のすて石よ

【季節】（きせつ） いつか季節はぴしぴし清らか　季節をえらびて咲き出でし　季節の毒気に萎んでゆく

四時（しいじ）〔四季〕 この樹四時に落葉せず

雨期（うき） この雨期にして　紙箱萎えて雨期永し

行合（ゆきあい）〔季節の変わり目〕 ゆきあひのわせを　夏と秋と行きかふ空のゆきあひの空

【競う】（きそう） 髪よせて柿むき競ふ　咲くも散るも競ふかとばかり　競ひおつる樹々のしづくの　きそひていにし雁がねは

競う（きおう） 木々はきほひて芽ぶきたるかも

争う（あらそう） 首席を我と争ひし　あらそひたてる春霞かな

挑む（いどむ） 寒の昼雄鶏いどみ　しきりに岸へいどむ波

舟競い（ふなきおい）〔ボートレース〕 舟競ひ夕河渡る　競ひ漕ぎ入来

競馬（くらべうま）〔賀茂競馬〕 競べ馬一騎遊びて　鞭競馬　この春の日を馬ぎほひする

競馬（けいば） 葉桜に競馬の塵の　競馬場附近たま〳〵

【北】（きた） 北ニケンカヤソショウガアレバ　北すれば西する橋の　北に向ふ道はてしなし

北国（きたぐに） 北国の雪をつもらせ　北国の意志の巌あり　北国の大空　北の国なる氷雪を　北国の古き旅籠屋

北国（ほっこく） 遠くさびしも北国街道　北国日和定なき

北海（ほっかい） 北海のいさなとり等が　北海の夕焼雲の　恋すてし子は北海に　北海夏の日に照らず　北海に数の子殖る

北方（ほっぽう） 北方に北斗つらねし

【北風】（きたかぜ） 青い北風に　北風通ふ鳥屋のひま　あの北風に逆襲しよう　北風トオレノ標的ノ森　竹藪に北風騒ぐ

北風（きた） 大北風にあらがふ鷹の　北風あたらし　北風の中を来る　恋猫にまだ北風荒き

【気遣う】　際の日和に雪の気遣　気遣へる眼を吾れは
見にけり　七夕の雨気つかふや
気がかり　筏流して気がゝりもなし
心して　気をつけて　かはなみたかしこゝろしてこせ　里人よ心
して召せ　心して吹け秋の初風
心に乗る　心に乗りて許多かなしけ
拘る　言い出でし語に長くこだはる　宵越のこだはり
【汽笛】　霧を航き汽笛の中を　汽笛は闇に吼え叫び
船の汽笛の玻璃に鳴るとき　うしろの汽笛かへりみず
銅鑼　淋しさにまた銅鑼打つや　船の銅羅鳴り雨降る
兵庫　深山寺に銅鑼を鳴らせば　退船の銅鑼は
汽笛　船ほうほうと汽笛鳴らし　凍った汽笛を
船笛　霧雨の中に船笛の　船笛の長きこだまを
霧笛　離りゆく霧笛に堪へて　海彦の答へず霧笛
【絹】　絹にわが泣く　絹をぬふ仕事の指
甲斐絹　絹布　赤と青との甲斐絹のごと
生絹　生糸で織った絹布　月は生絹の被衣して　生絹を縫ふて
絹糸　ひきしぼりぬく絹糸の音　甲斐絹の機の絹糸の
人絹　人絹の鳥追笠の　人絹を首に巻いてる
生絹　生糸で織った絹布　生絹の単衣　生絹の袴　薄らなる青の絹衣も

素絹　生絹の類　素絹の如き色して　素絹の衣
紅絹　紅色に染めた絹地　紅絹の袋に　紅絹のきれ　染めてぞ燃ゆる
紅絹うらの　紅絹の裳裾の身ぞつらき
【砧】　麻・楮などで織った布を衣打つ　此のふた日きぬた聞へぬ　人の砧にいそ
がはし　雨にしづまる砧かな　更けて砧の
砧打つ　三ツ打たき宵きぬた　夜毎の月に砧打つ　多摩
の里人砧打つ　更けて打つ砧　恋せぬきぬた
砧の音　隣のきぬた聞夜哉　砧の音のおもしろうなる
衣打つ　伏見の里に衣打つ声　麻のさごろも月に打つ声
小夜砧　夜に打つ砧　谷地ならしけり小夜砧
遠砧　遠くで打つ砧　山門の月遠砧　おもひでの遠音砧に
【昨日】　昨日を憎むこころの陰影にも　一昨日も昨日
も待てり　こころ昨日に残りしゆゑ
昨日　昨日の日輪今日も出づ　きぞの日遠く明日遠く
前の日村を立出でゝ　ひとすぢの昨のほめきに
昨の夜　昨の夜の暴風雨に折れし　昨の夜の雨に
昨夜　昨夜の少女のなごりをおもふ　猫かのこせる昨夜
の足あと　よべ一夜の嵐によわりし
【茸】　きのこ　月の夜を光る茸だ　山の菌を膳のうへ　黒き
きのこも白ききのこも　香のたかき山の寒茸の

草片（くさびら）きのこの古称　菌をふたつとる間に　朽ちはつる草びらもあり　野の茸も

茸狩（きのこがり）きのことり　茸狩るとあともひ来にし　茸狩の戻り

茸狩（たけがり）きのことり　たけがりの秋の山路に　茸狩や頭を挙れば　茸狩の笠にこぼるゝ　蕈狩や浅き山々

【騎馬】　五六騎いそぐ野分哉　五六騎のゆたりと乗りぬ　騎馬の武士　三騎駈け

一騎（いっき）一人の騎馬武者　さきにすゝめる騎馬一騎　一騎帰らず月落ちむとす　只一騎　一騎打出づ

騎兵（きへい）騎馬の兵　騎兵すぎゆく明方の月　騎兵の一隊　騎兵集団の馬の眼玉　左の眼に騎兵

【気魄】　まんまんたる気魄はこもる　父の気魄を僕に充たせよ

うつつ心（ごころ）生きた心地　うつつ心に　ほほゑみてうつつごころに　今も現の心地やはする　現し心もわれは無し

心神（こころど）しっかりした心　君に恋ふるに心神もなし

心眼（しんがん）物事を見分ける心　心眼の華は開けて　心の眼開きぬるかな

利心（とごころ）しっかりした心　利心の失するまで思ふ

念力（ねんりき）　念力のゆるめば死ぬる

【黄ばむ】　霜にこげし松の黄ばみや　落日黄ばみて　麦は黄ばみぬ　月黄ばみのぼる　冬の苔きばみそめけり

黄に濁る（きにごる）　黄ににごる空に埋もるゝ　浅黄ににごったうつろの奥に　春の河うす黄に濁り

【着物】袷（あわせ）裏をつけた服　行く女袷着なすや　袷かさねて着ても冷つく　先きせそむる袷かな　古袷にも咲ける秋風

初袷（はつあわせ）　はつ袷にくまれ盛に　てんつるてんの初袷

羽織（はおり）　するりと羽織すべらする　羽織だけ着替へし肩の青き羽織をぬぎし子らはも　をとめ等が羽織脱ぎ捨て

半纏（はんてん）　牡丹を染めた半纏の　濠端を半纏ひとり　印半纏

打掛（うちかけ）　肩すべるうちかけ　うちかけを着たる遊女や

絣（かすり）　絣着ていつまで老いん

帷子（かたびら）夏の小袖　かたびらのうるし光りや　帷子の肌につめたき　帷を雨が洗て　藍のかたびら　我帷子のちゞみけり

黄八丈（きはちじょう）黄色地に縞のある絹織物　黄八丈の冷たさ　美女の黄八丈

縮緬（ちりめん）　ちりめんのさるを抱く子よ　友禅染の唐縮緬か

単衣（ひとえ）一重、裏をつけない服　乳あらはに女房の単衣　凮に単衣のふくらみがち　単衣の肌に日は透りけり　単衣欲しけど

振袖（ふりそで）　ふり袖の百度まいりや　ふり袖ふれて経くづれきぬ

純裏（ひつら）共裏　赤絹の純裏の衣　純裏に縫ひ着

衣桁（着物掛け）　衣桁にかけし御袖かつぎぬ　衣桁にかけし衣のみだれや　花の香を衣桁に懸つ　衣架辷る風の

袖畳み（着物の畳み方）　その家々の袖だゝみ

乱れ箱（脱いだ着物をいれる箱）　紫にもみうらにほふみだれ篋を

【客】　堀江の茶屋に客ひとり　筆談の客と主や　菊畠客も円座を　瓜むく客の国咄し　茶の間の客は俳諧師

女客　肌もぬがれぬ女客　顔もそろひし女客

客送る　客を送りて提る燭台　客去りて門鈴揺るゝ

客座　かそかなる家の客座に　ほの暗き客座に居りて

客なき　炉開いてはたと客なき　毛氈のあせて客なし

稀人　菊薫りまれ人来ます　客人の去ぬればさびしけふのまれ人は　かしこにつなげ稀人の船

客人　よきまらうど　四年見ざりしまらうどの君　山の素湯めでこしやまろうど　客人の若き男のわらひ声

尻長　山の麓に長居すな君　尻長酒は　尻ながの客

【灸】　灸すえあふて別れけり　障子のうちや二日灸　二日灸花みる命　据ゑてくれたる二日灸

灸　骨髄に灸しみゆく　やいとの跡をかくしたりけり　どた〱馬の灸かな　ほか〱と二日灸の

【経】　経の灯更くる高野の御山　法華経を写すならねど　この経にうち向ふとき

お経　二羽の雀にお経かな　お経あげずに居ればしんかん

南無阿弥陀仏　南無阿弥陀仏と言ひし夜も　花鳥諷詠南無阿弥陀　月を見るにもナムアミダ

御経（経の美称）　御経の金泥へげて　御経誦し

看経（読経）　風をり〱看経のこゑを　看経の間

寒声　寒声や古うた謳ふ　寒声のこゝろいつぱい

経読む　母なる人の経よむを　三十にして経よます寺　廊に経よむ小さき僧かな　経読む声や

誦する（経をよむ）　まどひなくて経ずする我と

写経　金泥を溶いて写経に　顎引いて写す細字や

枕経（死者の枕元でする読経）　母なるが枕経よむ

【今日】　風吹く今日の春の日に　けふのよろこび　けふよりぞ冬をかこへり　迫れる海は今日をひそまる

今朝　屠蘇の盃とりあぐる今朝　いづれか今朝に残る菊

今宵（今夜）　花や今宵の主ならまし　今夜かぎりの雨となり　今宵光るはなにの星かも　こよひひそかに海鳥が

【行】　行小屋に　荒行戻り　行を怠り　諸国修行に

夏（夏安居）　夏百日墨もゆがまぬ　滝にこもるや夏の初

夏花(げばな) 夏安居に供える花　谷深く折る夏花かな
寒行(かんぎょう) 寒中の行　寒行の提灯ゆゝし　寒行太鼓時にみだるる　寒行の眼鏡妖しく　寒行の足音
水垢離(みずごり) 冷水を浴びて身を清める　水垢離の肩に後光の　水垢離人は人あまた垢離とりゆきし　氷の垢離に
行者(ぎょうじゃ) 修行僧　行者の浴ぶる水ならんこれ　回峯行者　われ山の行者ならねど
峰入(みねいり) 山に入り修行する　峰入や一里おくるゝ　山入の供仕れ
精進(しょうじん) 精進に月見る人の　朝精進のはじめかな　山精進いまだせなくに　御嶽精進を思へども　ひとり精進
籠り人(こもりど) 籠って修行する人　籠人ゆかし堂の隅　恋もあるべし籠り堂
苦行(くぎょう) 海とたたかふ苦行者の　苦行の山を　難行苦行は
座禅(ざぜん) 禅三昧を　座禅を組で　参禅の白湯の甘みや
遊行(ゆぎょう) 行脚　遊行の棺通りけり　遊行の僧の御袈裟とも　遊行のもてる砂の上　山ふかく遊行をしたり

【興ざめ】 いと興ざむるわざながら　興ざめし顔
味気なき(あじきなき) さびしといへばあぢきなく　昔を云ふはあぢきなきかな　物あじきなし秋の暮
本意なし(ほいなし) 本意なげにひとり弾くやかどづけ
ままならず ままならぬ日の口惜しさのみ　生死いづれもままならず　ほしいままなる夜といふはなし
物足らず(ものたらず) 月見てももの足らはずや　もの足りなさに　静心なし　もの足らぬ父

【郷愁】 郷愁のショールを　思郷のこころ湧く日なり
郷涙(きょうるい) 故郷を想う涙　郷涙を垂る
国思う(くにおもう) 国を思ひ寝られざる夜の　本郷思ひつつ
ノスタルジア 我がノスタルジヤは　おまへの郷愁は　霏々として降る雪の郷愁　一夜宿りの里心地
望郷(ぼうきょう) 望郷の台　望郷の子のおきふしも　かへりみの里

【興ずる】 少女興ずるあしたの森や　雪に興ずる
興がる(きょうがる) とき紅のにほひ興がる　興がる友と思すべし
弄ぶ(もてあそぶ) 興じ楽しむ　あしたの窓に茶を弄ぶ　月を翫び　もてあそぶ火のうつくしき

【清き】 地の上の清きこと皆　朝山の清きしづくの　粧はぬ清き匂ひの　浄き焔の　あまりに清き歌なれば
清く(きよく) 清くしてなぐさみがたき　碧よりも清く　心に照れり清くしみらに
清らか(きよらか) きよら心に鞭あつる　梅ひともとの清らかさ　清らけくしつらはれぬれば　こころきよらなる若漁夫よ
清し(すがし) すがしきひかり充ちくだる朝　山の樹すがし

き

すがしきかなや朝の厨(くりや)は　清住(すがす)む二人(ふたり)おもかげに立つ

清しむ(すが)　諂(へつら)はぬわれを清(すが)しみ　白きかもめをまなこすがしむ　すがしみ仰(あお)ぐきさらぎの月

清清し(すがすが)　みんなみ吹きて外(と)はすがすがし　ひと冬にすがすが瘠(や)せて　秋日(あきひ)たゝ(た)みにすがすがし

清み(きよ)（清いので）　落つるもみぢ葉(ば)水きよみ　庭清み鶺鴒(せきれい)来(きた)る　底清みしづ(ず)ける玉を　山川(やまかわ)清み

月清み(つききよ)（月が美しいので）　月(つく)よみの光を清み　月清み寝(ね)がてにをれ(お)ば　月夜(つくよ)を清み　その月はあまりに清く

【曲】(きょく)　序曲明るく流れいで　ショパンの曲は花ふる如(ごと)く　秋夜曲(しゅうやきょく)たのし　光のこれは終曲(しゅうきょく)か　夜(よる)の曲

名曲(めいきょく)　ピアノ名曲流れ来る　ガマンしてねる夜(よ)の名曲に

レコード　レコードは鳴り響き　壊(こわ)れたるレコード鳴らず

オルゴール　つぶやき寒しオルゴール　オルゴル仕掛(じかけ)の

ジャズ　ジヤ(ャ)ズを好(この)める青年を　ジャズよ電波の冬の夜(よ)の夢　ジャズに歩(あゆ)みの合ひゐ(い)て　嗤(わら)うが如(ごと)くジャズが鳴り

タンゴ　タンゴ上階(じょうかい)に　タンゴは水のごと湧(わ)く　浸(ひた)りゐ(い)るタンゴの抒情(じょじょう)　幾部屋(いくへや)かへだててタンゴ鳴る

鎮魂歌(ちんこんか)（レクイエム）　鎮魂歌はやくもひびけり　鎮魂歌内耳(ないじ)に深く　おもひ(い)だす永久(とわ)の鎮魂歌(レクイエム)

マーチ　ミリタリマーチ冴々(さえざえ)として　マアチの響(ひびき)

ワルツ　君の円舞曲(ワルツ)は遠くして　哀々(あいあい)としてテネシーワルツ　別れのワルツの優しき流れ　ワルツの舞(まい)の哀(あわ)れさよ

【漁夫】(ぎょふ)　漁夫の墓みな腕組める　農夫葱(のうふねぎ)さげ漁夫章魚(ぎょふたこ)さげ　笑う漁夫怒る海蛇(うみへび)　孤灯(ことう)は漁父(ぎょふ)の家なり

網子(あご)（網を引く漁師）　網子(あご)調(ととの)う　ふる海人(あま)の呼び声　むれたるあごの

海人の子(あまのこ)　海人の子が潜(もぐ)り漕(こ)ぎたみ　海人の子なればやどもさだめず

浦人(うらびと)　須磨(すま)の浦人藻塩(うらびともしお)たれ　浦人(うらびと)知らぬ崖崩(がけくず)れ

漁師(りょうし)　漁師海にあり　月に遊ぶや漁師達

【霧】(きり)　月を仰(あお)いで霧頬(きりほ)にあたる　金の霧　霧はさびし　銀のごとく霧しろくくだる　霧の中にボーと鳴る汽笛(きてき)や

秋霧(あきぎり)（秋に立つ霧）　雨を被(かず)ける阿蘇の秋霧　秋霧のともに立ち出(い)でて　籬(まがき)に籠(こ)めてかこふ(う)秋霧　秋霧がくれ

海霧(うみぎり)（海上の濃い霧）　夜明(よあ)けの海霧(ガス)は月孕(はら)み　海霧(うみぎり)巻ける街に出る　海霧は赤く燃えるに　うち霧(きら)ふ海処(うみが)の道は

川霧(かわぎり)　川霧のぼる橡(とち)の上　かは(わ)ぎりにしぬゝ(ぬ)にぬれて

山霧(やまぎり)　山霧のさつ(つ)さと抜ける　山霧の足にからまる

霧間(きりま)（霧の切れ目）　霧間に見ゆる　霧間を凌(しの)ぎ

薄霧(うすぎり)　晴れながらなほ(お)薄霧や　峯(みね)の薄霧　霧うすみ

狭霧 富士の嶺を離りしさ霧 身をかくさばや谷の狭霧に 棚田の狭霧 心のうへ狭霧みな散れ

濃霧 濃霧晴れたる茎雫 裾野べの濃霧のなかに

濃霧 ひとの子を濃霧にかへす

朝霧 立ちまよふ野辺の朝霧 暁の霧しづか也 朝霧の底に 馬車は朝霧に入る 朝霧のうするゝままに

夕霧 夕霧に河蝦はさわく 野の霧くだる秋の夕暮

夜霧 仄白き夜霧の底に 旅の髪洗ふや夜霧

【切株】 切株に人語は遠く 切株にほふ雲の峰 切株はじいんじいんと 切株ノ白イ時間ガマハル

刈株 切り株 刈株に足踏ましなむ 刈株の鎌跡ななめ

根株 切株 秋風に光る根株へ

【キリスト教】聖者 聖者の夢はむすばれる

聖書 薔薇呉れて聖書かしたる 聖書だく子 淵の水になげし聖書を ひきだしに聖書ひそめり

聖堂 キリスト教の教会堂 聖堂の円き柱に クリスマス聖者の堂に 聖堂や棕梠の花散る 聖堂の燭幽かにて

基督 非凡なるキリストの顔 キリストを説く青年のをさなきイエス抱ける 基督のよみがへりし日

聖母 聖母の瞳碧をたたへ 黒衣聖母の歯うがてば

マリヤ 御母マリヤは 石階をのぼるサンタマリア 天上のマリヤに預け 愛し麻利耶よ マリヤの堂の美しさ

切支丹 切支丹邪宗の寺の 切支丹その信徒らを 切支丹でうすの魔法 KIRISHITANの国からきた

使徒 木枯も使徒の寝息も 尊き使徒等壁に古り 殉教の使徒に似通ふ 聖使徒に似かよふ面を

神父 神父女人のごと優し 梅雨じめる神父と子等

伴天連 宣教師 伴天連の墓をめぐりて 伴天連の秘の少女ぞ

耶蘇 焚火に耶蘇の話かな 茂りの下の耶蘇仏

踏絵 踏絵に暗き灯がともり 蹠白き絵踏かな 絵ぶみして生き残りたる ころべころべと絵を踏ます

【霧立つ】 天龍に沿うて霧たつ 霧たちあがる 白雨や霧たちのぼる 佐保山に立つ雨霧の 霧り立つ空の

天霧らう 天ぎらひふり来る雪も あまぎる雪のなべて降れれば 天霧し降りまがふもの あまぎる霞

霧らう ドウナウは白くきらひて 霞にきらふ船路かな 霧らひつつ入る日の 峰なほ霧らふ

霧立ち渡る 一面に 春の野に霧立ち渡り 朝去らず霧立ち渡り

夕霧らう 夕ぎらふ勢田川の辺を 夕霧らふ彼方の灯をば

き

【伐る】 空洞の松伐り倒され　をとめらが木をきる姿
伐透す 伐らぬ習を　椎伐らばやと　夫婦木を伐れり
削る 旋盤にけづられてゆく　肌膚を腐植と土にけずらせ　鼻唄まじりに木を削る　なに削る冬の夜寒ぞ
千切る ちぎりむさぼる蜜柑の肉　白雲を千切って
薙ぐ 草原を薙ぎ来し風と　草薙ぐ鎌よ野焼守
木屑 挽きこぼしたる木屑かな　青々と挿木の屑の
鉈 竹切る山の鉈の音　鉈を打ちうち女なりけり
【着る】 あたたかさを着て寝る　着かざつて　着せてなほ　雪を着る　猿に着せたる　春の襟かへて着そめし
厚着 厚き外套に身を纏ひ　毛裘をなほ厚く被て
薄着 御室尼達のうす着かな　伊達の薄著の夜寒かな
重ね着 夏の衣を重ね著て　二重も良き　秋の重ね着　かさねきぬれど　厚いどてらの重ね着で
着衣始 正月、新しい着物を着始めること　古衣の着衣始　鳥も遊ぶや着衣始　膝に立たせて着衣始
着ぶくれ ぼろ着て着ぶくれて　著ぶくれて寒菊もてる
穿く 曇りの窓にズボン穿くひとり　唐人ぱつち穿き
【布】 胴懸の天竺布は　頭よりかぶれる紅き布
麻布 麻糸で織った布　白い麻布　麻布の帷　織る麻ぬのの
小切 尺にも足らぬ小切なり　小切れきざみて小猿ぬふ
黒布 灯火管制の黒布の装置　黒き布もて
更紗 ジャワ更紗　土耳古更紗の模様さへ　色のかはらぬ唐更紗　截ちさしの露西亜更紗の
晒 木綿　晒布襦袢の肌ざはり　晒の上にひばり囀る
繻子 金の入日に繻子の黒　青繻子いろ　緋繻子の表紙
セル 毛織布　セルの単衣を　セル着れば風なまめけり　薄地のセルのなで肩のひと
和栲 織り目の細かい布　白き衾の和栲に　一手には和細布奉り
布目 月は布目の蚊屋の中　薄着の肌へ布目つく
ネル 薄着のねるの　ネルのにほひか酒の香か　青縞のふらんねるきて　ふらんねるきし君をいだけば
天鵞絨 びろうどに真珠は冷ゆる　ビロードの夜会服つけ　色黒き天鵞絨の蝶　闇の着るはびろおど
木綿 すでに木綿の手ざはりの草　水干し足らぬ木綿糸　紺の木綿の前垂れ想ふ　古りし木綿の紺のいろ
羅紗 薄羅紗の襟を寒みか　赤き羅紗のまんとをきたる
【極まる】 きはまるはてに翅をひらく　道窮りて　林檎の照りの照り極まり
限り もの思ふことのかぎりなりける　限もあらぬ

極み　夜の明くる極み　かなしみの極に二人　よろこびの極となりし　秋くさのさびしききはみ　寂しさの極み

【黄金】　黄金の魚を雲にのせ　黄金のしづくの雨残る　黄金の魚水より人を

閻浮檀金　閻浮檀金の空のいろ　閻浮檀金の仏　ゐて

砂金　山川に砂金さぐると　沙金より生えて花咲く

黄金　わうごんのひびきをきき　黄金の針におどろく

金無垢　純金　金無垢の弥陀の重さよ　金無垢の生の子猫の　戸あくれば金無垢の月

黄金　われも黄金の釘一つ打つ　くがねかがよふみ仏の空に黄金や集ふらん　うらがなし落日の黄金

金銀　金銀瑠璃の暹羅染　金銀瑠璃の玉もこそちれ

【銀】　銀流し　銀かはらけの　銀拵の　銀の錫懸

銀　白銀の鍬をもて　しろがねの燭台ひとつ

白金　白金色の月　豆ほどの白金の太陽

【金色】　きんいろの雲のもつれが　きんいろのつぶてのやうに　春宵のきんいろの鳥　きんいろの日光すみて

金風　けふ一日また金の風

黄金色　黄金色の朝にかがやき　黄金ひとすぢあけぼのの雲　こがねの色の夕映を

黄金なす　黄金なす光さし添へ　黄金なす向日葵のもと

金色　こんじきの無数のしづくに　金色の鳶舞ひこみし　金色の道海の上　金色にしも朝日そそげど

玉虫色　たまむし色に桜んぼ　玉虫色に午後の雲

緑金　緑金の水沫かをれば　いま朝ごとに緑金を増し

【銀色】　七つの銀のすすきの穂　匙まで銀色に　銀色の憂鬱に　銀いろの雫を光らす　銀色の白雨に

燻銀　いぶしをかけた銀　燻銀うるふが如く　朝の水面の燻銀

銀色　銀色　白銀の絹衣ゆるがせ　しろがねの色の雲におびゆる　しろがねの雨　しろがねの砂を踏めば

朧銀　朧銀の水をゆく小舟　朧銀の日のたそがれに

【金魚】　見られつつ生きる金魚よ　金魚逆立つ夜の楽　金魚の新鮮なる欠伸　かたまつて金魚の暮るる

熱帯魚　熱帯魚藻にみじろがず

金魚玉　金魚玉に空よく晴れて　金魚玉吊せばしばし

【禁止】ゆめ　この老体よ風ひくなゆめ　ゆめ山茶花と見まがふなかれ

な～そ　するな　さくらの花に風なわたりそ　ものなおもひそ　さな酔ひそ　梅をな恋ひそ　指なふれそよ　さな病みそ　海な眺めそ　口にな入れそ　な鳴きそ鳴きそ

いたくな〜そ　きりぎりすいたくな鳴きそ　いたくな降りそ　いたくな澄みそ　やまあらしよいたくなふきそ　いたくな侘びそ　いたくな荒れそ　いたくとよみそ

【吟じる】吟詠　君の御歌を吟ずれば　歌劇が匂う詩を吟じ　月もいとなるむしの吟

嘯く　猿もなけ虎も嘯け　月にうそむく影法師

苦吟　苦吟の思ひ出　灯もおかで杜甫が苦吟の

口吟む　人の歌をくちずさみつつ　貧窮問答口吟み

誦す歌をよむ 口に出す　傷心の句を誦して　春ゆく窓に挽歌も誦する　わが誦す歌にさく花あらむ　君が誦したるうたさへも

【金星】　金星先づ懸る　金星が描きて沈む

暁の星　暁の星仰ぎ見て　暁星を　暁しるき星

明星　きらめき初むる暁星の

明星　明星光る杵の先　明星を目ざして青き　明星の金の炎　空にかかるは百の明星

夕星　夕づつのひかり身にしむ　波にとけゆく夕づつの色　夕づゝに這ひ出し蛙　かすかにもるゝ夕づゝの影

夕星　磯にゆふ星ひかりそめ　夕星さむし　ひかる夕星

宵の明星　たくましき宵の明星

【金属】　青い金属の雲をかぶって　軽金属の街を研ぐ　金属の脚が零下の　金属の音は聞くに鋭し

荒金精錬していない金属　荒鉄を鍛へて　鉱のまろがり砕く　青いあらがねの釣鐘　あらがね掘りにゆきまし

真鍮　真鍮の指輪をはめ　ひるは真鍮のラッパを吹いて　真鍮の火鉢によりて　真鍮の烟管　真鍮棒も

【金泥】金粉を膠(にかわ)の液で溶かした顔料　金泥の鶴や朱塗の　描かばや金泥もて繊く　一枚くれば金泥の　金泥の文字を透すが

金粉　木にも花にも金粉を塗る　金粉をこぼして火蛾や

銀泥銀粉を膠(にかわ)の液で溶かした顔料　銀泥の中に櫂を突き入れ

【銀笛】　銀笛の音ぞうれふ　銀笛のおもちやをぞ吹く　銀笛の夜とぞ　銀笛の口酢つぱけれ

白銀の笛　吹き鳴らせ白銀の笛　しろがねの笛のよき音

吹笛（フルート）　吹笛の香のしぶき　吹笛鳴らし　吹笛の哀音

【金髪】　金ぱつの乙女写真もそえて　ブロンドの髪しろき髪　黄髪の伴天連信徒

金髪　くがね髪にほへる児らが　黄金なす髪もたわたわ　太陽が金色の髪

く

【悔】　悔のはたちの秋おくる歌　私の悔ゐはもえました　海辺のごとく悔の月出づ

悔恨　悔恨の白いおもひで　悔恨の苺を籠に

悔い改める　泣くことも悔改めも　悔いあらためむ

悔いる　この子の悔ゆる歌ききますな　思ひ悔ゆべき　君が悔ゆべき　先非を悔ゆる

懺悔　懺悔の涙したたりて　懺悔の姿をあらはしぬ　懺悔をもたぬ人のたましひ　女には懺悔を聞きて

【空間】　時間を空間の上に架け　屈折した空間　無名の空間　真昼の空間に　燃ゆは焔か空間か

虚空　よるべなき声は虚空に　虚空に鳴りぬ木枯しの音　わが息の虚空に散るも　山国の虚空日わたる

空間（空間）　空間に道問ひ呼べば　日屯の空間の中

宙（空中）　岬の波のけぞる宙の　富士の全貌宙にあり　雪嶽宙をゆめみしむ　宙にためらふ雀の子

宙を飛ぶ　宙を飛ぶ燕　独楽宙とんで掌に戻る

【空気】　ガラス張の空気を破つて　空気のやうな空想に　春の空気を漕いでゆく　くらい空気の小さな渦が

海気（海辺の空気）　朝の海気に濡れたれば　海気みなぎり　海気しみたる煙管やふきて　経木帽海気を含み

気　春の気ゆれてかすむ海原　朝の気のみなぎり　潮ふくむ暖かき気の　気は澄んで

気圏　気圏日本のひるまの底の　気圏ノキハミクマモナシ　気圏日本の青野原　気圏の海の　気圏の戦士

気層　まばゆい気層の海のそばに　四月の気層のひかりの底を　神様が気層の底の

晨気（朝の空気）　額を搏つ晨気高らに

霜気（霜の厳しい冷気）　日あたりながら霜気満つ

大気　覆面の大気　凍れる大気　秋の大気に触るるここちす　大気ましろき石となり　青む大気の街

夜気　伽藍閉ぢて夜気になりゆく　冴えかへる夜気　夜気に寝ん　夜気にじみあふ葉を重ね　美しき夜気

硫気（硫黄分をふくんだガス）　硫気ふく島の荒磯に

真空　太陽は高き真空に　真空の谷に堕ちてゆく

【空港】　空港の青き冬日に　空港の硝子の部屋に　空港さぶくなる　空港に兄と花束

滑走路　滑走路黄なり　鰯雲への滑走路

航空路　鏡の如き航空路　光線の航路

【陸】（陸の古称）　海女とても陸こそよけれ　遠つ陸山　陸の青山

陸路　陸路をば馬もて急げ　海おぼろ陸路は黄なり

陸　潮は陸によせつつあるらし　陸に向ひ迫るしき浪

【九月】（陰暦九月）　九月の光に波立ちつづき　九月の有明の月

を　九月の薄き弱肩に

長月　長月の長夜のすさび　ながつきのあまりにつらき　ながつきの力合はせに　長月も竹に名におふ

九月尽（陰暦九月末日）　九月尽日ねもす降りて　暮るゝ早さよ九月尽　けふをかぎりの長月のくれ

九月一日　また九月一日来る　九月一日の朝の雨ふる

二百十日　二百十日の月玲瓏と　二百十日の風の位置　二百十日も恙なし　二百十日の釣小舟

菊の酒（重陽）　日暮てくれし菊の酒　杯の下ゆく菊や　菊の夜の灯　菊酒を祝う諸生の

菊の露　きくの露受て硯の　蝶もなめるや菊の露　きくの露落て拾へば　菊の朝つゆ　菊の上の露

九日（重陽）　九日もちかし菊の花　渡し場のさびる九日　九日の宴　九日につむ

高きに登る（重陽）　高きに登り眺むれば　ひそと高きに　高きにのぼり酌さけは

【茎】　毛虫の子茎を這ひゐし　菜は皆白き茎さむく見ゆ

茎立（茎が伸び出ること）　直にのびたる茎立ちに　茎立気づく菜畑かな　冬の木の白き茎立　曼珠沙華茎立ち高く

花茎　擬宝珠の長き花茎　花の頸はかたぶきぬ

向日葵の垂れしうなじは　鶏頭の首を垂れて

一茎　大輪だりあ重たく一茎　太葱の一茎ごとに蜻蛉ゐて　一茎の葵の花の　晩春の花一茎の

【草】　露持つ草や風持つ草　草たちがゆれ　草二本だけ生えてゐる　花となる草ならぬ草

青草　顔出して青草　青草に雀寄りつつ

朝草（朝刈る草）　秋ふかみ刈る朝草は　朝草の秋の匂に

小草（小さい草）　小草がなかに君まてば　菊畑を小草抜きつゝ　小草のなかを別れゆく　小草の花や春浅き

影草（物陰の草）　影草の生ひたる屋外の　夕影草の白露の

枯草　枯草の香あたたかく　枯草の音のかなしくて　枯草の中の賑ふ　いちめんの枯草　枯草しいて

木草（木と草）　青の木草に日は照れり　木草ひそまりて　木草に春の風吹けば　木草の匂ひ淡々と

草丘（草のしげる丘）　日のすきとほる草丘は　草丘に昼の陽あしは

草陰　草かげに竜胆咲きて　草陰の名無し詩人

草木　草木映りて澪の長さや　草木みやび

草の名　草の名もきかず佇み　草の名ききし

草の葉　ひら〳〵光る草の葉　草の葉に滲み込んだ　緑ちりばむ草の葉に　草の葉の香か

草の花　靡くも哀れ草の花　しどろに草の花活けにけり

花草（花の咲いている草）　花草船を流れすぎ　花草の置きたる庭も

草場　草場のかげの夏の日の恋

草葉（草の葉）　草葉をつかむむら雀　虫は草葉の下で鳴き　草葉のかげは濃紫　なびく草葉の　草葉くぐつて

草生す（草がはえる）　山行かば草生す屍　草生さず

草木　身を草木と思ひなしつつ　草木のごと枯れしなるべし　草木の悠悠として

庭草　月かげ残る庭草の　庭草に水などやりぬ

冬草（冬も青い草）　春を覚ゆる庭の冬草　あづまぢの道の冬草　冬くさにあたる夕光　冬草喰ひ緬羊

水草　水草生ひにけり　水草の蛍とびものぼらず

水草　水草生ふる夏川の　水草の黄める岸に　水草水になびきけり

【草刈る】（肥料や飼料に）　向つ山草刈る人の　秋ふかみ刈る朝草は　大方は草刈に出て　夏草刈るも

草刈（草を刈る人）　草刈りの馬に寝て来る　つばなぬく野にかへる草刈　草刈の笠の白さや　草刈になびく草

草刈女（草刈りをする女）　刃をすすめゐる草刈女　草刈女また傷つきて　斑鳩みちの草刈女　草刈のうたふひな唄

草山（草を刈る山）　草山のくり〳〵はれし　海ちかき枯れ草山の

【臭き】　蠟涙やけだものくさき　硫黄臭き湯槽に　酒臭き黄昏ごろや　黴くさきを　蛍くさき人の手をかぐ

生臭き　鰯のごとくなまぐさし　手に嗅ぐ魚の生臭さ

【草取り】　染井の墓地のくさとりせむと　田草取

草切る（田畑の雑草を取る）　遅き日や草をくさきる

草抜く　草の執着をぬく

草引く（草取り）　庭の草ひきに下りる　きみと草ひく

草むしり　涼がてらの草むしり　父のみ墓に草むしり

【草の庵】（草ぶきの粗末な小屋）　草の庵の大硯　帰らなんいざ草の庵は

庵　柱にかけん庵の月　深川の庵　秋のいほ　庵の雪　庵の夜も　庵さざめかす　庵初め

庵　知らぬいほりも　雪しのぐ庵のつまを　酒も油もなき庵　苔の庵　谷の庵に　のべのいほりに

草の家　時計きざめり草の家　百合の戸開く草の家

草の戸　草の戸も住替る代ぞ　草の戸に喜び事や

草の枢　人もとひ来ぬ草のとぼそに

柴の戸　柴の戸あけてながめやる空　柴囲ふ庵のうちは

草庵　草庵の硯凹みけり　草庵の垣根草なり　草庵に暫く居ては　唯四方なる草庵の露　草庵をめぐる径や

草家　草家草家のかしぎざま　草家の石蕗も咲き初めて　雪のふるひとつ草家に　梅雨の草家の眠りは深し

板屋（板ぶきの）　板屋せばき家持たりて　やまかげのまきのいたやに　槙の屋も　霰は板屋　ひとり板屋の

賤が家　賤が屋は春の夜ごろぞ　むつき干したる賤が軒

苫屋　寝覚めがちなる苫屋形かな　潮なれし苫屋も荒れて　かりほの庵のとまをあらみ　苫に雪ふく

埴生の小屋　埴生の小屋を出て　なれぬ埴生の夜の床

伏庵　伏庵を人訪ひ来ねば　伏庵住居四年になりぬ

伏屋（小さくみすぼらしい家）　うねりふす伏屋の菊　鄙の伏屋

丸屋　丸家〳〵の裏をむけ合　葦の丸屋のさびしさは

藁葺　藁ぶき屋根にふる雨の　桃にうもるゝ藁ぶきの家

藁家　ふり潰したる藁家かな　宮もわら屋もつばめ哉　雪白無垢の藁家かな　藁家ふきかへて住みにけり

藁屋根　春となる藁屋根しづく　葺きすてし麦藁屋根の　藁屋根のあをぞらかぶる　藁屋根に沁む波音や

【草笛】（草を唇にあてて吹く）　くさぶえをやさしい唇へ　海へ草笛鳴りそろう　歌哀し佐久の草笛　草笛悲し片破の月

芦笛　芦の笛吹きあひて　葦の葉を捲きて鳴らして　葦の葉の鳴るがかなしき　葦の葉の笛

柴笛　しば笛を吹く書生哉　柴笛や春の愁の

麦笛　麦笛を馬柵に凭れて　吹き習ふ麦笛の音は　故

【草枕】（旅寝 野宿）　地震の夜の草枕　夢の跡なる草まくら　郷遠き草枕　草枕旅に物思ひ

草床　やはらかにねぬ佐久の草床　牛達の夜床野の草

草に寝る　犬の子の草に寝ねたる　女よ秋の草に寝ぬるや　草にねて水のおときく　芳草に寝ころび

草臥　草に伏し息も絶えよと　春草に伏し枯草を

草結ぶ　草ひき結びやすらひて　枕とて草も結ばじ

【叢】　しげる草むら　緑くゆれる草叢を　くさむらがくり咲けるしらぎく　黄金なす草叢に

草莽　草莽に雨降り過ぎて　草莽の冥きに根ざし　小暗く繁る草莽を　わが庭に草莽冥し

深草　青深草に寝て浅間見る　かめに一輪冬深草

草深き　草深き夏野分けゆく　草深き秋の庭　草深い墓に　春の風草深くても　草深み蟋蟀多に

【嚏】　素足の美女のくさめかな　あさぢふや人はくつさめ　嚏をせんと口洞あくも

嚏る　百合の匂ひに嚏りにけり　面寄する馬の太く嚏る

【腐る】　身よりくされし錆掻きむしる　悲しい夜更は

腐つた花弁　黒く腐れる　腐れ運河の春の家鴨

饐ゆる（くさって酸っぱくなる）　無花果の饐えて落ちたる　冬に凍りて酸ゆることなし　いま晩春の日は空に饐ゆ　饐え萎ゆる芙蓉花の

【櫛】　昔の人の櫛あまた　櫛に流るる黒髪の　櫛も捨てたり砂浜に　こがねの櫛に匂ふごと　黒髪へ櫛の歯を引く

簪　重たしととる簪や　釵で行灯掻き立て　かんざしの落ちて音あり　かんざし草はかんざしに

挿櫛（髪にさす飾りぐし）　匂ふさし櫛　挿櫛の月形なせば　黄楊のさし櫛落ちにけり

小櫛（小さいくし）　茨めきたるわが小櫛かな　髪梳の小櫛　拾ひたる螺鈿の小櫛　小櫛の蝶を夢にみしかな　小櫛見にも

玉櫛（くしの美称）　玉櫛の　真櫛もち

黄楊の小櫛　さしなれしつげの小櫛も　つげの小櫛も刺さず来にけり　つげの小櫛よ妹にささせん

【櫛笥】（化粧道具入れ）　五日ひらかぬくしげ箱　匣なる黄楊の小櫛も

玉櫛笥（くしげの美称）　塗美しき玉櫛笥　玉くしげわが身離れぬ

【梳る】　くしけづる子になぞくや　鏡もなくに梳る　梳りゐて雪嶺の　朝々むかひ髪くしけづる

髪梳る　野の春風に髪けづる朝

髪を梳く　寝しまゝ髪を梳かれをり　夜の髪を梳きゐたり　看護婦は死の髪を梳く　黄楊の小櫛にかきあげよ

とき髪　とき髪を若枝にからむ　とき髪の風に情ある

【薬】　処方の薬　薬の汚染黄に褪せのこる　薬換ふる時刻待ちがてに　僧も嗜む実母散　薬餌かしこみ

水薬　夜半の水薬　水薬の汚みし卓に　棄てられし水薬のゆめ　水薬の黄の澄みを　水薬と涙のしみの

薬壜　薬壜さがしもてれば　水薬の瓶に透き視つ

煎薬　煎薬とつおいつ　連銭草を煎じては飲む

媚薬　薔薇を撒け媚薬を塗れ　媚薬と毒を　媚薬の酒を

薬室（調合室）　薬室にこほろぎの啼く　夜の薬室のかたへに

薬炉（薬を煎じる風炉）　薬炉冷えたる君が朝窓

霊薬（霊妙な効能のある薬）　霊薬として山草を食む

杏仁水（咳止めの水薬）　杏仁水のゆふべの気　杏仁水のかをり

阿片　阿片を燔く煙の如く　阿片を吸へる赤き間の

麻薬　大それた強い魔薬に　麻薬は誘ふ鍵ある棚に

薬鍋（薬を煎じる鍋）　薬鍋銚子にかえて　薬鍋かけし火鉢の

睡眠薬　睡眠薬をねだりゐる声　ブロバリン飲みて眠る

眠り薬　ねむり薬に親しみにけり　薬に眠る朝のひと

とき　かひもなき眠り薬や
【崩れる】　崩て明し夏の夜や　地の上に崩れて生くる
秋の夜を打崩したる　崩れてひかる夏の雲
崩える　蜥蜴を撃たむ崩え石もがな　汝が墓の壊え初
めけるを　我が足おもく崩ゆる思ひを　くえしきりぎし
潰える　潰えたる朱の痈や　息の孔潰えむとする　潰
えゆく藁火にひしと　潰ゆるまで柿は机上に
崩岸（崩れた岸）　崩岸の上に駒をつなぎて
岩崩え（崩れ）　岩崩えの赤岳山に　をちこちの岩崩えあかく
瓦礫　瓦礫地に光る　瓦礫の都冬の虹　瓦礫のかどに
照る　瓦礫に光り燕来てをり　瓦礫なか麦の芽生えて
壊跡　柱のみ残れる寺の壊跡に　枯山を断つ崩え跡や
壊れ　侘しげの小径の壊れ　いくさのあとの崩れ家
破壊　破壊の手に吹きちぎられし　これや月日の破壊
ならじ　破壊れたる女ぞと思ひ
【曲者】（悪党）　香炉盗む曲者やある　恋は曲者
獣　獣に墜ちしあはれなる君　鬼畜に堕ちて
人買い　人買船に買はれて行つた　機場に売られた妹は
【果実】　美果実あからみて　熟れみのりたる果物の息
なりくだものの樹々ありて　この秋のなりくだものは

香の実　香の実の放てる熱の　香の木の実を
果実　味気なき果実の滓と
果肉　色あをき果肉の肌に　果肉は白し歯にきしみつつ
水菓子　水菓子の色透くがいとほし　水菓子屋の表に
鈴生り　鈴状に咲きて夜あけぬ　金柑鈴生りに　夏ぐ
みは鈴成に　垂鈴の百済物
【下る】　愁ひて下る　くだる薄暮の径急に　雲脚平ら
に降りつつあり　讃岐へ下る　筑紫下りの
下り舟　下り舟岩に松あり　銭つかわする下りぶね
くだり船昨夜月かげに　鐘打ちならす下り舟
船下る（漕ぎ下る）　水ゆるやかに舟くだりゆく
【口】　歯磨匂ふ妻の口　しほくちひびくはるのさむき
に　子とりの如く口開く吾は　Oの形の口赤く
舌　花びらに似し舌吐きて　少女舌出すごと　舌重き
若者　牡丹のやうなひとの舌　風邪の舌はかなし
受け口　うけ唇をせし君おもひいづ　受け脣薄く
口移し　こや秋風の口うつし　口うつす親子雀に
口元　愛くるしい口もとに　口もとに愛ふかゝりし
口もとの寒さかな　母のくちもとに　口元の微笑
口を結ぶ　かたく結びし唇　老婆眼さだめ口むすび

【口付】 ガラス戸をへだてて口づけ　赤き震慄の接吻に　さよならのくちづけながし　春日の神の口づけを受く

キス 腕に残せしキスの痕　光りたる唾ひきしキスを　後朝の熱き接吻の　月の光りにキッスされた

口吸う 口びるを吸ひに来る時　腕をまきて君の口吸ふ　悪心おこり口びるを吸ふ　口びるのごと吸ふ波を

接吻 微風の接吻を　ひそやかな接吻　勝利の接吻

【嘴】 じつと黙んだ嘴に　嘴が重たくなりて　小鳥らの嘴寒からん　青い嘴　嘴にふくめる

嘴（くちばし） 羽惜む鷹の嘴使ひ　細きかよわき嘴入れて　嘴たたき合ふ　鴉の嘴の尖さよ　嘴凍る　嘴のまがりを

嘴赤き 嘴赤き海の鳥　静かに赤き嘴を　嘴あかき烏に

嘴太 嘴太きからすなりけり　觜ぶとの鉛の鳥ぞ

【唇】 この唇おほくの人に触れしゆゑ

厚唇 厚みたるくちにもの言ひ　熟したザクロの唇と

薄唇 唇うすき子の恋ひしさに　うす唇のなつかしき子よ　うすい唇

唇 その唇は吸ふよしもなし　ためらはず掌に唇ふれよ　毒花咲くは誰が唇ぞ

朱唇（赤い唇） 乙女の朱唇恋知らず　唇の朱に　瞳うるみて朱唇つやゝか　蜂の毒吸ふ朱唇かな　朱唇ぬれて

【朽ちる】 朽つる肉の香に　朽ちてゆく「時」の亡骸　いくたび朽ちて日永哉　朽ちはてし秋のビオロン

朽木（枯れて腐った木） み山がくれの朽木なれ　古寺の朽木の梅も　いにしへの朽木の桜　ほのかなる朽木の香り

朽葉（朽ちた葉） 水底の朽葉にありぬ　朽葉の香する湯をあみて

【靴】 いま過ぎし小靴の音も　この空飛ぶ靴を私に貸せ

穿く（身につける） シンデレラの靴をはいて　冬が穿く沓かと見れば　下駄を穿ちて地獄行く

赤き靴 妹は赤き靴鳴らし行く　編みあげの赤い靴を穿き　塵打払ふ朱の沓　朱の珠履　仏蘭西の赤靴

靴音 靴の音やさしく来たる　氷の僧の沓の音　沓音のしづけき春の　泥靴は鳴つた　われの靴音の冴え

ゴム靴 ゴム靴にほふ父帰宅　ゴム長靴乾く

玉沓（沓の美称） けさはきこえぬ玉沓の音　君がとどめし庭の玉靴

古靴（古い靴） 古き靴裏かへりあり

女靴（婦人用） 女靴のあとの　ホテルの朝の女靴のひびき

藁沓（わらじ） 八とせ忘れし藁の靴はく　旧藁沓の

草鞋 草鞋のそこのしめりくるかも　年暮ぬ笠きて草鞋だまつて今日の草鞋穿く　草鞋しつくり

長靴　魚くづの光る長靴　長靴の重みが足に　長靴の泥
深靴 わら製の長靴　雪の日は深靴を穿く
【靴下】　靴下を上げゐし少女も　靴下にひそむサジズムでもない　靴下羞恥のごときその黒　靴下つくろう
靴足袋　くつたびをぬぐ女かな　妹の編みし韈
【国】　国飢えたり　檳榔樹の実の落つる国　流離の国に烏のかへる国遠し　草枯れの国のはたての
海国 島国　なかに骨牌す海国の雪　海国に秋は生じたり
王国　女の王国　自己の王国に主たれ　天の王国
国つ宝 国宝　国つたからこの銀閣の　国つ宝富士の高嶺に
国府 昔の政庁　下総の国府の丘をば　国府の館に
御国 国の敬称　春の御国のあけぼののさま　御国なだれて沈まむとすも　弥陀の御国の夕暮の空　恋の御国の
【国境】　国ざかい越して巡礼　国のさかひにうるはしき　皆若葉なり国境　国のさかひの一すぢの河
国境　国境の街を指して　ロシアとの国境の街　蒼白の国境にきて　国境の町の一夜を
砦 要塞　砦を出るや雉の声　元寇の石塁はいづこ　崩れたる海の砦に　古りし砦は　子等の砦のあるところ
辺塞 辺境　辺塞こえて雁かへりゆく　辺塞遠く雲分けて

沙塞を尋ねて　胡塞には　秋塞雲の
【国土】　国土もはてしとぞ思ふ　国土をつつむ悲哀を
国の秀 国の最もすぐれた所　国の秀を遠く来離れ
真洞 すぐれた国土　しづかなる空の真虚か　故郷の真洞覚めて
真洞にかかれる天漢　若葉の真洞春ふかむらし
国の真洞　国の真洞は夕茜　国のまほらに神さびて
国原　紅葉衰ふる古国原に　をちの国原霞棚引　わが妻の生れし国原　墾る人なしに荒れし国原
国見 国を見渡す　国見をすれば　登り立ち国見をせせば
【国人】 国民。その地方の人　くにびと野火とたたかへる　阿蘇のくにびと野火かくる　やすらに眠る肥の国人よ
アイヌ　蝦夷に逢ひぬ月の光に　アイヌ小屋低き窓より
アイヌの瞳　アイヌの裔の立派なるひげ
蝦夷 アイヌ　平らかに蝦夷の楢原　奥蝦夷は草萌えたらん
蝦夷の人の手紙届きぬ　湖をいだけり蝦夷の荒山
都人　月見に来つる都人かも　かじかしらずや都人
都びとより　都人いでし日数を　面やめづらし都方人
【首】　首の座は稲妻のする　しずく首を打つ　首いちようにに垂れて過ぎ　首太くなりし夜明けの
項 首筋　たゝずむ妹のうなじの白き　うなじ屈する前衛

もあれ　うなじに薄く白粉の

首筋　首すぢの赤い蛍の　断髪の頸筋

小首　小首うごかすさかしぶり　小首かたむけ

盆の窪　はつ雪らしやボンの凹　ボンの凹から寒が入

【窪む】　蟹の目の岩間に窪む　壕の跡いまもくぼめり　海をくぼめてわが船とほる

窪み　野のくぼたみにたたへたる　くぼみにまよふ夕のひかり　くぼみにのこる水のすずしさ

窪　一つの地窪埋めむため　地の窪すぐにあふるる　首さしのべてその窪を見る

【雲】　羊の雲の過ぎるとき　雲の形の膠朧体　梅雨の渦雲　日を掩ひ雲みなぎりぬ

あわたつ（もくもくと立つ）　雲のあはたつ山の麓に

ちぎれ雲　黒き迅風に雲ちぎれ　雲ちぎれとぶ北陸奥の秋　ちぎれ雲に小春日ぬくき　ちぎれ雲月をかすめて

行く雲　行く雲はささやかなれど　ふもとをいでゝ行雲は　山たち離れ行く雲の　行雲のあられこぼして

雨雲（黒く厚い雲）　しろがねいろの雨ぐもの　おほひかぶさる雨雲の　雨雲に牡丹傾く　雨雲低し枇杷熟れる

鰯雲　岬は蒼ざめ鰯雲　鰯雲旅を忘れし　いわし雲大いなる瀬を　登り切つたる鰯雲

豊旗雲（空にかかる美しい雲）　山端のとよはた雲に　豊旗雲のあかねいろ　わたつみの豊旗雲に　夕豊旗の茜雲曳く

布雲　み山を去らぬ布雲の

旗雲（旗のようにたなびく雲）　朱の旗ぐも遠にいざよふ　あかき旗雲　旗雲一つ試験すむ　小旗ぐも　大旗雲の

青雲（うす青く白い雲）　あを雲の空高くひそまる　青雲として愛でぬべきかな　仰ぎてぞ思ふ青雲がへを　青雲の遠きを望み

青雲　青雲の扉に　胸の青雲

天雲　天雲あへり　天雲翔ける　天雲霧らふ

彩雲（ふちが美しくいろどられた雲）　むれて下り来る森の彩雲　紫深き彩雲の　彩雲の消えゆく岡に　彩なす雲に　彩雲を沸せり

浮雲　うき雲さわぐ夕だちに　うきぐもの雨こぼし去る　浮雲月をかくしけり　落葉松に浮雲あそぶ

薄雲　あけやすきうすぐも　薄雲の中に初富士　みねのうすぐも　うす雲のむれ　花の薄雲

鱗雲　うろこ雲翼あるもの　うろこ雲高くうすれてわたる月夜のうろこ雲　梢にたかきうろこ雲

風雲（風と雲）　風雲の夜すがら月の

雲の海　雲の海のもなかにありて　雲の海の遠べゆのぼる

く

雲の波　不二をみせじと雲の波　雲の波わけ
雲湧く　野のはてに白き雲湧く　湧く夏雲ぞ　雲の峯湧く夏の日に　雲湧き起る
流れる雲　流れゆく雲は乳色　陽にすきて流らふ雲は
一刷毛　浮いてゐるのは刷毛の雲　一彩毛の雲にかなしき　空ひとはけにはかれたり
細雲　繊雲とほく照しつつ　今細雲の曳き渡し
村雲（にわかに群がり集まる雲）　夏と秋とむら雲分る　しぐれにのこる村雲の月　村雲に吹や野分の
八重雲（幾重もの雲）　八百重の雲は飛ばずとも
夕雲（夕方の雲）　夕雲は色あせゆき　湧ける夕雲しづしづと
横雲　横雲の風にわかるる　横雲に夏の夜あける　峯にわかるる横雲の空　紫にほふ横雲の　横雲わたる
【雲の峰】（入道雲）　海からうまれる雲の峰　雲の峰幾つ崩て　背中にたつや雲峰　恋はしらじな雲の峰
巻積雲　巻積雲にはいるとき　巻積雲のはらわたまで
積雲　積雲も練習船も　積雲の焦げたトンネルも
積乱雲　積乱雲巨船大地より　乱積雲の群像は
立雲　いやな立雲　層む立雲　立雲の怪しくかがやく
夕立雲　夕立雲立つ山や　夕立雲浅間を蹴って　くしくも明き夕立かな　淡墨の夕立雲に

【曇り】　あしたより曇りかさなりて　土の曇りや深けぬらし　桃の花曇りの底に　曇りの午前
朝曇り　朝ぐもる藁屋の庭に　煙やねはう朝ぐもり
曇り空　甍のうへの曇り空　明月の曇り空
曇り日　海すぐそこに動きくもり日　曇日の空気のなかに　曇り日にとぶ鳩も汚れて　曇り日の窓玻璃
潮曇り（海の潮で空が曇る）　鳶を圧せる潮曇り　潮ぐもり春の沖ゆく
梅雨曇り　梅雨ぐもり深くつゞけり
曇天　曇天の池一ぱいに　歎きうたへば曇天のいろ　曇天をとほくくまどる　曇天の淡陽さしたり
日曇（曇り日になること）　このめ春雨鄙曇
【曇る】　何もかも曇つてしまひ　さむき空灰ぐもりつつ　霜曇る市場の屋根を　などやかに空くもりつつ
薄曇る　薄曇る水動かずよ　薄曇る夏の日中は　うすぐもり都のすみれ　指輪の玉のうすぐもり
掻き曇る（くもる）　一天かき曇り　空かきくもり　山かきくもり
掻き暗し（べったりくもって）　影もかきくらし降時雨かな　かきくらしゆく雲見えて　かきくらす涙の雨の

く

との曇る（空一面曇る）　との曇る春のくもりに　降り降らずとの曇る夜は

夕曇る　ゆふぐもる冬菜の畑の　菜の花明り夕曇り

陰る（日が当らなくなる）　霜は降るらし月かげり来ぬ　とうきびにかげろふ軒や　日かげる山あり日あたる山あり

夕陰る（夕方日が陰ること）　夕かげりくるしづけさを　夕かげり早し四五本の竹　五百重山夕かげりきて

【悔しき】　聞くはくやしき名なれども　悔しくも見き父が臨終は　昼のおもひは悔しきに似つ

足摺り（じだんだを踏む）　足ずりて泣けど甲斐なし　足摩り叫び

忌忌し　まつすぐなのがまた忌々し　いまいましくときにいとしく　いまいましげなる顔をして

恨めしき　文を賜はず恨めしや　風うらめしき夕まぐれ

口惜しき　ままならぬ日の口惜しさのみ　口惜しきこと

【倉】　殿のお倉の　蔵住ひ　橋ぎはの醤油並倉

穀倉　穀倉に駆けこみ　穀倉の夕日のほめき

酒蔵　酒倉の強き臭を　酒庫の紋それ〳〵や

土蔵　市場に並ぶ土蔵の　日の脚は土蔵のうへに　うすぐらき土蔵のぞけば　鼠走りて土蔵に入りたり

【暗がり】　暗がりの駅構内　くらがりの水道側の細き路　夕くらがりの梅白さ　真昼をとざす暗がりに

晦冥（光明がとだえて暗がりとなる）　涙つぽい晦冥となり

暗き（暗い所）　くらきより浪寄せて来る　暗きより人よぶ

暗み（暗い所）　角窓の玻璃のくらみを　草のくらみに白き花　真夜の暗みをとほる牛の

暗闇　地面の底のくらやみに　くらやみに蝌蚪の手足が　地下鉄のしばらくとまる暗闇に

木の暗（木が茂りあって暗いこと）　すゞしくとほる木の晩に

薄闇　薄闇のにほやかなりし　薄闇の欄干

小暗き　小暗き庭の　室のをぐらき　広き縁ゆくにをぐらく　をぐらき森の　小暗き風呂に沈みゐる

小暗がり　何をつぶやく小くらがり

仄暗き　かげほのぐらき青海波　仄暗き車灯の影に　仄暗い池の面で　春のほのぐらき朝　鯉の音水ほの闇く

【暗き】　暗き空へと消え行きぬ　五月より昏き眼をして　暗い空から降る雪は　暗きべんちに

暗み（暗いので）　土間くらみ　夜を暗み提灯つけて

暗む（暗くなる）　霧昏むこの街さびし　五月雨そふや一くらみ　暗みぬる生の扉　竹落葉午後の日幽らみ

真暗　まっくらな森　藻でまっくらな　今夜み空はまっ

暗で　クリスマス真つ暗な坂　牛引きいづる真暗闇

暗黒　赤き暗黒破れて　春の夜の暗黒　暗黒への宣戦　暗黒の海　暗黒の森　暗黒を飛ぶ　凪と暗黒　墨の暗黒

暗澹　夕空は暗澹として　背中の夜の暗澹と

幽暗　春が堕ちたる幽暗の　幽暗の底の縞目よ

杳として（暗くてはっきりしない）　杳然とたそがれて来ぬ　杳として春の日照りて　杳として山鳴空へ　杳として水あかりする

【暮らす】　いたづらに明しくらして　何につけてか日を暮らすべき　わが泣き暮らす

恋い暮す　春の長日を恋ひ暮し　長き春日を恋ひや暮さむ　恋ひそ暮らしし雨の降る日を

日暮す（一日をすごす）　てまりつきつゝこのひくらしつ　しきみ［樒］つみつゝこのひくらしつ　川に日くらす

暮し　その日暮しの母と子が　かつがつに生活をりしかば　恃むものなきわれの暮らしに　わが生活楽にならざり

生計（生活手段）　たづき求むと日にやけにけり　たづきに物あらひして　われはたづきにものを書く

用　ありもせぬ用を頼みて　用のある人のごとくに　用の口わづかにきゝて　山をなす用愉しゝも

【比べる】　はる風にちからくらぶる　丹づらふ色にくらぶれば　梅干と皺くらべせん

上無き（この上もない）　炉にくべて上無きものは

こよなき（この上もない）　ひとりこよなき血を滴らす　君がこよなく愛づるなる　月ぞこよなき

たぐう（匹敵する）　嵐にたぐふ鐘の音を　まんじゆさげ蘭に類ひて　手弱女の笑みにたぐへむ

譬える　命を露にたとふるは　君が海を譬ふれば　今はわが身を何にたとへむ　たとふれば赤髪の獅子

【グランド】　真昼のグランド　グランド巡るポプラ並木は

体操　機械体操する少女の　体操の号令をかくる

テニス　ローンテニスの球光る　テニスコートの向ふから

ボール　秋天にボールとどまる　掠めてとべり白きボールは　バスケットボールはずむを摑み

マラソン　マラソン少女髪撥て　月光を浴びてマラソン

野球　ナインも打者も悉く消え　バシと鳴るグローブ

ラグビー　枯草にラグビーの血　ラグビーや球を抱けば

【クリスマス】　窓をもれくるクリスマスの歌　クリスマス馬小屋ありて　シヨーウインドウのクリスマス

降誕祭　降誕祭の窓明り　降誕祭をうらまちぬ　耶蘇

誕生会の宵に

聖夜（せいや）　聖き夜の鐘なかぞらに　聖夜航く　聖夜の菓子を切り頒つ　聖夜讃歌吾が息をもて

【厨】（くりや）台所　厨そこだけ母の領域　夕厨　灯りし春の厨かな　夜の厨年待ち顔に　用なき灯厨に尚ある

庫裏（くり）寺の台所　山寺の庫裏ものうしや　百日紅こぼれて庫裏へ　芋煮て庫裏をつかさどる　代替りなる寺の厨

厨甕（くりやがめ）　寒九の水や厨甕　厨なる甕に水さす　庫裏の酢甕に　厨のかめのうす光る水

厨事（くりやごと）炊事　厨事をへて畠逍遙　艪声きゝつつ厨事　気をひきたてて厨事　厨すむ我を待つ子かな

厨戸（くりやど）　冬はさやかに厨戸にあり　厨戸のとのもの小米花

厨の隅（くりやのすみ）　厨の隅に無花果をはむ

厨辺（くりやべ）　厨べに夜ふけの灯　厨辺にみづ菜田ぜりを　厨辺の桜花の樹のもと　厨辺に死魚ひかるなり

厨女（くりやめ）台所仕事をする女　厨女の白き前掛　厨女らまたむくれをり　厨女房いつしんに働きてあり

厨物（くりやもの）　厨物買ふに事寄せ　くりやの物のにほひ立つ

台所（だいどこ）　台所のミケランゼロよ　蝶の舞ひ込む台所　何事もなき台所　物音絶えし台所　夜長の台所

流し元（ながしもと）　ながしに捜る鯵の骨　葱明りの流し元　横明りなる流し元　手もと休めむながしもと

貧厨（ひんちゅう）　貧厨にドカと位す　貧厨に松茸を焼く

【来る】（くる）**来居る**（きいる）来て居る　物干に来居る鴉は　梅が枝に来ゐる鶯　百鳥の来居て鳴く声　来居る影媛

来向う（きむかう）近づいてくる　春の彼岸の来むかふ山　来向ふ夏は

来まさぬ（きまさぬ）いらっしゃらない　迎へ待つ君は来まさず　打ち絶えて君は来まさず　間遠にあれや君が来まさぬ

来ます（きます）いらっしゃる　思ひの外に君が来ませる

来初む（きそむ）来はじめる　蝶来初めぬ　燕来初てうつくしき

来ませ（きませ）来てね　恋しけば来ませわが背子　月読の光に来ませ　幸く来ませと　わがやどにたづねて来ませ

来（こ）来てね　神のごと君来と呼びて

持て来（もてこ）持って来て　涼しき色の酒もてこ　灯もて来よ　うま酒もて来　水飯持て来

【狂う】（くるう）　輝き狂つてゐた空　黙し居らばこころ狂はむ

狂気（きょうき）　不意にするどい狂気の懼れ　狂気するほどなつかしく　君が狂気のしをらしや

狂乱（きょうらん）　花の稲妻の狂乱に　狂乱怒濤　狂乱となり

狂おしき（くるおしき）心が乱れる　夜ごとのくせぞ狂ほしき　もの狂ほし

やまた君を見る　狂ほしきばかり重き曇に

花に狂う　手向し花に狂ふ蝶　京女花にくるはぬ　咲く花に人はくるひて　向日葵が好きで狂ひて

物狂い（狂気）　春ゆく宵のもの狂ひ　ものぐるひ等は

【苦しき】　苦しき毒を服しける　声あるかぎり苦しさを喚べ　咳き入れば苦しかりけり

重荷　めに見えぬ重荷せおひて　何の重荷ぞ

苦　苦をつゝむ二重回しを　女の苦のはじめ　輪回の苦

苦悶　筍の苦悶むざんや　苦悶の声を

苦しみ　苦しみのみわれのものぞと　わが苦の淀み動かず　守るべきひとりに苦しみて　船酔海に苦しむも

心やましき（辛気な）　心やましき罪にはあらず

娑婆苦（俗世の苦しみ）　娑婆塞ぞよ草の家　娑婆苦より彼岸をねがふ　苦の娑婆の虫なきみちて　娑婆苦の足袋の白かりき

徒労　働きし一日よ徒労　腕くまぬすべて徒労と　あることの徒労と言わん

煩う　煩ひしこそ　のぼりわづらふ五月雨の頃

煩し　あなわづらはしいもとせの道　生きものを飼へば煩なり　煩はしけれ

【くるぶし】　踝深き静塔のあと　踝に沁む春冷の草くるぼしを没しけり

踵　踵小さき幼な武者　我が妻の白き踵の

きびす　花見の踵返しけり　踵返せば来し方の

【車】　車ながらにぬれて行く　むら萩に車のきしる　黒ぬりの車つゞきて　祭の車過てのち

牛車　ごとりごとりと牛車　逢坂こゆる牛車　牛車ゆるく行きつつ　牛車も人も春霞　牛の車の　白牛の車を

小車（小さい車。牛車）　恋の小車絃さらに巻け　小車はしる　小車の跡こそみゆれ　夏の小車　きけば音して帰る小車

女車　女ぐるまの貝ずりに　鳳凰縫ひし出だし衣

自動車　自動車のとまりし音や　自動車のあとの埃の　自動車がぴかぴか通る　自動車疾き音のきこえ来

トラック　トラックにのり貨車にのり　トラックの尾の赤き布　驟雨まだ滴るトラック　疾走するトラックの

バス　登山バス霧がかかれば　登山バスも春水も疾し　尻こそばゆきバスに乗り　バスの棚の夏帽の

幌車　母を乗せ去る幌車　花火やむ夜の幌車

御車（車の美称）　夕かげに人の御車　御車ぞひの

空車　空車しづかに曳けり　空馬車馭して　山を下り来るから車　草場を出づる空ぐるま

車曳 車夫　果実車の車力となつて　こぎゆくや車曳　人力車夫に　車宿に車引き立て

【廓】　廓の裏をゆけばかなしき　伏見の城の捨郭　蛙月夜の廓道　浦の廓の田圃みち　くるわ通ひの小車を

娼家 女郎屋　娼家の灯うつりて　娼家のあかり照りて　あかるきは娼家の明り　娼家の壁が落日に

猪牙 遊里に通う船　猪牙のかげさへ　帰る猪牙

【暮色】 夕暮れの風情　ゆふやけ雲も暮れ色に　藤しづみたる暮の色　沖よりよする暮の色　夕暮色の薔薇の花

暮色　山陰の暮色の屋根は　一簾の暮色は

夕心　夕ごころ人に親しく　夕ごころもて種暦読む　手を洗ひをる夕ごころ　驚きやすき夕ごころかも

夕の色　蟇夕の色に　夕の色にはかにせまる

【紅】 紅色　その花のくれなゐ匂ふ　紅の輪をなす棹に　紅の旗ひるがへり　もみぢ葵のくれなゐふかき

唐紅 渡来した紅　唐くれなゐのけしの花　からくれなゐの壁の蔦　からくれなゐに水くくるとは

臙脂 黒みがかった紅色　臙脂に染める秋のみづうみ　蔦の臙脂のひろごりて　臙脂ほどよくさし給へ　さやかに臙脂の色

紅梅 紅色　青天に紅梅　紅梅襲　かつぎゆく紅梅の衣

紅色　紅燃ゆる花　紅色ささむ　一つ紅さす鰯雲　秋晩く雲に紅さす

血紅色　血紅色の桃の寄りくる　血紅色の入日と

蘇芳色　蘇枋紅梅氷解くる湖　紅梅に蘇芳まじれる　紫荊色の地に没し

濃き紅 濃い紅色　紅梅の濃きくれなゐの　夕栄えの濃きくれなゐを　濃きくれなゐの薔薇を愛で　紅ぞ濃き

真紅　指も真紅に　真紅の花恋へり　わが閨の真紅のあかり　ゆるむつぼみのまくれなゐ　真くれないにて落つる椿

直紅 まっか。一面に赤い　曼珠沙華ひたくれなゐに

【暮れる】　いま暮るゝ海を　暮るれば赤き月出でにけり　障子ぽつとり暮れたり　暮れ際に茜さしたり

暮れ初める 暮れはじめる　藍暮れそむる松むらと

暮れなずむ なかなか暮れない　今日の一日を暮れなづみつつ

暮れ残る なかなか暮れない　暮れ残りたるこすもすの花

暮れ果てて　暮れはてて灯影ともしき　ゆふべ昏れはてて寒くあゆめり　あをぞらながら暮れはて、

暮れ行く　暮れて行くなり彼の連山は　暮れて行く春を惜しむと　暮れゆく人は　やがて真黒に暮れゆかむ

黄昏れる　静かに河はたそがれて行く　舟にたそがれ

く

日が暮れる　ばたばたと日がくれる　人の顔から日の暮る、　日暮るればひとり寂しく　巴里の日は暮るる

夕暮れる　夕暮れてさくら舞ひちる　夕ぐるるまでながめたる　ゆふぐれし机の前に　夕ぐるる磯の明りゆ

【黒髪】　黒髪はなほうつくしと　月光に黒髪炎ゆる　黒かみのみどりは匂ふ　乱れなんとす夜のくろ髪

翡翠　美しい髪　夕日の髪の翡翠の香　翡翠の髪ざし

緑の黒髪　髪をみどりに子の睡り　緑髪肩に波うち

【黒き】　黒き夜が大きく口あけて　待ちて出づれば黒き冬の川　色黒うやせ　色黒き人

青黒き　顔青黒きわざをぎ人と　青黒き樫の繁葉に

か黒き　黒々　か黒き土のふくらみに　かぐろき幹に　か黒き髪に　銀屏風なにかかぐろし

黒黒　黒ぐろと夜を漏れ光る　影はくろぐろ　くろぐろと鴉むらがり　わが子の瞳くろぐろと

漆黒　蝶漆黒の翅をあげて　漆黒の斑が動く虎

真黒　黄金虫は真黒く日輪に　帯も真黒く喪の衣なり　真黒な鉄の汗の　真黒き樹樹を

真っ黒　まつ黒い汽車に乗り　まつくろに岬は遠く

【黒む】　甍黝みて　黝めるみどり　湖にくろめる山のいろも　黒髪も黒みまされる　か黒み光り月の下びに

黒ずむ　青きものくろずみゆけり　黝ずむまでに寒き身があり　夕映の雲くろずめば　薔薇ことごとく黝みて

【軍艦】　軍艦が沈んだ海の　白き軍艦を白うせり

軍船　あめりかびとがいくさ船　戦の船を

艦　艦うごくとき絶壁うごく　艦に米旗　しづかに黒い艦が出る　島かと現れて艦遠く

艟艨　かすみのなかに動く艟艨　艨艟や露に見えて

【群衆】　祭群衆紅葉冷え　落日に群衆が透く　群集の黙せる顔の　群集が叫ぶ口赤し

雑還　雑踏　君に別れて雑還の街

雑踏　華やかな雑踏を　雑踏をつたえ電話の　待合室の雑沓に　都会の大雑踏を　食堂の雑踏の中に

衆人　衆人のさゞめくさまを　衆のなか空の青さを

人混み　人混みの中でひとりぼつち　人混みにまぎれて

人だかり　人だかりには爪だちて　鰯の網に人だかり

人だまり　群集だまり走り出す　夕焼へ群集だまり

人出　浅草もいつぱいの人出　日曜の人出となりし

人通り　表町は夜も人通り　外は十夜の人通り　人通り絶えたる夜更け　大仏みちの人通り

人群 世の人むらは蟻のごと　人ら群がりぎんざを歩く

諸人（多くの人） もろびとの厚きなさけに　橋を行かふ諸人は　諸人のあそぶ今宵に　諸人を誘ひ給ひ

け

【毛】生毛 初毛をなして伸びたつ櫟葉　うぶ毛生えたる長瓢　秀の髄の露の初毛を

冠毛 そよぐ冠毛　冠毛の払子曳く白

逆毛 逆毛吹かるゝ毛虫かな

鬣 胡馬のたてがみ野分して　立髪風になびかなむ　はらら鬣うちなびけ　獅子のたてがみ

柔毛（柔らかな毛） やはらかき猫の柔毛と　おさな子の眉の和毛に　小狐のにこ毛にひゞく

腹毛 驢馬の腹毛は霑れて雫けり　親の腹毛にくぐり入る　腹毛は白くして

冬毛 鹿すでに冬毛に出でゝ

【刑】 君に加ふる半日の刑　乳削ぎの刑に遭はざりしや

死刑 将校らの死刑はいづこにて　断頭の台とかがやき　枷をとられる死刑囚　銃殺の刑了りたり

笞（むち） 虐の罪の鞭は　やはらかき鞭のごとき　百のしもとを打かれて　幽囚の笞の責や

【計画】 我の凍死の計画も延び

あらまし事（予定） 身一つのあらましごとぞ

心積り あれこれと心づもりの

巧む かれの横顔なにも企めぬ　胸底に何やらたくみ　たくみて建てし家ならなくに

企み（謀略） 兇悪の謀計籠めつ　生温るい計画の雨

【稽古】 老いてなほ稽古大事や　けいこ笛田はことごく　小唄の稽古ほん気かな

芸 身に移されし芸すこし　お噺も芸の中なり

手習い 美しき娘の手習や　手習ひせばや冬籠り　竹ぎれで手習ひをする　少女にかへり手ならひぞする

習う 走るいなづま字を習ふ　仮名書習ふ

【傾斜】 負ひ馴れしこの道この傾斜　日輪をころがしてゐる傾斜　傾斜にもたれ

勾配 汽車降りゆきぬ急勾配を　急勾配の濃小豆の屋根

なぞえ（傾斜） 南むく山のなぞへ　傾斜の路ゆけば　岩山の傾斜のはしに　砂丘のなぞへの畑の

斜（傾斜） 山なだり打ち伏し靡く　山ひと山なだりとよもし　山のなだりの　月夜あかりの草山傾斜

なだり路（傾斜道） 南おもてのなだり路の　路はなだらに

【警報】 台風来の警報を　岡の上の警報球は

警笛 除夜たのし警笛とほく　警笛は夜天に鳴れど

サイレン サイレンの棲む海に溺れる　寒のサイレン尾を曳きずる　サイレン鳴る　あゝ十二時のサイレンだ

早鐘 乱打して緊急を告げる鐘 凩に早鐘つくや　薄暮の早鐘ららと　早鐘ききて馳せ出でし　秋出水早鐘つひに

呼子 合図の笛 鄙びたる鋭き呼子　呼子笛霧ごもりつつ　ほこり立つ中に呼子を

【毛皮】 かはいさうにも毛皮となつて

革 獣の皮の敷かれたる　革臭く皮財布　かたき皮をば

皮衣 銀のきつねの皮ごろも　さうさぎの毛の裘衣　ぬかづくは豹のかはごろも

毛衣 栗鼠の毛衣脱ぎすてて　綾に包める毛衣に　毛裘をなほ厚く被て

【劇場】 劇場のベルは眠りの中に

楽屋 都踊りの楽屋より　ちひさなる楽屋窓より

舞台 春寒の舞台稽古や　蝶一ツ舞台せましと　舞台に立つドーランの顔　舞台裏にて眼つむり憩ふ

幕間 幕合ひの人ながれくる　幕あいに食べぬと

【景色】 み山のすその風のけしきに　近づいて来る景色　砂川の白き景色の　河内が暮れてゆく景色

景 余日媚景は麗しく　朝曇　蓮咲く景を　蝶蝶が描く風の点景を

眺望 かはたれのそらの眺望の　銀杏もみぢの遠眺め　いつ春去りし眺めかな　眺望よき小山に登り

パノラマ 森羅万象のパノラマなんだ　都会の鳥瞰景　風と雲との大景観の

風色 風色悲し　風景は褪色し

夕景色 松の畷の夕景色　ミレが絵に似る夕景色かな

秋景色 はつ秋の真菰の景の　禅庭は秋景にて

夏景色 左右に残る夏景色　夏の日の驕の景色

春景色 春もやゝけしきとゝのふ　遠景えたり春惜む

【化粧】 化粧つかれの瞳を落す　送火いそぐ化粧かな　更くる夜の化粧はさむし　なまめき化粧じて

象る 黒髪は夜にかたどりて　おん顔は昼にかたどる

化粧室 化粧室にひき　化粧室出しなに

化粧 けはひしてばらに水やる　化粧に染まり

化粧う 看護の暇に化粧へるわれぞ　こゝろよく寂しく

けはふ けはひせぬ顔のしたしさ　化粧ふれば

作る おめかしする つくらざるはすべて目やすし　華やかにつくれど　形づくりもいたづらにして

繕う（装う）髪をつくらふうしろかげ　いたうつくろひ

粉黛（おしろいとまゆずみ。転じて化粧）粉黛の仮といのちのある人と

装い（装い化粧）桃李のよそほひ　メーキアップ粧ひやりし子の顔　よそほひもつつましくして

装う（化粧する）粧はずしてもの書きふける

朝鏡（朝化粧）霧にとられし朝鏡　朝な〳〵むかふ鏡の

朝化粧　朝げはひする円窓に　粧羞づる朝の星の

夕化粧　夕粧ひて暖簾くゞれば　化粧する夕映に　旅宿に夕化粧する

厚白粉　おしろいあつき舞姫の　おしろひの厚き化粧に

薄化粧　うすけはい昨宵のままにて　こよひは君の薄化粧　ゆふべの薄化粧

初鏡（新年初めての化粧）初鏡娘のあとに　初化粧すみし鏡に　初かゞみ眉の白髪を　御慶申さん初かゞみ

夕鏡（夕化粧）かたちつくろふ夕かがみ　顔よせ粧る夕鏡

【下駄】　湯島の坂を吾妻下駄　下駄鳴らしけり夜の雪　からころと下駄の音も　うす雪かゝる竹の割下駄

駒下駄　あゆみはゆるき駒下駄の　赤き駒下駄

雪駄　雪駄ものうく　雪駄ひきずる真昼どき

高足駄　鰒ひつさげて高足駄　比叡の法師の高足駄かも

庭下駄　箱の如き庭下駄のあり　湯上りの庭下駄軽し

塗下駄　素足して塗下駄をはく　塗り下駄に妹が素足や

鼻緒　ゆるびたる下駄の鼻緒の　ぷつりと鼻緒が切れた足にやゝかたき鼻緒の　赤き緒の下駄など欲しと

木履　すりゆがめたる旅の木履　黒ぬりのかろき木履の

宿下駄　曲がつた宿の下駄はいて

【懈怠】（怠惰）懈怠の心目をとぢにけり　まぎれ入りぬる懈怠の陰　生くることにけたい覚えし　懈怠やありて風邪ひきし

怠る　怠りし返事かく日や　怠りのありと思はず　子どもらの怠りを叱り　おこたりてくさになりゆく

怠惰　夢と怠惰の賓客となる　噴泉の怠惰のやうなうつくしい怠惰な色も　怠惰の窓の中から

たゆむ　長き旅路にたゆみはてずや　たゆむおぼえて楫の音もたゆみがちなる

懶惰　懶惰なるわが血と　われの懶惰の血のなやましさ

【気だるき】　気だるき肉と今はなりつも　寂としてゐるけだるさに

腕弛し　青あらしかいだるげなる　身はかいだるし

懈き　懈さこらへて朝の飯はむ　熱き身とたゆき手足を

け

水ぐるまたゆき音して　疲れてたゆきこほろぎの声

弛げに　病める子はたゆげに眠る　まゆもたゆげなる眼眸たゆげに　曲もたゆげに　たゆげなる浪の嘆き

【気配】　日のけはひして鳥鳴きにけり　夜のけはひの水にほのかに　門のあたり人けはひすと

風の色　風の趣　さつきの風の色　垣にからまる風のいろ　風いろの陸の露台に

気色　様子　やがて死ぬけしきは見えず　気色をばあやめて人の　忍ぶ気色やしるからん　秋のけしきの畑みる客

様　青き果食らふ人のさまみゆ　離心抱ける友のさま　電子うごく世界のさまを

じもの　～のように　犬じもの道に臥してや　鴨じもの浮寝をすれば　馬じもの立ちて躓く　猪鹿じもの膝折り伏せ

【煙】　真太なる黒煙を曳き　煙は空に身をすさび　渓に煙の沈みたる見ゆ

朝煙　月に在所の朝けぶり　朝けぶり立つ野良見れば

夕煙　夕方の煙　浅間の夕けぶり　紫煙草舎の夕けむり　をりたく柴の夕けぶり

炊煙　炊事の煙　夕陽の丘か炊煙か　屋根石に炊煙洩るゝ　煙は里のかしぎ時なり　飯焚く煙草を這ふ

煙突　煙突ばかりが伸びあがるなり　煙突の黄なる鉱石船　ふかふか煙突煙吐いて　煙突の煙　あたらし

煙突　煙の出口　雪消日和の煙出し　けむりを吐かぬ煙突　意気なホテルの煙突に

【煙る】　沖より空もけむりそめ　塵けむるちまたに

けぶる　ぼんやりかすむ　萌黄の芽ぶきけぶりつつ　霜けぶる畑の朝日に　とうふのけぶる春の雨　山湯のけぶる野分哉

燻す　藍を燻して　新妻の燻して　燻し空には

燻る　冬日地に燻り　硝子のやねは燻ぶりて

燻る　くすぶる　蠟の火と懺悔のくゆり　紅き夜の灯に蒸し薫ゆる　蚊遣火のくゆり残れる

燻る　くすぶる　朝霧にふすべられけり　柴たきふすべ　煙たつ軒にふすぼる　湯けぶりにふすぼりもせぬ

【獣】　獣らの重き起伏　射とめられた小さい野獣　野の獣こそ迷ふなれ　獣と人の間にまよひて

獣　風の夜はけだものどもに　けだものの爪反る　けだものどもはもう知つてゐる　物を言ふけだものどもと

獣の香　手にのこるけだものの香の　けだものの強きにほひに　けだものの香のけうとさは

牙　牙の如くに氷柱は険し　秋といふ生ものの牙　牙を

鳴らして　牙を研ぎ　牙歯もて肉を食ひ裂くとも

牙　青き炎を牙に噛めば　牙喫み建びて

冬眠　冬眠出来ぬ熊の目が　冬眠の森ゆり覚ます　冬眠の畑土撫でて　恋心底に冬眠す　冬眠の蛙へせまる

足掻（前足でかく）　吾が馬の足掻の水に

足跡　鶏の肢跡のある　四方に獣の足の跡　古いけものの足痕を　さやかなる足の跡残して

前脚　青龍の前脚　前脚の既に生えたるおたまじやくし

獣道（獣が通う道）　獣の道せまし　けものの通る路を

【快楽】　快楽の如くに今は狎らしつ　快楽の鼓野にうてば　快楽の肩を　快楽の外宗徒　一切の快楽を尽し

逸楽　夢の撓えの逸楽は　逸楽の時はをはりぬ

歓楽　歓楽を追ふ子のなかに　歓楽の墓のごとくに　歓楽のかなしみの灯を　歓楽の穂のひとつだに

【蹴る】　胎児蹴ル　あらしを蹴りて　大寒の猫蹴つて出づ　地を蹴つて攫む鉄棒　夕立雲浅間を蹴つて

足蹴　焼夷弾の筒を足蹴に　颱風が足蹴にかけし

蹴散らす　颶風は家を蹴散らし

蹴鞠　蹴る鞠のそれてかげろふ　鞠蹴させ給ひける

【険しき】（荒々しい）　けはしく啼ける鴉かな　世は険し

生計の険しきからに　たち還る朝の険しく　磯にをる波の険しく

険しみ（険しいので）　嶽を険しみと　山を険しみ

心険し　嫁にむかふけはしきこころ

心錆びる　心は錆びて紫色をしてゐる　老いたる親のその錆心

険しき山　険しき山のとりどころには

【建材】鉄骨　鳴りひびく鉄骨の上を　鉄骨の影切る地に　土に鉄骨ある五月　焼けたゞれたる鉄骨が　鉄骨に夜々の星座の　鉄骨林に火の鋲とぶ

鉄板　錆は鉄板に食ひつけども　鉄板を踏めば叫ぶや　鉄板に息やわらかき

赤煉瓦　大講堂の赤煉瓦　赤煉瓦遠くつづける　赤煉瓦くろずみてたつ　赤煉瓦ただぐらぐらと

煉瓦　煉瓦の家のならびゐる街　煉瓦干されて赫々してゐた　気象学の煉瓦室建ち

セメント　セメント袋石と化し　セメントを運び来し馬が

タイル　白きタイルを潔めつつ　薄暮のタイルに冷えゐつ

亜鉛　小さい平屋の亜鉛屋根に　亜鉛の塀の下にして

鉄葉　ブリキの屋根に月映る　薄鉄葉切る鋏の音と

ぶりきのお馬は　ぶりきの騎兵に　鉄葉（ブリキ）の台へ

ペンキ　ペンキ厚くて　塗りたての白ペンキ竿　ペンキの匂ふ　赤ペンキの田舎写真館　おのれもペンキぬりたてか

【幻獣】怪鳥　怪鳥あまたとべる画のあり

火龍（火の中に住む）　火龍の走る花火かな　火龍（サラマンドラ）を火中に見たのは　火を吹く龍が

蛟（想像上の動物）　蛟龍とり来む剣太刀もが　蛟と竜とは　そら舞のぼる蛟龍の　蛟龍飛びぬ淵の外

麒麟　白蘭の園に麒麟を　麒麟の舌は何か黒かりき　孔子の時に麒麟出づ　鳳凰やきりんが出ると

天馬（ペガサス）　白い天馬が翅のべて　天馬に乗らん　天馬空を行く　雲を駆け行く天の馬　白い天馬が

人魚　あれは人魚ではないのです　陸に迷へる人魚の少女　海に人魚の歌ふ夜や　人魚のくにの　人魚の唄

貘（人の悪夢を食うといわれる）　わが奥底に貘は夢食ふ

八咫烏（太陽の中にいると想像された三本足の鳥）　八咫鴉空に舞ひ出で

【原爆】　鮪は原爆を憎み　原爆に死し

死の灰（放射性物質）　死の灰や砂噴き上げて　死の灰雲

水爆　水爆禁止訴えざる首相の声　水爆の怖れに生きて

被爆者　広島の被爆者またひとり死す　また広島の被爆者の死と

放射能　放射能もつ魚となり漂はむ　放射能魚廃棄の記事を　ビキニの灰をかぶっていると

【幻滅】　冬の日の幻滅（ジスイリュジョン）　幻滅の路

絶望　絶望の底より　絶望に似てかなしみ来たる

こ

【弧】（アーチ）　青くて円い天の弧の　煉瓦の穹窿（アーチ）　鉄橋の弧線に　銀河弧をなせり

穹窿（アーチ形。弓形。大空）　円蓋も大穹窿も　穹窿ニミナギリ亙ス　穹窿の空の上　かがやく穹窿や

弧を描く　ただ一羽弧は描けど　描きて沈む弧のかなし　斜めに弧線をゑがく

【蚕】（かいこ）　ちひさき蚕らの優眉に　たらちねの母が飼ふ蚕の　蚕があみし繭　蚕らや静かに桑食みて　蚕の繭のごと　御蚕の宿　いさゝかの蚕してゐる

桑子（かいこ）　桑子まだ二眠を過ぎず

蚕飼（養蚕）　山は蚕飼の季むかふ　なやにゐてこがひする子の　蚕飼せはしき　ゆふぐらき蚕飼の部屋に

蚕時（蚕をかう時）　新室の蚕時に到れば　夏の蚕どきの

蚕部屋　蚕部屋より桑のにほひの　灯ともりて蚕屋のまたある　蚕屋の二階は閉したる　飼屋が下の蟇

秋蚕（あきご）　障子の中に飼ふ秋蚕　母が飼ふ秋蚕の匂ひ
蚕棚（こだな）　蚕棚守る行灯くらし　ほの〲白き蚕棚
捨蚕（すてご）　病気の蚕　這上りたる捨蚕かな　道の辺に捨蚕の白さ
夏蚕（なつご）　夏の蚕はいまだ稚なし
春蚕（はるご）　春の蚕飼ふと少女なりけり　春の蚕上げぬ
【子】吾子（あこ）　吾子を忘れて幾時か経し　吾子呼ぶ声す
吾子も日毎に　ありし日の吾児がおもみの
我が子（わがこ）　ポニーテールの髪のわが娘と　陽にあそぶわが
子と　我が子を土に葬りはてけり　いみじき我が子
幼き人（おさなひと）　朝戸出に幼きものを携て　をさなきを二人つれ
幼子（おさなご）　稚児の小さき足音　汽車に疲れたる幼子の　背
中にをどる幼子の　わが笑めば幼児も笑む　幼児揺る
稚児（ちご）　稚児ひとり恐怖をしらず　児たち並ぶ堂の縁
稚児の泣声なほ残る　児の額の薄粧
孤児（こじ）　孤児と医師の野球　孤児がナイフで壁に彫る
みなし児　血族をたづねてあるくみなし児の
髫（うない）　これなる童髫牛若が　うなゐらが犬よび立て、
黒髪のうなゐふたりが　うなゐらの遊べる中を
童子（どうじ）　はだか童子は潮にぬれて来　桜の童子ねぶりたり
童（わらわ）　こども　わらはのひろふ小田のこぼれ羽　童の一人　木
登りするや童達
【碁】　碁にいきしにをわするらん　碁うちを送るきぬ
〲の月　山寺は碁の秋
碁石（ごいし）　盛り崩す碁石の音の　奥や碁を打つ石の音　碁石
うちゐつ　碁石の笥
碁敵（ごがたき）　碁の相手　碁がたきは　碁いさかひ二人しらける
【恋】　ある限り与ふる恋の　卵の殻に似たる恋　恋の埴
数あるなかの　あまたの恋を持つ君を　詩の子恋の子
懸想（けそう）　恋すること　二十とせを懸想になきし
恋風（こいかぜ）　恋の切なさ　恋風は重いものかな　恋風はどこを吹たぞ
恋草（こいぐさ）　古井のかげの恋草や　夕は萌ゆる恋草の
恋心（こいごころ）　あはれやさびしこのこひごころ　わが恋心恐れ気
もなし　からびたる我が恋心　恋の心のおもむく如し
恋衣（こいごろも）　心からはなれない恋　恋衣こき紅に　しとゞ濡れたる恋衣　有
りて年ふるわが恋ごろも　こひの薄衣
恋路（こいじ）　とはの恋路はそこにあり　恋路にまどふ　恋路
のやみに　野路は恋路に　かかる恋路に入りそめて
恋の味（こいのあじ）　恋の味酢に似たりとぞ　恋の味なり蕗の薹
恋の血汐を味はん　昨日の恋の味に似たれば
恋の色（こいのいろ）　恋はすみれの紫に　味気なき恋の色彩

こ

恋の道 たゞあやにくの恋の道　くるもつれなき恋の道　恋の道はろかなる　ただ一筋の恋の道

恋物語 いにしへの恋物語　恋物語つくり終りけり　忍びねのこひものがたり　君に聴く恋ものがたり

恋い渡る（恋い続ける） たふとき人に恋ひわたるかも　世にあらはれて恋やわたらむ　人に知らえず恋ひ渡るかも

妻恋う（夫婦が相手を想う） 夫恋へば吾に死ねよと

妻恋う鹿（妻が恋しい） 妻恋ひに鹿鳴かむ山ぞ　鹿の妻恋ふ奈良の夜すがら　つまこふる鹿の音きこゆ

初恋 まだ初恋のまじりなく　初恋のごとよそほへる子と　初恋のいたみを遠く　初恋の清き傷手に

我が恋 けおされがちのわが恋や　わが恋は闇夜に似たる　わが恋はみだるるうしほ　わが恋を葬らばやと

恋敵 恋敵をいぢめにいぢめ　恋敵おんなじ詩集

恋籠る（恋心を隠す） 籠り恋ひ息づき渡り

【恋歌】 御空の星の恋の歌　友の恋歌矢ぐるまの花　いひかはしたる恋のよみ歌　昼小暗きに恋歌詠む

返し歌 君へかへしの歌得むと　花の夜あけに似る返し書く　返歌なき青女房よ

相聞歌 相聞の歌くちずさみ　相聞の歌のこと書けば

【恋ざめ】（恋の熱が薄らぐ） さめたる恋を弄ぶ人　恋ざめし子をいたはりて　醒めたる恋の不実は問ふな

恋ざめ心 おそろしき恋ざめごころ　はぢかれてゐる恋ざめこころ　恋ざめ男　恋ざめ女

恋の終り わが恋の終りゆくころ　恋のひとつを終りたる　女の恋のその終り　恋終る

恋を捨てる 恋すてし子は北海にゆく　行く水に恋を流して　恋の破譜を吹きすてゝ

失恋 恋失ひし暗のなか　恋二つ三つ失ひし間に　恋に敗けては酒肆に走りゆく　失恋の果を河豚食ふ

【小石】 小石つめたき火を発す　蛍火のこぼれて小石　小石もふかく苔の生したり　沈透く小石のゆらゆらに

さざれ さざれに交る白き石を　さゞれふむ小鳥の声も　たにがはのそこのさざれに

礫 黒き鳥つぶての如く　つぶてのごとき一羽かな　橡の実のつぶて颪や　礫よく水をすべるよ

【恋し】 かなしや恋ひし　かゝる夜はそゞろに恋ひし　火のつくごとく君恋し　光こひしき冬とはなりぬ

恋し（恋しの古形） 赤み恋しき月円くあり　若き女を恋へば恋ほしき　わが子こほしも

家恋し　わが馬なづむ家恋ふらしも　家恋ひ居らむ
海恋し　鵯鳥は海が恋しと
親恋し　恋しき親の顔知らず　親が恋しく海へ来たのか
子を恋う　こをこふる　子を恋ひつつも　子を思ふ道に
母恋し　額しろじろと母を恋ひ　母こひし夕山桜
人恋し　仇とにくみし人もこひしき　またさしぐみて人恋しけれ　またじとおもへど人ぞ恋しき
酒恋し　午たけて酒こほしかも　酒の香の恋しき日なり　酒ばかり恋しきは無し　炉端の酒の恋しさに
水恋し　水をこひてや鴨し啼らし　水恋ふる蛙
昔恋し　昔恋しき紙衣かな　昔を恋ふる
物恋し　旅にして物恋しきに　独居のものこほしきに
山恋し　立ちて遠山恋ひにけり　山恋ひごころおさへかねつも　山の少女は山を恋ふ　山が恋しくて山に来ぬ

【恋する】　許されぬ人に恋ひつつ　太刀佩て恋する雛ぞ　恋することのつたなさの　巫女に狐恋する
恋い恋う 絶えず恋い慕う　恋ひ恋ひければ夢うつつ　恋ひ恋ひて死なむもよしや　けふもうたふよ恋ひ恋ふる歌
恋う　君を恋ふ　七夕恋ふる小傾城　わが恋ふる人
人恋う　人恋うる思いはるけし　恋ふべからざる人を恋ひ　人恋ふる眼の　入日にぬれてひとを恋ふ
逢い初める　まだあひそめぬ恋するものを
恋を知る　恋を知る日は遠からじ　恋をみづから知らずして　知らえぬ恋は　恋を知る日は遠からじ

【恋に死ぬ】　恋をしながら死にて行かまし　恋に死ぬ意気地もあらぬ　こがれてこよひわれ死なむ
思い死ぬ　思ひ死をば遂げんとすらん
恋死　落日のごと恋ひ死にも得ば　恋死の春
恋塚 恋に死んだ人の墓　恋塚や女竹ひよろひよろ
恋に朽ちる 恋焦がれて死ぬ　恋に朽ぬは角ばかり
恋の屍　恋の木乃伊と　いとうづたかし恋の屍

【鯉幟】　緑恋しと鯉幟　鯉幟牡丹ばたけに　ひくくちひさき鯉のぼり　さつきの鯉の風に鳴る音
紙幟　五月にかざれ紙幟　朱紙の鯉なかぞらにして
幟　立ち競ふ幟の数や　さつき幟のひるがへり　あとゝりできし幟かな
矢車　矢車の音落つる下　矢ぐるまの音にも泪　矢車に子心となる　蕎麦啜る矢車の音

【恋人】　花摘み語る恋人の　初恋人のおくつきに　恋する人に　覚めよ恋人　古恋人をおもふ水上

こ

愛しき人　愛しきひとの瞳黒く
思人　水にさゝやく思人しらじ　思はれし子は妻となり
思者　卯の花垣の妾　入道殿のおもひもの
思う人　想ふべき人もなければ
恋しき人　恋しき人を見初めつる
愁人　愁人面上に黒子あり　愁人の胸のおもひに
遠人　清きやつれも秘めぬ遠人　遠人のほのに息づく　遠人の心し思へば　ほのぼのと遠びと思へば
待人　待人の足音遠き　待人入し小御門の鎰　やさしい待びとのすがたが　待人もあらじと思ふ
【恋文】　恋文めける文に泣きたり　生ぬるき恋の文かな　恋文めきて手紙かく　蔵にかくれて恋の文書く
懸想文　たよりなき色や懸想文
恋の文殻　わが家の恋の文がら
角文字　恋文　角文字のいざ月もよし
百束　百束の文をわが手に
【恋病】　恋のやまひをする人の　みまかりぬ、恋やみに
思い痩せる　わが故に思ひな痩せそ　物思ひ痩せぬ
恋痛き　恋痛きわが背いで通ひ来ね
苦しき恋　恋ひば苦しも　苦しき恋をになひたる　辛き恋をもわれはするかも　犬の恋の楽園苦園
恋やつれ　さきに恋ひさきにおとろへ　恋のやつれを
恋闇　見ぬ恋にまよふ闇路かな　わが恋は闇夜に似たる
【香】　うつせみと香の銘さへ　香きく風の　袖香炉
掛香　柱に掛けた香料　母がせし掛香とかや
薫香　青ざめし薫香を　薫香の風の扇を　薫香の川から　大気の薫香を　夢の燻香
香木　よいかおりの木　香木の髄香る　香木の髄の膏を
香油　髪の香油のかをる夜ぞ　ひそやかに香油かをれる
乳香　乳香の水したたらす　乳の香も薫ゆり
名香　仏前にたく香　名香かをる池なれば　名香なびき
薬香　水面には薬香にほふ　命尽きて薬香さむく
香の物　かおりのある物　香の物焚きさし
伽羅の香　伽羅くさき風が吹く也　伽羅の香をおのが羽に塗る　伽羅の香もいつか忘れぬ
麝香　麝香のふくろ　漢薬麝香しみにけり　ちと麝香などにほひたる　麝香の香に　雲の麝香よ
沈の香　沈の香しづみ　沈の香はゆらぐなり　沈の香はそよろぎぬ　空炷の沈の香さやに
蘭麝　蘭の花と麝香の香　蘭麝に香る石の唐櫃

こ

オーデコロン　オーデコロンの雫　オードコロンの匂ひ
香水　香水の香のそこはかとなき　香水を手巾に撒きて　香水の匂ひにひたる　香水の霧かんばしく
【小魚】　藻がくれに小魚よ眠れ　追れてのぼる小魚哉　みなそこに小魚は疾し
小魚　寒の小魚とるいとなみ　小魚はすぐに友だちになる
雑魚　上げ潮におさるゝ雑魚　雑魚にまじりし鱸哉　皿ひとひらの美しき雑魚　雑魚と煮ゆるや
狭物（小さい魚）　海のさ物の　鰭の狭物さわに獲られよ
漉舎人（小魚をすくいとる舎人）　小魚漉舎人がり　海老漉舎人は
【郊外】　初夏の午後の郊外に出づ　ウヰンの市の郊外に
場末　場末の居酒屋に　町の場末をふる粉雪
町外れ　盥をこぼす町外れ　あひびきをせし町はづれ
都外れ　雛祭る都はづれや　京のはづれの辻角力
里外れ　さとはづれまばらに家も
棒鼻（宿場のはずれ）　棒鼻より三里と答ふ
村外れ　村のはづれの苔清水　村はづれ緋桃花さく　村の外れの媼にきく　牛が草食む村はずれ
【広告灯】　広告灯がぱち〳〵してゐた
ネオン　空へネオンの咲きのぼる　ネオンの灯濡らしている空は　ネオン街沈みて夕陽　ネオンの骸にしぐれゐる
アドバルン　広告風船は高く揚りて　広告気球
広告塔　広告塔のあかく青く　仁丹の広告塔が
【工事】　その線の工事了りて　町掘りかへす工事かな
工夫　旧きを毀つ工夫等は　架線工夫に翼なし　工夫のむれはなほ働けり　声高に若き工夫は
シャベル　石炭にシャベル突つ立つ　砂利くづすシャベルの音が　砂利に挑むシャベルの響き
鶴嘴　鶴嘴を打つ群をおそるゝ　道路工夫の鶴嘴ひかる　炎天に鶴尖ひとつ　片時やめぬつるはしの音
畚　炎天にもつこかつぎの　畚の乳子に月あかり
【豪奢】　濃き天には豪奢をちりばめ　豪奢なる五月に　豪奢に身をばうしなひ　空の豪奢に
華奢　華奢をつくせし　昔おぼえし華奢のため　華奢のきはみの絵模様に　寂しさを華奢の一つに
【鉱物】鉛　錆びてゆく鉛の悔　冬霧の鉛の浜に　鉛の質の夕ぐれの雲　腕に鉛を　鉛の雲の　鉛のごとし
水銀　ああ水銀のおもたさよ　水銀柱窓にくだけて　みづがねのごとくにしめやか
硫黄　蘆の湯の硫黄のにほひ　硫黄に染みぬ櫛形の月

硫黄溶くる湯はしろじろと　硫黄採る小屋

雲母　魚族追ふ雲母岩の光

錫　錫となり銀となり　朝日涼しや錫の鉢　錫徳利

【興奮】　哀しき興奮のみ　わが心興奮したる　心の興奮　なほ興奮ひ泣く

高ぶり心　高ぶり心われを食み去る　雌獅子の如くこころ昂る　ゆるされがたきたかぶりごころ

滾つ心　たぎつ心を堰きぞかねつる　たぎつこころを誰にかも　たぎつ瀬のはやき心を

【声】　声おりかへせ春の風　壁のむかうの声ならぬこゑ　日の声雲の声　樹々の声　清らかでうるわしい声

声が透る　日にけに透る童らがこゑ　ほそくとほりて真澄むこゑ何　ほがらにとほるこゑのさびしさ

玉の声　真珠ころがす汝が声に　玉の声ともさゆるかな

御声　経にわかき僧のみこゑの　みほとけの清きみこゑ

音声　落居たる其音声の　梵音声を驚かし

声声　幼き声々大仏殿に　あまのをみなのあぐるこゑごゑ

声尻（声の終わりの方）　声尻の風にながれて　声の尻ひく

声する　山深うして犬のこゑする　はつ雁の声するかたは　野馬の声する　人の声する垣の闇

錆声　水夫のならひの錆声もよし

嗄れ声（声が嗄れる）　軟体動物のしやがれ声にも　皺嗄ごゑも　訴ふるわが声嗄れて

尻声（ながくあとに引く声）　尻声悲し夜の鹿　尻声高く名乗すて

濁声　ののしる馭者の濁声も　雁の声ほど濁りたり　海豚をあざむ濁ごゑか　拡声器の濁み声

尖り声　鑓戸の口やとがりごゑ　工場の笛とがり声して

喉太　咽喉ふとき烏が道に　喉ぶとの汽笛諸方に

顫え声　顫へごゑ　声を顫はす　顫はす声も

一声　ほとゝぎす其一声の　一こゑをかけまくほしく　一声の汽笛の音が

夜声（夜中にひびく声）　名に負ふ夜声いちしろく　竹の夜声の

【肥】　肥打つて棚田しづかや　蜘蛛が巣かけし肥柄杓　肥のにほひも枯れにけり　新畠の糞もおちつく

肥やす　さくらをこやす花の塵　今年も春は土肥やし

寒肥　寒肥まく貧の小走り　寒肥を撒く小走りに

堆肥　堆肥の匂ひうら悲し

肥料　汗が肥料やキャベツ巻く　肥料斟む爺の頰かむり

干鰯　干鰮はくさし　吹ちらしたる干鰯市

肥桶　背負う肥一桶　肥桶を洗ふ水辺や

肥車（肥えを運ぶ車）　青炎天の肥車　都大路を肥ぐるま

肥舟　下肥の舟曳くならし　宇治の糞船さしつれて

【小枝】小枝　山吹のさ枝をり〳〵　黄葉のさ枝　なよ竹の千々のさ枝の　茂みさ枝の色のてこらさ

楚（細枝）　楚取る里長が声は　桃のしもとの手づか杖

楚　今年生えたる梅楚

【越える】　遠鳴の風山越えて　幾山河越えさり行かば　夏河を越すうれしさよ

越し　山吹ごしに人のあり　壁越しの媼が声は

峰越し　峰越の風をしのぎつゝ　花吹き具して峯越ゆる

山越え　志賀の山越湖見えて　幾重ともなく山越えて

【肥える】　芋の如肥えて血うすき　肥肉にして　肥太り脂づきたる　厚肥えたるを　健かに肥えたるをみな

肥る　女主人がふとりたる　あこの顔まろみふとりて　葉に照るほどに月ふとり

肉置　ししおきのゆたかなりけり　肉置厚き喉袋

肉太（肉付きが良い）　肉太に咲きたる花の　肉太の師の

太腹　太腹をゆらら揺すりて　黒毛の駒の太腹に

【氷】　氷骨は断え　鈍重な氷のうめきは　瓶割るゝ夜の氷の　凍つや解くるや氷と波

氷　厚き氷の　氷に凝る　氷の湖の　氷にさえわたる

厚氷　厚氷棹にくだきて　胡地の皐月の厚氷

樹氷　樹氷林ホテルのけぶり　旅の背をかがめる樹氷

初氷（その冬初めて氷が張ること）　すそわの田井の初氷

花氷（氷柱）　みどりを籠めて花氷　通夜の灯うるむ花氷　花氷おびんづる程撫でられる

氷上　氷上の積藁に　氷上に霰こぼして　氷上を犬駆ける　氷上に象形文字

氷雪　北の国なる氷雪を　都大路の氷雪を

氷霧　コバルト山地の氷霧のなかで

氷紋　氷紋の美しき日は

【氷】（食用）　氷はこぶ車の雫　けづりひをすゑて　氷入れしつめたき水に　氷食む日と

夏氷　かちんかちんと夏氷　夏氷童女の掌にて　夏氷つる家のかどに　夏氷掻くや白雪

氷水（かき氷）　五臓六腑や氷水　ひしとつめたし氷水

氷水（かき氷）　氷水の硝子杯　氷水召し　氷水のがらすの匙音

氷塊　病院の奥へ氷塊　踏切に秋の氷塊

氷片　蜂蜜に透く氷片も　一かけの氷に似たる

氷売　氷売りのこゑ廊下に高し　暑中氷売

氷店(こおりみせ)　よき人居たり氷店　夏痩せをする氷店

【木陰】(こかげ)　人が憩ふ樹かげの薫り　美しき木陰をつくれ
樹陰なるわが憩ひ石　樹陰に立てば

木下(こした)　春雨のこしたにつたふ　木下いそげば

下陰(したかげ)　草いきれする下かげに　魚の寄る藻の下かげや

樹影(じゅえい)　濃いい樹影が　春寒の樹影遠ざけ

緑陰(りょくいん)　夏の緑の木陰　鈴懸の緑陰よろし　大緑陰の緑の馬　大緑陰を支へたり　緑陰に三人の老婆　緑陰を出れば

【五月】(ごがつ)　陰暦五月　五月の空は朝焼けにけり　崩れぬべきぞ五月の桜　鴉吹き上げ五月の風　聖五月　船首に五月の闇　五月の朝の窓開け放つ

皐月(さつき)　いつのまにさつき来ぬらむ　皐月は悲しもの思ふ

母の日(ははのひ)　母の日も母は常のごとくに　母の日の母は

【焦がれる】　こがれて逢ひに来しものを　こがれてものを思ふなりけり　身も霊も薫りこがるる

恋い狂う(こいくるう)　火をも喰ふと恋ひくるひ　恋ひ狂ふ子の

恋泣く(こいなく)　こひ泣きになく　池の蛙のこひになくらん　花かげにゆきてこひを泣きぬ

恋の火(こいのひ)　恋の火焚けば　男の恋の燐の火は　恋は驕りに添ひて燃えし火　恋の火炎に　恋ひ燃ゆる身を

恋増さる(こいまさる)　恋心がつのる　日にけに人の恋しさ増ぬ　片恋ゆゑにいや恋まさる　見て後にそも恋ひまさりけり

燃える(もえる)　若い娘は皆身が燃える　燃えむとするかれの素直を　燃えて思へど　燃ゆるわが恋

【濃き】　八手濃き雨　夜々に濃し　銀河濃し　桜濃し　仰げば雨の　菜の花は濃く　色濃き梅を

濃き色(こきいろ)　濃きいろに溶けなづむごとく　濃き彩にしてとどまれず　霞いろこきむさしのゝ原

濃かさ(こまかさ)　東京湾の浪の濃かさ　野に敷く草の花の濃かさ

濃やか(こまやか)　色の濃いさま　こまやかな雨の雫や　樹のゆふばえのこまやかに　吹く風はこまやかに　一葉一葉に濃やけく

濃ゆき(こゆき)　われには濃ゆき冬夕焼　秋茄子の紫　濃ゆき

濃き淡き(こきうすき)　濃い薄い　こき淡き紅葉のあや　濃淡な夜の

濃く薄く(こくうすく)　こくうすくなるあぢさゐの花　薄く濃く乱れて咲ける　薄く濃き野べのみどり

【故郷】(こきょう)　馬も故郷へ向て嘶く　われは故郷に省みられず

家郷(かきょう)　ふるさと　かわず家郷を出づ　月光のしみる家郷の

国辺(くにべ)　君がすむ恋の国辺と　春の国べはいまだしづけし

故園(こえん)　ふるさと　故園に遊ぶ冬至哉

故山(こざん)　古里の山　故山きびしき中にゐて　故山の秋ならん

里 実家　実家に遊ぶや春の宵　里の母　里へ文

古里　蟻の穴の如きふるさと　蝿いとふ身を古郷に　ふるさとは我を容るるに小さしと　ふるさとの鮭やく匂ひ

【漕ぐ】　漕ぎ出でて遠き心や　潮もかなひぬ今は漕ぎ出でな　ゆふべ漕ぎかへる川舟や　闇をこぐ舟

漕ぎ廻む こぎめぐる　網船のこぎたむ見れば

舵輪 舵(かじ)をあやつるハンドル　舵輪のほとり　西日の舵輪まきかへす

船やる 船を進ませる　すみたる水に船やれば　夕べ舟やる水一里　君がこゑするかたへ船遣る

棹さす　水の街棹さし来れば　棹さして来る砂舟や　舟棹しかへす　う舟さすなり　うららにさして

【極楽】　極楽へゆきたくなりぬ　曼陀羅のかの極楽の　極楽の島つ岩根や　蓮池に極楽近き

涅槃　ものゝ影みな涅槃なる　友のい往きし涅槃をおもふ　ほのぼのと涅槃を恋ふる　お涅槃や大風鳴りつ

【苔】　松に苔づく蝉のこゑ　苔のみどりの　薄苔つける木々の枝　苔づける百日紅や　水打つ夕 苔くさき

苔路　滑らかに露もつ苔路　苔路もわかず問人もなし

苔庭　苔庭をはくこともあり　苔庭に散り敷く花を

苔の下　いとしわぎもは苔の下なり　卵塔並ぶ苔の下

苔の蓆 一面に生えた苔　死にて伏さん苔の筵を　苔の狭筵

苔生す　空しき石よ苔むさばむせ　小石もふかく苔の生したり　苔蒸す玻璃に　母のおくつき苔むしにけり

緑苔　流蛍の緑苔に点ずるを　春に乗じて緑苔を歩む

青苔　まだ凍みきらぬ青苔のいろ　雪とけきゆる青蘚の青苔に座せば　青苔に日のあたらざる

【午後】　冬の日の午後　微熱の午後の　灰色の午後の暗光　海きららかに午後の日照れり　午後の日舞へり

昼下り　畑打ねむき昼下り　島原みちの午下がり　越の旅籠の午さがり　午さがり街は静けし

昼過　干過の花閉ぢかゝる　午過ぎぬ稲架の田原は　昼すぎの光の下に　午すぎの外科室　夏の日の午後

昼闌ける　昼闌けぬ花びらの外　昼闌けた円日　春のラジオの昼闌けて

日闌ける 日が高くなる　日の闌けて若葉明るき　畳ほてりて日はいや闌けぬ

日高き 日暮れまでには相当時間がある　もどる家路の日は高し

【心地】　一夜宿の里心地　花のことばを聞く心地する　旅心地する　この春雨の朝ここちかな

心地よく　すずろありきぞ心地よき　いのち死ぬごと

こゝちよく　こゝちよく夕雨はれし　歯に心地よく
寝心（寝心地）　寝ごゝろや火燵布団の　寝ごゝろ更ぬ
夢心地（夢見心地）　夢ごこち聞き恍れぬれば　うつらうつらの夢ごこち　おぼえぬ夢の心地こそすれ
機嫌　みどり子の機嫌直りぬ　瘠馬のあはれ機嫌や
【凝る】（こりかたまる）　凝るゆふべの血潮雲　血の凝り　冬の土こごりきびしく　川の水凝り　氷に凝るひとむら雪を　夜気凝るがに　霜こごるらし　霜凝る夜
凝しき道（ごつごつした道）　こゞしきみちをふみわけて
凝しき山（けわしい山）　凝しき山を越えかねて
夕凝（霜や雪が夕方こりかたまること）　夕凝りの霜置きにけり　夕凝る土に
【心】　仄に赤しわが心　心は身にもそはずなりにき　心のおち葉ひろひかねつも　黄金の心の矢こそ
方寸（心）　方寸は淡として
御心（心の美称）　み心は青空となり　み心の深さを知らず　のたまはすなりせまき御心
浅き心　山の井の浅き心も　断たむとしたる浅き心に
心清し　ひとり居るすがし心に
心の奥処　こころの奥所　うつろ心の暗きおくかに
心の果て（思いきわまるところ）　心の果てを知るよしもがな
心の裏　心のうらぞまさしかりける
下思　下思ひつつ事の忙しさ　したの思ひを
胸内（心の中）　胸ぬちにあふるる怒り　わが胸内のこゑは高まる　こころ痛みぬ胸ぬちに　しくしくと胸ぬち痛む
【心得る】（理解する）　心得つただ一筋に　夜興引や犬心得てこゝろえがほに照す春の日　所得顔に入り棲み
思い知る（身にしみてわかる）　秋はかぎりと思ひ知りぬる　思ひ知るてふ言の葉は　思ひ知らずもまどふ蝶かな
弁える　こくげんをわきまふ　渡世の文もわきまへず
【志】　こゝろざし語りあひつる　こゝろざし今日にあり
信念　信もちて行ふ人の　やまにはやまのしんねん
自信　自信を持ちて案山子立つ　すべての自信萎びゆきし日　一天自尊の秋　人には自恃があればよい
信じる　獄舎に無辜のおのれを信じ　蝶は眼よりも翅信じ　信じてつゆし疑はぬ
【心細き】　こゝろぼそきはおいが身の秋　心ぼそげにゆく舟の　心細しや三日月の空
たずたずし　夏の夜は道たづたづし　あなたづたづし独りさ寝れば　あなたづたづし友無しにして
果無心地　はかなごこちのうれしき夕　はかなやこゝろ

はかなむ　臍のある身が儚まれける　ふりしきる雨はかなむや　夢をはかなみまどろめば

【心安き】　爪だてて歩む心安からず　心やすくぞききあかす　心や安く　心安らにねむり得るかな

息衝く　安心をして息づけるらし　蛙がひとつ息づきてゐる　ほと息づきぬ故郷の家　蝶の息つぐ茸哉

心安き　旅路もうら安きかな　ひよこの声の心安げなる

心平ぐ　心平らぎ昼の湯にをり　平がぬ思はありとも

ほっと　ほつと月がある　ほっとした心で拝む　ほっとなり　関の戸越えてほつと息

【快き】　夏の緑はこころよき　こゝろよく湯ぶねにひたり　快くめざめて聴けと　薄き血しほの沁む快さ

得たり　うまくいった　待つとなく月待得たり　よき裘得たりけり　みのむしの得たりかしこし

心足る　満足　心足らへるひかりかな　児等と楽しみ心足らへり　心こよなく足らひける　妻子らに心たらへど

心行く　心ゆくほどには遠し　心ゆく思ひ　心行迄

【心寄せる】　心馴寄りて　夜明け待つ心相寄る

賭ける　心すべてを賭くといへども　走馬灯いのちを賭けて　一生を賭けし俳諧

夢見る人　くちづけはてゝ夢見るひとに

【心弱き】　こころ弱きは世をば遁れき　強き母弱き父　気の弱りひとには告げず　身の弱く心もよわし

臆病　臆病に執られゐる手よ　臆病な僕の眼

気弱　鴨の気弱がかきみだす　老いの気弱の小春かな

小心　正直一途の小心の　小心の役場の書記の

【心弱る】　幾夜寝ねねば心弱るなり　おのが心の弱りをおぼゆ　病みてあれば心も弱るらむ

頽おれる　人くづをれて泣く涙　身も魂も頽折れつ　くづをるる埋れごころぞ　思ひ花やぎ思ひくづをれ

心砕く　心くだけて人ぞ恋しき　くだくこゝろはたゞさゞれ石

萎れる　こゝろしをるゝ夕暮のあめ　我身をしをる秋かぜのこゑ　うちしをれては　我がこころ萎えてあれや

【小雨】　小雨にみるや目正月　薄月に小雨添ひ来る　小雨にちりぬ　小雨流らふ　小雨に暮るゝ京やはらかき　楼に一人や小雨がち

糸雨　糸雨のつれ〴〵とふる　糸に似る雨ふりて　雨は糸より細く降る　銀の糸の雨は斜めに

煙雨　煙るようにかすむ雨　煙雨を押すが如く漕ぎ　花莟む梢の煙雨

こ

霧雨 霧雨に病む足冷えて　霧雨の中に船笛の　霧雨のかかる道なり　霧雨の空を

細雨 鐘がさそひし細雨に　糸ひくやうの細雨にして　細き雨ひねもす降りて　日はてりながら細き雨ふる

小糠雨 雉なくあとの小糠雨　粉糠のかゝる臼の端

糠雨 蕎打つや糠雨そぼつ　ぬかあめにぬるゝ丁子の　糠雨のいつまでふるや　糠雨に濡れる柩へ

【腰】 わが腰の痛をさすり　曲りたる七重の腰に

尻 尻を揃て寝たりけり　尻重き翔ちざまの鴫　臀丸き　わが臀の土を擦るばかり

陰（女陰） 見れば陰出し　陰もあらはに　ピストル型の犬の陰

二重 道遠し腰はふたへに

【小正月】とんど（火祭） 霜の煮え立つとんどかな　餅見失ふどんどかな　砂焦したるどんどかな

小豆粥 小豆粥身貧にうまれ　小豆粥煮ず

繭玉（団子を枝に挿した飾り） まゆ玉の垂れてともるを　繭玉に晴れぬく空の

【梢】 梢をさそふ風なくて　梢にかかる霞なり　こずゑはあめを持ながら　梢ゆかしき塀どなり

末若み（枝先が若いので） 末若み花咲きがたき

梢 わか葉がうれに大き花　胡桃の梢の青空よ　梢のしげみに啼きあそぶ鳥　風騒ぐ木々の梢かも

木末 木ぬれの空はいまだあかるし　こぬれとよもす　遠き木末の　その向かつ尾の杉の木ぬれを

【去年】 こぞよりもこよひの月を　去年の夏

去年今年（年去り年来たる思い） 去年今年闇にかなづる

一昨年 おとゝしの花にことしはよく似たり

【谺】 谺ひまはりゐる谺かな　咳一つ谺が返える　谺して山ほととぎす　鳥の声空にこだまし

反響 大空の反響の音と　とどろと鳴れる反響を

山彦 山彦のわれを呼ぶなり　山彦のこたへぬ山は　山びこなごむ峡つゞき　山彦をつれて歩行や　春の山彦

【東風】（春、東から吹く風） 門を出づれば東風吹き送る　梅にしらすな東風のかぜ　のうれんに東風吹いせの

青東風（土用の頃の東風） 青東風に紅茶のけむり

鮎の風（東の風） 東の風いたくし吹けば　東風を疾み

初東風（新春に初めて吹く東風） 初東風に息づく星の

盆東風（盆の頃吹く東風） 旅をつづけて盆の東風

朝東風（朝に吹く東風） 朝東風の吹きひるがへす　あさ東風の吹きのまにまに　軽き朝東風

夕東風　夕東風に吹れ下るや

【骨】　お骨となつて帰られたか

骨上　骨あげにしばし間のあり　おほちちのみ骨あぐると　骨拾ふ人にしたしき　骨拾ふべく其の箸が

骨片　骨片のその白い軽さの　箸ばさむ骨片の兄

舎利　舎利となる身の朝起や

骨壺　骨壺にして来て　遺骨の壺はちひさかりけり　かろがろに骨壺となりて　つるされ首に遺骨なす箱

灰　灰のなかに母をひろへり　灰にてませば

【乞食】　乞食の子も孫もゐる　乞食の銭よむ音の　気位高き乞食われは　乞食に堕ちなむ宿世

乞食　尼なるかたゐ　乞食男の

弱法師（よろよろした乞食僧）　舞台のうへの弱法師の影　ヨロ法師梅を淋しく

ルンペン（乞食）　ルンペンの早きうまゐに　老ルンペンでルンペンの唇の微光ぞ　ルンペンのうたげの空に

【コップ】　コップに一ぱいの海がある　硝子杯のふちのコップの人生観　こつぷの中には何もない

グラス　捧げゆくうすきグラス　琥珀のグラス　三角のグラス　白耳義のカットグラス　該里玻璃杯の

【琴】　琴のしらべもかきみだれ　かきなす琴のこゑにさへ　夜をそゞろ妻琴とれば　琴を弾き調めつつ

小琴　小琴とききし春の夜の夢　胸の小琴の音を知るや　海の小琴にあはするに　朝の小琴の　小琴がしらぶ

月琴　流し来る月琴の調は　月琴の雨ふりそそぐ

十三弦　十三絃をひと息に切る　十三の絃ひきすます

玉琴（琴の美称）　玉の小琴をたまはりぬ　君が玉琴かきならし

琴の音　胸にひそめる琴の音を　琴の音の聞えてゆかし　琴きく雨の月見哉　玉琴の音に通ふとも

琴爪　琴爪しろき夕ぐれの雨　絃爪もない

琴柱　この夕暮よ琴柱はづさむ　柱おかぬ琴に音立てぬ　ゆく春の一緒一柱に　柱なき繊絃

琴の緒（弦）　琴の緒をさ渡るかぜの　琴の緒きれし夕哉　たてかけし琴の緒ひくく　絃なき琴の

【鼓動】（心音）　包んで鼓動した　潺潺と聴く春の鼓動を

心音　心音のしましおこたる　心音の高はためくを喜びつ

聴診器　つと胸を引きぬ聴診器より　聴診器をばみな凝視たり　聴診器わが胸にあて

【今年】　今年ばかりは墨染めに咲け　今年ばかりの春ゆかんとす　ことしも秋のゆふべなるらむ

今年竹 若竹 今年竹すがすがしきを　藪の中なる今年竹

今年生れ 今年生の新笹清く　今年児のため縫ひおろす　ことし生れの二歳駒　今年生ひの松は

今年の 貰ひためたることし綿　ことしたばこを吸てみる

今年も また今年も夏が来て　ことしもここにりんだうの花　雪は今年も降けるか　あはれことしももらひ餅

【伝言】 いんぎんにことづてたのむ　ことづてたのむ淑気かな　信濃の人に言告げやらむ

人伝 言付 人づてにうはさきくだけ　人伝ならで

【言葉】 うつむきて言葉なかりし　母の言葉風が運びて　永遠を語らふ言葉　しつように背に投げゆくことば

一語 死なる一語をふと思ふとき　我一語秋深みかも

言 口に出す 言やさしきはうれしかりけり　生きてあらむと言のかなしさ　言にいはねども幼な子を

言挙 口に出す 言挙せず妹に寄り寝む　命をすててまれに言あげす　言あげしつゝ賤づゞみうつ

言の葉 言の葉の心の秋に　言の葉の霜がれにしに　言の葉のなき寒さかな　ことの葉の空に散りけむ

言葉少な 父子で住んで言葉少なく　言葉すくなきさびしき女　言すくななる友を思ひ

言葉の花 美しい表現・和歌 誠実な言葉 秀でたる詞の花は　千とせをへにし言花の　たがことばの花かゆき［雪］にさくべき

【言祝ぐ】 言葉で祝う 新らしき世をことほがむ　ことほがむこの美しき　花々は夏をことほぎ　老をことほぐ

言祝ぎ ことほぎの一期のいはひ　ことほぎのよろこびの声　けふの吉日のことほぎにせむ

寿ぐ 祝い言をとなえる 金婚をほぎたまはする

【此方】 こなたによせよくちづけをせむ　こなた覗ける　こなたの廊の　さかのこなたに　空のこなたの

ここな ここにいる ここな小猿が舞ひ込みにけり

此方 眼鏡光りてこちを見る　みな此面むきて

【木の下】 木の下涼し道祖神　木の下が蹄のかぜや　木のしたくらく　木の下水を　木の下風は　木の下闇に

木のもと 山ざくらちるこのもとは　木のもとの花に今宵は　この朝の桜花の樹のもと　木のもとに旅寝をすれば

樹下 あかしやの夏くる樹下に　鮓桶をこれへと樹下に　樹下石上で花を浴び　黄蝶とびたつ樹下の石

木暗 あをき谷間の木暗より　すがる臥す木ぐれが下の

木下闇 木下闇なる神の道　ふかぬ笛きく木下やみ

蝶のきげんや木下闇　木下闇肩当白き
下闇　下闇に遊べる蝶の　谷中路の森の下闇

【木の葉】　外では今宵木の葉がそよぐ　月に木の葉を吹きかけて　木の葉を込めて時雨ふる也　木葉か雨か一時雨
木の葉散る　はらり〱と木の葉散る　風が木の葉を播き散らす　散る葉音なし　木の葉ちるちる
木の葉舟　木の葉舟ながるゝまゝに　湯にのこしたる木の葉舟

【好む】　無月を好む牛の性　楽焼や釜などこのみ　足音ばかり選り好みする　鴉片を好む人なりしかな
好まし　好もしきをとことすべく　夏このましき
好き　好きな海をみながら　湯上りの好いた娘が　好いた娘の蛇目傘　わが好きは妹が丸髷
憎からぬ　妻がまろ肌にくからなくに　人憎からぬ

【此世】　蝶は此世のまよひもの　此世に出し蟬の鳴
此の世の光のたゞ中に　此世に望みないやうに
浮世　浮世の果は皆小町なり　風呂吹を喰ひに浮世へ
現世　君におかしゝうつし世のつみ　うつし世の巷のこゑも　うつしよのかたみにせむと　現世辛く

このは――――こぶね

現身　現身の世を赦しえず　うつそみの水と流るる

【拒む】　ひるを閉して人を拒めり　拒まれて帰る姿勢を　ことばとすでに拒まれている　春の酒こばみかねつつ
否む　道の遠きに我いなみたり　さすかに少女もいなみかね　さばき拒むよ　否みつつ脆きこころが

【小春】　冬の初めのうららかな日和　山なき国の小春哉　小春に近き帆のすはり　縁の小春を追歩き　小春の旧山河
小春凪　道ながながと小春凪　蜜柑ばたけや小春凪
小春日　小春日の林を入れば　小春日の光のなかに
小春日のをんなのすはる　心小春の日に似たる

【小舟】　大舟に小ぶね引そへ　小舟漕行若葉かな　小船に恋をはこぶ雨かな　小舟曳くかな
小舟　小舟こぎ行く諏訪少女　小舟ならべる
海士小舟　海人の釣する小舟漕ぎ隠る　夕立さわぐ蜑小舟　浦風寒し海人小舟　蜑小舟ゆたにたゆたふ
海人舟　海人の釣舟　海人船散動き　沖の海士舟
カヌー　独木舟が月の光に　ゆきかひこげるカヌーかな
艀　雨の満つべき端艇にぞ乗る　子が乗れるはしけ傾く
はしけの舟にうつりたり　艀も小船も
ボート　恋のボートの尻沈み　ボートの腹真赤に塗るは

日ざかりは短艇動かず　Boat勝ちて泣く選手あり

棚無小舟　瀬戸わたるたななしをぶね　身を託したるたななし小舟　三尺のたななし小舟

海苔舟　すがるよしなし海苔採舟　海苔舟や鷺みな歩く

【小道】　無花果多き小道かな　小道の闇を　渚の小道

小路　小路を廻る薬売り　小路名の多き京の町　市の小路の　小路のおくにしらけ咲く　あぢさゐ小路

径　径にめづる桔梗かな　太陽に香るこみちを行けば　菜の花の径を行くや　畑なかの径を行きぬ　径尽たり

細路　わがあゆむ山の細道に　恋の細路に魂迷ふ夕

細道　おのづからなる細道は　秋はほそみち　帰り来る夕細道に　秋風寒し蔦の細道　夏草の今も細道

【米】　米値段斗り見る也

米　米の銭乏しくなりし　米量る

今年米　今年の米を碓にひきて　大きうなれや今年米

新米　味爽に新米着きて　新米を灯下に検す

黒米（玄米）　玄米の籾がらくさき飯　米の玄きに驚きて

白米　白米の飯を珍しらに食む　つぼの白米

生米　生米かみ石にふすとも

洗米　洗ひ米かわきて白き　米白々と洗ひあげたる

こ

米とぐ　きしきしとこめとげば　谷川に米を磨ぎたる　とぎあげし米の白さに　君がため菜摘み米とぎ

白水（米のとぎ汁）　白水の行へや　白水落つる氷かな

米搗く（精米）　山もとに米踏音や　米つくほどの月夜哉　山水に米を搗かせて　米つく音は師走なりけり

精げる　しらげの米はたゞ人のため　しらげたる哉

【子守】　停車場に夜寒の子守　足軽の子守して居る

おんぶ　肩に喰ひ込む負児紐　負はるゝ嬰児笑ひ　おうた子に髪なぶらるゝ

肩馬（かたぐるま）　肩馬にし乗せとせがめば

あやす　あやされて笑ふ声音も　幼児をあやすごと

賺す　泣きやまぬ子をすかし兼ね　あと追ひて泣く子を賺す

寝せつける（寝かす）　寝せつけし子の洗濯や

むずかる（ぐずる）　子供むづがる秋の夕暮　病める児のむづかる朝の食卓よ　子等は睡気にむづかる頃か

乳母車　乳母車夏の怒濤に　風車を付けた乳母車

子守唄　子守唄祖母・母より継ぎ　子守唄そこに狐が　道々かはる子守歌　春の夜ふけの子守唄低し

ねんねこ　児を背負ひたるねんねこの

揺籃 ほのかに洩るる揺籃の唄　波の揺籃とく馴れて

【隠り水】 人目に触れない水　こもり水光るともなし　おくつきのへの隠り水　せせらぐ水や隠ろひにけり

埋水 谷ふところのうもれ水

忘れ水 人にしられぬ小川　浅沢の小野の忘れ水

【籠る】 たゞにこもりつ物学ぶ君　職を罷め籠る日ごとを　君おもひつゝ籠りなん　我が籠り楽しくもあるか

家籠る 家に籠れば悔ゆること多し　家ごもりしづまり居れど　あつき日に家ごもりつつ　さし籠る葎の友か

籠らう 冬の日向の靄にこもらふ　春の靄こもらふみれば　光こもらふ黄金雲　こもらひにけり

籠り居 壁寒きこもりゐも　籠りゐてたがひに寂し　姉に戯る籠居に　こもりゐの日を数へつつ　夕籠り居れば

里籠り 馴るゝもつらき里籠り

花籠り 椿は厚し花ごもりつつ

春籠り 書きて興足る春ごもり　春の日を病みてこもれば　うもれて過す春の日を

山籠る 山にこもらす師にはべり　霙ふる日の山ごもり

閑居 むかごもぐまれの閑居を　清貧の閑居

幽居 世間の煩わしさをさけて静かに暮らすこと　目につかぬ無為の幽居が　四畳半三間の幽居や

【木洩日】 うつむきて木漏日わぶる　水底に木漏れ日とほる　木洩日匂ひ　木洩れ日の黄ばみ匂へる

零れ日 朝の日は澪れてありぬ　こぼれ日しるく

葉洩れ日 青葉洩る日のあざやかに　葉洩れ日に酔ひ羞ひて　葉もれ日の光こまかに　葉洩日に碧玉透けし

洩る 秋の日は枝々洩りて　洩るゝ日影の　木洩る光線や　針のやうなる洩れ日かな　木の間もる日のはつゝや

【小屋】 小屋ぬちは　弁当すみし作事小屋　かまぼこ小屋に　行小屋に　小屋ありて爺婆ひそむ

納屋 納屋の屋根山につかへて　納屋の傍なる栗の花咲く　黄色い納屋や白の倉　さざんか明る納屋の前

バラック バラックに寒明の星　バラックにともるあかりの　築地河岸なるバラックの　天金のバラックに

【暦】 暦が留守の畳に　終る暦の表紙かな　夕ごころもて種暦読む　こよみは奇し生きもののごと

日めくり 日めくりの暦も　杜暦もすでに如月

古暦 ゆかしさよ古暦　奈良なつかしや古暦

旗日 祝日　菊膾する旗日かな　旗日の街がどんよりと

休み日 休日　息み日のうちひそめれば　やすみ日をうま

こ

らにねつゝ　汽車工場は今日休みなり　公休日が恋し

【殺す】　大きな蝶を殺したり　君を殺さばかなしみなからむ　寒鮒を殺すも食ふも　蟻を殺す殺すつぎから

斬る　蒙古の使者を斬り　元の使者既に斬られて

縊る（絞殺）　絞殺台の朝露の　飼鶏をくびりし時に　首縊りの家を見恍れてゐたり　縊られて咽頭せまき

殺気　猫の殺気　赤い夕陽の殺気をあびた

殺生　鵜の篝夜の殺生の　鴨殺生の傍観者

【転ぶ】　転びて諸手つく悲しさ　地にころぶ黒寒雀　ころんだを児の見せに来る　ころび声　霰にころぶ千鳥かな

転ぶ（ころぶ）　石まろぶ音にまじりて　雪山をまろび落つ　草のうへまろびて泣きぬ　あはれはまろぶざくろの実

展転ぶ　こいまろぶ病の床の　展転び恋ひは死ぬとも

転ける　こけしはずみや朝日影　こけて酒なき瓢哉

転伏す（転がって寝る）　ころぶしてみれば梢は

倒れる　たふれし人の　沙に仆れし　倒るるも傾くも　向日葵　倒れたる案山子の顔の

蹲う　つくばふて雲を伺ふ　つれづれとつくばふ鹿の

躓く　懐手して躓きぬ　躓きし女たやすく　つまづきし如く忘れし　躓かば魂を落さむ　馬躓くに

伏す　さ男鹿の朝伏す小野の　さを鹿の伏すや草群

【衣】　君が衣を帳にするも　わが身にまとふ唐衣

裳（腰から下にまとう衣服）　白き裳のかげ　花の裳を　薄色の裳

御衣（お召物）　葡萄染の五重の御衣に　紅梅のおん衣重ねて

玉衣（衣の美称）　珠衣のさゐさゐ沈む

御衣（お召物）　御衣のにほひ闇やはらかき　青き御衣を

赤裳（赤い色の服）　赤裳ゆかし雛の姫君　紅の裳の裾濡れて　をとめらがあか裳引つれ　赤裳ひき花瓶抱きて

薄衣　けむりのごときうすごろも　うすごろもはだへにそへば　うすごろもやはだの汗　薄ごろも著て

肩衣（袖なしの胴着）　古靭の肩衣　布肩衣　木綿肩衣

紙子（和紙で仕立てた衣服）　紙子着てあられ聞く夜の　紙子夜着

裃（上着と袴とがそろいの衣服）　裃の古びし老や　浅黄上下　京裃を

狩衣（公家が常用した略服）　狩衣ほしき　狩衣の下に鎧ふ春風

衣（衣服）　にほひある衣も畳まず　夢幻の衣を　ありぎぬを　表衣　寒衣を打つ　清き衣　干す衣

綺羅（美しい服）　落葉の綺羅のうらおもて　綺羅の人

黒衣　黒衣の淑女籐椅子に　蝶の行方に黒衣美女　黒衣まとひ　黒い衣裳の　黒き衣着る　黒き衣や

緋衣　九百九十の緋衣紫衣が　緋の法衣　緋衣の妖僧

襞 虚空の襞の　うすものの襞の間に　陽炎は襞なす　砂に　夏のころもの襞にゐて　息吹の襞を

花衣（花見の衣） 甚べが羽織花ごろも　美き人なりき花ごろも　蓑やあらしの花衣

【衣手】（袖） 虫をきく月の衣手　衣手にしみこそわたれ　我衣手の露しめり　衣手うすみ風のさむしも

衣手寒し（袖が寒い） ながむれば衣手さむし　月見れば衣手さむし　朝戸出の衣手さむし　別れては衣手寒き

袖口 袖口のからくれないや　袖ぐちのあやなる

片袖 おばしまのその片袖ぞ　庖丁の片袖くらし月の雲

袂 袂こぼれし桜かな　袂に何もなかりけり　大路ゆく人の袂も　湯殿にぬらす袂かな　羅綾の袂

袂草（袂のごみ） あてもない旅の袂草　野川にながす袂草

【声高】 声高く読本よめり　声高にかたりあひつる　声高に物は語らじ　声高の菊見客居り　声高に話がはずむ

大音 大音に泣くをえなさず　大音震ふ　大音響の結氷期　蝶墜ちて大音響の　山の法師が大音の

高声 梅雨の高声両隣　高々と蚊帳売る声や　父なき吾子の甲高きこゑ　をとめどちして笑ふ高声

喚く 馬が離れてわめく人声　わめける天邪鬼に寄る　遠足隊わめき　藁を摑んでわめくかな　泣きわめく子を

【壊れる】 壊れた月が　壊れたる心うつくしき　こはれし時計音もなく　ここにこわれた木の椅子がある

家こぼつ 家こぼちて桜さみしく　家こぼつ木立も寒し　家こぼちたる萱のうへ　新涼に家こぼち焚く

毀つ 旧きを毀つ工夫等は

毀れる 社毀れて禰宜もなく　こぼれそめたるむかご垣　こぼれたように家があり

【紺】 谷杉の紺折り畳む霞かな　あさがほの紺けふ多く　紺匂ふ　紺の香高し　紺の夜を

紺青 紺青の雲雀たちゆく　紺青の乗鞍の上に　紺青ながす加茂の水　暁の闇紺青に　実の紺青や

紺碧 こんぺきの海の平らさ　大紺碧の穹の下

紫紺（濃紺） 秋茄子の紫紺のいろも　沖は紅富士は紫紺に

紺瑠璃（紺青） 紺瑠璃の鉢のさびしさ　紺瑠璃の花は重げに

碧瑠璃（紫がかった紺色） 空碧瑠璃に　碧瑠璃の川　碧瑠璃の雨

瑠璃 落すは浅黄瑠璃の河　松のなかゆくその瑠璃の水　瑠璃の海ゆく孔雀船　瑠璃色のとかげの背こそ

さ

【座】（ざ） とげ柔らかに薊の座　落栗の座を定めるや　昼酌む酒の座に日は射せり

王座（おうざ） 王座につかず　金の王座と水晶の

玉座（ぎょくざ） 美称　玉座くらさや雨の雛　玉座は既にあやなけれ

御座（ござ） 陣の座の美称　川せみの御座と見えたり　王の御座

御座（みくら） 天皇の席の美称　神の御座に灯のともるらむ　高き御座に

【細工】（さいく） 往来端の竹細工　白い石膏細工のやうな　紙の細工を荷馬車につけて　蛤刃なる細工ばこ

鏤める（ちりばめる） 玉な鏤めそ　雲を彫め濤を刻り　緑ちりばむ草の葉に　青い刻鏤　豪奢をちりばめ

箔（はく） 箔置もいつしか褪せて　銀箔の裏面の黒　銀箔の雪の肌　かの銀箔の歎きこそ　金の箔置く連翹と

蒔絵（まきえ） 蒔絵書きたし宿の月　蒔絵うるむや花ぐもり　蒔絵の小筥　撫子や蒔絵書人を　蒔絵師の住みなす庵の

貝磨（かいすり） 貝細工　唐紙に摺れる青貝　青貝ずりのその箱ほそき　貝すりの膳に栄えたり

螺鈿（らでん） 貝細工　玉の螺鈿の枕をするも　巻ばしら螺鈿ににほふ　螺鈿こぼる丶卓の上　螺鈿のごとし一本ざくら

銀細工（ぎんざいく） 銀　細工　銀の鍛冶

象牙（ぞうげ） きさのきのはこ　添へてひそかや象牙箸　麻雀の牌の象牙の　象牙の壺は

鉄葉細工（ブリキざいく） 玩具屋の鉄葉細工の　ブリキ細工の街なかに　ぶりき細工のとんぼが飛び

寄木細工（よせぎざいく） 寄木細工もこひしけれ　生命の寄木細工に

【材木】（ざいもく） 材木筏堀を入り来も　材木堀の錆び水の　材木をおほく浮べ狭まれり　製材の音親し

宮木（みやぎ） 宮木引くまさきの綱の　杣人は宮木ひくらし

宮柱（みやばしら） 宮殿の柱　宮柱ふとしき立てて　宮柱太敷きませば

千木（ちぎ） 大棟上の交差した木　千木もちて屋根重し　千木しげる青葉のおくの　千木の片削行きあはずして

木小屋（きごや） 材木小屋　木小屋の羽目に　木小屋の壁の逆かげに　河岸に立つ材小屋の内ゆ　木小屋の背戸だ

木の香（きのか） 新らしき木の香すずしく　木の香高く立つて　材の香こそ深くも咽べ　新殿の木の香かをりて

生木（なまき） 生木を鳴らす　生木を裂ん下心　なま木の束を

黒木（くろぎ） 皮のついたままの木　黒木つむ屋の窓明り　黒木もち造れる室は　黒木の屋根は　黒木もて君が造れる宿なれば

真木（まき） 杉・ひのきなど　真木の戸たたく庭の松風　真木のみどりは千世にかはらじ　飛騨人の真木流すとふ

【冴える】 萩刈つてからりと冴ゆる　山の銀河冴ゆ

笛冴ゆる　音冴えて羽根の羽白し

冴え　きさらぎの夜の月の冴えこそ　雲うすれゆく星のさえ　銀屏の明るき冴えや　落葉くされし水の冴え

冴え冴え　天の河さえざえしけれ　けふの霜夜の空に冴え冴え　目もさえざえと　夜のこころの冴え冴えと

冴え渡る　瀬戸の潮風さえわたる夜は　月白く風さえわたり　さえわたる浦風いかに　高々と氷にさえわたる

【坂】　踏みのぼる冬木の坂は　切支丹坂さつき闇　白い坂道　あさあけの街の坂道　炎天に光る坂道

坂路　木曾の坂路のなれずもあるかも　夜の坂路に

小坂　竹のこに小坂の土の　春の小坂の

女坂 傾斜のゆるい坂　春風吹や女坂　妹がり通ふ女坂

なだら坂 ゆるい坂　赤くかがやくなだら坂　悩み尽きせぬ緩斜坂　光なだるるなだら坂　喘ぎて上る緩斜坂

急阪 急な坂　急阪のいただき昏し　急阪をかけのぼる

【性】　弱きが君の性とゆるさん　世にみなし児のわが性は　其がもつ性にめざめ来る　一途に思ふかなしき性は

頑な 頑固　職に老いたる頑の好さ　かたくなに人な憎みそ　かたくなにしてあらしめな　かたくな人と憐みし

勝気　勝気なるひとり暮しの　勝気が支ふる悲しみを

気短　気短に鵙啼き立つる

潔癖　潔癖性を持ちあぐねつつ　降る雪はいと貞潔で

素直　素直なる心守りて　少年の素直を叱る　子の素直さを淋しがり　花に対へばすなほになれる

真面目　まじめなる君は恋びと　仕事は真面目なり夕日は赤し　顔の真面目さ　真面目くさつて鳴いてるだ

律儀　少し足らねど律義者　噴水のりちぎに噴けり

【境】　脱落の境にうかぶ　ようろつぱとあじやの境　君とわれとを境するもの　さかひに咲ける

海境　青海の海境遠く　海坂張つて春の岬　海界高く

境界線　日と夜のあたらしい境界線　きよらかな朝の境界線を

境標　境標がかなし　境標を超ゆる午時かも

境う　隣り家と境う裏戸の　あがたを境う山の一角

【栄える】　常春の春の栄の　まごの栄や

栄華　ソロモンの栄華を笑う　栄華の花に　ローマの栄華沙羅の木の栄華をば　栄華の屑の身なりとも

栄耀　栄耀栄華を極むれば　栄耀の果や

男盛り　男壮の鵜の匠にて

盛る　いよいよ盛る炎天のもと　日は照り盛る

さ

盛ん　青葉さかんに匂ひたつ　花を没せし闇さかん　古蔓の芽吹きさかんなり

花やぐ　夕されば花やぐ雲に　華やげるものの骸ははなやぎ咲ける　火立華やぐ　面華やぎて

【逆さ】　誰が鳴子絵馬さかさまに　まつさかさまに娑婆に眼の醒む　世はさかさまの雪の竹

逆しま　逆しまに銀河三千尺　逆しまに波かき濁す

逆立つ　金魚逆立つ夜の楽　筆毛のさきも逆立ちて

【探す】　うしなひし夢をさがしに　雲の上なる日を探す　ぐみの実の熟れしをさがす　草双紙探す土蔵や

辿る　山路たどらん　たどる山辺の傾斜道　なづな花さける道たどりつつ　いのちの路をひとりたどらむ

求める　囃子求め来て　日影をもとめ　見えぬ世界に求むる手　金毛の羊もとむる　何を求める風の中ゆく

尋め行く（探しに行く）　まことの恋をとめ行かむ　尋めくれば山葵咲くあり　みなもとを尋めつつぞ来て

香を尋む（香を探し求めて）　香をとめて沖こぐ舟も　はなたちばなの香をとめて　梅の花香をたづねてぞ

花を尋ねる　誰かまた花を尋ねて　こちごちの花を尋ねて　まだ見ぬかたの花をたづねむ　花の跡とふこてふとはなる

探る　薯を探るはおもしろきかも　煙草吸はむと袂をさぐる　香を探る　起きて探るに　胸さぐる両手小さ

手探る　起きいでて手さぐる闇に　むかしのゆめをてさぐる　手さぐれば壁にのこれる　投げ棄てし杖を手探る

【盃】　酒杯に梅の花浮け　遊士の飲む酒杯に　コニヤックの酒杯前に　盃を洗ひて待ちね　さかづきをあぐ灯の海の底　風の盃をゆすり　盃の色紅なるを

紅花盃　紅花盃を重ね　紅花盃琥珀の酒

小盃　うけしまゝ置く小盃　ますほの小貝小盃　小さき杯たまはれば

猪口　小ぶりの猪口のこのもしく　一人猪口をふくみて　晩酌の猪口伏せるころ　薄手の猪口の

盃　茗盃を啜る　琥珀の盃を嘴にふくみて

玻璃盃（ガラスの盃）　玻璃に真赤な酒の色　盃の玻璃の愁と　玻璃盃を積み　玻璃盞の　玻璃の冷酒の

【肴】　上巳の雛の大みさかなに　肴乏しき精進落　下肴を一舟浜に　靺鞨の風をさかなに酒酌めば

刺身　さしみの氷歯に軋る　尾頭ぴんと出して秋風

塩辛　塩辛を壺に探るや　鮎のうるかをはかなみぬ

能登のみやげの海鼠腸　海鼠腸の竹筒青き

塩魚　木葉にくるむ塩肴　塩鯛の歯ぐきも寒し　鯛はあれども塩くじら　舟よせて塩魚買ふや

塩物（塩づけの魚）　売に来る薄塩物や

塩引（魚を塩漬けにすること。）　塩引の鮭　蝦夷塩引き

花鰹（かつおぶし）　千代のかずかく花かつを

干魚（魚の干物）　身の透きとほり光る乾魚　干魚かけたる浜庇　海士が家に干魚の臭ふ　巻ずるめ

むきみ　黒貝のむきみの上に　小児に踏まれし貝の肉

目刺　昼あぢきなく目刺焼け　目刺あぶりて頼みある仲の　目刺にのこる海のいろ　束脩の二把の目刺に

焼き魚　鰤のてり焼き　魚焼くけむり青葉になびく　魚焼く金網が　夜を寒く鰯を焼けば　青き魚焼く

煮凝　はしらわさびも煮こゞりも　月の吉原煮凝に　煮凝にまづ一箸を　煮凝に哀しき債

【酒場】　セエヌに臨むよき酒場　酒場の隅のかなしき女　酒場の明りは外に洩れてゐた　酒場の椅子に

居酒屋　居酒屋のほかげにたち　馬士居酒屋へ声をかけ

居酒飲み　芒に坐とる居酒呑　花に酒居つゞけの愚や

バー　バーの余興の蓄音機　河沿ひの酒舗に入りて酒場の女や眠からむ　わが酒舗の彩色玻璃

【酒盛】　朝顔は酒盛しらぬ　遠い酒もり　酒のまどゐもをはりけり

小酒盛（ちょっとした酒宴）　狐の小ざかもり　四五人づゝの小さかもり　放れ家の小酒盛

酒祝い　おもしろき酒ほがひかな　寂しければ酒ほがひせむ　石の羅漢と酒ほがひせむ

酒宴　酒宴遊び慰ぐれど　酒みづき無頼たはれを

酒水漬く（酒びたり）　ゑらぎ笑へり酒みづきつつ　殿建てて酒みづきいます

【酒屋】　酒屋の御用きゝが来る　どちらも山でまへは酒屋で　主水に酒屋つくらせて　酒屋の唄に実が入ぬ

酒肆　ひとりはかなく酒肆に入る　わが酒肆に夕日するとき　酒肆のかなしさ　かりがねに乳はる酒肆の

酒売る　酒を売る家に灯はなし　酒うる家のさゞめきに　濁酒売る家の爺と　酒を売るは路傍の家なり

酒旗（昔の酒屋の幟）　酒旗高く新樹を抽いて　酒うる店の旗ひるがへる　酒旗高し高野の麓　渓の旗亭に焼かるる茸

【先立つ】　人に霞はさきだちて　はなやかに笑ふ声さきだてり　さきだてる鵞鳥踏まじと　秋にさきだつ

後先 いふこともあとさきになる　あとさきに人影も見えぬ　脚投げだして旅のあとさき　をなごの道の跡や先

後先立つ もろ駒のおくれさきだち　おくれさきだつ秋草も　おくれさきだつはなものこらず

魁け 春のさきがけ紅椿　暴風の先駆

【砂丘】 海は濃く沙丘は白し　蒙古児陀羅海低き沙丘の　砂丘の風に桃咲けり　低い砂丘の向うでは

砂丘辺 砂丘辺に立てる顔が花

砂丘 砂丘のなぞへの畑の　砂丘に杖を　海辺の秋の砂の丘　沙丘の上に一人坐れば

砂の温み 砂丘の秋日のぬくみ　沙のぬくみを忘れえず　砂に暖のうつる青草

砂山 砂山下りて海へ行く人　砂山のほてりにむせる　恋もものうく砂山に寝る　砂山は墓のごとくに

【咲く】 花のごと心も咲けり　咲時ポンと言そうな　慕ひ咲け　重き夜の中さくら咲き　咲き行く見れば

咲き満つ （満開） 咲き満てる大樹白昼　ひややかに梢に咲き満ち　野いばらは野に咲き満たむ

満開 満開の梅の空白　富士満面桜満開

こぼれ咲く こぼれ菜の花　さけばすなはちこぼれつつ

咲き溢れる しきりに菊の咲きあふれ　あふれ咲く枝やはやそこゝに

咲き出ず あきづけばまたさきいでて　季節をえらびて咲き出でし　咲きいでつとふ

咲き倦む 咲き倦みし枝さしかはす

咲き撓る （一斉に咲く） 咲きををる藤の花ぶさ　咲きををる桜の花は　春山の咲きのををりに　花咲きををり

咲き荒ぶ 朝露に咲きすさびたる

咲き初める （咲き始める） 早や咲き初めて　山桜咲初てこそ　高嶺の桜咲き初めば　さきそめし秋草の花

咲き散る 咲きか散るらむ見る人無しに　梅の花咲き散り過ぎぬ　ひとり咲てやひとりちるらむ

咲き継ぐ 夕顔の花の咲きつぎて　百日紅咲きつぐ道は　通草咲きつぎ　木草の花は咲きつがむ

咲き匂う （美しく咲く） 花あやめしみ咲きにほふ　木陰の小草花さき匂ふ　夕がほの花咲にほふ　咲きにほへるは

咲き残る 咲きのこつたひなげしの花が　さきのこる梅のなげきを　ただ一つのこるダリヤの　のこるなの花

咲き誇る 紺瑠璃の花咲き誇る

咲き乱れる みしらぬ国の花咲きみだれぬ

初花 （最初に咲く花） にほひすくなくさけるはつはな　初花に月の

かげ添ふ　初花をわがめづるなる

笑む　天地が笑みかたまくる春　かたはらに笑む桜草
花咲ににふぶに笑みて

花の笑　花が咲く　夜つゆに浴みし花の笑　梅が枝の花のゑまひを　梅の花笑みをつゝめる　花の微笑

花吹雪　吹雪きくる花に諸手を　ならび咲く桜の吹雪
道わかぬまで花の雪ふる　散りかふ花を雪とみて

綻ぶ　花が咲く　梅ほころびし二三輪　その朝かぜにほころびし

群咲く　むらがって咲く　曼珠沙華さき群るゝ見ゆ

爛漫　咲き乱れる　花のらんまんと咲くなかを　爛漫と咲ぬるみてぞ　花爛漫の世をむかへ　爛漫の花に火の降る

八重咲き　八重に咲く　八重花咲くと　八重照り匂ふ玉蓮の

【柵】　投げ合える球柵越えず　汽車とまる柵のそとなる　雪嶺はろけき牧の柵　にはとり柵を越えにけり

檻　豹の檻　檻の凩　檻の獅子

柵　秋萩をしがらみふせて　しがらみ越えて

くえ　馬柵　柵越しに麦食む小馬の

馬柵　馬柵越しに麦食む駒の　赤駒の越ゆる馬柵の

【酒】　凩に酒量るのみ　酒飲めば涙ながるる　年惜む
酒　田舎酒　憤り酒　珍陀の酒を

酒　酒の古語　還り来む日相飲まむ酒そ　酒飲みきといふぞ

ささ　酒売初る橋の真中　女のつくる酒を持　酒食うべ

酒精　アルコール　酒精なむる豪奢を　あふむきに死んでゐる
酒精中毒者の　まばゆい雲のアルコオル　アルコホルの火

美酒　うまい酒　うま酒そゝぎ江の神まつる　夢にみちびけ美し酒　かなしみすするこのうま酒を

酒辛き　吉野の山の酒からき　辛き酒を再びわれに

酒の香　男はかなしうま酒の香を慕ひつつ　酒のかをりにひたりたる　甘酒の香の満つるごと

上戸　雪をまつ上戸の顔や　花や上戸の土産にせん

嗜む　愛好する　火酒嗜みぬ

寝酒　寝酒なき夜の紙衾　除目に洩れて寝酒酌む

冷酒　冷酒をあふつてゐた　我等あぐらゐ冷き酒のむ
つめたき酒や鮒膾　玻璃の冷酒の

炉酒　夜をさむみ炉酒を思ふ　しみじみと炉酒を恋ふる

【酒酌む】　扉にも酒くむかげや　酒炉の端に酌む
田舎酒汲みておもひぬ　酒酌みて世をばののしる

酌み交す　故郷人と酌みかはす　酌み交す円居の杯の
くみかふ酒はいにしえの

酒合戦　飲み比べ　酒合戦しつつ　酒戦たれか負けむ

酌（酒をつぐ）　酌下手の妻を呵るや　酌とる童蘭切にいで
手酌　いつ身につきし手酌かな　手酌いかしき一二杯
飲ぶ（酒を飲む）　あさましく酒をたふべて　弱き男も酒をたうべぬ　乱行者も酒をたうべず　美しき酒をたうべて
盃洗　盃洗にさゞなみ立つや　運ぶ盃洗チリと鳴る
【叫ぶ】　焼けし樹に叫び木枯　父を返せと叫びたき　哀猿叫びて　ADIEU！と叫ぶ唇も
雄叫び（勇ましい叫び声）　道場の雄叫び　をたけびは海見てあげし　外の面には暴風雄叫び　修羅のをたけび
おめく　自動車おめききほひ登るも　常磐木は深くをめきぬ　叫きつゝ言ふ語　岨みちを自動車おめき
叫ぶ　野に叫び　呪ひかとばかりおらびつゝ　鳥のおらびを　我は叫ばふ　枕に潮のおらぶ夜は憂し　言ひ叫ぶ
叫び　鳥のさけびにまじりつつ　炎天に声なき叫び　あの響　樹々の喚びと　晩夏のさけび　一さけびなる
【裂ける】　裂ケシ樹幹ニ肩アマル　さけて砕けて寒さ哉　けもの裂き魚裂き　氷の裂くる音ひびくなり　空裂けむ　指に割けばパンぬくゝあり　飢泣く民に心割なん
亀裂　土蔵亀裂せり　冬天蒼く亀裂せり
雲裂く　雲裂けて山あらはるゝ　枯野の雲を縦に裂く　黒雲を雷が裂く夜の　黎明うまる雲裂けて
水裂く　せきれいや水裂けて飛ぶ　岩に裂行水の声
【酒類】葡萄の酒　葡萄の美酒が　葡萄の酒の濃紫
甘酒　溢れあふるゝ甘酒や　甘酒の釜のひかりや　酌めるは何の甘酒ぞ　ふつ〳〵なるをのぞく甘酒
どびろく　葎の宿にどびろくを酌む　山どびろくを
濁り酒　いささかの濁れる酒と　にごれるさけをのむがたのしさ　葎の宿ににごり酒
山酒　にごり山酒酌むよしもなし　一椀の山酒酌みて
薄荷酒　薄荷酒にもこころ躍りぬ　薄荷酒の冷えゆけば　帰る夜の薄荷酒は　色青きペパアミントの酒に
麦酒　ビール　且つ鳴らす麦酒の杯
ビール　渓流で冷やされたビールは　山の夜のビール
茴香酒　茴香酒の青み泡だつ　青き飛沫の茴香酒
ウイスキー　ウヰスキーに咲いた薔薇の花　小説本とウヰスキー　老教授はウヰスキイを呼ぶ
梅酒　自づと古りし梅酒かな
火酒　火酒のごとき噎びして　刺すがごと火の酒の　火酒したたらす紅茶かな　火酒に燃ゆ　火酒に色無き
乳酒　玉碗のうまし乳酒は　神つ水乳酒を飲めば

さ

コニャック　コニャックの酔ひのあとなる

焼酎　焼酎酌みて端居すわれは　焼酎のつめたき酔や

リキュール　百色のリキュール　リキユルのまはつた熱で

【捧げる】　香炉ささげ　み仏にさゝげまつりて　月のひかりに捧ぐるごとく　酒をささげて君をことほぐ

奉る　文殊に燭をたてまつる　温泉の神に灯をたてまつる　豊のあかりに奉らばや　石の地蔵に酒たてまつる

手向く　いとせめて手向くる酒の　みほとけに手向く水あり　手向くべき線香もなくて

饗す　葛飾早稲を饗すとも　神饌の夏大根

祭壇　森の祭壇　名もなき霊の祭壇が　魂の夜の祭壇

閼伽　誰がために酌む閼伽の水　閼伽水のながれの尖が
　閼伽汲むと春の日中に　閼伽桶やこほりのうへの

賽銭　賽銭の音清み冴けみ　箕ではかり込御さい銭
賽銭も雪も一緒に　降る賽銭の

捧げ物　何やらの賀のさゝげ物して

玉串　玉串の葉の露霜に　玉串の葉を　玉串の向き

手向花　手むけの花に風そよぐなり　山吹を手向の花と　いまは母への手向にと摘む　我の手向くる草の花

幣（紙・麻などで作った）　幣の花かもなゝかまど　心を幣とくだく旅かな　幣を手に雁をみおくる　もみぢをぬさと

布施　嬉しき布施や草箒　彼岸のお布施軽う受け　ころもより僧の布施透く　布施置きて

【小波】　漣の下に連翹　オホーツクの黒きさざなみ
さざなみが生れてはまた　銀のさざなみはてしなく

ささら波　さゝら波更にぞ立り　小波ぞ立つ

細れ　波のよせけるさゞれなるらん　野のさざれ水
さゞれ波つばらに見ゆる　さゞれにうつる白菊の花

【さざめく】（大勢でさわぐ）　さんざめく踊りの中に　帆はさんざめく　庵さざめかす寒雀　車に交りさざめき歩く

さざめき（さわがしく音をたてる）　かなしい海のさざめきよ　君がさざめき　水のさざめき

さやぎ　若あしの水際のさやぎ　若竹のさやぎを聞けば　萩のさやぎのさまぐ〜に　梢のさやぎしづまらぬ
さやぎしづまりひとり悲しも

さやぐ（ざわめく）　耳べにさやぐ　さやぐ霜夜をわが一人寝る
鳴きさやぐ驢馬のにほひよ

騒ぐ　小笹が原は騒ぎけるかも　騒ぎむれゐし群衆の波なほ騒ぐ湖の音　竹さわぐ風の中

騒立つ（ざわつく）　何にさわだつ鴨の声　わだつみにさわだつ浪

の　鳥のこゑここださわだつ　海面の黒み騒だち

ざわめく　湖べ俄かにざわめきて　ざわめきの掲示板

ぞめき（ささや）（騒ぐこと）　物々しき街のぞめきや

【囁く】　わが耳に夜がささやくと　ささやきて去にける影や　海鳴りの底にささやく　水さゝやきて

小声（こごえ）　小ごゑに君が名を　小声なり　すこし小声に

囁く（ささめく）　夜の帳にささめき尽きし　うしろより低語き

囁き（ささやき）　囁もらせ春の風　過ぎしその手か囁きか　ひえびえする古代のささやき　さゝやきかはす杖と笠

細声（ほそごえ）　君いひしその細きこゑ　声細りゆき消ゆるかと　こほろぎの声の細りや　蚊の細声牛の太声

【匙】　粥すゝる匙の重さや　自が息に曇りし匙を

匙（かい）　箸匙などの　銀の匙　匙に飯を

銀の匙（ぎんのさじ）　紅茶をくゞる銀の匙　夕月を銀の匙かと見ておもふ　銀の匙もてかきまはし　机上の飢の銀の匙

散蓮華（ちりれんげ）　砂糖を掬くふ散蓮華

一匙（ひとさじ）　冷めたるココアのひと匙　一匙のココアのにほひ

【流離う】　はるばるとさすらひ来れば　さすらいの果はいづくぞ　漂浪の暗き山川　漂泊の悔を知らむ

漂泊（ひょうはく）　海辺を歩む漂泊者　恋に追はれし漂泊人は

放浪（ほうろう）　私の放浪する半身　秋はかなし放浪児にも

流離（りゅうり）　流離の旅の人として　流離の記憶消しがたき　流離の姉を訪ひ　流離の国に

流浪（るろう）　なれも流れの身なるかな　流れたいから流れてる

流離人（さすらいびと）　さすらひの船旅びとは　物乞の漂浪人を

あとなし人（ところ定めず流浪する人）　あとなし人と深夜に語る

漂流者（ひょうりゅうしゃ）　逗留中の漂流者に　自称漂流者のよろこびは　わたしは地球の漂流者で

風雲児（ふううんじ）　風雲の児とならばやと　風雲の児となるもよし

無頼（ぶらい）（悪党）　無頼の眠りたる墓　無頼の友もなつかしや　空には無頼の花びらばかり　無頼の名さへあまんじて受く

ボヘミヤン　ボヘミヤンの遍路に　ボヘミヤンの群に

【誘う】　誘連ておもひの外の　少女の舟にさそはれて　女けうとくわれを誘へり　花のさかりに誰をさそはむ

率う（あどもう）（声をかけて誘う）　率ひて漕ぎ行く船は　あづまもののふあどもひて　御船子を率ひ立てて

誘う（いざなう）　眠りいざなふ　青葉若葉にいざなはれ　夢みつつ誘はれつつ　見まくほしさに誘はれつつ

風誘う（かぜさそう）　ならひありて風さそふとも　風のそよぎにさそはれて　風のしらべにさそはれて

さ

手を取る　いましづに君が手とりぬ　月夜よしいざと手をとり　手をとりて死なば死ぬべき　妻が手とるも

【定まる】落ち着く　蕣藍に定まりぬ　波定まりて　日和定まる　漁火の数定まりぬ

定まらず　書読む心定まらず　一羽のひばりまひさだまらぬ　翼さだまらず　風さだまらぬ　汐さだまらぬ

【幸】　野の楽に幸を見るかな　幸足る汝や寒雀　草摘む子幸あふれたる　言魂の幸にたまたま逢ふがごと

幸福　幸福は厩の中にゐる　蝶越ゆ吾も幸福追ふ

幸い　幸にみち、勇にみち　幸なりしひとときもあり　幸ひのゆきもどりして　女の幸い

幸多く　君が身に幸おほかれと　君行く方に幸多からん

幸草　ことぶき草のさち草の　さち草の日陰の蔓

幸せ　蒼空のこんなにあをい幸を　翳のなき幸せなどは　幸せを疑はざりし　卑近なかたちよ幸せといふは

【幸薄き】　幸うすく生れて死にて　わかき身の幸うすき世を嘆き　幸薄しとて呟くな

因果 原因と結果　なにの因果をわが咳きやまぬ

禍福　禍福もつるゝ弥生かな　賽の禍福のまろぶかな　人それ〳〵吉凶ありて

数奇　みづからの数奇の生を

不運　我より不運なやつが生れぬ　運不運人のうへにぞ

不幸　不幸に真向ひて　満天に不幸きらめく

【雑草】　雑草の身にかへり行く　地面と雑草の焦げる匂です　雑草として芽を吹く　春浅き雑草の固く

荒草 荒地に生える雑草　雑草のおどろが上に　あらくさの茂れるなかへ　雑草をわけ行く馬は　野は雑草の　青の雑草

下草　下草のしめりもかすか　下草そよぎ胸のとよめき　松の下草深き寺　露をもしらぬ風の下草

道芝　道芝の露ふみしだき　道芝に雨のあがるや　道しばむすぶ夏野哉　みちのしばくさうちしきて

葎 雑草　人も来ぬ葎が陰に　霜うづむ葎が下の　夜は葎もうつくしき　葎の中の梅の花　翅砕けて八重葎

【雑話】　炉ほとりに集りて雑話や　炉辺の雑話黍を焼く

立話　月いついでし立咄　夜振の人と立話

世語り 世間話　渋茶すゝりて世がたりに　浮世がたりをするが寂しき　世語りのかなしきことを

夜語り 夜ばなし　秋の夜語り更たけて　過ぎし夜がたり　春の夜の室の夜がたり　夜がたりの間に月かたぶきぬ

夜咄 夜ばなし　夜噺の片手に着する

さ

【里】 日暮の里べをゆけば　里のはやねと申すべし

里川 さと川のふけゆく月に　潮さしよどむ里川を

里の子 里の子よ梅おりのこせ　里の子の肌まだ白し

里の月 柴折戸さむき里の月　里の月影

里人（里の住人） 里人の堤を焼くや　さとびとこぞり

里廻（里の辺り） 里わに隠れ　里わのけぶり　近き里廻を

千里（多くの村里） ちさとゆくこまもすゝまず　千里の浜

山里（山村） 山里は春おもしろし　花遅げなる山里の春

大原 大原や蝶の出て舞ふ　大原のふところ暮るゝ　匂ふ大原

小雨そぼ降る大原や　大原の古りにし里に

【砂糖】 砂糖の蟻の黒だかり

角砂糖 角砂糖前歯でかじる　角砂糖ひとつ女童に

氷砂糖 氷砂糖のつめたい食慾

【里住み】 里住みの春雨ふれば　住みこし里を出でて去なば

鄙に五年住ひつつ　鄙にし住めば

県居 あがたゐのちふ[茅生]の露原

里居 里居の夏に京を説く君　里居わびしみ

【早苗】 さなへ草うゝる時　早苗を縫うて月ぞ流るゝ

早苗取る 声もみだれず早苗とる　早苗とる手のこの頃重き

袖も重げに早苗とる　早苗とる子の唄を聞く

早苗饗（田植え後の宴） 早苗饗や神棚遠く

田植 一枚の田を植ゑにけり　男ばかりの田植かな

麦跡の田植や遅き　田一枚植て立去る

田植唄 たつた一人の田植唄　昼寝して聞田うゑ唄

あちらこちらの田植歌　四方の田歌の夕暮の声

早苗時 寝かしおく子や早苗時　粗末を誉る田植時

苗代時の寒哉

【早苗女】 早苗女は列を揃へて

早乙女（田植娘） 早乙女の一群すぎぬ　早乙女の尻につかへる

田を出でて早乙女光る　田植は早乙女

植女 多くの植女立ならび　殖女雇ひ

【裁き】（裁判） さばかるゝ身といつなりし　をんなごころをいかにか裁く

裁判はてし控訴院に

公事 秋の田をからせぬ公事の　かとく公事まず文通で

【砂漠】 砂漠の中に火が見えた！　沙漠をよぎる影

秒刻は銀波を砂漠に流し　砂漠は丹の色にして

砂嵐 熱き香もとぶ砂嵐かな

流沙 天竺の流沙に　流沙をわたる人　流沙かすみけり

【寂し】 髪の先まで寂しきとき　こちらむけ我もさびしき

こゑ出さばたちまち寂し　さぶしさのほのほのごと

心寂し 二人寄れどもうら寂し　春の陽はうらさびしもよ　うらさびし老のはじめか　後姿のうらさびしけれ

心寂ぶ 心荒びて相したしまず　おく山道をうらさびにけり　月を経にけりうら寂ぶる　うらさび暮し

気遠き 心けどほくただ歩みをり

恋寂し 恋ふればかなし　さびしく恋ふる　寂しき恋を

孤独 しばし孤独を忘れをる　花やかにして孤独なる　とりまく風の孤独なる声　二人ゐてなほ孤独なる

寂寂 さびさびて今は光らぬ　寂び寂びと葉枯れ

寂しむ 寂しみて匂ふ眉を見てゐつ　会ひては溺れぬことを寂しむ　秋を寂しむわれの過去あり

寂しら さびしらに蟬鳴く山の　さびしらに花は咲きつつ　さみしらにひとり眺めて

しめやか（ひっそり） しめやかに生きむと思へば　しめやかに雨を聴きつつ　しめやかに散る　ただしめやかに

まさびしき まさびしき遠き入江に　まさびしき畑のさまかな　訛りまさびしく　まさみしき憂ひをつつみ

物寂し 物さびしらに鳴く蛙かも

【さびる】（そのものらしくなる） 仏さびたり月明の道　童さび　貴人さびて　をみなにてますら夫行動し

さびる――さぼう

翁さぶ（老人らしくふるまう） 翁さびけり君も吾も　白鷺は翁さびたる　翁さびたる可笑しさよ

男さぶ 男さびして酒のみて　男さびして今悔にけり

少女さぶ 乙女さびせり坊が妻　夫人をとめさび

神さぶ（神々しく） 神寂びし七山の杉　ふもとにはこだちかみさび　神さびし街をめがけて

めく あらしめく風ふきやまず　男めき堅きひびきす

【錆びる】 青さびた牢獄の壁を　鉄の門の錆びたれば　錆びし扉は音なく鎖され　錆びしピストル

錆 二百年錆に黙せる　かなしきさびの

赤錆（赤茶色のさび） 赤錆びし夕陽の色や　赤く錆びし小ひさき鍵を　船骨の赤錆びたるが

金錆 水枯れて金錆のごと　金錆したる月と見ゆ

【座布団】 座布団に突きさゝる　落ちかゝる夏座布団や　春の日ののびている坐蒲団

円座 友来ねば円座さみしく　菊畠客も円座を　涼み人円座はなれて　雪の円座の

クッション ひとに贈るとくつしよんを縫ふ

小枕 さめし昼寝の小まくらや　小枕のしまり加減に

【茶房】 まなざし深し茶房のマダム　茶房多き街

カフェ　街裏のカフェエに坐つて　朝のカフェエの時刻だ　カフェの音楽！　街なかのかふえの庭に

茶店　芦簀ひく茶店の姥は　冬の茶店の客となる

茶屋　花深うして茶屋寝たり　運河の茶屋の帆掛鮓

【彷徨う】　嵯峨をさまよふ蝶一つ　地を空を春はさまよひ　空の小鳥のさ迷ひに　病夢さまよふ水の音

うろつく　我が影ばかりうろつきまはる　太陽は空をうろつき　蝶もうろつく

雲水　雲と水。転じて行く先の定まらないこと　雲水のゆくへあだなる

【寒き】　氷河ま寒き　寒き国に父はきませり　声さへ寒く雨はふりいでぬ　月にあそべば寒き夜もなし

秋寒　秋の深まりを感じさせる寒さ　京の秋寒　秋寒の新酒醸す

朝寒　朝のうすら寒さ　朝寒の袂さぐりて　朝寒や蘇鉄見に行く

寒気　寒薔薇の寒気を弾く　鮭の簀の寒気をほどく　三四日寒気のゆりし

寒さ　風おちしあとのさむさ　蕾こぼるる寒さかな　寒さはゆりぬ此の春の宵　身の老いにかなふさむさや

春寒　立春を過ぎてからの寒さ　春寒の樹影遠ざけ　春寒の夜は膝だきて　春寒の銀屏ひきよせ

余寒　寒が明けても残る寒さ　岩の鵜も余寒かな　犬いそぎ去る余寒かな　手向くるや余寒の豆腐

夜寒　秋が深まり、夜の寒さを感じること　夜寒の膝や机下　人を恐るゝ夜寒かな

薄寒き　秋うそ寒き　うそ寒き京のはづれの　あさよさや膝うすさむき　うそさむう昼めしくひぬ

寒日　非常に寒い日　鶴は病み寒日あゆむ

極寒　極寒の病者の口を　極寒裡　極寒の塵もとゞめず

肌寒　薄着して肌寒を言ふ　やや肌さむみくちづけをする　秋の風肌寒うして　夏の夜明けの肌寒し

寒み　寒いので　谷寒み紅葉すがれし　露霜をしげみ寒けみ　夕寒み　影さむみ薄ら光に　空寒み　夜をさむみねざめ〳〵て

風寒み　風が冷たいので　夜風寒み　浜風さむみ咽に沁みけむ　浜風寒み己妻呼ぶも　朽縁に吹く風さむみ　川風寒み

朝寒み　霜月のあしたを寒み　朝さむみ路まがりゆく

【寒げ】　白き犬寒げに佇てり　露さむげなる青き草

寒寒　寒ざむと夕波さわぐ　いや寒々に秋の虫鳴く　さむざむと時雨は晴れて　目もさむざむと向ふ雨霧

凄まじき　冬枯れのすさまじげなる　真昼の月のすさまじき時　ゆく秋の露すさまじき

寒がる　たましひの寒がる夜だ　京を寒がる御忌詣

寒けく（寒そうに） さむけく見ゆる秋のはて哉

【覚める】 まよひもさめて　さめよわが霊いま審判の日　ほろりとさめし庭の風　わが心覚む

目覚める　避暑季節終はりてめざめ　女として目覚め

【皿】 皿にはをどる肉さかな　皿ばかり触るる音して　買初の皿ならべたる　乏しき皿に箸つけにけり

皿小鉢　炉縁にならぶ皿小鉢　皿鉢もほのかに闇の　古き藍絵のよき小鉢　小皿の音厨にひゞき

銀盤　雲はくるくる日は銀の盤　天の銀盤　爛たる銀盤

【去る】 その日〳〵の来ては去る　いつ春去りし眺めかな　去りゆく日々にかゝはらず　人さりてたそがれ淋し

跡にする（そこから離れる） 友のおくつき跡にして

往なす（立ち去らせる） 人いなせたる宿のさびしさ

往にし　帰り去にし我兄の声は　いにし人　朝立ち往にし　去にし子ゆゑに　飛びてや去にし

去ぬ　あすは去なん舟に虫鳴く　燕去んで部屋〳〵ともす　風去にてしんと沈める　いぬる夜は　去ぬる背中の

失せる　生れつ失せつ蟻の城　形は消えよ世は失せよ　うせし弟の帰り来て　悲しむ力失せにけり

去り難き　去りがたい思ひで燻ぶる　花の香に去りかねて立つ　巣を去りかねて　さりがたき日の

辞す　雪に辞す人に手燭を　芝生を踏みて辞しにけり

退く　夜がしりぞく霧の上　冬滝を日のしりぞけば

【沢】 沢の蛍は皆燃える　山さはがくれとぶほたるかな　鴫たつ沢の秋の夕暮　荒れにける沢田の畦に

沢辺　沢辺にたてる葦鶴の　想は暗き沢のべに　沢辺をさして駒のおりくる　沢の辺に童と居りて

沢水　真菰の生ふる淀の沢水　沢水は春も澄みつつ

【騒がしい】 四月吹く風騒がしや　騒がしくして小夜ふけにけり　世を騒がしゝ強盗の

喧し　あなかしがまし花もひと時　かしがましさに

姦し　姦ましくなに囀ると　かしましき故郷人の

言痛き（煩わしい） 思ひこちたき夕ぞゞる髪　恋の情のこちたさに　こちたき草をいとはしみ

【爽やか】 爽やかな麦藁帽子は　さはやかに蒼空澄みて　窓の中にはさはやかの

さやか（明瞭。澄みきっている） 秋来ぬと目にはさやかに　さやかに恋とならぬまに　鳰の水尾さやかに白き

清けき　波の遠音のさやけく聞ゆ　ゆく水の川音さやけみ　太刀のさやけきけふの月かも　さやけき温泉に

さやに　あかつきの光さやにおこれり　花さやにさく　月さへさやに照渡りぬる

【山河】　青い山河をさながらに　山河消え去る夕かげり　山河幾とせ秋の色　幾山河越えさり行かば

山川 山と川　山川を愛しと思へば　山川の清けき見れば

【三月】 陰暦三月　花の三月ふりつぶす　雨がちにはや三月も　三月は柳いとよし　塔の屋根青き三月

啓蟄　啓蟄の土の汚れやすきを

弥生　弥生の苑の薄べに桜　姿つやけき春弥生かな　弥生の空のかそか雪　弥生の春の落つる日のもと

弥生尽 陰暦三月末日　瀧落ちてをり弥生尽　誰にも逢はず弥生尽　花菜つぼみや弥生尽　三月尽の道氷りけり

【参詣】初詣　三の鳥居や初詣

詣でる　野々宮を詣でしまひや　白木の宮に詣でけり　垂乳根と詣でに来れば　大瀬にうかぶ詣船

茅の輪 疫病除け　里人の茅の輪くぐりに　夜の茅の輪をくぐるわれ　茅の輪に内外あり　茅の茅の輪に

夏越の祓　夏越の星の流れたる　六月のなごしの祓

願ぎ事　此ねぎ言を神うけたまへ　願ぎごとはひそかなり　ぬかづいてねぎごと長し　白拍子ねぎごとまをす

破魔矢　子に破魔矢持たせて　雪にうけたる破魔矢かな

参道　参道を登りつめると　参拝道の砂ほこり

寺参り　久しぶりにて寺参りする　夕飯過ぎの寺参り

宮参り　そこはかとなき宮廻り

寒詣り　脇目もふらず寒まゐり　寒詣かたまりてゆく

【珊瑚】　珍の珊瑚に紛ふあり　わたつみの珊瑚の枝に　降るものは珊瑚の雨と　海底は珊瑚の森ゆ　燐光珊瑚

珊瑚珠　珊瑚珠なす唇の　水色の玉、珊瑚珠

珊瑚礁　珊瑚礁のきいろい水の丘　蝶のとびゐる珊瑚礁

【山荘】　山荘の下森厚くして　登山荘煙吐き吐く　くれなづむ山荘のには　月明のごとすずし山荘

山小屋　山小屋のをぐらきに　山小屋に積む冬の薪

【讃美歌】　火葬場にたつ讃美歌のこゑ　わが讃美歌はかすかに消さる　讃美歌低く

聖歌　聖歌ながらに手向けゆく　みちびきさとし聖歌のにほひ　少女等の聖歌　聖歌口に

聖歌隊　少年聖歌隊匂へり　炉火が燻る聖歌隊黙し

ミサ　ミサの終りの歌声の　春暁のミサ修し来て　春のミサ　弥撒の白布に農の日焼　モツァルトの鎮魂ミサ曲

【散歩】　曼珠沙華咲く散歩道　雨後の散歩の若葉かげ

咲く花に散歩心も　雨後の散歩の快く

朝歩き 朝の散歩　野沢の里を朝歩きする　朝の道である

夕歩き 夕方の散歩　夕歩きとは　心さそはれ夕あるきする　夕さまよひに月見草摘む　夕間暮そゞろありきに

逍遙　岸の逍遙袖かろく　老の夏野の逍遙や　青葉の下を逍遙するのだ　朝逍遙す夕逍遙す

漫ろ歩き　おぼろ夜のそぞろありきに　鶺鴒のそゞろありきや　金閣をおりて漫歩や

遠歩行　団扇持て人遠ありきす　眼に置ながら遠歩行

遊歩 ぶらぶら歩く　停車のひまの遊歩より　遊歩場の憂愁の長椅子　遊歩杖あづかられ　遊歩甲板浄らかに

歩行神 そぞろ歩きを誘う神　足の裏なる歩き神

庭歩き　朝な〳〵の庭あるき　こころおもく庭をあるきて　庭逍遙の目に触れて　こゝろなく庭逍遙の

一人歩き　独ありきの下駄の歯の　ひとりあるきのさみしさに　独身や上野歩行て　ひとりで歩いてゐる

し

【強いる】　君に強いたる愛なりし　別れを強ひし心もて　くちづけを強ひたるあとの　無理強ひに為事いそげば　新蕎麦や無理じひしたる

敢えて　あへて漕ぎ出め　敢へて漕ぐなり

【潮】　赤潮を越してなほ漕ぐ　朝の潮ゆたかにみてり

潮 海の水　なつかしき潮の音も　よるのうしほを　潮明るき海のきは　みだるるうしほ　潮は華と

潮さす　汐さす川の水遅し　潮さす水をみてありしかな　潮さしよどむ里川を　心しづかに潮さしきたる

青潮 黒潮　青潮に追風うけて　蒼き潮あび　鳴る青潮に

黒潮　黒潮の行くみんなみの　黒潮の流れて奔る　春を揺りくる黒潮よ　黒潮の波濤にむかつて

荒潮　大渦の荒潮も　荒潮におつる群星

大潮 干満の差の最も大きい潮　大汐はゆたにさし来て

逆潮 流れに逆らう潮　逆潮をのりきる船や　逆潮のひびき

初潮 陰暦八月十五日の潮　初汐のみち来る浜を　初汐や帆柱ならぶ　初潮や鳴門の浪の

【潮遊び】　ひねもす呆けし潮あそび　蟹と戯れ磯あそび

砂絵　春の月砂絵の童らに　見る砂文字の異花奇鳥　砂の上の文字は浪が消しゆきぬ

潮浴び　常夏の碧き潮あび　潮あびの子ら危険なし　潮あびの戻りて夕餉　海水あびに土手つたひ

潮干狩　汐干もどりの月あかり

波乗り(なみのり)　浪のりの白き疲れに　波乗りに青き六連嶋が

【塩辛き】(しおからき)　しほからき蒸気にむせび　塩からいにしめを

辛き(からき)　伽羅蕗の滅法辛き　ひりひり鹹き鮭食うぶ　餉にからき涙や　乾鮭のからきを食みて

塩映き(しおはゆき)　台風の雨は塩はゆし　しほはゆき昆布を煮つつ

塩(しお)　塩はたふとし雪よりしろし　塩のごとしろくくづれぬ　枝豆の真白き塩に

醤油(しょうゆ)　誰か醤油をかけてくれ　鮪に垂らす醤油かな　亀甲万は湛ふれど　醤油ねさせてしばし月見る

【潮時】(しおどき)　大海の潮時の来て　しほどきわたる滑川　好き機いつしか逸れて

頃合(ころあい)　ころあひにつきたる燗も　実紅きころほひ

時過ぐ(さだす)　チャンスをのがす　しかすがにさだすぎにけり　さだすぎて宵はづかしき　この時過ぎて後恋ひむかも

時しもあれ(ときしもあれ)　時しもあれや蜜柑船　ときしもふれる

【塩焼】(しおやき)　め刈り塩焼きいとまなみ　須磨の海人の塩焼衣の　塩やく煙風をいたみ

塩田(えんでん)　塩田の足跡夜も　塩田の黒砂光らし

塩尻(しおじり)　塩田の砂の塚　塩尻のしりもすはらぬ

塩屋(しおや)　塩焼小屋　煙あげて塩屋は低し　春のしほやの薄煙　塩屋のけぶり　灘の塩屋の夕暮の空

藻刈舟(もかりぶね)　藻刈小舟の今すぎて　柳くぐるや藻刈船

藻塩(もしお)　海藻より採る塩　藻塩焼く浦のあたりは　田子の浦の海人の藻塩火　海人のこりつむ藻塩木の　藻塩草煙も立てぬ

【萎れる】(しおれる)　草は萎れてきりぎりす　萎れ大根の　恋しかるべし雨にしをるる　いのちの花はうち萎れ

萎える(しなえる)　芙蓉の萎え　燃えてしなへた葉鶏頭に　コスモスの花吹きしなひ　朝露におもひしなえて

萎びる(しなびる)　萎びたる瞳の光沢に　しなび林檎や

萎む(しぼむ)　花凋むアパート　しぼめる老も春を知ぬれ　萎みてあせぬ矢車のはな　凋むべきさだめに

萎える(なえる)　夜の間に萎えし卓の花　饐え萎ゆる芙蓉花の

【紫外線】(しがいせん)　皮膚灼くる紫外線つよく

菫外線(きんがいせん)　紫外線　菫外線に灼けながら

【四月】(しがつ)　陰暦四月　やはらかな四月の雨の　四月の雨のぎんいろの指が　雀みのらし四月の木　畳つめたき四月尽

卯月(うづき)　卯月より皐月に移る　千部経よむ春卯月　卯月つごもり　蕨こはばる卯月野ゝ末　卯月の忌に忌こもるを

更衣(ころもがえ)　更衣水にうつりて　衣更老いまでの日の　人のまことのころもがえ　更衣食のほそりは

首夏 陰暦四月　暮春首夏まだげんげ田の
復活祭　復活祭の鐘ひびき　復活祭をつばめ待つらん
【屍】　子を抱く母のしかばね　屍にすがる聖母の図
水いろの屍よりぞ　我屍にふるみぞれ　恋の屍
骸骨　骸骨を叩いて見たる　斯う居るも皆がい骨ぞ
屍　生ける屍が妻を叱る　人の骸の夜のうめき　伴び
ととかばね列ねて　獣の屍をちこちのかばねふみつつ
骸　まだらに青き殻をあらはす　つめたき骸のありあ
りと見ゆ　わが骸は　殻の宿　白き骸
死骸　死骸となりて海つばめ堕つ　泥猫の死骸を埋めて
馬の死骸　美くしい屍骸の浮ぶ　蝶の死骸を引上げる
亡骸　小雀のなきがら埋めし　なきがらや秋風かよふ
亡きがらを一夜抱きて　日のなきがらを踏むここちする
むくろ　むくろの猫の鈴鳴りぬ　水に浮く蝶のむくろ
や　虫の骸　骸の彼へひた急ぐ　冷えしるき骸の唇に
【叱る】　雲を叱る神あらん　叱られて泣く子の姿　か
りそめに叱り得べしや　少年の素直を叱る
叱られる　叱られて三味線さらふ　叱られた足の眼に蛍
が　叱られて目をつぶる猫　わが生みし子に叱らるる母
叱咤　身しぼる叱咤の鵜の匠　頭上に叱声を聞き

諫める たしなめる　わが怠惰を諫める　親のいさめも
嘖う 声をあげてしかる　寝なへ児ゆゑに母に嘖はえ
【時間】　草二本だけ生えてゐる時間　底の知れない時
間の累積　お魚みたいに時間が流れる
セカンド 秒　セカンドの刻みのすきに
秒　秒の間も　秒針の強さよ　秒針のきざみて倦まず
小半時 三十分　幹に耳あて小半時　おくって出ても小半時
半時 一時間　瓦斯の火を半時ばかり　半時の颶風のゝちに
二時 四時間　二時ありし青塗の馬車
【磁器】　陶は磁よりもあたゝかく　わが春の日の磁の
香炉かな　苺の磁器に
青磁　青磁の壺のさくら花　青磁色の器のかけも　青
磁の皿の点の骨　青瓷の盤に　香炉の青磁はしけやし
白磁　白磁の如き日あるのみ　白き磁に盛る春の水
【自棄】　自棄の涙　自棄の心のやるよしもなし　自棄
のすがたに振舞へど　自棄の心となりはてし　自棄の酒
自嘲　少女めきたるわれを自嘲す　どことなく自嘲の
声が　自らをののしり尽きず
【食物】　食喰ひ　食を求めむ　青き食物の　食物を乞ふ
飲食 食べ物　浅皿に粮盛り　飲食豊かに

しきりに――しぐれ

飲食　飲食のもの音もなき　御食に汚れし炉辺や
糧　コンブ拾って糧にする　ともしき糧を貰ひて行く人
汝が糧をみづから作れ　飯なき鉢に寒菊つみぬ
お斎 食事　紅葉賞しつゝお斎かな　御斎かしこと食しつ申さく　酒も添へて斎を供しけり
小昼 朝飯と昼飯の間の軽い食事　小昼のころの空静也
飯　飯食べてゐる　飯煮るくりやのゆふべ　君がため飯煮るわざも　余所の飯　さみしさに早飯食ふや
冷飯　山守の冷飯寒き　栗飯のひえしをよそひ
夜食　諸一片を夜食とす
二食 一日二度の食　二食にも堪へむよ　二食になりぬ冬籠
【頻りに】　しきりに岸へいどむ波　こころしきりに君を憎めり　機関銃のおと頻りに　しきりに枯るゝ
あやに　あやに愛しき　過ぎし日はあやにかしこく
いたく　日の脚いたくかたよりて　旅衣いたくよごれて
いたも　いたも更くるか月夜の踊り
大いに　大いに咲ふクリスマス　あらたしき歌大いに起る
幾許　誰をまつ虫ここら鳴くらむ　こゝら世を見る
しくしく　白い月がしくしく泣いて　しくしくわびし
しとど　しとど濡れ　しとどに光る　しとど汗ばみ

頻に　秋の穂をしのに押し靡べ　しのに露ちる
しみみ　山ゆけばしみみに恋し　しみみ降る霧の匂ひも
しみら 繁く　夕雨のしみらにそそぐ
切に　切に待つと泣けども　いまいと切に少女こひしき
濛濛　濛濛と桜のふぶき　雨濛濛と
もとな　眼交にもとな懸りて　野菊はもとな花咲き
わざと　わざと隣の子をだきに　わざと消したる声の艶
【時雨】　おとはしぐれか　さめてまた時雨の夜半ぞとほ山もとのゆふしぐれ　時雨に色を染めさせて
時雨る　しぐれかけたり法隆寺　今日ばかり花も時雨れよ　あかず時雨るる小倉山かな
時雨雲　時雨の雲もこゝよりぞ　しぐるゝ雲かふじのゆき　しぐれ雲おりゐ沈める　時雨雲はるかの比叡に
時雨空　枝まばらなる時雨ぞら　しぐるゝ空を
初時雨　初時雨夕飯買に　初しぐれ世になき友を　初しぐれはづかにぬるる　身の老を知る初しぐれ
春時雨　春しぐれまもなくやみし　春しぐれ一とき
一時雨　うごかぬ雨や一時雨　紅葉の茶屋の一時雨
一時雨虹はなやかに　一時雨礫や降て
片時雨 ひとところに降る時雨　あらたうと寂光院の片時雨

し

【繁る】 茂る若木の下雫　もの思ひぐさ繁るころかな
繁み（茂っているので）　いそわの千鳥声しげみ　木立をしげみ
繁り　石ふみ外す葉のしげり　茂りほの白く咽びたり　青葉の茂こまやかにして　茂りの下の那蘇仏
木垂る（木が繁茂する）　市の植木の木垂るまで　木垂る杏は黄に熟れにけり　松木垂るみゆ　鎌倉山の木垂る木を

【地獄】 神曲の地獄の巻に　山に地獄の吹嘘声　火の山の地獄の谷を　そのまま地獄に墜ちてしまふ夜だ
閻魔大王　大きなる閻魔の朱面　閻魔大王の咳のこゑ　口赤き閻魔が　閻王の眉は発止と　閻王の涎掛せる
業火（地獄の火）　業火降るな　ネロの業火石焼芋の

【子午線】 子午線上の大火団　はるか地球の子午線を
赤道線　赤道の焔の国ゆ　山原船は今赤道圏に
地軸　地軸に近い何所かで　耳に地軸回る音
天末線　准平原の天末線に　はたけのをはりの天末線
南回帰線　船はいよ〳〵南回帰線に

【自在】 自在のつばさ楽しき身　自由自在に雪は舞ふかな　天人の飛行自在に　紅き鸚鵡を自在に放つ
自由　自由の燭を手にとりて　自由な春の濤つかみ　自由の旗を翻へせ　街頭自由生活者組合

我儘　わがままの心おさへて　客の前に子の我儘や
まま　わが涙いま自由なれや
恣　水の上にほしいままなる　ほしいままなる夜といふはなし　求めたまへ放縦にて　自恣に驕る心
気まぐれ　きりぎりす気まぐれに鳴き　雨の気まぐれ
出来心　情に脆い風の出来心　ふとしたる出来心もて

【沈黙】 澄み亙ったる夜の沈黙　あたりの沈黙に雪さやる音　静寂わが身にひたせまる　沈黙の海に
寂然　寂然と火鉢をかゝへ　帆柱ぞ寂然として
蕭条　蕭条として雪ふる日かな　札幌の風蕭条と　満目の蕭条の秋　蕭条として石に日の入る
静謐　全くの静謐　乳白の灯の静謐よ
森閑　蟬一つ鳴てしんかんと　ふるさとは秋しんかんと閉めてしんかんたる障子　しんかんとまひる明るき
しんと　大河はしんと流れけり　風去にてしんと沈める　しんとしてピアノ鳴りいで　しんとする芝居最中
音せぬ　風の音せぬ　寂寞音せぬ山寺に　木の果は白し音もなし　音なく胸をなめて猫居り

【獅子舞】 獅子がしらかづきて舞ふや　獅子舞やあの山越えむ　獅子舞の太鼓松風　獅子舞の青天に毛を

し

獅子頭　獅子頭背にがつくりと　金色の鬣ふるふ獅子に
【肉】　かき抱く君がししむら　肉　湯気をはなちけり
肉むらのむくろ空しき　素肌なるわが肉に
体　体といふ宅はなるれば　しばらく体のつゝみをる
体　わが体出でし水光る　身体が鳴ると夜ごと言う
筋骨　筋骨たくましく　掘るや筋骨濡れ濡れて
肉　わが若き肉に沁み入り　肉のゆるびは嘆き故
肉体　肉体は溶け果てます　肉体に炎燃ゆ　わが肉体
をつらぬいて　くもれる肉体　与ふべき君なき肉の
肉付　鬢へやる手の肉づきを
女体（女の体）　女体記憶よみがへる　女体に雷 光る　いま清
き麻酔の女体　嘆き疲れし女身しきりに
【死者】　死者生者共にかじかみ　よびさまされし死者
の魂　おとぎの国かいな［否］死者の国
生なき者　生なきものをわれはかなしむ
仏　いもうとは仏となりぬ　母が心に幾仏
亡者　亡者来よ　亡者めく人びとあまた
屍室（霊安室）　赤屋根ごしに屍室の扉　屍室へのみち
【磁石】　磁石にあてる故郷山　蛍の影にふる磁石　磁
石の針にも化身するのだ　磁石を持ぬ蒸気船

羅針盤　羅針盤しづけし　氷柱ましろき羅針盤
【詩人】　行吟詩人の群に　薄幸詩人の　翳ある詩人の
饒舌は　朝を指さすけなげな詩人　東洋の女詩人ら
詩人　胸せばき詩人のむれ　イプセン好む詩人の
詩　瑠璃波わたる詩の月舟　沈の香の杜詩に沁む夜や
詩僧（僧侶の詩人）　詩僧すむ牡丹の寺の　詩僧死してただ凩の
詩盟（詩人の交際）　僧と携ふ詩盟かな　をのこらと詩魂を競ふ
【静か】　ましづかの昼　静や静　静かなる雪いそぐ雪
閑さや岩にしみ入　静さに堪えて水澄
静けき　朝は静けき太陽の　春雨はおとしづけしも
春の国べはいまだしづけし　秋づきて寂けき山の
静けみ（静かなので）　辺波静けみ　朝霧のとばり静けみ
静やかに　しづやかに秋は歩みて　月しづやかに落ち
そむる　静やかに波だたぬ　しづやかに夕餐をなせる
しんみり　しんみりした伴侶よと　しんみりと鳴る櫓
の音が　しんみりときく気が　シンミリと噺すに
【雫】　雫ゆかしき庭の梅　しづく散るなり黄にひらく
時　雫も堅き思あり　寒き光に雫すらしも　日のしづく
一滴　一滴涙の光り落つ　一滴の水天になし　一滴の水
薬　血の一滴を　一滴のつゆより寂し　金膏一滴

一雫　一雫こぼして延る　青一しづく　一雫にて

雨滴　涙のような雨滴　雨滴を滴たらす　雨滴の声

涓露　わずかの雫　巨海の涓露

水滴　水滴となる散歩かな　蛇となり水滴となる

水玉　水玉なせる小庭ともしも　鴛鴦あそぶ水玉水の上　ひかる水玉　水玉飛ばす　芋の葉の水玉載せて

【静心】　きのふに遠き静心　病む夜ぞ静なる心　割りばしをわるしづこゝろ

落ち居る　その文字の落ち居のよさ　山ぐにの宿に落ちゐぬ　こころおちゐず初春の人

落ち着く　や丶落ちつきし葭戸かな　青いとんぼの落つきは　窓々の灯のおちつきの　落つきがほや

心静か　文読む夜半の心静けき　心閑かに

のどけき　光のどけき春の日に　のどけしや湊の昼ののどけしや麦まく比の　あしたのどけき鶯のこゑ

【静心なき】　しづ心なく花の散るらむ　長閑けき秋をしづごゝろなき　静心なやこがらしの音　もの足りなさに静心なし

心さやぐ　心さやぎていそぎかへりつ　胸のぞめきや

定めなき　その瞳定めなく　北国日和定なき　あしたゆふべのさだめなき　空さだめなき花の明ぼの

しずごころ――しせつ

漫心　そぞろ心よあたたまりて　そゞろ心に花藻ふみて　とゞめあへぬそゞろ心の　心そぞろに思ひ立ち

【静まる】　庫裏の静まる　野分浪しづまり難し　歓楽のうたげしづまる　風定まつて　月にしづまる

鎮める　海にむかひて思ひしづめる

静もり　百年の長き沈黙　真日のしづもり

静もる　けむりの静もりて　凩のなかに静もれる　卓の花ゆれてしづもる　永遠の都しづもる　銀屛に灯かげしづもる　昼の音静もりぬれば

寝静まる　人寝静まり水の音　草木寝しづみ犬すら吼えず　葦切の葦に寝しづまり　病棟の寝鎮まるころ

【沈む】　わが影の水に沈めば　夜へ沈み　沈める魚の動くことなし　春の灯の水にしづめり

沈着く　入日の中にしづく声　沈透きつゝ見え来るおもわ　水の面にしづく花の色　月かげしづく

沈もる　くろき霧しづもりくだり　雪の海沈もりて　夕映と灯にしづもりぬ

【施設】水族館　水族館の鱶に笑む　水族館に鰭をふり

公園　月夜少女公園の　小公園に垂れ　公園の冬木し

らじら　たまに居る小公園の　リユクサンブルの木下風

動物園　動物園の春の雨　ま夏日の動物園に

図書館　図書室の朝の清しきひと時　霧ふかき夜の図書館がへり　図書室の灯は高く

【下】下辺　をどりひそまり月の下びに　星の下びに　空の下びの山越えて

直下　くろしほ直下に見　氷柱直下に突刺さる

真下　編物やまつ毛真下に　オリオンの真下春立つ

灯下　灯下に黒き金魚浮き　帰れば灯下母やさし

窓下　窓下につゞく影法師　かはたれ時の窓の下に

空の下　さみどりのそらの下なる　西の国の空の真下に

月下　筍の声か月下の　月下に蛍追ふ　月下の春ををちこちす　虫は月下の栗を穿　月の下の光さびしみ

日の下　真陽が下　はる日のもとを緩にあゆむも

星の下　一つの強き星の下　星の下をば渡るかりがね

【慕う】　蝶夏帽を慕ひ飛ぶ　慕ひ咲け　うま酒の香を慕ひつつ　耕人に牛慕ひ寄る　相慕ふ村の灯二つ

愛慕　水にかゞめば愛慕濃し　わが哀慕雨とふる日に

思慕　ながきながき思慕にも堪へて　少女への思慕失せしと思う　思慕の純粋性を淋しむ

恋慕 恋い慕う　恋慕の岸に織られたる　恋慕の楽の音　朧夜の恋慕　恋慕の闇に待伏せる

【支度】　茶の支度　春の支度に　馬も夜討の支度かな　瓦斯ともり冬支度する　あくせくと冬着の仕度

急ぎ 準備　水鳥の発ちの急ぎに　帰りいそぎの　心いそぎ　黄泉のいそぎ　立出る旅のいそぎ哉

設けて 準備して　さをとめまけて早苗とらさね　毛衣を春冬設けて　夕さらば屋戸開け設けて

年用意 新年の準備　かさりこそりと年用意　年用意靄あたゝかき　くれて行年のまうけや

冬構　冬構へするわが家のうち　軒みな深し冬がまへ

【親しむ】　黒蝶に親しむ端居　いよよ親しむ西日の反射　蠟燭の火にしたしめる　たそがれ時にしたしみぬ

打ち解けて　うちとけてまどろまばや　打解けてかたらふ時を　うちとけて後なにかへだてむ

親しく　しとどに光る夜空したしく　お墓したしくお酒をそそぐ

【滴る】　紅滴る桃の実かみて　水の滴たる蜆籠　骨の上に春滴るや　しろくした垂るひかりを見つも

滴り　したたり止まぬ日のひかり　桑の葉の露滴り

滴　雪の滴みに　盃に滴みし酒は　蟲の滴を

絞る　巌やしたたり絞りだし　紫蘇しぼりしぼりて

【自堕落】　自堕落の身を砂の上に　堕落の道を

頽廃　侘しい頽廃の接吻　昼夜なき頽廃の楽音よ

放蕩　若き父の放蕩止みし　放蕩のあはくかなしく

【七月】陰暦七月　夏霞せる七月にして　蒼七月の蒼天を飛ぶ　七月の空気つらぬき　七月のつめたきスウプ

大暑　平らなる大暑と青田　まぶたのそとにある大暑

文月　ふみ月や風の落来る　文月や六日も常の

【自転車】　尻をからげて自転車に乗る　赤い自転車いそぎます　枯野自転車また左右へ

三輪車　三輪車のみ枯原に

ペダル　初霜にペダルのきしる　ペダル踏みつつ口笛鳴らす　足がペダルを踏んでゐる

【しどけなき】だらしない　しどけなく椿を落す　帯しどけなき　しどけなう弾きたるこそ

しどろ　しどろに植ゑし庭の萩　ひまはりのしどろに伸びし　しどろなる海沙の上の　秋草のしどろが端に

しどろもどろ　しどろもどろに人くづれゆく

【品】品格　品かはりたる夫鳥や　品かはりたる恋をして　品々しくて　上品の仏　品おとりて

品よき　品よき色にさくあやめ　枯色の品よき蝶は

気高き　雪にけだかき山巓の間ゆ　けだかけれ

貴　あての姿を忘れたまふな

貴に　上品　貴に笑み　向日葵は貴に匂へど　染みて薫りぬ　貴に繁らに　あてにふるまふ富士の夕ぐれ

高貴　上品　高貴な思想の　かなしきばかり高貴なりけり

【品定め】　今日も男のしなさだめ　水夫は遊女の品さだめかな　巫女のかんばせしなさだめ　若き少女の品さだめ

批評　縦横に歌評し　批評のこゑ悪意に変る　軽がる批判の鞭をうちくる

【しなやか】　しなやかな胴体を　しなやかなりし少女期　しなやかな白いくすり指で

淑やか　びらうどのしとやかさ　淑かに紅茶へさわる　こま下駄のしとやかさ

【死顔】　汝が死顔のいまだうつくしも　父の死顔を覗くなり　死顔めきて巌に寝て　友の死顔の青き疲れが

死化粧　死顔に刷きし化粧の

死面　死面には此髭鬚もぢやこそ

デスマスク　デスマスク蒼くうかめり　デスマスクの埃

じだらく——しにがお

し

【死神】　死神を蹶る力無き　死神により選り残されて
死魔　雪の魔の死の魔と、もに　けしきを変ふる死魔の眼と

【死ぬ】　友はけさ死せり　こはばりて死にし子猫や　花しべにすがりて死にし　かすかに笑みて死にし友
死　泥に歯を剝く死のわらひ　きみもわが死の外側にゐる　死の軽さ　菊白く死の髪豊か　死の街は
死出　死出の山越えにし人を　死出の旅十万億土
死出の山路　死出の山路のしるべともなれ
死支度　死支度致せ〳〵と　死支度二百十日も
轢死　ひかれて死にしアンナ・カレニナ　街上に轢かれし猫は　轍は轢くよ石を轢くやうに
命死ぬべく（死んでしまいそう）　いのち死ぬべくひとのこひしき　命死ぬばかりに泣きて　命死ぬまで酒飲みにけり
終る　命をはり　清らかにして人は終らむ
息切れる　息ぎれをかなしむまなく　息きれし児の
さらぬ別れ　老いぬればさらぬ別れの
死なす　露置く中夫死なせし　一人息子を死なしめし　死なせし命の短きを言ふ
死に遅れる　さきだつ人にわれぞおくる、　おくれゐて見るぞかなしき　後れじと
死にたもう　足乳根の母は死にたまふなり　君死にたまふこと勿れ
死所（死に場所）　よき死所得たる思へば
土に還る　音もなく土に還りぬ　谷かげのつちにかへらん　冷たく暗き土に還らむ　いづれは土くれのやすけさ
共に死ぬ　消なば共にといひし君はも　もろともに死なば死なむと　ひたすらに死なばともにと
眠る　そのかの丘にねむる汝か
身罷る　歌六首を作りて死りぬ　みまかりしまな子に似たる　父みまかりてより一年を経ぬ
空しくなる　虚しくなりて明し暮らしつ
逝く　母逝きしその日に似たる　白雲のごと逝きし君　父逝きし五月の記憶　父逝きし日の雨にぬれおり

【忍び逢う】　しのび逢ふ深きあはれを　忍び逢う影　忍び車のやすらひに　木小屋にてしのび逢ひたる
逢引　あひびきの青葉垣　あひびきの子の唇を吹く風　あひびきの少女　逢引の子の悲しきわかれ
お忍び　おしのびの若旦那　殿のお微行
舟宿（舟で客の送迎をする）　船宿の朝行灯や　舟宿ろをおろし

密男　みそか男は酒甕を出づ
密事　夜のみそかごと　かの日のみそかごとめく　ほかの女と密事する　ひそかごと持つとはいはじ
密会　みそかなる逢ひのあはれさ
【忍ぶ】　国事に忍ぶ京の宿　ひとり密かに忍び来てしのびしのびに通ひたる
恋い忍ぶ　しのびつゝ思へば苦し　眼こそ忍ぶれ
しぬぶ（しのぶ）　あのころの吾れをしぬべば　春日あかるく
しぬび堪へずも　しぬび寂しも吾れは知らぬに
忍び泣く（声をたてずに泣く）　少年しのび泣けり夏
忍びやかに（ひそかに）　しのびやかに隣に来るものを　忍びや
かに月のひかりも　忍びやかにけもののよぎる
【芝】　たのしいねどこよ芝草よ　月光掬ふ芝の上　庭芝
や鋏を入れて
青芝　青芝にふたりのお茶の　朝餉の卓を青芝に　青
き芝くさおひひろごれり
枯芝　芝草の枯れしひと葉を　枯芝の小径は雨に　枯
芝のときに青みて　枯芝の明るうなりぬ
芝生　少女らのむらがる芝生　春の雪芝生を白く
【芝居】　芝居見にゆく　芝居の前の春の雪

河原芝居　河原芝居のぬり顔に　河原乞食へ入揚げる
野芝居　日光のなかに野芝居をみる　野芝居の小屋解
きしより　野劇団こそいま芝居すれ
芝居小屋　夜芝居の小屋をかけたる　やがて灯りぬ芝
居小屋　芝居過ぎたる跡の小家
初芝居　なりものゝいま初芝居　花相似たり初芝居
面（芝居の面）　鬼の面狐の面を　清水がもとの鬼の面　道化たピ
エローの面の
顔見世（歌舞伎）　顔見世の京に入日の　顔見世日和
歌舞伎　行年の女歌舞妓や　駕籠してまゐる歌舞伎見の
文楽　文楽のかへり路の酒を　文楽が果てゝ
喜劇　人間喜劇のただ中へ　喜劇のなかの姿なり　酔ひ
どれの悲喜劇を　現実喜劇　露けき夜喜劇と悲劇
【暫し】　しばし月見る　ふるさとに暫し寄す身や　も
つれし糸をしばしほぐすも　しばしだに肌はなさば
しまし　海のひかりをしまし立ち見よ　暫し憩はね
消灯ののちのしましを　船しまし貸せ
しまらく（しばらく）　湯をあがりてしまらくいこふ
束の間　つかのまにくもり果てたる　柔毛の光る束の間
を　華麗なる冬つかのまあらむ　蕾なる束の間の

【飛沫】 露は銀河のしぶき哉　雨飛沫　月は朧に川しぶき　雨のしぶきの冷たきに

しぶく しぶけるごとく湖暮るる　横しぶく雨のしげきに　十五夜の豪雨しぶくや　かわたれの雨しぶきけり

水煙 投網の水煙　みづけむりして寒の渓　地に水けむり舞ひ立ちにけり　雪消の水けむりたてり

水柱 池に龍住む水柱

水霧らう（しぶきが立つ） 青々に水霧ひつゝ　噴水のしぶきは霧ふ　水霧らふ川の柳は　みなぎらふ夏の光も

【渋き】 落林檎渋し　しぶのもどれる霜夜かな

渋茶 渋茶を啜る興がりに　青海苔干て渋茶呑居る　渋茶すゝりて世がたりに　濃厚な渋茶の味ひ

渋柿 渋柿のきびゞ落ちし　柿むいて渋に染む手の

【時分】 小諸の宿の昼時分　寝時分に又みむ月か

彼誰時（明け方） かはたれどきの水の黄のいろ　かはたれどきの薄明　咽び入る彼誰時よ

東明時（明け方） 鶯なきぬ黎明時を　東明どきの乱声に

落葉時 肩叩きあう落葉時　花の眉毛の落葉時

真昼時 巌の眠りの真昼時　日もやすらへる真昼時かな

飯時分 橋下の君子飯時分　日和しぐるゝ飯時分　家内揃ふて飯時分　紙すく里は飯時分　既うき世の飯時分

夕餉時 夕餉どき遊びあかねば　高野の坊の夜食時

【地面】 空も地面もみえないで　地面より転げ出でたる　地びたに暮るゝ辻諷ひ　地べたにも湯気を見つけた

地面 ほつかりと地面ぬくみて　地おもてを圧しひしぎ

地表 地表のたうつ樹々の根よ　五月の地表より

満地（一地面一杯） 満地に錦延べぬ　花草の満地に　満地の苺

直土（土べた） 直土に子らかき坐り　直土に藁解き敷きて

【縞】 午後のひかり薄き縞なす　縞あきらかや　目の華やかに縞ある魚を　身をすべらする金縞の蜘蛛

だんだら 白黒のだんだら犬が　だんだら幕の黒と赤　風と小雨とだんだらに吹く　江戸振のだんだら染は

【島】 しづかなる水を抱く島あり　椿咲く島のはなしを

小島 小島の磯の白砂に　夏潮にほろびの小島

島影 島影の常世に眠り　頭の中の島影に

島辺 みんなみの島べの道を　遠つ島べの花ひとつ　いや遠き島辺に　島辺の宿に蛸の飯食す　都島べの

島山（山のように見える島） 雲にまぎるゝ島山　島山の麦熟れにけり

離れ小島 人知れぬ離れ小島を　離れ小島は皆恋し　離れ小島も身をやつす　はなれ小島に子をおきて

無人島　無人島の天子とならば　月夜の無人島を

夕島　墨絵に似たる夕島に　島の夕陽に来て居る

島の娘　黙すときなき島の少女に　踊る島子をかぞふれば　椿赤し島の童女が　いにしへの島の処女の

島人　島人の墓並びをり　島人のつどふまとゐの　島びとが群れ漕ぐ舟ぞ　不思議を束ぬ島人の髪　沖つ島人

沖縄　南の沖縄の島も　沖縄の渡中の海の

琉球（沖縄）　琉球のいらかは赤し　琉球組の歌のごとくに　ほつかりとした琉球景色を　うるまの人の舟をみる

大島　大島と久に逢ひ見て　大島の辺に稲妻はしる

鬼界ヶ島（古代の流刑地）　鬼界ケ島に夏の月みる

佐渡　海ゆけば佐渡はおもしろ　佐渡によこたふ天河　佐渡海鳴に　佐渡の海の遠潮鳴に

【仕舞う】　春夕べ裁縫しまひて　僕の手箱にしまひませう　ほとゝぎす皆仕舞たり　よいほどに月夜仕廻へば

片去る　夜床片さり朝寝髪掻きも梳らず　枕片去る

片付ける　かたづくる夜店商人　海片附きて

片寄せる　背縫ひ片寄せ　片すみにおしよせられし

畳む　重たき蚊帳をたゝみけり　たゝまれてあるとき妖し　布団を畳む春炬燵　ばり〱と干傘たゝみ

【清水】　むすべば濁る清水哉　鑿冷したる清水かな　音なくなれる清水哉　人くまぬ野中の清水

石清水　岩清水鈴を鳴らして　清水したたる岩の鼻

苔清水　苔なめらかに清水吸ふ　苔清水湧きしたたり　苔の香のしるき清水を　苔水のしみいづる

走井（清水がわきでる泉）　山岸に走井ありて　走井の水

真清水（清水の美称）　木かげ涼しき真清水の音　林を繞る真清水に　湧きて流るゝ真清水の

真水　澄みて真水に　きよきま水を喉にほりすも

山清水　山清水手に結ぶこそ　伊豆の深山に掬ぶ真清水

【沁みる】　入り来ん人に染めよ春風　岩に沁み入る夕日の光

身に染みる　身に染みぬてふ　黄昏のひと　身に染むゆふべ　散来る花の身に寒し

沈沈　しんしんと頭痛めり　しんしんと霜降るごとく　雪しんしん出湯こんこん　墓地にしんしんと

染まる　鳥は朱に染まり飛び

滲む　早きなでしこの紅に滲めり　灯はともりつつにじみてみゆる　涙にじみ来

しみじみ　月光しみじみと　消残る雪をしみじみと見つ

し

しみ〲秋をすがしみ思ふ　しみじみと日を吸ふ柿の

【示す】　位を示す名鳥の　欲望の波の高さを示す

暗示　口よせて暗示を与ふ　すずろげる春の暗示よ

暗示の悩ましさよ

啓示　人知れぬさとしありとの　唐土の聖のさとし

示黙　こらへて来たる示黙の　示黙をわれに強ひたる

告げる　此山のかなしさ告よ　人に告ぐる悲しみならず

黙示　黙示無限のそれか秋の声　黙示をかたる

【標縄】（標木を立て縄を張った境界標）　しめなはの北なびきする　鍬鎌に

しめ縄かけて　しめ縄かけて年ほぎにけり

結界　屏風立てゝ結界せばき　結界の外に鳥なく

注連　まつりの注連の残りけり　しめはへてわが門はか

ん　二見の七五三をとしの暮

標結う　標結ふ恋のそのへだて　標結ひ隔つ　しめはふ

るを田の苗代　椎の大木に注連張りて

【湿る】　あかく火は燃ゆ霧湿める夜を　雨が降り来て

肩しめるなり　濡めりみちたる靄のこもり　湿める膚へに

湿る　雨のふる夜のたたみの湿れるに　汗のしとるや旅

浴衣　みながら湿る谷の戸や

湿らう　湿めらへる声　梅雨の寺湿らひ深し

水気　春の木は水気ゆたかに　葦の根に水気たつもの

湿り　高嶺の径の露じめり　夜空に煤は湿めり落ちな

む　すでに湿りを奪われし風

土の湿り　誰が墓ぞ土の生じめり　野の朝の土のしめ

りに　土のしめりに湧いてくる

秋湿り　これが今はか秋じめり　暫し年よる秋じめり

朝湿り　まがきの花の朝じめり　朝じめり空気やはらか

春湿り　野火のけむりの春じめり

夕湿り　夕じめりたる石だたみ　砂浜の夕しめり踏む

【霜】　道路みな霜に凍りて　汀の葦に霜冴えて　霜降

れば霜を楯とす　霜にこぼれし山茶花のはな

朝霜　あさの霜とけて流らふ　神苑の朝の霜に　何か

動けり朝々の霜　大霜のけむらふ朝に　うす霜の朝

置く霜　おく霜やたびかさぬとも　うすく置きたる庭

の霜　鴨の羽交に置く霜の

霜枯れ　霜がれし芝生小山に　霜枯れの木立に赤き

霜柱　下駄の歯型や霜柱　ふむにくづるゝ霜ばしら

霜柱立つ音　霜柱水仙に添ひて　草の戸ざしか霜ばしら

霜解（気温があがり霜がとける）　霜解の雫がじた〲

霜夜　霜夜道をかしき足の音　霜夜の風窓にしづまりて

霜除 母親を霜よけにして 霜よけの藁さむゞと
初霜 その冬初めての霜 はつ霜に行や北斗の 初霜や猫の毛も立
初霜や菊冷初る
【霜焼】 霜焼けて暗きくれなゐ 霜やけの手を吹てや
る 霜焼けの薔薇の蕾に 足のをゆびの霜やけいたむ
霜腫 霜腫れの指折りかぞへ
凍傷 火にかざす手の凍傷を
【釈迦】 坐るは釈迦文尼
仏陀 寂として仏陀おはせる 仏陀の針が天をさし
涅槃会 法会 ねはん会や皺手合る 涅槃会に吟じて 涅
槃会や生死をいはゞ
涅槃像 釈迦入滅像 猫守り居るねはむ像 昼も灯ともす涅槃
像 おもひもかけず涅槃像 香の煙や涅槃像
仏舎利 釈迦の遺骨 仏舎利を祭る 仏舎利を笈にをさめて
鷲の山 霊鷲山 鷲のみ山の月影を 霊鷲山にて法ぞ説く
鹿野苑 法を説いた所 鹿野苑にぞ聞こゆなる
【寂】 日輪の寂と渡りぬ 寂として土の香しづむ
一人居る廬寂として 寂として客の絶間の
寂寞 寂寞たる乾坤や 寂寞音せぬ山寺に 寂寞の街
蕭蕭 雨や風の音などがもの寂しい 雪蕭々と鳴つて 蕭々の雨と聞くらん
落葉は蕭蕭として 雨は蕭蕭たり
寂寥 曙の寂寥に棲む 美し寂寥の 美しき名よ寂寥
落日喘ぐ寂寥に 痛ましい寂寥 一灯の寂寥を照し
【写真】 写真の庭の垣の辺に 大仏を写真に取るや
写真の額もいたく煤けぬ
アルバム 更くる夜のアルバムの瞳は
カメラ カメラのむかふは寒き日の昏れ キャメラか低
き音雑り来し 写真機によく撮れよとぞ
写真屋 写真屋の焼あとに 写真師の指先焦けて 赤
ペンキの田舎写真館 写真屋のショウヰンドーには
撮る 飯食へる顔顔撮られ 手足体操して撮られ 号
令かける捕虜撮られ 此痩せを写真に撮らせばや
フィルム フィルム負ひし鳩 フィルムの切れる度毎
レンズ 雫がレンズになり 銀河系の玲瓏レンズ
【シャボン】 春の香の立つしやぼんかな 父の背に
石鹸つけつつ しやぼんの泡こまかく立ちて
石鹸 石鹸箱には秋風が吹き 石鹸ひとつ
【三味線】 琴三味線の老姉妹 三味線さらふ浴衣かな
三味の音する裏まちの
蛇皮線 那覇の港に蛇皮線や弾きて 蛇皮線の糸の上

にほめたたへ(え)　部屋毎(へやごと)にある蛇皮線や

絃(いと)　嘆きを絃(いと)に　ヴィオロン(ビ)の絃(いと)は震(ふるえ)へて　身を挙(あ)げて弾(ひ)く弦(いと)の音(ね)に　絃(いと)よりほそく

三の糸(さんのいと) 高音　三の糸の手ざはり(わ)　三味線(しゃみせん)の三(さん)の切れたる

撥(ばち)　すゞ(ず)ろとる手の撥みだるゝ(る)　老妓(ろうぎ)の撥の寂(さ)び

水調子(みずちょうし) 弦をゆるくはる　落花(らっか)をさそふ(う)水調子

【車輪】(しゃりん)　下(くだ)りがあつ(っ)て車輪疾(と)し　心臓はもう廻らない

車輪　機(はた)の車輪冬海(とうかい)の天(てん)に　夏野(なつの)に車輪ぐぐと触(ふ)る

轍(わだち) 車輪の痕　轍くひ(い)こむ裾野径(すそのみち)　犬が嚙む轍の薄氷(うすひ)は　あらはなる轍のあとを　月の大路(おおじ)に轍あと

【朱】(しゅ)　秋燕(あきつばめ)妖(あや)しき朱を　冬の社(やしろ)は朱の社(やしろ)　唇(くちびる)の朱に天はしづ(ず)かに朱をながす　鮎(あゆ)の背に一抹(いちまつ)の朱の

朱(あけ)　岸さえ朱に染むといふ(う)　君が朱なるてぶくろに　朱の血は迸(ほとばし)り出て　朱の旗(はた)ぐも　あけの玉垣(たまがき)

珊瑚色(さんごいろ) 赤色　珊瑚の色の格子(こうし)立つ

血の色(ちのいろ)　鮭(さけ)の背(せ)わたの血の色　かざす手の血の色ぞよき

丹(に)　孤(ひと)つにて浮(うか)ぶ丹の船　丹に藍(あい)に虹の橋　丹碧(たんぺき)のいろ

朱華色(はねずいろ)　朱華色の変(うつろい)ひやすき　唐棣(はねず)の衣(きぬ)もおもしろと

緋色(ひいろ)　緋袴(ひばかま)の官女(かんじょ)　緋の色も濃(こ)き天鵞絨(ビロード)の

火の色(ひのいろ) 深紅色　仏蘭西(フランス)の野は火の色す　火鉢(ひばち)の色も火の色も　火の色や野(の)の隅々(すみずみ)に

ルビー色(いろ)　ルビー色の焚火(たきび)　ルビー色の火を焚(た)けよ

【銃】(じゅう)　連発銃の音　三百(さんびゃく)の銃蒼々(そうそう)と　若者が銃の重さを拳銃(けんじゅう)帯(お)びし列(れつ)くまれいる

撃つ(うつ)　撃たれ落(お)つ鳥美しや　狙ヒ撃(い)テ！　鉄を撃つ旋律(せんりつ)起(おこ)る　翼撃(つばさう)たれし鳥に似て　雉子(きじ)うつ春の山辺(やまべ)かな

銃(つつ)　のろはれ(わ)ぬ銃(つつ)の煙の　君が手に銃(つつ)とらす世の

鉄砲(てっぽう)　鉄砲を抱(いだ)けり蹲(うずくま)りゐ(い)て　鉄砲をもつ素裸(すはだか)にして打たむ(ん)とならし其(そ)の鉄砲に　人殺す鉄砲つくる音も

拳銃(ピストル)　とほ(お)い空でぴすとるが鳴る　冷いピストルと冷酷な意思　白き掌(て)にコルト(コルト)　自動拳銃を愛す夫人の手

火縄銃(ひなわじゅう)　山の猟男(さつお)が火縄銃(ひなわづつ)取りて

機関銃(きかんじゅう)　機関銃よりも悲しげに　機関銃一分間六百　機関銃ヲ射(う)チ闇黙(やみだま)ル　機関銃の音のたたたとひびけり

機銃(きじゅう) 機関銃　泥濘(ぬかるみ)に生(い)ける機銃を　機銃やみ一本の桔梗(ききょう)　体内に機銃弾あり　風邪に臥(ふ)す遠き機銃

銃口(じゅうこう)　金色の銃口栓も　銃口の揚羽蝶(あげは)は　拳銃(ぴすとる)の銃口(つつぐち)を

銃声(じゅうせい)　銃声がポツンポツンと　森の奥より銃声聞(きこ)ゆ

銃音(つつおと)　とどろめく銃音(つつおと)しばし　打つ銃(つつ)の音(ね)の七(なな)こだま八(や)こだま　雉子(きじ)撃つ銃(つつ)の遠音(とおね)さへ(え)　銃(つつ)の音こそきこえくる

し

銃火 銃火去り　馬の隻眼にある銃火　斥候の銃火絶え

【十一月】陰暦 十一月の野のあたたかに　十一月の銀河ながるる　十一月の朝のあひびき

御火焚 御火焚や霜うつくしき　御火焚や犬も中々

霜月 霜月や酒さめて居る　霜月や恋のつもるに　霜月の寒夜の酒も　霜月やかたばみ咲いて

【十月】陰暦 十月は熱を病みしか　袖さむげなる十月の風　十月の暮れし片頬を　銀の如き十月の

小六月 帰り詣や小六月

神無月 臥して迎へし神無月　神無月こそめでたかり

時雨月 時雨月夜半ともなれば

【十字架】 黄金の十字架がひかりけるかも　十字架のまへに咲ける花花　血の十字架を　汗の十字架背に描き

クルス 大小の二つのくるす　血に染む聖礫　秘密の聖礫　御くるすの愛の徴を

磔 磔負ひ駆られゆくごと　血の磔脊にし死すとも

【囚人】 大逆囚の十二の柩　囚人のさびしく住めば　囚人の瞳てらしたり　ろしやの囚人らが追はれくる

楚囚 望郷の思いの強い囚人 楚囚となりて　嗚呼楚囚

囚われ 囚はれてわがあるゆゑに　とらはれし日の落葉のみだれ　とらはれし吾背は　捕れの弟のたより

囚人 囚人の墓に冬の陽　女囚携帯乳児墓　牢人の心に着せる　とらはれびとになる時の　一死刑囚

【絨毯】 絨毯の碧深かりき　新らしき絨毯のにほひ　銀緑の波斯の絨毯　ひぐらしや絨毯青く

氈 暖房のやはらかき氈　真紅の氈を　濃き緑青の牧の氈　氈の紋織　王宮の氈を踏むより　苗代の緑の氈と

絨氈 濃緑の絨氈の上に　霧と陽炎の絨氈　火の絨氈をかぶつて　絨氈に足袋重ねゐて

緋毛氈 毛氈の緋のはなやぎや　くれなゐの花氈ならびぬ　わがすわりし緋毛氈　朱の毛氈を

毛氈 雛に毛氈借りられる　舟に乗りて毛氈に坐す

【修道院】 トラピスト修道院の　修道院訪ひ来れば　しんかんとあり当別修道院　尼修道院の鐘の音湖わたる

修道士 修道士鐘鳴らしをはり　修道士醸みしビールを

修道女 花降らす下修道女　修道女の長き一列

【十二月】陰暦 甕の澄む日や十二月

師走 師走のみちのつゞきけり　師走の午後をあそびけり　年どしの師走の思ひ

極月 極月の松の枯枝　極月や注連の浦村　波しろき

し

海の極月　極月の空　極月の凍み照る　極月の文
臘月　臘月の来ると野寺の　臘月の氷るに似たる
【樹液】　ジャックナイフに滴たる樹液　燐光や樹液がながれ　樹液したたり地を濡らす　青じろい樹液がにじみ
樹脂　樹脂の香に朝は悩まし　間なく滴る樹脂の香を
脂　幹より脂の沁みいづる　松脂はつよくにほつて
【手術】　手術台めぐらふ人の　手術室に消毒薬のにほひ
気管切開　気管切開てふ生きの命の　切割くや気管に肺に　くづれし喉を今日は穿ちて
呼吸管　呼吸管いで入る息に　呼吸管かよふ息音は
呼吸管など忘れて眠らむ　呼吸管の乾きを護る
麻酔　麻酔のまぶたもたぐ　いまし魔睡す
メス　メスをとる女医の指の　種痘のメス看護婦を刺し
メスのもとひらかれてゆく過去　メスのわが背に触れ
解剖　月あかき解剖室に　解剖室に讃美歌をうたふ
腑分け　解剖の部屋　よしやこの身が解剖をされて
【数珠】　青玉の数珠を　持ち馴れぬ数珠を手にして
つめたく光る晶の珠数　珠数の晶かぞへけり
爪繰る　水晶の数珠爪繰れば　爪繰りて　珠数や爪ぐる
念珠　念珠に映る若葉かな　水晶の念珠つめたき

【純潔】　純潔の意義今さらに　純潔をパン一斤の
潔く　いさぎよく生きたきばかり　人になづまぬ潔さ　ただいさぎよく花火は空に　とはに潔くと
汚れなき　けがれぬひとは　けがされぬ身の　街の朝
未だ汚れず　汚れなき幸福　汚れせずわかき男の
純情　思ひがけなき純情に　まだ世を知らぬ純情の吾子
無垢　無垢のこころ或日は幼く　無垢の身を　無垢にて過去の忍従のいろ　ピュアな少女にかへるかわれも
【駿馬】（足の早い馬）　駿馬を奉らん　春の丘辺に嘶く駿馬
千里の馬　千里の駒のまけじごころは
望月の駒（陰暦八月の望月の頃に諸国から献上した馬）　また露分くる望月の駒
龍の駒　龍の馬を吾は求めむ　龍のみ馬に鞭うたし
【正月】　正月青き芒かな　正月の炉のほとりより云ふ
家に雪なきお正月　お正月のからすかあかあ
寝正月　晴れて曇りて寝正月　元日なれば朝寝坊
宝船（七福神の船）　はや売りにきぬ宝舟　七福神や置き並べ
初夢　初夢に古郷を見て　初夢の唯空白を　貧に処して初夢に入る
【正月飾り】餅花（枝に紅白の団子）　餅花の凍てゝ落つるや　餅花やかざしにさせる　餅花やもつれしままに

注連飾　仰ぎ見る大〆飾　雀の出入る〆飾　かざり縄
輪飾　注連飾　輪飾のかすかにかゝる　輪飾や辻の仏の
蓬莱飾　蓬莱や海老かさ高に　銀屛に蓬莱うつる
譲葉　ゆづり葉の美事にたれて　ゆづり葉の茎も紅さす
【蒸汽船】　黒蒸汽笛ぞ呻ける　ゆるるわが汽船　岸に
蒸汽まつ　赤き蒸汽の船腹の　岬へわたる古汽船の
小蒸汽　小蒸気の灰ばみ過ぎし　小蒸気の笛ひた鳴り
ひびく　小蒸汽の機械をのぞく　洋灯つけたる川蒸気
ポンポン蒸汽　発動船の音遠ざかる　蘇鉄に遠き発動
船のおと　生簀曳きゆくポッポ船　一銭蒸汽近づくと
機関　機関の響　高まりぬ　機関止みふぶける船に
【正午】　正午の匂ひをあびせ　正午に近い鐘のひびきが
昼時　昼時に洒しひらるゝ　真昼時かな　ひるつかた霧
晴れたれば　午近み
午の刻　正午　行者の過る午の刻　午の時々
午砲　まだ午砲も鳴らぬさきより　午砲の鳴りたる
午鐘　午鐘のおとゆるやかに　ひる鐘の時の遅速も
【障子】　たてまはす紙の障子の　障子の梅うごく　穴
だらけの障子である　障子が痩せてゐること
明障子　明り障子の沈丁花　障子にすずろに

障子張る　一人障子を張る男　晴れやかに障子張られ
て　張りたての障子明るし　日に張替し障子かな
障子骨　骨傷む障子いたはり　肋骨のごと障子ある
【浄土】　西方に浄土を持たず　瑠璃の浄土
涅槃那　ニルバナの梯子　狎れてむつびぬ「涅槃那」に
いよよ迷ひぬ涅槃那に　甘寝にひたる涅槃那よ
西　西の迎へを待ちかねて　西にのみ心ぞかかる　西へ
行くしるべとたのむ
曼陀羅　浄土の絵　露曼荼羅の芭蕉かな　春日曼陀羅の硝子戸に
【正面】正面　みちの夕日のいま真面　いつくしく正面
に立てる　海かぜも日もまとも　冬の日を正面に受け
真面　海の真面に　ともし火のまおもに立てる　朝ま
おもに陽に向きたれば　まおもに見つつ
真表　真おもてに裾ひく山は　真表は太平洋や
真つ向　赤き日に真向に飛ぶ鳥の　真つ向に名月照れり
真向う　合う　風にまむかひわがひた走る　酷しき夏に真
向ひにつつ
真向き　真向き鳥七面鳥は　あぢさゐに真向きてひとに
【燭】　燭の灯を燭にうつすや　燭とつて僧また廊へ　燭
きつて暁ちかし

し

紙燭 紙燭にうつる妹が顔　紙燭して人に逢はむの

燭台 黄金の台に点して　宵の燭台に梅の花ちる　鉄の燭台　客を送りて提る燭台

手燭 燭台をもつて　手燭して乾鮭切るや　手燭して妹が蚕飼や

百燭 せめて百燭光を　百燭のあかり近く寄せ置く　燭を百にもまさむ

【食堂】 食堂に来て珈琲を飲む　その食堂の朝の葡萄酒

鰻屋 うなぎやの日のさかりかな

飯屋 めし屋が水を打ってくれ　飲食の店店つづく

レストラント 旗亭の二階から　西洋料理店の階上に

【書庫】 書庫の窓つぎつぎにあく　書に触るるうれしさのみに　青葉をたたみ書庫へ蔵ひぬ　図書庫の裏　文殿あけさせ

文庫 書庫　誰が文庫より　文庫保ちし　文庫に仕廻ふ

【白髪】 しらがなる神の宮人　白髪のつやをほめらるゝ　物語る白髪の媼に　落髪にまじる白髪を

白髪 黒髪に白髪まじり　老の白髪

頭の雪 老いらくの頭の雪を　かしらの雪をうちはらひ

霜 わが黒髪に霜ぞ置きにける　なみだぞあつき秋の霜　翼にかゝる老の霜　この髪に霜置く日来て

白頭 白頭の吟の書きけり　白頭のわれならなくに

鬢の白さ 鬢の毛もいよよ白みて　左官老行く鬢の霜　鬢こそ白め月に日にけに　にはかに増せる鬢の白さを

【知らず】 魚鳥の心はしらず　知らぬ街知らぬ夕に　しらぬ人をも夢にみてけり　ひとは知らずに虹を負ふ

見知らぬ 見知らぬ国の花咲きみだれぬ　落花踏んで見知らぬ庭に　見知らぬ土地に

【調べ】 蛙早や流転の調べ　呼息絶ゆる楽のしらべは　うまし調を　その律やや濁り　海の調めは　山の調めは

節回し 欠伸にも節の付たる　賛美歌うたふふしまはし　あのねむたげな節まはし　節ゆるきにほひの歌ぞ

メロディー 曲節のゆるき流に　やはらかき夢の曲節

旋律 旋回律を絶えず奏でる　節緩きアンダンテをぞ

調子 踊太鼓の早調子　尺八の調子覚えし

【汁】 汁鍋に　汁の中迄名月ぞ　下仁田の里の根深汁　まりこの宿のとろゝ汁

羹 吸い物　竹の子のうましあつもの　旨き羹とゝのへむ　雪割茸を羹にして　めづらしきあつもの煮たる　鯉の羹

汁の実 野菜など　汁のみに菫がまじり　汁の実の足しに咲けり　汁の実も蒔ておかれし

吸物（すいもの） 吸物にいささか泛（う）けし　吸物に埃をかませる

スープ 野菜スープの火加減（ひかげん）を　トマトスープを食匙（さじ）より散らしつ　朝朝（あさあさ）のスープ　つめたきスウプ澄み透（とお）り

カレー ライスカレーの膜（まく）　カレエの香（か）ふんぷんとして

鯨汁（くじらじる） 鯨汁熱（あつ）きすゝ（す）るや　鯨食（く）つて始まる　鯨も汁の実

鰌汁（どじょうじる） 神輿渡御（みこしとぎょ）待つどぜう汁　鰌汁（どじょうじる）して身をいとふ（う）

冷汁（ひやじる） 冷汁はひへ（え）すましたり　冷（ひ）えしぞ初夏の蕨汁（わらびじる）

鰒汁（ふくとじる） 呉人（ごひと）はしらじふくと汁（じる）　おもひ切夜（きるよ）やふくと汁（じる）

味噌汁（みそしる） 味噌汁をふきつつわれは　熱き味噌汁をこぼすなよ　味噌汁匂ふ（う）市（いち）の中　春隣（はるとなり）白味噌汁の

闇汁（やみじる） 闇汁のにほひ（おい）のなかに　闇汁や仲居（なかい）のわらひ（い）

【著き】（しるき） 明白　微（かすか）に著き血のめぐり　地に著き影　いでいる人のしるきみやもり　しるきともし火（び）

著く（いちじるく） もろ枝（えだ）の張りいちじるく　黄（き）の蔓（つる）枯（が）れのいちじるく　いちじろく屋根には雪の　電灯の球（たま）いちじろく

際やか（きわやか） 色きは（わ）やかに夏の日澄（す）めり　きは（わ）やかに夕日の色　きは（わ）やかにかたまり残る

一際（ひときわ） ひときは（わ）明（あか）きは何（なん）の星かも

【城】（しろ） 城たのもしき若葉かな　城古（ふる）び五月の孔雀（くじゃく）　トロヤの城も空にある　少年とほ（お）き城をみる

大城（おおき） 大城の森の濃緑（こみどり）の　名古屋の大城遠く霞（かす）みて

古城（こじょう） 古城の夕（ゆうべ）　古城に摘（つ）みて濃（こ）き菫（すみれ）　沼近き古城のほとり　こころ静けし古城（ふるしろ）を見る　小諸（こもろ）なる古城のほとり

城下（じょうか） 城下見おろす　城下は大雷雨

天守閣（てんしゅかく） 天守閣高く若葉に　天守閣の四望（しぼう）に　天主閣（てんしゅかく）右手にたかく　五層（ごそう）の天主（てんしゅ）は燃えおちて

山城（やましろ） 山城（さんじょう）に雨は過ぎたり　山城（やましろ）へ舟出（ふなで）の駕籠（かご）かる

【白】（しろ） さきぬといへ（え）ば只白（ただしろ）ばかり　白きを踏めば

オパール色（いろ） 乳白色　おぱあるの海　夕富士（ゆうふじ）はオパルのごとく　蛋白石（オパアル）色のあの空が　オパールのくも

月光色（げっこういろ） やさしい月光色まで　月光いろの草地（くさち）には

乳色（ちちいろ） 乳白色　乳色のさびしき花を　乳の色なす花瓶（はながめ）に　ゆふ（う）ぐれはちゝ（ち）いろのもや　曇（くもり）ふかき乳色の空

白亜（はくあ） 白亜ノ霧（きり）　白亜異国（いこく）のような街　白亜の大建築物

【白き】（しろき） ながくてしろき　あゝ（あ）白い手に燐寸（マッチ）の火　鍵（キー）より白き手をもてり　月の窓とざす手白く

白き物（しろきもの） 朝から白きものをきる　日のひかり白く燃えつ　花びらの白く散りしき

白白と（しろじろと） 目立って白い　野は暮（く）れて道しろじろし　しろじろとうなじをのべて　はまゆふ（う）に雨しろじろと

し

白妙　大空に羽子の白妙　白栲に沫雪ぞ降る　白妙の富士の高嶺に　庭しろたへに雪ぞつもれる

雪白　雪白の落下傘を思ふ　綿積んで雪より白し

生白き（少し白い）　生じろき百合の根は

仄白き（かすかに白い）　ほの白き花の香は何　鴨の声ほのかに白し

真白　夏の日のま白きまひる　時雨ゐて菊真白　真白手に　ましろくぞ鶴は佇め　恋君の扇真白なる

白む（白くなる）　田風にしらむ葉裏かな　しらむ月影

【白き雲】　青空は白い雲を呼ぶ　すもの花の白き雲

白雲　波の花にもまがふ白雲　白雲をつばさにかけて　白雲すでに包みたるかな　白雲のごと逝きし君はも

白雲　白雲靆きて秋の嶽

綿雲　綿ひくときに似たる白雲　白木綿雲は雪のごと

【皺】　かくれかねたる人の皺　わが知らぬ小皺もさして　心のどこか皺ふかくする　人の眼蓋の皺だちを見守る

皺手　老が身の皺手に手折る　思出の皺手ながむる　老いの皺手に拾ひて蒔かな　皺手合る数珠の音

皺ぶ　若かりし膚も皺みぬ　皺だみし干梅嚙んで

【深海】　深海の譜をひそと秘む　深海色の背中のほくろも　夜は深海の魚となる　灯を消していま寝る深海魚

深海　底ひも知らぬ深海の　あかきほめきの深海に　夜の深海のふかぶかと　おどろしき深海底の

【蜃気楼】　闘牛祭のしんきろう　蜃気楼をば踏むこちする　蜃気楼めく

海市　をりをり見ゆる海の城　青き海市の靄に

貝櫓　海に微妙の蜃気楼　蜃気楼する北の海　浮びいでたる蜃気楼　蜃気楼きそひかくとて　蜃気楼よりたのまれぬかな

逃水（しんきろうの一種）　わが分くれば逃水の　にげ水をおつまくっつ　遁水や椿ながるゝ

【信号】　点々と光る信号　馬車とならびて青の信号を待つ　雲の信号　信号旗に似て風に動く日

駅標　白きペンキの駅標に　風はげしく駅標をゆりて

シグナル　銀河ステーションの遠方シグナルも　赤い手をしたシグナルが　信号柱のちさき灯

踏切　雪原に踏切りありて　踏切を流れ退く　夜の踏切をふきながるる　踏切の赤き灯見れば　踏切番の口笛

【真珠】　潤ほひあれよ真珠玉　東洋の真珠の如き　沫のやうなる真珠の輪　色青き真珠のたまよ

阿古屋珠（真珠）　波は輝く阿古屋珠　阿古屋の玉の

鰒珠　真珠　潜き採るといふ鰒珠　鰒珠さはに潜き出
白玉　真珠　白玉採ると人に知らゆな　磯の中なる白玉を
水底にしづく白玉　水漬く白玉

【人生】　人生の底がぬけて　ピストル鳴りて人生終る
人生誤算なからんや
残生　残生はいかに送らむ　残生を新たにするも
生涯　寒生涯は嘆かずもがな　生涯を黙して君に
生　我が生の燃焼に　しづかなる生のままに
半生　半生をささへきし手の　人の世の半を過ぎて
人の生　人の生映す濁川　臥所なき人の生や
我世　我世の春にくらぶれば　終の我世　はてもなき
わが世は砂漠　我世の幸はうすかりき

【新鮮】　新鮮なトマト喰ふなり　葉牡丹は新鮮に
鮮か　鮮かなる鯛　あざらけき魚　鮮けき乳を灑ぐ
蕗薹のみ鮮らしき
取立て　紅ふふむとりたての独活　取りたてのあわびは
もぎたて　もぎたての茄子　もぎたての青豌豆の飯
もぎ立ての水蜜の味

【寝台】　汽車の寝台におきいでて　寝台に平たくなりて
寝台　寛やけき寝台のうへに　鉄の寝台の
ベッド　寝台の帳ひきて寝る　白き寝台にひとを見ず
月光のさし入るベッドに　ひと死にて空きしベッドに
釣床　ハンモック　ねぶの木かげの釣床の　釣床の網の目もる、
釣床を下る、　風に吊りたるハムモック
シーツ　新のシーツは手に粗き　金属板のごときシーツ
に　睡りはシーツにピンで止められ　白いシイツを
敷布　真白の敷布にいねて　足爪か、る敷布かな

【新芽】　新芽かたき楡の木の間に　柿の新芽の濡るる音
竜舌蘭の新芽のみどり　薔薇の新芽のしをれたる
新芽　篠懸木の新芽日に照る　春の園生のにひ木芽
初芽すぎ二の芽摘むべく
青芽　犯すなき青芽の貪婪は光る　青芽のぞけり
嫩芽　木賊嫩芽の色甘き
若芽　百合の若めをさ、へてやりぬ　叢若芽　野茨の若
芽はつはつ　若芽の萌黄　立木の若芽おほくよごれつ

す

【巣】　燕の巣いそがし　燕子の巣のうちせば
き　雀の巣かの紅糸を　浮巣が波にゆれつづけ
巣食う　巣をつくる　猫巣くひけり冬籠り　つばくらの巣くへる
ばかり　つばめはしきりに巣を作り
巣籠る　燕巣ごもる　いつしかに鶏も巣ごもり

巣立つ　いつ巣立ちけむ燕の子　巣立ち始むる鶴の子は　丹頂の鶴の巣立ちの　鳥栖巣だちし兄鷹のごと

巣箱　吹き落されし巣箱ひびきつ　巣箱ならべる孵し雛

巣守（孵化しないで巣の中に残っている卵）　声たてぬすもりかなしみ

巣守（留守番）　鶯はわれを巣守に　巣守なりけり

鳥栖（鳥の巣）　いづくか鳥栖　かよへる枝をとぐらにて

鳥の巣　あかい鳥の巣　目白の巣我一人知る　鳥の巣拾ひ幸福のせし　小鳥の巣ほどけ吹かれて

塒　塒すずめは鳴きひそまりぬ　鶏を塒に入れて

古巣　古巣は梅に成にけり　ここな古巣の山雀

【図】絵図　古絵図の埃はらひて　児の体に羽根の絵図

海図　航海図をひらき　海図ひろげし　無力な海図

地図　死臭しむ地図を拡げて　モンパルナスの地図を暗んじき　地図に想ふも

【素足】　素足の踏みごゝち　素足に草のつゆふみて　踊子の素足の白の　素足かゞやく女かな

跣足　溶岩の上を跣足の　跣足にて谷川の石を　みんな跣足で跳びだせ跳びだせ　稲妻をふみて跣足の

【水車】　水車眠るよ滝の声　かなしげなる水車が泣いて　たつたひとつの水車小屋は　谷あひの水車の小屋に

水車守（番人）　はや灯を入れし水車守

水車　うつうつまはる水ぐるま　月夜に廻る水車　水ぐるまいと華やかに　水車ねぶりをさそふ

【水晶】　水晶の灯籠のもと　水晶の山路ふけ行　夏の花みな水晶に　大いなる水晶の玉を

シトリン（黄水晶）　シトリンの天と浅黄の山と

晶玉　白鳥めぐる晶玉の湖　床は晶玉

【吸う】　指輪ぬいて蜂の毒吸ふ　蜜を吸ふ　身を野にはこび日光を吸ふ　仄に紅める君が頰を吸ふ

啜る　スープ啜るも　牡蠣啜り終り　熱きうどんを吹き啜る　白魚を潟に啜りて

直吸い　直吸ひに日の光吸ひて　八百潮のみどり直吸ひ　ひたぶるに吸ふ　頸さし伸べひた吸ひぬ

吸呑　吸呑の蔽ひのガーゼ

ストロー　ストローに泡がじり付　太いストローで飲まう

【姿】　恐ろしい山の相貌を　あはれわが眼にわが姿見ゆ　やはらかき夜のすがたよ　柳ももとのすがたなる

朝姿　朝すがた垣間みしつ　白衣の禰宜の朝すがた　靄くれなゐの朝すがた

象　きつちりした鴨の象　幽かな夜陰の風の象

形　ばらつく雨に月の形　たがひにかはる顔の形

【過ぎし日】　過ぎし日の歓楽よ　告げ給ふ勿れ過ぎにしことは　過ぎし日は鍼医の手箱

過去　過去の世は海より深し　白き過去未来　過去は崩れ去つた　眼前に過去未来　麻酔が誘ひゆく過去に

見ぬ世　梅が丶や見ぬ世の人に　見ぬよの夏の五十年

在りし 生前・以前　在りしもの消えゆく空に　いにしへにありし聖は　有し面影　ありしなごりの

在りし日　ありし日の少女のやうな　在りし日の父さながら　ありし日は我も遊びき　ありし日の老弱男女

在りし世　有りし世の憂さをも語れ　釜の音にありし世思へば　在りし世のにほひを引きて　ありし世や夢

来し方　わがこしかたのさみしさよ　ひとり悲しも来し方おもへば　こし方の夢　来しかた君を傷けし

其の上 当時　そのかみの面輪など　そのかみもかく暮れにけむ　そのかみの幼き恋に似て

古事 昔の出来事　古事の奥処を究め

若き日　わが若き日を葬りて　うら若き青春の日をうらわかき日に君を恋ひして　わかき日のわがうしろ影若き日のぼへみやを

すぎしひ——すく

【隙間】　隙間より空あらはれる　藤房の隙間だらけに冬萌えのおちばすきまに　すきま洩る闇の夜かぜぞ

板間 屋根の板のすきま　板間もる強き日影は　若葉の旭板間に青く杉板もてふける板間の　閨の板間も

簾の隙　小簾の隙に入り通ひ来ね　小簾の隙もる秋風の

隙もる　大竹藪のひまもりて　隙もる雨　隙すぐる影

隙間風　すでに三日の隙間風　すきま風身にしむ老の

隙もる風　ひまもる風も梅が香の　手枕の隙もる風を

【過ぎる】 過ぎ去つた　わたしの祭は過ぎて了つた　しかもつれなく過ぐる齢か

移ろう 移り変わる　うつろふこころは時雨降るなり　うつろはぬ思ひでかなし　日ごとの影のうつろひの

過ごす　ひむろの山に夏をすぐさん　消息もせで旅に過ごせど

更ける　霜さえてみぎはふけゆく

経る 経過する　ものを思はで経るよしもがな

【透く】　光透く翅を拡げし　菊の日を浴びて耳透く空に透き紅葉　椎の若葉を透きてかゞよふ

透かし見る　羅の袖すかしみる　夕闇に透かし見るなり

す

透かす　うすものの蛍を透す　雪うち透かす

透影（見える姿 すかして）　芙蓉ぞ白き透影にして　怪しかりつる御簾の透影　くろ髪のあえかに長きすきかげや

透き通る　灯心蜻蛉は身の透きとほり　透きとほりたる羽のかなしさ　悲しみごころ透き通りゆく

透明　食器透明に響き合ひ　透明なたましひのやうに　夜はとうめいな粘液となり　空青く冬の透明

玲瓏　月は玲瓏たり　菊玲瓏とすがれけり　白金玲瓏天ノ雪　秋の空玲瓏として　不尽の山れいろうとして

【救う】　救ひ得たりし子の命　誰びとか民を救はむ

救いなき　救ひなき裸木と雪の　救ひなき幻聴となり

【掬う】（手にすくう）　稚魚掬ふ　子らは掬ひゐぬ　玉のおん手に掬はれて　水一掬い　月をすくひつ

柄杓　柄杓沈んで草清水　御手洗の杓の柄青し

掬ぶ（手にすくう）　掬ぶ手に涼しき影を　熔岩の砂熱きを掬び　氷をたたきて水掬び　さやけき水を掬びけり

【健やか】　母すこやかや障子張る　健康をよろこび健なるわが月経

健やけき　すこやけき繁り　白玉のごと健やけき女　われの手足の健けさ

息災　息災で御目にかゝるぞ

達者　元日のみんな達者　子も達者　馬も達者

【遊び】（気まぐれ）　人のすさびの鑿の音を　老いて子もなき秋のすさびに　稚き時の絵のすさび

遊み（慰み）　すさみかあらず興かあらず

慰み（気晴らし）　駅見ることを慰みにせり　淡きなぐさみを念ふ夏の日　慰めにながむる月も

筆の遊び（慰み書き）　筆のすさみに尽くせども

紛らす　亡き面影を紛はし来し　涙を酒にまぎらして

【筋】　土の上に白き線引きて　手の筋見せて　ほそき筋より　髪の筋もて　白き筋こそ　別れの筋の

ぎざぎざ　光のぎざぎざ　曲折に　ぎざぎざに見ゆ

ジグザグ　不揃いのままジグザグに　面ふせてジグザグ

抛物線　空に抛物線を描いて　抛物線を摑むかな

螺旋　螺旋のやうに回転した　小さき蛾ラセンを描き

【煤】　外は雪内は煤ふる　煤くさき汽車の窓べに　夏寒や煤によごるる　師走の町の煤の汁

煤けた　炉煙籠るすゝけ梁　煤け障子に音は立つれ　煤けらんぷに霧白き夜か　紙すゝけたる大障子

煤払　みしやうき世の煤はらひ　煤払や神も仏も草の

上　何もなき家の煤払　寺の煤はき

煤ぶ　木地の壁煤びくろむに　すすびし障子懐へれば　煤ばめる窓をあふげば　煤びたる四壁の庵に

煤煙　街に沈める煤煙に　煤煙の低うながるる

【鈴】　鈴の家の鈴ちろと鳴り　どこかで鈴が鳴っている

小鈴　白塗の小鈴もゆらに　扉の小鈴りんりんと　巻き持てる小鈴もゆらに　牛の小鈴は　足結の小鈴

金鈴　護摩壇に金鈴響く　金鈴をふる虫一つ

鈴の音　ねこの子のくびのすゞがね　牛の鐸音めづらしも　馬の腹鈴さやに鳴りつゝ　鈴の音かろき緋塗下駄

土鈴　土鈴は咽喉こそ鳴らせ　みちのくの土鈴鳴らし　机のうへの土鈴を振る　祇園の鷽の土鈴いとしも

鈴　夜半のベル押して戻りし　電話の鈴は　小学校の鈴の音　鈴にあてたる　発車ベル

鈴　けたたましかりし呼鈴が　電話の鈴の　りん鳴りて

【涼し】　鶴はぎぬれて海涼し　われを涼しと膝抱き居り　人涼しさを言ひ合へり

冷める　暑さのさめぬ畳哉　ほろりとさめし庭の風　火むら冷めたる　さめぬ都会の圧迫を

涼風　涼風をける足まろし　舟板に涼風吹けど　涼風に月をも添て　涼風や袂にしめて　すず吹く風を

涼気　涼気通へる大藁屋　郊墟に涼気浮びたり

新涼（初秋の涼しさ）　新涼や白きてのひら　新涼の夜風　新涼の身にそふ灯影　新涼や月光うけて　新涼やほの明るみし

朝涼（朝の涼しい時）　土に流れて涼しき朝を　観音堂の朝涼に　風なき夏の朝涼に　アッパッパ着て朝涼や

夕涼　夕涼や汁の実を釣る　夕涼の河岸のたゝずみ

晩涼（夕方の涼しさ）　晩涼や海ちかけれど　晩涼やふと人声の

【涼む】　長の日を涼んでくらす　猫と並んで涼みけり　涼んでをれば月が出る　青田に涼む水の音

涼み　江戸は涼みもむつかしき　浜涼み　みちのくへ涼みに行くや　涼み仕事にわらたゝき

涼み台（縁台）　つわものたちが夜のすずみ台

門涼み（門前で涼む）　もろともに門涼みせん　茶をはこばせて門すゞみ　青草も見ず門涼み

川床（河原の納涼座敷）　川床に憎き法師の　河床や蓮からまたぐ　丹波の客も床にすずみぬ

下涼み（物陰で涼む）　わづかの笠の下涼み　朱の鳥居の下涼み

涼み舟（納涼の船遊び）　をなごのこゑやすゞみぶね　涼舟舳にたちつくす　釣舟去れば涼み舟　水に灯の入る涼み舟

す

橋涼み　われにをしへし橋納涼　橋納涼十九の夏の
避暑　避暑人に果もの紅し　避暑地の街のゆふまぐれ
朝涼み　風なきうちの朝涼
夕涼み　人がひと見て夕すゞみ　貧乏馴て夕すゞみ
もらひわらひや夕涼　先づゝがなし夕涼
宵涼み　ほのかに闇の宵涼み　夜涼にはかや山住ひ
【硯】　硯に書いては洗ひ消す　きくの露受て硯の　硯洗
ふ墨あをあをと　清き流れにすゞり洗ふ人
硯屏（硯のそばに立てる小さいついたて）　硯屏に日盛りの草
墨　墨匂ふ漢の山々　濃き墨のかはきやすさよ　墨にも
いのち　墨磨る女童　佳墨得てすり流しけり
筆硯（筆と硯）　筆硯に多少のちりも　筆硯を洗ふ朝涼
硯の海（硯の窪み）　すゞりの海の月影の　芋の露硯の海に
【啜り泣く】　ビオロンのひとすすりなき　ほのかにも
人すすり泣く　月すゝり泣く　すすりなく愁の胡弓
歔欷　父われのいふ歔欷に似たり　歔欷する人を
すする　いつしかに歔欷てありぬ　秋の夕風歔欷つゝ
【裾】　我しらず裾をふみけり　涼しさや裾からも吹
衣擦（裾がふれあう音）　きぬずれの音のしるけし　衣ずれの音のこ
ひしき夕　衣ずれの音のさやさや

裾模様　紺のぼかしの裾模様　衣桁の裾模様
裳裾　おもき裳裾をかいどりて　赤裳裾引く清き浜廻を
【簾】（縄すだれ）　簾鳴る夜はわびしくも　月にさがりしすだ
れかな　一簾の暮色は
水晶簾（簾の美称）　水晶簾にゆふ風颯と　水晶の簾外に
玉簾（簾の美称）　にほふやはちす玉簾　扇は顔の玉すだれ　玉
垂の小簾の間通し
御簾（簾の美称）　御簾の追風　南殿の御簾古りたり
青簾（新しい簾）　青簾つりし電車や　緑あせにし簾かな　露を
もちけり青簾　死ば簾の青いうち
秋簾　吹き上げし秋の簾の　軒端の秋簾
絵簾　絵すだれの風の靡きの　絵簾の葭すだれ
小簾　うしろの小簾をかへりみて　御粧殿の小簾ゆれぬ
簾越し　真向に見ゆる御簾越の顔　咲き初めし簾越し
の花は　簾越し見る松ケ枝は　青簾越し也
簾透く　梅雨あけし簾透く灯よ　絵すだれすくや水
色の衣　簾透顔おぼろなる　簾透く水のひかりや
簾捲く　簾捲かせて銀河見てゐる　駕の簾を捲きあげ
て　小簾捲きあげぬ濃紫陽花　小簾まく駕籠に
【廃れる】　すたれ行く町や蝙蝠　廃れたる園に踏み入

り　廃れたる監獄に　廃れたる園のみどりに

廃駅　二人をぬらす廃駅の雨　たそがれどきの廃駅の雨　廃駅の大きこの家　暮るゝ廃駅

廃園　雨のふる廃園の　廃苑に海のまぶしさ　廃苑に蜘のゐ閉づる　廃園の噴水をめぐり　廃園の爪紅の実を

廃墟　しみとほりくる廃墟の寒さ　東京の廃墟を裾に

廃船　渚なる廃れし船に　廃船に天水すこし

廃道　廃道となりいたどりの匍ふ　廃れたる路の

ぼろ船　家族をのするぼろ船の　古ぼろ船　古きぼろ船

風化　風化の巌に根を下ろし　風化とまらぬ岩や

【酸っぱい】　朝餉の味噌の香は酸つぱ　吸ひし蜜柑のすさにさへ　処女身に充つ酸さ甘さ　濁れる春の日は酸っぱ

酸ゆき　青梅の酸ゆきを吸へば　山梔の酸ゆき毒にも　酸ゆき蜜柑を吸ひにけり　六月の酸ゆき愁ひの

甘酸ゆき　あま酸ゆき香りながれて　甘酸ゆき杏の核の　甘酸ぱく蒸しかへされし

酢　おもひ出て酢つくる僧よ　庫裡の酢甕に　レモンの高貴な酢が匂ひゐる　酢の香うたせる櫃の飯

酸き　何の愁ひぞ酸きしたたりは　酸き甘き舌の味さへ　いと酢き赤き柘榴を　酸き木の実をわれに与ふる

酸味　おとろへし生命の酸味の　すかんぽの酸味を舌に

【既に】　既に日失せし庭の松　松葉牡丹すでに実になる

早　早くも　ひととせは早も移りて　早や夕明る

【捨てる】　すべてを棄てむ　かなしみを棄てに行くとて　焼き捨てて日記の灰の　隣間にいとどを捨つる　さくらがもとの捨火燭　大文字書て捨団扇

捨てかねる　あへばかはゆしすてもかねたる

捨てどころ　あらぬおもひの捨てどころ

擲つ　粥に擲つ梅法師　裸像の像を擲ち　颶風が擲ぐる瓦は　眠れる恋を擲ちて来ぬ

捨家　家を捨てる　妻子をわすれ家をすて　捨てにし家の小庭こひしき　でゞ虫の捨家いくつ

捨て犬　名月にゐのころ捨る　捨て犬ころころ

捨子　捨子に秋の風いかに　捨し子は　子を捨る

捨て猫　捨猫めぐり飛ぶ鴉　男猫ひとつを捨かねて　捨て猫をけふも捨てかねし　昼顔に猫捨てられて

捨舟　捨舟のひとり流るゝ　たぷ〳〵と捨舟並ぶ　裏の捨舟月のせて　すてぬる舟の水のさびしさ

捨小舟　尾花苫ふく捨小舟　天地に身は捨小舟　時雨の溜る捨小舟

す

【砂】 いのちなき砂のかなしさよ　北風吹けば砂粒うごく　砂に滲みゆく樹々の影　月に掬へど砂光り無し

砂原 歩めば遠し砂原　閨の寒けれ沙原のごと　砂原と空と寄合ふ

小砂利 築山のすそに小砂利を　小砂利で留る車の輪

砂利 道の砂利乱反射しつつ　トラック砂利をしたたらす　一粒ずつ砂利確かめて

白砂 白砂のあや羽うちふり　春を吸う白砂の

砂子 砂子をふみて白き田鶴立つ　踏みしだく沙も暗む

砂地 真砂地の波のあとふむ　降り足らぬ砂地の雨や

真砂（こまかい砂） 浜の真砂に文かけば　春潮に真砂ま白し　まなご土白く乾きて　真沙光りて

焼砂 焼砂に身を投げ伏して　焼砂の道にのたうつ

砂漉 砂漉にした水の澄み

【砂浜】 沙浜に波の寄るより　砂はまに照りきらひゐる　砂はまに貝をひろへり　消ゆる書初め砂浜に

砂浜舟 砂浜の船に腰かけ　砂浜船に凭りてかたりぬ

白浜（白浜） 白濱のなぎさを踏めば　白濱のまさごの上に

砂湯 沙湯の人ともの云へるわれ

【砂道】 砂みちのほのあかるしや　裾野べのやけ砂みちの　煎りつけて砂路あつし

砂路 いさごぢの水わくところ　秋風七里浜のいさご路

【脛】 赤貧の脛いつぽんを　脛に飛つく蝗哉

腓 腿も腓も　猫はわが腓吸ふ

脛 乙女が脛の美しき　脛幼し　鶴脛高き遠干潟　菱売の向脛黒く

細脛 細脛高きかゞし哉　細脛に夕風さはる

痩脛 川風に痩脛さらす　痩脛の毛に微風あり

【拗る】 縫ふ肩をゆすりてすねる子　春をすねたる水仙の花　拗ね合うて夜寒更けたり

天邪鬼 天邪鬼木枯しゆうしゆう　風中に立つわが天邪鬼

ねじけ心 ねぢけごころの空のうき雲

【素肌】 素肌の胸を汗はしたたる　少き日の想像の素肌　荒素膚　素肌の少女　素肌をはづる

素顔 湯あがりの素顔したしく　湯上りの素顔よろしき　素顔して　素顔となりし朝の我頬に

直肌（むきだしの肌） 富士のたか嶺は直肌に　直胸に触るるがごとく　ひたおもて日射にくわつと

真素肌 真素肌の乳房の莟み　真素膚に翻へる浪

【術】 生きむすべ拙き人ら　花さくすべもしらぬ也

もて ～によって　涙もて築きしものぞ　洋傘の尖もてうち散らす　緑と金の翼もて　鉄鎚を以て

【術無き】 手段がない　すべなき恋に　病まばすべなし　独りあるよはすべなし吾れは　術なきものを火の中に

術無み 手立てがないので　やるせなきこゝろすべなみ

詮方なし せん方なげに舞ふ小猿かな

詮無き ゆけどせんなし五月闇　春愁や櫛もせんなき　我まゝのせんなさに堪へで　悔いてせんなき端居かな

たずきなし 不案内　たづきも知らぬ山中に

由無し 逢ふ縁も無し　恋ふれども逢ふ因を無み　たれにうたへむよしもなし　君なぐさむるよしもがと

【隅】 夜汽車の隅にわれ座しぬ　夜の角のポストよ

一角 天の一角あをあをと　一角かなしむら野菊

片隅 片隅の群れとして　わたしは世界の片隅で

片辺 片隅　佐久の平の片ほとり　日の照る村の片ほとり

小隅 土間の小すみの　小すみは暮て　空の小隅の

隈隈 隅々　隅々に残る寒さや　くま〴〵くらく

隅隅 隅々　隅ずみの鐸　火の色や野の隅々に

八隅 隅々　八隅暮れゆく雲を見るかも　空の八隅は

【炭】 赤赤と炭燃ゆる夜の　風あらくおこらんと炭の椿咲けり炭けぶり　丹念に炭つぐ妻の　炭つぐや

粉炭 雨粉炭の山に浸む　粉炭もたいなく　十能に粉炭

炭団 女ひそまりて炭団をまろむ

木炭 木炭バスが来た　木炭を荷馬車に山に積み

練炭 夜の練炭の七つの焔　練炭の臭き火

炭切る 炭切る音のさやかなり　となり家に炭切る音を　炭ひけば寒さに向ふ　炭くだく手の淋しさよ

熾 熾火・消し炭　あか〳〵と熾りたる火や　小白き灰に熾つくり　ころほひわかぬ熾くづれ　熾は静かに

消炭 消炭のつやをふくめる　けし炭の庇にかわく

炭火 後ろ暮れゐし炭火かな　朝は炭火のにほひ籠らふ

残り火 残り火に煮返す鍋の　残る炭火をかきおこし

【住家】 雪も山路も深き住処を　一間切りの住居　罪の住家は　悪魔の住家　狐のすみか　すみか教へよ

相住 国とほく相住みにけり　相棲むいのち短きをこそぐり起す相住の僧　さ蝿らと寄りあひて住める

家居 家を作って住む　山原に人家居して　野辺ちかく家居しせれば　たかむらに家居やせまし

庵る 庵を作って住む　空ちかく独いほりて　荒磯面にいほりて見

す

れば　山の端に庵せりけり

船住居　浮き上がりたる船住居　船の上に住む

侘居　うた姫老てわび居する　わび居の寒炉まへにして

【隅田川】　墨田の川の夕間暮　隅田川に河神ひそみて　墨田十橋を渡りつくして　墨田の河心を感ず

大川（下流の地）　大川の薄暮の光り　みやこべの大川の口に　大川の水のおもてを　からろとる大河のべの

大川端　大河端船の笛　大川端のうすらあかりを　大川端に濁りたる水　大川端をはしばしみゆる

墨堤　墨堤の桜落葉を

【住む】　海なき国をいでず住む　儘ならぬ人も住み誰が住みなれしあじろ垣　住めば都ぞけふの月

住み憂き（住み心地が悪い）　すみうきばかり秋暮れて　能登の七尾の冬は住うき　難波の浦ぞ住みうき　すめばうく

住み捨つ　鶉なくまで住すてし　住み捨てしその古郷を　誰が住み捨てし露の庵　最上川べを住み棄てて

住み果つ　蝸牛の住はてし宿や　住みも果たさな

住み古る　住みふりし家思ほゆる　住み古りし見ゆ

【澄む】　澄みてかなしき笛となる　しづかに澄めり

澄ます　吹き澄ましたるわがこころ

澄み切る　中空に澄みきはまれる　天心に澄み切る月の　山の色澄みきつて　澄みきつた清水がにくい

澄み透る　底澄み透り木の葉浮き　澄みとほるいで湯に

澄みまさる（一段と澄む）　澄みまさりゆく空のはて　今年は影ぞ澄みまさりける

澄み渡る（はっきり澄む）　気層いよいよすみわたり　澄み亙つたる夜の沈黙　すみわたりけり菖蒲酒

真澄む　水辺ま澄める夕かげのなか　霜月の真澄の空に

秋澄む　秋されば心は澄みぬ　澄み切った秋へ泣き

声澄む　羽根つく吾子の声すめり　鶴の声すめり

月澄む　月澄や狐こはがる　すむ月を波にうつして　月すむ空にあくがるる　澄む月をそがひに見つつ

水澄む　にごらで澄める水ならねども　水の澄みにけり　堪へて水澄

【相撲】　角力いまはねし賑ひ　角力うれしき端居哉

草相撲（素人相撲）　かりのひいきや草相撲　赤褌を草相撲

相撲取　よき名たまはる角力取　相撲取の金剛力や　礼者に交る相撲取　小き角力通りけり

力士　しゝむら白き力士かな　力士の重い口

【擂る】　田楽の木の芽擂るなり　蕃椒擂り

擂粉木　擂木を笏に構えて
擂鉢　擂鉢の音も師走の　板敷辷る擂鉢の音
【鋭き】　窓に鋭き氷柱たれ　金属の音は聞くに鋭し　一犬のするどき声を　庖丁鋭く血を恋へり
鋭き　鷹の鋭き爪　鋭き赤たうがらし　諸刃の利きに　白鳥の鋭目切れ長に
鋭声　秋鳥のきそふ鋭声は　葭切のをちの鋭声や　鋭声はりあげ雉鳴きわたる
【座る】　きみあけぼののごとく坐る　男夕日にむかひてすわれる　坐り厭めり　足ひえて坐り込むとも
座す　闇に座して　水際の暗きに座して　坐して物思ふ
端坐 正座　幽情をつくして端坐してゐよう　老人端坐
草を籍く　野に草を藉く　晩夏の野に草を籍き

せ

【背】　咳き入るうすき背を　馬の背に降る雪まだら　山の背の緑も黒み　背をながれたる冷たき夕日　背も腹も褪せつくしたる
背筋　背筋にひたと虫時雨　背筋より走る疼みを
背柱　夜すがらを背柱の冷え　背ばしらをさかのぼり
背骨　背の骨の斯く現れて
背　背のうしろで虫が啼く　背をながるる暁のさむさかな　降りゆく背に夕映えて　神の背
背中　村雨をせなかにおふて　背中にをどる幼子の日の暮の背中淋しき　わたしの背中に冬はのる
そびら　そびらに重き山刀　こがね矢をそびらになせる　そびらに負ひてかへり来　竹林をそびらに紅葉
猫背　猟師は猫背を向ふに運ぶ　老歌人猫背に
【瀬】浅瀬　浅き流れに夕日どよみて　楽しみは浅瀬にあるや　浅き瀬にいささ蟹はふ
荒瀬　鶯ひゞく荒瀬かな　瀬をあらびやがて山のす
川瀬　寒き河せの月かげに　時雨風川瀬になぐれて　川瀬にまじる風の音　淀の川瀬の水車
瀬瀬　瀬々走るやまめうぐひの　瀬瀬にうつれる春花のかげ　瀬瀬のたぎちに　恋しき瀬ゞに　瀬瀬の珠藻の
高瀬　鵜飼舟高瀬さしこす　高瀬さす六田の淀の
早瀬　早瀬を上る霰かな　早瀬のたぎち激ち来て
淵瀬　昨日の淵ぞ今日は瀬となる　淵瀬に秋や　淵瀬のあらで寂しけれ　しらぬ淵瀬ぞ袖にながるゝ
瀬音　灯皆消して瀬音に寝るや　耳に瀬の音のこりけり
【西洋】　西洋のとどろき　西洋の寺想う嵐の夜を
南欧　春南欧の風やはらかき　南欧の詩よみをれば

西の 西洋　西の医師のつたへたる　西の少女は情あさかり

【咳】 咳をして痰を吐いて　咳をしても一人　咳して出る　ひとりの咳はおのれ聴く　胸のどこに咳が居て

しわぶき 柴戸を漏れししはぶきに　肺やみの咳洩れて

しわぶく しはぶくこゑも闇の中　咳くは父が声なり

咳入る 咳入る人形遣かな　咳いればしぼりなみだの

咳払い 妻戸の内の咳はらひ　咳声の隣はちかき

咳く 咳く咳を悶掻きつくして　夜一夜を咳きて明せば　咳きにせく哀しき妻と　火の玉の如くに咳きて

【関】 なこその関の山桜　関ふきもどせ花のかぜ　一夜の関に鳥の囀り　白河の関踏み越えて　関飛び越ゆる

関路 逢坂の関路に匂ふ　傘さして箱根越也

関守 役人　関守の笑ふでもなし　関守に関とめられて

関屋 関守の小屋　逢坂の関の関屋の　関屋の鎗に

関山 関山の灯は紅くして　関山越えて　関山三里

函谷関 中国の関　函谷関の霜夜かな　篝焚く函谷関の

【石炭】 石炭の屑捨つるみちの　亜炭より燻りくる煙の

石炭（いしずみ） 石炭の古名　石炭が　石炭の層に　いしのすみ

塊炭 石炭のかたまり　塊炭を投げあひ　塊炭をぶち割る女

炭田 沈みゆく炭田地帯　炭坑の蝿　炭坑夫

硬山 ぼた山が見え出した　硬山燃ゆ短夜寝ねば　五月の硬山に　蜥蜴が光る硬山に

【石油】 清水さす石油の噎　石油の料に足らずよと

石油の香 廉き石油の香に噎び　石油の香たゞよふ水に　鉱油のにほひなつかし

【堰く】 涙川せきとめあへぬ　せかれるままの　網代立て並め堰く水の　うたかた堰を逆ながれ

遮る 行灯をさへぎる梅や　遮る雲のいろの濃き

妨げる 妨　多きこひもするかな　人の自由を何さまたぐる　恋語りをばさまたげなせそ

滞る 木犀の香のとどこほる　滞る水銹の渦に

塞ぐ 塵と灰「心」を塞ぐ　たわやめはまなこふたぎて

井堰 田に入れる水をせき止めた所　堰塞より落せる水は

井堤 水をせきとめたところ　朝井堤に来鳴く顔鳥　八尺の堰塞に立つ虹の　瀬を早み井堤越す波の

恋の堰 堰く恋の此苦しさを　思ひ堰く心のうちのうつせみの恋の籬よ　破れそめし心のまがき

ダム ダムの上灼けて　ダム厚く暑し　ダムの真下の鉱夫村　堰堤もごうごう

【節句】 節句の鯉がをどつて居る　雛のお節句

せ

節(せち) 雛歌の節　五月の節の美しき
節会(せちえ) 節会の庭に　節会の座　踏歌の節会　相撲節会
宵節句(よいぜっく) 前夜　宵節句夢うす月の　めで見る人形宵節句

【切なき】 母は切なし　切なげにかなかな鳴ける
切ない苦悶が
心ぐき(こころぐき) 切なく苦しい　こころぐく我れはすわれり　こころぐきけさの歩みか　つつみ離れてこころぐし
悩ましき(なやましき) なやましき瞳をあげて　春の夜のもの悩ましき　暗示の悩ましさよ　なやましく女ゆきかふ
胸痛し(むねいたし) 胸ぬち痛し　亡き児偲ぶにわが胸痛し
やるせなき みごもれる身はやるせなや　やるせなき暮春のうれひ　口論をしたやるせなさ

【節分】(せつぶん) 節分さむき日なりけり　節分や雨にかはりし　節分の丑満詣　歯のない口で福は内
鬼遣(おにやらい) 開いて洩る灯や鬼やらひ　子供の声や鬼やらひ
追儺(ついな) 追儺豆闇をたばしり
追儺う(なやらう) 家ごとになやらふ声ぞ　なやらふやこの国破る
豆撒(まめまき) 思ひ出して豆撒きにけり

【背伸び】(せのび) 背のびして唇づけ返す
爪立つ(つまだつ) 爪立ち憩ふ紅葉かな　爪立ちをして哭いてゐる

【狭き】(せまき) 狭き屋のうち空狭き　かやり火に寝所せまく
狭み(せばみ) 狭いので　ゆきかひの小路をせばみ　瀬戸の海狭ばみ　谷狭み　書取りあつめ家をせばみ
庭も狭(にわもせ) 庭一杯に　しら梅ふふむ庭もせに　わが庭も狭に　白菊枯るる庭もせに　庭もせにくれなゐふかき
野も狭(のもせ) 野一杯に　風ぞ野も狭に敷きわたす　末葉吹く風は野も狭に　野も狭の草は　野もせの萩の織る錦

【責める】(せめる) 心の鬼が身を責る　帯緊きことが胸を責め　荒らかに一日夫を責めし後
脅す(おどす) 遠い海波の威すこと　犬におどされ　たぬきを、どす篠張の弓　想ひふけるわれを脅かし
苛む(さいなむ) 母をさいなむわが父の　われをさいなむ
咎む(とがむ) 泣きたまふ母も父の咎めし　うちつけ人をとがめたまふな　犬のとがむる塀の内

【千】千金(せんきん) 千両　ひとすぢを千金に買ふ　宵千金の今をわすれぬ　あたい千金　間口千金の通り町
千筋(ちすじ) 多数　おもひ千筋にさゆる黒髪　降りかかる光の千條
千人(ちたり) うまし女の千人が　ほとばしれ千人の胸へ　姫千人舞ひいでたり　千人は死なむ　千人子の
千千(ちぢ) 千個。非常に多く　おもひ千々なる　千々の春ち、わくに　千々

の光は　千々の千々なる色彩を

千代（千年）　千世にかはらじ

千夜　千夜を一夜に　幾千夜寝てか恋のさむべき

【全山】　全山の葛のしじまの　全山の蟬の声　全山の樹あめの音を立つ　全山木の葉をおとしおわり

一山　一山白き山ざくらかな　一山の羅漢　一山蛾族翔け参じ　一山の露動きけり

満山　満山の緑迸る　なすすべ知らず満山の闇　満山の若葉にうつる　満山の霧白くして　満山雪を

【戦死】　畦を枕に戦死かな　孫戦死して心まどひぬ　高度一万の若い戦死　鳥が囀り戦死せり

戦死者　戦死者の遺骨　いくさに死にし人思ふゆふべ　いくさに果てし我子の日も　たゝかひに果てにし人を

戦死報　戦死報秋の日くれて　戦死公報・父の名に

召される　吾子めさる　戦いに召されし我子

死地　死地に乗り入る　若人どもを死地にやりたり　諸手を振りて死地も行くべし

【戦争】　茶色い戦争ありました　戦争の坩堝の上

出征　耕人征きて家灯らず　征く吾子に月明の茄子　吾子応召の紙赤く　重き征衣を重からしめ　黙し征く

せ

戦場　戦場のふかい闇　顔の戦場焼け　わが命戦の場に

戦地　おもふ戦地の寒を　戦地よりいまだ帰らぬ

戦　戦にあれしわがまなこ　寒の重さ戦の重さ　いくさから便とゞきし　母は戦を思ひたまふ　軍潰て伏す骸

戦い　戦ひに死ににゆくなと　希望にそはぬ悪戦の

戦う　鳶烏闘ひ落ちぬ　戦いて父が逝きたる

軍馬（征馬）　現る軍馬月歪み　騒ぐ軍馬　軍馬上陸

征馬（戦争にかりだした馬）　広原に征馬すゝめつ　秋の雨征馬をそぼち

塹壕　塹壕を這ふ昆虫を　壕のなかにて銀杏を食む

陣　陣の跡地を走る風の　夏御陣　冬の陣　大坂陣の初陣の駒鞭うたば

隊　落日をゆく真赤い中隊　砲兵隊や馬の汗

武装　武装のアゴヒモは　幻に重武装兵

軍靴　軍靴湧くごとし　軍靴ひびき　土産の軍靴

空襲　空襲の焼灰が降る　花や空襲警報下　訓練空襲　空襲の灯を消しおくれ　空襲の日本は

敗戦　敗戦日の水飲む犬よ　奪われし敗戦の意味　測りてならぬ母の敗戦

終戦　終戦の夜のあけしらむ　終戦を見きはむるまで

【船頭】　船頭酔ておぼつかな　船頭の棹とられたる

濡れて船頭不興かな　船頭さんの加比丹は

楫取　楫取の顔霞む間の　かいとりの舟子のさわぎに

河長　渡し守　秋の河長　宇治の河長

船長　密漁船の船長のゆめ　船長の船部屋狭み　船長も舵手も夏服　船長の案内くまなし

舟人　ふもと行く舟人いかに　小えびゆりおとす舟人　しら蓮風す朝舟人に　朝漕ぎしつつ歌ふ船人

棹歌　船頭がこぎながらうたう歌　棹の歌　棹歌に入る　棹歌一曲

船歌　舟歌細く鷗なくころ　あたらしき船歌かなし　あさ漕ぐ船の船うたを　水夫の船歌

【線路】　野中の線路われの横ぎる　岩が線路にこぼれ水防線路　横切る真昼の白い電車路

軌道　人は透明な軌道をすすむ　天空の軌道を走り

鉄路　レール　鉄路打つ工夫に　荒磯に鉄路残りたる　鉄路も墓も石蕗さかり　かぎろへる遠き鉄路を　通ふ鉄路も

枕木　枕木に油さし　枕木を焼いてこさえた柵が

レール　二本のレール遠くに消ゆる　レール這うほかなき環状電車　かぜにレールがかがやきて見ゆ

そ

【僧】　僧になる子のうつくしや　僧恋うて僧の憎しや　一僧を見ず　僧二人草にかくれぬ

僧正　高僧　僧正が野糞遊ばす　大僧正も茶つみ唄

僧都　高僧　僧都のもとへまづ文をやる　僧都の昼寝

尊者　僧の尊称　尊者涅槃に入りますと　伴天連尊者

阿闍梨　阿闍梨の笠の匂かな　近道を阿闍梨につるゝ

和尚　猪首うづめて大和尚　案山子に似たる和尚かな

小山伏　一里おくるゝ小山伏　梅かたげ行く小山伏

僧俗　僧と世間の人　僧俗のさだかに見えず　僧俗二人

法師　逝きし法師の魂と見ん　法師が宿を訪はで過し

野僧　田舎の僧　野僧の家に煙は淡く

羅漢　足もあやふき酔羅漢はも　羅漢屛風のまへにたたずむ　石の羅漢の立てる山　寝羅漢あはれ

律師　僧官　律師詩に堪能　夜を賞するに律師の詩あり　律師は麓の寺をいで、

老僧　老僧の蛇を叱りて　老僧も袈裟かづきたる　老僧の爪の長さよ　眉雪の老僧

虚無僧　虚無僧に犬吠えかかる　薦僧が後姿をはるの風

小僧　若い僧　山から小僧ないて来ぬ　廊に経よむ小さき僧かな　小法師が案内の声も

小坊主　鞍壺に小坊主乗るや　小坊主覗く櫺子かな

木食　修行僧　木食ののみふる音や　木食一人雲の峰

【像】 遠く見ている接吻の像　砂利踏み天女像へ　石彫の天女　朱の寂びし童女像ありて

スフィンクス その面は憂愁のスフィンクス　女面獅子像と三角塔の　スフィンクスも知らぬ謎

石像 はづかしげなる恋の石像　首のとれたあの石像と

像 神々の像を濡して　歓楽の像　裸像の像を擲ち

聖像 かそけくも立つくろき聖像　麻利耶の像よ

塑像 白たへの塑像いだきて　月のかげ塑像の線を　巨大なトルソオ　白き塑像の　飛鳥寺の古き塑像の

銅像 忘却の青い銅像　黒蝶のめぐる銅像　銅像をしつぽりぬらし　銅像に悪口ついて

母子像 祈りする母子像に涙　出迎母子の像

裸像 みつめられ汚る裸婦像　裸像が二人

【造花】 赤い造花が又も在る　白薔薇の造花の花弁　車内の造花春の暮　もはや造花の点綴にすぎぬ

水中花 灯に片よりぬ水中花　水中花と言つて夏の夜店に　空に投げうつ水中花　水中花咲かせしまひし

造り花 造花 蕊に蠟塗る造り花　色さめし造り花売る　造花ちる雨の日の暮　蓮やこがねの作り花

【草原】 草原のもりあがらんとする　草原におり立つ雲雀　草原を薙ぎ来し風と　軟らかき草原ひかる

草原 日の色の匂ふ草はら　軍馬寝に来し草の原

青草原 あを草原の凹みとなれり　青草原に雲脚の

枯草原 枯草原冬のまま　枯草原にしみとほる

草生 きんぽうげ色の草生から　やはらかに煙る草生へ

草千里 阿蘇山火口の草原 沙千里草千里　青草の草千里浜

【装身具】指輪 指環つめたく頬にふれ　指の環を土になげうち　エンゲージリングぬぎたる指の

腕輪 黄金の貴なる腕輪　あこが腕輪の玉にかも似る

釧 腕輪 春のおぼろの玉くしろ　玉くしろ纏き寝る妹も

手玉 腕輪 手に巻ける玉もゆららに　手纏の玉を家苞にみ手にまきもつ左丹玉の　手に纏き古す玉もがも

首飾り 真珠頸飾りのいりゆじよん　水いろの首輪あたらしき　真珠の輪頸に掛くれば

耳輪 翡翠なるひとの耳輪も　耳輪の君よ　真珠の耳飾

【臓腑】 青い臓腑をひき殺す　女医の手に抜かれし臓腑

五臓 腸 五臓へも配達をする　五臓六腑はとりどりにけがれたる五臓六腑を

腸 腸に春滴るや　腸氷夜やなみだ　木にはらわたといふはなき　腸焦げよ二日灸

群肝 内臓　群肝の心さやぎて　村肝の嘆きにたへて

胃　胃なし男と寒雀　病める胃をもちて　切り捨てし胃の腑かわいや

胃袋　老い疲れたる胃袋よ　胃袋の疼みのやめば　ひびの入りたる胃の袋

神経　肋間の神経の疼き　つかれはてたる神経の　神経は弱りてわれは　神経の衰弱にぞ　神経の淫らな曲芸　夜の神経　神経が焼ける　神経の先で

心臓　半透明な心臓がのぞく　心臓はもう廻らない車輪　心臓はまだ動いてる　可愛い心臓よ　青き心臓

腎臓　腎をいとしみ薬草の　膀胱の病にこもる

脳髄　脳暗く心しびれて　わが脳の襞はうつくしく　脳の重さの　脳髄のモーターのなかに　脳髄の空地に針を

肺臓　友の肺に月夜沁むかも　肺おもたし　肺より蒼き蝶の翅　片眼片肺枯手足　鉄の肺臓に鳴る息吹に

【僧服】　身動かず長き僧服　僧服なれば袖白うして

袈裟　パアテルの黒き袈裟　渋色の袈裟きた僧の　紫の御袈裟にふさふ　寒念仏黄袈裟ばかりの　愛らし小袈裟

法衣 僧衣　旅の法衣がかわくまで　法衣さびたる

【双眸】 両目　双眸の星消落ちて　わが双の眼燃ゆ

双眼　馬の双眼にある銃火　老いたる野馬の双眼に眼が二つあいてゐる　春の光を双の眼にして

双の眼　うるめる双の瞳にひかれゆく　わが若き双のひとみは　虚なる双のひとみに　双のわが眼に

【総身】 全身　総身の戦慄と　泥濘に総身よごれし

五体　すこやけきわが五体より　五体をめざまし

四肢　臥生活の四肢たひらかに　病褥に四肢を横たへ

肢体　あらぬ肢体がゆらゆらと　すでに肢体をはなれ

髪膚　身体髪膚　髪膚曝して　髪膚かな

【草履】　君が草履にこほろぎの啼く　上草履は冷え

木履　木靴をこつこつと　木履つつかけそこら掃きゐる

サンダル　白きサンダル汚しつつ　秋風に白きサンダル

スリッパ　君が真紅のすりつぱを　廊通ふスリッパの音

【底】　落ちたる底か天上か　初雪の底を叩ば　底の冷え　擂鉢形の冬の底

底方　空の底ひに　海女ゆく底ひ冥かりき　とぼとぼ行きぬ山のそこひを　波の底ひに水漬きつゝ

底なる　底なる姫が　雪の底なる　瓶の底なる　底なる澱に　なみのそこなる　桜花底なる影ぞ

どん底　石山掘り掘つてどん底　どん底の唄を獄舎で

水底　水底にある岩のむれ　底ひ知られぬ水底の　桃のくれなゐ水底に　栖のやうなる水底の月

【注ぐ】　ひまなく滌ぐ金の波　火盞に注ぎ　雲間より降り注ぐ日や　朝のかふえをくろくそそぎ

雨注ぐ　雨は頻りに打ちそそぎけり　雨そそくはなたちばなに　いと細く雨はそそげり

水注ぐ　古井を汲みてそそぎをり　咽喉に水注ぐ

【漫ろ】（何となく）　そゞろ読ゆく書の中に　冷たし涙そぞろ落つる日　かゝる夜はそゞろに恋ひし　そゞろ触れて露のするどさ

漫ろ　すずろにものの悲しかるらん　蛍の臭ひすずろなれど　萩の花すゞろ乱れて

漫顔　犬も中々そゞろ顔

漫寒　三味聞きゐればそぞろ寒　膝のあたりやそぞろ寒

【育つ】　黒々育つ烏の子　山原にそだち　健やかに育ちし子等の　草木も育つ片田舎

ねぶ（大人びる）　ねびまさりまさきくてあるに　ねびはてしいもとと我と　ねびぬれば何は思はず

育む　牛の乳もてはぐゝめり　我妻は我を育めり　反し哺む親鳩の　育むべくはその乳足らず

【そっと】　そと手も触れず　そと拭ふ涙を　そと着せかけぬ星の世のきぬ　そと扉をくれば　そとさしまねき

やおら（そっと）　破れ垣にやをら寄り　うしろ手にやをら麦ふむ人　やをら晩食の折敷ならぶる　やをら出て

やわら（ゆっくり）　和ら戸を開け　和ら抜き出でて

【外】　外の光のさみしいか　嵐の外のさくら哉

おもて　きさらぎの春の面に　待ちあぐみて春はおもてに　西表には　ひんがし面は　南面に

外　外にいでゝ見聞く　外にかそかなれ　外は春の雨

外面（家の外）　外面の草の戦ぐきくかな　外の面の闇の白木蓮の花

外面（家の外・家の裏）　そともには雨ほそやかに　そとものは山

窓の外　窓の外にゐる山彦や　窓の外は立山颪

内外（内と外）　伽藍の内外秋の風　内も外もなき野菊晴　うちそとに月の萩むら

外光（戸外の光）　青海原外光強し　かの先にある秋の外光　明るき四月の外光の中　外の光のさみしいか

【外出】　犬をつないで外出かな　外出して看護婦遅し

朝戸出（朝早い外出）　朝戸出の静けきこころ　朝戸出の君が姿を　朝戸出のこの秋風を　あさとで寒し鶏の声

外に出る　久にして外にいでければ　酔顔に外に出れば

夕戸出 夕方の外出　ほのぼの温し夕戸出に　夕戸出癖のつきて年経ぬ　夕戸出すれば項さむしも　ならぬ夕戸出

夜戸出 夜の外出　妻は夜戸出に子はひとり　吾妹子が夜戸出の姿　君が夜戸出を待ちたることも

【園】　春待つ園は　園に匂へる　枯れにし園の　園を広み木立めぐらし　煙は深し園の内　園の主に導かれ

荒園　荒園の又美しや　荒園の力あつまり　荒園のましろき犬に　荒園の風ふたりにも　花園の荒れ果てる頃

園　園を打つ海の北風　異常乾燥期の園

果樹園　丘のうへなる果樹園の　果樹園を遶らしたりぬ

御苑　御苑の春にむせびたる　明り寂びつつ御苑の夕陽

菜園　菜園の春の雪をば　菜園の斜面に祭る

神苑 神社の境内。そこの庭園　神苑の朝の霜に　神苑に鶴放ちけり

僧園　僧園に人ありやなし　僧園の夕の鐘も

園生 庭園　夕闇の園生のふきあげ　百合の園生の夢なつかしき　園生にあまるまつ風のこゑ

御園 園の美称　神のみ園を追はれ来し　御園守翁が庭や

御園生 農園　エデンの御園生に　春しづかなる御園生のみそのふのあをぎりさけり　御苑生の百木の梅の

園丁 庭園の手入れをする人　老園丁が桜伐る音　老園丁にゆき合ふ

【蕎麦】　信濃は蕎麦に鐘ひくうなる　そば時や月のしなの、けぶりのうへのそば畠　蕎麦あしき京をかくして

新蕎麦　新蕎麦を打つてもてなす

蕎麦粉　蕎麦の粉の練れる餅の　家づとに蕎麦粉忘れじ

蕎麦の花　月に咲きけり蕎麦の花　手よりこぼれて蕎麦花　隣はしろしそばのはな　蕎麦はまだ花でもてなす

蕎麦湯　いねしなの蕎麦湯のあたたまり　蕎麦湯つくりぬ病む母がため　寝がての蕎麦湯

【聳える】　雪山のそびえくらみて　雷を封じて聳えけり　とほどほに聳えて雲の　雲に聳ゆる枯野哉

天聳る 天空にそびえたつ　天そそる峰々　天そゝる欅ふとだち

孤峰 ただ一つそびえる　孤峰の月を　孤峰顔出せ青き踏む

聳ゆる嶽　そびえていぶる嶽の鋭き　夏嶽園に迫り聳つ

【背く】 後ろを向く　背きしうしろ姿こそ　そむきてもみる月のかげかな　壁に背きて　そむきて過る夕月のかげ

背ける 後ろを向く　おもそむけ泣ける児を　そむけし頰かそむけがほなるそのけはひ　顔背くるぞ

あちら向き　あちら向に寝た人ゆかし　啼やあちらむきこちら向　あちらむきたる乱髪

背中合せ　せなかあはせのきりぎりす　浅利は浅利背中を合はす　背中あはせに木枯をきく

背を向けて　室々に背をむけてゐる　背かれてなほ夜はさびし　梢の火にせなか向けり

背向　うち背ひ妻を憎めば　三四人そがひになりて

背向寝（背中合わせに寝る）　かなしき妻とそがひには寝る　背向に寝しく　捕虜そむき眠る青き湖畔

【染物】藍摺　掌に藍染込で　うす日さしたりやま藍摺に　藍壺に泥落したる　おんなじ藍を今日染める

二藍（紅と藍）　二藍の生絹の裳すそ　夏は二藍　薄二藍　ふたあゐのなほしの袖に

綵（色取り染めたもの）　紫の綵色の蔓の　綵色の衣を

幾入（何度も染めた）　幾しほの涙に濡れて　幾入までと

濃染（濃く染めた）　むらさきの濃染のあやめ　濃染の衣色深く

裾濃（裾を濃く）　うま人の裾濃のよそひ　朝刊をよむ蚊帳裾濃　むらさき末濃の指貫や　雨に紫　末濃なる

花摺り（花を摺りつける）　つきくさの花摺り衣　萩が花摺

墨染め　墨染の夜のにしきや　墨染の蝶もとぶ也

摺衣（山藍などの汁で染め出した衣）　初山藍の摺ごろも　摺れる衣に

友禅　戸をくる袖の友禅に　べにゆふぜんの夜着ほす縁に　友禅の赤く燃えたつ　友禅洗ふ春の水

紺屋（染物屋）　紺屋の庭に紅久し　緋染紺屋の朝砧　紺屋の門の　紺屋の梅も咲にけり　染屋の紺に

【微風】　円い穂の毛にそよかぜに　そよ風に糸切れて舞ふ　若草わたるそよかぜに　蔓を編みそよ風を編む

風そよぐ　糸瓜さがりて風そよぐ見ゆ　ゆふがほに秋風そよぐ　手むけの花に風そよぐなり

軟風　軟風のゆらゆるそのに　軟風のゆらゆる胸に

微風　金と緑の微風のなかで　微風が息を殺し

そよ吹く　春風は微吹きぬ　裾より涼し唯そよそよと　稲葉のそよと　日和風そよ吹き過ぎて

幽かな音　我が魂のかそけき響　叢の音ぞかそけき　砂の音のかそけくも消えぬ

戦ぎ　栗の木のそよげる夜半に　又雨らしき戦ぎかな

そよろ　風そよろ　そよろと匂ふ追風に　そよろ吹く風

【空】　夕映の空を負へれば　水に落ちたる空のいろ

風空（風の吹いている空）　風空のいよいよ青し　うち仰ぎゐぬ京の風空

宙　宙に遊べる雪の翳　寒き宙羽音かさねて

空行く　空ゆく鷺の専らかなしも　かりがねは空ゆくわれら　空を航くものゝとゞろきよ　空行く風や

御空（空の美称）　海も御空のものとなり　雪すらみ空の匂ひもつ　さゆるみ空は晴れながら　ひるの月み空にかゝり

【空耳】　空耳なれや妹の訪ひ来ぬ

空鳴　小簾の寒風琴のそらなり　そら鳴るは白楊ならし

空音　箒さはる琴のそら音や　関の戸に水鶏のそら音

【橇】　そり引や家根から投る　雪車負て坂を上るや　雪車立て少春めく　北風にそりはしらする

馬橇　橇ひきて馬がゆきにけり　駆りて疾しや橇の馬　馬橇くれば子ら声をあぐ　馬橇の上の旅びとは

橇歌　雪車歌きこゆ　橇唄もなき土地なれや

【反り】　蕾うるめる枝の反り　反落葉にたまつた美しい露を　甍の反りの隅ずみの鐸　反青き塔のつま

反身　反身をしたるをみなへし　反り身に戻る石畳

端反　五重の端反うつくしき　夢殿の端反いみじき

乾反る（乾いてそりかえる）　かすかに乾反り　乾反る落葉の

弓反り　ヨットに弓反りに　逆反りやすき弓のごと

た

【田】　日が落つ凍る田を残し　田を截つて大地真冬の　いちまいの田をうらがへす

青田　青田のはちす　青田の海を踏み来るは　青田より来るつばくらの群　あかるき青田かな

秋田　てりまさる秋田の月に　秋田街上に見らくし楽し

荒田　荒田の畔にすみれ摘む　荒小田をあら鋤きかへし

畝　雪の畝ならぶ　長畝に長畝ならび　畝傍は虹をかかげつつ　一うねの青菜の花の　夜のあかりとどかぬ畝や

小田（小さな田）　を田の苗代　露横はる月小田を

門田（門前の田）　雁行て門田も遠く　門田の泥にふる雨の　門田のをしね月照て　おくれゐし門辺の早苗

刈田（稲刈後の田）　腰叩く刈田の農夫　刈田照り　刈田の果に叫びおる　刈り田の株の　刈小田に落穂掻き掻く

鹿猪田（鹿や猪が荒らす田）　鹿猪田禁る如母し守らすも

棚田　棚田なす高畦明かし　棚田の狭霧

田圃　雪のたんぼに首を垂れ　たんぼ風まともにうけ

千町田（広い田）　千町田の穂波　秋のちまちだかりはてゝ

泥田　馬と人泥田に挿さり　泥田をいでず泥夫婦　冬の田のこごれる泥に　往きては復る泥田の牛

冬田　浮草赤き冬田かな　曇り垂れたる冬田のおもて　風疾く吹く冬田の面　冬田の面に音する木枯

水田　水田の上のあまの河　水田の冬の駅　四方の水田の歌蛙　水田の上の根なし雲　水田の風に吹れ顔

山田　夜の山田の人の声　山田へ水の行とゞく

たいかい――だいしぜん

田毎　田毎の闇となりにけり　美事田毎に群れ蛍

田毎の月（水田に映る月かげ）　田ごとの月の曇る夜に　田ごとの月にくらべみん　水田水田の月に雁

田面　鳥羽の田づらや寒の雨　田面をてらす稲妻の

田面　田面越えくるすゞ風に　早稲刈つて田の面暗さや

【大海】　大海にむかひて一人　直ちに近く曇れる大海　大海の果てにありとも　大海の前に泣く童あり

大洋　大洋うねりやまざりき　大洋に向く神のみやしろ　大洋は秋日まぶしく　さまよひ行きし果の太洋

オホーツク　オホーツクの黒きさざなみ　オホツク海の浪の穂の色　オホツクの凪はてしなく

太平洋　真表は太平洋や　太平洋の深みから

地中海　この坂の下地中海

茅渟の海（現在の大阪湾一帯）　血沼の海に濡れにし袖は　血沼廻より雨ぞ降り来る　ちぬのうみべに春来りけり

【大工】　己が棚つる大工かな　音させてゐる舟大工　大工火ともす船の底　月をかこちて旅大工

木匠（大工）　力を刻む木匠の　仏をきざむ木匠の

番匠（大工）　有名の番匠　番匠が樫の小節を

飛騨匠　飛騨の名匠の浮彫の　飛騨匠　打つ墨縄の

墨縄（目印の黒い線を引く糸）　墨縄のまさしきすぢを　墨縄を延へたる如く

鉋　葬儀社に鉋の音す　鉋の音は春風に

鉋屑　ちるや卒都婆の鉋屑　飛騨の匠が鉋屑

釘　キンキンと鳴る釘をうつ　病衣を吊す釘　光る釘拾い上ぐ　釘がみんな曲つて居る　釘が首を曲げた

小鎚　鬼が持つ小槌を　打出の小槌

鋸　木工場の鋸の音　鋸の音貧しさよ　鋸の刃の

大鋸屑　大鋸屑を飛ばす早春の風　大鋸の粉光る

【太鼓】　いつ迄太鼓たたいて居るのか　太鼓の音とびだす　をどけ太鼓の音もおもしろ　太鼓うつ月照る磯に

大太鼓　大太鼓人は拊ちつけ　濃霧の奥の大太鼓

ドラム　泣かんばかりにドラム打つ　太鼓は響く

果太鼓（興行の終わりに打つ太鼓）　角の芝居の果太鼓

大鼓（大つづみの俗称）　破れ大鼓は叩けどならぬ

小鼓（鼓）　桃の扉をもるゝ小鼓　小鼓は恋の思出

鼓　波のうつ音を鼓に　鼓いだいてやなぎくゞりぬ　鼓あつかふ膝の上　鼓を打つや梅の宿

初鼓（新年初めての）　初鼓木立の奥に

【大自然】　大なる自然の図書館を　大いなる自然の前に

原始林　霧わたる音の原始林　うすあかい原林を

原生林 原生林伐採あとの　原生林の頃より立てる

天景 光る魚鳥の天景を　天景をさへぬきんでて

氷河 氷河の底は火の如く　炎天に蒼い氷河のある　氷河なほしろく凍れる　白き氷河のましづかに

氷原 氷原をもちて聳ゆる　蕭条たる魂の氷原に　氷原にひとり在り　氷原や涯知らず

氷山 日に氷山の影ゆるぎ　氷の山にかゝるとき

流氷 流氷を追うて　流氷の浮く海が見ゆ　流氷の山にかこまれ　大いなる流氷来るを

【台風】 颱風が折りし向日葵　颱風の崖分けのぼる　颱風が擲ぐる瓦は　台風をよろこぶ子等と　颱風無限

いなさ（台風がもたらす強風） いなさ強吹き　風つよくいなさをふけば　真白帆にいなさをうけて

大風 大風の空にごりたる　大風鳴りつ素湯の味

颶風 沈黙の颶風が歩む　颶風生る島　颶風の翼身に借りて　須臾にして颶風をさまり

颶風眼（台風の目） 颱風の眼の清明に　颶風の中心

暴風 時化うちつゞけり　小暗く和ぎし暴風雨まへの海

時化後 暴風雨あとの磯に日は冴ゆ　暴風雨後の庭は　時化後の海ひたくらし　暴風雨後の園に

風巻 霰みだるるしまき横ぎる　しまきの晴れ間

野分（台風の古称） ともに吹かるゝ野分かな　かなしさ集ふ野分あと　野分の末や塔一つ　末は海行野分かな

野分立つ 野分だつ庭にいでて　野分する山に牛啼き

暴風 天が騒げば暴風雨なり　ねむり深からし暴風雨のあと　暴風雨あとの晴れ静　暴風雨後のひかり明るき

【大砲】 きりぎしの上よ突出づる大砲　大砲よりもロマンチックに　大砲の車小さき

砲音 砲音の輪の中に　砲音に鳥獣魚介　砲音をかぞふ　砲の音に霞やぶれし　砲のひゞきも　四方の砲音に

砲車 青野来し砲車の車輪　砲車ねぶれる獅子にも似たり　轢きなやむ砲車のあへぎ　町を砲車の過ぐる音

砲弾 砲弾のやうに慟哭し　砲弾を愛撫する　砲弾のやうな肉体　飛び散る砲弾

【平ら】 海の平らを一歩踏む　山のたひらにとんぼ飛ぶ　まつ平らなる海のいろに

岩床（平らな岩の床） 高嶺岩床夜をさむみ　新墾の岩床道の　すずしの宮の岩とこを

平らか 夏霞　水たひらかに　平らけき国の真中に

平たき 低く平らたき階段の　ひらたき太陽

【絶間】 夕立の雨の絶間の　花の絶え間をふりにけり　寂として客の絶間の　伽藍凩 絶え間あり

絶え絶えに たえ〴〵の笛のしらべの　みづたえだえに　蓼の花さく　たえだえ氷る　夜深の虫の声も絶え絶え

絶間絶間 峯の嵐の絶え間絶え間に　風呂焚く音の絶え間絶え間　芭蕉の風のたえまたえまに

【絶間なく】 絶えまない氷の接触に　とよもす風の絶えまなくして　わが耳鳴りのたえまなし

復ち返り（くりかえす） 郭公をちかへり鳴け

小止み無き 雪小止みなき初湯かな　声のをやみなく　小やみだになき五月雨の　小やみなき氷雨を衝きて

時無く 時なくぞ雪は降りける　間なく時なく眩ゆくも　間なく時なく流るる真清水　時無しに

時分かず（時を定めず） 手弱女われは時わかず泣く　時分かず降れる雪かと　常磐木落葉時しらず

間無く 間なく滴る樹脂の香を聞く

休みなく 休みなく人を思ひて　休みなく地震して

【堪える】 さびしさにたへたる人の　さびしさの極みに　堪へて　この心をも堪ふるか

息詰む（いきむ 辛抱する） 息づみて人眠る街に　息づみて立つ雄の孔雀　空に息づむ

凌ぐ 飯食うてしのぐ寒さや　涙の雨もしのぎがてらに　木の葉しのぎて霞たなびく　しのぎつるかも

忍辱（耐え忍ぶ心） 忍辱衣を身に着れば　忍辱の行をつみ

堪え難き たへがたく我は苦しむ　いとたへがたきあつさ哉　真実一人は堪へがたし

耐えぬ 思ふにだにも吾れは耐へぬを　さびしさにえ堪へで吹きし　我まゝのせんなさに堪へで

【絶える】 絶ゆれば生ふる　いつか賀状も絶えにけり　傘雫いつか絶えたる　跡たえて浅茅しげれる

音絶える 水車の音絶えてはならず　もの音たゆるあつさ哉　音絶えし夜更けに　音たえし浪のそこひに

死に絶える 茸の毒に死絶えし家　族びと死に絶えしのち　緋鯉ことごと死に絶えし

途絶える 人もとだえし夕ぐれは　楽堂の物のね絶えて　とだえとだえに鮎はねる音　風ふけば蝿とだゆなり

【たおやか】 たをやかに居し少女なりけん　たをやかにゆる、枝ある　たをやかに臥処に入りて

たわやぐ 姫ゆりもかぜにたをやぐ　たわやぐ髪に身を捲かれ　嫋やぎそむる吾子の指

手弱女（か弱い女） 君は別れぬたをやめのごと　沈丁花にも似たるたをやめ　影の手弱女　手弱女が二人端居に

【手折る】 あきさればもみぢをたをり　手折りてかへる花もがな　手を延て折行春の　色濃き梅を折る人の

折残す 里の子等梅折のこせ　をりのこす花にも春の

枝折る（道しるべに） 友の為にとしをりして　枝折りし柴もうづもれて

【鷹狩】（鷹を放って鳥を捕える） 鷹狩の塗笠あまた　鷹手にすゑて

鷹狩 犬呼びこして鳥狩する君　鷹狩する君が弓弦の

鳥立ち（鷹狩で鳥が集まるように作っておく草むらや沢地） 鳥立ちも見えず草がくれつつ　鳥立ちの原をあさりつつ

招餌（鷹を呼びよせるための餌） はしたかのをき餌にせんと

鷹匠（鷹使い） 鷹匠の洟すすり込　歩行鷹匠

【高し】 すつきりと青空高し　月高し　やま見ればたかしたふとし　軒端に高し有明の月　カナリヤの囀り高し

堆し 桜の落葉うづたかし　堆くして積まれたる　月の光のうづたかし　うづたかく杉苗負ひて

高高 高々と蝶こゆる谷の　「若者」のうたを高々と歌う　山椿高々とある　高々出たる鱗雲

高み（高いので） 五月山梢をたかみ　山高み夕日隠りぬ　沖波高み己が妻呼ぶ　声高み林にさけぶ

高き（高い所） 裏戸より高きに上る　夏の蝶高みより影

高低 傘高低に渡し舟　高低のなき地図のごと

【耕す】 土やはらかく耕して　ひかりをまとひ耕せる

鋤く 黒き沼田に胸辺鋤く　畑守に耕かへされた　新小田をあら鋤き返し

牛牽く 老牛を牽く　刈田すく鼻どりしつつ　鼻どるや牛はますぐに　小田すくと牛の鼻とる

田打 雪かき交ぜて田打哉　谷底に田打てる見えて

畑打（種蒔きに備えて耕す） 畠打の顔から暮るゝ　畑打のよき馬持ちて

耕馬（農耕馬） 耕馬がたもつ　冬耕の馬を

秋耕（収穫後の田畑を） 秋耕のおのれの影を　秋耕の老爺に　秋耕の顔みなおなじ　秋耕や四山雲なく

冬耕（春に備えて耕す） 冬耕の腰曲げて　冬耕の牛つながるる　冬耕の短き鍬が　月いでて冬耕の火を

鍬 鍬そゝぐ水のうねり哉　鍬さげて神農顔や　農夫を待てる鍬　古鍬を研ぎすましたる

鍬始（新年初めて鍬を使って耕すこと） 朝日大きや鍬始　貝掘りあてつ鍬始　鍬はじめ椿を折りて　鍬始小松並べて

鋤 農夫らの鋤に　を田かへす牛のからすき

た

鋤鍬 農民が鋤鍬棄てて　鋤鍬は終に握らで
【滝】 氷りたる瀧ひつ提げて　滝とどろとどろと　滝の
ぼる蝶を見かけし　落下する滝の花火を　天ゆ落つ華厳
滝の糸 滝の糸も細るや峰に　筧にも引く滝の糸
滝の音 みえてゐて滝のきこえず　音なしの滝や夏木立
垂水 垂水とおつる水のやさしさ　垂水の上のさ蕨の
瀑布 大飛瀑藍ひらめくは　色彩の瀑布　ナイアガラ
瀑布の幅の　幾千筋落瀑の幅
湯滝 背にほそき湯滝受けつつ　湯滝にうたれわれはう
なだるる　一すじの湯滝のもとに
滝壺 色深み青ぎる滝つぼ　滝壺に百千の氷柱　たきつ
ぼのよどみ藍なす　滝壺は霧しぶきつつ
【薪】 薪の燃える音もして　汽車に焚く薪を積める
漕とも見へぬ薪舟　薪分　たきゞこる
薪 干してある薪にさす日や　薪山をひと日やすみて
きり〴〵す薪の下より　薪積みしあとのひそ音や
榾 ほたきりくべよ埋火の　うら青い榾のけむりは
榾木も霜と　榾の宿　越路や榾の遠明り
榾火 榾火燃えつゝ　榾火の夢の何もなし　榾火は匂ふ
このあかときを　夫の手に壁炉の榾火

柴 柴してもどる夏の雨　寒し〴〵とさしくべる柴
桃林に柴積んであり　篠竹まじる柴をいたゞく
粗朶 粗朶一片や波のまゝ　道べの粗朶　麁朶めける橋
杣山 木を切り出す山　大樹をわたる霜の杣　白き鹿立つ杣の霧
爪木 薪にする小枝　爪木を焚て　つま木をりこし
【激つ】 水が激しく流れる　くろみたぎつ荒磯　たぎち流るる水の玉
小舟にのりて水たぎつ　鬼怒の流れは激ちやまずも
落激つ 高い所から水があわだち流れる　落瀧つ滝の宮子に　おちたぎち行
急流 急流を泳ぎ切り　急流のぼる魚
激ち 激流　山峡のほそき激ちと　谷の瀬の激ち見おろし
滝つ瀬 急流　たきつ瀬に湧く白玉は　とよもす滝つ瀬
【焚火】 山深く逢ひし焚火や　氷の上の焚火哉　焚火
かなし消えんとすれば　人なき焚火ふりかへる
焚火跡 焚火あといくつもありて　焚火跡濡れゐる上に
夜焚火 あまり夜焚火近かりし　夜神楽や焚火の中へ
【薫物】 薫物たきて一人臥したる　てふの翅にたき物
す　えりにたきものす　たきもの、烟こもりて
空薫 どこからともなく漂う　空焚ほのかにのこる　さみだれの空だきも
のは　衣桁にかけて空薫の
移り香 衣や物などに移った香　うつり香の羽織を首に　うつり香濃く

も匂ひぬるかな　梅の花誰が移り香に　余香ほのかや

香を移す　にほひをうつす袖の上に　香衣に移る

薫衣香 香（こう）を衣服にたきしめる薫物　薫衣香など

香炉 香（こう）をたく器　水に焚く夏の香炉の　つり香炉つれる狭床の香炉に隣る水仙の花　み堂の香炉

【卓】　病む卓に林檎紅さや　卓の皿そのまゝや　黒檀の卓に物書けば　秋はかなしき夜の卓かな

テーブル　卓子を拭いてゐた　一人なる夜の卓子に　テーブルの白磁の皿に　白い静かな食卓布

卓布 テーブルクロス　卓布の角にさした牡丹花　青山椒卓の白布に　夕映のしりぞく卓布　卓にかけたる白錦

【抱く】　強烈な闇誰かを抱く　かなしみを抱くがごとき　火を抱きてゐる激しさか　戦友を抱き

抱く　ひたぶるに君抱くとき　黒猿は子を抱きて乳母の抱く　子を抱く母のしかばね

相抱く　身を投げいだし相抱けど　相いだき泣く　あひいだき死ぬらむほどの　ただ相抱く一瞬を　相抱けるまゝ

抱き合う　絶望の二人抱き合ふ　夫妻抱きあひて

掻き抱く　今死にしてふ児をかき抱く　胸広に吾児掻きいだく　かき抱く君がししむら

たく――たくみ

抱き重り　今宵わが児の抱き重りする

抱擁　汝が抱擁に接吻に

【類無き】　子ぞたぐひなき　たぐひなき悪夢を見つる空と海たぐひもあらぬ　ちる花にたぐひはゆかで

殊に　藍ことに濃き　うぐひすの鳴く音ことなる

如くものなき　都の春にしくものぞなき　おぼろ月夜にしくものぞなき　恋の柩にしくものはなし

たとしえなき　たとしへもなく鮮かなる花

二無き　二なき上手の話より　ふたつなき富士の高根の

わきて　こよひわきて　今年のけふはわきてたのしきわきて親しき　冬こそわけて訪ふべかりけれ

【巧み】　花の巧みを眼に見入る　学連旗たくみにふられ

妙なる　歌も妙也　妙なりし　たへなれど　妙なる蓮

手際　鱗を削ぐ手際　海苔汁の手ぎは見せけり

手まめ　剃すてゝより手まめ足まめ

業 技術　とつくにわざのたくみ技　漁夫が冴え業の

弄する 思うままにあやつる　恋歌弄ずる男にくしや

【匠】 熟練者　たくみの神が春を彫る　まさき割るひなの匠や

手練 熟練者　魔法つかひの手練かな　年嵩のてだれの象の閨の床掩ふ手練のたくみ　手練の旧兵も

【丈】 人や物の高さ　対丈の着馴れし冬着に

草の丈　山には草の人の丈　既にたのしき草の丈　紫苑をしのぐ草の丈　早苗のたけに夕涼

長さ　ひとむらのこる夕日のながさ　さくら続づけり虹の長さに　籠負い皺の手の長さよ　秋の葉の百夜の長さ

背丈　背丈のびゆく子を見つゝ　わぎもこの丈けはかくろふ　つくゞと丈のびし子や　麦の穂に背丈かくるる

丈高き　丈高く靭う花軸の　丈高き穂蓼の花も　たけ高き紫苑の花の　たけたかき椅子にかけさせ

【闌】　日はたけなはとなりにけるかも　秋たけなはの庭の面は　宴たけなはになりぬらし

さなか　暗くなりつつ能最中　暑のさなか

真っただ中　蟬の声のまっただなかを　涼しさの真たゞ中や　大空の真つたゞ中や

最中　合戦最中の時　昼のもなかを白萩の散る　もなかに醒めて鳴をひそめぬ

【竹藪】　竹藪の空ゆく月も　大竹藪に陽こもりて　竹藪になく鶯の　大竹藪の春蘭の花

篁 竹やぶ　篁の午前十時の　篁の新葉の奥に　ひとりかくれた篁に　竹群の青き光に　風に揉まるゝ篁の

竹の林　竹の林に鶯鳴くも　闇いよよ濃き竹の林や

竹林　雨の照る竹林の見えて　竹林を童子と覗く　竹林にひそめる墓の　寒竹林の鉦の音　竹林に風わたる

【確か】　寒雀の羽音たしかに　たしかに見たる石の精　確かに雲と麦伸びる　しらぎくのたしかに枯れて

証 証拠　恋のこころをあかしする　証かされているごとき後退　わたくしにのみ証しゆく決意

真　万の火花のしんの闇　真の座に付月見哉

確かめる　確かめられん　孤独さを確かむるごと

【襷】　襷かけたる背後より　昼寝も襷かけながら　吾妹のかけし襷かな　厨の君のたすきぶり　きりゝとかけし緊襷

赤襷 赤いたすき　くれなゐ襷　若菜つみて　緋だすきの君　紅の襷のあやに恋知りて

片襷 片方のそでだけにたすきをかける　妻や厨の片襷

【黄昏時】　黄昏どきの雪の街　たそがれどきのほととぎす　たそがれ時の雲のまよひに

逢魔時 夕方のうす暗くなった頃　逢魔がどきの黒百合折れぬ

灯ともし頃　灯ともし頃の欄を過ぎて　火とぼし頃を時鳥　灯ともしごろの雪もよひ　都ほてるの灯ともし頃

夕闇時　夕闇どきの水の音かな

【闘う】　みずからの手にて闘い　闘わぬ党批判して

革命　革命を説きし師の黒き瞳　革命の声ありて久しき党　革命歌うたえぬままに　革命軍の兵士の

シュプレヒコール　清潔なシュプレヒコール　シュプレヒコール写し稚き手よ

スト　八方にスト　ゼネストを病みてむかふる

デモ　春のデモ　スクラムに圧されいる胸　プラカード持ちしほてりを　装甲車かれらに向う　装甲車踏みつけて越す　棍棒に背はたやすく見せぬ　デモ解きし銀座に

【佇む】　秋に佇むかゞしかな　佇めば遠きも聞ゆ　月影も佇むや花　佇めば水ひろ〴〵と　峡にたたずみ

朝立つ（朝立っている）　さ男鹿の朝立つ野辺の

すつく　舟にすつくと男立つ　大木のすつくと高し

立たす（お立ちになる）　軒闇に母が立たすに　立たすは薬師

立ち居つ（立ったり座ったり）　立ち居つ拝む二法師　帯解や立ち居つさする　立ちて居て待てど待ちかね

立ち竦む　影立ちすくむ葵かな　われ立ちすくむ

立ち尽す　立尽したる白拍子　佇ち尽す御幸の跡は

立所（立っている所）　定かに知るは誰れの立所ぞ

佇つ　虹をはるかに母の佇つ　トマトの畠に佇ちつつおもふ　脚のふるへを地に佇ち憶ゆ　地平に吹かれ佇つ

突っ立つ　石炭にシャベル突つ立つ　アンテナン突立つ

【直に】（直接）　梅雨よりたゞに秋となるか　直に射す日に　直に見渡す京にぞ

直に逢う（直かに会う）　人目多み直に逢はずして

ひたと（ぴたりと）　ひたと蒼海の藍と北風　黒眼ひたと

【畳】　衣も畳もぬれにけるかも　畳の淋しさが広がる　畳干したる町のうら　畳ほてりて日はいや闌けぬ

青畳（まだ新しい畳）　門跡を待つ青畳　額をあてゝ青畳　青き畳のかほりなつかし

新畳　新畳草のかをりし　新畳 敷ならしたる

畳替　彼岸桜に畳替　ひらふた金で表がへする

畳の上　畳の上の月み哉　黄ばみたる畳のうへに

古畳　身を横たふる古畳　古たゝみの香つと鼻にくる　古畳さへなつかしき　時計の音と古畳　古畳蚤多し

高麗縁（畳のへり）　高麗端の畳を敷きて　高麗ばしの畳の筵

【漂う】　花の漂ふ如く生きゆく　朝あけの光ただよふ　まひたゞよへる蝶一つ　月白のにほひただよふ

いざよう　千曲川いざよふ波の　桜いざよふ祇園町

立ち迷う 煙や霧がただよう さ霧も波もたちまよふ 立まよふちりをしづめて 立ちまよふ野辺の朝霧

たゆたう 揺れ動く 波の揺蕩に 沈む香ひのたゆたひて 朝礼の鐘たゆたへり 涼みとる舟のたゆたふ

【爛れる】 息づまる喉のただれに 爛れたる銅の湯は

皸 手足が荒れてひびが入る あかぎれの痛き今宵は あかゞりの汝が手を見れば 稲舂けば皸る吾が手を

肌荒 荒みたる皮膚にまつはり あれし頰へぬる糸瓜水

胼 指の皸わが目につけり 胼の手を盗み見られつ 胝かくす手の置どころ 吹る、胼もつらき闇の夜

皸荒 皸あれが暗い葉脈に似る ひび荒れて働く指が

爛壊 ただれ崩れること 爛壊せる花とも知らで 爛壊の光

【発つ】 満員電車発つ 葉桜や発つときめたる 夜行にて発つ夫淋し 京を立ちて 鏡借りて発つ髪梳くや

出で立つ ひかりのなかにいでてたちたまへ 遠きその世にいでたたす 出で立つ少女 瀬に出で立ちて

出立 もはやしゅったつは告げられている 出立の飯

立ち出でて 秋霧のともに立ち出でて 師走の空に立出て たち出でていざ涼まばや 立ち出がたし月の瀬の

【縦横】 縦な投げに横な投げに 国原の水たてよこに日の行く道の縦横に 縦横に群ひく蟻の 畦縦横や

縦様 竪さに割かば尚うまからむ 目は縦ざまに

【棚】 バスの棚の 棚捜しする蛬 温室の花おく棚に棚にあまれる蔓伸びにけり

書架 書棚 まづしき書架をながめつつ 書架をあさる

藤棚 棚につくれる藤の花 仰げば深し藤の棚 大藤棚のながき藤浪 紫の雲にまがへる藤棚の

葡萄棚 葡萄棚洩る、日影の 葡萄棚の下に

【掌】 二月の春のたなごころかな 過去と未来とをたなごころに握り

掌 たなぞこにちりしま玉の たなそこに赤き木の実を たなぞこの冷たきに 掌の凹みにかけて

掌 掌をうつ蒼い太陽 蛍火が掌をもれ この野の蛍掌にとぼし 掌に唇ふれよ

掌 てのひらに落花とまらぬ 光リカガヤク掌ニ

【七夕】 逢ふとはすれどたなばたの 心ぞつらきたなばたの 七夕のあはぬこゝろや

梶の葉 歌を書いて祭る 梶の葉の文字瑞々と その願ひ梶の一葉と 梶の葉に書きなやみたる 蚯蚓のたるぞ梶の葉に

願いの糸 機織りの上達をねがう 願の糸も白きより 後世を願の糸な

れば　願の糸のあはれなり

七月七日　星の歌かく七月七日　べにはす［紅蓮］さきぬ　七月七日　名のみ七日の一夜妻

星祭　岸は星祭り　古りたる江戸の星祭　海士が新妻星祭りする　蟹の戸ぼそも星祭　社前の灘や星祀る

星迎　ふんぞりかへつて星迎　彦星の妻むかへ舟

織姫　星に仮寝の織姫の

織女　織女の恨み歎きて　織女し船乗りすらし　別れ惜むたなばたつめの　織　女のみ裳の揺ぎに

一夜妻 織姫　まことをしるや一夜妻

二星 彦星と織姫　光ことなる彼の二つ星　二星の逢ひにけり　二星のへだてなくてふ相見む今宵

星合 二星が会う　星合の空静けしな　めぐりて返る星合の　星合ひの夕べすずしき　星合にもえ立紅や

星の別 二星の別れ　星のわかれをすかし見るかな

彦星　彦星のゆきあひを待つ　彦星の妻待つ宵の

【谷】　谷かげに菊の黄色　梅の谷の靄くれなゐの　谷の樹の　うつむひてきく谷の鶯

谷　ここの谷灯かげ全無し

空谷 人の気配の無い谷　栗山の空谷ふかき

渓谷　渓谷はもう秋を見すてる

谷路　谷路の底に蛇を斬りつ　湯の気わく谷の細路

谷底　谷底に雪一塊の　世を捨て谷底にすむ

谷懐　梅が香を谷ふところに

一谷　一谷をうめつくし　一谷に鳴くひぐらしのこゑ

八谷 多くの谷　八谷の奥も照らすかな　小牡鹿の八谷飛び越え　月のひかりは八谷をてらす

谷地　谷地の夜霧に　谷地ならしけり小夜砧　谷地の月夜も凍みて明きか　師走の谷地の

幽谷　幽谷の泉しづかに　銀蛇幾すぢ幽谷の

【谷川】　谷川の音を惜しみて　かすけく細き谷川を

渓流　渓流の音に雨添ふ

谷水　谷水も氷に閉づる　谷の水高く鳴り出づ

【谷間】　白き百合谷間に咲きて　霜けぶる谷間の月の　無間の谷間　干すや谷間の　谷間の一軒家　暗の谷間も

谷間　その渓峡の一つ家の　その谷間の火縄銃の音

【種】　賤が軒端のこぼれ種　あはれをこぼすくさのたね　光る種子　アメリカ種もきほひてぞある　種子ふり捨て秋の蝶　忘れ草種とらましを　夏草の種芽ぐみ初めけり

た

種井 種浸し　蛭すみわたる種井かな

物種　物種をまくや病み上り　物種うりに日のあたる

蒔く　種子まけば日はからからと　地に石多し種を播く　わが蒔きし草や芽ぐまん　狭庭に蒔ける

種おろし　流を引つ種おろし

種蒔人 農夫　巡礼と野の種蒔人と　種蒔人そろうて身をかがめたり　種蒔人三人背をかがめたり

粟蒔く　粟蒔きのあとふみつけに　岡に粟蒔き

麦蒔　麦蒔いて一草もなき

【楽し】　古友どちと語らふがたのし　独り焚火や冬たのし　生きてゐる楽しさに触れ　端居たのしけれ

楽し　母の便りたぬしも　脱ぎ棄つるこゝろたぬしく

美し　美し追憶　うち嘆くなげきも甘し

楽しみ　何がたのしみに生きてると　翌日しらぬ身の楽しみや　たのしみ寝ねし子らの明日

楽しむ　小鳥ゐて朝日たのしむ　家業たのしむ小百姓　ちらちらと灯が楽しんで

【頼む】 頼りにする　頼む子をいくさにやりて　いよよますます友を恃めり　人の背をふと恃みたる

頼み　あだにはならぬ頼みとぞ聞く　頼み少く

頼り 頼みに　女房をたよりに老ゆや　何をたよりの

頼る　幼な児の如くに頼れば　涙をこめてたよるなり

追い縋る　木枯に追ひすがりつつ　人の肌に追ひ縋り

縋る　両脚に縋りて　すがり泣く子が髪のやつれよ　縋りくるどの手も　父母の手にすがらまくすも

【頼もしき】　行秋のなをたのもしや　小鳥来る空たのもしく　二人寝る夜ぞ頼もしき

心頼み 心の中で頼りに思う　何となき心だのめや　心だのめの若さも去りぬ　相恃む心をもてり

人頼め むなしい期待をいだかせる　人だのめなる秋の夜の月　人だのめなる宵のいなづま　秋風も人だのめなり

【束】　水仙の束とくや　束を結ひぬる少女子が　百合の束ねを　草花の手把を手に持ち

花束　花束を投げんと　摘みためて花束結ひつ

一把　雛にやりたる菜の一把　藁一把　柴一把

一束　一束となりし露草　一束の地の迎火に　友がくれた一束の葱　一束の緋薔薇　粽結ふ一束の笹

一束　ミモザの枝のひとつかね

【煙草】　小指より繊き莨や　莨持つ指の冬陽を　蚊屋のうちなる朝たばこ　蛍をさがす烟草好き

煙草火　煙草火の燃えあとのこし　煙草火がつかぬ

葉巻　鉄皿に葉巻のけむり　よき葉巻すこし喫みたり　巻莨を吹かし　ハヴァナは蒼くかんばしき

巻煙草　白昼のなぎさに巻煙草吸ふ　海をながめて巻たばこ吹く　巻煙草のべつまさぐる　けぶり草それだに煙

煙草屋　煙草屋の娘うつくしき　煙草やの琺瑯引の看板

羅宇屋（煙管屋）　羅宇屋の笛が鳴つてる

一服　為事なかばのいつぷく煙草　一喫の青き煙や

煙管　煙管を探る枕もと　道を教へてくれる煙管から　旅人の煙管さし出す　船びとの煙管に似たる

パイプ　薔薇の木のパイプを　まどろす煙管かなしみ　咥へたるまどろす煙管　横さまにまどろす煙管

燻らす　そぞろあるき煙草くゆらす　山賊の煙草くゆらす　安たばこくゆらす　自画像が煙草をふかしてゐる

吸殻　吸殻を突きさし拾う　吸殻はたく岩の窓

煙草の煙　たばこ吹かける天の川　障子の穴をさがして煙草の煙りが　煙草のけむりが電線にひつかゝる

煙草を吸う　たばこ吸ふ翁のせなに　吸ひなれぬ煙草のやにの　煙草を人とわかち吸ひ　吸差の煙草の口の

火入（炭火などを入れておく小さな器）　そつと火入におとす薫　火入にたまる

たばねる――たび

煙草盆（灰吹き）　たばこ盆足で尋る

【束ねる】　束ねては乾す菅の草　松の枝たばね上げたる　束ねて重き量感となる　雨をこぼして束ねけり

括る　縄に括りて売りありく　金糸の紐に頤くくる　くくられて春まつ桑に

束ねる　うき世の花をつかねみん　そくばくの粟束ねあり　水に束ぬる山葵かな　あきくさをごつたにつかね

束ね髪　不思議を束ぬ島人の髪　風にみだるる束ね髪　羽織かさねてつかね髪　面痩せて束ね巻く髪

【足袋】　足袋のかたちを憎むことあり　足袋うらを向け合うて　紺足袋の女も　わが夏足袋のうすよごれ

革足袋　革足袋を縫猟が妻　革足袋おろす十夜哉

白足袋　発つ足袋しろくはきかふる　春の灯に白足袋をぬぐ　白足袋のすぐに汚れて　女の足袋のもつ白さ

【旅】　旅のあはれぞつきまとふ　旅はかなしい　わざとさへ見に行旅を　花の巴里へ膝栗毛

旅疲れ　旅疲れなし雨後の月　慮外ながらも旅づかれ　うと〳〵と旅のつかれや　藤の雨なり旅疲れ　旅疲れかくして語る

旅に死ぬ　旅の空にて死なむずる

たびごころ――たびね

旅に病む　旅に病で夢は枯野を　旅にやむ夜寒心や　旅に出て病むこともなし　旅にこやりてかへり来ぬ

行き（旅行）　君が行き日長くなりぬ　わが行きは久にはあらじ　船の行き安けくあらむ　唐土行き

羇旅（旅のこと）　羇旅の歌相聞の歌

【旅心】　住つかぬ旅のこゝろや　旅ごころうたた寂しく　旅心定まるや　さすらひの旅ごこちもて

旅の空　旅の空にて年の暮れぬる　ことしのはるも旅の空　をちこちしらぬ旅の空かな　旅の空なるかりがねも

旅話　又翌聞ふ旅ばなし　旅がたり兄をかこみて

旅愁　うすぐもる旅愁をながめ　旅愁の宿に居る

旅情　はるかなる旅情かな　旅情いつしかなぎぬ

【旅衣】　秋霧のたつ旅衣　枝にひかるゝ旅ごろも　旅衣ころもで寒く　旅衣時雨るゝがまま

旅姿　青葉の風や旅姿　田舎めく旅の姿を　わが旅姿なつかしきかな　旅姿稚き人の　やつれ姿は旅人のつね

【旅路】　雪霙ぬれむ旅路に　人の世の旅路に迷ふ　秋の終りのわが旅路かな　今かもかへる旅路をいそぎ

道草　道草のうごくを見れば

道すがら　ひとりかへる道すがら　君許はしる道すがらかな　つれたちもどる路すがら

道中　みちなかこちそむさし野の原　途中にてぞ

道道　道々こぼす手桶の水　道々追いこされ　白雲の道行きぶりに　道行ぶりに折りてかざさむ

行き暮れて　平砂千里を行暮れる　ゆきくれて苔路月する　都のなかに往き暮れて　ゆき暮て雨もる宿や

【旅立つ】　顔見にもどる花の旅だち　旅立ち所

朝立ち（早朝の旅立）　旅立つ朝や　里の市人朝だちすなり

鹿島立つ（旅立ち）　鹿島立つ人も送らず　かの故里をかしまだち

首途　旅から旅の首途かな　日に照らさるゝ首途哉　首途ゆかしき　首途を祝ふ

旅出　旅出の汽車の堅き麵麭かな　旅出はかなし

旅行く　今日も旅ゆく　しみじみと旅行くことも　心をぐらく旅ゆきしなり　旅ゆけば瞳瘦するか

【度度】　度々詠じて　おく霜やたびかさぬとも　千度び恋ひ千度わかれて　八千度も花は見しかど

数多度　草の枕にあまたたび寝ぬ　あまたたび空しく

千度　千遍嘆きつ　千遍しくしくに

【旅寝】　祈出して旅寝かな　しにもせぬ旅寝の果よ　腰

骨いたむ旅寝哉　夜々の木枕に
旅枕　旅枕ほのかたらひし　旅の枕と心づき
石枕 岩を枕に　星も旅寝や岩の上　石を枕にいぬる夜の如
石枕してわれ蟬か　岩根し枕ける　石枕まく
波枕 海での旅寝　独り小じまの波枕　夢は浮寝の浪まくら
まくらをたゝく波の声
【旅人】　野路の旅人いそがなん　旅人と我名よばれん
顔蒼白き旅人よ　旅人の我も数なり
旅人　この旅人あはれ　旅人が愛でし
旅僧 旅の僧　旅僧の笠に露あり　花のやうなる旅の僧　旅
僧とおくれさきだち　旅僧の樹下に寝て居る
旅の女　旅の女と酌みしさかづき　星あまた旅の女を
道行人　みちゆきひとにことづてましを
遊子　げにや遊子の旅の情　雲白く遊子悲しむ
行人　行人や吹雪に消され　行人をおひ越して　我も
行人秋のくれ　紫　野ゆく行人に　行人征馬
隊商　隊商のその足並も　路に斃れしカラバンの
旅烏　旅がらす古巣はむめに　かへれ信濃の旅烏
【食べる】　ひとりゐてトーストたべる　枇杷の実をいく
つか食べて　魚やはらかく煮て食べつる

食す　うそ寒く食す　昼の肉食す　麦飯食して　葱の
ぬた食しつつ
食う　ひとつ鍋のものくふ友よ　親子ならびて月に物く
ふ　文字食う山羊の夏　飯食うてしのぐ寒さや
食らう　酸き酒もとめ食らへるに　瓜もみ食ふ　草食ら
ふ山羊の　蒜くらふ香に　火をも啖ふと　野菜を啖ふ
相伴　猫の飯相伴するや　相伴に鳩も並ぶや
食ぐ　駒はたぐとも吾はそと追はじ　採みてたげまし
食ぶ　しづくたりつつトマト食ぶ　くだものたぶも　菓
子たぶも　菜を浸し食ぶ　たゝへつゝたぶる
食ぶ　朝にたうべ夕にたうぶる　茶屋に食ぶる鮒のすゞ
しき　田芋たうぶる　実はほろにがし野に食うぶ
食む　己が肉喰む鬼ともならず　にはとりがものの菜
食めり　子ら食みあまし　飯喫めど甘くもあらず
【弾丸】　わが弾丸は空に逸れど　みどりの鉄砲は痛か
ない　たはやすく弾丸に撃たれて　弾丸雨飛の
弾痕　弾痕をただ隠さんがため　蒼い弾痕　古き弾痕
弾道　弾道街ノ空通ル　弾道下裸体工兵　弾道交叉シ
テ匂フ　闇ノ弾道香ヲ放ツ　弾道を描く
【玉子】　卵一つポケットの手に　卵売るなり停車場に来

て　海苔の艶玉子の照や　卵子袂に　卵食ふ時口ひらく

オムレツ　おむれつとわがひとり　オムレツ厚き

寒卵（かんたまご）寒中の鶏卵　ふところにして寒卵　大つぶの寒卵おく

卵黄（らんおう）　卵黄に濡れたるままの　卵黄のはなたれてある

【偶さか】（たまさか）　歓楽はたまさかにして　たまさかにする遠

稲光（いなびかり）　たまさかに帰れる父の　雪ふりてたまさかうれし

偶然（ぐうぜん）　たまたま会へば兄の寂しさ　たま〳〵月をのこしけり　たま〳〵にして櫓の音きこゆ

わくらばに　わくらばに問ふ人あらば　わくらばに見し映画　わくらばのあくがれ心　邂逅に吐息なす

【魂】（たましい）　花のたましいよびました　蝶老てたましひ菊に春のたましひ　魂を嚙み肉を傷く

生身魂（いきみたま）　生身魂ちゝはゝいます　あるじするなり生身魂

言霊（ことだま）言語の持つ霊力　言霊やどる神の杉　ひたぶる言は大き言魂　言魂の古振を　言霊の幸はふ国と

魂（たま）　病める魂　優しき魂や　さかし真魂のおくつきぞ　霊の響きの　魂なき骸を　魂ぞ悲しき

霊水（たまみず）　霊水といはひたたへし　比叡の霊水咽喉には沁む

人玉（ひとだま）人の霊魂　野を北へ人霊　人魂色の木の列は

御霊（みたま）魂の美称　おぼえなき父のみ魂も　幼み霊を慰めむ

我が魂（わがたま）　春の夜を我魂遊ぶ　君たづねてわが魂まよふ

【玉響】（たまゆら）一瞬　たまゆらの胸のおののき　沈む日のたまゆら青し　千万無量の瞬間に　たまゆら過ぐる森に啼く

一瞬（いっしゅん）　藪の月一瞬ありし　一瞬の日にも柔らぎ　一瞬の顔なりき　一瞬の後に悔いたる　とよみ一瞬鳴りやんで

即ち（すなわ）　近づけばすなはち消ゆる　手拭もすなはちこほる

刹那（せつな）　臨終の刹那　かなしき刹那　一刹那

【賜る】（たまわ）　文たまはりぬ　愛少し賜へと乞ひつつ　夕餉たまはりし　小さき杯たまはれば　金の水をたれかたまはむ

賜ぶ（た）　司祭君御手を賜ぶなり　われに賜ぶてふめづらしき貝　昼は田賜びて　簪を賜ぶ　花賜ぶと

賜物（たまもの）　希ひ稀なる賜ものくだる

【民】（たみ）　血にまどふ民の叫びの　賑ふ民の庭竈　名も無き民の五十年　真心の民住める国　苦難の民の心にもなる

国民（くにたみ）　くにたみの高き諸声　御民吾らは生きて勤しまむ

衆生（しゅじょう）　衆生あまねく　衆生の海に　仏も衆生も

民衆（みんしゅう）　民衆はつねに試される側　民衆に対う黒き手

青人草（あおひとくさ）庶民　蒼生よ田植時　世間の蒼生の

民草（たみぐさ）庶民　東の民草のなやみ　風にも堪えぬ民草を　伏して哭す民草に

【田水】 田に張つた水　くゞりそめたり田植水　田に水満ちぬ　あしあらふ水も田へ行く水　夜明けて田水満てるかな

落し水 稲刈り前に田の水を落とす　たゞひとくはに落し水　鳥があび居る落し水　田を落ゆくや秋の水　落水の利根がかなづる

夜水 夜、田に引く水　夜水とる里人の声や　土用の夜水

【ためらう】 不思議に海は躊躇うて　ためらはず掌に唇ふれよ　ためらひて扉の前を

いざよう 雲いざよひぬ秋の湖　月光のなかにいざよふ　くれかねていざよふはるの　心いさよひ　紅葉いさよふ

たゆたう 心がゆれる　たゆたはず望いだきて　行くにもあらずなほたゆたへり　たゝかひの世ぞたゆたひて

行き憚る ゆくことをためらう　白雲もい行きはばかり

【便り】 江戸紫を小春だよりに　母への便りを今日も怠る　便り遠のく妻のこと　戦地の父の最後のたより

旅便り そののちの旅便りよし　旅のたまづさ

花便り 花の便りは春のパレイド　画はがきの花だより

舟便り 佐渡なつかしき舟便り

【頼りない】 春のくるゝそたよりなき　薄墨のたよりなき色や　頼りなく母をよぶ声

当て所なく あてどもあらぬ我が忿りなり　あてどなくさまようた　悔を踏みつつあてどもあらぬ

当てなき 恢復のあてなき今を　あてもなく子探し歩く　再会のあてなき人を　秋の霧野をあてもなく

無力 わが無力　無力な海図　死神を蹴る力無き

【盥】 たらひに簇いれてある也　小盥や今むく田螺　鴨の子を盥に飼ふや　盥に飼ふや銭葵　種浸す大盥にも

洗面器 洗面器ゆげたち凍てし地に　面影が浮く洗面器

馬盥 馬を洗う大盥　明月に馬盥をどり　馬盥をぬすみし

【誰】 誰やらが身を泣きしとや　誰人か尋めて知るべき　誰が誰やら煤まみれ

誰そ 誰だ　今の世をんな誰そ涙なき　勾欄の下の人の誰そ　そこ行くは誰そ

誰か知る 誰も知らない　笑む淋しさを誰か知る

【垂れる】 襤褸のごとくに雲の垂れ　空きしベッドより脚垂れながら　幟の尾垂れたる見えて

垂り葉 落葉松のやはらか垂り葉　バナナの茎垂り葉大きく　すゝき葉の垂葉するどに

垂れる しだれてあかき　青柳の泥にしだるゝ　岩にしだるる水溜めん

垂花 楓のしゞの垂花　神藤の垂花めぐる

【撓む】（たわむ） 咲きたわみたる桜花のした　水仙のはのたわむまで　あらぬ肢体がゆらゆらと撓む

撓う（しなう） 春雪に枝しなへつつ　しなひ合歓木　百済物熟れ撓む

撓わ（たわわ） こぬれたわわに　たわわのみどり　枇杷あまた黄金たわわに　つばさもたわにふくあらし

撓に（とおおに） 枝もとををにおく露の　しだり柳のとををにも

【戯れる】（たわむれる） 戯れに笛吹き鳴らし　少女とともにたはむれし　砂も介殻も波が戯れる　金屋の春に戯る

戯れる（たわぶれる） 光となりてたはぶるゝ小犬

戯れる（たわれる） 野辺にたはるるをみなへし　戯れ浮かれて鄙びたる　あかあかと淫れくるめき

戯る（あざる） 日の光あざれて匂ふ　赤くあざれし日のすさまじき　酔ひ戯れたる一群の　ひとり戯れぬ

おどける 雑草に雀おどけて　雪のふる夜に戯けしは友の手紙のおどけ悲しも　おどけたる山の鴉の

戯歌（ざれうた） ざれ歌多き君にもある哉　とき折りに淫唄うたふ

戯れる（ざれる） 葉陰に汝の戯れてしものを

戯える（そばえる） 風が甘えかかるように吹く　そばへて風のわたるなりけり　風の戯へは寒けれど

戯言（ざれごと） 冗談　ざれ言一ついはで過ぎぬる

戯れ言（たわぶれごと） 無益なる無言の遊戯　責めそしる戯れごとに

【俵】（たわら） 積み込みし俵にぬくし　炭いく俵酒にかへて

米俵（こめだわら） 米の俵の置所なし　干潟へおろす米俵

炭俵（すみだわら） 犬の来てねる炭俵　炭もはや俵の底ぞ　炭二俵壁にもたせて　炭俵に烏樟匂ひ　雪しまくなり炭俵

【端午】（たんご） 菖蒲ふく端午のけふを　王氏の昼寝端午の日

菖蒲葺く（あやめふく） 軒にショウブをさす　古駅菖蒲葺くさへ　軒の菖蒲に露は光れり　菖蒲刈り葺く頃なれば

菖蒲湯（しょうぶゆ） さうぶ入湯をもらひけり　湯満ちて菖蒲あふれこす　菖蒲湯を出てかんばしき

粽（ちまき） 粽解て芦吹風の　ちまきたうべし紅の口つき　ちまき結う日八　粽をかじる美人哉

武者人形（むしゃにんぎょう） 稚き眉目武者人形　五月人形すゝぼけて

【団子】（だんご） 看板の団子淋しき　羽二重だんごだれ持参となりへだんご持つて行く　御八つに食ふは団子哉

鶯団子（うぐいすだんご） 鶯団子たひらげて　しんねりと鶯団子

【誕生】（たんじょう） 海から誕生　誕生を喜び

生月（うまれづき） 生れづき二月もちかし

誕生日（たんじょうび） 誕生日美しき女　誕生日あかつきの雷　誕生日へなだれてはやき　薔薇摘んでわが誕生日

【暖房】 暖房にビールの酔の　暖房に日比谷公園　暖房に汗ばむ夜汽車　暖房のやはらかき氈　暖房車に

スチーム 夜ふかくスチーム通ひくる　スチームに暖められし　スチームの冷えしあけ方

ストーブ ストーブに足あかりして　すとうぶをみつめてあれば　古汽車の中のストーヴ

置炬燵 都の宿の置炬燵　月を追行置火燵

火燵 妻うつくしき巨燵かな　夜々の炬燵にしたしみにけり　炭もにほふや春火燵　火燵をすべる土佐日記

温石（腹部を温める軽石） 温石の抱き古びてぞ　温石のさめぬうち

懐炉 懐炉を市に求めけり　懐炉冷えて上野の闇を　懐炉の灰をはたきけり　懐炉灰つぐ

暖炉 暖炉たく部屋暖に　暖炉よけて頬おさへゐる　暖炉の燃ゆる音　壁炉美し

湯湯婆 寂寞と湯婆に足を　病む足冷えて湯婆かな　月に湯婆の湯をこぼす　湯婆のあとのぬくみかな

【弾力】 弾力に富む腕より　女の膝の弾力　葡萄一粒の弾力　えもいはれない弾力の　弾力なき心のうへに

発条 ぜんまい仕掛けの　蝶の舌ゼンマイに似る

ばね その寝台はばね仕掛けで　ばねを仕かけて

ち

【血】 女の指を血つたひたり　うつくしき血は流れながれぬ　血が冷ゆる夜の土から　老廃血でいつぱい　夜中過ぎの貧血の街を

生血（生きている動物の血） 生血のめぐる詩がほしい

血液 血液銀行のドアの中でも　今ぞ灰だつ血液の満潮　血漿を含む北風の　人血のあふれては乾く

血脈 わが血脈のやや細り　かじかむや頭の血脈の

鮮血 地にのこる鮮血　鮮血のやうなくちびる

血の管（血管） 脈々と血の管通ふ　血の管をもつ

貧血 夜中過ぎの貧血の街を

青き血 肢体に青き血ながれ　まつさをの血が

赤き血 男が流す真赤な血　野良犬とわれに紅血

血を吐く 血をはきし病の床の　血を吐くやうな倦うさ　ある喀血や　鮮血喀く子の　吐ける紅血は

血反吐 血の反吐はいて　吐く血へど

【地】 地に近く咲きて椿の　月光の地に降りて　青胡桃地にぬくもりて　地と空の一線を

地 鉄骨の影切る地に　地におちたる熟れし実の

寒土（さびれている土地） 栗のいがを焚く寒土のうへ

草地 たんぽぽ黄に草地に咲いた　月光いろの草地には

湿地　のばらのやぶや腐植の湿地　どうせ湿地の彼岸花

台地　洪積の台地を恋うと　風白き石灰台地

空地　空地にひびく　夜の心のあき地より　裏の空地の月光を　空地にあそぶ子供等の　根岸の奥の明地面

地の底　地の底に在るもろ〳〵や　地の底の黄なるころもを　地底に通ふ　地の底とほき火を見ると

【小さき】　苗田小さし天が下　辻占の灯かげ小さき菫ほどな小さき人に

小さき　山あひのちさき停車場　牡丹をのぞくちさき足おと　うせたりしちさき妹の

小さき家　からたち垣の小さき家　そのちさき家いまか出でゆく　人ちさき家　小さい家で

小さき手　小ひさ妻ちさき手合はせ　小さき掌や

細か　ささやかにしてせせらぎにけり　ささやかな店をひらきぬ　ささやかなる室をしつらへて

【チーズ】　固きチーズの薄片けづる

乾酪（チーズ）　あをく黴びたる乾酪の

【知恵】　汝が智恵のかく長けにしを

才　才あるは才に死ぬらむ　才傑れつつ名をば求めぬ　里に才女を尋ねけり　かたちと才の全き我れ見ゆ

ち

秀才　秀才の名の高かりし　秀才ゆゑうらわかきゆゑ

頭脳　我が頭脳沸ち来たり　懶げな頭脳は

叡知　叡智の瞳　白磁の叡智ながれたり

寂光（理と智恵の光）　寂光の世界を見るも　浄土の寂光を　寂光の浜に　寂光の世に住めれども　寂光さんさん

理智　透明な理智　理をうしなひて　衰弱せる理性を

【地下】　地下響音を断ちて涼し　涼しき地下の時を指す　地下に蠢き老婆ども　地下の動脈に　地下に帰し

地下街　繃帯さらす地下街に　地下街歩み来て　地下街の階に失くして　銀座の地下の灯が見えてくる

地下室　地下室の夜はあけにけり　地下室の固きベッドに　地下室の鯉黒し　薄暗き地下室

地下道　地下道を吹き上ぐる風　地下鏡廊われひと、

【誓う】　共に死せんとちかひけり　忘ると胸に誓ひしひとを　しらぎくに誓ふべき日の　君見ずとかたく誓ひて

誓紙　血を染めて誓紙かく夜や

誓い　七とせのむかしの誓　相生くる誓ひたてにけり　みだのちかひにあふとおもへば　千手の誓　春の誓は

【近し】　花に遠く桜に近し　遠しとも思ふ近しとも思ふ　夕凪ぎて大島近し　書読む君の声近し　こほろぎ近し

近み（近いので） こだま響かふ山近みかも　浦近み枯れたる松の　別るべき日を近み　五月雨近み　時近みかも

近勝る（近くで見るほど美しい） 水鶏の声は近まさりつつ

遠からず　死と隔つこと遠からず　犬吠て里遠からず

間近　間近き里の　鐘は間ぢかに

手元　手元から日の暮れゆくや　早苗とる手もとや昔　夕映に菜洗ふ手もと　手もと小ぐらくなほ畑を打つ

【近づく】　近づけば野鶴も移る　女童等近づき遠のき　近づけば舞ひたつ田鶴の　面わ近づき来る童女はも

顔寄せる　顔寄せて馬が暮れをり　芝居に児等は寒き顔寄せ合う　蠟燭の灯に顔よせて

迫る　死ぬ死なぬおもひ迫る日　青みて迫る君がまなざし　笑ひひたせまる大き眼おもほゆ

【近道】　麦刈ぬ近道来ませ　よし野のちか道寒し　極楽の近道いくつ　ちか道や水ふみ渡る

間道（脇道） 間道の藤多き辺へ　夏草はこの間道を

抜け道　抜けうらをゆく日傘かな　秋のぬけ道茅の輪

【力】　力みちたるあさぼらけ　やわらかく力溢れて　力をこめて力を書く　力任せに石を投げこむ

勢い　雪解川濁る勢ひを　勢たけき新潮の

手力　老いの手力あまりけり　痩せ痩せて手力はなし　たぢからこめてつくかねの　手力疲れ織りたる衣ぞ

【知己】（良き理解者） 蛍を呼びて知己となす　しば〳〵下車て知己をとふ　さびしさかよふ知己のまなざし

古 人（昔馴染み） 古人を相見つるかも

故人（古くからの知りあい） 門を出て故人に逢ぬ　故人来れり何もてなさん　炉開や故人を会す

知る人　知る人もなき山里に　知人に傘はあづけて　いろをも香をも知る人ぞ知る　しる人に逢ふ

古里人（故郷の昔馴染み） ふるさと人に心寄する日　故郷人と酌みかはす　ふるさとびとのおゆらくをしも

古馴染　みとりの人も古馴染

古人（昔馴染み） 旧びとは　古人に　古人見けむ

【地球】　地球に落ちてくる雨　老いたる地球

緯度　緯度たかきくにに　霧の港北緯五十度なり

引力　引力にゆがむ光の理論など

磁気　磁気のやうなる我と引合ふ　磁気嵐　磁気を生む

地球儀　地球儀のやうに回る　地球儀をしづかに庭へ

半球　マグデブルグの半球よ

【契る】（約束する） 二世かけて結ぶちぎりや　しやか［釈迦］のみ

まへにちぎりてし　夢に契りし後の世は　美し契の　契つる友のむれ来て

契り置く　約束　契り置きし籬の竹も　契りか置きし

薄約束　確かでない約束　薄約束の君なりしかな

予言　約束　ともに死なむとかねごとす　歌はその日の予言ならまし　おもふもむなしかねごとのすゑ

約す　約束する　児等をあつめて花見約すも　萌ゆる日を約されて草木の凍る野か　約せし花鋪に毛皮ぬぎ

【千種】　千種にものを思ふころかな　色の千種に見えつるは　千草奇しくも寂びにけるかも　千草にほへり

秋草　秋の千草　秋草の灯になじむ　秋くさを下げしわが手に折りてこし野路の秋草　秋くさのさびしききはみ

八千種　色八千ぐさに　千草八千草さきみだる

【血潮】　情熱　寒き血潮のたかぶりつ　君が血潮のさわぐらむ　血潮にまじる眼のひかり　紅き血潮に湿ふて

熱き　あつき血潮に触れも見で　熱き熱き心の底には余りに熱い情火となる　血は熱く　赤い熱気と

エロス　対決するものエロスよ持たざり

慷慨　師の鉄幹の慷慨の歌　似非慷慨は寒きものかも

情熱　深みにかへる情熱を　朝の情熱　情熱の恋　みずゞしい情熱を篭らせ　情熱の春のあらしに

燃す　瞳を燃す　赤い花だと身ばかり燃やす

【牛乳】　オートミールにそゝぐ牛乳　秋の朝の牛乳のつめたさ　牛乳屋の壁の　窓に光れる牛乳のびん

搾乳　搾乳夫きたれるからに　靴がばがばと搾乳夫　牛の乳の出よろしかりけり　乳を滴りて母牛のあゆむ

乳の香　山羊の乳の香の　乳の香のする人わらひゐぬ　乳の香まじる春雨に　この片言ぞ乳の香にしむ

【乳】　三日月にあまり乳すてる　乳足らぬ児の

添乳　心地よき添乳のうたに　添乳に眠る小さき子の

ミルク　ミルクは甘し炉はぬくし　ミルク吸ふ子を

【父】　我を惜しめり父の心は　父なきまどゐ壁炉もえ

老父　老いにし父の御ひとみに　年老いし父の涎を　我はまどろむ老父の辺に　老父泰山の如く在り

父上　ほとけとなりし父上の　今更父上様と書き

父　とゝと呼ぶをさなきふたり　お父恋ふるが

亡き父　亡き父に似たる翁と　わがめにのこるなき父の影　吾子亡き父の椅子にゐる　母が亡き父の話する

【縮む】　老婆ちぢまりゆきて消ゆ　ちゞむ虱よわがおもふどち　身をぞ縮めをる　足をちゞめて

粟立つ　わが肌 縮み粟立ち　肌に粟立つ黍の風

縮む　さす光さへ蹙まりにけり　しじまりて行く日の

すぼめる　身をすぼめをり　すぼめたる眉に光引く

【千鳥】　夕波千鳥汝が鳴けば　闇を見よとや啼千鳥
風拾ひ行衞かな　月をこぼるゝ千鳥かな

川千鳥　川千鳥夜舟まつ間の　夜ぐたちて鳴く川千鳥

浜千鳥 浜辺にいる千鳥　百島めぐる浜千鳥　浦千鳥草も木もなき　磯ちどり足をぬらして

【乳房】　両並ぶ乳房の花を　母が乳房に寄眠り　唇を捺されて乳房熱かりき　乳房もねむらむ春の夜半

垂乳　垂乳さぐりぬ　子は母の垂乳ふくむと

乳首　歯茎かゆく乳首かむ子　みづみづ尖る乳首を妬む

乳房失う　失ひしわれの乳房に　メスが葬りゆく乳房　乳房ありし日の夢は　無き筈の乳房いたむ

円乳房 豊かな　さればこそ丸乳おほへる

胸乳　胸乳海女が濡れ身伏せ　白き胸乳の母ぶりを
たらちねの胸乳の上に　母の胸乳にふるるやさしさ

柔乳　稚柔乳の　そのやはら乳も濡れひたり

【地平】　地平わづかに赤らむ　遠く地平に波をうねらす　地平に雲が浮いてゐた　地平に黄なる月

水平線　水平線のあらきシーソー　水平線のかがやきは　水平線の黝みより　水平線へ籐寝椅子　水平線上に

地平線　薄明の地平線上から　地平線に灰色の雲が
森で埋めた地平線から　紺青の地平線が

【巷】 分かれ道、街路、世間　霧の降る巷となれば　巷の星　巷に鶴を飼ひなれし　まちのちまたをなきわたりゆく

蜘手 道のいく筋にも分かれた所　蜘手の道の遠くして　蜘蛛手にかかる波の白糸　黒鉄の軌條の蜘手　行水のくもでにかかる

八十の衢 道の分かれる所　八十の衢に夕占問ふ

八衢 道のいく筋にも分かれた所　悪の都のやちまたなれど　風の八ちまた

【血塗れ】　血まみれの花と忌む　血塗れの軍鶏へ

血染　血染の酒のみほせば　血染めのラッパ吹き鳴らせ
血紅に染みし指をもて　血に染む聖磔

血走る　ちらちらと月血走りて

血塗　血みどろにをののけと　血みどれの犬咬み合ひて居り　血みどろの泥に歯を剝く

血糊　血潮に滑りし夫鳥の　茶室の額の血の痕

【茶】　茶を抹き居れば行々子　茶を秋雨の庭に捨つ
人の画掛けて茶を飲みにけり　ふたりのお茶のたのしけれ

玉露　一ぱいの玉露は甘く　松過ぎの玉露に癒えし

ち

ちゃいろ——ちゃつみ

新茶　新茶汲まるゝ音ひゞく　宇治の競いも新茶の荷
番茶　番茶土瓶の肩の艶　番茶に咽喉をうるほして
ことこと番茶を煮て　焙じ茶の熱しかんばし
冷茶　急須かたむけ冷茶ふりつゝ　冷茶を飲みぬ
焙烙　焙烙に茶を打こめば　焙烙まぜつゝ　ほうろく捨
るせりの中　ほうろくにあまる芋殻の
麦湯　麦茶　いと甘く黒き麦湯の　麦湯の薄明り
朝茶　朝茶のむ僧しづかさよ　朝の茶の茶碗を膝に　朝
の茶はたれにまつらん　上下ともに朝茶のむ秋
大服　一服の量が多い　大ぶくや浮べて梅の　宿の大ぶく
茶の支度　ひそと来て茶いれる人も　縁に汲むなる茶
のはしら　茶の支度する　朝餐の料に立てし茶の煙
煎じる　自ら茶を煎ず　茶を煎ずれば百花香し
焙じる　宇治の焙炉の匂ふとき
【茶色】　茶色の帽子　竿竹に茶色の紬
カーキ　カーキ服こみあふ巷に　カーキいろの山脈の皺
枯色　早や枯色や草の原　野の枯色はしりぞかず　か
れ色寒くみゆる哉　枯芝いろの蝶ひとつ　枯葉色の靄
狐色　トーストきつねいろ　狐色のゼムマイをまき上げる
金茶　枯れよ金茶の寂光に　金茶焦茶の木の葉の小島

ち

渋色　渋色の蛇の目の傘に　渋色の袈裟きた僧の
代赭色　代赭の鱗形の枝に　旅びとの代赭の面の　代
赭色せる水さしの　代赭色の地がひろびろと
鳶色　とびいろの鳩は　鳶色の土　寒地農頬鳶色の
褐色　男が走る褐色に　褐色の停車場がふと
褐色　褐色の月の象　また薫る褐なる粉は　褐の素膚
焦茶　焦茶色の葉や蛾のとまり　翅たゝみゐる焦茶色の翅
薄柿　赤茶　薄柿着れば　薄がききたる夕すゞみ
【茶漬】　涼しくすゝる朝茶漬　氷カミツル茶漬哉
茶飯　奈良の茶飯のたきやうを　我俳諧の奈良茶飯
夕茶漬　蓮に吹かれて夕茶漬　喰に出る也夕茶漬
湯漬　湯をそそいだ飯　京の湯漬はおもしろし　湯漬うましも
水飯　冷水で冷やした飯　水飯をめす裸形かな　水飯に晩餐ひそと
水飯なりと参らせん　水飯すする朝月夜
【茶摘】　茶摘女がいつも暮行く　茶つみも聞や時鳥
茶つみぞかざす夕日かな　茶山しに行夫婦づれ
茶の花　夜明に似たるお茶の花　茶の花白く霜早し
茶の花あさる鶲のこゑ　茶の花に富士の雪翳
茶の実　お茶の実落ちし夕明り　茶の実をひろふ椀のか
ご　お茶の実を掌に鳴らしつつ

茶畑 茶の木ばたけの雪解かな　茶の木ばたけの朝月夜　茶畠に入り日しづもる　一葉ずつ摘む茶も積ば

【茶の子】 茶菓子　妹が茶の子の大きさよ　五つむつ茶の子にならぶ　いろりから茶の子掘出す　大碗の茶と桜餅　玉霰茶の子のたしに

点心 点心の茶に漣立て　点心はまづしけれども

【茶の湯】 茶の湯する若葉のいほは　茶を好む歌人

初釜 新年初の茶会　初釜のたぎちはげしや

口切 新茶の茶会　吾妹子を客に口切る　口切や北も召れて　口切や五山衆なんど　口切や小城下ながら

茶筅 茶筅のいろも若みどり　古庭に茶筌花さく

茶の聖 茶人　茶の聖千の利休に　茶聖の利休の心

茶の湯者 茶人　茶の湯者をしむ

露地 千家の露路にゆき暮れて　露次口に父を待ってる

炉開 けふ炉を開く　炉開いて灰つめたく　炉開や裏町かけて　炉開や故人を会す　炉開の室の花には

炉塞ぎ いまだ炉も塞がで家に　わが家の炉は塞ぎかねつも　ろふさいで立出る旅の　炉塞いで人逍遥す

茶室 茶室の薄陽に　茶室作らん　茶座敷の寂を

【彫刻】 ひややけき彫刻台に　彫刻の赤猫の

彫り この古面の彫りのいみじさ　ほとけの彫りも見えがてに

彫る 彫られしごとき君が眼を　はてもなき闇がりを彫りて　魂をし彫りて

彫る 空の杳きに神々を彫る　春を彫る鑿のひゞきや

彫師 彫師が遺す猫のさびしさ　こがね色の彫刻家

鑿 鑿の音をりをりたえて　春のなごりののみの香や

石馬 山の祠の石馬の耳に　石馬も汗する日なり

石の獅子 石の獅子五月の風に　石の獅子ふたつ栖む

石彫 柱頭飾の石刻めるや　石彫まばや　石の面に彫れば　石に刻りし「神」の御名だに

木彫 ふるさとの木彫の熊と　古びたる木ぼりの像に　木彫の龍を　面輪かしこし木彫雛

名を刻む 竜舌蘭に刻みし名　佳き竹にわが名を刻む

【提灯】 身の闇や盆提灯の　提灯を提げて吾もゆき

大提灯 抱き画く大提灯や　大提灯を見る人は

岐阜提灯 岐阜提灯を揉む風や　岐阜提灯の白き灯の色

小提灯 井戸へ差出す小提灯　女ばかりの小提灯　くらがり走る小提灯　綱が袂に小でうちん

高張提灯 高張立てし水の番　高張は嬉しがらせて

ち

紅提灯　紅提灯も秋どなり　紅豆提灯出て来てあはれ

【調度】（道具）　王者の調度に　一室なる調度は薫り　そのかみの后の調度　調度少き　調度のこりて

小簞笥　小簞笥に雛ぽちとある

簞笥　豆雛が簞笥の上に　簞笥より去年のかたびら　とり去りし簞笥のあとの　錠前の剝げし簞笥を

下駄箱　下駄箱の奥になきけり

厨子（物を入れる置き棚）　厨子を飛び出るきりぎりす　わが居る家の古厨子に　軋るお厨子の蝶番ひ

御厨子（厨子の美称）　螺鈿の御厨子　御厨子なる釈迦うら若し

【帳面】　一人と帳に付たる

句帳　白紙残る俳句帳　句帳手に

手帳　手帖にうすき鉛筆のあと　野菊一輪手帳の中に　妻の手帖に　病間や書き潰したる豆手帳

ノート　ノートの上を匍つてる虫を　灰色のノート一冊　かかるノートも何するものぞ　ノート・ブックをあける

過去帳　過去帳閉ぢて夜の雨　過去帳を繰るがごとくに

【散らばる】　女の髪のちらばれる　傷痕のごと散らばせて　雪の上に落ちちらばれる　北斗星散らばり

散華（花をまいて供養する）　蓮散華美しきもの　鷺撃たる羽毛の散華

ち

散乱　野分の葉散乱し　そらの散乱反射のなかに

散りぼう（散り乱れる）　木ぬれの霧の散りぼひに　潮泡の凝りて散りぼふ　隅田川べの土に散りぼふ

散り紛う（入り乱れる）　うつつに花は散りまがひつつ

取り散らす（散らかす）　取散らす几辺なれども　とりちらしたる小切など　とり乱したる俳書歌書字書

はらら（ばらばら）　はららはららと落葉す　赤き花はらら燃えあがり　はららかに涙を含み

はららく（ばらばらになる）　窓にはららぐ霰ひとしきり　蹶えはららかす霜ばしらかな　逆羽はららげり

【塵】　春風や軽塵ほのと　たゞよふちりのあらはなるまで　鏡の上にゐる塵を　世のちりにうづもれながら

芥　芥焼場の日暮れ空　後は芥になる花を　港に芥浮かせて　芥の浮ぶ水　剃捨て見れば芥や

塵芥　言葉の塵芥と血と　氷にまじるちりあくた　ちりあくた流るゝまゝに

塵塚　寂しく庭の塵塚を焼く　花のちり塚

塵なき　大井川浪に塵なし

【散る】　散らば散らなむ散らずとて　散るを見で帰る心や　散たびに老ゆく梅の　わが身をめぐり散りみだる

徒に散る　あだに散るなと桜花　あだに散るは花は心ぞ　あだに散る梢の花を　梢よりあだに落けり

散らう 散り続ける　花ちらふ長閑けき宿は　雪ちらふ見ゆ

散らまく惜しみ 散るのが惜しくて　鶯鳴くも散らまく惜しみ　桜花散らまく惜しみ　卯の花の散らまく惜しみ

散りがた 散りぎわ　祇園の桜ちりがたに

散りがて こらえきれずに散る　散がての花よりもろき

散り零れる　散りこぼれつつ紅つばき　こぼれそめたる

散り敷く　散り敷きし花の匂ひの　山茶花の散りしく　木の間　木の葉は庭に散敷けば　さくら散りしく

散り初める　旦薔薇は散りそめぬ　散り初むる花の初雪　散りそめし京の桜に　温泉の村や梅散りそめて

散り行く　黄葉の散りゆくなべに　心あはせて散行もうし　或日四方に散り行きぬ

花誘う 風が吹いて花を散らす　花のもとにさそはれ来て　連翹のうす黄のさそふ　花の香さそふ　花さそふ比良の山風

はらり　はらりとおもきすすきかな　はらりと解けた

ほろほろ　月光ほろほろ　ほろ〳〵とぬかごこぼるゝ

つ

【杖】　杖立てて佇みをれば　我杖に飛ぶ曼珠沙華　月光の走れる杖を　杖のさきより雲立ちのぼる　舟より下ろす美し杖は

ステッキ　冬草に黒きステッキ　遊歩杖あづかられ

手束杖 手ににぎり持つ杖　手束杖腰にたがねて

人杖 人にもたれかかる　女童は父が人づゑ　女童は愛し人づゑ

松葉杖　松葉杖の子が越えゆきし

【使】 使者　萩のつかひかな　やどる胡蝶は神の御使　夜の使の蝙蝠の　君に来し天のつかひの　春のつかいの

文使 手紙を届ける使者　今朝門すぐる文づかひ　文使またも戸を過ぎて　君より来る文づかひかな　玉梓の君が使を

お使い　おてんと様のお使ひが　いつか使いのかえりみち

使者　造化の使者も微笑て　謁をたまはる明の使者

間使 人の間を往来する使い　春雨すらを間使にする　間使も来ず

【番い】　鶺鴒畑に幾番ひ　番ひ離れし夏の蝶　迷ひ来し胡蝶のつがひ　鵙こぶかくも番ひ棲み　つがひ去りにし

交る　鶏交り　松風を背に猫交る　樹にすゞめら交り

交む　犬つるみ放れず　交む鶺鴒　空中に蝿つるむ　しんかんとして雀のつるみ　雀交んで落ちにけり

番い鳥　百光放つ番ひ鳥　カナリヤのつがひは逃げし　七面鳥のつがひあゆめり　番の孔雀砂を踏み　番鴛鴦

夫鳥　よそほひありく夫鳥よ　品かはりたる夫鳥や

雌雄 雌雄の睦むさま　雌鳥雄鳥の立並び

妻鳥 妻鳥は花を駈け出でて　妻鳥のこゝろあはれなれ

雌鳥 雌鶏はゆきつもどりつ　雛をひきゐるめんどりら

【疲れる】 寝つかれぬほどつかれたる　体疲れて今日も旅なる　縫ひ疲れ　蒼穹にまなこつかれて　母疲れ

疲れ 空漠として黄の疲弊　青き疲れが　読書疲れのかろき疲れにいこひたる　おそ春の物のつかれや

歩き疲れる 歩みつかれしおそなつの町

労く 久しくなりぬ人がいたつき　悲しみにいたつく我の　いたつきてゆめみなやみし　病きつかれわが行けば

くたびれる 麦秋の草臥声や　草臥て宿かる此や　草臥を母とかたれば　長閑さに気の草臥る　月に草臥つ

【月】 月骨髄に入夜哉　あの月をとつてくれろと　月ひとり空をあゆめり　小さき月の錐を揉む

秋の月 猿と世を経る秋の月　秋の月まどかに澄めば　秋の月の笑み　昭和二十年の秋の月

薄月 薄月させる花畑に　虫の音に満つうす月に満つ

お月様 まるい黄色いお月さま　夜あけにしずむお月さま　半かけお月さんも雲のなか

新月 新月野にいづる　新月は空にゐます　新月の色

空の鏡 鏡のように澄んだ月　爽やかなる空の鏡に

大月 のぼり始めたばかりの大きな月　青き大月は西よりのぼり

月影 月そのもの　ものうい昼の月影　けぶたきやうに見ゆる月影　望の月かげ

月代 月。月の出に東の空が白く明るく見える　月しろや膝に手を置　月代に虫が音しぬび　月しろに空は明りて　月しろの火立に行くと　月魄のほのけさを持つ

月の色 月の色さへ身にしみて

月の面 まろらの月のおもて　月の面に

夕月 宵の間だけ見える月　夕月がながす涙の　夕月の光のいろを　夕月のみる〳〵しろき　夕月めくと

夜半の月 霜おく秋や夜半の月　昼をあざむく夜半の月

【月明き】 月明き秋の海辺の　月明らけし草山の上に　七日月あやしく明し　月明くなりて

月明 月の光が明るい　月明は清くあまねし　月明にのこり仕事や　静もり広し月明の原　月明の障子のうちに

【月照る】 太鼓うつ月照る磯に　畑原白く月照れり　月照るいわし雲の下　人のはだへに月照りぬ

月照らす 海照らす月を涼しみ　月出でてかくかく照らす　望月の照らしに照らす

照る月 照行く月や何にたとへん　姨捨山に照る月を見て　てる月にひれふる魚の

【月の名】月読 月。月の神　月円かなる月読の神　月読は光澄みつつ　月読の光の鋭さや　月読の光すくなき

待宵 陰暦八月十四日の月　待宵の雲のゆるびて　月待宵の芒船

十六夜 陰暦八月十六日の月　十六夜はわづかに闇の　十六夜の雲吹去りぬ　十六夜の闇をこぼすや

いさよう月 陰暦八月十六日の月　既望の月の出汐を　山の端にいさよふ月の　いさよひの月　いさよふ月の海半

十三夜 陰暦九月十三日の月　自在の揺れや十三夜　ひとり来ませり十三夜　十三夜くもるはずなく　炉火さかんなれ十三夜

後の月 陰暦九月十三日の月　池のひづみや後の月　町へ出るや後の月　木立も寒し後の月　今宵はしぐれ後の月

月の桂 月の桂も秋はなほ　月のかつらの影のせて

月の舟 月のみふねのこぎかへるみゆ　月の夜舟を

月の都 月の都をさす人やたれ　月の都に雁ぞ鳴くなる

【月の光】 月の光の音ありや　月の光のうづたかし　月の光はゆれて涼しも　傷ついた月のひかりと

月光 月光にいのち死にゆく　月光のおもたからずや　ひら〳〵と月光降りぬ　月光を羽にふくませ

月影 月光　いと青き月かげは　泉にすめる月影は　底清くすむ月かげは　あはれをそへてすめる月かげ

清けき 光の面まさやけし　光りさやけき昼

清光 月夜の清光に白み　清光を望む　清き光

月射す 畳にさせる月かげを　月光の斜に射すも　月は射そそぐ銀の矢並　砂みちに月のしみ入る

月の霜 月光が地上に霜を置いたように見える　むすびてとけぬ月の霜かな　月は霜に似て　夏の夜の霜

【月見】 人をやすむる月見哉　畳の上の月み哉　寝る時もなき月見哉　苫で月見る　こゝろ揃へて月を待也

月に遊ぶ 月にあそべば寒き夜もなし　われもあそぶかけふの月　月を笠に着て遊ばゞや　霧月夜狐があそぶ

月待つ 月待や梅かたげ行　門の石月待闇の　船乗りせむと月待てば　月も待たずに帰りけり　月待宵の芒船

月見舟 月見舟くぐりし橋を　舟中の我月を領す

月を友 月を友のようにながめる　独なればぞ月を友　さやけくすめる月ぞ友なる　月を友にて　苫洩る月のかげを友にて

【月洩る】 月光　端山の月は洩りもこず　月影や拍手もるゝ　もれくる月かげに　杉の板ぶき月ぞもり来る

零れ月 夕顔棚のこぼれ月　通夜の連歌のこぼれ月

つ

漏る月　ふるさとの宿漏る月は　こずゑ洩る月もあはれを　いざ舞はむ木間もる月に　もりくる月のかげ

【月夜】　月夜の襁褓嗅ぎました　髪をすき居る月夜花の上なる月夜かな　青い月夜がのぞく窓　麦の月夜の

薄月夜　朱雀大路の薄月夜　うす月夜苗の芽にさす稲荷の宮のうす月夜　すみ絵のまゝのうす月夜かな

霧月夜　霧月夜美しくして　霧月夜狐があそぶ

桜月夜（桜が咲いて月の明るい夜）　桜月夜の小料理屋　たもとほる桜月夜や　さくら月夜のヴィナスの神

白梅月夜　下界の京のしら梅月夜　京さむかりししら梅月夜

花月夜　鼓打たうよ花月夜　空紫に花月夜　卯の花月夜

夕月夜（夕方に出る月）　ほのかに黄なる夕月夜かな　宿は師走の夕月夜　夕月夜おぼつかなくて

宵月夜　塔影ゆるゝ宵月夜　栗の花ちる宵月夜かな

【尽きる】　独楽の精ほとほと尽きて　家の尽きたるひろはらをゆく　木立は尽きむ　汲めど尽きせぬ若水を

尽くす　食み尽す　鴛に美を尽してや

果てる　果てることなき冬物語

尽きず　君はまた尽きぬよろこび　尽ぬ咄にいとゞみじか夜　憂きこと繁に尽きがたく　尽きぬ光の泉より

【机】　朝の机ふくやひやゞ　いつ暮れし机のほとり　電気灯の下に机並べ　低き机によりながら

机辺（机の近く）　戯絵ふせたる机辺まで

脇息（ひじかけ）　脇息といふじやまなもの　脇息へもたれて

花足（脚の先の形）　沈の花足　蘇芳の花足

見台（書物を読む台）　見台にむかふ白髪の

文机（読書机）　むかふ文机　坐ればねむき文机　君うたゝねの文机を　文机にもたれ心の　定家机の

【作る】　貧しき人の義歯作る　誰が為めに作る花輪と

誂え　あつらへ通り夜の雨　玉のひつぎもあつらへん

仕立物　仕立てもの持て行く家や

手作り　手づくりの初なりの茄子や

【繕う】　作業衣の繕はるるま　羽織は襟もつくろはず　こぼれ糸網につくりて　靴屋あり靴をつくろふ

垣繕う　繕はぬ垣の穴より　垣の破れもつくろはね

【漬ける】　漬け残りたる桶の茄子　手燭して茄子漬け居る　茎漬や手もとくらがる

浅漬　浅漬の切口しろし　浅漬の塩みちくれば

香の物　香の物嚙みゐることも　献立にのる香のもの

漬物 味噌漬三ひら進じそろ　漬物くさい手で　妻がすすむるからし漬　刀のごと沢庵さげて

【辻】 十字路。四辻。道ばた　辻辻に山車練る日なり　犬ひとこゑ寒夜の辻に　浅夜のつじを行く馬の

交差点 交叉路を放心しつつ

十字路 突風十字路に来る時　街の十字巷路を曲つた

街辻 十字路　春の雪ふる街辻に　思ひかね街の辻に　トラツク街辻に　街の辻なる煉瓦屋の

四辻 力のみなぎつた野の四ツ辻に　四辻に月あり

【蔦】 家一つ蔦と成りけり　二王にもよりそふ蔦の　蔦のほそ扉の雪あかりして　蔦の葉はむかしめきたる

青蔦 青蔦の這うて暗しや　青蔦の蔓先の葉の

蔦紅葉 紅葉した蔦。　蔦紅葉してぶら下る　這ふ蔦のもみぢ葉紅し　玻璃戸に這へる蔦もみぢ見る

蔦若葉 しきりにひかる蔦若葉　蔦わか葉陽に透く朝は

花蔦 花の咲いている蔦　花蔦ひけば花こぼれける　わがよる窓の花蔦こぼす　君がすむ家のまどの花蔦　蔦の花ちる

【伝う】 草づたふ朝の蛍よ　かつがつに頬をつたふもの　庭づたふ水のさやけさ

木伝う 枝を伝う　木伝ひに移りゆく　啄木鳥の木伝ふ声か　雪に木づたふ鶯のこゑ　百千鳥木づたひ散らす

島伝い 島から島へ橋づたひ　島伝ひ行く

【槌】 遠き工場の鎚止みてあり　槌におくれて響きつつあり　船つくる槌の音やみて　氷をたたく漁槌の音

鉄槌 持つべからざる鉄槌を鍛つ　鉄槌の錆は　鉄に砕くる鎚の音　闇へ鎚の音　鉄槌をうちふるつて

【土】 手に触れし土の暖さ　土の笑ひも野に余り　ひとり土踏む　よごれて涼し瓜の土

土匂う 土ぞにほへる　黄土と匂ひて

腐植土 腐植のにおいを嗅ぎながら　まっくろの腐植土

黒土 まめううるはたのくろつち　蘇鉄のかげの黒土に　孤独なり春のくろ土　植木の鉢の黒土に

黒ぼこ 黒土　足袋ふみよごす黒ぼこの道

赤土 つち赭き山脈みゆる　をりをり上る赭土の埃　赭土の小山のぼれば

粘土 粘土質の崖つちあかし　硬い粘土の小さな溝を　粘土の肉に　粘土をいぢる

埴 黄赤色の土　日のあたる埴山を見れば　石段の日に乾く埴土　赤埴の土は明るし　墓の辺の赤埴おもひ

白埴 白い土　白埴の甕にしうつる　白埴の瓶こそよけれ

つ

つつがなき――つづる

しらはにの瓶にさやけき　白埴の渓こえくれば

【恙無き】　恙むことなく早帰りませ　つゝがなく二階ともれる　恙なきや庵の蕣　兄が家はつつがなきらし

命真幸く　わが命し真幸くあらば

事無き　今日も事なし　出水事なく明けにけり　今は早ことなく過ぎむ　山麓のことなき村を

事も無き　こともなき涙こぼれて　こともなくしづかに生きて　家居してまた事もなし

幸く　わが背子は幸く坐すと　さきくあれよと君の玉づさ　さきくおはせ

何事も無き　何事もなき台所　何事もなくてめでたき　水打つや何ごともなく　何事もない昼

真幸く　まさきくていましゝ頃は　まさきくいませ　真幸くあらばまた還り見む　平らけくま幸くませと

【慎ましき】　つつましき心かなしく　つゝましく香油かをれる　人敬虔しき街なれや　酒杯はつつましく笑み

慎み　なほかぐはしき妹がつつしみ　つつしみてもだし居れども

【堤】　初雁きゝぬ水鳴る堤　堤長うして家遠し　つゝみに生ふるつく〴〵し　狐の遊ぶ堤かな　堤の草の離々たるを

花堤　暮には花堤を過ぎて　花の堤

川堤　月見草咲く川堤　ゆきゆくと川の堤の

草堤　草堤に坐しくづほれて　草堤夕かげ永し

夕堤　堤の夕の行きずり　花野つづきの夕堤

草土手　風もそよがぬ草土手に　窓の外につづく草土手　土手の小草に交りたる　青草の土手に寝ころび

土手　土手のすかんぽ　土堤の切目や蕗の塔　堤をもやして　枯土堤の山羊の白さに

突堤　突堤に波高々と　突堤に鋭き灯あり

波除　浪よけ堤ゆき〳〵て　波除こゆるなみしぶき

【包む】　黒き布もてつつみやる　白雲すでに包みたるかな　パラピン紙に包みし花の　夕やみは四方をつつみて

覆う　山山を覆ひし葛や　手もておもてを掩へれば　梅の花降り覆ふ雪を　朝顔の藪を掩ふや　洋覆ふ幕に

包まれる　雨音につゝまれ歩く　樹海の波につつまれて

包み　草市の買ひものつゝみ　骨つぼの白き包もち　君がかたへの旅づつみ　布団綿の紙包みなる

【綴る】　いそしみ綴る蜘蛛の糸　雲つづる秋天球の　浅間根つづる

継　母こくめいな継ぎをあて　足袋の継

点綴（てんてつ）　寂しさを点綴している　点綴された花のあひだを

縫（ぬい）　刺繡　金糸の縫を捌くかな　紅梅に金糸のぬひの　ぬひの孔雀を照らすともし火　こころにも花を刺繡しぬ

【苞】（つと）　みやげ　身をかざるべきつとなくて　小春日和につとさげて　土産になさばや　蕪の苞にそへる寒菊

家苞（いえづと）　わがみ一つはいへのつとゝて　家づとに貝を拾ふと包みて妹が家づとにせむ　家づとにしら梅そへし

京苞（きょうづと）　京の苞によき紅君へ　海ほゝづきを京づとに

笹苞（ささづと）　笹づとをとくや生き鮎

旅苞（たびづと）　身のたくはへの旅のつと　道行苞と乞はむ児がため

浜苞（はまづと）　浜づと乞はば何を示さむ　苞中の魚案じゆく　蠣苞にうれしき冬の

土産（みやげ）　これを仏の土産哉　扇にのせて江戸土産　京のみやげも　みやげを持て

都の苞（みやこのつと）　都のつとに語らん　都の苞にいざと言はましを

山苞（やまづと）　山人のつとの兎に　山のおみやげ　山つとぞこれ

藁苞（わらづと）　わらに包んだ土産　わら苞の豆腐かついで　わら苞やとうふのけぶる　藁づとをほどいて活けし

【集う】（つどう）　春の雲集ふ　木の下闇にうち集ひ　家鴨よごれて集ひけり　空に黄金や集ふらん

集る（よる）　野の雪雲集りて仕へて　星集りて

集会（しゅうえ）　聖節の夜の集会や

集い（つどい）　故郷に歌つどひす　つどひをはりてまゐる神あり

円居（まどい）　をとめの円居　子と団欒　暑さ忘るるまとゐかな　春の夜のまどゐの中に　蒸し寿司のたのしきまどゐ

寄合（よりあい）　寄りあひてものを喰へる　むらの蚊の大寄合や　寄合や少し後れて

【繋ぐ】（つなぐ）　この岸に愁を繋ぐ　繋ぎたる端綱解かまく　鉄橋がたかく野をつなぎゐる

馬繋ぐ（うまつなぐ）　芥子畑に白馬つなぐ　曳き入れて栗毛繋げど　馬つながれて立眠り　つながれて駒もの憂げに

駒止（こまどめ）　馬をつなぐ　朝を出る駒止の雪の朝

繋がれる（つながれる）　つながれし犬が長鳴く　一列に牛繋がれて　切れたる虹のつながれず　かいつきたてゝつなぐ舟

【常】（つね）　いつも　常よりも優しなつかし

常（とこ）　常うるはしき追憶の　とこめづらなる御幸いのらむ　とこなつかしき　山陰の常滑氷

常敷く（つねしく）　背の山に黄葉常敷く　白雪の常敷く冬は

時じく（ときじく）　いつでも　時じくぞ雪は降りける　時じくに市をなし　時じく滾る釜の音は　非時の雪

つ

不断　不断の動揺に　不断の風に海の青憶ふ
変わらぬ　かはらぬものはありそみと　かはらぬみま
へ　梅はかはらぬ　はなはむかしのはるにかはらず
【常着】(ふだん着)　妻の常着を眺めけり　常着の芸者
浅黄服(浅黄色の服)　浅葱服のわかき工夫
褻衣　あけの衣を褻衣にせん
紺絣　月夜を紺の雨絣　赤き帯紺がすり　嵌めたる籠
手の紺飛白　紺落ち付くや伊予絣
馴れ衣　旅なれ衣ぬぎもかへず　旅なれ衣脱ぐ日かな
【粒】小粒　小粒になりし霰かな　小粒の牡蠣を割り
啜る　小粒なれども江戸角力　小粒になりぬ
大粒　寒の眉下大粒なみだ　大粒あられ
つぶつぶと(ふっくら)　つぶつぶの黄金の蜜柑が　雹のつぶつぶ
つぶつぶの蚊が　つぶつぶざくろ
一粒　一粒も穫れぬに　一粒を食べて欠きたる
【つぶさに】(漏れなく)　つぶさに紅し　まつぶさに味ひ知れる
委曲　浅茅原つばらつばらに　母を憶へばつばらつばら
に　つばらつばらにもの思へば
委曲に(ことこまかに)　さとし言つばらに残る　遠き代を詳らにし
ぬび　蕊立ちはつばらかにして

【壺】　壺凍る　歪みたる壺ひとつ　こゝだ馬酔木の花の
壺　燕の巣あり古壺のごと
一壺　あぶりて熱き一壺かな
小壺　瑠璃の小壺　鉢、小壺、犇めける
【蕾】　莟の先きに止まる雪　大空に莟を張りし　日々
うまれつぐ莟かな　陽の中にひらく蕾は
蕾む　朝顔の夕べつぼむらん　水蠟樹蕾みて夏休みらし
含む(つぼみのままでいる)　桜花蕾ふゝめり　白薔薇ふふむは紅し
ふふめりし梅の蕾の　梅の蕾の堅ふゝみ
【妻】　妻が持つ薊の刺を　今日を別れの妻が手とるも
厨の妻に逢ひにゆく　草食の妻
悪妻　悪妻の悪母の吾の　悪しき妻なりしわれよ
家妻　家妻と茶を汲みをれば　家妻が清き弱肩
老妻　梅漬ける老妻の　老いづく妻を見るが寂しさ
嬶　隣のかゝや煤見舞　盥に嬶か腹あます　飯あふぐ
かゝが馳走や
女房　女房の威儀のをかしく　古女房や冬ごもり
眉おとしたる女房振　顔青き野師の女房ら
隠し妻　わが隠せる妻　思ひ乱れて隠せるその妻
遠妻(遠くにいる妻)　夜霧隠りに遠妻の手を　遠妻のここにあらね

ば　愛妻を遠く還して

亡き妻　亡妻を隣で誉る　亡妻の櫛を閨に踏　亡き妻を言ふ　亡妻恋いの涙　美くしい妻を亡くして

若妻　ほそき姿のわかづまは　こゝろ妻まだうら若く

人妻　人妻はいと面憎し　人妻のはしきを見れば　人妻ユヱニヒトノミチ　人妻ゆゑにわれ恋ひめやも

人の子 人妻　われ恋ひわたる人の子ゆゑに

妹 男が女を親しんで呼ぶ語　背と呼び妹と呼びえぬふたり　妹が笑ひを夢に見て　妹をそとさしまねき

吾妹　わぎもこのはだのつめたき　吾妹子を夢みる春の　吾妹子をのせたる汽車は　愛しと思ふ吾妹を

幼妻　をさな妻めく床飾り　梅はめば酸しをさな妻

嫁　嫁はかへらずただ蟬のなく　嫁は泊りてかへり来ず

【褄】 着物の裾　白足袋に褄みだれ踏む　春風のつまかへしたり　褄先ぬらす海棠の雨

小褄　小褄はらひて　小褄とる手に雪ちりかかる

褄取る 裾を持ち上げる　褄とりてこゞみ乗る幌　つぎつぎ下車りて褄とりぬ　褄を取り　小褄とりて花の闇ゆく

【妻と子】　妻も子も棄てて　妻は夜戸出に子はひとり　妻も子も寺で物くふ　妻にも子にもかくれん坊

妻子　われの妻子をやしなはむ　妻子らを遠くおき来て　妻子らを海辺へやりて　端居して妻子を避る

妻子　消ぬべくもあらぬ妻子が縁は　妻子見ればめぐし愛し　妻子むつまじくうちつどひ

【罪】　つみより罪を習ふなりけり　君も罪の子我も罪の子　罪の野に草つむ人の　我が罪おもふあかつきの床

過ち　あやまちの十とせを悔ゆな　若きあやまち

犯す　女犯戒犯し果てけり　いかなる罪をたれ犯すらむ　君におかしゝうつし世のつみ　罪犯す力もあらず

業　生きてゐたいが業のはじまり　潜女の深き業とぞ　窮みなき輪廻の業の　業なれば　暗い業の花びらが

罪深き　みづから織らぬつみふかし　罪深きわれかは知らね　罪多かりし草枕　罪おほき男こらせと

咎　数ならぬ心の咎に　あたら桜のとがにはありける　咎の如くに咽喉いたむ日や　とが深きわれの屍を

贖う 罪をつぐなう　尊とき血もてあがなひし　贖ひの責苦受くとも　わが身の罪のつぐなひに

罪無き　罪もなき妻を叱りて　罪なくて　罪なき血汐　何のつみなき　とがもない草つみ切るや

罪人　罪人のしぬる世もなく　罪びとの如くうなだれ

てゐ(い)つ　つみびとの歌　国の罪人の

無実(むじつ)　けだものはむじつなり

【摘(つ)む】　雲雀(ひばり)聴(き)き聴き摘んでたら　山かげに摘みのこされし

苺摘む(いちごつむ)　夕焼(ゆうやけ)あせぬ苺摘(いちごつみ)　苺つみとる裏畑(うらばたけ)　摘むは誰(た)が子ぞ紅苺(べにいちご)　雨にもいでて苺つむ　野にまじり覆盆子(いちご)摘み

桑摘む(くわつむ)　桑摘みの昼をもどるや　山桑(やまぐわ)摘めば朝焼(あさや)くる　桑つみ乙女(おとめ)舟で来しか

芹摘む(せりつむ)　芹や摘(つま)ん芝(しば)をや焼(やか)ん　野芹(のぜり)つむ母のこころに

花摘む(はなつむ)　いまは童(わらわ)の花摘みあそぶ　野にうつむきて花つめる　みぎ(わ)はのすみれつみかねて

菜摘む(なつむ)　菜摘(なつ)ます児家(こいえ)聞かな　雪間(ゆきま)の春菜(はるな)摘み採(と)りぬ

若菜摘む(わかなつむ)　七草粥　襟引出(えりひきだ)して若菜摘　若菜つむ野辺(のべ)の少女(おとめ)子(ご)　摘(つむ)とも見えぬ若菜哉(かな)

もぐ　もいできてぎしぎし洗ふ(う)　胡瓜(きゅうり)もぎ噛(か)みて

【旋風(つむじかぜ)】　雪を捲(ま)くつむじの風　旋風(つむじ)ひとむら青き芒(すすき)を分(わ)くる　小旋風(こつむじ)走る　つむじ風捲(ま)きて

旋風(せんぷう)　まき起(おこ)る谷の旋風　旋風に乗り　旋風の螺旋(らせん)

竜巻(たつまき)　竜巻はさも威勢よく　利島(としま)のまへ(え)に竜巻おこる　竜巻の潮(しお)ばしらかも　竜巻の頸(くび)

天狗風(てんぐかぜ)　天狗風めく出湯(でゆ)のだし風　天狗風のこらず蔦(つた)の

【爪(つめ)】　田のくろに猫の爪研(と)ぐ　爪紅(あか)き女の　爪鳴らしつつ　爪にしみ込んだみかんのにほひ(おい)

爪美し(つめうつくし)　病(や)める手の爪美しや　死病得(しびょうえ)て爪うつくしき

爪切る(つめきる)　爪取(と)つて心やさしや　湯上(ゆあが)りの爪剪(つめき)り給(たも)ふ　爪切つてゐ(い)るひとの許(もと)　ふくよかに足の爪剪(き)る　二十(はたち)の爪と

エナメル　エナメルのやう(よ)に光つ(っ)て　爪のエナメルはがす

爪紅(つまべに)　爪に紅をぬること　爪紅(つまべに)のうすれゆきつつ　爪ぐれに指そめ交(か)は(わ)し　湯女が爪染(つまぞめ)の紅(べに)　爪紅の雪を染めたる

【冷(つめ)たき】　冷たからむ(ん)と手も触れて見し　顔つめたし　冷たさに爪叩(たた)き聴く　うすら冷たい秋の嘆息

冷たき手(つめたきて)　凍(こご)えたる手の　手の凍(こご)え　手がつべた　手に冷たしや　手のつめたきに　冷(ひ)えし掌(てのひら)　手先を冷やし

冷たき床(つめたきとこ)　秋の夜(よ)のつめたき床　こはいかに冷たき床ぞ

冷たき水(つめたきみず)　冷たき水のしたたれるごと　葛水(くずみず)の冷たう(と)澄みて　冷水をしたたか浴びせ　厨(くりや)にさむき水をのむ

冷やき(ひやき)　紫(むらさき)冷やき竜胆(りんどう)のはな　冷やき雨ふる　冷やき玻璃戸(はりど)に　冷やき麦酒(ビール)は　水冷やき

冷やす(ひやす)　小脳(しょうのう)をひやし　手先を冷やし　酒冷(ひや)す

【艶(つや)】 光沢　濡(ぬ)れて艶ある黒髪は　拭(ふ)きこみし柱の艶や

艶吹き出でし梅の枝　夜を着替て夜の艶
艶艶　つやつや林檎　つやつや光り陽炎の立つ　つやつやした朝紅のなかの　つやつやぬれて
艶やか　瞳うるみて朱唇つやゝか　つやゝけき髪をほこりし　若芽つやめく　艶めく紅のごむ風船
照り　光沢　林檎の照りの照り極まり　秋ひと照りの
【通夜】　通夜までのすこし隙の　通夜する人に卯の花いけぬ　通夜寒し居眠りて泣き　人なき通夜の柿とがる
通夜僧　通夜僧の経の絶え間や　通夜の読経の
通夜堂　通夜堂の前に粟干す
葬火　通夜の灯　はふり火を守り
仏守り　通夜　仏守りの臼のものくふ
枕灯　死者の枕元に置く灯明　秋の蚊帳枕灯ひくく
逮夜　法会の前夜　恋の宴か恋の逮夜か　恋の逮夜は
【露】　一露もこぼさぬ菊の　小草露持つ夜明哉
露けさ　しっとり　露けさに物音ありぬ　露けさの中に帰るや　ふるさとの月のつゆけさ
露けき　しっとり　猶つゆけしや女郎花　野菊はや咲いて露けし　露けき灯　露けき地をいつかまた踏まむ
朝露　朝置く露　花に置きゐる朝つゆの　朝露によごれて涼し

芋の露　いもさと　芋の葉の滂沱と露の　尾をひいて芋の露飛ぶ　芋の露直径二寸　芋の露連山影を
下露　草木から落ちる露　ほの色づきぬ山のした露　まきの下露
白露　露の美称　白露やわが在りし椅子　白露に阿吽の旭
露霜　露の凝って霜のようになったもの　つゆじもに冷えし通草も　露霜に衣手濡れて　露霜を踏　露霜にぬるゝもみぢ葉の
露の玉　露の美称　なでしこの露の玉もや　葉末の露の玉ごとに　露の玉蟻たぢ〳〵と　あらくさに露の白玉
露結ぶ　葉毎に結ぶ白露の　かつがつ結ぶ秋の夕露
露を重み　露が重いので　花野のすすき露をおもみ
花の露　あしたは消ゆる花の露　花の露こぼれてあつき
水霜　露のこと　水霜すべる神の杉　水霜重きに心いためり
夕露　夕露を払へば袖に　まだ風よわき野べの夕露　夕露すゞしみちのべのさと　夕露にひもとく花は
夜露　夜は夜とて夜露うければ　山は月夜だ、野は夜露　夜露降りし芝生を踏みて　夜露舐めたや魔の病
月の雫　露のこと　地を乱れ打つ月雫　月のしづくにあらざるや　こぼるゝは月の雫か　月の雫や夏帽子
葎雫　露のこと　葎雫や野分吹
山の雫　樹木からしたたる雨露の雫　山のしづくを袖にかけつゝ　朝山の清

つ

きしづくの　山のしづくの落ちつゝひかる

【強き】　気の強き女だなぞと　真に強き群青と

逞しき　逞ましき水夫をおもひぬ　たくましき腕浸すや　たくましき大粒あられ

図太き　この図太さは大地なりけり

強か　したたか者の猫の子は　したゝかくべる蚊遣かな

強げ　強げにものを言ふ眼より

【つらき】　きぬ〴〵つらし時鳥　心ぞつらきたなばたの　筆紙もたぬ身ぞつらき　おとさへつらききぬ〴〵に

慨き　心外だ　うれたきおのが影をかくして　妬さ慨さ

愁わしき　うれはしげに頬杖し　うれはしきうそのみ多き

苦き　不快　一時の思出にがき　夢一つたたんでにがき　苦き悲愁になぶられて

訴える　訴ふるわが声嗄れて　学徒兵の苦悶訴う　訴へ泣く声遠ざきて　切なる訴へ聴くが如

【列なる】　そばみちを列なりきほひ　春の灯のつらなる廊下　神灯のあまたつらなる

二側　両側　二側のたかき松を　ふたがはに断崖つよく

列　列を正して赤蜻蛉　無限の列は　美化されて長き喪の列に　御遊の列の動くべく

列並めて　並んで　つらなめて鴨のうかべる　露天ぞ床を列並め　褐色なして列なめて　列並め来たる

列ねる　ともびととかばね列ねて　憂きことを思ひつらねて　春惜む文字つらねけり

【貫く】　さしつらぬける剣岩　糸につらぬき糸に玉ぬく

玉に貫く　玉に貫く花橘を　あゆる実は玉に貫きつつ　五月の珠に交へて貫かむ　花橘を玉に貫き

【氷柱】　春の氷柱は透き徹りたり　氷柱は幾条ぞ　軒の氷柱障子に明かく　氷柱みずから落ちし音

崖氷柱　崖氷柱刀林地獄　崖氷柱我をめがけて

垂氷　すがる垂氷の軒を閉ぢずば　垂氷のなかに水ぐるま鳴る　軒のたるひをくだく春風

【釣り】　堅魚釣り鯛釣り矜り　髪逆立てて釣るは河豚　いまぞ岸辺に魚を釣る　谷川に釣る山魚なり

うき　赤の浮標　浮木は気儘な首を振り　鮒つる泛子の

釣魚　釣魚の人は已に去れる　釣魚の翁　釣魚の楽み

釣糸　釣糸を露の流るゝ　釣の糸吹あきの風

釣竿　釣竿の糸にさはるや　竿続ぎ足すや小鮎釣

釣人　釣人のちらりはらりと　釣人の情のこはさよ

釣舟 釣船のとをらふ見れば　漕ぎつれていそぐ釣舟
釣舟や鈴の光の　釣舟絶えず並びかへ
釣堀 釣堀のわづかにのこる　釣堀の旗みえそめし
寒鮒釣 寒鮒を釣る親と子と　寒鮒釣のゆくみちを
【蔓】 あさがほの蔓のびそめし　蔓のさきの命ふるはす
古蔓の芽吹きさかんなり　庭の樹にからむ細蔓
蔓草 葉広き夏の蔓草の　繁の蔓草　群るる蔓草
【剣】 つるぎ研ぐ家のひとところ　つるぎ研ぐ白きにごりも　剣を握るつるべ縄　女の難に剣の難に　黄金の剣
剣 君のうしろに剣をにぎりし　月光よりも青き剣
重い剣を下げた巡査よ　君のうしろに剣をにぎりし
【釣瓶】井戸　釣瓶にあがるつばきかな　朝顔に釣瓶とられて　釣瓶つる妻うち仰ぎ　釣瓶きれて井戸を覗くや
釣瓶の音 つるべの車きしらせて　ひとり釣瓶の落る音
井にとゞく釣瓶の音や　朝寒ひゞく釣瓶かな
撥釣瓶 鶯とまるはね釣瓶　日は暮れてゆくはねつるべ　逆立したるはね釣瓶　はねつるべきしる音して
【連れ】 瀬戸の鴎は鴎づれ　連れのある人ばかりなり
連になりたる山人が　雁の連　連あまた　連れに逢い
同行 道連れ　しぐるゝや同行二人

つる――つれづれ

同道 道連れ　昔往来せし同道児も　乙鳥と同じ道する
道連 道づれに狐もいでよ　よき道づれよ今朝の雁　道連は影法師かな　道づれや我影ながら
女連れ 春の山ふみ女づれ　梅見がへりの女づれかな
供 狐こはがる児の供　供もつれたし今朝の春
【連れ立つ】 幼きをふたりつれたち　菊市へつれだつなかや　うち連れてともに遊ばな　われらうち連れだち
具す 連れて行く　女具したる蓮見かな　小人具して鮎くむ日かな　われをも具して散りね花　子等ひき具して
添う 初花に月のかげ添ふ　峡出でて汽車海に添ふ
ピアノに映り添ふ人よ　相添はぬ水とほのほの
たぐう 石にたぐひて亀の甲　しぐれの雨にたぐへばや
二人たぐひて家居るらしも　この頃の風にたぐへん
連れ沿う 生涯を黙して君につれ添はゞ
二人連 野原の慾とふたりづれ　遠く遊ぶもふたり連
【徒然】 つれづれの手の美しき　つれづれのながめにまさる　つれづれのわれに蟇這ふ　山の湯あみのつれづれに
手遊び 手すさびにいろはとかきし　更紗の布を手ずさびに　手すさびにをりたる紙の
手もちぶさた 手持ぶさたの山家哉　酒となる間の手

もちなき
徒然　徒然の詞今日も誦し居り　余りの徒然に
春の徒然　春日を永みつれ〴〵に　小縁の春のつれづれや
病の徒然　病のひまのつれづれに　病の床のつれづれに

【つれなき】（しらんぶり）　つれなきものと恨みけり　つれなく澄める秋の夜の月　つれもなき草の枕に　つれなき文に
つれなき人　つれなき人もあはれとや見む　物いはぬつれなし人と　つれなしびとを葬らむ
薄情け　うすなさけうらなつかしく　誓へど君のうすなさけなる　薄なさけびと深なさけびと　冷たき情
心無き（思いやりがない）　心無き歌のしらべは
心隔つ（打ちとけない）　へだたりゆくか君がこゝろも　へだてたる人の心の　おもはむ人に心へだつな
冷やか　冷やかに人住める地に　冷やかに笑むが習ひと　むごき少女はひややかに　ひややかにみる
無慈悲　遺族へ無慈悲なり
冷血　我と我冷血の身を　冷血漢のやうに
冷語（薄情な言葉）　はげし父の冷語をば
冷淡　レイタンナ北風トオレノ標的ノ森
薄笑い　初夢に薄笑い　うすわらひするをんなの憎さ
冷笑　ああ冷笑ぞ頬にのぼりぬる　我をわらふ人闇にあり　涙ながしてわれ冷笑す

て

【手】　いま来し君の手は氷也　この手の中のともしびは　幼児やはらかき手を
玉手（美しい手）　君が玉手に掬ばれて　玉手さし捲く
御手（手の美称）　父母のみ手をはなれて　御掌のぬくみを
女の手　火桶にかゝる女の手　青柿の堅さ女の手に　女の手に空蟬くだけ
片手　片手に蝶のとまり来て　夜噺の片手に着する
小手　小手をばあげて招けども
手股（指と指との間）　手握るままに手間光る
手首　爛れた手くび　手くびは光る
手の甲　手の甲の雪舐む　手の甲の静脈の色
節高　友ふしくれし手で　節高き男の手して
手袋　手袋をはく姿が瘠せて　手袋片手失ひて　つねに脱がざる黒の手套　手套の黒き指　褐色の皮の手袋

【出会う】　君と出会はむ偶然もなし　春をしむ人に出逢ぬ　逢ふまじき妓と出会ひけり　牛と出逢つた
相会う　相合へばむごき少女は　相合はぬ平行線の日を
出で逢う　野川の水はいであひぬ　もろ向きに人のいで

あひ　人に出で逢ふ　出でて逢ふべき人しもあらじ

落ち合う　助舟に親子おちあうて　二人落ちあふ渡し哉　落あへぬ病葉二つ

巡り会う 思いがけなく出会う　ふたゝびみたびめぐり逢ふ　美しい黄昏とめぐりあひ　闇をめぐり遭ふ足音もなし

行き会い 外出の途中で出会うこと　雨夜の野路の行きあひに　ゆき逢ひにかそかに笑めり

行き会う　ゆきあひし白衣の群は　ゆきあひし杣人

【手当】ガーゼ　ガーゼの白き死を記憶する　白きがあぜを眼にあてにけり　看護婦ががあぜ干しゐる

マスク　マスクもる丶心の吐息　マスクして唇やはらかく口覆の上に黒む瞳なりし　口紅のなじみしマスク

目隠し　被眼布したる女にて　肉色の被眼布は　目かくしの布おほふとき　眼帯の内なる眼にも

罨法 湿布　病む眼に当つるあんぱふのガーゼは

絶対安静　絶対安静降りくる雪に　絶対安静見えざる虹を

点滴　秋夜を点滴す　夜の点滴の音に

鍼　白銀の鍼打つごとき　眼のたまに鍼などたてて

氷枕　氷枕を更ふるよひかも　水枕ガバリと寒い

てあて――てがみ

氷嚢　氷嚢の下よりまなこ光らせて　氷嚢のとけて温めば　氷嚢の紅き弾力が　紅き氷嚢の水棄てにゆく

【手洗い】　胼の手洗ふねもごろに　手洗ふ程に海涼し　手洗の月一つ

川手水 小川で手や顔を洗うこと　客の好みの川手水　椽の際なる川手水

手水鉢 手や顔を洗い清める　松葉のしづむ手水鉢　五尺のみどり手水鉢を掩ふ　手洗鉢のさびぬる水に　青竹映る手水鉢

手水 茶室の露地の手水鉢　つくばいに散る山茶花の　苔つくばひの俤や　つくばひ覗く　青苔のむせるつくばひ

御手洗　御手洗に若菜すすぎて　御手洗の杓の柄青し

【庭園】林泉　林泉の壮大を見る　林泉の高き好みは北山殿の林泉に　林泉のさびしき庭を

山水　見るべき山水たゞ一ところ　唐風の山水を

山斎　山斎の木立も神さびにけり　鶯の鳴くわが山斎そ

作庭　つくり庭苔のふるびの　築庭の奥なる滝に

築山 庭山　築山の景有る所　築山を巽に築き

庭山　庭山の手入はかどる　後の月庭の山より

遣水　やり水にくつろぐ庭や　遣水に篝火ともし

雪島 雪で作った庭園　撫子の雪しまうつす　雪島の巌に生ふる

【手紙】　手紙を鶏に覗かれる　よみにくき手紙よむな

り　手紙の糊もはげて　頰笑まれよむ子の手紙

音信　までどくらせどおとづれのなき　音信きかぬ

書置　去年の暮に書きしかきおき　いと愚かなるかきおきは　旅のかきおき書きかへておく

消息　消息の返し書く日も　旅さきの消息とゞく　涙もよほす君が消息　消息もたえてひさしき　わが消息に封じやる

捨手紙　藪に吹るゝ捨手紙

玉梓（手紙の美称）　付くるたまづさ　さきくあれよと君の玉づさ　恋のたまづさ　春のとぢめの玉章をよむ

文　待ち〳〵て得てし汝が文　書つゞる師の鼻赤き　君が文見る　京へやる文　文を読み習ひ

文書く　ふみにする他愛なきこと　ふみかくに倦みており立つ　文に書き歌にもよみて

文殻（古手紙）　文がらをさきて散らして　文殻をたたみ納めて　かきかはしたる文がらの

矢文（射て飛ばす手紙）　矢文を読める篝火に

【手触り】　絹更紗の手触りは　素焼の杯の手ざはりの好き　春の夜の暗の手ざはり　おぼつかない触覚の

手触り（手に触れる）　母の手の冷たき手触り

感触　えもわかぬ感触の　椅子の感触は　指頭にをどる触覚のうづ　感触になれし手ながら

手ずれ　皮財布手ずれ　藍の手ずれや雁の秋　手ずれせる古き箪笥の

肌触り　聴診器のややに冷たき肌ざはり　恋の肌ざわり　憎い肌ざわり　木綿の肌ざわり

【弟子】　弟子を死なしめて　弟子の焼かるる穴の前　弟子葬り帰りし生身　一むかしまへの弟子とや

教え子　我の教へし子等もまた　教へ子とともに歌へよ　教へ子を教へてあれば　無頼の子にも教へけるかな

【手に取る】　いなづまを手にとる闇の　手にとらば消んなみだぞ　こゑや手に取る風の筋

提げる　桑の葉青く灯を提ぐるなり　提灯を提げて吾もゆきにけり　一本さげて来てくれた　竿提てゆく

提ぐ（提げる）　年魚とると網うち提げ　太刀を提げて

空手（手ぶら）　物乞の空手

【手拭】　手拭あぶる寒さ哉　手拭ひゆる朝寒み　水手拭の沁むも涼しき　南蛮の花手拭よ

白手拭　紺のサルベに白手拭　白手拭のをんないくたり

【手巾】　香水を手巾に撒きて　手ふき手ぬぐひ薄汚れ

巾 巾に木槿をはさむ　角巾を　鷹の巾
手巾 わが敷き延べし手巾の白さ
ナプキン ナプキンにパンぬくもれる　ナプキンをひろげてたのし　ナプキンの糊のこはさよ
ハンカチ 一億打のハンカチを　敷かれたるハンカチ
【寺】 あかちやけて寺内に立ちぬ　寺にねて誠がほなる　貧乏寺の蚊のうねり
大寺 わがこふるおほきみてら　かのいかるがのおほてらに　おほてらのひるのともしび
唐寺 昼しづかなる唐寺や　唐寺の古りにし庭に
小寺 墓多き小寺の垣や　小寺尊し　山の小寺に
禅寺 禅寺の松の落葉や　禅房のとも し火くらし　禅林の廊下うれしき
野寺（野中の寺） 涅槃かけたる野寺かな　野寺の鐘は聞くべかりける　こゝろへがほの野寺かな
古寺 心尊しあはれ古寺　古寺多き　古寺の乾漆仏も
御寺 御寺の煤はらい　うつくしき春のみ寺なり　み寺はいづくぞ　経はみ寺に　斑鳩のみ寺をろがみ
無住（住職がいない寺） 阿弥陀菊咲いて無住也　無住寺に荒れたきまゝの

藪寺 藪寺の軒端の鐘に　藪寺の大門晴るゝ　山寺
山寺 汁のうすさや山の寺　手のひらほどの山の寺　山寺や翌そる児の　山寺の扉に雲あそぶ　山寺の鐘の
山門 山門をぎいと鎖すや　山門の大雨だれや　山門を蔽ふ青葉の　山門を出れば日本ぞ　山門のぼる兄のかげ
阿蘭若（閑静な所） 書庫のかゝりを阿蘭若に似す　われの寂しき阿蘭若を置く　恋の蘭若にさそふ少女か
寺院 寺院の森の霧つた空
精舎 赤き精舎の壁に　わが精舎の庭に　霊の精舎
僧院 僧院に夕の瞑想　僧院のごとくしづもる
伽藍（寺院 僧房） 伽藍凩　絶え間あり　夏雲の立ちたつ伽藍　伽藍人なき春のゆふぐれ
七堂伽藍（七つの建物） 七堂伽藍蕎畑　七堂伽藍灯りつつ
御坊（僧の家） 御里御坊の苣畠　峯の御坊の鶏のこゑ
食堂（順に僧堂を守る役） 食堂に雀啼なり
僧房（僧の家） そうばうのくらきに　僧都の坊も珠数も見て
塔頭（寺院の中の個別の坊） 塔頭の鐘まち〳〵や
坊（僧の家） 坊毎に春水はしる　椿落ちたり谷の坊　一坊残る秋の風　坊に月を見て　芋煮る坊の月見かな
方丈（寺の主の部屋） 方丈の間毎まごとに　さむき御てらの方丈の廊

て

魚板（ぎょばん）吊るして打ち鳴らす魚形の板　一山にひゞく魚板や　魚板の魚は瞳をつむる　雨ほそく魚板の魚に

浮御堂（うきみどう）満月寺　水のひかりや浮御堂　四方とざしたる浮御堂　月さし入れよ浮御堂

御室（おむろ）仁和寺　春は御室の花よりぞ

義仲寺（ぎちゅうじ）　義仲寺へいそぎ候　義仲寺に入る春の風かな

金閣（きんかく）金閣寺　金閣は歌舞にふさはず　金閣を囲む池水　金閣を霧らふに見れば　五月雨の北山殿に

黄檗（おうばく）　黄檗の門見えそめて　黄檗の門出でゝ

【照る】　照つけらるゝ蝸牛　波耀れば　霧の奥べに照らふもの

隈無き（くまなき）すみずみまで暗い所がない　くまもなき月の光に　隈なき宵の月見れば　隈なき月にさえ渡るふえ　隈もなき真昼の照りに

照らす（てらす）　雨や蜜柑が顔照らす　潮を照らす篝火の

照り添う（てりそう）　光炯照りそふ水けぶり　夕凪に月も照り添ふ　雲に照りそふ紅葉哉　空さへはれて紅葉照そふ

照る日（てるひ）　てりつよき夕日を　日は照り盛る　雪山に照る日はなれて　つちさけて照日にぬれし

直照り（ひたてり）　ひた照す山路なりけり　直照りにして

【手を打つ】　手を打てば木霊にあくる　少年はたのし手を一つ拍つ　真平手に掌を拍ちあはせ

拍手（かしわで）拍手　拍手に次ぎて乾魚を　かしはでの音にあけゆく　夜の拍手の籠るかな　かしわ手に梅の実落つる

拍手（はくしゅ）　君に二千の拍手鳴り止まず　拍手をおくる一人一人の　拍手どよみぬ　讃む拍手の

【点】　点と線と面の秋の構成　朱の一点

点点（てんてん）　点々と光る信号　初夏太陽点々

【天】　一滴の水天になし　輪がぐるぐると天高し

天（そら）　天に匂ひて　いつか小さい天が見えだす

一天（いってん）空一面　わが野火に一天昏き　一天くわつと日に燬けて　一天白し日も悲めり　一天は墨すり流し

満天（まんてん）空一面　満天に不幸きらめく　満天の星くづのなかに　仰いで見る満天の雪　満天の星に旅ゆく

天空（てんくう）　天空の軌道を走り　天空に飛べり

天際（てんさい）空のかなた　長江の天際に流るるを　天際の色あるを

北天（ほくてん）　北天の海を深める黒ダイヤ　百合いろの北天の星

【天気】　見ゆる比叡の天気かな　ふるつもりなき天気かな　空をふようの天気かな　天気の旗をかついでゆく

空合（そらあい）空模様　雪のふりさうな空合　しづかなる空合

日癖雨（ひぐせあめ）同じような天気が続く　なほも降りつぐ日癖雨

【電気】エレキ　かの美しき越歴機の夢は　そらはエレキのしろい網　越歴幾の脈の幾螺旋　エレキ車の見えかくれ来る
電線　電線や雪野はるばる　電線は空を走る
電柱　電線がつなぐ電柱　電柱の上下寒し　電柱も枯木の仲間　電柱に添ひて月のぼる　寒月光電柱伝ひ
【天国】　われ一人のみ天国を堕つ　大揚羽娑婆天国を
上天界　上天界のにぎはしさ　ほんのりあかるい上天界　上天界のあかるさよ　上天界の夜の宴
パライソ　波羅葦増の空をも覗く　波羅葦増のゆめ
【天使】　天の子が乱舞するなり　白き天使のみえ来ずや　梅雨ぬるる天使と獣　石の黙天使の黙
童形の神　童形の神に翼を疑ひし　画に見し耶蘇の童形を　金色の翅あるわらは
【電車】　あさの電車にまどろめり　抜け来し電車より吐き出されつつ　夜の電車が泣いて行く
赤電車　赤電車われを追ひ越し　赤電車に居眠るをんな
終電　かなしき終電車　終り電車のはしる音　終電車野菊震はし　終電車のなかにひたひ垂れ
終列車　終列車ほと息づきて　月の田圃を終列車
軽便（簡易鉄道）　銀河軽便鉄道は　軽便の置互燵

でんき――でんとう

高架　間に見ゆる高架線の　電車高架の路を疾く
省線（国電の旧称）　冬の来る夜に省線の
地下鉄　地下鉄へ下りゆく背に　地下鉄道の青き歩廊を　地下鉄の顔が呼べる憎しみ　地下鉄の朝に魚臭ふ
花電車（祝賀や記念のため造花や電飾で飾った電車）　紫電さばしる花電車
列車　列車も濡れて停車は長し　すぎてく避暑列車
三等車　鉄板張りの三等車にも　心を刻む三等車
車室　煤まじる車中はぬくく　向ひ車室の灯はなやぐ
車窓　高架ゆく車窓に低く　暮れかゝる車窓の外の君車窓を閉づ　さびしく車窓によれば
車輛　跳り来る車輛の響　重き車輛ぞ　吹雪く車輛
吊革　吊革に春夜の腕　吊皮にひもじきわれの
【電灯】　電灯光卑し　昼の電灯ひつそりともり　電灯のひかりまばゆみ　電灯のかげを曳きながら
電球　裸電球つらなりて　風に浮く裸電球
カンテラ　金のカンテラ点いてゐる　角灯顔をゆる　裸見えをりカンテラの灯に　カンテラへ黒い蛾が
銀燭　銀燭まばゆく　銀燭に雨のもみぢを
蛍光灯　蛍光灯の青きしじまに　春の靴ならぶ蛍光の下
スタンド　スタンドの灯の黄ばめるを消す　蚊のスタン

て

ドに影ひける　スタンドの灯は何さそふ
探照灯　探照灯は海波を躍らす　探照灯めいたうすら明り　サーチライトの光りの中で
ライト　紅梅色のライト落ち　頭光に氷雨降りまどふ
【天女】　琵琶聞えけり天女の祠　つどひては天女が恋の衣さだめ　天女泉に下り立ちて
天人　天人の飛行自在に　天人がみ手にまきもつ　天人の一瞬の　欄間には浮彫の天人が
羽衣（天女の衣装）　紫　深き羽衣は　いつ羽衣の落ち沈み
【電話】　長距離電話星の冬
受話器　受話器に聞きている咳の音

と

【扉】　扉の秋風を衝いて出し　にはかにあきし扉なりけり　死亡室の扉に　青雲の扉に
鉄扉　鉄扉のかげに待つときの　病院の黒き鉄扉は
ドア　扉を透かしてふる雨は　あたゝかきドアの出入と　扉あくれば　ドアの把手をまさぐれり
扉　牧師館のつめたき扉に　扉に挟めり掌の血に滲むまで　黄泉の扉をあらはしぬ　夕扉に人をかくまひて
扉　水鶏もしらぬ扉かな　物の影さす胸のとぼそに　心のとぼそとあけて　谷のとぼそを

雨戸　次の間のあま戸そとくる　夜明くる雨戸明りかな
硝子戸　硝子戸に風ふきつくる　硝子戸が赤く染つて　硝子戸たたき消ゆる疾足　硝子戸に梅が枝さはり
蔀　蔀にひゞく海の音　朝の蔀を上げにけり　枯野はや暮るゝ蔀を　弘徽殿あたり蔀おろす音
妻戸　妻戸まで誰か音信て　被衣して妻戸いづれば
玻璃戸（ガラス戸）　光れ光れと玻璃戸をみがく　かまきりの玻璃戸をのぼり　玻璃戸越し花は見つつも
格子　門をかまへず直ぐ格子　影横にさす竹格子
御格子（格子の美称）　御格子参らせよ　御格子に切髪かくる
戸口　低い戸口をくぐつて出る　戸口明りやみぞれふる
枝折戸　おのづから風の開きし枝折戸に　水ひきの花を結びぬしをり戸のもと　さ庭べの枝折戸押して
入り（入口）　この屋のはひり　ささ広き這入の
【吐息】　霊の幽かな吐息　秋の日の吐息あかあか　秋のといきが　針の手とめてといきしぬ　母の深き吐息
息衝く（ため息をつく）　あな息づかし相別れなば　われは息づく人に知らえず　夜はも息衝きあかし
嘆息　ためいきは夜の沼にゆき　ためいきはなほ深くして　吾が溜息を聴かれたり　歎息の香も通ひ来ぬ

ほと息　わかれ来てほと息つきぬ　ほと嘆息す　ほつとつく溜息は　一人居てほと息つきぬ

【塔】　夕日に落ちぬ塔の雪　塔影ゆるゝ宵月夜　塔をそめし夕陽　浅草の塔がみえねば　塔を捲きてふゞく桜の塔　塔のそりのめでたさ　くちのこる塔のうへに

五重塔　五重の塔を出発す　五重塔の聳えけり

古塔　ふる寺の古塔のもとに　古りし塔見て胸仄に鳴る

五輪塔　塔の五輪をとびこゆる　空輪五輪の塔がたち

尖塔　尖塔の刺す雲々も　鳩降りて光る尖塔　遠方の塔の尖見え　エッフェル塔の尖上に　尖塔のさきの鶏は

鉄塔　大鉄塔の秋雨　鉄塔冷えてゆく　鉄塔の碍子に

【訪う】　貧乏な儒者訪ひ来ぬる　花散ればとふ人まれに　月かげ清しとふ人もがも　夕風吹けど妹の訪ひ来ぬ

訪れる　夫の仮住おとづれて　雨おとづれて

訪い　おとなひも今はとだへて　おとづれはやき京の雪

訪う　おとなふものは濤ばかり　かりそめにわがおとなへば　おとなへばそう［僧］たちいでて

尋ねる　尋ぬるわれを待ちつけて散れ　耳をたづねて枕の風　若葉たづねて行胡蝶

訪う人（訪問者）　雪踏みわけて訪ふ人もなし　苔路もわかず問ふ人もなし風よりほかにとふ人もなし

【問う】　山に問ふ山は答へず　問ふ人あらばいかが答へん　むごきこと問ふと思ひて　わびしら心酒に物問ふ

言問う　岩が根に言問はむ　名にしおはばいざ言問はむ

尋ねる　雪の深さを尋ねけり　瀬ぶみ尋ぬ見馴河

名を問う　名を問へば吾妻菊ちふ　名さへきくいとまもあらず　草の名もきかず佇み　浦の名をうなゐに問へば

【堂】（神仏を祭る建物）　マリヤの堂の美しさ　堂のきざはし

閻魔堂　しきせで拝むえんま堂　鉦うつ僧や閻魔堂

お堂　雀がさわぐお堂で　お堂の戸をあける　秋風のお堂で　お堂しめて居る　暮るる外なし御堂

楽堂（音楽堂）　楽堂の物の音たえて　楽堂の空気に渦まき

観音堂　観音堂に月させど　飢がむらがる観音堂

辻堂（辻の仏堂）　辻堂に蚊遣するなり　辻堂に死せる人あり

堂籠　みだうのやみにこもりゐて　きさらぎ寒の堂ごもり　たれか初瀬の堂籠

本堂　本堂はしる音はどろ〳〵　本堂に電灯つくや

御堂（堂の美称）　ともし火残る御堂哉　御堂なるもの皆いみじ　椿咲く島の御堂の　御堂の奥の燭ひとつ

【洞窟】　洞窟の中にとぼれる　古い洞窟人類の　洞穴や

とう――どうくつ

涼風暗く　洞窟に湛え　洞穴に鋭いつららが　洞窟の灯が

岩室 岩穴　うねりの底に蒼める岩むら　岩むらを打つおほ浪の　深むらさきの岩室の　岩室守の

石室　岩屋の浦のともし灯の　獅子の窟に入るごとく　常磐なる石室は今も　鬼の住むてふいはやをも

小岫 小さな洞穴　をぐきが雉子　をぐきが小松

窟　満窟の仏みな微笑　巌窟の羅漢どもこそ

洞門 ほらあなの入口　洞門をうがつ念力　洞門の曲りゐて吹く

洞　玉の洞出しほととぎす　空海が修法の洞の

【峠】　空にやすらふ峠哉　駕籠のとをらぬ峠越たり　碓氷なる峠にいたり　峠三里の月の夜や

峠路　わが越ゆる峠路の　いつしかに峠路はて丶　虹みて下る峠路　走せのぼりたる峠道　朝霧おもき峠道

【道化】　白き道化がひと踊　わかき道化に　まゆげで済ぬどうけがた　道化出でただにあゆめり

道化師　道化師や大いに笑ふ　戯姿の道化師が

道化役者　白粉顔の道化役者が　道化役者の出で来たり

ピエロ　ピエローは泣きてたどりぬ　薄命さうなピエロがひとり　ピエローは死につ丶ある　白いピエロの涙顔

【冬至】　冬至に近く　日かず思へば冬至に近し　冬至持込む手斧音

柚子湯　柚子湯出て身伸ばし歩む　櫺子明りを柚子風呂に

【湯治】　鍋釜つけて湯治馬　蓑きて通ふ湯治客　顔みなれたる湯治びと　湯治九旬の峰の月

避寒宿　避寒宿まづ石段を　避寒宿あはれ月下と　ゴーフルとゞく避寒かな

【道祖神】 旅の安全を守る神　道の神たち　木の下涼し道祖神

道触の神 道祖神　わだつみのちぶりの神に

道陸神 道祖神　日照り隈なし道陸神よ　道のべの道陸神よ　首欠けし道陸神よ

【灯台】　オートバイ照る灯台へ　灯台に灯すこ丶ろや　航空灯台暑し　灯台の日陰の麦を　灯台の灯は明滅す

灯明守 灯台守　神の小島の灯明守り

【尊き】　ゆふぞらのひかりたふとし　尊き認識票光る　灯を吸ひ飽かぬ色尊と　老はたうとく見られたり

偉なる 偉大な　偉いなるひとを　偉なる事業に向へる

神々し　あなかうがうし明けの白鶴

貴さ　貴さや雪降ぬ日も　尊さに皆おしあひぬ　にほふはちすのはなのたふとさ

と

【豆腐】（とうふ）　よき水に豆腐切り込む　傘さして豆腐買ひに
行くなり　豆腐きるなり今日の月　豆腐に落て薄紅葉
冷奴（ひややっこ）　夫婦の箸や冷奴　筧の水に冷奴　型の崩れた冷奴
焼豆腐（やきどうふ）　煮しめてうまき焼豆腐　焼豆腐うまく煮たて、
湯豆腐（ゆどうふ）　湯豆腐やいのちのはての　湯豆腐へ入れ黒子
湯葉（ゆば）　湯葉の香まづ秋の雨
【灯明】（とうみょう）神仏に奉る灯火　灯明の油が煮える
御神灯（ごしんとう）　氷柱のかげの御神灯　神灯のあまたつらなる
常灯明（じょうとうみょう）　常灯明のしんかんと　杉生の奥の常灯に
御灯明（みあかし）　一筋の灯明添へむ　御灯のうへした暗し
【灯籠】（とうろう）　とうろうを三たびかゝげぬ　古びの付きし売
灯籠　灯籠の朱塗りの列を　消えし灯籠にさしゐたり
切子灯籠（きりこどうろう）　切子灯籠うしろが明し　黄泉の日をやどして
石灯籠（いしどうろう）石造りの灯籠　庭の置石石灯籠
切子　切子ふたたび明もどす　切子火蛾よぶ殺生戒の
高灯籠（たかどうろう）　引き手の多い高灯籠　縄引張て高灯籠
【灯籠流し】（とうろうながし）死者の供養　灯籠送りすみ闇夜　灯籠のよるべな
き身の　わが手はなれし灯籠の　流れ行く灯籠の灯に
精霊舟（しょうりょうぶね）　精霊の出船そろひぬ
流灯（りゅうとう）　流灯のまざ〳〵ありし　流灯の列消しすすみ
流灯を灯して抱く　流灯や一つにはかに夏花に遠海晴る、
【遠海】（とおうみ）　魚は遠い海にゐる
絶海（ぜっかい）　絶海を画かねばならぬ
遠海原（とおうなばら）　遠海原の音を聴き　海原とほく虹あらはれぬ
遠つ海（とおつうみ）　遠つ海水際赤らみ　岬の外の遠つ洋
遠灘（とおなだ）　遠灘の悲しき音よ　八汐路隔つ灘の遠
【遠く】（とおく）　遠くに蛇の衣懸る　野火とほく
遠み（とおみ）遠いので　なつ野の原の道遠み　かつ遠みかつ近み　みち
遠みけふ越え暮れぬ　都を遠み　海原の道遠み
遠つ（とおつ）遠くの　遠つ陸山　遠つ島べの花ひとつ　遠つ峰の風な
らん　遠つ国原に鶏のかそけく
遠遠し（とおどおし）　遠どほし綿羊の声は　遠々に野に来て　とほど
ほに赤児の泣くこゑは　とほどほし南ひらけて
遠（おち）　遠の灯の　遠にちらばる星と星よ　いまも遠よりひ
びき来る　遠をさまよふ悲しき声よ　野の遠方までも
遠方（おちかた）　烈しく降れる遠方の雪　遠方のものの声より　い
ま遠かたの波かげに　遠かたに星のながれし
遠里（とおざと）　初春の遠里牛の　遠里をの、松の村立
遠野（とおの）　遠野が鳩のおもかげに　遠野良や霧合ひたれども
遠方人（おちかたびと）　遠方人に又あひぬ　遠方人のゆめ使いかも

と

をちこちの人を想ひて　をちかた人はしばしとゞまれ

遠居る　遠ゐる人の心なるべし　はるばると遠ゐる人を

天離る（遠く離れた）　あまさかる辺土と思へど　天離る夷の長道ゆ　あまざかるアイルランドの

遠国　わが遠国の友は病むてふ　遠国をおもふ　遠国

遠里　遠つ国にひとを送りて　遠つ国辺のたたかひ終る

【遠ざかる】　わが視野から遠ざかる　靴の白きが遠ざかりゆく　遠ざかりゆく下駄の音　遠ざかり立つ後埃

家離る（離れる）　はろばろに家さかり来て　家とほくさかれる浜の　家離り旅にしあれば

離る　都を遠く離りゐて　相さかり居り　春を離り来し　その市を西にさかりて

遠離く　遠ぞく顔のいづれさぶしき　妹が門いや遠そきぬ

遠退く　鶯遠のきぬ　雨の舗道を遠のきつ

【遠空】　遠空の星　遠ぞらにみる富士はましろし　遠夜の空にしも白き　遠きみ空に見え隠る

遠天（遠くの空）　遠天を流らふ雲に　遠天にかすかに雷の

【遠音】　市の遠音か　小田急の遠音しみじみと冷ゆ　御堂に聞きぬ鼓の遠音　ちゃるめらの遠音や

遠き音　その遠き音になにのひそむや　遠き昔の楽の音

遠音　雉子撃つ銃の遠音さへ　波の遠音のさやけく聞ゆ　波の遠音におくられて　潮の遠音に眠りいざなふ

遠鳴り　潮の遠鳴りかぞへては　夜空ながるる風の遠鳴　波の遠鳴り日のひかり　佐渡の海の遠潮鳴に

【遠見】（遠くから見る）　野火の火の遠見はさびし　遠見の松に

遠見る　遠見る街の灯のうつくしき　雲遠見ゆる行く春のまど　初夏の野をとほくながむる

【遠眼鏡】（望遠鏡）　霞見にけり遠眼鏡　ある時は遠眼鏡もて　汐干見て居る遠眼鏡　何見ると千里鏡見る

オペラグラス　オペラグラスにのぞかれて　オペラ眼鏡を目にあてて　ＯＰＥＲＡ-ＧＬＡＳＳのかれたやな

双眼鏡　双眼鏡天上界に　双眼鏡いっぱいの白嶽

望遠鏡　園丁の望遠鏡の　伸び縮む奇なる眼鏡を

【遠山】　遠山の雪ひかる　立ちて遠山恋ひにけり　遠山霞あかねさし　遠山小野の雷をきく

後山（背後の山 遠くの山）　後山の虹をはるかに　後山を払ふ巽風

遠嶺　遠嶺には雪こそ見ゆれ　遠山嶺呂に雪は輝き

【通る】　梅雨の鏡の中通る　登山者のわが庭通る　菊積んで人中通る　松の間の日すぢの通る

ゆ　～から　ひんがしゆ陽はのぼりけり

通り抜け　菜の花を通り抜ければ　通り抜ゆるす寺也
過ぎる　風の子の一と群れ過ぎぬ　音して過ぐる山の上の風　機関車が身もだへ過ぐる
過る　道よぎる蜥蜴や　よこ顔過るほたる哉
横切る　噴煙の香を横ぎれり　梅によこぎる谷中みち　毛虫が道を横ぎると　霰みだるるしまき横ぎる
人を過ごす　人を過して　雉子下げし人やりすごす
すれ違う　日と別れ夕闇とすれちがひ　すれざまに汽車はやす子や　近づきてすれ違ふまを
行きずり　ゆきずりに一枝折りし　堤の夕の行きずり
見過す　室のあかりを見すごして　京見過しぬ田にし売
見捨てる　（そのまま通りすぎる）花を見捨て帰る雁
過ぎ行く　鮎くれてよらで過行　夕月のおもて過行　人行過て花のちる　ゆきすぎし紅売よべば
【尖る】　病院の尖りし屋根が　とがり立ちたる街路樹の　尖りたるみさき断崖　尖りし山のくれのこる
尖端　塔の尖端　猟奇尖端　鉾の切尖深く許し
尖り　金ペンのさきのとがりの　立てつづく尖屋根　尖り実の愛し銃弾　岬の尖りあざやかに
秀　秀の竜胆は雲に触り　揺れのこる孟宗の秀の
秀先　蝸牛の角の秀さきの　注射針の秀先のあたり
【時】　刻の浪費をし尽して　流れ去る時よ　時の歩みの時の足をどりてかろく　若さは時のいただきの
此頃　此頃ある丶海の色　去年の此頃病みたりし
時　人の児のかなしけ時は
【時世】　同じ時世に生れきて　舌は時世をの丶しるも　時代に老いて　時代のごとく
世紀　十九世紀の母乳の香　この世紀の偉大な車軸を　薄明の世紀に　悠久な世紀のうちに
【常磐】常緑　常磐なる松の緑も　もみぢせぬ常磐の山は　ときはの山の時鳥　常磐の森
常磐木　常磐木を吹く初春のかぜ　常磐木に冬日あたたかに　常磐木の冬に立つなる　常緑樹の森
常葉常緑　枝に霜降れどいや常葉の樹　常葉にもがも
【研ぐ】　研ぎすましたる鎌の色　研ぎすましたる悲愁か　研ぎあげて干す鉞や　手に研ぎたての
鎌を研ぐ　研ぎあげし鎌の匂や　その鎌をなほあかずとぎとぐ　鎌を研ぐ父子微笑む　鎌を研ぐ間を
【毒】　紅きは毒の色なれば　青き毒魚をむしりて啖ふ　毒の利鎌の首たて丶　ソクラテスは毒をあふぎぬ

鉱毒（こうどく）　鉱毒の山赤々と　鉱毒を説く国訛り

瘴気（しょうき）　熱病を起こす山川の悪気や毒気　瘴気の中で瞬きをする　太古の瘴気をたくはへて

毒草（どくそう）　毒草の花のごとくに　紅き花咲く毒草の

毒花（どくばな）　毒花咲くは誰が唇ぞ　毒の花なら甘からむ

毒盛る（どくもる）　少しづつ毒盛る如く　父と母とが盛れる毒薬

鳥兜（とりかぶと）　根は猛毒　鳥兜花尽さぬに　花を尽さぬ鳥かぶと

附子（ぶす）　トリカブトの汁で作った毒薬　恋の附子矢に傷かば

【髑髏】（どくろ）　髑髏のころがつてゐる　髑髏を貫きて赤き百合咲く　髑髏に雨のたまる夜に　それは髑髏欺鉢敲

髑髏（されこうべ）　軒の鰯のされかうべ　されかうべをも怖れず

野晒し（のざらし）　野ざらしを心に風を　野ざらしの姿とや見む

【時計】（とけい）　時計がうたつてゐるやうだ　時計の如くに憂ひ歩むぞ　命の時を刻む時計よ　夜長の時計数へけり　時計はひとり生きてゐる　時斗もたねばならぬ世の中

大時計（おおどけい）　大時計ゆるく鳴り出づ　街上に立つ大時計

金時計（きんどけい）　金側の時計を一つ欲し

銀時計（ぎんどけい）　銀の時計のいやに光るも　銀の時計も目をさます

自鳴鐘（じめいしょう）　自鳴鐘の刻み　古ぼけし和蘭陀自鳴鐘

柱時計（はしらどけい）　柱時計の音の謎　柱時計のいうことにゃ

と

鳩時計（はとどけい）　日の午をうたふ鳩時計

花時計（はなどけい）　紅水仙の花時計を

日時計（ひどけい）　日時計の埃はきにけり　黄金の日時計と

古時計（ふるどけい）　秋の夜告ぐる古時計　古き時計のやや錆びて

ボンボン時計（ぼんぼんどけい）　藁屋根の下のボンボン時計

目覚時計（めざましどけい）　太陽は目ざまし時計　目さまし時計の鳴る夜

時計台（とけいだい）　囚屋にもかゝる時計台　午前零時の時計台

【解ける】（とける）　池の氷の解そめて　氷の群れのとくることなし　解て行物みな青し　雪もうすらにとけゆけり

融かす（とかす）　さびしさ融かす陽も空もなく　つゝきとかすや門の雪　歌でとかすや門の雪

溶く（とく）　氷片舌に溶き　溶きさせる白粉の香に

【永久】（とこしえ）　とこしへの春に住めとは　少女かへらずとこしへの森　とこしえの病軀なれども　とこしへに匂へる君が　とこしへに君を思はん　とこしなへに母に離るなり

永久（とわ）　星屑のとはの光を　とはにとぞ祈る　久遠の処女も　とはにあらめや　永遠の別れを告ぐる旧年

永遠（えいえん）　永遠の愛のほのめき　永遠の都しづもる

永劫（えいごう）　永劫に錆びず　むくろ悲しく永劫の寂まり　永劫の神秘のといき　永劫につづく女の愚かさを

久遠 久遠のわかさ　久遠の真理を　久遠の鐘の沈む湖

常花 永遠に咲いている花　青山に常花咲き　橘は常花にもが

常世 宮古は花の常世哉　常世にかをる花ぞ　とこ世の春にかへるらん　雛は常世に冷たうて　常世いでゝ

万代 幾万代をもろともにへむ

【閉す】 門とざしてあさる仏書や　寒がる馬に戸ざしけり　柴門深く鎖しけり　明るきがまま門を閉ざす　欅大門とざしあり　水車鎖して去る灯かな

閉す 松虫にささで寝る戸や　夕さればはやく戸を閉し　駱駝が宿は月に鎖したり

閉じる 閉ぢがちとなりし障子を　夕をとづる戸のきしみ　芙蓉閉ぢ白露の降る

【登山】 膝いとけなき登山かな　吾子と相見る登山駅　山に登りて口笛吹けば　踏しめて登るも清し

お花畑 お花畑にまた遊ばざらむ　お花畑を踏みて惜しむも　お花畑にあやに遊べり

下山 避難下山負はれて老いの　紅葉がくれや下山人

雪洞 雪洞のそれぞれ花を　大雪洞の空うつり

攀じる 山を攀ぢ又山をよづ　帆ばしらを攀づ

ゴンドラ 万緑の上の吊り籠

とざす――とし

索道 索道の線のたるみたるかも

【年齢】 停らぬものをとしといひて　かくしたる年あらはれて　仏に近き年の程　としひとつ積るや雪の

中年 中年やよろめき出づる　中年の日の君がまなざし　中年の恋をほゝ笑む　中年よなにつぶやく

年上 年うへの人にさそはれ　余裕あるときわれは年うへ

年頃 としごろの膝をかくさず　年頃になって

齢 つれなく過ぐる齢か　み齢の長きはよしと

五歳 五歳の春を　としとへば片手出子や

七歳 年七つ経ぬ　まだ七つには

八歳 生まれて八歳と　八年児の　年の八歳を

九歳 雛祭りする九歳の

十歳 十の子の泣く声こそは　十になりけり

十五 空に吸はれし十五の心　十五初夏黒髪の

十六 恋を知る娘二八や

十七 十七のもでるの娘は　十七花を売りそめて

十八 十八恋を知りそめて

十九 十九恥らふ人もある宵　十九にわれ満つ

二十 二十の我に歌は無き暮　はたちのとしに神いのり

そめ　二十歳の春にあへれど　さらば二十を石に寝て

三十　三十路人悔い泣くこよひ　髪乱れたる三十路女の

四十　四十路びと面さみしらに　不惑には至らぬ命

五十　行き行きて五十路の坂も　市にさらすや五十顔

六十　六十路の影の鵜の匠　われ今は六十を過ぎぬ

六十年踊る夜もなく　六十にして落ちつけないこころ

七十　ゲエテ七十花の春　ねざめ〳〵のさても七十

七十あまり七つを生きて

八十　八十路の母よ雛作り　八十路の老いに悔しろき

八十の母てまめさよ

九十　九十の賀が　九十の夫婦　夫婦九十の

百　百まで生る顔ばかり　百ばかり年といふ字を

【年立つ】（新年）　満月に年立ちにけり　雪の中に年立ちにけり　やまと国原年立ちにけり　年は今立ちかへるらん

新年　新年が来た　新年の炉辺貧しけど　新年ふるき米五升

年明け　年明くるあしたの日ざし　年の明けて

年新た　鶏鳴いて年新なり　枯菊に年改る

年の始め　年のはじめの夕まぐれ　年のはじめの都大路

明の春　梢そろへけり明の春　放擲し去り明の春

初春　はつ春も月夜となるや　初春の夕の街を　初春をくまなく照らす　けさの初春　初春の風が戯れるぞや

【年月】　都のうちに寝ねし年月　年月も生死の線も

年月のつもるにまかす　世をさけてとし月長く

月日　めぐり来る月日も悲し　月日ながるゝ寒さかな

人は月日の後を追う　月日も古りぬ飛ぶ鳥の

日月　弟と病みし日月は　日行き月行く峡の空

日日　日日は静かに流れ去り　日々を黄ばめり

幾千年（何千年も）　過ぎし幾春幾千とせ　幾千年の迷ひを

幾世　波をかづきて幾世過ぎにき

千秋（千年）　千秋の月を　千秋の願ひは　千五百の秋の

千年（千年。長い年月）　千とせの杉を抱くあらし　君はちとせのよはひかさねよ

三千年　三千年の月日おもりし　千歳三度を

百年　百とせの後をし思へば　花匂はめや百とせの　百年も覚めざるごとく　百年の春の始は　百年の長き沈黙

光陰　秋の光陰矢のごとし　又も光陰矢の如く

歳月　歳月は過ぎてののちに　かくて無数の歳月を

【年取る】　歯で年とつた　年は人にとらせていつも

年長けて（年寄りて）　我が姉の年より長けて

年波 大関によるとしなみや　年の大波かへる時なく
年経る 生死もわかず年経し　わかき尼ずみ寺に年へぬ　年経るをろち　年ふるまでも汝と棲ままし
年寄る 何で年よる雲に鳥　男は手から年がよる　けふばかり人も年よれ　いざとしよらん秋ひとり
古る 秋の時雨と身ぞふりにける

【年の暮】 鶯一羽としのくれ　よき事待ん年のくれ　人のおちめや年の暮　裏の小梅や年の暮
歳晩 歳晩をひとりゐたりけり　歳晩の人を呑吐し
年の終り いとまなき年のをはりに　年終る夜の熱き湯に
年忘れ 神を友にや年忘　心はしらず年わすれ　年忘するきげんかな　年忘 橙 剝いて
旧年（年内） 永遠の別れを告ぐる旧年　なほふるとしの
行く年（過ぎ去ろうとしている今年） 行く年をセーヌで釣し　行年や懐紙をえらぶ　行く年を母すこやかに　としが行うと行まいと
数え日（今年はあと何日と数える頃） かぞへ日となりたる火事に　数へ日の月

【年経る】 年を経て同じこずゑに　年ふればいよ〳〵青く　いたづらに千とせをふとも
在り経（存命する。年月がたつ） 有りて年ふるわが恋ごろも　家居群れつつ人は在り経し
世を経る（何年もして） さる引の猿と世を経る　ものもなさで世に経る人は　世々経とも　幾世経ぬらん

【どち】（仲間） 若きどち見し世恋しき　親しきどちの　旅別るどち　ゆき過ぎし旅の人どち
幼どち（幼友達） 幼などち姉と手を引き　相呼ぶ幼などち　幼友どちたき火して　をさなどち河童は追へり
男どち 遊び疲れた男どち　相抱き寝る男どち
女子同士（女の仲間） 女子どし押てのぼるや　少女どちとりあらそへる
思うどち（仲のよいともだち） 思ふどち駱駝にのりて　月とわれとは思ふどちなり　おもふどち春の山辺に　思ふ人どち
湯女どち 湯女どちの肌の湯艶よ

【嫁ぐ】 嫁ぐなる別れの雛に　嫁ぎゆく友羨しまず　山の女ははやく嫁ぎて　恋少女人にとつぎぬ
妻問う（求婚する・恋人のもとに通う） 相競ひ妻問しけむ
新枕（男女が初めて一緒に寝ること） まれなる中は新枕かも　新手枕を
花嫁 花嫁の駕籠つらせ行く

【徳利】 ねむたげに徳利かたむく　酒少し徳利の底に
瓶（とっくり型のびん） 銘酒白鶴瓶あふれ出づ　あやどる瓶は有機体

の　新酒醸す瓶のへに

瓶子　白の瓶子も　留守なる瓶子　瓶子を取りて

甕　しろがねの甕にささん　甕の竹葉

【隣】　月に隣をわすれたり　隣は何をする人ぞ　あはれなるべき隣かな　米つく宿の隣かな

隣り住む　隣り住む南蛮寺の　隣り栖む絵師うつくしき

隣人　隣りどち語りあひつゝ　隣人更けて戻りぬ　壁隣ものごとつかす　隣の人の欠伸するこゑ

隣り間　隣り間にいとゞを捨つる　隣間に遊ぶ歌がるた　隣の室に心を置きつつ

隣家　隣家のぴあのの音を　隣家寒夜に鍋を鳴らす　隣家に釘打つ音を

【帳】　うすき帷は影ばかり　二重の帳　とばりをのぞく月の顔　くれなゐのとばりをもるゝ

几帳　几帳を吹くや春の風　御几帳の　夏の几帳の

袖几帳（袖で顔を隠すこと）　むかしの人の袖几帳

帳かかげて　うすものゝ帳かゝげて　みどりの帳そとかゝげみる　帳あげよいづこぞ鶯のこゑ

帳垂れる　帷垂れたる牡丹かな　春雨の帷垂らせる

【飛ぶ】　天の高きに飛びて焼けぬ　飛ぶ車空より来しと　遠くの空を飛ぶ鳥も　雪降らす雲の上を飛ぶ

枝移り　雀よけゆく枝うつり　枝うつりしきなく小鳥

掠める　簾かすめし蝶のかげ　白鷺の牡丹かすめて

飛び立つ　群鳩の飛び立つ羽風　鵜と鷺と飛立陰や

舞い立つ　かうべ紅き鶴まひたたむ　舞ひ翔つ鶴の声すめり　舞ひたちさわぐ白雲の　近づけば舞ひたつ田鶴の

舞う　水際だちて一羽舞ふ鳩　墓原の空に鳶舞ふ　鳶舞ふ春日　田鶴舞ふや　月光に舞ひすむ鶴を　一群の田鶴舞ひすめる

【乏しき】（少ない）　かき垂れて乏しき髪を　紅梅の乏しき花を　飾り乏き身を恥ぢて　油乏しき小家がち

乏しき　虫の鳴く音はともしくなりぬ　声の乏しき光乏しき　乏しらの水のあよみよ　声乏しらに鳴く蛙

些か　山茶花のいささか散れる　心いささか飢えをおぼえて　いささか紅き　いさゝか匂ふ

少なき　紅梅の花のすくなに　春ぞすくなき

少なみ（少ないので）　沖為事冬をすくなみ　松をすくなみ

乏しみ（少ないので）　夕月のひかりとぼしみ　赤土の湿りともしみ

【止まる】　とまりかねたる羽根重き蝶　匂はぬ草にとまる蝶　金の蜂ひとつとまりて

留まる　年月はとどまることなし　ゆく日とどまるすべもなし　宙にとどまる赤蜻蛉

止める　香をとめし露のしとりや　心とめける

止む　ぱつたりとやんだ浪の音　降りやむ雪のなほ散れる　猫の恋やむとき　おはぐろ蝶雨すぐ止んで

【富む】　賢者は富ず敗荷　母富まず

財　財ほしき思はおこる　財失する　財豊か

宝　家のたからの紅梅の花　海の宝に手も触れず

長者　長者のやしき跡古りて　長者の子をば羨みぬ

【弔い】　大葬ひの町を練る　とぶらひの砲鳴りわたり　葬ひの悲曲　おとむらびの日

葬　貧しき葬の足はやに行　葬式の着物ぬぐ　葬送見たり　御葬送りにやつれぎぬ着る　葬送の凪

葬列　原なかをいま葬列の　葬列の鐘を聴きすみ　いま葬列の歩み行く見ゆ　ここの丘辺を過ぐる葬列

野辺送り　野辺の送りの鐘の音も　足袋の白さや野辺送り　野辺送りきのふもけふも　月も見にけり野辺送

野帰り　野辺送りから帰る　野がへりを先行く尼の

葬　葬送　親の葬　はふりのけぶり地よりたつ　雨夜の葬りをぞ思ふ　葬りはくらく　はふりの車

とむ――とも

葬の料　葬式代・埋葬料　終の日の葬の料に

柩車　霊柩車　柩車の金の暮れのこる　黒い柩車が運び出される　柩車のきしり体にひびく　師の柩車

柩車　ゆるやかに柩の車　おくりゆくひつぎぐるまのなき人おくる野辺の小車　葬式馬車は列んでゐる

【弔う】　弔ふ歌も耳かしたまへ　いにしへをともらひかねて　弔はむにも涙なきかな　冷えしみ心とむらひて泣く

葬る　火葬にする。　なきがらを葬る火のおと　母葬る土美しや　兄葬る笙ひちりきや　埋葬終へてたばこのむ人ら

葬る　畑中に人を葬る　君が傍へにはうむられたき

葬る　われとわが葬る土ほる　しぐれ葬の一つ鐘　我が子を土に葬りはてけり　ちひさなる生命をほふり

火葬場　この火葬場にみ骨ひろへり　火葬場の太い煙突　君を焼く火葬場にたつ　身近きものを焼くけぶり

葬所　火葬場　はふりどのつちに　友の葬所光蒸して

焼場　けふも焼場のけぶり哉　山の火葬場に　焼場道

鳥部山　葬送の地　鳥辺野に夜半にゆかむと　鳥辺野を心のうちに　鳥部山の煙立ち去らで　鳥部山もえし煙も

【友】　おもふ友あらばうれしき　友を多み　海をこえ

ともしび――ともる

て行くらむ友に

輩 わがともがら　畏怖の輩　群れ寄せて　輩も有り

友として 寂寞を敵とし友とし　ねられぬまゝに蟇を友

友無き 立てよ友なき野辺の帝王　おいぬれば友なし　ちどり　涙より外に友なし　語らはん友しなければ

亡き友 世になき友を偲びけり　友や幾たり死ににけむ　落魄のうちに死にたる友のこと

【灯】 牡丹くづるゝともし火の前　人のいのちもしるきともし火　ともし火のかがよふ夜の

灯し 紅の灯火の影よ　小家の灯火またゝきて　灯して行く貉の湯　平安の灯の下に　提灯のぼり来

昼灯 島の祠の昼灯　昼も灯ともす涅槃像

夕灯 湖のこなたの夕灯　夕ともす灯のひかり

常夜灯 水のほとりの常夜灯　朧々の常夜灯

一灯 一灯に執し万灯の　一灯づつ増やす　どの一灯より消えむとする　一灯なく唐招提寺　一灯の寂寥を照し

軒灯 (軒につるす灯) 軒灯のひかりに見えて　枯葉の陰にまたたく軒灯　酒場の軒灯　梅若葉の中の軒灯

誘蛾灯 誘蛾灯左右に夜深く　誘蛾灯門内深く

【共に】 ともにうれひて客あるじ　ともに書読みともに遊びき

友 (一緒にいる) 友鶯の鳴き別れ　虻なくらひそ友雀　とも千鳥もろごゑになく

一緒に 怖ろしい楽隊と一緒に　風と一緒に　清貧と豪奢はいっしょに来ない

諸声 (いっしょに鳴く) もろごゑに鳴ける蛙を　諸声に蟬鳴き立てて　しげき虫のもろごゑ

双翼 (二羽の鳥が翼を並べること。比翼) 猛かりし鵙よ双翼　双の翼のはたたきに　両羽鋭どく

諸共に 月もろともに寒が入　筆もろともいざ火に焼かむ　もろともに旅をせしかど　家に西日鵜匠もろとも

【共寝】 ふとんに猫と共寝かな

手枕 旅ねの君よたまくらかさむ　やはらかき手に枕してけれ　みじかき夜半の手枕を　友思ひねの手枕を

枕く 人はまくらむ浪枕　ひじりの恋よ野うばらも枕け　俤に手枕くは誰ぞや　妹が手まかむ

枕定む よひよひに枕さだめむ　まくらさだめし

枕並べる 枕並ぶるあらましぞする　雨の夜の枕並べて

【灯る】 灯りし春の厨かな　点り初め　湖中灯ともれる　灯ともりたまふ鬼子母観音　余震に灯る

とぼす　ひるとぼす職場の午後に　ぶつだんにとぼしたつれば　火あかくとぼし　とぼしたる火も

灯す（とも）　かなしみの灯をともしけるかな　裸像にともすある夜のわが手　生命を生きてとぼしかる

【鳥】（とり）　鳥啼うをの目は涙　鳥は乳房をもたざりき　寝ぬ鳥あらば月になけ　鳥の鳴く音に雲を恋ひつつ

色鳥（いろどり）　秋に渡ってくる小鳥の美称　めづらにつどふ色鳥の影

海鳥（うみどり）　海鳥とつれだちとべよ　海鳥と入日に向いて　船をかこみて海鳥の啼く　海鳥は翼ぬらして　海鳥の群の白きたそがれ　虹にのぼれない海の鳥

小鳥（ことり）　朝に嘆く小鳥　小鳥のあさる韮畠　羽そゝぐ瑠璃の小鳥の　小鳥の話あかずする

洲鳥（すどり）　みなとのすどりたちさわぐみゆ　洲鳥は騒く

闘鶏（とうけい）　闘鶏のまなこつむれて　闘鶏の蹴上げ蹴おろす

鳥雲に（とりくもに）　渡り鳥が雲に入るように見える　鳥雲にわれは明日たつ

羽抜鳥（はぬけどり）　羽の抜け変わる頃の鳥　羽抜鳥高き巌に

春鳥（はるとり）　春鳴く鳥　木ぬれをくぐる春鳥の　さへづる鳥も惜春譜

水鳥（みずどり）　水辺の鳥　水鳥の胸突く浪の　水禽はまどろむけはひ　雌の水鳥ひとつ　水鳥の羽音はたちぬ

夜鳥（よとり）　夜鳴く鳥　夜鳥の声のかそけさを

彩鳥（あやどり）　色鮮やかな鳥　彩鳥の尾羽に　来鳴く顔鳥

顔鳥（かおどり）　美しい鳥　顔鳥の間なくしば鳴く

大鳥（おおとり）　大きな鳥の総称　大鳥の空搏つて飛ぶ

【鳥威し】（とりおどし）　田畑に来る鳥を音で追い払う　入日の末の鳥おどし　鳥おどす弓をかた手に　威し銃おろかにも二発目

添水（そうず）　水を板にあてて音を出す　添水の音もゆるやかに　三つの添水の遅速かな　添水またなる春の風　谷の添水の

鳴子（なるこ）　綱を張り渡し吊るした板（引板）を引いて音をたてる　鳴子縄引きたしかめて　なるこ引門田の稲の　鳴子引也朝がすみ　眉をかくせる鳴子引

引板（ひた）　秋の田に引板引き鳴らす　水の春とはひたの音

【鳥籠】（とりかご）　ゆふぐれを籠へ鳥よぶ　鳥籠の鳥さへづらず　籠の鳥に餌をやる頃や　鳥籠に黒き蔽布を

籠内（かごぬち）　いまははるべとかごぬちになく　籠のうちを

伏籠（ふせご）　伏せたかごに衣服をかけて香を移す　ふせ籠にこもる　伏籠の中に

籠飼（こがい）　籠飼の鶉　籠に飼れし鶯に　籠に飼はるる小雀あはれ　籠にやしなふ鳥のごと　籠にいたはりて

【鳥小屋】（とりごや）　もさと葺いたり小鳥小屋　殺す日の話鶏小屋

鳥屋（とや）　鳥小屋　座布団もつて鳥屋を見に　鳥屋のはしごにい寝る鳥　わが鳥舎に月かげさやに

【泥】（どろ）　盃に泥な落としそ　青柳の泥にしだるゝ

泥 小笹が原もうきにながれて　うきに植へけん

泥岩 干割れて青き泥岩に　泥岩遠きむかしのなぎさ

泥 門田の泥にふる雨の　泥の香孕み　泥にまみれし　脛幼し　雨ふれば泥踏なづむ　映るは海の泥のみ

泥塗れ 泥まみれ豚　泥にまみれて愛無限

【蕩ける】 光りとろけて　魂をも蕩らす私語に　御仏の慈眼とろける　魂しいとろける

蕩む 瞳のとろみ　蛙は水にまだもとろみぬ　緬羊の日にとろむを　扇の陰で目をとろめかす

蕩ろぐ 涯知らぬ夢のとろろぎ　とろろげる堀江の水の

【トンネル】 トンネルの出口かつと日の照　梅雨のトンネル闇屋の唄　隧道の暗をいづれば　隧道に旅人ひとり

ガード ガードとゞろかし電車ゆきかふ　埃ふくガードの下の　ガードの下の靴みがき　通り雨ガードでのぞく

隧道 地下鉄道の隧道ゆ　底ふかき隧道に入り　地のなかの隧道を出でぬ　隧道の口に　隧道くゞる

な

【菜】 野菜 庭の菜を笊にうづたかし　京菜の尻の濡るるほど　菜を売り　かぶら菜の朝露のせて

青菜 瓦礫の中の青菜照る　朝霜や青菜つみ出す

朝菜 朝摘む菜 袖さへぬれて朝菜摘みてむ　朝菜夕菜

小菜 芽を出したばかりの菜 小菜一把　大菜小菜くらふ側から

蔬菜 夏深む蔬菜の畑　木の実蔬菜を買ひ持ちて

漬菜 広島漬菜まつさおなるに　ゆきぐにの漬菜きそへり

夏菜 夏菜とぼしや寺の畑　鳥の餌の夏菜すりたる

花菜 菜の花 笊に摘む花菜つぼみや　捨てである花菜うれしや　シヤツの白さに花菜風

冬菜 冬菜の色に慰む目　日を吸ひ太る冬菜かな

干菜 軒の干菜に　干菜切れとや　山見る窓の釣干菜

若菜 いつくしみ見る若菜かな　しら雪の若菜こやして　若菜の籠の置きどころ　春野のわかな　雪間の若菜

摘み菜 椀に浮くつまみ菜うれし

間引菜 まびき菜のかごに盛られて　間引菜の大根の葉の　間引菜洗うて　間引菜を浸して寒し

サラダ あたらしきサラドの色　梅雨冷えのサラダのトマト　味覚をそそるはむさらだ　サラドの皿の酢のかをり

菜洗う 菜洗ふ娘ら　冬菜を洗ふ　舟に菜を洗ふ女あり

菜屑 野菜屑 柳散り菜屑流るる　菜屑ただよふ船の腹

【名】 老の名の有共しらで　おさな名や

御名 うるはしき御名　神の御名　荒人の神の大御名

名告る 新酒に名乗る医者易者　乗りかへ名のる駅の春

幾夜を経てか己が名を告る　海未通女ども汝が名告らさね

名美しき（名がよい）　名ぐはしき吾妻の山の　名くはしき稲見の海の　名ぐはし栗のはやしの　乙女名に美き

名づける　名づけて真珠日和かな　信天翁と誰の名づけし　秋の女と名づけけるかな　苞と名づけて

【名高き】　今宵名高き待宵の月　秀才の名の高かりし名にとどろけるよき鋳師　旅籠の名のみゆゆしくて

名に負う（有名な）　名に負ふ山菅押しふせて　名を負ふ神に手向せば　名に負ふ夜声いちしろく

名に立つ（有名になる）　大幣と名にこそ立てれ　名にやたちなむ名のたたば　立ちにしわが名　たつ名もくるし

名草（すぐれていて有名な草）　名草萌ゆる花壇かな

【地震】　地震知らぬ春の夕の　地震と火のやや静まりて　地震に揺れゐし朝あけて　地震が揺り来ば

朝地震　朝地震の揺れの名残よ　庭には走るけさの朝地震　あかつきがたの地震ふるふころ

大地震　大地震にまどひさわげる　大なゐゆり大き火もえて　大地震が地を裂く刹那　大地震に傷みすさみし

震後　震後の銀座　震後の桜花の真盛りの今日　震後の芙蓉なほ紅し　震後の庭に咲き静もれり　震後の桜

余震　余震にも慣れて来る頃　余震に安き心なし

【苗】　芋苗の床祖父と作りいつ　うす月夜苗の芽にさす遅れて生ふる苗なれど　春の雨苗すこやかに

杉苗　なごりに植ゑし杉苗に　聞て気味よき杉苗の風

苗床　苗床に芋の芽あかく　日なたに囲ふ苗床に

【なおざり】（心にとめない。いいかげん）　等閑に香たく春の　鄙歌の節なほざりに　コップのビールなほざりに

なまじ（中途半端）　なまじに月のひかりかな　なまじやみたる雪の冷

生半　春の月なまなか照りて　なまなかしりて物おもふ

むざと　むざと剝ぎたる烏賊の皮　人の心をむざと刺す

中中（中途半端。なまじっか）　なかなかに荒れし垣ねぞ　中々に心おかしき　中々救はれぬわれ

【仲】　一度こじれし夫婦仲　忘れな草に仲直り　仲違ひたり　汝をたのみ母に違ひぬ

仲らい（間柄）　ゆるびなきなからい　なほ温かきなからひにして　われと汝とのなからひのごと

【長生き】　長生の恥もおもはず　長生に徳あり　わがいのち長くもがなと　長生きせんと思ひけり

長人（長生きの人）　世の長人の　長人を煩はすに

な

共白髪（夫婦共に長生き）　こんな南瓜と友白髪
長らえて　人のなさけにながらへて　ながらへて脆き前歯を　照りながらへて　人は死に吾はながらへ
世に経　ものもなさで世に経る人は　世にふれど　みのむしのぶらと世にふる　世に古りてなほ娘なる

【長き】　猫に物いふ夜の長きかな
千尋（非常に長い。きわめて深い）　千尋なす海のそこひも　海の千尋も
長み（長いので）　夜を長み寝覚めて聞けば　旅の日長み
八尺（長いこと）　八尺の嘆　嘆けども　この小田の八尺の稲穂

【長路】（長い道のり）　長路来て泉さそへば　行手の長路眼に白け　遍路の歩　岬の長路を　打かすむ鄙の長路よ
長路　長路の汽車にのむ煙草かな
遠道　だまされて遠道を来し　遠路ながら礼がへし
長道　浜の長手に　そらのながてを　汽車にして過ぎし長途の　桜の長道はろばろと　湖ぞひの道なが〱と

【中空】（空の中ほど）　中空を芭蕉葉飛べる　中空の塔にのぼれば　京まではまた半空や　まだ半空や雪の雲
中天　鳥飛ばず日は中天に　嘶く声落日を中天に回らし
天心　天心に陽は熾り　天心に青き穴　月天心貧しき町を　月天心身に影浴びて　天心へ大夕焼の

な

【眺める】（ぼんやりと見ながら物思いにふける）　師走空ながめてひとり　ながめつるあしたの雨の　水を眺むる鵜つかひの
眺め　雨間も知らぬながめせしまに
眺め入る（物思いに沈んでいる）　本の挿絵に眺め入り　ながめいりたる
眺め顔　月もひとりぞながめがほなる
夕眺（夕暮れの眺め）　阿漕ケ浦の夕眺め　初富士の夕眺め

【流れる】　地に流る　清浄の水こころに流れ　流るゝ水も物いはず　ちよろろと流るる水も
流らう（流れつづける）　皐月霧ながらふ縁に　流らふ蘚はただ青かりき　流らふる明けのひかりに
流れ来る　流れ来て清水も春の　流れ来て池をもどるや
流れ出る　ながれ出づる涙に　薔薇流れ出づ
水伝う（水の流れる）　水伝ふ岩が根道を　水伝ふ磯の
清流（川）　清流に黒蜻蛉の羽　清流の上を　清き流れの
流れ（川）　流れ見し岸の木立も　流よ冷たき憂ひ秘め　足もとにひそむ流れや　流れのあれば紅葉しづめ
石走る（岩の上を走り流れる）　石走る水にも秋は　石走る初瀬の川の　石ばしる滝なくもがな　石走る垂水の水を
とくとく　露とくとくと山桜　かすか喀血とくとくと

【凪】（風や波がやむこと）　伊豆の海の和ぎのはろけさ

凪ぐ（な） 須磨の浦のなぎたる朝は　凪ぎたる海を　海和ぎぬ冬しらぬ里の　海がよく凪いで居る　港は凪ぎろ

朝凪（あさなぎ） 兄と語らふ朝なぎを　朝凪ぎに紺青流す　朝凪に船出をせむと　朝凪ぎに寄する白波

油凪（あぶらなぎ）〔油を流したように穏やかな海面〕 餅搗く音や油凪

寒凪（かんなぎ） 寒凪の水にやすらふ　寒凪の夜の濤一つ　寒凪のたま〳〵かすみ　寒凪の初場所日和

初凪（はつなぎ）〔元日の凪〕 初凪げる湖上の富士　初凪げる和布刈の

夕凪（ゆうなぎ） 夕凪に五百重波寄る　夕凪に乳啣ませて

風死す（かぜし）〔風がとだえる〕 風死せし白昼の海の青さよ　風死せし夜を消えみ消えずみ　死せしか風は

風無き（かぜな） 海に風なし青きふるさと　比叡にも風のなき日かな　蜻蛉動かず風吹かず　月に雲なし花にかぜなし

海死す（うみし） 真昼時青海死にぬ　海や死にする　海死せり

【亡き子】（なきこ） 胸いたきまで亡き子思ほゆ　去年の夏うせし子のこと　亡き児偲ぶにわが胸痛し

喪う（うしな） 子を喪ひ母をうしなひ　あわただしく子を喪へり

死児（しじ） 死児のひたひにまたも手をやる　妻の胎に死児が眠りて　空は死児等の亡霊にみち　死児の草鞋の

死にし子（しにしこ） 死にし児をみごもりてある　うまれてやがて死にし児のあり　今死にしてふ児を抱ける

【渚】（なぎさ）〔砂浜と波打際の間〕 渚の水にわが手をひたす　渚にひとり佇みて　渚の坂のたそがれの雨　月の国なる渚ぞと

遠渚（とおなぎさ） 相模の海の遠なぎさ見ゆ　とほき渚に

渚路（なぎさじ） ぬれた渚路には　渚みち牛ひとつゐて　春の夕べのなぎさみち　渚の小道潮よせぬ

渚辺（なぎさべ） 汀べに見えし灯　遠きふるさとの母の渚辺　渚べ人のどよめききこゆ

夕渚（ゆうなぎさ） 蛙眼まろし夕汀　ゆふ渚もの言はぬ牛

【亡き人】（なきひと） 名月やいまは亡き人　無き人の小袖も今や　亡き人をしのぶ思ひの　君亡き夏の

過ぎにし人（すぎにしひと） 過ぎにし人を思ふさへ　過ぎにし君が

亡き魂（なきたま） 亡き魂燃ゆる灯籠かな　なき魂ぞいとゞ悲しき　帰らぬ魂を　わがちゝはゝのなき玉を

【泣く】（なく） 夢にまで泣きしか　なき〳〵て袂にすがる　われ泣きぬれて蟹と戯る　泣き濡れて歩みたり

泣かす（なかす） すぐ泣く児だと云つて泣かせて居る　われは病みたる親を泣かせて　つくる笑顔に妻を泣かしむ

泣き疲れる（なきつかれる） 日をひと日泣きも疲れて　泣きつかれうらみつかれ　めをなきつぶし　泣き疲れたる耳にかすけし

泣き寝　園生にまろび泣寝すわれは
泣き止む　泣きやみし瞳に　泣きやまぬ子に灯ともすや
泣く子　沖へ向き口あけ泣く子　泣く子にみせる海鼠哉　泣く児欲しやと戸を覗く　乳足りて泣く子は黙す
泣く泣く　泣く泣く身をぞ
べそ　投げられてべそかく子供　たまにやべそかき
泣き笑い　泣く少女笑ふ少女と　わらふべし泣べし我朝顔の　涙わりなしほほゑみて泣く　泣きみ笑ひみ
音に泣く（声を上げて泣く）　音になかで身をのみこがす　哭のみし泣かゆ古思へば　月にむかひて音をや泣くらん
目を潤す（泣く）　星の流れにまなこうるほす　しみじみとうるほへる眼に　双の目のうるほひ

【鳴く】　時鳥夜啼きせざるは　かひつむり夜更けて鳴くは　庭樹に鳴くをめづらしみ　ほとゝぎすなくなくとぶぞ
来鳴く　夕さればひぐらし来鳴く　谷のむかひに来啼く鶯　山時鳥いつか来鳴かむ　小鳥ぞ来啼く
たたく（くいなが鳴く）　ほのかにたたく水鶏かな　庵をたたく水鶏なりけり　手賀沼にたたく水鶏と
ころろぐ（ころころ音をたてる）　ころころころろ蛙かつ啼く　蛙ころろ鳴く　一つころろぐこほろぎの声

笹鳴（うぐいすの舌うちのような鳴き声）　笹鳴の青きすがたの　笹啼や蕗の薹はえて　さゝなきの谷に起るや
しば鳴く（しきりに鳴く）　朝鳴きに松雀しば鳴く
遠鳴く　窓を開けば水鶏遠鳴く　鳴くは松雀か谷遠に
長鳴き　豆腐屋の笛に長鳴き　鶏長鳴けり　つながれし犬が長鳴く　むかうの家の牛のながなき　犬長う鳴く
鳴き交す（たがいに鳴く）　山田の鶴やなき交す　鳴き交すこゑ聴きをれば　啼きかはすうぐひすのこゑ
鳴き初める　冬蟬は鳴きそめにけり　今来鳴き始む
鳴き渡る（鳴きながら飛んでいく）　桜田へ鶴鳴き渡る　雁鳴きわたる
囀り　囀りの高まり終り　流転の鳥のさへづりは　囀りのよぶ朝々の　囀たらぬひばり哉
鶏鳴　たぐる霜野の鶏鳴を　鶏鳴の後に牛車ゆき　太き鶏鳴林立す
高音　帛を裂く高音もかくや　放ちし虫の高音かな　放されて高音の虫や　ところかへつゝ高音鵙
鳴く音　なくねほのかに聞ゆなり　鳴くね悲しき　鳴く音にまがふ　鳴く音は野辺に　鳴音みだれぬ

【慰む】（心がはれる）　こずゑを見てぞなぐさむる　行駒の麦に慰む　冬菜の色に慰む日　夏の夜を月になぐさむ

慰（慰めとなるもの）　慰藉に唄ふひとふしも　恋の慰に　徒然の慰草と船人は　心慰に　こゝろなぐさや手すさびや

慰める　人きてわれをなぐさめぬ　さびしきおもひ慰めかねつ　自らをなぐさめかねつ　青葱に慰められて

慰もる（慰める）　とこしへに慰もる人も　慰もる心は無しに

【嘆く】　歎くとも知らばや人の　歎けばいつかはつ秋に入る　なべての母は皆嘆けども　我病めば母は嘆きぬ

相嘆く　相なげきつゝ一夜あけ　相嘆く二人のなげき

嘆かい（嘆き）　外面なる嗟嘆よ　わが嘆かひに　去りやらぬわれのなげかひ　酸ゆき日のなげかひを

嘆かう（嘆き続ける）　星はなげかひ　痛み嘆かふ人の世の　なげかふ心　悪縁とわがなげかへば　ひたになげかふ

嘆き　かかる歎きをせしや弟　嘆きはあらむかかる際にも　嘆息することを忘れし　ひとり大き嘆息す

【投げる】　投げたる網のひろがれる　投ぐる日あらず火祭の夜に　朝富士の天窓へ投る　少女の投げし飛行機の

投げ込む　風が投げこむ花の束　誰が投げこみし

投げ出す　負うて来て投出す鹿や　むさしのへ投出足や　荒海へ脚投げだして　投げ出す足に日のあたる

放る　人の世のほかに放り出されぬ　落椿海に放りて

【和む】　我うさをなごめて咲ける　わがこころ和みととのふ　いかにせば心なごまん　われのまづなごみけれ

心和ぐ（心がやわらぐ）　病むかなしみは和ぎて居りたり　猛き男の子も心なぐらし　繁き恋かも和ぐる日も無く

【名残】　名残りを人の月にとどめて　散りにし花の名残り思へば　昨夜の名残りの風荒れて　春の名残の歌かかん　ほのかなる名残をかぎて

飽かぬ別れ（名残惜しい別れ）　あかぬ別れは星にさへ　飽かぬ別も別れの惜しき　あかでわかれしいにしへの夢

袖振る（別れを惜しんで合図をする）　妹があたりわが袖振らむ　敷石道に袖ふりぬとも　長き袖ふり神詣でする

手を振る　乙女が振る手は夏を呼びとむ　テープちぎれてなほも手をふり

領布振る（人を招いたり別れを惜しむ様子）　領布ふれば隔たる船や

【情】（愛情）　ほそき〳〵情のきづな　ひとのなさけの　君が情を秘め置ける胸　冷たき情　船に乗れば陸情あり

情もしのに（心もしっとりとなびくように）　情もしのに鳴く千鳥かも　情もしのに古思ほゆ

情　情をいつはること知りぬ　木曾の情　人情の歯ざはりを反芻する　脆い遠い人の友情

な

【無し】無み ～がないので　やけのゝ雲雀床をなみ　家無みや　磯無みか　潟を無み　行方を無みと

有らなくに 無いのに　大海に島もあらなくに　たよりあらなく　恋をする身にあらなくに　友もあらなくに

あらぬ　桜花あらぬ春　光もあらぬ春の日の　このさきに家あらぬ　あらぬ山路と

ならなくに ではないのに　夢ならなくに訪はむ日もがな

【為す】　なすこと多き命もてり　なさで死ぬべき　なすべき仕事もつゆえに　なしえたることのなにものもなし

すなる　利酒すなるこころの　遊女もすなる夏書かな

無為　けふといふ日の無為なりし　無為の白日

空手 手をこまねいて何もしないこと　むなでに過ぐる五月雨の頃

【なずむ】 なかなか進まない。とどこおる　汽車の煙の朝なづみ　機織りなづむ　咲きなづむ冬のぼたんの

足悩む 歩行に苦労する　旅なづみ足なやむ　足なやみて室にこもれど

なずみ来 行き悩みながら来る　雪消の道をなづみ来る

行きなずむ 進むのに苦労する　行きなづみ歎かふ心　みちの長手にゆきなづむ　あしまになづむ　行なづむ駒の

【何故】　何故にこの頃山恋し　三つ石になぜ注連張らぬ　なぜにやせしがをかしきものぞ　なぜ細る

何故　なにゆゑのなみだか　なにゆゑにかくは羞ぢらふ

故無く なぜか　ゆゑもなく海が見たくて　故もなく汝を責むる時　ゆゑ知らず涙ながれぬ

故わかず なぜか　故わかぬかなしみどもに　故わかずわれら別れて　ゆゑわかなくに眼潤み来

【雪崩】　犯すごと雪崩のひびく　水と濃きなだれの風や　雪崩るるや暮るれば明かき

人雪崩　球を抱けば人なだれ　踊りの群の大なだれ

なだれる　天をうつ波なだれ落ち　神輿の雪崩入るを笑む　駒草に石なだれ　御国なだれて沈まむとすも

【夏】　剝いても剝いても夏は青く　夏ゆふぐれの光陰に暑からぬほどの夏はよし　水も夏なる

常夏 いつも夏　常夏の島を船出し　常夏の碧き潮あび

夏河　夏川や悍馬のわたる　夏河を越すうれしさよ　河童遊ぶや夏の川　彼の死へ夏河渡り　夏川の入江のす鳥

夏草　青葉の山や夏の草　夏草に富貴を餝れ　夏草の穂立ちのひまを　夏草赤く露暑し　夏草に水の深みたり

夏木立　礫うちけむ夏木立　寺もこぼちぬ夏木立　夏木立をば上りくる月　うごく夏木や葉の光り

夏の雲　夏の雲のぼる　夏雲立てり　夏雲に翼とどむるを　湧く夏雲ぞ目に恋し

夏の月　大竹藪や夏の月　夏の月眉を照して　浪に塵なし夏の月　はかなき夢を夏の月

夏の光　みなぎらふ夏の光も　はかなき夏のひかりかな　晩夏の光しみとほる　初夏の野は光るなり

夏の夕　秘むべきは夏のゆふべに　夏のゆふべの地のなつかし　われもただよふ夏の夕ぐれ

ひと夏　ひと夏のみの恋ははかなし　ひと夏のうすき縁を

【懐かし】　なつかしき君が心の　母のごと秋はなつかし　ふるさとの軒端なつかし　人のうるささなつかしさ

心懐かし　四月の空のうらなつかしさ　うらなつかしき冬籠りかな　声あどけなき鶯をうらなつかしみ

香を懐かしみ（香にひかれる）　咲き匂ふ香を懐かしみ　白梅の香をなつかしみ　柚の花の香をなつかしみ

偲はゆ（偲ばれる）　栗食めばまして偲はゆ　家し偲はゆ

偲ぶ（懐かしむ）　今はただ忍ぶ心ぞ　身の秋や今宵をしのぶ　くちづけの甘きを忍び　今宵をしのぶ翌も有り

懐かしみ（懐かしくて）　いつよりかわが懐しみ居り　侘しらに菊なつかしみ　冬ごもり火をなつかしみ

懐かしむ　雛なつかしむ句会かな　凧あぐる子らなつかしむ　粉雪の窓をなつかしむ　凪なつかしむ

【夏空】　月にくやしき夏の空　ひとつだけ清き夏空の雲

皐月空　皐月空あかるき国に　午ねむき皐月の窓に　野の皐月空ものどかに　風薫る五月の空ぞ

土用空　雲一なき土用空

【夏闌ける】（真夏になる）　夏闌くる寺のお堀の　酒甕色よき夏の日たけぬ　鮎走る夏の盛りと

大夏　つよく日は照る大夏の　大夏の真夏のほのほ

真夏　ま夏黍原風だにもなき　赤い真夏の　ま夏日のかがやく青波　真夏日の敷石道に

【夏立つ】　夏立ちにけり　立てる夏の樹抱きつく少女

夏来たる　春過ぎて夏来るらし　春たちかへり夏来り　夏来れば夏をちからに　渓のとどろき夏来る

【夏近し】　夏近ければほととぎす　夏近づいた風のにほひ　夏近し壁ぬりかへて　茶のすぐ冷えて夏近し

夏設けて（夏が近づいて）　いのちに倦みぬ夏かたまけて　夏かたまげて鶯の鳴く　夏まけて百鳥のきそふ声は

【夏野】（夏草の生い茂る原野）　夏野よこぎる道しろし　たかねは雪を夏野哉　夏野の青にかくれなし　踊る夏野の女優かな

なつのあさ――なつのひ

青野(あおの) ひろら青野も今萎(しお)るべし　青野の霧(きり)が粗(あら)く降(ふ)る　青野ゆたかに　帰らむ(ん)いざ同じ青野を

青原(あおはら) 青葭原嵐(あおよしはらあらし)ひまなし　湖(みずうみ)の青葭原(あおよしはら)ゆ　青原を来(く)も

五月野(さつきの) 五月野のあを(お)草のなかの　皐月野(さつきの)の胸のときめき　さつき野の際涯(はたて)の空に　五月野の光のなかに

【**夏の朝**(なつのあさ)】 灯(ともしび)のこる夏のあさ　青山(せいざん)青し夏の朝　夏雲めぐる朝の妙香(みょうこう)

夏暁(なつあけ)〔夏のあけがた〕 夏暁の子供よ　夏の暁(あけ)や

【**夏の雨**(なつのあめ)】 夏の雨うごく　水色の夏の雨降り　柴(しば)してもどる夏の雨　月日をうつす夏の雨　初夏(はつなつ)の雨

卯の花腐し(うのはなくたし)〔五月雨の異名〕 卯の花くたし柩(ひつぎ)ゆく　卯の花腐し美しや　卯の花ぐたし　花腐(くた)つ雨ひねもすよ

五月雨(さつきあめ)〔陰暦五月ごろの〕 朝からけむる五月雨　五月雨小止(こや)みとなりし　あがる五月雨　五月の雨は静かなやうで(よ)

五月雨る(さみだる) さみだるゝ鵜(う)に伴(とも)ありぬ　さみだるゝさゞ(る)(ざ)波明(なみあか)り　さみだるゝ嶋(るしま)の

五月雨(さみだれ) さみだれの雲も山田に　五月雨のふりつぐ山の　さみだれの空吹(ふき)おとせ　五月雨をあつめて早し

若葉雨(わかばあめ)〔若葉に降る雨〕 嫩葉(わかば)の雨はしめやかに暮(く)れぬ

【**夏の海**(なつのうみ)】 朝しほ(お)はやし夏の海　トンネルと真夏(まなつ)の海の　夏海(なつうみ)の荒れぐせなほ(お)る　瀬戸の夏海(なつうみ)絵の如(ごと)し

夏潮(なつしお) 夏潮の激(こほ)ち真白く　夏潮段(きだ)をなして落(お)つ

夏の浜(なつのはま) 晩夏(おそなつ)の浜に火を焚(た)きて　晩夏(おそなつ)の浜の黒洋傘(こうもり)

【**夏の風**(なつのかぜ)】 石坂道の夏の朝かぜ　夏の風頻々(しくしく)吹きて　蒼茫(そうぼう)として夏の風　夏の風をいつぱ(っ)いにつけて

青嵐(あおあらし)〔青葉の頃吹くやや強い風〕 馬ひかへ(え)たり青嵐　青嵐鷺(さぎ)吹き落(おと)す　たどり行(ゆ)く野の青あらしよき　見えぬ影追ふ(う)青嵐かな　青嵐(せいらん)吹いて

風薫る(かぜかおる) 江(え)に風薫る　風かほ(お)り朱欒(ざぼん)咲く戸を　神の真(ま)榊(さかき)風薫る

薫風(くんぷう) 薫風の草花踏む　薫風やすこしのびたる蕎麦(そば)　薫風魚(うお)の新しき　薫風昼の楽起(がくおこ)る　薫風や畳替(たたみか)へ(え)たる

熱風(ねっぷう) 熱風どつ(っ)と　噴煙の熱風に身を　熱風に麦なびく

日方(ひかた)〔夏の季節風〕 南西風(ひかた)吹き追ひ(い)　日方吹(ひかたふ)くらし

若葉風(わかばかぜ) いつもの微笑(びしょう)若葉風　若葉風揉(も)み来(きた)る見れば

【**夏の花**(なつのはな)】 夏の花みな水晶(すいしょう)に　ひぐるまの真夏の花に

夏花(なつはな) 墓花(はかばな)の夏花の紅(べに)　闇(やみ)に動く夏花　紅(あか)き白き夏花　夏花の寄り合ひ(あい)の蒸(む)れの

【**夏の日**(なつのひ)】〔夏の一日〕 夏の日の恋　雲の峯湧(みねわ)く夏の日に　蜥蜴(とかげ)ねむりて夏の日あつき　夏の日は暮(く)れても暑し

夏陽 夏の太陽　夏の陽に灼かれて　山ながら夏の陽つよし　軟らかき夏日たゆたひ

真夏陽 夏の太陽　厚葉に照れる伊豆の真夏陽

【夏服】　古びたる夏服を着て　夏服の群れにひしめき

夏衣　夏ごろも雲居にさらす　ひとへに薄き夏衣　少女子の夏のころもの　そむるみどりや夏衣

夏羽織　短く着たり夏羽織　笠手に提て夏羽織

【夏の夜】　夏の夜は人の月みる　夏の夜はまだよひながら　夏の夜の花火のもとに　海の底めく夏の月夜に

明易 短夜　明易や雲が渦まく　あけ易や岩つばめとび

明やすき　水光りゐて明け易き　明やすき夜をかくして

短夜 夜明けが早い　水鶏に明けし雨のみじか夜

【夏果てる】　夏の果つるかな　夏終てにけり

夏老いる　夏老いし夕映うつる　柳に夏も老いにけり

夏過ぎる　夏も過ぎけり天の川　夏過て秋さり来れば

夏の終り　夏の終りの向日葵の花

夏逝く　受験生われに夏逝かん朝　久しくなりぬ夏ゆくらむか　異国趣味な五月が逝く

【夏深し】　夏深しいよいよ痩せて　夏深み木がくれおほき　夏ふかみつつ　深くも夏のなりにけるかな

晩夏　晩夏の光しみとほる　晩夏の野に　おそ夏の河岸を　晩夏の草にいねけり

晩夏　叫ぶ晩夏のぼろ鴉　草をながるる晩夏のひかり

【夏山】　夏山の襟を正して　夏山もうづまぬ瀧や　夏山に秋の水せく　夏山の樹々のかげふかみ

青嶺　青葉嶺や　白雲の青嶺の眠り　見ずやへさきに青の峰　青嶺ろにたなびく雲の　青嶺ろにいさよふ雲の

夏の峰　どんよりと夏嶺まぢかく

青山　路青山に入れば　青山近し　山は夏青青として　分け入つても分け入つても青い山

【撫でる】　つくづく撫でし子があたま　わか草はわが足を撫づ　我が頬なづる　わが坐るベッドを撫づる

愛撫　愛撫求むる繁き足踏　若き愛撫はかく哀しくて　愛撫の記憶すでに止めぬ　愛撫を裏切られて　愛撫の雪

掻き撫でる　幼児の髪かきなづる　いはけなき髪かきなでて　太樫の幹をわがかい撫づる

【名所】　名所の橋のはつ雪に　名所とも知らで畑打つ　名所に住むや梅さく　名月の名所問はん　花の名所へ

取り所　とりどころなきみ狩野の原　なにかは月の取りどころなる　身はぬれ紙の取所なき

な

花所 はなみどころの夕あらし　梅雨の雨間の花どころ

【名無し】 名なし小川のうつくしき夏　無名な天使　名もなき山の薄霞　名無し花の香

名無草 名も無い草　身は道の辺の名なし草　名なし春草　墓の上なる名なし草　名もなき草の棘さへ刺せり

名も知らぬ 今日もきてなく名も知らぬ鳥　名もしらぬ虫の白き飛　名も知らぬきぬ〴〵

【斜め】 山室のきざはしなゝめ　紅梅の雨なゝめなり　山なりに松斜めなる　ななめになりぬ北斗七星

筋違 すぢかひにさすはつ日哉　筋違にふとん敷たり　横すじかひの十夜道　平安城を筋違に

月斜め 月なゝめなる時計台　大木に月なゝめなり

斜 銀の雨斜にせまると　蛇日傘を斜に畳んで

【何気なく】 なにげなく咬たる爪に　なにがなし心おそれて　何がなしかなしくなれり　何がなし心安きは

あやなく あやなく散りし白梅のはな　雪にあやなき

さりげなく 空さりげなく澄める月かな　さりげなき一瞬といえ　加留多上手のさり気なく

何となく 何となく足らはぬ思ひ　何となく心残りの

【靡く】 北に向つて靡きけり　なびきひろがる芒の穂　ひかり靡きてならぶ幾山　なびき伏したる冬草の色

棚引く 濃紫たなびく雲を　噴煙折れてたなびける空

打ち靡く 妹が黒髪うちなびき　うちなびく春野をくれば

片靡き 千筋の煙片なびきすも　榎の梢の片なびき

【なぶる】 いじる　雨折々あつさをなぶる　髪なぶる風のなよびも　若芽をなぶる風　流しをなぶる風

土弄り 土いじり　土弄りする下髪の妹

弄ぶ 砂のぬくもりを手にもてあそぶ　黒猫鈴をもてあそぶ　蓮の葉にもてあそばれて

手草 手にもつもの　手草に取れる追憶の

【鍋】 鍋さげて若葉の谷へ　鍋釜もゆかしき宿や　火もおもしろきなべの尻　蝶を寝さする鍋の尻

小鍋 手なやきそ妻が小鍋の　小鍋の芋の煮加減　小鍋洗し　猿に小鍋を洗はしむ

慈善鍋 慈善鍋なんすれぞ雪　慈善鍋余所目に

【なべて】 一帯に　人間のほかなべて美し　秋草なべてさびにけるかも　松島はなべて美くし　なべて愛しかり

遍き 土に汎く霜のふる　日の光あまねく満てり　花にあまねき露しづく　やみ夜あまねき雨の音かな

押し並べて(おしなべて) どこもかも　山おしなべてもみぢ照る　おしなべて梅のさかりに　おしなべて冬さびにけり

【艶めかし】(なまめかし) 色っぽい　なまめかし胸おしろいを　軽きふるへのなまめかし　夏の夜なればなまめかしけれ

艶姿(あだすがた) 花とりどりの艶姿

色めく(いろめく) をみなへし色めく野辺に　いよよ色めき

艶なる(えんなる) 艶なる夜の黒髪は　艶に横たふ　艶なるいろの笹の葉もがも　艶に透きたる

艶めく(なまめく) かげもなまめく　なまめかぬ紅ゐは　ひとのこゝろもなまめきにけり　かげもなまめく

滑り妻(ぬめづま) 花にそゞろ浮法師ぬめり妻

濃艶(のうえん) 濃艶な紫の群落　濃艶にして待ち居たる身の

【波】(なみ) 波を追ふ波いそがしき　岸就きて崩るゝ波　波はこたへずただに寄せけり

青波(あおなみ) 青々とした波　かがやく青波ここに居る　映ゆる青波

海波(かいは) 繁き海波を　ひるがへる海波のうへに

白玉(しらたま) そのいただきの白玉の波　沖つ波来寄る白珠

白波(しらなみ) くだかで洗ふ月の白波　光りくだくる白波が白波の沖よりたてり　くぐる白波

波浪(はろう) ひるがへる波浪の響

辺波(へなみ) 岸に打ち寄せる波　辺波の来寄る　辺波な越しそ　辺にむかふ波の高く低く　辺つ波の寄する白珠

男波(おなみ) 高波　女波男波は金を溶き　寄せて来る女波男波や　雄波から雄波に隠れ

高波(たかなみ) 高浪に飛ぶむら燕　山川に高浪たつる　高波のくだくる光り　高波にかくるゝ　高潮の雁行

油波(あぶらなみ) 油を流したように寄せる波　せまりかがやくあぶら波　あぶら波音をひそむる　油　青波かがやき止まず

重波(しきなみ) 続く波　東海のよき敷波の　しきる白波

波折(なおり) 幾重にも折り重なって寄せる　海阪の汐瀬の浪折り

余波(なごろ) 風が治まったあともうねり立っている波　伊良子崎なごろもたかき　波凝の揺ぎ伝へて　朝明の波残　潮干の余波

八重波(やえなみ) 多くの波　白波の八重折るが上に

【波頭】(なみがしら) 波のいただき　波がしら立つ桟橋のもと　暗き沖べにとぶ波がしら　門に指くる潮頭

波の花(なみのはな) 浪は花さく春の海　わたつ海の波の花にぞ　桜にすゞむ波の花　潮の花も浦の春

波の穂(なみのほ) 波の秀だちの目に立つこのごろ　波のほのくづるゝ見れば　沖つ辺は波の穂白し

【涙】(なみだ) 老いたる涙　涙のやうでありました　なみだの

煮ゆる音　頬を触りつつ涙流れき　老の眼に涙たたへて

絞る　しぼりなみだも甲斐なく病むよ　咳いればしぼりなみだの　忍びにしぼる　見る人の袖をぞしぼる

濡らす　枕を濡らす夜もありき　我が袖濡らす物や何なる　折られぬ水に袖やぬれなむ

潮垂る 涙をながす　しほたるゝ身は我とのみ　長雨のしほたれ心　すまの浦人しほたるゝころ

時雨　ひとりしぐるる秋の山里　我も我もと時雨けり

露　露はもろねのなみだ哉　別れの袖における白露

涙雨　かきくらす涙の雨の　涙の雨の降らぬ日ぞなき

涙川 涙が多く流れる　袖に流るる涙川　涙川さかまく水脈の涙の川に浮きて燃ゆらむ

涙の色 血の涙の色　涙の色は袖のくれなゐ

涙目　泪眼をほそめて　涙もつ瞳つぶらに見はりつつ

落涙　君を見てわれ落涙す　紅涙となりて流れし

涙腺　涙腺ふかくゆたかなる胸　涙壺わが棄てにゆく

【涙ぐむ】　夜ふけて涙ぐみつつ　子を抱きて涙ぐむとも　涙ぐみぬるくろ髪の人　愁をつつみ涙ぐましむ

差し含む　日もすがら涙さしぐむ　またさしぐみて人恋し　何事も云はでさしぐむ　繋船岸にわれらさしぐむ

【波立つ】 波が高くなる　紅ふかき波や立つらむ　九月の光に波立ちつづき　水なき空に波ぞ立ちける

朝羽振る 朝、風や波がはげしくなる　朝羽振る波の音騒き　朝羽振る風こそ寄せめ

うねり　うねりてぞ来る最上川　うねり近づく大き波　ひかりふくれてうねりやまずも

逆巻く　さかまく波におどり込む　さかまく海の浪くぐらしむ　水泡逆巻き　火風逆巻き

逆波　逆白波のたつまでに　怒りて高き逆波は

波高き　波高き世を漕ぎ漕ぎて　高よする浪はこたへず

【波の音】　波の音はこぶ風あり　波の音をり〳〵ひゞき　濤うちし音かへりゆく　濤ひびく障子の中の

海の音　屋根越しに来る海の音　昼ひとしきり海の音　ふみきりに海の音きこゆ　海の音聞長廊下

海の声　海のこゑかなしく我に　海の声そらにまよへり

海を聴く　君樹によりて海を聴く　渚に臥して黒き海聴く　独り海聴く

海鳴　海鳴りの晦きにおびえ　海鳴りを炉にきけり　海鳴りを障子に聞いて

海嘯 海鳴　海はふくれて海嘯となる

海潮音 馬はいななく海潮音に　海潮音をとゞろかし　梵音海潮音海はこんじよう
潮騒 潮騒やぶちまけし藍に　かへれかへれと潮騒きこゆる　冬の潮騒あをあをと　沖つ潮騒　海の小琴に
潮鳴り 佐渡の海の遠潮鳴に　佇めば春の潮鳴る
潮の音 まろび寝の潮の音きく　はるのしほのね　わたつみの潮の音を聞く
【滑らか】 なめらけき赤松の幹の　底なめらかに
滑る すべる山道にねもごろに　すべりも落よ雲の峰
常滑 常滑のかぐろき石の　床なめになめ石古りて
滑る ぬめる氷の面のかぐろさ　剃刀の滑りあやぶむ
【舐める】 嘗めればやさし指の円みは　物なむる風の美さよ　音なく胸をなめて猫居り　嘗めつくしける
舐る 飴ねぶり行　病牛がサフランねぶる
【悩む】 足弱悩み　悩み吸ふ　情意に悩む　悩める魂を　世に容れられず夜を悩む　雨になやむに
思い余り 思ひあまりて身をば寄せたる　思ひあまれる息をして　ほつたりと思ひあまれば
思い乱る おもひ乱るるすがたなりけり　思ひみだるる人の子の夢　さまざまに思ひ乱るる

悩み 悩みは言はず一つ家に居て　眼の悩みある白日傘
理無き つらい　人わりなくも春の夜を泣く　わりなき涙おつるなり　わりなき恋をしたるものかな
【習い】 夜々祈る慣ひは声たたず　かはるならひの男心に　春聞くことのならひなければ
国風 国の風俗　国風しるき春は来にけり　ほこりかに国ぶり語る　諏訪ぶりを鄙とはにかみ　しめ縄も信濃の風俗
手振 古き手振の亡ぶる熱海　後つ代の手ぶりをこめて　都の風習忘らえにけり　都の風りは
習わし 好ありきするならはしも　ため息をつくならはしも　もの書くならはしも　うきならはしに
【均す】 平らにする　灰を均してしづこゝろ　怒濤を前に籾平す　人はどこでも土平す　今は月光地を平す
掻き平す 冬菜まくとかき平らし　かき馴らす塩田
踏み平す 雪踏み平し　苔踏みならす　踏み平し通ひし
【並ぶ】 断崖に君とならびて　影法師月に並んで　土鈴をここだ並べて　雀が並ぶあちむくこちむく
居並ぶ 跡に居並ぶ火鉢哉　家びとぞ居並び　ゐ並みて
差並み 並んでいること　さしなみの隣の人の
隣る 隣に並ぶ　蕪赤き里隣る　藪に隣れる住み心

並めて 並べて　羽なめて　楯なめて　船並めて　ほしなめてかずもしらえぬ　大幣小幣立て並めて
馬並めて　馬なべてゆくゆく語る　駒なめていざ見にゆかむ　馬並めて御狩ぞ立たす　大野に馬並めて
並み立つ 並びたつ　並み聳つ山に　並み樹つぽぷら　木の香あたらしく並みたてる　並み連なれりすが立ちぽぷら
並び立つ　列び立つ影のふかみに　雌鳥雄鳥の立並び
【生業】仕事 農業　蔵の香に狎れしなりはひ　生計の険しきからに　身の生業となりにけり　職業のミシンの針に
業 仕事　生くらく職業をもつや同胞　一日の業は果てねども　医師の業　流行らずなりし　業につかれとがる心の
業 仕事　業とは思はねひたぶるに吾は　偉きみ業をなし終へたまひつ　わざをなみ　陸を細めし鑿の業
糊口 生計　生活の細き糊口を　糊口のその日その日に
仕事　この洋服師仕事やめなく　田為事をへて帰りゆく　晩の仕事の工夫するなり　看板かけて賃仕事
職　職なき東京けふも曇れり　失職の手足に羽蟻　離職せり　失業から来る白眼の冷嘲
勤　つとめとすればうきこと多し　すさびをわれはつとめとす
手技 手仕事　早苗とる手業ひまなき
夜仕事　夜為事に凍れる指の　夜為事の膝にかけつつ
夜業　暗きほかげで夜なべする　よなべのつゞり
働き人　労働びとのひとつら　みな家路なるつとめびと
【鳴る】　海が鳴る　こほろこほろと高く鳴るかな　とどろとどろと鳴る夜半に
打ち鳴らす　ブリキの家を打ち鳴らす　寒木が枝打ち鳴らす　打鳴らす歯や貝のごと　こころの鉦をうち鳴し
海鳴る　海鳴るあはれ　青き海鳴る　青青と海鳴る　和田津海の鳴る日は　曙に海鳴りわたれ
風鳴る　風鳴りは向ひ木立に　唐きびの葉の風に鳴る　春風鳴つて　電柱に風鳴る夜なり
鳴らす　水深く利鎌鳴らす　錨の鎖 鳴らすひびきか　野辺の琥珀を鳴らすかな
山鳴　凄まじく山鳴りどよみ　浅間山山鳴きこゆ
【馴れる】　だきしめに馴れし女の　秋の日の蜂狎れやすし　馴れしベンチに
面馴る 見なれる　星合ひの影も面なれやせむ
里馴る 人里になれる　山郭公里馴れて
手馴れ 使いなれた　わが夫子が手馴れの御琴　手なれし鎗を

たなれの駒に　折れて惜しむ手馴れの針を

手馴らす　人の形見と手馴らせば　手馴らし、猫の相と　にほひなじみぬ

馴染む（慣れ親しむ）　馴染みたる黒猫なりき　なじみなき山の相と　にほひなじみぬ

なずさう（慣れ親しむ）　えせ幸ひになづさひて　月のかげにもなづさはりつつ　くらき隈々を舞ひなづさへり

懐く　兄のごとしたひなつけば　なつかぬ鳥や杜鵑

馴寄る　鳩にすら心馴寄りて　馴れてよりくる海鳥に男きて狎れがほに寄る　君の馴寄るを

馴れ馴れて　かしこき人になれなれて　われの寝顔になれなれて

【縄】　鳴子の縄に干してある　木部屋の裏のくされ縄

火縄　火縄をふると　火縄をぶんぶん廻しながら

荒縄　あら縄は解きも放たむ

うけ縄（浮きをつけた縄）　海人のうけ縄　小鯛引く網のうけ縄

栲縄（楮(こうぞ)の皮で作った縄）　栲縄を海に浮けて　海人の栲縄　栲縄の帆綱手にとり

縄綯う　縄なう母　縄なひゐたりふるさとの家

命綱　岩蔦菖採の命綱

綱　声あげて曳く太綱の　綱づたひおりくる吾子

綱手（舟を引く綱）　海人の小舟の綱手かなしも　強く引く綱手と見せよ　つなでづたひにきぬる葛花　綱手解き

【苗代】　苗代床浮くばかり降る　蛙なく苗代小田の苗代の密なる緑　苗代の雨緑なり　苗代を見て来し心

代田（田植の準備のできた田）　代田出て　代田の水たひら

苗田　苗田の水に鎌研げる　真澄なる苗田の水に

苗代水（苗代に引く水）　一坪の苗代水や　苗代水や星月夜　なはしろ水を空にまかせて　苗代水の畦づたひ

【南国】（南の国）　南国の春の朝つゆ　南国の木の実を吸へばいく温室の南国の花　南国の椰子のしげりを

南方　南方を恋ひておもへば　南方の花のかをりか　白鳥の倚る南方のやま　南方の星座はひらけ

南の国　南の国に逝きまし父　南の国の春の夜の星

熱帯　熱帯の海は日を呑み　椰子の実みのれる熱射の陸

に

【荷】　荷鞍ふむ春のすゞめや　荷がちら〱と通る馬次　汗の荷を　風花や葱が主な荷

一荷（一人が肩にかつげる荷物）　一荷の牡丹送りやる　一荷で値ぎる　花の一荷や草の市

魚荷　魚荷の押送　魚荷の上の柿もみぢ

片荷（半分の荷）　片荷は涼し初真瓜　片荷ゆるみし孕馬　片荷

は酒の小春かな　乾鮭の片荷や

高荷　岨道を牛の高荷や　うづたかく繭荷おろすと

荷物　手荷物のかたへに　世の中は重い荷物だ

初荷　通りぬけたる初荷かな　寒風の初荷

【似合う】　形に似合し月の影　顔に似合ぬ

相応う　身にふさふ幸をしも祈りつゝ　麦に菜花にふさひつ、咲く　おくつきにふさはむ色の

宜しき　家によろしきあさがほの花　時鳥きくによろしき　秋は別れの笛によろしき

相応わず　梅にふさはぬわが髪の乱れ　身にふさはずも

【新室】（新居）　新室に歌よみ居れば　新家の目安き角も　新室の壁草刈りに　新室に清住む二人

新居　新しき家居の門に　赤き煉瓦の新らしき家居

【匂い】　古汽船のあぶらの匂い　揉む瓜のにほひうすらに　乳汁のにほひ悲しかりけり

雨の香　雨の香を鳩の羽に見る　葉桜の雨のにほひを

海の香　海の香ぞしとど身に沁む　朝明けの海の香　入江に満つる海の香も　大海のしづかなる香ぞ

草の香　長閑き園の草の香や　星かげまばら草の香高き　香濃き草こそなけれ　一茎の草の香さへも

麦の香　大麦の香になに狙ふ　刈こみし麦の匂ひや

潮の香　上げ潮の香の　潮の香ぐん〳〵かわく

炭の香　炭の香のなみださそふや　炭もにほふや春火燵　炭の香に衣の香に

血の香　夏草ながう血の香にゆるゝ　血の香吹くらむ汐風に

土の香　雨後の小庭の土の香を嗅ぐ　鳶色の土かをるれば　新嘉坡の土の香は　土の香のさびれに咽ぶ

水の香　水の香ぞする　あけゆく水の匂かな

藻の香　藻の香は海にあふるなり　海藻に匂ふ

体臭　太きかな師の体臭と　煙草を吸はぬ君が体臭　鉄はこぶ人の体臭の　わかい男の強い体臭を

肌の香　肌の香と　君が肌の香　妖魔の肌の香

人香（物や衣にしみこんだ人の匂い）　人香絶えたる霊跡に　蜂人の香をめぐりけり　人香にしみて

【似顔絵】　はてしない夜の似顔絵を描く　泣く母の肖顔

写し絵　うつしゑの笑めるが如し　最近のわがうつしゑを

自画像　ゴオガンの自画像　自画像の青きいびつの

肖像　肖像に黒きリボン結ばず　油絵の肖像のまへに

御影（死んだ人の姿や肖像）　み仏のみかげあらはに　君が御影の

【苦き】 苦味　にがきがなかの白湯の味　寒鮒のにがきはらわた　実はほろにがし　もの丶ふの大根苦き
口苦き　口苦き煙草を折りて　口蓋に喫煙にがく
酒苦き　この酒のにがきが悲し　酒にがくなりてさびし
【二月】　二月の雪の二三尺　人のよく死ぬ二月また
二月猫　二月の空は虚しい　二月の雲象かへざる
如月　如月の山に遊べば　そのきさらぎの望月の頃　きさらぎの春の面に　きさらぎの麦生に向ふ
修二会 お水取　修二会僧　修二会の闇を手につかむ
初午　初午の祠ともりぬ　初午や物種うりに　始午の日
【握る】　ぢつと子の手を握る　石握り見る掌　炉に焼てけぶりを握る　握れる砂の指もりて行く
一握り　一握り雪をとりこよ　一握の米をいただきいただいて　柴の爪木の一にぎり　一握の砂を示しし人を
手握る　掌に一つ手にぎる　手握りかへし
拳　怒りを握るこぶしあり　無数の拳ゆく　種播く拳閉じ開く　拳をあげん　つきあげし拳ひとつ残して
摑む　箸を摑で寝る子哉　肩につかまる幼子の　颶風が摑んでゆする　鯨も摑む
【賑わう】 栄える　賑へる那覇の湊に　枯草の中の賑ふ　貝殻と蟹で賑はつてゐる　賑はふちまた路家裏には
賑やか　春の草山にぎやかだ　水皺にぎやかに
賑わい　声ばかりなる賑はひのゆく　春の日の賑はひのわが身に遠き街のにぎはひ　にぎはひのなかにあれども
賑わしき　賑はしき霜月芝居　今年の田植賑はしきかな
【肉食】　落ちゐぬさまに肉食をせり　ながき夜を肉食しけり　昼の肉食す　肉食ひゐたり
薬食　妻もこもれり薬食　くすり食人に語るな　皿でまねくや薬食　長生に薬食い　酒盛に成くすり食
肉　冷し肉は皿につめたく　焼くるとよりは烹ゆる肉　肉をしきりに食ひ切らむとす　ロオスをつつく群集
ハム　ハムをつくり羊毛を織り　厨に残るハムのにほひ　ハム食へば一片厚き　ときいろのハム新鮮に
【憎む】　友の言葉を憎みつつ　こゝろしきりに君を憎めり　恋ふにひとしと聴きて憎みぬ
憎悪　われの憎悪の目を貼りつけ　憎悪の言葉とならう
憎き　にくき人かなほと丶ぎす　うすわらひするをんなの憎さ　あな面憎き人妻や
憎しみ　夏の日なかのにくしみに　言葉は語尾より憎しみを生む　地下鉄の顔が呼べる憎しみ

に

【荷車】 押して行く繭の荷車に　うつくしづまに荷車おさす
大八車 二台の月夜　二押し三押し猫車
トロッコ 春山を削りトロッコ　トロッコを子が駆りトロッコを押して　転覆し置く寒暮のトロ
リヤカー リヤカーの二人に　女リヤカーにまぐろの
荷馬車 荷馬車に山に積み　荷馬車の音ぞ澄みて

【逃げる】 歩行て逃げる蛍かな　声あり逃げよ逃げよと誘なふ　立ちて逃ぐる力欲しくて　鰭ふりて逃ぐ
遁走 遁走の蟬の行手に　遁走によき距離
逃げ所 逃げどころなき心なりけり
逃れる のがれ来しこの故郷も　隈なき声をのがれむとすも　鵜をのがれたる魚浅し　都をのがれ
逸れる 馬酔木の雨にはぐれ鹿　道づれの一人はぐれし　心はぐれしかなしき二人　蝶にはぐれて

【濁り水】 汲みたる水の垢にごり　濁り水にものかげうつる　濁り水動くが上に　地獄谷濁れる水の
赤錆水（色の水） 赤錆水の岸のべに　草の中の赤錆び水に

【濁る】 淡き濁りぞ充ちわたる　濁りたる瞳のひとに足よはのわたりて濁る　蛙に濁る水やそら　いとゞ濁りて
濁流 近より見れば濁流墨田　濁流おつる夜の音を山を廻れる濁流とわれ　秋の濁流張り流れ
濁り川 にごり川どよみて鳴れば　にごり水する川をのぼりぬ　濁り川濁れる水に
赤濁る 赤濁る空の太陽に　赤濁みて出水流るる
細濁り（少しにごる） 水おぼろかにささ濁り見ゆ
濁り江（水の濁った入江） にごり江を鎖す水泡や　月も宿らぬ濁江に　にごり江の隅
濁り空 空の濁りのいや漂へる　炎天の底濁るかに
濁り波 濁波を揚ぐる　逆しまに波かき濁す
白濁 白濁は泉より出で　つるぎ研ぐ白きにごりも
濁りなし 大空は風濁りなし　にごりなく浪さへもなく　にごりなき亀井の水を　にごりなき世の

【西】 西にくれひがしに明て　西ニツカレタ母アレバ西へ行く月をやよそに　西か東か
西方（西の方角） 西方に浄土の富士や　西方に飛騨の高山
乾（西北の間） 熱海の戌亥となり村　乾のかたと
西風 西吹ば東にたまる　西風吹きつくる白壁の　西北風の波に浮かびつつぞ寄る　風は西吹き又みなみ吹く
西空 ばら色の雲西空を　西の空雲間を染めて
西日 遠ざかりたる西日かな　西日はげしき小家かな

秋の西日に蝶染まり　春の海の西日にきらふ

西窓　西窓に日ねもす鳴りぬ　暁さむる西窓の

【虹】　もろき虹の七いろ恋ふる　まくらの人に虹落ちて

春の虹　ああ身をそらす春の虹　土筆むらがり春の虹

夏の虹　日のくれ方の夏の虹

秋の虹　秋の虹ほのくらく樹を　秋虹をしばらく仰ぐ

冬の虹　虹たちて明れる冬の　冬の虹湖底くらきに

冬虹の光まがなし　われも立ち見る冬の虹

朝の虹　朝の虹淡し　水にうつった朝のにじ

夕虹　山に夕虹なびくを待たむ　湖なえて夕虹高し

【日記】　わがまへにわが日記　日記白きままあり　日記の恋歌　日記を買はぬ　わが旧き日記皆やきすてん

旅日記　旅の日記かく春雨の宿　火かげ日記くる秋の旅びと　日記を背負へる流離の一人

初日記　初日記いのちかなしと　日記をしも初めて付け

【日蝕】　日蝕下だましだまされ　日蝕のこのとき　日蝕にいぶかしげなる　日食にこころいきほふ

月蝕　女ゆきて月蝕はじまりぬ　月蝕を見たしとせちに蝕を終へし月たかだかと

蝕　日蝕 月蝕　蝕の風起る　蝕の日へ　半ば蝕する影の如

【荷う】　担ぐ　したゝかに稲荷ひゆく　になひてくだる

揚荷　揚荷のあとの月夜哉　古濠ばたの荷揚人夫ら

剛力　勧進帳の強力のごと　荷ふ強力

荷牛　うなじ伏せたる荷牛かな　荷牛は歩む　荷牛ゆつたりと　ひとり歩く木曾の荷牛の

荷馬　糞落しゆく荷馬かな　秋の日うけて荷馬やすらふ　駄にあえぐ馬人　駄にあえぎつゝ廃馬ゆく

荷足　荷足の脚重く　荷足の小兵づれ　荷足男が担ひ

【睨む】　はつたと睨む森の眼を　よるのよこがほにらみつけ　秋空を睨みてあれば　八方を睨める軍鶏や

険しき目　人々の瞳のけはしさが　そのけはしき眼

見返す　見かへす目ぞほのかに耀よひ

【似る】　蚕子の繭に似る花を　焼きたての麺麭に似たりと　糸に似る雨ふり花は　翼撃たれし鳥に似て

相通う　通じ合う　人等のぬくみ相通ふ　相通ふ者とては

相似る　互いに似ている　悲哀あひ似たりや

恰も　形あたかも陰画の如く　あたかも似るか

空似　空似とは知れどなつかし

似通う　あまり似通ふ面ざしや　我に似かよふ木の椅子の　疲れし魚に似かよへるわれ

に

【煮る】 色としもなき煮梅哉　煮しめの塩のからき早蕨　酒麩煮えたつ　夜深く唐辛子煮る

煎る 海老煎る程の宵の闇　煎りつけて砂路あつし

煮える 大根の煮え来りけり　煮ゆるにほひに

焙る あぶりて食ふ酒の粕　凍て蜜柑少し焙りて　干鱈あぶりて

火取る あぶる　火どりてくれしにぎりめし

【庭】 庭をいさむるしぐれかな　たそがれの庭うすき月光　や、癒えて降り立つ庭の　桜ひともと月の庭

秋庭 秋庭の闇見てあれば　まちこひし庭の秋萩

朝庭 朝の庭　朝庭の小草のしめり　朝庭の松雀が鳴く

荒庭 庭すこし荒れて　荒れ庭あはれ

裏庭 我がうら庭は雨にひたりて　裏庭のひよろひよろ桜

場 場所　たゞ流血の場にして　婚礼の場の　殯の場の　競ひの場に　祭の場か　いくさの場に　舞々の場

庭隈 庭の片隅　氷雨ふりくる庭隈に　庭隈の低き若葉をなほ庭隈に枯れのこる　庭くまの茗荷の畑に

庭べ 庭べの土に　にはべのあした　み庭べに

砌 庭のこと　はぎのはなみぎりしみゝに　宿の砌に

夕庭 夕方の庭　夕庭は一樹の梅の　夕庭に水うつなべに

庭先 縁側に近い庭　ぬれひたりたる庭前の　湯をつかはする庭先に　枯菊のこる庭のさき　鶏頭の花黄なる庭さき

小庭 小さい庭　蟇這ふ小庭　故里の小庭の菫　小庭ともしも

小庭べ わがさ庭べの甕のみづ　小庭辺わたる初秋の風

狭庭 狭庭の隅の蟾蜍のこゑ　狭庭の石にもの云ふ　なぐさみに狭庭に蒔ける　小庭も荒れて

坪庭 内庭　坪庭の薄のい照り　老舗の奥の坪庭へ

庭面 庭の表面　小暗い夜の庭面は　庭の面をゆきかふ鶏の　庭の面はまだかわかぬに

【庭石】 月に白める庭石や　庭石の苔を見に出る　庭石ほのと濡れてあり　庭石のくぼみにのこる

岩橋 飛び石　荒れたる宿の苔の岩橋

飛石 青き飛石に鶺鴒が来し　障子あけて飛石みゆる

【俄かに】 急に　俄かに床は冷えきつ　にはかなる暑さに　夕の色にはかにせまる　にはかに恋しふるさとの山

颯と 一枝の雪颯と落ちて　蝶颯つと　風颯としてそらを行く　さと染めし頬へ　さと分くる風ここちよき

つっと 花の中よりつつと出て　ツツと花火揚がる

頓に 急に　夕風とみに昏うなる　蜩とみに減りしよと

はたと はたと合ふ眼の　比叡颪の音はたと絶え

発止　御空より発止と鵙や　はつしと蚊を

むらむら　むら〳〵と半空おほふ　むら〳〵くもる夕立の空　むらむら咲ける　ただむらむらと

【庭木】　庭木に乾く藁の音　庭木のぼる蛇見てさわぐ

木鋏　木立の奥の木鋏の音　松葉刈る鋏のおとする

前栽（植え込み）　前栽に時雨の音も　前栽に面した座敷

庭師（植木職人）　松の木に庭師来て居り　庭師午砲に立去れり

橐駝（植木職人）　橐駝来て　たくだ等が貝細工花といふ

【人形】　うしろ向けても京人形　お人形抱いてもさみしいな　人形の家よと　人形はどれも愁ひふくみて

紙人形　紙の人形のひとおどり　紙人形をならべゐる

菊人形（菊細工）　菊人形たましひのなき　菊細工すたりて

人形芝居　人形芝居幕をひく　人形芝居の硝子越しに

埴輪　埴輪の顔　埴輪出土炎天歓喜の　埴輪出づ　裸形の埴輪　可愛しき埴輪　鈍の馬埴馬のごとき

蠟人形　白蠟の人形めきて

【縫う】　屛風百花の縫ひつぶし　縫ひさしの糸のもつれを　え堪へず裂きぬ泣きて縫ふ衣

ぬ

縫物　ぬひものゝ裏むつかしき　縫物や着もせでよごす

物縫　物縫ふ心とならず　言葉すくなに物縫ひてあり日かなかなしくものなど縫はむ　物ぬひや夢たゝみこむ

裁つ　衣裁つ吾妹　衣裁ち違へし　やや大に裁て　羅を裁つや　着物裁つとて尺もちて

針　針の手とめてといきしぬ　針のひく糸の尾ながき光る針縫い　ぬふ針の一針毎に　針ぞ恋しき

針供養　火鉢に凭りぬ針供養　男も遊ぶ針供養

針仕事　宵に残りし針仕事　旅の男の針仕事　一人裁縫の針はこぶかな　君が裁縫の手をとめて

針箱　小さき針箱とり出でゝ　針箱はなつかしきもの

針山　針山も紅絹うつろへる　色さめし針山並ぶ

釦　月夜の晩にボタンが一つ　訪ひ来し人のカフスボタンに　ボタン一つのかけちがへ　拾つたボタン

ミシン　裁縫器の幽かな音に　ミシン踏む足のかろさよ

肩上　肩上あとの針目さびしき　かたあげ春はとらむ君

【ぬかり道】　五月のぬかり道　いづこさ月のぬかり道　先やさつきのぬかり道　夜ふけて戻る泥濘みちを

泥濘　泥濘におどろが影や　泥濘の死馬　泥濘のつめたさ　泥濘に撃ち進む

春泥　春泥に映り歪める　春泥に影濡れ〳〵て　春泥の上に求食れど　春泥の街に　春泥に小犬は鼻鳴らしいる

【脱ぐ】 看護婦白衣脱ぎて病む　さしぬきを足でぬぐ夜や　葬式のきものぬぐ　泥の手袋草で脱ぐ

脱ぎ捨てる また一枚ぬぎすてる　脱ぎ棄てし君が草履に

【温もり】 ぬくもりの失せた掌を　ぬくもりがほの冬日かな　咳き入りて身のぬくもりし

温き 温室ぬくし　畔ぬくし　暖き卵を　ぬくい春の夜　冬ぬくく　ぐつたりと鯛焼ぬくし

温とし 鰯あぶりてぬくとい日　会堂の宵のぬくとさ　息の触りの暖とさ　冬の花粉の如く温とし

温み（あたたかいので） 秋日をぬくみ

温み 真陽のぬくみをおぼえくる朝　肌のぬくみの溶けて行く　稚柔乳のほのぬくみ　沙のぬくみを忘れえず

ほかほか ほかほかと食めば　やけ土のほかり〳〵や

温む ほつかりと地面ぬくみて　野面ぬくみて　われを温めて冬陽こまやか　手中でぬくもると

温まる 桜にあたたまる　ひとり牡丹のあたゝまり　梅あたゝむる春日かな

【盗人】 盗人の首領歌よむ　世を騒がしゝ強盗の

花盗人 花盗人ほゝえみながら　花盗人の跡を追い

海賊 海賊の船など来たれ　海ぬすびとの船見ゆと

山賊 山賊の煙草くゆらす　山賊の顔のみ明かき

賊（盗賊） 賊ありて宝をうばふ　賊にくみして

泥棒 芋泥坊の二人ゐぬ　早春や空巣吹かるゝ

【内】（内・中の古語） 草家ぬちの　蚊帳ぬちの　手ぬちの楓　空ぬち深く　厨内　垣内に　闇ぬちに鷺の匂ひの

国内 くにうちに飢泣く民の　しきしまの国内の花

国中 たひらなるくぬちことごと

園内 廃れすさめる園内に　煙は深し園の内

中処 しづかなる空の中処に

部屋ぬち 部屋ぬちに射す朝日かげ　狭き部屋ぬち　室ぬちにこもるしめりを　室内のともし明るし

身内（体の中） いまだ身ぬちにやまひあり　刺のごと身ぬちにいたし　身ぬちの力萎へ果て　身うちの痛み

家内 小暗かりける家内に　家ぬち案内してをり　家ぬちは足らひてあれど　ちよこなんと家ぬち居りけり

内（家） 馬に出ぬ日は内で恋する　今宵の月も内でみむ

家内 おのが家内を盗人のごとく　家ぬちに入りて

【沼】 淋しき沼の無月かな　沼波の青沁むべしや　青沼にくつがえる　沼の肌へに　沼に灯映す街もあるべし

小沼（おぬ）　隠れる小沼の　山かげ小沼の
沼尻（ぬじり）　川となって流れだすあたり　沼尻の水に雲　沼尻より漕ぎ来る船は
沼水（ぬまみず）　沼水に捨てし秋蛾の　沼水にしげる真菰の
氷沼（ひぬ）　礫うつ氷沼のひびきを　氷る沼　沼氷るひびきよ
深沼（ふけぬま）　深沼の小黒水　深沼の岸に尽き
古沼（ふるぬま）　古沼に苗舟漕ぐや　松の花降る古沼に
水沼（みぬま）　水をたたえた沼　かすかにも水沼のあなた　水沼と水錆
山沼（やまぬま）　山ぬまや青葉おもたき　山の沼に
隠沼（かくれぬ）　隠れ沼の下はふ葦の　隠れ沼の沸きたつ音を
隠沼（こもりぬ）　草などの下に隠れている沼　隠沼のひかるとすれや　隠沼の水量あがりて　こもり沼のまひるの陰り

【塗物】（ぬりもの）**黒塗**（くろぬり）　黒ぬりの車つゞきて　黒塗の椀と箸とは　黒塗のぴあののふたに　黒ぬりのかろき木履の
漆（うるし）　朱の漆　碧き漆の　朱き漆の
黒漆（こくしつ）　黒漆の山立ちならぶもと　黒漆の虫朱の甲の虫
赤塗（あかぬり）　赤ぬり馬車に春の雪の　赭塗りの橋
朱塗（しゅぬり）　赤塗　塗り朱き門を　西にいそぐ朱塗の駕籠の　塗り返へされしぽすとの朱の色
丹塗（にぬり）　赤塗　細き丹塗りの格子より　丹塗の堂
青塗（あおぬり）　青塗の瀬戸の火鉢に　青塗の馬車

ぬりもの――ぬれる

【温き】（ぬるき）　扇風機が造るぬるき空気にて　冬芝のかげろひ温き　日のかげぬるき
生暖き（なまあたたかき）　なまあたたかき指ふれじ
生温き（なまぬるき）　生ぬるき恋の文かな　なまぬるき昼の火事

【温む】（ぬるむ）　冷えてはぬるむ通草かな　陽にぬるむ流れにうは温む水泥がなかに
水温む（みずぬるむ）　寒さがゆるむ　乏しき水のぬるみけり　夜学修めし水温む　恋や事業や水温む　天を忘れて水温む

【濡れる】（ぬれる）　やどる月さへ濡るる顔なる　ぬれし蛍の袖より袖へ　ずんぶりと濡れてけふも
しののに　びっしょりと　かはぎりにしぬゝにぬれて　しののに濡れて呼子鳥　霍公鳥しののに濡れて
そぼつ　葬場の屋根濡れそぼち　雨にそぼてる梅が枝の　花の雫にそぼちつつ　思ふ涙にそぼちぬる
そぼ濡れる　濡れそぼち行く鶏頭のはな　そぼ濡れて竹に雀が　白夏花のそぼ濡れて咲く
立ち濡れる　われ立ち濡れぬ　暁露にわが立ち濡れし
濡れて来る　ぬれ来し女ひそまりて　濡れつつ来ませ
濡れて行く　ぬれて行や人もおかしき　青磁のいろに濡れ行きぬ

濡らす　饅頭を夜霧が濡らす　終電車を濡らしゆく雨
濡れ衣　旅衣濡れしをあぶる　あま人の波かけごろも
濡れ土　さみだれに黒く濡れていし土　濡れた土・棺
埋めし手に　濡れ土に影濃き蟹の
濡跡道　五月野の濡跡道

ね

【根】　くらやみが木の根にからみつかれ　根により花のわかれかな　根に帰る花やよしの、
白根（土中の白い部分）　玻璃の水草白根漲る　沢の小芹の根を白み
しらねしぬぎてしみづわくらし
根生う（根づく）　夜闇に根生ふ　根生ひの福寿草
根扱ぎ（根こそぎ）　大木の根こぎたふれし
本立（草木の根元の生い立ち）　幹立しるし丘のけやきは　蘆の本立
【寝息】　幼児のねいきしづけき　しづかなる友の寝息
や　熱とれて寝息よき子の　木枯も使徒の寝息も
鼾　鶏頭みては又鼾かく　父の鼾声家に満つ　一間より僧の鼾や　鼾静かに看護人　夢と鼾ときりぐ〜す
【願う】　とく来よとねがふ心を　大方の幸は願はず
平凡の長寿願はず　彼岸をねがふ　願はくはわれ春風に
希望　希望はあたゝかい愛の毛布で　希望と夢と小鳥と
花と　わが若き日を燃えし希望は

冀う（つよく願う）　命生きむとこひねがひ　生きのこらむとこひねがふ　請い願う群れのひとりと
願い　その願ひ梶の一葉と　我の願ひはいと脆し　幾秋の願を夢に　和解の願ひ人にとどかず
望み　此世に望みないやうに　よろこびと悔と望みと
ひそかに今日の望を葬る　希望にそはぬ悪戦の　希望に似たるおもひにて　希望の星を導きて
あらなん　散らずあらなむ還り来るまで　大船に楫しもあらなむ　衣しも多くあらなむ
有らば　春もあらば　心あらば　一つ屋も二人しあらば　母あらばなど想う日の　さびしき日もあらば
有らまし（前もってあれこれ考えること）　なかなかに黙然もあらましも
野はあらましの梅の明ぼの
泣かまほし（泣きたい）　ただひとり泣かまほしさに　泣かまほしさにわれひとり　泣かまほしさに街にいで
もがな（〜があればなあ）　人に物遣る蔵もがな　ふるさとに行く人もがな　窓掛をさす月もがな　都へゆかむ友もがな
【寝転ぶ】　畳の上に寝ころばう　寝ころぶやからだ一つ
寝ころんで蝶泊らせる　ころり寝ころべば空
臥る　なほ臥るわが枕べに　芝生に群れて人臥れり

母一人臥りいませり　障子を見つつ一人臥るも
ねまる（寝そべる）子の間に寝まるなり　雨にもねまる蝸牛
【寝覚】　独ねざめの夜寒哉　寝覚めつつ長きよかなと
　昼寝ざめまだうつつなし　ものうき寝覚
驚かす（目をさまさせる）あかときの夢おどろかし　鹿おどろかす
　うち驚かす　驚かすまで
覚め際　かなしき夢のさめぎはに　酒のさめぎは
目覚め　暁の白き目ざめに　春水の眠りを覚ます
目覚める　どくだみの十字に目覚め　真夜中に目覚め
て思ふ　目さむれば聞こゆ　寒星のひかりにめざめ
寝覚の床（眠りからさめてそのまま臥せている床）ひとりねざめの床もたのもし
【鼠色】　妹の日傘も鼠色　こいねずみ
藍鼠　藍鼠似合へる袷も　影する雪の藍ねずみにも
銀鼠　土龍の毛のさみしい銀鼠　銀鼠色はかはたれの色
　このもかのもの銀鼠　銀鼠にからみゆく古代紫
鉛色（鼠色）鉛のいろが悲しすぎるよ
灰色　海は灰色の水槽となる　海ぞふくらむ灰白色に
　灰色の雲を透かして　淡い青灰色の壁に
利休鼠　利休鼠の雨がふる　澪の雨利休鼠と
【妬む】　みづみづ尖る乳首を妬む　恋も妬みも姿さだ
めず　嫉妬の風の吹きしより　妬みふかきわれにも会へり
嫉妬　面にやさしき嫉妬をみする　あはれ鋭き嫉妬が
わきぬ　嫉妬の眼折々交す　嫉妬に似た讃嘆に
妬心　妬心ほのと知れど　椿落つ妬心の闇の　妬心もなく
妬ましき　昨夜の泊の唄ねたましき　ねたましくさへ
思へるものを　妬たや七夕雨ふらばふれ
【ねだる】　菓子ねだる子に戯画かくや　ねだられて鞠
かゞりけり　母にねだらむ　両手の貝を千鳥がねだる
歌乞う　み袖とらへて歌乞ひぬ　都の歌を乞ひまつる
乞う　市にもの乞ふ　緑児の乳乞ふがごとく　食物を
乞ふ　炎天をいただいて乞ひ歩く　愛少し賜へと乞ひつつ
欲る　しばしの安寝欲るがまにまに　わが欲りし雨
は降り来ぬ　たばこ欲りあまきもの欲り
【熱】　人間並の風邪の熱出して　しづかにも熱いでにけ
り　熱の眼のうるみてあはれ　熱高き日の癖とのみ
熱下がる　熱さめし我が稚児ら　熱下りて蜜柑むく子
の　熱とれて　熱退きぬ　落ちし熱手帳に記し
熱の子　まろ寝して熱ある子かな　熱の子に夜明ひた
待つ　熱高き子に水汲むや
熱病　熱病の闇のをののき　高熱を病む　熱たかく病む

微熱 閑雅なる微熱 微熱あり 微熱の午後の照り曇り

【熱気】熱れ いきれにあへぐ子のくちに 青空の宵のいきれに 干草のいきれ

草熱れ つゆばれの草のいきれよ 窓から這入る草いきれ 蝶噴き上げて草いきれ 雲までの草いきれ 草いきれ人死居ると

人熱れ 退かぬ暑さの人いきれ 人のいきれぞほとばしる

ほめき 熱きにほひて昼たけにけり 鳩の毛の白いほめき なまめきのそのほめき 雑木のほめきかな

【寝床】 寝所焼かれし雉の顔 アヲジロイアサノネドコデ

寝所 寝所や梅のにほひを あたたかき寝所わが思ふなる 二三畳 寝所もらふ 寝所に誰も寝ていぬ

小床 はなれがたかり朝の小床も わが病める小床を

小夜床 しら砂を小夜床として 眠られぬ小夜床さむし

敷寝 ゴザなどをしいてねる 蝦夷松葉敷寝の民の 霜を着て風を敷寝の 秋蟬の終の敷寝の 花を敷寝の蛙哉

床 墓場のやうな万年床の中で 床にも入るやきり〴〵す すみれの床にかりねせん

床敷く 一夜の床敷きくるる処女 白雪の床敷く道を

床ぬち 床の中 松雀が鳴くを床ぬちにきく

床辺 いたつきの床辺の瓶に 床の辺去らず

臥所 あがふしど 臥所あせぬと鹿思ふらん 青草の君がふしどに 地の臥所の 臥所に入し雨の蝶

夜床 くらき夜床に独ありて 夜床のくしきはなしをぞする ゆがみたる夜床のままに

塒 寒き塒に起臥して 暗き塒に独りさめ

【寝巻】 新しきネルの寝巻の 寝巻の上へインバネス

小夜衣 小夜衣着て寝しことを しぐれに濡るるさ夜衣かな やはらかき小夜着の中に

夜の衣 なみぢへだつる夜のころもを 夜の衣を反してぞ着る

【眠たげ】 夜寒とひあふねむたごゑ ねむたげに電車あゆめり ねむた顔なる春の宵 針持てばねむたきまぶた

寝惚ける 寝ぼけた様な三昧の音 人間の街は寝おびれる

宵寝 月に宵ねの夏すがた 宵寝起すや大文字 わが病める宵寝の床に あぶらかすりて宵寝する秋

宵惑い 夕方から眠い 我もかもねん宵まどひ

寝不足 眠不足のつかれし瞳 だるい寝不足 健かにして寝足らぬ心 いね足らぬ朝の心を

【眠り】 眠りの箱の蓋ひらく　ねぶりもよほす浪の音かな　眠り足らひしわが目見に

寝汚く　いぎたなくぬる　恋猫のいぎたなく寝て

一寝　雁きゝてまた一寝入　わらぢながらに一寝哉

昏睡　うつろな夜の昏睡へ　幾日幾夜の昏睡を醒めぬ

魔睡（深い眠り）　歓楽の後の魔睡や　いまし魔睡す

眠る　とろりとろりと睡るべし　母のふとんに眠りたし　このままにただねむりし　そのつもりなくまた眠り

ねぶる（眠る）　ねぶるわらはのうつゝなき　洲鶴眠りて

【閨】（夫婦の寝室）　閨のとばりは隙間風　閨へも入らじ濃紫　閨のくろかみ　手枕なるる閨の月影

閨房　閨房に昼の日高し　閨房の絨氈

紅閨（貴人の寝室）　紅閨に簪落ちたる　翠帳紅閨

妻屋（夫婦の寝室）　吾妹子とさ宿し妻屋に　妻屋さぶしく

夜殿　君が夜殿は　秋の夜殿にみつる香の

【寝られず】 い寝られず　寝られぬ夜は人をにくめる　蚊ひとつに寝られぬ夜半ぞ　寝られぬ夜半を呪はんや

寝がて（寝られない）　いねかてに寝こけし猫を　いねがてに耳澄みくれば　いねがての春の一夜を

寝ねず（眠れない）　この夜さをいねずし歩む　風の夜をいねずあり　咳き喘ぎ寝ずて明せば　妹に恋ひ寝ねぬ朝明に

不眠　不眠の夜また来むとして　われに不眠の夜をあらしめよ　幾夜の不眠

【寝る】 寝る夜ものうき夢見かな　一羽来て寝る鳥は何

寝ぬ（寝る）　人寝ねて蛍飛ぶ也　よべ寝ねし村を歩み出　抱き取ればすぐ寝ねし児や　あそびつかれていねし子の

寝しな（寝てすぐ）　いねしなの蕎麦湯のあたたまり

浮寝　海原に浮寝せむ夜は　浮寝悲しきゆらの湊に　鴨のうき寝の　波荒るゝなり浮寝鳥　浮鳥の美き夢ゆれて

空寝（寝たふり）　犬の空寝や春の雲　猪の狸寝入や

寝あまる（寝あきる）　遠足や生徒寝あまる　寝あまる夜といふとし　庵に寝あまる祭り客

寝入る　旅のつかれに君寝入る　寝入かねたるかもめかな　鳥共も寝入つてゐるか　寝いらぬに食焼宿ぞ

早寝　人の早寝や落し水　つかれごころに早く寝入りし

寝返り　寝がへりに鹿おどろかす　軒下に犬の寝返る　また静やかに寝がへりをする

寝姿（寝相）　暖かさうな寝すがた　若さをほこる寝姿の

寝冷　寝冷子の大きな瞳に

【年賀】（新年のあいさつ）　廻礼の人めも草も　門礼や草の庵にも

ねむり——ねんが

ねんねん――の
おくれ年始のとまり客

賀客（がきゃく）　賀客のベルのまた響く　慕ひ来りし賀客かな

御慶（ぎょけい）　この春は御慶もいはで　川むかふから御慶いふ　梅提げて新年の御慶　我顔に御慶申さん

年玉（としだま）　年玉の襟一かけや　年玉の手拭の染　年玉の手拭たたむ　年玉扇

年祝ぐ（としほぐ）新年の祝い　年祝ぎのよそほひもなく　しめ縄かけて年ほぎにけり　としほぎ草のさち草の

礼者（れいじゃ）　たそがれの雪の礼者と　ひそと去りたる礼者かな　梅いけて礼者ことわる　病床を囲む礼者や

年賀状（ねんがじょう）　返し賀状は書かずけり　賀状東西南北より　いつか賀状も絶えにけり　友の賀状のきびしき筆あと　猫に来る賀状や

初便（はつだより）新年最初の便り　伊勢の初便　まず淋しさの初便り

【年年】（ねんねん）　年々ちさき母のあり　年々に空地へりゆく　年々の酔ひどれ礼者

年年（としどし）　年々や家路忘れて　年々や猿に着せたる　としどしや桜をこやす　あら玉のとしどしのはに

毎年（としのは）　毎年にかくも見てしか　毎年に梅は咲けども　毎年に春の来らば　毎年に鮎し走らば

【念仏】（ねんぶつ）　死なせし魚に念仏まうす　花にも念仏申しけり　かたや念仏の冬の月　夜念仏や氷れる鉦を

寒念仏（かんねぶつ）寒中の修行　寒念仏追ひくる如く　寒念仏ひびくや

唱える（となえる）　飲食の偈を唱へつつ　唱ふは遠き　暁に唱ふ

鉢叩（はちたたき）鉄鉢をたたきながら念仏を唱え歩いた　我夜あはれめ鉢叩　門にふたりの鉢叩　鉢たゝき夜毎に竹を

十夜（じゅうや）十夜念仏　御十夜のあずきがゆ　人中に十夜の稚児の　霜に十夜の鐘がなる　愚者も月見る十夜哉

十夜道（じゅうやみち）　真一文字や十夜道　十夜戻りの小提灯

の

【野】（の）　野にあるよりも人よりも　風の休みもなき野哉　野をとほく歩めるなべに　おく露寒み秋の野の

小野（おの）野の美称　ひとしきり小野に細雲　朝伏す小野の

野面（のづら）　野面ぬくみて　野面は赤し春の夕日に　秋の野面の　野面には木の葉みちたり

野中（のなか）　野中の杭の凧　祝なき野中の堂の　百舌鳥のゐる野中の杭よ　見とをす月の野中哉

野原（のはら）　気圏日本の青野原　蝶を見送る野原哉

野辺（のべ）　雁の涙や野辺を染むらむ　シリヤの野辺の春の花

野山（のやま）　野も山も化粧ごゝろや　野山の枯るゝ閑けさに

野山も果ては褪せかはり　野に山に満つ

深野　草深い野　深野に朽つる矢の如く　悪の深野を

花野　千草の咲き乱れる野　水静かなる花野かな　花に来て花野にかへる　たつや花野の濃きところ　花野のあかり

薄野　すすき野はしる　芒野三里秋風わたる

紫野　あかねさす紫野辺に

沃野　平坦なる沃野に　沃野千里露万斛の

相模野　相模野をすぐ　草木のごと相模野にゐむ　われ相模野にこがらしを聴く

宮城野　宮城野のもとあらの小萩　宮城野の萩や

武蔵野　むさし野の西の丘べに　武蔵野の森の葉ずれよ

嵯峨野　嵯峨野の奥にバイオリン　野の宮残る嵯峨野哉

【野遊】　一日を野山で遊ぶ　野に山に遊びありかむ　野遊びの皆伏し　野遊びの髪よき乱れ　秋の野遊び　野辺遊び

青き踏む　青草を踏む野遊び　青き踏む靴新しき　青を踏む放参の僧　青き踏む今日この国土

踏青　踏青や古き石階　官女ならの踏青や

遠足　遠足の濡れしよぼれたし　遠足やまだ日のたかき

キャンプ　ロープ干しあるキャンプかな　汁作りおりキャンプの朝　キャンプの眠り真白にぞ

のあそび――のうふ

野がけ　野遊び　春宵に野がけの通る

野心　山野を慕う気持ち　駒は野ごころ忘れかねつも

【能】　水無月能もいつか過ぎ　春雷にお能始まる　夢に舞ふ能美しや　能やみて衣装をたゝむ

面　皺尉の面に　照りて曇りて姥面　小面映る片明り

薪能　薪能薪の火の粉　薪能けぶる　暮を誘ふ薪能

能始　新年初めての能　古き舞台の能始　能始着たる面は

能舞台　能の舞台のいほりより　灯待たるゝ能舞台

能役者　生れながらに能役者　能の役者のするやうに

橋懸り　橋がかり出で来し僧は　橋がかりさへ寒かりし

夜能　夜間に演じられる能　七月の夜能の安宅

【農場】　農場のつちくろぐろと

家畜　あはれなる家畜のごとく　遠方の家畜の呻き　啼かぬ家畜の顔さびし　家畜の眼　家畜のごとき

小屋　牛小屋の家根霜光る　豚小屋に潮のとびくる

酪農　酪農場の白きかべ　酪農の掌の真赤なる

【農夫】　馳くる地響牛と農夫　農夫の胸進む　裸田を真直ぐに農夫　農夫小さし　大声に農夫なにやら

農　農の埃のはげ頭　冷えてかたまり農一家　農の徳　畦老農の二本杖　老農の鎌に切られて

農人　農人はつつましやかに　落穂ひろひの農人が

農婦　北の農婦よ鱈の頭買ふ　春も農婦は小走りに

耕人　耕人に牛慕ひ寄る　耕人うしろ向き

田家　農家　田家の山羊や　田家のあたり

田夫　田夫出で来て　田夫に成りて

畑人　畑人に鳥影落つる　初あらし畑の人の　終日遠し畑の人　田よ畠よ寸馬豆人　秋の畠を一人打つ

百姓　神主もして小百姓　百姓はとべない鳥である

山田の爺　百姓の老人　やまだのをぢはおくてかるらむ

【野生】　自生 野生　秋の野生の　荒野に生ふるひめゆりの

野木　野の木　野木の梢を茫然とみる　野木ひともと

野草　日盛りにかゞよふ野草　たくましき野草をふめば　野草のいきれ　野草の花をひつさげて　野草の露は

野鳥　野鳥の啼くに逢へる寂しさ　野の鳥は私語かはし　野鳥のあそびつひにおごらず

野牛　顔もみえざる野うしども　野分する山に牛啼き

野馬　かたまりすくむ野馬かな　野の馬の韮をはみ折る

野馬　野生馬　群れゐる野馬を野にのこす　駆くる野馬

【軒端】　軒端もちかし梅の風　日向風吹ける軒端に　軒端に悲し紅梅の花　粗末なる軒端の梅も

軒　軒に音なきけさの春雨　とうきびにかげろふ軒や　洋館の軒あさしくて　軒にからびる唐辛子

砌　敷石　砌の石は雨にそぼてり　砌這ふ蟻をながめて

釣忍　萌えいでにける釣しのぶ　葉の出そめたる釣忍

風鈴　風鈴星をしたひ鳴る　風鈴の舌ひら〳〵と　風鈴のむせび鳴りして　風鈴にたはむれ

【遺す】　書き遺すこと何ぞ多き　母に遺す一高の帽　優しき遺書を残すとも　ことごとく夫の遺筆や

遺児　友逝きて遺したる児を　遺児の手のかくもやはらか　遺児と寝て　貧乏と子が遺るのみ

忘れ形見　忘れがたみの牛若が　わすれ形見の一人娘は

【残る】　白き花ひとり残りて　隈々に残る寒さや

余す　残す　星寒天をあますなし　甲羅をあます膳の蟹

残す　少しは残せ春の山風　海ははれてひえふりのこす　彩色のこす案山子かな　たわすれて汀にのこす

残んの　残りの　笠に残んの暑さかな　のこんの星ともろともに　残んの古葉払ひ去れ　残んの酒を石に棄て

【残る月】　夜が明けても空に残っている月　しのぶは月の名残哉　空に月のこして　月残る狩場の雪の

朝月　朝月淡し凌霄花　朝月のうすれ〳〵し　あさ月

のかげ　朝の月花環に似たり　朝月残る蚊帳かな

朝月夜　蟹のあわよるあさ月夜かな　波のあとふむ朝月夜かな　たぶさ見送る朝月夜

有明月夜　みな月の有明づくよ　有明月夜さうさうと

有明の月　ありあけの月をこぼるゝ　有明の月ほのじろし　ありあけの月なほのこる　有明の月さすかたに

暁月　暁月は傾く　額ごしに暁の月みる

残月　枯枝に残月冴ゆる　残月の影よさらばいざ

【残る雪】 春に消え残っている雪　雪残る汚れ〳〵て頂一つ　おごそかに雪は残れど　雪残る麦生にそひて

消残る雪　消残りの雪まだらなる　富士が嶺に消残る雪の　薮くまに消のこる雪は　白雪のいまだ消残る

残雪　残雪また夕陽に燃ゆ　残雪を食みつつ　残雪に又ふる雪や

斑消え　昨夜降りし雪むらぎゆる　木のもとごとの雪のむらぎえ　むら消の雪間の麦の

雪斑 まだらに消え残った雪　雪まだらなる　馬の背に降る雪まだら

根雪　華やかに寝雪の縞の　寝雪に蜆

古雪 消え残っている雪　古雪の面　荒れつつ　古雪の凍しが上に

【覗く】　老婆来て赤子を覗く　われの眼をのぞきて妻は　猫に覗かれる朝の　鶺鴒にのぞかるゝほど

垣間見る　垣間見の鼻をこそぐる　そぞろあるきに垣間みる梅

隙見　わが外の世をば隙見しぬ　鉄扉の隙より見れば

盗み見る　頭蓋の奥をぬすみみんとす

【後瀬】 後日の逢瀬　後瀬を契り　恋ひ恋ひて後も逢はむとのちに逢はむと契りける

再会　再会の日をちかひつつ　再会のくちづけかたく　再会の秋の夕の

再び会う　ふたたび会はむ日を待ちしかな　再びを逢はなむと言ふ　ふたゝびめぐり逢ひしとき

また逢う　またゆくりなく逢ことも有む　またあふまじき弟にわかれ　別れてもまたも逢ふべく　また逢へた

【喉】　新涼の咽喉透き通り　言へざる言葉は咽喉に圧しつく　咽喉裂けて憎まれ鵙の　馬のにほひは咽喉をくすぐり

喉　咽喉に沁みて冷えわたりけむ　咽喉の疵を

渇き　渇きにたへぬくちづけの　堪へがたき渇いやせば　わが渇き海飲み干しぬ　書きさしてのんど乾けば

喉笛 気管　男のかれしのどぶえに　喉笛の笛を

のどか——のみもの

喉仏　唐紅の咽喉仏　咽喉ぼとけ母に剃らせて
喉を潤す　笹の葉の露に咽喉をうるほす
【長閑】　馬もうごかぬ長閑さよ　のどかなりつる月の光を　海辺のどかに春立つらしも　秋の日長閑に
駘蕩　春駘蕩のそのあゆみ　室の花駘蕩として
長閑やか　のどやかに日影さすなり
【野の果て】　かげろひしきる野のはてに　白耳義の大野の涯ぞ　火の国の広野のはてに
野末　野末に小さき洋館の窓　野末に生ふる若草に　夕日入る野ずゑを見つゝ　卯月野ゝ末　野末にほひて
【上る】　沖辺より船人のぼる　セエヌ川船上る時　早瀬を上る霰かな　のぼり下れる諸人の　上りける人
差し上る（空に上る）　さしのぼる月の光と　さしのぼる日のかげうすし　窓をまともに月さしのぼる
立ち上る（空に上る）　花くれなゐの靄たちのぼる　たちのぼる朝日の影の　ひとすぢの香たちのぼる
這い上る　入日の道へ這ひ上る　ひるがほの這ひ上り
舞い上る　胡蝶はそらにまひのぼる　城下凧まひ上る
【野道】　野みちを過ぎて友が家に来ぬ　辿る野道の野茨の花　土筆の野道　我家遠き野道かな

野路　野路の梅白くも赤くも　すこしの野路気はれたり　たちわかれ野路をかへれば
野良道　野良道はいいなあ
【飲水】　ひとり飲む水のつめたさ　雪をとかして飲み水にする　飲む水に影さへ見えて　飲馴れし井水の恋し
水道　盥にねぢし水道栓　地下水道音して流れ　口つけて水道の水
水を飲む　水を飲みセロを弾く　酷寒の水飲みいつつ　泥水を飲みながら　厨にさむき水を飲む
【飲物】ココア　ココアのみつゝわびしかりけり　たぎる湯にココアをつくる　濃きココアかな
サイダー　淡きは茶屋のサイダ壜　サイダーの泡立ちて消ゆ　われはサイダア　サイダーやしじに泡だつ
ソーダ水　プレンソーダの泡のごとき
ラムネ　ラムネ瓶握りて太し　仰ぎ飲むラムネが天露　ラムネの瓶に玉躍る　ラムネ瓶さかしまに
紅茶　紅茶のけむりさらはるゝ　卓に紅茶の高くかをれば　雨に紅茶のかんばしく　紅茶ものうく
カフェ　珈琲　くろきかふええを沸てゐたりけり　朝のかふええをくろくそそぎ　けぶり立つカフエー茶椀を

珈琲(コーヒー)　ひとりはかなくこおひいを　珈琲豆挽く音を　コーヒーミルのめぐる見て　珈琲の濃きむらさきの　珈琲のにほひに噎び
白湯(さゆ)　白湯呑みなれて冬籠　我れと湯を呑む影法師
沸茶器(サモワル)　湯沸の湯気も静こころなし

【野焼】(のやき)　春先に野山の枯草を焼く　もえ迫る野焼の草を　草薙ぐ鎌よ野焼守　野焼のあとの蓬生と見ゆ
芝火(しばび)　芝を焼く火　足もとに来る芝火を　枯芝を焼きたくて
野火(のび)　野火の中ゆく人と馬　野火のくゞりし茨かな　遠野火や　野火が付いたぞ鳴雲雀
野を焼く　野を焼くけぶり空にあをみて　裾野焼く煙ぞ

【乗合】(のりあい)　夕日逐ふ乗合馬車の　乗合の牛等鳴き出ぬ　この乗合の人達と　暫しがほどを乗り合ひし
相乗(あいのり)　母と相乗る朝ざくら路　相乗したるいやはての馬車
同車(どうしゃ)　同車いなみし咎負ひて　同車の君のさゝめごと
乗合舟(のりあいぶね)　川下る乗合小舟　乗あひ舟のかしましき　一ツ舟に馬も乗けり　乗合舟のわらひ声

【海苔採】(のりとり)　海苔採女の授乳　海苔採舟
岩海苔(いわのり)　素手で掻く岩海苔　岩海苔の笊を貴重に
磯菜摘(いそなつみ)　磯菜摘む海人のさ乙女　磯菜摘む行手いそがん
莫告藻(なのりそ)　磯廻に生ふる名乗藻の　貝や拾はん莫告藻や
海松布(みるめ)　潜り漕ぎたみみるめ刈る　海人の刈るみるめを
若布(わかめ)　若布は長けて　刈りし若布に身を纏かれ
若布舟(わかめぶね)　若布舟濡れ妻ぐるみ　わかめ刈る舟木の葉の如し
海苔粗朶(のりそだ)　のりそだに来し波がしら　海苔粗朶にふくらむ浪や　海苔粗朶もて男を打てり
海朶(ひび)　上潮寒き海朶の間に　海朶の間に逆さの不二が

【暖簾】(のれん)　店暖簾夏ははづして　のうれんの奥物ふかし　扇屋の暖簾白し
麻暖簾(あさのれん)　厨も見えて麻暖簾　人の出入や麻暖簾
夏暖簾(なつのれん)　夏向きのれん　こゝまで仕上げ夏のれん　風に悔なし夏のれん　芝居の留守の夏のれん

【呪う】(のろう)　春呪ふ子が襟にさゝまし　ねられぬ夜半を呪はんや　恋の仇をのろふ夜半さへ
呪詛(じゅそ)　海の呪詛は黙してあり　泉の底の咒言　あまずつぱい風の呪言　火元の女を呪詛する声も
呪い(のろい)　のろひの声を叫びいでゝ　呪詛なげきを一列にして　幽界の呪咀か洩るる

呪い歌　のろひ歌かきかさねたる　わが書く世を呪ふ歌

蠱　蠱夢うつす蠱のかがみも　遠島の蠱の小笛か　恋の蠱の滴を　そは蠱業か

呪文　風ノ呪文トナレリ　笹鳴や呪文となへて

【烽火】（合図の煙）　瞬間の狼火が闇に　一すぢの烽火あがらば　山上に狼火あげたる

飛火の野守（のろしの番人）　春日野のとぶ火の野守　飛火もり見かもとがめむ

飛火野（春日野）　飛火の野べの雪のむらぎえ

は

【歯】　うるみある淡碧の歯を　微笑めば白き八重歯の　歯の二枚あらはに吾児は

歯茎　塩鯛の歯ぐきも寒し　四十の歯ぐきは

歯抜け　歯のない口で福は内　歯の欠けし男饒舌

前歯　ながらへて脆き前歯を　大根馬かなしき前歯

お歯黒　亡き母のおはぐろの香の　歯黒めつけ

鉄漿（お歯黒）　鐵漿黒々と歯を涅めし　紅鉄漿つけて

皓歯（白い歯）　きみが皓歯は　明眸皓歯　皓歯にすこし

白歯　闇の冷扉に白歯見するよ　白歯もいとど冷やかに　きりきりしろき歯を鳴らし　母の白き歯

歯型　歯がたゆゝしき西瓜哉　血のにじみたる歯形残れり　栗鼠の歯型や一つ栗　歯跡もつかぬ

歯列　白い歯列　白板のやうな歯列が　浄き歯なみを

【葉】　動く葉もなくておそろし

下葉　下葉を照す入日影かも　下葉ゆかしきたばこ哉

末葉（下葉）　末葉早くも黄ならんとす　すゑ葉の露に

尖り葉　松葉の針のとがり葉の　とがり葉の秀の僅にし見ゆ　黒き刺葉の　柊の刺葉ゆすりて

末葉（先のほうの葉）　竹の末葉に降れる白雪　浅茅が末葉

葉音　小夜ふけて落葉の音を　物の葉につれだつ音や

葉擦　唐蜀黍のかそけき葉ずれ　葉ずれの音の水の如

葉末（葉の先）　葉末の露の玉ごとに　玉と置く葉末の露

厚葉（葉肉の厚い葉）　椿葉のかぐろ厚葉の　厚葉がくりに　常盤樹の厚葉しづけく　厚葉に照れる伊豆の真夏陽

裏葉　うら葉の御歌わすれはせずよ　羊歯裏葉

枝葉　風起きて行く枝葉かな　さびしき枝の葉は

球葉　キヤベツの球葉

葉裏　ゆくゆく葉うらにささくれて　蛍のやがて葉裏に

葉交（葉と葉がまじわりあって茂る）　樫の葉がひに見ゆるかな　笹の葉がひの

葉がち（葉が多い）　山吹も葉がちの雨と　咲や葉がちの水仙花　青葉がちに見ゆる小村の

葉毎（はごと）　松の葉毎に置く露の　草の葉ごとに
葉つぱ（はっぱ）　草のはつぱの　葦の葉つぱの　奏皮のはつぱだ　熱砂にひたと葉つぱ草　花も葉つぱも　ねむの葉つぱを
葉広（はびろ）（葉が広い）　葉びろ柏にあられ降るなり　葉広さわらび
葉縁（はべり）　葉縁にゆるる雨の玉の　葉縁にむすぶ
葉分（はわけ）（葉と葉との間を分ける）　真木の葉分くる月影は　葉分の風におどろけば　葉わけのしもの　葉分の風のすゞしさに
広葉（ひろは）　ひろ葉打つ無月の雨と　雨にぬるる広葉細葉の
古葉（ふるは）　古葉の落つる春に向ひ　去年の古葉を吹きちらし
細葉（ほそは）　広葉細葉の若葉森　虚空飛ぶ断れの細葉
巻葉（まきば）　芭蕉葉のまき葉の中に　睡蓮の巻葉泛べる
円葉（まろば）　円葉の池や燕飛びくる　椿のまろ葉青光る
葉脈（ようみゃく）　葉脈に似た翅の　葉脈あざやかなる落葉
病葉（わくらば）（変色した葉）　落あへぬ病葉二つ　わくらばに取付て蟬の　雨のごと降る病葉の　わくら葉か青きが落ちぬ

【灰】（はい）　あたゝかに灰をふるへる　紙を焼けば灰いつまでも　灰まきちらすからしなの跡　手習ふ人の灰せゝり
灰汁（あく）　灰汁桶に水さす裏戸　灰汁のごと濁りたる煙
灰燼（かいじん）（燃えさし）　うらさわぐ灰燼のなか　夕くらく灰燼にほふ　灰燼の暗くなびかふ　灰燼のなかにわが家は
死灰（しかい）（火の気のない灰　生気のない者）　死灰に似たる心かな　憔悴の死灰の身には
石灰（いしばい）　薄荷畑に石灰をまき　おもおもと石灰ぐるま行く
灰ばむ（はいばむ）　たそがれの灰ばむ原を　灰ばめる楊の落葉
炉灰（ろばい）（いろりの灰）　炉の灰冷えぬ舎利のごとくに　猿酒や炉灰に埋む　炉の灰もたちまち氷る

【俳諧】（はいかい）　背中あはせに舟の俳諧　月待つほどの俳諧か　俳諧を鬼神にかへす　みな俳諧の長者顔　蕉風の俳諧道の　唐土の俳諧とはん
歌仙（かせん）　まきかけの梅雨の歌仙と　筆始歌仙ひそめく
連句（れんく）　座主の連句に　佐渡の連句に
座（ざ）（俳諧の座）　座にうつくしき顔もなし
句（く）　俳信のくる日こぬ日や　人にあひて句無きをはぢず　我句をしれや秋の風　水音の中に句を書く
発句（ほっく）　発句を諷ふみどり子を持　われに発句のおもひあり　ホ句忘れて洗濯に　夏をちからにホ句の鬼　ホ句たのし　ホ句なし竈赤く燃ゆ　裏町にあるホ句の会
句会（くかい）　親しき中の初句会　終る句会や夕霞　夜寒くなれる句会かな　夜話　遂に句会と
句聖（くひじり）　句聖の死をなげきつつ　秀句の聖

は

俳人 むねかろき俳人二人　俳人二人行脚しぬ

【這う】 秋より冬へ這ひすすむ　玻璃戸に這へる蔦もみぢ見る　のそり〳〵とはうて行く

這い出る 夕づゝに這ひ出し蛙　道に這ひ出るいもの蔓

腹這う はらばひ語る夏の楼かな　鶏はらばへる暑さかな　白きまさごに腹ばひて

【映える】照りかがやく 菊こそ映ゆれ田居辺り　映ゆる青波　香に映えて　西日に栄えて仏画に似たり　月に映え

下照る花の色などで木の下が照り映える 下照る河岸にふねわたしきぬ　桃の花下照る水の　橘の下照る庭に

匂う美しく色が照り映える 木によりて匂へる薔薇　くがね髪にほへる児らが　くれなゐにほふ

映 霜葉の映に　白栄の夜空あかるし　栄ある花と　紅梅は朝日の映に　まなじりの火かげの栄の

夕映夕日に映える 見たる津軽の夕映のいろ　夕映に星てりいづる　夕映匂う　ゆふばえの雲あかあかと

月映月光に美しく映える 夜の月映に流るるは　夕月映の下びには

【墓】 墓のうらに　われより若き父母の墓　みな雨ぬれし墓ばかり　落椿一つの墓を　青白き墳墓

新墓 新墓一つ見出して　その新墓を人ら去るべし

荒墓 髑髏がうめく荒墓に似る

奥津城 奥津城に犬を葬る　うるはしく列ぶおくつき　おくつきの石をなでつつ　新おくつきの鶏頭がもと

野墓 しなのの人の野墓よき　冬日和野の墓原の

陵天皇・皇后の墓 みささぎにふるはるの雪　みさゝぎは水の春かな

御墓 父の御墓にぬかづき　花の香もなき御墓さびしも

無縁墓 無縁の墓のうつら昼顔　墓地は無縁の草いきれ

殯貴人の死体の仮安置所 殯をつくる少女ならねど　殯の場の楽やみぬ

首塚首を埋めた墓 首塚に日のある　首塚の梅の近所や

塚土葬の盛り土 塚の上なるつぼ菫　陽炎立ちぬ猫の塚　塚も動け我泣声は　こひ死ば我塚でなけ

墳土を高く盛った墓 遠き祖の墳墓のほとり　古代墳墓暗し　風新墳を吹けば　荒墳の長蘚の痕

饅頭土葬の盛り土 饅頭を夜霧が濡らす

卒塔婆 波にただよふ卒塔婆かな　白き卒塔婆の夢にいる　卒塔婆流す穢川の舟に　穢川に施餓鬼卒塔婆の白

【墓石】 松かぜの中に墓石彫る人　少女の墓石手に熱く

一基 一基の墓となつてゐる　一基の墓のかすみたる

墓石 墓石の冷えの虔ましさ　一基の墓石　墓石の上に

【鋼】（鋼鉄）　はがねを鍛え　白露や鋼の如き　鋼鉄のやうな日射の中で　鋼鉄のうへの面錆を見る　鋼のかがみ

鋼鉄　そは鋼鉄の暗き叫びに　鋼鉄の原　鋼鉄の筆

鉄　真黒な鉄の汗の　鉄打つ音にうたれづめ　鉄のにほひのながれたるかも　草いきれ鉄材さびて

黒金（鉄の古称）　黒鉄の巨きみ艦も　くろがねの大荷運ばるる　黒鉄のあづまの橋に　くろがねの秋の風鈴

砂鉄　砂鉄きらめき五月来ぬ　渚辺は砂鉄に黒み　日に黒く砂鉄の光る　鉄砂をふくむ浜みちを

真金　真がねはむ鼠の牙の　火の迸る鉄より　真金吹く高火床つきて　真鉄の青空ゆ星ふりそめぬ

【墓原】（墓地）　墓原の鴉きこゆや　墓原をかくして花の　墓原の真昼の澄みに　墓原の空に鳶舞ふ

外人墓地　外人墓地の石段を　外人墓地は茜匂へり

墓場　冷い炎が燃える墓場だ　墓場のオルガンが鳴らされる　落ちしところが鷗の墓場　小さな墓場

墓辺　君がみ墓辺を　墓の辺の灯籠さげ持　父の墓辺に　二人の吾子の墓べしのばゆ

墓所　墓所に下りし鳶見る日　古屯田の墓所構

墓前　朝寒やひとり墓前に　墓の前強き蟻ゐて

墓地　墓地の空海へかたぶく　掘られし墓地の土をふむ　春山墓地の片つばさ　墓地の一隅　日本人墓地の

墓門（墓の入口）　墓門の萩の散りがてに

仇野（嵯峨の奥にあった埋葬地）　あだし野の露消ゆる時なく

【袴】　夏袴連ねかけたる　とり出せ華にきぬ袴　袴着て鰒喰ふて居る　袴ぬぎたる静心

指貫（幅がたっぷりしてすそでくくる袴）　さしぬきを足でぬぐ夜や　指貫姿

野袴（武士の旅行用のはかま）　のばかまとわらじをはいて

【墓参り】　重箱さげて墓参り　村人伴れて墓詣　涼がてらの墓参　杖にしら髪の墓参　思ひつる墓に詣でぬ

墓参　縁うすかりし墓参かな　露けし墓参道　展墓かな

掃苔（墓参り）　掃苔の手触りて灼くる

【秤】　屑屋の秤光り下る　愛を秤にかけらると

嵩　詩に痩せて量もなかりし　雨の日は湯の量おほし

天秤　天秤や京江戸かけて

升　升かふて分別替る　升にて炭をはかる音

一升（約1.8リットル）　一升のめし

一斗（約18リットル）　秋水一斗もりつくす夜ぞ　露一斗

手一合（両手でひとすくいした約一合）　手一合零余子貰ふや

【計る】晴雨計　晴雨計は今大擾乱を

は

体温計　体温計置きゆきしは　体温計を振り又振り
積雪計　積雪計コスモスに埋れ
風力計　潮風に風力計がまはる
【歯軋り】　歯ぎしみの拍子とる也　歯ぎしりのように
歯嚙　夢かと泣きて歯がみせし　歯がみをなして
悩ましき不断の歯がみ　咬牙する人に目覚て
【掃く】　嵐掃く庭の木の葉の　元日きよく掃かれたる
　門前に掃葉の僧あり　朝な朝な掃き出す塵も
朝浄（朝ぞうじ）　朝ぎよめ今せし庭に　朝浄め格子な上げそ
この春ばかり朝ぎよめすな　路ぎよめせし
掃き寄せる　柿が掃きよせてある朝々　寒独活に松葉
掃き寄せ　掃きよせてある花屑も　掃きよする土に冬蜂
【吐く】唾　にんにくの香の唾を吐き　唾液はレモンの
匂ひしてくる　眼そむけて唾を吐く人あり
痰　喀痰のにじみし綿　痰のつまりし　痰をさびしむ
涎　年老いし父の涎を　ひと塊の土に涎し　牛の涎はた
らたらと　狐のかけしよだれかけ
【馬具】鐙　雪一双の鐙かな　川の渡　瀬鐙浸かすも
鞍　銀鋲うつた鞍にまたがり　砧も遠く鞍にゐねぶり
鞍壺　鞍壺にふはつく笠や　鞍壺にきちかう挿して

轡　青駒のくつわならべて　夜の秋や轡かけたる
手綱　紫手綱朱の鞍　父よ其手綱を放せ　手綱を結ふ
と　だんだら綱に牛かけて　段々の手綱おかせぬ
蹄鉄　駄馬の蹄鉄音さわやか　黒馬に蹄鉄をうつ
蹄　昔の馬の蹄の音よ　木の下が蹄のかぜや　蹄の鉄
孕める牝牛の蹄　馬の蹄にたててゆく　万馬のひづめ
幌　満点の星幌にする　幌をろす　青幌したる
【爆弾】　葱と爆弾　思ひもかけぬ爆弾が　炸裂弾より
も残忍に　投げやりし爆弾の爆ぜぬ
爆ぜる　薪に交る白樺爆ぜて　炉に爆ぜて　黍も爆ぜ
ゐる　はぜんとするダイナマイト　爆竹の花火はぜちる
【博打】　野ばくちが打ちらかりて　古きばくちの残る
鎌倉　小博打にまけて戻れば　博打うつ間のほの暗き
野博打（草刈りの時にする賭け）　草ばくち砧女も来て
賽　賽の禍福のまろぶかな　嚢家に入りて賽投げしか
な　六が二となる賽の目も
【薄命】　汝が薄命の影を　薄命のすぢ掌にきざまれて
　美しきをんなの末の薄命を　薄命らしい翳　薄命男
薄き命　二十とせのうすきいのち　かそけき命を
短命　短命に死ぬ　命もつもののなどか短き　死なせし

命の短きを言ふ　いのちの短いこほろぎが　短き命を

露の命　いのちつゆけきおもひかな　命を露にたとふるは　露霜の消やすき命　朝露の命は生けり

露の身　朝露の消やすきわが身　朝露のわが身一つは　露の身を千年のごとく　露の身ならぬ

【激しき】　激しきに過ぐと思ふは　はげしき木曾の雨に逢ふ　激しき雪へ出で去れり　ピアノ烈し

凄まじく　すさまじく蚊がなく夜の　物すさまじく見ゆる世に　鮎の子の心すさまじ

【箱】　螺鈿の箱の蓋を開け　天鵞絨の紫の箱

笈（修験者などが背負う箱）　笈も太刀も五月にかざれ　笈に地震なつ野哉　聖小僧の笈の色　重たき笈の

小箱　小箱に貝を　河ほとり人住む小箱　桐の小箱に帆をかけて　みだれ小箱のふさとけて

玉の箱　珠の小箱の　玉のはこかな

手箱　おのが手箱のすゝ払ひする　薄彫の手箱に

募金箱　願いこめたる募金にて　胸へ白く募金箱つるす

文箱（手紙を入れて往復する箱）　文箱の紐を引ちぎり　急ぐ文箱の紐が解け　沈の文箱に　封付し文箱来たる

【糞】　笠に糞してかへる雁

糞　易の書に燕糞する　のら猫の糞して居るや　糞落しゆく　路の牛糞友のごとし　斟酌のない蝿の糞

馬糞　馬糞も銭に成にけり　枯れ果てし馬糞を踏んで芋の広葉に馬糞飛ぶ　土手は行来の馬の糞

【運ぶ】　猟師は猫背を向ふに運ぶ

負う　子を負ふて大根干し居る　黄菊のかごをおひし子もあり　稲を負ひくる少女かな　女負ふて川渡りけり

担ぐ　三味線かついで行く月夜　炎天にもつこかつぎの

背負う　老の荷を背負ひて来る　たはむれに母を背負ひて　背負梯子　寒入日背負ひて赤き

【稲架】　稲架の裾吹き抜く風の　むら立つ雲に稲架静か　沼田の稲架を裸にす　稲架の田原はうち霞み

稲城　稲城の影や山の月　遠の稲城はうす霧らひ　稲城かげ遊べる鶴に　鶴の群屋根に稲城に

掛け稲　かけ稲の暮れてゆく穂の　かけいねに鼠のすだく　稲がけに稲かけつらね　かけ稲のそらどけしたり

【橋】　しぐれかけぬく勢田の橋　わたり来し橋をかぞへて　ゆらつく橋の下紅葉

石橋　ロアルの川の石橋の上　冬ざれの石橋　瀬瀬ゆ渡しし石橋も無し

は

板橋 朽板橋の欄干に凭れ　板橋や踏めば沈みて　水づく板橋わたりわづらふ

懸橋 桟　やいのちをからむ　巡りてはなほきその桟橋　雲のかけはし　谷のかけはし

小橋 淀の小橋を雪の人　小橋のあたり鳰鳥の鳴く

反橋 たましいののぼる反り橋　反橋の小さく見ゆる

玉橋（美しい橋） 上つ瀬に珠橋渡し

吊橋 吊橋うごく　つりばしのゆれても秋の　露の吊橋　吊橋かけて飛驒に入る

橋立 天の橋立ゆほびかに見ゆ　浪もてゆへるはし立の

橋柱 黒ずみたてる橋柱　橋柱いかに立てける

船橋（舟を並べて渡す橋） 舟橋わたる夜の霜　船梯のやぐらの上に

丸木橋（一本橋） 落椿 独木橋揺る　となりへ懸る丸木橋

鉄橋 黄ろい灯のつく鉄橋を　鉄橋がたかく野をつなぎゐる　鉄橋へかかる車室の　鉄橋とどろき　鉄橋の響音

陸橋 憂ひは陸橋の下を　陸橋の風のむかうに　陸橋の袂の店に　陸橋を揺り過ぐる　陸橋に吹きめぐる風

【端】 青きスカートの端　焰の端も嘗むるくちびる　冬陽の端にねむる鷲

際 垣際の　雲際に　梅の際まで　際より青む

突端 岬の突端に出で

端 瑠璃の端ひかり　池の端に　口の端を

縁 稲妻や雲にへりとる　破船のへりを洗ひさりて

【箸】 大暑の箸をそろへおく　もち古りし夫婦の箸や　箸涼しなまぐさぬきの　朝宵に手にとる箸の

フォーク 銀のふほをくはおもからむ　フォクを執りて

魚箸（魚料理用） まな箸浄くもちひけり　魚箸削り

串 大鮎一尾づゝ青串打つて　串にはらはら時雨哉　菊の香のする豆腐串　月を隔てゝ二三串たぶ

【端居】（縁側でくつろぐ） 端居すずしき刻移り　足の裏さすりて

端居 水に端居の僧の君を　端居して闇に向へる

端近 端近に豆喰ひ居れば　端近にさ夜ふかしつゝ

夕居 夕星の夕ゐしづもる　夕居る雲の薄れ行かば

夕端居 夕端居一人に堪へて　夕端居よばれて立ちし

【初め】 秋をさだむる夜のはじめ　美くしきこと初めに倍す　瀧に籠るや夏の始

兆し 熱のきざしに汗ばめる　よからぬ徴候　くづるるといふ兆の如く　眩暈の兆 恐るる床を

兆す 兆す眠りを待つ蚊帳の中　かろきねたみのきざし来る　きざしくる熱に堪へつつ

初める　あらはれ初る須磨のうら浪　颪たち初めつ
霞み初めたる湖上かな（～し始める）

見え初める　はや見えそむる胡瓜哉　みえそめし
灯影いくつや　色見えそめぬ（見え始める）

見初める　千秋の月を見そめつるかな　めづらしと
見初しほどに　見初めざりせばなかなかに（初めて見る）

【馬車】　鞭鳴す馬車の埃や　雲ほども進まぬ馬車に
塵埃馬車ゆけり　森を出て来る馬車一つ

馬車　馬車店先ふさぐ　馬ぐるま往来とだえて

馭者　馬車馬の馭者よ馬に物言ふ　馭者の鞭　若き馭者
御者台に重たき体を

旅馬車　旅馬車の長き一日も　旅の馬車

辻馬車　辻馬車の濡れたる幌　辻馬車はあはれにさびし

幌馬車　幌馬車の軋み　幌の馬車春 暁の街の

【柱】　帯に手さして倚り柱　松の館の古柱　御東様の
柱かゞやく　基地に光の柱立つ　柱半ばに春日かな

円柱　円柱に日は廻り居り　洋館の大円柱のかげにして

円柱　円柱 溶けくづれて　聖堂の円き柱に　サン・ピエ
トロの円き柱に　丹のまるばしら　円き柱をめぐりゆく影

角柱　巴里の角柱

石柱　石の柱のごとく待つ　石柱の歌

鴨居　月は鴨居に隠れけり

梁　おのづからなる梁響　梁に漂ふ榾煙　山のホテルは
梁をあらは　永劫太き納屋の梁　梁にかたむく山の月

梁　煤のみ深き梁に　梁の月の鼠かな　梁の煤の　梁
を走る鼠すら無し　蛇渡る梁を

太柱　竜頭彫りし太き柱に　煤びたる太き柱に

真木柱（立派な木の柱）　ほめてつくれる真木柱

【羞らう】　羞らひの眸に触れじとはする　黒髪かづき
羞らふものか　面染めてはぢらふ見れば　きみの含羞を

はにかむ　諏訪ぶりを鄙とはにかみ　はにかみとけぬ娘

面隠す　逢へる時さへ面隠しする　相見ては面隠さるる

面無み（恥ずかしくて）　宵に逢ひて朝面無み

面映し（きまりがわるい）　おもはゆげなく我れを視る

恥ずかしき　花の前に顔はづかしや　朝の焼麵麭はづ
かしく　心の奥の恥づかしきかな

優しみ　やさしみするか片恋すれば　君を恥しみ　や
さしむ君と朝の鐘きく

【走る】　赤き夕日をうけて走り来　夜明けを蟹が高走
る　霧の大路を走りたり　驟雨の野を走りつつ

は

駈け巡る　娑婆天国を翔けめぐる　子の駆けめぐる原
駈ける　生きて駈けゆく水すまし　泣きながら看護婦
駈けて　別れて少女馳け出す
小走り　小走りに妻の出て行く　小走りに秋の風行く
ささ走る　溝川のささ走る水　穴掘る小蟹ささ走り
さ走る（走る。すばやく泳ぐ）　佐保川にさ驟る千鳥　鮠のさ走る川の
辺に　急瀬さばしる若鮎の　波くぐりさばしるものの
馳せる　野路を馳せ　走せくる童　走せよる潮も夜光
虫　風に向ひひた馳せ過ぐる　汽罐車は走せ過ぎにき
ひた走る（一途に走る）　ひた走るわが道暗し　風にまむかひわ
がひた走る　ひた走り行くよ餓鬼窟電車
走る　ななめに走るしら雲　櫂すれば燐光わしる夜の浪
【恥じる】　月に恥ぢてさし出でられぬ　恥づべきを恥
ぢざる族が　額たれて恥づ
羞恥　ひそかなりき母の羞恥は　羞恥をモデル持ち
恥　恥負ひてゆく　恥辱に裂かれしわが骸あり　死ぬ
ともよしや恥おほき身は　みづからの恥を思へば　辱を
黙して　羞恥さらされあるつまずきに
【破船】　破船よ海よ　非実の破船　破船のへりを洗ひさ
りて　船破れ沈む今はに　病間や破船に凭れ

座礁船　座礁船そのま丶暁けぬ
難破船　難破船の破片が　難破するまで　廃船の破片が
【旗】　紅の旗ひるがへり　赤き旗高く掲げし　ジャン
ヌダークが旗たててゐる　大旗の龍蛇も動く　弦月旗は
しづむボスホル海峡
国旗　牧場の国旗吹かれけり
大漁旗　大漁の旗にさんざめき
旗手　旗手にまじる墨染の袖　敵の旗手は程近し
【肌】　誰肌ふれむ紅の花　肌は揉まれつ青きうしほに
涼しさの肌に手を置き　人肌のつめたくいとし
肌　ねざめたるはだへひやゝか　肌つめたく夕づきにけ
り　人の肌に手を触るは
玉肌　たまかぶら玉のはだへを　玉肌の匂へるさま
柔肌　やははだのはしばしみゆる　やは肌は白蠟なれ
ば　やは肌のあつき血汐に　やわ肌をなげく
雪の肌　淡雪の肌のほのににじむも
皮膚　なめらかな皮膚が曇れば　皮膚に浮きゐて淡き
薔薇疹　ルームランプに皮膚かげりゐる
垢　水滑らかに去年の垢　垢爪や　襟垢のつきし袷と
垢つける小櫛見にも　笠の手垢も春のさま

痣 友におぼえある手くびの痣　産れ子の尻に痣

雀斑 可愛い雀斑の娘が　雀斑の天使　雀斑の頰を寄せ　雀斑を濃く従へり　真向へる雀斑をとめが

黒子 まつ毛のかげの黒子かな　胸のほくろとまろねする　ほくろ美し　消えかけてゐるかきぼくろ

泣き黒子 泣きぼくろしるけく妻よ

【バター】 パンにバタたつぷりつけて　黄金朝日バタなき麵麭　バタの香も新鮮だ　煖炉の上でバタを溶かして

牛酪 新らしき牛酪のにほひ　牛酪の融けゆるむ面に

乳酪 バター　乳酪の匙にまみれて

【機織】 機おりたて丶新しき　機織の唄ごゑつづく　寒機月になほ織りぬ　からりはたはた織る機は

機 布を織る機械　夜長機糸が切れれば　初機のやまびこしるき　悲しき機よ　うづむる雪に機はじめ

機音 をりをり起る機織の音　芭蕉林ゆけば機音

機場 機織り場　機場にしぼむ蛍草　機窓や打たる丶蝶の

糸車 糸車ひく手とゞめて　どこかで糸繰りの車　けふも隣のいと車　娘糸くるまる窓に　糸繰の唄

倭文機帯 古来の文(あや)織りの帯　古の倭文機帯を結び垂れ

筬 機織道具　筬の行き来に木の葉かつちる　梭の手とめし門の唄　高機に筬投げぬ

筬の音 筬の音遠き甲斐のあき　澄めりその筬の音は家居は見えず筬の音きこゆ　すずろにひびく筬の音

【裸】 海よりかへり来る裸　裸ン坊がとんで出る　黒き裸を温泉に打たす　裸で御はす二王哉

裸子 裸子をひつさげ歩く　裸児と鳥とさわぐ　裸子逃げる　裸子をいかに抱かむ　蟬を裸子より受けとる

裸身 裸身に神うつりませ　朝の井戸辺の裸身あはれ

肌脱 肌おしぬぎて種痘かな　胸おしろいに肌ぬぎし　肌ぬぎの乳を押へて　肌ぬぎつつもの言ふ友の

真裸 全裸　真裸になりて汗ふき　真裸のわが国びとら

裸形 裸形の女そらに舞ひ　湯滝をあぶる裸形のをんな　足さしのべぬ裸形のをんな　裸形に蹲まり

裸体 裸体むらがる街湯のすみに　群裸は白き焔と燃ゆる　わかき男の裸体おもほゆ

【肌着】 下着の襟の紫の　肌着の汗を吹せけり　わがさるまたが一つ　紅腿引の里わらべ

とうさぎ 越中褌　たふさぎの結ひの余りの　厚皮の毛皮たふさぎ　わが犢鼻褌をみづから洗ふ

褌 ふんどしに笛つ丶さして　ごろりと草に、ふんどし

は

かわいた　子は裸父はて丶れで

【畑】 畠にもならでかなしき　畑打音やあらしの　畑になりし寺の跡　日暈が下の古畠　露の近江の麻畠

桑畑 蚕わづらふ桑ばたけ　桑畑を山風通ふ　夜風にさわぐ桑畑に　桑の海にふりそゝぐ日や

段段畠 段々畠の麦ぞけぶれる　段々畠に人動けり　だんだん畑の唐辛子

菜畑 黄雲なす菜田に菜畑に　河原鶸来る小菜畠

野方（高台の畑地）　野方の畑の麦の中みち　野方の路に

野良（田畑）　凬ひりひりと野良の梅　遠野良や霧合ひたれども　野良ごゑ出せば胴ひびき　野良の萩

山畑 桑生ふるこの山畑に　山畑の芋の葉むらを　爺が鳥追ふふゆの山畑　芋に耕す山畑　夕山畠や散る紅葉

畑焼く 片山に畑焼く男　み山桜は避きて畑焼け

焼畑 月待さとの焼ばたけ

【鉢植】 鉢植の藤は実重に　鉢植の変種あまたのさくらさう　鉢植のヒヤシンスのかげに　大いなる蘭の鉢あり

一鉢 一鉢の蘭のにほひに　家づとに二鉢買て

盆梅 盆梅の仕立てし杖や　盆梅の二つ実のりし

菊作り 菊作者いま白に触れ　菊作り咲きそろう日はわたかもおほひ真白菊

懸崖（盆栽）　懸崖の藤の朝しづくする　懸崖を作る気

【八月】（陰暦）　美しき八月や　八月のうぐひす幽し　八月の蟬　蟬啼く八月　八月青き　八月の夜は

葉月（陰暦八月の異名）　八月十五夜　葉月の夜の星のまたゝき

【鉢の子】（托鉢の鉢）　かゆ煮たる鉢のこ寒し　春風の鉢の子一つ　はちのこにすみれたむぽゝ　はちのこをひとはもてきぬ

托鉢 一群の托鉢僧や　鉢さゝげゆく掌　酒托鉢を

鉄鉢（托鉢の鉢）　鉄鉢の中へも霰　鉄鉢の粥　ささげまつる鉄鉢の　鉄鉢たたいて見たりして

【初】 今日の初湯の初姿

初めて けふ初めての春がすみ立ち　君と初めて語らひし　初めて蟬を聴く日など　日記をしも初めて付けて

初（初めて）　初にぞ見つる花の色を　初に見る虻蘭の花に

初初しき 初々しく尖る木の芽　汝が声のうひうひしき

初心 初心な若葉がこんな晩には

初手 猫の恋初手から鳴て

初声（元旦の鳥の声）　雁がねの初声聞きて　今朝の初声

初物 初物にして　みよのほとけにはつたてまつる

【初秋】 初秋は王の画廊に　初秋やいづれもうすき

はつあきのよるをつらぬく　闇のさだまる初秋かな

秋浅き　秋浅き楼に一人や

【初夏】　はつ夏のしめり程よし　はつ夏のこころ　初夏の曇りの底に　しろき初夏　産屋にわたれ初夏の風

初夏　初夏の星座だ

麦秋　麦秋や若者の髪　麦秋の米櫃におく

麦秋　麦秋や一夜は泊まる　こゝら埃にむせぶ麦秋　駕も過けり麦の秋　狐追いうつ麦の秋

若夏　若夏の空のなごみに　若夏千鳥

【初音】（初めて鳴く声　特にうぐいす）　かすみをふくむ初音哉　覚束なくも初音哉　はつ音きゝたり藪かげの道　初音やさしきうぐひすよ

忍び音（ホトトギスの初音）　まだうちとけぬ忍び音は

咽び音　たそがれのむせびね　たそがれわたる咽び音　うぐひすむせぶ雑木原　鶯の霞にむせぶ

【初日】（元日の朝日）　寒気をほどく初日哉　手の平に初日のめぐみ　岩にふし初日をろがむ　年の初日更にさやけき

初日影　産屋洩る初日影より　霞み初めたる初日かげ　大かはらけの初日影　初日影我茎立と

初日出　葉影も長し初日出　色にてり添ふ初日出哉

【果て】　高山も低山もなき地の果は　わか葉の涯も見えわかず　果から果の小春かな　よしのゝ奥の花の果

雲のはたて（雲の彼方）　雲のはたてに月没りて

さいはて　さいはての駅に下り立ち

はたて　夜空の際涯　人の世の涯とおもふ　潮にほふ岸の果ては　ひむがしの涯の浜は

そきえ（遠くはなれたあたり）　青雲のそきへがうへに　四方のそきへの天雲の遠隔の極　大空のそきへのきはみ

【果てなき】　はてもなく瀬のなる音や　藍そむる空のはてなき　静けさの果てなき　おもひはてなき

限りなき　雪乱れ降るかぎりなし　限りなく降る雪何を　その清しさはかぎりなし　限りなき智識の欲に

極みなき　きはみなき青わだなかに　春の光は極みなし　限りも知らず極みなく　きはみなき旅の途なる

無限　無限に動く雲のむれ　無限の前に腕を振る　無限に波立つ春のかがやき　その上に重き無限の空

【波止場】（船の泊まる所）　夜の波止場にうす霰する　五月の波止場にて　波止場での別れ　波止場もの皆動く朝

津　揚州の津も見えそめて　なにはづの夜空はあかき

船着場　船著きの小き廓や

は

桟橋（さんばし）　海をあゆめる桟橋の脚　桟橋にかぶさる柳　人の手をとる小桟橋　桟橋くさき香　海月打ちつけし桟橋の

埠頭（ふとう）　埠頭の灯去りゆき　北風寒き埠頭に　元日の埠頭

【花】（はな）　命さえ打込む花の　みだれて花の眸は白し　花の上なる月夜かな　夜ちる花の立すがた

花を待つ（はなをまつ）　優曇華の花待ち得たる　この春の花待ちつけぬ　花まつ春の日数哉

梅の初花（うめのはつはな）　ふふみたる梅のはつ花　熊野の宮の梅の初花

残花（ざんか）　散らずに残っている花　西塔残花に在り　残花乱れて小雨となりぬ　残花ゆるうも人の頬にちる

花の塵（はなのちり）　さくらをこやす花の塵　百パアセント花の塵

野の花（ののはな）　野には野の花咲きつくし　野中の花の北面

花筏（はないかだ）　水面に散る桜　胡蝶のせたる花筏　波に綾織る花いかだ

花種（はなくさ）　種々の花々　花種のくはし芽の　秋の時花種にありと

花無き（はななき）　夜ながき雨に花もなし　夕顔の花なきやどの苑に花無き季節のはてに　花なき年の春もあらば

花の主（はなのあるじ）　花の木の持ち主　夕がほの花のあるじよ　花もむかしのあるじならねば　花や今宵の主ならまし

花の雲（はなのくも）　黒き衣や花の雲　花の雲鐘は上野か　いらかみやりつ花の雲　花の雲のあせゆく見つゝ

花花（はなばな）　かぎりなき花々闇にひそまる　花々なべて温室のなか　四方の花々さき沈みたり

花群（はなむら）　五百個花むらの　木高く白き花群　はてない愛惜を花群に投げる　紫陽花の花むら深く

花を食む（はなをはむ）　睡蓮の花を食み　花食まば

夕花（ゆうばな）　夕方の花　夕花黄なり　夕花にまたくはゝりぬ

洋花（ようばな）　西洋花さるびあ赫めり　南洋花売る稚なをとめご

大花（おおばな）　大輪　大花を一ゆりゆりて　泰山木の大き花かな

大輪（だいりん）　大輪のひまはり立てり　緋の大輪の花のみが見ゆ　紅の大輪だりあ　噴水の大輪さゝぐる

【鼻】（はな）　鼻ありて鼻より呼吸の　希臘鼻美しくして　秋風かよふ鼻の穴　鼻まだ寒し初ざくら　鼻のさきなる

嗅ぐ（かぐ）　薔薇を嗅ぐ　けだものと地を嗅ぐ　蛍くさき人の手をかぐ　地を嗅ぎてもの漁る犬

鼻頭（はながしら）　鼻がしらすこし赤らめ

鼻先（はなさき）　鼻先にちゑぶらさげて　鼻の先よりかすみ哉

【洟】（はな）　洟たれて独碁をうつ　わが洟青き　花で洟かむ

水洟（みずばな）　水洟や仏具をみがく　水鼻ぬぐふ　春の水洟

【花生】（はないけ）　花生にせん二升樽　花活の花あたらしき朝

花籠（はなかご）　籠花活の蜘蛛のいと　竹籠に紫苑活けたり　籠

ながら山茶花のはな　髭籠に花を

花筐　花籠　花筐　目ならぶ人の

瓶　白埴の瓶に桔梗を　瓶の紫苑のゆれやまぬ

小瓶　ちりし小瓶の花つばき　小瓶にさせる梅の花

花瓶　花瓶の黄菊の花も　花がめにたわやぐ百合の
花瓶は驕り艶めき　うれひをふくむ花瓶や

一輪挿　いちりん挿の椿いちりん　一りんざしの夏花に

水盤　落ちし涙が水盤に　水盤の黄なるさざめき

陶瓶　陶瓶の口に挿せしのみ　陶花瓶に黄菊さしたり

壺　菊匂ふ壺を　壺に開いて濃龍胆

花桶　花桶の鳴音悲し　花桶に

【花売】　花売の小車涼し　花うりの面うつくしき　花売に恋せぬものは　朝寝し居れば花を売る声

花売娘　花売娘名はお仙　花売の少女の唄に

花屋　花屋の水の氷りけり　花屋のかどの香に誘はれぬ

【花盛り】　こゝろざはつく花盛　みぬ人やおる花盛
羽風はちらせ花ざかり　風や今ふく花盛　蓮五反の花盛り　母が居は藤真盛りと　我も数なり花ざかり

花の盛り　花のさかりにあはましものを

【話す】　マッチの棒を消し海風に話す

はなうり――はなつ

喋る　しゃべる老婆　あすのお天気をしゃべる雀等と
星のおしゃべりぺちゃくちゃと

聞かせる　わが夢をそときかせ見ん　初音きかせよ

話　倫敦の濃霧の話　打崩したる咄かな　大根苦きはなし哉

会話　煙草を吹かす会話もたず　切りし会話ならん
その彼におよぶ会話よ　一本のマッチと会話をする

相槌　うぬ惚るる友に合槌　ちぐはぐな合槌で

伽　話し相手　しがみ火鉢も夜半の伽　宵の伽　野屎の伽に鳴雲雀

片言　幼児が片言いふに　片言のこゑの清しさ

口疾　早口　いと舌疾きや　堅く手握り口疾に語る

【花園】　花園の夜空に黒き　花苑の花さはにありて
月夜の蝶と花園に　花園にアダリンの息

花壇　工場の裏の菊花壇

花畑　蕎麦の花畑　南風が吹けば菜の花畑の

薔薇苑　薔薇苑は香に籠りつつ　薔薇の園生の霜じめり

【放つ】　蚕の部屋に放ちし蛍　放ちし虫の高音かな
子は紅き鸚鵡を自在に放つ　放たれし女のごとく

牛放つ　牛放つ加茂の河原に　牛馬はなつ春かぜの山

馬放つ（うまはなつ）　草山（くさやま）に馬放ちけり　すでに花野（はなの）や馬放つ　放たれて小（ち）さきわが馬　馬も放たぬ枯野（かれの）かな　馬放ち遊ぶ

放す（はなす）　蚊屋（かや）の内にほたる放して　とらへ（え）て放す下（くだ）り蜘蛛（くも）

放ち鳥（はなちどり）　死者の追善に鳥を放す　頼朝忌（よりともき）放ちし鶴（たず）に

【花時】（はなどき）　桜の咲く頃　枕辺（まくらべ）の花時すぎて　花どきの日記（にき）

花曇り（はなぐもり）　花時の曇天　風吹けど花曇りかな　花曇（はなぐもり）雨ふるらしも　花ぐもりせる雲間（くもま）より　花ぐもりしばしははれて

花過ぎ（はなすぎ）　花時が終る　此花過（このはなすぎ）てのちの月　花すぎの風のつのるに　花過ぎてゆふ（う）べ人恋（こう）ふ

花冷（はなびえ）　花時の底冷え　花冷えくらき襖（ふすま）かな　花冷えの燗（かん）あつうせよ　花冷えの雨にならんと　花冷えの朝や

花疲れ（はなづかれ）　土手（どて）につく花見疲れの

【花に遊ぶ】（はなにあそぶ）　葉交（はまじ）りの花に遊びぬ　夜遊（やゆう）す花に

花に暮らす（はなにくらす）　けふ（きょう）もまた花に暮らしつ　大（おお）かた春は花にくらせり　たづ（ず）ねきて花にくらせる　花見てくらす

花に寝る（はなにねる）　花に寝もせぬ旅の鳥　花に来て花にいねぶる

花に酔う（はなによう）　日の本（もと）の花に酔（よわ）はせよ　君高楼（こうろう）の花に酔へ（よえ）

花心（はなごころ）　又（また）のむ酒や花心　寂（さび）しきいろの花ごころかな　小（こ）半酒（からざけ）も花心　ひとりちる花は心の

花の下（はなのもと）　桜花（はな）の樹（こ）のもと　花のもとにさそはれ（わ）来てぞ　花の下（もと）たもとほ（お）る子よ　花の下（もと）われを呼ぶ子を　花（はな）のしたにて春死なん　咲きたわみたる桜花のした

花の陰（はなかげ）　死（しに）ゲイコ［稽古］せん花の陰　こよひは花の陰にね（い）て　挿（さ）した桜の花かげに　這習（はいなら）ふ子や花の陰（かげ）

【花の色】（はないろ）　花の色はうつりにけりな　あす咲く花の色ぞたのしき　水の面（おも）にしづ（ず）く花の色　黄昏（たそがれ）に咲く花の色も

青き花（あおきはな）　幻（まぼろし）なりき青き花　匂（におい）よき宵（よい）のロベリア

赤き花（あかきはな）　赤き花はらら燃えあがり　赤き花匍（は）ふ（う）アカシヤの木に　枝をかりつめ赤き花の　冬ばらの赤き花つみ

黄花（きばな）　黄い花（きいばな）とぞいふ（う）　菜（な）の花の黄（き）のひろごるに　連翹（れんぎょう）の黄なる花みぬ

黒き花（くろきはな）　黒い花といっしょに　葉も花も黒くおもはる（わる）、

白き花（しろきはな）　見やるあなたに茶の花白き　辛夷（こぶし）の花の白きたそがれ　白花（しらはな）のごと泡（あわ）ながる　白き花ひとり残りて

丹の花（にのはな）　つつじの花の丹の盛（さか）りなる　丹の花のとはに（わ）さくらん　丹の花は揺れて静（しず）みき

【花の香】（はなのか）　花の香さむう紅（べに）流す雨　花の香のたちこめまどふ（う）　吹きくる風は花の香ぞする　記憶のなかの花のかおり

花匂う（はなにおう）　花匂ふ度（うたび）にちらつく　ねむの花匂ふ（う）川びの

梅の香　梅が香清く　梅が香しろき　むめが香に追もどさるゝ　梅がゝに障子ひらけば

菊の香　菊の香の冷やかに立つ　菊の香部屋に充ち　菊の香高き　菊のにほひむさぼり吸ひぬ

蓮の香　蓮のかを目にかよはすや　蓮の香や水をはなるゝ　靄白う蓮の香まよふ　白日に蓮の香渡る

薔薇の香　咽ぶはたかきローズの香　薔薇の香にほひきたりぬ　薔薇の香にもなみだするらむ

蘭の香　蘭のかや異国のやうに　夜の蘭香にかくれてや　蘭の香や菊よりくらき　蘭の香に月欠けそむる

若葉の香　染むや若葉の香のゆらめきて　ある日わか葉のにほひときめく　若葉の香をもかぎてこそ

【花火】　花火のあとの暗さ哉　間隔置きて花火の音す　乙女ぞしらね小花火師　屋根から誉る花火哉

大花火　天愚かなる大花火　夜干が見える大花火

線香花火　老いの手の線香花火　線香花火に手をたたく

遠花火　遠花火夜の髪梳きて　遠き花火は遠く咲け

鼠花火　鼠花火の燃え尽きぬ　鼠花火のはやりけり

昼花火　昼の花火とおく音して　音のみの昼の花火や

冬の花火　冬の花火か星が音たてて

【花弁】　はなびらさむき卓に生く　花びら裂けて南瓜咲く　悲しい夜更は腐つた花弁　花びらに恋のうたかく

花弁　星も花弁もけし飛んで　花弁するどき野菊かな

台（花のがく・台）　草のうてなもすゞしけれ　花の台に

花体　傷ましき花体をはふる　白百合の花体　さくらばな花体を解きて

花房　色もゆかしき藤の花ぶさ　あかしやの花房光る　しろがね色の花ぶさの　花房の雫や　短き房の花ざかり

蔕　梢は柿の蔕さびし　柿の蔕黒くこごれる　柿の木の蔕落す鳥や

弁　単弁の白のだりやの　弁に触れし　花千弁

雄花　をばながうれ［梢］　パパイアの雄花いづれぞ

蘂（花芯）　白菊のしべ紅ばみて　男は女をつつむうるはしき

蘂　金色の蛇蘂に巻く　露西亜ざかひの黄の蘂の

【花祭】陰暦4月8日、釈迦像に甘茶を注ぎかける行事

甘茶　ざぶざぶ浴びる甘茶かな　幕打ち張つて甘茶かな

灌仏会　灌仏の御指の先や　女人は悲し灌仏会

甘茶仏　甘茶仏すこしまがりて　甘茶仏杓にぎはしく　小さくかなしや甘茶仏　甘茶を灌ぎたてまつる

誕生仏　色の黒さよたん生仏　かわく間もなし誕生仏

は

花御堂（はなみどう） 釈迦像を安置した小さな堂　芽杉かんばし花御堂　花御堂月も上らせ　杓さし入れぬ花御堂　花御堂もろびと散りて

【花見】（はなみ） まことの華見しても来よ　よし野にて桜見せふぞ　花見の果の　酔倒あり花の陰　近隣の花見て家事に　風をいとはで花をながめん

桜狩（さくらがり） 豆の粉めしに桜がり　木曾や四月の桜狩　いづべの月や桜狩　加賀やぬり笠さくらがり

花篝（はなかがり） 夜桜を演出するかがりび　はるかに燃ゆる花篝

夜桜（よざくら） 夜ざくらの夢を縫ひゆく　この夜桜のもだし愛しも　夜桜となりはて　月夜夜ざくら

花の山（はなのやま） 一夜に出来し花の山　帳薫ずる花の山

花見車（はなみぐるま） 花見車の野に出でて　月夜の花ぐるま　大路を過ぐる花車　とゞろと渡る花車　花見車のかへりくる

桜人（さくらびと） 花見人　さくらびと月の大路へ　春の夜なりきさくらびと　案内に立や桜人

花人（はなびと） 花見人　市の花人花もよひする　花人の皆出し園を

花見帰り（はなみがえり） 花を見て帰るうしろや　桜がへりの人にあめふる　散るを見で帰る心や

花の幕（はなのまく） 花の幕よりかいま見て　花幔幕の玉輦

花見顔（はなみがお） 花見顔なるすゞめかな

花見酒（はなみざけ） 顔も染けり花見ざけ　花見の酒の

花見舟（はなみぶね） 花見てふねにあるこゝちかな

【餞】（はなむけ） とはの別れのはなむけとせむ

手向（たむけ） この餞別贈りまゐらす　一枝は手向けにぞ折るみ越路の手向に立ちて　手向よくせよ

【華やか】（はなやか） 日おもての花ははなやか　元日のはなやかな町に

艶めかし（なまめかし） 友禅のきれなまめかしけれ　なまめかしいたそがれどきに　森の鐘こそなまめかしけれ

艶だつ（えんだつ） 艶だつ雲のたなびける　白き細枝の艶だつは

絢爛（けんらん） 眼前の鉾の絢爛　絢爛の牡丹のさなかに　絢爛とせる寂しさに充つ　絢爛の花群のさ中に

豪華（ごうか） 豪華に陽炎へる　豪華なる桜花の層を

華華しく（はなばなしく） 死出の一戦花々しく　朝日のはなばなと

華やかに（はなやかに） 浮き浮きと　華やかに振舞ふ君を　虹はなやかに

晴れ（はれ） 表立って晴れやか　はれの赤帯けふむすび

晴れやか（はれやか） 晴れやかに障子張られて　晴やかにもの言ふ胸の　たまゆら妻のはればれしけれ

【離】（はなれ） わが離室にひとりこもれば

東屋（あずまや） あづまやに水の音きく　君がやすらふ東屋のか

げ　東屋の小萱が軒の

離亭　池のみぎわの離亭に　その離亭にしらぶれば

【花環】　花輪　あの高い光の花環へ　枯草の花環を編みて
朝の月花環に似たり　星々の花環をつけて

花環　花輪　花環虹めぐり　たんぽぽの金環

【羽根】　羽根ひろげ待つ雄の鵜か　血の色の羽根ゆるされ　こまやかに羽根ふるはせて

矢形尾　たかの尾のもよう　矢形尾の鷹を手に据ゑ

翅　虫の羽　てふの羽の幾度越る　肺より蒼き蝶の翅　秋蝶の羽すり切れし　わたしの翅に触るのは

羽毛　羽毛の散華遅れ降る　毟りたる一羽の羽毛

翼　翼うちふり飛ばばやと　翼撃たれし鳥に似て　翔ける翼　緑と金の翼もて　雪の翼や　垂乳根の廃たる翅

濡羽　水にぬれた羽　濡羽つくろふ雀ゐて　羽ぬれて

羽交　翼が重なる部分・つばさ　羽交に包む　響かざらめやその羽がひ
薄き羽がひのそがなかに　鴨の羽交に置く霜の

羽掻き　嘴で羽を扱くこと　羽搏くもの丶ある虚空　ありあけ方の鴫の羽がき　羽がきも荒く　百羽掻き

羽づくろい　羽づくろひ微睡む鳥よ　飛そこなうて羽づくろひ　舞ひたつ鶴の翅づくろひ

翼　黒き翼惶急しげに　翼垂らしては打ちそよがする

尾羽　瑠璃の玉尾羽につらね　地に曳く尾羽の重くして

蜻蛉羽　蜻蛉羽の微かのふるへ　あきつ羽の衣まとへば

彩羽　美しい色彩の羽　あや羽ひろぐる孔雀とも　彩羽蝶　扇なす彩羽の孔雀　彩羽彩袖鏡に入るも

蟬の羽　水晶の蟬羽を合せ　蟬の諸羽や　秋の蟬の翼

【跳ねる】　幼な子跳ね光る　乳房跳ね　跳ねくだる坂の林檎の　魚跳ねし音　春草に犬跳ねるのみ

躍る　杉の野にさ踊る雉　魚が跳り海が青い　烈火に躍る鵜匠かな　胸おどる洋　美事なる蚤の跳躍

蜻蛉返り　宙返り　わか犬が蜻蛉返りの　蛙はとんぼがへりす　ほこりかにとんぼがへりを

弾む　弾みやまずよ寒雀　童子のしやぼん玉はずむ　はずむ手まりに　鞠がはずんで

【母】　母とふたりの夢つくるため　母には母のかなしみありて　母に素直になれぬ夕べよ

姑　嫁が姑に成て　やかましき姑　健なり　姑の乳をひねらん　姑の若さや藍ゆかた　長病みの姑をわすれて

老母　老母を舟にのらしめて　老母は尊くいまし　老母を車にのせて　老母の小さき帰省かな

垂乳根 足乳根の母は死にたまふ　たらちねの母が飼ふ蚕の

亡き母 なき母の湯婆やさめて　なき母のもののたまはば　亡き母の恋しくなりて

母上 母上に賜びし桃の実　母上のよはひの程に　母君の文のつかひは

母刀自 君ゆきて母刀自ひとり　母刀自の老のおもかげ

母の愛 母が愛は刃のごとき　うらわかき母の慈愛に

母なき 母なき宿ぞ冷じき　母なき子児犬とあそぶ　母なき人の母となれる日　子のかたはらに母のあらぬと

【幅】 小幅の水がいそぎゆく　網提げて越す川の幅

端張 横幅 はたばり広き錦とぞ見る

幅広き 幅広の大鋸のひびきは　肩幅ひろき浴衣かな　幅広き赤き光が　しんとして幅広き街　幅広ないふ

【羽ばたく】 ただに羽搏く　羽搏くもの丶ある虚空

羽音 羽音たしかに露の鳥　鳥の羽音と落葉ふる音

翅音 熊蜂の翅音かがやき　受胎告知の翅音びび

羽ばたき たましひは羽ばたきをする　双の翼のはたたきに　翡翠の羽のかろきはばたき　総立つ鴨の羽ばたき凄し　雀子の羽ばたき著し

羽振く 貫く羽を搏ち羽ぶく　飛たちかねて打羽ぶき

羽風 羽ばたきによって起こる風 おのが羽風に散る花を　鶯の羽風を寒み　群鳩の飛び立つ羽風

【浜】 浜は祭りの　浜の秋　燃ゆる浜ゆき　浜にまろびて人を待つ　浜のオブジェで風呂がたけ

冬浜 冬浜の暮れとどまらぬ　冬浜に沖を見る子の

【浜辺】 日にきらめける浜べの　ふたり浜辺に夜もすがらゐむ　月夜の浜辺　はまべの石はうたうたい

遠浅 遠浅に兵舟や　どかりと船の居る遠浅

浜び 浜辺 日の光薄き浜びの　赤裳裾引く清き浜廻を

辺 辺にも奥にも　辺にゆく波の　辺にむかふ波の

雁風呂 浜辺の木ぎれで風呂を沸かし、北へ帰れなかった雁の供養をする 雁風呂の国も開けて

【刃物】 刃物のやうな冬が来た　小鍛冶の店に刃物買ふ

剃刀 剃刀の滑りあやぶむ　頬にあつるかみそりの冷え　研ぎ上げし剃刀にほふ　かみそりのうすきにふるる

匕首 匕首を抜いて　雪嶺に三日月の匕首

小刀 小刀の蛤刃なる　小刀遣ふ　小刀の刃が冴える

鋏 光る鋏立てて抗せり　切るたび鉄の鋏の香　鋏刀もつ髪刈人は　てのひらに鋏吸ひつく

ナイフ 青髯の銀のナイフが　するどく研げるナイフ

をもち　ナイフあれば甜め
洋刀　ナイフ　洋刀の音　洋刀で　白桃に入れし刃先の
【速き】　引潮川の水速く　愛に速度を加へつつ　五月野
の雲の速きを　山川に流れてはやき
速み　速いので　川速み瀬の音そ清き　絶えず流るゝ瀬を速み
水脈早み楫取る間なく
速やか　いとすみやかにうつろひぬ　雲行きのすみやか
にして　すみやかに落ちて音せり
疾き　速い　ゆく雲は疾し　み空はろけくゆきかひの疾き
翼の風の疾く強く　我が汽車は疾し
疾走　青野を電車疾走す　犬共疾走す　疾走する車体の
駿足　火を散らす駿足に
矢の如し　大井川舟矢のごとし
【林】　閑林に風痩せて　春の林の繁処を行く　夜桃林
を出て　防風林の夕日の中で
木立　林たち木。　庭の樹立ちの眼にあをきかも　いつとなく
木立洩る灯や　木立わけたり
木深き　木立が茂る　隠れ入る樹深の森は
杉木立　石壇高し杉木立　産土神の杉の木立に
雑木林　雑木林にひともとの　雑木林の啄木鳥は

春木立　にほひ迷へる春木立　ひとむら霞む春木立
林道　林道を誰れか馳せ行く　林道の尽きてはつゞく
林間　うすみどり林間に入れば　林間に沼あかりして
林中　林の中　林中の宮に灯ともる　林中に入り
【疾風】　疾風のなかに帆を張ると　闇の間の疾風は落
ちて　はやち風ふきしく夜半は　冬は疾風吹きました
疾風　春疾風ともゞ鳩の　蝌蚪に迅風の音走る
疾風ぞ雲ふき散りし　はやて風砂吹きつくる
【流行】　百日咳はやりけらしも　流行正月　流行の
衣を　流行医の玄関先や
流行歌　都のはやりうたうたつて　時花歌街を流れて
【原】小笹原　小笹原露ほろ〳〵と　入船見入る小笹
原　もみぢ散りしく小笹道
浅茅が原　ちがやの野原　うらがるる浅茅が原の　浅茅が原の旅
人は　浅茅が原にこほろぎのこゑ　北野の茅原
蘆原　蘆原踏めば水の湧く　蘆原を焼払ひたる　つのぐ
みしうらの芦原　赤シャツ逃げる枯芦原
篠原　雨しのはらのほとゝぎす　浅茅生の小野の篠原
萩原　はぎはらやひとよはやどせ
原中　原なかをいま葬列の　この原なかに行きあひし

は

榛原 にほふ榛原　島の榛原　岨の榛原　真野の榛原

檜原 檜原の涯のひとところ　山焼く火檜原に来れば

高原 高原の向日葵の影　高原の青栗小粒

高原 高はらは霧しげくくだる　雲なきもとの高原をゆく　高原を走れる汽車の　高原くらき草いきれ

【腹】 咳堪へる腹力なし　しくしくと腹こそ痛め　鵙の腹夕日を宿す　背も腹も褪せつくしたる　朝の腹を

臍 蛙の腹に臍が無い　息子の臍深し　力士の臍眠りて深し　へそが汗ためてゐる

臍の緒 臍の緒に泣としの暮

【払う】 払ひがたなき　払ひもかねつ山蟻の　蠅うち払ふ　縞蚊を払ひ坐りをれば　輪炭のちりをはらふ春風

弾く 独楽のはぢける如くなり　金の線が弾ける　われの凝視をはじきて凋む　胸に霰をはじきつつ　火に弾く

避ける 春の日を眉深によきて　み山桜は避きて畑焼け　避くる日もあらじ　風の避くめる

【同胞】 仲間　わが同胞何に死にする　家ももたずやは同胞ら　はらからにふみかくことも　哀しき同胞は

仲間 去年の月とふ僧中間　電柱も枯木の仲間　あはれさまけじ尼仲間　河豚の仲間を　熟柿仲間の

【同胞】 兄弟　小さき兄弟　ともによろこぶ老の兄弟　はらからとてはなき身なりけり　はらからの我と我が姉

女同胞 姉妹　女はらから牡丹に名なき　女ばかりのはらからの　妹の母が生みたる

兄 我兄の声は耳にのこりつつ　兄の欠けたる地に光る　焼きつくす音兄も菊も　義兄の画きしが壁に

弟 姉呼んで馳ける弟　めだかかぞふる姉とおとうと

姉 亡き母に似るてふ姉を　髪の長きが姉　経よみつつ眠れる姉の　去年ゆきし姉の名よびて

大姉 長女　おほ姉のごとまどかなるかな　一の姉の情や

妹 いもうとの帰り遅さよ　いもうとを待つ夜寒かな

【張物】 洗い張り　張物をみななしをへて　庭先の張物は　はりもの、もみ衣匂ふ　張物見ゆる裏田圃　張物する女

晒す 秋風に夜布をさらす　みだれ衣や寒ざらへ　布さらす春の川はも

解衣 解いた衣　解衣の思ひ乱れて　夢の解衣

糊 糊つけ衣夕まけて　糊つけし浴衣はうれし　ナプキンの糊のこはさよ　着もの、糊のこはき春かぜ

干物 干しものの赤き裏地の　日に干せば　干されたる

【墾る】 開墾する　たいらけくはりけむ人は　岸を田に墾り

藪をひらいて家の建つ　はたけを墾く山裾の原

開拓　開拓小屋に人けなし　開拓記念の楡の広場に

新開地 新たに開墾した土地　新開の街は錆びて　新開町の春の静けさ

新墾　新墾の赤土あかき　新墾の桑畑とほく　新墾の野末のむらの　新墾に火を走らする

墾道　信濃道は今の墾道　墾りし道　みちをはり　新墾の村の中道　新墾の今作る路

新墾田 新田　川一筋や新墾田　新墾田の鹿猪田の稲を　斎種蒔く新墾の小田を

新田　あら田の土のかはくかげろふ　春のあら田を

【春】　春やむかしの春ならぬ　春が先ず駆け寄りけらし　世はみな春の色香哉　春もやゝけしきとゝのふ

春陰 春のくもり　春陰にかり寝さめたる　春陰や眠る田螺の

常春 いつも春　常春の熱海の磯の　雪はふれゝど常春日　常春の日のつゞくこの里　ゐろりのほとりとはに春なり

春の川　春の河うす黄に濁り　水ぐるま春の川瀬に　春の川を隔てて　まさごながるゝ春の川岸

春の雲　春の雲今動きをり　春の雲集ふ　南山春の雲を吐く　黄金交りの春の雲　春雲のかげを斑に

春の空　春の空はひかる　野辺の草穂と春の空　どこまで青い春のそら

春の田 苗を植える前の田　春のあら田を　春の田の雪　春の田を人にまかせて　神の鏡の春田かな　春田深々刺して

春の星　春の星を落して　海山に春の星出て　電柱に咲き春の星　かがやく星や竹の春　星澄みて春の会釈す

春辺 春の頃　春べにはいまだ遠くて　梅の花にほふ春べは　春べを恋ひて植ゑし木の　燃ゆる春べと

【春浅き】　小草の花や春浅き　春あさきすずの籬に　春浅き水を渉るや　春浅し障子明け放ち

春浅み 春が浅いので　春をあさみ　春まだあさみ

早春　早春の駅に佇ちいつ　早春の雨ふりて灯あかし　早春や空巣吹かるゝ　階下より告ぐる早春

春まだき　春まだきくぬぎ林の　春まだ寒きをさな額髪

【遙か】　はるかなところで生れた波が　眼にはうつらね空のはるけさ　氷室はるかに

遙けき 遠い　海のひびきのはるけくよしも　ひかりたる街は遙けし　早春の堤はろけく

遙遙　秋はろ〴〵と空は澄みつゝ　若葉となりてはろばろし　川原はろばろ　きさらぎの海はろばろし

碧落 大空　東方の碧落を　雁碧落に　雲碧落に

は

目も遙に（ずっとはるかに） 目も遙に嵐吹きしく 目にはるかなる遠海の 芽ぐむ草木の目もはるに

【春風】 春風はうへに色そふ たゞ春風の匂ひ哉 春風に暮れて人冷ゆ 人行過る跡のはる風

春北風（春の寒風） 春北風白嶽の陽を

春の嵐 がうがうたる春の嵐の 春の嵐吹きて小暗し 春嵐 鳩飛ぶ翅を 春の夜のあらしは止みぬ

【春闌ける】（春の盛り） 山寺の春も闌けたり 日ざしにも春は闌くるか たけなはの春の日なかに

春闌 春酣 といふに間はあり

春半ば 咲こそ春のもなかなりけれ

【春立つ】（春になる） 春や山より立ちぬらむ 下駄の泥より春立ぬ 今朝たつ春の 鶯 啼きてはる立ちぬ

春が来た ねこし山こし春や来ぬらん 青いかなしい春が来た 春は来にけり浅黄空 春来むとゆきふるあした

春片設く（春になるのを待つ。春らしくなる） 鶯 鳴くも春方設けて 春設けて物悲しきに

春さる（春になる） 春されば花咲きにほひ 春されば野辺にまづ咲く 春されど雪きえやらぬ

立春 立春の朝霧しづる 立春の輝く潮に 立春の禽獣裏山に 立春の暁の時計 さゞ波は立春の譜を

【春近き】 雨の枝々春近し 春近うして水仙の咲く 春ちかき香のたつと思ひし 春近み

春隣（もうすぐ春） 雲に日溢れ春隣 何かさゝやけり春隣 春隣白味噌汁の 春のとなりのちかければ

春待つ 春を待つこゝろに 砂深く春待つ貝を 思ひ捨てゝし春の待たるゝ 春待つ梅の花の香ぞする

【春の朝】 春の朝の飲食も 春の朝のうす紅ざくら 西のみやこの春さむき朝 野の春かぜに髪けづる朝

春暁（夜明け） 春暁や雨のあらひし 春暁はからたちの棘 春暁の夢のあと追ふ 春暁の玻璃戸や

春の曙 妻の額に春の曙 かさあたらしき春の曙 雉子なく野の春の曙 春はあけぼの

【春の雨】 蒲団に聴くや春の雨 春の雨ばらの芽に降り 春の雨ひねもす降れば 春の雨枝にからめば

花の雨 鼓打ちけり花の雨 灯影しづむや花の雨 夕餉もひとり花の雨 辛夷の花の雨あがる

春雨（細かく静かに降る） 春雨の降るは涙か 春雨は夕ぐれかけて 春雨の中を流るゝ 春雨はつれ〴〵ならぬ

【春の色】（春の景色 春の気配） 黄ばみ光りて春のいろなる 春の色のい

たり至らぬ　うす花桜春の色　いろにぞ春の

春光（春のかがやかしさ）　春光千里風かろく　春光に踊り出し芽のぬかづきしわれに春光　諸立ちの棕梠春光に

春色　やはらかき東海道の春色も　古町の春色の濃き

春めく　君を迎へて春めきにけり　眺むる橋も春めけり　上るしぶきも春めけり　水ぐるま春めく聴けば

【春の海】　遠山あをし春の海　山をうかべよはるの海　春の海遠音ひゞきて　春の海凪ぐ　春の海憂ひにみてり

浦の春（入江）　潮の花も浦の春　生鯛あがる浦の春哉

春の江　春の江の開いて遠し

春の渚　春潮の渚に　春の夕べのなぎさみち

【春の草】　名残かうばし春の草　春草に柳こぶかき　少女が胸の春草に　消えて生れし春草の

芳草（よいかおりのする草）　黄蝶は芳草を尋ね　芳草に寝ころび　おのづから草芳ばしや　日毎踏む草芳しや

【春の月】（おぼろな風情）　春の月くもりて冴えて　大いなる春の月あり　春の月さし入る門を

春月　春月の病めるが如く　春月を濡らす怒濤や

【春の波】　島をばらまいて春の波　無限に波立つ春のかがやき　春惜め惜めと波の　春のアドリア浪ゆるく打つ

春潮　春潮の底とどろきの　春潮深く海女ゆけり　春潮に流るゝ藻あり　春潮に群れ飛ぶ鷗

春の潮　瀬戸の春潮とこしなへ　春の潮より海女うかぶ　春の潮打つ鳥居哉

【春の眠り】　春の眠をおどろかしつる

春睡　春睡われを楽しうす　春睡はしろき花粉を

春眠　春眠さめし眉重く　春眠の一ゑまひして

【春の野】　春の野にあさる雉の　春の野に心ある人の

春野　霞たつ春野の雲雀　春野焼く野火と見るまで　まだむら草の春野哉　匂ふ花つむ春野哉

花原（花が咲いている野原）　匂ひも混じる花草の原　山は晴れたり花原の上に　奥の沢辺の花原を　げんげんの花原

【春の花】　嵐をつくせ春の花　たつや都の花の春

花の春　くるともいく世花の春　月の秋花の春立　ゆかばをしへよ花の春　花ざかり世はみなはるの

【春の灯】（うるむような灯）　春の灯は妻が消しぬ　春の灯のあるひは暗く　枕辺の春の灯は　不逞の思ひ誘ふ春の灯

春灯　春灯消えし闇にむき合ひ　春灯下焼林檎あり

春の燭　かるたに栄ゆる春の燭

【春の日】（春の一日）　春の日や雨見て居ても　世は久かたの春

は

日哉　ひかりも匂ふ春日哉　春の日のくれなんとして

暮れ遅き（くれおそき）　暮遅し木の間の空を　海月とり暮れ遅き帆を

遅日（ちじつ）　日が暮れるのが遅い　裏山に登れば遅日　灯ともりてなほ遅日なる　遅日をはれば輝り出づる

永き日（ながきひ）　昼間の長い日　長き日にましろに咲ぬ　春の長日をふりつゞく雨　重病室にながき日暮れぬ

日永（ひなが）　牛動かざる日永かな　いくたび朽ちて日永哉

【春の陽】（はるのひ）　春の太陽　都なれども春の日を抱く　岬の工場は春の陽をうけ　春の陽はうらさびしもよ

春日（はるひ）　春の日ざし　後より春日はさしぬ　豆の葉に春日ながらふ　春日てる野をたどりきつ　春日曇りてあはれなるかな

【春の冷え】（はるのひえ）　春の冷えいちぢるしくて　春の冷え今朝は著しも　いつまでも散らず春の底冷え

料峭（りょうしょう）　春風が皮膚に寒く感じられるさま　料峭たる余寒なれば

【春の昼】（はるのひる）　午の春　嵐吹きおこる昼の春野に

春昼（しゅんちゅう）　春昼なるを　曼荼羅に春昼の灯の

春真昼（はるまひる）　春まひる日のかげろひに　春ま昼風塵の中に

【春の水】（はるのみず）　川水　春の水見る夕　裏を流るゝ春の水　清水も春の水に入

春水（しゅんすい）　一桶の春水流す　春水のみちにあふれて　春水のあるひはながれ　春水のひゞききこえて

【春の山】（はるのやま）　春の山の屍をうめて　祇園清水春の山まろき　春の山暮れて　春の山らくだのごとく

春山（しゅんざん）　春の山　春山白き雲を吐く　春山深く迷ひけり　一路春山行く人もなし

春の峰（はるのみね）　べつとりあをき春の嶺

春の山辺（はるのやまべ）　春の山辺にうちむれて　春の山辺に寝たる夜は　春の山辺にまじりなむ　春の山辺は遠けれど

春山（はるやま）　春山墓地の片つばさ　春山に小市民と犬　はる山近く家居して　春山に木を樵る子らは

山の春（やまのはる）　掘れぬしどみや山の春

山笑う（やまわらう）　春山の淡々（あわあわ）となまめき笑うようなさま　どちらを見ても山笑ふ　山笑ふ窓を開きけり　山ゝが笑えば

【春の夕】（はるのゆうべ）　春の夕のなど暮れおそき　春の夕べのうしろ髪解く　春の夕べを会ひたくてゆく

春暮れ方（はるくれがた）　うつら病む春くれがたや　春暮れ方の雨

春の暮（はるのくれ）　春の夕暮　窓かぞへけり春の暮　沓並べけり春のくれ　おもき扉や春のくれ

【春の雪】（はるのゆき）　鎌倉に春の雪積む　道わかぬまで春の雪ふる　春の雪たわわに　木のもと埋む春の雪は

春雪 春雪のしばらく降るや　春雪のしき降るひまゆ　春雪の積み重くして　春雪の重きなだりの

【春の夜】 春の夜はさくらに明けて　春の夜に野をたちくれば　春の夜のもの悩ましき

春宵 春宵をかくれ蓑きて　春宵ひたと暗くなる

宵の春 僧のかり寝や宵の春　妻と来て泊つる宵の春　狐化けたり宵の春　ふとん敷たり宵の春

春夜 雨ふりいづる春夜かな　我が春夜の感傷　春夜の灯かげを　我がたましひも春夜に誘われ

【春の雷】 月をほろぼす春の雷　春の雷とどろとどろ鳴る　晩春の雷のとどろき

春雷 春雷の雲の動けり　春雷のむらさきはしる　春雷は乳房にひびく

春神鳴 春神鳴のなりわたるなり　春の雷いみじく鳴りて

【春深き】 春深くなりぬと思ふを　春深き雨の都は　春深き井手のわたりの　春ふかみ枝もゆるがで

晩春 おそ春の夕冷え時を　晩春の窓閉す　晩春の庭に停ちつつ　晩春の夕日の中に

晩春 腐つた晩春　浅草の晩春となり

暮春 暮春をひとりかなしむ　暮春の縁にあるこゝろ　暮春の月の黄に匂ふ　暮春の風に　暮春の午後を

【春行く】 東京の春ゆかむとして　春行袖の深みどり　入日さびしう春逝かんとす　春ゆく雨にぬるゝまゝ

春老いる 春老て　春よ老いな　春更けて諸鳥なくや

春終わる 昼月ありぬ春の終　春こゝにをはる

春暮れる 酒債貧しく春くれて　春暮れて声に花咲く　春暮れかかる

春去る いつ春去りし眺めかな　流水遠く春去りて

春尽きる 春尽きつ二人　春尽日の書魔あそぶ

行く春 行春をしとぞ思ふ　ゆく春を留めかねぬる　ゆく春の夜のどこかで　行春の町やかさ売

【晴着】 花のはれ着の旅衣　薄桃の晴着は　晴着ぬらして　星の晴着を　見て来て晴着　夫人晴着に襷がけ

春着 あらたまの春着に着かへ　著かへてさむき春著かな　人形の春着縫ふ夜を　うなじ伏せ縫ふ春着かな

【晴間】 晴るゝ面や墓詣り　晴れ間も見えぬ雲路より

雨間 雨やみし雨間の空に　雨間もおかず雲隠り

雲間 柩をつかむ雲間より　雲間より降り注ぐ日や　雲間より月のふくらむ　雲間にかゞふ

【腫れる】 瞼　腫れて　歯の腫れて来て冴返る　腫た

は

る足をなげ出して

顔の脹れ 面腫れし姉の心は　淋しき顔の酒ぶくれ

【晴れる】 はるゝかと見ればくもれる　霧おだやかに晴れて　夕立からりと晴れて

雨晴る さむざむと時雨は晴れて　雨晴るる

好晴 好天 好晴や田鶴啼きわたる　好晴の空をゆすりて

晴天 晴天に苞押しひらく　晴天の真昼にひとり

晴夜 とほい晴夜の星空の下　曇ると見えて晴るる夜の

天気 野良は天気　天気つづきのお祭がすんだ

秋晴 秋晴に虫すだくなる　酔う秋晴の灯台下　秋晴れの日だ　秋晴や何かと干せる

五月晴 五月雨の晴れ間 小草影もつ五月晴　せうじの破の五月晴

霜晴 霜晴れの光りに照らふ　霜晴のあさあけのひかり　霜晴の野をまがなしみ　霜晴の日の照る坂に

梅雨晴れ 梅雨のさなかの 梅雨晴の宵の篝や　梅雨晴れの夕日まともなる　つゆばれのひかりあかるし

冬晴 冬晴をまじまじ呼吸

雪晴 雪の翌日の快晴 雪ばれの日の日のまぶしさよ　深雪晴　雪晴の障子細目に

【パン】 麺包の破片を手にも取り　ひるげ哀しきぱん食めり　汗し食ふパン有難し　宵にふくるるうましパン

トースト 焼ぱんの匂ふ家あり　うらゝかな朝の焼麵麭

パン屑 生きて群がるパンの屑　裸の胸にこぼれるパン餡ぱんの皮こぼしつつ

【牧神】 パンの神きて大声に笑へる日なり　牧羊神の髯いとながながと　牧羊神の笛きく秋のゆふぐれ

半人半馬 みづからは半人半馬　半人半馬われをとらへて

【挽歌】 悲歌・哀悼の詩歌 そが中に挽歌の声　挽歌の節を弾くけはひ　青森挽歌　修羅街挽歌　春ゆく窓に挽歌も誦する

哀歌 鳥が哀歌や　哀歌をあげぬ海なれば

悲歌 黒人悲歌は地に沈む　悲歌の橋

挽歌 わが挽歌うたふ　物かげに挽歌うたふ

【半日】 半日は神を友にや　長き日あしに雨の半日　君に加ふる半日の刑　半日の閑を　釣半日

小半日 半日 小半日五目ならべを　小半日見入りたる海　小半日いなゝいて居る　同じ処に小半日

午前 曇りの午前に　コーヒー一杯で午前は終つた　午前中の青い孤独が　岬ホテルの午前二時

【反射】 眉よせ露が反射する　ポプラの鈍い反射　寒

天の反射　雪の反射の明るき治療室

水照 水面の反射光　湖の水照りのあかるかり　春さりて水照まさるか　入り江の水照り　水照繁なる石段に

照り返し　大富士は日を照り返し　柱ランプの照返し　玻璃窓に日の反照し　ぎらぎらと窓照り反へし

ひ

【灯】　古寺の灯消えなんとして　晩の小さい灯がともる　卓上の灯を小さく守る

遠き灯　遠き灯のかゞやきそめぬ　巷の灯の遠きうるみや　秋の夜遠き灯影かな

灯あかき　奥山に春の灯あかき　灯あかき街の少女らは　早春の雨ふりて灯あかし　灯あかき宵を

灯が洩る　灯をほと洩らし　すきもれし灯かげ一すぢ

灯流す　歌舞伎座は雨に灯流し　葱畑の雨に灯流す畠に灯流す二階かな　朧ろの空へ灯をながす

灯を入れる　はや灯を入れし水車守　灯入れむ月の

灯を消す　灯を消して夜を深うしぬ　灯を消せば青い月夜が　灯を消して夢をまつ間の　灯を消しおくれ

赤き灯　踏切の赤き灯見れば　停車場の赤き灯かげに　蠟燭の灯の穂赤きを　灯赤き酒のまどゐも

紅灯　この街に紅灯おほし　われの凝視むる紅灯を吹く

【日】　日のはじめ

朔 月の第一日　稿を了へたり霜月の朔

朔日 月の第一日　青水無月けふ朔日の　朔日や朝顔さいて　槌の音する朔日の暁　皐月一日花あやめ咲く

晦日　この晦日もけむりはあがる　つごもりの鐘よ　卯月つごもり　つごもりをとまり所か

晦日　晦日午後　月の晦日や髪あらひ

先つ月 先月　先つ月にい行遊びし

【碑】　人身御供と碑ある森　母が碑に　碑によりて　碑に辺せむ　古碑の里に　浅草の句碑の夜寒の

石碑　石碑の冷え　冷たき碑にきざむ名に　母の石ぶみ　石碑をひたせる水に　稚児あはれ母の碑　壺の石碑

文塚 詩文の草稿を埋めて供養した塚　書塚の中なる　うた塚一つ世にのこさばや

歌碑　繁りが下にたてる歌碑　命のはての歌ぶみの　われとわが身に碑を彫る歌

【日】赤き陽　霧にうするる赤き陽みると　あらはに生るる赤き陽の　山窪ゆあかき陽あがり

天つ日　あゝ太陽は照すなり　あまつ日の強き光に

円日　赤き円日海にあり　赤い円日岬にかかり

お天と様　おてんと様のお使いが　まん円いお天道さんが

お日様　赤いお日さま沈みます　お日さんほして

火輪　火輪大地を馳けり行く　大火輪　たれか火輪を

黒点　太陽に黒点見ゆ　太陽が病む黒点に

大日　伽藍の屋根大日わたる　大日くるめきにけり

大日輪　大日輪落ちつきはらひ　吹雪の底の大日輪

太陽　槍を投げ込め太陽も　太陽は空をうろつき　時間を忘れた太陽が　太陽の子の鶯ぞ啼く

足日　晴れわたる天の足日や　南の国の大足日

天日　小鳥であれと天日に翔ぶ　醜骸を天日の下にさらす　天日は凝りてじりじりと　天日を呑む

日輪　まひるの空に日輪も消ゆ　静に軋る日の車　日輪に消え入りて啼く　日輪峰を登りくる　円き日輪

白日　くもりなき太陽　秋白日を照返し　白日の光まがなし

日の玉　紅き日の玉くるくると　大きなる赤き日の玉が

真陽　夏の日のま日の盛り　西の国の真陽のしたたり

【火】　われを逃さぬ火の鎌きたる　火に焼かれたる人の背に　火におどろきぬ寂しき人は

葦火　葦をたく火　手をかざしゐる芦火かな　葦火たく

生火　あかあかと燃える火　生火の燃ゆる門　生火の帆をあげむ

門火　門前でたく火　裸に焚ける門火哉　嫁入の門火一雫

鹿火屋　鹿や猪よけに火をたく番小屋　ねぎらひ行くや蚊火の宿　また銅鑼打つや鹿火屋守　かびやがけぶり　鹿火屋が下に

護摩壇　護摩木焚く森の祭壇　護摩壇に金鈴響く

菜殻火　ながらを焼く火　菜殻火の映れる牛の　がつくりと菜殻火消えて　菜殻火の燃ゆる見て立つ

裸火　おおいのない火　万灯に裸火ひとつ　一裸火のへろへろと

火種　もととなる火　かしこまる蝿に火種掘る　炭おこすとぼしき火種　懐ろ手して火の種を　火種借りて

一つ火　一片の火　一つ火くらし　一つ火のさ緑の蛍

火中　火の中　若き日の火中に立ちて　火中にありて妻の名よぶも　火中に生るる

【秀でる】　ぬきんでる　秀でし人の末路も見き　眉の秀でし少年よ　秀でし横顔を　大地溝に富士は秀でる

いみじき　盛りいみじき海棠に　心にかよひていみじき笛の音

けやけき　多羅葉の大樹けやけき　秋茄子の味もけやけし

妙　雲雀また妙にうかびぬ　妙の光を

勝る　まさる春花はあらじとぞ思ふ　明眸に勝る色を

ば　花も桜にまさりしもせじ　勝れる宝

見事　雪ちらり〳〵見事な　見事なる蚤の跳躍　見事や馬の鼻ばしら　菊見事　鬚美事

【火打石】　袖なつかしき火打石　燧石を打つて星を作つた　燧袋も古りにけり

切火　うしろから切火をうつて　火を燧音や

付木 火を点じる時につかう　谷風に付木吹ちる

【冷える】　海ははれてひえふりのこす　空気が冷える瓜冷えぬ　血が冷ゆる夜の土から　おのがからだ冷ゆ針よりも衣ひゆる夜ぞ

悴む　かじかむ家に釘を打つ　かじかみて脚抱き寝るか

凍える　子どもの足は泥にごえつ　狼の身も凍ゆらし　凍えてひゞく芭蕉は　手が凍え

冴え返る 寒さがぶりかえす　春めきながらさえかえり　寒は冴かへる　さえかへるそらをうたてと

冴える 寒さがきびしくなる　空のふかきに冴えあかりつつ　風さゆる七夕竹や　さゆる夜のともし火すごし

冷やつく　袷かさねて着ても冷つく　夕顔の花に冷つくよりかゝる度に冷つく　うしろ冷つく斑山

冷え　身の冷えしるし　照る月の冷さだかなる　大気の冷えは香料のごとし　微雲澹月渓の冷

底冷え　底冷えしるき雪もよひ　しぼまりてゐる春の底冷え

冷え冷え　冷え冷えと闇のさだまる　冷えびえとさ霧しみふる　片恋や夕冷え冷えと

下冷え 底冷え　下冷つよき狭き屋のうち

夕冷え　ひとりあそぶ渓の夕冷　夕冷えまさるしら雪に　夕冷えのさくらは白く

【日傘】　辻の日傘は　美しい都の日傘　春日傘　少女子は日傘畳みて　日傘の影

絵日傘　妓に借りし絵入傘　乱れ合ひゆく絵日傘に小草野の主なき絵日傘　絵日傘をやゝ斜なる

砂日傘 ビーチパラソル　砂日傘びよう〳〵と鳴る

パラソル　はじめてかざす洋傘　握りたるぱらそるの柄

【東】　東の海ひかる白帆に　月は東に日は西に　東よりくる庵の春　東の方に窓をあけ　東の方へ歩き出す

巽 東南　わがいほは京の辰巳　巽あがりの風吹き来しや巽あがりの野火はもえける

東方　東方の聖き星凍て　東方に満月うすし

東　ひんがしに星いづる時　ひむがしの野を出づる日の

ひ

朝日てるひんがしの野を　東に夕焼雲や

東ゆ 東から　ひんがしゆ来て　ひんがしゆ陽はのぼり

【東の海】　東の海ひかる白帆に　ひむがしの海に生れて　ひんがしの海の大き岩

東海　早酢や東海の魚　東海のよき敷波の

【日数】　日数ふりゆく長雨の　まだ日数へぬ秋のつゆ　春の日数のふるままに　日数へし船の友だち

日長く 何日も日がたつ　恋ふる日のけ長くあれば　産屋住みけながき妻が

日並ぶ 日をかさねる　日ならべて空の碧さよ

日頃 数日　この日頃病みふすわれに　秋の日ごろの

日経ぬ　かく思ひつつ日経ぬ月経ぬ　幾夜経ぬると

【干潟】 潮の引いた砂浜　干潟砂城潮満ち来　干潟の砂はなめらかに　干潟には鐘が鳴るなり　潮満つるまの夕干潟

朝潟　朝潟にねむる小蛸は　起重機の音朝潟に鳴る

潟　冬潟の荒れにこぎ出で　芦も鳴らぬ潟一面の　沖へとある筑紫潟　なるみ潟かたぶく月に

潟海　知らぬ他国の潟海に　滑らかな潟海の黒

遠干潟　鶴脛高き遠干潟　遠干潟いまさす潮と

【光】　風わたるらし光みだるる　小さき星の濡れたる　光　蕗畑のひかり身にしつ　細き指環の冷たき光

光　昼の光黄金食をたゞよはし　晩夏の光しみとほる　夕さりの光懇に

光線　つめたい光線の花束で　狂ふ光線　うちもだす光線　玻璃天井の光線が　光線の図画　光線の船

光芒 光の筋　無限に曳ける光芒の　蛍火の光芒ながし

極光 オーロラ　あざやかな極光に　極光を戴けり　極光にみてる「北光」の光微かに

光陰　夏ゆふぐれの光陰に　ひかりのかげぞ

光華 美しい光彩　あざやかな時間の光華　赤金の光華よ

微光　天の微光にさだめなく　空の微光の　額に微光や

余光 日没後に残る光　暮れがてに余光かがやき　夕暮の余光のもとを　冬至すぎむ日の余光こそ　余光の火焔

黄の光　バナナ畑の黄の光り　とんぼうの腹の黄光り　電球に昼の黄光　黄なる光は雪をてらせり

銀光　さざなみの銀無垢光に　銀光溢れて家に入らば　銀の光は瞬けり　銀の光が林檎の実の

黒光り　最上川黒びかりして　馬もはねれば黒びかり

蛍光　老男の耳朶は蛍光をともす　蛍光板に

金剛光 ダイヤに似た光沢　寒を盈つ月金剛の　まばゆき金剛光の

ひ

金剛光はかきみだされ　金剛の露ひとつぶや

金色光（こんじきこう）　金色光の照るところ　金色光のさす心地する

赤光（しゃっこう）　幹の赤光うすれゆく　夕の赤光河にながれ

白金光（はっきんこう）　一点の白金光　きさらぎの白金光の昼の陽に

白光（びゃっこう）　眩ゆき白光　秋の日の白光に　白き光りの喘ぎ立ち

燐光（りんこう）　燐光あをくひかりて　紅き蕈の燐光りゐむ

【光の輪】（ひかりのわ）　かぶろ髪光輪はなつ

金環（きんかん）　月の輪　金環ほそきついたちの月

月の暈（つきのかさ）　月の周りの光の輪　木の芽ぐもりの月の暈　月の暈には雨の星一つ　月の絹暈着る夜かな

日の暈（ひのかさ）　太陽の周りの光の輪　日の暈円く浮び出で　日暈が下の古畠　ある朝を白む日暈は　暈日かゝれる

円光（えんこう）　円光かざすけはひあり　円光を著て鴛鴦の雨　後の円光とりもどし　円光も燭もみじろがね

後光（ごこう）　金の光背を浴びる　舟後光　後光の滝しぶき

【光る】（ひかる）　春の海はひかる　春風に頬光らせて　葛城は雪をひからする　雲母ひかる

薄光る（うすひかる）　微かに　薄き光の菫かな　うす光る水路のはての指をもれゆくうす光る砂　秋の木の間に水うす光る

底光（そこびかり）　底びかりする北ぞらの　底びかりする鉱物板だ

鋭き光（ときひかり）　冬三日月の鋭きひかり　陽のいろ鋭けれ　光するどき星ひとつ

鈍光（にびひかり）　汽車のレールの鈍光り

発光（はっこう）　夜刃の如く発光す　孤寂なる発光体なり

光放つ（ひかりはなつ）　大地より放つ光を　光を放つ琵琶のみづうみ

明滅（めいめつ）　広葉の風に明滅す　せわしく明滅し

爛爛（らんらん）　きらきら光る　爛々と虎の眼に　北斗爛たり

【惹かれる】（ひかれる）　好きになる　脆きこころが牽かれゆく

惚れる（ほれる）　行水の女にほれる　君と我うそにほれればや

恋の奴（こいのやっこ）　恋のとりこ　恋の奴にわれは死ぬべし　官能の奴

心そそる（こころそそる）　心ぞそる君おもふとき

過ぎがて（すぎがて）　素通りしにくい　過ぎかてに息づく君を　陰ゆく道は過がてにする　わがやどをしも過ぎがてに鳴く

なずむ　なじむ　着なれて肌になづみたる　花瓶に泥む薔薇は

見残す（みのこす）　見られないまま終わる　見のこししうら若き日の夢　みのこし、ものゝあるこゝちかな　見のこしし夢をいだいて

ゆかし　一もと床し梅の花　山路来て何やらゆかし月影ゆかし　ゆかしき奈良の道具市

【彼岸】 憎まゐりたる彼岸かな　春の彼岸の来むかふ

山山 彼岸まへさむさも一夜　彼岸過　彼岸過れば

彼岸詣 齢とれば彼岸詣も　彼岸参りを

【引潮】 月ほど白し引潮にして　引く潮に砂利鳴る音や

潮干 ほろほろ落つる汐干かな　潮干の潟に鶴鳴き渡る　潮干るかたに千鳥鳴くなり

潮涸 潮涸の泥のくろぐろと　潮涸の上に女二人

【曳く】 牽かれて行つた

手繰る 胸たぐりあげ　濡れし投網をかいたぐり

引きずる 重き鎖の辷る響きはも　蟷螂のひきずる影を　古き力にひきずられ　引ずる水も

引く 日が真赤ぞよ大根引　葛引きあそぶ五月晴　此頃は蕪引くらん

抜く たましひの抜けしとは　大根ぬきに行く

【弾く】 ひきさして空をながむる　風の来て弾く琴の音に　まことみよとや弾語り　ビオロン弾きの少女

掻き鳴らす 一の絃のみかき鳴し　かきなす琴のこゑにさへ

清掻（和琴の弾き方） ビオロン楽の清掻や　店清掻か

爪弾く 歌ひくき爪弾や　眼を閉ぢて爪弾く三味の

弾初（新年初めて楽器を弾く） 五人ほどよりて弾初め

【低き】 低き机によりながら　芦辺さす鳥低きかな　あきかぜの草よりひくく

低空（空の低い所） 低空に曇りうごきて　雨をもよほす低き空

低み（低いので） 山を低みか雪わたる

低山（低い山） 男鹿半島の低山うかぶ　西伯利亜の低山つづき　低山に白梅のはな　低山並みにはさまれる

【髭】 紅きひげ金色の髯　髭黒の面も吹きけむ　我がひげを吹き我を吹く　先生の疎髯を吹くや

顎髭 去年のままなる顎の髯　寸ほど延びし頤の鬚

剃杭（不精髭） 鬚の剃杭撫でつつも

白髯 白髪に白髯に春　口髭の白くなるまで

【飛行】 飛行音かぶさり　夜間飛行に唇離る　夜間飛行の灯　低空飛行

気球 かなた気球の沈み浮く　繫留気球

飛行船 空飛ぶ船が世を騒がすも　風船の乗心地

パラシュート パラシウト天地ノ機銃

飛行雲（飛行機雲） 飛行雲窓より近き

【飛行機】 薔薇色の飛行機と　ジエツト機の切り裂きゆきし　少女の投げし飛行機の　飛行機夏草に

機　枯原を追へる我機の　機の窓に富士の古雪　ダグラス機冬天に消え　一機いま

戦闘機　少年ノ単坐戦闘機　キューンキューンと戦闘機

爆音　遠く爆音をきく時に　北方より爆音来たる

プロペラ　プロペラのひびきにまじり　翼プロペラ、碧空の猛者

タラップ　タラップを降るれば忽ち

【日毎に】　西日して日毎赤らむ　日ごとにかはる芙蓉かな　日ごとにわかき　枝ぶりの日ごとに替る

日にけに（日毎に）　秋風の日にけに吹けば　日にけに人の恋しさ増ぬ　妹に恋ひ日にけに痩せぬ　冬来れば日にけに寒し

日に日に（日増しに）　富士の笑ひ日に〱高し　日に日に咲きぬ　日々に病人づくや

【久】　久に逢ひ見て梅雨晴れぬ　とこひさに忘られがたき　竜胆を久に凝視めし　久にして来し故郷の

久方　久方の青葉の晴を　久方の日の光より

久しく　ひさしうも水なき野辺に　冬ふけて久しとおもふ　潮騒の今宵久しさ　久しくなりぬ夏ゆくらむか

久久　ひさびさに裏白かけて

ひごとに――ひざし

【膝】　膝を抱きてものを思へば　あが膝すらを疑ひにけり　やはらかき女の膝や　あたたかき膝にわかれて

膝頭　ともしびうつる膝頭　冷え来て痛むわが膝がしら　膝がしら毛布につつみ

膝枕　物思ふ人のひざに枕す　母の膝べに眠り居るかな

御膝（膝の美称）　君がみ膝に涙ぐむ　み膝こひしみ　人の膝の上わが枕かむ　倭女の膝枕くごとに

【瓢】　ひさご作りに余念なく　浮くも沈むも波間の瓢　ものひとつ瓢はかろき　おくられしひさごもすてゝ

瓢　瓢の音のかたまりぬ　目鼻書ゆくふくべ哉　我捨しふくべが啼か　瓢に酒鳴る

【庇】　経に風ある夏廂かな　廂に雨の当るをきけば　庇起せば冬つばき　から〱と貝殻庇

板庇（板葺きの庇）　蠣殻をのせたる磯の板庇

片庇　菩提樹陰の片庇　屋根ふかれたる片庇

庇間（家と家との間）　ひあはひに枇杷の葉青し

深庇　仏と住みて深庇　雪垂れてをり深庇

【日射】　日ざしただよふ冬川の　あはれ欝金の陽射かな　ゆるい日ざしです　陽差のなかに立ち来つつ　薫る日ざしの

ひ

日脚（日が空を過ぎ行くこと）　這ひあがる日あしの赤さ　春の日脚のかたむきぬ　日脚のぶ　逃げてゆく日脚を追はず

日が射す　ゆく水に赤き日のさし　黄の帯のごと日の射しぬ　さす日のやさし萩若葉　日が射せるより露あつく

日筋　杉間流るゝ日すぢかな　かよわなる薄陽の光線

山の日　山の日のきら〳〵落ちぬ　山の日は暑しといへど

【ひしめく】　町尻へ遠くひしめく　ひしめきゆく風の中にて　鉢、小壺犇めける　悲しみがひしめき合ひて

挙る　青杉こぞる山の峡　人こぞる汽車に座をえて

【聖】（聖人。高僧。達人。）　額しろき聖よ見ずや　いまの世の聖をわらふ　比叡が嶺の昔　聖も　生ながらの聖にてませど

聖人　聖人たちの古い言葉を　聖人の生れ代りか

【美人】　燦然と美人たり　水仙や美人かうべを　白衣の美人通ふ見ゆ　美人の影の青きまで

容人（美人）　我が母はかたちびとにて

細女　くはし少女が山桜　美しき妹が黒髪　麗し女を

清女　都よりすがし女きたり　あたら清し女

美女　振向ばはや美女過る　美女病みて　素足の美女

美婦人　美婦人の寝室で　美姫の里よと

良き人　美き人なりき花ごろも　よき人を宿す小家や　淑き人の冬ごもりすと　よき人のひそみにまねぶ

麗人　麗人の泣くを見ずやと　瓶の麗人

艶人　貴人が痩せて死ぬべき

嬋娟（あでやかで美しい）　嬋娟を露さずやあらん　夫人嬋娟として

蓮歩（美人のあでやかな歩き方）　蓮歩のあとを思ふ雨かな

【密かに】（内々）　ひそかに我を喚ぶに似たる日　密かに云ひし　綿玉のひそかにはぜる　ひそかに猫のうづくまる

密か心　灯がさしそむるひそか心や

密に　密に忍びて　秘に火ともり　密に這ひいでて

ひそやか（ひっそり）　ひそやかに持て来しりんご　ひそやかに宵の廊しのぶ　そのひそやかな輝きが

人知れず　人知れず鬢の香をかむ　人知れず恋を封じた

【潜む】　人を誰れかとひそみ居るなり　蟹捕る人のひそみゐて　くらやみにひそみて　朝顔は葉陰にひそみ

じっと　ぢつとして凍る夜ぞ　生きの焔のじつと燃え居り　秋の暮ぢつとみる手の

そよりともせぬ　そよりともせぬ曼珠沙華

身動がず　熱帯魚藻にみじろがず　目のまへに山みじろがず　みじろがでわが手にねむれ

潜み音　蟇ひそみ音に　囮鶉のひそみ音に

潜める　竹林にひそめる墓の　わが家は息をひそめて
物かげに息をひそめて　血液にひそめる菌の

【額】　博覧のひろき額や　熱い額に落ちもくる

こめかみ　こめかみをがくがく猟夫　まなこつぶればこ
めかみに

額　日は額を搏つ　風邪の火照の額に　月輪の光を額に
妻の額に春の曙

額白　額白に仏さびたり　額白き人室にあり

真額（額の美称）　真額に真陽を浴びつつ　わが真額をむちうち
にけり　ひめが真額　真額に血のにじむとも

【ひたすら】　さくら花ひたすらめづる　ひたすら咲い
てみせにけり　心ひたすら山を恋ひにき　ひた喰はゞ

一途　おもひいちづに　ひとみちに歌なほしをる

一心に　一心に遊ぶ子どもの　一心に虫は啼くのみ

片待つ（ひたすら待つ）　君が使を片待ちがてら　黄葉片待つ

懇ろ（ねんごろの古い形）　ねもごろに人を思はむ　ねもごろに一本
の茶を　花鉢に水ねもごろや　念頃に拝む地蔵の

ひしと（しっかり）　柩をひしと抱きけり　天眼ひしと

ひたむき（一途に）　富士の夕風ひたむきに　ひたむきに空
を仰ぎて　ひた向きに流れる低い雲

ひたに（一途に）　炎天の遠ひた寂しかも　街を歩めばひたさ
びし　凍れる大気ひたに静けし　ひたにかなしむ

直心（一途な心）　ひたごころのみわれに残れり　わが一向ごころ
ひたごころひたぶるに願ぐ

ひたぶるに（いちずなさま）　ひたぶるに思ふことありて　ひたぶる
に読む基督の伝　ひたぶるに君抱くとき

一重心（一途な心）　ひとへごゝろの梅のはな

一向（一つの方向に）　ただ専念に　谷をけたてゝ一むきに

【櫃】（ふたのある箱）　みがかれて櫃の古さよ　黄金の櫃に

飯櫃　干された飯櫃がよく乾き　飯櫃も見ゆれわが家
の写真に　飯櫃の蛍追ひ出す

米櫃　あき米櫃に米いでき　麦秋の米櫃におく

白櫃　鼠もはめるよねの白櫃

長櫃（衣服を入れる）　ながひつになひつゞけて　長櫃の萩　蘭麝
に香る石の唐櫃　細櫃のそこにきて啼

雛櫃　雛箱の紙魚きらきらと　姉にもらひし雛の櫃

【柩】　柩を護して門を出づれば　黄なるコスモスは柩の
上に　白きひつぎをいだきわが居り　雪天にくろき柩と

棺　棺あまり小さし　赤き棺　棺一具　棺が行く

棺桶　棺桶を雪におろせば　棺桶の値を知らず

ひ

小さき柩 子の棺　抱きゆく小さき柩に　ちさき柩のうしろより　小さき柩のなくなりし　棺あまり小さし
柩打つ　石をもてひつぎを打ち　柩の蓋にうつ釘の
御柩 棺桶の美称　御柩の前の花環の　御柩とづる真夜中のおと
　御柩深くをさめては　寒き夜すがら御柩守る
掛衣 棺にかける布　青き悔恨の棺衣の　血の色の棺衣織る
投げ入れる　柩には菊投げ入れよ　あるほどの菊投げ入れよ　夫うづむ真白き菊を
【引越】　引越すはなしきまりかけ　引越しの朝の
家移り　子等を率て家うつりすれ　桜落葉や居を移す
移転　枯野行く貧しき移転　枯野を行くはわが移転
移り住む　移り住たる夕心　移り棲みて拭き浅き縁の
移る　天の雪地に移りたり　移り来しこの庭もせに
渡座 家移し　徙移ののちたへぬ茶けぶり
【ひっそり】　昼の電灯ひつそりともり　カンナひつそりまひるさびたり　脇にひつそと書物みる人　ひつそりと月
ひそけさ　夜のひそけさ　冬至の午後の庭のひそけさ
　秋深き昼のひそけさ　みな往きてあとのひそけさ
ひそと　青きカナリヤひそと肩に　ひそと来てひそと去りたる　雨意やがて新樹にひそと

ひそまる　かなしかる夜を星はひそまる　研究室ひたひそまりて　牡丹の花朱にひそまる
ひそめく　ひそめきて音にもたてず　歌仙ひそめくけしきかな　ひそめきあひて　ひそめきいでし
【日照り】　ヒデリノトキハナミダヲナガシ　旱り田の濛々たるに　つづく旱りに蟬さへも　旱害のあとを
旱天 日照り空　旱天の鴉　旱天夜も火気だちて
旱魃　旱魃の鋪道はふやけ　旱魃に通り雨　旱魃の俄雨
大旱 日照り　大旱の赤三日月と　牛の眼に大旱の土　影大旱の田に倒る　大旱の月も　大旱の星空に
日照雲 日照りの先触れとして出る雲　日照雲いまだに赤く
水飢饉　家主の井底水飢饉　水飢饉わが井は清く
日照雨 日が照りながら降る雨　ひでり雨さらさら落ちて　日照雨する
　さんらんと日照雨降る
日照雨 日が照りながら降る雨　熟れ黄をぬらす朝照雨　日照雨する京のわびゐの
【人】人間　人間商売さらりとやめて　人間界の切符を持たない　人間が鳴らす音色の　にんげんしろき足そらす
英雄　英雄の死と悼まれ　美の英雄を
男女 男と女　をとこをみなの性をさびしむ　男女ら共に

浴めり　心浄き男女と　をとこをみなら昼餉して居り

男女　原色の男女あり　ありし日の老弱男女　絶壁に寒き男女の　べんちの上の男と女

野人（粗野な人　在野の人）　野人土に木の芽梢に　更衣野人鏡を

他人　炎えている他人の心身　他人の手紙を

よそびと　山寺の路にわれはよそびと　きみはよそびと　われらはよそびと　他人は斯くぞ笑ひし

【一足】　一足のちがひで逢へず　たゞにひとあし

一歩　一歩出て塵を棄てけり　一歩恋しさ　一歩に涙

【一枝】　ひと枝咲きぬ初ざくら　花ひとえだのあるじなりけり

一枝　世にゝほへ梅花一枝の　月のさむさよ梅一枝

一枝　一枝のつぼみ色動きゝぬ　青空にひと枝咲きぬ　時すぎし梅のひと枝を　木蓮の一枝を折りぬ

一朶　一朶の青蓮の花を　暮山一朶の春の雲

【一木】　山の一木の葉を落すおと　ひとときのやなぎ　一樹はおそき紅葉哉

一木　廃園の一木一草　枯木一木幽かに光る

花一木　当帰ばたけの花一木　さくら一木春に背ける

【一塊】　一塊梅咲けり　一塊の土に涙し

一塊　野に一塊の妙義山　雪一塊の白さかな　一塊の光線となりて　一塊となつて

一塊　群雀の一団が　一かたまりの芒の芽　飯蛸の一かたまりや　冷えてかたまり農一家

【人気無き】　人気なき校舎の裏に　人気なき夜の事務室に

居ない　仁王の居ない仁王門　だあれもゐない

欠ける　欠けし顔なきけさの卓　兄の欠けたる地に光る　弾初にことし欠けたる　今日の句会に欠けし君

寒村（貧しく人けのない村）　寒村を咳へうへうと

主なき（主人が居ない）　ぬしもなき裏の捨舟　主なき宿の庭の面に　あるじなき垣ねまもりて　主なき椅子炉にむかひ

人あらなくに（居ないのに）　人もあらなくま昼日てりぬ　人あらなくに百舌啼きしきる　よべどこたふる人もあらなくに

無人　無人の城郭の影に　無人の林　人も無し

空家　鬼灯青き空家かな　明家に菖蒲葺いたる

明屋敷（空屋）　草花赤し明屋敷　秋も更行明やしき

【人声】　人声のすぎたるあとや　坂上りくる人声に　人ごゑこもり　人声もいつしか消えて

人語 裏山に人語きこゆる　人語澄む　すべて人語の聞えこぬ　人語湧く　木の間なる人語りゆく
遠人声 藪越しに遠人ごゑの　遠人声もなつかしきかも
話し声 はなしごゑ冬木の幹に　見世物の小屋のうしろの話声　使の者のはなし声　障子の内の話し声
人音 人の声　人音もせぬ山かげの庵　人の音せぬ暁に　水づく里人のともせず
【人心】女心 女心によりかゝる　一途の女ごころかな　うつりゆく女の心　初秋の日の女ごころに
幼心 幼心の失せずして　幼なごころのにくしみは
男心 知るよしもなく深き男心　かはるならひの男心に
少女心 少女心の月見草かな　少女ごころは秘めて放たじ　春を待つ娘心や　少女ごころを知らずして
親心 親心おろおろするも　迷ひ子の親のこゝろや
【一筋】 一筋の落花の風の　炎天に一筋涼し　ひとすぢ靡く　三日月に川一筋や　蔓一すじの心より
一条 一条の大河横ぎる　一条の太き帆綱ぞ
一痕 一痕の月も夕焼け　一痕の淡月あり　月の一痕あり　欄前の月一痕を
【一筋道】 一本道　青ひとすぢのみちのさびしさ　黒こおろぎの道一筋　一筋道の迷ひなく
一路 どこまでも風蝶一路　一路かなしも　さびしき一路　見覚えのある一路哉
一径 一径は斜にして
一本道 青田貫く一本の道　たゞ一本の道があり
直道 夢の直路は現ならなむ　直道から　直なる道を
直路 ひたみちにながくいそしみ　傾斜急なる直みち
【一つ】 青空と一つ色なり　水鳥一つ　憂き身ひとつに　唯一つの大空の　たつたひとつの水車小屋は
一つずつ 蛸壺に蛸ひとつづつ　ひとつづつ蜻蛉をとめて　マーケットの灯は一つづつ消え
一つに 生きながらひとつに氷る　白ゆふも傘もひとつに
一つ二つ 一つ二つと減り行くに　一つ二つと翔りゐぬ
一本 一本　一本咲ける桔梗かな　むらさきの一本ゆゑに　ひともとと思ひし花を　一もとのいてふの黄葉
一穂 ひとつの穂。煙や火など穂に形が似ているもの　人煙一穂　舷灯の一穂に火蛾　いつの種とて麦一穂　金色はしる麦一穂
【一杯】 一杯の美酒のみて　一杯の酒こゝちよき　一つきの酒心地　一杯の赤酒の酔ひに　一盃の屠蘇に
一盞 一盞を飲みほすごとに　一盞の濁酒ささげん

【一つ家】山のかひなる一つ家の　ひとつ家の灯の濡れてゐる　一家に遊女も寝たり　雑草青きひとつ家に
一宇 一軒　谷深く探る一宇や　一宇の伽藍
一軒家　枯木の中の一軒家　一軒家天に烟らす
【一列】ひとつら赤き春の杉むら　街の小家のひとならび　一つらの汽車の霞は　かりがねの一つら低く
一列　立ん坊は一列をなし　黒い無言の一列が
一聯　一聯の露りんりんと　下り鮎一聯過ぎぬ　少女等が脚の一聯　一簾の暮色は
【一時】君と語らむ一時もがな　一時の思出にがき心調へり朝の一時　ひとゝき露を振る　夕一時　花もひと時
片時　山火を噴きて片時ののち　片時も離れがてにし
時の間 暫く　時のまに春とも見えず　ときのまのわが想ひ　夏の夜はたゞ時のまの
時を経て　すみれつみつゝときをへにけり
【一葉】一葉先づ落ちまた落ちぬ　一葉一葉に濃やけく
片葉 一葉　日もすがら葦の片葉の　草の片葉は
一つ葉　一つ葉にひとつ鈴虫　夏来てもたゞひとつ葉の
【一葉舟】一葉舟湖にうけて　一葉舟人影くろく　おぼつかなげの一葉舟　杭に繋ぐ一片舟や
一葉　一葉の航　漁舟の一葉　風波の一葉　一葉を投ぐ
一舟　一舟に昼寝の海女と　一舟に馬も乗けり　下肴を一舟浜に
【一片】雨こぼすひとひら雲や　ひとひらの月光より小さき　一枚の葉書手に持ち　一ひらの白刃こぼれて
一葉 一枚　一葉の名刺の裏の
一点　一点が懐炉で熱し　寒の星一点ひびく　一点白し
一片　一片の落花見送る　浅瀬にのこる月一片　一片の薔薇散る　一片の雪を見る　一片の麵麭を　断礎一片
【一群】一むらにほふ夕日のながさ　飛蛍その一むらに　ひとむらもみぢもえまさる　ひわの一むら
一群　一群過ぎし　酔ひ戯れたる一群の
一群　嫁入のひとむれすぎぬ　麒麟ひとむれ
【一村】村全体　一村の鼾盛りや　一村はかたりともせぬ　一村は杏の花の　一と村をすいにして立つ
一村　一村は雪にうもれて　一村は冬ごもりたる　酔ひ臥して一村起きぬ　一村鰯干しにけり
一里　一里こぞり山の下刈　一里はみな花守の
村中　村中に椿の塵の

【一目】 一目を欲りつつ　一眼にて他国者なり　飛騨街道も一目なり　手折りて一目　一目見に来ね

一瞥（一目見る） 満腔不満の一瞥を　憐憫の一瞥

【人目】（他人の目） 雛に人目の関もなし　人めともしき春の山里　夢の通ひ路人目よくらむ

人目なき（他人の目） 人めなき露地に住ひて

人目守る（人目をはばかる） 人めもる身ぞ　人目を忍び

人目を多み（人目が多いので） 人目を多み妹に逢はぬかも

穂に出ず 穂に出でて恋ひば　ほに出でぬ恋ぞ

【獄舎】 彼は前線へわれは獄舎へ　寂寥の囚屋に　せばきひとやの窓越しに

鉄格子 わが額にある鉄格子　狐にはまる鉄格子

牢 友牢にあり秋の風吹く　かの石牢の欠けた紋章　玻璃の牢屋に　座敷牢　牢獄の壁

【一生】 激ち一夜に一生懸け　一茶の一生寂しやと　芭蕉の一生かへりみて　せめてわが一生のうちに

一期 一期の別れする時も　一期は夢よただ狂へ

一生 一生を賭けし俳諧　をんなの一生透きとほる

【一夜】 落葉焚きて寒き一夜の　補助看護の一夜は明けて　国境の町の一夜を　一夜寝ば明日は明日とて

一夜さ 一夜さに嵐来りて　一と夜さの吹雪がつくりし　銀河も流るるこの夜さ一と夜　沖で一夜さ

夜一夜 夜一夜に壁の羽虫を　夜一夜餅を搗く音よ　夜一夜を咳きて明せば　夜はひと夜さり

【一人】 大晦日も独り　咳をしても一人　ひとりの咳をしつくしぬ　風ふく一人　鴉啼いてわたしも一人

独りで ひとりで飲んで酔ひにけり　ひとりで歩いてゐる　ひとりでじやれる　ひとりで腐って

独り居（一人暮らし） 独居の帰ればむつと　ひとり居の窓に風吹き　ひとりゐの垣根のつる豆　独り居に風鈴吊れば

独り住 残されてひとりわが住む　泣きたくば泣く独り住　婆々ひとり住む藪の家　ひとり暮しのわが夜に

一人ぼっち ひとりぼっちの夜　ひとりぼっちの夜更

孤高 孤高はかなくほこれども

ぽつねん ぽつねんと停ち居るぽすと　ぽつねんと一人

一人旅 ひとり旅こそ仄かなれ　隧道に旅人ひとり

一人のお茶 ひとりのお茶のしづこゝろ　芝居のますにひとり茶をのむ　厨着ぬいでひとり汲む茶や

一人飯 ひとり飯食し　おさな子やひとり食くふ

独身 独身や上野歩行て　独身のきみの含羞を　きみ

の独身なほ続くべく　薄ら寒き独身のともが
独り者　三十年のひとりもの　影はべらしてひとりもの
【独り言】　胡桃をつぶす独語いひて　歩むともなき
独語　わが唄はわがひとりごと
呟き　海よ小さな泡の呟きよ　音ならぬ音は呟き　つ
ぶやきさむき二月かな　囁声の
呟く　曼珠沙華咲くとつぶやき　はね炭につぶやく声や
老いて呟く　つぶやく水の　ひとり呟き
独語　干潟の独語誰も聞くな　中年や独語おどろく
独り言つ　独り言をいう　ひとりごちぬる　独りごつかも
高寝言　侍部屋の高寝言
寝言　寝言いふその顔　寝ごとに起て聞ば鳥啼
【独り寝】　あくる板間をたのむひとり寝　ひとり寝の
枕にかよへ　我星はひとりかも寝ん　ひとり寝の閨には
仇し寝　京の仇し寝　まきの仮屋のあだ臥に
徒臥　恋する人に逢えなくて一人さびしく寝る　いたづら臥の手も指も冷ゆ
独り臥し　一人寝　独り臥して　ひとり臥さへ
片敷く　自分の服を敷いて　真萩かたしきひとりかもねん　紅葉か
たしき寝るは誰が子ぞ　片敷く袖をしぼりつつ
閨怨　ひとりねの寂しさを恨む　閨怨のまなじり幽し

ひとりごと――ひな

【雛】　雛の袂を染るはるかぜ　雛の小袖の虫はらひ　雛
あちらむけこちらむけ
雛　細目かがやく雛かな　ひひなのごとき髪ゆひて
形見の雛　光の中に雛ほころび
絵雛　父が描きし絵雛かな　つくりためたる押絵雛
紙雛　紙雛めきし花嫁の君　紙雛に眉かく絵師の　紙
ひなの眼口もなしに　紙雛のをみな　露の光りや紙雛
内裏雛　箱を出てより添ふ雛の　かほと〳〵の揃ふ雛に
雛の殿　大殿油ひゝなの殿に　雛の殿の宮づかへ
雛作り　雛つくる老のかごとも
雛の顔　雛の顔ゆるむ寒さの　瓔珞揺れて雛顔暗し
古雛　売らでやみたる古雛かな　手に笛もなし古雛
古雛や華やかならず　古雛のかんばせわかく
女雛　女雛は袂うち重ね　男女の雛枯山の日は
【鄙】　田舎　鄙の宿　鄙にはをしき娘の子
鄙唄　鄙唄うたひ山に樹々　調かなしきひな唄の声
鄙びる　田舎風　紅濃くつけて鄙びたる　鄙びたる軍楽の憶
ひ　うち鄙びたる　鄙めきてさるすべり咲く
県　遠きあがたにとつがせて　鳴やあがたの
田舎　田舎の午後のつづくなる

在所 在所在所の花の雲　在所にもどる鱈のあご　一在所竹に隠るゝ在所哉

水郷 水郷の沖べはるかに　水のあがたのくるわ町

辺土 片田舎 辺土のみ先に　辺戸の荒磯におり立ちて　辺土に住みし母と妻かな　いにしへの辺土順礼

【雛納】 雛をしまう 雛仕舞ふ朝を雪吹く　ひとつ箱にひひなをさめて　古りにし反故や雛をさめ

雛の別れ ひなの別れにおとろへて　別れの雛に　雛に別れ

【日向】 夏の日向にしをれゆく　日向風吹ける軒端に　緑陰より日向へ孤児の　日向の芝や犬の糞　秋日向

日当り 日あたりのよき部屋一つ　日あたりや熟柿のごとき　日あたる渓のふかさかな　日当りながら竹の雨

日面 日おもてにあればはなやか　日おもての花の眩しさ　日面に揺れて雪解の　日表の莟も堅し

日溜り 日だまりに光りゆらめく　陽だまりを虫がころげる

日向縁 二月の日向の椽の　日の縁に羽織ぬぎ捨て

日向臭き 子供らの日向くささ

日向ぼこ 青空染むと日向ぼこ　犬日向ぼこ　ひとり日向ぼこ　空に横たふ日向ぼこ　行春の日向埃に

日向水 日向水ひろごる雲を

【雛祭り】 雛のお節句　なほ娘なる雛祭

白酒 白酒の紐の如くに　あもが乳なすましろ白酒

雛遊び うなゐ遊びの古雛の

雛霰 黄をまじへけり雛あられ　雪よりかるし雛あられ

雛の間 一間に雛をかざりけり　雛の間やひたとたて切る　雛の間や色紙張りまぜ　ひひなかざりてものするゑて

雛壇 一夜雛壇灯は消えて　雛壇にすがりまどろむ

雛の家 ひな人形の飾ってある家 住替る代ぞひなの家

雛の灯 雛の灯ともす桃の窓　雛の灯へ坐り

雛の夜 夜の雛　雛の夜の雛の料理や　我と夜明けし雛かな　雛の宵　添臥す雛に

【ひねもす】 うらゝひねもす花のちる里　ひねもすききしうぐひすのこゑ　終日遠し畑の人

二十四時 二十四時を酔狂に送らむとして　二十四時を人をし恋ふる　船室の二十四時に間なく聞く

日がな 日がなかなしくものなど縫はむ　日がな啼く

日一日 一日中 日一日荒野をよぎりて　日一日夫婦畑うつ

日もすがら 日もすがら落葉を焚きて　日もすがら

木を伐る響　南吹く日すがら聞きし　寒き日すがら

【火の粉】

火の子があがる迄あおぎ　眼のあたり火塵散り　火塵を乱す黒けぶり　金の火塵ぞ　火の粉ぱちぱち

飛火　石工の飛火流るゝ　飛火もり見かもとがめむ

走り火　はね火　空揺りとよむ走り火の　萱の走り火ひもすがら　走り火あかく　走火のかげ

火花　火花美し虫篝　風に燃えるいのちの火花

火屑　椿に風呂の火屑捨つ　焚火屑

【日の出】

むめがゝにのつと日の出る　徹夜の日の出　東は赤い日の出空

日が昇る　まるい甘露の日がのぼる　日輪峰を登りくる

【日の光】

青葉若葉の日のひかり　遠くまどかに日の光り満つ　日の光あざれて匂ふ　日の光金糸雀のごとく

日光　日光のなかひやりひやり　身を野にはこび日光を吸ふ　月と日の光の外の

日影　はるの日影のながければ　植込を移る日影や　薄れゆく障子の日影　薄日影

夕影　夕方の日の光　夕影に来鳴く晩蟬　欅の木ぬれ夕影に

薄陽　薄日してあを葉あかるし　薄れ陽のなかにうす日さしくる障子かな　空しぐれつつうす日照り

薄ら陽　丘の薄ら陽　うすら日させり向岸のへに　朝の間すこしうすら日のさす　うすれゆく夕日の駅に

【火の用心】

火の番の柝を撃ちて過ぐる　夜廻りの終りの柝の　火の用心の莨入

半鐘　半鐘の合図がさみしく　半鐘とならんで高き

火の見櫓　火の見櫓の人の顔　火の見櫓の半鐘が

【火鉢】

寂然と火鉢をかゝへ　火鉢の色も火の色も　跡に居並ぶ火鉢哉

大火鉢　大火鉢据うる板間や　二人がかりの大火鉢

助炭　枠に紙を貼り火鉢などを覆って火持ちをよくする紙籠　助炭おく音に鳥たつ　八つどきの助炭に日さす

春火桶　春寒の小夜の火桶を　春火桶初七日の手を

火桶　木製の丸い火鉢　しぐれをおもふ火桶かな　吐息のつらき火桶かな

火箸　立てし火箸の夜長かな　曲つてゐる火ばしで寒いな　片がり鍋に置く火ばし　吊れば鳴る明珍火箸

股火鉢　火鉢にまたいであたる　女だてらの胯火哉

【響き】

先づ試の響にも　伐木の響の沈むとき　臥てをればひびきは遠き

ひ

ひびく――ひめい

地響き　地響きに家鳴りどよもす　砲車つづき来る永き地響　枕上より地ひびき伝ふ

轟き　遠いかづちのとゞろきの　天鼓の轟き

どよめき　夕べのどよめきに入る　夕ぞせまる街のどよめき

夕轟き（夕方の騒ぎ）　夕とどろきをなつかしと聴く

【響く】　かさなりひびく二寺の鐘　室にどよみて闇響すも　師の咳一度二度ひびく

轟く　無限の深みにとどろき落ちる　夜風とどろき

とどろに　空もとどろに時鳥　とどろと寄する白浪の

どよむ（鳴りひびく 大騒ぎする）　人どよむ春の街ゆき　人むれて網曳きどよむ　宮人響む　とよみくる都の音の　空にとよみて

どよもす（鳴りひびく 大騒ぎする）　どよもして流るる大河　杜の木をとよもす風の

鳴きどよむ（あたりにひびくほど鳴く）　山とよむまで鳴く鹿に　鳴きとよむ雉子のこゑを　鶴が音とよむ

鳴りどよむ　鳴りとよむ夜の都会の　風なりどよむ

はためく　萎ゆる帆のふかきはためき　春の雷はためく夜空

【秘密】　夜の秘密を知るやとて　秘密の花にあらぬ薔薇さへ　恋の秘密を覗かむとする

隠ろえ事　天地のかくろへごとを　海宮のかくろひ事を

私語（内緒話）　人形ミシンのさざめごと　恋のさゝめ言　小鼠の私語す夜寒の　綺羅星は私語し

秘所　わが胸の奥なる秘所を　かがやきの秘所

秘事　われにささやく秘事や何　野辺行かば野辺のひめごと　変若反る命の秘事を　天地の秘事をさゝやく蚊

秘める　花のごとき歌秘めませる　千年も秘めし恋の香の　尼僧咳秘むる　初恋を秘めて女の

密密　こほろぎが密々鳴きて

私す　天道があたへぬものをわたくしす

【氷室】（天然氷を夏まで保存する小屋）　木の間に見ゆる氷室かな　水の奥氷室尋ぬる　氷室の看板　緋幡のたえぬ氷室の

削り氷　削り氷の鎗や穂高や　削り氷ゆ白き蒸気たつ

氷挽く（氷切る）　氷挽く音こきこきと　鋸をもて氷挽く音　採氷夫焚火に立ち　氷をひけり若ものがひとり

氷室守　氷室守清き草履の

【悲鳴】　精神の悲鳴を忘れて　悲鳴のごとく風はめぐれり

叫び声　胸肉ゑぐる叫び声　肉の鋭き絶叫

裂帛（れっぱく） 悲鳴・絹を引き裂く音　鵙裂帛の怒りを恚り

【ひもじ】　しかもひもじく帰るなり　火の点くごとし

ひもじかり　ひもじかろ燕　ひもじさに杉の香を聴く

空腹（すきはら）　空き腹にじつとしてゐる　空腹に雷　ひゞく　や
やこころよき夜半の空腹　冷飯腹のすいて鳴る

ひだるき　花ちるやひだるくなりし　ひだるき事も旅
の一つに　ひだるきは殊　軍の　みのむしや秋ひだるしと

【白衣】（びゃくえ）　白衣の人は裳翻しゆく　白衣見えすく紫衣の
僧　白衣つけたる韓の民　白衣の幽鬼

白き衣（しろきぬ）　夏たてば白き衣きて　白き衣照る　白き麻衣

白栲衣（しろたえごろも）　白妙のころもかさぬる　わが背子が白栲衣

白無垢（しろむく） 白い着物　白無垢の一竿すゞし

【冷やか】（ひや）　菊の香の冷やかに立つ　耳にかけたるすゞの
冷やか

ひやびやと 冷えた様子　ひやびやと霧をふくみて　ひやひや
と石床ひろき　露ひやびやと　乾鮭の腹ひやひやと

【病院】（びょういん）　病院の中庭暗め　病院の匂ひ抱ける薔薇の
肺病院のうすあかり　素湯香しき施薬院

退院（たいいん）　退院の足袋の白さよ　明日退院の秋袷

病院船（びょういんせん）　赤十字の旗立てし船の

診察（しんさつ）　診断をうべなひがたく　診台の被ひの布の　回診
の医者の遅さよ！　夜の廻診ををはり来て　診察を今し
をはりて

心電図（しんでんず）　いのちうつろふ心電図　或る日心電図をとられ

注射（ちゅうしゃ）　注射器もち君が佇み　胸水に混り注射器に
身に百千の注射痕　注射針の秀先のあたり

放射線（ほうしゃせん）　放射の位置示す医師の　放射線科の廊くだる
レントゲン放射に胸の皮膚を焼き

外科（げか）　外科室のがらす戸棚に　けふより外科の患者とよ

【拍子】（ひょうし）　遠近のきぬた拍子に　念仏に拍子のつきし

合の手（あいのて） 間にはさむ手拍子や掛け声　三味線のあいの手に取

足拍子（あしびょうし）　洞を踏むよな足拍子　足踏みを拍子に合はせて

リズム　空鋏軽くリズムに　リズムの花を　寂しいリズム

【拍子木】（ひょうしぎ）　夜芝居の木の音ちかく　拍子木の音もよき
かな　拍子木の音きこゆなり　火を警むるひやうしぎの

寒柝（かんたく） 冬の夜の拍子木　眠れねば寒柝を聴く　寒柝地の涯へ　寒柝
に合せて　音こぼし〳〵寒柝

柝（たく） 拍子木　柝過ぎて後犬行くや　夜番の柝のひゞき　撃柝
のひくき響きが

【病室】（びょうしつ）　青葉に染みし病室に　病室のまどのがらす戸

ひ

白き病室　小児科の窓の蜂の巣　重病室に灯ともる頃か

病舎　病舎なかの廊下をあゆむ

病棟　母子病棟の硝子鳴り　病棟の夕さざめきを　癌病棟に又ながき夜　病棟の寝鎮るころ

病廊　暗き病廊通るなり　病廊を蜜柑馳けくる　病廊にわれを呼び止め　重病室の廊を帰り来　病院の廊複雑に

【飄飄】超然　へうへうとして水を味ふ

飄ふらふらと　飄然として郷を出づ　飄然と家を出では　飄然とふるさとに来て　飄として風ふくも

【屛風】金屛風金箔の屛風　ともし火赤し金屛風　菊の影おく金屛風　金屛に夕日かがよふ　夜はまばゆき金屛に

銀屛風　枕にちかき銀屛風　銀屛に蛾の多き夜や　銀屛の明るき冴えや　銀屛の灯映しろき

小屛風　白魚かこひぬ貝の小屛風　中の小屛風　枕小屛風

古屛風　何隠したる古屛風　色紙はげたる古屛風

屛風絵　屛風絵の鞴祭の　屛風の絵　唐絵の屛風

【日除】　赤縞の日除かな　町のだんだら日除かな　紗の日被

日覆　春日に碧き日覆せり　日覆のうちの桜島

葭簀　茶畑に葭簀かけたる　雁はへりけりよしづ茶屋

【ひよこ】　背にのぼりたるひよこらは　川にひびくひよこの声や　ひよこを呼ばふ親鶏のこゑ

鳥の子　花の冠の鳥の子と　鳥の子はまだ雛ながら

雛鳥　雛はその巣に声立てにけり　二羽の雛短き頸毛

【日和】よい天気　運動会の日和哉　あるものは萩刈日和　ひよりぞと思ひて出れば　日和のたゝむ水の皺

日並いい天気　あかる日並を巣に群れて

日和続き　昼間はとけて日和つゞくも　つゞく日和を花こゝろ　日和は続け

好日気持の良い日　好日の土　好日のかがようばかり

秋日和　祇園詣や秋日和　秋日和留守居たのしく

朝日和晴れて穏やかな朝の空模様　一茶が門の朝日和

梅日和　梅日和をはる夕日の　梅日和天子離宮へ

菊日和　到るところの菊日和　郵便局も菊日和

小春日和　玉の如き小春日和を　小春の日和定らむとす

霜日和　霜日和ま垣にかけし

正月日和　柑子たくさんな正月日和

冬日和　冬日和野の墓原の　冬にして日和のつゞく

ひ

山日和　朴の落葉や山日和　山日和なり濃竜胆

【日和】　日和定めて稲の花　京のふみとゞく日和や音まち〳〵や餅日和　日和駒下駄

吉日　乙鳥来る日を吉日の　立春大吉の

佳き日　戦はざりし好き日のごとく　暦で見てもいゝ日なり　佳き日を選む初暦　折しもけふは能日なり

【避雷針】　雷針の金高くまどろむ

雷除（避雷針）　雷除のお札を髪に

【昼】　昼は旺んな陽のにほひ　南のかぜの薫る昼　僕ばかり一人になつた昼　白昼の海みる　昼ふかみかも

日なか　夏の日なかにただひとり　秋の日なかを降りたてば　暑き日中をも涼しとおもほゆ　草いきれあつき日なかに

昼の海　昼の海動かず　ひた〳〵寄する昼の海の

昼の月　昼の月かそけく　木がくれにひるの月見えて　昼ながら杉に月ある

昼の星　愁の星を昼もながむる　深い空には昼の星　昼見ゆる星うらうらと　昼のお星は眼にみえぬ

【翻る】　飄り行く一葉舟　風に吹かれて翻り　旗ひるがへり　影翻る　真素膚に翻へる浪

翻す　桐の葉ひとつひとつを翻す　草のみどりをひるがへし　本ひるがへす少女あり　ゆさゆさと葉を翻へし

翩翻　東風の彩旗へんぽんと　干ふどしへんぽんとして

【昼餉】　秋の昼餉のふかしぱん　昼餉すやさくらは無くも　昼餉にほはす邑の家　昼餐どき　昼の餉を待つ

昼飯　昼飯を拗ねた子

【昼寝】　昼寝の足のうらが見えてゐる　ひるねのくせのまだやまず　魂ぬけし昼寝かな

黒甜　我が黒甜の床を

午睡　午睡の夢のふくよかに　午睡のあとの倦怠さに

【昼間】真昼　日のまひるうつつに花は　真昼の青空が覗いてる　ふるびたるまひるのといき　桜日和の真昼なれ

夏真昼　やるせない夏の真昼の　夏のま昼に栗の花ちる

白日　白日の閑を　白日に涙ながれぬ　白日の夢

真昼野　仰ぎ見る真昼野の空　まひる野の光明道を

真昼間　物の影なく曇るまひるま　鳴をひそめし真昼間の底　まんまひる梅雨に倦みたる

【拾う】　情ある人に拾はれ　田端にひらふ蛍かな　拾ひたる空蟬指に　手袋ひろふ石だゝみみち

命拾う　命拾ふて戻りけり　宝のごとも拾ひ来しいのち

【広がる】 太陽の嘘が空にひろがる　畳の淋しさが広がる　鵜舟から日暮広がる

広ごる（広がる） いつひろごりし生活の輪　煙は白くひろごりにけり　風のひろごる　富士より雲のひろごりて

広げる 尾羽拡ぐるよ　郷里の新聞ひろげつつ

【広き】 広きしばふに蝶ひとつとぶ　枯広き拓地の声は

おぎろなき（広大無辺） おぎろなき海の光りに

縹渺（広く果てしない） 縹渺として島一つ　影縹緲の

広広 ひろ〲と桃畑あり　さみどりのひろびろし野に　ひろびろと稲架の日なたの

広み（広いので） 園を広み木立めぐらし　野を広みうちいでゝ

広ら（広々としている） おほ掃除すみてひろらに　夏の空ひろらなる　広らなる朝の座敷の　陸ひろら海広らなる

茫茫（広く遥か） 藁塚の茫々たりや　白露や穂草茫々　ぼうぼう木の芽山　ばうばうとしてただに海　梅雨茫々

豊けき（さかん。ゆったりしている） 海原のゆたけき見つつ　胸別のゆたけき吾妹　姿ゆたけき　豊けき秋の縹雲

【広野】 暗い暗い広野の中に　西の方広野を駆らん　ひろ野はくらめり　広野に千々の　広野にどうと

大野 夕日さす秋の大野に　大野の彼方ゆ　大野よぎりぬ白象の　咲ける大野を　大野火赤し　よぎる大野の

広原 濶原より吹きいれる砂の　ただ赭き濶原なるに　ひろ原のはてはろばろと　土あらはなる広原行くも

迷野（外へ出る道がわからないほどの広い野） 迷野の道の奥

【広目屋】（広告屋） ひろめ屋の太鼓うちにもならましものを　広告の道化うち青みつつ　広告の囃子

チンドン屋 チンドン屋夫妻しずかな語　鉦が冴え音のチンドン屋

【琵琶湖】 荻吹音や琵琶の海　琵琶湖に躍る魚　光りを放つ琵琶のみづうみ　岬をなすや琵琶の湖

近江の海（琵琶湖の古名） 淡海の海波かしこみと

鳰の海 こなたへ広し鳰の海　鳰のみづうみに月ぞ氷れる　鳰のさゞ浪うつりきて　鳰の湖

ふ

【譜】 タンホイゼルの譜のしるし　散らばれる譜のみな鳴り交す　春の譜もらす駒鳥のこゑ

楽譜 歌、小唄、楽譜の精霊ら　譜をめくる指先に

【訃】（死亡通知） 父の訃は　突然の訃を信じえず　訃を聞いて暫くありて　今日の訃の父に涙は

訃報 片仮名の訃報よむ　訃報をうけし視野にうかびつ

【不意】 かへりの廊下の不意のくちづけ

打ち付けに　われうちつけに恋ひまさりけり
豁然　豁然とある山河かな　豁然たる大空を
忽然　忽然と息絶えしごとく　馬独り忽と戻りぬ
ついと　蛍火のついと離れし　麦のみどりをついと出て
つと　つとこそ接吻を　つととりし手のつめたさよ　つと来り鴉は眺む
突　突としてぴあの鳴りいでにけり
のっと　のつと見えたる三笠山　梅が香にのつと日の出る　朝日のつと千里の黍に
むくと　むくと起て雉追ふ犬や　むつくり起きた
ゆくりなく　ゆくりなく鐘鳴りいでぬ　ゆくりなき今宵の笛の　またゆくりなく逢ことも　死は忽然
【風車】　風車ひろき翼を　風風車に光る　風車片破れ吹き曝るる　風車赤し　風車台　大風車の上をゆく
風車小屋　風車小屋由布の雪雲　風車小屋寒き落暉を
【笛】　笛まじり風もにほへど　笛のひびきは空に舞ふ　工場は四時に笛鳴り　小さな笛が鳴つてゐる
笛の音　遠くより笛の音きこゆ　笛の音のとろりほろろと　笛の音のうるむ月夜や　銀の笛の音　神楽の笛の音
笛を吹く　河豚笛吹きて　風に笛をふき　こどもが笛を

尺八　尺八の指撥ね　一人吹かれる尺八の音
小笛 笛の美称　瑞香の花の小笛の　桐の花の紫の小笛　銀の小笛の音もほそく　小笛銹びたり黄昏の空
小角　小角の響きの　神の子が吹くくだの音
鳶の笛　鳶の子笛を吹きならふ　雪降る空に鳶の笛
飴の笛　飴売のチヤルメラ聴けば　夕山かげの飴の笛
一管 一本　一管の笛に心を
鶯笛 鶯に似た声を出す玩具の笛　花ぐもり鶯笛を
口笛　わが口笛の哀しくて　犬を呼ぶ女の口笛　口笛は窓にかげろひ　口笛にいざなはれくる
鳩笛 オカリナ　鳩の笛沁みはわたれど
横笛　横笛ふきて遊び給ふ　笛吹く君に　横笛の君
【深き】 深いこと　空のふかきに吸ひあげらるる　露のふかきをなげくのみ　野の空の澄みの深きを　闇の深きに
深深　闇の夜の海ふかぶかし　襞ふかぶかし　昼ふかぶか　春田深々刺して　ふかぶかと青ぎるみづに
深み 深いので　月夜木の暮影ふかみ　天の河渡瀬深み
深み 深い所　天鵞絨の空の深みに　列び立つ影のふかみに
底いも知らぬ　底ひもわかぬ青淵の　底ひ知られぬ思ひしてをり　底ひなき淵やはさわぐ

ふ

【不機嫌】 口は不機嫌冬ごもり　少女の気随な不機嫌気色悪しくて　気難かしきこの家の主人

不興 濡れて船頭不興かな　ふぐり見られし不興かな

羅漢顔（しかめ面）　蟾蜍の羅漢顔こそをかしけれ

【拭く】 コールドに拭きし素顔に　玉のごとくにランプ拭く　冬が汚せる硝子拭く　拭きこみし柱の艶や

清拭 清拭さるる窓遠く見ゆ

拭う 拳で顔の汗ぬぐう　頬につたふなみだのごはず　寒紅や小菊にぬぐふ　拭へども去らぬ眼のくもり

【吹く】 吹きわたす風にあはれを　吹あらためて　吹くからに野辺の草木の　風吹きかよへ　紅葉吹きおろす

風飄飄 風飄々の夏衣　芽を含む樹々ひよう〱と　裸樹をひようひようと渡る　飄々と風に一羽や

吹かれて 影法師吹かれ　大男花に吹かれて　共に吹かるゝ千鳥かな　春風に吹かれ心地や

吹き頻く（しきりに吹く）　木枯の吹きしくままに　紅葉吹きしく

吹き荒む 月吹すさむ木がらしのかぜ

吹きまく あらし吹きまく　吹きまく雪を　桜吹きまく音すなり　木の葉吹きまく谷の夕風

吹き渡る 峯わたる嵐はげしき　風ふき渡りて

【含み声】（くぐもり声）　ふふみごゑ地よりきこゆ　冬の夜をくくみごゑして　ふふみね幼き蛙子のこゑ

くぐもり声 七面鳥のくぐもりのこゑ　くゞもりがちに唄ひゆく　激越の語のくゞもれる

声含む（つぐむ）　ほろほろ鳥は声ふくむ鶏　声をふふむは何の鳥かも

【含む】 一人猪口をふくみて　夜をふくめり　はららかに涙を含み　母の乳甘く含める　乳房の蕾み　嘴ふふむ小鳥は　雀がふふむ

含む（口に含む）　絶頂や清水くくみて　篁の穂の光含み

反芻む（牛や馬がはんすう）　にれがみ立てる乳牛の　牛のはらばひ反芻むをみる　人情の歯ざはりを反芻する

【膨よか】 みみのわたげもふくよかに　ふくらかに著なしほころふ　ふくよかな羽

厚ら 厚らなる曇りとなりて　綿厚らか　厚ら葉の

まろらかに 色まろらかに　まろらかに月は照らせり　桃まろらかにふふみ連なる　わが腕もまろらかに肥ゆ

【膨らむ】 雲間より月のふくらむ　秋の陽ざしにふくらみし　ふくらみやまず　ふくらむ一重

膨れる 光ふくるゝ鳩の胸　ゆふぐれの海が膨れて

ふくだむ（けばだつ。丸くふくらむ）　青鳩のふくだめる胸に　ふくだみたる髪　臀のあたりがふくだみし

ふくらみ　白き乳のふくらみおもふ　あなうらのふくらみしろみ　呼吸する胸のふくらみをみよ

ほとびる（ふやける）　ほとびし赤土を　寂莫にほとぶなり

【耽る】　日の毒を耽り楽しむ　淫楽の夢に耽つて　歓楽に耽る男と　耽美の風は濃く薄く　耽読の額のあがる

三昧　ざぼん黄色三昧　詩歌三昧の徒　句三昧よな絵三昧よな　戯作三昧

無我　無我の渦　一転二転無我無空　無我なれや

【富士】　富士の風や扇にのせて　不二ひとつうづみ残して　ふじのみか五月を雪の　雪かぶる不二におどろく

赤富士（朝日に赤く染まった富士）　赤富士を目のあたり　富士赤らかにばら色のままに富士凍て　茜富士かな〱杉に

大富士　夏の大富士　大富士にまむかひて　大不二が嶺

影富士（湖面に映る富士）　影富士の消ゆくさびしさ　逆さの不二が白う明り来

遠富士　奥処に寒き遠富士の山　遠き富士見ゆ

初富士（元日に見る富士）　初富士のある籬かな　初富士に往来の人や　初富士の金色に暮れ　初富士の夕眺め

富嶽　夕やけの富嶽に　富嶽に攀上り　西窓富嶽

富士が根　富士が根を片削ぎにして　富士が根をめぐりて遠し　富士が根に夕日残りて　富士が嶺ゆ望む国々

夕富士　夕ばえの富士　雲海の夕富士あかし

富士講　富士講の行者にまじり　富士まうで

【不思議】　不思議な幻感が　ナニゴトノ不思議ナケレド　不思議を束ぬ　不思議の文字の

怪しき　あやしいうすものをつけ　あやしき物は心なりけり　あやしく明かき星月夜の空

異形　旗赤き異形の列は　友搗きし異形の餅が

奇しき　くすしき鳥の　その夢の奇しくめぐしく　この胸にくしき響の　きほひ立つ奇しき老松

怪しく　われの命の怪しくもあるか

神秘　大空の星の神秘と　神秘のとばりそとけりぬ

謎　謎をもてこし憎さより　由ありげなる謎の花　底知れぬ謎に対ひて　去り際に謎の如く言ふ

不可思議　いま在るものこそ不可思議　湧きいでるものこそ不可思議　紅毛の不可思議国を

【不死身】　それは不死身の弾力に充ち　岬の浜の不死身貝　何に不滅の命ぞと

ふ

生薬 生の薬をささげつつ　不死てふ薬は　不死の薬の

不死 不変の恋よ不死の美よ　不死の幻想　不死の魂

【普請】 建築工事　いそがしき師走普請や　家普請を春のてすきに　拝殿でする宮普請　忌ごもりのしのび普請に

殿作 御殿をつくること　恵林寺に殿作りあり　花や木深き殿造り　殿建てて酒みづきいます　宮作る飛騨の匠の

普請場 建築現場　普請場に木を挽く音や　普請場や竹の矢来に　普請場の午後の休息に　お茶になる普請場を

礎 土台石　石ずゑもなくていく世に　草枯れて礎残る　大寺の礎残る　よこたはる礎石の月日　断礎一片

杭 野川にしるき杭の影　橋杭に小さき渦や　どこやらに杭うつ音し　秋の江に打ち込む杭の

楔 毀たむとくさびに立てし　榾の楔をうちこみて

胴突 地固め　遠き村にどうづきすらし　どうづきの音聞え居り　どうづきの音ひる更けて聞ゆ　胴突の声

道普請 道路工事　国道の普請出来たる　めぐりて遠し道普請

橋普請 橋づくり　宵の篝や橋普請

【臥す】 横になる　夜の蛾が我が臥す上を　ひと日臥し庭の真萩も　熱に臥す　わぎも子とあひふしながら

添寝 おもかげばかり添ひ寝して　蝶ひとつわれに添寝の　こほろぎをき丶子と添寝する　死に近き母に添寝の

添い臥す 秋も来てわれに添ひ臥す　添ひ臥しひと男と三とせそひぶして寝る

【襖】 古びたる襖の孔雀　わが病襖へだてて　ふすまあくたびあぐる顔

唐紙 唐紙が明く　唐紙の隣も

【二つ】 ひとつ寝の夢は二つや　つむじ二つを子が戴く　山がひの二つの村の　二小舟沖べをさして

対 顔わすれめや雛一対　対に据ゑたり　対のみどり子　宿かり鳥のつゐ椽の先

二色 二種類　ふたいろにうちなびきつつ

二尾 二尾におつる滝つ白波

二条 こめかみに汗二すぢや　二すぢの鉄路光りて

二本 二もとたてる姫百合の花　冷たげに咲く野菊二もと　二もとの梅に遅速を　ぽき〳〵とふたもと手折る

【二つ三つ】 あけのこる灯の二つ三つ　ふたつ三つこぼれこみたる　二つ三つ鷗あそびて　恋二つ三つ失ひし間に

二三声 二三こゑ口笛かすかに　遠嘶のふた声みこゑ

二夜三夜 蟋蟀鳴けりこの二夜三夜　二夜三夜こそ

二人三人 二人みたりをおもふ君　ふたり三人の低き

ふ

靴音　二人三人に文書ける後　二人三人すゞむ声する

【二手】　澪も二手にわかれける　若鮎の二手になりて

二方　ふたかたに藻の花ゆれて　二方に光りかがやく

二分け　ふたわけざまに聳えたまふ　白波が大地両分けし　海峡に二たわかれ見ゆる　二方になりてわかるる

【縁どる】　青蚊帳をふちどる紅の　落花をひかりふちどれる　芽をふちどりて日のひかり

象る　物の形をうつしとる　象牙かたどる玄月の　星を象る

隈どる　くまどりて苔のさみどり　闇をいや濃く隈どりて　舞台の君の眸のくまどり　隈どるがよき

笹縁　雲の笹べり金色に　朝なる雲の輪郭は

輪郭　オイルコートの輪郭の　山頂の輪郭くろく見え　御仏のやさしい輪廓は　輪郭を崩し

【仏師】　夕日さす仏師が庭の　仏師に箔を貰ふ事

仏を刻む　貧僧の仏をきざむ　仏刻むと聞くが悲しさ　寝仏を刻み仕舞ば　仏をきざむかんな屑　仏刻まむ

【仏像】　仏像はみな慈悲慈顔　幽かに坐しし仏像に　御仏の像　みすがたを胸にゑがきて

阿弥陀　みだのちかひに　夏すゞしげの弥陀如来かも

観音様　観音様をがむ母なり　観音さまはよい伏し目　観音は近づきやすし　すでにし母は観音ならず

地蔵　御地蔵と日向ぼこして　お地蔵や昼寝しておはす　野とゝもに焼る地蔵　辻の地蔵に油さす

丈六　一丈六尺　丈六にかげろふ高し　丈六の阿弥陀仏

仁王　山寺の仁王　仁王の足赤し　寒月に立や仁王の　二王にもよりそふ蔦の　花散るや双ぶ仁王の

菩薩　仏の次の位　父は母はと菩薩仰ぎぬ

御像　神のみ像にさくらちる宵　人麻呂の御像のまへに

文殊　文殊菩薩　氷る夜の文殊に燭を　文殊の御顔

薬師如来　薬師如来にともしけり　片陰できし夕薬師

秘仏　秘仏拝むや秋法華堂　とある木陰も開帳仏

古仏　奈良には古き仏たち　安居して古仏と座して

寝釈迦　ビルマにありて寝釈迦かな　乳見え給ふ寝釈迦哉　花が咲とて寝釈迦哉　ごろりとおはす寝釈迦かな

石仏　一人もだせる石仏かな　倒れしまゝの石仏かな　ゐねぶりおはす石仏　石の御仏道しるべせり

濡れ仏　屋外の仏像　残雪のぬれぼとけみえ　霧にあらはれし露仏　白豪の濡れ仏

撫で仏　手垢に光るなで仏　ビンヅルの目ばかり光る

笑い仏　指して笑ひ仏哉　笑い仏のにっこにこ

ふ

【仏壇】（ぶつだん）仏壇に風呂敷かけて　仏壇に水仙活けし　仏壇浅き　仏壇の灯になづみ

御前（みまえ）仏の前　神の御まへにゐて額づく　釈迦の御前に

位牌（いはい）ちちははの位牌ぞ　仮位牌焚く線香に　夫の位牌に古き雨漏る

戒名（かいみょう）戒名のおぼえやすきも　戒名をことづかりたる

持仏（じぶつ）身近に置いて信仰する仏像　夕経の持仏にむかふ　うつす草家の持仏の灯　持仏のかほに夕日さし込

線香（せんこう）線香の残りみじかし　巻線香のにほひかなしも

仏飯（ぶっぱん）仏に供える飯　仏飯ほの白く　早鼠つく御仏飯

仏間（ぶつま）ものなつかしき仏間かな　盆の仏間と間ごとの灯

御灯明（みあかし）仏壇の明り　御灯ともし一人居る　合掌 御灯と母

【筆】（ふで）今一いきと筆はげますも　わが筆の穂さきこほりて　筆の氷を噛夜哉　江の水に筆ひたしけむ

歌筆（うたふで）画筆うばひ歌筆折らせ　筆をりて歌反古やきて　筆かみて歌に煩らふ

筆塚（ふでづか）使い古した筆の供養　夏草やわが筆づかを

【布団】（ふとん）ほつくりと蒲団に入りて　蒲団まく朝の寒さや　子をはさみ寝る布団かな　薄蒲団なえし毛脛を

紙衾（かみふすま）粗末なふとん　あたりへしるゝ紙衾

衾（ふすま）かけぶとん　花のふすまを着する春風　麻衾暁の手足を

褥（しとね）しきぶとん　落椿しとねに敷きて　白麻のしとねに寝れば　褥に膝をただしつつ　褥干すまの日南ぼこ

夜着（よぎ）かけぶとん　夜着を懸たる火燵かな　夜着をぬけ出て物忘れ　重ねし夜着や　夜着に寝てかりがね寒し

【船木】（ふなき）舟を作る用材　足柄山に船木伐り　あたら船材を　渚漕ぐ舟木も今は　鳥総立て船木伐る

船造る（ふねつくる）造船所壁無し　斧のおと船を造るか

新船（にいぶね）新船おろすうたいさましき　新船卸す瀬戸の春　潮

【船路】（ふなじ）航路　心おもたき船路かな　如何に舟路の行方定めん　船路の沖の暗からし　ひたすらの船路かな

海つ路（うみじ）航路　海の路わかぬばかりに　いさなとり海道に出でて　海つ路のはてさへ知らず　海つ路の和ぎなむ時も

航海（こうかい）冬の航はじまる汽笛　航海家の貪欲を　航海図をひらき　海原の航海者

潮路（しおじ）潮路越え夕かたまけて　八汐路隔つ灘の遠

船足（ふなあし）越の海船脚はやく　島伝ふ足速の小舟

【船旅】（ふなたび）さすらひの船旅びとは　北の海来し船旅の

海の旅（うみのたび）肺碧きまで海のたび　海の上の老いし旅びと

海客（かいきゃく）海を旅行する客　南へくだる海客の　海より来れる漂客は

ふ

舟心（ふなごころ） 船に乗った心地　夏の日の出の舟ごゝろ

船酔（ふなよい） 船酔海に苦しむも　船酔のうら若き母の

【船出】（ふなで） 船が港をでる　船出るとののしる声す　初船出かも　金曜に船出を忌むと　舟出悲しな　港出の夜の汽笛の

朝開き（あさびらき） 朝の船出　朝びらき漕ぎ出て来れば

出帆（しゅっぱん） 風に祝はれて出帆するよ　海かき回し出帆す

出舟（でふね） 出舟のゆくへも知らず　降り凪にひそと出舟や出て行舟の早さかな　出船待ち居り

解纜（かいらん） 船出　解纜す大船あまた　春夜解纜しづかに陸を

纜を解く（ともづなをとく） 船をつないでいた綱をとく　ともづな解かむ波のまにまに　解けし纜春の潮　春風に纜を解けば

船装い（ふなよそおい） 船出の準備　舟よそほひ緋幕めぐらし

【舷】（ふなばた） 船のへり　舷たたく音さむし　夜光虫夜の舷に　うちたたく舷の音

船縁（ふなべり） ふなべりあらふ月をすくひつ　波うちあたる舷の

小縁（こべり） 盃を小べりに置いて　やかた船小べりでさすと

船腹（ふなばら） 蒸汽の鈍き船腹の　牡蠣に老いたる船の腹

船尾（せんび） わが船の水尾をながむる　船尾より日出で

舵楼（だろう） 和船のやぐら　舵楼のうへの天の河かな　大船の舵楼をくだる

艫（とも） 艫取女　船艫に　艫にも舳にも　舳ゆも艫ゆも

舷灯（げんとう） 舷の灯　あかつきの舷灯よごれ　舷灯は水母の顔を波が舷灯を消しにくる

【舟遊山】遊船（ゆうせん） 舟遊の下りつくせし　海の遊覧船浮む

船浮けて（ふねうけて） 船を浮かべて　水に船浮けものを思へる　船浮けてわが漕ぎ来れば　大江の水に舟うけて　小舟を浮けて

舟並めて（ふねなめて） 大宮人は船並めて　舟並て遊ぶ心たのしも

【船】（ふね） 船いま波のさわぐ中　珠の船香料の船　靴がたの船　眉たれて船もねむらむ

大船（おおぶね） 大船のゆたのたゆたに　敵の大ふね沈みたる　大御船泊ててさもらふ　大船のたゆたふ海に

川舟（かわふね） 川舟の灯火さむし

御舟（ぎょしゅう） 高貴な人の舟　鳰どりの潜く御舟

高麗舟（こまぶね） 高麗舟のよらで過ゆく　高麗丸は灯を列ねたり

高瀬舟（たかせぶね） 浅瀬を渡る船　高瀬さす六田の淀の　高瀬をあぐる

鉄船（てつぶね） 黒き男鉄船へ入る　鉄船叩くことを止めず

苫船（とまぶね） 苫船を刷ひぬ　苫舟も初冬らしき

泥船（どろぶね） 泥を運ぶ船　瀬戸川に泥船繋ぐ　大地のあざやかな泥の船

方舟（はこぶね） 方形の船　ただよへる方舟見れば　夜の方船を塗る

早船（はやふね） 足の速い船　早舟の火の粉　四ツ目から来る早船の

蜜柑船（みかんぶね） 沖に帆あぐる蜜柑ぶね　あれは紀国蜜柑船

夕船（ゆうぶね） 漕ぎかへる夕船おそき　ゆふべ漕ぎかへる川舟や

夜舟（よふね）（夜行の船） 夜舟いさよふ月のさやけさ　夜船漕ぐなる梶の音聞ゆ　夜船の明り　沖遠く夜舟の笛の

連絡船（れんらくせん） 門司の港に連絡船を待つ

【吹雪】（ふぶき） 外面はしきり吹雪するなり　谷の朝吹雪　すなはち騒ぐ一むれの吹雪　林は淡い吹雪のコロナ

雪しまき（ゆきしまき） 雪しまきひと夜すさべば

【踏む】（ふむ） 牛を見に霜ふみて行く　踏みつつぞゆく枯芝の上を　駒にふませて　晴れやかに薄氷ふめば

さくみ（ふみ分ける） 大洋の波ふみさくみ　はまのまさごをふみさくみ　五百重山い行きさくみ

踏み拉く（ふみしだく）（ふみにじる） 花ふみしだき鹿ぞ鳴く　駒ふみしだく踏むにくづれて音を立てつも

踏み潰す（ふみつぶす） 落ち杏踏みつぶすべく　どんぐり踏みつぶし

踏み処（ふみど） 足のふみどのなかりけり　ふみ処もあらず

影踏む（かげふむ） 青柳のかげふむ駒の　影ふむ道に　陰履む路の

【麓】（ふもと） 麓の里に春や告ぐらん　風よどむ岡の麓の　麓の霧や田のくもり　うらる嶺の麓　山麓の春の部落を

裾廻（すそわ）（麓のまわり） 不二の裾廻に曳く雲の　裾曲の道を炭車

山裾（やますそ） 山裾に乙女ら歌ふ　はたけを墾く山裾の原　君が旅路の山裾に　山裾を今し過ぐるは

裾野（すその） すそのまで吹く山風の音　青木繁む富士の裾原

山陰（やまかげ）（山すその陰） 小松片照る山のかげ　立よれば山陰すゞし　山陰に雲も昼寝や

【冬】（ふゆ） わたしの背中に冬はのる　白き冬行くを見おくり　冬を眠りの土に入りゆく　冬の主人を迎へたやうに

冬川（ふゆかわ） 冬川は千鳥ぞきなく　待ちて出づれば黒き冬の川　冬川に出て何を見る　冬河の岸に火を焚き

冬雲（ふゆぐも） 冬雲の北のあをきを　東京の上の冬雲　冬雲の降りてひろごる　冬雲を破りて峰に

冬座敷（ふゆざしき）（冬らしくしつらえた座敷） 灯のともりたる冬座敷　小さう寝たり冬座敷　一間森たる冬座敷

冬の花（ふゆのはな）（冬に咲く花） 救ひがたなし冬花のいろ　岬に来たりふゆの花摘む

冬水（ふゆみず）（冬の池や川の水・井戸水） 冬水の韻きにそひて

真冬（まふゆ） 真冬の夕べの雪あかりに　大地真冬の鮮らしさ

み冬（みふゆ）（冬の美称） み冬はいたも晴つづくらし　み冬の瀞に影ひたす　み冬づく丘の家居に

三冬（みふゆ）（冬の三ケ月） 三冬野のかれふのまゝの　み冬つき今は春べと

【冬木】（ふゆき）（冬枯れの木） 冬木の幹につきあたる　冬木の影のしづか

なる　太鼓に暮るゝ冬木かな　伸び傾ける冬木かな
枯木立　からみし蔓や枯木立
寒木　寒木が枝打ち鳴らす　寒木を伐り倒し
寒林　寒林の中の人ごゑ　寒林のなかにある日の　寒林の一戸覚めたり
冬木立　冬木立ランプ点して　江の鳥白し冬木立　手も切やせん冬木立　星に寝ている冬木立
冬の林　冬がれの林の村を　丘陵の冬の林を

【冬景色】　あれや堅田の冬げしき
冬さぶ（冬らしくなる）　冬さびの山の駅に　わが身もいよよ冬さびにけり　浄蓮の滝もみ冬さびたる　冬さびぬ
冬ざれ（荒涼）　冬ざれの岩間の魚を　冬ざれてゐる畑の土　しぐれそめけり冬ざれの街　猫みえず冬ざるゝ
冬めく（冬らしくなる）　炉開いてとみに冬めく
冬紅葉　冬紅葉照りながらへて　冬紅葉冬のひかりを

【冬籠り】　冬籠り画も描いて見たき　仏いぢりや冬ごもり　梅を心の冬籠り　冬籠りさて書を読もか作しよか
冬籠る（寒さに引き込んでいる）　鳥を籠にしてわれ冬ごもる　籠れる冬は久しかりにし　籠りてあらむ冬は来にけり

【冬空】　冬空のあれに成たる　日の出るまへの赤き冬空　ふゆぞらのひかり落つ　空青く冬の透明
凍空　凍て空にネオンの蛇の　青凍ての空
凍天　左右の窓凍天二枚　凍天へ脚ふみ上げて　凍天切に降りいでぬ
寒天　寒天に聳つ木一本　寒天に吹きさらさるる
寒空　寒空のどこでとしよる
冬天　冬天に大阪芸人　冬天を降り来て

【冬立つ】（冬になる）　冬立てけふみか月の　冬立ちなづむ
冬さる（冬が来る）　冬されば嵐の声も　今朝よりは冬さりくると　鵙も鳴かねば冬さりにけり
冬に入る　冬に入る月あきらかや　冬に入る真夜中あらき　冬に入る玻璃戸を見れば
初冬（冬の初め）　うすにごる初冬の海に　初冬の朝のこころの

【冬近き】　浜名のみ湖冬ちかし　冬ちかし時雨の雲も
冬片設けて　雁が音聞ゆ冬片設けて
冬隣　冬隣はだかの柿の

【冬の雨】　冬の雨磐梯みせず　冬の夜の雨ぬかるほど　冬近き雨やむまじく　冬の雨潮をふくみて
寒の雨（寒中の雨）　寒の雨芝生のなかに　ゆふべに降る寒のあめ　幽くて寒の雨降れり　碧く曲れり寒の雨

ふ

氷雨　氷雨する空へネオンの　別れたる夜の氷雨をおもふ　氷雨の闇に　冬ならば氷雨もそそげ

冬時雨　冬がれさする時雨かな　時雨ぞ冬の初めなり

冷雨　終日冷雨やまず　焦げし頰を冷雨に搏たせ

【冬の海】　夜更かしてきく海の冬　神すぎゆきぬ冬の夜の海　冬の皺よせゐる海よ

冬凪　冬凪のつひにしづめる　冬凪の草青きあり

【冬の風】　背戸にからから冬の風　冬は疾風吹きました

東北風（冬の寒い風）　入海に東北風つのりて　東北風吹けども鶯ぞ啼く　寒国のならひ霰を

寒風　寒風に葱ぬくわれに　小簾の寒風

凩　凩よりも暗く流れる　冬は凩の喇叭を吹いて　凩の夜の炉がもゆる　悲しかりけり木枯の風

【冬の月】　釧路の海の冬の月かな　我が足袋白き冬の月かも　杉に影ある冬の月　けぶる梢や冬の月

寒月　寒月に焚火ひとひら　昼月も寒月　なほ寒月を離れ得ず　寒月ひとつ捨てゝあり　すごき寒月

寒の月　寒の月しきりに雲を　寒の月白炎曳いて

月氷る　月氷る師走の空の　氷る月夜を　氷の月

月冴える　山の月冴えて　月さゆる夜の

月寒く　昼の月寒く現れにけり　月寒く吠えた犬の　山月は寒し　月寒く夜はふけつつ

【冬の鳥】　不忍の池ゆ起ち行く冬の鳥

寒禽　寒禽霧をつらぬき来

【冬の波】　たかぶりゐるや冬の濤　うち伏して冬濤を聴く　冬濤のうちし響きに　わが眉に冬濤祟く

寒潮　死にし人とこの寒潮を　寒潮に浮く島七つ　哭く女窓の寒潮　寒潮を桶に充たして

寒濤　寒濤たたむ空の声

【冬の灯】　インクは冬の灯を吸へる　冬の夜の灯のなまめきて

寒灯　寒灯も酸素の火も裸　寒灯の一つ一つよ　一寒灯を呼びて過ぐ　寒灯や慄然として　寒灯に柱も細る

夜寒灯　夜寒の灯橋渡る見し　夜寒灯に厨すむ我を

【冬の日】（冬の一日）　脈細くなる冬一日

冬の朝　み雪ふる冬の朝は　窓さきの空今朝を冬めく

短日（冬の日の短いこと）　短日やされどあかるき　短日の陽は傾きにけり　短日やすでに灯りし　三日月あがり日短かし

短か日　短か日の眠りよさめて　短か日の光つめたき　短か日の川原をいそぐ　帯も日も短くなりて

ふ

【冬の日】（冬の太陽）　冬の日はつれなく入りぬ　冬の日の舞ふめんめんと冬の日のふりそそぐ　絶壁へ冬の落日　冬の日さしてさち草咲きぬ　石庭に冬の日のさし

冬日　冬日カラカラ壊れけり　冬のうす日はわれを泣かしむ　冬日ぬくとき端居には　莨持つ指の冬陽を

冬日影　直には射さぬ冬日影　枯藪高し冬日影

【冬の星】　冬の夜や星ふるばかり　長距離電話星の冬木のうへの星月夜　窓に大きな冬の星

寒星　寒星のひかりにめざめ　寒星は天の空洞　寒星ひとつ燃えてほろびぬ　黒天にあまる寒星　寒星下

星凍る　北斗冴ゆ　北斗凍てたり　七星ひややかに

【冬の夜】　袖さへ凍る冬の夜は　冬の夜更てかげぞ寒けき

寒夜　寒夜の影を別ちけり　寒夜肉声　寒夜の靴　寒夜のくらき海おもふ　枕をめぐる寒夜かな

冬夜　冬夜の茗も　冬夜の坂をのぼるひたすら　子等の衣縫ふ冬夜かな　冬夜の食器漬けしまゝ

【冬深き】　冬深く萎えし花々　冬ふかき夜に霜ぞ置きにける　冬深くなりにけらしな　冬深くなる月影は

冬去りぬ　冬去りて人目かれぬる　冬去んぬ

ふゆのひ――ふる

冬深み（冬が深まったので）　冬ふかみ都は雪と

冬行く　白き冬行くを見おくり

【冬山】　冬山谺さけびどほし　冬山の日当るところ　冬の山虹に踏まれて　地平に冬の山脈黒し

寒山（冬の山。さびしく見える）　寒山に谺のゆきき　寒山のトンネルは

山眠る（冬山の枯れて眠ったようなさま）　杉の実落ちて山眠る　崩れ落ちつつ眠る山　眠る紀の山見ゆるかな

【ブランコ】　泥んこのブランコひとり　ブランコも水に漬りて　ぶらんこの下に空っぽのかげが　ぶらんこしてる

鞦韆　鞦韆の子の叫ぶなり　鞦韆を父へ漕ぎ寄り

ふらここ　読むやふらこゝ軽く揺り　鞦韆の月に散じぬ　わが少女鞦韆に乗り　ふらこゝゆれてをり　鞦韆の輿

ふらんど　ふらんどや桜の花を　ふらんどにすり違ひ

ゆさわり　芝生にゆらぐ鞦韆のかげ

【降る】　降りける霜の深くして　をりをり降るは五月雨か　水にしむほど降にけり　降りそめて人影の去る

御降（元日・三が日に降る雨や雪。めでたいものとされた）　お降りや竹深ぶかと　この御降や　おさがりのきこゆるほど　御降や寂然として

そぼ降る（雨がしょぼしょぼ降る）　そぼふる庭の銀砂灘　雨も涙も降りそぼちつつ　そぼふる雨の大原や

ふ

降り重る　雪降りおもるあるぷすの山　雪重るなり

降り隠す　降かくす麓や雪の　白雪は降り隠せども　もみぢ葉の降り隠したる　香を降りかくす

降り込める　春雨に降り込められぬ　降りこめられし堂の縁　青春は降りこめられて　降込むおとや小夜時雨

【古歌】（古い時代の歌）　里人や古歌かたれ　憶良てふ古歌びとの　寒声や古うた諷ふ　古歌をならべて御たのしみ

古言（古歌）　古ごとに聞きしのみにて　世々のふるごと　古ごとにひごと［新言］まじり　古言ぞこれ

【震える】　葉は一面に顫へだす　頬震へつつ我のまむかふ　怖るるごとく顫へたまひぬ

戦慄　あかつきにをののき生まれ　大麦の穂の戦慄の　氷なす戦慄の声　たまゆらの胸のおののき

痙攣　けいれんするぱいぷおるがん　愛の痙攣

痺れる　足のしびれを火に当る　肉体はしびれてゐる　蚊を打てば手の痺れ居る　痺れたる手枕 解きて

震え　こすもすの花の慄へを　青猫の耳の顫へを　脚のふるへを地に佇ち憶ゆ　蜻蛉羽の微かのふるへ

震わす　寂し肌へを顫はせにけり　翅を震はす

身震い　ひたと身顫ふ一刹那　一片の花弁のみぶるひにも　禽はかよわく身振ひにけり

わななき　暮れかかる夏のわななき　肉の戦慄を

わななく（細かく震える）　笑ひわななく　ゆく水も鳴りわななきぬ　白楊にほひわななき　老の手のわなゝきかざす

【古びる】　古びた夜の空気を顫はし　香の古び　木曾の夜寒に古びけり　きのふの手紙はや古ぶ

錆びる　野をかけめぐる錆びた手は　わが肌の錆びしをぞ恥づ　古木の梅のさびまさり

蒼古（古びて深みのある）　うすぐらき蒼古の空気に　香炉蒼古たり

ひねひねし（ひからび古くなる）　あなひねひねしわが恋ふらくは

古りにし　古りにし里に春はきにけり　ふりにし人を尋ぬれば　古りにし郷の秋萩は

古る　向ふ黄楊櫛古りぬれど　庭石の物ふりたるに　世の中に古りぬるものは　それぞれ古りし火桶かな　古りし自在を炉のうへに

【触れる】　手に触れている太宰治全集　ゆくりなくふれしおん手の

相触れる　相触れし手は触れしまゝ　触し手と手に　玻璃盞の相触れて鳴る　水底の石相触るる

触る　雪の触らふ音すなり　細脛に夕風さはる　廊下

の板に足うらのさはる

触手　空に触手は拡げる　ほのかなる月の触手

触れず　花散るほどは手もふれで見む　膚も触れずて寝たれども　君が手触れず花散らめやも

【風呂敷】　風呂敷かぶる旅寝哉　風呂敷の結びめかたき

小風呂敷　筍見ゆる小風呂敷　小風呂敷いくつも提げて

袱紗　むくの緋ぶくさ　袱紗さばきをめでられしより　袱紗畳まず膝にある　服紗につゝむ十寸鏡

【ふわふわ】　蜂の尻ふわ〳〵と　ふわふわ桜咲き白むかも　椅子ふはふはと　風もふは〳〵　ふわ〳〵と針

ふうわり　むまさうな雪がふうはり　ふうわりと膝のおもみや　ふうわりと青みを帯びた

ふわと　ふはとかぶさる一葉哉　ふわと寝て布団嬉しき

ふわり　ふはりと梅にうぐいすが　黒猫がふわりとあるく　夏布団ふわりとかかる

【文具】ペン　夜のしづまりにペンの音　ペンを捨てゝ戦つた　ペンの錆　ペンの尖で潰さうとしてゐる

鵞ペン　はね白き鵞ペンを　新しき鵞ペンに代へし

色鉛筆　色鉛筆の赤き粉の　色鉛筆の青い色を

鉛筆　鉛筆を削りためたる　詩をしるす鉛筆の音　鉛筆を削る　三Bの太き鉛筆　をさな猫えん筆かじる

タイプ　あられ打つタイプの音を　タイプ鍵握れる指に憑かれし如くタイプを叩く　タイプに手をふれながら

定規　雲形定規かきいだき

コンパス　高い脛をコンパスにして

白墨　白墨をもてしるすらく　白墨に描ける如く　チヨークの粉を浴びている午後　チョークまみれのピエロ我

【噴水】　噴水へすゝむ白扇　ふんするゐはみ空のすみに孔雀の羽根が噴水になつた　噴水の大輪さゝぐる

吹上　吹上の水ちりかかり　ほそぼそと立つ吹上は噴上げしのび泣けるかな　噴きあげに打たれかなしむ

噴井（水のふきでる井戸）　厨の噴井鳴りあふる　田の畔の噴井の水の噴井に来て磨く　月に吹きあげる吹井かな

噴泉　噴泉の怠惰のやうな　噴泉のしぶきに濡れて　声の唸りの噴泉や　高き草噴泉のごと

露盤（噴水の水受け）　噴水の露盤より

へ

【兵】　面わみな稚き兵を　白き兜の兵あまた過ぐ　わかき博士は兵に召され　帰りし兵にわが訊かず　逆襲ノ女兵士ヲ

兵隊　兵隊がゆく　兵隊に花が匂へば

将校 蹶起せる青年将校らは　騎馬将校が
少年兵 少年兵抱キ去ラレ　少年ノ単坐戦闘機
新兵 汁粉すゝる新兵に
水兵 水兵と砲弾の夜を　水兵のつれだち来るや
戦友 戦友よ泥濘の顔　戦友を抱き　戦友の屍に　戦友の死にたえし島に　タンクから出た戦友の
雑兵 髯のある雑兵どもや　雑兵や頬桁落して
廃兵 廃兵と話のはずむ　廃兵の楽
俘虜 （捕虜）どいつの俘虜は妻をおもはむ
捕虜 捕虜そむき眠る青き湖畔　地べたに膝を抱けり　捕虜　星座美し捕虜眠る　捕虜凸凹と地に眠る
虜囚 （捕虜）しべりやの虜囚の還り来る日ぞと
【塀】 塀をまがれば秋の風　颱風に仆されし塀　西洋人と黒塀と　犬のとがむる塀の内　梢ゆかしき塀どなり
築土 春やむかしの古築土　荒寺の崩し築土に　ついぢのもとの青よもぎ　五月雨に築土くづれし
築泥 つきひぢの内外の花の
板塀 板塀に鼻のつかへる
土塀 銃眼のある土塀　黙々と土塀つらなり　土塀の崩れ目に著くなりぬ　土塀の日　柑子いろづく土の壁

煉瓦塀 あかき煉瓦塀ゆけどもつきなく　煉瓦塀高くめぐらす　煉瓦塀ながし　煉瓦の壁に　昔々の煉瓦塀
【平凡】 眉目平凡にわが娘　われは平凡なる妄想し
常人 世のつねびとの仲間いりせむ　世のつねの老いびとのごと
人並 人並に正月を待つ　人並に物をおもひて
色無き （風情がない）海にいろなき日なりけり　散りぬればいろなきものを　色無き空に　色なき闇に
木石 （無風流だ）木のはしの坊主のはしや　石くれか木のはしくれと　木のはしのやうにいはれて　石に似る人を疎みぬ
無雅 （野暮）無雅も隣の梅を誉め
【平和】 平和の足跡永久に消すまじ　平和像みな祈りの姿　むせぶごとビラ〈ヘイワマモレ〉
和らぎ （平和になること）平和のしらべ　そことなきやはらぎぞある　すだくやはらぎ
【舳先】 （船首）春の潮鳴る舳先かな　星へさきを向けていた
舳 春潮の舳に行方あり　舳にこそ騒げ月の潮　舳にしぶき　舳向かる船の
舳波 夜光虫舳波の湧けば
水押 （舳先）遊船のみよしの月に　舟の舳に腮髯あげて

【下手】 死下手とそしらば誹れ　来るも〳〵下手鶯よ　下手盗人をはやすらん

歌屑 下手な歌　弱き男の詠みし歌屑　歌屑の松に吹れて

腰折れ 下手な歌　聞け老らくの此腰折れを　腰折れの歌は

拙き 妻の詐術のつたなしや　恋することのつたなさの　生きむすべ拙き人ら　おのがつたなき心より

手ずつ てづゝなる人形ひとつ　拙神

無器用 手ざはり荒い無器用な

不束 ふつつかにわが子も　皮笛ふつつかに

【隔たる】 妻とへだたれる　へだたりゆくか君のこゝろも

隔る へだたる　一夜二夜三夜を隔れば　青垣山を隔りなば

隔てる 森一つ隔てたり　隔て住む心　遙かにも隔てつるかも　へだつる霧の闇をつくりて　隔てしからに

隔てて へだて、恋しふるさとのそら　柑子をへだて海を見る　年月をなかに隔て、　水を隔てて駒の声

隔たり 無限大のへだたりを　へだたりの程こそよけれ　今し悔しもとはのへだたり

隔て 仕切り　雪隠の隔にかけし　高山を障になして

離れる 梢はなる、もみぢばの　鐘をはなる、かねの声　旭は浪を離れぎはなり　地を離るるは愉しからむ

離れて 折々は君を離れて　蛍火の柳離れて

離る 子に離るるかなしみ無くば　一日だに離るはつらや　星離り行き月を離りて　家離りいます吾妹を

離る 思ふとも離れなむ人を　かれゆく君に逢はざらめやは　離るるは淋し　離れにし君が　離れにし袖を　離れぬる人を　衣手離れて　おどろき離るるこの森や

間遠 疎遠　便り間遠くなりて　潮の音の間遠に聞こゆ

間夜 恋人と逢う夜と逢う夜の間　間夜は多なりのを

夜離れ 鴨の浮寝も夜離れをぞする　夜がれし床の

目離る しだいに会わなくなる　目かるれば心は餓ゑぬ　二階の書斎いまも目離れず　母が目を離れつつ遠し

【紅】 昨日の紅のつきどころ　紅さいた口もわするゝ　唇をなめ消す紅や　まだ唇の紅ぞ深き

寒紅 寒中に製した口紅　寒紅にしづかに曇る　寒紅つきし前歯かな

口紅 口紅のいさゝか濃きも　口紅は濃きが可かりと　口紅の薄くつきけり　くちべにほどの夕やけを

紅鉄漿 紅鉄漿つけて　臙脂漿化粧に身をかざり

紅粉 粉末の紅　紅粉はきのこす　紅粉付てずらり並ぶや

紅さす 紅をつける　わがさす紅の色に似たれば　臙脂などさしぬ　涙ぬぐひて紅さして　口へ紅さして春まつ

へ

紅皿（紅をぬりつけてある皿）紅解けて皿の底には　紅皿に埃の溜るとき紅のにほひ興がる

紅筆　人の紅さす筆とりて　かりし紅筆

【返事】　寒さをいえば空返辞　怠りし返事かく日や

答え　父とゐて答すくなに　ときをり祖母に口いらへして　海彦のゐて答へゐる

返し（返事の手紙）返し文来ても来ずても

返事（手紙や和歌に対する返事）かへりごとだになき人の　かへりごといかが書くべき

答える　岸に呼べば船に答へて　吹く風は問へど答へず　声応えつつ牛と牛　山に問ふ山は答へず

【弁当】　春山にひらく弁当　弁当を鹿にやつたる　弁当すみし作事小屋　空の弁当箱

飯盒（炊飯兼用の弁当箱）飯盒をカラカラと鳴らし喰ふ　飯盒の下

破籠（弁当箱）割籠たづさへ　棹とめて割籠ひらきて　わりごくひ居る木樵かな

【遍路】　お遍路木槿の花をほめる　花摘んで遍路足早な　冬日の遍路　岬に立つ遍路　阿波の遍路の墓あはれ　かはいや遍路門に立　女遍路や日没る方位を

四国巡り　四国めぐりの旅をこそおもへ　お四国の土になるべく　四国路へわたるといへば　ひよいと四国へ

巡礼　巡礼親子二人なり　順礼の姿寂しき　順礼のむすめの如し　順礼の子のおくれがち

遍路笠　遍路笠まあたらしくて　遍路笠の裏なつかしや

遍路心　遍路ごころの失せぬわれかも

遍路宿　遍路宿泥しぶきたる　草鞋くもあり遍路茶屋

笈摺（巡礼の着る羽織）笈摺の赤褚の兀る

鉦　巡礼鉦うちにけり　遍路の衆のうち鳴らす

鈴　遍路の鈴が来る　巡礼のふる鈴　お遍路鈴音こぼし

ほ

【帆】　彩帆あげゆく　海の時雨帆はひとへなる　暗き帆のゆく蘆の上　真帆かた帆小嶋が沖に

白帆　白き帆しるく光りて動く　白帆白帆の横走り　青海を光る白帆を　暁や白帆過ぎゆく

帆桁（帆柱の横木）帆桁のうへに歌ふ子よ　帆桁の上に北斗を仰ぐ　海の子は高き帆桁に

帆綱（帆を上げ下ろしする綱）雪の帆綱垂る　練習生帆綱の上ぞ　帆綱が南風にみだれなき　千鳥たかしや帆綱巻く

帆柱　高き帆柱町に泊つ　帆柱の雲を倉庫へ

マスト　魚の骨のマスト　巨きマストの　星に旅ゆくマストあり　檣は南風の天に鳴る

真帆（帆をいっぱいに張る）　真帆吹き送る山おろしの風　北斗ぼしさして真帆やひらけ　真帆の茜に凪ぎにけり

片帆（開き帆。帆を傾けて横風を受けて帆走する）　片帆あげたる君が舟ゆく

【穂】　銀より白き穂を投げて　玉蜀黍の穂の光　粟の穂の垂れし重さに　飢饉の足穂　草穂みのりぬ蝶の秋

穂先　畦草の穂尖明るむ　のぞく穂先や箒草　青き穂先

穂末　秋風に穂末なみよる　杉の穂ぬれのやはらかに

穂波（稲や麦の穂）　世はゆたかなる穂なみこそよれ

穂孕み（穂がふくらむ）　稲孕みつつあり　下生の芒穂を孕み

穂絮　捕虫網子等は穂わたを　穂絮きらきら宙にあり　蒲の穂絮の甲斐もなく　穂絮いま楽しげにとぶ

絮　石蕗の絮宙にきらきら　柳の絮の散る日に来る

柳絮（柳の種子）　白くて強し柳絮と蝶　柳絮の流れ町を行く　柳絮の飛ばば郷愁を　柳絮に濁る山おろし

【頰赤】　頰赤童の　頰赤磯鳥　頰赤の田舎武者　あかき頰に涙ながして　くれなひの頰のつめたさぞ

面染めて　君に問はれて面染めにけり　面染めてはぢらふ見れば　面染めしその幼さも

紅顔　紅顔のむれ　紅色の頰の人を　老の頰に紅潮すや

丹の面　めぐしき児等が丹の面の　うなゐふたりが丹の面の　丹の面のまろき揃へて

丹の頰　丹頰の少女を歩ませにけり　丹の頰の子雉子　丹の穂の面　日ざしに照らふ丹の頰を　赤丹の頰して

【箒】　立掛けてあるしゅろ箒　畳ざはりや棕櫚箒

箒目　庭さやかに箒目を展べて　箒目に莟をこぼす

熊手　菊を痛めし熊手かな　くまでの燃ゆる焚火かな

玉箒（美しいほうき）　玉箒手に　疵なし玉箒　床のちりとる玉はゝき　初子のけふのたまははき

【呆ける】　恍けて独　惚けし顔の驚愕を見よ　白粉つけた呆けがほ

呆け心　呆けごころに堕ちたまふなと　こころほほけて

うわの空　うはの空なるかたみにて　気もうわの空を仰いで

心も空に（うわの空）　時の間も心は空に　妹を置きて心空なり

放心　少年の放心の瞳よ　交叉路を放心しつつ

【奉公】　奉公のくるしき顔に　奉公を僧介添や　初奉公の一夜哉　請状すんで奉公ぶりする

出替り（奉公人の交替）　出代や春さめ〴〵と　前のをとこの戻る出替り　出替りを頭巾で行や

俸給　わが俸給　俸給の銭いくばくを　俸給をもらひ

藪入（盆と正月の一日だけの奉公人の休日）　藪入の田舎の月の　藪入のさびしく戻る　藪入の二人落ちあふ　藪入やくだかけの朝

暇（休み）　いとまたまはる藪入や　仏にひまをもらつて

【法事】　母が炉をたく法事かな　むき出しに法事の折を　法事終ればあまき菓子食ふ

法の筵（法事が行われる場所）　法のむしろにかねひゞくなり　光を法のむしろにぞ敷く　二月の法のむしろに

万灯会（一万の灯明をともす法会）　万灯の闇にぬめぬめ　万灯の火が混みあふ　万灯ほのかなるひかり

御影供（弘法大師の忌日の法会）　御影供ごろの人のそはつく　どつと御影供のこぼれ人

【帽子】　帽子かぶりて来し汝れを　黒き帽子の上に鳴く　黒き帽子のひとら並みゆく　山高帽の野菜くさい手

烏帽子　禰宜の子の烏帽子つけたり　風折の烏帽子はとかく　折釘に烏帽子かけたり　眉に烏帽子の雫　哉

シャッポ　赤い帽子の小人を出して　顔とシヤツポと鉢巻と　シヤツポがほしいな

シルクハット　絹帽を追つかける　シルクハットが馬車を走らしてゐる　絹帽吹き飛ばしたり

ソフト　青いソフトにふる雪は　絶えぬお客の黒ソフト

鍔広　鍔広の麦藁帽子　夏帽の堅きが鍔に　縁広の帽

尖帽子　緋房のついた尖がり帽子　緋のだんだらの尖帽に　尖帽のしろい人かげ

夏帽子　良人うつくし夏帽子　蝶夏帽を慕ひ飛ぶ　夏帽の裏美しく　夏帽に残る暑さや　火の山の裾に夏帽

パナマ　パナマ編む顔のゆがめる　縁先にパナマ編みゐる　パナマの帽をちよつとうらやむ

冬帽　若さかくさず冬帽に　わが冬帽の蒼さかな

古帽子　古帽子こそ親しかりけれ　古帽子撫でつつおもふ　壁にかかれる古帽子　古き帽子の棄てられぬかな

ベレー帽　シヤボン玉と青いベレエ帽

【報ずる】　しきりに雨のメーデーと報ず　奨学生採用の報を受くるに　新聞は報道せぬが

記事　記事と語るな彼らの世界　治安維持法撤廃の記事　記事を組みつつ読みをる閑か

号外　号外は「死刑」報ぜり　号外の鈴ふり立る

ニュース　実るもの無き秋のニユースに　日出づる国の今朝のニユースだ

放送　放送塔は朝風のなか　北京放送中国民謡　放送の予報ものうく　アナウンスひときわ高く

ラジオ　ラヂオ畢れば頓に更く　英会話ひくくラジオに　隣のラヂオ静かに鳴りつぐ

新聞　大きな新聞広告　新聞ばかり勉強して　医事週報わが卓の上に　新聞は報道せぬが　惰性的に見る新聞の

新聞紙　新聞紙の香高き朝　公園に散る新聞紙の如く

新聞配達　新聞配達の少年のうしろから

朝刊　朝刊に日いつぱいや　朝刊のつめたさ　冬日射わが朝刊に　朝刊読直し

初刷 新聞等の新年初印刷物　橇で着く初刷折るや

夕刊　夕刊のすでにでゝをり　夕刊がきた　夕刊飛んで

【宝石】　宝石の大塊のごと　一つの青き宝石を愛せり

玉　玉の盃　軟玉と銀　白玉のぎよくの勾玉

珠　水底の玉さへ清に　双手もて捧ぐる珠は　貝の珠　珊瑚珠を　かがやく珠を　珠美くしや　珠をこそ思へ

勾玉 昔の飾り玉　天色の勾玉七つ　綴りたる曲玉くびに

真玉 玉の美称　くれなゐの大き真珠と　わきて珍らし真玉梨の実　なみだの真玉

摩尼 神秘的な力をもつ玉　摩尼の山路のゆきかへり　摩尼のまぼろし

碧玉　いとさむき碧玉七つ　わがこころ碧玉となり　秋の日をとづる碧玉

紅玉 ルビー　紅玉やトパース　紅玉の靄たなびけり　おきなが磨く紅玉に　匂ひいでる紅宝石

ルビー　ころころと紅玉の粒が　赤珠のるびの襟どめ　紅玉の涙のにじむこと　血の玉のルビーに飾れ

宝玉 宝の玉　小さい緑の古宝玉　無数の宝玉の溶解

ダイヤ　世にも稀なる紫ダイヤを　北天の海を深める　黒ダイヤ　とけて流れて金剛珠

大理石　いと広き大理石の室　あなうらに大なめ石を　大理石の白き血潮は　大理石はいよよ真白に

マーブル 大理石　マーブルの碑に哀詩あり

エメラルド　をゆびをかざるエメラルド　見れば小さな緑玉　緑玉その玉掬らば　緑の銀のエメロウド　青玉色の

黒曜石　黒曜の色に光れる　黒曜石のきざはしに

琥珀　琥珀のかけらがそそぐとき　うつる灯は琥珀のはしら　琥珀熔くる日もあらば

青玉 サファイア　青玉の天壇い照る　青玉の珠数を

蛋白石 オパール　蛋白石のけむりのなかに

翡翠　夏の帯翡翠にとめし

鼈甲　鼈甲の眼鏡をかけて

瑪瑙　床の瑪瑙の水盤に　瑪瑙の小蟹　瑪瑙の扉を

【庖丁】 庖丁を取りて打撫で　庖丁の夜寒曇りや　餅を切る庖丁鈍し　たそがれ起る庖丁の音

薄刃（刃の薄い庖丁） 庖丁の薄歯つめたき

俎板 薺打ちし俎板に据ゑん　俎の鱸に水を　俎の魚いきいきと　俎板に鱗ちりしく　まな板に旭さすなり

【吠える】 セパードは長く吠えをり　犬吼え立つる橋の上　吼立つ舟の小犬かな　負けて吼立つ小犬かな

牛吼 牛吼をする犬　牛の太吼　種牛腹をしぼり咆え

遠吠 遠吠えの小稲妻　犬の遠ぼえむらしぐれ

【頬】頬 頬につたひ流れてやまず　頬よすれば香る息はく　涙のあとの君が頬を　熱い頬をつけ　薄肌のその頬のうへに　かざしもさゝぬ頬のさびしさよ

片頬 泣きて片頬を枕にすりぬ　妻が片頬の少女ぶり

頬杖 頬杖つきて君を思ひぬ　地球のうえに頬杖ついた

頬骨 この逞しい頬骨は　頬骨の尖れるままに

頬痩せ 頬痩秋風　口笛吹くや頬の痩せし人

御頬（頬の美称） 御頬の上にながるる涙

【頬冠り】 小舟棹さす頬かむり　河原の霜に頬冠　肥料斟む爺の頬かむり　頬かむり冠りて　さかさ頬冠り

姉さん被り 大根洗ふ姉さまかかむり

ベール 銀のヴェールを投げかけた　薄絹のヴェールめきて　弥撒の白布に農の日焼　美婦の顔に網

【灯影】（灯の影） 灯影へ急ぐ旅人の　灯影貧しき垣続き　灯かげさびしき　芭蕉の灯影消えにけり　ふすまもる灯影

灯火 くらき灯火を家に吊り　灯火を風にとられて　水にうつる灯火の影

火影（灯火の光。灯火の炎） 火影あかるし遠くは照らず　火影に映えよ　火影に白しふみを読む人　榾の火かげに

【朗らか】 池ほがらかに蛙こゑたてけり　ほがらけき秋の朝日は　ほがらかに月夜晴れたる　野を朗かに

愛想（人当たりがよい） あいそになびく柳かな　愛想よき肥満たる主婦　夜咄のあいそにちよいと

朗ら おもかげほがらに　ほがらに青き悲に　朗らに歌ふ　ほがらにうれしけき　ほがらに笑ひ

朗ら朗ら 東雲のほがらほがらと　ほがらほがら明け放れゆく　鐘の響はほがらほがらに

【北斗】（北斗七星） 北斗にひゞく砧かな　時雨星北斗七つを出でし船北斗を目指し　北斗星七つならべる

七星 山の七星明瞭に　がうがうと七星倒る

星斗 無数の星斗光濃し　星斗は開く　星斗横たはる

七つ星（ななぼし）　村雲なびき七つ星見ゆ　七星かくせる雲に

【反古】（ほご）書き損じた紙　反古のみだれに額ふせて　反古を読み読み　反古入れの大瓢簞や　形見となりし反故一枚

歌反古（うたほご）歌や詩の草稿　歌反古にたましひこもる　失恋の歌反古よ　わが歌反古も埋めおきて　歌反故を焚かむとすれば

紙屑（かみくず）　蒼白い紙の屑が　紙屑は何も望まない　汚れた靴で紙屑を　ですくの下の紙屑の

【母国】（ぼこく）　母国の乱を語るとき　ここの波止場に母国を棄てなむ　母がうまれし国美くしむ

母国（おやぐに）　母の国筑紫この土　うまし耶馬台ぞ我の母国

祖国（そこく）　帰ろうとして帰れぬ祖国　父は祖国を信じて逝けり　敗戦と敗戦以後の祖国

【埃】（ほこり）　埃しらむひろき巷に　硝子戸の春の埃を　蹄のほこり　ほこりに坐る　春埃しみたつ街の

黄砂（こうさ）　沖には黄砂の壁　闇ノ黄砂ヲ噴キ散ラス

黄塵（こうじん）　炎天の蝶黄塵に　黄いろき塵の舞ひあがる

砂塵（さじん）砂埃　砂塵を捲いてタクシーは　寒の砂塵に見失う　砂塵を蹴立てつゝ　自動車の太輪の砂塵

砂埃（すなぼこり）　沙ぼこり花のかをりを　バスのあげゆく砂ほこり　救世軍へ砂ほこり　砂けむり黄なる柱の

土埃（つちぼこり）　土ぼこり白く被ける　牛の額の土ぼこり

埃路（ほこりみち）　夕日に赤き野のほこり路　大師詣のほこり路

【誇る】（ほこる）　故郷や何をほこらむ　女ほこりのたぐひとし　誇らひに似し我が悲しみを

誇らか（ほこらか）　ほこらかな微笑に輝き　いと誇りかにふるまへど　なほほこりかに恋を語るか

誇り顔（ほこりがお）得意げ　ほこりがほ子が差しいだす　我がちがほや園の紫蘇　万歳のしたり顔なる

我褒め（われぼめ）　己れぼめするにくからぬ男　われぼめの声よき歌に

【星】（ほし）　星の名を覚て空も　星あふぐ子のうつくしき哉　光る光る星の雫が　夜寒の星垂るる

秋の星（あきのほし）　秋の星遠くしづみぬ　秋の星を昼もながめる

春星（しゅんせい）　春星かぎりなし　春星のみな走りゐる

星雲（せいうん）　マジェランの星雲へ　あたらしい星雲を燃せ

星空（ほしぞら）　青い星空　をそい星空に出る　こよひは月のあらぬ星空　星縫ふ空は

星の林（ほしのはやし）星がたくさん集まっている　月の船星のはやしに

星星（ほしぼし）　星々をかなぐりすてし　星々の花環をつけて

遊星（ゆうせい）惑星　遊星や星霧を　遊星の羽のやうに

ほ

新星（にいぼし）日が暮れて最初に出てきた星　新星は濡れてぞ出づる　夜天の星の影見えて
【星影】（ほしかげ）星の光　雲にこぼるる星影を　星かげは網にこぼれて　梢にかゝる星かげの
星月夜（ほしづくよ）月はないが星の光で明るい夜　星影輝く　雪くらく　星月夜さやかに照れり　ヒマラヤ杉の星月夜
して星月夜　門を出づれば星月夜
星の光（ほしのひかり）　星の光を着るやうに　星の光れる南国の磯
星の夜（ほしのよ）星月夜　星の夜の明りとなりぬ
瞬く（またたく）　またゝかぬ星なほ消えず　夕星の瞬き高き　星
のわななけり　金星のまばたき深き
星降る（ほしふる）　かなしげに星は降るなり　今宵星降る
【干草】（ほしくさ）肥料や飼料　干草に馭者寝て鞭を　干草の匂満ちたり
乾草のうましきかをり　乾草のにほひかなしみ
牧草（ぼくそう）　牧ぐさの　牧場の草に笛のねおこる
【星屑】（ほしくず）小さな星　星くづにてらされた道　あはれ星屑　光も
立てず星屑の　星くづのみだれしなかに
糠星（ぬかぼし）　月より細かき糠星のかず　春の夜のぬかぼしこぞ
る　影澄みにけり小糠星屑　透きて清げの宵のさゞれ星
【星の座】（ほしのざ）星座　星それぞれの秋の座にあり　星の座を指
にかざせば　星の座の夜夜動く
火星（かせい）　赤き火星を待つ夜さや　赤く濁った火星がのぼり

星座（せいざ）　真青な紋章の星座が　若き星座の環となりぬ
星の宿り（ほしのやどり）星座　星の宿りを眺め得ば　ほしのやどりの今
ははた
南極星（なんきょくせい）南極に位置する星　紅の南極星下
北極星（ほっきょくせい）　北極星のきらめくを　北極星の大ランプを
木星（もくせい）　三日月を木星追ひ　すぐ木星より光来る
アンドロメダ　星雲　アンドロメダもかがりにゆすれ
オリオン　月を率き行くオリオン座　オリオンの楯新
しき　オリオンはあれと指さして
蠍座（さそりざ）　蠍の星はしづみたり
獅子座（ししざ）　獅子の星座に散る火の雨の
シリウス　かがやき移るシリウスを
昴（すばる）　橇の馭者昴を帽に　昴けぶるに眼をこらす　昴宿（プレエアデス）
をながめしことあり　星はすばる　眠れる合歓に昴かげ
南十字（みなみじゅうじ）　よもすがら南十字へ
夜長星（よながぼし）　夜長星窓移りして　かの夜長星ひかりいづ
【干す】（ほす）　ほしておく也洗ひ猫　狐の皮干されて枯るる
酒袋を干すとて　ひろげ干す菊かんばしく
干瓢（かんぴょう）　干瓢干て日盛や　干瓢むいて遊けり
干網（ほしあみ）　干網をくゞりくゞりて　干網に立つ陽炎の

干鰯（いわし、にしんを乾燥させた肥料）　鰯干す宮も藁屋も　外浜の干鰯干しども　ほしかほしの黒きかげ

干大根　軒に日残る干し大根　干大根人かげのして　干大根月かげにあり　子を負ふて大根干し居る

【細き】　繊く裂きし紙を　細く細くせし戸の隙に　われに向く狐が細し　身を細しておや燕

か細き　あまりかぼそくあてやかに　ひたすらに待ちてかぼそき　わが肢体かぼそけれども

細細　このはかな身のほそぼそに　ほそほそと木の間を縫ひて　細々と遠退く声の　ほそほそと月の慈眼の

細目　窓の細目や闇の梅　障子細目にひらきつつ

細める　綿虫に瞳を細めつつ　茸山に入る身を細め

細り（ほっそりしている）　その茎立ちは細り清しき　迎へ起ち笑む細り妻あはれ　檻の狐の細り面

細る（細くなる）　百日紅の木ほそり立ち　黒き猫ほそりてあゆむ　このごろとみに細りけるかも　身のほそり

【細身】　細身の鵜舟　鷺の細身が立直る　細き身を子に寄添る　細き身体で働きて

華奢　華奢な白猫　華奢ゆゑ我れも春の花めく

細腰　既に緊りし細腰もたず　細腰の法師おどろに

すがる（細腰の女性）　蜂腰なる夏痩女　腰細の蜾蠃娘子の

細脚　細脚の山羊　細き足さするわれは　細き御足を

繊手　繊手能く障子を洗ひ　繊やかな手の

細き手　扇をかざす手のほそり　細き手の卯の花ごしや　襟をつくろふ細い手が　ほそながい指

細腕　糸桜ほそき腕が　轟と岩に倚る繊そ腕

【ほつれ髪】　水つけてかくほつれ髪　少女が鬢のほつれ毛を　ほつれ毛に遊ぶ風あり　ひたひ髪ほほけしを撫で

縺れ髪　痛がりとかす縺れ髪　我病めば子のもつれ髪　病後のわれのもつれがみ　汗に撚れあふもつれ髪

【ほつれる】　夕顔の莟ほつるる　冬姫のうで輪ほつれて　想ひほつれてうるほふしばし　はつるる糸は

ほうける（ほつれ乱れる）　ほうけし薄枯ながら　蕗の薹ほほけて

縺れる　もつれたる恋をはなれて　もつれし糸をしばしほぐすも　縺れ入るピアノの吐息　水細くながれ縺れゐる

縒れる（よじれる）　縒れてみだるる條の色　三相によれる

【火照る】　栗焼く顔をほてらする　積れる雪に熱てる頰を　夕火照る海

気上り（のぼせる）　気上りしたるわれなりしかな

のぼせる　のぼせたる女の顔　冬日のてるに逆上せたり

ほ

火照り　耳うらに知りたき火照り　頰のほてりを青嵐に　暮れてひさしき土のほてり　ああ柑子黄金の熱味

ほめく　身をめぐりほめく物の香　寒の闇ほめくや

【程】　うんざりする程永遠で　涼しき程の朝顔は　田のあらかぶの黒む程

幾許　どれほど　仰ぎ見る樹齢いくばくぞ　いくばくのをみなの嫉み　いくばくの病めるひとびと　余命いくばくもなき昼寝

さまで　それほどまで　紫のさまで濃からず　今年は寂びをさまで思はず　子を叱るさまでもと思ふ

半ば　半分　いさよふ月の海半　半うつろのあけび哉

【仏】　影ばかりなる仏たち　仏微笑する　仏に辿りつきにけり　奈良の仏の中に寝る　仏来給ふけはひあり

大き仏　千年ふる大き仏の　鎌倉の大き仏は　大き御仏をろがめば　救ひたまはね大きみほとけ　大きな仏

大仏　大仏の後ろ見て住む　大仏の俯向き在す　奈良の大仏腹の中　大仏の足もとに寝る　いつ大仏の柱立

大日　大日如来の略称　古寺や大日如来

ののさま　ほとけさま　のゝさまと指た月

菩提　仏の悟り　菩提を慕ふほむらならずや　菩提のこころしりぞかす

仏像　みすがたを胸にゑがきて　幽かに坐し仏像に

御仏　とはににほへるみほとけを　み仏の前蛇遊ぶ　御仏の長裳のすそに

光明　光明を捨てし都が　閻浮檀金の光明のいと　光明の一線の先　窮みなき光明に

慈眼　慈悲の眼　御仏の慈眼とろける　浄き慈眼を

白毫　光を放つという仏の眉間の白い毛　太夫の額の白毫の澄み　眉間白毫にまつ月見かな

【仏の花】　仏花としてアマリヽスの花　仏には桜の花を

御手　仏の手の美称　弥勒菩薩の御掌のぬくみを

仏の花を捨に出る　ほとけの花のゆきやなぎ

香華　仏前に供える香と花　香華ささぐる子も交り　秋くさの香華おとろへ　仏に花香奉り

【程無く】　待つ間程なき白帆哉　うゑてほどなき庭の萩原

間なくも　間なくぞ雨は降りける　間なくも散るか

【迸る】　火の泉より火のほとばしり　蛇口より奔る水の　泉を出でて水奔る　丸竹の樋ほとばしり

たばしる　切火たばしる　石にたばしるあられ哉　その

血たばしれ　闇をたばしり
【辺】　弁財天の池ほとり　うたかたしげきこのほとり
炉のほとり　鉄路のほとり　荒海のほとり
辺り　浪華あたりの　水車あたりへ夏を　四辺を照らし
四辺のさまもけすさまじ　藻のかをり四辺をこめぬ
辺　弟は水の辺に立ち　狭き井戸辺の　池の辺の
遶　周辺　めぐりの垣の卯の花を　風入るまじくめぐりか
こはん　落葉ひそかに我のめぐりに　湖のめぐりの
【骨】　太い骨である　草むらの骨に風が鳴る　骨の掌に
街路樹硬き　白きは馬の骨か何
枯骨　白骨化した骨　枯骨ならびて　枯骨砕けて塵となり
白骨　父の白骨埋められ　硝子戸棚に白骨の　白骨の
暴れてちりぼふ
肋骨　見まじとすれどあばら骨　月に吹かるるあばら骨
骨身　繭売つて骨身のゆるむ　骨のみの身には涼しかり
【炎】　炎の上に揺るる太陽　雲は真白き焔上げ　蛇の
ごとほのほぞ動く　見る見る炎の花を開いて　焔澄み
炎　火　炎のそこの紅　ゆすり　煙らはで炎のあるきゐる
炎のごとさやぐ街路樹の
炎　くれなゐのかまのほむらに　閃めきわたる火群よ

火炎　火焔に煤けなみだ拭はず　火炎に女体
劫火　世界を焼き尽くす火　迫る劫火は面焦す　われの身に劫火の来
り　いまは劫火につつまれぬ
火の気　火の気なき暖炉は　火の気弱きを憂ひて
火気　火の気　火気焼き立てて　燃ゆる火気の
火柱　焚火火柱直立つを　今も烈しき火の柱
火立　ほのおがはげしく燃えたつこと　折りたる手にぞ火立もゆ　マントルピ
ース火立華やぐ　油火の火立しづかに
【仄か】　ほのかなる暮の汀を　ほのかなる熱をさくら
の　ほのかに愁し雨のふる夜は
仄に　ちょっと　いとほのにうれひ泣く　仄に紅める君が頬を
吸ふ　胸仄に鳴る　仄にうつむく
仄仄　ほの〲明し浅間山　朝日ほのぼのと流らふるな
り　ほのぼのと若き心の　三の酉夜はほのぼのと
仄見える　ちらっと見る　かたき莟にほの見ゆる　灯火ひとつぞほ
のみゆる　ほのみしは花櫛姿　我がこひ人の船をほの見し
仄めく　ちらちら見える　火もほのめけや焼林檎　わかさぎにほの
めく梅の　卯の花のほのめくかげに
【墓標】　墓標の墨の光かな　白き墓標のあるところ
墓標は雨にただ濡れていし　父の墓標を雨に濡らしむ

墓印 墓標　文字もよまれぬ墓じるし　茄子灯籠が墓印

墓碑 墓標　あらたに立てる墓碑七つ　僕の墓碑銘

【帆舟】　君達の尺の帆舟の　ほぶねゆきかふ　赤き帆の房州船が　かへる舟かも沖に帆は満つ

帆掛舟　橋くぐらする帆掛舟　帆の多き阿蘭陀船や

飛脚船　一夜おくれし飛脚船　鳴門の浪の飛脚舟

山原船　山原船は今赤道圏に　山原船はむかし真帆はり

ヨット　ヨットの帆はろかに低し　ヨットの快速力で　ヨツト見る白樺かげの　ヨットの帆しづかに動く

【誉める】　老を誉たる　冷酒に桜をほむる　讃むる拍手の　人は若葉をほむる　梅つばき早咲ほめむ

讃える　才をたたへむ　入日讃ふ　夕陽をたたへ

賞でる　からくれなゐを相めでて　日の光る安房を愛でつつ　よく見えもせぬ桜めでかな

もてはやす　菊の芽のもてはやされし　花もてはやす

功 手柄　千代まで高し君が功ぞ　たぐひなきいさを立てし　先かけのいさを立てずは

頌歌　愛の頌歌をうたふなり　ほめうたの優しさを織る

【堀】　濠の水みちて静けき　蛙も鳴かず深き濠　城の濠よりのぼりくる風　外堀の割るゝ音あり

運河　運河をくだる青き船の灯　腐れ運河の春の家鴨

堀江 運河　堀江越え　堀江こぐ

掘割 運河　掘割のボートの中　堀割の水をくだりゆく

内濠　内濠に小鴨のたまる　内濠しろしふゆの夜の月

濠端　濠端の柳の芽こそ　濠端を半纏ひとり　濠ばたのくらき宿屋の　濠端に無花果みのり　お堀ばた

水城 外敵を防ぐために堤を築き前面に水をたたえた堀　草ふかき水城飛び越え

【掘る】　掘りかけし土に秋雨　爪の土を掘つてから　穴掘りの脳天が見え　死を嗅ぎつけて掘る犬か

芋掘り　主をとへば芋掘に　芋を掘る手をそのままに

貝掘る　貝掘りあてつ鍬始　かがみて寒き貝を掘る

黄金掘る　金掘る山もと遠し

筍 掘る　筍の掘り出だされて　可愛き竹の子吾が掘り

根掘じ 根のついたまま掘る　紅梅どもは根こじて放れ　根こじたる蕃茄のあとに

【襤褸】　にぎやかな襤褸である　ぼろの旗なして

綴　腐れゆく襤褸のにほひ　つづれのきぬのやれまより　薄き襤褸はまとふとも

襤褸　襤褸の中の春夜人　物乞ひの襤褸が坐すも　襤褸の漢水を飲む　襤褸は寝てゐる夜の底

ほ

わわく（衣服などがぼろぼろになる）　わわけさがれる襤褸のみ

【滅ぶ】　ほろびるものの美を美とし　ほろびゆく瞳にしみて　滅びつつピアノ鳴る家　時は滅びよ日は逝けよ

滅亡　滅亡に駅眠る　花火滅亡す　完き滅亡いづこにもなく　滅亡の地球に残る　滅の香ぞ　燃ゆる死滅

国亡ぶ　砂漠の国は亡ぶ時に知らる　国敗れ人倦みて亡びゆく民族の

【本】　寝つつ読む本の重さに　本の活字に目が沁みる　ものの小本のちらばれる　手に触れている太宰治全集

絵本　雪の山家の絵本かな　絵本をひろげて見てゐる

絵巻　ちぎれたり絵巻物　枕は伊勢の絵巻物

古書　古書読めば蚊を打ちし血の　心惹かるゝ新書古書

古典　古典ほろぶる劫ぞなき　明日の世の古典とならん

古書　古典　積める古書　廃れつる古書どもゝ

書　返す人亡き書一函　書を売りに　書を買ひて暫く貧し　書に触るるうれしさのみに

書　物くふ如く書をよみて　書携へて筆のせて　書もたれして鈍なるもあり　書物と著物を詰め入れて

絵草紙　物語　傘さしてみる絵草子屋　絵草子の古ぼけし手触にや　お伽絵草紙

草紙　本　草紙の中やきり〴〵す　草双紙探す土蔵や巨燵の上の草双紙

小説　ひと死して小説了る　小説を草して独り

俳書　俳諧の書物　短日の俳書かな　俳書の山の中に坐す

洋書　日影に古き洋書かな　あたらしき洋書の紙の古き洋書の鞣皮　赤皮の瀟洒な洋書

歌袋　歌論書　歌ぶくろさげてかどたゝく人

歌集　をさなおぼえの万葉歌　山家集見てすがしみにけり　虫ばみし金槐集を　机の上の湖月抄

詩集　恋の詩集の古きあたらしき　一巻の詩集ふところに　詩集の扉に書きし恋唄　我がめづるりるけの集

詩書　詩書を枕に　詩書幾巻とりちらし　詩書更けぬ

背　背表紙　書の背まろくすれたり　背皮見せをる

表紙　赤色の表紙手ずれし　青き表紙の記憶のみ　手ざはり寒き革表紙

栞　銀杏一葉栞となして　暮春の書に栞す　栞して置く湖月抄

一巻　うづみ置く歌の一巻　下宿の人や書一巻

頁　古びたる紙頁の上に　頁繰る右手のおゆびを　真白なるページを抜く　こころ撃たれしページのひまに

ほ

【盆】 東京の盆ぬけて来て　盆の月ひかりを雲に　せめてつかへん盆三日

盂蘭盆 盆　盂蘭盆のいなづまも　うら盆の客　僧の布施透く盆会かな　盂蘭盆会

地蔵盆　地蔵盆わが赤燭も　夜店明るや地蔵盆　地蔵会やちか道を行

魂祭 祖先の魂をまつること　魂祭せむけふの月　経木買足す魂まつり　位牌も古び霊祭　尼うつくしき霊祭

盆過ぎ　ひつそりと盆は過ぎたる　盆過ぎて宵闇くらし　山寺の盂蘭盆過ぎを

迎鐘 死者の霊をむかえる鐘　わりこむ婆や迎鐘

【盆棚】 盆の供え物を載せる棚　弟の盆棚はかなし　盂蘭盆棚をつくる草花をあみて

棚経 読経　棚経の僧に夕かげ　ひあはひの風に棚経

魂棚　魂棚の見えて淋しき　魂棚をほどけばもとの玉棚に孫の笑ひを　霊棚の敷菰

茄子の馬　茄子の馬の流れよる　さそふ水あり茄子の馬

盆供 供え物　流れてはやき盆供かな　盆物となるな村がらす　うなづきあふや瓜茄子

【本能】 本能の蒼き瞳孔に　本能の十字架を

生ながら　生れながらにものを食す

野性　野性のいのち奔りやまず

【ぼんやり】 ぼんやりとした悲しみが　霧ごもる朝日

ぼんやり　日の隙きがぼんやり青　い呆やり床机に

文無し はっきりしない　春の夜の闇はあやなし

おぼおぼし はっきりしない　玻璃戸に月のおぼおぼし　おぼおぼしかる眼界に

覚束な　消ゆるか夢の覚束な　す丶き痩萩おぼつかな　おぼつかなよしの丶花の　おぼつかなしも

おぼほしき ぼんやりしていてうっとおしい。　おぼほしき低雲に　闇おぼほしき春の夜の　おぼほしく曇りて暑し

おぼめく ぼんやりする　黄昏のおぼめくかげに　おぼめく秋を　穂薄におぼめく秋を

喪心 放心　喪心したるその蒼き顔　喪神の森の梢から

ぼやける　ぼやけし影をうつせり　吐息などがぼやけて青い

ま

【間】 部屋　花のあかきがくらき奥の間に　金の間を出る燕かな　家七室霧に皆かす

次の間　次の間に行灯とられし　次の間に妻の客あり

一間 一室　一間〳〵白菊いけて　一間に風は吹きかよひ

一間に親子　灯火はやき一間かな

板の間　板の間をふく朝の尻　板の間に足指重ねてたうもろこしを焼く板間　大火鉢据うる板間や

四畳半　心の寄るや四畳半　昔ながらの四畳半

居間　旅衆のやすんで居間の　居間虚し

茶の間　わが家の夜の茶の間を　扇風機まはれる茶の間

大広間　五層の楼の大広間　お広間は寂と神さび

御座（貴人の居室）　いまだ御座の匂ひける　昼の御座に

客間　客のある部屋は灯れり　客室に琴もピヤノも

小座敷　小座敷の丁ど半分　小座敷こそはすがすがし

座敷　座敷迄持つて来た　座敷を抜る蛍かな　牡丹活けたる大座敷　座敷にうつる日影哉　奥の座敷は新座敷

書斎　籠りがちなる書斎かな　しばらく仮の書斎哉　こゝを書斎と定めたり　恋しき人の書斎かな

土間　古家の土間のにほひに　鶏あそぶ土間の隅　土間くらみ　土間のしめりに　夕土間の鳥屋のはしごに

納戸　うすぐらき納戸の隅に　納戸の暖簾ゆかしさよ

幽室（奥の部屋）　幽室に君横たはり　幽室に灯火消えて

【間】葦間　葦間のほたるおつるあり　蘆間の寝鳥しづまりぬ　芦間流るゝ蟹の泡　近き蘆間を水鶏ゆきくも

石間（石や岩の間）　石間づたひの谷川も　わけし石間の通ひどもなし　石の間にうろこの匂ひ　葉を愛でし石間つはぶき

草間　丘の草間の夏苺　草間がくれにすだく淋しさ

木の間　木の間に靄やのこるらし　ほのあかき木の間の夕日　秋の木の間に水うす光る　雨にくれそふ木間より

波間　波間〳〵の大凹み　間の波間に僕は沈んだ　やがて波間に入りぬべき　波間に響く櫂の歌　波間の瓢

葉間（葉と葉のあいだ）　葉間に紅きは鳳仙花ならむ　葉間くぐりきてさす月に　庭松の葉間に見ゆる

狭間　山の狭間にふる雪の　峡の雪の消えやらで　はざまに靄はのこりたるらし　渓のはざまにひびきてきこゆ

花間（花々の間）　花間を落ちて来たる雨　花間の小みち

ひま　障子のひまの雨の橋　松の葉の黒きひまより　若葉のひまのいと青きそら　杉の木のひまゆ見えくる

【舞姫】（舞う少女）　舞姫胡蝶今袖かへす　泣きにゆくなりをさな舞姫　舞姫いでて虹をみるかな　京の舞姫

踊り子　をどり子の袂の風や　小傘にかへてをどり子の

舞少女（舞姫）　神楽の舞少女　歌うたひ舞ふ少女をば　よく歌ひよく舞ふ少女

舞子　夕月を浴びて舞子の　舞子立ちをる紅葉かな

ま

微笑はしき舞子の袖や　都踊の妓がのぞく

妓　宝恵籠の妓のまなざしの　美しき妓はいさぎよき

【舞う】　舞ひ冴ゆや　せん方なげに舞ふ小猿かな　ひたぶるにわが舞ひ舞へば　舞ひ舞ひて

舞　石の舞台に老の舞　もゝよふるおきなの舞の　蝶の舞白きおもかげ　辻能の班女が舞や

歌い舞う　舞ひつ歌ひつ　かなしめば歌ひかなしめば舞ふ

一さし（一回の舞）　御酒たまはらば一さしを

舞衣（舞の衣装）　天女羅綾の舞ごろも　七人わたる舞ごろもかな　舞衣ながらまろびていねし

【前掛】　前掛に冬菜抱きけり　紺の前掛麻裏草履

エプロン　エプロンをとりて肩掛

厨着　新妻の厨著愛たし　厨着ぬいでひとり汲む茶や

前垂　紺の木綿の前垂れ想ふ　前垂の赤きに包む

腹掛　紺の腹掛新らしき　暑き日や腹かけばかり

【紛う】（区別がつかない）　うき世の闇にまがふかな　星にまがへる眼は　月を雪かとまがふれば

雲に紛う　雲にまがふ花の下にて　雲とのみまがふ桜の雲にまがひしいさな船かな

違う　おもひしにたがはざりけり　契りし道のしるべたがふな　こくげんをたがへず

花に紛う　花にまがひてちる雪に　桃園の花にまがへる

紛れる　虫の音にまぎれ　鶴に紛れて雪千里　空に紛る、我おもひ　夕空にまぎれむとして

過つ　雪かとのみぞあやまたれつつ　一すぢの道あやまたぬ　竹の子を掘りて山路をあやまたず

【曲り角】　落葉の道の大曲り

隈回（曲り角片すみ）　沼の隈回のかたよりに　道の隈回に草手折り　ゆほびぬる胸の隈回に

【曲り道】　砂渦の立つ曲り道　山下道の七曲り　謎と組む曲路　ぬかるみの道が左に曲つた

九十九折　その山々のつゞらをり　つづらをりはるけき山路　杉の落葉のつゞら折

【曲る】　曲り〳〵てもとの家　涼風の曲りくねつて　鉄筋の端みな曲り　揚羽蝶花首曲げて

曲線　雨量をしるす曲線の　ゆるい曲線に千万の花を咲かせ　ふしぎな曲線を描いたりする

くねる　波ばかりうねりくねれり　くねり盛の女郎花

【巻毛】　せなの巻毛のつややかに　栗色の巻毛の房に　その耳かくす髪のウェーブ　稚き巻髪を　捲毛をあげて

髪巻く（かみまく）　秋雨に髪巻く窓を　髪捲いて疲れし腕

縮れ毛（ちぢれげ）　縮れ毛の子は　ちぢれ毛の痩犬見えて

【牧場】（まきば）　あるは牧場にあるは野べ　牧場の朧月　緑なる牧場をこえて　天の牧場の羊らの

牧（まき）　牧を遠見のたんぽゝ日和　夜の牧に獣のごとく　春の牧の水うまからん　この牧の青草に立てば

牧場道（まきばみち）　またゝどりゆく牧場道　あをき草ふむ牧場みち

御牧（みまき）牧の美称　総の御牧のあさぼらけ　望月の御牧の駒は

牧の馬（まきのうま）　牧の若馬耳ふかれけり　牧の馬を夕しかる子

野飼（のがい）　野がひの駒の心なるらむ　放牧の柵をつくろひぬ

放ち馬（はなちうま）　はなち馬ゐて　放ち駒荒びにけらし

春駒（はるこま）春の野に遊ぶ馬　腕に余る春の駒　しりもすはらぬ春の駒

牧の牛（まきのうし）　牧牛は鐸のおと響く　牛は牧場で

【牧人】（まきびと）牛飼　牧人は深き休息　群羊に牧夫ぬきん出て

牛飼（うしかい）　牛飼が歌よむ時に　みぎはくる牛かひ男　緑ヲコノム牛飼吾ハ　日傘して女牛飼　牛飼と牛と居眠る

牛曳（うしひき）　もの言はぬ牛曳きをとこ　牛引て書読む人や

羊飼（ひつじかい）　夕山かげの羊飼　羊飼の子供が角笛を吹いてゆく

牧の子（まきのこ）家畜の世話をする子　羊を追うて牧の子が

牧童（ぼくどう）家畜の世話をする者　牧童の寒笛は　牧童の笛のね低く

牧笛（まきぶえ）　牧笛追ひて西に去りし人　牧の子が笛聞きしより

角笛（つのぶえ）　角笛のわたらふ音は　角笛に目ざめて

【幕】（まく）　葵の紋や雛の幕　都踊りの幕下りし

テント　天幕の外の遠いアルプス　白く光れるてんとの一列　テントの隙に曲馬の子

天幕（てんまく）　天幕に映り透きて　凪ぎた日の天幕と　光輝の大天幕と　雲と光線の青天幕は　月の天幕に染められて

幟（のぼり）　幟立つ野の末ながめ　南座の幟の音が　祭礼の幟今日もおろされず　虹美しき幟かな

幔幕（まんまく）　川風の幔幕を吹く　幔幕に人影ざるゝ　花幔幕の

【秣】（まぐさ）　まぐさに交ずる切藁　秣きる音きこゆなり

飼葉（かいば）　馬は人待ち飼葉もあらず　飼葉の藁を切りにけり

秣槽（まぐさおけ）　秣槽の上で　雀来て居り秣槽のなかに

秣刈（まぐさかり）　牛に寝てゆく秣刈　野辺に翁は秣かる

【枕】（まくら）　茶の匂ふ枕も出来て　かなしさに枕も呼ばず　蚊帳ぬちに枕並べて　黒髪へりて枕ぐせ

菊の枕（きくまくら）菊の花を干して詰めた枕　菊の枕のかほるなり

木枕（きまくら）木の枕　古き木枕のかたきを　木枕にしら髪なづむ

竹婦人（ちくふじん）竹で編んだ抱き枕　比翼の籠や竹婦人　蛇皮線と籠の枕と

【枕元】（まくらもと）　病めば櫛など枕もと　芭蕉動きぬ枕元

枕上 白湯の冷えたつ枕上　朝焼けを盛る枕上かな
枕上なる小蠟燭　野菊枕上
枕辺 わが枕辺や菊を待つ　つぼみの薔薇を枕辺に　枕辺の時計とまりて　枕頭に花瓶はあれど
枕紙 木枕に巻く紙 まくらがみけふもぬれをり
【孫】 蛍みつけて孫をよぶ声　わが孫よはしけやしはしけやし　孫の手を曳てもどるや　夜毎に孫が手をふかせ
孫 うまごの君のらうたげにして
【真心】 友のまごころこもりぬと　など真心をもらさゞりけむ　真心をこそ黄金とも　真心ゆ励みいそしみ
下心 内心 した心君を待ちつつ　寂しめる下心さへ　春の弥生のわがしたごころ　生木を裂ん下心
本心 いくばくの本心もなく
赤き心 もの丶ふの赤き心ぞ　仄に赤しわが心
【真】 真実 雲一つなきまことかな　まことの姿もとめつつ
おもひはなべてまことなるもの
直く 正しい 鎌倉人の心なほくありけむ　言直く語らふ友の　風説の中に君直かりき
正しき 道理 なかにまさしく恋の敵見き　心のうらぞまさしかりける　夢のまさしき

誠顔 まことやかな顔 寺にねて誠がほなる　まことがほなる月見かな
操 心いつまでみさをなるらん　みさをなる涙なりせば
【増さる】 冬ぞさびしさまさりける　移し植えて匂ひまさりぬ
添える 木の実添え犬の埋葬　さびしさ添ふるひぐらしの声　悲しさ添ふる　灯明添へむ
募る 七夕竹に風募り　胸さはぎまことつのり
殖える ひそかに殖えをり春の蜘蛛の子　一灯づつ増やす　灯の数のふえて淋しき
【交る】 悲しさにうれしさ交り　魚買の群れとまじりて　小貝にまじる萩の塵　胼の手も交りて
交らう まじりあう 牧にまじらぬ里の馬
【貧しき】 貧しくも心清らかに　貧しき時計時きざむ　貧しさの中の歓楽の　すぐ顕われる日本の貧しさ
貧乏 貧乏に追つかれけり　貧乏馴て夕すゞみ
貧 酒中の天地貧ならず　こころの貧をいかにせましな　貧といへど酒飲みやすし　貧にゐて　或時は憎む貧あり
貧苦 おちぶれし日のうき貧苦
乏しき 母はともしく老いたまひけり　乏しきをよし

と誇りし

寒竈 貧しい家の暮し　寒竈に煙絶えて

貧しき人 貧しき人のはてにける　貧しきひとの肩薄く

貧者 貧者の労力　春をまつなる貧士かな

【全き】 完全　全きものの苦き味　蓮の葉の完きも枯れて
全けく暮れぬ森のあたりに

とりよろう すべて備わって充足している　とりよろふ海の深さ青

【まだき】 雪まだき冬木の山は　まだきしぐれと思ひしを　往来まだしき町の暁　母未だし

未だ 梅いまだ　未だ春寒　海鳥はいまだ遊ばず　花いまだ馬酔木ばかりの　春いまだ

花まだき 花いまだしき山ざくら花　桜まだしき遠近の

【斑】 色むらがある　霧の色斑らならねど　斑らに濡れし　連山のまだらに見ゆる

斑 まだら。ぶち。　散るさくら斑におきて　馬込は垣も斑にて
はだらなる鬢の白みを　その身をば斑に染めぬ

はだらはだら はだらはだらに雪解しにけり　淡雪かかる離々に　酒汚染もはだらはだらに

日斑 斑にさせば冬日かな　斑なる日影這ひ入る　日斑あびて掃き移る　いりひまだらに

鹿の子斑 白まだら　紫の鹿の子のしぼり　鹿子まだらの花弁は　夏は鹿の子の百合乱れ咲く

白斑 雪の白斑は照りにけるかな　真白斑の鷹ひきすゑて　しらふの鷹を手にするゑて

黒斑 漆黒の斑が動く虎

斑 刺青める斑のあるも　光の斑　日の斑かな

斑 蔓斑の駒　黒白の斑あざやかに

【街】 この街は見知らぬ街ぞ　果なく白い雪の街　さびしい街の　街にふる雨の紫

片町 片側だけに街並みがある町　片町にさらさ染るや　柳散る片側町や

市街 市街の灯見るは雲の間　眠れる市街　幻像の市街

下町 夏羽織着て下町へ　下町の灯を見て来よう

城下町 城下まちさびれ果つるを

寺町 門さして寺町さみし　しんかんと寺町の午後
寺町の秋出水　小傘も見ゆる雨の寺町　春の寺町

山の手 山の手の汽車のひびきも　港みゆる山手のがけ

夕の街 初春の夕の街を　夕街の小路をひとり

朝の街 わが蒼き掌に匂ふ朝の街　街の朝未だ汚れず

夜の街 夜の街に出でて来んかと　夏帯かろし夜の街
春近き夜の街に出で　呼息を殺した夜の街を

祇園　かにかくに祇園は恋し　祇園をよぎる桜月夜

銀座　またあらた世の銀座を歩く　銀座の裏の　暮光は銀座の灯と連なれり

【待ち遠】　あきまちどほにおもひしに　まつまも遠き

待ち敢えず　やみもまちあへずう舟さすなり　友も待ちあへぬ春のかりがね

待ちがて　薬換ふる時刻待ちがてに　春待ちがてぬ鴛鴦のこゑ　君まちがての春の曲

待ち兼ねる　庵の夜や春待ち兼て　燕おやまちかねて

待たれる　またるゝ夏のながめ哉　君に待たるるここちして　思ひ捨てし春の待たるる　待たるる花の

待ち得て　いさゝかのつと待ちえたる　まちえて見るは旅のたまづさ　秋待ちえても秋ぞこひしき

待ち顔　丘の馬の待あき顔や　友まちがほの雪の垣ねを　わが椅子の主まちがほに

待ち恋う　かへり来ぬ夜ふね待こひ　さ夜ふか

【街中】　街なかの黙は　町中歩く人ばかり　さ夜ふかみ街のもなかの　街なかの雪解の水も

市中　市中の穂麦も赤み　市の巷に酔ひ痴れて　市にもの乞ふ　市中の物のにほひや　味噌汁匂ふ市の中

街上　街上に声を放ちをる　銀座街上に琴弾くらんか　街上に立つ大時計　襟たてて夜の街上を

町空　町空のくらき氷雨や　弾道街ノ空通ル

市路　市路さまよひなりはひの　市路走りて　市路に鳴て行ほとゝぎす

表通り　表どほりの賑ひに　表どほりのどよめきの声

街頭　十字街頭の

街路樹　とがり立ちたる街路樹の　夕風に炎のごとさやぐ街路樹の　小夜ふかく路樹に触れば

広場　日おもての広場あかるき　広場みち空気しづもれり　四辻の広場に立つて　四角な広場　楡の広場に

【街の灯】　かすむ街の灯とほに見て　街の灯の一列に霧　遠見る街の灯のうつくしき　街の灯のあなおびただし

街灯　街灯に夜の落葉や　街灯のひとり灯れる　街灯の光背にして　街灯を見あげし女　街灯のひかり流らふ

街灯　あさく冷たき街灯　一つずつ街灯されて

アーク灯　灯りそめたるアアク灯　薄むらさきの円弧灯　アーク灯いとなつかしく　孤光燈にめくるめき

瓦斯灯　よごれし雪にすべる瓦斯の灯　瓦斯の灯のうすら青みて　町の瓦斯灯　淡黄なる瓦斯のもとを

【町家】 町人の家。商人の家　奈良の町家の懸行灯　街屋の高窓

町人 町に住んでいる人　町人の逃げてまもりし

【待つ】　待つとなく月待得たり　何をか待つ雪着きはじむ　来る人待つや暮の春

片設く ある季節や時になるのを待って　桜の花の時片設けぬ

ひた待つ ひたすら待つ　熱の子に夜明ひた待つ

待つ人　来なば来なむと待つ人の　夢にさへ待つ人うとく　来る人もなし待つ人もなし　待人もあらじと思ふ

待ち疲れる　待ちつかれたる眸にしむ　待ちつかれたる後のうたゝね　待ちくたびれて音信は待たず

待ち侘びる　待ちわびてめぐりあふ日を　手びきの人を待ちわびぬ　待ちあぐみて春はおもてに

【松風】 松にふく風　松の風夜昼ひびきぬ　松風さむき雛かな　松風さはる牡丹の芽　胸にも起る松風の音

松籟 松の梢に吹く風・音　松籟に日はかくれたる　松籟どっと乱れ落つ　松籟遠くきこえけり　松籟塵を漲らし

遠松風　遠松風に花しづか　遠松風のきこえけり

【まっすぐ】　まっすぐな煙　まっすぐに女風と来る　まっすぐな道でさみしい

真直ぐ　ま直ぐな枝の木槿かな　此ますぐなる性をすてばや　直に真直に

直ぐ　くれ竹の直けく清く　釣竿に直な針　白樺の直ぐなる幹を　直なる道を　直線光

直立つ　直立つ数の煙突　しろく直立つ白樺の

素直 まっすぐ　すなほなる木草に春の風吹けば

ましぐら　ましぐらに疾風おこりて　甘き風ましぐらに吹き　ましぐらに砂丘をくだり

一文字 真っ直ぐ横に　湖水を一文字に　腹一文字

一直線　一直線の寒さかな　一直線へ来てパンク

直線　直線のもつふしぎな誘惑　実に直線

真一文字　とうすみとんぼ真一文字　生き鮎ま一文字春　潮の鷗真一文字　真一文字に風に乗つて

【祭】　ふく風もまつり間近や　根津の祭の残暑かな　祭群衆紅葉冷え　こんや銀河と森とのまつり　お祭のいきな家あり　南も北も祭かな

秋祭　雲はちぎれて秋祭　秋祭生きてこまごま　秋祭覗きめがねも　遂に留守しぬ秋祭　雲の綿菓子秋祭

宵宮 祭の前夜　宵宮の一雨霽れし　夕風きよき宵宮かな　宵祭の提灯ともして

賀茂の祭 葵祭　加茂の祭に吾もかざせり

御生（葵祭）　御生の標に引く鈴の　賀茂のみあれの道のべに

夏祭　夏祭髪を洗つて　夏まつりよき帯むすび

風祭　名に負へる社に風祭せな　風祭る立田の山の

鍋祭　神楽すゞしき鍋まつり　筑摩祭も鍋一つ

火祭　火のまつり子等は寝ねしか　火祭のその夜の野山　火祭の戸毎ぞ荒らぶ　火まつりの戸口にちかく

【祭囃子】　かすかにも囃子はきこえ　いづくかに月夜囃子や　はやしきこゆる端居かな　どんたく囃子玄海に灯を

祭太鼓　遙かな祭の太鼓のやうに　祭太鼓うちてやめずも　祭礼の太鼓なり出でぬ

祭笛　祭笛うしろ姿の　笛息ふかき祭びと

【祀る】（心身を清めて神をまつる）　祀りある古き湯釜や　社前の灘や星祀る　さかし魂を祀れる廟と

斎う　祝部らが斎ふ社の　神籬立てて斎へども　斎ひて待てどしるし無きかも　斎へ神たち

ほがい　人々よほがひてあれな　たれにまつらん朝ほがひ

禊（潔斎する）　禊して幣きりながす　みそぎする日にめぐりあひぬる　禰宜でことすむ御禊哉

【窓】　やせたからだを窓に置き　薔薇窓から流れ入る月の窓とざす手白く　涼しき星や窓に入る

窓越し　青き夜は窓越しに　せばきひとやの窓越しに

窓先　わが窓さきに青く林す　窓先に足音の来て　窓先に西日こぼるゝ　窓さきの暗くなりたる

窓辺　窓のべに顔さし出して　窓辺にありき朝ゆふべに

北窓　北窓の一間の　北窓をふさぎし鐘の

小窓　住みて灯もるゝ小窓かな　弥生小窓にあがなひて　小窓にせまる雪明り　牛の乳わかす小窓の

高窓　燕に高窓明けて　春雉鳴く高窓の辺に

出窓　真夜中の出窓に出でて　出窓の白いフリジアに

天窓　天窓が創る四角い空　陽は天窓の高きより暮れ

引窓　引窓の空に星の飛ぶ見ゆ　粉雪散る引窓しめぬ

丸窓　院の丸窓灯もて　灯影よろしき軒の丸窓

夕窓　人こもり居の夕窓に　ひとりの窓のゆふまぐれ

櫺子　櫺子の外に雨が降る　櫺子窓に日かげ春めく

ステンドグラス　わが酒舗の彩色玻璃　彩色硝子の

硝子窓　硝子の窓の青むまで　硝子張りの虚空の下　ガラス窓たかくかげろひ　ただ硝子窓に雨が降つてゐる

窓硝子　窓玻璃に歪みて沈む　窓の玻璃に春雨す

玻璃窓　玻璃窓に射す夕焼のいろ　玻璃窓に黒き猫来て

玻璃越し（ガラス越し）　きさらぎの陽を玻璃越しに浴む

【纏う】　光纏ひ　粗き土鉢に纏ふあを苔

身に纏う　身にひきまとふ三布蒲団　わが身にまとふ　唐衣　厚き外套に身を纏ひ　黄色の浴衣まとひて

絡む　いま絡みつく人体骨格模型　月の腕を相搦み　庭の樹にからむ細蔓　木に絡む糸瓜の花も

包む　雨着に生まの身を包み　つつみ余れる杣の頬

巻く　夕映をまきつけてゐる　白いショウルを巻きつけて

纏る　ぬぐや纏る紐いろ〳〵　まつはれる雲切れゆきて　強き瞳にまつはられつゝ　なびきまつはれる冬の日の靄

帯びる（ふくみもつ）　すゞしき眼つゆを帯び　風を帯び

鎧う　狩衣の下に鎧ふ春風　樹氷鎧へる　鎧へばこころ冷えてをりつつ

【惑う】　思ひ知らずもまどふ蝶かな　心の闇にまどひにき　山深くまどへるものを　誰も病みてはかくまどふらん

惑い　空仰ぎ泣くわれまどひの子　わかきまどひのあやまちと　眼の惑ひ　まどひまされる恋もするかな

迷う　野の獣こそ迷ふなれ　やなぎの中に霧のまよへる　誰かは色彩に迷はざる

まとう――まなざし

心惑い　まどひてし心を誰も　心まどはす秋の夕暮　こゝろこそこゝろまどはす　思ひ惑ふといふにあらねど

逡巡　径逡巡とかげろへり　ゆく春や逡巡として

【窓掛】　窓かけをひけ　濃きくれなゐの窓掛のはし　印度更紗の窓掛の　春暁の窓掛け垂れて　窓掛に凭る

カーテン　歯科病院の帷は　カーテンを透して　窓のカーテンを染めだす　かあてんをそとあげて

【惑わす】　花の蠱はす業ならん　かのふきあげの魅惑に　こゝろまどはす　友まどはせる

惑わしき　まどはしき路の八衢　花の小笛のまどはしく　惑はしき黄昏時は

かどう（誘惑する）　やまかぜの花の香かどふ

虜　やはらかき手にとらはれて　熱き掌のとりことなりし　魔王をば捕虜としたる

誘惑　蒼ざめた誘惑が　誘惑の絃　誘惑ぞある

妖女　妖女夜すがら罪の髪梳く　妖女か鏡くだけては

【眼差】　別れ来し日の父が眼ざし　眼眸たゆげに　底燃ゆる女の眼ざし　愛の眼ざしを着るやうに　星の眸

視線　言ひがたき視線が我に　視線ずらしもの言ふ人を

上目（上目使い）　そのやはらかき上目をば

下目 冷乳飲む下目使いに
眦 絶対安静眦に　まなじりの火かげの栄の
目見 その眸のうれひ湛へて　なでしこも露けきまみを
目付 梟が笑ふ目つきや　清らかな眼つき
流し目 口笛牛の流し目に　秋波をする　秋波の眼
墨をぬりつつ流し目に　人魚の眇われをみる
【学ぶ】 医をまなぶろしやのをみなの　物学ぶ人といふ
とも　まなぶなりけり名のためにあらず
理 筋道・訳・理由　ことわりありと知るや誰　梅の花さくこと
はりを　ことわりのまま崩れけるかな
【真似】 死んだ真似した虫が　春水や子を抛る真似
さかしらに夏は人まね
まねぶ 離宮まねびし家主と　口笛にまねび出でたる
よき人のひそみにまねぶ　ひそみにまねぶ万人の
【招く】 まねき果たるすゝきかな　などてや死をば招
ける　招きたまへど誘ひたまへど　尾花出でて招くは誰を
招く 梅を招きつつ　梅の花手折り招きつつ　春は
来れど招く人もなし　宿世をば現に招ぎて
さし招く 妹をそとさしまねき　月さしまねく琵琶の撥
招ずる 酒あり壇の仏も招ぜよ

手真似 手真似につれて　御談義の手まねも見ゆる
手招く 手招きは人の父也　ほほゑみて手まねく方に
【まばたく】 牛まばたけり雨ふるなかに　わがまつげ
霧にまばたき　ねおんさいんをまばたき見つつ
まじろぐ 梟の目じろぎいでぬ　夜天の星はまじろがず
またたき 灯台のまたたき滋し　天人の一瞬の　身も
世も無げに瞬きぬ　春の灯のまたゝき合ひて
【疎ら】 まばらに星の見えて風吹く　ほととぎす疎ら
に鳴けり　無花果のまばら枝すでに　疎らなる雨
粗み まばらなので　下枝をあらみ　隙を粗み　とまをあらみ
疎林 木がまばらな林　風は疎林を動して　疎林に入りぬ　疎あら
しからまつ林の　疎林のなかの一すぢの道
ほつほつ 散在するさま　飛ぶ蛍ほつほつと見えて　ほつほつと麦の
青める　ほつ〳〵赤き　ほつ〳〵にほふ
群群 そこここにまだらに　雪むら〳〵の野は春の草　むらむらざくら
【眩しき】 眩しげに頬をふくらませ　山吹の咲くをまぶ
しと　春の海まぼしけれども　をとめまぶしき顔をする
眩しみ まぶしくて　日輪のひかりまぶしみ　病む眼にまぼし
眩き まばゆくぞある露の原　しばらくは入日まばゆ
き　雪の朝の日ざしまばゆし　光まばゆき金獅像

目に染みる　ブラウス白く目にしみて　目にしむ風が

手翳す（陰を作る）　鳥雲に人は手翳す　手掌かざせば眼路に入り　鼬の娵が手をかざす　かざす手の珠美しや

目陰（手をかざす）　あまつ日に目陰をすれば　まかげして五月を待つよ

【瞼】　月光にまぶた濡らして　考ふる瞼の裡も　熱びてゐたるうはまぶた　百合の少女の眼瞼の縁に

まなぶた　瞼　はれて　まなぶたに夜空の星を　ポストの赤まなぶたふかく　まなぶた熱く涙いで来も

二重瞼　二重瞼に翳ありて　二重瞼さびしき君は

睫毛　夕焼の金をまつげに　牛にかなしきまつげあり　睫毛にやどる露のたま　夢のあと追ふ長まつげ

【魔法】　魔法にかゝつた赤とんぼ　魔法の壺よ　魔法インク持ち医師は入りくる　かくれ外套や魔法の洋灯

幻術　鶴に身をかる幻術師

魔女　魔女すむといふ草堂の　口歪みたり魔法の媼

魔法使　片眼見せたは魔法つかひか　魔法つかひが金の夢

【幻】　まぼろしの国映ろへり　ましろの花はまぼろしの黄金なす幻追ひて　まぼろしのこがねのうをら

幻影　幻影の都大路を　暗黒と幻影に面会し

幻想　平和はわれの幻想ならず　幻想の蓮の花弁を

幻像　色さまざまの幻像に　幻像の人の如くに

幻聴　救ひなき幻聴となり　おれたちの世界の幻聴を

幻惑　幻惑の伴天連尊者　わが青白き幻惑よ

錯覚　錯覚に誘はれてゆく　花びらに埋れしわれの錯覚

夢幻　夢幻の衣を擲ちぬ　夢幻を誘ふ間接照明

【豆】　豆を戸板に転ばすがごと　端近に豆喰ひ居れば　黄にからびたる豆の葉に　追儺豆闇をたばしり

小豆　小豆煮る日の君が頰鬚　夢や小豆の煮るうち

炒豆　ぽくり〱と熬豆をかむ

隠元豆　いんげんの爪切り　菜豆はにほひかそけく

枝豆　枝豆の碧玉喉に　枝豆青くうだりけり

莢　莢をはぢきて飛び去りぬ　えんどうの莢はじけつつ　通草の莢の裂けたるを　莢が鳴ります

空豆　蚕豆の莢ふとりつゝ　そらまめのおはぐろつけし

落花生　落花生黄なる花咲く　落花生喰ひつゝ読むや

納豆　さみしう解ける苞納豆　納豆の糸引張て　納豆きる音しばしまて　室の揚屋の納豆汁　納豆買ひて

【守る】　守るべきひとりに苦しみて　書庫を守る　目守る雪嶺　子等を目守りつ親の心に

守る 守らまく欲しき梅の花かも　人の守る山　をとめ子の守りしくりやは　うらぐはし山そ泣く児守る山

庇う 庇ひくれぬ冷たきひと　斯くてなほ女をかばふ　彼らをかばい尖鋭となる

番する 母馬が番して呑す　あみの餅番する子等や

防人 兵　防人となりて筑紫に　防人の妻恋ふ歌や

島守 島の番人　はなれ小島の島守が　沖つ島守

園守 庭の番人　清く掃きたる園守が　御園守翁が庭や

田守 稲田の番　山田もるをぢにことゝはん

堂守 堂の番人　堂守の小草ながめつ　白き頭の御堂守

宿直 殿居する夜の大火鉢　宿直やつれの　とのゐ申の声遠し　夜ふかみ宿直の室の

殿守 清掃などをする役人　殿守の寒き声かな　殿守のそこらを行や

野守 野の番人　飛火の野守出でて見よ　野守は見ずや君が袖振る　枯尾花野守が鬢に　野守の霜夜

墓守 墓の番人　墓守の娘に逢ひぬ　み墓もり

橋守 橋の番人　年へたる宇治の橋守　橋番の娘なり

花守 桜の番人　花守に問ふ事多き　花守の生れかわりか

宮守 神社の番人　土龍の宮守に　燭さして宮守出づる

夜番 不寝番　おしかけ客の夜番小屋　たれ夜番来る

山守 山の番人　榾火に赤し山守の顔　山守の後に月を　やまの山守花をよみ　山守のいこふ御墓や

【眉】 眉と眼の間曇りて　眉の秀でし少年よ

太眉 目立つ太眉　主人も太眉

細眉 細眉を落す間もなく　細き眉根を　眉毛かぼそき

眉濃き 小春の眉の濃かりけり　白桃に眉は濃かりき

眉白き 眉しろき老人をりて　眉しろき猫

眉根 眉の根によする竪皺　眉根の重き浴　時

眉間 眉間ニ赤キ花ガ咲ク　山雀の眉間の白や

寄せ眉 寄せ眉をして　右の眉かすかに寄せし　眉根よせて文巻き返す

眉描く 眉かくや顔ひき締る　なほ宵宵に眉作るあはれ

眉墨 うすまゆずみのなつかしかりし　濃き黛を

眉掃 刷毛　眉掃を面影にして

眉引 眉引ほそくあはれに眠る　雛の眉引匂やかに　眉引も四十路となりし　つれづれに眉引きおれば

【繭】 蚕の繭　秋の繭しろ〴〵枯れて　繭の中音しづまりて　蚕があみし繭　玉繭かひにこし人も

繭倉 まゆを納める倉　いちめんにしろき繭蔵

繭籠り 蚕は繭にはいります　親の飼ふ蚕の繭ごもり

山蚕　山蚕の腹を透かしつつ　山蚕は青く生れぬ山蚕は
山繭　永き日あかず山繭を引く　山繭を一坪ばかり
糸取る　繭を煮て生糸をとる　糸取窓の影ぼうし
繭煮る　繭煮る鍋に山吹のちる　繭を煮る工女美し
新桑繭　春の桑葉で養った繭　新桑繭の小衾に
【鞠】　稚子より赤き毬ころげ　毬子は軽快に　鞠かとばかり飛びかひて　転びゆく鞠のゆくへを　鞠がはずんで
絹手鞠　絹手毬ま白きなりに　絹の毬のみ突き馴れぬ
ゴム鞠　大きゴム毬投りて　ふらふらと赤きゴム玉
手鞠　手鞠出てくる　手まり程なる雲の峰　母の形見の小手鞠
手鞠唄　唄にまりつく少女子の　雲の上なる手毬唄
投げ鞠　柾屋根に我が投げし毬　投げ合える球柵越えず　若き医師等が毬投げあそぶ　投げ毬の音を聞きつつ
鞠突　てまりつきつゝこどもらと　良寛にまりをつかせむ　にひまりをつきてかぞへて
【丸き】　丸い寒月　母音まるし
丸き　羽まろくして　日輪のまろきを指して　紅の円き灯　すだくにまろき女のはだ　春の山まろき
まどか　まん丸　円かなる瞳の奥に　まどかなる眠りは寝ずて　遠くまどかに日の光り満つ　暁の月まどか
まんまろ　陽はまんまろ　まんまろな赤い夕日が　落つる夕日のまんまろな　朝は凪ぎたるまんまるの海
円　全き円の茸立つ　円月は　一大円を
楕円　楕円の貝を七つ八つ　楕円の夢くろびかりつつ
つぶら　つぶらに青む　つぶらにあかし　円らに熟るる
つぶらか　寒雁のつぶらかな声　繭つぶらかに
つぶらつぶら　雹はのこれりつぶら〱に　おん数珠のつぶらつぶらに　つぶらつぶら梅の実青し
まろみ　眼球のまろみしみじみ　水のまろみを　壺のまろみの　山のまろみを撫でまくおもふ
まろやか　まろやかに湖をかこめる
【丸木舟】　くりぬき舟　独木舟の少女が　小さな丸木舟
独木舟　主を恋しみ独木舟　牧の子が漕ぐうつろ舟　水にまかする独木舟　独木の舟ともろともに
刳舟　くり舟を軒端に吊りて　独木舟のたゞ二つあり
【円屋根】　空の円屋根を　教会のまろき屋蓋
鉄傘　鉄骨の円屋根　鉄傘の揺ぎラヂオとよもす
円頂　天文台の白い円頂の下で
ドーム　うすぐらきドオムの中に　ニコライ堂の円頂閣

が見え　円頂閣を越えて　冬日あつめてドウムの扉

【稀】　留守はまれなり啼くうづら　桃咲く里に稀に見る夜半　世にまれらなる種とぞ思へば

人稀　水の春かな人稀に　ゆきかよふ人稀にして　稀に人に遇ふ　まれに逢ふ夜は　物識人に稀にあひて

【丸寝】ごろ寝　うちまもる母のまろ寝や　丸く寝て犬も夜寒し　旅の丸寝に　まろ寝の縁に紙燭して

丸まる　冬の夜を真丸に寝る　ましろ猫まろまりてまろまりにける花糸瓜

【回る】　まはり澄む独楽のしづけさ　シグナルが回る！

回転　天がうしろに回転する　螺旋のやうに回転した

旋回　旋回の輪は　旋回する乱舞曲

廻る　小家にめぐる水ぐるまかな

【万】　万馬のひづめ　百万の人家みなしづまり

幾万　何万　幾万の血と色と　幾万の悩める人を

千万　千万の命を屠り　千万の星きらめきぬ

千万　千よろづの観衆は　千よろづの人来集へり

【満月】　満月になけほととぎす　満月下　満月暗き沖のぞく　ああ満月のおもたさよ　満月光に飛ぶ鴉

円月　円月に中夜の時雨　さても黄色い円月である

月輪　月輪に万霊こもる　昼の月輪夜の日輪

三五夜　十五夜　三五の月の　三五の初　三五夜半の

十五夜　十五夜の怒濤へ　赤々と十五夜の月

月の鏡　満月　月の鏡のかゝりけり　月の鏡小春にみるや

月の輪　満月　恥かしがりやの月の輪は　野の松に月の輪かけて　月の輪をゆり去る船や

明月　澄み渡った満月　明月や座にうつくしき　明月を青葉がかくす　翠楼に明月の園あり　明月に今年も旅で　無雑作に明月出たる

名月　陰暦八月十五日の月　夏かけて名月あつき　名月や池をめぐりて　名月の見所問ん

望月　陰暦十五日の月　満月の夕べ　望の月いよ〳〵冴え　そゞろうれしき望の月見る　くろかみにさしそふ望の

望の夜　望の夜に満ち照る月は　望の夜の月をうつして

【真ん中】　秋風のまんなかにある　江の真中に月を印す

ただ中　韃靼海のただなかだ　棹さして月のただ中

最中　青海のもなかにゐつつ　湯けむりの音のもなかを　天のもなかに冬日小さし　湖のもなかに

円心　青うなばらの円心に

真中　萍や池の真中に　庭の真中の紅小ばら　国のま

央に　春風春水の真中に

み

【実】青き実　百合はみな青き実となり　こもらへる青実の揺れも　青い実のまま
赤き実　珊瑚珠の如色赤き実を　紅実を愛みわれは摘みたる　あかき果は草に落ち　赤い実を蒔く明日の花　雪に埋るるそよごの赤実
つぶら実 丸い実　ほろ甘きびわのつぶら実　朝顔のつぶら実に　罌粟の実のつぶらに青む　つぶらなる朱の果
実がち　実がちになれる向日葵　実がちに咲きし桐の花
干柿　干柿もおひ〳〵甘き　干柿のなまなかあまき
山柿　梢にのこす山柿を　山柿のひと葉もとめず　山柿や五六顆おもき　子がためとをりし山柿
白桃　白桃の莟うるめる　一片食ます珍の白桃　白桃の実の動かざるを　白桃涼をあつめけり
桃　ふしみの桃の雫せよ　遠くみのれる夜の桃　色あかき桃掌にしつつ　水蜜桃がむかれる
梅の実　梅の実は熟みて落つらむ　つぶらつぶら梅の実青し　梅の実の酸きをばひとつ　梅の実の夜は月夜と
実梅　実梅落つべき小雨かな　実梅もぐ乙女の朱唇
麻の実　麻の実をつつく山雀　麻の種毎年踏る

草の実　国境を知らぬ草の実　実を残し枯れゆく草に走る草の実　草の実だらけ　木の実草のみ
桑の実　くろく熟れたる桑の実を　桑の実落る
木の実　木の実降る石に座れば　夜も木の実の落ちしきる　はだかへ木の実ぽつとり　香に高き果実
紫蘇の実　わが扱く紫蘇の実の　刺身の皿の紫蘇の実に
李　蟬がら落す李かな　裂け落つ李紫に
椰子の実　椰子の実ほどのかたまりの　波にただよふ椰子の実の　流れ寄る椰子の実一つ　椰子のうつろの
【身】身冷たく焼かれむとして　身は枯れぬ　身をこそまかせ虚無のおもひに　汗入て身を仏体と
胴体　野良ごゑ出せば胴ひびき　電車の胴の　胴体紫紺
半身　半身を褥床の上に　船の半身夕焼けて
身一つ　身ひとつのぬくもりを被て　わが身ひとつの
無形 肉体をもたないこと　無形の愛のなにを恃まむ　其処に見開く無形の瞳　其処に泣く無形の生物
我身　野辺の蝴蝶ぞ我身なりける　夢醒めて我身滅ぶと　我身となるや年の暮　なんでこの身が悲しかろ
【木乃伊】棺に眠る女王の木乃伊　博物館のミイラのそばで　木伊乃には笑みもない　身は焼かれ木乃伊と

没薬（もつやく） 樹脂。ミイラの製造に用いた　没薬の汁滴らす　没薬の匂ひをおぼゆ

【水脈】（みお） 水の筋。深い水路。航跡　深く流るる水脈ならば　水脈よどむ天の川岸　夜光虫の水尾へ　わが船の水尾をながむる

水路（すいろ） 黄昏の水路に似たる　夕日の水路見るときも

澪標（みおつくし） 水脈や水深を知らせる杭　入江の秋のみをつくし　澪標とぞわれはなりける　渡りの沖のみをじるし

澪引き（みおびき） 水先案内　澪びきの声は蒼ざめ　水脈引きしつつ御船さす　水脈びき行けば

【見送る】（みおくる） 蝶を見送る野原哉　赤きとんぼを見送りし　朝な朝な君を送りて　見送りのうしろや寂し

送る（おくる） おくられてうれしく帰る　おくられつおくりつはては　宗祇法師を送るあかつき　燐寸すりて人を送れる

帰す（かえす） 君かへす朝の敷石　月いでて人帰すなり　人かへさず暮れむの春の　君返さじとさみだるゝ

【見覚え】（みおぼえ） 顔にありたる淡き見覚え　見覚えのある一路哉

見知り（みしり） いつおぼえたる顔みしり　楼上の人の見しり顔　夢に見しれる街々を行く

【見下ろす】（みおろす） 上野の岡ゆ見おろせば　鐘楼より見下ろす筏

眼下（まなした） 眼下海に照り翳る　眼下潟にしづむ日の

目の下（めのした） 目の下にしてひろき枯原　目の下の煙都は冥し　眼の下に沈める頸

【磨く】（みがく） 磨かれし廊　あらしに月のみがかれて　美しくみがきし釜の

鑢（やすり） 珠数のたま磨る円鑢　鑢の音よだみ声よ

鏡磨（かがみとぎ） 職人　磨なおす鏡も清し　門を過行鏡とぎ

靴磨（くつみがき） ガードの下の靴みがき　靴磨かするガード下

【水嵩】（みかさ） 早春の川水嵩まされる　水嵩まさりて橋なかりけり　水嵩ぞ深き五月雨の頃

水増さる（みずまさる） 増水　水まさるをちの里人　五月の雨に水まさりつつ　雪げの水にみづ増りけり

高水（たかみず） 増水　湧き上ぼる高水に　水嵩や高くまさるとも

【三日月】（みかづき） 三日月に地はおぼろ也　ほの三か月の羽黒山　三日月に首吊らば　荒海さむき三日月のかげ

繊月（せんげつ） 天の繊月を凝視めてゐる　繊き月

月細し（つきほそし） 月細くかゝれる時に　鷺落ちて夕月細し

豆名月（まめめいげつ） 茄子枯るるや豆名月

眉引き月（まゆびきづき） 眉引き月の光にも似て

真弓の月（まゆみのつき） 真弓の月のうすあかり

三日の月 秋を見せけり三かの月　穂に穂が咲いて三日の月　二十七夜も三日の月

【御酒】 神に供える酒　御酒たてまつる　野ゝ宮の神酒陶から　神酒をまゐりて円寝せしかな

豊御酒 美味い酒　豊酒の屠蘇に酔ひにき　祝く豊御酒

【右左】 右と左の花二木　右もひだりも麦ばたけ　夜寒のみちの右ひだり

左右 前後左右に墓ありて　左右の窓凍天二枚　枯野自転車また左右へ　しほれたる花を左右や

左右 織りかけ機の左右に凧　左右の大将

右 右の袂のふみがら重き　右の眼に大河　分入る右は有磯海　半身は右の少女に

右手 右の方　右手にすぎゆく珊瑚礁　ゆく船のめてに

右手 右の手　女の右手のあたたかさ　千万の蝶わが右手に魔神の右手の鞭うばひ　右手にとる　右手のべて

弓手 左の方 左の手　弓手の肌を脱ぎにけり　左手に稲を捉む時

左手 左の手　左手の弓執る方の　その左手のしらま弓

【水際】 水際　蓮おふる池のみぎわに　闇の汀をひとりゆき　汀に寄るを知らぬ波かな　霞む汀に　汀の千鳥

波打際 月の照る波うちぎはの　波うちぎはに童子ひとり　浪うち際の捨篝　波うちぎはの薄暑かな

水際 池などの水面と陸との境　水ぎはは白にてぞあれ　日の消えがたの水ぎはに　水際の白く顫ふを　水際光る浜の小鰯

【巫女】 神に仕える女性　東風吹送る巫女が袖　里巫女が　春日の巫女日永かな

祝 神社で神をまつることを職とする者　祝なき野中の堂の　三輪の祝がいはふ杉　はふりはうたふ　禰宜も祝も

巫女 はふり子がとる榊葉に　恋をなだむる巫女かはふりこがいはふ社の

禰宜 神主　禰宜達の足袋だぶ〳〵と　禰宜の起居や軒紅葉　禰宜のさげたる油筒　禰宜が掃きよる崖紅葉

【神輿】 わや〳〵とのみ神輿かく里　御輿長の声先立てて　豊年や湖へ神輿の　秋潮に神輿うかべて

山車 神田祭の山車のうへ　赤い山車には赤い児がついて　辻辻に山車練る日なり

神輿部屋 神輿をしまう部屋　里の子覗く神輿部屋

屋台 屋台のかげの遠ざかる　屋台ちかよる絃のねや

渡御 神輿が進むこと　渡御の舟みあかしくらく　渡御まちぬ夕の赤光　神輿渡御待つどぜう汁

【岬】 岬も山も淡くして　遠き岬の漸に暮れ　まつく

ろに岬は遠く　灯つらなる一と岬
岬頭（岬の先端）　岬頭の岩は尖りて　岬頭の枯草のなか
洲崎　かもめゐる荒磯の洲崎　陽炎の洲崎に網を
半島　火山半島の路はばむ　夜の大うみのしろき半島
【水銹】（水に浮かぶさびのようなもの）　月のため水銹すゑじと　水銹ゐぬ池の面の　水銹の渦に　青水銹
水屑（水中のごみ）　水屑と思へば　底の水屑となりはてて
水錆田（水錆の浮いた田）　町陰の田の水さび田に　君が門田の水さび田は　水さび田はまだ凍みつきて
水垢　日あし沁み入る水の垢　汲みたる水の垢にごり
金気水（鉄分がとけこんだ水）　刈田の畔の鉄気水　立よる水は金気水　水こし桶のかな気かな　あらがねの香のする水に
【短き】　短い間の油のやうな空気　足の短い狛犬は　線香の残りみじかし　雫みじかし
長短　檐の氷柱の長短　角の長みじか　長く短く星飛ぶ空　恋二万年ながき短き　秋の夜いかに長きみぢかき
短み（短いので）　振分の髪を短み
【未熟】青き（青い未熟だ）　いまだ真青のつぶつぶざくろ　木苺のいまだ青きを
青梅　青梅に金の日光り　青梅も茜刷きけり　青梅見ゆる寒さかな　青梅の臀うつくしく　青梅が闇にびつしり
青き果　葉がくれに青き果を見る　青き果実が売られ　青き果を食める男の　青き果の甘きを思え
青き香　青き香のうれひよ　青き匂ひを
青臭き　蚕豆の青臭くして　青くさき匂もゆかし　青くさい核　あを臭き香に
片生（幼少）　いはけなき片生の時に　八年児の片生の時ゆ
片生り　都の街の片成りに　まだ片なりも宵月夜　まだ片なりの梅の花　かたなりながら
たどたど　たどたどと蝶のとびゐる　身は病みがちにたどたどと生く　たどたど繃帯巻ける子は
【身動ぐ】　身じろがば刺さんと脅す　付添ふ人の身じろぎを聞く　微塵だに動くものなし
動く　暁　鴨の動きゐる見ゆ　何か動けり朝々の霜　しづかにうごく雲の鰭　氷る底に紅うごいたる
蠢く　蠢めく蚕かな　蠢く猛獣の腹に　黒き頭の蠢けど　蚯蚓の子らの生れてうごめく
小動ぎ　飛ばんとするや小動ぎもせず
ちろちろと　ちろちろと灯の影落ちて
もがく　跪く小鳥を　夜な夜なを跪きつくして

【水】 水の春とは風やなるらむ　水の秋をばたれか知らまし　身は雲に心は水に

水光る 水光る古濠の底に　寒明けの水光り落つ

山水 山の水　木の葉わけ来し山水を　山水なれば流れ疾く　やまみづのたぎつ狭間に　山みづに文がら濡ぢぬ

【水色】 空は水色、鳥が飛び　水いろの麻のしとねに　みづ色の寂びのひびき　みづ色の朝に

コバルト 絵のコバルトの空も秋　コバルトの深い海は

空色 空色の山は上総か　空いろの毛糸編んでをり　空いろのあやめ　停車場の空色の橋の　天空の露草七つ

蒼鉛 蒼鉛いろの暗い雲から

【湖】 湖へ富士をもどすや　荒山のみづうみ暮れて　とろりとしたる湖の水に

湖 湖のあなた　湖の底空にうつれり　湖こゆる蝶白ければ　青き壺なす湖のただ中　鳥も怖るゝ湖の青

寒湖 寒湖昏きに鴨が浮く　寒湖の鴨の水走る

湖舟 湖に浮かぶ舟　湖舟を追うて秋時雨　湖舟や春の雪　舳先細くそりて湖舟や　石摺り上る湖舟かな

湖上 湖上のあかつきびとに　雨ぐもくらき湖上に消えぬ　初凪げる湖上の富士を　霞み初めたる湖上かな

湖心 湖のまんなか　小舟して湖心に出でぬ　月既に湖心にありて　遠く湖心に遊ぶゆゑ　湖心に歌う細き声

湖水 湖水の底の雲のみね　障子には湖水の夕日　夕立わたる湖水哉　湖水のへりの十箇村　夕栄うつる湖水哉

湖畔 青き湖畔　夜の湖畔に佇みて　湖畔の山は美くしき　湖畔の茶店　湖畔歩むや　富士の湖畔の逍遙に

氷の湖 氷の湖ゆ照り返る　みづうみの寒き氷を

山の湖 蕗浸しある山の湖　山の湖の波間に見えて

山上湖 山上湖たゝへ　頂に湖水ありといふ

【水音】 水音のたえずして　水音暮るる網代かな　絶間がちなる谷の水音　水湧音や　水を撃つ音

水の音 水の音さぶしかりけり　みなぎる水の音聞けば　櫂から滴垂る水の音は　水沫飛ばして行く水の音

水音 水わたる水音きこえて　水音幽けし

【水鏡】 水に映る姿　水鏡見るをみなへしかな　猫の水鏡　我が水鏡する青玉の泉　花の鏡となる水は

月宿る 夕月やどるせゝらぎに　清水に宿る夏の夜の月

野守の鏡 野中のたまり水に映る　野守の鏡面銹びて　月も野守の鏡なりけり　野守の鏡えてしがな　踏青や野守の鏡

水陽炎 水面の光の揺らぎ　壁ねずみ水かげろふの

月波（つきなみ）波に映る月　月は月波のいただきに　三日月の影波にうつろふ　すむ月を波にうつして

水月（すいげつ）水に映る月　水月のかげのぼるとき

水の月（みずのつき）水に映る月　くだけてもあり水の月　水は月影をふくみ

水に映る（みずにうつる）空を映して水は動かず　水にうつった朝のにじ　水にうつろふ蛍の光　初花の水にうつろふ

【自ら】（みずから）自らを欺かんとして　自らを滅ぼすばかり　みずからのうちながら　みずからの手にて闘い

手ずから（てずから）自分の手で　手づからくべる蚊遣哉　みてづからひと葉つみませ　にごり酒手づからくめど

【水浸く】（みずく）水につかる。古くは「みつく」　水づきたる楊の枝も　タキシー水漬きつつ駆くる　水に漬ける稲多し　独居る水づく庵に

水漬く屍（みずくかばね）海行かば水浸く屍　水漬く屍に君やまじると

漬ず（ひず）ぬれる。古くは「ひつ」　袖ひぢてむすびし水の　池のさなみに枝ひぢて　通へる袖のひちてかわかぬ　袖ひちてわが手に結ぶ　袖ひぢて落栗ひろふ

ひたひた　春の潮のひたひたに　ひたひたと寒苦の水や

浸る（ひたる）海底のうしほに浸る　澄みとほる海にひたりて　人去りしあとの夕浪に浸る　岸のつゆ草打ち浸り

水馴る（みなる）水にひたりなれる　水馴れ木の　浸りゐて水馴れぬ葛や　水馴れ磯馴れて　波に磯馴れて這ふ松は

水馴棹（みなれざお）水に馴れ使いよくなった棹　力をふるふ水馴棹　さすや川瀬の水馴れ棹　下す筏の水馴棹　蜂うち払ふみなれ棹

【水茎】（みずぐき）筆跡　水茎の跡　水ぐきのあとなつかしき

女手（おんなで）女の筆跡　添文の文字は女の手なりけり

手跡（しゅせき）ざれ歌の手跡めでたき　手すさびのはかなき跡と

【水汲み】（みずくみ）声の大きな水汲女　水汲む少女　水汲こぼす　水汲ましけむ　水汲む女　菜摘み水汲み

汲水場（くみず）ひたひたと光る汲水場に　荒れはてし我家の汲水場　鍋二つ汲水場に伏せて

汲み水（くみず）汲み水に一片の苔　汲みあぐる水や輝やけり

【水差】（みずさし）水差のほのかな光　透きとほる玻璃の水さし

吸筒（すいづつ）水筒　吸筒の水かたぶくる　吸筒が幾たり口を

フラスコ　かちかちとふらすこを　玻璃のふらすこ

水瓶（みずがめ）みづがめのふたのひびきも　水瓶に一枝活けたる　瓶割るゝよるの氷の　水瓶に柳散込む

【水仕】（みずし）炊事　水仕のわざを　水仕もすみてたゝずめり　水仕の業に赤みたる小手　水仕すむ待つ乳貰ひ

炊ぎ（かしぎ）炊事　わが恋ふる人や朝かしぎする　夕炊待つ間を　氷を走る炊ぎ水

炊ぐ　米を炊ぎてひとり食ふ　朝寒や自ら炊ぐ　吾妹子が炊ぐけぶりと　うづの白米をわがかしぐかも

刻む　鶏のため菜きざむ音に　何を小刻むよその厨　厨の音はもの刻むらし　玉葱を厨にきざむ

飯焚　食焼宿ぞ明やすき　水汲も飯焚も　飯の小けぶり夕筑波　飯炊く事も忘れて

茹でる　はみ出す脚よ蟹うでる　そらまめも茹であがりけり　旅人に蛸茹上がる　茹汁の川にけぶるや

湯のたぎる　轟かに湯の滾る息　湯のたぎる静けさせと火ばち湯はたぎるなり　釜たぎる湯気の煙の

【水溜り】　水たまりが光る　雨の後なる水たまり越ゆ　水の溜まりに垂れ累なる　きのふの雨の水たまり

雨水　雨水は溝を走れり　たぎち落つる雨水踏みて

溜り水　花の木かげのたまり水　たまりみずのむ鶏　の桑の老木のたまり水

庭潦　梅雨の幾日のにはたづみ　椿落うずむにはたづみ　鼠のわたるにわたずみ　うち水の潦に匂ふ

天水　雨水　廃船に天水すこし　天水桶のかきつばた

【見捨てる】　涙ぐむ我を見すてて　人すてし後の思ひを　男行くわれ捨ててゆく

みずたまり——みずみず

思い切る　この恋よおもひきるべき　思ひ切りしに来て見えて　おもひ切夜や　迷ひゆく想ひ裁つべし

思い捨てる　宍道の湖におもひ捨てなん　おもひすてにし人ありき　おもひすつれば雨のゆふぐれ

見限る　見かぎりし故郷の山の

【水辺】　水辺のげんげかな　水べにのこる青葉森　真昼の水辺　洗ふ水辺や　水辺草　くらい水べに跼んでゐた

水の辺　水のほとりの蕗の薹　菱生ふる水のほとりを

水陰　水辺のものかげ　山川の水陰に生ふる

【水撒き】　撒水した煉瓦道　匍匐ふがごと撒水夫きたる　涼しげに撒水車ゆく　悠々として撒水車

ホース　忘れホースの水走り　ホースむくむく水通る

ポンプ　朝火事に走せ行くぽんぷ　ほとばしる喞筒の水の　鳴るポンプ　赤いポンプを

【瑞瑞】　笊の魚介やみづみづと　みづみづ尖る乳首を妬む　みづみづ持ちし紅苺なる　園の葡萄よみづ〳〵と

瑞　旱の子瑞のトマトを　瑞の芭蕉に

瑞枝　若枝　瑞枝かざして招ぎぬれば　瑞枝さゆらぎ

瑞葉　若葉　瑞の葉のかげにうづくまり　紺青の瑞葉と　尖る瑞葉に露光る　瑞葉切り巻ける粽　椰子の瑞葉は

み

瑞花（めでたい花）　瑞花のはちすの花は　ひかりにほへる瑞花の

瑞山（若葉の山）　美豆山の青垣山の　青葉みづやま

【水輪】　雨四五粒の水輪かな　雨の水輪に急かれをり　時雨の水輪池に満つ　水輪ひまなき廂うら

波紋　波紋ひまなき船の障子や　波紋の消える沼　やがて消えゆく波の輪に　波の文ありて

水皺（小さな波）　水皺にぎやかに　日和のたゝむ水の皺

水の綾（波紋）　霞のころも水のあや　よするあやをば

【店】　繭玉や店ひろ〴〵と　宝石商の店に春ゆく　店ぬち暗くこもる人見ゆ　隣りあふ店棚のうち

大店　むかしの香する大店の　大店の傘を出し切る

小店　奈良の小店の古仏

雛店　雛の夜店に催ふつれづれ　雛見世の灯を引ころや

質屋　質屋とざしぬ夜半の冬　質屋も幟たてにけり　質店の軒灯の灯は　二村に質屋一軒

書肆　書肆の灯にそゞろ読む書も

古物店　古物店の背戸の菊　古本屋のページ翻へる　古金屋の物置に

【店先】　店さきにゐて冴え返る　玻璃問屋の店先に　店先に車夫汗くさき　店さきに刀自はほほゑみ

飾り窓　遠い都のかざりまど　得し紙幣あれば装飾窓に佇つ　行きくれて倚る飾窓に　華やかな飾窓の

ショーウインドー　並みかがやくショーウインドーに　ウインドウに象嵌されて　灯ともれるショーウインドウの

【見世物】　見せ物小屋の絵旗並み立つ　見世物小屋の大天幕を

サーカス　サーカス小屋は高い梁　象の芸当みて笑ふ

操り人形　手のさきのあやつり人形　咳入る人形遣かな　操りのいとゞ細れる　あやつりの糸のまにまに

軽業　かるわざのはやしきこゆる　俵くづしの軽業の

曲馬　いはけなき曲馬の児　はしやげる曲馬の囃子　招魂祭の曲馬団　娘曲馬のびらを担いで

傀儡回　傀儡師の手に踊る

猿曳（猿回し）　狙引は猿に持せて　さるひきの雨にぬれゆく　猿曳の背にねぶりゆく

猿回し　小さき着物や猿まはし　猿に着せたる猿の面

玉乗　玉乗の児よ　玉乗のはやし唄　玉乗を見て活動を見て　玉乗りのやうに地球をまはしてゐる

宙返り　今日も呆けた宙がへり　宙を乗る曲馬

水機関　水からくりのいつとまり　人の寄る水からくり

手品 さみしや手品の皿まはし　なまじ手品の種夜寒

手品 なんて上手な手品でしょう　手品つかひは

手品師 種子明す手品師も居し　秋さびた手品師の

無言劇 パントマイム　樹にむけてするわが無言劇

山師 芸人　曲馬の山師の夜逃げした

【味噌】 味噌ト少シノ野菜ヲタベ　田楽の味噌ぽつたりと　朝餉の味噌の香は酸つぱ　味噌搗寺の台所

ひしお 又とは出来ジひしほ味噌　醤酢に蒜搗き合てて

味噌する 味噌をする音に秋立つ　味噌する梅の隣かな

焼味噌 柿の葉に焼みそ盛らん　焼味噌をやく　鯉の味噌焼うまかりにけり

柚味噌 愚庵の柚味噌蕃椒　柚味噌静かや膳の上　柚子味噌に一汁一菜の　柚味噌して膳賑はしや

【溝】 小溝の泥やとぶ小蝶　溝のなの花　溝を走れり　ことごとく溝に投入れ

下水端 月さす家は下水端

溝川 溝川に花飾ひけり　冬のドブ河ひととき澄める　堰に揉まるドブ河の泡

溝川 川のような溝　溝川に古花ながす　昼の水鶏のはしる溝川　溝川までも夕焼す　溝川の泥はにほひ来

【霙】 がらんと暗いみぞれのそらが　紅梅匂ふ薄みぞれかな　子は肌へつくみぞれ哉　銀座いそげばふる霙かな

霙れる 霙が降る　みぞる夜の鏡の底に　みぞるる音す　みぞるゝ花に逢ひにけり　をりをり春の薄みぞれする

雪交ぜ ゆきまぜにかぜはふきゝぬ

【淫ら】 みだら心のはづかしさかな　神経の淫らな曲芸　みだらなる遊戯　人知れぬ淫蕩に

溺れる 好色　女の肌に溺れたる　会ひては溺れぬことを寂しむ　溺れゆくべく一筋の　華におぼれぬ　溺れそめ

官能 官能のうち雜る　官能の奴となれども　官能の薄らあかり　夜の官能　官能のイルユミネエシヨン

情火 余りに熱い情火となる　情火環に身を捲きぬ　火の性のわれに

【乱れ髪】 あちらむきたる乱髪　まひをへて乱れし髪を　梅にふさはぬわが髪の乱れ　千すぢの髪のみだれ髪

朝髪 朝髪梳る床の上　朝髪の思ひ乱れて　わがたわたわの朝の髪ふく　灯ともして朝髪を梳く

朝寝髪 朝起きぬけの髪　わが朝寝髪　朝寝髪掻きも梳らず　朝寝髪われは梳らじ　あさねの髪は

おどろなす髪 おどろなす髪の亜麻色　髪おどろなす

み

【乱れる】 いのち乱るる春きたるらし　なにごとのけはひ乱るる　みだれたる秋鵜の羽の　緋の乱れ

打ち乱れる 雨打ち乱し潮の霧飛ぶ　秋の蟬うちみだれ鳴く

混沌 混沌たる愛憎の渦　世は渾沌の夢さめて

乱す 風のみだすにうちまかせ　光みだして白魚跳びしく　火塵を乱す黒けぶり　あを萱の光吹き乱す

乱れ心 みづからの乱れごころの　乱れごゝろや雷をきく

繚乱（入り乱れる） み寺にさくられうらんたれば　繚乱と満つる花々　遊絲繚亂　風がれうらんとながるる

乱がわしき（混乱している。さわがしい） 風のいで来てらうがはし　乱がはしき朝の厨に　らうがはしくもうち散らす

【道】 学校の行く道寒し　夏草の道往くなれとわれ

街道 町に入る飛驒街道や　ねむる山より街道へ　人行かぬ旧道せまし

切通（山や丘を切り開いた道） 切通し上吹雪かな　切通のかげから

草小路 薄の中の草小路

車路 誰行くらしの車路ぞ　車路の坂

木下道 春は桜の樹下みち　葉若楓の木下路

下道 松の下道朝ふめば　朝日さす森の下道　花の下道

中道 村の中道山祇の道　野方の畑の麦の中みち

墓道 白々吹かるゝ墓道　お盆の墓道

畑道 畑道たどる媼づれかな　瓜だいて畑みち走る

古道 古の道こそひらけ　関の古道あふ人もなし　草木のなかのふるみちの月　千代の古道あととめて

道尽きる 一条の路尽き　山岨道尽くれば橋あり　径尽たり芹の中

夜道 馬も夜道を好みけり　うれしく帰る月夜みち

木曾路 木曾路ゆく我れも旅人　塩肴あぶる木曾路の

越路 越路おもへばいと遠し　雪の越路の永平禅寺

讃岐路 山に波きく西の讃岐路　朝びらき讃岐路さして

信濃路 信濃路はいつ春にならん　信濃路に来て星まつる　信濃路の田植過ぎけり　ちちはは恋し信濃路にして

箱根路 傘さして箱根越　ひぐらしなきぬ箱根路くれば

【満潮】 朝満つ潮に　石垣をうつ満ち汐の音

潮満つ 深夜の潮の満ちにけり　夕光よ潮　満ち満つ

上げ潮 あげ潮に屑海苔漂ふ　牡蠣舟に上げ潮暗く　芦の芽に上げ潮ぬるみ　あげ汐みつる

差し潮（月の出と共に満ちてくる潮） 堀江づたひに差す潮の　さし潮の潮目ゆる波　さす潮のかよふはたての

み

潮合 潮。潮のさしひき。 満つ潮あひの潟をなみ
出潮 宵月の出汐の踊　出潮の浪走りゆく　月の出で潮
夕潮 夕潮に棹さし下り　夕汐満ちて魚躍る　夕汐満ちて鶴低く飛ぶ　鯵網や夕汐さやぎ　夕汐満つる舟溜り

【道標】 これは道しるべの石　道しるべ前うしろ指し　道しるべなき今の身ぞ　石の御仏道しるべせり
栞 目印 こぞのしをりの道かへて　秣負ふ人を枝折の根深を園の枝折哉
標 月ぞしるべこなたへ入せ　夕顔の花をしるべに　ほたるばかりをしるべにて
道標 野を焼くや道標焦る　標石ただ黙然として　標木は倒れかゝつて
一里塚 こゝに立ちたる一里塚　板屋の背戸の一里塚

【道のり】距離 死にたる君との距離近くなる　二人の距離に雪が降りゐる　あらはなる虚空の距離を
一里 約四キロ 菜の花一里春の風ふく　一里来て疲るゝ足や　水一里　夕野小一里　綿畑一里たゞましろなり
一町 約百九m 一町つづき残る雪　一町も先の日傘に
千里 鶴に紛れて雪千里　千里の遠に居ながらに　千里の麦　千里もそらも一つ家　月千里　雲千里
日半路 半日の道のり 日半路をてられて来るや
百里 百里の旅も茶漬かな　翅もて百里を進む　霜百里

【道端】 虹のかかる野の道ばたに　路傍にこぼれた麦も　路ばたに居すはりて泣く
道の辺 道の辺のつまくれの花　此みちのべに捨てゝいなむ　道の辺に散りし桜の　道の辺の刈藻花さく
道辺 みちべの苔にまどろめば　みちべ明るく　道べにこやる亡きがらを
路傍 路傍の草の黒めるみどり　路傍の家

【導く】 歌びとあまた導きて　園の主に導かれ　夢にみちびけ美し酒　導くもののあるやうに
手を携え 人たづさへて現るる坂　手に手たづさへ
手を引く 母に手を曳かれて遠し　手を引きあひし松二本　野火の道手をひきつれて

【道惑う】 花のみやこに道やまどはむ　散りかふ花に道はまどひぬ　いづれを道とまどふまで散れ　道まどひする
道迷う かへさは雪に道まよふなり　まよふ禁路
迷子 迷児われにほほゑみかけぬ　横丁曲る迷子鉦
道問う 道とふも遠慮がましき　空間に道問ひ呼べば

聞きたる道をすぐ失ひ　道絶えて人呼ぶ声や

【満ちる】　手に満つる蜆うれしや　かをり家にみつ風楼に満てり　秋の河満ちてつめたき　秋満つ寺

湛える　朝やけ雲の朱を湛へたり　瑠璃湛へたるこれの水海　明けの光をたたへゐる　うらみを袖にたたふれば

溜り　一重羽織の風だまり　墓地は幽けき花だまり

一杯　いのち一ぱいに咲くからに　町一ぱいのとんぼ哉　顔いっぱいの大きな皺が　窓いっぱいの春

満満　まんまんと潮みなぎりし　まんまんと湛ふる朝の　波漫々たるわだつみの　まんまんと満つる光に

漲る　地獄谷湯のみなぎりて　みなぎる春のひかりの中で　しろき花粉をみなぎらし　いたき光のみなぎれり

【蜜】　真昼の蜜を吸はうよ　接吻の妙なる蜜に　毒ある蜜をわれぬらむ願ひ　媚薬の蜜に

蜂蜜　蜂の巣に蜜のあふれる　蜂のみつ

花の蜜　露や牡丹の花の蜜　花芭蕉の蜜の甘き吸ふ　あまいつつじのみつをすう　赤いつつじのみつをすう

【見つける】　黒い洋傘の中にみつけた　虫みつけたる薄暑かな　一星見つけたやうに

発見　あの月影を発見した人は

【見つめる】　凝視める一念　猫の熟視むる　じつと凝視めて　恋の冷ゆるを見つめ居り

凝視　とかげの凝視　カンナの凝視にたへかねて

見入る　ダリヤを見入る　星くづに見入りて　見入る鏡に親の顔　正眼に観入る白芙蓉

【緑】　夕立にみどりみだるゝ　みどりがなかのさわらびは　山の背の緑も黒み　緑は匂ふ　緑織りなす岸のべの　みどりを分る水のしらなみ

新緑　雨後の新緑　新緑の夜をしらじらと　新緑やたましひぬれて　新緑の飛散する影　なべて新みどりせり

万緑（草木の緑に生命力が充ちている）　万緑の一つの扉　万緑に滲みがたくして　碧眼万緑に　万緑やおどろきやすき

緑葉　みどり葉かをる八百日路　みどり葉に紅梅うつる

【緑色】　みどりの湖に揺られてゐる　海も青田の一みどり　緑の光が点される

緑なす　みどりなす大ぞらひろし　緑織りなす岸のべの

銀緑　空気銀緑にして　銀緑のそが葉柄にも

翠色　故国に入れば翠かな　翠の色

暗緑（深緑）　暗緑の樫の古葉に　暗緑のみかん畑は　暗緑色の浪まろぶ　暗緑 色の棘　山桃の暗緑の木ぬれ

濃緑（こみどり） 濃緑の中鶏鳴けり　濃みどりの小松に交り　海の濃みどりの　からし菜が濃緑に

深緑（ふかみどり） 城の御濠の深みどり　暮れなんとする深緑　春行袖の深みどり　雨も溶き得ぬ深緑　深緑の闇い夜

浅緑（あさみどり） 盥のきぬの浅みどり　山の小松のあさみどり　皐月の朝の浅みどり　色をほこりしあさみどり

薄緑（うすみどり） 薄き緑の翼陰に　薄緑なる一室に　木の芽のうすみどり　雨をふくみて薄みどり

鮮緑（さみどり） 若草や若葉の緑色　空も星もさみどり月夜　野のさみどりも苔のさみどり　さ緑の蛍息づき明り

淡緑色（たんりょくしょく） 淡緑色の山みれば　淡緑と金の調和に

若草色（わかくさいろ） とぢ糸のいろわかくさや　わかくさのいろも添へたり

鮮緑（せんりょく） 妖精めくあざやかな緑いろ　あざやかな暗緑の

翡翠色（ひすいいろ） 翡翠の光りとびたる　翡翠の色の初秋のそら　翡翠色の大島を　翡翠の眼

【皆】（みな） 遭う人ごとみな旅人や　皆首立てゝ小田の雁

皆がら（みながら） 世人みながら　草はみながらあはれとぞ見る

満座（まんざ） 満座のなかのわが思ふひと　座をあげて恋ほのめく

【港】（みなと） みなとや秋のとまりなるらむ　湊がましき家百戸　みなとのすどりたちさわぐみゆ

港の道（みなとのみち） 古りにける港の道の　港の道の甃

港町（みなとまち） 路次に海濃き港町　港の町のペエヴの上を

【港入り】（みなといり） 水主いさんで湊入する　七つの船の港入りする　大船の港入りこそ　兆悪しき港入り

入船（いりふね） 先沖まではみゆる入舟　阿蘭陀の入舟みえて

【南】（みなみ） 南ニ死ニソウナ人アレバ　南かたぶく天の川　雪をかをらす南谷　風の香も南に近し

南（みんなみ） 南　すべく北すべく　みんなみへつらなる八島　みんなみの岬をめぐる　南方の花の

南受（みなみうけ） 南向き　村あたゝかき南受

南面（みなみおもて） 南おもての日あたりに　南おもてのなだり路の

【南風】（みなみかぜ） 南風　薔薇ゆすれり　みちで出逢ったみなみ風　南風けうとく吹きし

南風（なんぷう） 相模の海の南風に　南風に陽炎立てる　南風の蟻吹きこぼす

南風（みなみ） 南風やゝつよし　南風吹く湖のさびしさ

南風（はえ） 南風つよし　南風吹けば海壊れると　南風のむた

黒南風（くろはえ） 梅雨時の南風　黒南風の雲断れにけり　黒南風の岬に立ちて　黒南風にかがよふ

み

白南風　梅雨明けの南風　砂吹きあぐる白南風に　白南風の帆を並めて航く　白南風の夕浪高う

【醜き】　醜き面をゆがめつつ　醜さがつよさ向日葵　醜くて小さくもあるかな

醜草　いやな草　醜草を求り食みぬる　地なる醜草

【峰】　峰の雲をばはらふとも　峯なる花はいづかたの　恋ひ近づけば嶺も寄る　一嶺のぞく盆地かな

分水嶺　分水になっている山の尾根　かじかども分水嶺を　極めて小さき分水嶺あり　分水嶺われ等過ぎつつ

秀峰　秀峰高き際より　ほつ峰を西に見さけて

峰の雪　みしや白雲峰の雪　花をいそげば峰の雪

【身の上】　我身の上をおぼすとは　身の上の相似て親し

境涯　貧と老の境涯に入り　かかる境界も

【水面】　午後の水面は光り　紺青の水面を　愁の水の面を　眩しき水面　ゆれて水面を　水面に走る

水の面　水の面に宿る月さへ　伏してながむる水の面

水の面　青ぐろき水のおもては　水の面に唇つけぬ　おたまじやくし水のおもてに

【実り】　わが星の薄いみのりを　みのりの野路の土を愛しむ　豊の稔りの　高粱の実りへ　土の中なる穂が実り

稲筵　一面に実った稲　夕露の玉しく小田のいな筵

穀　稲　穀をはらめる土盛り上る　畑に芽ぐむは何の穀ぞも　たなつもの納むる蔵を　田つ物みのらん秋ぞ

畑つ物　畑の収穫物。野菜類　畑つものみのり散ばる　生ひ立つはたの物　牛の背に畠つものをば

【実る】　青酸漿もみのり時　月にみのるや晩林檎　栗みのる　菱実る

収穫　秋の収穫のにほひに　収穫の日の　収穫のすみし冬田に　にぎはしきとり入れ祭　とりいれのをはりの豆

実り田　黄のみのり田に落つる秋の日　ゆたのみのり田

【見舞】　故人宛なる夏見舞　病人に鯛の見舞や　見舞の言葉いひのこし

安否　柿の安否や家人来ず

【耳】　肉うすき軟骨の耳　いよ〳〵冴ゆるわが耳に　皮膚がみな耳にてありき　耳の螺旋を

耳朶　雨の珠耳朶にきらめく　冬や耳朶透く嫗の血　夜のおけら耳朶を聾する　彼女の耳朶陽に透きました

耳朶　やはらかき耳朶なども　真昼間ゆきて耳たぶ寒し

【耳を澄ます】　耳を澄ますと　笛聞き澄ます　いつしんに耳をすまして　せゝらぎに耳すませ居ぬ　耳をす

み

まさう

聞き惚れる　となりの琴にきゝほれて　聞き恍れぬれば　眼をとぢて聴きほれてゐる

聞き耳　月は聴き耳立てるでせう　鶏のきき耳立てる　きき耳立てる鳴子かな　耳際に松風の吹く

聞こえる　坂のうへまで響きて聞ゆ　血の落ちる音のきこゆる　水車がきこゆ　笛の音きこゆ

盗み聞く　思ふこと盗みきかるる　琵琶ぬすみきく

耳疎し 耳がとおい　並び聴く母耳うとし　ただに耳うとし

耳敏き 耳がするどい　耳敏羅漢　耳敏には聞く　耳とき人は

【眉目】　雛の眉目わらひたまふと　街の鏡のわが眉目　老いぼれて眉目死したる

面差　おもざしの似たるに　あまり似通ふ面ざしや　なき親におもざし似たる　ゆたかなるそのおもざしに

面長　眼うるめる面長き女　おも長に

容顔　容顔蒼し五月雨　容顔くらく夕さりにけり

【眉目良き】　母わかく眉目よく　みめよきが集まりて　みめよき女　眉目よき人　眉目がよいとて

顔良き　顔ぞよき　顔美き子等を　顔よき女帝ぞ　その顔よきに　花のかほよし　顔優るがにや　容艶きに

形良き　形美麗に

花の顔　雨降たらぬ花の顔　花の顔に晴うてしてや　容顔無礼花の顔　花の顔ばせ

芙蓉の眦　おもわは艶ふ紅芙蓉とこそ　芙蓉のまなじり　瞼は芙蓉

明眸　木菟明眸をりをり月に　夕されば明眸うるむ　明眸も我にやうなし　夕には明眸うるむ　明眸皓歯

【宮】 神社　朝日の宮の宮うつし　宮のちさきを尊がり　宮もわら屋もつばめ哉

宮居　松をすくなみ宮居さびしも　ふとしきたてし宮居の　白木のみや居　島の宮ゐのあとゝめて

宮建 神社の建物　こゝろの池をうつす宮建

【宮】 宮中　涼しき宮の呉竹は　秋宮に髪むしり泣く　昔の花の藤原の宮　鱗の宮のほとりにぞ居る

内裏　内裏のあとの小笹原　中宮こもる里内裏　女具して内裏拝まん　内裏炎上

離宮 斎宮の潔斎所　外つ宮所とめくれば　離宮に幸しし時に

野宮 離宮　草葉に荒るる野宮の　のゝ宮やとしの旦は　野の宮残る嵯峨野哉

【脈】　胸うつ血の脈と　脈をとる手のふるひこそ　脈細

み

くなる冬一日　脈をとる看護婦の手の　母の脈たへし時

静脈　静脈のをぐろく見ゆる　手の静脈もいたましきかも　わが静脈に　静脈のごとうちちがひ

【脈搏】　脈搏の深きなげきを　わが脈搏は

動悸　声すればはかなく動悸してゐつ　搏てる動悸は罪にかも似る　まだ動悸うつ身を寄せし

脈搏つ　脈うつやふところ手して　若き脈搏つ花一枝　鈍き脈搏つ　頬に脈うつ　脈打つひびき

脈鳴　わが脈鳴のひとり昂る　脈鳴りの絶えつつねむる

【都】　空狭き都に住むや　都はなるる名残を惜む　春のみやこの花を見む　住ば都ぞけふの月

洛（都の内）　入洛や地図ひろげゐる　洛中こぞる五條坂

古都　壁画をわたる古都の風　古き都を埋めてしがな　故き京を見れば悲しき　ふるき都のほととぎす

大き都　うちとよむ大きみやこの　大き都のほろびつる如　思ひ湧く大き都に

大都　大都の空の大写　昭和の大都東京の　大都瞰る

首府（首都）　首府の大空を秋の風ふく　南半球の星星の首府

帝都　帝都の秋の土踏まず　まだ散らぬ帝都の花を

都会　さめぬ都会の圧迫を　都会の夏の夜の更　どよめく都会風の中の村々　風暗き都会の冬は

花の都（都の美称）　花の都をよそに見て　花の都に散りはてて　見さしたる花は都に　花洛を去つて

満都（都全体）　満都の燭や霧の包める

都の春　都の春ををりからの旅　都の春にしくものぞなき　春深き雨の都は　とほざかるみやこの春も

都の灯　一夢と消えし都の灯　遠い都の灯ともし頃に

都辺　打日さす都べさびし　都辺の草も芽ぐまん　都べ立たむ日近し

斑鳩　斑鳩の宮の夢殿に　斑鳩みちの草刈女　斑鳩の雄鳥　花過ぎし斑鳩みちの　かのいかるがのおほてらに

奈良　奈良の都は神さびて　奈良の都の八重桜　首傾けて奈良の鹿　奈良の仏の頬雫

京　提灯遠き西の京　京より嫁を貰ひけり　京にても京なつかしや　かすみの底にちさき京見る　京の日くれぬ

江戸　江戸見た雁の帰り様　江戸は涼みもむつかしき　古りたる江戸の星祭　江戸にはまれな山の月

東京　東京遠く来た顔ばかり　はかなきさまのあはれ東京　東京もふるさとめきし　あはれ燃ゆるか東京の街

首里（琉球王朝の首都）　首里大路やひそめいて　月映さゆる首里大

路　その一生の首里の悲しみ

【都大路】 都の大きな街路　都大路は雨はれて　都大路のありあけの月　都大路の春のにぎはい　都大路にとどろく午砲

大路　大路青ずみ　月の大路へ戸を出でぬ　大路小路の京の人　夏の大路を赤き傘ゆく　霧の大路を走りたり

【宮仕え】　華美なりし宮仕　宮出後風

宮人 宮仕え人　宮人の花見車の　しらがなる神の宮人

大宮人　大宮人の鬘ける　大宮人の玉藻刈るらむ　大宮人し漁すらしも

野の宮人 野の宮に仕える人　野の宮人の植うる花

采女 宮中の女官　物ごしに采女の声や　明日香の采女　翠簾をかかげる采女哉

【雅び】 優美なふるまいやしきたり　風流びたる花と我思ふ　風流かに見ゆる五月の　みやびやかなるしら波ぞ　雅も知らず

風雅　寒のつくしたうべて風雅　風雅の極みつくしつゝ

古雅 古風　古雅な港がひつそりとして　寛闊で古雅なひろがり　古雅な六月の月影を

艶めく 優雅　なまめきたてる女郎花　光のなかになまめくは　春雨になまめきわたる

風騒 詩歌・文章を作ること　風騒のこの身を市に

風流　風流もありし香のあとや　十九の夏の浪華風流　うち寛いだ風懐の

花月　妻や花月の情にぶし　鼓出されて花に月

雪月花　稼ぎながらに雪月花　月雪とのさばりけらし

月花　月花の愚に針たてん　月花もなくて酒のむ　月華の是やまことの　餓鬼も手を摺月と花

寂　いのちの寂に行きあへるかな　とどのひし面輪の寂や　四季の秋には寂あれど　寂の園生も　朝の寂　冬の寂

数寄　数寄に昏く碁象棋知らず　数寄の小家の青簾

【雅び男】　逢引のみやび男も　風流男は今も昔も　みやびをのつどへる宵の　遊士の飲む酒杯に

数寄者 風流　すきたる者に　数寄にはあらねど

【深山】　深山の月に　深山より落ちくる水の　みやまのゆきはとけぬれど　み山のすその風のけしきに

深山隠れ　深山がくれの花を見ましや　深山がくれに鹿ぞ鳴くなる　み山がくれの朽木なれ

深山木　み山木や春の色くさ　深山木を天に次ぎたる

深山路　深山路の奥の奥処に　深山の道は

深山鳥 深山の鳥　深山鳥大雨のなかを　日の入りあひにみやまどり鳴く　深山鳥あしたの虫の

【行幸】 天皇の外出 御幸の伴のかへる時なく 御幸の跡は草
紅葉 桜をかざす花のみゆきよ 天皇の行幸のまにま
出座処 行幸先 もみづる秋のいでましところ
行幸の宮 離宮 変らずあらむ行幸の宮

【未来】 未来の香を放つ 何の未来か支へゐる とほい
未来の人の世の 未来のときを編むと知らず 遠き生ひさきお
生い先 将来 魂の老いさきまざまざと
もふ夜半かな 前途猶も見まほしく 生ひ先なく

【未練】 未練な牡丹がまたひらく 未練で眺め 桜餅
うき世にみれん 未練なひとりの女が
愛執 愛執のこゑが嘲へり 愛執の移香尽きず 愛執の
罪 愛執は海に消えせぬ
愛憎 君を愛しぬ君を憎みぬ わが愛憎のふたおもて
愛憎のおもひ鋭き 憎むべき愛づべきわかぬ
執着 生きたくもなき命に執す 執着の髪地に届く
老いてなほ財に執する 妄執なほも忍び入りて
恋恋 未練がましい 恋々と夕日影ある

【見渡す】 見わたすかぎりの雑草世界 見わたせば蒼
生よ 見渡せば海面とほし 岸の籬を見わたせば
見渡し 見渡せる範囲 見わたしの畑に 見わたしの国原は

振り放け見る はるか遠くを見る 振りさけ見れば西に入る
見放く 遠くを見る 鍬を休めて見放くれば 見さくれば雲に
入り立ち 見放くる沖のかくり岩 青海原をみさくれば
見はるかす 見はるかす靺鞨の空 見はるかす遠の大
島 見はるかす大寺の甍 海見はるかす山の上の

む

【迎え火】 迎え火に門土焦げぬ 迎火や
年々焚いて 迎火を焚いて誰待つ
苧殻 苧殻の煙 とある路次苧殻をたく火の
送り火 送り火や憎もまゐらず 送り火波に焚きのこ
る 送り火や心々に 送り火が並び
魂送り もゆる送り火魂送り 野山があをき魂送り
霊おくりする杉の下門

【迎える】 冬の主人を迎へたやうに 君を迎へて春めき
にけり わが迎へたる秋のあし音
駒迎え 屋敷がたより駒迎 けふのこよひのこまむかへ
衣もやぶるゝこまむかへ 先おもひいづ馬むかへ

【昔】 目前をむかしに見する むかしめきたる紅葉哉
昔の事の浮しづみ 忍ぶべき昔はなくて 高濤の月はつ昔
千古 太古 千古の雪のしたゝりも 千古の恨を
太古 この土太古の匂ひかな 富士の太古の焼石に 太

古の闇にかへりつつ　軋る太古の歯車よ

古　古になほたち帰る　おやのいませし古のよに　古の星きらめくと　いにしへをしのぶる雨と

神代　神代より生れ継ぎ来れば　神代の春の水鏡

紀　白亜紀からの日を貯える　シルレア紀の地層は

劫初（この世の初め）　劫初より地にくだりたる　劫初からの海　凪は劫初も今も　劫初の森の香は　劫初このかた

古代　古代のすみれ揺れ　古代の川の鮎あたらし　古代の塔を　春の古代の灯を掬ふ　古代の象の夢なりき

遠き世（遠い昔・遠い未来）　遠い世の松風ばかり　遠き世の夢に

遠つ代　遠つ代の昔の祖の　わが家の遠つ代に

遠世　大地の遠代の底ゆ　遠世なる暮色の寂に

古代　古代の奇琴　古世の荒廃

【昔語り】　昔がたりはわれのみやせん　昔語りは心せん　昔がたりをするが悲しき　昔がたりせぬをほこりし

恋語り（恋の物語）　とほき世の恋がたりなど　友よかたみに恋がたりせむ

古事　ふる事のおもひ出さるゝ　城守にふること問へば

昔の恋　昔の恋をかたる夜半かな　すみれ昔の恋の色

【麦】　ふるさとの麦のかをりを　麦あからみて啼雲雀

むかしがたり——むきあう

麦の丘馬は輝き　大麦の穂のあからみにけり

青麦　青麦の穂のするどさよ　片吹きなびく青麦の畑

麦刈り　麦刈ぬ近道来ませ　麦刈りて遠山見せよ

麦の芽　今朝出でそめし麦の芽の青　麦の芽に日輪わたり　麦の芽のたちあがる　麦の芽にきのふの雨の

麦畑　あらぬ所に麦畠　山ふところの麦ばたけ

麦踏（麦の芽を踏み固める）　小刻み麦と光踏み　麦踏の踏みとまりたる　身は起せ踏れた麦も

穂麦　穂麦あをあを小雨ふる里　いざともに穂麦食はん　麦の穂におはるゝ蝶の　穂麦が中の水車

大麦　大麦の穂の戦慄の

【向き合う】　異性の意識なくてむき合ふ　闇にむき合ひ語りゐし　夫婦向きあひ畑をうつ

居向う　いむかふまどに　空に居むかふ　妻とい対ふかかる夜は　由布にゐ向ふ高嶺茶屋

向居（向かい合ってすわる）　対ひゐてひたと吻接　しゞま守りて向ひゐし　ひと日炬燵に向ひゐて

相対す　山と山とは相対して　われやれかゝしと相対す　病者の相対し

対す　深閨に独り月に対して　月に対す君に

む

相向う　雲を隔てて相向ふ　相対ひゐて物いはず

さし向う　枯菊にさし向ひ　さしむかひ二人暮れゆく

向う　暁の芒に対ひ　落葉松にひとり向ひて　寂寥にむかひて語る時　炎天の山に対へば　唇をかみ世に対へる

【麦打】　麦打の埃の中の　夜をこめて麦つく音や

麦扱き　山里は麦扱きの音　言葉要らぬ麦扱　麦扱に人人はたらき　秋を隣に麦をこく　浅夜の麦搗き

麦埃　麦埃にくさみする赤子　麦埃丘にしづもり　麦ほこり浅夜立てつつ

【麦焦】　香ばしく麦こがし煎る　麦煎るや炮烙まぜつゝ　膝も袂もこがしかな

香煎　香煎の匂ひ　香煎のにほひしづかに

はったい　はつたいの日向臭きを　麨を吹き飛ばしたる

【麦藁】　私の編んでる麦藁は　麦藁の若き火の音　麦稈籠に草苺　麦稈に沁み込み　淡青い麦稈のにほひ

麦藁帽子　麦藁帽子と少女と海と　麦稈帽子とばぬ程　友がかぶる麦藁帽子　麦藁帽子ゆ照りこぼるる

【向く】　蟇じりじりと対きなほるか　舞の面われに向くとき　雪嶺に対きて雪解の　寒の没日に向き進む

向き　下向きの月　煙草がすむと向きを替え

向き向き　（それぞれの方向）　日の向き〳〵に葱起くる　向き〳〵に野火走りをる　椅子むき〳〵に楽を聴く

諸向き　（同じ方向を向く）　青き葉と葉を諸向きに

【剝く】　甘栗をむけばうれしき　むくまゝにむかれている　みかん剝く指に寒さの　つれ〳〵に剝いたる蜜柑

剝ぐ　谷の空雲剝ぐること　河豚を剝ぐ男や　ビラ剝がされぬ　白樺は皮をはがれて　葱の皮剝がれしままに

逆剝　身を逆剝ぎの蚯蚓かな　うつゝぜめ逆剝ぎ鳴呼われ

毟る　鮎、鰺をむしるがごとく　とんぼの翅惨くむしれる　毟らるる菊芳しき　毟りたる一羽の羽毛

【報い】　聖き報酬の傷ましからずや　人をおもはぬむくいにや　何物のむくゐも待たぬ　報いなき思慕に細れば

報いる　疑はぬ人の心にむくゆべく

【無月】　（雲がかかって月を見ることができない）　梨も葡萄も無月かな　海よりつゞく無月かな　ひろ葉打つ無月の雨と

月無き　月無き夜を満ちきたり　障子貼つて月のなき夜の　うすうすと青海月なし

【向う】　向うの谷をゆきしかば　向うは佐渡よ　飛翔する空の向うに　低い砂丘の向うでは　向うに低き段々畠　まむかうに日の没つる径

む

前山（向かいの山）前山に雲ゐてかげる　前山いつか青かつし　前山の芒にのこる　前山の風に吹かれて

向つ山　向つ山鳴りしづみつつ　向つやま夕冷早し

向つ峰　花散らふこの向つ峰の　その向つ峰の桜花盛り

向つ家　向つ家の一重桜は　向つ家の二階の窓ゆ

【無言】　悲しい無言の上に　無言の光　夜の無言に　無言に孵へす　黒い無言の一列が

言無き　二人言なき雨の宿かな　言もなき修道女の

しじま　母らしきしじまただよひ　無言や毒の雨しとしと　短夜のしじま険しく　しじまにも似し悲しみを

無口　沈着と無口の秋！　無口なる時を娯しむ　ほしかほすなる無口の男よ　植木屋は無口のをとこ

物言わず　一日物云はず　土筆物言はずすんすんと　ゆふ渚もの言はぬ牛　ものを言はざることに馴れて

【虫】　虫のごと声にたてては　死んだ真似した虫が　薔薇の虫　死にそこなつて虫を聴いてゐる

毛虫　毛虫の上に露の玉　老毛虫の銀毛高く　毛虫めざめ居り　毛虫が道を横ぎると　毛虫焼く焔が触るる

昆虫　瑠璃いろに光る昆虫　東京タワーという昆虫の灯の　青い昆虫　昆虫学の　昆虫の翅

むごん――むしなく

夏虫（夏の虫の総称）あかりをめぐる夏虫の　夏虫の火虫のごとく　夏の羽虫はみなつどひよる

舞う（虫が飛ぶ）蘭陵王を舞ふ蜻蛉　赤き蜻蛉の舞ひて乱るる　蜂の乱舞蜂の歓喜

ピン　毛虫に針をつき刺せば　蝶の羽に刺されしピンの

蛹　少年の蛹のごとき

触角　香具はしき触角　触角をしなはせて

【虫籠】　耳ふたぐほど虫籠のむし　虫籠に朱の二筋や

虫籠（虫かご）虫籠つる四条の角の　名しらぬ虫を籠にかひぬ

籠の虫　籠の虫なきがらとなり　籠の松虫鳴き出でぬ

蛍籠　雨となりにけり蛍籠　籠の蛍みな　蛍籠飛ぶ火落つる火　籠の蛍をはなちけるかな

虫売（松虫や鈴虫などを縁日や路上で売る）そぞろありきに虫買うて　虫売の啼せて行や　虫売りのかごのやれ目を

【虫鳴く】　いや寒々に秋の虫鳴く　虫は草葉の下で鳴き　虫が来てランプに鳴きぬ　耳の際にてひとつ鳴虫

蟬鳴く　ぢぢと鳴く蟬草にある　さびしらに蟬鳴く山の　蟬のしじ鳴き　此世に出し蟬の鳴　蟬ひとつ鳴かぬ夏山

鳴く虫　りゝとなく草の虫　枕辺近く鳴く虫は　知らず顔にも鳴く虫の　鳴く虫の声も雲井に

【虫の音】 いかづちが虫の音とこそ　君を思へば虫の音の　虫の音に満つうす月に満つ　なきよわる庭の虫の音

虫の声 くさむらごとにむしのこゑする　急調の虫の唄　雨をしる夜や虫の声　人まつ虫の声すなり　虫の声々

蟬時雨（蟬の鳴き声） たゞ蟬時雨　秋知らぬ蟬の時雨るゝ　蟬しぐれひとしきり起り　耳法楽や蟬しぐれ

虫時雨 虫時雨銀河いよ〳〵　背筋にひたと虫時雨

【蝕む】（虫が食う） 秋の風書むしばまず　蝕ばみてほほづき赤き　蝕める古梯　胸部六分の四のむしばめるなり

食い入る 疲れし脳に食ひ入りて　身に喰ひ入りてくる淋しさは

腐蝕 その夢の香の腐蝕　腐蝕の匂ひを放つモラル

【虫干】 虫干の風さや〳〵と　母となりける秋の虫干　虫干や甥の僧訪ふ　虫干しに猫もほされて

土用干 廓の土用干　一竿すゞし土用干　なく袖あらん土用干　けふの塩路や土用干　小袖も今や土用干

曝書（書物の虫干） 曝書の老やひもすがら　昭和の書あり曝すなり　指紋の躍る書を曝す

紙魚（害虫） 二三年見ぬ間の紙魚や

樟脳 樟脳のにほふたもとに　樟脳くさき　樟脳匂う

【無邪気】 無邪気なる道づれなりし　無邪気な戦士

無心 愛と無心のたのしき日影　見あげたる無心の瞳　無心に人の裸体をみつつ　無心のとりの

【無常】 法師蟬月の無常に　無常の掟　諸行無常と　念念無常　無常の来る　恋も無常も

定め無き世 定めなき世に物を思はむ　世はさだめなく

【筵】 一筵唐辛子干す　筵をたたむ日暮の夫婦　花に敷たる新筵　花さく陰の草むしろ　蚕筵を干しならべたる

藺筵 藺草のむしろも青いです　夜をま青き藺むしろに

花筵（花ござ） 吹あつめてや花むしろ　絵むしろ織や萩の花

薄縁（縁のついたござ） 春の蚤うすべり這うて　うす縁や蓮に吹かれて　ゐなか間のうすべり寒し

茣蓙 茣蓙の上なる筑紫琵琶　茣蓙負いて田掻きの腰を　花茣蓙にやまひおもりて

狭筵 おきながにはのさむしろの　物乞ひのさむしろ捲くや　さむしろ振ふもゝの宿　霜のさむしろ

【蒸す】 日は蒸し淀む　ことのほか蒸す夜となりし　雲に蒸し入る　ただむし〳〵と雨の上らず

蒸し暑き しぼむ芙蓉やむし暑し　蒸しあつき気の

蒸れる　青く蒸れた魂を

【結ぶ】　君の靴紐結びやる　むすべど解けぬさゝがにの糸　紺の脚絆を結ぶ手に

片結び（結び方）　しづはた帯の片結び　袴の紐の片むすび

結う　摘みためて花束結ひつ　細かに結へる　堅結ひ癖の妹の下紐

縛る　蟹二つすすきにしばり　啼き疲れ寝し縛り犬

空解（結び目が自然にとける）　空どけのする黒繻子の帯

【咽び泣く】　敬虔にむせび泣く　咽せつつ泣かゆ　病窓の玻璃に咽べど

嗚咽す　はばかりもなく嗚咽して　海波の嗚咽

ひた泣く　赤児ひた泣く　直泣く子かな　なほ稚くもひた泣きてあり　ひたなきになきあかしなば

流涕（激しく泣く）　ひとり枕に流涕す　ひたすら流涕す

【咽る】　たばこにむせな雀の子　小狐の何にむせけむ

咽ぶ　しほからき蒸気にむせび　珈琲の香にむせび　咽びてわれはさめにけらしも

【鞭】　あらしの鞭に花泣きて　珊瑚の鞭をわすれけり

鞭打つ　血に鞭うつ　億のねむりを鞭打て蜻蛉　きよら心に鞭あつる　鞭鳴す馬車の埃や　曼珠沙華に鞭れたり　驢馬を追ひ行く鞭の影

一鞭（ひとむち）　曳馬にくるる一鞭　一鞭の風あり

【睦言】　むつごとを語りあはせむ　その睦言に闇は晴れにき　睦言の夜の譜を　睦言もまだ尽きなくに

恋語り（恋の語らい）　君が昨日の恋がたり　声をはゞかる恋語

睦語　夢路深入る睦語　むつがたりする鰐鮫おもふ

【睦ぶ】（仲良くする）　二人睦びぬ涙ながるる　トランプに或る夜はむつぶ　ひねもすに睦みかはして　睦みし瞳

睦まじき（仲が良い）　名ぞむつましき　女郎花名をむつまじみとき髪に室むつまじの

睦る（なつく）　花に睦れて飛ぶ蝶の　睦れ戯れ　花にむつるるうぐひすの声

和す（仲良くする）　夫婦和し　人間の和のはかなさ

【胸騒ぎ】　かすかなる胸さわぎ　かばかり胸はさわがじな　胸騒ぎは静まらない

不安　ただ不安なる逆光の中　黒き不安の　不安の人は

安気なし（不安）　安げなきこそ　相見ねば安からなくに

【空しき】　虚しくむかふ夜の壁は　たゞむなし　空しき名空しき恋と　心空しも峡の小径に

現無き　うつゝなき君が俤　現なく聞くや

空ろ心 唯眠れうつろ心よ　うつろ心は家に帰りぬ　うつろ心の三十路びと　うつろとなりし胸なれば

虚無 セイカツノ虚無ノ絶頂デ　氷の如き虚無の前

空虚 空虚なる想ひは去れよ　空虚にのこる裸木と人

空白 心理的空白の路　空白の答案用紙と

はかなき はかなかりけり海に来りて　はかなき命　眼にはかなくもこすもすの散る

【胸肉】 胸肉におしあてゝ見よ　胸肉ゑぐる叫び声　魚の腹を胸肉に　胸肉張れる

懐 ふところに小猿抱きて　咲きこもる桜花ふところゆ　ふところの薬わするゝ　ふところに紺の香高し

御胸 われを運びぬ君が御胸へ　少女子は御胸に入りて

胸毛 白き胸毛の百千鳥　胸毛真白に　胸の毛の短か若毛を　さつ男の胸毛

胸元 その胸もとをいまも忘れず　胸もとに虫の入りたる　むなもとのたをりぞしるき

【胸】（心の中） 沈み勝なるわが胸を　わが胸にすむ人ひとり　胸のここにはふれずあなたも　寂しさに胸曇らせて

小胸 よろこびの小胸は躍れ　胸の小琴の音を知るや

胸門 吾が胸のとに君は消えずも　胸門とゞろき　かなしみ強う胸の戸を揺る

胸の鼓 わが胸の鼓のひびき　胸の鼓の鳴るを聞き

胸の火（胸に燃える思い） 胸はしり火に心焼けけり　胸火消えて生ける力の胸の火を　胸の火なほも燻ゆれや

【棟】 棟も落ちたる　棟も沈める　空に溶け入る黒い家の棟

長屋（棟続きの家） 秋の夜の独身長屋　長屋鶏頭燃ゆ

もやい世帯（長屋） 二軒もやひの痩畠　もやひ世帯の惣鼾

アパート アパートの窓灯るとき　アパートのない空がみたくて　少年らアパートの生活を識る

ビル ビル九層　ビルを包みて茜しづけし　月光ビルの渓に満つ　白きビルをとめのごとし

【村】 淋しい村が　路夕陽の村に入る　村古りて水車ものうき　村中に椿の塵の　雨乞の隣り村

小村（小さな村） 銭湯匂ふ小村哉　家四五軒の小村かな　土筆の多き小村に入りぬ

温泉の村 温泉の村や梅散りそめて　大根干す温泉の村

【紫】 紫ふくむ時雨晴れ　むらさきうつす潮哉　むらさきの露青き露　雨の紫　むらさきの夕かげふかき

江戸紫（紫の異名） 江戸むらさきを藍がちに咲く

む

臙脂紫（えんじむらさき）　臙脂紫あかあかと
濃紫（こむらさき）　一葉は寒の濃紫　花葛の濃きむらさきも　黒き
烏も濃紫　菫のはなの濃むらさき
葡萄色（えびいろ）（赤紫）　葡萄色の長椅子の上に　葡萄色の古き手帳に
葡萄色（ぶどういろ）（赤紫）　葡萄色した酒ぶくろ　紫葡萄のしたたる色を
薄色（うすいろ）（うす紫）　うす色の椿もひらく　薄色褪せず　薄色の
衣　薄色の裳　色薄尾羽にあらはれて
薄紫（うすむらさき）　うすむらさきの思ひ出ばかり　薄紫の芽独活哉
藤色（ふじいろ）（うす紫）　お高祖頭巾の藤色に　藤の色こきたそがれに
若紫（わかむらさき）（うす紫）　袈裟の色や若紫に　若紫の朝霞
【村雨】（むらさめ）（にわか雨）　みじか夜や村雨わたる　薄みだれて村雨ぞ
降る　むら雨の夕べはあやし　あはれをそふる夜半の村雨
驟雨（しゅうう）　驟雨は涼を呈して　蕗の葉をかむりて驟雨　驟
雨中ききそれし言　時折の驟雨（スコール）が
驟か雨（にわかあめ）　驟か雨ゆふ毎に降り　俄雨しきりに秋に　驟
雨たたくはげしく
通り雨（とおりあめ）　したゝかぬれし通り雨　通り雨踊り通して
すはやとおもふ通り雨　雫垂りをり通り雨すぎて
私雨（わたくしあめ）　梅雨ばれのわたくし雨や　東京の雨わたくしの雨
【群鳥】（むらどり）　むら鳥すだく梢さびしも　むら鳥のあやな

すすだき　遠ざかりゆく群鳥の　柳の芽食む鶸の群鳥
山の端にあぢ群騒ぎ　尻のすはらぬあぢのむら鳥
群鶴（ぐんかく）（鶴の群れ）　群鶴さつと舞ひたてり　群鶴うつる田の面かな
群鶴の影　群鶴を驚かしたる
鶴群（たずむら）（鶴の群れ）　千代よびかはす田鶴の群　天の鶴群
群雀（むらすずめ）（雀の群れ）　たちてはかへるむら雀かな　粟におもみや村
すゞめ　むら雀立つ　草葉をつかむむら雀
【群れる】（むれる）　鹿のい群るる　群れゐることのやすらかさ
人群れて　鳩群れて飛ぶ　冬河に海鳥むるる
群がる（むらがる）　群がれる星の下をば　むらがりさくよ露草の
花　こすもすの群がる花や
打ち群れる（うちむれる）　労働者らがうちむれて　鴨うち群れて
わが池にうち群るる鯉は　小坊交りに打むれて
固まる（かたまる）　蜜蜂のうちかたまつて　かたまつて浮く目高か
な　かたまりてあひるのねむる
すだく（群がる・鳴く）　提灯行くに虫すだく　浅茅にすだくき
りぎりす　すだける虫も声おとろへぬ
群立（むらだち）　群だてる岩並みの底の　雑草の群立つなかに
群落（ぐんらく）　黄なるカンナの群落に　黒い木の群落が延び
屯（たむろ）　屯する雁も　星のたむろを

群（むれ）　このむれも移りゆくらし　請い願う群れのひとりと

【室】（むろ）〔部屋〕　晩春の室の内　文目も判かぬ夜の室に　室のあかりを見すごして　室の梅　室のとぼそを　室の戸の

部屋（へや）　吾が室の鏡あかるく　屋根ちかき部屋に火あらなく　ただ睡り待つひとりの部屋に

温室（むろ）　温室の白百合路にあふれ　温室の戸を流るゝ露や

室咲き（むろざき）〔温室で早く咲かせた花〕　室咲きの花のいとしく　室咲きの薔薇は　むろ咲の花の息吹に

め

【芽】　いのちの芽のいとし　ナイフのやうな芽が　芽の和む樹々はうれしも　土用芽は見ゆ

木の芽（このめ）〔新芽〕　木の芽かんばし萌え競ひ　木芽萌立　木の芽打つて雪はげし　よこたはるかな木の芽ふく山

物芽（ものめ）〔春の若芽〕　もの芽出て指したる天の　くらくなる物芽をのぞき　尖赤き春芽のちから　物芽の貴賤おのづから

赤芽（あかめ）　赤芽ともしく群立ちにけり　赤芽萌えたつ

花芽（はなめ）　ほぐせば青き花芽ながらに　花種のくはし芽の

物の芽（もののめ）〔さまざまな草木の芽〕　物の芽のほぐれほぐるゝ　ものゝ芽のわきたつごとき　ものゝ芽の香にはや蟻の

葦の芽（あしのめ）　芦の芽に上げ潮ぬるみ　芦の芽のうす紫に　葦の萌に降る春雨の　芦芽ぐむ古江の橋を

角芽（つのめ）〔鋭い芽〕　あしの葉の角芽かきわけ　この岸浅し蘆の角　けざやけき芦のとがり芽

葦牙（あしかび）〔あしの若芽〕　葦かびの角ぐむ見れば

寒芽（かんめ）　その枝々寒芽をふふみ　牡丹の寒芽

冬芽（ふゆめ）〔越冬する芽〕　牡丹の冬芽皮をかぶれり

【目】（め）　ましろき壁に眼をうつしみる　あはれわが眼にわが姿見ゆ　眼が二つあいてゐる　見えぬ眼を窓より放ち

瞳（ひとみ）　かくもやさしき君がひとみに　痛きまでその瞳にうつり　いま瞑ぢむ寂しき瞳　われうつされぬ君が瞳に

御瞳（みひとみ）〔瞳の美称〕　御ひとみは海に向かへり

薄目（うすめ）　凪ぎわたる地はうす眼して　流し目で薄目を笑う

片目（かため）　髪揚げ耳を掻く片眼　機関手の片眼わらひを

円ら眼（つぶらめ）〔丸い目〕　子らが円ら眼　悲しみのつぶら眸ありて　円ら瞳の夢のをののき　涙もつ瞳つぶらに

眼（まなこ）　寂しきものか小鳥のまなこ　眼潤み来

目許（めもと）　めもと笑ませて　臙脂さしたよい目元から

眼窩（がんか）　深き眼窩に　まなぞこに亡きおもかげぞ

網膜（もうまく）　とぢし眼の網膜を透く　網膜に芥子の真紅を

閉じる（とじる）　いま瞑ぢむ寂しき瞳　猫の眼のものうく閉づる　閉ぢしまなぶた

半眼（はんがん） 半ば開く　夏真昼死は半眼に　半眼の羅漢は

瞠る（みはる）　見えぬ眼を闇に瞠りつつ　妙なる眼を瞠る　つぶらかにわが眼を張れば

目が光る（めがひかる）　蛇の目が光り　蛇のごと眼のみ光りぬ　鳥の眼光る　光る眼の稜　負けぬ気の瞳光らせ

目配せ（めくばせ）　わがたましひに目くばせぞする　めまぜしつ

目を放つ（めをはなつ）　雪嶺に眼を放つ　見えぬ眼を窓より放ち

【夫婦】（めおと）　めをとにはあらぬふたりの　解けぬめをとの縁こそ　夫婦向きあひ畑をうつ　ものいはず夫婦畑うつ

妹背（いもせ） 親しい男女。夫婦　蛍来て妹背の蚊帳に

夫婦（ふうふ）　こゝに貧しき一夫婦　夫婦して耕土の色を

老夫婦（ろうふうふ） 年取った夫婦　蕨とるなり老夫婦

【眼鏡】（めがね）　眼鏡の枠に月あふれ　銀縁の眼鏡さびしき　眼鏡の玉に見えし青き空　若き医師の眼鏡すずしき

黒眼鏡（くろめがね）　眼を病みて黒き眼鏡を　サングラスかけて紅唇

老眼鏡（ろうがんきょう）　老眼鏡をしりぞけて　礎石に老眼鏡発掘者

片眼鏡（かためがね） 片方だけの眼鏡　夜はふしぎな片眼鏡をもつて

鼻眼鏡（はなめがね）　若きお医者が鼻眼鏡かな

水眼鏡（みずめがね）　四季の水眼鏡　子の河童潜水眼鏡をかけにけり

天眼鏡（てんがんきょう） 拡大鏡　天眼鏡をそばに置く　手相見の天眼鏡

虫眼鏡（むしめがね）　目に押しあつる虫めがね　病中記虫眼鏡もて　虫めがねの中なる悲哀　のぞく虫眼鏡

万華鏡（まんげきょう）　無期限に万華鏡を開く　幼年の手に回す万華鏡　覗き眼鏡がとりどりに

ルーペ　片眼より拡大鏡を外し　持ち重りせる拡大鏡を

【女神】（めがみ）　女神の御手にいだかれて　耳もとに女神さゝやく　花のこかげにめ神たゝずむ

姫（ひめ）　水姫を誰知らむ　姫が胸乳も　沼姫ふきしあさ風が　天姫またも下り来て

春の女神（はるのめがみ）　春の女神快楽の鼓　かなしげなはるのめがみ

春姫（はるひめ） 春の女神　春姫か天つ新室　春姫朧の月に打つ　春姫おくるつとにさゝげん

佐保姫（さおひめ） 春の女神　佐保姫に召さるゝ妹の　佐保姫が花をもよほす　佐保神の別れかなしも

夏姫（なつひめ） 夏の女神　来し夏姫が朝の髪

秋姫（あきひめ）　秋つ姫けふを別れと　秋姫がいまはの曲と

龍田姫（たつたひめ） 秋の女神　龍田姫秋の別の　青空高し立田姫

橋姫（はしひめ） 橋を守る女神　橋姫の片敷き衣　宇治の橋姫

月姫（つきひめ）　月媛のおもはをかくす　ほのめき出づる月の姫

【恵み】（めぐみ）　言の葉の尊きめぐみ　月の祝福をうくるこの

め

時雨の恵み　露のめぐみや捻銭　天地の恵にあるゝ
恩　いのちの限り妻の恩　下闇に火の恩ふかき　道徳は母の恩
恵む　羽翼を恵む　めぐみそめたる草にながるゝ
【芽ぐむ】　枯れはてし薄や芽ぐむ　柳芽ぐむを待つばかり　夏草の種芽ぐみ初めけり　花咲く春に芽ぐみそめけり
芽吹く　若芽ふきたつ　この降る雨に芽ぶかむとして　芽吹く樹の　木々はきほひて芽ぶきたるかも　芽を吹く榾の　またおほらかにわかき芽を吹く
角ぐむ　水に角ぐむ芦一寸　つのぐむほどの春風ぞ吹く
発芽　発芽する馬鈴薯　初芽すぎ二の芽摘むべく
芽立ち　街ゆけば芽立の光り　護謨の芽だちの紅あはあはし　新芽立つちまたを一人
芽生　あざやかなる芽生の　ゆゑわかぬ性の芽生は
【巡る】　めぐる林の蜩のこゑ　名月や池をめぐりて
た徘徊る　海のほとりをたもとほり　林の中をたもとほり　たもとほり夜をさ迷へば　夕たもとほる浄土寺の里
巡り　出で湯めぐりのかへるさに　四国めぐりの旅をこそおもへ　思ひあぐねて丘をひとめぐり
行き巡る　島山をい行き廻れる　行きめぐり君を思ひ出　あをき磧をゆきめぐり　ゆきめぐりコスモスを切る
磯回 磯めぐり　いそわの千鳥磯回するかも
【飯】　豆の粉めしに蝶ひとつ　あついめしがたけた　もつさう飯のぬくみが顔に　鶴はみのこす芹の飯
小豆飯　盆に乗せくる小豆飯　小豆の飯の冷たるを
飯 めし　相寄りて飯は食めども　蛸の飯食す　芋の広葉に飯たてまつる　悲しきときは飯減りにけり
強飯 おこわ　茶を掛けて硬き飯はむ　淡雪かゝる酒強飯　赤飯の湯気あたゝかに
白飯　白飯を器に盛りて　飯の白きを見るは眼痛し　酢のにほふ白き飯喰ふ　片山里の飯白し
雑炊　魚に喰あくはまの雑水　雑水あつき藁屋哉
菜飯　菜飯につまん年の暮　うすき縁や嫁菜飯
麦飯　麦飯に痩せもせぬなり　麦の飯饗したまひぬ
握飯　野中の握飯　玉のごとしや握り飯　握りめし食う
海苔　新海苔の艶はなやげる　蕎麦にかけたる海苔の艶　あげ潮に屑海苔漂ふ
乾飯 旅行用の干した飯　餉にからき涙や　峰の茶屋に壮士餉す　干飯少しばかり

【目路】目の限り　目路のかぎりのをちこちの　うみ山の目路のかぎりを　わが目路遠く秋の鳥ゆく　眼路遙かなる

視野　わが視野が水底の如く　視野もたぬ盲いの魚のわれは視野の中に虐ぐ

正眼　一人一人を正眼みて　現目にし見つゝ思へば

眼界目の前　まながひに青空落つる　眼界の鳥の行方をまなかひの老樹の幹の　眉間に顕つふる国

眼前　眼先に麦は穂にでて　丈の黒髪まなさきを過ぐ

眼近　眼近に向日葵の花　陽のあきらけきを眼近に見る

目の当たり　まのあたり天降りし蝶や　まのあたりみちくる汐の　まのあたりなる花をたばかる

見ゆる限り　見ゆる限り山の連りの　船影の見ゆる限りを　見ゆるかぎり火を発す星　東塔の見ゆるかぎりの　満眼の黄塵に

目の限り　目の限り春の雲湧く

【目印】　軒の戸に目印しつつ　目印の笠

朱印　印影の朱のあざやかに　斑碧の朱肉

焼印　焼印となり皮膚に残さる　冷酷な烙印の

烙印　緬羊の背の数字の烙印　嫉視の烙印　呪詛の烙印

【珍しき】　長崎に雪めづらしや　めづらにつどふ　うらめづらしき秋のはつ風　ふめる足跡あやにめづらし

珍しみ珍しく思い　花のしろきをめづらしみ　朝な〳〵めずらしみ見ぬ　秋風をうらめづらしみ

珍　珍のバナナはそろそろ剝く　うづのさか鳥今かき啼む　山ふかく得し珍の杖とふ　うづの白米をわがかしぐ

珍らか風変わり　めづらかに霧のおくがゆ　その美しさめづらかさ　珍らなる月の世界の　珍らなる新らしき香に

珍宝宝物　世の珍宝　神より賜びし珍宝　珍の宝の貝の葉に　今はむなしき珍の宝

珍玉宝物　しぶきが飛ばす潮の珍珠　何物の珍の玉ぞも

【めでたき】　心めでたく今日もありけれ　はつ春のめでたき名なり　散るぞめでたき　金無垢の本尊めでたく

めでたさ　目出度さもちう位也　目出度さも人任せなり　児のめでたさ　母屋のけぶりのめでたさよ

【愛でる】　くちびるのさむきを愛でて　ただうつくしと愛でてやみしか　灯かげめでゆく　父が愛でにし

愛で痴る　遠方のめでしれびとに　なほ愛で痴れぬ

寵寵愛　君は寵の子　綿虫に天光の寵　寵さめて

愛する　誰からも愛されたくない　影を愛す　こころしてわれを愛せよ　われを愛すと云ひたまへ

慈しむ　軽鴨の子をうつくしみ見む

【目の色】青き目　藍色の眼の美くしや　瑠璃の瞳を
目見青き　生胆取の青き眼が　瞳の青い異人さんは

赤き目　けだものの赤みだつ眼を　銅の眼を

黒き目　革命を説きし師の黒き瞳　黒眼ひたと　黒瞳にほひかがやき　愛しきひとの瞳黒く

黒眼がち　君稚児髷の黒眼がち　黒眼がち上目する時

茶色の目　死に到るまで茶色の瞳　茶いろの瞳をりんと張り　なにか凝視むる金茶の眼

【めまい】　めまいして得し何失わん　星のめまひ

くるめく　日輪もさけびくるめき　わが目くるめく　月が眩めき　眼くるめき　赤き眩暈の中　若き命の眩暈

目がくらむ　眼は眩み　いきどほりに眼くらみ来　朝より眼くらめり　眩き恐れたゆたふ　目くるる心ち

【眼を病む】　眼を病む妻が洗髪　病める眼に黄金まばゆき　眼を病めば起居をぐらし

近視　布剪る間近視めく　つかれてわれの近視めく眼よ

失明　失せし眼に　眼も鼻も潰え失せたる

盲いる 視力を失う　島に盲ひて　盲ひての今朝は　島の院に盲ひつつ聴けば　盲ひし眼を見ひらきをれば

【麺】素麺　手うち素麺戸ごと掛け並め　座って素麺をたべている　ざぶ〳〵と素麺さます

饂飩　ねこ舌にうどんのあつし　熱きうどんを吹き啜る　鍋焼饂飩がとほります　饂飩屋の声もかすみて

【面】 お面　月下の森に面の舞　乱舞する花面白き　おにのおもてを　舞人の面　形

仮面　男の仮面剝げし　偽りの仮面をぬげば　いくつかの仮面をもちて　なほ棄てがてのわが仮面

【面会】　面会の兄と語らふ　面会の父なる人にあらたまる

見える お目にかかる　またまみゆべき日をおもひつつ　女あるじに見えけり　随身の美男に見ゆ

も

【喪】 喪中　美化されて長き喪の列に　母の喪に入　おほははの喪におもむかん

喪章　われの喪章は売ること勿れ　黒き喪章の蝶とべり

喪に籠る　冬籠喪にこもるかに　喪にこもる藤咲きいでし

【藻】　藻の寄りぬ思ひの根など　梅雨の藻よ恋しきものの

花藻 藻の花　誘はれて行く花藻ある　花藻たゞよふ

藻の花　藻の花に鷺佇んで　藻の花の楽譜の如し

磯草 海藻　磯草のにほひ　磯草の斑に　磯草の流るる沖に

磯草むらはうれひの巣　磯草むらの螽斯

磯菜　海藻　磯菜遠近砂の上に　磯菜すゞしき島がまへ

海草　藻　海草を干す手つだひをする　海草の赤き実

玉藻　美しい藻　か青なる玉藻沖つ藻　なびく玉藻の水隠れて　玉藻刈る処女を過ぎて　水底に生ふる玉藻の

流れ藻　春潮に流るゝ藻あり　流れ藻も風濁りして

水泥　淡水藻　水泥掌にあまりて　うは温む水泥がなかに　銀の水泥を　水泥かぶりぬ　青みどろなす蚊帳のゆれ

藻草　藻草焚く青きけむりを　足に藻草をからませて

【毛布】　いと古りし毛布なれども　毛布敷きやる夜汽車かな　赤い毛布と栗の木下駄で　短かくて毛布つぎ足す

ブランケット　ふらんけつと赤く濁れる

【燃える】　もゆるがままに燃えしめよ　燃ゆる火の火なかにありて　わが瞳燃ゆわがこころ燃ゆ

炎炎　門もくれなゐ炎炎と　坂はびろうど夕日炎炎

焼け爛れる　焼けたゞれたる鉄骨が　焼け爛れたる路

【萌える】　芽を出す　春雨に萌えし楊か　土のゆるみを萌えいでて　萌ゆる林を出で来たる　つくづくし萌ゆ

萌　冬萌えのおちばすきまに　雑木の萌のかがやけば　蔓の葉の萌　萱ざうの小さき萌を

草萌　野辺てふ野辺の草萌えて　草萌えてあかるき山の　杭の空洞に萌ゆる草

下萌　下草が萌え出す　下もえの草葉にかゝる　下萌えの崖を仰げば　柴焼いて下萌の風　下萌ゆと聞けば恋しき

萌野　萌野ゆき紫野ゆく　萌野の春の四葉草

【木魚】　木魚の声は静なり　昼の蚊を吐く木魚哉

鉦　冬の枯野にうつ鉦の音　鉦の真似してなく水鶏

撞木　小さき鐘撞木とりそへ

【潜る】　羽毛のあいへもぐる蟻

潜く　水にもぐる　かづけども波のなかには　波を潜きて　磯の浦廻に潜するかも　鵜八頭潜けて川瀬尋ねむ

潜女　海人　かへらず消えず潜女の　潜女の深き業とぞ

潜水夫　みな底のもぐりの男　海のうねりに潜水夫あらはる　もぐりは海の珊瑚とる　潜水夫の服のほされたる

【文字】　青いギリシャ文字は　青空に指で字をかく　波爾杜瓦爾らの横つづり　その幕の羅馬字よ

活字　つしやかにおしたる活字　活字となりし嬉しさよ

金文字　金文字の古き洋書の　金文字の古き蘭書に

象形文字　不思議な象形文字をゑがく　象形の文字ををしへぬ　氷上に象形文字

草書 草書したり暮れゆく春を　草の手に　人の草仮名

飛礫文字（一字ずつ離してかいた字） 空にさびしや礫文字

梵字 梵字を刻す五輪塔　梵字曼荼羅冷やけき

片仮名 吾子に書きやる片仮名の手紙　片仮名の歌のはがき

仮名 ひら仮名の雀のお墓　平仮名の吾子の手紙を　仮名文字で「涙」と記して　仮名かきうみし子に

仮名文（かなで書いた文・手紙） 仮名文の御経の秘密

【黙す】（だまる） 黙し居らばこころ狂はむ　山黙し水さゝやきて　うき秋の恨はもだせ　許さまく待ちもだゆるを

打ち黙す 打黙したる青のゆづり葉　うち黙しつつうち黙し涙ぐみたる　打ち黙し行く一群れの兵隊

黙る 暗き厨に押しだまり　撫子の花が黙つて見てゐた　土瓶とだまりこんで居る　鳥がだまつて

黙 墨工の黙ひに佳し　滑かに黙に押しゆく　渚に黙ふかし　ぴあのの黒は黙ふかく光る

もだしき 楽焼のもだしき情　眼のもだしを

寡黙 寡黙の国　避けている汝の寡黙と　父寡黙

沈黙 沈黙は青い雪のやうに　白き沈黙を　強ひる沈黙　無窮の沈黙　沈黙へ根を張る樹々の　愛と沈黙

黙然 年寄りて黙然とゐぬ　港に入りぬ黙然として

【凭れる】 破船に凭れ日向ぼこ

凭れ心 文机にもたれ心の　行く春のもたれ心や

凭る（もたれる） 凭り馴れて句作柱や　わが肩に凭る　枯れゆく日なり君に凭らねば　砂浜船に凭りてかたりぬ　やはらかき腕に凭りて

戸に倚る ゆふぐれの戸に倚り　玻璃戸に倚れば

寄り添う うつむきがちに寄り添ひて　背をかがめ炉に倚り添へる　心よりそへる　孤鶴はあはれ寄り添はず

【餅】 餅焦げる匂たまく　餅火の上に膨張す　三十日にちかし餅の音　五人が搗きし餅伸びる

餅 粟のもちゐをあぶるうち　焼きもちひ　蕎麦もちひ惜しみ　餅まゐらせ　けふのもちひを柏葉にまく

亥子餅 ゐのこ餅紅濃くつけて　紅つきまぜよゐのこ餅

鏡餅（正月のお供え餅） 御鏡にする一臼へ　餅に飾り海老

寒餅（寒中に搗いた餅） 寒の水寒餅ひたし　寒餅のとゞきて雪と

雑煮 三椀の雑煮かゆるや　ひとりで食べるお雑煮

【餅菓子】桜餅 陽のはなやかに桜餅　桜餅二月の冷に　さくらもち供へたる手を　雨はかなむや桜餅

御萩 おはぎを片寄らして　吾子はお萩を手づかみに

も

草餅　草餅食み　笹餅作るおほ母の　うはさあれこれ草の餅　春なればよもぎの餅も　草餅に焼印もがな

白玉　白玉や夏書疲れに　白玉のごと身の冷えにけれあたりにあるは白玉の風　白玉やひんやりとして

【もてなす】　熱きあづきをもてなされ　もてなすに金平糖や　花でもてなす山路かな

馳走　蚊のちいさきを馳走かな　この風を御馳走しよう　旅の馳走に　馳走する子の痩てかひなき

もてなし　もてなしにみさごのすしや　もてなしの蓮華飯など　蕎麦太きもてなし振や

あるじもうけ（もてなすこと）　あるじまうけと成し摘草

【もどかしき】　時雨をばもどかしがりて

心許無き　心もとなき夕餉かな　爪をみつむる心もとなさ　心もとなき春のゆふぐれ　心もとなき雨

歯がゆき　歯がゆしと打ち据うるとも

【物合】歌合（和歌の優劣を競う遊び）　うたあはせ果つれば雨に　心をよめるうたあはせ　詩歌合

絵合　絵合に君の御心うち解て

香合（香をかぎわける遊び）　赤玉の香合置けり

花合（花比べ）　すみれあはせにけふも一日　女郎花合

もてなす――ものがなし

【物思い】　ものおもひけふは忘れて　人ははかなき物思ひする　物をもいはず物おもひがほ

物思う　もの思ふ家の小暗さ　はたまた雪に物ぞおもふ　もの思ひ居れば蜘蛛ひとつ来ぬ

物思い　ものもひにこもりて　物もひの深きこころに

物思う　うちふしてものもふ　たそがれをひとり物思ふ　物思ふと寝ねぬ朝明に

思種（物思いの種）　思出ぐさに　おもひの草の繁りあふ

思い寝（思いつめて寝る）　君をよすがら思ひねの　思ひ寝のゆめかとぞおもふ　誰が思ひ寝と　思ひ寝の夢の枕に

【物語】　瓜小屋に伊勢物語　越物語われに書かしめ星の物語書く貧困も　むかし物語

歌語（歌物語）　歌がたり夜はふけにけり　歌がたりかつ歌詠みて　アイーダの歌ものがたり　人の語る歌物語

メルヘン　相病む夜毎メルヘンに寄る　メルヘンとなりゆく熊も　メルヘンとチヨコレートが一ぱいです

【物悲し】（なんとなく悲しい）　迷眩の物哀しさよ　今日の夕日は物がなしけれ　千々にものこそかなしけれ

愁い　さはあまきうれひの華よ　身につもりたる愁ひのはてに　甘き愁を眼にみせし

も

物憂き(ものうき) 気がふさぐ　高灯籠ひるは物うき　林檎とるだにものうき日かな　月は懶く喫つてゐる

哀愁(あいしゅう)　哀愁の呉須の唐草　そこはかとなき哀愁に

春愁(しゅんしゅう) 春のもの悲しさ　春愁や櫛もせんなき　春愁の子の文長し　春の愁の人ふたり　春愁の妻に紅茶を

情愁(じょうしゅう)　うすい午後の情愁を

情緒(じょうちょ)　魚の性はせんちめんたる

【物腰】(ものごし)　少女に似たる君が所作　女役者のものごしの

仕草(しぐさ)　日向にあそぶ子のしぐさ

佇まい(たたずまい)　高千穂の峯のたゝずまひ　そのたたずまひ

手つき(てつき)　かろき手つきに　おどけたる手つき顔つき　笹粽ほどく手つきや　をさな女童の手ぶりは愛し

振舞い(ふるまい)　いとけなきふるまひ愛し　振舞ひ著し蜻蛉のむれ　ふるまひかなし生けるものゆゑ　春の振舞

ポーズ　見抜かれながらポーズのひとつ

【武士】(もののふ)　武夫のうらみ残れる　騎馬の武士唯一人　つるぎ洗ふ武士もなし　ものゝふの露はらひ行

義士(ぎし) 赤穂浪士　泉岳寺なる義士の墓　陽炎もゆる四十七

落人(おちうど) 敗残者　駒にして落人よぎる　落人を駕籠屋のゆする

落武者(おちむしゃ)　いでや落武者まてしばし　落武者のように

侍(さむらい)　春風や侍二人　遠侍の鼾かな

兵(つわもの)　兵共がゆめの跡　もんごるのつはもの三人

武士(ぶし)　北面の武士　やっぱり昔の野武士の子孫　武士一腰の裏つゞき　恋わたる鎌倉武士の

古強者(ふるつわもの) ベテランの武者　ふる兵物にて　手練の旧兵も

武者(むしゃ)　武者二騎来る　長しき武者　老武者の鎧つくらふ

【物干】(ものほし)　もの干しに来居る烏は　物干を楓の橋や　物干に女出て来て　物干竿は空に往き

竿(さお)　鳥の竿にも雫とやよむ　洗濯竿が　竿続ぎ足すや

竹竿(たけざお) 竹の竿　枯木の中の竹三竿　三竿の竹の秋

乾す(ほす)　物を乾すわが庭の木に　木柵にかけて乾したり

【物見】(ものみ) 見物　珍ら物見の　雛の大路の物見の車　物見台の上にゆつたりと　櫓だつ不開の間

蛍狩(ほたるがり) 蛍見物　みな高声や蛍狩　初蛍握って戻る　蛍見や声かけ過ぐる　ほたる見や船頭酔て　蛍見の膳

祭見(まつりみ)　祭見に洛中こぞる　獺の祭見て来よ　祭物見のしつらひや　祭物見の大店の　祭物見の前の夜を

紅葉狩(もみじがり) 紅葉見物　花のはやしを紅葉狩　空は瑠璃なり紅葉狩　高嶺づたひや紅葉狩　紅葉狩時雨るゝひまを

紅葉見(もみじみ)　物いひて見る紅葉哉　紅葉見の岩に水取　紅

葉見や用意かしこき　紅葉見て君がためとや
梅見 梅の花を観賞　梅見がへりの女づれかな　梅見かな
探梅 早咲きの梅を鑑賞　道に迷ひぬ探梅行　来馴れし谷や探梅行
探梅の馬車ゆるること　探梅に馳せ参じたる　探梅行鶏おどろかし

【万有】　万有音をひそめて　万象の愁のうへに　ものみなの眠りひそまる　森羅万象寝しづみ
万象　万象の演説に耳をすまさう　万象の朝を祝ふ
夏山や万象青く　万象の春のよろこび
万物　今日万物の美くしさ見る　万物の木地
万　よろづの事は教へらる　万の秋に　万の綾羅に

【喪服】　喪服着たまゝ寝そべりし　水いろさむき喪服かな　汗ばむ喪服　帯も真黒く喪の衣なり
麻衣 上代の喪服　麻衣着ればなつかし　麻のさごろも
藤衣 麻布で作った服・喪服　塩焼く海人の藤衣　片敷く藤の衣手に
藤衣はつるる糸は　藤衣きむ　藤の衣を
霞の衣 墨染め　霞のころもあつく着て　霞の衣たちかさね
墨染衣　かへらぬ色はすみぞめのそで

【紅葉】　深き紅葉の色に染めて　雲ふんで紅葉をわたる　さくらさへ紅葉しにけり　大紅葉燃え上らんと
薄紅葉 色づき始めた紅葉　竜胆の葉の薄紅葉　竹切山のうす紅葉
片紅葉　南に片紅葉
草紅葉 千草の紅葉　草の錦に白き手を　草紅葉バスを待つ客
砂浜や草紅葉して　草もみぢ霜にさびゆく
黄落　黄落をまつ銀杏　旅鏡ひらく黄落　銀杏黄落す
濃紅葉　濃紅葉に日のかくれゐる　濃紅葉あかりくらきほど
したひ 紅葉すること　したひが下に鳴く鳥の
下紅葉 下葉の紅葉　車明るき下もみじ　発荷の渓の下紅葉
下葉もみづる　下もみぢほのかに黄なる
谷紅葉　失せし日かげや谷紅葉　谷の紅葉かな
錦 紅葉を錦にたとえる　石にも着せたる錦かな　梢の錦風にたたれて　水の上に錦織り出で　みやこぞ春の錦なり
初紅葉 その秋、最初に目にした紅葉　肌のさむさよ初紅葉
紅葉葉　もみぢばうつろひにけり　もみぢ葉を幣と手向けて
黄葉ず 古くは「もみつ」　校庭のポプラ黄変る　もみぢつつうつろひゆくを　時雨れつつもみづるよりも
夕紅葉 夕日に映える紅葉　疲れし我や夕紅葉　夕紅葉谷残虹の
煙れる門の夕紅葉　夕山紅葉　片面赤し夕紅葉

も

散紅葉　涙や染めて散る紅葉　柿紅葉散らふををしみ

照葉（光沢のある葉）　白南風の光葉の野薔薇　泰山木の照葉かな

【百】　百品の旅の仕舞や　百樹茂く山は木高し　百世の春を窺ひて　百色のエーテルを

色色　秋色々の竹の色　土いろ〳〵の草となる

種種　くさ〴〵のあやをりいだす　古町の路くさ〴〵や

百重（幾重にも）　山もも重かさなるものを　百重なす　百重山越えて過ぎ行き　山は百重に

百草　もも草の花のひもとく　百草の中に選りたる

百鳥（色々の鳥）　百鳥の声の恋しき　百鳥のこゑの飛びみだれつつ　百千鳥さへずる春は　榎の実もり喫む百千鳥

百船（色々の船）　港なる百船の　百漏の船　百船人も

諸鳥（色々な鳥々）　大比叡に棲める諸鳥の　諸鳥啼くや雲のうへ

【桃色】　桃色の扁桃腺に　もも色の靄の中より　桃色の春かぜの吹く　桃いろの湯気に　万灯の上の桃色の月

仄赤　火の星のほのかに赤し　仄に赤しわが心　ストーブの口ほの赤し　合歓の花ほのかに紅く　埋火の仄に赤し

薄赤き　猫の舌のうすらに紅き　うす赤き暮靄のなかに　すかんぽのうす赤き茎の　薄紅の睡蓮咲きし

薄紅　うすくれなゐの秋のかげろふ　うすくれなゐの薔薇よりうすくれなゐの空にふるあめ

薄紅梅　薄紅梅の頬のいろと　枝垂れ明りや薄紅梅

薄紅　うす紅の楕円の貝を　ほのくれなゐの合歓の花

薄桃色　うすもも色の朝のしめりだ　薄桃色のぼけの花　うすももいろの花びらが　うす桃色の春の初めを

桜色　桜色の顔して　さくら色した肉付に

鴇色　鴇いろのはるの樹液を　夜の淡紅色よ　薔薇は薄紅いろ　淡紅色の扱帯のはしよ

肉色　肉色の春月燃ゆる　ほの肉色の昼顔のはな

薔薇色　薔薇いろの頬とすれちがふ　濡れた小蟹か薔薇色に　薔薇色の波畳む朝あけ　薔薇色のとかげの背こそ

ピンク　セクシーピンクの口紅投げろ　サモンピンクの裳裾夢もつ　ピンクの皮膚温　さうな兵

【靄】　ねむれる馬や靄の中　花くれなゐの靄たちのぼる　寺寺靄し月のぼるとき　君が車の靄ごもりゆく

朝靄　朝靄の匂ひただよふ　夜あけの靄に　むらさきや靄のあけぼの　靄晴れて朝日かがよふ

寒靄（冬の早朝や夕方の霧）　こごりて白き寒靄のいろ

皐月靄　皐月靄かをれる朝の　水は淀みて五月靄

暮靄（夕もや）　暮靄の海ひとつあれ　秋もきはまる菜に暮靄

暮靄のなかに散る桜ばな　立迷ふ春の暮靄の

夕靄　菜の花ばたけ夕もやこめぬ　夕もや青く澱むまで　夕靄にうるめる灯をや　蒼き夕靄遠なびき

【舫う】 舟をつなぐ　水車船瀬々にもやひて　むやひたる船　いづこにか舫へる船ぞ　船は舫いて睡れり

泊つ 碇泊する　雪に泊つ　泊つるや小舟船越の　高き帆柱町に泊つ　千船の泊つる　泊てし舟人　舟は泊つ浜磯問はず

船繋ぐ　船を繋ぐ妓楼の裏や　かいつきたてゝつなぐ舟　繋船岸の日ぞかげりたる

懸り舟 碇泊中の船　秋つしまねのかゝり舟　夕暮かけて懸り舟　いづち去けんかゝり舟

泊り舟　泊り舟そと扉をくれば　船に睡らんとする

船繋り 碇泊所　鬼すむ島に舟がかりしぬ　ただ生涯の船がかり　突堤ちかき船がかり

纜 船を陸につなぐ綱　ともづなのつかりし水や　ともづなに水鳥並び　纜　ますぐなる

舫い綱 船を陸につなぐ綱　もやひ切れたる捨られ小舟

【燃す】　薬缶の下をもやし付　土くれ燃してあたゝまる　薔薇いろの火に燃されながら

焼べる　湯ぶねより一とくべたのむ　柴折くべる

焚く　火を焚く墓と墓の間　焚きつけて妻は何処へ　焚きすさびたる　物焚きしかをるころもの

燐寸　燐寸買ふ霜ふけし家　靄に燐寸の火をもやす　マッチ擦れば焰うるはし　マッチをすれば湖は霧　ただ掌の中にマッチ擦るのみ

火吹竹　目鼻もわかず火吹竹　手作りの吹竹で

【模様】　和服地にピカソ模様は　緑陰日の模様　枝葉模様を　光琳もやう　古代模様の　象徴模様　諂曲模様

花模様　花模様青き単衣着て　花模様の魯西亜更紗の

花文 花模様　花文の氈をゆすりて　花文の象はましろくて

文目 模様・様子　紅梅にある文目かな

唐草　唐草模様の音を描いて　染めた模様の唐草は

小紋　霰小紋の両つばさ　染め急ぐ小紋返しや

蛇紋　青き蛇紋の　蛇紋の諸岩　蛇の紋ある円柱　蛇紋の峯はかしこに黒く

巴　芹もまた巴まんじを　巴の紋を水に置く

紋　移り行く早瀬の紋を　羅の大きな紋で　螺鈿の紋のおかれし机　蜘蛛のいに紋をつくれる

【森】　森に降る夕月の色　森の上なる蝶の空　追憶の森　森には森のゐたたまれなさ　森は風を待つてゐる

も

樹海(じゅかい) 森林 樹海の中の東大寺　樹海をなかば雲おほひけり　樹海の風の末端に鳴る　ほととぎす樹海の波に
森林(しんりん) 寂寞の大森林を　青黒き森林帯へ
密林(みつりん) 密林の詩書けば　富士の密林　密林や少し明らみ
森蔭(もりかげ) 森かげの小さき社は　夕虹かゝる森かげにして
森の奥(もりのおく) この森の奥どにこもる　この静けき森の奥がを

【盛る】 大き小さき盛りあげて　枕辺に花盛りつらね　顔あらふ器に盛れり　西崑崙の雪を盛る　椎の葉に盛る
飯盛る(いいもる) 朱の椀にすこし飯盛る　昨日のごとく飯を盛る
籠に盛る(こにもる) 美果実籠に盛りて　ねぶるも交り籠にもられけり　美しう籠にもられて
笥(け) 食器 家にあれば笥に盛る飯を　旅にしあれど笥の雑煮　笥にもりてたむくる水は　笥に入るる
高坏(たかつき) 食物を盛る台 高坏に盛り机に立てて　高坏の燭は

【両】 両方。すべて もろ葉の露のしたたりの
双眉(そうび) 左右の眉 春愁の双眉かぼそく
両腕(もろかいな) ふとりじしなる双かひな　両親の四つの腕に
両肩(もろかた) 双肩高き岩の鳶　両肩に我と汝を負ひ
両耳(もろみみ) 両の耳蔽ふ蒙古帽　一双の耳
両頬(もろほ) 諸頬につけし紅のいろも　柿まろかりし双の頬
両足(もろあし) 踏みしむるこのもろ足よ　もろあしをゆたけくのべて
両羽(もろは) ひるがへる蟬の諸羽や　両羽鋭どくあまがける
両膝(りょうひざ) 夕餉の両ひざをそろへる　膝と膝に月がさしたる

【両手】 もろ手を胸に組みて居り　諸の手に汝と我と擁き　両の手に乗せて給仕や　両の掌に輝りてこぼるる
両手(りょうて) 両手伸べて　入れものがない両手で受ける
双の掌(そうのて) 双の掌をこぼれて了ふ　双の手に大きゴム毬　拡げし双手の虚しくて
真手(まて) 両手 宮人のまてに捧げて

【紋所】 紋章 皆見覚えの紋処　黒羽二重の五ツ紋
亀甲(きっこう) 紋所の名 亀甲の粒ぎつしりと
定紋(じょうもん) 家々で決まっている紋。家紋 定紋つけた古い提灯が
紋章(もんしょう) 紋章の蝶 消え春　かの石牢の欠けた紋章　やみよの紋章　その車なる紋章よ　紋章のごとき意味をもつ

や

【刃】 研ぎあげて青むやいばの　君をまもりの刃とぐ身ぞ
刀(かたな) 刀にかゆる扇かな　秋の夜を守る刀かな
木太刀(きだち) 赤い木太刀をかつぎつつ
白刃(しらは) しら刃もてわれにせまりし　正宗の白刃ぬきもち

太刀　太刀佩て恋する雛ぞ　片刃の太刀をひらめかす

長刀　長刀じゃしょせんいかんと　長刀にちる蛍哉

刃　桜大枝刃もので切りし　われしろがねの刃を投げむ

槍　槍の穂に夕日宿れり　槍のごとくに涼気すぐ　槍を投げ込め太陽も

【館】　やかたの欄に寄する白波　館のまへをたもとほる　君　花の香高き朝館　わだつみ色の館より

神殿　神殿の御格子おろす　神殿は野茨なり

館　いでたまふ館の姫　またこのたちにつどひけり　江の島道の向日葵の館　武者の館とぞ

夏館（涼しげにあしらった邸宅）　時計鳴るなり夏館

古館　かはたれ時や古館

御館　そゝり立つ御館のみどり　御館の上の

屋敷　屋敷のあとの野梅哉　かなかなや欅屋敷と

洋館　洋館のいろの青くつめたく　新しき洋館建てり　日向ぼこせる洋館の　屋根赤き洋館群れ建ち

【屋形船】（船遊びの舟）　花散る雨の館船　庚申まちの舟屋形　屋根船といふもの絶えて

牡蠣船（牡蠣料理の船）　牡蠣舟に上げ潮暗く　牡蠣船のゆるゝとしらず　蠣船の霜を見てゆく　料理の舟や舟遊び

御座船（富裕な町人が川遊びに用いた）　御座船の楽豊かなり

遊船　灯せる遊船遠く　遊船のさんざめきつゝ　遊船の提灯赤く　遊船に舞ひし女を　かの大川の遊船に

楼船（屋形船）　楼船にあるここちする　楼船のやうな

【薬缶】　薬缶が物憂い唸りを　やかんのふた踊る　薬缶の音がしてゐます　薬缶日のぬくさまでさめ

鉄瓶　鉄瓶もひるね　鉄瓶のたぎちの音も　鉄瓶の下しらしらと　向ふ文火に鉄瓶の　鉄瓶の冷えに驚く

土瓶　ひよいとさげた土瓶が　紅茶土瓶の湯気の夜の

【焼物】楽焼　楽やき窯もわか返りたり　楽の茶碗を見に来わが背子

赤楽（楽焼の一種）　赤らくの色の潤ひ　今焼ける赤の楽焼

土器（素焼き）　土器を投ぐれば　瓦けの土の器に　土器を掘る木の間の畑に　土器に花のひつつく

土焼（素焼き）　つちやきの狸と猫と　土焼の楽焼作り

彩絵（上絵）　またなき彩絵なり　琉球彩絵を画かうと

陶器　陶は磁よりもあたゝかく　陶器の舗の招牌の

陶器　しがらきの陶焼く岡の　机なるしろき陶器　足もて蹴あげ陶物を　陶物のかけら　陶物の生命愛でつつ

陶人　陶人の作れる瓶を　陶器師はろくろ廻せる

や

瀬戸　瀬戸皿に手をかけて　瀬戸物のなめ〳〵白き
素焼　楽焼の素焼の埦に　素焼の瓶にかもしける
釉　素焼の碗に今朝薬掛く　なまこ薬にうるほふ陶器
楽焼師　土弄そぶ楽焼道人　大き聖の楽の道人
七宝（金属の表面にガラスの釉を焼き付ける）　七宝のごときらきらと　七宝の縁
飾　七宝のごと雲ならぶそら
土いじり　土いぢり飽かず　つれづれと土いぢり居し
手捏　手づくね茶碗古りにけり
轆轤　冬ざれの独轆轤や　ろくろ廻るがただうれし
【役者】　女役者の肌ざはり　蟷螂いでぬ役者のやうに
寝顔見らるる旅役者　旅役者にもまじりていなむ
女形　旅の女形もさし覗く　おやまの顔に日があたる
役　脇役にその人を得て　子役いたいけ手をひかれ
俳優　上つ代のわざをぎ人か　わざをぎの女の衣のよ
き俳優は涙ながしぬ　老優の声の寂びこそ
【薬草】　薬草の乾く庇や　いやすべき薬草なきか　満
山の薬草は
薬草　海の薬草に火をつけ　くすり草野にはびこれど
薬園（薬草の園）　針金張つて御薬園　薬園のきつね雨
薬草園　薬草園の外光に　黄昏の薬草園の

【焼跡】　焼けあとのまだそのまゝの　焼けあとの一年た
ち　焼け跡に霜ふる見れば　焼けあとに来て佇めば
焼け残り　焼けのこりつつともる灯もなし
焼石原　火口原焼石原の　焼石原は青みたるかも
焼杭　焼杭の柵はあちこち倒れ　焼棒杭は祈るがに立ち
焼原　をぎのやけ原かき分て　焼原となれりとて　焼
原よわが東京よ　焼原のひんがしゆ来て　山の焼生に雨
ふれば　焼原の灰たつ野辺に
焦土（焼け土）　焦土の原とかはりたる　春の馬よぎれば焦
土　焦土の電車途絶えたり　焼地の穢土に
焼土　あぢきなきこの焼土に　舐むるばかりに灼土愛
し　東京の焦土の色　焼けただれたるしづかなる土
【火傷】　トンバウが焼どの薬　顔の火傷さへ知らず
火脹　指に見つけし火ぶくれの
日焼　陽焼せし腕に蝶くる　日焦童の頃のこほしき
【焼野】　旧道や焼野の匂ひ　焼野の匂ひ笠の雨　露の
おりたるやけ野哉　あかるく暗くやけ野の灯火
末黒（野焼きして黒く焦げた草木）　あたらしき末黒は匂ふ　すぐろの中の菫
草　すぐろの野路なつかしき
末黒野　末黒野に昼月の照る　すぐろの薄はら　末黒

野の鴉の舌は　末黒は匂ふ　野辺の末黒を

【優しき】　反逆歌にも潜む優しさ　いつわりありて優しき論理　くさぶえをやさしい唇へ　優しき魂や

優心　優心ひとりゆらめく　悩まされたる優心

【社】　冬の社は朱の社　古き社の銀杏落葉　社の氷柱　灯のうつる　加茂のやしろは能き社なり

御社（神社の美称）　家根ふきかへる御社　枯木二本の御社

御社（神社の美称）　大山祇の御社の　杉の御社

小社（小さい神社）　鬱々秋の小社に　小杜のやみは今明けんとす　小さき社はくれそめて

祠（小さい神社）　あちこちの祠まつりや　山の端のほこらあらはに　知らぬ祠に手を合わす　人訪はぬ山の祠の

川社（川のほとりに設けた社）　鷗も来るか川やしろ

古廟（古い神社）　梅かをる古廟の丘の

野社　野社や榛の木折れて　野社に子供のたえぬ

拝殿（神社で拝礼するための建物）　拝殿に花吹き込むや

神垣（神社の垣根）　神の斎垣にはふ葛も　神垣に月はのぼりて　神垣に鶏ろ遊びて　朱の神垣

瑞垣（神社の垣根）　君が為め瑞垣つくり　梅の瑞籬

狛犬　足の短い狛犬は　駒犬の怒つてゐるや　高麗狗の肩にかしらに　野やしろの石のこまいぬ

鎮守　鎮守の太鼓叩きけり　鎮守の祭近よりぬ

鳥居　鳥居の奥の夕がすみ　鳥居の朱も靄の中　やなぎのひまに朱の鳥居見ゆ　あかき鳥居もけふぞ身に沁む

【休む】　たばこの花を見て休む　船足も休む時あり　臼杵のやすむ間とても　人も神輿も息みをり

憩う　馬もくるまもいこはぬぞなき　旅人憩ふ栃のかげ　踊疲れを憩ひつゝ　憩ひてあればかなかなきこゆ

休める　鶯に手もと休めむ　かはほり暫し羽休め　小田耕す鍬を休めて　人をやすむる月見哉

休らい（休息）　この石段の休らひや

休らう　やすらふまゝに夜はあけて　やすらへる枯木を見つつ　光の底にやすらへる　午後の陽ざしは息らへり

【安らか】　群れゐることのやすらかさ　死にし君のみ安らけき　落葉して裸やすらか　安らかに行く白帆影

安き　安く老いぬる親ふたり　わが故郷ぞ安く眠らな　安き心に吾がなりにけり　余震に安き心なし

安けき　安けき聖女の死の如く　家にこやる安けさを　わび居馴るれば安けくもあるか　今は安けく

安らぎ　迫りつつ満てるやすらぎ　眠りの前のやすらぎ

安らぎ街に満つ夕　わがいのち安らぎを得て

安らに　小頸安らに　心安らにねむり得るかな

【痩せる】　まなこくぼませわれやせ果てぬ　やせはてて壁伝いに歩む　生き乍ら痩せはてにける

痩せ　わが痩せうつす渓川の水　人も身の痩せ秋も身の痩せ　木曾の痩もまだなほらぬに　此痩せを写真に

恋痩　恋ひかも痩せむ　恋ひ痩せていと優なりと

さらばう（やせおとろえる）　あるものはみちにさらばひ

痩身　痩身を背広につつむ　痩身の鶴を傾げて　われの痩軀は亡父より受けず　痩する身の　身の痩せにける

痩骨　痩骨のまた起直る　痩骨をさする朝寒　梢も骨と皮　我と同じく骨と皮　骨と皮とになりてさへ

旅痩　旅痩の身をよせて見る　旅痩の髭温泉に剃りぬ

夏痩　膝にたふれし夏痩面輪　夏痩の瞳の大いなる

痩馬　やせ馬の斷さむし　やせ馬の尻ならべたる　鹿毛の痩うま　痩馬の草食みゐたり　稲つむや痩馬あはれ

【やつす】（いやしい風をする）　離れ小島も身をやつす　心と月をやつしつるかな　もてやつすとて　月ややつさん

変装　天使が小鳥に変装する

【やつれる】　山々のやつれ見えにけり　蛍這ひゐるやつれかな　眉よやつれし　水はやつれぬ　髪のやつれよ

浅まし　末にしなればあさましの世や　あさましくおいゆくやまの　あさましく柚子落ちてあり

様悪しき（見苦しい）　落葉は濡れてさま悪しき　遊びわざさまあしけれど

【宿】　友と囲めり宿の火鉢を　あふれ咲く枝や萩の宿　盥せはしき宿のくれ方　人いなせたる宿のさびしき

宿　宿の通りもうすらぎし　古き宿見ゆ　埋もるる山の宿々　灯影ともしき宿のなか　終の宿

泊り（宿）　人のいへばや佐屋泊　嵯峨泊り　泊りさだめぬ　早き泊に　秋のとまりは　よんべのとまり

宿り（旅先で宿をとる）　京の宿りに春ゆくゆふべ　露の宿りを

旅宿　旅やかた雨をながむる　よき女ある旅宿

旅宿　かりがねさむし旅の宿　こなたへ入せ旅の宿　床低き旅のやどりや　坂を下の駅舎　南上総の旅やどり

旅籠　旅籠の庭もしぐれけり

旅籠屋　河添の旅籠屋さびし　秋風を聞く古き旅籠屋　北国の古き旅籠屋　旅籠屋に夕餉待つ間の

ホテル　伊豆のホテルの車寄せ　ホテルの屋根に降る雪は　ホテル住ひに隣なく　別れ寝るホテル

や

山の宿　小雨つめたき山の宿　わびしかりにし山の宿
相客　相客となりし　合客の布団ひつぱるぞ
相宿（同宿 同宿の人）　人あまた合宿をする　あひやどりあひかたりあふ　相宿と跡先にたつ
隣客　まだ顔知らぬとなり客
【宿す】　残柳は帰鴉を宿せり　鵙の腹夕日を宿す　涙やどしつ　鳥を宿し獣を宿し　宿しもつ月の光の
孕む　夕ぐれの光をはらみ　雲の密集に孕む熱雷　月孕む雲恐ろしき　孕鹿身を危ぶみて　よき子孕みね桜餅
【宿る】（泊る）　いはほに宿り　まかり宿りし　宿りせむ野に
宿借る　椰子の木かげに宿かれば　夏川の音に宿かる　宿借る浪の　里に宿借り　暮に宿かる
宿乞う　宿乞ふとわが立ち寄れば　宿も乞はず路もとはずて
宿貸す　わがいほは鷺にやどかす　宿かさぬ火影や雪の　宿借さぬ灯を　屋戸貸さず　宿かせと刀投出す
泊る　泊る気でひとり来ませり　昨夜の泊の唄ねたましき　高野の山へ来て泊る　一夜は泊る甥法師
泊つ（宿泊する）　けふよりの妻と来て泊つる
逗留（泊る）　逗留や再び遊ぶ　逗留の我に客ある

夜泊（舟に泊る）　夜泊の船と　夜泊する船の上なる
【簗】（川で魚をとる仕掛け）　簗こす水のひかりかな　時雨降る夜の簗のかがり火
崩れ簗（放置された簗）　崩れ簗杭一本　水たぎらして廃れ簗　道ばたにくづるる簗の
【家並】　家並に白き月のぼりくる　干す烏賊の家並の臭ひ　屋並霞めば　宿駅の家並のひまを　後退りゆく家並よ橋よ
家家　家家のともしき夕餉　家家の枯菊捨てぬ　家々の高低の軒に　小さい家家　雨にうたるる巴里の家家
小家がち（小さい家が並ぶ）　油乏しき小家がち　小家つづきとなりにける　中山道の小家勝ち　街の小家のひとならび
【屋根】　薄鉄の屋根うちならび　スレート屋根に月の光れる　屋根石の苔土掃くや　坂下の屋根みな低き
屋上　屋上に双手はばたき　屋上に草も木もなし　硬き屋上に　屋上の空みるために　並び立つ屋上に少年ら
天井　天井に大蛾張りつき　くすびたる天井のもと　天井に青き馬追　天井に洋灯の灯かげ
破風　破風口に日影やよわる　破風口からも霧の立
屋根裏　屋根裏の窓の女や　屋根の裏べにこほろぎの鳴く

【屋根替】 屋根替の萱吊上ぐる　屋根替のひとり淋し
や　藁家ふきかへて住みにけり

屋根草 土蔵の屋根の無名草　屋根草も実となる秋と
夜ふけの風や屋根の草

【藪】 北風の藪鳴りたわむ　雀それゆく藪の揺　高藪
けぶり鶯の啼く　藪の中なる梅の花　藪かげのみち

荊棘 朝つゆのおどろが中に　この庭はおどろとなりつ
奥山のおどろが下も

荊棘路 荊棘変じて百合となる道　おどろの道の埋
れ水

小藪 小鳥が来鳴く篠の小藪に

【破れる】 円からぬ月も破れし　破れた木　沖べより
氷やぶるる

破る わがまづしき書物を破り　身を傷らむと君言はず

破れる 翅やれて飛ぶ蝶かなし　破れ傷みたり　破れ
そめし心のまがき　わが心臓破り砕かれて

綻び ほころびの肱がかはゆき　闇と惑ひのほころびに
その朝かぜにほころびし　つゞるほころび且つほぐれ

大破 法窟の大破に泣くや　訪へば大破や辛夷咲く

破れ家 若葉はやさし破家

破れ傘 破れたる傘さして　破れ傘をかし

破れ襖 乳母が家の破れ襖の　鄙の旅宿の破れし襖絵

破れ御簾 破れたる御簾に松風ぞ吹く

破れ団扇 破れうちはを　ずた〳〵の団扇あり

破れ垣 破れ垣の隣見え透く　破垣につつましく出た

破れ鐘 開帳の破れ鐘つくや　破れたる古釣鐘は

破れ壁 すゝきかげゆる破壁月夜　草堂の破壁を

破れ靴 破れた靴がぱくぱくと口あけて

破れ韈 破韈もかしこみて穿く

破れ車 身は破れ車　やぶれぐるまを

破れ衣 良寛の破れ衣にも　破れ冬ごろも縫ひいそぎ
する　破れし衣の寒けきに　わが裳は破れぬ

破れ障子 破れ障子夜風ひびらぐ　京のわび居の破
障子　破障子から梅見　穴だらけの障子である

破れ足袋 やれ足袋のやれ目　洗濯の足袋みな破れ

破れ扉 やれ扉やれ扉に蟋蟀なくも

破れ袴 年のくれ破れ袴の　立ち居に裂ける古袴

破れ蓮 破蓮に残暑ふたゝび　おのれ一人か破蓮　敗
荷の水は澄みとほる

破れ譜 恋の破譜を吹きすてゝ

破れ間(やれま)　犬のあけゆく破れ間にも　傘のやれまに見る甲斐の山　破れたる雲のあひだに

破れ窓(やれまど)　院の破まど月洩りて　小窓の破れを訪れぬ

破れ筵(やれむしろ)　やれむしろかづく乞食も　破薦を敷きて

【山】(やま)　にはかに恋しふるさとの山　ひくき陸山　くろき前山　地獄もちかし箱根山　野に一塊の妙義山

岳(たけ)　北嶽たかくなりにけり　八方の嶽しづまりて　白雲靆きて秋の嶽　秋の雪北岳高く

石山(いしやま)　石の多い山　木々石山に根を下ろし

岩山(いわやま)　雲くだる岩山あひの　岩山の雲冷ゆる中

裏山(うらやま)　秋風きくや裏の山　雨の裏山暮れにけり

奥山(おくやま)　奥深い山　奥山の苔の衣は

空山(からやま)　人気のないさびしい山　空山崩えてよどみたり

山腹(さんぷく)　山腹に咲く月見草かな　山腹の家ゐはともし　稲妻走る山の腹

禿山(はげやま)　赤き月はげ山登る　禿山の砲口並び　禿山に飢ゑ　片はげ山に月をみる　日帰りの兀山越る

暮山(ぼさん)　夕暮れ時の山　暮山一朶の春の雲　暮山の雲

山膚(やまはだ)　あらはなる山の膚赭みたる　山膚しろく　死火山の膚つめたくて　富士が嶺の直山膚を

夕山(ゆうやま)　夕山の樹陰に立てば　こやし積夕山畠や

外山(とやま)　里近くの山　外山は雪の上日和　外山の花を愛で住めり　外山のみねの朝霧に　遠の外山に　外山のあらし

端山(はやま)　人里近い山　屋根や端山や鳥渡る　端山の月は洩りもこず　端山は下もしげければ　並ぶ端山に鳥屋二つ　は山しげ山

補陀落(ふだらく)　浄土　青葉がくれの補陀落の声　普陀洛の湖

山国(やまぐに)　山国の虚空日わたる　山国の闇恐ろしき

阿蘇山(あそさん)　阿蘇のけむりの絶ゆるとも　大阿蘇の山の霾より　大阿蘇の波なす青野

比叡が嶺(ひえがね)　比叡が嶺も今朝はかすみて　大比叡の山しづまりたまへ　比えの根に初雪ふれり

浅間山(あさまやま)　浅間曇れば小諸は雨よ　ひとり雪置く遠浅間　森のあなたの遠浅間山　ほの〲明し浅間山

アルプス　あるぷすの山に雪降り　あるぷすの深山奥に　あるぷすの白よもぎぐさ　あるぷすに万馬のつゞく

姨捨山(おばすてやま)　姨捨山の月ぞこれ　まづ姨捨の山ぞ恋しき　姨捨た里にやさしや　姥捨も霧に過ぎ　姨捨はあれに候と

ヒマラヤ　ヒマラヤに足跡を追ひ　ヒマラヤは屏風の如

【病】　暗き病の獄より見る　又一つ病身に添ふ　ながくもなりぬわが病　病を痛む

中り　木曾の夜霧に中り病む　腹に臍あり水中り

労き　いたづきのなほのこる君を　いたつきの癒ゆる日知らに　いたつきも久しくなりぬ

疫病　疫のはやる小村かな　身ひとつにあまる疫を

瘧（マラリア性の熱病）　瘧の市をふためき行くを　瘧病む終の震して　瘧の落ちたやうな空

霍乱（暑気中りの古称）　かくらんやまぶた凹みて　霍乱の針

痢（下痢）　痢にこやる妻に　痢を病めどなほ炉のうへに　痢人癒えてすゝれる粥や

癌　また一つ出でたる癌を　癌病棟に又ながき夜は

気病　気病みして君はぬるらむ

心病む　身はまさきくて心病めりと

死病（不治の病）　死病の兄を　死るやまひ

猩紅熱　猩紅熱の灯に隣る　猩紅熱の火の調

肺を病む（結核）　肺やみの咳洩れて　胸をやみて　胸すでに悪の塒の

労咳（結核）　労咳の頰美しや　労咳の宝くじ買ふ

【病の床】　病の床の秋の日ながき　しづかなる病の床に　いたづきの病の床に　病の床に白湯を飲み居り

病床　病床にして絵の稽古　病床の手鏡に

常臥　常臥の病のひまの　常臥せる窓の

病み臥る（病気で寝込む）　けながくもこやりてあれば　遠国に病みてこやれる　病みこやす君は　病み臥りつつ

病み臥す　つくづくと病に臥せば　子らふたり病みてふせれば　病める児がふす枕べに　こやせる君が冬床の

【山住】　山住の実山椒の　夜涼にはかや山住ひ

山居　花の山居　ひとり山居をたのしむわれは　世にすねて二人山居の　わびずみながら山居たのしも

山に住む　山に住み時をはかなむ　山に住まへと

山家（山中の家）　又一火あり冬山家　白百合咲いて山家めき　頰の若さや山家妻　山家は暗し初時雨

【大和】　行きゆきて大和といへる　大和しうるはし　倭へ越ゆる雁がねは　大和に雨を聴く夜かな

秋津島　はや秋津島灯しけり　秋つしま根は大ひなる虹

日の本　日の本の血汐受けつぐ　日の本の年の始めのいくとせぶりの日の本に見つ

瑞穂の国　千五百秋の瑞穂の国　瑞穂の美

大和島根　大和島根の春花に映ゆ

や

【山脈】（やまなみ） 空に光つた山脈　立ち出づる今日の山なみ　黒き玻璃の山脈　遠山脈の晴れわたる

山脈（さんみゃく） 脈立つ山よ　切れぬ山脈　春の山脈大うねり　山脈はしろくひかりぬ　つち赭き山脈みゆる　山脈の皺

山脈（やま） 山脈青かりき　山脈キシキシとあとずさる

連山（れんざん） 連山清き朝ぼらけかな　連山の雪にひかれて　連山影を正うす　連山せまる家　連山の陰影かなし

【山の雨】（やまのあめ） 若人と聞く山の雨かな　くさぎの花に山の雨　山国の雨けはしさよ　山の雨たちまち晴れて

雨の山（あめのやま） 雨の裏山暮れにけり　雨にけぶれる山を見る

【山の気】（やまのき） 山の気の澄みさゆる外に　山の気のしめりしとしとと　山の気の冷たさは　山の気に吹きながれて

山気（さんき） 比叡の山気の鋭さを思ふも　山気澄めるは

翠微（すいび） うすみどり色の山気　雲ゆきのこる翠微かな

山冷（やまびえ） 山の冷気　山冷に大きな炭を　山冷に羽織重ねし　山冷にはや炬燵して　山冷到る

嵐気（らんき） 湿りけを含んだ山の空気　山ふかき嵐気をおもふ

【山火】（やまび） 伊豆の山火も稀に見ゆ　夜毎たく山火もむなし　山火見ゆ夜の空あかし　向つやま山火消えはて

大文字（だいもんじ） 山火　虚空にかゝる大文字　大文字あるおぼろ夜の山　大文字やあふみの空も　大文字の送り火燃ゆ

山焼（やまやき） 山焼の明りに下る　山焼きの煙さびしき　窓ほのあかし山焼く火　山焼や夜はうつくしき

【山襞】（やまひだ） 尾根と谷でひだのように見える　山襞のくろぐろとして　連山襞濃く　山襞のあひまに　遠山ひだにあまる日の光　連山の襞の一つに

山懐（やまふところ） 山と山に囲まれた所　山ふところの病院静か　山懐にともる灯の

【山辺】（やまべ） 秋の月山辺さやかに　桜咲く四方の山辺を　雉子うつ春の山辺かな　こゑを山辺に夏燕　み山辺の里

山の際（やまのま） 山の際に鶯鳴きて　山の際に雪は降りつ

山傍（やまび） 西の山びにちかき日を　霞ゐる富士の山傍に

【山道】（やまみち） わらべ案内にはるの山道　山みちもどる少女子が　山道一里たゞ雉子の声　山腹のみちまろく曲れり

山路（やまじ） 逢坂の山路に匂ふ　山路ゆくらむ　秋も山路も深ければ　雪分けて深き山路に　山路来て何やらゆかし

【山山】（やまやま） 山山を統べて富士在る　山山を覆ひし葛や　山々の繁りをぐろし　山々は萌黄浅黄や

山塊（さんかい） 山塊の日あたりながら　死火山山塊

峰峰（ねね） 雲を纏きたり粧ふ峰々

群山（むらやま） かがやきて立つむら山を　青磁のいろの群山を見

やみ――やむひと

よ　群山の秀並みを亙り　八十の群山

八峰（やつお）　八峰の椿つばらかに　八峰の雉鳴き響む

山垣（やまがき）　山垣やひとり雪置く　ひねもすの山垣曇

青垣（あおがき）緑の山々　畳づく青垣山　青垣隠り

四山（しざん）四方の山々　四山濃く澄む　四山暗さや

【闇】（やみ）　地の闇を這ひなく猫や　闇の中くるあまき風　闇はながれて蛍かな　闇に刻みて　星の深さを闇が吸い

暁闇（あかつきやみ）月のない明け方　さゞんくわにあかつき闇の　あかつき闇のほぐれつゝ　あかつきやみにかしぐかゆかな

秋の闇（あきのやみ）　秋の闇したしみ狎れて　秋の真闇の方へ去る

暁闇（ぎょうあん）　暁闇の底ひなきまで　暁闇を弾いて

五月闇（さつきやみ）五月雨の頃に夜が暗いこと　さつき闇くらきさ庭に　消えてはてなきさつき闇かな　五月の闇の灯台光　切支丹坂さつき闇

つつ闇（つつやみ）真っ暗闇　つつ暗に　真闇なれば　つつ暗にして

常闇（とこやみ）永遠の闇　とこ闇の千尋のやみの　常闇の空を照せる

真闇（まやみ）まっくら　にほふ真闇と　更け沈む室の真闇を

闇路（やみじ）暗い道。迷い　野辺の闇路に光ありて　罪ノヤミヂニラミマヨフ　見ぬ恋にまよふ闇路かな

闇夜（やみよ）月の出ない夜　闇夜にひとり　新樹みなぎる闇の夜は

【病む】（やむ）　春を病み　病める魂恐怖を誘きぬ　病めば朝よりかなしみありて　病みて夫なきしあはせ

患う（わずらう）　煩ふ母をひとり置く　風をわづらふ

相病む（あいやむ）　相病みて　相病む夜毎メルヘンに寄る

養う（やしなう）養生　病やしなひてゐる子より　やしなへるやまひに病者養う寒の水　ひたすらにやまひやしなへ

病犬（やまいぬ）　病犬の月に吠ゆるに　毛の黄なる病犬の

病み重る（やみおもる）　病み重る友の瞳に　わがやまひ重り行くいたづきのおもれる母に

病み瘦せる（やみやせる）　やみやせて会ふは羞しと　病み瘦せて帯の重さよ　病みやせしわが俤の　病みやせて眠る我を

病間（びょうかん）病状が少し良くなっている時　病間あるや髭を剃る　病間あり薔薇を見る　病間やとる手鏡の

病後（びょうご）　菊にそと下りし病後かな　病後のわれのもつれがみ　髪洗う病後の女　羽織病後にちと重く

長病み（ながやみ）　長病みの足の方向　長病みや鶺鴒のぞく　長病みのわれの寝顔に　手を見てあかぬ長き病

麻痺（まひ）　麻痺の歌　感覚も麻痺せし如く

【病む人】（やむひと）　少年の清しさを病む人に見き　病むひとの怒り易きを　病む人の足袋白々と　病む人の蚊遣見てゐる

病者（びょうしゃ）　病者起ち　病者の相対し　病者の手窓より出で

や

て　垣穂に病者伸びあがる　わらわらと日暮れの病者

病人　隣室の女やまうど　病人は肌をさめて　病人つどひ　病めるをとめらの

病人　病人　爪のびて病人さびぬ　病人の湯をつかはする

病む児　病める児はハモニカを吹き　病める児の火照る頰にこそ　病孤児の冬永かりし　面黄なる病児

病む父　ぼうたんや病む父君に

病む妻　病妻の閨に灯ともし　革る妻が病や

病む友　病み衰ふる友のまへに

病む母　病む母をなぐさめかねつ　母病むと風は坂に伝え来　母の病ひに

【柔らかい】　やわらかき蟬生れきて　やはらかき草にぬかづく　桃畑の沙やはらかし

柔き　たんぽぽのやはき溜息　眉やはき君

柔らか　生ぱんと女心やわらか　川湯柔か

柔らかに　肉やはらかに落椿　薔薇の芽の針やはらかに　杉の穂ぬれのやはらかに　春の静夜をやはらかく

なよびか　瓶の藤なよびかに垂れ　なよびかの人やすなほに　なよびかに薫る日ざしの　なよびかなる

なよらか　弱き身の心なよらか　なよらにも　薫る日の光なよらに　なよなよと草たちがゆれ

ゆ

【温泉】　温泉の底に我足見ゆる　温泉の村や梅散りそめて　温泉のたちけぶる良夜かな

出湯　廊下づたひの温泉哉　明らけく清きいで湯が　いで湯湧くくにあたゝかし

出湯　出湯の壺底なめらかに

霊湯　不思議な効き目のある温泉　霊湯あみをり星空に満つ

野風呂　露天風呂　誰ぞや野風呂の湯気にかがむは　野風呂の念仏　傘さして野風呂に入りぬ　野天湯のぬるきにひたる

山の湯　山の湯やだぶり〳〵と　山の温泉や居残つて病む　山の夜の湯にあみ居れば

湯女　温泉宿の女　湯女うつくしき春の夜の月　灯をはこぶ湯女と戦ぐ樹　湯女いでて　蚊帳吊る湯女に言はぬ恋

湯の町　繭ごもりしてさびし湯の町　湯のまちの朝塞に似たる湯のまちの裏　湯の町低し二百軒

湯宿　温泉宿　湯宿の主の　温泉の宿の雨を聴き　古き湯宿の灯は洩れて　湯の宿のともし見え来し

【湯上り】　湯あがりの快さです　湯上がりのわが見る鏡　湯あがりの膚のたのしき　湯気の子をくるみ受取る

湯冷め　女は湯ざめ知らぬなり　湯ざめせる足冷かに

湯疲れ（ゆづかれ）　いさゝかの湯づかれおぼゆ　山の湯に浸り疲れて

湯肌（ゆはだ）　少女子が湯肌にかをる

浴後（よくご）　海辺ゆかんといへり浴後を　浴後裸婦らんまんとして

浴身（よくしん）　雪の日の浴身　温泉を出し女燃えかがやき

湯帰り（ゆがえり）　朝湯がへりのぬれ髪に　昼湯もどりの若夫婦

【湯浴】（ゆあみ）　長き湯浴をかいま見る　湯あみをへて　浴し居れば水鶏なくなり　夕顔に女湯あみす

湯浸く（ゆづく）　湯につかってあたたまる　ほのぼのと湯浸きぬくもる

朝湯（あさゆ）　朝風呂　朝湯あみて　雨ふる山の朝の湯の　朝湯こんこんあふるる　朝風呂好きな女客　お酌が朝湯へゆく

水風呂（すいふろ）　水からわかす風呂　水ふろぬるく皆嗤ひけり　帯ときながら水風呂をまつ

風呂（ふろ）　昼しづかなる女風呂　風呂落す音にも馴れて　夜長の風呂に浸りけり　五衛門風呂に身を沈めをり

町湯（まちゆ）　くれそめて街湯の窓の　裸体むらがる街湯のすみに　たそがるる街湯の窓の　傘さして町の湯にゆく

貰い風呂（もらいぶろ）　よその家の風呂に入る　夜の浅みや貰い風呂

湯の香（ゆのか）　朽葉の香する湯をあみて　菊はたをらぬ湯の匂

湯の気（ゆのけ）　ゆげ　湯のけ薫りて　湯の気わく谷の細路

湯の面（ゆのも）　湯の面に黄なる新落葉　窓の光の湯の面に

湯屋（ゆや）　町の夜霧に湯屋の灯の　湯屋の廂に羽虫は群れ

新湯（あらゆ）　まだ誰も入っていない風呂　起きぬけに新湯にひたり　新湯の川に月うづもるる　新湯川きよく瘠せたる

小風呂（こぶろ）　蒸し風呂　小風呂のはたに　炭つげば小風呂沸えけり

初湯（はつゆ）　新年に初めて入る湯　船頭の初湯にそろふ　しら雪を初湯にたきぬ　今日の初湯の初姿　溺るゝばかり初湯かな

薬湯（やくとう）　薬湯の香をもちてわが歩む　閃めく薬湯のフラフ

【遊園地】（ゆうえんち）　花の都会に遊園地　遊園の暗き灯かげに

ルナーパーク　遊園地の午後なりき　ルナアパークの道化もの

回転木馬（かいてんもくば）　回転木馬の目まぐるしく　回る木馬一頭赤し　かなしやメエリイゴラウンド

観覧車（かんらんしゃ）　傷きめぐる観覧車

【夕光】（ゆうかげ）　九輪の塔の夕光いまは　残る夕光　夕光の黄よ　夕光の野に　夕光げの浪　夕光の道をかへりぬ

夕光（ゆうひかり）　ゆふひかり凪ぎ広む　ゆふひかりみちゐる空に　くぼみにまよふ夕のひかり　海におち入る夕日の光

入日影（いりひかげ）　入日の影は悲しかろ　下端を照す入日影かも　白雨ながらいり日かげ

夕日影　足元さびし夕日影　海に見よとや夕日影　夕日影半もうみに　夕日影にほへる雲の

【夕風】　夕風のおもくしめりぬ　荻の音こす秋の夕風　夕風とみに昏うなる　夕風の誘ふまにまにちる花を

夕嵐（夕方吹く強風）　実を吹落す夕嵐　荒川の夕嵐

【夕方】　夕方を歌ふ子供たちがゐて　夕方が嘘を教へる　いと物湿やかなる夕つかた　ゆふつかた火映親し

入相　日の入りあひにみやまどり鳴く　春の入逢

入り方　入りがたの月のひかりに　日の入りがたの百日紅　入がたちかき山かげは　今入りがたの月の色赤し

斜日（夕刻）　斜日の鳴蟬　斜日の潮　掻きわけつ

暮日（日暮れ）　きび殻をたく暮日哉

夕さり　夕さりの光懇に　かぎろひの夕さりくれば

夕空　飛行機の夕空にめぐれば　芙蓉手に夕空あふぐ　雲たたなはる比叡の夕空　夕空恋し

夕べ　冬枯の野路のゆふべを　夕にはもとの蕾に

【夕暮】　夏のゆふぐれながゝりき　鴫たつ沢の秋の夕暮

暮　迫る木の昏れ　小雨の暮の秋海棠　雨のくれ

暮方　せみもなかないくれがたに　日のくれ方のひとり寂しき　夏に入らん昏れがた　ぬの織る窓の暮時分

黄昏　黄昏に泣けり　百日紅の黄昏の色　たそがれの風に靡くは　黄昏のカンカン虫は　たそがれの霙の雨は　黄昏のひかりはながし

薄暮　蛾のとびめぐる薄暮かな　なやましい薄暮のかげで　ガラス戸より薄暮の蝶を　薄暮の道の灯かな

日暮　日暮れの赤き木となれり　かざはなの散る寒き日暮は　わらわらと日暮れの病者　芥焼場の日暮れ空

夕間暮　井手のわたりの夕ま暮　こゑのみ残る夕まぐれかな　夕まぐれ嵐に落る　きさらぎ寒きゆふまぐれ

【夕餉】（夕食）　脂濃き夕餐頻りに　夕餉もひとり　夕餉盛る主婦　夕餉の膳にある小魚

晩餐　船晩餐の灯を惜しまず　晩餐を掻きみだしゆく

夕餉　うそ寒く食す夕がれひかな　山の旅籠の夕がれひ

夕飯　初時雨夕飯買に　夕めしどきのあつさ哉

夕もうけ（夕食の仕度）　黍も爆ぜゐる夕まうけ

【遊女】　遊女が飼へるすず虫を

花魁　華魁の首生じろく　おいらんの冷たき肌を

傾城　傾城の蹠白き　国傾けしたをやめの

小傾城　鍋の炭かく小傾城　夏を肥たる小傾城　わりなくなじむ小傾城　七夕恋ふる小傾城

白拍子　院へ召さるる白拍子　立尽したる白拍子
遊君　遊君の美なるを見よと　遊君の紅き袖ふり
【夕立】　白矢つらねて夕立きたる　夕立にみどりみだる、　夕立のすんでにぎはふ　白雨や蓮の葉たゝく　襲ひくる白雨のつぶてに
大夕立　大夕立の過にけり　大夕立いまか来るらし
小夕立　別て来るや小夕立
遠夕立　遠夕立の評義哉
暮雨（夕暮の雨）　寒江に暮雨懸る　暮雨の天
夕雨　夕雨はれし葉桜の　すゝきに白き夕雨の秋　夕雨にこほろこほろぎ　木賊に注ぐ夕雨を見る
夕時雨　あかるき屋根や夕時雨　あぶない事に夕時雨　夕時雨蟇ひそみ音に　とほ山もとのゆふしぐれ
【夕付く】（夕方になる）　夕づきがたき楓の芽　影をなしつつ夕づきにけり　縁に夕づく物音を聴く
夕されば　夕さればころも手さむし　夕さればあやに悲しび
夕片設けて（夕方になって）　夕かたまけて熱いでにけり　夕かたまけて聴くほどに　夕かたまけてさやぎいでつも
夕まけて（夕方になって）　夕まけて家並ま白く　夕まけて黄金の入江にしづみゆく
【夕波】（夕べにたつ波）　寒ざむと夕波さわぐ　夕波青葉の鬱陵のしま　長崎の浦の夕浪　夕波の上に月もいでにけり
夕羽振る（夕方、鳥が羽ばたくように波風が立つ）　夕羽振浪こそ来寄せ
夕立つ（夕方に風や波が立つ）　かき曇り夕立つ波の
【夕日】　海に夕日を吹き落す　悲しい落日を　朝日より夕日親しく　火の如き斜日さし添ふ
斜陽　一抹の斜陽　山は斜陽を帯び　林は抱く斜陽の色
夕陽　道夕陽の村に入る　夕陽に馬洗ひけり　鴉背の夕陽　夕陽多き黄檗寺
夕付日　夕付日移ふまどに　木立にあかき夕づく日かな　夕づく日今宵も早く
【優美】　優なる姿睦つるゝよ　唐衣すがた優なるに
優しき（優美）　ゆみはりの眉のやさしき　蝶の腹やさしくは見ゆ　毛糸あむ優しき姿態が　優しき眉も
優頬　羽子板に優頬かくして　やさ頬はしめるとも
【郵便】　郵便の来てをりし門の　郵便の疎さにも馴る　朝の郵便　郵便も来ない日の
郵便馬車（配達車）　待ちあぐむ郵便馬車の　一列の郵便馬車よ　郵便車かへり

郵便夫 配達人　どこまで登る郵便夫　郵便くばり疲れ来て　柝をならして郵夫は往くも

ポスト　ポストの赤奪いて凧は　赤ぽすと孤児のごと

郵便受　色赤き郵便箱のみ　郵便受ひそか　郵便うけのかたびさし　ひとついりある門の受函

絵葉書　絵葉書を吹きおこす風　画はがきの花だより

葉書　父の葉書の墨うすきかな　戦地より寄せし葉書に

小包　小包のよこたはれるに似て　母より届く小包の

電報　卒業の子に電報す　電報の文字は「ユルセヨ」

【夕焼】　ある日ははげしい夕焼が　夕焼さむく枝をひろげぬ　夕焼のやうな魚を　夕焼の下に出迎

大夕焼　大夕焼一天をおし　大夕焼の天くづれ

夕焼小焼　夕焼小焼の日が暮れて　海の果は夕焼小焼

夕焼空　夕焼空焦げきはまれる　夕焼の空はあせぬれ

赤き空　赤かりき空よつくづく寂し　あやしく赤き空にむき　夕暮のものあかき空　たゝらの雲のまだ赤き空

残照　残照のほのあかるさ　残照の恋われにあらしめよ

空爛れる　日暮れ空朱にただれて　空はかつかと爛れてる　日さへ爛れき　空の赤ただれたる　日も真夏火の天爛れ

夕照り　春山の夕照るかげに　夕照るや銀杏みだるる　雲の峰低く夕照りに　海ゆく雲の夕照りに

【夕焼雲】　流るるべにや夕やけの雲　ほのほなす夕やけ雲の　雲の夕焼が地を照らす　夕焼の雲の裂けゆく

笹紅雲　ささ紅雲に手をかざし　雨孕むへり赤き雲

紅雲 赤い雲　沖つ紅雲　朝づき初めし紅雲のいろ　夕紅雲は幅を曳きたり　あかつきの天の紅雲

【夕闇】　いま寒き夕闇のそこ　夕闇に焼けのこりたる　木の晩の夕闇なるに　廊下のはての夕暗に

宵闇　宵闇にまぎれて　宵闇の水うごきたる　宵闇に漁火　宵闇迫る杉の森　宵やみのすゞろありきを

【故】 理由　もの悩ましき瞳ゆゑ　美くしきゆゑさは狂ひしか　病ゆゑ　故はあらなく歌よまんとす

謂われ　いはれ知らねどただ堪へがたし

【床】　床ふみ鳴らせ口笛ならせ　こがねのはしら玉の床　埃立つ夜のフロアに　床したに鼠のかじる

敷居　敷居でつぶす髪虱　敷居を越る朝日哉

閾 敷居の古語　よべの雨閾ぬらしぬ

【浴衣】　肩幅ひろき浴衣かな　三味線さらふ浴衣かな　浴衣人みな美しき　ゆかたゆゆしき夜となりしかな

藍浴衣 藍染　身に沁むばかり藍浴衣　藍浴衣着るとき
女の意地や藍ゆかた　藍地の浴衣つらね乾す
【歪む】　春の城ゆがむ　鳥ゆがみゆく年の暮　くろび
かりつつ歪むかな　顔ことごとくゆがみて見ゆる
歪　自画像の青きいびつの　いびつな月も見るところ
歪む　炎天の畝に歪む人かげ　黒斑歪みて惨ましく
【雪】　雪のとんがり　雪灯籠は脆くとも　飛び込んで
大雪振ふ　雪に置きけり　しがみ付たる貧乏雪
大雪　大雪や印の竿を　大雪降れり
風花 晴天にちらちら舞う雪　風花の今日をかなしと　月光に風花さわ
ぎし　かざはなの散る寒き日暮は
堅雪　堅雪の畔道ゆけば　こほりつきたる堅雪に
小雪　小雪降り　小雪のかかつてちぢこまる　今日も
小雪の降りかかる　小雪降る卒業文集　淡雪小雪
粉雪　粉雪降るかそけきけはひ　けふも粉雪のちりか
かり　傘にさゝやく粉雪うれしや　峰に粉雪けぶる日も
細雪　さざめ雪窓にながめて
白雪　ちらちらちらと白雪の　夕冷えまさるしら雪に
しら雪を初湯にたきぬ　しら雪の若菜こやして
白き物　しろきものおちて来りぬ　白きものとてしぐ
れけり　雨またしろきものまじへ
新雪　新雪と古雪のけぢめも
雪片　オーバーに雪片つけて　雪片の土に吸われる
斑雪　庭もはだれに降るゆきの　雪斑なる山を見るか
な　丘の雪はだらに今は
初雪　首出してはつ雪見ばや　きのふの氷けふのはつゆ
き　散り初むる花の初雪　湯戻りの袖に初雪
深雪 深く積もった雪　深雪に脚を挿す　落人囲ふ深雪かな
雪煙　雪けぶり立てて　山上の雪けむりをあげぬ
雪の花 雪を花に見立てて　嵐にちらす雪の花　風に狂うは雪の花
雪の花には香ぞなかりける　鏡も清し雪の花
雪深き　雪ふかき峡に埋れて　雪深くして　雪も山路
も深き住処を　雪深し黙みゐたれば
雪道　雪道あるきつづける　雪よけの長き廂や
雪分けて　初雪をこそ分け来しか　雪分けて深き山路に
【雪遊び】　雪遊びしたるけはひの　衣寒らに雪のへに
遊ぶ　春雪あそぶ
雪兎 うさぎの形にまるめた雪　雪のうさぎにまなこつくと　見離された
る雪兎　雪の兎に目をたまへ君　降らばや春の兎つくらん
雪達磨　灯るあはれや雪達磨

雪礫 雪を丸めたもの 雪礫馬が喰んと 烏笑ふや雪礫 ばちでうけたり雪礫

雪転げ 爪紅粉のこす雪まろげ 手を吹てやる雪まろげ よき物みせむ雪まろげ 小さくなりぬ雪丸げ

スキー 雪滑り木を肩にする スキーの乾反り スキーの痕が垂直に 吾子ををしスキーを肩に

スケート スケートの汗ばみし顔 スケートリンク天と碧き 氷上にスケート靴の スケートの面粉雪に

【雪女】 何処へ吹るゝ雪女 雪女吹雪たえ〴〵

雪女郎 雪女 蓑きて白し雪女郎 軒にや忍ぶ雪女郎

雪男 雪男よどこまでも逃げよ

【行き交う】 ほぶねゆきかふ ゆふだちにさしてゆきかふ 雪ふみわけて往来ふ人は ゆきかふ袖は花の香ぞする

往還 松は往還に青く 往還の並木に

行交 行きかひの小みちを狭み 往きかひのしげき街の

行帰路 往反り道の朝霞 摩尼の山路のゆきかへり

行き帰る 家ゆるがして汽車往き還る 磯の月夜のゆきかへり ゆきかへり恋ひ通ひしも 銃弾一箇行きて還る

行来 馬車の往来やクリスマス 海女のゆききの

行きつ戻りつ 同じ所を行ったり来たり 雄鶏はゆきつもどりつ

行き戻り 行き帰り 径ゆきもどり日もすがら

行くさ来さ ゆくさくさ見れどもあかぬ

路人 路を往来する人 路人は稀にして

【雪掻き】 家ごとに雪掻く灯影 雪かく人の影うごき 雪掃く老掃除夫の 雪掻いて雑煮菜掘りし

門の雪 門の雪掻く忌日かな 歌でとかすや門の雪

除雪車 青旗に除雪車をゆかす 除雪車のプロペラ雪を

雪踏 宵々に雪踏み 雪の原踏む人なくて

雪折 運び来し雪折れ松を こずゑに重る雪折れに

雪吊 大寒の星雪吊に 松は雪吊すませけり

【雪沓】 わらぐつ 雪沓をはけば新雪 越人めきし雪沓を

かんじき 雪深い所を歩く時、靴の下にはく 樏をはいて一歩や

【雪国】 雪国の雪の止み間の 雪国に来て雪をみず 生れし郷は雪の国 雪国や糧たのもしき

雪中 雪中に牡丹芽ぐめり 雪中に坐す 雪中の閑

雪中庵 雪中庵の霰酒 炉びらきや雪中庵の

雪袴 雪国ではくもんぺ 隣り村ゆゆきばかま穿き

【雪解】 雪どけ 雪解のあとの草みな伏して

雪垂 雪がすべり落ちる 春の雪日にしづれつつ 暮るるしづりの音までも 雪しづりけはひ幽けき

ゆ

雪解風（ゆきげかぜ） 雪がとけ出すころ吹く風　炭千貫や雪解風

雪解川（ゆきげがわ）　雪解川名山けづる　子どもの作る雪げ川

雪解水（ゆきげみず）　雪解水土をあらひて　雪解水にごれるなかに　雪解の水を踏みわたる　流れをなせる雪解の水

雪解の雫（ゆきげのしずく）　外は繁に雪消のしづく　雪解のしづくひまなくて　雪しづく日ざしに狎れて

雪汁（ゆきじる） 山の雪が流れ出したもの　雪汁のかゝる地びたに　雪汁のしの字に曲る　山のゆきしろ今おろし来る

雪間（ゆきま） 雪が消えた所　雪間を急ぐ菜の青み　雪のまの土くろぐろし　山里の雪間の若菜　雪間をはしる鼬かな

【雪景色】雪原（せつげん）　雪原の極星高く　雪原遠き駅ともる　雪原を焚きけぶらして　よるの雪原青白み

銀世界（ぎんせかい）　月や金色銀世界

暮雪（ぼせつ） 夕暮れの雪景色　草青々と暮雪かな　日のさす暮雪かな

雪野（ゆきの） 雪景色　雪野の蒼き黄昏を　火の山へつづく雪野に　雪野に舞う鷺　雪野が反射する痛みのやうな

綿帽子（わたぼうし）　白い綿帽子をいただいた　暗き夜舟や綿帽子

雪見（ゆきみ）　雪見して雪に興ずる　雪見にころぶ所迄　いざ雪見　雪見にまかる

【雪の夜】　雪の夜はピアノ鳴りいづ　雪の夜の紅きゐろりに　雪の夜のこのひそか家の　雪の夜にたまたま逢へる

雪夜（せつや）　馴るるまで雪夜の枕　舞ふにまされる雪夜のうたげ　雪夜の宴月出でたり

【雪降る】　耳冴えて雪の降る音きこゆ　春来むとゆきふるあした　このゆふべ雪ふる街の

雪後（せつご） 降った後　雪後の煙 立つるめり　明星照るや雪の後

飛雪（ひせつ） 風に飛ばされながら降る雪　遠く来し飛雪に額　落花の雪か飛雪の花か

霏霏（ひひ） 降り続く　霏々と雪降る　霏々と降る雪片　白銀の花霏々と

降り積む（ふりつむ）　今朝わが庭にふりつみぬ　眠る間も屋根にふりつむ　日をつぎて雪ふりつめば

降る雪（ふるゆき）　降る雪の消なば惜しけむ　私の上に降る雪は

舞う（まう）　降り舞ふ雪の　乱舞の雪　雪は猛禽の形して襲ふ

【雪催】（ゆきもよい） 雪の気配　雪もよひ薄曇る空を　たそがれ頃の雪もよひ　雪をもよほす暮れがたに　雪催ひせる庭ながら

糸遊（いとゆう） 雪迎　振袖に糸遊からむ　糸遊に結つきたる　糸遊に附て流るゝ　糸遊なびく野を西へ　遊ぶ糸の

遊糸（ゆうし） 雪迎・浮遊するくもの糸　遊糸繚乱

雪雲（ゆきぐも）　雪降らす雲の上を飛ぶ　雪雲暗く封じたる　野の雪雲集りて仕へて　しぐれをかへす雪のむら雲

雪曇り（ゆきぐもり）　紫黒き雪ぐもり　にはかにけさの雪ぐもり

雪ぐもりする山の道かな　小窓を圧す雪ぐもり
雪気(ゆきげ) 雪が降りそうな気配　雪げにさむき島の北風　雪げの町の風の
さむけく　雪げしてけふも寒けく
雪空(ゆきぞら)　雪空の羊にひくし　雪空のどこかにある陽よ
【雪山】(ゆきやま)　こたへなき雪山　雪山に野を界られて　雪山の
そびえ幽らみて　大きするどき雪山の膚　雪の山
雪嶺(せつれい)　雪嶺ぴしぴし枯枝折る　梳りゐて雪嶺の
雪渓(せっけい) 夏に残っている雪　天界に雪渓として　雪渓日曝し霧曝し　大
雪渓太陽恋ひの　友を奪いし雪渓なれば
【行く】(ゆ)　雪を航き　霧を航き汽笛の中を　無電技士わ
かく北風航く　帆を並めて航く
出でゆく(い)　買物籠さげていでゆく　ひとりいでゆく
往なん(い) 行こう　海へ往なむと　海越えて往なむか
い行く(ゆ)　武蔵野をい行旅人　いゆく船べり
赴く(おもむ)　恋の心のおもむく如し
まかる 行く　疾く罷るべく　燭とりてまかりし人の
遣る(や)　文は遣りたし　里へ遣る　幼らを海べにやりて
行かん(ゆ) 行こう　都へ行ん　雨乞踊見に行かん
行きのまにまに(ゆ) 進むに任せて　吾が舟の行のまにまに
行き行きて(ゆゆ) どんどん行く　行き行きて大地の中へ　行きゆけば

おぼろ月夜と　袋角森ゆきゆきて
【行方】(ゆくえ)　おほ空にゆくへは見えて　わが行方いなづまし
ては　一片の落花の行方　ゆくへなく出でゝ来たりし
行方(ゆきがた) 行く方向　跡かくす師の行方や　行きがた知らずたゝ
かひの後
行方も知らず(ゆくえ し)　ゆくへも知らず漕ぎ別れぬる　ゆくへ
も知らぬわが思ひかな　寄せ来る波の行方知らずも
【行手】(ゆくて)　行手に黒き森の影　ゆくて塞ぎて　行く途い
そがな　君が行く路のゆくてに　鷗よゆくては遠からむ
入るさ(い) 入る方角 入る時刻　鳥遠し雲にいるさの　いるさの月に
海手(うみて) 海のほう　海手より日は照つけて
恵方(えほう) その年の縁起のよい方角　かけとあそべる恵方かな　ほのかに明く
る恵方かな　恵方参りの渡し舟
【行く水】(ゆみず) 流れていく水　行く水の絶ゆること無く　ゆく水に
紅葉をいそぐ　行く水に恋を流して
下行く水(したゆみず)　下ゆく水の年を経て　下ゆく水の流れをば
聞く　峰につもりし雪の下水　梅が香きよき雪のした水
流水(りゅうすい)　流水遠く春去りて　おのれ徹して一流水　明り
流水底を見せ　流るる水の　流水返らず
【湯気】(ゆげ)　珈琲の湯気なくなりぬ　肉 湯気をはなちけ

ゆ

り　湯気の煙の　湯気が描きたるまぼろしの絵か

蒸気　白い蒸気の帯　水蒸気列車の窓に　噴湯の気上りて　吸入器しろき蒸気をふきあげて　蒸気の虹に

火気（熱気や湯気）　竈には火気ふき立てず

湯煙　軒の湯煙ゆく手つつめり　湯けぶりのはふぬれ肱　温泉煙の田にも見ゆるや

【揺する】　闇をゆする浪のとゞろき　風の盃をゆすり　炎のそこの紅ゆすり　高き木を吹きゆすぶりし

いたぶる（激しくゆれる）　木々のかなしくいたぶるは　波の穂のいたぶらしもよ　風をいたみ甚振る波の

【豊か】　ゆたかなるそのおもざしに　ゆたかなるみのりの野路の　ゆたかなる苗代水の　乳牛の豊かなる腹

寛　わがこころもでのゆたならば　春の水ゆたに流れて

豊かに　厨ゆたかに湯を捨つる　ゆたかにひらく牡丹哉　朝の潮ゆたかにみてり

【ゆっくり】　ゆつくり歩かう　草木の悠悠として

ゆくらゆくら（ゆっくり）　ゆくらゆくらに伝らむ　ゆくらゆくら春の帆つゞく　ゆくらゆくら君身の上を

おもむろに（ゆっくり）　おもむろにみ堂を降る　交番の巡査おもむろに　おもむろにして潮に消えたり

ゆおびか（ゆったり穏やか）　春の日のゆほびかにてぞ　ゆほびかに歌は流れむ　ゆほびかに野はうるみ

【湯殿】（風呂場）　三日の月湯殿のくちに　たそがれの湯殿の窓を　障子しめて灯す湯殿や

据風呂　秋風わたる門の居風呂　据風呂の梅にとなれる　居風呂に棒の師匠や　居風呂に二人入りこむ

湯壺（湯ぶね）　露の湯壺に小提灯　つれづれに浸る湯壺や　蒼き湯つぼに朝湯あみ居り　出湯の壺底なめらかに

湯槽　湯槽に聞きしうぐひすの　浴槽にありぬ春の夜の人　硫黄臭き湯槽に　湯槽にうかぶ桃の花びら

【指】　指をながれて涙ぞくだる　指をだにとらざりし君が　しかし月夜の指を愛す　指の間夢の如くに

指頭　指頭にをどる触覚のうづ

おゆび　人のをゆびの血は涸れはてぬ　燭の火をきよき指に　をゆびに紅をさしぐみて

および　こは誰れが指の痕ぞ　および染めつつ摘ませけらしも　苺つむ母がおよびは　処女子の清き指ゆ　黒髪をわがおよびにし

指先　さしのばす指尖　何時も冷たい指さきの　指の先より蝶たたす　女のしろく細き指さき

五本の指　五本のゆびを開いて見る　五本の指まはして
われの　細き五つの御指と吸ひぬ
十指　十指の爪を抜きはてて　凍蝶を容れて十指を
十の指　十の指組みさんたまりあと　拾のお指に
小指　小指やはらにしなやかに　小指もて引く竜胆は
小指　小指もてとかさむ君は　小指のさきに
人差　ひとさしゆびにかゝる虹　人差指に爪ぞ失せたる
親指　赤い蟹の親ゆび　拇指に拭いし朱肉
紅差指 薬指　左手の紅さしの指輪に
指紋　指紋鮮かに夏埃　あの日この日の指紋を剝がせり
【指差す】　オリオンはあれと指さして言う　負うた子が先へ指さす　少女指せば昼月ありぬ　朝を指さす
指す 指差す　翼ただ海を指しぬ　夜中を指して
【弓】　花見がてらに弓いれば　弓が誘ふかろい響　楊弓を引　那須七騎弓矢に遊ぶ
梓弓　梓弓引きみ引かずみ　御執らしの梓の弓の
真弓 弓の美称　その左手のしらま弓　真弓の弦の響あり
弦音 弓のつる　弦音にほたりと落る
弓弦 弓のつる　弓弦高鳴りて雲裂けんとす　初夏のものは弓弦をはるごとく

標的　日盛りの的射ぬくおと　北風トオレノ標的ノ森
征矢 戦争に使う矢　星天に征矢を放ちぬ　反感の征矢　みだれ射よ雨降る征矢を　征矢奉る　心の征矢ぞ月に射ぬける
火矢 火をつけて放つ矢　かなしみの火矢こそするどく
矢響き　矢響のただ聞ゆなり　征矢のひびきに
やじり　青い鏃の　わが掌ひらけば石のやじりあり
【弓張月】 上弦または下弦の月　弓張の月に外れて　ひかり涼しき弓張の月　ひかりさしそふゆみはりの月
片割月　はゞひろき片われ月や　梅が香さむき片われの月　かたわれ月の雲隠れ
弦月　こんや異装のげん月のした　弦月の光
半月　半月うごく溜り水　半月にひとりかへりぬ　宙のつめたさ昼半月　月は半月鋭く光り
半輪　月半輪に傾きて　半輪の月波のあなた
【夢】　脱走の夜ごとの夢は　夢を食む緑の森　灯を消して夢をまつ間の　音なき夢を積みくづしする
夢見　夢見けはひの日をあけり　水禽の夢見ごこち　大仏は夢見がほなる　夢みがちのたそがれどきに
残夢　馬に寝て残夢月遠し　蝶は夢の名残わけ入る
夢語り 見た夢を語る　夢がたりかたらふ窓の　友にゆふべの夢語

ゆ

るなり　いまぞ見し世の夢語りする
夢醒む　世は渾沌の夢さめて　ゆめならば覚るな花の
夢枕　夢のまくらにかすむ月影　うつらうつらの夢枕
悪夢　悪夢背骨にとどこほり　この時悪夢破れけるかな
たぐひなき悪夢を見つる　夜毎を地獄に堕つる夢ばかり
【夢路】夢でたどる道　月しろの顫ふゆめぢを　夢は昨日の路に盲
ひぬ　夢の通ひ路人目よくらむ
夢の直路　ゆめのたゞちも露けかりけり　夢の直路は
現ならなむ　夢のたゞぢに秋やきぬらん
夢の浮橋　人の世はたゞ夢の浮橋　夢の浮橋とだえして
【ゆらゆら】　ゆらゆらのぼるかげろうよ
ゆらに揺れて音を出す　巻き持てる小鈴もゆらに
ゆららか　ゆららかにゑがく渦の輪　ゆららかや
ゆらり　大蛍ゆらり〳〵と　ゆらりと高し
【許す】　奔放無軌の母を許せよ　人を赦すぬくき心は
現身の世を赦しえず
詫びる　詫手紙かいて　足らざりし愛を詫ぶれば
【緩ぶ】ゆるむ　ややにゆるびしすがたこそよけれ　あな
がちに肌ゆるびなき　雲のゆるびて
心緩ぶ　心やゝゆるぶを覚ゆ　ゆくららかにこゝろゆるび
て　おしかもの心ゆるびて
たるむ　声もたるみぬ春の海
【ゆるやか】　ゆるやかな歩みと言えど　ゆるやかな虹
なだら緩やか　山のなだらさ　凍み雪の森のなだらを
なだらか　夷かに麦の青める
【揺れる】　鳥逃げし枝のさゆれや　大地いましづかに
揺れよ　喚ぶ声地をゆりにき
あゆく　あゆかせばこそ　揺ける我を　ほしのあゆくと
さ揺らぐ　ひとびとの影さゆらげば　月かげにさゆら
ぐ蓮の　ひとむら薄さゆらがず
葉揺葉が揺れること　青葉若葉の葉ゆらぎに　葉ゆらぐ陰に
揺らぐ　おぼほしく曇ゆらぎて　揺らぐともし火　胸
にはゆらぐ　ほのかなる花のゆらぎに
揺らめく　花藻ゆらめく森かげの水　ゆらめく光彩
揺る　波ゆりくれば　蕗の芽とりに行灯ゆりけす
浮巣をゆりて風吹くらむか
揺るぐ　ゆるぎ出でたり雉子たつ音　日に氷山の影ゆ
るぎ　よろぼひてゆるぎ歩きし

よ

【世】二世この世とあの世　ふたつの世へと別れて帰る
二世の願行　二世を思はば

世世 代々　はなちるさとは世々のまつかぜ　世々にとむすぶ　世々の契りも　世々のはるかぜ

往し世 過ぎ去った世　過し世を静かに思へ

前世 前世の魂を追ひ　さて知らじさきの世のゆめ　さきの世かうつし世にてか　前の世に見たわれを訪ふ

あの世 来世　冥府の温風　この世あの世のわかれみち　あの世もかかる花や咲くらむ　彼の世の磧

あらぬ世 来世　あるもあらぬもかはりなき世に

隠世 来世　幽世に入とも吾は　幽世に往にける妻と

後世 来世　後世の道　後世の勤めも　後世を願はば

来ん世 来世　今の世は来む世の影か　こむ世の契

末の世 来世　末の世ながく　末の世までぞ

後の世 来世　花よみがへる後の世も　後の世を願ふ阿弥陀の　後の世かけて花見かな　後の世をとへと契りし

三瀬河 三途の川　みつせ河渡水竿も　みつせ河渡らぬさきに

【夜遊び】 まひなひにしぬ夜遊びのあと　蚊帳つりおきて夜遊びに出づ　夜遊びや炉辺から炉辺に

月夜鴉 うかれカラス 夜遊び人　月よがらすの声ふけて　月夜鴉さはにわたれり　月夜鴉啼きつれ超ゆる

夜行 夜あるき 夜あそび　夜行好むめり　百鬼夜行に

よあそび――ようかい

【宵の口】 こころ浮きたつ宵の口　まだ縁日は宵の口

浅夜 山風のさわぐ浅夜に　すさまじき浅夜の凪に　浅夜の雨のひゞきあり　蛙はなくも夏の浅夜を

初夜 午後八時から九時頃　雲漢の初夜すぎにけり　初夜の陀羅尼の　初夜後夜の虫の声こそ　初夜過ぎて出づる月の

【酔う】 酔てかほ出す窓の穴　酔はぬ心をただひとり　涙の酒に酔ひけるよ　ふり仰ぐ瞳の酔うてゐる

酔泣 ゑひ泣するを許せ君　酔泣死に死ぬがまされり　酔ひなける人をかへして

酔歩 酔歩し横行し　足もあやふき酔羅漢はも

酔覚 酔ざめの水のうまさよ　酔ざめのひとりの窓の

酔い痴れる 酔ひしれて舞ふ野守磯守　酔ひ痴れをれば夕となりぬ　酔ひ痴れし吾　市の巷に酔ひ痴れて

酔い倒れ 酔倒あり花の陰　酔ひてまろびて恋あふれぬる　酔ひつぶれたる妓の寝息

酔いどれ 酔ひどれの悲喜劇を　酔眼に外に出れば

酔語 酔った上でのたわごと　一語二語酔語かはして

【妖怪】 鉄の妖怪の正体を　妖魔のあれ狂ふすがたを　妖婆のひきし車にも乗る

あやかし 海に現われる妖怪　あやかし船の帆や見えし　真夏日の海

のあやかし
魑魅　私は林の魑魅となり
天狗　句もあらば天狗も申せ　天狗住んで斧入らしめず
変化　美しき女ぬすまむ変化もの　ふいと消えたる変
化もの　変化のものと　悪玉踊の変化もの　変化居る白
日時
化物　われハ芋の化物　化生の者とすれあひにける
化ける　汽車に化けたる狸あり　官女に化けし狐あり
霊魂てふに化けむはいつぞ　公達に狐化たり
物の怪　ものの怪の戯れ更けぬ　踊り出したる怪のもの
が　夕闇にめぐる怪体や
狐憑　真顔さみしき狐憑　狐の落ちし顔で飲む
【容器】器　顔あらふ器に盛れり
鼎　鼎に伽羅をたく夜哉　鼎のたぎる響して
缶　ブリキの缶を棒ちぎれで　やけくそに空缶を叩けば
酒甕　汝が矢は逸れて酒甕を射る　かなしみ来る酒甕
を置く　酒甕に凭るを知らざる　酒甕に凭りて眠るを
樽　うま酒の樽を送り来て　樽それぐ〜の化粧薦　酒
樽をふみこかしたる
罎　牛の乳罎にあたためて　姉がなさけの瓶の芙蓉よ

薄手　薄手の玻璃の鉢　薄手の猪口の　ぎ
【洋服】　洋服の皺は寂しく　洋服はすれて光れり
あるそん服の　黒い服を　冬服の紺　青淵透く駅に冬服
シャツ　血と雨にワイシャツ濡れて　赤シャツ逃げる枯
芦原　汗のシャツ夜も重たく　きみのシヤツに口紅のあと
ブラウス　ブラウス白く目にしみて　ブラウスの技巧は
憎き　咳込む白きブラウスの背も
スカート　すかあとをかろくかかげて　ビーチドレス
は濃き波の色　スカートに脚あらはしつ
ズボン　寝押しせしズボンをはきて　デニムの君が足に
て蹴れば　女は赤いパンタロン　赤いズボンを
チョッキ　チョッキ白きアメリカ蛙ら　わが胴衣稚く紅
く　巨軀の社長の白チヨツキ
上着　夕焼のそむる上衣を　上着をぬぎて誰も手に
ネクタイ　ネクタイとマフラと対や　よきネクタイや
年の暮　ネクタイを吹く風に　春のネクタイ春の灯に
もんぺ　もんぺ穿き傘たばさみて　雪の国もんぺの国へ
【漸く】次第に　漸くにこころは澄みつ　漸と雨降やみて
いつしか　いつの間にか　いつしかに年を重ねぬ　いつしかに鶏も巣
ごもり　いつしかに老ひ

よ

かつがつも ともかくも・やっと　かつ〴〵も実になりゆきて

辛うじて ようやく　辛うじて蠟燭ともる

【夜風】　黍畠よりの夜風かな　音のして夜風のこぼす　夜風ぞ騒ぐ雨来るらむか　蛍ながるる夜風の青き

小夜風　蘭の香高き室の小夜風　小夜風さむしかたわれの月　さ夜かぜのさむく吹なべ

【欲】 煩悩　野原の慾と　慾望の波の高さを示す

貪欲　愛に貪欲な唇は　うすくれなゐの貪慾な唇と

むさぼる　骨もとけよと酒をむさぼる　菊のにほひむさぼり吸ひぬ　春眠をむさぼりて

野心　わがアンビシアスほのぼのたのし　妙な野心で

【横】　こほろぎ橋を横に見て　野を横に馬牽むけよ

なぐれて 横へそれて　夕立の余所になぐれて　なぐれて高き蛍かな　時雨風川瀬になぐれて　風になぐれて

横様　よこざまに入る窓の月かげ　横さまに雨脚見ゆ

横しま 横ざま　よこしまにさく窓の梅が枝　横風の る　よこざまに白光はしる　よこさまにちる花も

横むく　夏の怒濤をよこむきに　横むいて種痘のメスを

【横たわる】　よこたはる骸二千に　喉穿りて横たはる夜の　病の床に横はる　よこたはるかな木の芽ふく山

横伏す 横たわる　川上に横伏す山の　白き猪の横伏し喘ぎ　あまたの山等横伏せり　横臥して暮れゆく山に

横たう　佐渡によこたふ天河　秋風に琴を横たふ　入日横たふいろり哉　眼下に横たふ谷は

【夜毎】　涼しき灯夜毎にふえて　夜毎の月に砧打つ　日毎夜毎に海をながむる　灯を打つ蛾も夜毎

夕去らず 毎夕　夕さらず河蝦鳴く瀬の

宵宵　なほ宵宵に眉作るあはれ　宵々の月　はかなくもよひよひ毎に　よひよひにぬぎてわが寝る

夜離なく　夜がれなくかたらひ給ふ　一夜も枯れず

夜頃 この頃 毎晩　二月の望の夜頃に　京の夜頃の鐘の音　この夜ごろ言葉すくなに　夜頃病めれば

夜な夜な　雪の夜な夜な

夜夜　夜々に濃くなる天の川　夜々の青葉木菟

【汚れる】　霧も灯も青くよごれて　汚れつちまつた悲しみに　汚れた夢の　われのみが汚れて居りぬ

汚れ　壁のよごれに灯は滲みつつ　くろきよごれを拭ひつ、わが夏足袋のうすよごれ　靴のよごれを

きたなき　穢き迄に花多し　きたなき牛が　灯取虫より汚きが　海はきたなし溝の如し

よ

穢れる　けがれたる身を魂を　穢身の　けがれてよりの影が濃し　汚シハテタル　日々の足袋の穢しるし

染　羽ばたきめぐる黒き斑点　薬の汚染黄に褪せのこるしろき汚染　襖絵の古き染など

砂まみれ　浮袋砂まぶれ　砂まみれなる鉢のてざはり　砂泥にまみれ　焦砂にしとどまぶれし

まみれる　雪まぶれ我は　香にまみる　如法の闇にまみれつつ　つゝじまぶれの　露にまぶれし

踏みにじる　萌え出づる青草蹂る　蕗の薹踏みにじり　念仏ふみよごし　踏みにじられた芝よ

汚す　冬が汚せる硝子拭く　雪をよごした儘帰り

【良し】　語らずもよし　死ぬもよし　エホバは善しと　月夜よし夜よしと人に　更けて去る人に月よし

良み 良いので　花を吉み鳴く霍公鳥　月を良み雁が音聞ゆ

機会 チャンス　好き機いつしか逸れて

上上吉 最高に良い　我春も上々吉よ　上々吉の暑かな

見よげ　見よげに書ける女名の　見よげなる年賀の文を

美き　浮鳥の美き夢ゆれて　美き蛾みな

美き衣 よい服　美き衣きるをうれしと思ひし　よき衣きたる掛人　美き衣きせむとねがひたり

宜しき ちょうど良い　この頃父の老のよろしさ　生れたる家はよろしも　聴くによろしと　言のよろしさ

宜しみ 良いので　蕗の葉の雨をよろしみ　春日よろしみ

良し悪し　わが噂よきもあしきも　わが性のよきもあしきも　人のいふよしあしごとを

【世捨て】 出家　世の中を捨てて捨て得ぬ　世を棄てむ生きむ死なむと　老を山へ捨し世も　世をば捨てつる

出家　我に出家の心なし　おん児の得度の日かや

身を捨てる　身は捨てつ心をだにも　焰踏みいくの身捨てて　捨つる身に我がかげばかり

世と離る　世と離り鬢白めども

世を厭う　よをいとふすみかは苔を　世を狭みいぶせく籠る　よのなかせばくなりはてゝ

世を背く　世に背くかなし恋ゆゑ　世にそむき侘び居しをれば　世の中を背く便りや　世をすねて住む竹の奥

山に入る　山入の供仕れ　身をすてて山に入にし

枝折せず 帰り道の目印をつけずに山に入る　枝折せじなほ山深く

世捨酒　花なき蝶の世すて酒

世捨人　世を棄てびととなるもまたよし　世捨人らしい表情をする　衆道の上の遁世者　世を捨人の

よ

【寄席】 漫才消えて拍手消ゆ　たま〳〵とほる寄席のまへ　寄席の崩れの人通り　怪談の寄席や場末の

高座 高座のひとの遠きおもかげ

噺家 落語家ひとり　落語家の小せんの家の

【余所】 鶴の遊びを遠余所に　余所の灯見ゆる　よそなる鶴も　よそに鳴る夜長の時計　夕立の余所になぐれて

余所目 他人の目　憂きめをば余所目とのみぞ　よそめ楽しき　外目にも逢はぬものゆゑ　よそめにはいと幸せと

【装い】 花にも勝る身の粧　相逢ふ人も夏装ひ　朝よそほひのしばらくを　はやばやと夏よそほひの

衣装 美の畏怖の衣装をつける　能やみて衣装をたゝむ

装束 服装　馬装束の数々を　旅装束

盛装 盛装の妻の静けき

出立 赤い出立の蜻蛉哉

身仕舞 ゆあがりのみじまひなりて　身じまいを

装う われは卑下せず装へり

【よそよそし】 二人ゐてよそ〳〵しさよ　よそにして恋ふれば苦し　鴉のつらの余所がまし　いかによそだつ

片心 少しの関心　ひたすらめづる片心　かた心つく

よそに 無関心　桜花よそにながめて　う［憂］かりし方はよそに見て　人のあはれをよそに聞くべき

【夜空】 霧の夜空は高くて黒い　音たかく夜空に花火　夜空ながるる風の遠鳴　星でかざった夜の空

夜天 ひとり見つむる夜天の星を　きさらぎの夜天に思ふこころ　闇の夜天をしろしめす

夜の空 金の昼、黒き夜の空　夜の空のうすらに　水ほの白き夜の大空に

【淀】 水が淀んで深い所　おほゐの淀に氷をぞしく　淀の浮木の苔も青めり　花火せよ淀の御茶屋の

青淀 青淀にもみぢ葉ちりて　青淀のおもむろにして　水は濃青に淀みて揺れず

淵の色 つららは淵の色をなす　水鳥もなき淵の色

青淵 青々した深い淵　青ぶちの水面ゆらぎて　真蒼淵　ここに静もる岩垣青淵　八瀬の青淵花ふゞきする

深淵 アジヤ的なる愛の深淵

淵 上は茂れる淵なれや　底澄める汨羅の淵に　人を取淵はかしこ歟　光なき淵は　飛鳥川淵は瀬になる

澱 澱った光の澱の底　かなしみの滓を啜るごとくに

淀み たけるうしほの大淀み　沼の淀みに釣り居れば

よ

岩かげの水のよどみに　くらき水田の夕澱み
淀む　浮雲は淀みたゆたふ　そこはかとなく淀む憂鬱
わが苦の淀み動かず　草いきれ強し空気よどめる
水曲 川のまがってよどんでいる所　水曲の明りほのぼのと
【夜長】 夜が長い　夜長踊りて　夜長の風呂に　夜長病む　ふみかためたるみち夜長
長夜　長夜の闇に浸るかと　長月の長夜のすさび
長き夜　長き夜や通夜の連歌の　夜の長きこそうれしかりけれ　夜ながき雨に花もなし
【世の中】　世の中のひとやの闇に　世のなかにまじらぬとには　世にまじり立たなんとして
世　世の涯の空を翔つて　波高き世を漕ぎ漕ぎて　ある世の夢を身ごもりに死ぬ　世をわびつつも
浮世　うき世の霜の袖袂　さびしさハうき世のはてぞ
人の世　淋しい人の世の中に　人の世の半を過ぎて　人の世のかなしき桜　人の世のこゑ還りくる
世人　世人みながら　世人皆われにつれなき
火宅　火宅の人を笑らん　火宅の門を　三界火宅を
娑婆　娑婆がこゑあぐ　まつさかさまに娑婆に眼の醒む　娑婆塞ぞよ　娑婆世界　娑婆にゆゆしく

人間 人の住む世界。世間　人間の槐樹には
世界　世界は地つゞき水つづき　見えぬ世界に求むる手
塵の世　塵深きちまたに老いて
天下　天下の春をほしいまゝ　天下の秋も
【呼ぶ】　母いでて我よぶ見ゆる
妻呼ぶ　河蝦妻呼ぶ　さ男鹿の妻呼ぶ秋は
友呼ぶ　友呼びわたるかりがねに　月に友呼ぶさをしかの　梟ぞ森に友呼ぶ　友呼ぶ声のすごき夕暮　友呼ぶ千鳥
名を呼ぶ　薄月に君が名を呼ぶ　人の名呼びてひとりほゝ笑む
母を呼ぶ　母を呼ぶ愛し児のため　別れし母をよぼふらん
灯を呼ぶ　滝口に灯を呼声や　秋の夜の灯を呼ぶ　燭を呼ぶ声背戸に起る　燭よびたまふ夜の牡丹
舟呼ぶ　舟を呼ぶこゑは流れて　舟よばふ声をちこち聞ゆ　渡船呼ばへば木霊をかへす　淋しきものや舟よばひ
呼ばう　雪くると呼ばはるこゑす　あひ呼ばふ梟のこゑ
呼び交す　夫婦呼び交し鶴さはに鳴く　死なば諸共と名をよび交す

呼ぶ声　吾子呼ぶ声す　さびしらに呼ぶよび声も　猫呼ぶ声の朧かな　道絶えて人呼ぶ声や

【夜更】　そんな夜更をまたも醒め来ぬ　悲しい夜更が訪れて　冬の夜更の心寂しも　悲しい夜更は腐つた花弁

降つ夜　くだつ夜の果てしもあらぬ　くだちて夜の静かなるかな　暁降ち　小夜のくだちに

夜籠り　夜ごもりに出で来る月の　夜隠りに

深更　深更の街路の上の　走り行く深更の町

深夜　幽けくもあれや深夜冴えつつ　深夜をものの声は絶えつつ　喉鳴らしつつ深夜を寝ねず

夜深き　夜深き町の人の声　寂しき予測生みて夜深し　車はすべる夜ぶかき土を　夜深の虫の声も絶え絶え

夜をこめて（まだ夜深いに）　夜をこめて麦つく音や　夜をこめて鶏の啼迄　夜をこめてひらくおもひは

夜が更ける　夜ぞ更けまさり炉火をつぐ　霜のおく夜や更けぬらし

小夜更けて　さよふけてかどゆくひとの　小夜ふけて厠に立てば　街のどよみの小夜ふけて　小夜更る

夜降　夜ぐたちに寝覚めて居れば　夜くだちの独机に

夜を深み（夜が更けたので）　夜を深み恋の遠路　さ夜ふかみ澄み渡る空の　宵ふかみ　夜深み若葉の匂ひ

【黄泉】（冥土）　黄泉の磧になげくとも　梅ケ香黄泉にかよひけり　黄泉の扉を

賽の河原　さいのかはらに石積むとふを　彼の世の磧

泉下　泉下の人の魂に似るらむ

冥途　愚案ずるに冥途もかくや　底は冥途の

幽冥　幽冥遠き夫と子に　幽冥へおつる音あり

冥府　夜烏むせび冥府にやかへる　冥府の使と破沓に　冥府の真洞に皆墜すべし　怪しき星の冥府に尾を曳く

黄泉路（冥土の道）　暝土の径を昇りゆく　よみぢの寒さおもひつ、をさなくて辿るよみぢぞ　黄泉のいそぎ

【蘇る】　甦へる我は夜長に　よみがへる春のひかりに　水底からよみがへり　肌の記憶よみがへらむとする

生き返る　生き返るわれ嬉しさよ　生きかへりぬる

息衝く（生き返る）　身をととのへて息づきにけり

再生　地に人は生れまた人を生む　再生の隠忍を教へ

【読む】　鏡花を読みしのちのまぼろし

ひもとく（本を読む）　つれ〲に古書ひもとけば

書読む　書よみて時は過ぎつれ　月に書よむ女あり　書読む窓の夜寒哉　書読む人のともし哉

読みさす 読みかけ　経読みさして閼伽酌みに　読みさして月が出るなり　読みさして庭に出でたり

読初 新年初めて書物を読むこと　読初や読まねばならぬ

読み継ぐ 続けて読む　読みつぐ表紙古びしチェホフ　読みつぐグリム物語

【夜もすがら】 夜通し　月夜蟋蟀よもすがらなる　夜もすがら声なき星の　夜もすがら魔とたゝかひて

夜すがら 夜すがら灯す出水かな　夜すがら啼けり町なかの森に　夜すがらの看護を了へて

夜ただ 夜たゞ雨ふる　夜たゞ音になく虫もありけり

【寄る】 朱の牡丹の花びら寄りあふ　二人よりくる焚火かな　妻も火桶にゝじり寄り　帆柱に凭る

相寄る 水泡の相寄れば消ゆ　あひ寄りて秋を泣くなり　相寄りて葛の雨きく　相寄る月と山のともし火

片寄る 空に片よるまあかき冬日　雀かたよる百舌鳥の一声　かたよりに流るゝ水の　片寄りに煙はくだる

波寄る 灯台下に白き波よる　笛の音に波もより来る

押し寄せる 暗さおしよせる　鰹がとれておしよる　白波おしよせてくる

寄せる 鯉の巣に東風の波よせ　波さへよせて涼しきものを　浦の小石に波よせて

【夜】 寝顔に夜の雨ひゞく　夜は青く輝きわたり　夜は夜とて星をみる　深き夜や風にみだるゝ

小夜 さ夜の寝覚めの床さえて　澄みとほる小夜の雉子の　小夜の風聞く　さ夜しづまりて

夜陰 夜の暗がり。夜分　幽かな夜陰の風の象　夜陰咳はげし

宵 宵の雨暁の月　宵あけぼのゝ其中に　宵々の雨に音なし　山彦は宵に戻るや　うたなくすぎぬ氷雨宵町

夜さり 夜になって　狭霧立つ月の夜さりは　雪ふるよさり

夜目 薔薇咲きて夜目にも白し　落椿夜めにもしろき　夜目ながら赤く笑ひき　夜目に見たるはかやつり草か

惜夜 明けてしまうのが惜しい夜　明けまくをしきあたら夜を　紫摩黄金の良夜は　をしと思ふ夜を

静夜 春の静夜をやはらかく　静夜の夢は

遠夜 遠夜の空にしも白き　遠夜に光る松の葉に

白夜 並木あかるき白夜かな　十時は十時白夜かな

夜の底 人皆の眠りひそまる夜の底に　沈みゆく夜の底へ　青葉濃き夜の底より　夜の底ひに雪はつもらむ

良夜 月の明るく美しい夜　パナマ編みゐる良夜かな　弥勒のおはす良夜かな　静まり果てし良夜かな

よ

【夜の雨】 ひとりし聞は夜の雨　いとどしき夜の雨は
れて
雨夜 雨夜なれども月明り　月霞むはては雨夜に　雨
夜の野路の　浅草の雨夜明りや
小夜時雨 小夜時雨眠るなかれ　降込むおとや小夜時雨
夜雨 あなたなる夜雨の葛の　草市や夜雨となりし
【夜の色】 うつくしき夜の色こそ　夜のいろ深し
夜色 玉階の夜色さみしき　夜色は微に
【寄辺なき】 よるべなきわが生命をば　よるべなき声
は虚空に　よるべなみ路に　草抜けばよるべなき蚊の
頼めなき あすといふ日のたのめなき　頼めむなしき
身寄り 縁者なく　みよりべに妻と二人し
【喜ぶ】 ただに歓びて湯をたたき居り　百日の昼をよ
ろこびし　喜ぶ母と居て楽し
歓喜 今日を生きるいのちの歓喜　湧き起る歓喜のため
には
歓声 群集の街上の歓声　歓声のわっと上りて　農休み
の放送せに歓声上ぐ　救急車さる歓声のなか
喜び よろこびの涙こぼしつ　よろこびと悔と望みと
よろこびは星にあこがる　よろこびは恋の歓楽

【よろめく】 青き閨よりよろめきて立つ　空を踉めく
しじまの中によろめきて
蹌踉 蹌踉として人は歩めり　蹌踉としてけふもあ
ゆめる　さうろうとして水をさがすや
よろける 蚊帳よろけいで　菜の花のよろけて立てり
よろぼう しわかきたりてよろぼへる　よろぼひて
ゆるぎ歩きし　藪かげによろぼふ鳥居
【夜半】 落葉うつ夜半の霙の　さめてまた時雨の夜半ぞ
夜半の壁にうつる己の影　夜半の山風
中宵 中宵を過ぎしころ　中宵に夢破れて
半夜 塗られつつ半夜にいたる　山の月半夜にいたり
半夜いねざる暁の　半夜の鐘を
小夜中 さ夜中のこのわびしさを　小夜ふけて
深夜 深夜の歯白し　深夜の潮の満ちにけり　深夜の
海の蒼波の　深夜の喇叭霧の奥に　深夜のおもひ飢うる
がごとく
中夜 夜更けて中夜に　初夜中夜
真夜 真夜ひとりひそかに　聖くゐる真夜のふたりや
奥山の真夜の悲しさ　ねむれねば真夜の焚火を
真夜中 真夜中の雨はふる　真夜中何を呼ぶ犬ぞ　真

夜中と覚ゆ　真夜中の音を聞き

【雷】　雷を怖れぬ女かな　しづかに雷の夜を昇る　初雷の雲に接する

ら

雷　いかづちのおとする雲の　いかづちの轟く方を

雷　神鳴晴れて又夕日　雷のごろつく中を

鳴神　雲居はるかに鳴神の　鳴神のけふ興がるあとや

雷雨　一山の雷雨の後に　雨雲に雷こもりつつ

雷鳴る　いとどしく雷鳴りしころ　昼の雷鳴る　雷鳴りはじむ　雷鳴りきこゆ　雷な鳴りそね　雷鳴りわたる

雷鳴　もりあがりくる雷鳴の

遠雷　遠くで鳴る雷　遠雷は地に隠れて　空は晴れつつ遠雷きこゆ　遠雷の鳴るを聴きつつ　遠雷とどろけば

遠雷　かそかなる遠雷を　遠いかづちす春のゆふぐれ

遠雷　遠雷や雲の峯　遠雷や湯あみ時

雷雲　まひるしづかに雷雲崩る　雷雲に反響する

【雷火】雷による火　遠雲の雷火に呼ばれ　雷火たばしるに　雷火野に立ち　雷火降つて

天火　落雷による火災　雲裂けて天火ひとたび

落雷　落雷の光海に　落ちし雷を　雷落ちて大杉燻る

【楽園】　楽園の花さきそめぬ　楽園の花うつろひぬ

お伽の国　お伽の国のまつりです

桃源郷　桃源の路次の細さよ　桃源郷は何処にあるのか

【落花】散った桜の花弁　うすれひろがる落花かな　鷹鳴いて落花の風と　笛に落花を打払　落花のむ鯉はしやれもの　書庫の書に落花吹雪き来

散る花　散るとしもなく散る花のあり　散花も心やしや　散来る花の身に寒し　ちるはなは雪にまがひし

桜吹雪　ならび咲く桜の吹雪　二の膳やさくら吹込む

花散る　花散らしたる炉辺かな　花散りて四月の宵は　花散る里に通ひなば　花も散り人も来ざらん

飛花　飛花堰きあへず居士が家　飛花落葉の

【ラッパ】　起床ラッパは冴えつつ遠し　遠くかそけき兵舎のらつぱ　喇叭のおとにやぶられし夢

チャルメラ　通りすがりのちやるめらの　ちやるめらの暮の時　かたかげの闇をちやるめらのゆく

豆腐屋の笛　豆腐屋喇叭息長し　清しみて聞く豆腐屋の笛

【欄干】手すり　欄干に凭りて眠れる巡礼　欄干に夜ちる花の　大河の欄干　欄干橋を

おばしま　月の夜の蓮のおばしま　菖蒲のかこむおば

しまに　玉欄の人に　春雨かをるおばしまに
勾欄 宮殿や渡り廊下のてすり　勾欄に春の散り来る
手摺　手摺まで闇の来てゐる　日に熱き欄干に寄れり
陽炎や手欄こぼれし　二階家のてすりに
欄　木曾の春日は欄に流れて　春の香淡きくれの欄に
水ゆく欄にわれすゑて　丹の欄にさへづる鳥も
欄に倚る　欄に凭りたる紅葉かな　暮れて旅籠の欄
に倚るとき　橋の擬宝珠に手を凭せ
【洋灯】　雲の背に青いランプを　ラムプの金との夕まぐ
れ　黄なる洋灯の　洋灯臭しと　洋灯のくらき
角灯　角灯に流るゝ夜霧　角の灯の青き狭霧を
卓上灯　卓上の灯を小さく守る
釣ランプ　養蚕部屋の釣らんぷ　一つりのランプのあかり
【龍宮】　龍宮の夢はさめたり　龍宮のうへ漕
ぐ船や　竜王の女の涙ふるかな　龍の宮ゆ欄

り

紅玉を
浦島の箱　かの浦島が老の箱　浦島の箱ならぬかと
海神　海神の持てる白玉　わたつみの姫と生れて
【流星】　流星がさけびしほどの　半はくらき流星のみ
ち　流星の飛びたるのちの　流星は天城へ落ちて

彗星　彗星の友　彗星が見えて
箒星　遠くなりたる箒星　芒もさわぐはゝき星
落星　落星のかくれ所と　星落来る
流れ星　天の原流らふ星も　流るゝ星の落つるとき
星飛ぶ　いちめんの星はじけて飛びぬ　星飛ぶ夜半の
飛ぶ星に眼のかよひけり　飛び去るも御空の星の
隕石　隕石のやうに黒い煤　金の隕石　隕石の群ながる
る　隕ちてくる星のなげきか
抜星　ぬけ星は石ともなるか
夜這星　推参したり夜這星　野分の空の夜這星
【流木】　流木を火となし　流木寒し冬の海
流れ木　流れ木を積む荒磯や　よこたふるなり白き流
れ木　流れ木を湖へ押す
【料理】　雲雀料理をささげつつ　料理屑流れ行くあり
いさゝかな料理出来たり　名所の蕨の料理
膳夫 料理人　主膳夫雉子を獲て
精進落 肉食ができるようになる　肴乏しき精進落　精進おちの生鯉
料理る
料る 料理する　すっぽんをりょうれば　春菜淡し鶴料理る
鯛を料るに俎せまき　鯛をろす大俎板や

和えもの（酢で和えたもの） 菊の花酢にひたしつつ　毟らるる菊
芳しき　酢を吸ふ菊のすあへかな

膾 皿愛でて菊膾する　花に来て鱠をつくる　長良の川
の鮎膾　汁も鱠も桜かな　汁も膾もと申されしに

おでん ふつ〳〵と煮ゆるおでんや　人情のほろびしお
でん　おでん喰ふそのかんばせの　関東煮　味噌おでん

鮨 鮒鮓や膳所の城下に　海凍る国に鮭鮓　あざみや
苣に雀鮨もる　母がつけたる鮎の鮓の　なれ過た鮓を

田楽 田楽の笛ひゆうと鳴り　芋田楽の冷たさよ　田
楽きれてさくら淋しき

鍋物 鮟鱇鍋箸もぐら〳〵　煮ものがはりの鰌鍋
あたたかき葱鮪の湯気や

風呂吹 大根 風呂吹の一きれづゝや　風呂吹に僧と一座の

【凛凛しき】 凛々しき声に涙ぐむ　水仙のりりと真白し

凛として 木戸りんとして　大凧のりんとしてある
紺いろの瞳をりんと

凛凛 リン〳〵と凧上りけり　木々りんりんと新しや
凛々と杳きわだちの　凛々として

【臨終】今際 亡き友がいまはの面わ　船破れ沈む今は
に　子の臨終静かなり　哀れなる臨終の声は

今際の際 臨終の際に遺すこともなし　臨終のきはの
もの言ひに　いまはのきはに　御臨終の水まゐらせて

息せぬ 呼吸せぬといふにせんすべもなし　わが妻の胎
児の呼吸のきこえずと

息絶える 息きれし児の肌のぬくもり　われの子ども
の息終るおとを　息たえたまひ

命極まる 命きはまる床の上に　わがいのち極まれり

いやはて 人の命のいやはてどころ　道のいやはてに死は
輝けり　いやはてのいのち燃えつつ　いやはての夜の

限り 今日を限りの命なら　限きぬべき老の身に

死床 死床の人の美しく

死に際 死ぬきはに子を思ふこと　死に臨み

死に近き しづかに寝ねて死にちかき　赤蜻蛉来て死
の近き　死に近き母に添寝の

終の命 ゴオホつひの命　つひのかりの身　終のゆふかぜ

瀕死 瀕死に傷いた小鳥の　猟舟に瀕死の鷺が

命終 この雪嶺わが命終に　尼の命終に

命終る この島にして命をはらむ　命をはり息もしま
さね　をはりの朝の夢にさへ　つひのいのちを終りたる

【輪廻】 窮みなき輪廻の世界　輪廻の小鳥は砂漠のか

り

げに　一つの輪廻を断絶して　女人輪廻の罪業か

流転　生々流転蜉蝣の紐　流転の波の咳嗽の　流転の鳥の

る

【留守もる】　旅の留守もる筵戸の月　留守もる家のこすもすの花　留守もる鹿のそゞろ顔

宿守る　宿もる主婦に　宿もるものは有明の月　もる人もなき我が宿を

留守　夫留守の夕餉早さよ　大切の猫も留守なり　覗いて見ても留守である　留守しづか

留守居　おもひは走る留守居する妻へ　お留守寒しや

【流人】島流し　流人の墓の小ささよ　磯にかぎろふ流人かな　流人をのせし大船か　流人に遠き雲と雁

流離人　流されてさすらへの身と　さすらひびとに

流され人　少年の流され人は　流され人の手弱女は

配所　流刑地　配所には干網多し　配所のこころ安さも

れ

【霊】幽霊　木の下かげには幽霊がゐる　透明な幽霊の複合体　床をさまよふ蝿の幽霊

木霊　木にやどる霊　木精おこしてゐる童子あり　木霊を秘す草の戸の　樹神も住みぬ　木精あそべる冬日かな

魑魅　山林や木石に宿る精霊　遠き精霊か　すだまとも生くるか　耳たつる木かげのすだま　すだま夜を呼ぶ森の下陰

精　たしかに見たる石の精　曙の精露といふ　百千の花の精のいでて　森の精湖の女神と　銀台の星の精

精霊　神の業を遂行するもの　月は精霊を伴とする　精霊の旋律に　クリスマスの精霊のやうに　聖霊の鳩の

ニンフ　ギリシャ神話に登場する妖精　ともに往かずや水精のむれに

フェアリー　ヒラヒラと舞ふ小妖女に

地霊　土地の神霊　甦る春の地霊や

亡霊　陽炎の亡霊達が　空は死児等の亡霊にみち

山祇　山の神・神霊　山つみのお花畑は　老のこもりを許せ山祇　山祇のゐまさぬ冬を

ろ

【炉】　炉を囲む童女を前に　松炭燃ゆる五月の炉

囲炉裏　雪の夜の紅きゐろりに　囲炉裏から飛ぶ栗も

囲炉裏火　囲炉裏火に照り輝くや　ゐろり火の次の室くらく　ゐろり火の揺れのうすれの　ゐろり火に集ひよる

囲炉裏辺　ゐろりのほとりとはに春なり

炭櫃　いろり　長炭櫃　炭櫃の煙　すびつのもとに

炉火　囲炉裏の火　炉火あかし　よき炉火と我とのみあり　炉火いよよ美しければ　炉の火にかけて甲羅酒　燃ゆる炉の火をなつかしみけり

るれ

焜炉　こんろに赤き火をおこす　ガスコンロの青き火に
夏炉　濡れしをあぶる夏炉あり　雨寒しとて夏炉焚く
炉框　炉框に置く盃や　炉框の早や傷きし
【廊下】　板の廊下を通ふはつ春　子等を廊下に吹く秋のかぜ　とほく廊下のつきあたり　夜の廊下のつめたきに
軒廊 屋根つきの渡り廊下　御社の軒廊のごと
長廊下　目にはてもなき長廊下　かの病院の長廊下かな　長き廊下のゆきかへり　夕うすひかる長廊下かな
御廊　ふるさとの寺の御廊に　石の御廊にひざまづく
廊　なべての廊しづもるは　廊より顔を出したまひ　芝居の廊の夏のそよ風　垂花めぐる朱の廊に
細殿 宮中の廊下　灯影ゆらめく細殿に　細殿に拾ひし扇
渡殿 宮中の廊下　京の子はしきわた殿の月　花散り埋む渡殿に　ここのみ闇の春の廻廊
【楼閣】 高殿　ちらちらと楼の灯させる　石の望楼にのぼり　楼下に満つる　晩楼に目を極むれば
台 高殿　玉のうてなの閨の戸に　玉の台の欄干に
閣　今日よりは閣のあるじぞ　閣上に飛鴻を看る
水楼 水辺の高殿　みどり迫れる水楼に　水楼に君を眺むる　水楼の雨の音さむき　朱の楼も灯も水ぎはに

西楼 内裏　西楼に月落ちて
夢殿 法隆寺　夢殿にほのかな秋日　夢殿の昼を舞ふ
高殿　高楼の婚礼の場の　高楼に立尽したる
高楼　春高楼の花の宴　高楼の琴　君高楼の花に酔へ
高き屋　高き家に君と登れば　高き屋にひとりのぼりて　高き屋に登りて見れば　高きにのぼり酌さけは
【漏刻】 水時計　漏刻のごと粛やかに　山の漏刻　漏刻の水落ちつくす　秋水一斗もりつくす夜ぞ　漏刻の音と
時守 漏刻の番人　時守の打ち鳴す鼓
水時計　長生殿の水時計　古代の水時計は
【老女】　唄うたふ老女の姿　老女寝て居る　老女の想
姥　稲こきの姥もめでたし　姥ひとり泣　百歳の姥
媼　手弱女は媼となりて　小川に媼は衣あらひ　畑道たどる媼づれかな　松露うる媼にあひし
婆　婆々ひとり住む藪の家　ともし火暗く婆老いぬ　おばゝ酒をほしがる　灰色のはぐれ婆　わりこむ婆や
老婆　老婆眼さだめ口むすび　兵隊送るほとんど老婆　老婆ちぢまりゆきて消ゆ
【老身】　老身のひとり歩きを　老身に汗ふきいづる
老の身　老が身の何もいらざる　限きぬべき老の身に

たのまれぬ老の身をもて
老骨　老骨をばさと包むや
【老人】　宵寝覚めたる老二人　哭きつつ消えし老人
今日よりぞ入る老人の国　仏説く老人
老仲間　日々の勤めの老仲間
老の友　今はひとりの老の友　おもてしわびて老のどち
老ての後の蝶鳥の友　旅に老いし友
老人　影絵みる老人が手の　尊くもあるかその老人は
老びとは明日をいはひて　善人は老びとめきて
翁　あるじの翁舞出よ　おきなにまなぶ俳諧苦　亡き
父に似たる翁と　翁に紙子　わたつみの島の翁は
好好爺　四十なれども好々爺
宿老 長老　宿老の前に火桶を　宿老の紙子の肩や
尉と姥 老翁老嫗　落穂拾はずや尉と姥　物うき世かな尉とう
ば　尉と姥秋刀魚一尾を　木の実拾ひや尉と姥
老紳士　ハンカチーフや老紳士
【蠟燭】　蠟燭の火にしたしめる　蠟燭の心を切るこそ
顔こそ並べ蠟燭の明り　らうそくの涙氷るや
絵蠟燭　絵蠟燭緑にくゆり
白蠟 純白の蠟　白蠟はほのかに点れり　白蠟をほのかにともし

白蠟を黄金の台に点して　白蠟の人形めきて
蠟　天わたる日は蠟の如きかも　蠟の燭　蠟の火の焔ゆ
らげば　蠟の火をほのかにともし　蠟の火ぞしじに瞬く
蠟涙 流れ落ちた蠟　蠟涙ツツ　みづから焼けし蠟涙や　蠟涙に肩
打たれたる　蠟涙はながく垂れゐき
【老年】　垂直降下仰ぐ老年の　老年の口笛涼し　なぐ
さめがちに老を養ふ　しづかに老を楽しまむ
老の坂　目くるめく老の坂路に　七十の老の坂越
老いらく　老らくのいのちやしなふ　おいらくのすさみ
かあらず　おいらくの父と　老いらくの母が言葉は
老境　楽しい老境に入る
【六月】　六月の野の土赫く　六月の朝さやかにひらく
六月や峰に雲置　雨のふらぬ六月　六月の清潔な指
青水無月　青水無月の雨ぞ　青水な月の月夜哉　青水
無月のはやも来よかし　水無月の青日射
水無月　水無月のゆふべうらがなし　水無月まなか
水無月のゆふべはながし　風凪ぎわたる水無月の
【路地】　露路の正面へ日が落ちる　路次の闇親子除け
合ふ　細ろ次のおくは海也　月のしづかな路地を往く
路地裏　芥貧しき露地裏に　抜け裏に　抜け路地を

【露台】 男を喚びぬ露台の少女　かはたれの白き露台に　海に臨める夜の露台　病院の秋の露台に

テラス テラスに合はすさかづきの音　テラスの床の湿へば　前のテラスの夕まぐれ時

バルコン ほの白き露台　君をさそひし秋の露台

ベランダ ベランダに夕の日あびて　朝のベランダ

望台 測候所の望台に立てり　望台のうへ風ふきまさる

【露店】露店 露肆のかんてらの灯も　露店並めて売るものは　停車場前の露店に

屋台 屋台鮨屋の小鰭さへ

夜店 閻魔の夜店の灯　夏の夜店に　露店の油煙

縁日 縁日の灯のいろうつる　月は欠けたり縁日の　秋の縁日の灯の群れのまへに　縁日のはてたるあとの

【櫓の音】 誰が船ぞ櫓の音みだし　その櫓の音に心みだるる　真菰がくれに櫓の音聞ゆ　かへる小舟の艪が響く

櫓声 漁夫らが櫓ごえ海の面に張りて　響く艪の声

櫓の軋り 櫓の軋る音鈍い音　艪のきしりいよ〱たかし

櫓拍子 緩かな艪拍子や　五月雨にきく櫓拍子の音

【炉端】 炉端の酒の恋しさに　炉端まろ寝の

炉の辺 歌は炉の辺に思ふべきかな　ひと枝挿せば炉の辺なごみぬ　正月の炉のほとりより云ふ

炉辺 炉辺に孤坐して　新年の炉辺貧しけど

炉辺 夜の炉辺に旅を思ひつつ　炉辺に家族つどひあふ

【論ずる】 蘭の価を論じけり　論争の余焔をさます

論う 功利の輩があげつらひする

会議 寺による村の会議や

議論 梨子をかぢつて議論している　本気にて議論せし頃の　神様と議論して泣きし

結論 かきうつす手のすでなる結論

論 唯物論の若さと縛ち合ふ　相対論の創始者に　蟻の唯物論　行動に実らぬ理論　引力にゆがむ光の理論など

論理 清しき論理に息つめている　その論理に嘔吐する　涙しいる彼らの論理

独断 われの美しき独断として

理想 魔のまへに理想くだきし

わ

【若返る】若返る 老人われ若返りけん　老いぬともまた若ちかへり　草も木もをちかへりきほひ

変若水 若返りの水　天人の咲酒変若水　大夫は変水求め

変若つ 老人の変若つとふ水ぞ　昔見しより変若ちま

しにけり　また変若ちめやも　いやをちに咲け

若やぐ（若く見える）　おもかげは若やぎて見ゆ　若やぎの薄ぎぬを着せ　淡雪のわかやぎ匂ふ　楓わかやぐ

【若き】　若い女の角隠し　死にたる君は何時までも若し　若い命のあゆみぶり　若き果肉をかがやかす

青春　青春は降りこめられて　青春のやうに悲しかつた　青春の可能信ぜよと　青春の眼に　青春を悩み

若さ　湯あがりの妻の若さを　残る若さを思ひ見むとす

若やか　わかやかにひねもすうたふ　いと若やかに花は咲けども　わかやかに燃えぬ　君が血潮いとわかやかに

常若き（ずっと若い）　とこ若きは過去語らずと

うら若き　ひそめし眉よまだうらわかき　幼児とうらわか妻と　御厨子なる釈迦うら若し

うら若み（心底から若々しいので）　妹がうら若み　花うらわかみ

【若木】　若木しみみの葉をひたし　杏の若木咲きいでぬ

新樹（初夏の樹木）　光り飛ぶ矢新樹の谷に　新樹光る　新樹みなぎる闇の夜は　新樹濃し

青木（青々した木）　青木のもとに男の眠れる　青木伐り

【若草】　若草に風到れり　若草の芽ぐむをふみて　今日よりもえむ垣の若草　若草は地に冷えて

草若し　草若み隠ろひかねて

新草　胡蝶が恋の春の新草　浅みどりなる新草よ

和草（柔らかい草）　箱根の嶺ろの和草の　春の和草

春草　消えて生れし春草の　雪や生ぬく春の草　少女が胸の春草に　春草たかしかへるふるさと　春の若草

柔毛　草の柔毛のいちしるく　柔毛もて青草うづめ

【分かず】　花のこゝろはわかぬものから　面輪もわかずなりにけり　底ひもわかぬ

文色も分かず（見分けがつかない）　文色もわかず日は暮れぬ　小夜ふけてあいろもわかず

未知　未知の光に衝突し　未知の色　湯槽で語る未知の人

【若葉】　若葉の奥にふくみ鳴き　雲を吹き込む若葉哉　埋もれて若葉の中や　見ゆるかぎり皆若葉なり

青葉　山寺は青葉に暗く　蝶ひくし青葉ぐもりと　青葉若葉の日の光　あをばがくりに　青葉越し

新葉　新葉の奥に　まぐはし新葉たちそひて

二葉　擡げたるふた葉ひらきて　ふた葉にもゆる茄子種

【若水】（元旦の朝早く汲む水）　若水を野に汲宿　けさ若水のつるべかな　わか水浴る　わか水わか湯わか茶かな

年男（その年の干支生まれの男）　年男胡座して謡　年男まだ屯せる

福沸し（若水を沸かす）　福わかし鬼わかしでも

【若者】　月下地上の若者さらば　舌重き若者　この若見ればまこと飛沙魚　濤が若者さし上げる

青年　子に青年期ひらけつつ　海より来し青年　青年が釣り河豚啼けり　青年のひたぶるごゝろを

若人　若うどや大鮫屠る　若人にすぐ谺して　力強く若人一千　若人と浴みつゝたのし

冠者（元服した若者）　夜を寒み小冠者臥したり

【我家】　我家のくらさ野の青さ　花に暮て我家遠き年を経て帰る吾家に　わが家の門に見やる夕ばえ

吾家　吾家の上に鳴く鳥の　吾家の業と　我家の森に小鳥は啼くも　とほき我家は　ふるさとのわざへの里に

愚庵　ひとり読む愚庵の歌は　愚庵の柚味噌蕃椒

我が門　我門過る月夜かな　我かどに立つけはひして　わが門の落葉を焚きて　しめはへてわが門はかん

我が宿　声のかぎりはわがやどに鳴け　わが宿のそがひに立る　わが宿に咲ける藤なみ　人も音せぬ我が宿に

【別れ路】（人と別れてこれからたどっていく道）　わかれ路やただ曼珠沙華　友の別路　影かさなりて別れけり

分かれ道　この世あの世のわかれみち　別れ路に生ふる

【別れ霜】（暖かくなったあとで降りる霜）　土のひびきやわかれじも　山家のかけろ別れ霜　すそ野ぐもりに別れ霜

春の霜（春になってから降りる霜）　春の霜身が窶る詩を

忘れ霜（晩春最後の霜）　元気を直せ忘れ霜

【別れる】　野分に向いてわかれけり　別るるや夢一筋の　秋風吹かば別るとも　別るるは死ぬにひとしと

相別る（分かれ分かれになる）　いさぎよくあひわかれむと　笛の音高く相わかれゆく

立ち別れる（別れ去る）　こなたかなたに立ち別れ　立ち別れ岬に見れば　しひてみつつ立ち別れ　立ち別れ行く都路や

別離　別離の顔冬の落暉に　寒き別離　全き別離　別離に耐へる　別離の前の夜の卓の瓶

別れ　つれなく見えし別かな　わかれの今をうさもなげに　別れきて別れもたのし　雪をはらふも別れかな

別れ際　更けて土橋の別れ際

別れ別れ　わかれ〳〵になる港かな

子別れ　生きながら子に別れしわれは　別れこし子は悄然と居る　吾子に別れの手を

妻離る　この夜頃つまを離りて　この旅の日に妻離くべ

しや　妻とへだたれる　己妻離れて　わが妻離る

人に別れる　人に別れてや、老けし　人に別れしあした　つくしの人と別れけり　人の別れは背を向け合い

別れし人　飽かずして別れし人の　別れし人の行方たづねよ　別れし人はいづくゆくらむ　別れ女人や

【湧水】　水湧音や井の底に　湧きて流る丶真清水の　岩水の朱きが湧けり

岩井 岩間の湧き水　岩井くむ　岩井に浮くも　岩井の水を

山の井 清水のわき出る山中の井戸　山の井に蛍這ひゐる　くみもくまずも山の井の

滾滾　冬虹の根の滾々と　滾々と水湧き

【分く】 区別する　悪し善しを思ひ分くこそ　夜もまた昼もわきがたく

けじめ 区別　深き浅きの差異さへ

【湧く】　湧きのぼり来るにくしみの　湧き出づる湯に身は浸り　湧き出づる音なきものら

湧き立つ　南の海湧き立てり　湧きたつ吐息　波のわきたつ南風かな　夏雲の湧き立つ彼方

沸沸　ふつふつと上る熱情は　芋粥の鍋沸々と

【分け行く】 押し分けて　緑をふくむ山分けて行く　こすもすを分け行く人の　桑の葉の茂りをわけて　分けゆく露に

掻き分ける　五百重しき波かきわけて　しづかに水脈かきわけて　かきわくるひと足ごとに

踏み分ける　苔のかけはし踏みわけて　道ふみわけて訪ふ人はなし　篠ふみ分けて苺採り　みくさふみわけ

行けど行けど　行けど萩行けど薄の

【分ける】　分けあって一つのリンゴ　頒けてやる倖せもたぬ

分かつ　どこそこ分つ冬菜哉　たのしみをわかつ想ひに空をわかてり　釣り得たるうろくづ分つ

【災い】　禍ひを与へて心　わざはひも三年たちし　わざはひ多き恋なりき　禍い招く烽火台　天のなすわざわい

難　山の木も嵐の難に　女難ははずれ家内安全

凶作　凶作の刈田　凶作の稲扱きの音

凶　まぎれもあらぬ朝の邪ごと　凶の水か黒みわたる　凶のしるしと　黒き帆あげし凶船の

禍禍し 不吉　禍つ監獄に　まがまがしき事

黒雲　黒雲に沖は雷する　植えて去る田に黒雲が　黒雲から風　黒雲に映える雨の稲　うずまく黒雲や

わきみず――わざわい

わ

不吉　てのひらにまた不吉なる　不吉な影を曳き
禍罪　小さきまがつみが　まがつみが黒き衣着て
呪こる（わざわいにあう）　まじこる凶の蝙蝠　闇の香の呪こる
厄　つまづく辻や厄落し
【わずか】　僅かなるみのりといへど　庭にわずかな夏
草を　少年の夢わずかに育て
はつか（かすか ほのか）　はつかなる萌黄空あり　初わかなはつかな
れども　残るみどりもはつかなる　はつかに白し
はつはつ　青麦のはつはつもゆる　菊の芽のはつはつもえて
木の間もる日のはつ〳〵や　はつ〳〵に咲く遅ざくら
一抹　霧一抹の良夜かな　一抹の雲　一抹の雪
一縷　中より一縷白き煙す　一縷の光われにさす　一
縷の生の糸　只一縷
かつがつ　かつがつ結ぶ秋の夕露　かつがつ落つる橡拾ふ
ほど　きその雪かつがつとけし　かつがつ織れる
許多　そこばくの馬休らへり　そくばくの粟束ねあり
塵　塵も染めざるその翼　塵のまよひに
一重　ひとへに薄き夏衣　落葉一重
ぽっちり　椿の花のぽつちりと　半鐘がぽつちりと黒く
微塵　夏の微塵の澄むところ　微塵の空のこる　微塵の
星　露微塵忽ち珠と　枯木の枝の日の微塵
【忘貝】　忘れ貝寄せ来て置けれ　うちよせてける忘れ
貝哉
恋忘貝（恋の苦しさを忘れるという貝）　岸に寄るとふ恋忘貝　拾ひて行かむ
恋忘貝
恋忘草（恋の苦しさを忘れるという草）　岸に生ふてふ恋忘れ草　そむきて
泣きて忘れ草つむ　忘草をば人摘まば　忘れ草夢路に
さへや
【忘れる】　何として忘ませうぞ　梅雨のくらきをさへ
忘れ　地を忘れ　われ住む世をばわすれたまはじ
思い過ぐ　思ひ過ぐべき恋にあらなくに
忘却　忘却の水澄めり　忘却の波をくぐりながら
忘れぬ（忘れない）　君を忘れず口惜しけれど　うつくしきひと
をとはにわすれじ　世にも忘れじ　吾は忘れじ
【早稲】　早稲刈つてよき飯くらふ　おもひのまゝに早稲
で屋根ふく
早稲田　わさだのくろに　わさだかる　早稲田雁がね
早田は刈らじ　早稲田の師走
早稲穂　早稲の穂の花　風にたすかる早稲の穂の月
早稲の香　早稲の香のしむばかりなる　早稲の香をな

つかしみ　早稲の香うれしかゝり船　早稲田の香こそ

【綿】 綿を干す寂光院を　布団綿の紙包みなる　綿の上著もわれ忘れめや　貫綿や

真綿 真綿のやうで　著せたまはりし真綿かな

棉 棉の実が欠裂ける　摘みのこされし棉の実の　花かと見へて棉畠　棉笑む風の北よりす

綿打 妬まれずねたまぬ男綿うちて　綿打つ弓の音ききて

綿屑 微かに匂ふ綿くづの　雪と降り舞ふ綿屑は

棉取 棉取や犬を家路に　我や彼岸の生綿取り

【綿入】縕袍 新しき縕袍を着るや　厚いどてらの重ね着で　しんぼしたどてらの綿よ　甲比丹織の縕袍に

小袖 小袖をほどく酒のしみ　縫ひさしの小袖はおきて　はれ小袖ぬひあらたむる　雛の小袖の虫はらひ

布子 ぬのこ着習ふ風の夕ぐれ　布子のあつき船頭と布子の恩のおもさかな　布子一枚へらしをれども

【渡舟】 馬のいやがる渡舟　合歓の花ちる渡舟　渡舟待つ小笠の一人　夕渡舟　早乙女がちの渉し舟

渡し（船付場） 大島の波浮の渡しを　二人落ちあふ渡し哉　雨の渡に　渡口にぎはふ　菅の小笠に渡しよぶ岸

渡舟 春の渡舟かな　雪どけや渡舟に馬の

仕舞船（その日の最終便） しまひ渡舟にのつたりけり

渡船（人や貨物を船で対岸に渡す） 臆病な馬を渡船して

渡船場（渡し舟の発着場） 渡船場の冷えこころよき　人ら待ちゐる渡船場に　渡し場のさびる九日

渡し守 花の吹雪の渡し守　渡し守ばかり蓑着る

【渡瀬】（川の渡り場） 川の渡瀬鐙浸かすも　渡瀬深み　渡り瀬ごとに守る人あり　渡る瀬もなし

川門（川の渡り場） 川門には鮎児さ走る　川戸を清み

【渡り鳥】 渡鳥仰ぎ仰いで　わたり鳥雲の機手の　白き鹹湖の候鳥　湖水の空の渡り鳥　渡り鳥とほ行く空は

鳥帰る（春、渡り鳥が帰つてゆくこと） 雪の山々鳥帰る　帰り後れて行乙鳥

鳥渡る 揃ふて渡る鳥の声　谷中の塔や鳥渡る　鳥も渡らぬ寒さかな　落葉にまじり鳥渡る

【渡る】 地平をわたる海鳥のむれ　ゼズイトの僧渡り来し　わたり来し橋をかぞへて　狐が渡るは

海渡る 萩真白海渡りきて　おくれて一羽海わたる鷹　秋の風海をわたりて

渡海 渡海船今し出づとて　渡海大鱶とたたかひ遊び　渡海もならぬ遊牧やならぬ　渡海大波も目の緒さり

わ

渡来 外国から来る　白鳥渡来日本の　南蛮絵の渡来も
水を渉る　黄河の水をかち渉り　水を渉るや鷺一つ
水を渡らばや　山楝蛇みづをわたれる
【罠】　罠なくて狐死にをる　罠を知らねばわれゆきにけり　男を罠に落さむと　弓弦はづれてむぐら罠　雀罠二つかけたる虎鋏
囮　木の影躍る囮籠　囮鶉のひそみ音に　淡雪や囮鳴きたつ　囮鮎ながして水のあな清し　をとりの鮎を
小鳥狩 霞網で小鳥の群をとる　小鳥狩したるその夜の
鹿笛 猟師が鹿を誘う笛　鹿笛のひとつは谷へ　鹿笛の上手を尽す
青野に吹く鹿寄せ喇叭
狙う　狙ひよる蛇の眼もなく　大麦の香になに狙ふ
野締　野じめの雀
【侘しき】 なんとなく悲しい　足あとのなき田わびしや　やはりわびしきつはの花　もろに侘しいわが心
恨み侘ぶ 恨む　恨みわび死ねよと人を
恋侘ぶ 恋にもだえる　恋わびぬ音をだに泣かむ　旅をしすれば恋わぶるかも
侘びしらに 困窮してぼける　わびしらに貝吹く僧や　侘しらに菊なつかしみ　いふことのみな侘しらに

侘び住み　深山の寺のわび住みは　侘び住むや垣つくろはぬ
侘び鳴き 悲しそうに鳴く　草むらごとに虫のわぶれば
侘び寝　月の輪の侘びねに光る　ふとん引合ふ侘寝かな
侘人 わびしく暮らす人　わび人のわきて立ち寄る　わび人よいでてをろがめ　ただわび人の　侘ぶる者あり
【藁】　藁まきちらす牛の角　福わらや塵さへ今朝の藁たゝきつゝ暮るゝ手に
積藁　積藁のうしろに赤し　積藁に朝日の出づる
藁塚 わらを積み上げたもの　数限りなき藁塚の　道の端大藁塚の　ゆふやけの藁塚そむる
新藁　田に並べし新藁塚も　新わらの出そめて早き
藁灰　藁灰つくる　麦畑にわら灰打ちて
藁火 わらを燃やして焚く火　菊炙らるゝ藁火かな　わらの火のへら〳〵雪は　まれ人にわら火たきつゝ
藁布団　ねればがさつく藁布団　わらぶとん雀が踏んで
藁法師 わらを編んだ帽子　ぬくき日を浴る藁法師　藁法師わらみだれ　藁法師除れば枯れたる
【笑い声】　笑ひごゑ流るゝ春の　藁屋にこもる笑ひ声
笑らぐ　笑らぐ赤ら頬　かたむけ笑らぐ　笑ぎたはむ

わ

れ酒酌めど　えらえらわらう　腹ゆすりゑらぎ笑へど

大笑い　声あげてわらふ日もなき　道化師や大いに笑ふ

哄笑　中学生屋根に哄笑し　哄笑天に尾を引けり

高笑い　楼上の高笑ひ　かなしめば高く笑ひき　さりげなき高き笑ひが　隣りで不意に高笑い

笑う　笑は空に消えて　けろり笑える　心から笑つて見たし　金輪際牛の笑はぬ　我をわらふ人闇にあり

【割る】　蟹の脚嚙み割る　瓶割るゝ夜の氷の

砕く　あを空に砕け散る日を　香りつつ嵐にくだけ　月を砕きて　くだかで洗ふ月の白波

割れる　通草の実ふたつに割れて　月破れて　山畑や茄子笑み割るゝ

【我】自分　この一点に小さき存在　月もひとつ我もひとりの　月と我とばかり残りぬ

吾　吾が利心よ　五目並べは吾が負けにけり　寝もと吾は思ふ　吾を待つらむそ

僕　死にたい僕がいとしい　間の波間に僕は沈んだ

私　ちいさな私がのぞいてる　残された私ばかりが

我のみ　われのみや夜船は漕ぐと　われのみぞ訪ふ　春風をわれのみ載せて　僕ばかり一人になつた昼

わる――わん

己自分　おのれはげまし書き終へしかど　おのれ光りて飛びそめにけり　自己にこもり老いゆくならむ

己自分　きりぎりす己が臑喰ふ　分限者の己が絵像や前に塞る己が影　己が火を　己が顔ふと見わすれし

己自分　己が膚をまじまじと見る　壁にうつれる己が影を　寒鴉己が影の上に

【椀】　膳椀の露きるうちや　夕にあらふ昼の椀　椀のうつり香よかりけり　椀に浮くつまみ菜うれし　浅黄椀

一椀　一碗に足る味汲ん　一椀の粥を啜るも　一椀の餉にあたゝまり　一碗の酒　一碗の飯ただ汗となる

紅茶の碗　紅茶の碗の上に散る　紅茶の碗の匙鳴れば

五器ふた付きの椀　五器に飯ある乞食小屋　五器を洗ひに出る　春風花に五器一具　置どころなき猫の五器

玉碗美しい茶碗　白玉碗に清水汲む

茶碗　茶碗真白く洗ひ去る　どなたが来ても欠茶碗　空虚の茶碗に欠伸と倦怠が　南京茶碗塩煎餅

片碗ふたのない土製の椀　片碗の蕎麦湯汲みわけて

碗　黒楽の碗しぬびつつ　土形の碗ならべたる　素焼の碗に　めづらしきもひに茶をたて

わ

動植物

／のない見出しの五十音順。
／のある見出しはその前の動植物の関連(別名など)。

貝類

青貝(あおがい)　青貝に月の匂の　この早熟の青貝よ　上水が青貝色に　青貝いろの月光のはね
青柳(あおやぎ)　青柳の泥にしだるゝ
阿古屋貝(あこやがい)　阿古屋の貝を敷き列ね　阿古屋の貝の光して　阿古屋とるいがひの殻を
／**袖貝**(そでがい)　あこやがいの異名　衣のうらの袖貝を
浅蜊(あさり)　浅蜊浅蜊と呼ぶ声も　浅利は浅利背中を合はす
鮑(あわび)　片かげの岩の鮑も　鮑を潜く海士のむらぎみ　海女の太腕鮑ささげ　あわび採る底の海女には
磯貝(いそがい)　磯貝の片恋のみに
貽貝(いがい)　貽貝の島は波うちしぶく
／**烏貝**(からすがい)　いがいの異名　白良の浜の烏貝
海胆(うに)　海女潜り雲丹を捧げ来　修羅や海胆
海酸漿(うみほおずき)　海ほほづき口に含めば　海ほほづき鳴らせば　遠し　岩間の潮に海ほほづき
牡蠣(かき)　牡蠣の殻よりあはれなる　春の夜の牡蠣小さく　菊枯れて牡蠣捨ててある　牡蠣ぞにほへる初秋のあさ
子安貝(こやすがい)　渚の子安貝　紅いは海辺の蚕安貝　波どんど　波どんど子安貝　お前も私も子安貝
桜貝(さくらがい)　貝の中なる桜貝　重ねて薄し桜貝　桜貝寄る
栄螺(さざえ)　栄螺の腹の赤きたはむれ　大いなるさざえの貝の
蜆(しじみ)　手桶の蜆舌を吐く　口あけぬ蜆　岬を出でゝ蜆舟　水の滴たる蜆籠　むき蜆　家路にかへる蜆うり　幼き蜆うり
田螺(たにし)　鍋の中にて鳴くたにし　田螺をさぐる腕の先　田螺の蓋も冬ごもり　陽炎を吐く田螺かな　大なる田螺の不平哉
月日貝(つきひがい)　赤とうす黄の月日貝
蜷(にな)　とどまる蜷や水ぬるむ　蜷はひまはる水たまり　蜷にしづかな日ざしかな
蛤(はまぐり)　蛤の荷よりこぼるゝ　蛤のふたみにわかれ　蛤を貝合とて　配所を見廻ふ供御の蛤　立春の大蛤を
海星(ひとで)　月光に乾くヒトデあり　手足動かす朱海胆　白い海盤車を　ひとでふみ蟹と戯れ
法螺貝(ほらがい)　法螺の音の何処より来る　法印の法螺に蟹入る　わびしらに貝吹く僧や

魚類

鯵 サファイア色の小鯵買ふ　夕鯵を妻が値切りて　小鯵小ざかな　鯵の骨　鯵の色見て　鯵の声　地引鯵

鮎 鮎落て宮木とゞまる　鮎青く　鮎を得ざりし鵜の顔よ　鮎さびて川の底まで　新月の光めく鮎

／**鮎子** 鮎の子の心すさまじ　瀬を早み鮎子さばしる

／**小鮎** 竿続ぎ足すや小鮎釣　小鮎ういもの石めぐり　小鮎引かれて下る瀬に

／**氷魚**（あゆの稚魚） 網代の氷魚を　篝火をひをは好みて

／**落鮎** 鮎落ちて焼火ゆかしき　後ろさがりに鮎落つる　おちはてて鮎なき淵の　落ち〳〵て鮎は木の葉と

／**下り鮎** 下り鮎一聯過ぎぬ　鮎下り尽きし瀬の夜を

鮟鱇 鮟鱇あげて浪平ら　霰のなかに鮟鱇を切る

烏賊 鰤網に赤烏賊の泳げる　繁殖期の烏賊の甘き内耳　花烏賊墨を吐きつくす　花烏賊墨をすこし吐き

鰯 何万の鰮のとむらひ　月照るいわし雲の下

岩魚 襦袢をしぼる岩魚捕り　あけびさげたる岩魚釣

鰻 よく焼けしうなぎの肝や　鰻を取ると川に流るな　むかし好きしむなぎをだにも

海老 小海老にまじるいとゞ哉　はや夏の海老をむしりて　伊勢えびにしろがねの刃の　一群過ぎし手長蝦

鰹 鰹もて顔見直さむ　松魚はみねど時鳥　小鰹を乾して　熊野が浦はいま鰹時　鰹一本に長家のさわぎ哉

／**初鰹** 山ほとゝぎす初がつほ　きのふと過てはつ鰹　潮こぼるゝはつ鰹　初鰹直が出来る

蟹 空をはさむ蟹死にをるや　蟹はしづかに眸をつむる　横這蟹はあをさの陰に　紅蟹のごと逃げまどふ

／**小蟹** 小蟹ちり走る鋏立てたり　打水に濡れた小蟹か　揺がしゐるは小蟹かな　さゞれ蟹足はひのぼる

／**沢蟹** 渓に潜める沢蟹を　沢蟹の吐く泡消えて　沢蟹のかたき甲らを　川蟹のしろきむくろや

鰈 遠浅に鰈つる子の　宋八かれひ香しく焼く

鯨 紀の国人とみる鯨　沖で鯨の子がひとり　鯨もよらず海暮ぬ　鯨の寄る島の　いまは鯨はもう寄らぬ　鯨法会は春のくれ

／**鯨魚**（くじらの古名） ゆたのたゆたに勇魚あそぶも

海月 うす青き海月を追ひて　海月とり暮れ遅き帆を　水母にもにてちちぶさは　海月に交るなまこ哉

鯉 鯉は苔被て老いにけり　鯉も浮かにのぞく池　母うつくしく鯉ふとる　手どりたる寒の大鯉

こまい——なまこ

／**緋鯉**　池水に病ふ緋鯉の　緋鯉の背に梅の花ちる

氷下魚　現れしアイヌと氷下魚釣る　氷下魚の穴に海溢る　氷下魚釣獣の香を　氷下魚釣るあなた馬橇の

鮭　鮭の半身のつるされしかな　鮭の背わたの血の色よりも　川鮭の紅き腹子を　鮭上るべき　鮭の白干

／**乾鮭**　独り干鮭を噛得タリ　乾鮭も登るけしきや　から鮭に腰する市の　乾鮭のからきを食みて　乾鮭や琴に斧うつ

鯖　上総の海の青ひかる鯖　鯖の旬即ちこれを　鯖買える　鯖ずしの　鯖の海　鯖寄るや　刺鯖ハ

鮫　瞬間に鮫に喰はれぬ　襲ひ来る青鱶鮫の　大いなる鮫　若うどや大鮫屠る

鱵　糸づくり光る鱵魚は　さよりのやうに敏感で

秋刀魚　さんま大漁その一ぴきの　昼めしすますさんまかな　平目よりも旬の三摩かな　旬三摩

白魚　白魚や黒き目を明　しら魚しろきこと一寸　白魚のかぼそきいのち　白魚ほそしたへがたし

鱸　鱸にうごく大気かな　俎の鱸に水を　鱸釣て後めたさよ　鱸の巨口玉や吐　鯉切尽て鱸かな　すずき釣り舟走るめり　鱸取る海人の灯火

すっぽん　すつぽんもふぐもきらひで

鯛　俎上の鯛一尾　鯛はあれども塩くじら　国より届く鯛十枚　鯛の骨たたみにひらふ

／**小鯛**　海にくれば小鯛もあをし　小鯛さす柳涼しや　網もれし小鯛かくれて

／**桜鯛**　桜鯛釣る沖の海士舟　さくら鯛へ刎ねたる　白き歯並や桜鯛　雪の中なる花さくら鯛

蛸　飢ゑた蛸　足閉ぢて章魚の類は凍らむ　農夫葱さげ漁夫章魚さげ　章魚逃げてゆく　痩せて章魚突く

／**飯蛸**　飯蛸の一かたまりや　飯蛸の頭つゝきつ

／**蛸壺**　蛸壺やはかなき夢を　蛸壺に蛸ひとつづつ

たなご　たなごの頬の夕焼くる　真青きたなご走りあふ

鱈　鱈負うて　乾鮭の太刀鱈の棒　鱈の山　鱈の雲腸

泥鰌　煮ものがはりの鰌　鍋　泥鰌に泥　土鰌ぬすみて警察へ　神輿渡御待つどぜう汁　鰌きゆうきゆうなかせて

飛魚　飛魚の翔けり翔けるや　飛うをと見ゆ秋の夜の星　飛の魚連て一列　皐月の海飛魚するなる　飛魚の入りて輝く　浜辺の石は飛び魚か　海に飛魚採れるころ

海鼠　切つて血の出ぬ海鼠かな　身を香に匂ふ海鼠哉

鯰 簗に落ちたる大鯰　小水葱被てあぎとふ鯰

鰊 春の鰊は燻し了へにし　去年の鰊を食す夕べ

沙魚 あさき瀬に沙魚子さばしる　沙魚釣り繞る阜頭の先　沙魚釣の小舟漕なる

鱶 底にさへ鱶棲むと云ふ　いゆく船べり鱶よりまどふ　鱶に食はれて死ねと云ふ　海ではフカが

河豚 鰒喰の舟をつきやる　鰒好と窓むきあうて　青年が釣り河豚啼けり　袴着て鰒喰ふて居る

鮒 わがためにあさりしふなを　土臭い鮒がふよつき　江鮒集まる落合のわだ　小鮒をにぎる子供哉

／**寒鮒** 寒鮒黒し　寒鮒を汲み上げて　寒鮒のうごかぬひまも　寒鮒を殺すも食ふも

鰤 鰤あぐる島の夕べを　鰤のすて売　鰤の尾に

鮪 六尺の鮪の箱に　鮪に垂らす醬油かな

／**鮪**（大形のまぐろの異名） 鮪釣ると海人船散動き　馬に載せたる鮪の腹　鮪衝くと海人の燭せる

鱒 鮭鱒の孵化のさかりや　蛇を追ふ鱒のおもひや　卵しごきて放つ虹鱒

／**江鮭**（びわますの別名） 志賀の夕日や江鮭

目高 めだかかぞふる姉とおとうと　人間がめだかに如かぬ　目高みごもれり　かたまつて浮く目高かな

諸子 もろこ釣る日の薄曇り

山女 やまめ生きゐる山筧　山女はすがし眼も濡れにけり　秋の大山女魚　渓の魚山女の串は

公魚 公魚のよるさざなみか

両生類

井守 ほむらをさます井守かな　ゐもり釣る童の群に　ゐもり冷やかな赤さ

お玉杓子 おたまじやくしに足生えぬ　おたまじやくしかわがこころ　お玉杓子も魚ぶり

／**蛙子** 揺り動く蛙子見れば　かへるごは水のもなかに

／**蛙の子** 蛙の子泥をかむりて　うちかたまりぬ蛙の子

／**蝌蚪**（お玉杓子の異名） やがて生るる蝌蚪のいのちも　蝌蚪生れたる山田かな　川底に蝌蚪の大国　真黒き蝌蚪に飽きくす

蛙 腹のふくるゝ蛙かな　山蛙けけらけけらと

／**蛙** 足音に蛙居なほる　蛙に濁る水やそら　なきかはす二つの蛙　蛙飛こむ水のをと　水させば蛙ゐるなり

／**青蛙** 蚊帳の裾飛ぶ青蛙　命みじかし青がへるのこゑ　ゆきかへりきく青蛙のこゑ

／**雨蛙** 夏いと近し雨がへる鳴く　雨蛙きほひ鳴く

さんしょううお――いたち

／**遠蛙**（とおかわず） 遠くの蛙の声　遠き蛙をきく夜哉　遠き蛙の幼なごゑ　蛙は遠し水足りぬらむ　母耳うとし遠河鹿

／**河鹿蛙**（かじかがえる）　瀬はあけぼのの河鹿かな　耳忙しき河鹿かな　かじかの鳴くと夕月の　かじかや浪の下むせび

山椒魚（さんしょううお）　濁りて光る山椒魚

蟇（ひきがえる）　鉛を呑んだ蟇　落花に遊ぶ蟇　夜半や木陰に蟇と友　あつき夜を蟇と親しむ　夕闇の中に蟇這ふ　歩む蟇見ぬ水ぬるむ

／**蝦蟇**（がま） ひきがえるの異名　蝦蟇平みて　蝦蟇気を吹いて

／**どんびき** ひきがえるの異名　こんばんはどんびきがゐる

／**谷蟆**（たにぐく） ひきがえるの古名　谷ぐくのさ渡る極み　黙してあらむ谷蟆のごと　蟾蜍の面おもしろと

爬虫類

亀（かめ）　雪仰ぎ亀乾く　アキレスは亀にまだ追ひつけぬ　亀の子はのそりのそりと　亀の甲乾きてならぶ　栄螺嚙みわる海亀を

／**玳瑁**（たいまい） 亀の異名　麗くしき玳瑁の雄は　玳瑁はふたつ重なる

蜥蜴（とかげ）　蜥蜴の切れた尾がはねてゐる　蜥蜴は美くしくふりかへり　草土手を蜥蜴はしりぬ

／**青蜥蜴**（あおとかげ）　青蜥蜴つと這ひでて　胸腹熱き碧蜥蜴

倩蛇（はぶ）　ハブを阿吽の一しごき　きらきらした倩蛇が手に　ハブ捕りの嗅ぎ移りゆく　ハブ壺をさげて従ふ

蛇（へび）　尾で立ちあがる蛇だその瞳だ　蛇のうすぎぬ　蛇くふときけばおそろし　無花果にゐて蛇の舌　砂原を蛇のすり行く

／**小蛇**（こへび）　旅のをとこと山の小蛇と　小鳥を覗ふ蛇の子の

／**大蛇**（おろち）　年経るをろち棲むといへ　蟒蛇は暗き谷間より

／**蛇**（くちなわ）　くちなはが堀をはしる　くちなはのわたりし水尾や　木陰に眠るくちなはの如

蝮（まむし）　蝮を捕りて水渉る　蝮の子頭くだかれ　蝮の眠る薔薇の下　蝮生き居る壜の中　酒さめて居る蝮 取り

／**蝮**（はみ） まむしの異名　蝮に嚙まれて脚切るは　蝮打つて

山棟蛇（やまかがし）　斜面を逃ぐるやまかがしの子　土のうへに山棟蛇遊ばず　苔の上なる山棟蛇の子

守宮（やもり）　灯に下りてくる守宮かな　夜の魔ひそめるやもりかな　腹赤き守宮の如く　守宮のまなこ澄める夜を

鰐（わに）　わにの住みける大磯の根を　鰐と云ふ魚の顔ほど　伽羅の樹陰に鰐眠る　鰐すむふちに

哺乳類

海豹（あざらし）　海豹のうかぶ潮泡　波の穂冥し海豹の顔　海豹うまるゝおぞんの海には

鼬（いたち）　畦豆に鼬の遊ぶ　いたち赫みて走りけるかも　いた

ち出で、　魑ゐて人を化すや　あれは宿なしの山魑だ

犬　犬の土かく爪の跡　来たまんまの犬で居る　犬のひとみに浪のうつれり　犬のとがむる塀の内

／**小犬**　小犬は眼を真赤に　小犬は切に物いひたげに

／**野良犬**　野良犬よ落葉にうたれ　野良犬の子を分けて

／**番犬**　番犬つれし牧童の来ぬ　番犬の深々と寝て

猪　猪の静かな年や　猪の床にも入るや　猪もともに吹る、　猪の寝に行くかたや　いのし、はおきると

海豚　ひとしきり跳ぶや海豚の　大河の海豚啼き渡る　海豚とぼりとぼりと　海豚ふたたび背を見せず

兎　兎追ひてはせのぼりたる　土に兎の糞凍る　兎の足あと点々と　猿と兎と狐とが友を結びて

／**小兎**　ましろなる小兎だきて

／**白兎**　月みるらしき野の白兎　白きうさぎ無数に光り

／**野兎**　野うさぎのたまゆら見えて

牛　水食む赤き大牛を　冬の牛石のごとくに　秋の潮荒磯の牛に　牛の眼なつかしく　あられたばしる牛の角

／**黒牛**　まつくろ牛がぬつと出でけり　黒牛の角ほの白し　どの黒牛もみな動く　黒牛は仏陀のごとく濡れよ

／**乳牛**　はだらなる乳牛が　乳牛の角も垂れたり

／**雄牛**　重たき雄牛一歩一歩

／**特牛**（強健な牛）　ことひ牛水にぬれたる　事負の牛は　小田に耕しことひ牛　まが引をだのことひうし

／**牛の子**　牛の子を木かげに立たせ　牛の子の顔をつん出す　牛の子のまだいとけなき　牛の子と馬の子とゐる

／**べえこ**（牛の子）　貨車にべえこが乗っていた　のろまな牛こ

馬　はね合も馬の遊びや　口寄する馬の　頭を下げて引かるる馬よ　馬もゆくなりかれのはら

／**吾が駒**（私の馬）　急げ我駒　いつか到らむ歩め吾が駒

／**駒**（馬）　駒むれ遊ぶ　道のはろかを駒にして来ぬ

／**馬の子**　馬の子の故郷はなる、　馬の子はつながで

／**小馬**　小馬に乗つて夢が来る　麦食む小馬の

／**若駒**（春生れた馬）　若駒の瞳の　牧の若馬耳ふかれけり

狼　狼の跫音をおそる　青みし狼の目を　山を下りゆく狼の群　ウラルの狼　狼をまた野に放つ

／**真神**（おおかみの異名）　餓ゑしまがみのめぐりては吼ゆ

オットセイ　おつとせい氷にねむる

羚羊　角の小さいカモシカは　羚羊のかなしくも山に　羚羊は山に猟られ　羚羊の牝のあたま見ゆ　羚羊の角

獺　獺の月になく音や　獺に灯をぬすまれて　獺の祭

きつね――てん

見て来よ　獺は魚をぞまつる　川獺の氷をたゝく
狐　草枯て狐の飛脚　尾を見せて狐没しぬ　狐啼く森
／**小狐**　花にかくるゝ小狐の　小狐寒し氷る夜の月
／**野干**（狐の異名）　野干も鳴かず　われは年ふる野干なり
／**野狐**（野生の狐）　野狐の声は残れり　月は翳して野狐は啼けり
熊　顔振り振つて晩夏の熊　陽さむく焦躁の熊は　メルヘンとなりゆく熊も　冬眠出来ぬ熊の目が
蝙蝠　三日月に初蝙蝠の　鳥なき里の蝙蝠や　蝙蝠を闇に見たりき　夕蝙蝠のはばたきか　蝙蝠出づる縁の下
／**蚊食鳥**（こうもりの異名）　蚊くひ鳥飛ぶ影夢の如く　通風筒に蚊喰鳥
／**かわほり**（こうもりの古名）　立待月かはほり飛ばず　かはほりに磯たそがるゝ　古かはほりにものな問ひそね
ゴリラ　ゴリラ留守の炎天
猿　猿が尻抓く冬日向　猿の泪のかゝる哉　猿もなけ虎も嘯け　猿をみる猿にみらるる
／**小猿**　小猿の背に夕日の紅き　大寒小寒小猿は寒い
／**老猿**　老猿雪を歩るくなり　老猿をかざり立てたり
／**猿**（猿の古名）　何心なく啼く猿かな　人は猿の如くなり
鹿　首傾けて奈良の鹿　わが袖にまつはる鹿も　つれづれとつくばふ鹿の　にはたづみ鹿跳び遁げて
／**鹿の声**　霜夜は早し鹿の声　門こそ叩け鹿の声
／**牡鹿**　息あらき雄鹿が立つは　角あはす雄鹿かなしき
／**小牡鹿**（雄の鹿）　さを鹿のつまどふ野べの
／**子鹿**　子鹿乳呑む緑の森　名月の小鹿に会ひぬ　鹿の子どもの喰みつつぞ居る　ふとあげし小鹿のかしら
／**鹿の子**　たそがれ顔の鹿の子かな　鼻ひこつかす鹿の子かな　鹿の子の生れて間なき　鹿の子の斑毛
／**かせぎ**（鹿の古名）　馴るるかせぎのけ近さに　かせぎを友に
／**すがる**（鹿の古名）　すがる臥す
／**袋角**（生えかわったばかりの鹿の角）　袋角神の憂鬱　袋角鬱々として　袋角見し瞳汚れて　袋角森ゆきゆきて
象　皺だむ象の一群よ　象を降り駱駝を降りて　象みずから青草かずき　黄昏の象きて
／**白象**　深林や白象いくつ　白象の群ともおぼえ
／**象**（象の古名）　象の邦
狸　狸と秋を惜しみけり　木の下に狸出むかふ　狸が引くや神の鈴
／**たぬ**　あなさびしたぬ鼓うて　うかれてはたぬも鼓や
貂　貂の尻見えたり

動植物

／**古貉**（くろてんの古名）　古貉の衣著よとぞ　古貉の皮の襟巻の
虎　竹の林にはしる虎　虎の眼に降る落葉　鮮烈の口あ
けて虎　虎陽炎の虎となる
猫　いがみ合うて猫分れけり　夏の日なかに青き猫
頭の中から猫が啼く　子を盗られ母の老猫
／**男猫**　鶏追まくる男猫哉　男猫ひとつを捨かねて
／**猫の妻**　やつるゝ恋か猫の妻　猫の妻へついの崩れより
／**子猫**　鈴ふりならす子猫かな　肩に乗る子猫もおも
き　わがひざに小猫がぬくし　ねこの子のくんづほぐれつ
猫の子のくる〳〵舞や
／**三毛**　子持になつた三毛猫の　三毛の雄の子猫生れて
／**黒猫**　黒き猫しづかに歩み　ひた〳〵飲むや烏猫
黒猫の毛のやはらかさ　黒猫がふわりとあるく
／**白猫**　白猫の綿の如きが　白猫の見れども高き
／**泥棒猫**　どろぼう猫の眼と睨みあつてる　鶏ぬすむ猫
／**野良猫**　野猫の嗄声に
／**荒猫**　あら猫のかけ出す軒や
／**恋猫**　瞳しぼつて恋の猫　恋猫が声のんでゆく
／**猫の恋**　猫の恋初手から鳴て　猫の恋やむときいの
ちの声や猫の恋　猫の恋はげし　犬ふみつけて猫の恋
とら――むささび

鼠　寺かぢる鼠が駆ける　鼠のわたる琴の上　春風や
鼠のなめる　濡れて横切るどぶ鼠
／**子鼠**　子鼠のちゝよと啼や　鼠子の走る長押に
／**野鼠**　野の鼠の苦家の鼠の苦　明れば霞む野鼠の顔
野ねずみのかくれが尋ね
／**嫁が君**（ねずみの別名）　忍び姿や嫁が君　行灯の油なめけり嫁
が君　闇かいまみぬ嫁が君
羊　金毛の羊もとむる　羊ならぶよ入日の背に　地平
線羊ましろく　天の牧場の羊らの　牧場の羊
／**小羊**　影地に長き小羊の角　小羊のちひさき夢を
小羊の病みにし日より　森をさまよふ小羊の
／**群羊**　群羊に牧夫ぬきん出て　群羊帰る寒き大地を
／**緬羊**　寒き緬羊追ひ　緬羊のむれは閑なり
豹　豹の斑の春うつくしき　豹の檻　豹の眼に枯れし蔓
豹をはなちぬ夏のゆふぐれ
／**黒豹**　黒豹はつめたい闇と　黒豹くろき爪を研ぎ
豚　大暑や豚肉も食はざりし　遠く遠く来て豚の前
雄の豚の餌を嗅ぎ廻る　黒き豚野にあゆみゐる
／**子豚**　子豚ら乳房にすがらせて　豚の子の遊んでゐるや
鼯鼠　むさゝびの小鳥はみ居る　むさゝびに降りやむ

むじな――うぐいす

雪の　己(し)が家も鼯鼠(むささび)の巣と　木末(こぬれ)に住まふ鼯鼠(うむささび)の

狢(むじな)　狢をつるす軒の下　山(やま)がつや狢しとめし

土龍(もぐら)　墓より墓へもぐらの路(みち)　臆病の土龍　土龍の穴に首をたれ　薄薔薇色(うすばらいろ)の土龍の掌(て)　大地をもたげもぐらもち

モルモット　モルモツ(ッ)トひそと眠る夜寒(よさむ)

山羊(やぎ)　山荘(さんそう)の馬(うま)山羊さむからず　文字食(く)う山羊の夏　梅雨の雄山羊(おやぎ)の声切(せつ)に　山羊の子は食塩(しお)をもとむと

山猫(やまねこ)　山猫のやう(よ)に痩(や)せてゆく　山猫のものさやぎ

ライオン　胸に沁(し)み入(い)る獅子(ライオン)の呻(うめ)きが　ライオンは眠り

／**獅子**(しし)　獅子(ライオン)月(つき)に吼(ほ)ゆアフリカの旅　檻(おり)の獅子　獅子よ空(むな)しき洞(ほら)をいで

駱駝(らくだ)　駱駝こたへ(え)ていななけり　幻(まぼろし)の駱駝にのつ(っ)て　熱く息づくらくだのせなの　駱駝の背(せ)から雲(くも)の峯(みね)

猟虎(らっこ)　ラツ(ッ)コの毛の帽子　猟虎(ラッコ)の毛皮

栗鼠(りす)　栗鼠の軋(きし)りは水車(すいしゃ)の夜明(よあ)け　しきりに栗鼠のわたりけり　栗鼠はしる日暮(ひぐれ)の森を　さみしらに栗鼠鳴き

／**木鼠**(きねずみ) りすの異名　影にかくるゝ栗鼠(るきねずみ)よ

驢馬(ろば)　歌へ(え)るごときわが驢馬の鈴　たちまち驢馬啼(な)き狂(くる)ひ　驢馬の耳長し風にい向(むか)ふ

鳥類

蒿雀(あおじ)　春されば蒿雀さへ(え)ずり　あを(お)じが来(き)鳴(な)く海の樹(き)の

家鴨(あひる)　旅人にすれし家鴨や　家鴨の卵手に嘆き　背戸(せど)あけて家鴨よびこむ　家鴨も鴨(かも)のつらがまへ(え)

阿呆鳥(あほうどり)　阿呆鳥熱き国へぞ　信天翁(あほうどり)まひ(い)をど(お)り

／**信天翁**(しんてんおう)　信天翁とあだ名せし　信天翁と誰の名づけし

斑鳩(いかるが)　斑鳩なきて春の雨ふる　こがくれてなけやいかるが　はしゐ(い)にきけば斑鳩のこゑ(え)　来鳴(きな)くいかるが

岩燕(いわつばめ)　あけ易(やす)や岩つばめとび　岩燕泥濘(ぬかるみ)たぎち　岩つばめ滝より出(い)でて

インコ　金と青との鸚哥(いんこ)が

鵜(う)　水くぐる鵜のいさましさ　鵜の岩に鵜のかげみえず　月の穢(え)に鳴く荒鵜(あらう)かな

／**疲鵜**(つかれう)　つかれ鵜のこゑ(え)ごゑ(え)　篝(かがり)おとろへ(え)鵜のつかれ

／**水の烏**(みずからす) 鵜の異名　水のからすをつかふ(う)らん

鶯(うぐいす)　まだうちとけぬ鶯の声　鶯のこほ(お)れる涙　鶯の声遠き日も　うぐひ(い)すのことしまだ来(こ)ず　汽車とどまれば鶯きこゆ　人間(ひとあい)に鶯啼(うぐいすなく)や　鶯遠く聞日(きくひ)かな

／**夏鶯**(なつうぐいす)　夏鶯の声のよさ　夏うぐひ(い)すに青き雨

／**初鶯**(はつうぐいす)　はつ鶯よ声な惜(お)しみそ

／**流鶯**（りゅうおう）木から木へ飛び移る鶯　筆擱けば流鶯のこゑ
／**老鶯**（ろうおう）　老鶯のこだまかな　鶯　老いて
／**法吉鳥**（ほきどり）うぐいすの異名　鳴く音たをやぐ法吉鳥の
鶉（うずら）　畑に隠れた野の鶉　鶉の夜明顔　鶉なくまで住すてし　けむい〱となく鶉　鶉の声に日の当る
海雀（うみすずめ）　西吹きあげて海雀　海雀を北風に群れしめ
海燕（うみつばめ）　押ならぶ海燕さへ　海燕するどき尾羽も　海燕われも旅ゆき　海の燕がゐて飛ばす
鸚鵡（おうむ）　唄の上手な鸚鵡を出して　鸚鵡のみ高く語りて　鸚鵡の胸のふくらみを　鸚鵡の声は陀羅尼めき
鴛鴦（おしどり）　鴛鴦の唄　池の鴛鴦鳥　名を鴛鴦の　鴛鴦二つ居て　をしかものすだく入江の　円光を著て鴛鴦の
／**鴛鴦**（おし）おしどりの古名　鴛鴦をつつみてひかり　ひかりをひいて鴛鴦すすむ　鴛鴦どこよりか泥こぼる　冬は鴛鴦
かいつぶり　師走の海のかいつぶり　かいつむりうかびてすぐに　かいつぶり橋くぐり来ぬ
／**鳰鳥**（におどり）かいつぶりの古名　さくら散りしく池のにほどり　にほ鳥の潜く池水　睡蓮に鳰の尻餅　鳰の身すぐにくつがへる
／**鳰の波**（におのなみ）かいつぶりのたてる波　花吹き入れて鳰の波
鵲（かささぎ）　童みな鵲を追ひ　鵲の巣をぬらし　かささぎは肉食ひゐたり　鵲の白き下羽根　鵲来啼く　ひとつかささぎ
樫鳥（かしどり）　樫鳥の口籠り声は　かし鳥は声しきりうたふ　かしの木にかしどり来なく
鵞鳥（がちょう）　背戸の鵞鳥のなきさけぶ　鵞鳥おひ　鵞鳥もわたるわれも渡る　菊焚いて鵞鳥おどろく
郭公（かっこう）　啼きすます郭公の声　郭公を暁にきき　郭公の啼き〱来たり　あるけばかつこう　いそげばかつこう
／**閑古鳥**（かんこどり）かっこうの異名　かんこ鳥鳴けるのみなる　飛んで谷越す閑古鳥　かんこ鳥は賢にして賤し　茶粥もさめてかむこ鳥なく
／**呼子鳥**（よぶこどり）かっこうの異名　鳴き行くなるは誰呼子鳥　誰呼子鳥引板の音　吉野のおくのよぶこ鳥　呼子鳥いたくな鳴きそ
カナリヤ　青きカナリヤ　何がさみしいカナリヤよ　カナリヤの胸かくもぬくとし　金糸雀は飼ひ遺されて
鴨（かも）　葦鴨のさわぐ入江の　鴨のこゑほのかに白し　冬をかこへり池の鴨　鴨ら日を浴ぶ　鴨撃ちに
／**秋沙**（あきさ）あいさがもの　山の際に渡る秋沙の
／**あじ鴨**（あじがも）ともえがもの異名　味鳧の浮きなづむ海　あぢの住む
／**たかべ**　こがもの異名　高山にたかべさ渡り　鳧とたかべと
／**真鴨**（まがも）　真鴨翔れり北の昏きに　沖つ真鴨の

かもめ――くいな

鷗 飛ぶも翅の真しろき鷗　落ちしところが鷗の墓場　羽毛吹かるる冬鷗　かもめ眠れる波の上

／**鷗** かまめと共にいざみなかみへ　海原は鷗立ち立つ

烏 女にほれる烏かな　鴉かしこき　鴉を友として生きむ　鴉は声をのまれけり　離れがらすの一羽とびゆく

／**明け烏** 夜明けに鳴くカラス　あけがらすみじか夜ないて　朝鴉早くな鳴きそ　夜明がらすの啼わたり

／**寒烏** 冬のからす　寒鴉　口あけて呼ぶ　おのれついばみ寒鴉

／**初烏** 元旦に鳴く烏　灯も朧なりはつ烏　外ハ夜明て初烏

／**山烏** 雀かすめし山烏　紅葉を散らす山鴉　とまりて青き山鴉　山がらすぬれてねにゆく

／**夕烏** 夕がらす帰ったあとに　夕烏一羽おくれて

／**夜烏** 夜に鳴く烏　夜烏むせび黄泉にや帰る　夜烏鳴けど

雁 雁のなみだやおぼろ月　江戸見た雁の帰り様　暁の雁　雨の中飛ぶ乱れ雁　空には故雁帰る　一行の鳴雁

／**初雁** 今年はおそきはつ雁のこゑ　辺雁の初声に

／**寒雁** 寒雁のほろりとなくや　野空ゆく寒雁をまつ

／**病雁** 病雁のかた田におりて　病雁の夜さむに落て

／**雁音** 雁の鳴き声。雁の異名　帰りいそぎの春のかりがね　南へむかふ雨夜かりがね　ふるさとに帰る雁がね

／**雁帰る** 北へ帰る雁　霞わけて雁かへる見ゆ　越路へかへる雁の一つら　海山遠し帰る雁　雁金の帰り尽して

／**雁行** 北へ帰る雁　雁行月にしづみけり　雁行て門田も遠く　下りず夜を行雁ひとつ

／**落雁** 落雁の声のかさなる　北帰の路にて落雁も

翡翠 翡翠の影こん〳〵と　翡翠の光りとびたる　かはせみのひらめけるとき　翡翠ひとつ来啼きて

／**翡翠** かわせみ　池の翡翠の　靄截つて翡翠

雉 雉の声あらはに悲し　飛びたつ雉のほろろとぞ鳴く　ほろ〳〵雉の里歩き　雉うちてもどる家路の

／**雉** きじの古名　人めなき垣ねのきゞす　きゞすなく山路のくれに　矢を負ひて雉子落ちゆく

／**野つ鳥** 野の鳥。とくに雉をさす　野つ鳥雉はとよみ

／**野雉** 野生のきじ　一声の野雉あり

／**山鳥** きじの一種　山鳥の声しづかなり　山鳥の枝踏かゆる　山鳥の尾をふむ春の　山鳥のほろゝ身にしむ

啄木鳥 こもり音に啄木鳥叩く　啄木鳥も暮れてたゝかぬ　啄木のさむき音きくか　啄木鳥の真赤き頭

九官鳥 きうくわんてうのたかわらひすも

水鶏 水鶏やよはのなさけしるらん　水鶏もしらぬ扉

かな　更る夜を水鶏にまかす　鉦の真似してなく水鶏

孔雀　青い孔雀のはねでいっぱい　孔雀はいま地にゐて孔雀の尾いつしか延びて　白孔雀月をはらみぬ

鴿の鳥　鴿の鳥の光明の胸毛　千羽いま鴿の鳥立つ

小雀　友を離れぬこがらめの　小がらめの笹子とあそぶ　籠に遊びゐる小雀の　冬木の梢の小雀らのこゑ

極楽鳥　夢の極楽鳥が舞ふ　極楽鳥の姿する

／**風鳥**（極楽鳥の異名）　風鳥のくらひこぼしや

小綬鶏　ちよと来いと呼ぶ小綬鶏多し

駒鳥　駒鳥に鴉応へて　駒鳥ゆめの春をよびくる　駒どりの声ころびけり　先にきこゆる駒鳥の声

鷺　あるほど出して鷺の首　鷺さわぐ　鷺のこぼれ羽

／**青鷺**　青鷺多き水の村かな　青鷺の脛をうつ

／**五位鷺**　五位鷺の枯らす木もまた　五位鷺のこゑもす

／**宿鷺**（ねぐらで休むサギ）　池辺に宿鷺を尋ね

／**白鷺**　白鷺の脚のほそくかしこき　銃眼によれば白鷺　白鷺あらそへり寒天に　白鷺のごと美くしき月

鴫　あちらむきに鴫も立たり　つく〴〵と鴫我を見る　たつ鴫に眠る鴫あり　鴫立て秋天ひきゝ

七面鳥　七面鳥の闊歩かな　七面鳥ぶるんと怒る　七面鳥けけろ嘆けば　七面鳥は卵いだきぬ

慈悲心鳥　慈悲心鳥は啼きわたるなり　慈悲心鳥のこゑ聞けば　慈悲心鳥おのが木魂に

雀　雀等も暮れる　鵙につれ啼ゆふ雀　頭のみ見えて雀が　青草に雀寄りつつ　ここな古巣の山雀

／**親雀**　親雀キャベツの虫を　親すずめ子をあきらめて　小さき埃や親雀　脹雀は親雀

／**寒雀**（寒中の雀）　足ふみかへぬ寒雀　寒雀もんどり打って　弾みやまずよ寒雀　寒雀身を細うして　先ず京風の寒雀

／**雀子**　雀子の大きな口を　口あけ餌待ち雀の子　雀子の髭も黒むや　子雀の声切々と　雀子は御後べ慕ひ

鶺鴒　鶺鴒の水裂く声や　せきれいの波かむりたる　鶺鴒がたゝいて見たる　鶺鴒のかげろふふむや

／**石叩**（せきれいの異名）　吹かれあがりぬ石たゝき　千鳥にまじる石たたき　濡石に鶺鴒ゐて

鷹　とぶたかのひと羽二羽の　小松に落つる鷹あはれ　鷹一つ見付てうれし　鷹のつらきびしく老いて

／**新鷹**（とらえたばかりの若いタカ）　あら鷹の白眼返すや

／**鷂**（はいたかの古名）　はしたかも今日や白斑に　はし鷹の拳はなれぬ　はし鷹も鷲も来て食め

だちょう――にわとり

／**青鷹**（生後三歳のタカ）　低くとまりぬ青鷹

駝鳥　駝鳥大股に　駝鳥の眼は遠くばかり　獅子と駝鳥の楽園だ　ぼろぼろな駝鳥

珠鶏（ほろほろ鳥）　ほろほろと啼く珠鶏の

筒鳥　筒鳥の啼き合ふきけば　聞えくる筒鳥のこゑは

燕　滝に乙鳥突き当らんと　泥な落しそむら燕　こゑを山辺に夏燕　乙鳥とぶ日の借木履

／**帰燕**（帰るつばめ）　見れども高き帰燕かな　帰燕啼きたまるこゑごゑ　しばらくひそむ帰燕かな　帰る燕は

／**子燕**　電線つかみ子燕等　燕の子眠し食いたし　燕子の巣のうちせばき　いつ巣立ちけむ燕の子

／**秋燕**　町に秋燕啼き溜る　秋燕を掌に拾ひ来ぬ

／**つばくら**　ふる里いかに春のつばくら　燕ちちと　つばくらの子は鳴きて居にけり　乙鳥と同じ道する

／**つばくらめ**　翼うるほふ乙鳥　羽根鳴らしつつ乙鳥

／**つばくろ**　燕や泥をべたりと　燕は低く飛びたり

鶴　高熱の鶴青空に　高砂の松に住む鶴　脚老い立てる一羽鶴　老鶴と野猿とのみは　老鶴の天を忘れて

／**葦鶴**　潮干にあさる蘆たづも　声さへ寒き蘆鶴は

／**田鶴**　暁の田鶴啼きわたる　舞ひ来る田鶴の声すめり　鶴昏れて煙のごとき　鶴はぎぬれて海涼し

／**丹頂**　丹頂の頭かたまけ　丹頂の朱に射す陽の

鳶　鳶光る　鳶の輪の上に鳶の輪　鼠見つけて鳶の早わざ　鳶の笛　鳶ヒヨロ　とんびとろとろ

ナイチンゲール（和名は小夜鳴鳥）　よし夜　鶯はゐなくても

鶏　鶏の夜の使を　庭鳥は雄と雌とならび　鶏しめる男に雪が　にはとり柵を越えにけり　鶏があがるとやがて　出でこし人に従へる鶏　家つ鳥鶏も鳴く

／**蹴爪**　蹴爪をちぢめて　蹴爪に土をかき狂ふ

／**鶏冠**　鶏冠を照らす　鶏冠の紅のあせて立つ鶏

／**雄鶏**　雄鶏叫ぶ　寒の昼雄鶏いどみ　雄鶏雪をかむ　雄々しくたけき雄鶏の

／**鶏**（にわとりの異名）　鶏のひよこら　春浅くして群るる白鶏

／**鶏**（にわとりの異名）　咽喉太の老いしかけろ　月に鳴く山家のかけろ　家鳥の白き鶏に　現身の白の鶏が

／**鶏**（にわとりの古名）　真白なる鶏　ひとつ　暁の鶏や　あげすて舟にくだかけの啼く　勇みて告ぐるくだかけの声

／**庭つ鳥**　あかつき告ぐるこのにはつどり

／**長鳴鶏**　長なき鳥の一声に　長鳴鳥の長鳴も聴く　暁を告ぐる長鳴き鳥が

／**軍鶏**　逃げても軍鶏に西日が　風に立つ軍鶏　この軍鶏の勢へる見れば　軍鶏の啼く夜の　軍鶏の胸のほむらや

／**矮鶏**　小矮鶏の追へどまた来る

鵺　鵺なきわたるあけぼのの空

／**虎鶫**（鵺の異名）　とらつぐみといふ夜鳥啼く

沼太郎（ひしくいの異名）　ひとり時雨る丶沼太郎

白鳥　白鳥群るる　ましろなる沼の白鳥　追従をする白鳥のむれ　羽おとろへし白鳥の　白鳥春水に

／**白鳥**　春のそら白鳥まへり　白鳥は哀しからずや

／**くぐい**（白鳥の古名）　かのゆくは邪宗の鵠

／**鵠**（白鳥の古名）　砂によこたふ鵠のなきがら　塞鴻鳴きては

／**白鵠**　白鵠の行くへみおくり　白鵠は雲に呑まれて

鳩　鳩みだれとぶ木枯の風　鳩の声身に入わたる　暗き御堂に鳩の羽音す　雪解鳩よろこぶこゑを

／**家鳩**　帰り来れる家鳩に　家鳩の胸をならぶる

／**伝書鳩**　伝書鳩舞ひ立ちにけり　返事もたらす伝書鳩

／**野鳩**　野鳩呼ぶ冷たき草を　無実なる野鳩を射ちし

／**山鳩**　山鳩のかなしらになく　丘の木ぶかみに山鳩の

鶲　比叡鶲今朝もまた来つ　わが庭に来啼くひたきを

雲雀　雲雀も啼きます空のなか　目ざめた野からひばりがのぼる　雲雀落ちし天　物にもつかず鳴雲雀

／**揚雲雀**　揚雲雀こ丶までのぼれ　天に向つて揚雲雀　あげひばりの歌が降る　太郎の上や揚雲雀

／**夕雲雀**（夕方鳴いているひばり）　さへづる春の夕雲雀

鵯　鵯のうた丶来啼や　ひよどりの瘠せ眼に立ちて　ひよどりのやくざ健やか　木の芽はむ鵯や　群れゐつつ鵯なけり　籠の戸に鵯いで入りつ

鶸　高土手に鶸の鳴日や　ひら〱揚る川原鶸

梟　手に持つは黒き梟　梟も面癖直せ　梟が笑ふ目つきや　森のふくろがひとりごといふ　熔岩山に梟鳴ける　ふくろふの糊すりおけと　ふくろふの声す

／**青葉木菟**　吾に死ねよと青葉木菟　青葉木菟記憶の先の

／**仏法僧**（このはずくの異名）　仏法僧鳥啼く時おそし　仏法僧鳥一声を聞かむ　仏法僧を目のあたり　声の仏法僧

ペリカン　ペリカンの餌の寒鮒の　ぺりかんのうづくまりたる　ペリカンのくる珊瑚礁よ

ペンギン　秋の翳にはペンギン鳥を

頬白　頬白の遊ぶを眺む　頬白のうつつなげの声　頬白山がら窓に群れ立つ　頬白来しが跡もとゞめず

ほととぎす——よしきり

時鳥（ほととぎす） あかつきいく夜時鳥　こゝろかへせよ時鳥　わか葉ぞまたん郭公　ほとゝぎす去つて闇也

／**遠時鳥**（とおほととぎす） 嘆さそふか遠ほととぎす　遠山いでよ時鳥

／**山時鳥**（やまほととぎす） さよふけてきく山ほとゝぎす　山ほととぎすほしいまゝ　やまほとゝぎす夢かうつゝか　五月待つ山時鳥

／**啼血**（ていけつ）ほととぎすの鳴き声　啼血の涙なるべし　ちあゆまで啼なるこゑを

／**杜鵑**（とけん）ほととぎすの異名　杜鵑待つなるうすくらがりに　杜鵑の如く涼しげになく　そらを流るる杜鵑あり　鳴くや杜鵑のひと声に　遠き杜鵑の声

松雀（まつめ） 鳴くは松雀か谷遠にして　松雀が声に霧晴れむとす　松には松雀　朝鳴にまつめしば鳴く

鶚（みさご） みさご居る沖の荒磯に　みさごのゐるぞ

水恋鳥（みずこいどり）あかしょうびんの異名　水恋鳥が啼きしと云ふ

／**雨乞鳥**（あまごいどり）あかしょうびんの異名　あまごひ鳥の啼りしぞ

／**南蛮鳥**（なんばんどり）あかしょうびんの異名　南蛮鳥は真夏鳥

鷦鷯（みそさざい） みそさゞいチヨツ〳〵と　ひつそりと暮らせばみそさざい　みそさざい飛び日は暮れむとす

／**鷦鷯**（さざき）みそさざいの古名　ながしべにさゝきが啼つ　さざき捕らさね

木菟（みみずく） 木菟が杭にちよんぼり　木菟の人恋しらに　翼のゆがんだ木菟は　みみずく森や

／**木菟**（ずく）みみずくの古名　飼はれて淋し木菟の耳　木菟の童顔　木菟のほうと追はれて

都鳥（みやこどり） いざことづてん都鳥　都に住まぬ都鳥

椋鳥（むくどり） 椋鳥は杜の木間に　栗も榎もむくの声

目白（めじろ） 目白来てゆする椿の　目白なきよるひんがしの窓　目白籠吊せばしなふ　目白つどひよる　枝の目白籠の目白を

鵙（もず） 鵙の腹夕日を宿す　鵙が音寒き　もずなく野べのしづけさに

／**鵙の草潜**（もずのくさぐき） 鵙の草茎花咲ぬ　草茎を失ふ鵙の

／**鵙の高音**（もずのたかね） ところかへつゝ高音鵙　窓さきに来て百舌の高鳴く　秋百舌鳥の高啼くこゑは　鵙高音

／**鵙の速贄**（もずのはやにえ） 鵙のはや贄とられけり

山雀（やまがら） 山雀が尾を打つ音の　山雀あそぶ松さくら　山雀の眉間の白や　山雀の輪抜しながら　山雀に餌挽車を

葦切（よしきり） 葭切の静まり果てし　行々子の千声百声　声は鳴けども見えぬ葦切　闇の深きに行行子の啼く

／**行行子**（ぎょうぎょうし）よしきりの異名　奥つ田闇に行々子鳴く　夏行々子　茶

を抹き居れば行々子

雷鳥 雷鳥が羽がはりなどする　岩走る雷鳥啼いて

瑠璃鳥 瑠璃囀の鳥なきて　堰に瑠璃鳴く　瑠璃隠れたる

／**大瑠璃** 大瑠璃のこゑのたちて後消つ

連雀 緋連雀一斉に立つて

鷲 冬陽の端にねむる鷲　若鷲のきほひに似たり　鷲の巣はくだけて空し　みそらをかける猛鷲の

／**真鳥** 立派な鳥。わしの異名 真鳥住む卯名手の神社の

虫類

虻 虻飛んで一大円を　雄の虻の横暴　虻を追ひ出す野のうねり

／**馬虻** 大型の虻 馬おそふ虻は山こえて飛ぶ

／**山虻** 山虻の眼に透る　山ゆる声も虻と聞き居り

油虫 翅うち交む油虫　愛されずして油虫

あめんぼ 刈りしところに水馬

／**水馬** 水馬水面にただ弾くのみ　水馬は細しひとり澄ましぬ　はだら照り水馬は黒し

／**舞舞** まひまひしづか湧いて　まひまひの円輝きてまひ〳〵や影あり〳〵と　まい〳〵遊ぶ野川かな

／**水澄** 水すましあまた輪をかき　生きて駈けゆく水すまし　ゆるき流れや水馬　水馬青天井を

蟻 蟻を殺す殺すつぎから　蟻走りとどまり走り　蟻がひきゆく蝶の翅　強き蟻ゐて奔走す　蟻の脛

／**蟻の塔** あり塚 土龍の上に蟻の塔　土赤々と蟻の塔

／**黒蟻** 黒蟻のひかりむらがる　黒蟻が画く黒い円

／**小蟻** 庭に小蟻と遊べり　つゆをさけつつ小蟻あそべり

／**羽蟻** 羽蟻ぞろぞろと　羽蟻飛ぶ飛ぶ野が光る　石の面にむらがる羽蟻　翅傾け羽蟻行く

竈馬 いとどが髭を振つてをり　蛼なきやむ屋根のうら　さかづきなめるいとどかな　駅のいとどの絶えにけり

蝗 ふみはづす蝗の顔　野辺に恋する螽哉　掛稲に螽飛びつく　蝗つつぱる掌　螽老い行く

薄翅蜉蝣 月の夜の薄翅かげろふ

／**蟻地獄** うすばかげろうの幼虫 蟻地獄見て光陰を　蟻地獄暮れてしまへり　身じろぎもせぬ蟻地獄　蟻地獄孤独地獄の

馬追 馬追虫のひげのそよろに　青蚊帳に馬追が啼き　馬追は宵々鳴くに　馬追のすがしきこゑは

／**すいっちょ** 馬追の異名 テーブルクロスにゐる青いすいっちょよ　夜ごとにすいつちよの

浮塵子 稲につく害虫 浮塵子を前に死を前に　盥の底の蠓かな

えむし――きりぎりす

浮蛾の卵　女は切に沙蚕掘りをり　沙蚕掘りゐる
沙蚕　沙蚕（ごかい）の異名　真夏日の　夜の潮涸に沙蚕掘りつつ
蚊　蚊一つを訴ふるなり　鳴きもせでぐさと刺す蚊や
／**秋の蚊**　秋の蚊の羽風過ぎりし　秋の蚊の耳もとち
かく　秋の蚊のほのかに見えて
／**蚊の声**　羽音　夜わたる男蚊の声侘し　枕せば蚊ごゑ横
引く　牛部屋に蚊のこゑよわし　ほそくなく蚊を
／**蚊柱**　蚊柱や吹きおろされて　蚊柱や三十三間堂
／**縞蚊**　山の蚊の縞あきらかや　縞蚊を払ひ坐りをれば
／**蚊軍**　蚊柱　蚊軍は燎に逢ひて乱れ
／**藪蚊**　嵯峨の藪蚊は大きかろ　ここの藪蚊も縞あざ
やか　重き手を上げ藪蚊打つ　藪蚊多かる寺路は
／**別れ蚊**　わかれ蚊の擬勢のみして　別れ蚊のかぼそき声
蛾　月見草蛾の口つけて　蛾の一つ美くしむとて　灯を
失ひし蛾や月光を　火虫に新参青蛾加ふ
／**火取虫**　灯火に集まる蛾　眠りては覚むひとりむし　ひとりむし
憎しといふに　障子にすがる灯取虫
／**火蛾**　火取虫　火蛾去れり　火蛾また温泉におちて　火
蛾生死　菜殻火の火蛾をいたみ

蚕　桑に飢ゑたる蚕らも　繭を作りて死ぬる虫　蚕煩
ふ　蚕をあげしわが家のうちに　蚕のねむり
／**蚕蛾**　微動しつゝ二つの蚕蛾の　蚕蛾生れて白妙いまだ
蜉蝣　蜉蝣くづれぬ水の面
蝸牛　雨うたがふや蝸牛　あゆみし道の蝸牛　かたつ
ぶり家の重きに　かたつぶり角ふりわけよ
／**でで虫**　蝸牛　でで虫に滝なす芭蕉　蝸牛のゝびてひる
まず　でゝむし殻の中に死す　でゝむしやその角文字の
／**舞舞**　蝸牛　蝸牛巌を落ちにけり　蝸牛を折敷に乗て
蚊蜻蛉　窓をよぎりし蚊とんぼは
鉦叩　土の底から鉦たたき
甲虫　甲虫しゆうしゆう啼くを　瓦をすべる兜虫
蟷螂　雌が雄食うかまきりの　枯かまきりと猫と人
かまきり顔をねじむけて　蟷螂も落葉にまじる
／**蟷螂**　蟷螂のばさりと落ちぬ　蟷螂や五分の魄　蟷
螂の斧ふりあげし　蟷螂の怒懼れて　青蟷螂灯に来て
髪切虫　髪切虫鳴かす猫　捨てし髪切虫が啼く　髪切
虫押へ啼かしめ　紙きり虫よきりきりと
きりぎりす　床にも入るやきり〴〵す　甲の下のきり
〴〵す　手習すゝむきり〴〵す

動植物

／**綴刺**（つづりさせ） きりぎりすの異名　つづりさせてふきりぎりす鳴く
／**機織虫**（はたおりむし） きりぎりすの異名　機織る虫こそ
草蜉蝣（くさかげろう）　草蜉蝣をくさむらに捕る
草雲雀（くさひばり）　草雲雀あくびをすれば　草ひばりのうたひやまない
くつわ虫　くつわ虫歴とわが影　鳴き出でてくつわは忙し
／**がちゃがちゃ** くつわむしの異名　がちゃがちゃ鳴くよりほかない
蜘蛛（くも）　寒夜の蜘蛛仮死をほどきて　蜘蛛定まる　蜘蛛かろく風にふかれて　蜘蛛さがりけり夏の月　蜘蛛の振舞
／**蜘蛛の糸**（くものいと）　虹が走りぬ蜘蛛の糸　蜘蛛の糸の黄金消えし　蜘蛛の糸かろくゆらげば　瓜に張りたる蜘蛛の糸
／**蜘蛛の子**（くものこ）　小蜘蛛糸ひく　蜘の子さがる
／**細蟹**（ささがに） くもの古名　ささがにの糸に貫ぬく　ささがにの空にすがくも　さゝがにの壁に凝る夜や
／**蜘蛛の巣**（くものす）　女の顔蜘蛛の巣破り　蜘蛛の巣で荘厳された
／**蜘蛛の囲**（くものい） くもの巣　冬見れば蜘蛛のいに似る　蜘蛛のいに紋をつくれる　蜘蛛の糸は紅を宿せり　蛛の井に春雨かゝる
／**巣掻く**（すがく） 蜘蛛が巣をかける　蜘蛛の子の巣がくもあはれ
螻蛄（けら）　こよひを螻蛄の鳴ける夕に　夜のおけら耳朶を聾する　おけら鳴く夜をふるさとに
蟋蟀（こおろぎ）　こほろぎや啼かぬもさびし　地にあまねきこほろぎのこゑ　蟋蟀を追ふあはれ子猫は
／**ちちろ虫** こおろぎの異名　ちちろ声しぼり　冥き方なるちゝろ虫
黄金虫（こがねむし）　こがね虫葉かげを歩む　燦燦ひそむ黄金虫　金亀子擲つ闇の　こがね虫闇より来り　夜の黄金虫を灯に投げつける
／**かなぶん** こがねむしの異名　脚らもがけるかなぶんぶん
穀象（こくぞう）　穀象と生れしものを　穀象の逃ぐる板の間　穀象を九天高く　数百と数ふ穀象　穀象に大小ありて
蠍（さそり）　蠍の腹をなみうたしめ　蠍の雌雄追ひ追はる　蠍の雌雄重なれり
地虫（じむし）　地虫鳴く外は野分の　地虫出る古き庭あり
鈴虫（すずむし）　鈴虫は鳴きやすむなり　水をへだて、鈴虫をきく　枕辺の籠のすず虫　わがこころにも啼ける鈴虫
／**松虫**（まつむし） 鈴虫の古名　松虫や素湯もちん〳〵　松虫きこゆ海の鳴る夜に　籠の松虫鳴き出でぬ
蟬（せみ）　夜の蟬ともなるべかりけれ　蟬穴の暗き貫通　松に苔づく蟬のこゑ　岩にしみ入る蟬の声
／**初蟬**（はつぜみ）　初蟬の樹のゆふばえの　初蟬の唄絶えしまま

せみ――ちょう

／**落蟬**(おちぜみ)　蟬おちて鼻つく秋の　落ち蟬の砂に羽搏つ

／**鳴蟬**(めいせん)　鳴蟬の急なるは　斜日の鳴蟬は頌声を

／**朝蟬**(あさぜみ)　朝蟬の摺り摺る声と　暁ひぐらしを枕もと

／**夕蟬**(ゆうぜみ)　夕蟬はなきしづみつつ　一つになりし夕暮の蟬

／**春蟬**(はるぜみ)　春蟬の町に入りにけり　春の蟬こゑ鮮しく　珊々と春蟬の声

／**松蟬**(まつぜみ)　春蟬の異名　松蟬の中に帰り来　松蟬の鳴きたつ森へ

／**秋蟬**(あきぜみ)　そぞろがましき秋蟬の声　秋蟬のなきしづみたる　草にすがりて秋の蟬　夕日親しく秋の蟬

／**寒蟬**(かんぜみ)　秋に鳴く蟬　寒蟬の一つの声す　暮れはてゝ寒蟬のこゑ　寒蟬ひとつ声まよひをり　寒蟬月に鳴きにけり

／**油蟬**(あぶらぜみ)　眼を張つて啼く油蟬　暁　四時の油蟬

／**みんみん蟬**　ゆふまぐれみんみん鳴く

／**山蟬**(やまぜみ)　山蟬は陰気をこのむ　山ぜみの消えゆくところ

／**つくつく法師**(ぼうし)　つくつく法師死ぬる日ぞ　町につく〱法師鳴き　果てもない旅のつく〱ぼうし　つく〱ぼふし鳴きたちにけり

／**法師蟬**(ほうしぜみ)　つくつくぼうし　法師蟬かたみに啼ける　法師蟬遠ざかり行く　法師蟬の声の網　法師蟬きく端居かな

／**かなかな**　かな〱の鈴ふる雨と　かなかなの暁に鳴く　あかときのかなかなの声　蜩蟬のまぢかくに鳴く

／**蜩**(ひぐらし)　ひぐらしにしばらく雨の　初蜩を聞いてから　初ひぐらしのこゑは聞きたり

／**玉虫**(たまむし)　玉虫の光を引きて　玉虫ひめし小筥の蓋に　玉虫や瑠璃翅乱れて　玉虫のごと寝てある少女

／**蝶**(ちょう)　海へ落ちこむ沢山な蝶　匂はぬ草にとまる蝶　花にうつ俯す蝶のいろ　蝶の光り去る

／**老蝶**(おいちょう)　夏老いし蝶の　蝶老てたましひ菊に

／**胡蝶**(こちょう)　春はこてふの夢のまに　胡蝶にもならで秋ふるをとめ一日を胡蝶とくらす　くるふ胡蝶の影哀也

／**小蝶**(こちょう)　わが友にせんぬ［寝］る小蝶　葎からあんな小蝶が　黒い小蝶のひら〱と　虻もこてふも吹ちりて

／**蝶蝶**(ちょうちょう)　猫に追はれし蝶々の　蝶々壁に映りけり　蝶々や何を夢見て　蝶々とゆきかひこげる

／**てふてふ**　てふ〱二つ川を越す　てふてふひらひら　渦潮ながるるてふてふならんで

／**初蝶**(はつちょう)　春に初めて見る蝶　初蝶のいきほひ猛に　蝶来初めぬ

／**春の蝶**　この世はてふの春の夜の夢　雨降中を春のてふ

／**夏の蝶**　夏の蝶こぼるゝ如く　夏の蝶高みより影

／**秋の蝶**（あきのちょう）　簾の隙より秋の蝶　飛んでわりなし秋の蝶
馬糞に飛べる秋の蝶　秋の蝶最う是迄と
／**冬蝶**（ふゆちょう）　童女より冬蝶のぼる　冬蝶の濃き影を見る
／**蜂蝶**（ほうちょう）　蜂蝶睡る草の陰　花に戯るゝ蜂蝶の
／**紋白**（もんしろ）　紋白蝶が降らす微粉に　紋白蝶も椅子の上
／**もんもん蝶**（ちょう）　坊やはねらふもんもん蝶
／**揚羽蝶**（あげは）　銃口の揚羽蝶は　薔薇ひらき揚羽蝶みだる
る　大揚羽ゆらりと岨の　大揚羽娑婆天国を
／**鱗粉**（りんぷん）　風に舞う蝶の鱗粉と　蝶の交尾・鱗粉風に
天道虫（てんとうむし）　天道虫の匂ひ満ちをり　てんとふむし朱の一点
蜻蛉（とんぼ）　蜻蛉もじいつときいてゐた　おのが影追ふ蜻蛉哉
風吹き暮るゝとんぼとんぼ　青いとんぼの薄き翅
／**蜻蛉**（とんぼ）　蜻蜓やとりつきかねし　蜻蛉や留り損ね
て　とんぼうのうすき羽おさへ　蜻蛉や何の味ある
／**蜻蛉**（せいれい）　青くきらめける蜻蛉ひとつ　色青き蜻蛉の瞳
／**精霊蜻蛉**（しょうりょうとんぼ）　精霊蜻蛉飛びて日暮るる
／**やんま**　銀のやんまも飛び去らず　大やんま雲に入
る時　大蜻蛉飛ぶに疲れて
／**鬼やんま**（おに）　鬼やんまを呼ぶ　羽音ひびける鬼やんま
／**あきつ**　とんぼの古名　つばさそよがすあきつかな　あきつのく
ぐる樹叢かな　つばなにすがるあきつをぞみし
／**赤あきつ**（あか）　赤とんぼの古名　赤蜻蛉風に吹かれて　赤あきつあま
たとまれる
／**赤蜻蛉**（あかとんぼ）　石をかへる赤蜻蛉　列を正して赤蜻蛉　人
懐かしや赤蜻蛉　赤蜻蛉来て死の近き　赤蜻蛉分けて
蛞蝓（なめくじ）　なめくぢは樹に凍え　家ふり捨てなめくぢり
蚤（のみ）　犬の蚤寒き砂丘に　見事なる蚤の跳躍　あまた蚤
来て我をはむらん　蚤くひのこちたき趾も
蝿（はえ）　眼の前蝿交る事　人来ずならば蝿とあそばむ　蝿
の一つが力なく
／**馬の蝿**（うまのはえ）　馬の蝿牛の蝿来る　蝿を集めて馬帰る
／**金蝿**（きんばえ）　金の蝿枯野へ飛びぬ　金蝿とかまきり招き
／**銀蝿**（ぎんばえ）　銀蝿一匹羽ばたいてゐる　金銀の蝿
／**秋の蝿**（あきのはえ）　秋の蝿しきりに拝む　猪口なめて居ぬ秋の蝿
／**冬の蝿**（ふゆのはえ）　歩くのみの冬蝿　人立てば冬蝿も起つ
蜂（はち）　稚き蜂を遊ばしむ　肉皿にゐる家蜂を　蜂とぶや
鶴のごとくに　蜂のはひゐる土の割れ　うなり落つ蜂や
／**すがる**　じがばちの古名　すがる鳴く秋の萩原
／**蜂の巣**（はちのす）　蜂の巣を三つ焼いて居付く　蜂の巣に蜜のあ
ふれる　蜂の巣かくる　蜂の巣つたふ

てんとうむし――はち

ばった――わたむし

／**秋の蜂**（冬を前に忙しく飛び回る蜂）　顔みな同じ秋の蜂

／**冬の蜂**　菜に死にてあり冬の蜂　冬蜂の死にどころなく　冬日の蜂身を舐めあかず

／**熊蜂**　熊蜂の翅音かがやき　熊ん蜂狂い

／**蜜蜂**　蜜蜂のものうき唄　冬の蜜蜂足痿え立て　内にうなれる蜜蜂のむれ　蜜蜂の出で入り出で入る

／**山蜂**　花の風山蜂高く　山蜂うなるまひるまを

飛蝗　青き飛蝗とぶ　宮址の土ばつた捕へし

／**はたはた**（ばったの異名）　天翔るハタハタの音を

羽虫　水にやすらふ羽虫かな　日すぢ争ふ羽虫かな　光となりて一つ羽虫飛ぶ　羽虫のむれの浮き沈み

斑猫　斑猫の家とおもひて　斑猫さへもおとづれぬかな　斑猫や道しるべせむ　斑猫飛びて死ぬる夕ぐれ

／**道教**（はんみょうの異名）　道をしへ塚の上より　みちをしへ一つ道に出　道をしへ道より出で丶　蜚ぶときのありみちをしへ

蚋子　ぶよ　野の蚋子に血を食ませつつ

舟虫　舟虫の畳をはしる　舟虫集う　秋の岩　舟虫一族に　舟虫の背に負ふ瑠璃や

孑孑　ぼうふら　孑孑が天上するぞ　孑孑の一人遊びや　孑孑の浮いて晴れたる　棒ふり虫よ翌も又

蛍　源氏蛍のまよひ来て　昼の蛍を淋しめり　ほたる流る丶夜風の青き　又消やすき蛍哉　おもひのたけや飛蛍

／**秋の蛍**　秋の蛍にあひにけり　細る秋の蛍かな

／**流蛍**（飛び交う蛍）　流蛍は雨を截ちて飛べり　流蛍を逐へり

／**蛍火**（蛍の光）　蛍火流る　蛍火の柳離れて　蛍火の一翔つよく　蛍火や吹とばされて　蛍火が掌をもれ

まくなぎ　ぬか蚊　まくなぎの中に夕星　まくなぎの阿鼻叫喚を　まくなぎの位置さだまらず

蓑虫　葉は散りにけり蓑虫を置て　蓑虫の父よと鳴きて　みのむしのぶらと世にふる　蓑虫の音を聞に来よ

蚯蚓　土をおこせば太みみず　蚯蚓の唄も一夜づゝ　桃色くねるみみずの子　縞赤き蚯蚓の子らの

百足虫　百足虫殺せし女と寝る　ひげを剃り百足虫を殺し　百足虫の頭くだきし鋏　百足ちぎれば

夜光虫（海で燐光を発する虫）　渦ながれゆく夜光虫　夜光虫星天海を藻に打ち上げし夜光虫　港はくらし夜光虫

綿虫（冬の風のない静かな日に飛ぶ）　綿虫に天光の寵　綿虫に瞳を細めつつ　綿虫が地に着くまでに

／**雪虫**（綿虫の異名）　雪虫の舞ふなか　雪降虫はどこかにかくれ

植物

藍（あい）　あゐより出る花野哉　藍よりもこき門の空　蕣藍に定まりぬ　爪に藍しむ

／**水藍**（みずあい）田の藍　水藍に花みな白き　みづ藍の霞はひくし

葵（あおい）　す枯れ葵と我痩せぬ　あふひを草に　葵踏み行く

梧桐（あおぎり）　梧桐の花花粉をおとす　あをぎりの幹の青きに　青桐の葉は音をたてゝ　梧桐のいまだ青きうち

青南蛮（あおなんばん）ピーマン　青なんばんの名残り花　青なんば焼く

藜（あかざ）　あかざのびたり秋の風　あかざの杖になる日まで　藜をつみて茹でしかば　あかざの中の蔵住ひ

アカシア　窓にはゆらぐアカシヤの枝　あかしやの木にふる雨もがな　あかしあの花が散る日の　アカシアの道

通草（あけび）　雨あとの通草が綴る　あけびの芽食む　冷えてはぬるむ通草かな　通草の実ふたつに割れて

麻（あさ）　麻の中雨すいすいと　麻の葉に借銭書て

朝顔（あさがお）　あさがほのまだ咲きやめず　朝顔をみていまかへる　大蕣のとぼけ咲　あさがほが紺折りたたむ

薊（あざみ）　薊の棘を手に感ず　毒蝶は薊の蜜を　ほんに薊の紫に　ゆるゝ気のなき薊かな　ひかりのなかの薊かな

／**鬼薊**（おにあざみ）　萱にかくるる鬼薊　鬼薊さく山かげのいほ

葦（あし）　一ぽんの葦のこる　春雨にゆがまぬ芦の　葦の葉のささやき　葦の葉つぱの　芦の花　月夜の葦が

／**葦の穂**（あしのほ）　あしの穂白き夕暗を　色あらたむる葦の穂の

／**枯葦**（かれあし）　枯芦の日にかゞやける　枯葦を瞳につめこんで

紫陽花（あじさい）　あぢさゐの花にげてゆく　紫陽花の浅黄に明けし　紫陽花に雫あつめて　紫陽花の花の黄なるをにくむ

／**額紫陽花**（がくあじさい）　額の濃瑠璃が　額あぢさゐはほろほろの花

／**手鞠花**（てまりばな）あじさいの異名　てまりのはなのかたまりの　夕立にてまりの花の

／**四葩**（よひら）あじさいの異名　玻璃に映れる四葩かな　四葩切るや

馬酔木（あしび）　小さな馬酔木の花のかたまり　奈良はあせぼの花盛　馬酔木愛しく頬にふれ

アスパラガス　アスパラガスのくれなゐの実よ　あすぱらかすはさやかに青し　アスパラガスに似て細し

アネモネ　アネモネしきりに散る　紅白のアネモネの

アマリリス　四方へ開きてアマリリス　アマリリスより紅き花　アマリゝス跣の童女　あまりりす息もふかげに

菖蒲（あやめ）　あやめの水の行方かな　水にこと欠きあやめ黄に　垂れてあやめの　あやめ苅

／**菖蒲**（しょうぶ）あやめ　菖蒲の花の紫は　菖蒲見の風いと強き　軒の菖蒲に露は光れり　髪に菖蒲の匂かな

あわ――うめ

／花菖蒲　花あやめ一夜にかれし　なにをおもふぞ花あやめ　濡れてすずしき花菖蒲　濃き紫の菖蒲花さく

粟　雀よろこぶ背戸の粟　粟の穂の垂れし重さに　やはらかな粟打つてゐる　道狭うして粟垂るゝ

／粟　耕や五石の粟の　大洋の中の一粟

杏子　花杏はたはた焼けば　街なかの木に杏熟れたり　杏は熟れぬ道のうへの木に

錨草　石にはえたる錨草

藺草　藺草を染めて　月に透く藺の繊さかな

苺　つぶしたる苺流るゝ乳の中　いちご売やさしき声に　初苺食ませたく思ふ　いちごたづねし

／木苺　真白き花はなべて木苺　木苺の寒を実れり

／草苺　草苺あかきをみれば　童子童女に草いちご

／野苺　野苺の赤き実いくつ　苺を食めり野の末に

／冬苺　熟れて幽かや冬苺　草にかゞめば寒苺

無花果　無花果に照る月をさげすむ　無花果の乳をすすり　青きがままに落つる無花果　いちじくうれて雨ふる

いちび　八丈島のうす黄のいちび　島いちびをかし

銀杏　墓地は銀杏の片かげり　落葉をおくる二もと銀杏　銀杏もみぢの遠眺め　芽をふく焼け公孫樹

／銀杏　銀杏の熟れ落つひゞき

犬蓼　犬蓼の花くふ馬や　犬蓼の赤き花さき

いぬふぐり　我が眼明かいぬふぐり

芋　さといも　里芋のちひさ畠を　月に乾ける薯畑　外の土中に芋太る　背戸の芋の葉　芋洗ひ居り　芋の葉のずんとさけたか　芋の葉にあらし

／子芋　里芋の子　拾ひのこしゝ子芋かな　小芋ころころ

／衣被ぎ　きぬかつぎむきつゝ春の

五加木　田の畔の五加木の黄なる

独活　花冷えのうどとくわゐの　煮上げて独活のやゝ甘く　八尺の独活の　山うどのにほひ身にしみ

／芽独活　芽独活の薫るなり　別れてさみし芽独活掘る

卯の花　卯の花に三日月沈む　卯の花の雪にべにさす　うのはなは日をもちながら

／卯木　卯の花　ル壺こぼすや花卯木　下行水の沢卯木　うつ木の花は扱き集めて　道の辺の夜の白うつぎ　そらぐしさや毒うつぎ

梅　ひともとの野梅を

／梅が枝　梅が枝に鳴きて移ろふ　梅がえの雪や白がさね　黄金いろづく梅が枝に　ふゆごもりする里の梅が枝

動植物

／**梅の花**　猫のお椀も梅の花　くれなゐにほふ梅の花
梅ちる風の　世にゝほへ梅花一枝の
／**梅林**　にはかに暮れぬ梅林　紙燭して梅の中行く
梅林のそゞろ歩きや　茶屋ひくし梅林とほく
／**落梅**　落梅をひろふ子の　落梅は地にあり
／**寒梅**　寒梅を手折響や　紅梅の寒のつぼみは
／**紅梅**　紅梅の開く処に　紅梅もまじる雑木の　紅梅
の影とがりて　ひともとの紅梅かをる　八重紅梅を
／**小梅**　裏の小梅や年の暮　紫蘇のそめたる小梅哉
／**白梅**　白梅のせて流れゆく水　白梅の香をなつかしみ
白梅うるむ垣ねかな　白梅や墨芳しき
／**早梅**　早咲き　早梅ひらきけり　梅つばき早咲ほめむ
／**冬梅**　冬の梅きのふやちりぬ　冬梅のひとつふたつや
梅擬　葉に捨てられし梅擬　挿してうれしき落霜紅
瓜　枕さがせよ瓜ばたけ　身をやしなはむ瓜畠　先生
が瓜盗人で　フッホッと瓜の種吐く
／**初真桑**　初真桑四にや断　片荷は涼し初真瓜
／**真桑瓜**　ぼこりぼこりと真桑瓜　真桑も甘か月もよ
か　枕にしたる真瓜哉　きつね下はふ玉真桑
蝦夷菊　アスター　紅き蝦夷菊の花

金雀枝　小縁にうつる金雀枝の花　えにしだの黄にむ
せびたる　えにしだの葉影にかくれ
榎木　隣の榎木　春をしむ人や榎に　榎 時雨して
槐　槐にまじる合歓の花　槐 陰若葉こほしみ　槐 陰
月ひむがしの　蟬は槐樹に鳴けども
花魁草　土手下はおいらん草の　おいらん草の花ごしに
大手毬　円くゆたけしおほでまりの花　珠とむらがり
おほでまり
大葉子　大葉子の広葉食ひ裂く　西洋大葉子は吾子よ
り高し　車前草は畑のこみちに　車前草も黄色になりて
白粉花　おしろひ花の黄と赤
苧環　おだまきの雨止むまじく　苧環のむらさきの花
女郎花　折れるばかりぞ女郎花　をみなへし分けつる
野辺と　けろりと立し女郎花　一人きげんの女郎花
思い草　雪にふられてなをおもひ草　尾花がもとの思
ひ草　おもひの草の繁りあふ　何おもひ草狼のなく
万年青　鉢の万年青の威勢よく　万年青の実紅きころ
ほひ
オリーブ　オリーブの若木の燃ゆる
／**橄欖**　オリーブの異名　橄欖ふくみしら鳩は

オレンジ——かや

オレンジ　オレンジの林の見ゆる幻に　おれんじをあかく盛りたる　色づきしオレンジの上に

おんこ　外国ぶりのおんこ垣　匂ひこぼるゝおんこの紅実

カーネーション　カーネーシヨンの群花の

／**アンジャベル**（カーネーションの異名）　匂鋭きあんじやべいいる

海棠　海棠に法鼓とどろく　海棠や白粉に紅を　おもはれ顔の海棠の夕　海棠の花びら紅く　海棠に春の雨濃き

貝割り菜　月光降りぬ貝割菜

楓　春の楓の紅くほそき芽　楓の紅の芽を吸ひて　楓樹の紅葉ここだくたまる　楓葉の落ちしきる庭に

／**鶏冠木**（かへでの異名）　黄変つ鶏冠木　かへるでの花ちりみだり

／**若楓**（若葉の頃の楓）　葉の重みして若楓　日は午にせまる若楓　葉若楓の木下路　ぬれて色そふ若かへで

柿　柿の葉の遠くちり来ぬ　柿をもぐ籠を梢に

／**柿紅葉**　落つるをいそぐ柿紅葉

／**柿若葉**　日の落ちきらず柿若葉　夕つきし柿若葉なり

杜若　古きながれのかきつばた　かきつばた聖者に似たる　つたないぬすみかきつばた　葉ばかりののびし杜若

樫　よれば興わく森の古樫　昼の雨たる白樫の森　樫の木に雀の這入る　樫檜　嶺のしらかし

ガジュマル　福樹榕樹色刷きて

／**榕樹**（ガジュマルの異名）　家も榕樹の朱の月か　榕樹のもとの古着市

柏　朝風わたるかしは木のつゆ　柏木のひろ葉見するをかしは葉の香をなつかしみ　風のさゝやく枯柏

片栗　ひとつ花咲くかたくりの花

／**堅香子**（かたくりの古名）　井の上の堅香子の花

要　かなめ垣かなめ茂りて　扇骨木若葉のくれなゐの

樺　樺を焚きわれ等迎ふる　樺に匂へる　樺の若葉が

蕪　もの思はゞや蕪引　煮くづれ甘きかぶらかな

／**赤蕪**　抜き残す赤蕪いくつ　緋の蕪の　厨に赤き蕪かな

／**蕪菜**（かぶの別名）　かぶら菜の朝露のせて

／**菘**（かぶの異名）　すゞな花咲あがた見に

南瓜　尻を据えたる南瓜かな　たち割りし南瓜の先やかぼちやの花の悪霊達　南瓜の花に家を任せぬ

／**唐茄子**（かぼちやの異名）　唐茄子の小さき花に　ふとき唐茄子の南瓜畑の花みつつ　金と赤との南瓜の

／**南瓜**　禿げた金茶の南瓜は

萱（薄・菅・白茅などの通称）　三四本花さく萱の　痩せたる草の刈萱は

／**青萱**　青萱の出穂のしづかに　あを萱の光吹き乱す　青萱に月さして尚

動植物

／**茅萱**(ちがや)　茅萱を笛に吹く子かな　かれかれて茅萱もあかき　茅草(ちがや)刈り

／**浅茅**(あさじ)〔短いちがや〕　秋風になびく浅茅の　跡(あと)たえて浅茅しげれる　浅茅にすだくきりぎりす

／**茅花**(つばな)〔ちがやの花〕　つ花(ばな)ぬく子ら　はろばろに茅花おもほゆ　茅花も雨にしを(お)れてあるらむ(ん)　茅花や撓(たわ)む

蚊帳釣草(かやつりぐさ)　蚊帳吊草(かやつりぐさ)の穂(ほ)がすいと立つ　蚊帳釣草も懐(なつか)しきかも　蚊帳釣草の髭(ひげ)そよぎけり

枳殻(からたち)　からたちの雨(あめ)学生濡れ　からたちを透(す)く人の庭

落葉松(からまつ)　からまつはさびしかりけり　落葉松に焚火(たきび)こだます　声も残らず落葉松の山　瞳(め)に落葉松の青つきず

榠(かりん)　傷つき匂(う)ふかりんの実

甘蔗(かんしょ)〔さとうきび〕　甘蔗畑(かんしょばたけ)の汐曇(しおぐも)り

萱草(かんぞう)　萱草芽(め)を出す崖腹(がけはら)に　萱草のここだ芽(め)をふく　山さむく萱草生(お)ひて　萱草も咲いたばつ(っ)てん

カンナ　紅(くれない)のカンナのもとを　かんなを見いる　カンナの凝視(ぎょうし)にたへ(え)かねて　カンナひつ(っ)そりまひるさびたり

桔梗(ききょう)　星のごと白き桔梗の　桔梗さく野(の)にたそがれにけり　咲きて桔梗の淋しさよ　桔梗の花を涼しとぞみし

／**桔梗**(きちこう)〔桔梗の古名〕　桔梗の朝の紫　活(い)けてありける桔梗を

かやつりぐさ――きく

／**盆花**(ぼんばな)〔桔梗の異名〕　にぎやかに盆花濡(ぬ)るる　盆花をたばにたばねて

菊(きく)　起(おき)あがる菊ほのか也(なり)　帰るは嬉し菊の頃　菊なき門(かど)も見えぬ哉(かな)　折れたる枝の銭菊(ぜにぎく)は

／**翁草**(おきなぐさ)〔菊の異名〕　おきな草口(ぐさくち)あかく咲く　おきなぐさここに残りて　われ掘りにけむ(ん)白頭翁(おきなぐさ)　白頭翁(おきなぐさ)いづ(ず)らの野(の)べに

枯菊(かれぎく)　枯菊を焚(た)きたる灰の　枯菊の匂(にお)ひもあらず　枯菊になほ(お)愛憎(あいぞう)や

／**寒菊**(かんぎく)　寒菊の花も蕾(つぼみ)も　寒菊のきよき匂(にお)ひも　寒菊さむしクリスマスの夕(ゆうべ)

／**黄菊**(きぎく)　白菊と黄菊と咲いて　黄菊ぬれ白菊うるむ

／**小菊**(こぎく)　ふところの小ぎくとりでゝ(て)　刻(きざ)み鋭(するど)き小菊の芽

／**白菊**(しらぎく)　しらぎくのたしかに枯れて　白菊にゆめをかたりて　闇(やみ)の香(か)せまる白菊の園(その)　月に沈(しず)める白菊の

／**夏菊**(なつぎく)　夏菊に水打(みずうち)し夜(よ)の　夏菊や茄子(なすび)の花は

／**野菊**(のぎく)　道ふみあくる野菊哉(かな)　終電車(しゅうでんしゃ)野菊震(ふるわ)はし　けぶりのすゑ(え)に野菊かな　揺れて親しき野菊かな

／**冬菊**(ふゆぎく)　冬菊の朱(しゅ)を地に点(てん)ず　しみじみと冬菊活(い)けて

／**残る菊**(のこるきく)〔晩秋咲き残った菊〕　いづ(ず)れか今朝(けさ)に残る菊

／**残菊**(ざんぎく)　残菊の黄(き)もほと〳〵(ほと)に　残菊のいのちのうきめ

動植物

きくらげ――くり

木耳　春雨や木くらげ生きて
黄水仙　細葉立てたる黄水仙　黄水仙咲きならびたり
擬宝珠　虻にふくるる花擬宝珠　擬宝珠の花のつづくき
りぎし　絶壁に擬宝珠咲きむれ　擬宝珠の長き花茎
キャベツ　キヤベツの新らしい微風　キヤベツかがやく
浅みどりキャベツ畑に　甘藍がはらりと一皮はねた
／**甘藍**　キャベツの別名　切れば明るし甘藍・トマト
／**玉菜**　キャベツの別名　玉菜買ひ去る人暗し　霜いたる冬の玉菜
は　玉菜のいのち抱きけり　紫 玉菜抱く葉かな
伽羅　伽羅の匂ひの胸ふくれ　伽羅たかん　伽羅焚く
巷　伽羅木に伽羅の果こもり　雲の袖より伽羅の降る
胡瓜　ほのじろき胡瓜の花よ　数へ見てし胡瓜の花よ
冬の胡瓜囓む　熱き胡瓜を握りたるかも
夾竹桃　きようちくとうのくれなゐが　夾竹桃は綻
びにけり　夾竹桃に咲きづかれ見えて
京菜　京菜の尻の濡るるほど　京菜売
桐　琴作る桐の香や　えり筋に桐の雫や　桐の葉は落つ
くすなるを　桐の葉ひとつひとつを翻す
／**桐の花**　桐の花散りひろがりぬ　落ちしづる桐の花
金盞花　明星いろの金盞花かな

毛茛　毛茛こそ春はかなしき　茎立ながききんぽうげ
の花　あるけばきんぽうげ　すわればきんぽうげ　畦
はたびらこきんぽうげ
枸杞　若葉のために枸杞うゑて　枸杞の芽を摘む恋や
草木瓜　草木瓜は地にいこひて　室咲きの木瓜の赤さや
孔雀草　マリーゴールド　孔雀草なげかけてある
葛　這ひのぼりたる真葛かな　山山を覆ひし葛や　鎌
にかけたる葛の蔓
／**葛の花**　花葛の濃きむらさきも　露とびかかる葛の花
／**葛**　くずの異名　夏山の下はふつゞら　葛這ふ葉山は下も
楠　楠の根を静にぬらす　楠の香のしめりにたぐふ
梔子　くちなしの花うつりけり　花梔子の薫して
橡　櫟林はいろづきにけり　川霧のぼる橡の上　巴里
の風橡を吹くにも　色さびし橡のもみぢ
茱萸　赤いぐみの実　茱萸の実をたふべて帰る
栗　栗ひらふ庭も寺どなり　手にのせてみる遠き山の
栗　握りもつ山栗ひとつ　いが栗のつや吐く枝や
／**落栗**　落栗の座を定めるや　落栗は一つもうれし
／**毬**　青毬の群れ　碧く柔しも栗の稚毬　手をひろげ
たる栗のいが　栗のいがを焚く寒土のうへ

動植物

／**花栗** 栗の花　花栗の香にい寝られず　花栗の伐らるる音を　栗の花ちる宵月夜かな　栗の花散る藁屋かな

胡桃　青胡桃地にぬくもりて　胡桃割る力のなくて　土に落つる胡桃の皮は　五月雨に胡桃かたまる

クローバ　一叢しろきくろばあの花　クロウバのうへをゆけば　かはたれはクロバ畑に　四つ葉クロオバ

／**馬肥** クローバの異名　春の日は苜蓿踏み　蝶に目醒めしうまごやし　葉とぢて眠るうまごやし　くれなゐ柔きうまごやし　うまごやし四ツ葉の幸を

／**四葉草** クローバの異名　萌野の春の四葉草

桑　桑歌や　枯桑の向ふに光る　入日を刺して桑古木　桑葉のにほひ浥れ　桑籠さげてかへるさを

／**山桑**　山桑の花白ければ　山桑摘めば朝焼くる

鶏頭　影ひいて枯鶏頭の　鶏頭起きる野分の地より　人の如く鶏頭立てり　紅に燃ゆる鶏頭

／**韓藍** けいとうの古名　韓藍の花を誰か採みけむ　韓藍植ゑ生し

罌粟　かたはらの罌粟　芥子の花がくりと散りぬ　日のかたはしのくれなゐの罌粟　白げしにはねもぐ蝶の

／**阿芙蓉** けしの異名　媚の野に咲く阿芙蓉の　阿芙蓉のとろろぐ夢を

欅　藪に立つ欅三本　森をなす欅のうへの　落葉せる大き欅の　古りし欅ににほふ秋の日　ひともと欅

／**槻** けやきの古名　喬槻に渓のとどろき　つきの木の　百枝槻の木

紫雲英　紫雲英花野に声は充つるを　げんげは紅い花が咲く　紫雲英ばかりのはかなさに咲く　紫雲英を摘みき　げんげの花をたべてゐる

／**げんげ田**　げんげ田のうつくしき旅　げんげ田あれば河あれば　げんげ田に寝ころぶしつつ　げんげ田に牛暴れ

／**げんげん**　眼にやはらかきげんげん畑　げんげんの花原　げんげんの下で仏は　咲きさかりつつげんげんの

／**蓮華草** げんげ　蓮華草すきかへしたるままの田は

河骨　朝月すゞし河骨の花　河骨散りし池の面に　河骨の二もとさくや　沈はつべき川ほねのはな　痩河骨が

高粱　高粱の月夜となりて　高粱にしづまる風や

小米花　とのもの小米花闌けにけり　こゞめばなこぼれ　小米花奈良のはづれや　返り咲く小米花あり

コスモス　コスモスいまだ咲きやめず　コスモスの揺れ合ふあひに　主人逝いて秋を疎らにコスモス

こでまり　活くるひま無き小繍毬や　小でまりの花に風いで　夕庭にこでまりの花

こぶし――さくらんぼ

辛夷 辛夷の匂ひ地に下る　辛夷の空を遁れゆきたり
辛夷はなさき空蒼く闊し　春早き辛夷の愁ひ
／**山蘭**（こぶしの古名）　山蘭の花を思へば
牛蒡 大俎の新牛蒡　牛蒡葉に雨大粒や　洗う牛蒡に
胡麻 うすくれなゐの胡麻の花
護謨 護謨の厚葉が　護謨の葉は豊かに動く　ゴムの葉
のにぶきひかりは　一樹の護謨その青き葉の
蒟蒻 こんにやくばかりのこる名月　土と同色蒟蒻掘
皂莢 さいかちの落花に遊ぶ　さ青さいかちの小さき葉
のゆめ　皂角子鳴りて　さいかちの大き蛍の
サイネリア サイネリヤ咲き殖ゆる
榊葉 榊の枝に赤き花一つ　庭火をたきてうたふ榊葉
鷺草 水盤の鷺草飛ばん
桜 桜吹き散る染場かな　桜に涼む波の花　花にくれ
桜に明て　桜濃し仰げば雨の　桜の下にくらしけり
／**朝桜**（朝露をあびた桜）　光こまかき朝桜かも
／**糸桜** 花をねがひの糸桜　糸桜ほそき腕が
／**遅桜**（晩春に咲く）　なつみる迄の遅ざくら
／**桜花**（桜の花）　桜花露に濡れたる　桜花今夜かざしに
桜花ちりしく野べの　錦布き祝ぐ桜花

／**枝垂桜** 紅しだれざくらをかしや　しだり桜の花咲
きみち　枝垂れ桜は咲き枝垂れたり
／**稚児桜** 子のごとくせよ児桜　われもゐまるゝちご桜
／**葉桜** 葉桜の干の風渡る　葉ざくらの露にそぼちて
／**初桜**（その年初めて咲いた桜）　そよりともせず初ざくら　膳立の間を
初ざくら　ひと枝咲きぬ初ざくら
／**桜花**（桜の花）　咲きこもる桜花ふところゆ　桜花の奥
／**冬桜** 冬桜めじろの群れて　山のふもとの寒桜
／**八重桜** 奈良の都の八重桜　一重づつ散れ八重桜
／**山桜** うき世の北の山桜　山ざくら一枝折り来て
待つも惜しむも山桜　ちか道寒し山桜
／**夕桜** 水をうちたる夕ざくら　来て見れば夕の桜
／**楊貴妃桜** 楊貴妃桜紅顕ち来　楊貴妃桜尚あせず
／**余花**（青葉の中に咲き残る桜）　余花の雨　余花を尋ねて吟行す　朱き
が湧けり余花の宮　余花のひともと葉をいそぐ
桜草 雪を被きしわが桜草　姉とおもひし桜草　桜草
にはかに雪と　町に住んだ気桜草　色蒼ざめし桜草
桜実 赤き血滴たれり桜実　桜実が熟し　若き桜実に
／**桜桃**（さくらんぼの異名）　桜桃の花咲きつづく
／**さくらご**（さくらんぼの異名）　さくらごの籠あかるさよ

／**実桜**（みざくら）さくらんぼの異名　朝雨に実ざくら赤し

柘榴（ざくろ）　深くも裂けし柘榴かな　ざくろ花さき五月雨のふる　柘榴が口あけた　罪に割れたる柘榴未だ見ず

／**石榴花**（せきりゅうか）　石榴の花咲きにけるかも

笹（ささ）　小竹の靡きは　餅焼けば笹はねる雪と　笹の凍てつく石の水　熊笹に虫とぶ春の　笹の葉の露眼にしみにけり

／**小笹**（おざさ）　庭の小ざさに降る霰かな　霜は小笹にいたくふりにけり　もみぢ散りしく小笹道

／**篠竹**（しのだけ）　風をわづらふ篠竹は　霜よけの篠吹きとほす　岩に篠あられたばしる　小竹をおしなべ

／**篠**（すず）　篠ふく嵐　すずの籬に風さえて

／**玉笹**（たまざさ）笹の美称　玉さゝの葉分の風に　顔にこぼるゝ玉笹の露

山茶花（さざんか）　山茶花の落ちて寂しや　山茶花に筧ほそるる　山茶花こぼる庭の石　山茶花匂ふ笠のこがらし

薩摩芋（さつまいも）　猿や皮剝く薩摩芋

／**干甘藷**（ほしいも）　干甘藷なくて月照らす　冬の日は干甘藷のため　甘藷蒸して大いに啖ふ

／**焼芋**（やきいも）　石焼芋の竈に燃ゆ　月夜や灯る焼藷屋

砂糖大根（さとうだいこん）ビート　糖大根たかだかと積みて

泊芙藍（サフラン）　花サフランを妬みゆく園　二月の朝の泊芙藍の花　蛮紅花天南星　気まぐれにさふらんが咲き

仙人掌（サボテン）　サボテンの掌の向き向きに　仙人掌の奇峰を愛す　サボテンのサメハダ見れば　仙人掌の痛きに触り

朱欒（ザボン）　ザボンの実黄にかがやきて　朱欒植ゑて庭暖き　雪解の朱欒かな　風かほり朱欒咲く戸を

早松茸（さまつだけ）松茸に似るが香りがない茸　早松茸にそゝぐ泪かな

沙羅双樹（さらそうじゅ）　沙羅双樹ぬかづくにあらず　沙羅落花傷を無視して　室にかなへる沙羅双樹の花

／**娑羅**（さら）　沙羅の花をば手にとれば　沙羅の木きよら

サラファン　赤いサラファンの歌を

松蘿（さるおがせ）　何をたよりの猿おがせ

百日紅（さるすべり）　百日紅つかれし夕べ　立ちのさびしきさるすべりの花　百日紅ぬめりあかるき

／**百日紅**（ひゃくじつこう）　紅いはお寺の百日紅　苔づける百日紅や　百日紅の花見てあれば　百日紅の花のかげ

サルビア　さるびあ赫めり　そなたも知るやさるひあの花　サルビヤのため費やせしもの

珊瑚樹（さんごじゅ）　珊瑚樹のお宮が見える　珊瑚樹の葉照り静けし

山査子（さんざし）　山査子の白き花びら

山茱萸（さんしゅゆ）　さんしゅゆの花のこまかさ

さんしょう――しゅんらん

山椒　山椒の辛きめだちの　山椒の芽が萌きた　山椒のなりになりすまし　ひりりひりりと山椒喰
／切山椒　雪のあかるさ切山椒　風邪まだぬけず切山椒　いろも添へたり切山椒
／椒（はじかみ　さんしょうの古名）　おほねはじかみ　植ゑし椒
椎　椎の木も有夏木立　萌黄立つ椎の若葉を　花椎の香に偽りを　花椎やもとより独り
椎茸　あまたつちかふ椎茸の　椎茸の床をのぞき見にけり　見事なる生椎茸に
紫苑　馬舟に紫苑並びや　しをにの花の陰をゆくかな　遠き紫苑をかがやかしをり　そゞろかに紫苑は揺れつ
ジギタリス　夏の日なかのヂキタリス　ヂキタリスの花の塔　白い日なかのヂキタリス
樒（枝を仏前に供える）　樒流る、鵜川哉　ひとり樒をささげつつ　樒の花の匂ふ山かげ　おくつきの樒は赤し
シクラメン　涙にくもるシクラメン　シクラメンおぼろ哀しき　シクラメン花のうれひを　シクラメン雪のまどべに　シクラメンは夜ふけてさびし
紫蘇　青紫蘇のいまださかりを　のびそろふむらさき紫蘇　露けき紫蘇に　指を紫蘇にそめ

羊歯　夢に萌えくる歯朶わらび　窓のガラスの氷の羊歯は　羊歯はこぶしの指ひらく　歯朶のつもり葉ふふませて
紫檀　紫檀赤木は　紫檀のはこに
忍ぶ草　軒のしのぶが手をのばす　忍は何をしのぶ草
じゃが芋　じやがいもの花のさかりの　新じやがのえくぼ　馬鈴薯が煮えたつた
／馬鈴薯　馬鈴薯の肌いまだ乾かず　一俵の馬鈴薯ひらく　馬鈴薯買ひて妻かへり来ぬ
石楠　石楠は寂しき花か　石楠花の葉も垂れて　採りし石楠花ゆるがせにすな
芍薬　芍薬のはなびらおつる　かゞよふ如き芍薬の花　芍薬園の雪さむし　芍薬の花一りんの明るさも
秋海棠　秋海棠は頭低れたる　秋海棠の花川にうつり見ゆ　秋海棠の花露にぬれたり
棕櫚　棕梠の葉のあはれ青しや　春雨を棕梠の葉に聞く　ひそかに棕櫚の花こぼれ居り　棕櫚の花降る一日かな
蓴菜　蓴菜の銀の水泥を　蓴菜の切口清き
／蓴（じゅんさいの古名）　ぬなはの若芽掻きよせて　ぬなは生ふ池の水かさや　池水に生ふるぬなはは
春蘭　春蘭に月光の来て　春蘭にくちづけ去りぬ　春

蘭の香に眼をみはる　四月の薄い春蘭や

生姜　紅き生姜の根をそろへけり　赤き青き生姜菓子

松露　数の松露の打こぼれ　松露をえたり　白い砂には松露がある　人は月下に松露を掘る

白樺　白樺は昼降る霧に　白樺の木の立ち疎し　白樺の枝に外套　葉裏きらめく白樺の列　秋は月夜の白かんば

白木綿花（白い木綿花）　しらゆふの花五つ立て　白木綿咲ける海岸に　白木綿花の浪うちをどる

紫蘭　しじにしらんの一たむろ　紫蘭の薫り

沈丁花　沈丁のつぼみ久しき　沈丁の香に死ぬここちする　沈丁花たぎる畑を　沈丁の香の強ければ

／**丁子**（沈丁花の異名）　湯の香に似たる丁子の小雨　二人めぐれる一もと丁子　ゆきずりの丁字ゆかしや

スイートピー　すういとぴいの花のちひさき

西瓜　朝日に西瓜抱えけり　瓜西瓜ねん〳〵ころり　西瓜切るや　西瓜の種が隠りなく　西瓜が太つて行く

忍冬　ほそほそ吸ひしすひかづら　春や日かげの忍冬

水仙　水仙に狐あそぶや　水仙や美人かうべを　水仙の花の香さむう　水仙の芽の二三寸

酸模　すかんぽの穂の長く伸びたり　すかんぽの茎をしきりに　酸模の野路くもりくる　すかんぽを皆くはへて

／**虎杖**（酸模の異名）　いづこにもいたどりの紅　いたどりの一節の紅に　いたどりの酸さを渋さを　虎杖の花

杉　一本杉や凍てゝ鳴る　杉千本に霧ふりしきる　千とせの杉を抱あらし　杉の梢の天狗星　杉に月ある

／**糸杉**　風に揺れる糸杉の

／**杉山**　杉山の霧の雨ふる　青杉山に黄葉の斑

菅　白菅の　菅の葉凌ぎ　水隈が菅を

／**小菅**　生ひむや小菅　泉の小菅　小菅の笠を

／**山菅**　麦門冬の実の紺青や

芒　芒ばかりの野分哉　芒ぼうぼうと人をうづめる　乱れてさやぐひと本薄　薄ひともと

／**青芒**　唯風さわぐ青芒　青い芒に降る雨は

／**糸芒**　露りん〳〵と糸芒

／**枯芒**　かれしすゝきのかたくなの　ほうけし薄　枯ながら　枯芒刈りふせてあり　ひとむらすゝきかるゝ野に

／**尾花**（穂すすき）　光をはなつ尾花かな　尾花にまじり咲く花の　尾花の渓の霧厚くして　雪のかれ尾花

／**花薄**（穂薄）　花すゝきひと夜はなびけ　花すすき穂に出でし秋も　みだれてなびく花薄　あはれ片寄る花薄

すずらん――たけのこ

／**穂薄**　野辺の穂すすき炎とぞなる　ほすすきの夕野にとほる　原の穂すすき　かほのところが薄の穂

鈴蘭　氷る小川と鈴蘭の花　鈴蘭の香強く床に　すずらんのリリリリリと　姑病めば鈴蘭の花を　鈴蘭の葉の

酢橘　土佐の酢橘は目に染みぬ

菫　褪せつゝ菫つゞきけり　菫の花が腐れる時に　あはれは塚のすみれ草　何やらゆかしすみれ草

／**三色菫**　三色もてすみれ一輪なす

／**パンジー**　パンジーの小さき鉢を　三色菫の花を

李　壁に李の花ちりかかる　ほのじろき李の花に

／**巴旦杏**　李の異名　巴旦杏の酢はゆきひとつ

石菖　石菖の花咲くことを　うすみどりなる石菖の花

石竹　目に痛き石竹の花　うす紅の石竹の

芹　寒芹や粛然として　小芹摘む　芹青む

／**根芹**　根芹は馬に食まれぬ　沢に根芹や

セロリ　セルリ葱香辛を好む　セロリを噛めば夏匂ふ

栴檀　栴檀の花散る那覇に　さやけき栴檀の葉かげ

蒼朮　蒼朮の煙賑はし　蒼朮薫る家の中

蘇鉄　蘇鉄林が花盛りだ　蘇鉄に蘭のにほひかな　蘇鉄の葉鋏に刈りて　蘇鉄の葉八方に開く　霜の蘇鉄の

大根　肩出して大根青し　現世に大根が生きてゐ　大根の外更になし　大根土を躍り出し

／**大根**　大根の白さ土低く　打ちし大根

／**大根**　萎れ大根の　大根干す温泉の村や　干し大根

大根の花は雪ににて　野大根も花咲にけり

／**土大根**　荒たる宵の土大根　鷺が番する土大根

／**大根の花**　大根の花白きゆふぐれ　大根の花紫野

／**花大根**　長谷は菜の花花大根　うす霞せり花大根

泰山木　泰山木の九片の花　泰山木の花逞し　泰山木は花堕ちず　泰山木のはなはしづかに

橙　橙の実よ黄の色の　橙や日にこがれたる

竹　万竿青き竹の庵　道ふさぐ竹のたわみや　幹をはなるる竹の皮　朝顔竹をのぼり咲く

／**青竹**　青竹の間を歩く　青竹の手摺り

／**些群竹**　いさゝむら竹打戦ぐ　いささ群竹風吹けば

竹葉　竹の葉を辷る春日ぞ　竹の葉音のさらさらに

／**孟宗**　揺れのこる孟宗の秀の　孟宗藪の片日照り

筍　小さい筍盗人を叱る　竹の子やさはればこぼす　物いわず筍をむく　竹の子となる人の果

／**寒竹**　寒竹の芽の向き初日　寒竹の春には

／**たかんな**（たけのこの古名）　急ぎ掘きて煮たるたかんな　笋藪の宵々の月　ゆきふみわけてつみしたかむな

橘　たちばなの香の木陰を　木の香にまじる橘の花

／**香菓**（橘の異名）　蓬莱の香の果や　香の木の実と

／**花橘**　花橘のにほふこの屋戸　花橘を玉に貫き

蓼　こゝにも蓼の花　さびし鶉や花蓼の雨　みづたえだえに蓼の花さく　蓼の葉を　鶴の影穂蓼に長き

煙草　莨の葉蛍をらしめ

玉葱　玉葱のいのちはかなく　玉葱嚙んで気を鎮む　畑に光る露出玉葱　玉葱を厨にきざむ

ダリア　だありあ真赤し　ダアリヤ赤し　庭の緋だりあ　朝は悲しやダーリアの花　唐牡丹の花弁のやうな

蒲公英　寒中の金のたんぽぽ　黄金敷きなすたんぽぽの花　下草たんぽゝ絮かぶりゐる

萵苣　ちさはまだ青ばながらに　岩萵苣採の命綱　山萵苣の　あざみや苣に雀鮨もる

チューリップ　茎を揃へしチューリップ　力なき眼に愛でしチユリツプ！　夜店の鉢のチューリップ

／**鬱金香**（チューリップの異名）　欝金香の花が温室に悩む

月見草　月見草に月尚さゝず　月見草おぼつかなくも　月見草けぶるが如く　月見草の花に目をとめてをり

／**月見草**（月見草の異名）　月見ぐさほのぼのひらく　月のなかなる花月見草　月見草ひともと咲くを

／**待宵草**（月見草の異名）　待宵草の黄もあせにけり　待宵草のほのかな黄と

土筆　土筆物言はずすんすんと　つくしつむ幼なはらから　はかまぬがせし土筆かな　土筆ズボンを穿て生え

／**杉菜**　杉菜の中に日は落つれ　杉菜の土手の　青杉菜

／**土筆**　かしらいでたるつく〴〵し哉　はかまよそふかつくつくし　悲しきはつく〴〵ばうし

躑躅　丹つゝじ分けて　躑躅の原は莟なり　庭躑躅鶏に喰はれ　あめのしたてる姫つゝじ　躑躅燃えてをり

／**岩躑躅**　岩躑躅染る泪や

椿　昏き椿の道おもふ　地に近く咲きて椿の　椿流るゝ行方を　流るゝ椿まはるなり　椿の花に見おろさる

／**落椿**　落椿砕け流るゝ　椿落ちて水にひろごる　椿の花の落る音　落ちたる椿燻べし炉火

／**寒椿**　日向に赤し寒椿　寒つばき赤きがひとつ

／**玉椿**（美称）　玉椿落ちて氷れる　みがくことなき玉つばき

／**紅椿**　紅椿こゝだく散りて　紅い椿が　紅の椿の照る

たちばな——つばき

つゆくさ――トマト

を見む　椿はあかく冬を咲きたり
／**藪椿**　かの眼に赤き藪椿　はやくも莟む藪椿
／**山椿**　山椿撰び折り来て　山椿落ちて輪つくる
／**侘助** 椿の異名　わびすけにみぞれそそぎて
露草　夕されば紫　露草花閉ぢて　つゆくさのしほれて
久し　岸のつゆ草打ち浸り　鴨跖草の夕さく花を　篠に
交れる鴨跖草は　露草ぬれて一ところ
／**月草** つゆくさの古名　月草に衣は摺らむ　君によく似し月草の
花　月草すりてわが車ゆく　涙のあとに月草のさく
／**蛍草** つゆくさの古名　蛍草咲く蘆の中　真昼の花のほたるぐさ
折れ曲りけり蛍草　花びら立てゝ蛍草
釣鐘草　釣鐘草が汗をたらし　紫のかゆいやさしい釣鐘
草　つりがね草がくびをふり　初秋はつりがね草の
石蕗　石蕗咲けりけさしぐれたる　一夜の島月下に石
蕗の　葉を愛でし石間つはぶき　はしきつはぶき
／**石蕗の花**　花石蕗にさしてうす日や　掃溜に思ひか
けずよつはの花　かたまりさけるつはぶきの花
鉄線　てつせんの紫くらし　河童忌のてつせん白く
唐辛子　たうがらし赤うなる　赤黒き掛とうがらし
糸に吊るして唐辛子　野分の後のとうがらし
／**青唐辛子**　煮る前の青唐辛子
／**南蛮** 唐辛子の異名　なんばんの葉の星明り　なんばんの月夜へ
雨戸
冬瓜　冬瓜の枕さだむる　冬瓜を矢鱈に重ね
とうもろこし　毛の紅きたうもろこしの　唐もろこし
の実の入る頃の　貧農の軒とうもろこし
／**黍**　黍高く児の顔を打ち　やうやくに黍の穂曲る
ま夏黍原風だにもなき　黍はえてよき隠家や
／**唐黍**　唐黍や兵を伏せたる　唐秬のからでたく湯や
ハモニカを吹く如く唐黍食べてゐる　古寺に唐黍を焚く
／**もろこし**　もろこしの葉は風に吹かれて　もろこし
はいざ　紅きもろこしの房　もろこし畠に夏は砕ける
木賊　春あさき木賊は硬し　とくさつらなる蟬のから
木賊嫩芽の色甘き　四五寸青し木賊の芽
どくだみ　どくだみの十字に目覚め　どくだみの花あ
をじろく
／**十薬** どくだみの異名　十薬の雨にうたれて　十薬の花まづ梅雨
に　十薬や石垣つゞく　十薬に真昼の闇の
トマト　トマトの畠に佇ちつつおもふ　カーニバルすみた
るトマト　太陽を孕みしトマト　甘く熟した蕃茄にも

／**赤茄子**（あかなす）　トマトの異名　赤茄子の落つる日なかを　赤茄子の腐れてゐたる

団栗（どんぐり）　どんぐりの実の夜もすがら　どんぐりの落ちる落ちる　どんぐりの実は池水に

／**橡**（つるばみ）　どんぐりの古名　橡の解濯衣の　橡染めの衣を

水葱（なぎ）　みずあおいの古名　泡ひいてながるゝ水葱や　漕ぎよせて水葱の花折る　光れる田水葱

／**ウォーターヒヤシンス**　ほていあおい　台湾藻の群落が見ゆ　ふと見し水ヒアシンスの花　水路は埋む台湾藻の花

梨（なし）　梨の木の梨の少なく　梨の園に人佇めり　土蔵の前のひともと梨の木　山梨熟れ

／**有実**（ありのみ）　梨の実　ありのみを淋しくむきぬ

／**梨花**（りか）　梨の花　梨花にラインの渡し舟　梨花の濡るると

茄子（なす）　茄子もぐや　漬け残りたる桶の茄子　茄子提灯の灯のあをに　採る茄子の手籠にきゆァと

／**秋茄子**（あきなすび）　花一つつけ秋茄子　秋なすび小さき実つけて

／**茄子**（なすび）　なすび黄ばみてきり〴〵す　紫紺かしこき茄子かな　茄子の花は先へ咲く

／**初茄子**（はつなすび）　山を出羽の初茄子　ひとの年紀や初茄子

薺（なずな）　薺摘行男ども　よくみれば薺花さく　顔に匂へる薺哉　薺もしどろもどろ哉

／**三味線草**（しゃみせんぐさ）　なずなの異名　妹が垣根さみせん草の

／**ぺんぺん草**　なずなの異名　屋根の上にペンペン草やら　ぺん〳〵草の影法師　虫仲間ペン〳〵草に

棗（なつめ）　なつめ盛る　木に登りもぐ棗かな　鼠ゐて棗を落す

撫子（なでしこ）　秋の七草　撫子の露　撫子の花もちれる秋風　夏に遅れし撫子の　都のいろの真野のなでしこ　雨にやつれし大和撫子　垣ほに咲ける大和撫子

／**常夏**（とこなつ）　なでしこの古名　たゞ一鉢の常夏の紅さ　はなの常夏

七竈（ななかまど）　ななかまど火としも燃ゆる

菜の花（なのはな）　菜の花のよろけて立てり　菜花に蝶もたはれて　菜の花の黄のひろごるに　菜の花の月夜の風の

／**菜種**（なたね）　菜種のはなは波をつくりて　菜種炎ゆ

楢（なら）　楢と椈とのうれいをあつめ　楢の葉つたひ

南天（なんてん）　南天の蕾む日ざかり　南天に寸の重みや　南天の実の赤き頃　南天の実の紅き色づき

苦瓜（にがうり）　ゴーヤ　苦瓜はころげ　苦瓜甘瓜の

苦菜（にがな）　苦菜ほうけて春行かむとす　苦菜の浸し

錦木（にしきぎ）　松がねに照れる錦木　錦木の千束待つべき

肉桂（にっけい）　赤い帯した肉桂よ　肉桂水を入れて欲し

にら――はこべら

韮(にら)　韮にかくるゝ鳥ひとつ　北の家かげの韮を刈　韮剪つて酒借りに行く

／**かみら**　にらの古名　臭韮一本

／**茎韮**(くくみら)　にらの花茎が伸びたもの　岡の茎韮われ摘めど

楡(にれ)　楡芽ぶき　この楡はいくよへぬらむ　楡のかれ木たか原にひとつ　新芽かたき楡の木の間に

接骨木の花(にわとこのはな)　もろむきににはとこの枝

葱(ねぎ)　少女のごとき白き葱　葱の香に夕日の沈む　雨落つ着くや葱の花　ねぎの青鉾なみ立ちてけり

／**葱畑**(ねぎばた)　顔ふせて植ゑし葱苗　葱畑のけはしき月に　真青な葱畑　葱畑の雨に灯流す　木立を負ふて葱畠

／**葱坊主**(ねぎぼうず)　葱の花　葱坊主はじけてつよし　畑にほこる葱坊主

／**根深**(ねぶか)　ねぎの異名　葱洗ふ流れもちかし　ねぶか流るゝ寒かな　葱白く洗ひたてたる　葱買て枯れ木の中を

／**一文字**(ひともじ)　ねぎの異名　ひともじの北へ枯臥　一もじの葱の青鉾

合歓(ねむ)　合歓はやさしくにほひて　合歓の花そよぎに遠き　合歓木はしどろに老い　合歓木のされ葉に蜘蛛の子の

眠り草(ねむりぐさ)　おじぎそう　ねむり草はもはやねむりゐし

凌霄花(のうぜんか)　一丈の凌霄花　ゆらりと落つる凌霄の　空へのうぜん咲きのぼる　のうぜんの花を数へて

野蒜(のびる)　野蒜掘れば強きにほひや　蒜搗き合てて

貝多羅葉(ばいたらよう)　貝多羅葉の大模様　春にがき貝多羅葉の

萩(はぎ)　一群萩を　萩にふり芒にそゝぐ　しら露もこぼさぬ萩の　吹かれてたまるこぼれ萩

／**秋萩**(あきはぎ)　秋萩をしがらみふせて　秋萩にうらびれをれば　まちこひし庭の秋萩　秋萩の花咲きそめにけり

／**糸萩**(いとはぎ)　糸萩伏して秋の立つ　折らせてしがな小萩糸萩

／**小萩**(こはぎ)　小萩咽ぶ雨　野べのこはぎの色まさり行

／**萩の花**(はぎのはな)　露こそ匂ひ萩が花　萩の闇花みつるけはひ

／**萩の芽**(はぎのめ)　見馴れた萩の光る芽　光る萩の芽

／**花嬬**(はなづま)　萩の異名。鹿が萩を好むところから鹿の妻に見立てて言う　花づまこへる鹿の音聞ゆ

白菜(はくさい)　葱白菜に日はけむり　白菜食らひ友は使徒

葉鶏頭(はげいとう)　生えて小さし葉鶏頭　ピアノに映る葉鶏頭

／**かまつか**　はげいとうの異名　燃えてしなへた葉鶏頭に　葉鶏頭は重くうつむく　あはれ葉鶏頭　葉鶏頭に風荒るる日よ

／**雁来紅**(がんらいこう)　はげいとうの古名　雁来紅に雨多し　庭隅の雁来紅に　雁来紅の立つはめでたし　雁来紅はいや紅きかも

はこべ　はこべ花咲く睦月かな　妹が垣根のはこべ草　緑なす繁縷は萌えず

はこべら　はこべの古名　このはこべらは春の和草

櫨 いまだか青き櫨の実の　櫨の実採のかへるころ
芭蕉 芭蕉の影を縁に拭く　芭蕉をたゝく雨の音　顔にふるる芭蕉涼しや　芭蕉葉や破船のごとく
／**枯芭蕉** 風かゞやくや枯芭蕉　枯れし芭蕉と日向ぼこ
／**玉巻く芭蕉** 風に玉解く芭蕉かな　玉巻芭蕉 肥りけり　住みつきて芭蕉玉巻く　書画を玉巻く芭蕉かな
／**花芭蕉** 花芭蕉の蜜の甘き吸ふ
蓮 眼中の蓮も揺れつつ　蓮をちからに花一つ　みな〳〵蓮に暮にけり　我にえさせよ一もとのはす
／**枯蓮** 枯蓮を被むつて浮きし　みるかげもなく蓮の枯れ　枯れ蓮も眺められたり　支離滅裂の枯蓮に
／**紅蓮** 紅色の花 紅蓮の花舟一つ　紅蓮落つ
／**睡蓮** このたそがれの睡蓮の花　すゐれんすでに眠りけり　睡蓮ゆらぐ寺の夜かな　睡蓮の巻葉ほぐれて
／**玉蓮** 蓮の美称 八重てりにほふ玉はすの
／**蓮田** はちす田の中なる寺に　蓮田無用の茎満てり
／**蓮の葉** 白雨や蓮の葉たゝく　蓮の葉のひたすら青き　はちす葉は露くもりなき　蓮葉に渟れる水の
／**蓮** はすの古名 露も宿かる蓮哉　はちすの花の開く音
／**白蓮** 白蓮のひらくをききて　瑠璃座ににほふ白蓮

はじ――ははきぎ

華 水白蓮の夜明舟　白はすや妙香かをる
／**ロトス** 蓮 ロトスくふ其島人か
／**蓮の花** 幻想の蓮の花弁を　蓮五反の花盛り　蓮散華美しきもの　泥のなかから蓮が咲く
／**蓮華** 蓮の花 摘み溜めしれんげの華を　葉をぬきん出て大蓮華　紅蓮華こそ
／**青蓮華** はす 青蓮に　一朶の青蓮の花を
櫨 櫨の葉の魚のさまして
パセリ パセリ添へて皿絵美し　一片のパセリ掃かるゝ
薄荷 雪は薄荷の匂ひを立てて　薄荷の葉嚙みすてし唇　薄荷の葉嚙んで子供等
花菖蒲 花菖蒲まづ濃むらさき　花菖蒲たゞしく水に
バナナ 青バナナ逆立ち太る　バナナの茎夕日に光り　バナナの葉深み重なり　バナナ下げて子等に帰りし
／**芭蕉の実** バナナ 芭蕉の実売る磯町の
含羞草 含羞草の葉を閉づるかも
パパイヤ パパヤの夕嵐に　万寿果の幹　青い乳房をいくつもたらした万寿果が
箒木 はゝき木に残るあつさや　消ゆる箒木　そのはゝ木々の嵐にて　ははき木黄ばむ

ははこぐさ――ひし

母子草 七種粥に用いる　河原母子草のうち靡く
柞 こならの古名　ははそ葉を時雨のたたく　柞原　ははその森に鳴く蟬の　ははその梢　柞の紅葉散りにけり
葉牡丹　葉牡丹にうすき日さして　葉牡丹のさまかはりつゝ　葉牡丹の深紫 の　葉牡丹の火むら冷めたる
浜茄子　紅 うれし浜茄子の花　玫瑰に紅あり
浜木綿　浜木綿生ふるうらさびて　島の浜木綿花過ぎたり　浦の浜木綿
薔薇　卓のばら散るに黙しぬ　まかるひとりに薔薇の雨　真白き薔薇の昇天の時　病院の匂ひ抱ける薔薇の
／**薔薇**　いま追憶の薔薇より　枯薔薇落つるひびきに　冬さうびかたくなに濃き　きざはしのごと花薔薇さく
／**黒薔薇**　黒ばらと見しは紅 のばら　黒き薔薇ぬひし手提を
／**小薔薇**　紅 の小ばらのつぼみ　皐月の部屋の紅小ばら
／**野茨** 野ばら　野いばらは野に咲き満たむ　月の野茨　野いばらの花摘みさして　野いばらの実のいろ焦げて
／**野薔薇**　咲ける野薔薇ぞ　野薔薇ながれぬ夕川の
／**うばら** 野薔薇　この野べの薔薇の中を　うばらの窓にくれなゐのうばらの花に　紅うばら見つゝぞ恋ふる
／**花うばら**　花うばらふたゝび堰に　花うばら摘むほのかににほふ花うばらかな　大野のなかの花うばら
／**冬薔薇**　冬薔薇の咲くほかはなく　冬薔薇の咲いてしをれて　一輪ざしや冬の薔薇　冬薔薇のゆるむつぼみの
／**寒薔薇**　寒薔薇の黄ばらを七つ
／**薔薇の芽**　薔薇の木に薔薇の芽のうずき　薔薇の芽ただ恃む　薔薇の芽の針やはらかに　木によりて匂へ
／**薔薇匂う**　薔薇匂ふはじめての夜の　る薔薇　薔薇さきにほふ
／**茨**　茨の花爰をまたげと　香にせまり咲いばらかな
／**紅薔薇**　紅薔薇の花もらひたり　赤き茨の実　紅 のばら　くれなゐ薔薇　五月は薔薇のくれなゐの
榛の木　火のごとく榛の木の葉は　眉より淡し冬の榛の木　榛の木の日にけに青み　立ちのみじかき榛木立
檜扇　照りにほふひあふぎの花は　野にさく花の日扇を　射干の黒きつぶら実
日陰草　豊の明りの日陰草　日陰蘿やうち乱れつつ
楸　ひさぎ生ふる清き川原に　ひさぎ生ふるかたやまかげに　去年咲きし久木今咲く
菱　菱摘みし水江やいづこ　菱の実とりし盥舟　菱の実

落つる　万葉の菱の咲きとづ
一人静　君が名か一人静と
雛罌粟　雛罌粟も身を逆しまに　ただ赤き雛芥子の座に　ひなげしはたけなはに燃ゆ
檜　標結ふ檜葉を　檜葉の鉾立　月は黒檜のあたま照らしぬ　光る黒檜の土用芽は見ゆ
向日葵　向日葵の垂れしうなじは　向日葵は火照りはげしく　向日葵の烈しき色や　日にむき立てる向日葵の
／**日車**（ひまわりの異名）　あはれあはれ黄金向日葵　王者が花の黄金ひぐるま　ひぐるまの真夏の花に　向日葵の凋れ
白檀　白檀を伐つ斧の音　白檀の山より出づる　白檀かをるわが息を　隙より洩るゝ白檀の煙
ヒヤシンス　ヒヤシンス薄紫に　ヒヤシンス日なたにおけば　ヒヤシンスは黄に　ヒヤシンス香にたつ宵は
蒜（にんにくの古名）　蒜くらふ香に遠ざかりけり　野に蒜摘みに
昼顔　まつ赤な午時草　みどりの中のひるがほの花　昼顔に米つき涼む　大昼顔のけろり咲
／**雨降花**（ひるがおの異名）　糸に似る雨ふり花は
枇杷　花枇杷欝として匂ひ　地の籠に枇杷採りあふれ　枇杷の花ちぢれる家を　わがもいで愛づる初枇杷

檳榔樹　檳榔樹の古樹を想へ　檳榔樹の実の落つる国
蕗　蕗むくや　蕗を煮る男に鴉　蕗真青に降り出しぬ　でっかい蕗の葉をかぶつて　傘せる蕗の葉を割いて
／**蕗の薹**　蕗より繁き蕗の薹　土堤の切目や蕗の塔　蕗の薹寒のむらさき　あるけば蕗のとう
福寿草　太鼓の如し福寿草　一群だちの福寿草の花　福寿草の鉢をおきかふる　風透る福寿草の野に
／**福草**（ふくじゅそうの異名）　福草の花さき出でつ
藤　藤若葉日をすかせをり　藤やたゞ君にふれたる　穂麦にとゞく藤の花
／**藤波**（藤の花房）　藤波に灯ゆすれて　藤浪の花の千垂の　藤波の花のさかりも　藤波を折りてかざさば
／**藤房**（藤の花房）　藤房重し一樹立つ　藤の花房五尺かげこき　藤の垂り房にとゞきなんとす
葡萄　野葡萄の葉と　とりし葡萄の房短か　このあまき葡萄の島に　青葡萄つまむわが指と
／**山葡萄**　山葡萄の実は黒くあり　青きも交る山葡萄の子は　熊の好む山葡萄の実は
橅　橅の林の長き路　山毛欅の樹のみきはくろめり
芙蓉　芙蓉閉ぢ白露の降る　夜の芙蓉に雨あたらしき

プラタナス――ぼたん

星をいたゞく花芙蓉かな　うすうほのめく白芙蓉

／**紅芙蓉**　芙蓉が落ちし紅き音　芙蓉の紅

プラタナス　あまた実をもちプラタナス　プラタナス黄ばみ吹かるる　あさみどりプラタンの葉の

／**鈴懸**（プラタナスの異名）　鈴懸の皮噛む虫や　東京も鈴懸落葉　鈴懸の広葉の底の　篠懸木の新芽日に照る

フリージア　匂ひ眼に沁むふりじやの花　ふりじあのかそけきふるへ　フリージヤ噛んで苦さ今知る

ベゴニア　あかるくさけるベゴニヤの　べこにあの小さき鉢に　縋りて垂れしベゴニヤは　ベゴニヤの白きが一つ

糸瓜　へちまの水も間に合はず　あきかぜのへちまとなりて　蔓おもき軒のへちまの　根岸の糸瓜あるやなし

紅の花　ずん〱生くる紅の花　紅の花朝々つむに　誰肌ふれむ紅の花

鳳仙花　鳳仙花の実をはねさせて　ほろほろと鳳仙花赤く　長けてあはれや鳳仙花　白鳳仙花のはなさける

／**爪紅**（ほうせんかの異名）　爪紅の花さきにけり　ほのかなるつまぐれの花　監獄の花爪紅の花　つまくれなゐの群生の

防風　砂のぬくみや防風摘む　麗かな砂中のぼうふ

ほうれん草　ホウレン草だのポンポンだの　あをあをとはうれんさうの　菠薐草の葉がみえて

朴　朴の木の花さく陰に　匂ひかなしき朴の木の花　朴の巨木のたてるはや　朴の木立や後の月

／**朴の葉**　朴の葉の落ちて重なる　朴の葉のつゝ立ちて　朴の広葉は叩き合ふ　吹きひるがへす朴の葉は

鬼灯　鬼灯垂るる草の中　鬼灯を鳴らしつつ　提灯のやうな鬼灯　鬼灯はさむ耳のたぶ　鬼灯の色にゆるむや

／**青鬼灯**　青鬼灯の袋にも　ほほづきの青き提灯

木瓜　木瓜紅く　木瓜の朱へ這いつつ寄れば　花木瓜の底のあら土　薄桃色のぼけの花です

／**寒木瓜**　寒木瓜に雫するもの　寒木瓜を吐き人逝きぬ　寒ぼけの久しき蕾

菩提樹　菩提樹のかげゆたかなる　ぼだい樹の花になきよる　菩提樹畔の　菩提樹の押葉を

想思樹（菩提樹の異名）　相思樹のあたり　想思樹の花きよらなる

／**菩提子**（菩提樹の実）　菩提子のあを〱として　黒く歪める菩提子の　菩提の種子を

／**リンデン**　リンデンの厚き葉　リンデンの黄に色づきし　煤がふります菩提樹に

牡丹　牡丹散りたる悲しきかたち　牡丹くづるゝとも

し火の前　牡丹散て打かさなりぬ

／**白牡丹**　白く散りしき牡丹の　白牡丹大き籠に満ち　蝶のまどろむ白牡丹　葉陰に白し夕牡丹

／**深見草** 牡丹の異名　見れば嘆きの深み草　深見草こちむきがたき

／**ぼうたん** 牡丹の古名　牡丹の一弁落ちぬ　ぼうたんや病む父君に　ぼうたんの芽のそだちつゝ　牡丹の寒芽のふとさ

／**寒牡丹** 冬牡丹　敢て驕奢や寒牡丹　寒牡丹咲きしぶり　霜に負けたり寒牡丹

／**冬深見草** 冬牡丹　絵にかきませりふゆふかみぐさ

ポプラ　一枝のポプラを肩に　ポプラーの冬木の窓は　ポプラにかかる白き凧　銀ポプラーの葉裏を翻す

槙　青槙雪をふきおとす　槙の芽だちのいろづくをみる

真菰　真菰風吹きふく風に　風に消えゆく真菰かな　真菰の牛の　水たたふ岩間の真菰　真菰の小牛

正木　まさき割るひなの匠や　まさきの綱のうちはへて

／**柾の葛** ていかかずらの古名　まさきの葛 色づきにけり

松　背戸の大松みどりなり　炎天に松の香はげし

／**老松**　老松の梢のしげみに　天にそびゆる老松は

／**小松**　小松に落つる　小松に雪の残りけり　植ゑし小松も　をぐきが小松　小松が末ゆ

／**五葉**　五葉は黒し　五葉の子日　五葉の枝に

／**磯馴松**　しげるいそべの磯馴松　崖の下なる磯馴松

／**椴松**　椴松の太幹丸太　椴松の太き仆れ木

／**一つ松**　一つ松幾代か経ぬる　一つ松すねたるさまも　岡のべの一つ松あはれ　たなかにたてるひとつまつの木

／**松が枝**　松が枝に松の雪積み　みどり寂びたる松が枝に　松の枝たばね上げたる　簾越し見る松ケ枝は

／**松笠**　すずろいでて松笠拾ふ　松笠燃して草の宿　松かさたたく小鳥らの　松かさか動くその雀等は

／**松の葉**　松の葉のしらみに照るは　波にちり込青松葉

／**松の花**　松の花散るひるさがり　さゞなみ明り松の花

／**松の緑**　松の緑の寒げなり　松の緑に神さびて

松茸　松茸山を守るかな　松茸の傘に照雨　松茸の膳に上る　松茸焼く宴　かごの中から匂ふ松茸

松葉牡丹　くれなゐの松葉牡丹の　松葉牡丹を家づとに　松葉牡丹はうらがれそめぬ

松虫草　目につく花は松虫草　冬の日の入り松虫草

茉莉花　茉莉花の束あつめ　茉莉花ふる小雨

檀　檀の花のちりて時あり　月日へにける白檀　掃け

マルメロ――もち
ば跡から檀ちる也　雪晴れて檀は咲ける
マルメロ　まるめろの匂のそらに
マロニエ　セエヌの畔マロニエの下　マロニエの香と
マンゴー　木肌つめたしマンゴ採り　饐ゆるマンゴの香
マンゴスチン　マンゴスチンを下手に割れば
曼珠沙華　血を散らしたる曼珠沙華の花　曼珠沙華露に潰えて　鏡ノ中ノ曼珠沙華　曼珠沙華の炎の花を
／**狐剃刀** 曼珠沙華の異名　狐のかみそり草隠る　毒ある狐のかみそりは
／**狐花** 曼珠沙華の異名　細き裸の狐花　にごりいく日ぞ狐花
／**死人花** 曼珠沙華の異名　しびとばなほつりと赤し
／**彼岸花** 曼珠沙華の異名　お彼岸入の彼岸花　赤い御墓の曼珠沙華
万両　万両の実はかゞやき出でぬ
蜜柑　みかん剝く指に寒さの　雨や蜜柑が顔照らす　麦だけ青い蜜柑山　石切る山の青蜜柑　旅の手の夏みかんむき　夏蜜柑のしろき花びら
／**柑子** みかんの異名　柑子をへだて海を見る　円き柑子が輝きぬ　ひよ鳥がついばむ柑子　柑子のかんばしき道
／**仏手柑**　仏手柑の青む南国　ゆめのごとむきし仏手柑
水芭蕉　雨おほつぶに水芭蕉

水引　水引の花奉れ　水引や人かかれ行く
水引草　水引草に風が立ち　水引草の穂に立ちて
水蕗　みづぶきやおどろに咲きて
禊萩　さみしいみそはぎの　ながれの岸のみそはぎは
ミモザ　ミモーザを活けて一日留守にした　ミモーザの咲く頃に来た　ミモザの枝のひとつかね
零余子　ゆさぶり落すぬか子哉　ほろ〱とむかご落けり　夜風のこぼす零余子かな
木槿　しろい木槿が笑うよう　雨にくれゆく木槿哉　花木槿里留主がちに　白むくげゆふべを萎む
紫草　紫草の根延ふ横野の　炎天にむらさき多し　むらさきのはなちりすがれぬ　生ふる紫草
メロン　メロンの香くちびるになほ　甜瓜がまろし　メロンの緑レモンの黄　甜瓜のごとき月黄ばみ在り
木犀　木犀の銀の音いろに　木犀一枝　木犀に人を思ひて　もくせいの夜はうつくしき　木犀の香のたちのぼる
木蓮　木蓮の落ちくだけあり　木蓮の濃き影見れば　木蓮の花ばかりなる　木蓮のみえて隣の　木蓮の一枝を
／**白木蓮**　白木蓮のたかき枝ふく　白木蓮しづく闇
冬青　冬青の木も雪をゆすれり　冬青の葉に走る氷雨の

樅（もみ）　樅の木は伐られてありぬ　ひとは樅の枝を曳きて　樅の冬木を家にかざりて　樅の板挽く人もかへりみず

桃（もも）　鼓に暮る、桃の垣　桃柳くばりありくや　蝶を埋めし桃の根に　桃の花曇りの底に　桃の花遠に照る野に

／**桃李**（とうり）ももとすもも　湯槽の底に桃李咲く　桃李の春を

／**緋桃**（ひもも）花の色が緋色の桃　村はづれ緋桃花さく　緋桃緋椿　緋桃の花は苦かった　草の舎の緋桃に

もやし　このもやし芽よ日にあてざらむ

矢車草（やぐるまそう）　涼しきいろの矢ぐるまの花　まともに向ける矢車の花　萎みてあせぬ矢車のはな

椰子（やし）　椰子のうつろの　椰子の瑞葉は

八つ手（やつで）　石蔽ふ八つ手の葉など　門の辺の八つ手の霜を

柳（やなぎ）　葉柳の雨やはしろき　はれ物に柳のさはる　風は柳にふかせけり　うつる柳に　枯柳 雀とまりて

／**青柳**（あおやぎ）　青柳に雨の降り倦む　しげき青柳

／**青柳の糸**（あおやぎのいと）　みだれてなびく青柳の糸　花とぢつけよ青柳の糸　春をむすべる青柳の糸　柳のいとの青む日に

／**川柳**（かわやなぎ）　この河楊は萌えにけるかも　蓑吹かへす川柳

／**枝垂柳**（しだれやなぎ）　しだる、宿の柳かな　這ふてしだる、柳かな

／**翠柳**（すいりゅう）　陰陰たる翠柳は　翠柳あり紅柳ありて

／**楊柳**（ようりゅう）　楊柳の岸かげうすく　鬱蒼と楊柳かがやく

藪からし（やぶからし）　とも枯れしたる藪からし

藪柑子（やぶこうじ）　小笹がくれの藪柑子　苔の小庭や藪柑子

山牛蒡（やまごぼう）　山牛蒡実の房しだり

山吹（やまぶき）　波に折らるる山吹の花　山ぶき匂ふ玉川の水　やまぶきに馬のり出して　山吹の黄流す雨に

夕顔（ゆうがお）　夕顔落ちし夜半の音　山路来て夕がほみたる　夕顔の花噛猫や　ゆふがほに秋風そよぐ　夕顔の棚の末蔓

雪柳（ゆきやなぎ）　行けば小畦の雪柳　匂清みゐる雪柳　たわわに匂ふ雪柳　雪のごとくに雪柳

雪割草（ゆきわりそう）　雪わり草の花わすれけり

柚子（ゆず）　隣の庭の柚子黄み見ゆ　柚は香ふ　柚子の皮の黄に染みたるも　色づきし梢の柚より

／**柚の花**（ゆのはな）　柚の花の香をなつかしみ　柚の花につきてぞ上る　柚の花や昔しのばん　椀のふたに花柚の香や

山桜桃（ゆすらうめ）　ゆすらうめ遅く咲きつつ　古き井筒のゆすら梅

百合（ゆり）　百合の蕊皆りんりんと　咲き反りし百合の嘆きと　百合の薫りにつつまれにけり

／**早百合**（さゆり）　かりそめに早百合生たり　早百合ゆら〳〵

／**白百合**（しらゆり）　白百合の眠りの宮に　いともろき白百合の

よめな――われもこう

／**山百合**　山百合にねむれる馬や　山百合のあまたの蕾
嫁菜　嫁菜つみ〳〵春おしむ也　蘆垣に嫁菜花さく
／**薺蒿**　よめなの古名　春野のうはぎ摘みて煮らしも
蓬　よもぎのなかにはたらいて　蓬が中の人の骨
／**艾**　よもぎの異名　艾の火くづ　切りもぐさ　さしも草
／**餅草**　よもぎの異名　餅ぐさのにほふ蓆を
辣韮　辣韮も置きある納屋の
蘭　蘭夕狐のくれし　春蘭を得し誇かな　蘭の花幽か
に揺れて　初に見る虻蘭の花に
龍舌蘭　龍舌蘭灼けたる地に　龍舌蘭に遍路の影の
龍の髯　小笹にまじる龍の髯
リラ　リラにほふ　リラの香の　「リラの花」さと投げい
だし　落ちてゐる一輪のリラ　リラの花あり夜の宴
／**はしどい**　リラの異名　はしどいの花匂ひよどむ
／**ライラック**　リラの異名　夜宴の花やライラック
林檎　銀の光が林檎の実の　林檎磨りつつ　林檎をのせて
青森の汽車　蛍めく奥羽りんごの　月にみのるや晩林檎
／**青林檎**　青きりんごの色に暮れ　窓に弄ぶ青き林檎よ
／**紅林檎**　紅の林檎もちたり　赤い林檎は赤い球だつた
／**林檎園**　鶺鴒きたる林檎園　花ざかりなる林檎園

竜胆　りんだうの一かぶ咲きぬ　りんだうの手がしな
しなと　壺に開いて濃竜胆　濃竜胆浸せる渓に
レモン　すずしく光るレモンを今日も　黄なるレモンは
歯をたてずおく　檸檬の汁は古詩にか似たる
連翹　連翹は雪に明るき　連翹のしだり尾ながし　連
翹のまぶしき春の　連翹の雨　黄金扉つくる連翹の花
蠟梅　蠟梅を嗅ぐ　蠟梅や枝まばらなる
山葵　箸にかけて山葵匂はし　水に束ぬる山葵かな
みつばのかくしわさびかな　泣き合ふ尼や山葵漬
／**山葵田**　山葵田の花ざかり　山葵田の水音しげき
勿忘草　忘れな草の目の澄めり　わすれなぐさの花を
みいでぬ
／**藍微塵**　わすれなぐさの異名　石塔のうへの藍微塵の花
蕨　眼のゆくところ蕨もえて　わらび野やいざ物焚ん
折もてるわらび凋れて　蕨を折りて子らと我が居り
／**早蕨**　若芽のワラビ　早蕨の青きをめづる　さわらびの芽のなつ
かしきかも　垂氷の上に生ひし早蕨
／**蕨狩**　ひとりのわらび採り　心やりに蕨をとると
吾亦紅　われの涙の野のわれもかう　恋の涙のわれも
かう　おのが身細さ吾亦紅　吾木香くろずみふかく

引用書名・参考文献（単行本・全集・辞典）

會津八一『自註鹿鳴集』岩波文庫
『明石海人歌集』岩波文庫
『芥川龍之介』蝸牛俳句文庫（蝸牛社）
飯尾宗祇『宗祇発句集』岩波文庫
『飯田蛇笏』蝸牛俳句文庫（蝸牛社）
五十嵐浜藻『八重山吹』町田市民文学館
石川啄木『新編啄木歌集』岩波文庫、『解説啄木詩集』成光舘書店
伊藤佐千夫『新編左千夫歌集』岩波文庫
『伊藤静雄』作家の自伝69／日本図書センター
『井上井月』蝸牛俳句文庫（蝸牛社）
伊良子清白『詩集・孔雀船』岩波文庫
『上田敏全訳詩集』岩波文庫
『岡本かの子』筑摩文庫、『かの子短歌全集』昭南書房、『歌集浴身』短歌新聞社
『荻原井泉水』蝸牛俳句文庫（蝸牛社）
『小熊秀雄詩集』岩波文庫
『尾崎放哉句集』岩波文庫
『片山敏彦著作集　詩集』みすず書房
片山廣子／松村みね子著『野に住みて』月曜社
『金子みすゞ全集』ＪＵＬＡ出版局
『川端茅舎』蝸牛俳句文庫（蝸牛社）
『河東碧梧桐』蝸牛俳句文庫（蝸牛社）
蒲原有明『有明詩抄』岩波文庫
『岸上大作歌集』現代歌人文庫（国文社）
『北原白秋詩集』『北原白秋歌集』岩波文庫、『白秋全歌集』岩波書店、『北原白秋』日本の詩歌9／中央公論社
『久保田万太郎全句集』中央公論社
小林一茶『新訂一茶俳句集』岩波文庫
『西東三鬼句集』角川文庫
『齋藤茂吉歌集』岩波文庫
『篠原鳳作』蝸牛俳句文庫（蝸牛社）
『芝不器男』蝸牛俳句文庫（蝸牛社）
『島木赤彦全歌集』岩波書店
島崎藤村『藤村詩抄』岩波文庫
釋迢空詠『古代感愛集』神田青磁社、『釋迢空ノート』岩波文庫、『鑑賞　釈迢空の秀歌』短歌新聞社
『杉田久女全集』立風書房、『杉田久女句集』角川書店
『高濱虚子』愛媛新聞社、『高濱虚子』蝸牛俳句文庫（蝸牛社）
『高村光太郎詩集』新潮文庫

『立原道造全集』筑摩書房、『立原道造詩集』角川春樹事務所
『種田山頭火』蝸牛俳句文庫（蝸牛社）
『坪内逍遙の和歌と俳句　柿紅葉』逍遙協会編　第一書房
『富澤赤黄男』蝸牛俳句文庫（蝸牛社）
中城ふみ子全歌集『美しき独断』北海道新聞社
『中原中也詩集』岩波文庫
夏目漱石『漱石俳句集』岩波文庫
『野口雨情詩集』彌生書房
萩原恭次郎『詩集　死刑宣告』長隆舍書店
『萩原朔太郎詩集』角川春樹事務所
『橋本多佳子句集』岩波文庫
『樋口一葉和歌集』筑摩文庫
『日野草城』蝸牛俳句文庫（蝸牛社）、『日野草城全句集』沖積舎、
日野草城句集『昨日の花』邑書林
『平戸廉吉詩集』日本近代文学館
『前田普羅』蝸牛俳句文庫（蝸牛社）
正岡子規『子規句集』岩波文庫
松尾芭蕉『芭蕉七部集』岩波書店、『芭蕉俳句集』岩波文庫
『松本たかし』蝸牛俳句文庫（蝸牛社）
宮沢賢治『新編　宮沢賢治詩集』角川文庫
村山槐多『増補版　村山槐多全集』彌生書房

『室生犀星』蝸牛俳句文庫（蝸牛社）、『室生犀星詩集』新潮文庫
八木重吉『詩集　秋の瞳』日本図書センター
『山川登美子歌集』岩波文庫
『山之口貘詩集』現代詩文庫（思潮社）
『山村暮鳥詩集』思潮社
『与謝野晶子歌集』岩波文庫、『与謝野晶子歌集』小沢書店、
『みだれ髪』新潮文庫
与謝蕪村『蕪村七部集』岩波文庫、『蕪村俳句集』岩波文庫
『吉井勇歌集』岩波文庫、『吉井勇集』新潮文庫
『若山牧水歌集』岩波書店、『歌集　別離』短歌新聞社
『風雅のひとびと　明治・大正文人俳句列伝』（鷗外、綺堂、四迷、寅彦、白秋、夢二、露伴、鏡花、小波、漱石、水蔭、芋銭、楚人冠）朝日新聞社
『鑑賞　女性俳句の世界』（智月、捨女、園女、秋色、千代女、諸九尼、星布、菊舎尼、多代女、本田あふひ、金子せん女、久保より江、籾山梓雪）角川学芸出版編
『明治歌人集』（服部躬治、前田夕暮、矢澤孝子、百田楓花、武山英子）筑摩書房
『現代短歌集』（佐佐木信綱、杉浦翠子、今井邦子、三ヶ島葭子、半田良平）筑摩書房
『近代詩集Ⅰ』日本近代文学大系53／角川書店

『「言葉」を手にした市井の女たち』別所真紀子　オリジン出版センター

●全集

【現代短歌全集】1巻…與謝野鉄幹、金子薫園、服部躬治、鳳晶子、太田水穂、佐佐木信綱、尾上柴舟、正岡子規、若山牧水　2巻…前田夕暮、吉井勇、石川啄木、岡本かの子　3巻…前田夕暮、與謝野晶子、武山英子、北原白秋、岩谷莫哀、吉井勇、長塚節　4巻…若山牧水、伊藤左千夫、齋藤茂吉　5巻…石原純、岡麓　6巻…宇津野研、古泉千樫、矢代東村　7巻…吉井勇　10巻…岡麓　11巻…佐佐木信綱　12巻…中城ふみ子　14巻…岸上大作／筑摩書房

【現代短歌体系】1『齋藤茂吉・釋迢空・會津八一』11『夭折歌人集』(岸上大作、小名木綱夫、杉原一司、相良宏)三一書房

【現代日本文學大系】10巻…伊藤佐千夫、長塚節　12巻…土井晩翠　25巻…木下杢太郎、吉井勇　39巻…島木赤彦　41巻…佐藤惣之助、山村暮鳥　91巻…村上鬼城　95巻…松本たかし／筑摩書房

【現代俳句大系】2巻…松本たかし、原石鼎、渡辺水巴　3巻…竹下しづの女　5巻…久米正雄、長谷川素逝　7巻…臼田亜浪　8巻…前田普羅／角川書店

【古典俳文学大系】『蕉門名家句集』『中興俳諧集』集英社

【新潮日本古典集成】『金槐和歌集』『古今和歌集』『新古今和歌集』『山家集』新潮社

【日本古典文學大系】『古代歌謡集』『万葉集』『源氏物語』『連歌集』『五山文学集』『近世俳句俳文集』『近世和歌集』『和漢朗詠集』岩波書店

【新日本古典文学大系】『拾遺和歌集』『元禄俳諧集』岩波書店

【日本古典文学全集】『土佐日記・かげろふ日記・和泉式部日記・更級日記』『枕草子』小学館

●辞典

『日本歌語事典』大修館書店

『新詩辞典』参文舎

『俳句表現辞典』『短歌用語小辞典』立命館出版部

『必携・季語秀句用字用例辞典』柏書房

『日本国語大辞典』小学館

『大辞林』三省堂

編　者

西方草志　にしかた・そうし

1946年、東京生まれ。コピーライター。俳号 草紙。千住連句会。

著作　坂本　達・西方草志編著『敬語のお辞典』(2009年、三省堂)

佛渕健悟・西方草志編『五七語辞典』(2010年、三省堂)

西方草志編『雅語・歌語 五七語辞典』(2012年、三省堂)

西方草志編『川柳五七語辞典』(2013年、三省堂)

俳句 短歌　ことばの花表現辞典

2015年9月16日　第1刷発行

編　者…………西方草志

発行者…………株式会社　三省堂

代表者　北口克彦

発行所…………株式会社　三省堂

〒101-8371　東京都千代田区三崎町二丁目22番14号

電話　編集(03)3230-9411　営業(03)3230-9412

振替口座　00160-5-54300

http://www.sanseido.co.jp/

印刷所…………三省堂印刷株式会社

ＤＴＰ…………株式会社　エディット

カバー印刷……株式会社　あかね印刷工芸社

〈ことばの花辞典・640pp.〉 ISBN978-4-385-13647-9

昔の美しい言葉に出会う本！『五七語辞典』の和歌版！

万葉から明治まで千年にわたる和歌・短歌の名歌から集めた五七語（=5音7音表現）を雅語・歌語で分類。古語にもなじめて和歌・短歌がすらすら読めるようになる本。

雅語・歌語　五七語辞典　三省堂

西方草志編　四六判480頁

実物大

恋

【恋】あな恋し　妹に恋ひ　うら恋し　思ひ恋ひ　君恋ふと　君に恋ひ　恋風が　恋草を　恋ひ暮し　恋ひ恋ひて　恋衣　恋しきに　こひしくば　恋しとよ　恋すてふ　恋すれば　恋ひそめし　こひつくし　恋ひつつも　恋ひつらむ　恋なれば　恋なれや　恋にける　恋の袂　恋の身の　恋は紅梅　恋や恋　こひ故に　恋ふる日は　恋ふる間に　籠り恋ひ　常の恋　年の恋　なすな恋　初恋の　人恋ふる　牧を恋ひ　恋慕しつつ　わが恋は●相恋ひにけり　秋を恋ふらし　あやにこほしも　あるや恋しき　意識の恋よ　いと恋ひめやも　今ぞ恋しき　妹恋しらに　寝も寝ず恋ふる　言はでぞこふる　うき恋しさも　熟れたる恋の　閻浮恋しや　お父恋ふるが　顔ぞ恋しき　かげぞ恋しき　陰を恋ひつつ　悲しび恋ふる　辛き恋をも　君こひしくや　君に恋ふれや　きみは恋しき　きみをこふめり

ぬこそ　恋しかるべ
しき瀬ゞに　恋し
が背　恋繁しゑや
は　恋ぞつもりて
もじを　恋ひ尽さ
恋ひて乱れば　恋
つ　恋にあらなく
沈まむ　恋になぐ
恋ひぬ日は無し　恋
りと　恋のさむべき
汐を　恋の中川　恋
に　恋の乱れの　恋
恋の山には　恋の行
くちせぬ　恋ひば
恋はよに憂き　恋